한국 근대작가연구

김성달 편

국학자료원

목 차

목 차

作家끼리 주고받는 글

張赫宙

往信

姜敬愛女史께

張赫宙

敬愛先生! 編輯子의 下命으로 이케 先生께 글을 올리게 되었읍니다. 단순히 안부 편지를 쓰라구 하면은 그리 주저치 않고 쓰겠압는데 先生의 作品과 사람과 其他 모든것에 對한 批判的文章을 쓰라는 嚴命을 받고보니 퍽 어깨가 무거운것 같습니다.

生은 生自身의 作品과 사람됨이 아직 未完成이오며 그러므로 좀더 깨끗이, 좀더 큰 사람이 돼어야 한다는생각으로 나날이 生自身의 創作과 人格陶冶에 힘쓰고 있는中이라 어쩌 生以外의 어느분의 作品을 論하고 人格을 云云할餘裕가 있겠읍니까. 이것은 決코 단순한 겸손이 아니옵나이다. 生은 生이 감할수있는 일이라고 믿는 일이있으면 生은 自發해서 냅다 써내는 性質을 가졌읍니다.

그러므로 先生의 作品이나 其他에對한 批評家的批評은 여기선 그만 두려고합니다.

先生의 글은 대개 新東亞, 新家庭, 그리고 東亞日報紙上에서 흔이 본듯합니다. 生에게는 「中央」을除한 其他雜誌가 全部 寄贈이 되기에 時間있는대로 읽기로 하고있읍니다. 東京에서 나오는 近二十冊의 雜誌와 數卷의 新刊書籍들도 보아야 하겠고 게다가 一週日에二日도채 許諾한 期間이 없으므로 자연이 보지않고 넘기는 일도 있압고 先生의 글도 빠치운일이 더러 있었읍니다.

그러나 生은 昨夜 深更까지(生은 꼭 十時께에 就寢합니다) 先生의 글이 실린雜誌를 끄집어 내어서 다시 읽어보았읍니다. 昨夜에 읽은것은 「소곰」, 「原稿料二百円」, 「解雇」 이三篇의 小說과 「故鄕의 蒼空」, 「오늘큰누」의 隨想 二篇이었읍니다. 「人間問題」는 新聞에서 간혹 드려다 보았아오나 新聞連載를 좋아하지아니하므로 通讀은 못했읍니다. 이것은 後日 單行本으로 刊行하시면 사서 읽겠읍니다. 군대군대 읽을것이오나 읽은 그것만은 지금도 오히려 새로운감촉을 가지고 있아옵고 力作임에 틀림없다고 믿습니다.

生이 先生의 이름을 처음알기는 「소곰」이 처음이였고 先生이 언제부터 文壇에 나오셨는지는 알지못합니다. 生은 「무지개」로서 조선文壇에 나왔아오나 아직 藝術作家로는 是認되지못하고 하낫 通俗家로 겨우 조선文壇의 末端에 이름을 실려주는 榮光을 얻고 있읍니다. 마는 生이 그린바를 先生은의 力作이 나오기를 얼마나 苦待하는지 알수없읍니다. 朝鮮文壇보담 五, 六年이나 뒤떨어져서 新文學이 始作한中國文壇이 오늘날 오히려 조선文壇을 凌駕하고 있아오니 조선文學에 傑作이 나오기를 기다림은 남보다 더한칭 크고 초조하옵니다.

生은 어제밤 「소곰」을 通讀하면서 「人間問題」에서 얻은 期待가 어그러지지 않고 더욱더 커감을 느낄때 얼마나 生은 즐거웁고 힘믿어웠겠읍니까?

敬愛先生! 「소곰」은 傑作이옵니다. 무론 군데군데의 흠과 全篇에 迫力의 不足감는것은 生도 지적할수 있읍니다. 하오나 이런作品이 조선文學에 하나나 났다는 뜻으로 조선文學의 傑作의 하나입엔 틀림없읍니다.

作家께 주고받는 글

生은 新年號 朝鮮日報에 아직 아무도 東仁과 想涉과 憑虛를 따를 사람이 없다고 쓴일이 있읍니다。그때 그만을 쓴것은 數年前의 感想이 그러했다는 것이었으나 生이 어째 民村의 諸作과 霽野、孝石、玄民 等諸氏의 作品을 無視하였겠읍니까。그때 말한 그것은 다만 技巧만을 들어서 한말입니다 그러나 今日의 조선文學에는 以上諸男性作品以外에 오히려 女流作家諸氏의 作品에 풍만한것이 더욱 많사오니 이것은 中國과 日本에 比하와 特異한 現象이옵니다。

文學에 있어 「리알리즘」만이 高度의 藝術이라고는 할수 없사오나 조선文學에 있었서 지금은 꼭 「리알리즘」이 必要합니다。代表作家로 生은 民村을들수 있압고 民村의 作品은 決코 外國作品의 水準에 뒤떠러지지 않었읍니다。아직 水準을 넘어섰다고는 할수없으나 水準以下는 決코 아니옵니다。이것은 決코 내가가진 조선사람이라고 過大評價한이 아니옵을 眼服의人士는 다 是認할 것이외다。

民村에 比하야 어개를 겨눌만한 作家를 나는 女流諸氏가운데서 세사람發見하였읍니다。朴花城이 그요、崔貞熙이 그이며 先生이 그 하나입니다。崔氏는 아직 「[illegible]」 篇뿐이나 그것만으로도 그의 건실한 리아리즘은 能히 알수있읍니다。

先生의 「소금」은 그러므로 甚히 生을 기쁘게 하였었고 外國의 女流作家에 比해 조금도 遜色이 없음을 깨닷고 生은 퍽 愉快히 生覺하였읍니다。

「소금」은 朝鮮을 떠나 滿洲를 放浪하는 사람을 如實히 그리어 내였읍니다 (先生이여! 先生은—全世界에서—滿洲를 그리는 오즉 하나의 作家임을 스스로 깨닷읍니까? 先生은 그 意味에있어도 貴重한 存在이니 自重하소서)

「소금」이란 題는 다만 女主人公이 소금密輸人을 하다 붙잡혔다는것과 第一回에 「소금」의 不足을 느끼는 몇곳 描寫以外에는 소금과는 特別한 關聯은없읍니다。봉식어머니의 生活記—受難—가 그 主題가 되어있읍니다。內地에 있는 우리는 滿洲로 떠나간 그들의 그뒤 이야기가 퍽 듣고 싶습니다。「소금」은 生의 그 欲求를 많이 滿足식히였읍니다。

더욱이 先生의 農民生活의 細密한 描寫는 生을 感歎케 하였읍니다。(第一回에)

……이렇게 생각하며 그는 방안을 구석구석이 쓸었다。그러고 비끝에 채어 대구르르 대구르르 굴러 나는 감자를 주어 바가지에 담으며 시렁을 손질하였다……(傍點은 張)

先生이여! 얼른 쉽게 이우에 몇줄만 주서내었읍니다마는 農村에서 살어보지못하고 손수 그런 방에서 그렇게 비질을 해보지 못한 사람은 決코 이런描寫를、할수없읍니다。

……시렁을 손질한 그는 바구미에 담아둔 팥을 고르기 시작하였다。고요한 방안에 팥알소리만 재그럭 자르르하고 났다。(傍點 張)

先生은 「人間問題」에도 이렇게 直接體驗하지 않은 사람이면은 도저히 못쓸 優秀한 描寫를 보였고 또 「소금」과 「解産」에도 보였으니 生은 대체先生이 農村女性이었느냐 都會에서 자라난사람이냐 하는 疑問을 가지었읍니다。

그랬더니 이번 五月號 「新家庭」을읽고 果然 그렇구나 하고 스스로 깨달었읍니다。「故鄕의 否定」에

……그중에서 가장적고 가장 낡은 집이 우리집이다。그집을 지은지가 몇십년이나 되는지 모르나 어째뜬 벽하나 바르지 못하고 기둥한개 성하지 못하다。비오는 날이면 기둥 썩은 냄새가 물쿤하게 난다……(傍點을 자조 처서 失禮입니다)

先生이여! 先生의 어머님이 손수 이 엉[illegible]셨읍니까?

……나는 한참이나 아무말 없이 섰

作家끼리 주고받는 글

다가 어머니 곁으로 가서 이엉줄을 해준석 잡어 어머니 손에。쥐어 주며:

그러므로 先生은 農村描寫할 가장適任者입도 스스로 認定하시옵소서。

×

「解雇」는 「소금」보담 조금 읽기가 힘이 들고 너머 애를 쓰신것같은 그런 울울한 느낌으로 잘 읽시못하였읍니다。(「新東亞」가 한頁에 너머 많이 活字를 체운 탓도 있읍니다。新東亞는 創作欄을 一段으로할 必要가 있읍니다。)

「原稿料二百圓」은 퍽 자미있게 읽었읍니다。

「내」가 原稿料二百圓으로 外套도 사구싶고、금반지、금니 도 가저 보구싶게된 「나」의過去도 좀 지리하나마 잘 짜어저 있읍니다。그러고 남편이 同居를위해서만 쓰자구 하고 「나」의 마음을 몰라 줄때

……나는 이갈이 뜻밖에 말에 얇이 아뜩해지며 아무말도 할수가 없두구나。그러고 나를 쳐다보는 남편의 그얼굴이 금시로 개모양갈고 또 그눈이 예전 소눈깔 같두구나……

이 몇줄은 지극히 妙한 描寫입니다。

만약 先生이 여기다 「나」의心理를 皿박皿박 적어난간다면 그 効果는 半減이나 하였을것입니다。이런 강경하고、簡潔的描寫는 이런때에 퍽 효과가 많습니다。

이런 細細한 例를 들어 先生의 非凡한 作家的手段을 자랑하자면 얼마든지 있아오나 벌서 指定된 枚數가 다 돼어 옵니다。

이 「原稿料二百圓」은 마치 H、G、WELLS의 「구두의 悲哀」와 같은 効果를 讀者에게 주리라고 생각합니다。「소금」以上으로 자미나게 읽히울 小說입니다。

×

그러나 先生이여! 先生은 예까지기적이어 온것같은 優秀한 手腕을 가진 作家입니다。하오나 그것만으로는 더크고 발전할 희망이 적겠읍니다。가령 소금」은 봉식어머니 한사람의 고생사리는 알수있고、봉식어머니를 通해서 약간다른 농민들의 생활도 알수 있으나 그것은 퍽 미약하게 그리어저 있읍니다。비록 봉식어머니들의 生活을 그리드라도 우리는 반다시 봉식어미니를 그등뒤의 여러 무리의 한 대표자로 내세워야 할것이고 그렇게 하므로서 봉식어머니는 더 뚜뚜해지고 더 살어날것입니다。

간단히 말하오면 「소금」은 너머 主觀的으로만 굴리어저 있읍니다。「原稿料二百圓」에도 그런대가 있고 다른 外品에도 그렇습니다。

그러나 先生은 반다시 더 공부하실줄 아옵니다。同時의 女流作品은 읽지마시고(先生보담 水準이 높지못하오니) 先生에 겐 골키ー나 더욱이 「발자큰」가 좋을줄아오니 될수있는대로 많이읽어 주옵소서。

이미 先生은 描寫와 表現의 技術엔 能하오니 그것도 얼마아니해서 크게다나가실줄 믿습니다。

×

퍽 粗雜한 글을 썼읍니다。다시 고치었으면 좀더 알어 보기가 좋을터인데 지금 先生은 조금 바빠서 그리고 있을겨를이 없아오니 용서하옵소서。

×

先生은 언제인가 아침마다 일죽 일어나서 생가에 나가 찬물을 한그릇식 마소신다는 글을 썼읍니까。하여튼 先生은 그런 記憶이 아직도 새롭삽고 先生도 그後 역시 그것을 본받어서 식전에 반다시 冷水를 먹읍니다。先生은 거기다 食鹽(滿洲선 그귀한 소금)을 조금식 섞어 먹었는데 그것이 肺에 좋을뿐아니오라 胃에도 퍽 좋다고 합니다。거기선 求하기 어려운 소금이오나 섞어서 잡수십시오。

그리고 滿洲의 그들의 生活을 자구자구 보여주옵소서

이만 맙이옵니다。(五月十一日)

(신동아 제45호、1935·7)

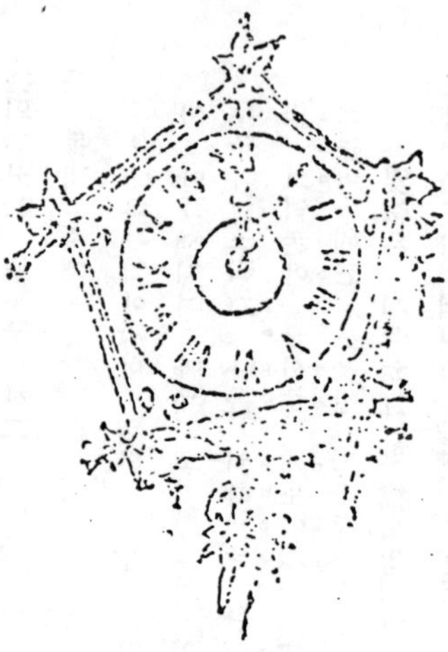

鄕愁하는 時計

—金光均「瓦斯燈」의 世界—

李 崇 珏

公園근처의 文化住宅村。거기에는 病院、辯護士事務所 담배가게가 있는 거리에서 좀 먼 郊外의 소학교 옆을이 울리는데 우리 詩人은 이 좁은 거리를 나와서 午後이면 公園으로 또는 山턱으로 거닐다니며 노래를 찾은다。생존한 첫가을 晩秋· 앙상한 나무가지넘어로 그가 어제기 자라난 故鄕을 바라보며 엷은鄕愁에 사로잡히고 있다。

少年記憶의 장막저편에
故鄕의 季節은 하얀 커튼을 뒤집어쓰고

×

그러나 이詩人의 鄕愁는 빛갈이 짙지못하다。그가 그리워하는 故鄕도 結局은 서울서 지척 開城이나 水原等

休日中이나 或은 事務의形便에 따라 언제던지 한두時間이면 다녀올수있는. 故鄕인것이다. 그래서 詩人은 原色의 鄕愁를 갖지않는다.

그의詩가 풍기는雰圍氣는 文化村의 小市民의 그것이다. 아침이면 자랑하는 안해가 챙겨주는 가방을 들고 電車를 타고 事務室에 나가서 出勤簿에 단정히 도장을 찍고 午後 다섯時쯤 되면 거리서 집으로 돌아오되 친구도 아모도 없이 외롭게 돌아온다. 코노래를 부르며 거리오는 詩人은 이처럼 외로운 처지를 외롭게 평자하지않고 노래를 벗하는것이다.

그래서 그가 風景을 對하면 田園地帶에서 그의 詩精神은 보금자리를치고 安定하랴 하는것이다 대담하게 風景의 背後에 깊이 드러박혀 있는것을 파고들어가다가 지치지면 安逸도 있으련만 이런점은 우리詩人이 敢히 손을대이라고 하지않는다. 그러하여 그는 깨끗한「스켓취」를 그리어내되 아무野心도 惡意도 없이 自己의 좁은 世界와 살림사리에 滿足하랴한다.

生活하는 남아지의 情熱을 詩에 바치는것과 詩에다 情熱을 있는대로 바치는것 이 두개의 그양이 우리世代의 크다란 두개의 型인것이다. 金光均은 前者에 屬하는 詩人인것이다.

類하는 바가 있다면 言語에 미쳐 찾아볼적이 있다고나 할가 그는 形容詞의 範圍에서 벗어나야할 것이다.

—一九·一五—

(詩学 제4호, 1939·10)

人間·金珖燮論

郭 鍾 元

벌써 十餘年前 일이다。

音樂家 S君이 J中學에 敎鞭을 잡고 있을 때、나는 가끔 그 學校로 놀러간 일이 있었다。S君과는 東京서 유달리 가까이 지내던 사이라、서울 와서는 서로 가끔 찾아 오고 가는 것이었다。내가 S君을 찾아 가는 날이면 學校敎務室 한、모퉁이에서 서로 마주 앉아 時間 가는 줄도 모르고 너저분한 市井事 雜談을 널어 놓게 되는데 그렇자니 自然히 그 學校 雰圍氣도 어느 程度 짐작하게 되고、敎育方針이란 까 그 學校의 主眼點도 희미하게나마 感知하게 되었다。特別히 그 때 나에게 희한하게 생각된 것은、敎務室의 風景이었다。敎務室 風景이라기보다는 敎職員間의 주고 받는 對話의 非時局的인 色彩였다。

十年前이라면 우리가 追想해서 그 當時의 日語常用 問題가 얼마나 極烈했던가를 잘 알 수 있는데 그 때 그 學校 敎務室에는 日語를 쓰는 先生이라고는 한 분도 보지를 못했었다。이 울안에만 白衣 族屬들이 사는듯 싶게 黙然하게 우리말로만 주고 받는 것이었나。거리마다 飮食店마다 學校 敎室 壁마다 「日語常用」이란 標語가 붙쳐 있고 甚한 데는 日語를 안 쓰고 우리말을 쓰는 兒童에게 罰金까지 받는 或學校가 있을 時節인데 이 學校만은 別天地였다。그래서 S君보고 이렇게 倭人 眼目에 非時局的인 日語常用을 안해도 괜찮으냐고 물었더니 S君은 걸걸 웃으면서 우리 學校는 職員會 때에도 日語를 안 쓰는데 校長이 訓示를 하고나서는 日人 敎師가 못 안아 들을터이니까 日語로 通譯을 시킨다고 하면서、그렇자니 高等係에서는 恒常 눈초리를 날카롭게 해가지고 監視의 度가 甚해간다고 하였다。

이 J中學校에 바로 怡山 金沈殷氏는 敎鞭을 잡고 게셨는데、내가 놀러 다닐 때는 이미 金沈殷氏는 囹圄의 몸이 된 바로 뒤였다。그래서 그 때는 結局 뵈올 機會를 갖이지 못했었다。

얼마前 「마음」出版記念會席上에서 樹泉 李軒求氏의 말씀에 先生이 西大門 監獄에 있을 때 面會를 한일이 있는데 監視의 눈도 있고해서 日語로 얘기를 했더니、先生은 눈을 부라리며 日語가 무슨 日語냐고 우리말로、하라고 화를 버럭 내더라는 懷憶談을 하는 것을 듣고 나는 문듯 十餘前에 본 J中學校의 敎務室 風景을 追想하지 않을 수 없었다。

人間 怡山을 생각한 때 纖細한 詩情만을 노리는 感情的인 面을 보기보다 보다더 祖國愛에 불타는 民族愛에 애끓는 革命

鬪士로서의 怡山을 한층 더 높게 사야 되리라고 내흔로 생각하는 것이었다。

解放後 達鎭 東里 泰陛 芝薰 淡俊 西河 演鉉 九範 容德 諸兄들과 靑文協 結成 準備로 한참 몰려 다닐 때 우리는 가끔 지금 審計院 자리에 있던 中央文化協會에 들리게 되었었다。靑泉 李軒求氏는 前에 인사한 바 있어 알았지마는 月灘 怡山 永郞 致眞 背泉 연포 諸先輩들은 처음으로 거기서 뵙게 되었는데 怡山 金珖燮氏는 무척 말이 없고 淡淡해서 나에게는 무척 默重하고 멋을 모르는 분 같이 印象되었다。

그러다가 靑文協이 結成되고、이어 民主日報가 創刊되자、가끔 社로 놀러 갔으나 如前히 무거운 眼鏡 다리 넘어로 人事가 交換되고、握手가 오고 갈 뿐이었었는데 民主日報가 廢刊되고 다시 民衆日報가 創刊될 때 民族陣營의 文化戰線도 若干의 活氣를 띄게 되었다。그리하여 民族陣營의 文化力量을 總結合하는 文總이 結成하게 된 때 비로소 나는 뚜렷이 金珖燮氏의 人間面을 接觸하게 되었다。

그것은 그 대 累次에 걸친 準備會合이나 私席에서의 氏의 談話가 普通 平常時에 보면 말없이 默重하고 할일 없이 가만이 앉아 있는 金珖燮氏가 아니고 確固不動한 自己 信念에서 울어나오는 主義 主張이 불꽃 같은 熱火로서 吐露되었고、어디서 용솟음쳐 나오는지 모를 이야기가、꼬리를 물고 잇달아 나오는 것이었다。뿐만 아니라 그의 이야기하는 中心 話題나 主張하는 要旨는 언제나 民族이 으뜸이었고、民族을 떠난 모든 方法論과 技術은 何等 意義를 갖이지 못하는 것이었다。平常時에 그렇게 安穩하고 잠잠한 氏의 體內에 어디 저렇게 熱이 담겨 있었는가 하고 멍하니 바라보지 않을 수 없었다。

깔깔하다기보다 차라리 若干濁한 듯한 音聲으로 熱에 겨워 한참 이야기하는 氏를 바라보느라면 자주 바로 잡는 眼鏡다리 위로、희멀쑥한 이마에 주름살이 끼고、야무지게 一字로 다물어진 입가장자리에는 成鏡道 胎生의 굳센 意志力과 固執스러운 데가 없는 것도 아니지마는 自己 信念에의 强한 鬪志力은 氏에게 있어서 貴한 보배임에 틀림 없을 것이다。

民國이 樹立된 뒤에 大統領 侍從長이란 어마어마한 벼슬 자리에 앉게 되고나서、내 그 자리로 直接 氏를 찾아 뵙지 못하였으나、다른 親舊들의 말을 들으면 在野時의 氣分이 生生한 그대로 살아 움지기고、詩人의 風貌 躍如한 그대로라니 외람될 말이나 欣快하지 않을 수 없다。

氏의 詩에 줄줄이 점처진 愛心魂이 우리 全民族의 體內에 살이 되고 피가 된 때、愛國의 化身인 氏의 詩情은 한껏 푸르녹을 것이며、나라 일에 多忙한 氏의 精神이 새로운 詩의 世界에로 昇華한 것을 믿으며 붓을 놓는다。

—끝—

(白民 제21호、1950·3)

Book Review

金珖燮詩集、憧憬

毛允淑

金珖燮氏의詩는 늙은花壇에한
꼭새로운 芳香을 失게하는 植物
이었다。 그는많은 사람이 말하는
바知性의詩人이기는하나 知性을
通한感性의詩人인것도 否定할수
없다 그는지나치게 예민한感性으
로해서 받은撒落나 悲愁를原始
形態로 몸부림치거나 소리지르지
않고抑制와敎養의 修道로서 이
를 淨化식힌詩人이다。그의울음은
知性을 케로한고요한 暗室에갈이
었으나맑게 純眞하게 그울음은살
어서 그도모르게 그芳香이 위고
곤에퍼저가고있다。 그의詩를읽을
대는 우리는眼앖는 內部的思索의
世界로引導를 받게되고 거기서그
가 보여주는 人生의 秘密스런感
情의쪽쪽을 어르맛일수있는것이다
그의 詩中

夜半

나의잠을 깨우처나를부르는 소
리 門을두다렸으나
내잠결에 잠하여 門을뛰처길어
나갈다,
달은西쪽하늘에 나속히 걸니고
새벽별어둠게 머리를 비슬제
내그대를찾어 어슬픈잠을다시
금털다
答하야 누구신가 물어보아도
시나간 발자옥을 더듬어서도
어둠은 말이없고 멀니서문은갓
치어지다
이옥고 숲이내방에 도라와서
귀를의심하여마음을가다듬어서도
그대나를 부르는소티 곳내살아
지젔않어라
그대無形한바람 永遠한肉身과도
갈아야
思念을 바리지못하고 다시금門 -
온열어서도
어둠은말이없고 별들만이서로와
손짓을하다

이것은 그의幻像의企證다。
이렇게 깨끗하고 엄숙한 詩를읽
을때 나는이詩人의 內部的意識이
라는것이 恒常希望속에따고 美속
에 즐거우려하는것을 是認하지않
을수없었다 그리고 時代나또는局
限된思想性이 그의高潔한 아카데
미的인분위기를 빼았지못할것을그
의 詩想에서 볼수있다。그의詩는
純粹한知性의詩요 따라서 洗練된感
性의詩다。
時代性과 調和하려는 樣態的인技
術을모른다。그는오직 그의苦悶하
는思索을 正確히바라보고 詩化하
였을뿐이다 그는이時代 詩想에比
하여 異端的이면서가장純粹한良心
에서 限定할수있는 內的동요를
自己想像化하여 素한正直한詩人이
다。나의想像,個性,黃昏,靑春苦
悶의風土誌 谷等은 가장注目할만
한詩다。定價壹圓貳拾錢 京城府寬
勳町一七〇 硏究書林

片描 金珖燮君

李軒求

내가 珖君을 처음맛난때는 十二年前봄、W學院校庭、캠과 外套에싸혀、오늘과도다름없는 蒼白한 얼골로 걸어오는孤寂한모양이였다。 勿論그때、그날로 곳人事한것도아니요、그後一年間이란 서로얼골을아는程度에만 끈처왔으나 그다음해三月 비오는날 偶然히 汽車속에서 맛나 이약이함을비롯하야 友情의熾烈한境地에서 송아지동무와같이따르고 맛내고 드듸여는起居를함께함으로써 安堵되는狀態에 일으기까지하였다。이리하야十週年을 지낸오늘까지 宿命에가깝도록 서로얽키고 얼키여떠러질수없는友愛의途程을걸어오고있다。

珖君에對한 첫印象을 知友들에게 물어보면 거이가 퍽沈鬱하고 神經質이고 包容性과親和力이적어보여 一言으로하면 까다로운 사람이라고들한다 나는、이런첫印象을 곳反駁하고 否定하라고는안는다。그러나 사람의사괴임이란 맛나는 그때로부터 곳親해지는수도있는同時에 서로멀어지기도쉬운一面이있기도하고 처음親하기가어려우면서 한번情들면 서로 헤여질수없는境遇도있는것이다。또사람에따라서는 淸濁을가리지아니하고、일으는바 游泳術에能한사람도있으나、그反面에 일부러 어떤사람이고親하랴하지안는潔癖도있는것이다。珖君은 모두後者에 屬하는 性情의所有者다。

元來 珖君은 詩卿의質이지만 生理的條件—健康을凌駕하야 氣魄으로써싸와나가는 强靭性을가젔다 꺼꾸러저 불어진지언정 물너서휘여지지안는堅忍性

이있다。이點이 或是 남의感情을 거슬리게하는수도없는것이아니지만그러나 結局 그의性格은 至極허弱하고 愛惜하야 죽처럼 後悔하거나 憤慨이라거나 슯음의極度에 일으러서도 거트로 이를나타내거나하지안는反面 마음으로 혼자울고 뉘우치고드되여 가슴에차고넘치는 感情을억누를수없어 각금 한밤을새우고마는바 精神的錯亂에빠지기도한다

珖君의 一파라독시칼一은 時로 辛辣하야 凡然한가운대 쏘아내는知慧의閃光은 남의肺腑를 푹찔느는痛感、때서운이있기도하거니와 그속에는 餘裕있는機智와 유모어가 함께숨어 相對者로하여곰 우숨과 陽氣를붓드아내게한다。그러므로 君이만일諷刺文學이나 論述에精進하였다면 오늘의文化一文學에對하야 暗示的敎唆와 昏迷에對한是正의 功績이적지아니하였을것이다。

君은 처음 醫學에뜻을두었고 環境대문에 商科方面에도 關心하였었다。그러나 君의健康과 決意가 드되여文學의길을 採하게하였다。君의性格으로보아 또君의 이때까지의文學上 態度로보아、君은諷刺的批評과 知性의冷徹된 虛無的詩歌의두方向으로나왔다。于先 君의詩歌(發表된바)를보라

元來目標있는愛慾도아니요
말하야苦悶悲哀도아니려니와(모노로一그의一節)

君이 現實의壓力에對하야 느끼는虛無的絕望的悲哀은 이一節에서도 엿볼수있거니와 더나아가

흘으고 싸려나려온
온갓 憤慨을 다하여서도
結局은 돌댕이하나 움직이지못한
虛妄한思念에 利達한뿐 (모노로一그中一聯)

이러한 孤獨感에徹底하야 情緖에사모친다기보다도 오히려 末稍神經에까지 짜릿한低流의感痛에도든意識과 氣力을喪失하는바 諦諡感에일으고간다。여기에 君이珖 日常的으로느끼는 現實的煩瑣로말미암는 極度의困憊가 多分히作用되고있다。그러나君이孤獨에對하야 느끼는지내치게 銳利한 偏感은오늘의 詩人中에있어 오직獨步이어니와 一種一쇠스로맞一的虛妄과 世紀末的不安이 君의詩歌以上으로 深切한表現을 우리는아직보지못하였다。

그러므로 君의 詩歌에서 明朗과 健溫과 微笑을要求하는것은 不可能에가까운일이다。感情의피는冷徹하야 落葉진枯木속을 흘으고 별빛만玲瓏한어둠속에서 흘로 孤獨의世界를쌓고 허무르고허무르고

또 싸흐면서 幻像으로더부러 燦爛한꿈의 宮殿을 지으려하나 드되여 疲勞와悲哀에지처 그꿈마저孤獨의 다른소리가되여지고만다 그리하야

아、나의幻像、슬픔의나라 외롬의동산

(幻像中一句)

으로 드라와 自我를發見한다

그러나 詩人金珖燮에서떠나 批評家金珖燮의一面에는 多分히 激情的野性이充溢되여있다。이激情이 지나치면 君의文章은 鉄槍과같이 肉迫하는緊切味를띄여 一氣呵成에부닥치는 炸裂性이있다。그러면서 이肉迫、이大胆、이豪氣속에 어딘지모르는混亂과 疲弊의빛을띄고있음은 마치 晩秋의해빛에서느끼는바 寂滅그것이다 感情의奔放을 抑制하며 그를壓縮하야 理知로써 律하라는데서오는 高踏的隔離感이다 여기좀더 君에게思念의餘裕와 健康의相符가있다면 今後 君의詩와 批評에對하야 남길業蹟이 더욱晄如한것이다 그러나 凡愚는天才를몰리친다。

드디여 不幸은 거느리고

孤獨의 森林에들다 (모노로ー그終聯)

이不幸、이孤獨만이 君의世界에 남는다는것은아

까운일이오 同時에 슬프고두려운일이다。

(心友여 이蕪辭을謝하라)

(三千里文学 제2호、1938・4)

金基鎭論

閔丙徽

一

오래ㅅ동안 金基鎭氏에關한個人的또는文學的으로 생각을이저버려지내오든참인데 이제 金基鎭을論하여보라는 말슴이잇는同時 氏亦是金鑛줄거리를어드러고마치를쥐고 深山怪石을 깨트리러出發하엿다는消息을들은지 얼마되지안엇는데 大每朝鮮版에「朝鮮文學の現在……これから」라는短文을또한發表하야氏에關한消息이二三次거듭들어오.

게되어 氏에對한녯追憶이다시금사러남이라 短片的으로 氏에 對한智識을披露하여 보려는것이다

읏즉히金基鎭氏가 開闢誌에 여러개論策을실니여 時代的社會思想에 依한氏의諸觀相을一般讀者가엿보게되면서 氏에對한希望과 注目을저바리지 안엇든것이며 뒤따라「붉은쥐」「젊은理想主義者의死」等새롭은 形式內容을담은小說이發表되고 날카로운筆鋒으로 文藝月評을試하게되여 文壇에重要한評論家로서待優밧게되는同時 筆者의注意도컷섯다 그리하야한사람의讀者로또는文學靑年으로서 氏를맛나고십흔衝動이눈이치지안엇섯든지금에잇서氏를論하게되니 외람한생각도나거니와 그때에그熱情을가지고나서든先輩가金鎭으로一擺千金의理想을안고出發하엿다니世事와人心의變遷에 새롭게無常을 늣기게되기도한다

二

朝鮮에 잇서서金基鎭氏를말하게되면 푸로레타리아文藝批評家、 또는푸로레타리아文學運動의 先驅者라는것을누구나承認하게 된다

筆者일즉히本紙에서 朴英熙氏를論하야 푸로레타리아文藝運動의 先頭라고말하엿거니와 金氏도朴氏와갓치 出馬한것이니두先人으로서 承認하지안으면아니된다

「至今으로부터二十餘年前 朝鮮의李光洙는東京으로부터朝鮮으로오며 崔南善과손을마주잡고朝鮮을못안코몸부림치기시작햇다 大戰以後朝鮮의 靑年들은新智識에주리여 巨大한理想을가지고 맙울테우고잇스나 封建的殘재意識에서解脫치못한 朝鮮의父兄들은 新智識에목을추기려는젊은이들의 속을알어주지안엇다 崔南善은李光洙와 미부러熱與갓치 나타나게되엿스니 雜誌「少年發刊이그것이다」(中略筆者—)「年數는記憶에남어잇지안엇스나 그들은갖은種類의 純文藝雜誌를發刊하면서 或은浪漫主義 或은自由主義 或은 惡魔主義 體系업시作品속에注入식히면서 人道主義와 鄕土的民族主義를 讚하는데힘들이지안코 잇섯다 李光洙無情을쓰니 金東仁「배ㅅ다라기」를써쓰며 朴英熙 「愛의挽歌」 를쓰니 廉想涉 「標本室의靑개고리」 를썻다 玄鎭建 「墮落者」 를쓰자 朴長和 「丁先生과난봉처녀」 를써쓰며 「洪思容「烽火」를쓰니 羅彬이 「幻戲」 를써쓰며 朴鍾和 李常春 黃錫禹 金億 詩를썻다 이럿케하야그들은 藝術을위하야살고 藝術이란文化運動의一分野的인 人間幸福을위하야쓴것이아니라 藝術을위하야存在한다고象牙塔의洞窟안에서만 띄리를 불러하엿다 (中略筆者) 歷史的事實은 드듸여朝鮮文壇의 象牙塔에

곰광이질은시작하지안으면아니되엿다 (全集一九三三年年者既成文壇의沒落相) 一九二四年朴英熙氏와갓치金基鎭氏

나타나 以上갓치金城鐵壁으로구더가는殘牙에곰광이[illegible]을 시작하엿든것이니 우리는氏의熱情的인 對答을 듯기위하야當代의 묵은記錄을 듸저보자

「푸로文學이 한개의文學인以上 純全한푸로레타리아生活에서 出發한바自我ㅣ 個性에忠實한全人格的「온전」한마음의投影이아니면아니될것은莫論이다푸로레타리아의魂의表白이아니면아니된다 이것이眞實한푸로文學인것이다」

(下略筆者) 一九二五 年開闢紙피투성이된푸로魂의表白)

氏는이갓치「푸로레타리아트」로서文藝行動을하기로約束하여든것이니 그는엇더케 되여서在來의 藝術派文藝行動에서象牙塔을破毁하는勇士가되여 朴氏와갓치 步調를나란이 하게 되엇든가?

一九二三年 東京의學窓에서나온金基鎭氏는 土月會에加擔하야 新劇運動에로 그方向을옴겻든것이다

그러나 닥처오는 社會思潮는氏로 하야금 思想的苦悶을 하게하엿스며 氏로서 行方을定하기에가장괴로옴을가저다주엇든것이다 當代의進步的「인테리」들의 一般的인 苦悶相이 그것이엿다

그리하야隨筆로 作品으로ㅣ氏自己의心境을呼訴하여왓섯고 生에對한社會的方向을定하기위하야同志를차저 彷徨하다가갓흔思想에苦悶하는 朴英熙氏를맛게되여 果然 同一한깃발을 을니게 되엿스니 新傾向派文學運動의主唱이그것이다 그리기때문에 우리는金基鎭氏와 朴英熙氏를 푸로文藝運動의先驅라고하는데주저치안는것이다

當時氏의作品 「붉은쥐」「젊은理想主義者의死」「階段」「沒落」等을보아서 氏이思想的苦悶과ㅣ거기에서차저내인새로운「코ㅣ쓰」를우리는 넉々히 發見한다

三

一九二四年以後ㅣ氏의文壇的 存在는가장 빗나는것이엿다

그中에도氏의손에것치여나오는 「文藝月評」은過去에서볼수업는尖銳化한것이엿스며 理智的이요科學的인指摘과批判、批判과排擊은 ×對階級에 커다란驚異를주어스며젊은「인테리」들의持支가 커섯든것이다

當代時代日報가崔南善氏로부터普天敎로ㅣ普天敎에서洪命憙氏에게로經營權이移動되면서 붇붓는情熱을 담어가지고잇는 朝鮮의思想運動者들은 이곳으로모혀들엇다

이러한雰圍氣속! 即時代日報記者生活을하여가든金氏! 그도그속에서 新聞의學藝欄을 ×게만들기에힘을기우렷스며朴英熙氏亦是 開闢學藝欄의 編輯責任을 가지고잇게되여 두개의武器로서 두사람의붓은 더욱잔카랍게 빗낫든것이다

이렇케되여 朝鮮文壇은두개의階級으로서對立되엿고 對立되면서 더욱×爭을猛烈히 하엿든것이다

그러나 自發法的으로이러난新傾向派文藝運動이在來藝術至上主義에서 解脫한一部의思想文藝에끈치고만엇습니다(中略) 그리하야 新傾向派時代ㅣ文壇과文壇의싸호든時代에서한거름을더나아가서 自己陣營의새로운코ㅣ쓰인飛躍的理論이 論議되면서 貧困文學은 한개의社會文學(中略)으로서 自己의行動을鮮明하려 애썻다

이대에이르러ㅣ다른論客과갓치金基鎭氏도自家陣營의行動方針에對한理論을쓰기게으르지안엇든것이다 이때에相互批判에依한一事件은(金氏에關한) 朴英熙氏가朝鮮之光에실니엿든小說「地獄巡禮」로生起한것이엿스니 푸로레타리아文學運動의兩人의論爭이라 果然社會的으로「센세슌」을이르키지 안을수업섯든것이다

當時(一九二六年)問題의焦點을 記憶에 남어잇는대로뒤푸니해본다면이러하다

朴英熙氏의作品「地獄巡禮」ㅣ(內容은省略함ㅣ筆者)가朝鮮之光에실니자 金基鎭氏붓을들어評曰「이小說은기둥도석가래도갓지못한집웅만가진形式을가추지못한作品이다」의意味의 말을하엿다

金氏의評이朝光에실니자朴氏곳反駁을試하엿스니「푸로」文學은建設期에잇는것인만치形式問題에置重한수업다 金氏의말은「푸로」文學을文化住宅과갓흔 아름다운形式으로하자하는것이아니냐?」고

이에뒤니여 金氏또다시形式問題들가지고論하야朴氏에게 다시금反駁하게이르여다든同志들의 反駁이또다시실너여 金氏에게投矢되엿다

이러케되여金氏ㅣ「여러동무들에게誤謬를淸算하엿노라고하며 自己의오류를指摘하야준同志들에게머리를숙이여謝過하겟노라」하고科學者的態度를보히여 一般讀者들과同志들에게表明하엿든것이다

그러나筆者생각컨데當時朴英熙氏의形式을無視한行動에오히려誤謬가잇섯든바 아니엿든가생각한다

其後에金氏또한 趙明熙氏의名作「洛東江」을第二期作品이라고文藝月評에말한關係ㅣ趙重滾氏에게 또한反駁을밧게되엿다

氏는우리들의作家를擁護하기위하야 또는厚意로서각금高評을試하다가 오허려反駁을 밧어온일이 만엇다

이때에金氏는××로因한××가한참심한때에 써나리슴」으로흐르게되여 一致은氏의態度에 不滿을갓게되엿스며 同志間의「여론」도 조치안엇다

더욱히貞操主義的으로서 右記雜誌에執筆은하면墮落으로反動으로여기든時節인데不拘하고原稿를請하는대로 寄稿하게되여 梁柱東氏等의「詩시平」資料까지 주어왓다

이것이「카푸」에잇서서도갓금內容으로論議되여왓섯고地方支部의投書도 갓금왓섯다

그리다가 一九二九年에잇서서 다시금藝術의大衆化가東京 에서問題되자氏先發로이問題를取扱하야「唯物辯証法的寫實主義로」「연장수구리려아라」는主唱을내게되여 小부르조아的인理論에對한林和氏의 反駁이 또한나오게되엿다

이러케되여氏에對한信任은 차차업서 가게된것이다

五

지금까지筆者가쓴것을돌이처읽고보니金氏를쓴것이아니라 金氏의지내온歷史를紹介한데그치고만 感이잇다

그러면 나는여기서그치고말어야할것일가아니다 金氏에對하야 나의아는대로 批判을試하야보자!

金基鎭氏ㅣ이분을처음보는사람은누구나다 「점자는분」이란 印想을 밧게된다

風格이「준수」한만큼 대친곳이업다

巨人인만큼 長脚인지라 일을조화하야好事家로일홈이잇다 그러나始作하는勇氣는조흔데決果가길지못한데결점이잇다 어늬때든지落手는잘하는데 길지가못하야 氏에對한社會的 信任이길지 못하다

그러나 氏는 四面楚歌가운데서도 反動ㅣ또는落望을 하자잇는 長点이잇다

氏임이文化的運動에몸을바치엿슴에不拘하고生活로因하야갓금 다른길을더듬어失敗에 失敗를거듭하여오고잇다

朝鮮이가진文藝評論家로서·信仰하든讀者들에게落望을주여본 氏의罪惡도업지안치만ㅣ氏는文壇에서일케되는損失도 적지안타ㅣ

그리하야二三年間의 氏의沈默에서 새로운記錄을그을作品이나올줄알엇드니만ㅣ다시 金鑛으로발길을돌엿ㅅ다고하니 氏는文化運動을 위함인지生活을위하야 文藝라는것을 生의行路의집행이로잡고가보려는지ㅣ氏여다시금녯날의氏가되기에힘쓰라 (終)

(三千里文学 제54호, 1934·9)

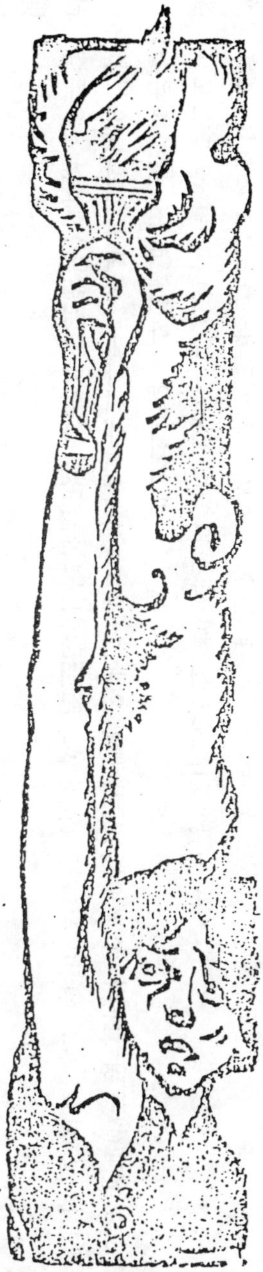

文士訪問記【一】

이번號부터「文士訪問記」를 連載하게 되엿다。 이리하야 文壇 여러분의思想、傾向이며 藝術觀 社會觀은 勿論이오 趣味와 其他 身邊雜事를 될수잇는데싸지는 仔細하게 紹介하야 讀者와합세 알려고 하는바이다。 남의 生活을 보게 되는 것은 自己生活의 範圍를 더 널피는 것이며 또文壇 여러분의 生活을 보는 것은 即 우리 文壇의 思想과 傾向을 보는 것이라。 이에우리는 「文士訪問記」를 실는 것도 意義잇는 일인줄 밋는다。

쓰트로 한마듸 더하여 둘 것은 여러분의 말슴에 미흡한 것과 흐미한 것이잇다하면 그 것은 訪問記者의 솜씨가 서툴러서 잘 바더쓰지 못한 것이니 그 責任은 記者에게로 돌려주기를 바란다。

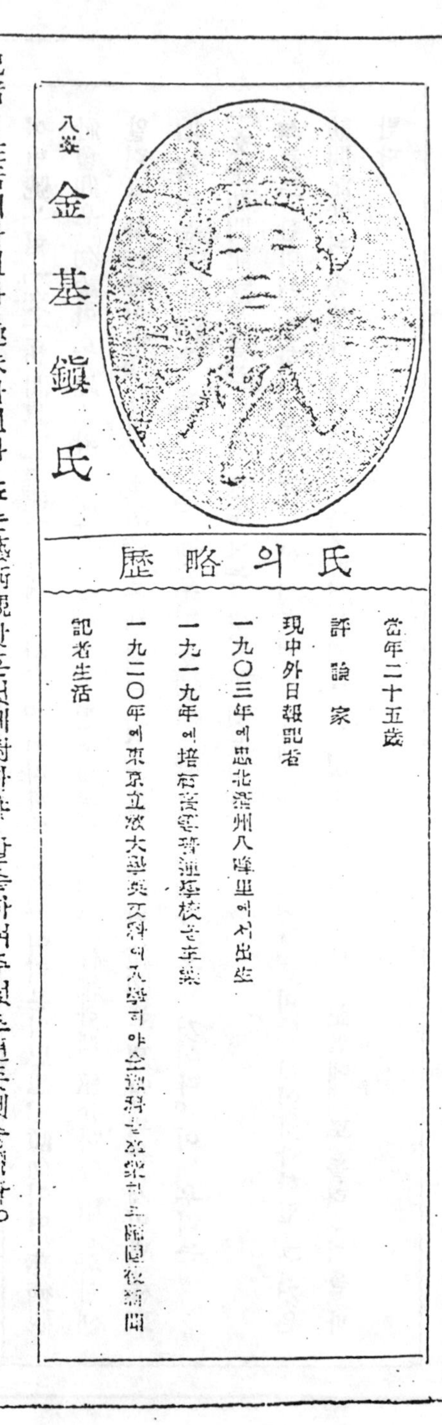

八峯 金基鎭氏

氏의略歷

當年二十五歲
評論家
現中外日報記者
一九〇三年에忠北淸州八峯里에서出生
一九一九年에培材高等普通學校를卒業
一九二〇年에東京立敎大學英文科에入學하야今番卒業하고歸國後新聞
記者生活

記者 生活이라던가 趣味라던가 또는藝術觀갓흔것에對하야 말슴하여주섯스면조켓슴니다。

基鎭 別로히말슴할것도업슴니다………드르서서는무엇하시겟슴닛가

記者 네 二月號에 文士訪問記를실고자합니다 그래서 말슴하여주시면 말슴하신그대로를 雜誌에실코자 합니다

基鎭 ………

記者 新聞에서가금文士訪問記라던가 其他社會大家訪問記라는것을 揭載하는줄압니다 그러나 雜誌로서도그것이그럿케까지無意味하지아니한줄압니다 더욱이나 文藝雜誌로서는 文士訪問記를실는것이어느意味르던지 조흔것이라고생각합니다

基鎭 그러시다면……그러나 나로서는別로히말슴할것이업는데요………

記者 아니 그리실것이업시 簡單히말슴하여주시지요

基鎭 그러면 무르시는대로 말슴은하겟슴니다

記者 네 趣味에對하여말슴하여주십시요

基鎭 趣味라고는別로가지는것이업습니다

記者 運動은무엇을 조하하십닛가

基鎭 조하하는것이업습니다 庭球를조곰하엿습니다만은 그것도最近에 와서는 自然히하지못하게됩니다

記者 音樂은………

基鎭 듯기는조하합니다만은 音樂에對하여아는것은업습니다

記者 朝鮮音樂에는 무엇을조하하십닛가

基鎭 朝鮮音樂도아지는못합니다

記者 하지못하서도 조하하시는것이잇겟지요

基鎭 네 伽倻琴을조곰조하합니다

記者 朝鮮소리는 엇더한것을 조하하십닛가 南道소리라든가 北道소리라든가………

基鎭 南道소리를조하합니다

記者 이제 藝術觀에對해서 말슴하여주시지요

基鎭 네?………

記者 簡單히말슴하여주십시요 現在우리文壇에흘느고잇는것 即우리文壇의主流라고할만한것은 엇더한 것이겟습닛가

基鎭 嚴密히말하야 主流니傍流니하는것을 가릴수업겟지요。그러나 다만이것만은事實입니다 即朝鮮의 文藝는 唯物史觀우에선「解放의文藝」일것이當然하다하는것이며、또는現在、이文藝가本流로 되어가 는中이며、압흐로도 이本流는밀리어나지안호리라는것입니다。

記者 우리의現狀에鑑하여 如何한藝術이必要하다고생각하십닛까

基鎭 說明을하랴면 길어질터니싸 고만둡니다 一言으로덥허말할진댄 今日의朝鮮社會의生活現實로보아

階級解放의藝術이어야만하겟다는것은 어썬사람이고否認하지못할것입니다 만일 이것을否認하는사람이잇다면 그사람은生活認識이不足하거나 그러치안흐면 亡靈에게붓들닌사람이겟지요

記者 作品을評하실때에態度는엇더하십닛가

基鎭 네 作品을對할때에는 언제든지이러한用意를가집니다 첫재로그作品에들어난作者의精神이라든가思想이우리의所屬階級과얼마나한關係를맺고잇는가? 또그리고이와가튼思想은어썬階級을爲한所任을하는가? 그리고無産階級은이精神, 이思想을歡迎할것인가, 아닌가? 하는것을檢討하려하는用意입니다 그리고둘재로는 그作品이藝術的으로成功한것인가아닌가? 構想이라던가表現이라던가 하는形式에關한檢討입니다。이것이말하자면나의態度이겟습니다

記者 近日에 基鎭氏의그와갓흔態度에對하야 푸로作家쪽에서抗議가잇는듯한데 엇지생각하십닛가 푸로批評家로서의態度가不分明하다는말이잇는데........

基鎭 이러한일이잇습니다 푸로批評家로 쑤루의作品까지 그냥消化하려고하는傾向이잇스니 注意하라는말을들은일이잇습니다

記者 그에對하야는엇지생각하십닛가

基鎭 글세요 내自身으로는그런傾向이잇다고自覺할만한程度의失態는업섯다고 생각할뿐입니다

記者 朴英熙氏가 朝鮮之光一月號에基鎭氏의 態度에對하야抗議를쓴것을보섯습닛가

基鎭 네보앗습니다

記者 그에對하여 엇지생각하십닛가

基鎭 簡單히말하면作品의技巧를論하는것은 푸로批評家로서의할배가아니라는意味를말슴하얏스나, 나는그것이藝術作品인以上形式論을無視할수업는줄로생각합니다

記者 이재부터는生活에對하야말슴하시지요그藝術觀이基鎭氏의實生活에얼마나한關係를가지고잇습닛가

基鎭 나의生活을指導합니다. 내가唯物史觀的文藝觀을가지기는 六年前부터입니다 그때의나의生活에는

一大變動이생기엇습니다 그래서家庭的非難은 바든일도잇지요。그러나 나의그思想은오늘날까지나의生活을支配하고잇습니다

記者 그러면 日常生活에對하야 무슨標語는업습닛가

基鎭 네 아모標語는업습니다 用意는가지고잇습니다

記者 家庭에서 不平이계실때는 업습닛가

基鎭 처음에는 각금잇섯스나 最近에는서로避함으로업습니다

記者 男女問題에對하여 平等의思想을가지면서도 意識的으로 或은無意識한中에 暴君行勢를하는때는업습닛가

基鎭 각금無意識한中에 그러한行動을取할때가잇습니다 엇던때는意識的으로도 暴君行勢를取합니다。必然하다고認定하는까닭입니다

記者 家族關係에서는엇더한態度를取하십닛가

基鎭 家族關係에는我不關焉의態度를取합니다

記者 讀書는어느때하십닛가

基鎭 밤에합니다 어느때는밤을새우기도합니다 自然히밤에늙게되는까닭이지요 아츰에이러나서、社에나오면午后네時나 다섯時에집에갑니다 그리면自然히밤에늙게됩니다

記者 쓰시는것은……

基鎭 그것도自然히밤에쓰게됩니다

記者 時間의餘裕가잇다면……

基鎭 午前中에쓰고십흡니다

記者 아츰에일즉이쓰시는일은업습닛가

基鎭 最近에와서는업습니다

記者 머리를쉬이기爲하야 散步라던가……

基鎭 각금잇습니다

記者 活動寫眞구경가시는날은업습닛가

基鎭 네 각금氣分이좃치못할때에는웃기爲해서가는일이잇지요。

—끝—

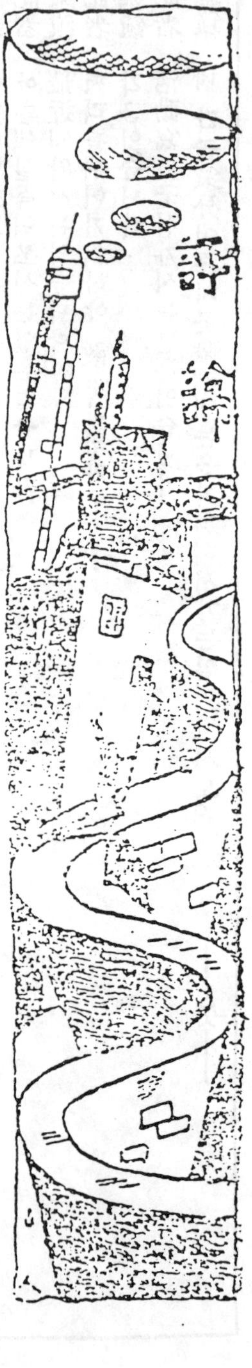

作家의「눈」과 文學의世界

—『남매』의 作者에게보내는便紙을대신하야—

林和

文學의 世界란 作家의「눈」을 通하야 讀者앞에展開된 現實世界 그것이다。

그럼으로 우리는 現實世界 그곳에서와가치 作品가운데서 自己의生活을 發見한다。文學은가르처 하나의 小宇宙라함은 이때문인가한다。

그러나 實在한 大宇宙가운데 일부러 作爲된小宇宙를 創造함은 또한개理由가있다。

作者의「눈」이 平板의硝子가 아니다。하나의「렌즈」인點에 文學의世界가 現實世界로부터 獨立되는 意義가있다。

[illegible]로 이「렌즈인눈」에서부터 文學은 始作되며 또 文學은 限定된다。

그럼으로 文學의 價値는 바로 이「눈」의 優劣에 依存한다。

決코 文學은 손(手)의 技術이아니라 作家의唯一한「눈」을 通하였다는 意味에서 비로소 藝術인것이다

作家의「눈」이란 果然如何한「렌즈」인가?

「肖像畵」는 그모델에 비슷한만큼 作者自身을 달멋다

고 누구가 말한일이있다。

바로 作家의 「눈」이란 作品우에 現實世界를 反映한뿐아니라 作家自身의 姿態를 投影하는 「렌즈」다。作品가운데는 우리의 生活이있을뿐아니라。作家自身의 生活이있다。

우리가 作品世界가운데서 共感하고 反撥함은 우리와 作家가 一致하고 擁護하는 그것에 不過하다。

어느때는 勿論하고 作家는 作品가운데 하나의 世界像을 보혀주나 그世界像은 作家의獨特한 血色으로 恒常濃厚하게 着色되어있는것이다。

이피는 實狀은 大端히多樣한 것으로 어느때는 現實世界를 一層鮮明히 多彩하게 自己의 世界像가운데 再構成하는수도 있으며 때로는 이와反對로 混濁한血調으로 現實世界의 傑觀과 內容을 더럽혀버리는 수도있다。

作家的「렌즈」의 物理學的性質이란 실상 이作家의「피」라는 化學的內容으로 加工된물건이다。

作家는 自己의 「피」가될 營養物을 恒常 現實生活이란 土壤에서 攝取하는수밖에 없는것이라. 作家的血液의 原素란 恒常作家가 生活하고있는 社會의 原素임을 免치못한다。

그럼으로 作家의 社會的 本質이란 곧 作家的「눈」의 物理化學的內容이되는 것이다。

따라서 모든「눈」이 偉大한 藝術的 世界像을 創造하지 못함은 自明한노릇이다。

그러나 같은 文學作品가운데서도 比較的作家의「피」가 熱度를 띄여 흐르고있는 作品가운데서 보다强한感興을 느낀다는 現象은 藝術的世界像의 優劣과는 別個의 것이다。

우리가 作品가운데 表示된 作家의自己에 對하야 熱烈한 同感을 느낄때도 누를수없는 反感을이르킬때도 거위 비슷한 興奮을느낌은이때문이다。

「떼스토에프스키」를 읽을때도 「꼬르기」를 읽을때도 비슷하게 느끼는 激烈한心魂의 動搖를生起할것이다。

그럼으로「티에티즘」은 文學의 不拔한基礎이면서도 作家의 熱烈한 精神의 火焰으로 燃燒되지않는 限, 低調한 文學으로 떠러지는것이다。

더욱이 今日과같이 激烈한葛藤으로 性格化되어있는 現實을 反映하는「레아리즘」文學이 平凡한 觀察者임에 始終하는것은 그自身「레아리즘」의 精神과矛盾하는 것이다。

「레아리즘」은 確固하게 現實가운데 뿌리를박고있으면서 同時에 現實에 對하야 날카롭게 對立하는 文學의 精神이다。

不幸히 오래인동안 進步的文學의 傳統가운데 成長한「레아리즘」文學은 現實우에 섰다는것만은 確實한

따름이고 現實을 批判하고 克服할나는 意志도 現實과對立하는 高次의現實性을 忘却해가고있는 듯싶다。

이러한 両端의「레아리즘」은 現實로부터 逃避할나는 傾向이나 現實의矛盾을 幻想的인 方法으로 超剋할나는 傾向等과 確然히 손길을 난출수없는 境地에 떠러지는 것이다。

社會主義的「레아리즘」을 輸入한 우리文學의 特長이 이곳에 있음은 痛嘆할일이나 그것은 임의 우리文學의 現狀이아닌가?

뜻있은 作家들이 이低調와 惰氣에찬否氣를 들고現實과 對立하고 現實과 格鬪함으로서 現實에密着할나는 熱情으로 自己의「눈」을 鍛鍊코자함은 確實히意義있는 일이다。

거금「小妹」(朝鮮文學三月號所載)라는 족으만 小說을 읽부러 詳釋코자함은 조금낫부든 그가 은데빛나는 作家의 산「눈」을 發見한때문이다。

따라서 作者의「눈」의 構成內容 即 現實世界와文學的世界像의 媒介者로서 作者의「눈」이 어떤價值와 意義를갖었는가를 밝혀봄은 決코 한개作家의 問題일뿐아니라 우리自身의 課題이기도하다。

×

爲先 小說의構成이 한개의 焦點을 向하야 有機的으로 形成되어있는데 作者의「눈」은 强烈한렌즈의作用을하고있다。

이小說가운데 活躍하고있는 人物들 展開되는 事件이 모두다 金鳳根이란 少年의 無垢한受性이란 一點을 集中되어있어 그의가슴에 永遠히잊어지지 못할 구녕을 뚜ㄹ ㄴ림으로 끝이났다。

勿論 이焦點은 主人公少年의 가슴을 뚫는과 同時에 讀者의 가슴을 뚫는데 그意義가있다。

精巧한「렌즈」는、恒常단 하나의 焦點밖에 안갖는 것이다。

이 단한개의 焦點에서 光彩는 一層밝아지고 熱度는 一層뜨거워저 비로소 불을이르키고 適確한 구녕을뚫는것이다。

「렌즈」面에 接觸된線을 한가닥도 놋치지않고 한點우에 集中시키는「눈」은 分明히 優秀한「눈」이다。

萬一「렌즈」面에 到着한 光線의 一部를 그대로反射시켜버린다면 그「렌즈」面은 흠이있는것이고 焦點以外의 方向으로 屈折시켜버린대도 그「렌즈」는 不正確한것이다。

하물며 한焦點以外에 다른 몇개焦點을 남긴다면은 더욱 그「렌즈」의 價値는 여픈것이다。

이點에서「小妹」의、作家의「눈」은 分明히 正確한「렌즈」이었다。

「小妹」의 世界像은 그人物이 現實的으로 生活하는

凝縮한 世界에 比하면 分明히 壓縮된 小世界이리라。

그러나 創作家로서의「눈」은 다시 作品의 內的構成을 하나의 中心 唯一의 焦點을 向하야 또는 그 一點에서 構造하는데 成功해야 한다。

이것이 作品世界의 內的論理로서 하나의 圓은 한개의 中心밖에 가질수없다는 法則이 貫徹됨을 要한다。

먼저 이作品의 內的構造를 풀어보면 焦點은 小說最後에있다。

—「진호궁 매부 뭣이든지? 하다쓰、두다쓰」하끈 낭금낭금 뛰어간다。

봉근이는 恒常듯는 이말이 지금같이 드리지의으로지 기를 충격한것은 경험한적이 없었다。—(中略)—。

—봉근이는 더참을수가 없었다。와락두주먹을쥐고 모자도 책보도 길우에 집어던지고 뒤를쫓어갔다。先生의 아들은 어느때와는 틀리는봉근이를보고 겁이나서 다름바질을 치는데 봉근이는 길이고 밭이고얼음이고 분간없이 지금따라 가고있는것이 누구인지도 잊어버리고 두주먹을 진채 죽기를한하고 자꾸만 쫓어간다。——

少年鳳根이가 쫓어가는것이 여기에서는 그를 놀니든 先生의 아들一人이 아님은 作者가 말하는바와 같거니와 그러면 惡學友全體인가하면 그럴것도 같으면서 또 그렇지도않다。

왜그러냐하면 鳳根으로하야금 무엇인지 모를 울화하야 決死코 突擊케함은 學友들의 嘲弄그것하나만、아님으로이다。

어느때도 學友들은「鳳根 매부 한다쓰 두다쓰」하고놀닌것이 아닌가?

그러나 오늘날에 새삼스러히 鳳根의쪽으로만 心魂을 激衝한것은「이만큼 자라기까지 경험한 가지가지의 더럽고 추한것들이 함께뭉처저 덩지가되어 그의 얼굴에 떠러지는것같었든」때문이다。

그原因 鳳根의 悲劇的忍耐를 드듸어 破壞한原因은 一般的으로는 作者가 말하듯 그의 열에까지의 生涯를 通하야 累積된 諸不幸이거니와 直接으로는 鳳根이가 길었든 唯一의 紐帶인 누이桂香의 背叛이다。

「봉근이는 아버지한테 맞고 어머니 한테할키우면서도 구차한운재수와 조아하며 증시 다른 남자에게 몸을허하지안는 桂香이를볼때 무슨 숭고하고 신성한것을 發見하는것같이 누이가 우러러뵈었다」

왜그러냐 하면「平壤가서 女學校에 다니다가 放學때마다 돌아오는 누구누구의 評判좋은 處女들도 이렇게 신성하고 마음이깨끗할것같이 않었든」때문이다。

이곳에 임의 貧困의 慘酷한 손밑에 人間으로서의 第一의 權利最初의 自尊心을 粉碎當한 悲劇的運命의 숨은눈물이 大河처럼 흐르고있다。

이 抑壓된 可憐한 人間들의 숨은눈물이소리나지안는 咽喉은 感知하지 못하는 心臟는 一年生 生活이란 것을 해보지못한 頭腦만가진人間」(데스토엡스키)의淺薄이리라。

「알겠읍니까? 당신은 알겠읍니까? 이어떻게도 할수없다는 말의意味를—아마당신은 아즉모를것입니다」

「罪와罰」의「마르메라토프」가 非生活人의 淺薄에對하야 던지는 痛烈한 非難을 少年鳳俊의 마음이 우리에게 속삭인다。

그럼으로 學校동무들이「김호공 매부한다—쓰?두다쓰?」하고 嘲弄할때도 그裕福한 處女들이 사랑도쥐뿔도없으면서도 돈때문에 명예때문에 개기름 흐르는사나이들의첩으로 시집올가는」嘲笑할 事實을 그는잘알고있었다。

萬一 그들이 自己의 누이와같이 돈으로 公然히左右되어야할 妓生의身分이 된다면 桂香이보다도 몇倍추한 醜態가 될것이아닌가?

桂香은 狂亂하는 暴風雨가운데서도 아즉一點의燈火를 굳건히 살니고 있지않은가?

鳳俊은 人間으로서 最後의權利 最後의名譽의아름다운美蹟을 桂香의가슴에 보고있는 것이다。

이것은 그누이의 寶物이면서 또한 鳳俊自身의 寶物임을 그는 無意識的으로 느끼고있다。

그의悲劇的忍耐란 實로 이 넘우나 微弱한紐帶로붓잡어 매여져 있었다。

이때문에 鳳俊의어린가슴은 可憐한 그現實의 先非를 집맞는 現實에 대한 憤激을 가만히 간직하고있었다。

그러나 이한줄기 紐帶는 누이自身의손으로 끈어지고 말았다。

지난밤 어머니와 차호고나와 그의사랑을爲한 或은 동생을爲한 苦難한 獨行의 第一步라 生覺하였든 한밤은 그것을 破壞한 一夜가된것이다。

적어도 鳳俊이에게는 그리生覺되고 그리보였다。

桂香은、그가 송충이처럼 서로 싫어하든 禁食料品店主人에게 一夜를판것이다。

이直接의 動機가 무엇인가는 이小說에서 큰意義가 없다。보다도 그를 或은 그들 男妹를 이러한 破滅의 深淵中에 빠트린原因은 만곳 큰現實가운데있었다。

그들을 出家케한 原因도、그들을 妓生과 妓生의동생을만든 原因도、그의家庭의 現實로부터 由來하였다。

桂香이가 아홉살 鳳俊이가 두살때 그의生父金日光는 죽고 그들의 어머니는 二十六歲의 青春寡婦가되였다。

그러나 年少한 婦人이 두子息을데리고 一家族의苦難한 運命을開拓하기에 現實은 두말할것없이 冷酷하였다。

그들의 生活는 不拘也 어느鑛山에일을보는 金礦燮
現在男便에게로 改嫁하야「돈수」라는 아들까지 낳
하 오늘까지 살아온것이다.

그러나 鑛山이 廢鑛된뒤 炭夫의 收入도 없어지고 改嫁도 根本的으로 그들 三母子를 貧窮에서 救하지는 않었다. 結局 딸은「順姬」라는 某高女校生徒로서의 그리고 鳳根의 누이로서의 이름을 버리고 桂香이라는 妓名을얻어 오늘날까지 그들一家는 몇해의悲慘한속에서 겨우 지탱해온것이다.

이것은 그들의 歷史이거니와 이붓애비 애비달은子息들 그中間의 어머니 이렇게 無理한 矛盾우에 結合된 家族이 決코 自然한 狀態가운데 끝나리라고는 生覺지 못할것이다.

事實오래인 葛藤과不安은 어제 하룻낮 보잘것없는 機會에 드디어 爆發하고 만것이다.

小說은 어제낮부터 그이튿날아츰까지의 事件으로構成되어있다.

이緊縮性이「男妹」로하야금「드라마티칼」한 緊張가운데 始終시킨것이다.

正히 小說은 社會的 不合理의 한개「티피칼」한場面을 우리앞에 展開하였다.

直接으로는 어제저녁, 어머니와 桂香과의 口論으로 桂香과 鳳根은 出發하것이나 그口論은 오래蓄積되었던 醜과 矛盾의 衝突, 爆發이었다는데 意義가있다.

小說 첫장은 그날의 日常的인 事로부터 出發하였다.

낮부터 繼父炭夫는 앞집의店房과가치 附近湖川이란 내로 고기를낚그러갔었다.

鳳根이도 繼父의눈총을 마치가며 따아갔다가저녁때 한짐을잔뜩낚아가지고 돌아왔다.

그런데 事件은 고기를 낚아가지고와서 그것을·팔너가자는 繼父들의 意志와 그것을 가지고 맛있게저녁반찬을 하자는 桂香이들의 期待의 相剋으로 부터 시작한다.

鳳根이게는 그것이 돈이된다거나 반찬이된다기보다도하로 종일낚어온 한짐의어린애다운 즐기움을깨트리는것이 無限히 스러웠다.

桂香이의 마음이 鳳根의 이 痛切한 心情을 모를리가 없었다.

그럼으로 繼父들이 고기를 둘너메이고 팔려가난뒤 남은 問題는 이破壞된 無辜한 少年의心情을 어떻게 하였느냐에 있음은 勿論이었다.

實로 全能한 神일지라도 放棄하고 無辜한 少年의 心情을 아프게하며 迫害하는것을 어떤 藝術作家는 拒否하지 않었는가?

어린아이의 悲劇은 悲劇中의 悲劇이다.

鳳根이는 房속에 드러가 엎으러저울어버렸다. 어머

한 代價도 어린아이의 가슴에서 喪失된즐거움을 補充하지는 못하는것이다。

언江우에 寒風도 義父의 눈초도 무거운억개의짐도 그저 고기를 만히잡어가지고 어머니 누이에게로도라간다는 한개 덧없는즐거움때문에 이저버렸든것이다。

그러나 이즐거움이 없어젔을때 모든 悲劇的事件는 어린 마음가운데 暴風雨같이 이러나는 것이다。

桂香은 돈을주어 달넜다。그러나 鳳根은 돈을집어던지고 울었다。桂香은 그만 鳳根의뺨을갈겨버렸다,

鳳根의우름은 드디어 하눌을 찌를듯이 높하지그땅을뚜를듯이 설음은 길어젔다。

이우름이 自己를때린 누이에對한 원망으로부터 發한것이 아님은 누구나 잘알것이다。

그럼 무었을 스러하고 우는것일가?

피랴든 꽃도 어린아이의 설음에 복맛치는 우름앞에는 스러지고 말것이다。

이우름소리를듯는 누이의 마음은 어떻겠는가?

그가 동생을 미워서 때리지 않었음은 再言할必要가없다。

그러면 웨 누구를 때렸을까?

부엌에서 잠잠이 밥을짓고 있든 그들의 어머니가 딸이동생을때린 손벽의 앞음을 自己의 마음의 앞음으로 느끼웠은 當然한 일이다。

不幸한 어머니는 딸이때린것은 鳳根이가 아니며自己인것 또한 鳳根을 때린것이 딸桂香의 손이아니다 어미 自己의 손이라고 生覺된것이다。

드디여 싸홈은、桂香과、어머니와의사이에버러젔다。

그러나 注意할것은 그들이 決코 미워하는 사이가 아닌것 그들의 根源을캐면 같은生活의 悲慘한犧牲者서로 불상이역이는 人間들이란것이다。

오즉 그들의싸홈은 無辜한 어린心靈의 受難앞에서로 손을마조잡고 痛哭하는 一形式에 不過하다。

오늘날 우리는 貧民들이 家庭에서 이런種類의싸홈을 頻繁이發見할수가있다。

그들은 실상 서로 싸호는게아니라 彼此의無力을 어지못할 苦難의 壓迫者앞에서 慟哭하고있는 것이다。

桂香의 이어머니가 生覺하듯 그가 罪惡의 因緣치않고 두子息과 自己의生命을길을아무만方途도없었다,

이말은 桂香이 도잘안다。그러나 桂香이 가말하듯、의붓애비손감、집안살님사리를 몸을팔아 할거다하고 돈틈에 내조혼 서방을 즐기는것을 나무랠수도 업지않은가?

어머니의 마음속을 파고들어가본다면 딸자식을 남과같이 丁夫시켜 죽은 男便없어 먹기지못한 값은슬음

이 돈없음것이다。

이것은 자식에對한 限없이 未安하고 罪스러운 生覺으로서 언제나 그를懇哀가운데 잠기게하는것이다。

자식을 사랑하는 어버이의 슬픔?

그가 무엇때문에 娼妓의 조그만 즐거움을 미워할것인가?

그러나 貧窮이란 무서운 現實을 이愛情實現되지못하는 肉親愛를 그들自身間의 쓸데없는 心的葛藤으로 꿋처버리는것이다。

即 딸는 鬪然中 어머니가 改嫁하였다고 어머니는 딸이 自己의 좋은男子를 죽진다고 싸호는 것이다。

이葛藤에는 그들의 生活과 愛情을 破壞한 客觀的原因으로서의 貧窮以外에 그들이 眞心으로 對立하고 相爭한 一點의 理由도없는 것이다。

周知와같이 娼妓이가 妓生이된것도 그의어머니가改嫁하였기때문이 아니었으며 그의어머니가 改嫁한것도 그들三母子의 生命을 維持해야될切迫한 必要에因함이 아니었든가?

비록 改嫁가 그들의 家族的不幸의 一原因일수있다假定하고 그들의 生父金日九가 生存하야 改嫁치않었다하드래도 그들一家의 生活을지금보다 幸福되게 했으리라는 保障은 아모 곳에도 來할수없지 않은가:

全혀 그들이 改嫁를하고 妓生이되고 或은안되었든間에 그들의生活이 不幸했으리라는것은 여러가지 事實로보아 避치못할 事實이라를것이며 同時에 그들의 不幸은 보이지안는 運命이되어 그들의 머리우에떠머지는 社會的原因가운데 旣存한것이다。

오직 貧窮과 無知로 말미암아 그들에게 不幸을마련해주는 眞正한 原因이 發見되지 아니하였을때 딸은 어머니를 원망하게도되고 어머니는 딸을원망하게도되는것이다。

그러나 이렇게 無効하고 妥當치안는 葛藤은 그들의 不幸을 一層深刻히하고 뼈앞으게할 다름이다。

客觀的으로 觀察할때 이理由없는 肉親싸홈이란。富裕한家族間에 흔히볼수있는 財産中心의 醜惡한 骨肉戰에比하야 悲劇的으로 아름다운 것이다。

그들의싸홈은。不幸의共通한 對象을 克服할수없는。絶望의嗚咽이며、自己들의 無力을慟哭하는 넘우나 뼈앞은 一形式에不過하다。

「이년아쉬나가거라!」

「그래 나가리다!」

이런簡單한말 根據도없는 感情의 衝突로 그들은往往 서로 손길을 난호는것이다。

그들이 나간다고 내보낸다고 조금도 더 幸福되느냐하면 大部分의 境遇에있어 그反對의 結果를나흠이 通例이다。

無知가 보다른 不幸을 낫는것을 有限한世人은 人間心理의 美妙한點이라 불은다。

이곳에서 이小說은 一貫하는 心理的葛藤의 明確한 本質을 讀者는 理解할수있을것이다。

그럼으로 桂香이가 동생을데리고 出家한것도 決코 어머니가 미워서가 아니며 桂香男妹를 憤김에 나가라고 소리친것도 어머니의 마음의 眞正한 소리가 아니엇다。

그들이 나간뒤 밤새도록 흐른 不幸한 어머니의눈물을 우리는 이小說가운데 씨워지지 않은 部分에서 想像할수있지 않은가?

그러나 그들을 내쫓은 第三의 原因은 義父의存在이냐하면 現象的으로는 그리뵈이면서도 그實은 그렇지않다。

勿論 義父는 그들母子의 싸홈場面에있지도 않었고 一言의 거친말로 서로 건늬지 않었으나 母女싸홈에 보히지 안는 動因이된것만은 事實이다。

그럼으로 이小說의 母女間葛藤은 現實味를띄고 充分히 산個性間의 葛藤으로 形象化되었다。

그러나 그들母女를 갈나노흔 眞正한葛藤의 暗點는 그들뒤에 무서운 눈알을굴니고있어 그의어머니를 改嫁치 아니할수 없게만든 貧窮이란 現實의커다란 暗影이다。

成根이가 고기를길머지고 黃昏의江岸을 거러올제등뒤에 커다란 그림자가 落伍者의 巨大한 體軀가 그들의 어둔運命의 象徵이아니엇든가?

이暗影은 또한 그들의 義父를 술이나 먹게하고 放生에비노릇이나 하게한것이며 桂香으로 하야금 自己의 最後의 자랑까지를 拋棄케한 그것이다。

同時에 成根이의、마음으로부터 믿든最後의 結帶를 그것은 끊었고 어린心魂가운데 永遠히 메구지 못할 傷痕을 두른것이다。

實로 落伍者의 巨大한 暗影은 그들 全家族의 머리우를 덥고있는것이다。

小說「異味」의 出發點은 바로 이人間의 生活과心魂을 無慈히짓밟는 社會的暗影이란데서 出發한것이다 그리하야 義父、母、桂香、其他人物들의 生活과 心理를 怒濤와같은힘으로 貫流하면서 少年成根의 悲慘한 心魂을 뭉어 버리는 곳에 集中된것이다。

生活的不幸에對한 가장抵抗力없는 한人間우에 그것들은 集中됨으로서 그悲劇性을 最高度로 發揮한셈이다。

그럼으로 悲劇은絶頂에오르는 同時에끝난것이다。

이方法은 讀者의 感銘을 高調하는데 가장効果的인 方法의하나이며 이小說을 가르쳐 내가 띄라마티칼한 作品이라 봄으는 理由로 이高度의 悲劇性에있다。

마상 이곳에 우리는 조흔 悲劇에서 보는 醇化된 그 抒味를 發見하는때문이다。

要컨대 一短篇으로서「男妹」는 시작할곳으로부터出發하야 終을 내릴곳에와서 끗난것이다。「男妹」는 最近發表된 누구의 作品보다도 文學을通하야 讀者의 面前에 人間苦의 根源을, 告發한다는高邁한 精神으로 불타고 있는作品이다。

×

이것은 모든 純良한 藝術作品에 不可缺한 作品의 內面的眞實性이거니와 남은 問題는 作者가 摘發한惡의 本質과 橫暴된 生活環境의 價値如何이다。

爲先, 「男妹」를 通讀하고 나서 우리들의 가슴을 흔드는 基本觀念은 貧窮이란것이나희이 많은늙은사람으로부터 無邪한 少年에 이르기까지 또는 一家族全體를 가장無慘한 運命下에 때려누인다는것인데 疑心할것도 없이, 이觀念의 價値는 高貴한것이다。

그러나 惡으로서의 貧窮이 어느곳에서 原因하얏는가의 問題는 充分히 提起되지 않었다。

勿論 短篇이란 形式가운데 이浩翰한 大問題를 展開할수는없는 것이다 적어도 얼마큼 暗示되어야할것은 아닌가?

이小說이 砲身이되어 發射하는 彈丸과같은 深刻한 迫力을가지고 우리의 가슴을치는 少年鳳根의悲劇的運命의·將來가 暗澹한 一色만을 傳하는것같은 理由가 이곳에있다。

即 鳳根의 運命이 그經路의 强度에 比하야 現實的內容性이 不足한것이다。

그럼으로 멋든最後의 一線을끈키고모든 屈辱의集合된 街路에서 뛰어나가는 鳳根의 行爲는 絕望의飛翔처럼 늣겨젔다。

책보 누이어머니 學校一切를 버리고 내닷는 鳳根의앞길에는 아즉아무것도 보히지안는 虛空이아닐가

그點은 小說로서의 效果를 높인點은 認定할수있으나 明確한目標, 對象을向하야 肉體와 精神의힘을 綜合하야 前進하는 文學의 精神으로선 한개缺點이다。

그렇다고 나는 少年鳳根이 이러한 現實內容을 認識하고 貧窮人으로서의 自覺을 엇지못하였다거나, 또는 小說의 結尾가 貧窮에對한 鬪士金鳳根의 出發로 歸結되지 않었다고 不滿을말함은 아니다。

少年鳳根에게는 아즉 그런것을 明確히 認識하고自覺할能力도 成熟치 못하였스며 그를 鬪士로 出發시키는것은 똥키호테의 出現처럼 우수운 것이리라。

그러나 나의非難은 一觀念感情의 傳達뿐이아니라 그것이 作品現實이란 한世界像을 通하야 具體化된다는것 따라서 文學의 世界像이란 客觀的價値를 保持해야함을 强調한다는데있다。

「兄妹」의 作者가 創造해 내인 世界像은 果然今日의 산現實과 全一한, 或은 그것을 集約할만한 높이에到達하였느냐하면 그렇다고 肯定해버리기에 困難한點이 있다。

「兄妹」의 作品現實에서는 作者가企圖한 精神的告發이란 目的아래, 無理히 不正曲된現實의 痕跡을發見할수가있다。

作者에있어 貧窮이란 社會的一般性이 때와경우 人物의發現에 따아悲慘에가까운 多樣性을 가졌다는 事實이 적지않이 注意되지 못하였다。

近한例로 鳳根一家에對하야 重大한 影響을준 두人物, 稅務署「운재수」와 菜食料品店主人을 들어보다。

爲先「운재수란人物은」 全혀 個性으로서도 性格으로서도또는「타입」으로서도 形象化되여 있지않다。

오즉 누이와 동생의 運命을 側面에서 조종하는한 그림자로서 빛어있었고 그의 作態는 通俗戀愛悲劇에登場하는「메로드다마티칼」한 人物에서처럼 安易化되어 있다。

이點은 稅務署下級吏員으로서의「운재수」의 性格을 描出치못하였을뿐더러 相者과의 戀愛事件 그곳에서까지 現實性을 削減하였다。

「메로뜨라마」로表現된 相者과 그와의 戀愛事件은이 小說中 가장現實味없는 弱點이다。

眞根의 悲劇을 만들기爲한 한개 人爲的操作에不過하지않을까?

食料品店主人이란人物도 이운재수와 全혀同一한役割을하기 爲하야 招致된듯한 弱點을가지고있다。

이처럼 現實性이적고 充分히 形象化되지않은 人物과 事件으로 作中人物의 重大한結局을 支配시킴은作者의커다란 不注意가 아니면 아니된다。

이두人物과 그들과의 關係를通하야 作者는 鳳根一家가 外界와 맺고있는 關聯을 提示할수있었을뿐 아니라 社會生活가운데 노혀진 一家族의位置를 어느程度까지 作者는 表示할수 있었을것이다。

貧窮과 富裕를 體現한것도 各個의 산人物이며 그것을 만드러내는 原因도 그들人物의 生活的關係라는 것을 作者는 덜注意하였다。

한사람 한家族의貧窮、不幸이 緣故없이 이러나지않음을 作者는 熟知하지 않는가?

그밖에 養父在根을 通하야서도 作者는 一家와社會와의 通路를 어떠한形式으로이고 設定한것이었다。

그가鑛山일군이었다가 廢鑛으로 말미아마 放生에비가되였다는 逆境으로는 이目的은 達成되지않는다。

그의 또는 그家族의 歷史에는 時代的變遷、或은社會生活의 推移라는 커다란背景이 蜘蛛巢과같이 가로노혀있지 않은가?

그럼으로 이小說을 一括하면 作者는 家族內的諸相을 當히 現代的으로 그리고 形象化하기에 成功한反面家庭과 外界와를 聯結하는 事件描寫있어서나 人物의形象化에있어서나 모두 덜現實的이었고 成功치못하였다。

그럼매문에 廉想一家란 一個 封鎖된「모나―드」와 같은 印象을 준것이며 一家族의 不幸, 그不幸의 擔當者家族의 悲劇을 支配한 原因은 天來의宿命과같은 感을 준것이다。

이作品의 主要한 色調인 尤甚한 孤獨感도 實로이 封鎖性, 隔離性에서 온것이다。

그러나 주―」 注意깊게읽으면 小說上半約三分의一과 後半約三分의二의 그가 서로다른 氣分이 支配하고있음을 알수가있다。

廉想이가 이웃「옥섬」의 집에온 面書記의 自轉車를 작란하는데로부터, 고기를 잡으러간데까지 作者의 붓은 영롱한「레알리티」우를달니었다。

「그場面의「옥섬」面書記 桂香은 다 生鮮처럼 산人物이었고 桂香과 面書記와의 會話는, 지나치게 正確한만치 現實的이었다。

더욱이 繼父와罪悲房이 고기잡는데서 廉想이가 體驗하는 罪責心理의 描寫는稱讚하야 남음이있다。

그러나 人爲的人物과 事件에 役割을 流하는 下半에와서 作者의붓은 現實을좇는이보다 더많이 精神을 맡은것이 아닌가 作者와 더부러 記憶하고 싶은것은 高次의「레알리즘」이 現實과 對立하고 그것과 格鬪한다는것은 우리들의 主觀的精神에서가 아니라 現實그것을가지고對立하고 格鬪한다는것을 理解하라는것이다。

우리들의 精神이 高次의 現實을 創造함은 그것이 現實의 集中된反映인매문이며 現實의內的進行力그것으로 意志化된매문이다。

그럼으로 우리의 精神은 現實로 말미아마서만 意志化된다면 우리의意志는 永遠히 正確한現實을 要求한다。

이要求의 實現에서만 우리의精神은 眞正한 精神일수있는 것이다。

너무 駄言을 長惶히罪하야 未安하나 作者가, 이小說의 構圖을 쓸듯한 意圖를 갖었다기에 일부러 詳細에 亘하야 이야기한 것이다。

그런데 나自身코 이作品을 읽은 讀者와더부러 企廉想의 後日譚을 期待하는것이나 廉想의 그뒤이야기를 쓰는데는 한개 陷이노혀있음을 미리一言하고싶다

作者는「罪와罰」의 作者가 그後日譚을 쓰시않은事實을 記憶할必要가있다,

「라스코리니코」의 西伯利亞流刑記가 萬一씨워젔다면 죽음의집의 記錄과같은 大藝術이아니였을 것이다。

讀者란 恒常主人公이 편한 豫想된 길을가면 하곰 安心하는 법이다。探偵小說이나 通俗小說의 作者는讀者의 이心理를 利用하고 있으나 決코 나는「兄妹」의 作者에게 이길을 勸할은 아니다。

오즉 讀者가「응! 그저그런건!」하고 一笑할 甘美하고 安逸한「코－스」를 열지말나는것이다。

그가 또해뒤 生活戰線上에서 여러가지 苦惱를겪는때에도 勿論價値있고 興味있는 일이다。

그러나 强하게 發射된强丸을 猛烈하게 爆發한다는 强烈力學의 法則은 記憶해야한다。

「兄妹」의 砲口를나온 凶彈의 絶望的飛翔는 무엇向着陸點을 發見할것이다。

着陸點에서 그는 瞭瞭한 悲痛과 淋漓한 音響을發하고 爆發할것은 豫想할수가있다。

그러나 爆發할때까지 이悲劇의 彈丸이 반듯이 經路할 非常한 奇跡、非常한 經路를 나는 그後日譚에서 期待하고싶다。 이것은 그의 爆發을 一層힘있게 多彩하게 裝飾할것이다。 그는번서 非常한길을 거름만한 充分한理由를 그의非常한 出發에서 길머지고 나스지않었는가? 그의 다음길은 아마도 普通世上의 鈍少年이것는그러한平坦한 一條의 路線은 아닐것이다。 그것은 좋은 一篇의 小說이 되기에 充分할것이다

—(三月十日)—

(朝鮮文学 제13호、1937・6)

新刊評

사랑의水族館

金南天著

내게는 한가지 惡習이 있다。新聞小說이라면 구더데고 嫌惡하며 忌避하는 惡習이다。

언제부터 생긴 惡習인지 까마득하다。그리고 반드시 그것은 惡習이라고만도 할수없는 일인지모르나 何如間 新聞小說이라면 生理的으로 읽을만이 안생긴그것만은 어찌할수없는 事實이다。그렇지만 내면엔 내自身은 決코頑迷固陋한 藝術至上主義者라고는 생각하고 있지않다。그러나 亦是 新聞小說을 輕蔑하고 안읽는 惡習인것도 같다。

더욱이 朝鮮에 있어서는 長篇의 發表舞台가 局限된 만큼 新聞小說이 決코 新聞小說에만 그치지 않을뿐아니라 作者들의 일흠만은 보더라도 所謂「新聞小說」이라는 槪念은 가지고 만論하여서는 간곳이라는것을 편히알면서도 이런 어리석은 惡習을 버리지못한다는것은 내스스로도 딱한일이다。이 더문에 나는 實로 많은 佳作들을 읽지 못하고 지내왔다。例를들자면「故鄕」이라던가「錦衫의피」라던가「濁流」라던가：그것은 오로지그作品들이 新聞에 連載된所謂新聞小說이기때문이었다。

이번게으름과 어리석음을 告白하는것은 金南天氏의「사랑의水族館」을 읽고나서 또한번새삼스럽게 먼저만한내 惡習이 틀림없는 惡習이라는것을깨닫았기때문이다。即 그惡習때문에 가장 손쉽게 내것만들수있는 많은 보배를 나는 노쳤다고 明白히 깨닫았기때문이다。

小說에있어서「재미있다」는것이 決코 絕對的通俗性의 要素일수는없다。通俗性의要素가 가장되기 쉬울수는있어도 반드시 그것이 純粹함을 깨트린다고는만할수 없는것이다。도리혀 그러한「재미」가섞이어서 비로소偉大한 그鄕土의國民文學을 낳은例가 더많다。

完璧이라면 過言인지도 몰으나 이「사랑의水族館」도 그런例의하나이다。가장 新聞小說다우면서도 決코그作品自體로서의 主張을 굽이지 안했다。어것은 처음新聞小說을쓴 金南天氏로서는 커다란勝利이다。웨냐하면 通俗에 막기울으지않는 新聞小說을 쓰자는것이 朝鮮作家 全部의 은근한 祈願이겠기에 말이다。

餘談만 늘어놓았으나「사랑의水族館」을읽는동안 그것이新聞에 連載되었던것이라는것은 나는 完全히 생각하지 안했다。나는 于先이것만으로 이作業의 成功을 證明한수있을줄 생각한다。

「사랑의水族館」에 對하야 或은主人公「김광호」에 對하야는 이미 여러사람이 論하여왔고 評하여온터이라 이제새삼스럽게 여기呶呶할만도 必要도없다。또한 그러한것에 對하야는 무엇보다도 作品自體가 說明하고 批議할터이므로 敢히 蛇足을加하려하지 않거니와 이제 雅淡한 佛蘭西裝으로 나온「사랑의水族館」이 新聞에 連載된때 읽은사람에게나 안읽은 사람에게나 훌륭한마음의 糧食이될수 있으리라는것만은 斷言할수 있다。

중간 중간에 鄭玄雄氏의 版畫로 된 挿畫를 넣었다는것도 좋은試驗이었다。

鄭 潔

(인문평론 제14호, 1941·1)

少年行

李源朝

南天의 第一短篇集「少年行」이 朝鮮文庫本으로 나온지 벌써 달이넘었다。 그동안 몇분의 新刊評이 있었으리라고 推測되나、 이제와서 내가 쓰는 이 글은 新刊評이라고 하기에는 너무 철이 지났으므로 그저 이 책에 對한 내 感想이나 적어 보기로한다。

林和兄이 들으면 섭섭다 할는지도 모르지만、 사실인즉 처음에 南天으로부터 이 短篇集을 文庫本으로 낸다는 말을 듣고 나는 反對한 사람이었다。 사람이 글을 배워 그것을 책으로 낸다는것이 그다지 대단한 일은 아니지마는、 그때 南天으로 말하면 아직「大河」도 出版되지 아니하였을 때이라、 처음 나오는 小說集을 겨우 손바닥만한 文庫本으로 낸다는것이 내 생각에는 너무 초라할듯해서 좀 더 기다려서도 책모양답게 내는것이 좋지 않으냐고 하였더니、 南天 만이 뭐 그까짓 책 體裁에 拘碍할것도 못되려니와、 林和君에 對한 友情으로도 自己가 내겠다는것을 사양할수가 없노라해서、 다시는 말하지 아니하였지마는、 이 「少年行」한권은 사실 南天의 文學生活에 있어서 어떻한 意味로 보든지 모뉴멘탈한 業績임에는 틀림없는것이다。

그게 어느때이든가 瓜祠을 가제 걱고 鄕里로부터 毅然히 서울로 올라온 南天을 처음 만났을 때 그의 文學의 對한 抱負와 情熱은 여간한것이 아니었다。 그러나 그때 南天은 生活가 淡然해서 어느、新聞社에 就職을 해가지고 밤낮으로 三面記事 쓰기에 汨沒해서 作品이라고 作品다운것을 하나도 쓴 일이 없이 快快不樂하게 지나는동안 항상 그 眉宇에는 焦燥한 빛이 떠돌았고、 사실 그러한 焦燥대문에 나한테다 自己의 所懷를 이야기한적이 한두번이 아니었다。 그때 내가 南天의 文學的 焦燥를 생각하기는 勿論 作品을 쓸 時間的 餘裕가 없이 三面記事 쓰기에만 시달린다는 生活的 理由도 理由였겠지마는、 그것보다는 自己의 文學的 테-마를 確實히 捕捉하지 못한데서 오는 焦燥가 아닌가고

했던것이다. 그랬더니 그러저러하는 동안에 南天의 다니던 新聞社는 깨지고 南天은 續經을해서 嘉會町다가 文化住宅을 사가지고 들어앉았다는 말만 들었는데, 한번 언제인가 作品을 썻다고 하는것이 아마 이 책 맨첫곽데기에 실린「남매」였다고 記憶한다. 이 作品을 처음으로 推奬한이는 林和氏였는데, 그뒤에 연달아「少年行」,「수나의事件」,「綠泄膝」,「妻를 때리고」,「춤추는남편」,「무자리」이렇게 쉬지않고 作品을 쓰는 한편 또 創作論으로서「告發文學論」을 發表하였다. 그래서 告發文學論과「少年行」은 가치 發展해 나와서 오늘날 南天의「大河」에까지 이르렀는데, 南天의 告發文學論의 骨子가 어떠한것이냐 하는것은 인제는 세상이 다 알만큼되었으니, 새삼스러이 말한것도 없고, 또「少年行」에 收錄된 作品들이 雜誌는 한번씩 내가 月評에서 取扱한것이라 이제 또 새모히 할말이 없으나 告發의 文學인 이「少年行」全篇을 通讀해보면 때모는 內省的인데도 있고 虛無的 인데도 없지 않다. 그러나 時代의 敗殘兵인 自己를 항상 監視하고 楚撻해서 오늘날에 人生의 길을 發見한 南天의 努力과 熱意를 十分 讚揚한다면 그 努力과 熱意의 結晶인 이「少年行」을 우리는「時代의 證」으로서 推奬하지 아니하면 안될것이다.

이에 다시 더 무엇을「少年行」에서 기다린것이 있을까부냐?

(文章 제5호, 1939.6)

金東仁論

金東仁論

田榮澤 金億
柳志永 春海

田榮澤

X X X

사람을 비평하기 더구나 친구를 비평하기 어려운거슨 누구나 다 일반이다。그러나 우리가 이제 붓잡고 비평하려고 하는 김동인군은 다른 사람보다 퍽 쉽게 생각이 된다。웨그런고하니 그는 원악 사람이 꼿키때문에 바로 말을햇거나 잘못햇거나 무슨말을 엇더케 햇든지 한번 우서버리고말지 이러타 저러타 탄하지를 아니함이다。(그러타고 군은 쌔업고 기개업는 사람으로 아러서는 안된다 만인 무슨불의한 동긔로 악평을 한다하면 거긔에대하여는 군도 용서가 업슬거시다。)그러닛가 나는 비록 잘못생각하고 잘못 본거슬 말한다하여도 상관이업갯단말이다。그런거시지 결단코 군은 성격이나 사상이 단순하야 리해하기도 쉽고 말하기도 쉽다는거슨 아니다。군의 성격이나마음은 얼닌보기에는 단순한듯하고도 이상스럽게 깁고 알수업는데가 잇다。이런점으로 보아서 군을 비평하기는 썩 어려웁게 생각한다。그러나 군은 년세로보든지 사상이나 기술로보든지 사업으로보든지 아직「성가」되엿다고 할수가 업고 아직 쟝래의희망이만흔 미성품이닛가 아직 평론이라고 할 때가 아니라고 나는 생각하기 때문에 여기에는「인상긔」라고 할만한거슬 좀 써보려고한다。

X X X

나는 김동인군은 그가 겨우십륙칠세때브터(동경명치학원상년급시대)브터 아랏다。어느때에 처음 맛낫는지 모르지만 엇젯든 례배당에서 본거슨 사실이다。혹 주목사(요한군의부친)댁에서 본듯도하다。그때는 키가 눈신하고 말도 별노 업시 웃기만 하는「어린아희」이엇다。그때「작난군아희」이든 군은 지금도「작난군아희」대로 잇다。그새 소설을 만히 쓰고 이것저것 세상경험을 한거시잇슬따름이지 그새에 그사람에는 변한거시업다。

군의 성격은 말하자면 위선솔직하고 담박하다 한마듸면 그쁜인거시다。그는 자긔가 글스다고 생각하는 일에대하여서는 자긔의게 한푼어치 상관업는 일이라도 발벗고 나서서 해보는 사람이다。그 실례로서는 동아일보가 처음 생길당시에 그때에 그 문예부주임으로 잇는렴상섭군(당시에는 제월)파 김환군의「자연의자각」에 대한 비평문데로 약사오회를니어격렬한 론전을 계속한거시다。그때에 어느편이 올핫든지 어느편이 글넛든지 그거슨지금 말할바아니지마는 엇잿든 동인군은 자긔의게 아모 상관도 업는일에 열성으로「마지메」로 하엿다。엇가지지지는 아니하엿다고 생각한다。그러나 그결과는아조 단순하고 담박하엿다。두사람이 처음 상면하야서는 그의 독특한 우슴으로 허허 웃고 마랏다。

그는 자긔가 올타고 밋는일은 천사람이 반대하고 만사람이 욕할지라도 그거슬 내놋코 주챵하야 조곰도 거리씸이 업다。이런거시 그실례가 될는지 모르겟지만 그는 원세상이「남녀평등」의 신사상은 부르짓고 허다한 청년들이 녀자를「텬사여」「사탄의신의化身이어!」하고 아첨하는 찬사를 드릴때에 그는 녯날 희랍사람의 말을 쓰러「녀자의게는 령혼이 업다」는말을 태연히 발표하엿다。그리고「創造」에 한동안 作品批評을 한일이 잇는데 잘된거슨 아모리 인홈업고 볼데업는 사람이라도 어데까지든지 칭찬을 하엿지만 안된것에 대하여는 아나 몰으나 여지업시 악평을하고 욕을 하엿다。

「지금 우리나라에서는 별거시다 小說을 쓰랸다……이런거슬 그리쉽게 생각하는 駄小說家는 모도 自滅하라」하엿다。(누구보고 한말인지모르지만)현금일홈잇는 문사가온데 군의게 몹슬 욕을먹고 원한을 품고 잇는이가 업는지 모르겟다。그리고 그는 엇든雜誌가온데서 자긔가 나서 자라난 平壤을 이러케 써지 욕한일이잇다。「너는 죽어썩어지고 내음새나는都會이다。

그리고 最近의 작품「遺産」에서 그는 이런精神을 볼수잇다。「가치업는인물은다른 사람이낫가 가치잇게 만만들기 위하야 희생을 식혀도 죠타」「나」라는 사람은 ○라는 화가의게서 생명잇는 예술을 엇기위하야 일부러 공중 ○로하야곰 그안해의게 의심을 품게하여 종내 죽이게하엿다。○는 그린후에 훌늉한 작품을 엇엇다。

그밧게 그의 행동에서 그의 작품에서 이런거슬 만히 볼수잇다。남이 웃거나 말거나 욕을하거나 칭찬을하거나 자긔가 올타고밋는동안은 하고 십흔인이면 무엇이든지긔어히 한다。그러나 그러치안은줄노 생각되면 하고 십흔마음이 업서지는 순간에는 아모리애쓰고 힘드리고 돈드리어 하든것도 곳헌신ㅅ작내버리듯 내버린다。이거시 군의 담박한덤이다。

× × ×

말하면 군은「自我」가 몬시 굿세인 사람이다。「자아」는 눈 잠시도 써나지아니하고 군의 정신과 생활을 지배한다。군의 일언일행이 한번우숨과 한번손짓함이 모도 그의「자아」의 표현이다。우에 말한바 여러가지 실레가 다 이거슬 증명한다。군의 작품에 드러난 사상이나 묘사법이 긔공이 그런거슨 말할것도 업거니와 그의문장과 한마듸 한마듸의 언자른 쓰는것가지도 그럿고 십지어 음식 거처의 모양새지 그러타。이런거슨 이로다 실레를 들수업스나 두어가지만 말한다。그는 이상스러운 사투리갓흔말을 태연이 아니 긔어히 쓴다。다른사람은 밥을 새웃이 치어노아야 정신이 드러서 무어슬 한수잇지마는 그는 방안에다 책들과 모든 긔구와 먹을것을 뷔인자리가 업시 버려놋코야, 일을 한다。그는 실상은 그의게는 누어구는거시 도락이오 업드려서야 무어슬 하닛가 그럴는지도 모르겟다。—이런말은 군의게 분명에된말이나 사실이오 군은 태연부심이 하는거시니 한수업다。

그것보다 군의 作品의 題材라든지 表現方式이놀나웁게도 엉뚱다고 이상스러운거슨 누구나 군의 작품을 읽는이가 세닷게되는거시다。군의 作品은 어느거시나 번번히 모다 듯두 못하든 奇山名勝을 대하는듯하다。平凡이라고는 보고 죽을나야 업다。

자아가 굿센거슨 곳 창조력이 세인거시오 이던것들은 실노 예술가의 본색이오 긔초라고 하겟다 군자신의 말에 의지하면—

『예술은 자긔가 창조한 세계』다。

『어더케 自然이 훌늉하고 아름다우되 사람은 마참내 自然에 만족지아니하고 自己의 머리로「自己

가 文配할 自己의 世界를」創造하엿다。 사람이 사람다운 價値도 여긔잇거니와 사람다운사람의 藝術에 대하여 막지못할 執着을 깨닷는 點도 여긔에잇다」그는 또말하기를—

「이러케한 藝術이 생겨날 必要는 잇지마는 必要뿐으로는 생겨나지못한다。 생겨날만한 要素가 잇서야한다。 그要素는 무어시냐 그거슨 에고이즘 即自我主義라」하엿다。

이러한말은 군이 새삼스럽게發見한거시아니지만 그사람마 그말이 一致하는 點에 그價値가 잇다고 하겟다。 果然 그는 잘「자긔의 世界를 창조」하는 사람이다。 自己가 창조해노은 자긔의 世界에서즐거워하는 사람이다。 그가 能히 자긔의 세계를(그거시 좃커나 납브거나 곱거나 숭하거나)지어놋코 스사로 즐거워할수잇는 까닭은 그는 自我가 굿세고 充實한때문이다。 自我에 忠實한 때문이다

군은 또 말하기를—

「自己가 창조한 人生 自己가 창조한 世界」를 지어놋코 自己 손바닥에 뒤채여 본 文學者는 이世上에 며치나 되는가」하엿다。

군은 그러한 사람가운데 하나이라」고 나는 주저하지안코 말하고십다。

× × ×

군은 創作을(겨우 수무살에)시작하야 이래 칠팔년에 훌융한 小說을 만히 썻다。 그가온데 어느거시나 그의 개성이 드러나지안은거시업고「생명」이 업는거시 업다。 모도 극히 힘을 드려서 쓴거시다 한번 발표한거슬 그는 스사로불만하게 넉이기때문에 그는 다시 힘을 드려서 改作하엿다。 긔위 刊行한「목숨」의게 그가 쓴거슨 다모아서(모도 다시 써서)편찬해서 출판허가를 맛하두엇다。

군은 늘이러케 말한다」과거에 자긔가 쓴거슬 보면 안된거시 만코 붓그럽지마는 그냥 내버려 장사지낼수는업다。 웨 그런고하면 그거시 어느구석에든지 남아 잇서서 낡는 사람이 잇스니까 그리고 또 내가 쓴거슨 나는 참아 그냥 장사지낼수는 업다。 웨그런고 거긔에는 내생명을 부은거시닛가 마치 내자식이 아모리 못쓰게생겻서도 내 자식이닛가 내버릴수는 업는셈으로。이런거슬 보아도 군이 창작에 대한 태도가 얼마나 진실한지 알수잇다。

× × ×

나는 군을 편론한다고 너머 산만한 말노 칭찬해

金——東 仁——論

서 너무 무책하다고 하겟지만 처음에도 말햇두엇거니와 생각나는대로 인상긔로 감상으로 쓰는거시닛가 그러타。나는 군의 작품에 대하야 비평을 하랴고하나 원래 나는 작품 비평할줄을 모르고 하기도 실타。할만한 시간파 지면의 여유도 업다。벌서 약간은 비평을 한듯도 십다마는 혹 엇던것을 붓잡아가지고는 할수업다。

× × ×

마지막으로 몃마듸 군의게 주마가편으로 전하려고한다。―군은 그쳐녀작인「마음이여튼자여」브터 오늘날싸지 써노은거시 거이다 흠할거시업다。더구나 최근의「감자」는 내가퍽 애독하는거시다。인생에대한세밀한관찰파·동정이 고마워서。나는 소설가로 우리문단에 유일한 텬재라고 생각한다。

그러나 군은 부듸 여긔서 만족하지말기를 바란다。군은 나히가 매우 젊어서 장래가 참유망한 사람이다。그런즉 첫재 바라는거슨「좀더공부하엿스면」하는거시다。예술가에는 천재에는 공부가 필요업슬 리는 업다。군의 글씨는 아모리하여도 너무 숭하다。다음에는 머나 먼장래를 위하야「생활을 좀 주의하엿스면」하는거시다。군은 결코 자연주의자나「데싸단」은 아니다。퍽 현명하고 진실하다。그러나 더욱 주의하기를 바란다。

金東仁

○ ○

論도안니고 印象도아닌 짤막짤막한 비빔밥속에서이것저것을 골으는모양으로 斷片밧게는 더 쓸餘裕가업게되엿으니 金君에게도 未安하고 이것을읽어주신讀者에게도 부끄러운일이다 만은 일이 임의 이럿케된以上 몬저正直한告白이나 하여둘수밧게 업다。

金 億

近代科學의恩澤을 表面으로나裏面으로나 입지아

하는사람은 듬은다。그러나 金君과갓치 科學의恩德이아니면 自身의存在까지 疑心스러운사람은 업서、첫재에 남의눈을 벌지아니하고는 보지못할만한事情이고 둘재에 自己固有한니(齒)로는 씹을수가업서 借來品으로 지내니 科學의恩德을直接으로 이럿케 밧는同君을 科學人이라한다면 얼마나 自然人으로살고십허하랴한것은 누구의말이다。

同君으로보면 科學을 讚美치안을수가 업건만 別로 그런氣色도 보이지아니하고 科學에對한 나의借金(眼鏡과義齒)은 저世上으로 旅行갈때에 갑는다고 常言을하니 이모양하서는 저世上까지라도 장잣코 그대로 떼먹고 갈지몰으겟다。

○ ○

自己혼자서 지여노혼世界속에 들어박여서 別로 世界와交際하랴고하지아니하는것이 金君의藝術에對한態度이다。남들은 웃거니울거니「我不關焉」的態度를 굿게직혀只今까지 하고십지아니한것은 억지로나 무엇때문에節操를허물내이든가한적이업다 流行도쏠으지아니하고 風潮에도 움직이지아니하야 頑固하게 自己의世界를직히니 이것이 金君의아름답은点이다。

하고만십호면 남이야 무어이라든지 어떤인이든지 하고만아、각금世上사람의「실업는사람」이란이름을 밧게된다。

○ ○

金君과는 엇재든 첫交際가어렵어 맘에업는것을 이러니저러니 이야기하는氣色이 보인다。그러고 엇지보면 天眞하면서도 驕慢스럽은点이잇서 初對面하는사람에게는 조혼感을주지못하는것이病이다。말을하지아니하고 시침을떼고잇서 엇재그런지아니섭다는생각을 준다。그러나 한番두番만나서여러番이야기가 오고가게되면 益出益奇로 그陰鬱한얼골에는 陽快한빗이 가득하야 떠러지고십지아니하니 이것은 수집어하는少女의맘에는 天眞한眞實이잇서 맘을쓰는것과 만치한가지일다。맘이나고興이울으면 밤이새건 날이어둡건 이야기에 꼿을피워「자미잇는걸」하는늣김을 준다。

○ ○

金君처럼 여러方面에 이런저런趣味를가진이는 적어 낙시질이一手이고 木刻이能하야 남에게 짐것이업고 寫眞術에도 自信이잇서 각금友人의얼골을 複寫하며 그밧게 時計니蓄音器니洋服이니하는것에도 專門家에게 遜色이업슬만한 自己式言說을 主張하야 實로多方面이다。 그러나 同君의「장귀」와「박죽」은 修養은 쌋는모양이로되 조곰도 自家說이생기지아니하니 웬일일가。

○ ○

또하나 同君의自家說을 볼수업는것이잇으니 平壤자당생인 魚죽이다。 내가 본바에依하면 同君은 料理에關하야도 이러니저러니하며 빼 罪(罪은通)비슷한말을 한다。만은 同君이 손소 맨든魚죽은 뭇수새지라도 맛업든것을 낫지못할만하엿으니 이런方面에는才士不無能이라말이 適合되지아니하는모양이다。

魚죽을먹자는勸告를밧아 半月島에서 同君의魚죽을 먹어본적이 잇다。만은 나의혀가 맛을 몰낫든지 엇재든「맛잇올테니」한同君의말과는 反對로 맛이업섯다。

「다른곳에서 먹을때엔 맛이잇드니 엇재 이모양인가」하는抗議를한즉

「몰으는말일세 이것이本式이라네」

한 그「本式」에는 놀내지안을수가 업섯다。平壤의魚죽을 同君의料理法이 허물을 낸듯십엇다。

○ ○

金君이 담배에對하야 괘撰擇을하는모양이다。貴公子然한君으로서는「미쓰취」 미는것을 보지못햇으니담배에도 그러한노릇을 못하는모양이고 술에 니르러서는 먹을줄 몰으는것이 原因이겟지만 시건달견두잔만 먹으면 얼골이 쌀해지며 赤面을하고

「엇더케酒徒가 될수잇섯스면」하니 먹는곳에서먹지못하는것도 恨인듯십다。

술은 먹을줄 몰으면서 술먹는사람의心理는 잘알아주어 먹게되면 同行을勸하는것도 이点에 잇는듯십다。

○ ○

金君의 漢字厭症도 同君을말할에는 뺄수업는것으로 글씨가 如干더럽지아니한데다가 漢字의誤字를 自己써는 힘을들인듯시 쓴것을 볼때에는 엇재그런지 웃음이 난다。原稿에나便紙에는 대개漢字를 쓰지아니하고 國文만쓰는것도 例의漢字厭症에서 생기는모양이다。「카라인」의글씨가 잘못쓰기로는有名하야 印刷職工을 울엿다드니、金君의글씨에도 印刷職工이 각금 허를 빗두는모양이다。

이만큼 쓸데업는말을 쓰면 그만인듯하다。 넘우써서는 讀者에게도 未安하고 또는 엇던이야기가뜻밧게 나올지몰으니 이만한다。

印象記

柳志永

金東仁論을 씀에當하야 나는小說에對한知識이 업는싸닭에 그의創作에對한 批判으로서나 또는 小說家로서의 東仁은 쓸수업슴으로 사람으로서의 東仁이나마 몃마듸 써보고자한다。

金東仁 키가五尺八寸五分가량은되고 몸집은 그키에 比較하야 걸맛지안토록 가늘어서 먼발치로 씌워놋코본지라도 누구나다 弱한사람인것을 알어볼수가잇스며 진얼골이 빗은검으나 살은곱살스러우며 크지못한눈과 꽉담은닙입은 결긔잇서뵈이나 溫厚한빗이 써돌며 이마가버스러진것이라든지 아레럭이 진것이라든지 얼골에 항상검은진이 백여잇는것을 볼진대 多病客이라는것을 알수가잇다。

그의性格은 熱情的이요 理智에밝고 果斷性이굿세고 友情이두터웁고 理解力이만코 同情心이豐富하며 그의頭腦는 씀직이明哲하다。무슨일에當하야서든지 헐게놋게나 미지근한態度를 보지못하며 그가행하는일에는 언제든지 반듯이 밝은理智가 잘치안는일이업고 슬멋이 어물어물해가는일이업고 是非曲直과 할일못할일을 딱딱분간하야 나가는中 理解力이 充分한싸닭에 自己나 남에게 追後에일지라도 그다지 그릇되게하는일이업다。그리고 親舊를爲하야서나 남을爲하야서는 自己힘미치는데까지는 힘쓰려하며 犧牲싸지도 그다지두려워하지안는다。

다음에 그가創作에對하야 얼마나充實한것을 말하고자할진대 그의조흔例가잇다。二三年前에 筆者가平壤에갓슬지음에 그가맛침 短篇小說一篇을 脫稿하얏는데 脫稿는하얏스나 自己마음에不足한점이잇슴으로 全部곳처쓰지안으면 안되겟다고하는데。그原稿겻헤는 그와가튼原稿가 또잇기에 물엇드니 그때脫稿한것이 두번째 곳처쓴것이나 亦是感傷的인맛이잇슴으로 不可不또곳처써야하겟다고하는것을 본일이잇섯다。

그런데 金東仁自身을爲하야서는 亦是조흘는지몰으겟스나그의親友로서는 각금화징이나게하는 性質이하나잇다。 그는다른것이안이라 억지가세인것이다。

그리고 그는무엇에든지 勝負를決하기조화하며 自然을愛호며 旅行을질기는데 술은입에 대이기도 실혀하나 親舊의對酌을하기爲하야서는한동이의술을 말니기에라도 두려웁게역이지안는다。

그러나 그를爲하야 가장念慮되는것은 多病客인 것이다。그는百歲를산다할지라도病든날잠든날을 째다하면 단 二十五歲를 못산것으로 看做해야될줄로 생각한다」一年이면平均 六個月間은「칼숨」과및其他注射와 服藥으로보낸다。 그싸닭에 그가二三次갓든곳에는 반듯이단골病院과 相當手腕을가진 단골醫師가잇다。

생각나는대로 모조리쓰자면 限이업슬듯함으로 그만쓰겟스나 쯧흐로그의健强과 幸福이늘그에게서, 떠나지안키를빌고 마지안이한다。

金東仁은어떠한사람인가

春 海

一

人物論이 必要업다。朝鮮서는 아직 일느다。하라면 잘해라—하는 注文이 만타。事實그럿타。그리나 人物論이 彼此多少의 有益을 줄지언정 그러케 害를 주지는 아늘줄 안다。서로 人物을 硏究하는것 서로 엇더한 사람인지 아러야할 必要가 너머 만히잇다。朝鮮서는 일느다하는말도 一理는잇다。

그러나 일느다고 언제든 그대로 잇슬수는 업다。적은範圍안에서 해보자。그러한意味에서 六堂崔南善論을 始作한거시다。그런데 이번金東仁論에 섭섭한것은 金東仁氏을 가장 잘아는 李光洙朱耀翰 兩氏의 論을 못실니는것이다。春園氏는 아러 붓을못들고 요한씨는 밧버서그러라。

나는 그를 안지도 오래지안코 쏘 가치오래 交際

47

도못하여 그룰 잘알지는못한다。또한 그의作品을 무서너개 보앗슬뿐이오 또본대야 나가른사람이 별수가 잇스리오 그래 小說家로서의 그도잘 모를것이다。모르면 왜 論를 쓰느냐 하는 스사로 주저합도 만치마는 印象記로는 쓰리라하는 생각으로 붓을잡기는 잡엇다。

二

그의 사람됨은 퍽 快活하고 서글〱하고 재미잇다。얼골이 누리뚱々하고 볼이 약간척 느러진것이 뚱해뵈기도 하고 심술구저뵈기도하고 거만한것갓기도 하지마는 기실은 아조 反對다。事實 어려서는 퍽성미가 표독하고 심술궂고 이상야릇하엿다고한다。그가 어렷슬때 동모들파 쎄스볼을 하는데 피취어가 던진공이 자긔보기에는 꼭「쏠」인데 엠파이가「스트라익」하고 부르면 그는 골을 왈칵내고「쌧트」를 집어내 동댕이질치고 집으로 뛰여왓다고한다。그러나 그러한 性質은 지금하나도 그의게 뵈이지안코 順厚하고 쌔업시 조혼 사람이라고 해도 過言이 아닐만치 그의 性質은 變하엿다。

그는 키가 호리〱하게 크고 코가좀큰듯한데 압가삼을 뒤로 자치고 쌧々히서々 팔만 휘々저흐며 쭈벅〱 거러가는 그를 볼때는 활발한 서양사람 거름거리와 態度와갓다。

그는 모든거시 貴族的이다。모양도 相當히낸다 납는것 사는것 行動 모든거시 다 高尙한맛이 난다 그는 汽車도 늘二等을탄다。旅館에도 特等이아니면 들지안는다。時計도 여러百圓짜리 金時計가 아니면 아니차고 時計줄에는 金剛石을 박는다。그러나 四月頃에 東京갓다가는 돈이써러지고 더구나 二等車票를니저바려 올때는 三等車로 쩍덕〱 왓다고한다。그가 돈이 퍽 만어서 그런것은 아닌듯하다 맘이 본래 잇스면 쓰고 업스면 그만두는 성미가되여서 그런가보다。부득이 일본말을 비러말하면 그는퍽 론세한사람이다。똥구멍에 大砲를 노아도 꿈적아니할만하다。그는 눕기를 조화찬다。몸도 弱한편이오 病도 자조알는편이 여서도 그러치만 强健할때도 눕기를 조화한다。原稿를 쓸때 冊을볼째도 니불을 뒤집어쓰고 눕거나 업드려서 쓴다。原稿는 흔이 낫에쓰고 밤에는 휠々 쏘다닌다。

그는 참 장란을 조화한다。엇던때는 어린아희처럼 장란에 골몰한다。실々 우스며 장란할때는 아모근심이업고 세상을다니즌듯한態度이다。장란도

품상스럽게 벌것을 다한다。 그가 장란하고 농할때도 무슨 獨特獨創이잇다。 남이 생각지못할 新奇한 장란을 조화한다。

그는 친구를 조화하며 또 多情하다。 그의말은 뚜벅〳〵 천々히 점잔은목소리로 한다。 말하는것도 픽 른세하고 貴族的이다。

그는 現在아모 別職業이랄것은업다。 平壤서 한가한生活을 하며 그는 慈侍下에 두어린아희 아버지다。 나희는 스물일곱인가여덜인가 그러타。

三

그의 作品을 보면 아조 客觀으로 쓰며 차듸차고 싸늘하게 쓴다。 感情으로 쓰지안코 理智로 쓴다。 그의 作風은 沈痛한맛이 돌며 創造性이 豊富하다 남이 생각지 못한 말이나 생각을 그려낸다。 말하면 獨創力이 만타。 그의 文體는 맛々하고 써칠々々하며 어려운듯하다。 그러나 詩格이되여 아름다운 리듬이 힘잇게 흐른다。 그의作에는 그의性格과 가치 무란-하고 快活하고 貴族的態度가 잇스며 作에 餘裕가만타。 會話는 그의 獨特한 技能이 잇서 讀者를 홍색좌밍하고 그의 作을보면 녀저분하지안코 군두덕이가 잇지안코 統一이되고 산듯하고 「놈답고 簡潔하다」 그러고 낡고난뒤에 그作이머리에 整頓한 行列로 드러박히며 무엇을 생각하게 한다。

그의 創作「목숨」도 그러하지만 더구나「배따락이」는 낡고난뒤에 머리를 숙이고 생각하게한다。 언듯보면 그는 自然主義 作家가트나 점々新理想主義에 갓가워 가는것갓다。

何如間 여러 意味로보아 藝術家로서의 金東仁氏를 우리는 만흔 期待와囑望을 가지고잇다。

잘되지안은 論을더쓰지안코 그만둔다。 다는 그의 長處만 말하여서 일부러 그리한것 갓지마는 실상 나는 그의 短處를 모른다。 勿論사람이니 短處도잇겟스나 또그리큰 短處도업슬것이다。 맛흐로 東仁氏여 健康하며 그러고 一生을 猛鬪해 나가기를 바란다。

一九二五、五、一八

(조선문단 제9호, 1925·6)

金東仁論

—「붉은山」을 中心으로—

王 明

先輩들의 作品을 성실히 읽지않는 게으른 버릇이 있어서, 이러한때 困難을 當하거니와 氏의 作品을 몇篇 안읽은 所見으로다도, 短篇作家로는 역시 氏로써 第一人者라고 할수있지 않을까 한다. 물론 우리 조선文壇을 두고 하는말이거니와, 나는 近者「文藝讀本」이란 冊子를 뒤지면서 우연히 氏의「붉은山」이란 短篇小說을 읽었는데, 나는 平生에 短篇을 읽고, 눈시울이 뜨거워진 經驗을 늦기기는,「붉은山」에서 처음이었다. 이 作品은 四百字原稿紙로 十餘枚된가 말가한 片片한 短篇이지만, 本格的 短篇小說이 가저야할 性格을 다 가졌고, 이야기가 滿洲사는 불상한 同胞들의 生活에서 取材한것이요, 簡潔, 單純하게 表現하여, 그대로 가슴속으로 스며드는 힘이있어, 나도 모르는 사이에 눈물을 지은것이었다. 主人公이 平素에는 여니 同胞들한테, 사갈같이 미움을 받는 惡漢이건만 죽음에 임하여, 故國의 붉은山이 보구싶다고, 중얼대며 마즈막 숨을 걷우는 그 劇的場面은, 내가 感傷的人間이어서 인지는 모르거니와, 朝鮮사람이면, 누구나 가슴이 뭉클해지지않을수 없는것이다. 오, 조그마한 短篇속에, 그러고 正確히 單純한 表現가운데, 祖國愛——朝鮮心의 연연한 사랑을 그린 作家金東仁氏의 作家的手腕, 乃至 精神은, 높이 評價되어야 할줄로 믿는다.

우리가 朝鮮안에서만 살때는, 거의 느끼지 않다가도, 한번 異邦에 나가 헤맬때 열렬하게 祖國에의 愛着心을 느끼는것은, 異邦人속에서 自己란것을 새삼스러히, 反省하게되고, 항상 孤獨을 느끼며, 제나마면 當하지않을 不便과, 때로는 侮辱과 苦痛을 經驗하기 때문인것이다. 더군 다나 빗바랄거센 諸

題、그.저으리디한.진흙속에서、綜合的으로 政治的으로 不安하고 窮乏한 生活에 ㅁ떠이는 조선사람들은、미한산 山水맑고 따뜻한 南쪽 故國의 붉은山이 滿洲에도 있을理가 없는것이다。나도 滿洲서 生活할는동안。그리한느낌은。무시로 느끼면서、내 故에는 朝鮮인에선 가저못본 同胞愛 乃至민族主義적 民族心까지를 쯤게되던 經驗이 있기때문에、「붉은山」의 一篇에는 더욱 感動했는지도 모른다。

이 作品은 氏가 作家生活의 거의 初期에 쓴것인데、나는 생자컨데、氏는 「붉은山」의 길로、精進했더야 좀더 本格적 作家로 成長했을것이라 한다。이말은、지금의 氏의 作家적 態度에 대한、나로서의 若干의 非難의 意味도、包含된것이다。다시말하면、氏는 언제부터인지는 잘 모르도、歷史小說인지、通俗長篇小說인지、하는、그러한 創作으로 努力을 傾注하면서 있다、그만 「붉은山」의 길에서 脫線한드키 보인다는 말이다。

氏의 短篇에 비기면、長篇은 雜文으로 밖에、나에지는 더말이 評價되지 않는다。오늘날 金東仁氏가 서있는 作家적地位는、그 短篇 몇개로써 이루어진것이지、長篇은 何等의 플러스를 갖지 못하는 대신、오이려 마이너스를 하게할 念慮조차 없지않다고 생각한다。簡潔하고、單純하며、그리고 朝鮮文學이 正統적으로 가진 그 明晳함이 없고、맑으며、그리고 되으나 人間적인 氏의 短篇이 지닌、長篇에서 보히는 그 平面적인 수다스러움과 雜駁한 感傷은 대체 어인 일일까?

수다스럽기는 하거만、森田의 一部長篇에서 보히는 「에단더운」은 없는것이 요행이로되 그러나 어딘지 모르게 野談맛가 풍기는듯 한것은、氏의 作家 修業이 本格적으로 洗鍊되지 못한때문이 아닌가하여 「붉은山」의 作者를 아끼는바이다。

氏의 長篇을 보면、확실히 氏가 이야기꾼은 이야기꾼이다。나도 기이는 대단치않은 素材를 가지고 어떻게 그렇게 길다랗게 느러놓는것 놀라울 만치 語彙不足하가——마치 소가 대귀간이 기다랗게 느며놓는 語彙나는、오직 倦厭할따름이다。

한가지、長篇小說은 決코 이야기로는 못것이 아니다。이야기로만 된다면 野談의 域을 벗어날수 없을것이오、내가 氏의 短篇을 敬服하면서、長篇에는、不滿을 느끼는 所以다。

氏의作品에는 自然主義적 色彩를 저 벗지못한듯한 흔적이 있거니와、그 눈 덮어놓고、대담하게 못봄을 본아나아가는 手腕과 短篇構成의 完璧은、朝鮮의 短篇文壇의 한 典範일것이다。氏의 短篇은 一種의 神話를 생각케하나、좀더 近代적感覺이 있었으면 하는 유감도 없지않다。한편 氏의 强烈한 正義感에는、은근히 敬服하는 나다。부디 自愛하시어、本格적長篇을 보여주기를 고대하며、외람된 붓을 놓는다。

(白民 제6호, 1947·1)

2

性格破産

東仁君의「마음이여튼者여」를 읽고

벌 쏫

1

朝鮮사람의 하는말은 信用을 부쳐드르면 듯는者만 미련한者가 되리만큼 그만큼 信用이 업는 것이다。朝鮮사람은 스스로 怜悧하노라는 朝鮮사람은 決코 남의 말을 正面으로 듯지 안는다。남의 말이라면 期於코 업는 속을 캐보고 안을 뒤지버 잇는것 업는것, 別다른 內容을 들쳐 노코야 滿足한다。이런 朝鮮사람[illegible], 나와 同人關係가잇고 竹馬의友인 東仁君의 作品을 批評하기는 耶蘇가 바리시 敎人의 試驗에 對答하기 보다도 더 危險한일이다。東仁君이나 其作品을 稱贊하면 黨色으로 서로기리 稱贊한다고 코우슴을 맛거나 非難하면 賣名策이라는 陋名을 뒤지버 쓰겟고, 萬一에 또 그것을 惡評하고 辱하면 저의 사리 무슨 內幕이 잇서 그러거니 하야, 左右間에 나의 眞意는 無理解될 地境이다。그러나 그렇다고 드럿던 붓을그시노흘랴。남은 엇더케 말하나, 나는나의 본대로, 잇는대로, 眞正한 批評을 東仁君의 作品에 關하여해보려한다。

2

「마음이여튼者여」라는 小說은「創造」第三號로부터 四回에 分載된 東仁君의 第二作이다。내가 하고마는 所謂小說創作, 에서 特別히 東仁君의 이作을 드려 評코저 하느냐 하는 理由를 먼저 말할것다。첫재는 이作이 藝術的 批評眼으로 보아 가장 價値가 잇다고 본 까닭이니 박고아 말하면 이것이 우리 文壇의 代表的 作品이라 볼것이다。露骨的으로 말하자면 東仁君의 이作品이 代表作이 된만한 우리의 文壇도 가엽다 하지 아니치 못할지나, 우리文壇에서 톨쓰토이를求하지 못할 地境인즉, 그中에서, 가장通俗小說的臭味를脫하고 그構想과 表現이 가장 藝術的인 努力에서 나아왓다고본 東仁君의 이作을 代表作이라 함이 不可치 아느리라 한다。如何하엿가 그것이다른 作品보다 藝術的 價値가 多하냐 하는對상은 이재次次로 述코저하는것이다。둘재로 이것을

ᄒᆞᆫ理由는 이作이 朝鮮의 現代青年과 密接ᄒᆞᆫ 關係가 잇는 ᄭᅡ닭이다。 만흔 所謂 小說作家가 空想的, 或은 通俗的概念의 下에서 藝術的으로 아모價値업는 所謂 新小說을 잣는 동안에 오직 이作者하나 이過渡期에 ᄒᆞᆫ 朝鮮青年의 典型的性格을 拉致ᄒᆞ야 그 短處(或長處)를 解剖ᄒᆞ고 時代精神에 對ᄒᆞᆫ 銳利ᄒᆞᆫ 批評을 下ᄒᆞ려는 意識을 가지고 創作의 붓을든 努力을 봄으로 이를 擇ᄒᆞᆫ것이다。 그러면 어늬点에, 또엇지엇지해서 이作이 現代朝鮮青年의 性格과 思潮에 接觸 되엿느냐 이것도 이아래 말ᄒᆞ자는 것의 大部分이다。

3

本誌의 讀者에게는 重複이 되겟스나 批評의 順序上「마음이 여튼者여!」의 要点을 먼저 들고저ᄒᆞᆫ다。

K라ᄒᆞᄂᆞᆫ 主人公은 神經質이오 空想的, 感傷的性格을가진 青年이다。 小說의 前半은 K의 告白片紙와 日記와 遺書로 써지고 後半은 失蹤後의 事實로 起ᄒᆞ야 本妻의 死까지 니르는 敍述로 되엿다。 一等的 虛榮心으로 妻를 村家로 쫏고 某學校 女校師와 肉交生活을 이루는그는 相當ᄒᆞᆫ 敎育을 바닷고 某學校 敎師로 잇는이다。 그에게는 이肉交生活이 대우趣味잇고 價値잇게 보엿다。 그는 이世上에 自己보다 더幸福된 者가 업는줄아랏다。 그는「世界는 다 내아래 降服ᄒᆞ엿다」고 고함첫다。 그러나 未久에 그의 薄弱ᄒᆞ던 生活의 基礎가 運命의 一擊에 粉碎되엇다。 그의 肉慾生活의 對象인 Y가 그에게서 떠러젓다。 幼時의 約婚者라는 맛지못ᄒᆞᆯ무엇이 그에게서 Y를 빼어갓다。 그의 感傷的性格은 여긔서 極端으로 그特色을 發揮ᄒᆞ엿다。「나는 누리를 呪咀ᄒᆞ노라, 人生을 저주ᄒᆞ노라 그리고 神을 저주ᄒᆞ노라」絕叫ᄒᆞ고 自殺을 計劃ᄒᆞ엿다。 그러나 그는 自殺도 이루지못ᄒᆞ고 空想的生活慾, 空想的「自信」에因ᄒᆞ야「보ー트」를 저어 가지고 도라왓다。」自殺을 未遂ᄒᆞᆫ것이 그에게 그라 不幸(!)도아니엿다。 그는 그가 敬愛ᄒᆞ는 親故 C에게 모든 내旅行을 떠낫다。 C는 아마 이로써 K의 마음을 좀 도리켜 볼가ᄒᆞᆫ인듯ᄒᆞ다。 K는 旅行中에 病을어더 몹슬熱에 苦生ᄒᆞ엿다。 그러ᄒᆞᆫ동안에 K는 各色의 空想에 醉ᄒᆞᆫ父헤 갑작이 本妻의 싱각이낫다。

「서울 工夫가기前에 엇던때 ᄒᆞᆫ번 本妻로 대단히 앓을때에 自己 겻헤서 親切히ー甚至於 자기寢食까지 낫고ー간호ᄒᆞ든 안해의 얼골이 싱각낫다……」그는 이때 넘의 半狂亂의 態度이섯다。 不吉ᄒᆞᆫ 幻夢이 그를 덥첫다。 그는 妻家집으로 다려다 주기를 請ᄒᆞ엿다。 그는 그안해에게 未安ᄒᆞ다는 싱각을 가지게 되

──(遺稿)──

4

엿다。「우리를 이러케 ᄒᆞᆫ거슨 그누구오냣가」ᄒᆞ는 恐迫觀念이 그의 가슴을 눌럿다。그의 안해는 그가 오기前에 엄의 아들과함의 죽엇섯다。그는그 안해의 무덤에 가서 感傷的 눈물을 흘녓다。「아、불상ᄒᆞᆫ 얼운ᄒᆞ여버렷다」라는 意識이 虐待바든 可憐ᄒᆞᆫ K의 마음에 위로가 되엿다。무덤아레서 衝突ᄒᆞᆫ 눈물이 그에게 安心을 주엇다。그때부터 K는、自己 性格의 弱点을 次次로 認識키 始作ᄒᆞ엿다。그리ᄒᆞ고그는 C에게 ᄒᆞ는片紙에 「나는언제부터 참삶을 살려이다」等의 句를쓰엇다。………」

4

以上의 經據에 依ᄒᆞ여서도 안것과갓치 K의 性格은 決코 優者의 性格이 못된다。그의 戀愛生活(空想生活)도、그 根據의 薄弱ᄒᆞᆷ이 니를데업다。그의마즈막 解決도 決코 讀者가 信用을 둘만ᄒᆞᆫ 解決이 못된다。그의 浮薄ᄒᆞᆫ것은 性格을 잘 아는讀者에게는。前에 露國小說家 체호프가「露國의第一病源이 무엇이냐」ᄒᆞ는 質問에「性格의破産」이다ᄒᆞᆷ을 記憶ᄒᆞᆫ다。또 체호프의 小說의 大學部는 이性格破産者의 生活을 그린 者ㅣ다。「마음이여튼者여」의 K의性格이야말로 破産者의 性格이오。「조희 보다더 엷은 性格」이다。그의 生活에는 아모 根據도 업고、그의 反抗은 發作的이다。나는 이러ᄒᆞᆫ K의性格을 現代朝鮮靑年의典型이라 본다。이리 말ᄒᆞ면 朝鮮靑年된者는 ᄯᅴ우怒ᄒᆞ겟지마는 나는 그것이 참말이라고 밋는다。이로부터 K의 性格을 解剖ᄒᆞ야 朝鮮靑年의 根底업는生活에 肉薄ᄒᆞ여보자。

「마음이 여튼者여」에 나타난 K의性格의 根本的特徵은「스스로 서지못ᄒᆞ는것」이다。그는 一時의 感情의 發作에도、또는 在傍者의 一動一靜에도、마치 바람에 흔들리는 갈대 모양으로 東浮西流ᄒᆞ는 性格의 所有者이다。따라서 그의 生活은 언제던지、感傷的空想과 彷徨의 生活이다。그의 맘으로 發ᄒᆞ는 言은 時時刻刻으로 變動ᄒᆞ고、그의 行動은 七面鳥의 얼굴빗 보다 더머된기 한다。그의生活은「空想的」이오、「模倣的」이오、「貧弱」ᄒᆞ고「輕浮」ᄒᆞ고「또不活潑」ᄒᆞ고 언제보아도「喜劇의一幕」이오「自己虐待」의生活이다。그럼으로、그의「戀愛」는「肉慾」을 意味ᄒᆞᆷ에 不過ᄒᆞ고 그對象은 아모 必然性이업시 妾에게서 Y에게로 너머가며、그의 自殺의 決心은 一種의 滑稽劇에 웃나고 마럿다。

그러면서도 그는또 極히 神經에 過敏ᄒᆞ다。그는 根底업는 自己 性格에 對ᄒᆞ여 極히 神經이 過敏ᄒᆞ다

5

──(詮 破 惑 症)──

그는 虛弱한 生活에 因하야 스스로 感情을 虐待호얏슨
더러 自己感情을 虐待혼것을 意識的으로 더욱焦燥를
加혼다. 그는이러케 말혼다

「아瞬間에 내良心은 웃업시 呵責혼다。

──더는 Y의不幸을 바란다。

──Y를 식히혼다못하며 더는Y의 不幸外지 空
想으로 그러놋코 空想的 Y外지 착망을 하며「비
브아라!」하며 식히를 혼다!」

에게 呵責을 주는것도 그의空想的 良心이안인가。
그의 肉慾生活은 全혀 空想的이다。 따라서 그의 失
戀도 또 空想的이다。 Y라는 對象이 잇기는 잇섯지
마는 잇스나 업스나 別로 다를 것이 업섯스리라。 그
는 戀愛를戀愛하엿다。 小說에 씨우고 空想에 떠오르
는 戀愛를 熱烈히 追求하엿다。 그럼으로 그의 戀愛
의 對象은 決코 本來잇는 妻이잇서는 안될뜻십헛다。
그는「戀愛는 盲目的이라야한다、 論理的이면 못쓴
다」하면서 盛하 肉的이나 精神的이나하는 論理를
列혼다。 그의煩悶도 空想的이다。

「나는世界의 일홈난 戀愛小說中에 日語로 飜譯된
者는 대개보앗다。 그리고 그小說가온데 戀愛에
成功한者는 나로처고 못한者는 나의 원수로 치
고마럿다」

「여긔서지 성각하면 나는、宇宙의 支配者를 怨恚
치 안을수업다……그를 귀주치 안을수업다、 기
를 多福者랄지 薄福者랄지 모르지마는 이世上에
는 사름에 거역서 或은 山가온데 隱遁하는 사름
드잇고、 或은 厭俗하여 중이되는 사름도 잇는데
사름의 神은──이런사름은 누덩 초차단이면 무
실하는 사름을 그들에게 부어주는 사름의 神은
엇지하여 그 남은 부스럭아라도 내게 나려주는
것을 악가와하는가!」

압햇치는 Y를엇기前、다음치는 Y를일흔 다음의압이
다。 戀痛하야혼 그의煩悶을 敗者에게는 嘲笑를 나르
키게 할뿐이다。 模倣的戀愛와 空想的煩悶──단이고
는지 모르거니와……이것이그의 生活이다。 그가 自
殺을 결한 動機도 直接 失戀이 안아오、 내가失戀者
이로구나 하는 意識이라하여도 過言이 아니다。 그
는 꿈에 싸질臨時하여 혼말이잇다

「世上이 나를 버라고 내가 世上을 버리고 내가 敗
滅을 버리고 마즈막에는 온갓것을 차주한뒤에
世上을 뭇찰로 차쳐던진 내게야 쉼이무엇에쓸데
잇슬外……」

神經病者의 囈語로박게는 들리지 아느리라。 그의戀
愛가 空想的인同時에、模倣的인 同時에、그의 厭惜

6

生活은 極히 浮淺ᄒᆞ고 貧弱ᄒᆞ다。 그의 行動은 조곰도 잔맛이 업고 오래동안 잠기어잇서 썩은물과 갓히 沈滯ᄒᆞ엿다。 그의 性味는 燥急ᄒᆞ고 싀기가 甚ᄒᆞᆷ에 不拘ᄒᆞ고 一面 甚히 不活潑ᄒᆞ다。 Y가 싀집 간다는 말을 낸 뒤로 K는 意味잇는 ᄒᆞᆫ마듸 말도 Y에게 ᄒᆞ지 못ᄒᆞ엿다。

「그가 온 다음에 내가 첫번 무른 말은 이것이다──

「반갑지요? 례장두 잘 오구 분주ᄒᆞ겟구려………」

내가 離잇는 말로 이러케 무른것은, 그가 怨망 스러온 낫흐로 나를 보면서 울라고 ᄒᆞᆫ 것이다。」

이것이 八月一日의 日記의 一節이다。 八月二十一日 日記에

「나는 죵내 거졀ᄒᆞ란 말을 못햇다。 안햇는지 못햇는지 모로지마는 엇더던 ᄒᆞ지 안엇다。」

一時 小燃ᄒᆞ엿던 그의 熱情은 이갓히 ᄒᆞ다 最後의 猛焰을 뿜고 다시 스러지려 ᄒᆞᆫ다。 그 日記에 述ᄒᆞ여 曰

「ᄒᆞᆫ번 Y에게 이니야기를 ᄒᆞ엿다──

「前에 우리 첫번 맛나슬 때, Y氏 森香을 슴본적이 잇지요?」

그는 對答안ᄒᆞ고 우섯다。 ……………! 또 ᄒᆞᆫ번은 이런 말을 ᄒᆞ엿다──

「Y門의 딸은 다ㅣ갓ᄒᆞᆫ 運命을 가졋나 보구려」

이 때도 또, 그와 갓ᄒᆞᆫ 우슴을 우섯다。」

다다 可憐ᄒᆞᆫ 이 男子의 마음에는 입의 차듸찬 冷灰가 남앗슬 뿐이로다。

「그가 와잇슬 때는 너머자미 업섯서, 나는 그가 한 오기를 바랏다。 그럿치만, 그가 안올 때는……아ㅣ 섭각ᄒᆞ드무섯다。 心臟을 태우는 싀기, 나는 싀기가 니러날 때는 이를 각이려지안코 오히려 여러가지 空想으로 더 甚ᄒᆞ게 ᄒᆞ여가지고, 혼자 셩이 나서 담을두르며 눈물을 흘렷다。」

아마 무서운 싀기의 詩人이며 너의 冷灰된 心臟에서 猛焰갓ᄒᆞᆫ 慾望가 쇠리오르도다。 그는 또

「때때로 空想을 밧고아서………」ᄒᆞ기도 ᄒᆞ엿다。 空想! 空想! 이것이 너를 죽이는 惡魔이로다。 너는 每日 너의 空想으로 네 自身을 陰險히 虐待ᄒᆞᆫ다。 그러면서 너는 그 自己虐待의 生活을 有價値ᄒᆞ다 自信ᄒᆞᆫ다。 그 結末은 스스로 키를 잡지못ᄒᆞ는 性格的 漂泊의 生活이 잇슬 뿐이다。

5

나는 以上에 K의 性格을 歷々히 述ᄒᆞ여 나려왓다。 너머 酷評ᄒᆞ다리 만큼 그의 性格의 弱点을 暴露ᄒᆞ여왓다。 이것은 이러ᄒᆞᆫ 모든 弱点이, 모든 罪狀ᄒᆞ고 根據업는 生活이, 卽 現代 朝鮮靑年의 生活에

다 ᄒᆞ기 위홈이다。 K는 果然 엇던 時代를 代表ᄒᆞᆫ 人物이냐。 이것을詳考ᄒᆞ여보면 알리라。 原作品에는 主人公을 産ᄒᆞᆫ 時代와 周圍의背景이 그리 分明치못ᄒᆞ다。 이것은 이作品의 根本的 缺陷의 ᄒᆞ나이라 고 ᄉᆡᆼ각ᄒᆞ는바이어니와「어렴풋이 描出된 그의 生長地를 더듬어보면 이러ᄒᆞᆫ事實을 알수잇다。

그의 幼年는 全혀 不分明하다。 그러나 그는左右間 平壤이란 都會人이오。 B學堂을 卒業ᄒᆞ고 K學校 普通科敎授로 잇는 어다。 그만ᄒᆞ면 智識階級에 잇는이라ᄒᆞ겟다。 그는「日本말로 飜譯된戀愛小說」은 거의 다보앗다。 그는相當ᄒᆞᆫ 藝術에對ᄒᆞᆫ 興味와 理會力을 가젓고、 自己批評의 銳敏ᄒᆞᆷ을 가젓다。 그의 家庭은 늙은 老婆 아모것도 모르는 淳直ᄒᆞᆫ 妻가 잇슬 뿐이다 그의友人은 다 學校出身이오 育英界에 活動ᄒᆞ는 이들이다。 그는詩를 읇기도ᄒᆞ고 戀愛에 對ᄒᆞᆫ 靈肉兩文明 思想을 가지기도 ᄒᆞ엿다。 이만ᄒᆞ면 現代의、朝鮮靑年의 好標本이 못될가、 그의 性格이 이가튼 彼路의 悲運에 陷ᄒᆞᆷ은 무슨原因에 因ᄒᆞᆷ일가。 遺憾인것은 이重要ᄒᆞᆫ点은 原作에 抽出되지 아엇슴이라。 그러나 나는 推量으로 이를 寫出ᄒᆞᆯ수잇다。

그는 第一根本的으로 衰亡에 陷ᄒᆞᆫ 民族의 피를 라고 낫다。 이것이 生氣잇는 性格으로 나아가려면 後天的의 發達에 依ᄒᆞᆷ이 唯一의 希望이어늘、 그의家庭은 勿論 精神生活의 ᄂᆡ음새조차 모르는 곳이엇다。 그의 周圍를 社會에는 낡은道德 낡은精神은 잇만남고、 그우에 아모 새로운것도 선것이업섯다。 社會는 그에게 아모 養分을 供給ᄒᆞᆯ것이 업섯다。 그의 學校生活도 ᄯᅩ 그러ᄒᆞ엿스리라。 半可通의 科學과 설닉은 思想이 그의 胃를 病드렷다。 妄想과 中毒、 이것어 그의 學校生活의 所得의 大部分이겟다。 그는 나는날부터 지금ᄭᆞ지 意志나、情이나 知나、 그의心神의 아모一部도 自由로 活動ᄒᆞᆯ 機會가 업섯다、 아無意味ᄒᆞᆫ 二十幾年의 生活(이것도 生活이라 ᄒᆞᆯ수잇다면)이 그에게서 돈대와 저를 다 ᄲᅢ아섯다。 그는 오늘은 걸음조차 東西로 搖動을 擺脫ᄒᆞᆯ 뿐이다。 이것이 現代朝鮮靑年의 處地가 아니라고 누가 말ᄒᆞ리오。

그러면 엇더케ᄒᆞ야 이것이 救援될가。 우리는 이에 最後의 目標에 到達ᄒᆞ엿다。 엇지ᄒᆞ야 이일허버린 性格을 다시 차즐가」 이것은 作者가 가장 暗示的으로 解決의 열쇠를、 권쇠와 그림자를 던진 곳이다。

「마음이 여튼者여」나의 안해도 아니고、 ᄯᅩ는 Y도 아니고、 그實노는 이나——K이다。」

이作을 完結ᄒᆞ는 最後의 一句가 意義기를 暗示ᄒᆞ엿엇다 ᄒᆞᆫ다。 K의 自覺이 그안해의 주음에서 始ᄒᆞᆫ는

8

것은 더욱 暗示的이다。未來를 말ᄒᆞ기는 가장 힘드는것이다。評者는 여긔셔 이作者以上의 무엇은 말ᄒᆞᆯ수업다。

「나를 이러케 ᄒᆞᆫ것은 그 누구오닛가!」ᄒᆞ는 叫聲은 죽은 안해에 무덤이 發ᄒᆞ는 소리뿐이 아니다。이것은 K自身의 부르지짐이오、朝鮮靑年의 부르지짐이다。「이제부터 참 삶은 살타」인 그 삶은 果然 어듸셔 차즐가。世上에 洋學先生이 가르치는 放蕩者을 改過가 이것을 意味치 아는것은 分明ᄒᆞ다。「아ㅏ아 전에는 잘못ᄒᆞ엿섯다」ᄒᆞ는 그의 嘆息은 決코 그런 意味의 皮相的 自悔悟이어셔는 아니되겟다나。나는 이作者가 마츰내 그의 破産的 性格을、그 戀愛喜劇은 嘲笑ᄒᆞ는데 머믈지안 엿슴을 感謝ᄒᆞᆫ다。

6

요컨은 다ᄒᆞ엿다。다ᄉᆞ막에 作品의 調和如何에 關ᄒᆞ여 ᄒᆞᆫ마듸ᄒᆞ자。Y의 性格이 도모지 神秘의 雲속에 싸여숨어잇슴은 怪異ᄒᆞ고 不滿ᄒᆞ다。거문고의 傳說과。互에對ᄒᆞᆫ 奇異ᄒᆞᆫ 愛情、또 怪常ᄒᆞᆫ 結婚 이세가지 灰色의 雲속에 Y라는 女性의 本體는 맘굼 가리워졋다。어듸까지던지 一元的 描寫에 執着ᄒᆞᆫ 結果인지도 모르나 作者가 만일 巧妙히 이 女性을 使用ᄒᆞ엿더면 作品의 時代的 特色이 더욱 明確히 表現되엿슬걸은 ᄒᆞ엿다 C의 性格描寫도 자미잇는것의 ᄒᆞ나이엇다。作者의 描寫는 무던히 細密ᄒᆞ고 그 "유모어"와 色彩에 關ᄒᆞᆫ 細心의 注意를 볼수잇스며 또 文章도 華麗ᄒᆞ고 才氣潑剌ᄒᆞᆷ을 보겟스나、缺点을 말ᄒᆞ면、아직 筆致의 不熟ᄒᆞᆷ은보겟고、또材料의 選擇과 表現에 洗鍊이 不足ᄒᆞ다。이러ᄒᆞᆫ 点에 關ᄒᆞ여서는 後日 다시 말ᄒᆞᆯ 機會가 잇스리라 싱각ᄒᆞᆫ다。以上의 蕪辭 數千語가 조곰이라도 우리 社會의 文藝의發達과、文藝에 對ᄒᆞᆫ 感答에 致ᄒᆞᄂᆞᆫ바이 잇스면 多幸이다。(一九二〇、六上旬에셔)

(創 造 제8호、1921.1)

金東仁著 金東仁短篇選

넉 달 前인가 한다. 東仁先生이 스팀이 내 研究室 房에 아직 후시 덥던 어느 날, 크기도 有名하시고 또 性格과 體格이 자대 간이 엇엇하신이가 도무지 格에도 알맞지 않는 初版本의 작은 책 하나를 내 책상 위에 놓고 던지우고 가신 일이 있다. 책名은 金東仁短篇選」이라 했다. 不過 百六十六頁밖에 안되는 작은 책이나, 나는 고마운 마음되 또 一「배따래기」時節의 先生을 무척 좋아했던 까닭에 이내 다 읽을수 있었다.

그런데 바로 몇일 前에 「文章」誌編輯氏로부터 博文社에서 「金東仁短篇選」을 보내온되니, 新刊評을 쓰라는 것이다. 나는 先生의 小說이 워낙 좋은 까닭에 續續 出版되는것인가 부다고만 알고 외람한대로 부탁에 應하기로 하고, 책가져오기를 기다렸지, 評이라기보다 感想文 비슷한것을 쓰고자했는데, 이 작 책을 받고보니, 다른 것이 아니라, 넉 달 前 東仁先生이 갖다주셔서 읽은 바로 그책이다. 그러니까 책나온지가 거진 半個年되나부다. 그러지 않아도 新刊評이니 뭐니 하는것은 주제넘은 일이요, 또 내가 한일이나 아닌것 같아서 퍽 마음이 무거웠는데, 半個年이 다 된 이제 와서 내가 어찌 新刊評이라 처놓고 쓴다할기라도, 新刊評이 될리 없으므로, 나는 마음이 가든하여 무엇이나 마음 내키는대로 쓰려고지금 붓을 들었다

나는 東仁先生은 좋은 小說을 쓰실것 같이 생각되었다. 先生을 만난 일이 없었을 少女時節에 「배따라기」를 읽으며, 배따라기의 主人公을 바로 氏라 作定해놓고— 하이얀 얼굴에 새카만 머리를 바람에 휘날리며, 짜릿하니, 내려쬐는 봄볕을 全身에 느끼며, 모란봉 잔디가 곱게 깔린데 엎드려서 배따라기를 듣고 새파란하늘을 보고 따사한 봄을 느끼는 배따라기의 作者를 나는 아주 곱고 아름다운 空想家로 알아왔고, 또 이번 短篇選中의 한篇인 「大同江」을 읽으면서도 亦是 그러한 느낌을 가지게 되었다.

先生을 얼핏 보아선 「저런이가 웬 小說을」하게 되리만큼 도무지 맛없어 보인다. 「배따라기」나 「大同江」의 作者답지 않다. 내가 어떤 機會에 氏의 印象을 말하여— 「처음 만나는 이로선 바로 今年前에 먹수 不快한 인이대도 제법나부다고 생각할이만큼 그 態度와 얼굴 表情이 쭉쭉하시다」고 한 일이 있었는데, 아닌게아니라, 진실로 누가보든지 그렇게 보아버릴것이다. 그러나 너털웃음을 터치며 爆笑때도 좋고 아무와도 이야기에 興겨우실 때는 어린애 같은 氏를 發見할수 있다 거짓없이, 純直하게 웃고싶을 때는 웃고, 말하고싶지않은 때는 말없이, 누가 뭐라고하거나 말거나 언제나 태연히 마음내키는대로 하신다. 惡을 숨기느라고 황당해하는일은 先生에겐 있을수 없을것이다. 世上은 自己가 꿈대로 미리운거운, 더럽다고. 혹독히 말해버린다. 善惡을 判斷도하려니와 善은 分明히 그어서 갖다놓는다. 남이 惡을 황당히 숨기려든 때 先生은 마음의 괴롭없는 生活은 同情하시기에 힘은 쓰신다. 그러기에 先生의 어느 作品을 읽든지 이러한 先生의 좋은 作品이 끝어나있는것이다.

(崔貞熙)

(文章 제6호, 1939·7)

59

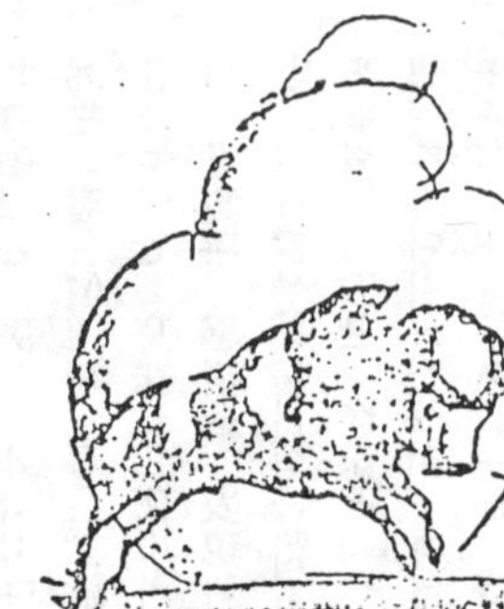

金東仁論

—(文壇人縱橫談 其一)—

金岸曙

奇想異習

이것은 作家로의 描想에 對한 金東仁이외다。그러고 그人物에 對하야서는 이사람에게도 感激이란것이 잇는가 疑心한만치 理智的이라한다면 한三四치假量 만이 지내친感도 없지아니하외다。이것은 東仁이가 作品에다가 그自身의 感激을 모도다 쏟어넣고 現實에 對하야는 無感無念으로 지내게 된다는 作家로의 흐니 가질수잇는 不幸한 一面을 보여주는것인지 알수없는일이거니와 如何間 이러한 人物로도 이世上 處世術에는 눈이 어둡어 「펀」과 「츠」를 닥치는데로 하다가 나중에는 從頭가 없어서 「팅」도 못달고 쩔쩔매며 야단법석을 하게되니 새삼스러히 생각과 實地와의 넘우도 엄청나는 距離에 놀래지 아니할수가 없는일이외다。생각과 實地가 다른지라、그러길래 이것을 人生의 일이라는자는 모르거니와 幸이건 不幸이건 이것이 金東仁이라는 實際人物이니 東仁이가 이두가지 長處와 短點이라는것으로 矛盾되는 괴롭은짐을 등에다 질머지고 이 地上을 定向없이 漂泊하지 아니할수 없는運命도 自然의 公平한 德이라 할만하외다。어째면 聰明의 그德이 잇으면서도 盲目의 이病이 잇지아니할수가 없는지、이것은 한個의 東仁이를 위해서 무끝일이 아니요 全人生에게 對하야 疑心하지 아니할수없는 서로 矛盾되는 事實이외다。

그러면 東仁이여、그대가 이地上을 定向없이 漂泊치 아니할수없는것은 그대만의 不幸이 아니외다。이때문에 그대의 精神은 더더 作品의 世界에서 빛나는것을 나는 기뻐합니다。

날카롭은 理智의 「메스」로 모든것을 忌憚없이 解剖키를 게으리하지아니하는 東仁이게 거만한態度가 잇을뿐아니라 벽창우같은 固執이 언제나 心頭에 딱 붙어서 떠날줄을 모르니 사람의 생겨먹은 性格이란 理智와 敎養과의 채질로는 암만하여도 고처지는것이 아닌상십습니다。그러기에 요한君까지라도 怪物이니 「스핑스」니 獨立自尊이니하는 말을 東仁이에게 던지지는가보외다。

누구나 作品을 읽고는 그作品의 作者로의 그人物이 어떠하다는것은 집작할수가 잇는것이외다。마는 作品과 그作者를 두고두고 오래동안 面對해지내는사람으로는 그人物이라는것을똑바로 잡을수가 없으니 그것은 選擇된 作品의 世界와 現實 그대로의 作者사이에 넘우도 엄청나는 距離가 잇어서 그어느것을 作者 그自身의 世界라고 評價할수가 없기때문이외다。이것으로보면 結局 人物로의 作者를 안다는것은 안개가 휘도는 꿀작이를 들어다보고서 꿀작이를 보앗노라는것이나 마찬가지로 그所謂 輪廓이란것을 잡앗다고 斷言키도 어려운노릇이외다。이리하야 대개는 물을 움켜쥐고 그속에서 비최이지도 아니한月光을 만하게되니 이러한點에서 나의 金東仁이도 捕風捉影에 끗나고 말상십습니다。時時刻刻으로 움직이는 性格을 끈지아니하고 움직여도눈밥을 붓잡는다는것은 그말自體가 벌서 밉기어렵은일이 없지아니한 일이외다。

作家로의 金東仁이의 描想에다가 言語使用으로의 廉想涉의 才能이 만일 은혜되엇다하면 그아말로 갈데없는 完璧이 되련마는 다고난

才能이 各各 이것을 許치아니하니 그야말로 야속하다면 限없이 야속한일이어니와 한便으로는 東仁이의 뭉툭하게 도드라진 거만한 自尊心을 위해 섭어하지아니할수 없는일이외다。想涉이가 一瀉千里로 才致잇는 言語의줄바둑을 世上모르고 한창 버려놓는동안에 東仁이는 어떠한바둑을 두고잇든가。東仁이는 東仁이로의 奇智가 잇는지라 그는 여기한點、저긔두點、이모양으로 必要한곳에다 力點을 찔러 서로 連絡만 取해놓고는「자、둘려면 두게」하는態度로 시침이를 뚝떼고 앉엇으니 이것이 作家로의 은혜받은 一人一能의 各各다른 陣法이외다。그러고 같은때같은이곳에는 表現能으로의 두作家가 서로 건드릴수없는 그自身의不足을 이能으로써 補充치 아니할수가 없으니 作家로의 强從받은 美點이 이곳에 잇는것이요 作者로의 섭어하지 아니할수없는 弱點이 또한 이곳에 잇는것이외다。그러고 그用語에 이르러서 東仁이의 다섯字는 想涉이의 열다섯字에 相當한것을 發見케 됩니다。이러케 말한다고 想涉이의 用語價値가 東仁이의 그것보다 못하다는것은 決코 아니외다。다만 이두作家에게는 같은價値의 같은言語연마는 그만치 各各 그만한 意味로 使用치아니하고는 그自身의 思想과 感情을 表現해 내일수가 없는것만 생각할사록 奇異할뿐이외다。아것은 말할것도없이 어떠한 作家든지、素質로의 그自身의 想에다 어디까지든지 그自身의 表現能을 固守하지 아니할수없다는 結論도 되거니와 이情이 잇으면 이病이 떨아단니는 個人으로는 不平이 잇슬는지 모를일이나 全然로의 가장 公平한 自然스럽은 일이외다。

東仁이의 長篇이ㅡ더구나 東亞紙에 連載되는「젊은그들」같은것이 얼마나 讀者들에게 歡迎을 받는지 알수없거이와 하기는 一般에게 歡迎을 받는다고 그作品이 좋은것이나하면 그러치도 아니한것이지마는 金東仁이는 分明히 短篇作家로의 素質을 가진 作家외다。그러고、아마 東仁이의 이 藝術的分野는 現文壇에서는 稀異하다할만치 獨步의 觀이 잇으니 같은短篇의 材料로도 그것을 저울에다 그取材을 달은듯이 이想에 이表現이라는 가장 簡潔한 文章을 取합니다。이곳에 作家로의 東仁이의 奇智異才는 얄밉다할만치 聰明과 理智와 아울러 빛나는것이외다。그러나이 思想에 이表現이라는 말을 使用은 하엿으나 한가지 不足하다는感을 주는것이 잇으니 그것은 東仁이에게 用語의 語數가 적을뿐아니라 適切한맛이 나지안는것이외다。이不足을 아는지라 東仁이의 伶俐한 聰明은 決코 想涉이의 그것과같이 言語의 줄바둑을 버리자 아니하고(도로혀 못하는것이외다) 表現手法으로 가장 簡潔한方式을 取치아니할수 없는것이외다。

이奇智異才의 聰明이 잇는지라 그의 作品에는、곡두각씨같은「유모어」의 쓸아린 批判의 멋적은 微笑가 흘러돕니다。그것은 어디까지든지、假面舞踊로의「히니꾸」외다。東仁이의 作品을 文明批評이라고 하지못할것은 아니외다 마는 東仁이의 作品에는 무겁은 諧謔과「유모어」한 간염은風刺가 이現代란 어떠하다는것을 殷鑑하게도 솜솜히 생각케하는 무엇이 잇지아니합니까。이것은 作者의 理智와 聰明으로의 날카롭은 同情的「메스」가 奇想異智와 함께 現代相의 假面으로 베껴버렷기 때문이외다。그러기에 이作者의 作品은 快活하면서도 苦微笑의 괴롭고 무겁은 구름이 恒常떠도는 것이외다。곡두각씨의 해쪽해쪽 웃는웃음에는 무겁고 뜨거운눈물이 방울지는것을 나저버린∴가 없는것이외다。

金東仁이는 現代人이외다。決코 便紙한張이라도 일없이 보내는 사내가 아니외다。이야기보다도 證據가 나한테 보낸便紙가 그러케 많건만은 內容을 들어다보면 問安이나 感想같은 便紙는 한張도없고 모도다 무슨부탁이 아니면 原稿料를 督促해보내라는것이니 생각하면 밉살스럽은 東仁이외다。그러고 東仁이의 固執은 대단하외다。이 대단한 固執이잇는지라 가끔남들은 紙面이니 무엇이니 하면서 생각도 못하는좃슬 이親舊는 조곰도 忌憚없이 始作해버리니 이곳에 東仁이의 貫엽 正直이 잇는것이외다。「記憶의더듬길」이니 하는通說로 지내간적 놀아나든때에 알게된 女子들을 모도다 陳列을 시켜놓고 自己의 자내간 그림자를 실허할줄도 모르고 들어다보고 안젓으니 이와같은것은 東仁이가 아니고는 하지못할일이외다。더구나 그것도 自己혼잣 그림자가 아니요 그때의 親故들까지 들추어놓고 가진視相을 보다가 누구한데서는「그런좃을

(七六頁에續)

金東仁論 (六五頁에서)

하량이면 名譽毁損으로 告訴을 한다」고 위협까지 받앗읍니다。 그러나 벽창우갈은 東仁이가 그만말에 놀랠사람입니까。「네가 名譽毁損으로 나를 告訴한다면 나는 脅迫罪로 너를 되걸고 들어설터이니 그리알라」고 도리어 달려든것도 이산애가 아니면 어렵은일이외다。

東仁이가 거만치아니한것은 아니외다。 그리하야 첫印像을 좋지못하게 주는일이 많습니다 마는 이 거만한 東仁이와 한번 가까히 손목을 잡아봅시오 이 固執쟁이요 거만하고 理智롭은 現代人의맘을 두번 다시 疑心하며 놀래지아니할수가 없을것이외다。 웨그런고하니 이現代人의 心情을 언제나 이저버리지 아니하는 東仁이외 人情과 友誼는 그야말로 따뜻하야 아는사람이나 압것이요 決코 누구나알것이 아니기때문이외다。 그러나 가다가다 이 現代人은 얄밉은 약은줏을 하는것도 事實이외다 마는 그것때문에 決코 友誼같은 것이허물을 받게되지 아니합니다。

理智와 聰明과 理智奇才를 가지고난 東仁이연마는 어찌하야 이現實의 處世에는 現代人的陣術을 가지지 못하엿는지 그것은 決코 약바른고양이의 밥눈이 어둡다는 그러한것도 아니고보니 참말 사람이란 알수없는 일이외다。 이것을 가르켜 이美德에는 이病이 잇는法이라고 東仁이를 위해서는 쓰라린일이나 가장 公平한 自然에다가 맙기고말수밖에 없는일이외다。 (동광 제27호, 1931·11)

巴人 金東煥氏

氏의略歷

一九〇一年九月 咸北鏡城에서出生

一九一七年八月 北間島及俄領等地에放浪

一九二一年三月 京城中東學校卒業

一九二四年十月 東亞日報記者

一九二六年十一月 中外日報記者

記者。朝鮮에서 文士生活을 할수잇슴니까,

東煥。글세요 퍽어려운일이라구 봅니다。

記者。어쩌한 意味에서 그러케생각하서요。

東煥。두가지意味로 말할수잇는데 첫재는 우리가 갓고잇는이時代가 情熱과 智力을 가진者나 또는 社會變革의 歷史的必然性을 밋는者에게 누구나 할것업시 다民衆속에 뛰어드러가 無産階級이 支配階級이되는 그運動線上에 나서야 할 때라고 가르킴니다。실상우리는 붓쯧드는것보다 창쯧을、文士보다 戰士되어야할 社會的任務가 더急하고 重한터이니까 書床에안저 글만 쓰는것으로 生活의全部를 삼을수업는사닭과 또한가지는 文藝家協會가 나와서 稿料制定을하엿다 하지만은 원래 朝鮮語文이 現敎育制度안에서는 普及될 可能性이적어 압흐로 讀書群이 激增하리라고는 밋어지지안으니까 글파라 밥먹기가 어느千年이될가요 그러니 文人生活이라는것은 거이할수가 업다고봄니다。

記者。그러면 다른것은 차치하고 엇더케하면 文人들도 生活의保障을 엇을수 잇스리라고 생각해보신일이 잇슴니까。

東煥。글세…… 돌우에 풀나기를 바랄일이라할가요

오늘가튼 社會制度안에서는 即現實的條件미테서는 生活安全策이 別로업다고 봄니다。

記者。영영 그럿타면 내중에 글쓰는이가 아조업서지지안캣슴니까。

東煥。그러니까 文藝作品이라。는것이 元來先驅者의犧牲事業이 되어야할줄압니다。人生을 幸福스럽게하자、이세상을 살기조흔곳으로 만들자! 하는 衝動에못이겨 제야살든죽든 그情熱과理想을 文藝品에 부어너코야 백이는 그런先驅者의 할일이라 봄니다。即 衣食住는 다른곳에서엇자는것입니다。

記者。만일 뒤집어생각해서 生活安定이되야 한평생 들안저서 創作이나하고 글이나닑고 잇는다면 구구한 생각이나 厭症이아니생길가요。

東煥。藝術이 그사람의全部라면 모르지요、우리는 싸로히 生活이잇스니까、내생각에는 한평생들안저서 글만쓰고 십지안어요、힘만미치면 社會運動이나 政治方面에 出動하고십습니다。

記者。文人으로 政治運動、社會運動에 나선이가 古今에 만치안어요。

東煥。만치오、뛰어난 理想과 情熱을 가진者치고 그理想과 情熱을 實際로 萬人에게 주고십흔싸닭이게지요。

記者。그런데 政治運動을 하는이로써 文藝를 짓는다면 그文藝가 政治的思想의 影響을 밧지안을까요?

東煥。꼭그러치도 안캣지만은、또그런대도 어느程度까지 관계치안을줄압니다。저 航空事業普及때문에 露西亞詩人들은 詩作으로 그를 宣傳하엿다합니다。자긔네의 集團에 有用한것이라면 藝術品의 獨立性을 全然無視치안는 限度안에서 影響을바더도 조켓지요。

記者。그러면 그런文學 即 어써한思想을 부으려고 쓰는 文藝를 조타고 보십니다그려。

東煥。내主張이 藝術品은 目的意識下에서 制作되여야 한다는것이닛가 思想은 부어질때로 부어지고 藝術品으로 缺陷이업는것이 나온다면 또안조흘것이 무엇입니까。

記者。그러타면 傾向文學에 共鳴한다는말슴이지요?

東煥。네、그럿슴니다。

記者。그러면 東煥氏는 어썬目的意識下에서 쓴文藝라야 現在우리生活에 마즈리라고보십니까?

東煥。우리의目的意識은 두개가잇습니다。「나라를 ×는目的」과「無産階級을 解放하는目的」의 두가지가잇는데 원래 國家라는것이 過渡期의 한 形態이니까 朝鮮에잇서서 그가 急務는 될지언정 根本目的은 아니되겟지요、그럼으로 階級解放文藝가 主潮가되고 愛國文藝가 傍流가된다할지、文藝의 超階級性을 밋지안는모양으로 또 現在의非反影도 밋지안으니까 文藝思潮도 朝鮮의 社會思潮에 따르리라고봅니다。

記者。그러면 아모러한 思想도 흘으지안은 文藝—저自然의 景致가튼것을 그린 文藝를 어써케 보십니까?

東煥。自然의景致를 본다거나 또 音樂가튼 聽覺을 움지겨 어떠 드리는 音響가튼것도 내感官을 움지기는것인以上 色彩가 잇겟지요、假令 六堂이 白頭山을 보앗다합시다。氏의눈에는 白頭山이벌서 한배님聖殿으로 비최여 禮讚하기에 틈이 업슬것입니다。佛蘭西靑年이「말세유」노래를 드럿다합시다。벌서 祖國의사랑에 가슴이 탈것입니다。혹몰라 嚴密한意味로 보아 純客觀이잇다해도 自然美에對한 作品가튼것은우리에게는第二義的이지요、실상不急한일이니까

記者。詩를 쓰시는데 制作이라거나 形式가튼것을 어써케햇스면 조켓다고 생각한것이 잇스면 말슴해 주세요?

東煥。오늘까지의 우리네 新詩運動은 失敗라고 보는것이 妥當하겟지요、詩歌란 音樂에다가 意味만부친 文字의羅列인데 新詩에는 音樂的要素가 적엇지요。또、難澁하고……이것은「리듬」이 잘째이지안은때문파 用語가 平明치못한것파 詩形이 잘 자리잡히지못한 때문이겟지요 그럼으로 今后의新詩는 지금보다도 더 散文的이고 누구던지 닑고 노래부를수잇게 簡潔하고 그대신 리듬은 어듸까지든지 激越하고 詩想도 放奔하고 線이굵고 色이純되고 正歌的이고 ×的인것이어야 할줄알어요、썬달이지만 내以前에지은「國境의밤」파 그밧게 몃몃개되는 것을 다 불살나비리고 십습니다。

記者。그러면 民謠는 엇더케 생각합니까。

東煥。小曲이 자리잡지못한 朝鮮에서는 民謠라면 詩形이 簡潔하고 詩想이 素朴하야 口誦風謠하기에 足한것을 모다意味하는듯한데 혼히 在來의 土歌가튼것을 採掘해보면 封建思想이 너무흘넛고 또牧歌的情調가 巨半이며 그用語도 時代의淘汰를 기대리는것이 만흔모양입니다。그런데 압흐로 내생각에는 民謠가 쑥勃興할趨勢

에 잇다고보는데 넷날것은 個人主義的이나마 生活苦가튼것을 노래한것만 探堀消化하고 創作民謠는 全部內容을 앗가말한 目的意識속에 두고서 그리고 詩形은 七五調나 四四調가튼 平易한것을 踏襲하는것이 조타고보아요。

記者。그다음 時調는?

東煥。乙巳素' 金宗瑞以來 數千百年을 一系不亂으로 지켜온 낡은定形이니만치 新詩나 民謠에나 을것이 업겟지요 또 初中終三章의制約이 機械的으로되어 抒情詩形으로는 不適當하다고볼밧게、임이 內容이나 形式에 나흘것이 업다면 에써 白骨파내드시 파낼必要는 업겟지요、그보다도 나는 打鈴이나 長歌나 歌詞가튼것을 復興시키는것이 훨신 民衆的이고 現實的이라 생각합니다。

記者。또 戱曲은 어써케 생각합니까

東煥。네가 戱曲을압니까、그러나 劇場이 無產階級欲化에 잇서서 가장큰 任務를 맛고잇는것은 事實인즉 우리속에도 劇과 劇場이 나와야겟지요、그리고 留意할것은「카이자」의「轉變」이나「群衆人間」「夜」가튼것을보면 모다 詩모양으로 토막글구로 되어잇는데 이것이아마 效果가 잇는 모양이야요、모든것이 詩로 接近하는 傾向이란가요。

記者。그런데 이제로부터 文藝部門中에 어써한 形態를 가진것이 盛하리라고 보십니까?

東煥。小說보다 戱曲、戱曲보다 詩歌라고 봅니다。

記者。엇지해서 그럴까요?

東煥。지금 民衆은 興奮하고잇습니다。闘爭의意思에 불타고잇습니다。이럴째에 어느해가에 描寫를하고 構成的인 小說을 民衆이 찻겟습니가 그보다도 直覺的으로 直接思想과 感情을 바름가치 흐트러놋는 劇이 더낫겟지요、또 그보다도 한씃熱情的이고 늘 絶叫하는——戰鬪的의 氣分을高潮하는 詩歌가 더 效果잇슬줄 압니다。民衆도 또그러한것을 즐겨할것을、로서아를보아도혁명직전이나、당시나 直后에는 詩歌全盛이엇다고합니다。

記者。어써한때에 詩歌를 생각하십니까?

東煥。別르쓸줄도 모릅니다만은 大槪는 電車를타고 來往할때나 浴場、理髮所가튼데지요、무어 대중업지요、그리고원래 新聞記者式執筆이되야 推稿라고 별로업시 한서번에 그냥 짝내려씀니다

記者。그밧게 趣味가튼것을 말슴해주세요。

東煥。별로 업습니다만은、未知의곳、서울이라도 아직가서 못본골목을 도라다니는일과 산마루턱에누어 좃인 하늘을치어다보는 인써위가 趣味랄가요、音樂은 할줄모름니다。所願은 늙기전 쌔요링을 배워가지고 그것을메고서 西伯利亞나 南北朝鮮을 流浪하고십습니다。—씃—

(조선문단 제20호, 1927.3)

金東煥論

「三千里」五月號를 손에 들고, 나는 처음에, 나의 前來의 절반이나 거의 차지하는 그 前달號 들의 倍나 되는 넓은 面積에 놀랬다. 그러고 表紙의 表面에 실린 「月刊形式을 月 二回刊으로 고치겠다」는 計劃을 보고 다시 놀랬다.

奔放하는 先輩巴人이 무슨 엉뚱한 (요한氏의 評語) 일을 꾸미고 잇는것 일까? 하는 생각이 나의 머리를 따리는 까닭이다. 月刊에서 月 二回刊으로 이윽고 週刊으로 필경에는 週刊에서 日刊新聞으로 고처서 二大新聞과 鼎立하는 巨大한 言論 機關 「三千里」가 巴人의 頭腦 속에서 움즉이고 잇는 것이나 아닐까? 그러한 그무슨 엉뚱한 일을 생각해 낼 듯한 巴人은 바로 그러한 분으로 내게는 想像된다.

그러나 그것은 「엉뚱한 생각」에만 單純이 끈치지 않고 적어도 巴人에게 잇어서는 그러한 엉뚱한 일을 저지를 듯한 危險性이 多分이 잇다고 생각하여도 安全한 것이다.

「三千里」五月號를 앞에 놓고 이러한 생각에 잡슬리면서 나는 巴人에 對하야 갑작이 무엇이던지 이야기하고 싶은 衝動을 느낀다. 그러나 巴人을 말하기에는 나는 넘우나 그에게 對한 적은 知識밖에 가지고 잇지 않다. 그것은 거의 最少限度의 知識밖에는 아니된다. 그러면서도 어쩐지 巴人을 말하고 싶은 衝動에 몰려서 붓대는 잡고서도 나는 이 貧弱한 最少限度 안에서 밖에는 巴人을 말할 수 없는것을 스스로 슬퍼한다.

巴人은 批評의 對象으로서 多方面을 가지고 잇다. 詩人으로서의 巴人도 우리 新文學史上의 큰 存在다. 그러치만 지금 詩人巴人에 關하야 말하는 것은 벌서 古典을 말하는 일이다. 近來의 「三千里」에서 또는 그밖에 雜誌에서 간혹 얻어 보는 그의 詩를 나는 全然 無視하는 것은 아니지만, 그러나 그것에게 큰 意義를 賦與하기에는 現在의 詩壇의 傾向과 性質은 [illegible]의 二十世紀를 意味하여 年齡의 前夜에 서 잇는 것을 어찌하랴?

지금 나에게 이 붓대의 힘에는 지나치게 무겁기 限量 없는 짐을 敢히 이 연약한 붓대에 짊어지우는 冒險을 하게 하는 것은 詩人 巴人보다도, 혹신, 人間 巴人의 魅力이다. 그는 우리들의 文化 建設의 行進의 先頭에서 뚜렷한 그림자를 지우면서 움즉이는 한사람의 「아반가르드」의 巨姿를 가지고, 잇다. 그는 朝鮮이라는 「彼女」의 좋은愛人의 한 사람이다.

現代의 全 社會 機構의 中心에서 그것을 움즉이는 有力한 動力의 本源을 端的인, 말로써 表現한다면 그 것은 「黃金」이다. 名譽도 政權도 地位도 그것에서 쌓기도 하고 묻어 트리기도 한다. 우리는 반듯이 萬能에 갓까운 黃金의 威力을 崇拜하는 「맘모니쓰트」는 아닐찌라도 그 威力을 한마디로써 否定해 버릴 蠻勇은 가지고 잇지 않다는 것을 告白해야 한다. 그 威力이 너무나 시산하게 우리의 눈에 빛외는 까닭에 世界는 마치 黃金의 작난감처럼 보인다.

그런데 여기에 이러한 常識을 超越한 한 例外가 間或 잇다. 巴人은 바로 이드믄 例外의 하나를 構成한다. 우리들의 아는 바에는 巴人은 돈이 없다. 그러면서도 무엇이 前에 말한 그 무슨엉뚱한 일을 저지를 [illegible]한 可能性이 巴人에게 잇다고 우리로 하여금 斷言하게 만드는가? 나는 생각하다 그의 精神에 根源하는 현實의 非常한 精力 그것이 그 可能性을 保證하는 唯一의 것이다。

그는 먼저 立志傳中의 人物이라고 하기에 足하다。 雜誌界의 一高峰인 「三千里」가 거의 그 個人을 그보다도 그 非常한 精力을 培土로 하고 經濟的 社會的 諸困難의 過程을 突破하고 그러케까지 큰 成長을 戰取한 것은 全然 驚異라고, 아니할수 없다。

巴人은 恒常 「三千里」의 그늘에서 자라가는 「三千里」를 바라 보면서 그윽히 法悅에 가까운 微笑를 띠울 것이다。 그러처만 閑寂한 水標橋畔의 黃昏 속에 都市의 紅塵을 잠깐 避해서서 橋畔吟을 詠嘆해 좋은 情懷를 가질찌언정 巴人은 決코 「余가……余가……」를 連發하면서 「三千里」 社長 就任 社說을 公表할 人物 같지는 않다。 그러한 곳에도 巴人의 사랑스러운 點이 숨어 잇는 것이나 아닐까?

現在는 多數한 社員을 抱容하고 잇는 「三千里」 社도 近者까지는 巴人의 혼자 살림에 不過하엿다。 그러타고 그것은 決코 微微하엿다는 것을 一「퍼센트」도 意味하지 않는다。 主幹도 巴人 常務員도 巴人 小使도 巴人 外交員도 巴人——이러케 여러 部分의 일을 한 몸에 맡아 가지고 東奔西走하던 그는 一身이 都是 「力의 結晶」이라고 하여도 過言이 아니었든 것이다。

의 一見 「三千里」가 低級한 通俗總合雜誌의 大面을 開設가자면서도 最近 「해비곱무」나 「레뷰」에 顚落하는 것을 救援해 낸것은 巴人의 높은 知性이라고 믿는다。

그러치만 朝鮮의 現實은 이러한 분에게 그 個性과 信念을 充分히 發揮 伸長시키기에는 첫째 經濟的으로 둘째 社會的으로 매우 不利한 處地에 있다。 그래서 그는 不得已 一定한 文化的 品位와 讀者의 通俗的인 趣味의 中間을 걸어갈 밖에 없으며 따라서 後者에 더 치우 치기 쉬운 危險에 直面할 밖에 없다。 分銅이 한쪽으로 기울어지는 것은 저울 대、우의 지극히 작은 一點 때문이다。

그런데 우리는 한 동안 이러한 不愉快한 傾向이 「三千里」 우에 나타나는 것을 보고 商人으로서의 巴人의 片鱗을 發見하고 적지 않은 不安을 느끼엇다。 이 不安 아니 不安은 巴人에게 對한 期待가 컷음스록 더深刻한 것이 아닐 수 없엇다。

거의 阿諂에 가깝도록 讀者에게 向하야 情嬌를 보내던 「三千里」가 昨秋 以來 차츰 嚴格한 態度를 回復하는 것처럼 보엿다。 新幹會 解消 以來 一般의 視野의 地平線上에는 一體 떠 올라와 보이지 않는 朝鮮 運動의 主流를 把捉하야 提示하려는 努力이라던지 우리 運動의 中心 勢力의 確立을 促進하는 듯한 氣味라던지 그러한 意識的 緊張이、編輯 方針 우에、明瞭하게 나타낫다

그때까지는 그러케 自身을 主張한 일이 없든 「三千里」 속에서 한 個의 놀라운 個性的인 「무엇」을 發見하엿다。「그무엇」은 드디어 尨大한 讀者群을 獲得하고 그 基礎우에서 그 眞實한 力量을 試驗해 볼 時期가 充分히 成熟한 까닭에 畢竟 出現하고 말 것이나 아니엇을까? 그 「무엇」이란 果然 무엇인가! 그 것은 한 個의 「얼굴」이다。「金東煥氏의 얼굴」이다。最近의 「三千里」 우에서 우리는 「巴人 金東煥氏의 얼굴」을 諦하게 看取할 수 잇엇다。

거긔는 商人으로서의 巴人의 냄새는 아주 살아지고 벌서 環境과 周圍의 눈치만 살피는 卑屈에서 解放된 獨特한 目的 意識을 가진 强力的인 個性의 能動的인 形態이 歷歷하게 눈에 띄엇다。 우리는 一種의 戰慄을 느끼면서 그 앞날을 注視할 밖에 없엇다。

그러던 것이 「새로운 計劃」 아래서 面目을 一新해 가지고 나온 「三千里」 五月 첫號에서는 또 다시 사랑스러운 存在 「金東煥氏의 얼굴」은 매우 稀薄해 젓다

일쪽이 우리를 不快하게 만들던 煽情的인 記事들 또 다시 얼어 볼때 우리는 그 記事들에게 눈을 돌렷다。 또 다시 卑俗과 退步와 娛樂밖에는 意味하는 것이 없는 低級한 大衆性에 接近하는 듯 하엿다。

이 일은 全然 우리들의 豫期外의 길로

써 우리들 巴人의 「편」을 悲觀시키기에 足하였고。

「面目一新」한 그 瞬間의 「三千里」는 매우 危險한 「씨츄에이순」에 놓여잇다。

우리는 한 사람의 文化的 兵士를 商人化 시키는 墮落의 動機를 많이 包藏하고 잇는 錯綜한 現實에 對하야 — 盲目하지는 않는다。

또는 聰明의 人 巴人으로 하여금 그의 얼골을 나타낸 것이 早計인 것을 느끼게 만든 外的 事情이 잇어서 아마 그는 敢然히 一步 退却을 決意한 것인지도 모른다。또는 이길은 五月號에만 限한 一時的 現象일는지도 모른다。그러기를 바란다。

우리가 「三千里」 혹은 이 種類의 刊行物에 期待하는 文化的 意義는 그것이 恒常 民衆을 一定한、文化的 水準에서 不斷히 더 높은 階梯로 進展시키는 곳에 잇다。어떠한 不利한 情勢 아래서도 그것은 적어도 그러한 意慾 까지를 버려서는 아니된다。그러한 意慾 맞아 버리고 讀者의 低級한 趣味에 迎合하는 瞬間부터 墮落은 시작하는 것이다。

우리들의 文化的 突進 우에서 發見하는 老猾한 商人의 風俗은 明白히 하여야 할 可惜한 일이다。그 意欲의 對像이 「돈」에 잇던지 「名聲」에 잇던지 間에 ——。巴人에 限하야 그러한 일이 없을 것을 우리는 믿고 싶다。그는 언제던지 우리의 把握을 把握에 끈치게 해 줄 줄을 믿는다。巴人은 아마도 우리를 失望시킬 最後의 사람이라고 믿는다。

나는 마음으로 만은 巴人에게 最上級의 敬意를 받히고 싶다 그러나 그것은 그를 사랑하는 일이 못되고 차라리 侮辱하는 일이 된다。그럼으로 나는 차라리 많은 苦言을 올렸다。完成하는 瞬間까지도 우리는 수 없는 苦言의 火焰을 그를 爲하야 準備하리라。妄言多謝。 (五月十日)

60

(동광 제35호、1932·7)

新聞小說分化論

李源朝

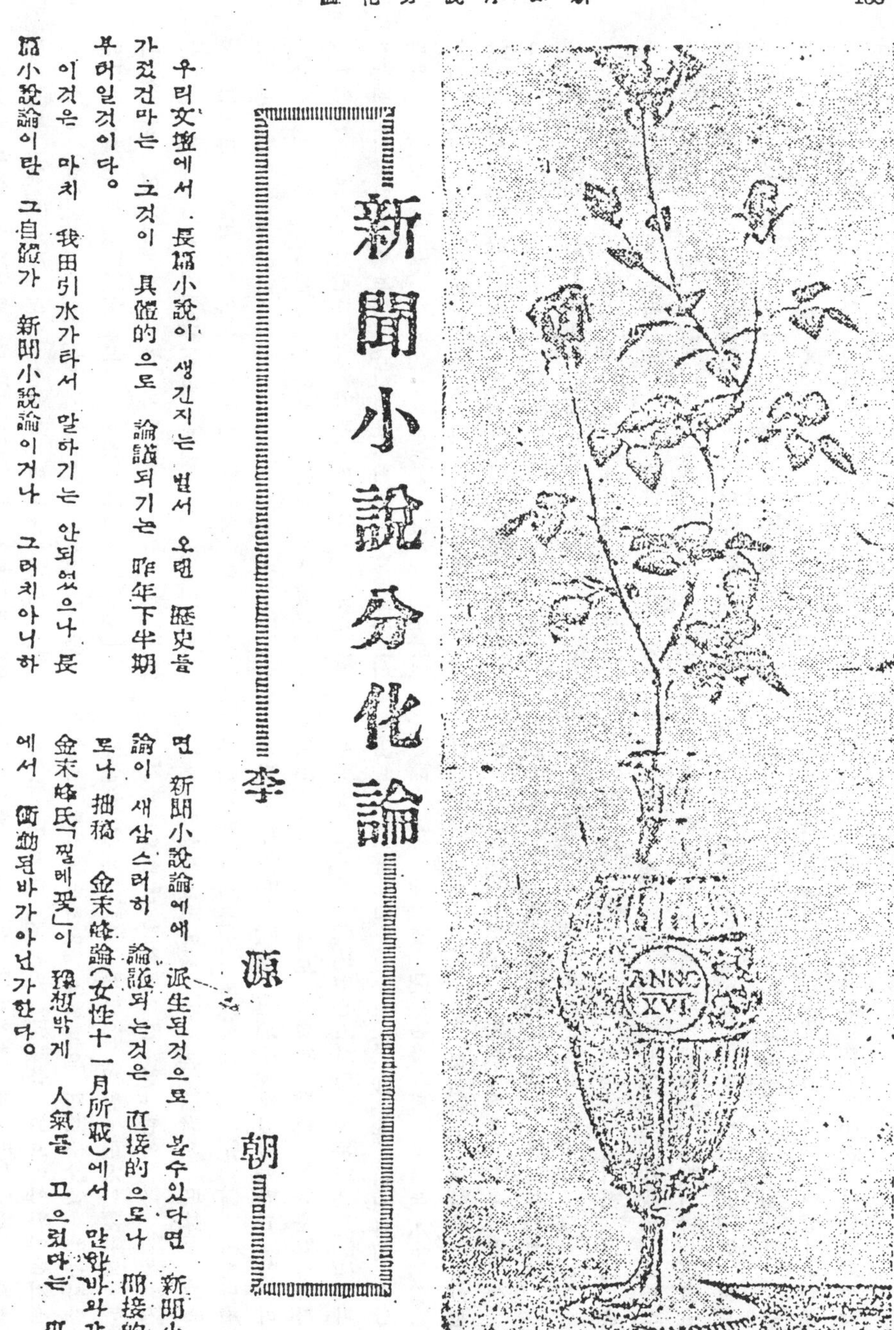

우리文壇에서 長篇小說이 생긴지는 벌서 오랜 歷史를 가졌건마는 그것이 具體的으로 論議되기는 昨年下半期부터일것이다。

이것은 마치 我田引水가타서 말하기는 안되었으나 長篇小說論이란 그自體가 新聞小說論이거나 그러치아니하면 新聞小說論에에 派生된것으로 볼수있다면 新聞小說論이 새삼스러히 論議되는것은 直接的으로나 間接的으로나 拙稿 金末峰論(女性十一月所載)에서 말한바와같이 金末峰氏「찔레꽃」이 豫想밖게 人氣를 끄으렀다는 事實에서 衝動된바가아닌가한다。

그것은 무슨말이냐하면 新聞小說을 쓰는사람이란 新聞記者의 營業的見地로보아 될수있는대로 一家의 名聲을 어든사람이라야만 熱狂한 讀者를 갖는것이다 金末峰氏로말하면 作家的經營으로나 一般的印象으로나 一家의 名聲을 얻었다는것보담은 차라리 新人의 系譜에드는데도 不拘하고 「찔레꽃」한편으로서 一般讀者의 人氣를 끄은것은 일직이 어느 大家의 作品이 끄은 人氣에 못지아니할뿐아니라 어떠한 意味에서는 普通作家를 훨씬 떼여났다고해도 過言이아닐程度에 이르렀다.

그러면 이것이 어떤사람의 말과같이 作者가「女流」이라는때문이냐하면 반드시 그런것은아니다 「女流作家」이라면 朴花城、姜敬愛、張德祚같은분들이 다 新聞小說에 執筆한일이 없지안치마는 그분들의 作品이 人氣를 博洽한데있어서는 決코 金末峰氏의 좋은便에 나온이가없은것이다.

그러면 結局은 金末峰氏의 「찔레꽃」이人氣를 博洽하었다는것은 그作者의 性的分別에서가아니라 그作品自體에서 說明될것인데 우에서 人氣라는말을 많이한것은 人氣란 반드시 藝術的感激에서 생기는것이아니고 소히 더 非藝術的感興에서 생기는것임으로 어떤作品이 人氣를 많이 끄으렀다는것은 반드시 그作品이 藝術的으로 價値있는作品이라는 말은아니다.

그러면 대체로 作品이 人氣를 끄을자면 어떻게해야하느냐함에 그것은 讀者에게 事實的感興을 이르켜야한다 다시말하면 讀者의 興味를 끄으러야한다는것은 누구나 다아는바이다. 그러므로 新聞小說을 쓰는사람에게 당신은 新聞小說을 쓰면서 제일 重大한要素로 무었을 생각하느냐하면 열사람이면 열사람이 다 讀者의興味를 끄으러야한다고하면서 실상은 讀者의 興味를 끄을지못하는것은 그네들이 처음부터 新聞小說에 치여나지않고 도리어 作家的態度는 短篇小說에있었든만큼 아모리 興味中心으로 쓰려해도 그렇게 잘되지않을뿐만아니라 넘우나 徹底하게 興味中心으로만 쓰는것은 藝術家의 自殺的行爲라고까지 생각하는 觀念은 버서나지 못함으로 短篇小說에 比하면 興味는있으되 그래도 小說家로서 自身的인行爲에까지는 이르지않겠다는 自制心이 發動하는때문에 興味의 追求가 徹底하지못하였고 따라서 그作品은실상 따지고보면 短篇小說의 延長도아니고 本格的인 新聞小說도 되지못하였든것이다.

그러든것은 金末峰氏가 비로소 이러한 自制心을 깨트리고 徹頭徹尾로 興味中心인 新聞小說을 한편쓰니까 그人氣는 저러했는데 이것까지는 事實이나 事實은 事實대로보면 그뿐이지마는 이事實에서 展開된 새로운事實을 우리는 생각하지 아니할수없는것이다.

라고하는것은 新聞小說이란 新聞에실니는만큼 그것은 作者의小說이아니고 新聞의小說、더나아가서는 新

聞企業人의 小說이란말인데 그렇다면 新聞企業人은 新聞小說의 作者에게對해서 厚한 稿料의代價으로(勿論지금은,稿料이지마는) 間接的으로나 直接的으로나 小說의制作을 作家的立場에서 할것이아니라 新聞企業的立場에 하기를 强要할것은 事實이며 또한 新聞企業的 立場이란 다른것이아니고 곳 興味中心의 小說을 실어讀者의 人氣을 끄으는데있는것이다。

그렇다면 이때까지의 經驗으로보아 金末峰氏의 「찔레꽃」을 新聞小說로서의 上乘으로 假定할때 다른作家가 新聞小說을 執筆하자면 어떠한 意味에서는 金末峰氏의 「찔레꽃」을 目標로해서 興味中心으로 쓰지아니하면안되게되는 同時에 그렇게된다면 이때까지의 新聞小說에서는 質的으로 한개의 重大한 轉換을해야할것이아닌가 다시말하면 이때까지는 新聞小說이란 興味를 끄으러야한다면서도 結局은 短篇小說의 延長에 지나지못하든 다른作家가 지금부터는 新聞小說을 쓴다면 그作品에서 短篇的인 要素는 全然 除去하고 徹頭徹尾로 興味中心의 小說을써야할것이아닌가?

그렇게되면 朝鮮에서도 新聞小說이라는 새로운 文學的分野가 생기는 同時에 小說家의 轉身도 많으리라고 豫想되나 그것은 그렇다하고라도 그러면 所謂 西歐的인 槪念으로서의 長篇小說이란 어떻게되느냐하는것이이때의問題이다。

그러나 여기에서 잠깐 말해야할것은 一部論者의 說에依하면 新聞小說이란 結局 大衆小說이다。그렇다면 유고ー의「레•미제라블」이나 「듀ー마」의 「椿姬」나 「톨스토이」의 「復活」은 모다 大衆小說이다。그러니 오늘날의 우리 新聞小說作家가 이러한大作을 못쓰는것은 結局그作家의 力量問題이지 決코 그發表機關이 新聞이라는데關係되지는안는다고 하는사람이있다。勿論 作家의 力量으로 따진다면 오늘날의 우리作家들中에서 한사람이라도 유고ー나 듀ー마나 톨스토이와 比肩할사람이있으리라고 壯談할수는없다。그러나 以上 諸作家의 名作이 二十世紀의 오늘날과같이 發達한 저ー나리즘을 土臺로해서 發表되지않었다는것은 勿論이고 그作品을 名作으로서 鑑賞한 讀者들의 文學鑑賞的態度가 오늘날과같은 저ー나리즘的訓鍊을 받지않었다는 重要한事實을 念頭에 둔다면 이같은 理論은 成立이되지안는것이다。

그러고 勿論 以上의諸作品이 名作이라는것은 讀者의 興味를 끄은다는點으로서 決定된것은아니지마는 假令 興味의側面으로 본다고하드래도、決코 現代作家의 누구의 名作 新聞小說에 비겨서 決코 遜色이있는것은아니다。그러나 이러한作品의 興味는 全篇的興味를가진것이여서 全篇을 通讀한뒤에 느끼는 興味이지마는 現代의 新聞小說이란 名作일사록 每回마다의興味는있어도 그것은 全篇으로 通讀하면 그興味마는것이

남우도 人工的이어서 도리혀 全體的構成이라든지 調和도보아서는 沙上樓閣과같은것은 무슨때문인가? 다시이事實을 두베여말하면 泰西의 歷史的諸名作을 全篇을通하면 興味中心으로만보아도 그全體的構成으로나 調和로나 渾然大成의 느낌이있지마는 그것을 萬若 오늘날우리네의 新聞에 실흐려고 每日 每日 四百字原稿紙 넉장식 찌저내여서 뜨더본다면 그 興味의 配定이란 진살로 不均整하여서 어떤回는 하품이 날지경도 많을것이다。그러니 그作品이 發表되는機關과 그作品을 鑑賞하는 讀者의 態度을 念頭에 두지않고 나오는 大衆小說論이란 結局 問題가되지안는데 따라、萬若 朝鮮에서 新聞小說이라는 새로운 分野가 생긴다면 所謂 西歐的인 長篇小說은 어떻게되나하는 問題가 依然히 남어있는것이다。

그런데 이러한 長篇小說을 問題삼자면 두가지 側面으로보지아니하면 안되겠다。

첫재는 發表機關問題어고 둘째는 創作態度의問題이다 그러나 오늘날과같이 出版機關이 貧弱한 處地에있어서는 이러한 長篇小說와 發表機關이란 거의 可望도없는일이고 그다음 創作態度로 말하면 新聞小이說란 分析的으로보면 長篇의 系列속에 든 極短篇이라고해도 過言이아니다。가령 新聞小說한편을 二百回라고 假定한다면 그동안 讀者의 變動이란 自然있을수있는것이니 때때도 梗槪만 써낸다면 언제 어느날 第幾回에서 부터라도 시작해 읽을수있는만큼 新聞小說이 極致에이른다면二百回를 한데 뭉처서 바로소 한편의 小說이되는것이아니라 二百回를 쓰는동안 그날 그날 한회식쓰는것이 곳한개의 短篇을 아루어서 다시말하면 二百回의新聞小說은 二百篇의 短篇을 모혼것이 될수있는것이라고 想像할수있다。例하면 新聞小說의「싸브•라이름」은 이러한 傾向을 말하는것이다。

그렇다면 이러한 新聞小說의 極致境에서 그 範圍를 좀더 널피면 어떠게될가? 다시말하면 한 題目밑에 二百篇의 短篇을 모흔것이 한개의 新聞小說이 될수있다고 想像한다면 한題目밑에 二十篇의 短篇(通常的인)을 모하서 한개와 長篇小說을 만들수는없을까? 이러한例를 든다면「루공마칼叢書」바든지「人間喜劇」이라든지「잃허진때를찾어서」이라든지 佛蘭西小說에서는 얼마든지 찾을수있다。

이렇게되면 個別的으로는 한개의 完全한 短篇이면서 全體的으로는 渾然한 長篇小說의 一系列을 이루울수있을것이니 發表的으로는 短篇이면서 創的作으로는 長篇이될수있는것이다。

그러므로 早晩間 우리文壇에서 新聞小說이라는 새로운分野가 생긴다면 우리네의 長篇小說은 이러한길을차저서 나가는것이 가장 得策이아닐가하는것으로 若干생각난바를 記述하는것이다。

(朝光 제28호、1938・2)

新女性人物評

金明淳氏에對한公開狀

金基鎭

1

(꿈)

애뎐당못가에 꿈마다 꿈마다—
어머니의 품안에 안기여서는
갑지못한사랑에 눈물흘리고、
손톱마다 봉선화 듸리고서는
어리든님의 압흔꿈수려……
착한처녀、착한처녀、호올로되여서
꿈마다 꿈마다、 에뎐당못가에!

× × ×

이詩를쓴사람이 이詩에쓰인거와가티 착한처녀
착한처녀인지 안인지는 내가 보증할수업스나 엇
지햇든 이詩는 朝鮮이나아논 드두른文學女性의
詩요 이詩의作者는 그드무른文學女性中의한사람
인金明淳氏다。

엇던사람이 이詩를보고서評하야말하되「너긴네가 鏡臺압헤서 가루粉을발르고서 넘어설때에 압치마ㅅ자락의粉가루가 날러떨어지는 내음새 그내음새가나는것갓다」고 말하든것을 나는드른일이잇다。 얼마쯤은 이詩의내음새를 맛흔사람의말이라고 나는생각하얏다。 대개 그의詩가 女性的이라고말하는이보다도 더한거름지나처서 이「粉내음새」가 나는것은 엇지된까닭이냐? 女性이쓰는詩닛가 女性의내음새가나는것이며 살하서粉내음새도나는것이라고 漫然히말해버리면고만이겟지만 그러치만 거기에는性格的으로 그러한原因이잇지아니하면안된다。 그러면그原因은무엇이냐? 다음으로 그의또다른詩를살펴보자。

(기도)

거울압헤 밤마다 밤마다
아해들손에 촉불밝혀서
한업는 무료를 닛고지고
달빛가티 파란분 발느고서는
어머니의 귀한 품을몸수려
귀한처녀、귀한처녀、서른신세되여서
밤마다. 밤마다. 거울압헤………

× × ×

이것도亦是 그와가튼 所謂「粉」내음새가나는詩의一種이다。누가보든지 純眞한處女、或은女子가정성것드리는 기도로는보지안을것이다。이詩에는거치른生活을계속하는頹落한女子가、새로마음을곳처먹고서 거울압헤안저잇는 그러한무ー드가 만히잇다。「달빛가티파란분발르고서는……」하는것이 맛치얼골을갸웃둥하고서「내가입부지……?」하는거나무엇이다르랴。

다만 이詩뿐만이안이라 金氏가쓰는詩에는全部가거의다 이와가튼것이라고말하야도妄發은아닐줄로안다。年齡에比하야말하면 어대로보든지 十七、八乃至二十前後의女子가아니라 三十內外의中年의女子라하는것이可하고 皮膚에比하야말하면 潤澤하고 보그다ㅅ만히알지못하는기름ㅅ기잇고 潤澤하고 보드럽고 족신족신한皮膚라고하느니보다도 오히려肉慾에거츠른 潤澤하지못한、脂肪質은거의다말라업서진頹廢하고 荒凉한皮膚가 겨오 化粧粉의魔術에가리워서 남어지生命을붓도더가는 그리한皮膚라고말하는것이適當할듯하다。거츠른皮膚를가리워주고잇는 한겹의엷은粉을벗기여버리면 그아래에는 주름살진 熱업는살ㅅ가죽이드러난다。그와갓친가지로 그의詩도한겹의간얇힌 化粧이잇다。또한그와갓친가지로 그의詩에 불만한것이잇다면그것은 이化粧한皮膚와가티 頹廢의美가잇는까닭이겟고 荒凉의美가잇는까닭이겟다。심지만남은 가느른燭불의깜박어리는불빛이요 풀닙의쏫이시드른누른들판에 슬우웁옷한 단풍닙의美라고나할는지。生命은凋殘하고 心臟은枯渴하고 皮膚는、、荒凉하고情緒는거츨고 心琴은무되나 다만 히스테리칼로發達된그心情이 때로 울고 때로 부딋고 때로넷날을追憶하고서 헛되히過去의再現을努力하며 或은憤慨하는 그러한姿態가 그의詩에는나타난다。

그의詩뿐이아니라 그의小說『七面鳥』『주영이와탄식이』『외로운사람들』『선데』『피묻은女子』等과脚本『어붓子息』等을보드래도 그의文學上의位置는대개알것이다。──나는以上作品中에서精讀한것이라고는 脚本『어붓子息』밧게는업고『피묻은女子』라는것은 그어느대인가 내압헤서그가朗讀해들리는것임으로 記憶에남아잇슬뿐이요 그外에는 눈에띄일때에만 잠간잠간보아넘긴일밧게누업슴으로 그자세한이야기는알수업스나 그것만가지고서라도 그의文學的素養은짐작할수잇다。

脚本『어붓子息』은 昨年九月號『新天地』에揭載되엿든것이다。지금그잡지가 내손에업슴으로仔細한비평은쓰지못하나 昨年九月의日記에依해서 겨우남아잇는記憶을너르키는수밧게업다。平壤어느小뿌르즈、와家庭의第一長女(前妻所生女)와後妻所生인그의아우、 即第二女와 젊은醫師인某와의三角關係를骨子로하여가지고、財產잇고兩班인朝鮮의小뿌르즈、와階級者의家庭의動搖를背景으로한 有閑階級의戀情의遊戲를 그리여내인것이다。長女인어붓子息은肺病患者인데 그젊은醫師라는사람은 그의愛人이엿섯다。그런데 그의아버지는 그醫師와自己의次女와約婚케하얏고 그次女는또한그醫師를熱心으로思慕하얏다。그러나 肺病患者와그醫師와는 자긔들의사랑을실은수업섯슴으로 나중에는그肺病患者와그醫師가情死하기로하고 몰내毒藥을먹고 두사람이함께죽어버린다。그런데 여기 그醫師가엇지하야進退維谷에빠지게되엿섯느냐하는理由는(確實히記憶하지는못하나) 아마 前日의그집主人의恩으로工夫를하엿섯든까닭이라 는理由가잇다는것이다。勿論脚本으로成功하지못한것이며 技巧도보잘것업고 材料도平凡한것이나 그러나 나는 그手腕을가지고만하는것이아니라 그의着想을말한뿐이다。그肺病을알코잇는어붓子息이 얼마나빈충마진지 弱한지알수가업스며 그作品에나타나는作者의主觀이라든가思想(?)이라든가 하는것을드러다볼때에 고개를도리키는수밧게업다。低級한低級趣味와 흐리멍덩한現實肯定의俗情主義와 朝鮮型떼가단스趣味의高吹外에는다른것이업다。

『외로운사람들』과『주영이와탄실이』의二篇이最近의作일진댄 最近의그의思想이며 文學家的手腕도보잘것업는것이다。나로하여곰그의文學的傾向을말하라하면 그는一個의敗傷的頹廢派(이런말을쓰는것이許諾되다하면) 에지나지못한다고하겟다。그가 朝鮮서 文人(?)으로행세(?)하게되엿다는것도 무슨文學的修養을만히싸엇다는것보다도 그重要한理由는 朝鮮서구경할래도보기에드무른文學女性中의한사람이라는理由일것이다。

2

그러면그사람의人物、即爲人은엇더하냐?이것을 말하자면 그의過去의歷史를자세히알必要가잇다 엇지하야그러냐하면 사람은世上에 나온뒤에사라나오는동안에 코가붓고 눈이생기고 彩色칠하야지는것이닛가。白紙에그림그리여놋는것이 大部分은環境이라는것이닛가。

그러나不幸히나는그의過去를잘알지못한다。다만 그는平壤胎生이라는것과 그의母親이曖昧女性(半妓生?)이엇섯든것과 그의姉妹들도亦是그러타는것과 自己는어부子息이고 어머니는일즉이도라갓다는것과 딸하서어려서는家庭에서賤염을바드며자라낫스나 長成한뒤에는어부子息으로설움을만히바닷다는것밧게는알지못한다。그래서그런지 그의血管속에는그의어머니의피와 또는그의고、姑、들의피가 흐르는것갓다。그로하여곰「一個의메、란코릭、크한女性」을맨든것이 어부子息이라는地位이엿스며 얼마간頹廢的氣分을가지고잇게한것이 그의家庭안의環境이아니엿슬가。그리하야 그環境과頹廢가相合하여가지고나아는것이 아마히、스、테리인모양이다。

그는 그自身이明言하는바에依하면 日本의中西伊之助氏의作品「汝等의背後로서」——現在每日申報에連載中——의女主人公楊求英이라는女性의모、델、이아마自己自身인듯하다。그小說에 나오는바와가티 이말이 어느程度까지信用할만한말인지는모르나 하나그러나 이、、것을信用한다하면 이와가튼原因으로因하야 그의히스테리가더猛烈하여진것이나아닐는지나는생각한다。

何如間女性이고男性이고間에 異性을너머만히안다는것은 그의性格을爲하야서든지 또무슨다른點을爲하야서든지間에 대단히조치못한原因이된다。나는 性慾的生活에無節操하다는니보다도 放縱하게지내든사람으로 훌융한사람은본經驗이업다。

말하자면그는 엇던편이냐하면 無節操하엿든편이다。현우덕이가튼말을길게할必要는업고 다만그와가튼原因이잇기때문에 그의性格은放漫하야젓다는만만하야둔다。

다시 要領만따라 簡單히말하면 그는平安道사람의氣質(석잘理解하지는못하나마)인 굿고도 自家防護하는性質이만흔天性에 女性通有의感傷主義를加味하야갓고 그우에다戀愛文學書類의엥、키친을더덕더덕붓치여놋코 어부子息이라는環境으로만미암아조곰은무부정하게휘여저가지고(이것이變態하게된外닭이다)處女때에强制로男性에게征伐을밧덧다는理由가잇기때문에 더한층히스、테、리、가되여가지고文學中毒으로말미암아放棄하야젓다는것이다。그리고이것들諸要素를 層付으로 싸아논 그中間을쒜여둘르는것이 外家의어머니편의 不純한 不淨한血液이다。이血液이 때로잠자고 때로 구비치며흐름을딸하서 그動靜이一貫되지못한다。그리하야 이動、靜이、그의詩에、小說에、또한그의人格에나타난다。

그가 올正月外지平壤에잇슬때에는 一個의無節操한感傷主義者에지나지못하엿다。지금은서울서留하지마는 도모지맛나지안는나로서는 最近의그의傾向을알수업다。그러나 그가東京서林盧月君과同棲하고잇슬때에는 盧月君의唯美主義에共鳴하고、創作나와서는 이사람맛나서는 이사람딸하가고 저사람맛나서는저사람을딸하가든 그임은생각한때엔지금인들무슨獨特한主觀이잇슬뜻십지안타。이러케말하면 너무人格을無視한것갓지만 대체로女子라는것은 國粹主義者에게가면國粹主義者가되고 共產主義者에게가면共產主義者가되는모양이닛가 別로特히金氏를無視한것은아닐것이다。全世界女性同盟에서攻擊한다면 그때에는愉快하게應戰이나헤볼테지만。

除談은그마두고 내가본金明淳氏는 以上과갓다이것을보고서도金氏의輪廓이드러나지안는다면 그것은그의輪廓이처음부터[illegible]하지못하다는理由이겟고 둘재로는 내가그의不鮮明한輪廓이나마잘그리여내지를못하엿다는理由이겟다。

생각건대 金明淳氏는 임의過去의女性이다。金氏自身에게對하야 압흐로무슨期待가잇다느니보다는 지금旅女學校에在學中인 또는獨學勉勵하는어린女性에게期待가잇다。金氏는 인제 태바래기쏫이떠러지듯이시드를것이다。생각하면 그는 不幸한女性의하나이다。情熱도업고 쎄머나아갈힘도업고 꿈이죽엇다。내가쓴이글이 도모지거짓만이되야서 압흐로의그가 정말眞正한意味에잇서活躍하는날이잇다할것이면 그때에는나는즐거히 그에게고개를숙이고謝罪하겟다。然호모이글은 決而코惡意에서出發되야서쓴것이아님을明言하야둔다。

佳人失戀血淚記

세번失戀한流轉의女流詩人金明淳

靑노새 記

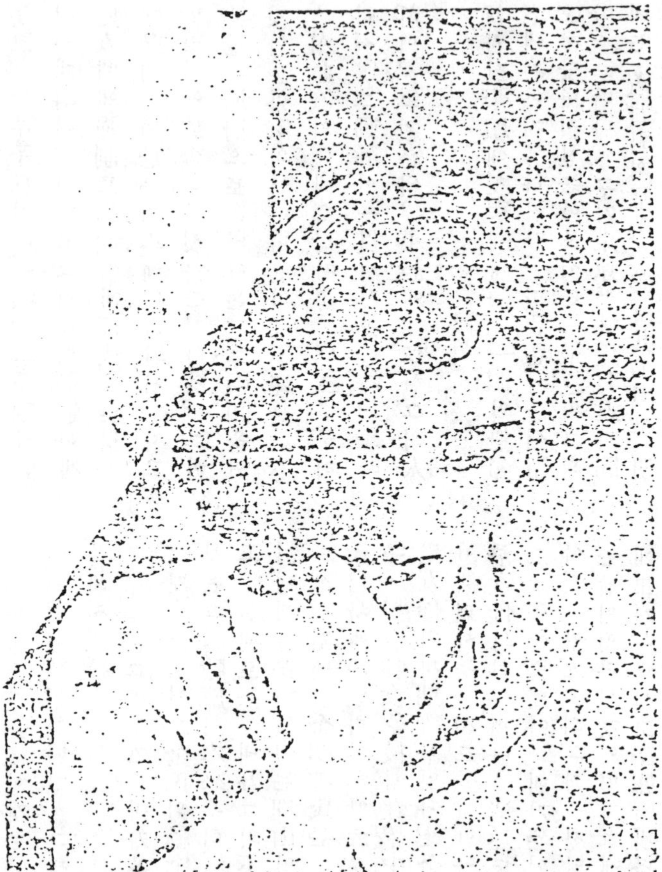

기울어서 밤마다 밤마다
가우리에 숨은 밤혀서
한업는 무료를 잇고지고
달빛가치 따란눈 밝느고서는
어머니의 귀한손을 쥐우려

귀한처녀 귀한처녀 서른 신세되어
밤마다 밤마다 거울의 압헤。

이러캐 지나간날 순결하든 소녀시절을 그립어하면서 허굽흔 노래를 부른이는 녀류시인 김명순녀사다。또

동그런 련입헤 얼굴을 파뭇고
꿈 이루지 못하는 밤은 깁허서
뷔인뜰에 혼자서 서른맘식을
련입헤 달빛가치 허득여드려
지나가든 바람인가 한숨지어라

외로운 처녀、외로운 처녀 파뭇케되어
련입헤 련입에 얼굴을 뭇어
마라여、가을달밤 지나가는 바람、한숨짓고、던

이어 차욱이는 그단녀에 위하드록 그리운적은 고내는 다정다한한 이노래 지은이 역시 김명순녀사다。

김낭(金娘)이지은 이노래에 가슴이 설네어 한숨짓는이엇지한두사람뿐이랴 실로 김낭가치 남의 가슴을 슯흐게 복게이는 노래를 쓰는사람도 드문것이다。

그러나 이러케 읽은일대 슯흔 노래만 부르는 김낭에게는 그노래를 비저내게하는 청춘의 슯흔 로-만스 가잇다 이 로-맨스가 낭으로 하여금 세상을보는 눈을 더욱 눈물만케 한 것이다。

그가 한창 청춘의봄으로 동경(東京)에 유학을 간것은 열여듧의 봄이엇다 고향인 평양(平壤)서 녀자 고등보통학교를 다니다가 서울로 올너와서 진명(進明)인가 숙명(淑明)인가를 마치고、그때시절 동경이라하면 조선청년의귀엔 꿈의동산인 독일「하이델벨히」에나 가는듯시 모다 그립어 하든곳이라 장래의 만흔꿈을 안은 이소녀도 그리로 달녀간것이다。그가 동경에 나타나매 그때 그의아름다운 용모와 청초한 양자에 정신일코 뒤를 따르며 사랑을 구하는 이성이 만히잇섯다、그의 발뒤굼치에는 언제든지 호화로운 풍설이 도랏고 그가 나타나는 곳곳마다 공주(公主)나 맛는듯 허리를굽혀 영접하든 남자류학생들이 만헛다

陸軍士官學校學生과 옴가튼첫 사랑을매저

그러나 김낭은 「롯의가다」를 타기를 그리성급하
게허지안엇다. 낭은 그곳·共鋪和女學校에 다니면
서 어학을 공부허엿다 장차는 서양루학까지 하
고와서 조선에 일루 여성으로 사회의일을 하여
보려함에 뜻이잇섯다. 그러기에 당중치마에 굽놉
흔 구두를신고 머리에 호집을그런 비녀를하여
쪽지고 구단사와(九段坂)로부터 간다를거처 학교
로 향해가는 양자를보면 한다하는 명문의 숙녀
(名門淑女)로도 따르지못한 단아(端雅)하고도 정숙
한 맛이드럿다.

그러치만 뜻은 언제든지 한번은피고야 마는지
다 얼마가지안어서 그의눈동자에는 이칠내야 이
친수업는 한이성의 그림자가 박히기 시작하엿다
김낭는 학교에가서도 흔히 먼건히 천장만 처다보
거나 길가다가도 무심코 길을 옷기는때가 잇게되
엿다. 이것이모다 남성은 다르는 저르도 엇절
수업는 연정때문에 흔미하여 그럼이라.

김낭의 눈에 비친 그이성이란 군복(軍服)을하여입、
고 갈을 차고 모자에는 별을그린 휘장(徽章)을
부친 굿굿한 이십칠년이엇다. 그청년은 당시 륙
군사관학교(陸軍士官學校)에 다니든 L이마는 사담
이라 L은일족합박 의 서운에서 리동휘 리갑등
이 졸은교가 도 되고 혹은 교관도되든 륙군무관
학교(陸軍武官學校)를 다니다가 다시 동경에 건
너가 륙군대학(陸軍大學)까지 목표를삼고 공부에연
출하든 전도유위한 청년사관이엇다. 그와김낭은 자
금상야공원 불인지반(不忍池畔)도 거닐엇고 달밝은
밤이면 여도가와 江戸川에서 드드탓다. 이더다가
아자부(麻布)련대로부터 저녁나팔소리날때는 군순업
한 사관학교의 인이라 서로 덧업시갈나지고 만
적이 그몃번이랴.

이리하야 두사람의사이는 서로 그립어하고 사랑
하는 열도가 날로놉하갓다. 암아 이사랑이 견고진어
오늘까지 왓더라면 김낭에게는 세상사람의 눈문
을 자어내는 신련의 쓴디쓴 로-만스도업고 도
르혀 지금 쯤은 만사람이 부러워하는 륙군중좌
의 영부인이 되엇스련만 그러나 조곰잇다가 L청년
의 몸에는 근심한개가 생기엇다. 그것은 그때독
인벽딩을거처 로서아 성피득프(聖彼得堡)를 거처
서백리아 모처에 이르러 범은양하든 엣난류군 참
령 리갑씨로 부터 급원이온것이랴. 즉 리갑씨가
사관학교교관으로잇슬때 제주잇는 이청년의 장래를

속망하고, 자긔의 짜님을 맛기기로 견심하고 그뜻을이약이하여 두엇스나 한말당시의 리갑씨 거듭은 곱시충수하게되매, 어러해를두고 서로 소식이 돈절하엿든것이라

이리하야 기연가 미연가 하고 지내든 청년 L의 압헤 자긔의 은인리갑씨로부터 짜님의 장래를 의탁한다는 글월이 온것이다。 L청년은 그뜻을 밧엇다 그리하야 미구에 일, 영, 미 련합군이 서백리아에 출병할때에 대정사령관(大井司令官)막하(麾下)사관으로서 전지(戰地)로 출정하엿다가 거기에서 작고한 리갑씨 무덤에 뜻한 다발을 드러어 영혼을 기리 조문하고 이어 그짜님과 결혼하고도라왓다, 여기에서 김낭은 인생으로써 가장 참기어려운 실연(失戀)의 비애에 잠기게된 것이다。

김낭은 울엇다。 넷날에는 기리덩세하든 무사시노 푸른하늘을 원망하엿다 분인지반의 연못에도, 도로혀눈물을 짜내고 도라지는 몸이되엇다。 이리하야, 나어린 소녀의 가슴에는 때이랴때일수 업는 슬픔의 첫재의 화살이 백히엿다。

青年畫家와도 失戀의苦杯를마서

처음의 신련은 당하고나서 그는 그의천품은 기우려노래와 소설을 씻다, 어느것인들 제심경은 호소한것이 아니엿스랴만은 앗가 첫머리에쓴「거울압헤 밤마다, 밤마다」하는 그런시도 이세에 된것이라 더구나 세상을 놀내인것은 그때 청춘(靑春) 잡지에「이분의소녀」라는 단편소설 한편을 발표하여 당시 백여명 응모가속에서 이등에 당선되엇슬뿐더러 선자인 춘원으로부터 격찬을밧엇다。 김낭의 문명(文名)은 이인이잇슨뒤 더욱 놉하젓고 동경류학생 사이에선 녀류문인으로 누구나 존경과 흠앙(欽仰) 하는 눈동자를 낭에게 보내엿든것이다。

이리한대에 김낭의 눈압헤 새로운 긔사(騎士) 한분이 낫하낫다 그분은 음악(音樂)과 미술(美術)을 전공하는 K라는 청년으로 그의고향이 김낭와가튼 평양이엇다 K는 백만장자라하는 큰 재산가라 더구나 그가 단밤마다 뜻는「하와이안 쉬-다」의 구슬픈 곡조는 김낭의 심정을 못견듸게 흥분어노앗다 둘이 처음 맛나기는 동경가 잇는 류학생들이 공일 날이면 한번씩 모히는 긔독청년회(基督靑年會)의 레베석상이엇다 그뒤 둘은 여름 철 방학할때면 억개를 나란히하야 고로에 도라와 대동강변으로 거닐고 능라도에 서-뜨도 함께 탓다。

둔의 아름다운 생활은 전개되엇다。그러나 가인박명은 천고의 철속인가 여러가지 사정으로 이사랑 또한 완전한 열매를 맺지못하고 하로아츰속절업시 모질게부는 광풍앞헤 흐터지고말엇다。

실로 인생의일이란 한번 잘못드된 발자욱은 다시 두·번세번 잘못드더는 암합(暗合)이 잇는듯 두번씩이나 이와가치 쓰되쓴 실연의 화살을 박으매 낭의 가슴은 말할수업시 압혓다 그의눈압헤는 고요히 눈을감고 압장하며 산골에서 지내는 승방(僧房)이보엿다「막달나마러아」를부르는 수도원의 수녀(修道院修女)까지 보엿다。

그러나 그에게는 세번째로또 호화로운 청춘의가다(靑春의 樂子)가 기다리고 잇섯스니 일즉 탐미파(耽美派)의 시인(詩人)으로써 분난서 오스카와일드 류의 아름다운 노래를 써서 반도문단을 놀내이게하든 N이라는 청년시인이 또한 그의 압헤 나타난것이라。N은 진남포(鎭南浦)에서 몃만평의 과수원(果樹園)을 경영하는 젊은부호다 둔의 쓰위트、홈은、한눈으로는 윤곽한 과일밧을 바라보고 한눈으로는 양양히 구비처흐르는 황해바다물결을 바라볼수잇는 시외에다가 반향제 집한채를지어 향기만흔 살님을 시작하엿든것이다。내외 두분이 모다 노래를즐기고 악기(樂器)를만저 세레나—드를 뜻는 정조를 아는 예술가인지라 약이개년동안의 한적하고 고요한 전원생활(田園生活)은 평화와 안정과 행복속에서 지낼수잇서 둘의 생활은 밀레의 만종(晩鐘)그림그대여엇다。

이리하야 가을날과 봄날의 종달새를 마지하기를 삼개년 하는사이에 빗(光)의 뒤에는 언제든지 어듬(暗)이 기다리고 잇는 턱이라 하로는 김낭은 제가친민히 지내는 가튼 너무문인 K양이 차저왓기에 애인 N씨에게 소개하엿더니 이일 잇슨뒤 뜻이 자미롭지못하야 김낭은 봇다리 질머이고 도다나와버렷고 미구에 김낭의소개로 그때 처음인사하엿든 K양이 그의안해가 되어 그자리에안게되엿다

白雲은 날려날려
佳人을 어디로끄으려노

유전하는 인생(流轉人生)! 실로 이만이 어운나리만치 김낭의 애욕사(愛慾史)는 류전의기록(流轉의記錄) 그것이엇다。

제일차로 사관학교 학생에게 실련을당하고

제이차로 화가에게 실련을 당하고

제삼차로 탐미파시인에게 또한 비련을 받은김낭은 장차 발길을 어디로 돌니며야하는고?

그는 그뒤 서울올너와 동대문안 엇든 서양부안잇는데가서 조선말가르처주는 한편 음악공부를 하다가 그동안 틈틈히 써모은 글을「생명의과일」(生命의 果實)이란 제하에 출판까지하고 그리고는 다시 신문사 녀기자로 입사하여 한동안 지판을 둘느드니 만목(滿目)이 오직 감상(感傷)을 주는 고토에머물너 잇기가실혓든지 표연히 녯날의 꿈의 동경으로 건너갓다 그것이 벌서 · 오년전의일, 동경에 도착한 김낭은 즉시 간다쿠(神田區)의분난서말 가르치는「아레네, 후란스」에 학적을두고 일심불난(一心不亂)으로 어학공부에 연중하엿다 그리는한편 고단한 몸으로 제 학자(學資)를 제손으로 버을기로되야 자금 양말, 수첩등을 너흔 빠스케슬늘고 동경의 이집저집을 행상하는 애처러운 자태를 볼수잇다든가,

×

하늘에 비친 구름기둥은 오늘도 동으로서으로 흐터저간다 일대의 재인, 김양의 청춘의반길은 장차어데로 어느구름기둥따라 흐르려하는고?

(三千里 제66호, 1935·9)

交人相互評

金尙鎔의人間과藝術

☆ ☆ ☆

李 俊

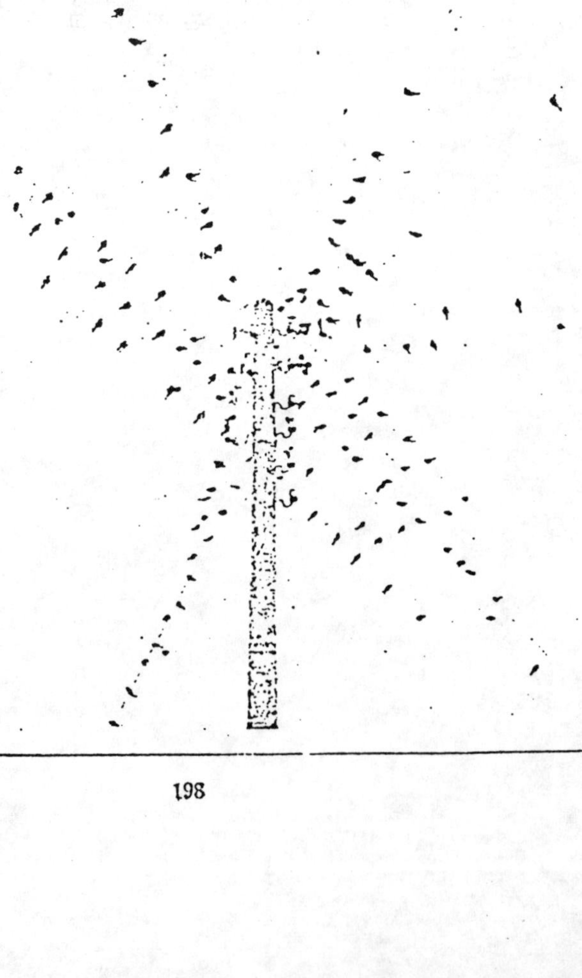

金、尙、鎔、얼마나 組織的인 글자들인가? 더구나 採字를 고작구로 해보라 얼마나 더 목직목직해지는 글자들인가? 姓名이란 한낱 사람의 符號일것이나 이 「金尙鎔」에 限해서만은 그主人公의 骨格과 筋肉이 그대로 느껴지는、一種 肖像이다。더구나 이 姓名三字가 천천이

「季節과 登山에 對하야」
「가을은 登山의 씨ー슨」
혹은
「山岳美에 對하야」

이러한 山岳題目밑에 떡 버티고 나서는것은, 寫文字밑에 바줄을 둘러메고 섯는 金尙鎔, 그主人公의 寫眞을 보는것 같은 錯感이 나는것이다

多幸히 이 名作 共히 朝鮮의 「몬부랑의王子」에게도 月坡라는, 英語로 性別을 한다면「SHE」便에 屬한 매우 보드라운 雅號가 있다。

나는 月坡의 舊作인것도, 大部分은 읽지 못한 셈이다。「新生」과「詩苑」과 「詩와小說」에서 몇篇의 詩를 읽었다 東亞紙에서 無何先生, 中央紙에서 루바이얕飜譯을 띄염띄염 읽은데 不過한다。

그런데다 詩評는 내가 執筆하고 나설데가 못된다。다만 單純한 印象만이라도 말한수 있다면 月坡의 詩는 月坡의 獄舍가 아닌가 느끼였었다 페시아의 李太白인 오ー마가얌은 좋아하는분의詩로는 너머나 焦点만을 向해 좇아드는것 같었고 더욱 無何先生은 쓰는분으로는, 여러篇이로되 詩·가 秀拔요 한篇이로되 散文이 本業이 아닐까느끼인것이다。果然 뒷날에 人間月坡와 朝夕으로만나게되여 그의 와이사쓰밑에 筋肉이 어떻게 發達된것까지도 알게된 오늘의 나는, 斷然코, 月坡는 散文人이요 韻文人은 아니란것을 主張하려한다. 生活하는 月坡로서의 發散하는 모든것, 그것은 散文的인것이 훨신 優勢인것이다 다만 그동안에 韻文에서 踏步만한 곳이 當分間 風俗은고치기, 어떡을것뿐이다。

누구는 말하기를, 美人은 봄매의心思를 한마디로 말한다면, 슬프고 쓸쓸한것이라하였다。

나는 詩人이란 美人과 같은것이라야 한줄안다, 보면 그야말로 슬프고 쓸쓸해야 한것이다。우리 月坡는 슬프기에는 너머 통이 크고, 쓸쓸하기에는 너머 脂肪이 두껍다 大散文家의 風骨인지언정, 小詩工의 玉手는 아니다。情熱은 많되, 作品은 적은것은 工場設備에 맞지 않는 生産을하는 때문이였을것이다。

아직까지의 月坡는 確實히 人間과 作品이 同作이 아니였었다。

(三千里文学 제2호、1938·4)

新刊評

月坡 金尙鎔著

望鄕

金尙鎔氏의 첫 詩集「望鄕」이 文章社版으로 出版된지 사흘만에 編輯子로부터 이 詩集의 新刊評을 쓰라는 부탁을 받았다。

일찌기 氏의 詩는 散篇으로 읽은 일이 있었으나、이제 그 全作을 한데 모은것을 차례차례 읽어가니、詩人의 心情과 風致와 調格이 더 한층 가깝고 정다워지는것을 느꼈다。

무릇 詩의 모습이나 血脈이란 반드시 한갈같지 않아서 혹 汪洋하기도 하고 淸超하기도하고 閑寂하기도 하나、실상 詩의 이러한 모습과 血脈이 단 때로 우리를 眩妄케도 하고 恍惚케는 할지언정、우리의 全精神이 거기에 沈潜하고 安堵케 하지는 못하는 것이다。그러므로 우리가 詩를 대할때、그 속에서 從遊하기를 즐긴진대、차라리 그 모습에 거리낌이 多少 있더라도、그보담 먼저 詩人의 靜謐하고 安穩한 詩的世界가 곱게 우리 앞에 展開되기를 바라지 아니하면 안될 것이다。

가령 이 詩集 맨 첫머리에

南으로 窓을 내겠소
밭이 한참가리
괭이로 파고
호미론 풀을 매지요

구름이 꼬인다 갈리 있소
새 노래는 공으로 들으려오
강냉이가 익걸랑
함께 와 자셔도 좋소

왜 사냐건
웃지요

—南으로 窓을 내겠소—

하는 한篇만 보더라도 西洋 이 詩를 措辭가 圓熟한 사람에게 맡긴다면 이보담 더 예쁘장한 詩를 만들는지 모르나、이 純朴하고 安靜하고 淡泊한 詩的世界를 가진 사람이야 우리 紛擾中에서 果然 몇 사람이나 되는가

그러므로 이 詩人은 極히 孤獨하되 그 孤獨은 슬퍼하지 아니하며、極히 素朴하되、그 素朴한것을 꾸미려하지 않아 時流와 世態가 아무리 搖亂하고 騷亂스러워도 오직 自己의 世界에 安分할뿐 아니、이러한 詩的世界는 詩 以前으로서 險難한 世代를 사라가는 방편이 될수 있는것이니、詩란 도리어 한개의 餘技인는지도 모른다。이것이 단약 너무 極端에 가깝다면、이러한 詩的世界를 가진 詩人은 그 環境에서 淸淡한 自己의 心境을 진 수 있는대로 本然의 姿態로 읊으면따름이지、決코 時世小技에 시달려 虛스러이 一冊의 詩名을 드날리려는

詩將修와 함께지어지기를 바라지 않은것이다。 그러므로「마음의 조각」五에서

오고 가고
나그네 일이오
그대완 잠시
동행이 되고。

는 벌써 孤獨을 達觀함으로서 그것에 放倣하지 않는 一種의 安身立命의 境地에 이르렀으며、「어미소」(未完稿)는 多分의 寓意가 숨어있으나、亦是 이 詩人의 詩的操行에 따라 털끝 만치도 넘나거나 지나치는 법이 없으니 우리 世代에서 이러한 詩人이 있다는것은 남은 어떻게 생각하는지 몰라도、내 良心을 告白한다면、진실로 부러운일이다。 敢히 이 詩集을 推奬해 내 말의 맞고 안 맞는것은 大方讀者들에게 考質하는바이다。

浴佛日前於紫丁香館記

(李 朝)

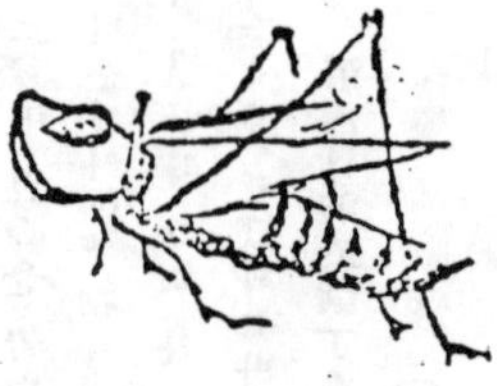

詩人 金尙鎔論

金 煥 泰

月坡는 그의 詩集「望鄕」첫장에「내 生의 가장 진실한 느껴움을 여기 담는다」하였다. 이 한매대로 그는 適切히도 스스로 自己를 우리에게 說明하여주었다. 그는 生에 對하여 가장 진실하게 느끼는 詩人이요, 生에 對한 그「眞實한 느껴움」을 읊은것이 곧 그의 詩다.

詩란 結局「生에 對한 느끼움이 아니냐」하리라. 그렇다. 그러나 詩人 金尙鎔의 느껴움은「진실한 느껴움(傍點筆者)」이요, 또 그를 딴 詩人과 區別하는것도 이「진실한 느껴움」이다. 그러므로「진실한」이란 이 形容詞의 意味만 理解하면「詩人 金尙鎔」이 그 獨特한 面貌로 우리 앞에 나타난다.

앞에서 말한바와 같이, 詩란 結局「生에 對한 느껴움」이나, 詩人으로 하여금, 各其 그 獨特한 表情을 가지게 하는것은, 그「느껴움」의 種類와 强弱이다. 어떤 詩人은 웃음을 通하여, 같은 生은 五月 햇살처럼 華麗하게 느끼나, 어떤 詩人은 눈물을 눈에 담은채, 같은 生은 灰色帳幕처럼 陰鬱하게 느낀다. 또 같이 生을 華麗하게 느낌에 있어서도 어떤 詩人은 浪漫히 生을 謳歌하나, 어떤 詩人은 조용조용히 生의 기쁨을 이야기한다. 그리고 나 같이 生을 陰鬱하게 느낌에 있어서도, 어떤, 詩人은 慟哭하나, 어떤 詩人은 술픔을 취파람으로 불어날린다. 또 어떤 詩人은 生의 不調和에 憤慨하여 怒風을 불으고, 어떤 詩人은 生의 醜惡에 絶望하며 쓰디쓴 苦笑를 한다.

詩人 金尙鎔의 눈에 비친 生은 이로운것이요, 술픈것이요, 서글픈것이요, 안타까운것이다. 그리하여 그는 오직 懷疑의 잔을 기울이며

야윈 地軸은 스러워
하기도 하고、
고독을 밤새도록 간질
하기도하고
달빛은
처녀의 규방으로 들거라
내 넋은
암흑과 짝진지도 오래거니—

이렇게 光明을 등져도 본다。 그러나 그의 詩는 全體가 밤과 같은 愛慾이나、湖水와 같은 孤獨이나、가슴을 쥐어짜는듯한 悲哀에 덮여있지는 않다。 그리하여 이 곳에 正直로 그의 詩의 獨特한 表情이 따라「진실한 느끼움」이란 그「진실한」의 意味가 숨어있다。「진실」이란 말이 感情을 修飾한 때에는、自己 否定과 非誇張과、無修飾을 意味하는것이다。 따라서「生의 가장 진실한 느껴움」만을 적으랴는 詩人 金尙鎔은 모든 느껴움에 오로지 自己를 내어맡긴다。 自己의 마음을 미워놓고 그 속에 生의 온갖 느끼움을 조금도 흐림없이 받아들이려고 한다。 그리하여 生의 느끼움을 誇張하거나 修飾하지 않으며、그리하므로 痛哭하거나 高喊치거나 하지 않는다。 이에 그의 마음은 生의 느끼움에 對하여 언제나 公正하다。 公正하므로 그의 生의 느껴움은 決코 沈痛하고 激烈하지않으며、그의 詩는 深刻하거나 熱烈하지않다。

그런데 誇張과 修飾과를 비리고 自己를 拒否한 對象에의 歸依는 또한 對象에의 理解를 그리하여 사랑을 낳는것이다。 이에 生의 느끼움에 歸依하여 그를 고루고루 느끼려는 이 詩人은、언제까지나 生을 서러워하고 괴로워하고、그닫퍼하지만 않는다。

사랑은 完全을 祈願하는 맘으로
缺陷을 憐憫하는 香氣입니다。

이렇게 노래하는 이 詩人은 缺陷 많은 生을 憐憫하고 어루만저 드디어 그를 그대로 받아들여서 조궁히 觀照할수있는 좋은 境地에 다달은다。

왜 사냐건

웃지오。

이는 生을 觀照할수 있는 사람만이 가질수 있는 人生態度다。이와 같은 人生 態度가 빚어내는 理想은 아마도 窓을 南쪽으로 낸 집일것이요, 그 집을 둘러싼 밭일것이요, 그 밭에 무르녹은 강냉이일것이다。그리하여 그는 노래한다。

南으로 窓을 내겠소
밭이 한참갈이
괭이로 파고
호미론 풀을 매지오

구름이 꼬인다 갈리있소
새노래는 공으로 들으려오
강냉이가 익걸랑
함께 와 자셔도 좋소.

이와 같이 詩人 金尙鎔은 生을 그리고 生에서 오는 느꺼움을 觀照 한다。그런데 觀照란 또 對象을 있는 그대로의 한 全體로서 把握하려고 하는것이므로, 觀照作用은 一種의 直觀的, 想像的 作用이다。이에 生의 觀照의 詩人 金尙鎔은「괭이」나「한잔물」과 같은 物體나 物質까지도, 그 스스로 한 全體를 이룬 存在로서 把握한다。

괭 이

넙적 무투룩한 쇠쪼각 너괭이야
괴로우므로 너 喜悅로
꽃밭을 갈고
물러와 너는 담 뒤에 숨었다。

이제 榮華의 時節이 이르러
봉오리 마다 太陽이 빛나는 아침
한마디의 네 讚辭 없어도,
외로운 幸福에
너는 호올로 눈물겨운다。

한 잔 물

목 마름 채우려든 한잔 물을
땅 위에 업질렀다。

너른 바다 수많은 波頭를 내리고
何必 내 잔에 담겼던 물。

어느 절벽 밑 깨어진 구비던지
어느 산모루 어덨던 구름의 조각인지

어느 나무 잎 위에
또 어느 꽃 송이 위에
내려졌던 구슬인지

이름 모를 골을 내리고
적고 큰 돌 사이를 지난남어지
내 그릇을 거쳐
꿈은 제갈길을 갔거니와……

허젔한 마음
그릇의 비임반을 남긴
아! 예답은 追憶아!

이 詩人의 觀照에 비친이 두 世界를 보랑。그 두 世界는 그 自身으로서 存在하는 한 全體로서 完全하지, 않으냐。그리고 거울속에 들어가 비친 어떤 影像처럼 이 詩人의 보드라운 마음이 그 속에 들이가 안기지 않았느냐。그러면서도 이 詩人은 거울 이쪽에 確實히 距離를 두고 멀리 떨어져 있지 않으냐。

물 깃는 處女 돌아간
黃昏의 우물가에
쓸쓸히 빈 동이는 놓였다。

(노래 잃은 뻐꾹새)

머리를 드니
기울 夕陽에
하늘은 저렇게 멀다。

높은 가지의
하나 남은 잎새!

風景을 對할 때 그의 觀照는 한層 더 靜閑하여지고 明凉하여진다。同質로 月坡는 觀照의 詩人인지。

(文章 제6호, 1939·7)

리알리즘의再吟味와

「廢村」의金沼葉氏에게

李 秉 珏

一

「朝鮮文壇」續刊號에서 「廢村」을읽었읍니다。失望의말같으나 나는金沼葉氏를 大作家라하고싶지 않읍니다 朝鮮의大作家——旣成大家?란 全能의光榮을가진 同時에 그와正比例되는 無能을가졌기때문에「朝鮮文壇」에 실린「廢村」을 읽고 感한몇가지를 적어서金沼葉氏의게 付托한마디를하랴는것이외다。

二

우리는 지금머리가 아픔니다 日本講談式인 旣成作家의作品을 너무나對하였기에 그리고 뿌르조아、저날이즘에附同된 너무나輕薄한 五色砂糖的인 作品—商品—에그만 진저리가납니다 그리든차에 金氏의「廢村」을읽고 산뜻한 리알리틱한 그作風에 끌려 再讀三讀하였나이다。

前者에 어느作家가입으로「리알리즘」을 웨우면서 어처롬잘된 리알리즘의 典型作品을 生産하였드냐?점순이를中心삼은 곰나루와 힌나루의 漁村의 廢村過程!그리고흔이 山漁村에서 볼수있는 衰殘의一片抽寫!그것을 리알리즘의 典型이못된다는 사람이있다면 나는두말할것도없고주저치도않고 「지금漁村으로와보아라」고 웨치고싶읍니다。

이作品은 두렷한 漁村의內面「레포」인同時에 가장自然스러운筆致로 가장平凡하게 立體的으로 글려내인作品이외다。

只今우리는 이作品에 읽은事實을 우리눈앞에서 實地로보고있으니 어쩌랍니까?

沼葉氏——한個의 讀者로서의 氏에對한 作品의讀後感그리고 附托이란 말에海諒하시라 다름이아니라氏여!

점순이가 鎭南浦精米工으로 간後 점순이와 및 그의

동무가 그곳에서 女工질을하면서 어떠하게 人間的으로
完成되며 그들의 生活의「레포」를몹시도 굼금히하고 있
나이다 只今廢村과漁村에서는 그들의 딸과 누이동생을
都會로보내고 그歸結을 몹시도가슴조리며 기다리고 있
나이다 당신은 그들의 초조해하는 가슴에 一沫의기꺼운
消息! 아니 그들이 밟고있는 生活記를 보내주지않으렵
니까。

「廢村」의續篇을쓰시오.

당신은 廢村에 있어서의 크다란文債를지고 있나이다
당신은 그냥붓을놓고 廢村을 돌보지않으렵니까
점순이는 只今그들이 가장마성맛케 가지고 貴重해역
어며 자랑하고있는 商品!「無砂精米」를 만들며 쌀을고
르기에 눈이빠집니다 커가살고있는 곳에는 火田民이人
口의四割! 그리고 그들은 대개 木炭을만들고 삽니다 조
곰있으면 山野의 草根과 木皮가 그들의粢饌이란「節候
의 悲哀」를 克服시길것이지요 一年을 두고 그것을 注
視하며 하나써보랴하나 붓이움직이지 안합니다 그래서
今年에는 一方으로 文學의 基礎工夫를 하랴고 冊을求
해놓았읍니다 그리든次에 廢村은나의 習作푸란을 세워
주었읍니다。

리알리즘의 再吟味! 우리는 이때를當하야「廢村」을
再吟味할 必要가 있지않을까 생각하며 앞으로도 우리
의 文人들에게서 이보다 더 좋은 作品이 나오지이다
바라고 있읍니다,

—(二、一八、英陽에서)—

(조선문단 제22호, 1935·4)

作家研究

素月의 生涯와 詩歌

金岸曙

素月이 돌아간지가 어제련듯한데, 오늘로써 발서 열니래라는날字가 쌈핫케 넘어가고말앗으니, 記錄만 남겨놋코 지내가는歲月이 새삼스러에 원망도 스럽거니와, 더구나 그때는 蹉跌이엇든탓이 약속이도배밥븐 이生의現實에 억대여 그不幸에對하야 한번더 고요이 생각해볼틈도 업섯슬뿐아니라, 또 그不運의 生을조차 이야기도 하지못하고말앗으니, 이것이 돌아간 素月에對하야 나의붓잡을수업는 거듭되는설움이외다 그러나 이것도 원망스럽은歲月과함쎄 것잡을수업시 지내가고말앗으니, 사람의모든일이란 結局은 冷情한過去에 잇는것이외다.

素月는 身死하엿습니다, 이것은 움직일수업는 嚴正한事實이외다, 이嚴正한事實을 나는 理智로는 누구보다 못하지안케 認定하는 한사람이외다, 그러나 나의感情은 조금도 그럿치 아니하야 只今도 저龜城郡西山面坪地洞에서 孤寂하게 지내려니하는생각을 禁할수가 업스니, 참말이것은 내自身으로서도 엇지할수업는일이거니와, 그만치 나는同君의死를 암만해도 미들수업는일이외다. 素月은 決코 그럿케 하늘을드는 구름과가치 자최도업시 슬그먼이 업서진人物이 아니외다, 나는이것을 집히밋엇는지라, 同君의 身死를 나의感情이 認定치 아니하는것이외다, 그러나事實은 어듸까지든지 素月은 죽은것이외다, 永永이다시 나는 그를이肉眼으로 對할수가 업는인이외다. 이것을 생각할때에 素月의死는 나에게 참을수업는 설움을줍니다, 무어라고 形容하기 어려운 새캄한 생각을 줍니다.

그는어듸까지든지 孤獨하게 지내다가 孤寂하게돌

아간詩人이외다, 別로 知己도업시 고요이 혼자노래하다가, 그것도 그만斷念하고 남몰으게 山村에서지내다가 남몰으게 돌아가고 말앗으니, 作品의價値가 튼것은 如何間, 사람으로의 그의一生은 넘우도 不幸이엇든것이외다, 그러고 넘우도 쌀밧든것이외다, 전「풀로베르」을 나는 생각지아니할수가 업스니, 作家로는 偉大하엿거니와 사람으로는 가장不幸하엿든것이외다, 素月의作品을 나는 구태여「풀로베르」의 그것에다比하고저하지는 아니하거니와, 그作品과그生을돌아볼때에는 또한 이러한念이업지 아니하외다。

聰明하고 나카롭은 그의心眼은 이世相을 그대로 볼수가 업섯든것이외다, 그대로 덥허두고 지낼수가 업섯든것이외다, 이世相에서 惡과不正과를 發見하고서 그는 落望하지 아니한수가 업섯든것이외다, 그러고 悲惜的이라기 보다도 理智的인그는 이러하야을프랴든노래들 읍지아니하고 中止하엿든것이외다「우리들의노래가 果然이 世相에다 바늘끗마한 光明이라도 던저줄수가 잇을것입닛가, 저는 그럿케 생각지아니합니다, 우리는 쓸데업시 비인하늘을向하고 노래하는데지내지 아니하는것입니다, 조곰도 이얄망구즌世道人心에 줄바가업는것이지요」한 素月의 말은 自己가 詩歌를 斷念해버린理由도 되거니와, 그보다도 이世相이 어듸까지든지 잘못인것을 發見하고서 모든事爲가 다 쓸데업다는 설음이엇든것이외다。

素月은決코 둥근사람이 아니외다, 어듸까지든지 모난人物이엇든것이외다, 自己의 비위에 틀니면 엇더한일이라도 하고저하지 아니하엿거니와, 그代身自己의 비위에 맛기만하면 반듯시 욕장을내고야 말든것이외다, 둥글지못하엿든지라, 그의處世術에도 적지아니한 不利가 잇섯든것이외다。

素月의詩歌에 나타난 世界를 보아도 이詩人은決코 둥근사람이 아니요, 어듸까지든지 모난心情을가젓으니, 그의詩集의詩歌들이 얼마나 원망스럽은情으로, 가득하엿습닛가, 가튼情을노래함에도 그는決코보드랍은 생각을 가지지 아니하엿든것이외다。

나보기가 역겨워
가실때에는
말업시 고이 보내드리우리다。

寧邊에 藥山
진달내쏫
아름따다 가실길에 뿌리우리다。

가시는 거름거름
노힌 그쏫을
사분이 즈러밟고 가시옵소서。

나보기가 역겨워
가실때에는
죽어도 아니 눈물흘니우리다。

이것은 素月의「진달내꼿」의 詩외다. 보내는情에 간절한 맛이업는것도 아니외다. 그러나 全體로 보아서, 은며울며 가지말나는것보다도 가는것이 원망스러워서, 나는악물고 죽어도 아니눈물을 흘닌다는 것이외다. 作品은 性格이라는말을 누구나 하는바어니와, 素月의詩狀에서 나는 자금 素月이를, 저理智로의 모난面의素月이를 發見하고서 혼자 사람으로의 素月이를 생각해보지 아니한수가 업섯든것이외다。

말한것도업시 엇더한作品에서든지 그作者가 나타나지아니 한수업는것이외다. 다만 그것이作者全體가 나타낫느냐. 또는 한面만이 나타낫든가. 하는것뿐이외다。

먼后날 당신이 차즈시면
그때에 내말이「니젓노라」

당신이 속으로 나무리면
「무척 그리다가 니젓노라」

그래도 당신이 나무리면
「밋기지 안아서 니젓노라」

오늘도 어제도 아니닛고
먼后날 그때에「니젓노라」

이것은 素月이의「먼后日」의詩외다. 그러고 이詩는 素月의 가장어렷을때의作이니, 생각컨덴 아마 열六七歲때의 것인것이외다. 아직思想으로보아서 固定的이 아니엿슬때의 作品이나. 그곳에서도 또한나는 素月의 理智的한面을 비록 희미하나마 엿보지 아니한수가 업는일이외다。

이世相에 숨어잇는것이 무엇인가를發見한 그의詩는 대개가 悲哀외다. 가튼悲哀에도 원망이 석겻든 것이외다。

素月이가 朝鮮詩壇에 움직일수 업는커다란 功績을 遺産으로남겨준것은 言語의 使用이외다. 只今은 長足의進步가잇서서 제法 담은用語를使用하지만은. 그當時로보면 直譯式文句가 아니면 外國語가튼 朝鮮말이 詩壇을 風靡하엿든것이외다. 그때에도 素月이는 言語를 살려서 使用하엿으니. 이것은 同君의 詩集「진달내꼿」를 들이다보는 사람으로 누구나認定하지아니할수 업는일이거니와, 그만치 素月이가表現으로의 用語에對한 注意는 집혓든것이외다. 只今으로부터 十五六年前에 그만한關心을 言語에對하야

가젓든 詩人은 업섯다하여도 過言이 아니외다。素月의用語에對한 妙한驅使는 實로 놀낼만 하엿든것이외다。

그립다
말을할가
하니 그리워。

그냥 갈가
그래도
다시 더한番…

저山에도 가마귀 들에 가마귀
西山에는 해진다고
지저귑니다。

압江물 뒷江물
흘으는물은
어서 따라오라고 따라가자고
흘너도 년다라 흐릅듸다려。

한 素月이의「가는길」의用語를 볼때에 우리는 實로 그妙한 驅使에 敬服치아니할수가 업는것이외다 言語를 산대로 잡아다가 산 고대로 使用하엿든것이외다。

그러나 이러한詩人이 좀더 새로운詩的世界를 보여주지못하고 그만 死去하여버렷으니, 이다 朝鮮詩壇의 不幸이외다。오래동안 沈默을직히다가 昨年부터 作品을 始作해보겟노라고 하든 素月이가 새로운作을 몃個내여놋치못하고서 뜻밧게 아조 永永돌아가버리고 말앗으니, 우리의 愛惜은 實로 마른하늘에 벼락이외다。

사람의힘으로는 엇지할수업는 이不幸한現實을 나는다시금 오래동안 매자온 友誼로나 또는 詩壇의 損失로나 집히집히 설어하지아니할수가 업는일이외다, 그러고「薄倖한詩人金素月이의夭折이어」하는생각에 나의가슴에 덜컥 문허지는것이외다。

엄마야 누나야 江邊살자
뜰에는 반짝는 금모래빗
城門밧게는 갈닙의노래
엄마야 누나야 江邊살자。

이러한노래를 다시는 들을길이 업스니, 생각하면 생각사록 이不幸한詩人이 못내 생각되야 前後가 어울니지아니하는 이글을 草하야써 위선 나의설어하는一面을 表하는바외다。(차차遺稿를 어머서 좀더全體로의素月이를 이야기하고저합니다。次號續)

—昭和十年一月—

城北洞서

(三千里 제59호, 1935·2)

素月詩抄

金素雲

말이란 얄미웁고 고약해 슬퍼서 슬프단 말이 나오지않고 깃거워서 기겁단말이 그 깃거운 뜻을 내세우지 못하거든 내이제 말을 꾸미고 戱弄하여 어찌地下三尺의 孤魂을 어즈럽게 하랴마는 素月素月—그 입술 만은 입속으로 부르고 또 불러도 새로운 슬픔이요 남지않는하소 밖에는 자아내는것이 없다。

술의꿀에 매친 이슬방울 다나 素月의 맑고 꿈은 노래들 그이슬에나 比하랴。이슬은 손돌티어 흔적없음이 애닯고 머옥이나 귀하다하련마는 素月의 노래는 때썸도 하이、죽지않고 살아 산 사람의 슬픈가슴을 얽어매고 저며내는것이 마치 진한거미줄 같고 날카라온 匕首같다

「素月詩抄」—보잘것없는 거춘은 조희ㅅ장수에나마 素月의 짧은 生涯를 기우며 울은 短篇 八十篇、그어느 하나에 마음속 따고드며 폐끔 마디마디를 울리지 않음이 없다。素한 諧謔으로 사는 이 적은 冊子속에 노래하나보 生涯를 마친 素月의 全貌가 담겨있다니 悽凉함이 새롭다。이冊하나 남겨둔량으로 素月이이 세상에 났을까보냐。

卷頭、岸曙의 素月追憶記、또한 읽어서 마음시처지는 좋은 글이다。

(文章 제14호、1940·3)

文章舊號目錄

—第一卷—

—第二卷—

次岸曙生三水甲山韻

金廷湜

三水甲山 내 왜 왔노 三水甲山이 어디뇨
오고 나니 奇險타 아아 물도 많고 山 첩첩이라 아하하
내故鄕을 돌우가자 내고향을 내 못가네
三水甲山 멀드라 아아 蜀道之難이 예로구나 아하하
三水甲山이 어디뇨 내가 오고 내 못가네
不歸로다 내故鄕아 새가 되면 떠가리라 아하하
님계신곳 내고향을 내 못가네 내 못가네
오다 가다 야속타 아아 三水甲山이 날 가두었네 아하하
내고향을 가고지고 오호 三水甲山 날가두었네
不歸로다 내몸이야 아아 三水甲山 못버서난다 아하하

故金素月氏行狀

平安北道郭山 고을에서 南쪽으로 五里가량 가노라면 金氏村이외다 이곳이 南山洞이외다 詩人金廷湜이가 이 金氏집에 따여난것은 지금으로부터 三十四年이전으로 西暦으로는 一千九百三年일이외다。

本是家勢는 넉넉하였읍니다 우고두고 손잡아 가담이던 孫子가 생겼으니 할아버지의 기쁨은 如干이아니였던것이외다 그리하야 보시기에 누귀서 첫世上을 구경하는 어린孫子를 中心으로 할아버지의 즐거움은 천洞里에 찻던것이외다。

生은 生成하는것이외다 廷湜이가 後日 漢文에對한 素養을 가지게된것은 自己의才質에 잇던것이거니와 그보다도 그의할아버지가 어린孫子의 앞날에對한 여러가지 關心中의 하나이연것을 또한 잊을수없는 일이외다。新聞間의脈潮가 三千里朝鮮을 휘덮던 광에 있으니 어조고마한 南山金村에라도그때로 무엇을 理가 없었던것이외다 어리하야 이점에 南山學校가 생겻던것이외다。

南山學校生徒요의 金廷湜이의 才質은 움들기 始作하였읍니다。발서부터 어린詩人의 學課에對한 成績은 여러사람의 놀내던것이엇읍니다 南山學校를 나와서 未來의詩人이 定州郡郭山面五山學校中學部에 들어갓을때는 只今부터十九年前이외다. 詩人의나이가十五歲엇던때외다。

五山在學時의 成績이亦是놀낼만하엿으니 語學 數學 將當할것업이 平均八五以上이은 한가지八○未滿이 잇섯다하면 그것은 體操엇던것이외다. 그리나어떻게 이어린生徒의 才質을 尋常이 생각지 아니할수가 잇섯겟습니가. 오또學課中에서도 作文을第一좋와하엿고 語學이그다음이엇던것이외다。

이詩人이 비로소 詩歌의門을 두다리게된것은 그當時 先生이던 金岸曙의 紹介에서외다 學生時代의 그는 詩歌에 對하야 如干熱中치 아니하였으니 이 詩人의詩集「진달내꽃」의 大部分의詩想도 그때의것이어니와 다만 다른것이 잇다하면 後年 그詩稿들을 修正하엿을뿐으로 알수잇는일이외다。

어느便으로보든지 早熟하엿던 詩人이외다 年齡이 十七八이라하면 아직도世上을 웃으고 덤빌것이어늘 이詩人은 호자고요이 自己의 內面生活을 들어다보면서 詩作에취가점으는것을 알엇으니 早熟이아니고무엇이겟습닛가。

五山을나와서 그는 다시 서울 培材高等普通學校에 入學하였으니 이것은 그때五山學校는 中等學校로 指定이되지아니하엿기때문이외다 培材를나와서 한동안故鄕에 돌아와 南山서 멀지아니한곳에서 兒童敎授에 힘을썻으나 만에 맞지아니하는 點이있어 그만두고東京行을한것이 只今부터十餘年前이외다。

그동안의詩作은 開闢 其他에 發表하였으니 이詩人의作이 激賞을 같은詩人朴月灘에게 받엇던것이외다 그中에도「밭가온후 離別里」로 始作된 民謠의한編은 누구가보든지 줄별만치平壤의情調를 나타내여던것이외다 그러고「진달내꽃」이라題한「나보기가 역겨워」로始作된詩도 그때에 相當이有名하여먼것의하나외다。 그楷才는 民謠에있엇던것이외다。

東京서商科大學에 들어갓으나 本是自己의 趣味와맞지아니 하였을뿐아니라 또學資의길도 어려웟으니 이것은그의 할아비지가 鑛業에從事하야 家產을거의 가울엿기때문이외다 이리하야 그는 商大를斷念하고 故鄕을돌아오던길에 서울서活動을하라고하였으나 모도다맘과 갈지아니하는 世相이엇던것이외다。

故鄕에서 한두해동안을 지내는동안 그는쓸길없는 心情을 술에다求하며 망없는歲月을 보내던것이외다 그러다가 故鄕을떠나 鍾城郡南市로가서 東亞日報支局을 경영하였으나 그도뜻답아니하야 中止하고 間或作品을同人雜誌「靈臺」에 發表하면서 以來고요이 지내던것이외다 다시말하면 그는世相에서 自己의心情을 아라주는동무가 없엇던것을 깊이한식하면서 다시는노래도 불을생각을하지 아니하고 잠々이 술잔을 벗삼던것이외다 그런지라 서울에는 交友가 많지않앗던것이외다。

그리다가 最近와서 다시생각하는바 있서 詩作의붓을 잡으려던것이외다。오래동안 잠々한 그의詩壇에서 어떠한 詩가올펴질는지 장차 많은期待도 없지 아니하엿거늘 그만 검은손은 뜻밖에詩人金廷湜을 우리에게서 永久이 빼앗아 갔으니 무엇을더 우리는 이야기할것입니가. 다만 남겨놓은 詩集「진달내꽃」한冊이 이不幸한詩人의 三十三年동안의 記憶을 고요이 이야기해줄 뿐이외다。

吊詩

金熙權

浦口를 떠나가는 밤배와갈이
그윽하게 그대는 돌아갓거니
거츨물에 자최를 어이찾으리。

嶺우를 넘어가는 구름과갈이
고요하게 그대는 돌아갓거니
맑은하늘 이날엔 야속하오라。

풀밭을 스러가는 바람과갈이
소리없이 그대는 돌아갓거니
노래가락 이재넉 어이들으리。

돌아가신 그대를 원망안노라
때지나면 모도다 잇고말世相
이世相을 다시금 외뤄하노라。

시름을 모다잇고 살자던歲月
只今그대 어듸을 헤매도실가
시름을 모다잇고 瞑目하소라。

小說家의 詩人評

金東仁

序文

오래간만에 만나는 녀편네의게 향하여 「전보다 입버젓소이다」 하는편이 조흔지 「전만 못하게 되엿소이다」 하편이 조흔지 그것은 모르겟슴니다。 언젠가 엇던中年녀자의게 전보다 썩 아름다워젓다고 인사를 드렷다가 (간접으로)욕먹은일이 잇슴니다。 그러타고 「당신의 전의 얼굴은 괜찬엇지만 지금 그얼골을 가지고 天下를 濶步를 하오?」 고도 또한못할일로서 녀자의게 인사할때는 時代의 전후라는것은 입밧게 내이지 아느얏 일이오 그것을입밧게 내이는것은 큰 모험이라할 수가잇슴니다。

그러나 사람이 사러가노라면 엇지 모험이라는것을 피하여서만살겟슴니까。 당하는때는 또한 정당히 그아페 正立치 아늘수가 업겟슴니다。

나는 지금 조선現詩人가운데 생각나는대로 몃사람을 붓드러서 (時代의前後를論하여서)인사를 드리겟슴니다。 「美」로서 世上을추하기는 詩人이나 美人이나 一반이겟스니 사실 이 詩人들의게 인사를 드리는것은 美人의게 인사를 드리는것과 마촌가지로 힘듬니다。 그러나 드르려든 붓을 엇지 다시 내여던지겟슴니까 사내다히 正面으로 인사를 드리겟슴니다。

第一號 — 金億

첫번으로 나는 나의 年來의酒友이오 나의 가장 狡猾하고도正直한 金億을창살우에 올녀노하보겟슴니다。

나는 나의 초잡히 너러노흔 머리마테서 「해파리의노래」를 어더내여 펴봄니다。

애닯게도 다만 혼자서
그러나마 微笑를 띄우고
것출게 춤추는
푸르고도 집흔 한바다의 먼길을
云々(「꿈의노래」에서)

우연히 첫번에 눈에 띄인것이 이것이엇습니다。

形容詞！형용사！형용사！권 형용사가 이리 만흐냐고 부르짓고십습니다。一九二四年以前에 發表된 그의 作品은 十行詩면은 八行以上은 형용사에 허비되엿습니다。그러고 그 형용사파는 것이 또한모도다 一律엣것으로 例를들자면 그의 사랑과 꿈은 모도다 「일허진」것이엇스며 바람은 모도다 「달큼한」것이나 「서늘」한바람이엇스며 그의燈불은 모도 「고요한 밤거리에 일허진 꿈과도 갓게 곱게도 졸고잇는」것이엇스며 그외心思는 모도「고요하게도 조는듯한 희미한 하눌에 떠도는 구름과 가튼것」이엇습니다。

그러고 上記한 詩를 브아드 알겟거니와 그는 그모든 형용사를 더욱 詩답게 하려고 「도」字를 수업시 리용하엿습니다,「곱게도」「하얏게도」「희미하게도」「맏업시도」도、도、도、도：……。「다시 말하자면 이와가튼 「달큼한」「일허진꿈」과가튼 형용사만 벌러노흐면 그것이 即詩라는 自信을 가진 時代가 億의게 잇섯습니다。그러메 그때의 億의 모든詩는 마치 十五六歲의少女들이 서로 쑥々 찌르며「나、너안레이런 편지 썻단다」하며 주고밧는作文綴의 글과 가튼것이엇습니다。달고 비리고 어러고 센티멘탈한……。

그밧게 또하나 거저 넘기지 못할것은 「그러하고」라는것이것습니다。이제 그의詩集「해파리의노래」가운데서「林檎과복송아」라는것으로 例를들자면

林檎은 그밋이 새빨하지요、
그리고 복송、도 그것이 새빨하지오。
林檎은 속果肉이 희지오、

그러고복숭아는 속果肉이붉지오。

여긔 林檎과 그러하고 속숭아가、
다갓치 새빨하게 닉는것이잇슴니다。
그래요 林檎과갓치 샛발하게닉는 그대의맘。
그러고 복숭아와갓치 샛발하게 닉는 나의맘。

그대는 林檎 그러고 나는 복숭아、
둘이 합쳐 일허진 사랑의魂을 찻습시다。

머구나 僞自信이 자긔의 이전에 發表한 詩가운데 自信잇는 몃편을 골라내일때에 아싸 형용사條에서 例를들은 「꿈의노래」며 이제例를들은 「林檎과복숭아」가 석겨잇는것을보면 우리는 다만 僞의 그 애교에 감복할다름이외다。

사실 僞의게는 곱다란 형용사만 羅列하여노흐면 即詩라는 時代가 잇기는 잇섯슴니다。그러나 그의詩는 이것뿐으로 全部일가요 그의詩에서 上記한것을 쏩아내이면 넌센쓰가 되겟슴니까。

아니 우리는 그 온갓 군잡갑스런형용사아레 감초여잇는 그의本來의面相을 희미하나마 發見할수가잇슴니다。더덕〳〵쥐어바른 화장을 쓰더버리면 그아레는 질박은 하나마 입브지는 못하나마 굿세지는 못하나마 엇던힘이 감초여잇는것을 너즐수가업슴니다。

이제 우리가 우에 거룩한 「林檎과복숭아」라는詩한편을 집어내여다가 僞特有의 온갓 화장을쓰더버리고 벌거벗기면 엇던것이되겟슴니다。남의 創作을改作을한다는것은 무서운罪惡이지만 우리는 눈을감고 이 「罪惡」을 한번犯하여봅시다。

능금도 닉으면 발가케되고、
복사도 닉으면 쌜가케되오。
그러나 껍질아레 감최인 살은、
능금은 희되 복사는 붉소。
쌜가케 가치닉은 두가지 과실、
능금과 복사로 비유하자면、
그대의 사랑은 능금의 마음、

나의 사랑은 복사의 마음。

질박은 하나마 견실한 그의詩想과 思想을 우리는 이(벌거벗진)그의詩에서 발견할수가잇슴니다。

그런지라 우리는 항상 그를위하여 걱정하엿슴니다。그가 언제던 이러한 모든 「썩어진 장미꼿과도 갓치 구역나게도 내음새나는」온갓 형용사에서 버서나기전에는 詩人으로서의 億을볼수가 업스니까。

사실 이젼의 그의 詩에는 쓸데업는말이 너무도 만헛슴니다。혹은 이 「쓸데업는말」이 「詩」와「散文」의 區別點이라는 見解를 그가 가젓섯는지는 모르지만 그의詩의 破綻이 여기 잇슨것은 부인치못할 사실이엇슴니다。

그러나 億은 酒狂은 간々 부리지만 령리한 사람이엇슴니다。

그는 자긔의 과탄을 마츰내 발견하엿슴니다。그의 詩에서는 형용사가 차々 적어지기 시작하엿슴니다。一九二四年頃에 발표된 그의詩에는 쓸대업는 형용사는 발견하기가 힘들게되엿슴니다。詩集「해파리의노래」가운데서 「低落된눈물방울」에 편입된 그의시를보면 이를알수가잇슴니다。

祈禱。

求하면주지못할것이 업는「宇宙」의 主宰시여、
八을八倍하면八十八되게하시는 全能者시여、
어제 이罪人이 장에갓다가、「友情」이란怪物을
술한잔으로 사서 罪人의所有를 만들엇슴니다、
만은 오늘은 술한잔갑이업서 그것을일엇슴니다。
엇지나 罪人의맘이 설고 서오하겟슴닛가!
간절히 비옵나니、일어진「友情」이란 그怪物을
아모조록 다시 차자서 罪人의것을 만들어줍소서。
求하면 주지못할것이 업는「宇宙」의主宰시여。

질박하고 견실하고 諷刺的인 그의 詩想이며 그 표현방식 리듬 모든것은 아까 이 束仁이 참담되히 改作한 億의原作「林檎과복숭아」와 異工同曲인것을 아모도 발견할수가 잇슴니다。

여기 億의 길이 잇섯슴니다。아직것 發表한 모든作品은 여기到達하려는 苦悶이엇스며 룡

踏하는대 지나지 못하매 우리는 그의民謠를 그의模倣性의 活動으로밧게는볼수업습니다。 더구나 지금은 대々르 아까 내가 指摘한바의「本來의 億의面相」이 나타나는것(갓가온 例로서 東光今年二月號에發表된億의詩)을보아도 그의 本來의面相은 싸로히잇고 그우에 그의模倣性이되는것이 덥히어 잇는것을 알수가 잇습니다。

「靈臺」에 그의處女民謠가 發表되엿습니다。아모 반향도업섯습니다。동아일보、개벽、조선문단、련하여 그의民謠詩가 발표되엿습니다。 그러나 역시 아모 반향은 업섯습니다。 그러나 용감한 億은 이를 다만 世上의無智로만생각하고「外國哲學文을 直譯하여 律맛처 도막〱 잘라노흔듯한」혹은「論文을美文으로써 노흔듯한」所謂民謠詩에 心醉하여 十년고절우에 겨우 발견한 자긔의 길을 낡은신과가치 내여버렷습니다。

「黃浦의바다」와「보슬〱실비」와「南浦의사공님」「갈메기」「써도는몸」이몃句가 그의民謠의 全體이며 綜하여 이몃句가 素月의民謠의 到處에서 발견할수가 잇는句외다。 그밧게는 간혹億特有의句가 잇기는잇스니 例를들자면「이내맘이취감듬니다」「맑은하늘엔 눈물집니다」等 哲學者도 解석키힘드는句가 간々잇슬뿐이외다。

적어도 民謠(民謠詩를含함)라 하는것은 엇던 觀이며律이 잇서야 할것이외다。그러고 山村의 안악네들이 베를 짜며 혹은 밧을지으며 어른계우며 마지라도 작은소리로부를수잇슬이만치 民衆化하여야 할것이외다。億의게서 나오는 모든 哲學的혹은生理學的警句가 과연 여기 適合되겟습니까 七七、四四、七五의 아모調도 싸르지 안은 自由詩와가튼 億의 民謠詩가 여기 適應되겟습니까。

사실 億의 民謠詩라하는것은 그의말맛다나「설은寤闕」에 지나지 못합니다。이런 부질업는 일대문에 자기의 귀중한 詩途를 일허버린 億을 나는 싸귀라도 싸리고 십습니다。나의친구 億아 너는 네使命을 아러라 네길로다시 드러서타 나는 조선사람을 대표하여 億의게 이러케 명령하고 십습이다。億은 이러한 各種模倣的一時的 誤途에서 버서나기 전에는 도저히 詩人이라는 일흠을 바치기 힘듬니다。

그러면 그는 언세나 이 誤途에서 正途로 드러설가。

나는 이러한 일운암니다。億은 狡猾하고도 正直한 兩極端의 성질을 가진것과 마츤가지로 또한 미련하고도 령리한 兩極端의 성질을가진것을、그러니까 나는 기다릴줄을 암니다。지금의 미련한 億도 또다시 령리한億이 될줄을 그러고 그날이 그다지 머지 아늠을……。

(金億條完)

(現代評論 제4호, 1927. 5)

永郎의 抒情詩

徐廷柱

朝鮮의 抒情詩人들ㅣ(朝鮮에서 開化以後씨여진 新詩란 그程度여하든 不問하고 그全部가 抒情詩요, 이것을 記錄한 사람들은 또 抒情詩人들임에 틀림없었지만ㅣ그 가운데에서도 永郎처럼 不當한 評價를 받어온 詩人도 드물것이다 元來 學問藝術의ㅣ 그中에도 詩文學의 業績과 같은 隱密한中에 이루어지는 것에 대한 評價란 자칫하면 不當에 흐르기가 쉬운것이여서 그 實際의 程度以上으로 高價되거나 그 以下로 默殺을 當하는 例가 얼마던지 있었고 또 지금도 있는일이기는 하지만 永郎에 關한 境遇, 그것은 너무나 지나친 默殺과 沒理解의 쪽에 기우러져있지 않았었는가 생각한다。

일즉이 그의 處女詩集이 刊行되였을 때에도 故朴龍喆氏가 홀로 그를 作라 하였을뿐 衆口가 그를 默殺하는 속에서 李源朝와같은이는 「少女趣味」라는 한마디로 그를 蔑視해버리고 말기까지 하였지만, 以來 近二十年 그를 말하는이 없던 歲月의 經續을 거처 오늘에 이르러서 오히려 이 玉石의 빛남을 볼때 詩에대한 評價ㅣ 그 半以上이 참으로 虛妄한것임에 다시한번 놀래지않을 수 없다.

※

周知하는 바와같이 朝鮮의 新詩에 言語表現上의 劃期的인 自覺을 가져온것은 芝溶과 永郎을 中心으로 一九二八年에 가 發行된「詩文學」誌의 크으드란 功績이었다。처째, 朝鮮語를 效果的으로 使用하여 形容하고 修飾할려는 意識과 文字와 音의 和面에 詩의「뉴ㅣ앙스」를 들리는 努力의 成力等이 그들로부터 비롯하였었다고 나는 생각한다。六堂 春園 以後 白潮派를 거처「푸로데타리아 同盟派」에 이르기까지의 朝鮮의 所謂 自由詩엔, 詩의 感情과 思想은 있었으되, 이것을 어떻게 하면 朝鮮만의 韻과 律와 그 調和와 秩序로서 本格的인 詩의 資格으로「構造化」하느냐 하는 意識的인 努力과 緻密한 注意는 있지않았다。적으나마 이것이「詩文學」以前의 一般的인 詩壇의 傾向이었다。勿論 素月과 相和等에게 比較的 잘 整理된 形式의 詩가 있었던걸 잊은건 아니다。그러나 나보고 말하라면 이것들역시 그들의 意識的인 配慮의 產物이라고 하기보다는 오히려 偶然한 天才的 獲得에 가까웠다。만일에 그렇지않다면, 素月 相和의 몇篇의 傑作을 에워싸고있는 그 數多한 未完成品들의 지나친 蕪雜과 虛妄은 說明할길은 아무데도 없다。表現上의 意識的配慮가 참으로 그들에게 있어 持續되였었다면 이 整理와 이 蕪雜은 同行시킬 理가 萬無한 까닭이다。그러나 永郎과 芝溶의 때에 오면, 詩의 感情과 思想에만 詩를 依託하고마는 것이 아니라 意識

히리만큼 모든것이 末梢神經的으로 흘렀지만, 이들의 壓制下에 있는 朝鮮이야 더 말할것도 없었다. 이무렵에 詩줄이나 적고 詩줄이나 읽을줄 알던 靑年들의 心情을 想像해보라. ─ 그들에게 感情生活이나마 무슨 持續力이 있었겠는가. 그들은 이미 可能한 限度內의 行動의 制限과 封鎖속에서 思考力의 持續마자 잃은 때였다. 그들에게 있다면 그것은 다만 絶望하는 可能과 瞬間의 感覺生活이 남아있을 뿐이었다. ─ 이런때에 있어 永郎과 芝溶은 나란히 詩를 써으되, 芝溶은 上記하바와같이 感覺生活에 依據했고, 永郎은 또 애써 情緖를 지키려했다. 그리하여 芝溶은 拍手喝采를 받고 有名해지고 永郎은 씻은듯이 以來 二十年을 잊혀지고 만았던 것이다.

저 一九三〇年代로부터 一九四〇年頃에 이르는 靑年들의 心情의 轉變相과 그 末梢的 感覺生活의 모습이 내게는 아직도 記憶에 鮮明하듯이 그들에게 拍手를 받던 鄭芝溶의 作品들과 또 그들에게 조금도 拍手를 받지못하던 金永郎의 詩들이 역시 아직도 記憶에 새롭다.

먼저 여기 그무렵의 詩壇과 一般 文學靑年들에게 喝采를 받던 芝溶詩의 內容의 大略을 記憶되는대로 羅列해 본다면 ─

充分히 洋風에 젖은 휘파람을 날리며 거리의 鄕洲靑年들과 같이 드나드는「카페, 푸랑스」等의 맛. 오히려 味覺에 가까운 明洞天主敎堂의「카토릭」敎와 그의「마리아」趣味. 빠른 도마뱀떼처럼 재재바르다는「바다」等에 對한 그의 觸感과, 뛰어가는 말의 다리가 여덟로도 열여섯으로도 보이고 피여있는「따리아」꽃이 젖가슴과 부끄럽作이 익은대로 익어서 피다못해 몇터저나온 處女와같이 보인다는 視覺의 巧妙한 官能的 表現. 순집 窓門에 연연히 타는 저녁햇살의 細緻的인 誘惑. ─ 이런 것들이었다. 그리하여 이 末梢的이요 官能的이요 感覺的인 그의 詩들은 그대로 또한 末梢的이요 官能的이요 感覺的이요 技巧的인 當時의 靑年에게 歡迎되고 有名해져야 하였던 것이다.

그러나 永郎에게 오면 上記한 芝溶이 가진 것과같은 感覺的인 威力은 全無에 가까웁다. 그는 이러한 感覺的인 威力을 쓰는 대신에 當時 靑年들의 거이 全部가 돌보지않든「持續이는 情緖」의 便이 되었다. 위에서도 잠깐 말한 것처럼 그는 마치「집 직이」와「김 매기」와「애보기」나 떠말은 ─ 한사람의 洞閑한 수없는 딸처럼 차라리 變化없는 古家 가의 점점히 싸힌 氣流와, 피리와 伽倻琴의 잊혀진 旋律과, 봄밤마다 한소리로 계속해 우는 杜鵑새 等의 便이 되어버렸던 것이다. 그의 詩集 目次만 펼처보아도 곧 짐작할 수 있는일이지만, 그는「언덕에 바로 누어서」不滅의 花柴을 바랬고, 한송이의 牧丹꽃의 開花를 一年 열두달 三百예순날을 두고 기대리는 心情으로 마땅히 기대릴 것을 기대리었고「돌담에 속삭이는 햇발」이나「끝없는 강물」「수풀 아래 작은 샘」과같이 그의 마음을 빛내고 흐르고 고이게하기에 애썼고, 뒤에 가서는 또 차라리 친신 더 먼 杜鵑새나 春香이나 忘却의 쪽으로 기우러지기까지 하였던 것이다. 이렇게까지 질기게 情緖的인 그가 어떻게 지 持續力없는 末梢感覺의 때에 있어 感覺의 選手 ─ 鄭芝溶과 나란히 市井에 有名.

해질수 있었겠는가。그는 그 흔한 트레머리 하나 해보지못한 村시악시처럼 얌전히 그의 情緖를 持續하기에 우리가 보지않는데서 살아 왔다。그러나 인제 우리는 이미 半白이 다된 이 五十代의 無名詩人은 有名한 芝溶보다도 오히려 고마워해야한다。왜냐하면 그의 詩의 바탕이 되는 感情生活에 있어 그가 終始一貫 까불지않었던것이 도로혀 고마운일이 되었음을 우리가 인제는 아는 때문이기도하지만, 그를 講唆하는 또하나의 커다라 理由는 그가 한국詩의 情緖의 纖維을 떠맡은 한사람으로서 누구보담도 먼저 이것의 意識的인 織造에 맞은 成功을 걷우고 있는 사람이기 때문이다。

※

모란이 피기까지는
나는 아즉 나의 봄을 기둘리고 있을
테요
모란이 뚝뚝 떨어져버린 날
나는 비로소 봄을 여읜 서름에 잠길
테요.
五月어느날 그 하루 무덥든 날
떨어져 누은 꽃잎마저 시드러 버리고
는 천지에 모란은 자최도 없어지고
뻐처오르든 내보람 서운케 무너졌느
니 모란이 지고 말면 그뿐 하해는 다
가고말아
三百예순날 한양 섭섭해 우옵네다
모란이 피기까지는
나는 아즉 기둘리고 있을테요 찬란한
슬픔의 봄을

숫스럽고 허잘것없고 미련한듯하면시도 이 얼마나 진기고 오래 지난 이 民族의 情緖인가。

詩를 表現形成하는 일은 一種의 織造에 比한진대。芝溶의 것은 大部分이 얄팡달곰한 細密品의 構造에 가까웁다면 永郞의 것은 또 純全한 朝鮮産의 모시나 명주 삼팔이다。눈에 선뜻 그 織造의 技巧가 드러나진 않지만 이 가늘게 짜진 명주는 充分히 올과 날이 바르고, 보드랍고 潤氣가 있고 또 뜨시기까지하다。

드르면 芝溶은 한 詩의「이메ㅣ지」를 獲得하면 곧 原稿紙위에 이것의 素描를 하여놓고 한단이건 두단이건 두고 두고 添削修正을 加하는 表現方法을 쓴데 反해, 永郞은 詩의 映像 그自體의 燃燒와 統一을 爲해 또 한단이건 두단이건 이걸 마음속에 保存이고 그리고 지내다가 때가 되어 生産하게되면 그것은 比較的 容易히 原稿紙위에 配置되었다고 한다. 要컨대 詩의表現을 앞에 놓고 芝溶이 한 匠人과같이 있었다면 永郞은 또 여기에 한사람의 產婦와 같었든 것이다。

※

그의 開拓한 四行小曲들의 光澤에 關해서도 좀 더 말하고 싶고 또 그의詩의韻律과 그에게 끼친 南道소리調의 影響에 對해서도 생각해보고싶은 바 없지않지만 여기서는 紙面과 [illegible] 關係도 있고 하여 爲선 그만 두거니와, 끝으로 永郞에게 한가지 要請이있다면 그것은 어서 빨리 다시저 차란한 抒情의世界로 도라오는 일이다。朝鮮의 詩人들은 도대체가 四十만 넘으면 모두 쉬어버리고 만지만 당신도 또한 너무 오래 쉬고있나。

(己丑十二月二十三日 밤)

(文藝 제8호, 1950·3)

夭折 金谷

故金裕貞君의藝術과

故金裕貞君은 朝鮮의 사랑이다. 조선의 피도아니고 뼈도아니고 오로지사랑이였다. 한배ㅣ 게셔서 그의 가장사랑하는 子息을 찾어실진대 裕貞은 머뭇머뭇 하면서 고개를 숙인채 넘의 무릎앞으로 이끌며. 가지않으면 안될것이다. 잃은 고기가 더크보인다는 俗일지는 모른다. 그러나 이왕 잃은 고기라 애써 더 적게볼必要는 아애 없을것이다.

이런말하면 좀부엇하게 들리겠지마는 事實나는 金裕貞君을 人間的으로는 잘모르는 사나이다. 誇張해서말한다면 史的으로는 나는 君과 가장 깊은 因緣을——그도 꼭한번 맺었다는것은 周知의 事實이다 마는그外에는 個人的으로 그다지 親하지도 못했거니와 이렇다는 交際도. 없었다. 따라서 나는 君의 人間的事情에는 그의 同窓이요 親友인 安懷南君에 比하면 全然無智라해도 過言이 아닐것이다. 다만 나는 現下朝鮮文壇의 가장 아름다운. 新進作家요 近代朝鮮文學樹立以來의 드물게보는 言語朝鮮의 微妙를 살린作家로서의 金裕貞君을 두고두고 사랑할

한 裕貞君을 묵함

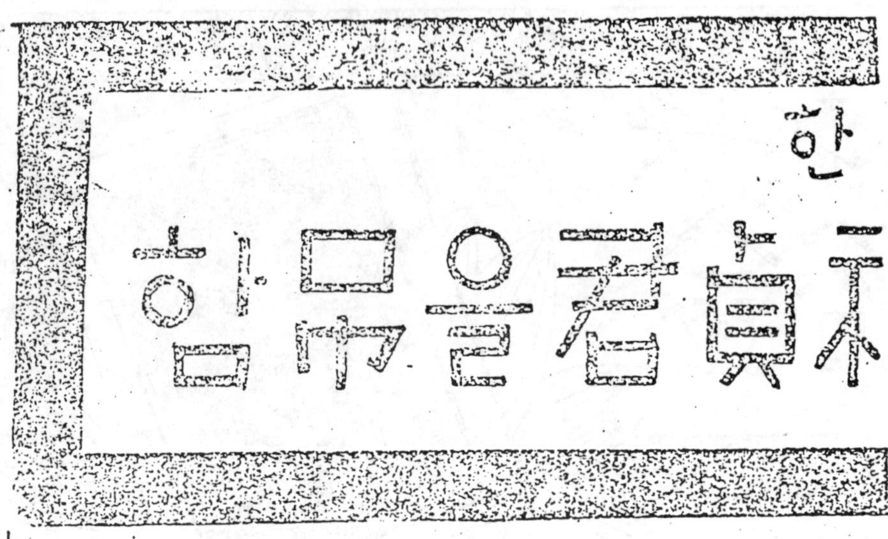

그의人間秘密

金文輯

을것 뿐이다。

亡者를 두고 또이런 告白을하는것은 선비의 德이아니겠지마는 藝術家로서의 君의感覺이 일적 이를 看破했음을 나亦是 看破했기때문에 아무런 괴로움없이 公開하거니와 나는 人間金裕貞을 그리좋아하지 않었었다。萬若 그가 惡人이였으면 또 或나는 그에게 魅力을 더느꼈을는지는 모른다。그리면 金君은 善人이였기때문에 强한 魅力은 느끼지못했나 하면 그도 아니다。그는 勿論善人이다、過하다싶이 善良한 百姓이였다。그러나 그에게는 아직 때벗지 못한 變態이 宿命的으로 그의 爲人을 衣裝시키고 있었다。宿命的으로 衣裝한 變態이면 그오울은 先天的으로 때벗은 變態이라야 할것이다。그럼에도 不拘하고 그의 變態은 나의 人間的趣味를 滿足하게 아피ㄹ하지 못한것을 보면 거기에는 必是 어떤 不自然이 成分되여 있지않었을것인가? 하는 이 疑問이 사실인저 나를 괴롭게하는 君의 Souvenir이며 또 이 안타까운「수벤나ㄹ」이 실상은 오늘의 나로하여금 君의人間을 再考케하는데 主要한 모멘트를 지은것이다。

여기서 나는 「그리면 네 趣味란 어떤趣味냐?」하는 反省을 拒受치아니치못한다。이에對해서 나는

111

그答辯의 必要를 느끼지않는다는 認識上의 趣味를 享樂하고 싶은者이니 나의 이街氣는 裕貞君의 愛慾과는 對蹠的인 街氣形式이라 이形式아래서 나는 故君의 人間相의 秘面에 抵觸코저하는바이다。(三月三十一日午前四時三十分)

君은 江原道鐵原(?)産。徽文을 아마 맛치지못한채 延專과 普專에 一二個月씩 단여보았으나 家勢가 傾敗했다기보다 재미가 없어서 一如히 집어치우고 放浪과 職業을 섞어맞보았으니 「소낙비」가 朝鮮日報에 一等으로 當選했을적에의 君의職業은 寶로 「金鑛쟁이 뒷잽이였다。鑛쟁이 따라다니면서 밥도얻어먹고 술도 얻어먹고 登記所심부름도하고…… 아마 그래들하고 도라단인모양이다。그君의 집안은 어떤느냐하면 鐵原서도 손꼽는 家門으로 數三千石 秋收를 했다한다。아버지와 兄이 家産蕩盡의 [illegible]을 한것은 君의 少年時代의 일이였다。

三十歲를 一期로 永眠의 寢家을찾아 君이 廣州로 떠나기는 아마 열흘도 못되는 最近의일이겠지마는 그때까지 君이 病臥한 東大門안 忠信町의 貰房은 赤貧인즉 行方不明의 蕩子(君의兄)가 남긴 [illegible]貧한 한아들이 그의 窮乏한 어머니(裕貞의兄嫂)와

裕貞과나

李石薰

탕! 소리뒤 數秒時 여름밤 하늘에 한瞬間 찬란한生命을 자랑하고꺼지는 「花火」(はなび)—裕貞의一生은 그것과도같은 感을준다。

裕貞은 文字그대로 彗星처럼 文壇에나타낫다가 꺼졋다。그出現이 壯하고 감도또한 「花火」的이다。언겐가 어떤 紙上에서 呂運亨先生이 큰소리로力說하바 찬란한 저녁노을자은「榮光스런 죽음」을 나는 裕貞君의 最後에서본다。죽음의 最終의一瞬까지 創作이붓을들고 [illegible]苦鬪한 [illegible]한裕貞! [illegible]의[illegible]을치고 最後의피한한바울까지 싸훈에바친「스파르타」의勇士的인 悲壯히나 그터나 榮光스런最後이다!

×

여기서나는 金君의죽음을 頌하며논것은아니라 君의[illegible]을 앞에놓고 나는이글을 쓰기좋아 부끄러운생각이든다。裕貞이 죽기前에 아니 君이설마 그렇게도빨리 죽음을재촉하준은 꿈엔들 생각지않으마이타 年余를두고 부닥여오는 나의貧困작이 안저되면 그동안疏忽해던 友情을 [illegible]코지냈더니 이저는 모든것이 끝이요 永遠히 가엾길이없이되였다。제깃지난一個동안 서울서는 어떤創作때문에 [illegible]先生에까지 걱정을끼치며 쩔쩔매는타고는 코뜰새없다가 中自然自然的으로 서울을「逃亡」한것이었다。때문에 서울동무들에게 沒人情한죄도 책망을듣는것도

當然한結果이지만 내側에서보면 友情에 忠實한수없었을마큼 經濟上의打擊을받은 原因이었던것이다。

나는아직도 마음의苦痛을 깨끗히淸算치못하고있는터에 지금뜻밖에 君의訃報를받으니 정말 멋쳐진함정속으로 떠티지는듯한 아득한 느낌을禁할수없다

×

君과의열지않은交分은 於焉六七個星霜 昭和六年新春? 내自身編輯의한몫을보고있던 「第一線」誌에 佳作「산골나그내」를 發表한君은 이미 文壇에 「데뷰ー」한셈이었으나 具眼之士가적고 抱容性이적은文壇은 君을알아주지않었었다。二三年동안은 不遇하였다。이사이 個面과더부터 君을出世?케하라고 多小의勞을取한것은 友情의當然한所爲나 君과關聯한回想中의 가장 愉快한記憶의하나이다。

이二三年來 君의天分의 當然한所致인 彗星的出現은 지금생각하면 죽음을 재촉하는 「ひばな」的精力의消費이었다。東京이나 歐米文壇갈으면 그만한 新進作家면 當然히 生活의裕足을 꾀할수있을것인데 不幸히 이땅에서는 다못 名聲과쇼利만이 當然치存在할뿐이었다。이것이 裕貞한사람의 일같지않어서 나더한層 배지던悲哀를禁치못하며 暗然에지는것이다。

×

裕貞의죽음은 값있고 貧困한죽음이다! 나로서는 無二한友의하시다울잃었을뿐아니라 朝鮮은 재주있는젊은이를 또하나잃었으니 哀惜한일이다"

·於京城—

수집은누이(裕貞의죽가)와를 赤手單身으로 糊口시켜온 怨恨의 與痛이였든것이다。

이러한 最下層의 生活을 轉轉하는동안 君의 文名은 旭昇의勢로 文壇을 輝煌케한것이였으니——이 꽃다운 外面의 裏面에는 그러나 生活問題以外의 크나큰 다른問題하나가 包藏되여 있었음을 愚鈍한나는 君이 죽기까지 모르고 있었든것이다。

第四期的重患에 빠지 君을 救出코저하야 내가 文壇을 總動員시켜 한마당의 演劇을 했을적에의 君의 뜨거운心懷는——嗚呼! 이제야 나를 괴롭게하는바 있구나! 진실로 君을 죽인者는 내가 몰랐든 君自身의 秘密이였다。

비록 貴公子의 形容은하고 래여났으나 君은 元來부터가 蒲柳의 質은아니였다。그를 肺病으로 모라간것은 그의 술의탓이요 우리의 薄良한 裕貞으로하여곰 그만큼 술을 要求케한것은 그의 靑春의 特權이였다。靑春의 特權? 비끄인 余君의 特權은 그의一代의 失戀이였다。

내가 남의 事情도모르고 단지 내自身의 文學愛와 人間的情熱로서 君의 存在를 적으도 政治的으로는 가장 꽃답게 認識케한 그運動을 宣言할을적은 君의 사랑의 對象이 約婚했든 某君과 新婚生

活을 展開한지 벌서 一個月이나——아니 꼭 한달 짐되는 바로 그때의 일이였다. 그얼마나 괴로왔을것인가!

이같이 破魂의 金君은 飮酒로써 제自身에게 挑戰했다. 短時日에 그의肺는 初年級에서, 三年級으로 進級했다. 그리고 그의 悲戀은 宿命化했다. 그悲戀을 云爲하기前에 君을爲하야 이떤글 한節을 挿入하자.

——일즉 그는 나를 찾었으나 나는 그를 맛나는 機會를 얻지못하였다. 그러다가 某日 나는 朝光社서 病的으로 謙遜해보이는 特異한 어떤 人物하나를 有心하게 觀視했다. 그는 質素한 한복을입은 元氣없는 美男子였다. 그茂盛하고도 一頭調和를 이루는 頭髮風狀으로써 나는 그가 郊派에 屬하는 悲戀의 詩人인가하는 印象을 얻었다.

大監앞에 나온 罪人과도같은 恭遜한 態度로 編輯室에서 무슨用件을 맛치드니 그는默默한 얼굴로 혼자 도라가는 것이었으니 그가곧 金裕貞君이었다.

그後 君은 또한번 나를 찾었으나 亦是 맛나지 못하였다. 그때는 벌서 나는 그를 別로 맛나고싶지않었다. 멀리두고 보는것이 더 興趣와맛이 있을것같이 느끼여 젔기때뮤이다. 그러나 어느날 우리는 途上에서 偶然히 맛나 人事를 바꾸지않으면 아니되는 아름다운運命을 呼吸했다. 藝術에關한 이야

裕貞과 나

朴泰遠

내가 裕貞과 처음으로 안것은 그가 그의 第二作 「총각과 맹꽁이」를 發表한 바로 그뒤의 일이니까 昭和八年 가을이나 겨울이 아니였든가한다.

하로밤 그는 國南과함께 茶屋町으로 나를 찾어 왔다. 그때 그들은 微醉를 띄고 있었으므로 그때 우리가 初面人사를 한때 그가 입냄새날것을 두려워 하야 帽子를 손으로 입을거의 가리고 말하든것을 나는 잊수도 記憶하고 있다.

이를테면 그러한것에도 裕貞의 性格은 그대로 들어나있었다. 그는 그만큼이나 남에게・對하야 어려워하고 조심스러워하였다. 그깃은 그러나 그의타고나온 天性만으로가 아닌듯싶다

그는 不幸에 익숙하였고 孤독에 돈을 지니지 못하였으므로 그래 어느틈엔가 남에 對하야 스스로 떳떳하지 못한 사람이 되이든것인지도 몰은다.

우리는 한동안 꼿잔 樂浪에서 茶좀 잡이 먹었다. 그리고 세時間式, 네時間式 雜談을 하였다. 그는 分明히 다섯時間式, 여섯時間式이라도 그꼿에 있고싶었음에도 不拘하고 문득 내게 말한다.

「朴兄。그만 나 실까요?」
그때 나와서 旅館에까지 이르면
「그럼 인제 집으루 가겠읍니다。또 뵙죠」
그리고 그는 鐵路쪽으로 向하는것이었으나 大部分의 境遇에 그는 일마를 망산거리다가 다시 한바퀴를 휘몰아 燒酒을 찾는것이었다。
고송에라도 그것을 안고 그를 妄하면 그는 호젓하게 웃고.
「하지만 朴兄은 너무 지우ㅎ시지않어요?」......

裕貞은 술을 잘하였다。그의 病에 술이 크게 害로울것은 새삼스리히 말할것도 못된다。그러나 그 生活이 외롭고 또 食었든 裕貞은 機會있으면 거의 술에 醉하였다。

언제나 가난한 그는 또 곳칸 밥을 노아 旅館를 쓴다。

「金兄。돈두 돈이지만 몸을 애끼세야지 그렇게 無理를 허면......」

우리는 그러한말을 하는것였으나, 그는 몸을 애끼기前에 爲先 그만큼이나 몇圓의 돈이 緊要하였든것이다.

그러한 裕貞에게 그는 決코 좋은 벗이아니였다。벗이라 일키드기조차 羞스러웁게 그에게 忠實치 못하였다。

그러한 네가 이미 그가 없는 이제 일으러 여영 안해를 잃으고 가비텁 그를 좀더 큰 作品은 남진시도 없이 가비던 그를 애닯히하드다도 그게는 허벅 可笑로운 일이 아닌것이냐?——

기를 해보니「안해」에서 觸感한 나의純粹推測과는 조곰도 틀림없는 친구였다.

오래동안 消息이 없든 金裕貞君으로부터 편지가 왔다。不吉의豫感!......나는 불인듯이 君의 封套를 먼저 뜯었다。——미지건한 눈물 한줄기를 顔面에 感觸했을적에는 내눈이......(中略)——나는 그날밤은 어쩌는수도 없어서 흥도 벼게삼인고 그의人生과 朝鮮作家의 經濟狀態의 好個의 一象徵物로서의 君의 存在를 곰곰히생각했다。나는 너무나 설어웠다。第三期의 重患에 빠저 衣食을 欠하는채 움직이지도 못하고 藥한번못쓰고 누어있다는 그의 朝鮮作家的 運命이......(中略)——돈있는집 子息이 죽게되면 別別 人蔘鹿茸이 다 날라드러오고 唐突然의「補藥品」이 들곳없이 뭉치뭉치 뛰여드러오건만 瀕死의 青年藝術家金裕貞君에게는 이처럼......?나는 悲憤을 느꼈다기보다 이(齒)가 갈려서 잠을 이루지못하는채——東方이 밝아왔다。云云——

不自然하게 느끼여졌든 君의 最後의 Souvenir。——

金君! 나는 내一流의 衒氣形式을 다 하기爲하야 亦是그를 表現치 않으리라! 웨냐하면 그不自然은 或은 自然을 彼岸한 不自然인지도 모르기때문이다

그러나 君아! 나의 이妄斷만은 許諾하라。무슨妄斷을? ——그女子가 자네의 빼아토리체니 가되기에는

자네藝術은 너무나 純潔했다!——라고하는것은 또한 자네가 그秘密을 死守한 人間的事情에의 나의 側面的透察이기도하다。 나의 이表現의 眞意를 아무도 아는이가 없을것을 希望하면서 또다시 나는 나自身에게 한웅큼(一掘)의 「餘裕」를 裝置하는 良心파 人間愛와의 所有者일것을 要求치 아니치못한다 그리고 또運좋어 나는 나自身에게 다음과같은 한個의 基本的인 假說을 設置치 아니치못하는 義務를 진者임을 告白하는것은 亡友의 權利이기도 前에 나의 기쁨이아니면 아닐것이다。即 同君이 長逝하기 十餘日前 偶然한일로 그의 秘密을 觸取해낸 나의 自信있는 第六感은 計劃的으로 그 秘密의 相對女人을 指摘해내는 君의 長逝翌日의 그瞬間에있어서는 偶然히도 Disorder(故障ー)의 狀態에 있었는지도 모른다——라는 假說。

어느 雜誌에는 다음과같은 君의 凄慘한 結婚주랜이 發表되였다。

나는 宿命的으로 사람을 싫여합니다。사람을 무서워한다는것이 좀더 適切할는지 모릅니다。그버릇이 結局에는 말없는 憂鬱을 낳았읍니다 그리고 相當한 肺結核입니다。故鄕에는 每日같이 피를吐합니다。

나와 똑같이 우울한 그러고 나와똑같이 피를吐하는 그런女性이있다면 한번맞나고 싶읍니다。나는 그를 限없이 崇敬하겠읍니다。웨냐하면 나는 나自身이 무언가를 그女性에게 배울

裕貞과 나

蔡萬植

굳건 裕貞을 술면서 나는 그를부러워한다

◇

내가 開闢社의 일을보고있을떈데 作品으로 먼첨 裕貞을알었고 對하기는 그뒤 安懷南君에게서 인끌만 본것이 처음이다。

그날 安君을찾어가 閑談을하느라니까 생김새며 옷입음새며 순朴해보이는 젊은사람하나가 安君한테 농ㅅ지거리를하면서 떠들고 드러오더니, 내가 있는것을보고 시무룩하기는해도 氣色이 좋지않은게 어쩌면 터ㅅ세를하는 눈치같었다。그가 裕貞이었었다。

그러나 실상인즉 裕貞은 내얼굴을 알었고 그런데 마침 술이 거하한판에 취끌었는 安ㅅ만녀여 리먼거리고 들어오다가 初面人까도 미처 하지못한 衆趣(名色)인 내가있으니까 제따에 는무던도하고 그대 조심을한다는 것이 砂糖 없노ー말한네한데 그러한 印像을 주어뜬것이다…고 그뒤 安君에게 이야기를 돌렸다

과연 그뒤에 세째비로 인사를하고 한번맞나 두번맞나하더니까 世上에 法

없어도 살사람은 裕貞이다고 나는 천진이 느꼈다。공순하되 虛飾이아니요 多情하되 그냥 情이요 裕貞에게 어데 또만이있으리오. 그는 진실로「톨스토이」였었다。(裕貞의 마즈막 遺作「따라지」中의 한人物)

◇

나는 裕貞의作品들을 尊敬은아니했어도 사랑은했었다。(그것이 도리어 : 내게는 기쁨일이었었다) 그러나 人間裕貞은 더 사랑했다。아니 사랑하고 싶었지만 못했었고 못한것은 내가人間으로 裕貞만 「誠」치못한때문이다。

◇

나는 서울을 떠나서야 비로소 病든 裕貞을 찾었다。나는 내가 無情했음을 뉘우치고 그에게 빌었다。病치료에 대해서 具體的으로 苦悶하고 있게도 節約되는方法이외전대 알으켜 주었더니 그는 바로 회답을 해주었었다。꼭 그렇게해보겠노라고 그리고 기워고 병을 征服하겠노라고 約束해 주었었다。

◇

裕貞은 아깝게 그러고 불상하게굴졌다。나같은 名色없는 文壇人이면 여나믄갖다주고 도루 물러오고싶다。

수없으리라고 期待하기때문입니다。

이렇게되면 이건 戀愛가아닐지도 모릅니다。眞純히 서로 理解할수있는 한동무라 하겠읍니다。그리고 나에게 그런特權이있다면 나는 그를 사랑하겠읍니다。結婚까지 이르게되다면 더욱 感謝할일입니다。그리면 그다음에는 이몸이 죽어죽어 무엇이 될고하니

蓬萊山第一峯에
落落長松되였다가
白雪이滿乾坤할재
獨也靑靑하리라

그蓬萊山第一峯이 어덴는지 그우에 草家三間 집을짓고 한번 살아보고싶습니다。많이도 싫습니다。단 사흘만 깨끗이 살아보고싶습니다。

그러나 한가지 큰疑問입니다。서로 사람을싫여하는 사람끼리 모이여 結婚生活이될는지 모릅니다。안된다면 안되는그대로 좋습니다。곳

때에서 우러나서 드디여 宗敎化한 그의自殺— 이 自殺가운데서 오히려「永遠의女性」을 自殺치아니치못한 그의宗敎— 이 自殺의 宗敎의 眞實을 君은 愛慕이란 用語로서 表現했든것이다。내가 말한 君의 愛慕과는 스스로 그形態感情을 달리함은 勿論하다。

그의 죽음은 진실로 진실로 아름답도다! 赤貧과 病魔와 失戀과孤獨……。그의 삶이 슬푸면 슬풀수록 그의 죽음은 아름다웁고 그의 죽음이 아름다우면 아름다울수록 그의 藝術은 古典化한다。現代朝鮮

文學에서 古典을찾는다면 나는 確實한 見解이래서 君의作品集을 출선해서 出版할것이다. 그見解는 다음路 藝術篇에서 求景하겠지마는 萬若 그와同種의 運命者인 羅稻香의 藝術을 裕貞에 對照한다면 稻香은 스스로 다섯步를 뒤ㅅ거럽치는 謙虛를 裕貞에게 보일것이다, 그러나 勿論 그當時의 羅稻香의 文壇地位는 今日의 金裕貞의 文壇地位에 比는 아니다。이論理의 妥當性은 그만큼 今日의 朝鮮文學은 全體的으로 成長했다는 消息을 傳하는데서 찾을수 있다。

地位란말이 났으니말이지 실상 나는 裕貞의 文壇地位를 規定하고 싶지않는者이다。君은 진달래같은 作家다。진달래와 地位는 牡丹、菊花·百合花의 地位보다 낫다는法이 어디있는가? 진달래 아름다운 조선꽃이 진달래련가。果然 君의 죽음은 또한 진달래의 그것과같이 高尙潔白도 하였다。「高尙潔白」을 精華한 배달말이 「애처럽다」라는 말이 아닐까。

裕貞과나

姜鷺鄕

아무때 가도 골경은 한번 가고야 말 그길이기마는 우리 裕貞은 너무나 일측 가고 말았다。

이제 봄빛을 앞에 두고 그와 幽明을 달리하는 오날의 心情은—哀悼의情을 넘어 우리朝鮮文人의 悲惱한 生活을 뼈저리게 느끼는바이다。무었보다도 위선 「돈」이 필요하였다。돈만 있었던들 裕貞도 지금쯤은 完快한 몸이 되었을것이다

太陽도 가고 세소리도 가고 듬뤼든 휘파람소리도 지나간 이 黃昏에 나는 지난날 裕貞과의 한時節을 아득한 네追憶속에서 더듬어보기로 하자。이 또한 故人을 그리는 寂寞한 情熱이 아닐것이냐。

裕貞과나는 二年前 開闢社編輯局에서 懷術의紹介로 人事를 나누었다。그當時 나는 續刊된 開闢誌를 編輯하는관계로 그에게 小說一篇을 부탁한일이있었다。그렀나 나는 社의經濟的打擊으로말미아마 그에게 응당支拂해야 한 原稿料拾圓을 다못주었다。아마 三四밖에 더주지못한것갔다。드르니 裕貞은 그 三圓으로 醫師에게 診察을 받었는데 그때비로소 肺結核의宣告를 들었다고——。그後 桂洞町 막바지 내下에서 한번 放送局에서 한번 뒷골목 어떤 조고만 빠ー에서 한번 그리고 내가 健康을害치 開闢編輯을 내던지고 中耳洞山골로 靜養의길을 떠나는 그전날밤 貫金町에있는 茶房「돌메마이」에서 떠나는 人事를하고 헤여졌다。

二三個月後 나는 健康을 回復하고 中耳洞에서 돌아왔다。어느 비개인날이었다。金幽葵君과나는 鍾路를 逍遙하

고 있었는데 偶然이 裕貞을 만낫다. 나는 그제법서 裕貞의 蒼白한 얼골에서 그의 病勢를 읽었다. 우리세사람은 洋酒를 마시며 「銀猫」라는 빠ㅣ에 드러갓다. 金煥泰君은 얼근한김에 「Karl Busse의 「山넘어 하늘멀ㅣ리」를 읍조렸고 裕貞은 문득 내性格이 너무나 純情的이라고 말하였다.

그뒤 昨年이맘때 石醉의 「黃昏의노래」 出版紀念會에서 한번 만나고그만이다.

病勢의 惡化를 여러번 듣고도 한번 찾어가본다는것이 내 맘못할 事情으로 實行하지못했다. 事實인즉 나는 그의 蒼白한 얼굴을 對하는것보다 紅潮가 도는 健康性의 얼골을對할 그 생기로운 瞬間을 더 기다려고한것이다. 그러나 모다 헛된期待였다.

이제 裕貞의 冥福을 衷心으로 빌며 昨昨年여름 斗月洞 寓居에서 받은 그의 편지하나를 여기에 公開하기로 하자.

「날이 차차 더워집니다. 더워진사록 저는 저 시골이 無限그리습니다. 물소리 돌리고 온갓새 지저귀는 저 시골이 그리웁니다. 욱어진 綠陰에 번듯이 누어 閑寂한 매미의노래를 귀담어듯으며 먼 무든하늘을 이윽이 바라볼때 저는 가금 詩人이 됩니다. 아마 이우 더한 幸福은 다시없겠지요. 義兄도 한번 試驗해보십시요. 그때에 여기에 하나 注意할것은 蒼空을 바라보되 님을 對하듯 敬虔이 할것입니다. 그때야 비로소 색다른 幸福과 그 무었인가 알수없는 커다란眞理를 깨다르실것입니다」

(四月二日저녁, 永登浦에서)

애처러 운命裕貞! 至極히 애처러워야할 그君의 秘密이 根本的으로는 限없이 애처러웠으면서도 애처럽시못한 枝葉을 副次하였다는데에 그秘密의 自嘲的悲痛性이 있었고 이 어것난 悲痛性에 自己遺傳이 作用하는마당에서 또한 그의 惡勢의 不自然이 表象되였든것이라고 내게는 解釋되니——君아! 이亦是 나의 妄斷일까? 黃泉서 맞나드 아마 君은 別對答만은 하지않으리라마는——

裕貞아! 너의 죽음을 안지 사흘이나 나는 아직 너없는 너의貴房을 찾지않었구나! 事實이죽 한平生 나는 그房을 찾지 않기로 決心했다. 자네가 至極히 좋아한 네 선물은 「希望」이란 그림이였다 하루는 二十四時間을 그 그림만 처다보았다는 자네身勢가 서러웠으라! 애처러워라. 이제야 希望조차 希望할수없는 그房이기때문에 나는 그房을 찾지않으련다.

북바처 할말 못하겠으니 여기서 나는 담배 한마를 빨고 評家로서의 나 自身을 回復하는 順序를 갓겠다.

昨年여름 어떤 海邊에서 君의 죽음을 夢想치도 못하고 있은 어떤評論에는 다음과 같은 裕貞의調가있으니 이같은 境遇에 그一節을 代用함은 나의 評家的 紳士道가아니면 아닐것이다。

——여기에 作品「안해」와 「산골」이있다。이것을 自料하야 나는 그의藝術의 特質을 靜觀하겠다。

一言蔽之하면 그의藝術은 그의 苦痛에 逆比例해서 즐거웠었다。나는 그의 文章… 즐거움을 새로히 즐기지 않을수없다。果然 나는 그悲痛한 君의 文章藝術의 즐거움을 즐집게하는 그재주를 사랑한다。裕貞은 小說이 무엇인지를 모르는 小說家다。立體的構成도 없고 푸롯트도 없고 「고츠(骨)」도없고 트릭크도 없을뿐더러 文學의 敎養조차 없다면 없는作家다。그럼에도 不拘하고 裕貞의 小說만큼 나를魅惑하는 小說은 外國文壇의 新進中에도 없다。에기젓빠는 本能으로 裕貞은 小說을 쓴다。

그의傳統言語美學의 汎濫性은 廉想涉과 好一對이나 廉氏의 言語가 純서울 中流文化 階級의말인데 對해서 金君은 벙문말에 가까운 純서울 土俗말을 得意로한다。지금 前記作品에서 兩者의 言語趣味를 比較해보자。

「——몸뚱이 쫓아 와서는 은근히 틀복기도하고 달내보기도하는 이남자 사무원이 옆에서 코人삶을 찌긋해보일제 남희는 눈을 흡뜨보는 외면을해버린다」(廉氏의靑春航路의一節)

「——제집이 낫짝이 이뻐 맛이냐。제기할 황소갈은 아들만 줄대 잘빠쳐놓으면 고만이지。(中略) 에미가 낫짝 글렀다고 그 자식까지 더러운법은 없으렸다。이 바루 우리쫄뜰이를 보아도 좀 똑똑하고 길곳이 생겼느냐。비록 먹고도 미구 또 닮라고 쫄아귀처럼 덤비기는 할망정 참이놈이야 말도 나에게는 아버지보담 하라버지보담도 아주 말할수없이 끔직한보물이다」(裕貞의「안해」의一節)

精錬된 點에 있어서는 亦是 大先輩에게 一時를 讓치 아니치못하지만 純眞性에 있어서는 우리의新進君이 勝點을 取할것같다。

君의作品中 나는 「산골」을 가장 높이 評價한다。昨年八月號 朝鮮文壇誌에 發表된 것이다。例와같이 이作品은 構成要素도 프롯트도 計劃도없는 小說以前的 小說이다。그러면서도 「산골」以外의 藝術的興趣를 느끼게 하는 作品을 나는 아주 朝鮮文學에서 찾지못 者이다。

이 非論理的인 論理에 矛盾인즉 金君의天分이 있는 同時에 그의危機가 內危되어 있기는하다。젊은

作家에게 있기위한 「무라」가 全然없는 그의 文章에는 또한 濃厚한 個性과 傳統美가 洪水를 이루고 있을뿐더러 一種「수집은古典味」(이런形容을許諾하라?) 까지 느낀다 함은 나의 過讚일가。

내가 만약 大學의 朝鮮語講座를 맡게되면 먼저 이作品을 敎科의 하나로 選擇할것이다。그런한 意味아래서 作意의 一節을 여기에 紹介함도 無意味는 아닐것같다。

「——산기슭으로 나리니 앞에 큰 내가 놓여있고 골고루도 널려박인 험상궂은 웅둥바위들으로 물은 우람스리 부닥치며 괄괄 흘러나리매 정신이 다 아찔하야 이쁜이는·조심스리 바위를 골라디디며 이쪽으로 건너왔으나 아무리 생각하여도 가치 머슴리 도망가자든 도련님이 저 서울로 혼자만 삐죽 다라난것은 그속이 알수없고 사나희 맘이 설사 변한다 하드래도 잣나무 밑에서 눈물까지 먹음고 조르시든 그도련님이 이제와 쌍도없이 변하시다니 이야 신의조화가 아니면 안될것이다。云云。——이얼마나 緻密하고도 情趣的인 스타일이냐。

尙若 이 文章으로 探査傳이 쓰이였다면 그때의 探査傳은 朝鮮의 「印度」가 될것이다。(英國에 있어서의 沙翁과 印度와의 交換逸話—) 近間의 君의 센텐스는 퍽 짧으나 이當時의 그것은 매우길다。이는 그의 가슴의 健康의 反映이다。하늘은 우리의 金裕貞君으로 하여금 健康을 回復케할지어다。

아까 나는 君의 危機를말했다。그는 다름이 아니라 作家로서의 君은 果然 이느때까지 이小說以前的 美妙小說을 繼續할것인가하는 疑問이다。그의 成長에 따라 早晩間 脫皮해야될것만은 事實이니 脫皮한 君은 果然어떤 面貌로서 우리앞에 나타날것인가하는 「疑問의期待」다。이에對해서 나는 個人的으로도 意見을 供給한바 있었거니와 그를 論하는 다음 機會에서 細論하겠다。云云。——

以上이 그 一節이다。이細論의約束을 履行할 必要를 當分間은 느끼지 않을程度로 나는 그의 人間을 그려보였다。

裕貞君! 그대는 죽었으나 그대는 永遠히 살았다。

(四月一日 午後十一時八分)

小說體로 쓴 金裕貞論

金裕貞

李 箱

─암만해도 성운 갖넌뿐만아니라 누구를 對할대든지 늘 좋은낮으로해야쓰느니 하는타잎의 溫厚한見本이 金起林이라。

좋은낮을 하기는해도 敵이 非禮를했다거나 끔찍이 못난소리를했다거나 하면 잠잠고 속으로 만끝맥없으녀이고 그만두는 그러기때문에 近視眼鏡을 쓴危險人物이 朴泰遠이다。

없으녀ㄱ야할境遇에 「이놈! 네까진놈이면 아느냐」라든가 성은내면 「어! 어디 덤벼봐라」쯤 한줄아는、하되、그저 그런줄 알다뿐이지 그만큼해두고─주ㄱ않는 派 에、고만頭而로 코밑에수염을 貯蓄한 鄭芝溶이있다。

帽子를 책 버서던이고 두루막이도 마고자도 敏捷하게 벗버서던이고 두팔 걷떡부르것고 주먹으로는 敵의 벼마구니를 발길로는 敵의 사타구니를 擊破하고도 오히려 行有餘力에엉덩방아를찟고야 그치는 稀有의鬪士가있으니 金裕貞이다。

누구든지 속지맏아。이 詩人가운데俊髮과 小說家中俊髮은 約束하고分배된듯이 驕慢하다。이들이 무슨境遇에 어떤설꾼을했던자/共通은 그 驕慢에서 鍊出된 表情의 떼쓴매순 外의 아모것도 아니니까 참 危險하기 짝이없는 분구이라는것이다。

이분들을 說服할 아모런 學說도 이天下에는 없다。이렇게들 또 고집이 세다。

나는 自古로 이렇게 驕慢하고 고집센藝術家를 좋아한다。큰藝術家는 그저 누구보다도 驕慢해야한다는 일이 내 持論이다。

作故한 作家가 본 죽은 作家

多情이 이 네분은 서로들 親하다。서로 親한이분들과親한 나 不行 李箱이 보니까 如上의 性格의順次的發展가 있는것은 재미있다。이것은 或 不幸히 나혼자의 재미에그친는지 要하지만 그대도 좀 재미있어야 되겠다。

作品 以外의 이분들의 인을 的確히 描破해서 써 내 比較交際을 決定的으로 如實히하겠다는 悲壯한 腹案이어늘、

小說은 쓸 作定이다。네분은 各各 主人으로하는 네篇의 小說이다。

그런데 族譜에없는批評家 金文卿先生이 내 小說에 五十九點이라는 좀 慘憺한採點을해놓섰다。五十九點이면 落第다。한點만 더했드면ㅡ그렇니까 서울말로 「낙제첫저」다 나는 참落膽했읍니다。다시는 小說을 않쓸作定입니다ㅡ는 즉 거즛말이고、이境遇에 내 어줍잔은 글이 네분의 心思를 건드린다거나 읽는이들의 嘲笑를산다거나 하지나않은가 생각을하니 아닌게아니라 동어리가 떼서늘하다。

그렇거든 五十九點짜리가 그럽 그렇지 하고 그저 눌러덮어주어야겠고 뜻밖에 제법되였거든 네분이先鋒을서서 金文卿先生께 좀 잘 좀 말해주서서 부디 及第좀 식혀주시기바람니다。

金裕貞 篇

이 裕貞은 겨울이면 帽子를 쓰지 않는다。그러면 脫帽ㄴ가? 그의 그 더벅머리올에는 참 우굴쭈굴한 벙거지가 얹혀있는것이다。나는 결핏하면

「金兄! 그 金兄이 쓰신帽子는 帽子가 아닙니다」

「金兄!(이金兄이라는呼稱인즉은 李箱을 가르치는말이다) 거 어떻거시는말슴입니까」

「거 벙거지、벙거지 지오」

「벙거지! 벙거지! 용人읍니다」

交遊도 彼南도 裕貞의帽子許裕을 認定하지않는다。벙거지라고밖에!

엽간해서 술이 잡 않醉하는데 醉하기만하면 딴사람이되고맙다。그것은 무엇을 보고아느냐하면—

普通으로 주먹을쥐이고 쑥 둘째손까락만 쭉 피면 사람가르치는 信號가되는데 이때갖이고는 그 벙거지 遮陽밑을 우벼파면서 나사못박는흉내를내는것이다。헌일없이 젓먹이 곤지곤지 形容에 틀림없다。

彩文社에서 내가 執務합시고 하는때에 떠억 나를 찾어온다。와서는 내 執務책상앞에 마조앉는다。앉어서는 바위덩어리처럼 말이없다。낸들 또 무슨 그리신통한 이야기가 있으리오。그저 서로 벙벙이 앉었는동안에 나는 나대로 校正같은 일을한다。가지가지 符號를써서 내가 校正을보고있노라면 그는 불숙

「金兄! 거 지끔 그 표는 어떻거라는표구요」

이런다。그럼 나는 기가막혀서

「이거요、글자가 곤두섰으니 바루놓으란 표지오」

하고나서는 또 그만이다。이렇게 平素의裕貞은 둥보 다。이런양반이 그 곤지곤지만 시작되면 通姓 다시해야한다。

그날 나도 初저녁에 술을 좀 먹고 困해서 한참 자는데 별안간 대문을 두드리는소리가 요란하다。한時나 가까웠는데—하고 눈을 비비고 나가보니까—裕貞이 B君과 S君과作伴해와서 이야단이안인가。裕貞은 연해[illegible] 곤지곤지中이다。나는 一見에 「익키!이건 곤지곤지구나」하고 內心 벌서 覺悟한바가있자니까 나가잔다。

「金兄! 이 裕貞이가 오늘 술、좀、먹었읍니다。金兄! 우리 또 한잔 허십시단」

「아따 그렁십시다그려」

이래서 나도 내 벙거지를쓰고 나섰다。

나는 단박에 醉해버려서 亦是 그 殺伐의 談論을 忌憚없이 내뿜을가싶다. 이렇게 반이느겄는데 歐羅詩曲으로써 相互를 陰亂케하는것은 法規上 안된다. 그래 酒婆가 이러니저러니 좀 했드니 S君과 B君은 不穩하기짝이없는 言辭로 酒婆를 揶揄하면, 裕貞은 또 酒婆를 意味깊게 흘깃, 한번 흘겨보드니

「金兄! 우리 소리 합시다」

하고 그 척척 붙어올다온것같은 끈적끈적한목소리로 江原道아리랑 八萬九曲子를 배뽑는다. 이 裕貞의 江原道아리랑은 바야흐로 天下一品의 境地다.

나는 酒席餘가락으로 鐵湯 보새기전人을 갈기면서 長短을맞어좋아하는데 가만히보니까 한쪽에서 S君과B君이 不和다. 醉中 文學談이 自然 아마 그리된모양인데 부진부진하게 裕貞이 또 거기가 한목 끼이는것이다. 나는 술들이나먹지 저 왜들 저리누, 하고 서서 보고만있자니까 裕貞이 例의 그벙거지를 떡 버서 덮이드니 두루막이 마고자 저고리 몽차례로버서제치고는 S君과 맞달타붙는것이아닌가.

싸흠의 테—마는 아마 藝術의 文學的價値云云이든모양인데 어쨋든 彼此 어지간히들 醉中이라 文學은 저리집어치우고—인제 問題는 腕力이다. 맞토치고 제법 애전도들한다. S君은 이리비칠저리비칠하면서 裕貞의 衣服一式을 주서들고 바—로 들어막련답시고 한가온데가깨어서 꾸기적꾸기적하는데 가는발길 오는발길에 이래저래 被害가많은판이다.

놀란것은 酒婆와나다.

酒婆는 술은 더 못팔아도좋으니 이분들은 좀 밖으로 모서내라는哀願이다. 나는 B君과 協力해서 가까스로 勇士들을 밖으로 끌고나오기는나왔으나 이번에는 自動車가 줄다서 往來하는 大路한복판에서들 活劇이다. 구정군이 금시로 몽여든다. 勇士들의 士氣는 白熱化한다.

나는 서뿔러 좀 뜯어말리는체 하다가 얼떨결에 벙거지버서진것이 당장 勇士들의 軍用靴에 蹂躪을당하고말았다. 그만 나는어이가없어서 電線柱에가 기대서서 이漫畵를 徐徐히 鑑

—賞하자니까—

B君은 이건노 언제 어디서 獲得했는지모를 五合드리 술병을 겨구로쥐고 六모방망이 내휘둘으듯하면서 仲裁中인데 여전히 被害가 많다。B君은 이옥고 그술병은 한번 虛空에한府奄이 내휘둘르드니 그 우렁찬목소리로 山鳴谷應하라고 最後의 大喝一聲은 試驗해도 戰況은 如前하다。

B君은 그만 화가 번쩍 난모양이다。그술병은 地面우에다 내던어고 가모대

「네놈들은 내 한까번에 쥐기겠다」

고 決意의 빛을 表示하드니 左衝右突로 東에번쩍 西에번쩍 S君、裕貞의分別이없이 막 毆打하기시작이다。

이光景을본 나도 놀랐거니와 더욱 놀난것은 戰士두사람이다。여태껏 싸홈말리는 役割을 하노라고하든 B君이 별안간 이처럼 態度를豹變하니 交戰하든兩人이 놀라지않을수가없다。

B君은 위선 裕貞의 덕밑을주먹으로 攻擊했다。驚愕한裕貞은 防禦의姿勢를取하면서 한쪽으로비키니까 B君은 이번에는 S君을거더찻다。S君은 눈이뚱그레서 이亦 한켠으로 비키면서 이건 또 무슨생각으로

「너! 裕貞이! 뎀벼라」

「오냐! S! 너! 나헌테 좀 맞어봐라」

하면서 元來의敵이 다시금 달라붙이니까 B君은 그냥 두사람을 얼러서 거더차면서 주먹비를 내리우는것이다。두사람은 一齊히 攻勢를 B君에게로 몰아갖이고 쉽사리 B君을 擊退한다음 너어 本戰을繼續中에 B君는 이번에는 S君의 볼두덩을 거더찻다。怒發大發한S君은 B君을向하야 猛烈한一蹴을逆行하니까 이름타서 裕貞는 S君에게 이또한 그만못지않은一蹴을 決行한다。이러면 B君은 또 船首를돌려 裕貞을겨누어 거룩한一蹴을 發射한다 裕貞은S君을、S君은B君을、B君은裕貞을、裕貞은S君을 S君은—

이것은 그냥 想像만으로도 足히 抱腹絶倒할 絶景임에 틀림없다。나는 그만 내 벙거지가 여지없이 破滅한것은 忽然히 잊어버리고 우숨보가 곳 터질지경인것을 억지로 참고있자니까 사람은 점점 꾀여드는데 이 珍無類의 混戰은 언제나끝날는지 자못杳然하다。

이때 옆골목으로부터 巡行하든 警官이 칼소리를내이면서 나왔다。나와서 가만히보니까 이건 싸홈은싸홈인모양인데 大體 누가누구하고싸우는것인지 종을잡을수가없는것이다。警官도 기가막혀서

「이게 날이너무춥드니 失性들은헌게로군」

하는모양으로 뒤ㅅ짐을지고서서 한참이나 遠望한끝에 大喝一聲

「가에ㅅ!」

나는 이 추운날 留置場에를 드러갔다가는 큰일이겠음으로

「곳 집으로 메리구가겠읍니다。용서하십숍。술들이 몸시취해 그랬읍니다」

하고 叩頭百拜한것이다。

警官의 두번째 「가에렛」소ㅣ에 겨우 이 三國誌는 아마 終熄하였든가한다。

이 이야기들 듯고 泰遠이 「거 横光利一이 機械같소 그려」하였다。(勿論 이세동무는 그 있혼날은 언제 그런일있었드냐는듯이 綴緻하야 情다웠다)

裕貞은 肺가 거이 결단이나다싶이 못쓰게되었다。그가 옹통버슨것을 보았는데 崎嶇한瘦身이 나와 비슷하다。늘

「金兄이 그저、두달만 약주를끊었으면 健康해지실텐데」

해도 막 無可奈何드니 지난 七月달부터 마음을돌려 貞陵里 어느절간에 숨어 靜養中이라니、秋風이 漸起에 健康한裕貞을 맞을생각을하면 나도 讀者도 함께 기쁘다。

(青色紙 제5집、1939・5)

裕貞의 靈前에

「바치는 最後의 告白」

李石薰

裕貞과交友 六七個星霜、 旅路같은人生이라더니 그야말로꿈결같다。

○

처음、懷南의紹介로君을알자、나는곧 君의素朴하고 淳厚한 人間味에반했고、다음、故蔡萬植、安懷南과함께 編輯을맡어보든 開闢社의「第一線」誌에、懷南을通하야投稿한「산골나그내」를、活字化하기前에읽고、君의 文學的素質에반해버렸다。본래 裕貞을가장잘 理解하고있던懷南이、機會있을적마다、나더러 입에침을발려가며 裕貞을推薦하야 마지않었는데、其實 나亦이한篇을읽은뒤부터、懷南과같이 裕貞推薦者에걸니고만것이다。果然「산골나그내」에서보이는 고은詩情과 諧謔的한簡潔한文章、非凡한人間的情熱、得妙한 手法等에、나는 무던히感服하였던것은只今까지잊지않는다。「예이츠」나「싱그」의愛蘭文學을읽은듯한新鮮하고 深刻한感銘이、그後 不變치않는 裕貞에의愛着과友情을 맺어든것이다。그의作品은 率直하게 싸여러말했더니 대단希기에하면서도 그저부끄러울뿐이라고 謙遜하는 것이었다。謙讓은그의天性의 美德이었었다。

○

君은또대단한沈默家이었다。그러면서도 [illegible]親해지자 自己의胸中은 좀처럼 告白하기를 꺼리지않었다。나의拙作「[illegible]」에對해서도 그缺點과長處를指摘하고 그런데도 나를좋아하게되었다고 하였다。또「[illegible]」를읽고도、그표현을稱讚하라고 몇번이나激勵해주기도하였다。또한은 文壇에서의自己가 [illegible]였있는지、또은評家들이 많이떠들기때문에 그의作品을다失望하였는지는모르되、가끔興奮한語調로 그런일잔뭣었다고든 아닌이야 제길ㅡ이렇게 코웃음친때도있었다。李孝石이도 무서운것없다 이런宣傳가、그말속에엿보이었다。何如튼「가마귀」에李氏의「가마귀」가發表되자 某某評家가好評을했을때도、李氏는亦是興奮한語調로批評을하는것이었다。사랑하는讀者를爲해서 좀로가마귀를쓴다는李의 이야기는、먼古代 小說과다름이없는 古代小說的이다。現實性 그것도 古代小說的現實性은있지만「今日의文學」이要求하는現代性은없다。이런것은무슨現代小說이냐。그렇을 똑바로指摘하는評家는 유감사 우리文壇에는 한사람도없구며

李氏의批評은 대략 이러한內容이었다。나는 李氏의「가마귀」를읽어보지않았으므로 잘알수없지만、李의論旨는正當하다고 同感한것이었다。那時、우리文壇에는 作家할만한 真正의評家가 귀하드문다。얼마前에 批評家李氏한분이 겨우리얼리티에서한거름나아가 現代性ㅡ모더니티ㅡ을 今日의文學에서 要求한것을當했을뿐이었다。李氏의批評의眼識은、제로다고뽑내는 여러批評家보며 몇거름앞섰든것이다。

이와같이 李氏은恒常 어디서나 批評文을읽지않으면서도 나와관동이 이야기할때는、가끔 興奮한語調로 남의作品을批評하곤하였다。그러나 李의이러한批評은 대개 李孝石氏에있했든것을보면、文壇서는 李氏를제일關心하고있었는듯하다。

○

이 一九三[illegible]年春。지금생각하면 夭折하라고 그랬는지

모르나、君의活躍은 片片的이였다。그러나「산골나그내」等을發表한뒤 一二三年은 君의存在는 新人으로도取扱되지않었을만큼 不遇하야、嶺南과더부러 君의作品을여기저기 發表케하라고 原稿를얻에끼고댕기며請囑을한일도있었다。어떤編輯者는 作品은읽지도않고덮어놓고 新人이돼서 좀체紙面의餘裕가없다고 發表해주기를꺼렸다。[illegible]도「[illegible]」에 있을때 君의「[illegible]을등지고」란作品은 갖어다마꼈더니 五六個月이되도록 내여주지않길레。나는若干 속으로憤慨하야 催促을걸고 돌려보내 단래서보니까、表紙에다 漢字로「총각하고」朱書는해놓았었다。編輯도적지않게 落膽하였었다。그래나는 잠깐고讀者에앉었든編輯을보고 새삼스리[illegible]發表도 쑥스런짓이지만 할수없으니 거래도해보자고 勸하였다。結局 로톡히 되푸리를한셈으로 朝鮮、中央、東亞세新聞에 모두應募를 하기로하였다。前記「[illegible]을등지고」는 줄막 하게주려서 朝鮮日報에보내었는대 [illegible]「따라지」 였었는듯도하다。틀림없이一等으로當選「소낙비」라改題되여 發表되였었고、다른두新聞에도 모두入選이되여 겨우 文壇의注目을이끌게된것이었다。이것이不過二年前의일이다。爾來 裕貞은 그동안써두었든作品을 「저ㅡ날리즘」의要求에應하야續々發表하는한편 熱心히精進한것이었다。裕의六七年間의所業은 量으로도決코적은것이아니지만 質에있어서는 平凡한作家의二三十年의所業、아니 그以上의價値를主張한는지도모른다。앞은로 裕이三十年만더살어주었던들ㅡ슳은일이다!

○

裕貞은 그렇게많은作品을 發表하면서도生活은極度로貧窮하였다。本來 數千石하는 江原道春川地方의土豪의長男인裕은、조금도 貧窮란것은 모르고자라난것이다。그러나 겨우철들기시작은했을까말까했을내에 家落의悲運을經하고、爾來六七年間、生活의苦楚를 읽고放浪타가、文壇에活躍케되었으나 너무나많은苦勞에比하야 드러오는것은적었다。昨年봄、내가서울 있을때、裕은나한테놀러오기만하면 입버릇처럼 職業을求해달라는請을 眞摯한表情으로 되푸리하군하였다。그러여기 저기 수소문하다가 花田町에있는어떤 私立學院에 敎員자리가하나나서 알어봤더니 月給이二十

開世!라한다。거기教職者보고 춘춘한普通小說家ㄴ대 五十圓만내라고 졸랐더니 두눈이휘둥그래지며 행낭방 자식들의 푼돈거두어서하는學院인데 그、五名이서노 눠먹는다는 기막힌事情이었다、左右間 想涉은맞나서 거래도해보겠느냐 했더니 이야기를듣고난뒤 거어디 悲愴해서하겠소。稿이나더치겠소 이러면서 쓸쓸히웃 다가 쿨럭쿨럭하는것이었다。얼마後 내안해가 댕기 다가 盲腸炎으로退職한 桂洞某私立學校에 말했더니 거기선또 師範資格이있어야 한다는것이 었다。이밖 에도 몇군데알어봤지만 죄다틀어졌다。職業과는 원 수의딴잔걸요 제―길想涉은 이렇게중얼거린다음 永々 나더러求職타령을안했다。내가新聞삼아서 想涉을 부자ㅅ집사위로 仲媒해얀던데―하면 빙그레웃으며 정 말하나求해보수 내참입죠 하였다。겉으론 우숨의말 에지나지않었지만 其實나는혼잣궁리로 정말그런자리 가없을가、想涉의病은 돈없이는못고칠텐데 한것이었 다。結局 이도저도다안돼、조라든기만하는 健康을미 천으로 그저부지런히 原稿나많이쓰라고 勸하는수밖 에 道理가없었다。그래 하로는 放送局으로놀러온想 涉을데리고 밖에나와、光化門通어떤飲食店으로 가서 위선 「新東亞」編輯者 李無影氏를 電話로불러내다가 想心을한턱쓰며 想涉을紹介하였다。無影、想涉의 作品 좀 실어주수 했더니 無影은 어떻게생각했음인지 띠、 두만치고「예—쓰、오어、노」를 對答지않었다。그後오 늘날까지 想涉의作品을「新東亞」서는 볼수없었다。나 는 고야니 내面目뿐아니라 想涉의面目까지 傷케한 듯하야 不快하고도 內心一種의反撥心敵愾心까지 느 끼었던것이다。勿論、想涉의글이라고 모든雜誌에서다 시르란法은없지만은、모처럼請대었든것이 通치않음에 對한不快있었으며、輕蔑되는듯한데對한 反撥的敵愾心 이었었던것이다。想涉자신도적지않이 自尊心을傷한양 여러번웅절거리는것을들었다。(그러나 無影이여! 지 난날 그한때에 그냥은못、只今은아무렇지도않으니조 곰도거슬리게생각지말라!)

○

想涉에게對해서 꼭한번 섭섭하게 생각한일이있다 前이 平素 나에게 眞心을吐했고、나亦是는爲하야眞 心껏애쓰던터에「老人會」에 加入한데 나더러一言半句의 이야기도없었다。우리는兩個의몸임을 갖이자는이야기가있던차다。더군다나 君은「九人會」의누구누구들人間的으로나 文壇에 있어서까지 攻擊하기를 주저치않았었든것이다。첫재로나는 君에게서 友情의背叛을當하는 것을해서 섭섭했고、둘재로는 君의行爲가僞善的으로보이어 不快를느꼈다。그러나 君은相當히謙虛이깊었었으므로 精神이니 하는 眞摯한마음으로 아모말도하지않었다。아모말도 말자니 속으로더욱거북하였었다。君이「九人會」에加入한以來、나의態度에 變化가있었다고 第一느끼여졌다고하면、그것은 소위君에對한友情과信賴에 한때 幻滅을느꼈기때문임을君의靈前에最後로 告白한다。더군다나 나는一身上의某種의事件으로因하야 서울을逃亡해오다싶이떠나왔다。차려야할人事도못차리고 벗이고뭐고、極히가까운사람에게까지도 失禮를犯하였다。나의精神上에半自暴自棄的斑點이 太陽에黑點처럼 좀먹고있었던까닭이다。

○

裕貞의病이나어서 다시文壇에 화려한活躍을展開해주기를 나는속은로痛哭하고있었고 또 내가精神的空虛만快活되면 裕貞을찾어서 모든것을告白하고 나의謙遜을陳謝하려했던것이다。이것이 거즛없는 良心的眞情이다! 그러나 이미 때는늦었다、모든것이 虛事다。君을爲하야 공연한사람을원망했던일도、이도저도다ー 이미過去之事요 虛無之事다! 그러나다못 君의平生的願望、君의文壇的出世를爲하야 벗의한사람으로 至小問의努力을取할수있던것은 君과關聯하야 가장愉快한追憶의하나이다。

○

沈君죽고、[illegible]가 가고、또이제半年도못돼 裕貞이사라지다。이땅가난한고 冷情한文壇은 너무나 無慈悲하게도 文學之士를 쉬히죽이는고나! 그러나 尊貴한죽음! 榮光스런죽음이다!

○

親愛하는裕貞! 기리、잘자거라ー

丁丑四月一日새벽ー

× × × ×

밥이사람을먹다

(裕貞의죽김을놓고)

蔡萬植

나는 文派의妖術을 부리잽이아니다。「밥사」의科學이 確實한 科學이요妖術이아니듯이 이것도 버젓한「事實」이다。

肺結核第三期의 골골하든 우리裕貞이 죽은것이 바로 그것이다。

裕貞이 病을 初期에 잡두리해서 낫우지못하고덧히는대로 할수없이 내맷겨 三期에까지 이르게한것도 가난한탓이거니와 다시 그를 不時로 죽게한것은 더구나 그렇다。

醫를 알른사람이 좋은飮食을먹고 좋은藥을 먹으면서 좋은곳에누어 몸과마음을 다같이 쉬어야한다는것은 常識으로되여있다。

우리裕貞도 그랬어야한것이요 또 그리하고싶었을것이다。

그러나 그는 그와 아주反對로 營養아니되는 飮食을 먹었고 藥이라고는 아주고약한 ××川散을 無時로 푹푹 퍼먹었을뿐이다。 성한사람도 病이 날일이다。

그러면서 그는 小說이라는것은 섰다。小說이라는 苦業! 어떤 努力보다도 더 많이 몸이 지치는 小說쓰기 肺結核三期쯤알른 사람이小說을쓰다니 醫師가 알고본다면 그醫師가. 먼접 기색을할일이다。

裕貞도그것이얼마나病에 害로운지야잔 알고있었다 그러면서도 그는 小說을 쓰지아니치못했든것이다。

그것은 創作慾도 아니요 自然自發도아니었었다。

그는 創作慾쯤 이러나더래도 누를수가있었고 自然自發는커녕 生命에대해서 굳센 愛着을 自信과한가지로 가지고 있었다。

裕貞은 단지 原稿料의收入때문에 小說을쓰고 隨筆을쓰고 했든것이다。原稿料! 四百字한장에 대돈五十錢也라듣받는 原稿料를 바라고 그는 피쉬인 침을 뻗어가면서도 아니쓰지를 못했든것이다。이렇게해서 쓴 原稿의 原稿料를 받어가지고 그는 밥을 먹었다• 그러다가 裕貞은 죽었다。

그러나 이것이 어데 사람이 밥을먹은것이냐? 버젓하게 밥이 사람을 잡어먹은것이지!

裕貞 暎澔 大燮 가 아깝고 숨은 죽엄들이다。

그러나 裕貞같이 불상하고 似사무치는 죽엄은없었다 裕貞이야말로·文壇의 원통한 犧牲이다。

지금 朝鮮은가난하다。그래서 누구없이고생들을하고 悲慘히 굳기는 사람이 우로세일수없이많다。

그러나 다같이 文化의一部分을 떠맞고있는가운데 文壇人같이 고생하는사람은 없다。

文壇人은「興亜」가아니다。種族을 表現하는것은「나치스的으로말고 藝術 그中에도文學이다。人類進化史上 種族이 別立되어있는 그날까지는 한 實在요 따라서 表現이되어야할것이다。 那個한 種族至上主義者도 귀중한間 빌려 다음말을 몇何節 들으라

폴랜드를 지탱한者 코사크나 政治家가 아니다。폴랜드말로된 文學이요 作家들이다。

지금 朝鮮에 文化的으로 種族的特色을 가진것이 있다면 文學밖에 더있느냐?

그렇겠만 作家는 가난하다못해 떼들미하고 죽지 아니하느냐!

아무리 貧弱하더래도 지금 朝鮮의作家들이 一朝에 붓을꺾고 文學을 버린다면 朝鮮이적막한품이야 人口의 半이 줄은것보다 더하리라는 것은 생각인들하는 者있는가싶지아니하다。

第二의 裕貞은 누구며 第三의裕貞은 누구뇨? 이름은 나서지아니해도 시방 着着 (?) 準備는 되어가리라! 밥이 사람을 먹을려고。

끝

故裕貞君과「葉書」

朴泰遠

昨年五月下旬의 일이었든가싶다。當時 나는 몸이 성치않은 안해를 爲하야 暫時 城北洞 孫精室에 房하나를 빌었다。옹색하기는 只今이나 그때나 一般이여서 나는 모처럼 門밖에 나간 몸으로도 閑暇도울수 없이 쌀과 나무를 얻기 爲하야 사흘 밤낮을 도아「川邊風景」第一回分을 草하였다。

原稿를 갖이고 門안으로 들어와 朝鮮日報社앞에 이르렀을때 나는 뜻하지 않고 懷南과 裕貞 두분을 그곳에서 맛났다。

「아 朴兄。安寧하셨에요?」

人事할때에 얼골에 진정 반가운 빛이 넘치고이 들리면「수집음」을 품은 젊은女人과 같이 피곤한몸을 꼬기잦아 하는것이 只今도 的歷하게 내網膜속에남어있는 裕貞의 印象中의 하나다。

우리는 참말 그대 맞난지 오래였다。그러나 그들에게는 同行이 또한분 있었고 나는 나대로 바빴으므로 우리는 暫時 길옆에 선채 몇마듸 말은 나누고는 그대로 헤여졌다。

그러한뒤 몇일 지나 잎쪽이 내게 書信을 보낸일이 없는 裕貞에게서 다음과 같은 葉書가왔다。

날사이 安寧하십니가。

朴兄! 혹시 요즘 우울하시지 않으십니가。朝鮮日

報社앞에서 뵈었을때 兄은마치 딱한생각을 하는 사람의 風貌이었읍니다. 勿論 저의 어리석은 생각에 지나지 않을게나 萬에 一이라도 그런理가 없기를 바랍니다.

제가 생각컨대 兄은 그렇게 크게 우울하실必要는 없을듯싶습니다. 만일 저에게 兄이 지니신 그것과 같이 才質이 있고 名望이 있고 前途가 있고 그리고 健康이 있다면 얼마나 幸福일는지요. 五六月號에서 兄의 創作을 못봄은 너머나 섭섭한일입니다.「距離」「悲慘」의 그다음을 기다립니다.

김 유 정 拜

그날의 나는 或은 그가 指摘한바와같이 憂鬱한 얼굴을 하고 있었을지도 몰은다. 製作後의 疲勞가 爲先 있었고 또 그作品은 請托을 받은 原稿가 아니었으므로 그날 卽時 稿料를 받어오는것에 成功한지 못한지. 그러한것이 자못마음에 걱정이었든것이다.

그러나 나와 요만한「우울」이 裕貞의마음을 그만치나 애닯으게 하여준것은 나로서 이둘레면 한개의 邪惡이다.

勿論 나는 그가 말한바와 같이 남에게 뛰어난 才質이 있지도 못하였고 名望이 있는것도 아니며 또한 前途가 可히 洋洋하다고 할것도 못된다.

그러나 무었보다도「健康」이一그가 恒常 그만치나 부러워하여 마지않은「健康」이 내게는 있다고 그는 생각한것이아닌가. 나는 虛弱하고또 胃腸에는 病까지 갖이고 있는 몸이나 그의 눈으로 본때에 그것은 或은 부러워하기에 足한것이었을지도 몰은다.

그러한 내가一그만큼이나 幸福된 내가 그에게 憂鬱한 얼굴을 보였다는것이 그에게는 마음에 一種괘심하기갖아 하였을지도 몰은다.

내가 裕貞의 訃音을 받었을때 먼저 머리에 떠올은것은 이때의 일이다.

만만하게 原稿한글도 없이 貧困에 쪼들리며눈을 들어 앞길을 바랄때 오즉「어둠」만을 보았을 裕貞一 한篇의 作品을 낼때마다 作家的名聲은더하여 가

고은 文壇의 聲望을 한몸에받고 있었은 그였으나 그러한것으로 그는 마음에「밝음」을 갖일수있었을까.

더구나 그가 病든 자리에서 呻吟하면서도 作家的衝動에서 보다는 좀더 現實的欲求로하여 雜誌社의 要求하는대로 創作은 隨筆은 雜文을 써온것을 생각하면 우리의 마음은 어둡다.

그의 病은 勿論 그리 쉽사리 고칠수있는것은아니였으나 經濟的 余裕가 萬若 그에게 있었다면 爲先 그는 三十이란 나이로 世上을 버리지 않어도 좋았을것이다. 病도 病이려니와 그를 그렇게 夭折케한것은 이를테면 그의 지나친「가난」이다.

그가 죽기 數日前에 藥을 求할 돈을만들려 가장 興味있는 外國 探偵小說이라도 飜譯하여 보겠다하든 말을 내가傳하여 들은것은 그의 訃消을 받은것과 同時의 일이지만 그가 목숨이 다하는 자리에서까지 그렇게도 돈으로하여 머리를 괴롭힌것은 얼마나 文人의生活이 괴로운것이 있으랴!

(白光 제5호, 1937.5)

削髮하고 長衫입은

金一葉女史의 會見記

B 記者

京城市外 城北洞 고요한곳에 夫君河氏와 사랑의 보금자리를 만들고 달디단 幸福을 꿈꾸든 金一葉女史는 一年前에 突然이 家庭을 헌신갈이 내여버리고 어디로인지 그姿態가 사라젓다。 그는 削髮하고 女僧이되여서 寺院에서 寺院으로 修道의 行程에 올낫다。 그는佛敎의 修道者가 되여서 모든 世事를 잇으려함인지 最後의큰 失心을하엿다。 그는 일즉이 朝鮮의 女流文士로 文壇에 登場하야 寵愛를 밧엇엇으나 고담흔 生의行路에서 여러번이나 波瀾과 苦悶를 거듭하엿엇다。

그러커야 漸々 봇과는 멀어지고 한동안 그소식조챠 들을수업드니 幸福한 家庭을만들엇다하야 一般은 즈윽히 安心하엿고 그의 文壇의 再出發을 기다렷드니 누가뜻하엿으랴!그가 修道僧女가 되고만것을!

近日 그의 巡禮의 過程의 차레로 京城安國洞禪學院에姿態를 突然이 나타내엿음을 機會로 그의心境의한조각을 뭇기로하엿다。

×

十一月十六日 거진 正午갓가히 晩秋의 자최가 아즉도 남어있어 잎들은 가지에서 떠러젓으나 細枝의 푸른빗이 봄날갈엇다。 記者는 安國洞禪學院으로 金一葉女史를 찾엇다。 市內中央에있는 寺院이라 樹林도없고 그다지 寺院氣分이 적게난다。 어느寺院이나 마창가지로 대단히 閑靜한곳이다。 한僧에게 나의이곳온目的을 말하고 一葉女史의 面會를 請하니 그는 내가온 名啣을 공손히받어들고 안으로 드러가드니 小許에 안으로 드러오기를請한다。 이곳은 寺院東側으로 僧侶들의 宿所인듯이

보인다。그다지 크지는 않으나 淸潔하고 閑寂함이 一層에 感覺이 잇는듯도하다。그님은 어떠한房으로 案內하드니「잠간만 기다리십쇼」하고는 물러간다。나는 혼자 房에 앉어서 一葉女史가 나오기를 기다린다。

얼마만에 그는 나왓다。豫期한바와같이 머리를 박박 깎고 灰色의 僧侶服을입엇다。그의 얼굴은 四年前에 그얼굴이다。그렇나 그의 마음의 變化는 짐즉 컷을것이다。

나。「참 오래감만입니다」

一葉。「그간 안녕하십니까」

나。「네。그간 소식을 못듯다가 일전에 이곳으로 오섯단소식을듯고ㅡ 그리지 않어도 한번 찾어 뵈옵고십헛든차에 잡지일도 아주 겸해서 왓습니다。과이 밥부시지 않습니까?」

一葉。「네 밥부다면 時刻도 貴重합니다마는…」

나。「그러시면 失禮가 되겟읍니다마는 한 三十分만 이야기할 時間을 許諾하섯으면 곰압겟습니다。」

一葉。「그런일이라면 얼마든지 時間을 드릴수가잇습니다。」

나는 이말에 겨우 安心하고 위선 萬年筆과 原稿用紙를 끄내들엇다。그는 지금까지의 硬固한 表情이 조곰 軟化된듯이 보이면서

一葉。「이방에 볕이 않이드러서 춥습니다。아래방으로가시죠!」

나는 그가 案內하는 아래ㅅ방으로 나려가앉엇다 그는 내앞에 端坐하엿다。黑色 烏銅테眼鏡은 依舊하다。

나。「밥부신듯하니 簡單히 뭇겟습니다」

一葉。「관계찬습니다。아즉은 正式으로 決裁가 나리지 않엇으니 관요」

나。「城北洞에서 우리보기에는 幸福스러히 사시는듯하드니 무슨까닭으로 離婚을 하시고 마르섯나요?」

一葉。「佛道에 나가기위함이지요」

나。「무슨 夫婦사이에 不和함은 없엇는가요?」

一葉。「그것은 絶對로 없습니다。家庭生活은 至極히 圓滿하엿습니다。아주 幸福스러웟답니다。」

나。「그런데 어떻게 離婚이될까요。그렇면 악가 말슴과같이 佛道에 道通하시려는 생각으로 그리히섯나요?」

一葉。「네。그렇습니다。」

나。「그렇다면 家庭을 그냥두고는 修道가 안될까요?」

一葉。「寺院에서 寺院으로 約三個月間식巡禮를 하게되니깐 自然히 家庭을돌아볼새가 없지 않읍니까? 그러니깐 아주 圓滿한 妥協밑에서 離婚이된것입니다」

나。「그렇지만 지금도 간혹 그(夫君)를 생각하신다든가 혹은 미워하는생각은 아니납니까?」

一葉。「絕對 로그런생각은 없읍니다。그는 圓滿한男子 좋은男子이었어요。」

나。「그를 離別하고 巡禮를 떠나는것이 勿論 所願은 達成하시는것이 깁부섯겟지만 당신의사랑하든 남편이 孤寂히 지내면서 당신을 원망한다면…」

一葉。「그래요 。그래서 한동안 마음에 괴로움을 받었읍니다。그러드니 그가어느女子와 約婚하였다는 소식을듯고는 아조 깁벗읍니다。마음의 짐을 버슨것같애요。」

나。「대체 그처럼 된佛敎는 언제부터 믿으섯읍니까?」

一葉。「네 한八年前일입니다。中央佛敎會에서「佛敎」란雜誌를 發行하였섯는데 그때 그文藝欄에 글을 쓰기始作한것이 한 緣이 되였읍니다。그리해서 敎會에도 단여보며 그道를 아라보려고도 했읍니다。」

나。「참。一葉께서는 前에 基督敎에 다니신일이 잇지요.?」

一葉。「네 學校에 단일때 일입니다。」

나。「그러면 어느敎가 더 眞理라고 생각하십니까?」

一葉。「그야 철모를때의 종교는 인상이 잊지못하지 않어요。나는 지금 佛敎가 더眞理라고 생각합니다。」

나。「佛敎의 두엇이 당신을 이렇게 心醉케 하였읍니까?」

一葉。「네。共鳴되는點말슴입니까? 그것은 生死와 苦樂을 超越한다는 點입니다。그것은 即 得道하는것입니다。가령 一例를 들면 우리가 이렇게하로終日말하고 움죽이다가도 만일 죽게되면 모든物體는 조금도 그外形이 相異하다든치 變함이 없는데 말을 못하고 움죽이지 못하지않어요。말하자면 物體는 如前한데 生命이 없단말입니다。말하면 이肉體를 支配하는물건— 靈魂이있으니 이것은 오즉 一念으로서 精神을 統一식히는것입니다。」

나。「그러면 이렇게 徹底하게 僧侶까지되신 重要한 動機는 무엇입니까?。」

一葉。「그것은 道가 깊어갈수록 이眞理에 忠實해야하지 않습니까?」

나。「그럼 그동안 大覺하신것은 없읍니까?」

一葉。「지금 修養中이므로 아즉 그런것을 말할수없읍니다。스님께서는 得道前에는 俗世와 아조 떠나며 外人相通이나 甚之於 편지까지도 禁하라하시며 입을 沈默을 직히라고 하섯읍니다。그런데 나는 이렇게 말을 많이합니다。그렇나 이것도 數日뿐이며 決斷

가 나리는날부터는 外人面會도 謝絶입니다。」

나。「하마트면 뵈옵기도 못할번 했읍니다그려! 그러면 佛敎에 入門하신後에 俗世의 生活을 어째보십니까?」

一葉。「모다 苦悶과 悲慘합니다。사람들은 어둠에서 허매고 있읍니다。」

나。「女性運動 같은것은…?」

一葉。「一時的 瞬間的 救急策에 不過합니다。永遠한 無窮한 真理가 못됩니다。」

나。「學校는 어디를…?」

一葉。「梨花學堂에 단였죠」

나。「失禮올시다마는 初戀은…?」

一葉。「무엇 그런것까지」

나。「未安합니다。그렇나 俗世에서 失敗하신것은 무엇입니까?」

一葉。「지금 내 觀察로본다면 내生活은 苦悶과 混亂그것이였읍니다。어느것은 한가지 들어가지고 失敗라고 할수는없읍니다。

나。「작구만 俗世의 야기만 물어서 未安합니다마는 戀失戀한일이 있읍니까?」

一葉。「失戀이고 得戀이고 그것이 모다 物慾에서 생기는 苦悶과 煩惱의 混亂이예요。그것을 脫出해야하는것입니다。

나。「佛敎에 入門하신후 당신의 法師가누구신가요?」

一葉。「네 계십니다。忠淸道 修德寺의 滿空스님이시지요」

나。「그냥반 年齡은…?」

一葉。「六十四세예요」

아。「道程의行程은 어디어떤가요?」

一葉。「처음에는 道指寺서 그곳에서 捷風庵으로 그곳에서 摩訶衍으로 그리고는 京城으로 왔습니다。」

나。「期日은요?」

一葉。「한군데서 約三箇月식인데 京城에는 좀오래있겠읍니다。」

나。「그렇면 文藝는 아조 斷念하셨나요?」

一葉。「修道나면 아모것도 않읍니다。그렇나 修道得道後에는 새로운 境地를 發見할것입니다。그때는 마음대로 생각한것을 發表도 하게 되겠시요。」

나。「文藝는 언제부터 시작하셨나요?」

一葉。「무엇 저같은것이 변々합니까。한때무엇좀 쓴다니깐 너나할것없이 맙둔어온데고 칭찬은 비며부듯하며 그야말노 流行物을 테우드니만 離婚을하였다니깐 그때는 新聞雜誌에서 온통 죽일년 살릴년하고 야단법석이지요。그것이 다 俗世의 하는짓이지요。그런데 마음이 迷惑되어서는 못씁니다。」

나。「그때 雜誌도 해보셨지요?」

一葉。「네。「新女子」란 雜誌올요」

(16)

나。「그래。예전에 發表하신 作品中에 力作이라고 自信있는것은 무엇입니까?」

一葉。「글쎄。무엇하나만 發表하면 잘되었다고 떠들어댄것도 옷읍지만 지금 생각하면 아모러한 眞理도 없이 어둠에서 헤매인것뿐이지요。」

나。「佛敎에 드러온後에도 더러 文藝에關心해보셧나요?」

一葉。「思想이 成熟지못한때 생각하면 않됩니다。」

나。「그럼 道通後에 새로운境地를 開拓하시겠습니다그려!」

一葉。「네。釋迦와같이…」

나。「이러한 生活을 父母親戚은 反對하지안습니까?」

一葉。「兩親은 내가 어려서 世上을 떠나가섯서요。그래서 아조 自由예요。親戚도 없읍니다。」

나。「그러면 佛經을 공부하십니까?」

一葉。「아닙니다。佛經을 배우는것은 않입니다。話頭를 얻는것입니다。한個의큰 疑問을 무는것입니다。精神을 一念下에 集中식히는 공부랍니다。」

나。「一般 讀書는?」

一葉。「讀書같은것은 一切않읍니다。」

나。「親知들의 往來는…?」

一葉。「絕對로 안됩니다」

나。「마음의 孤寂을 느끼는때가 없읍니까?」

一葉。「오직 一念을 集中하는것뿐이니 그런 雜念이 있을理가 없시요。」

나。「그럼 당신은 世上의 幸福스런 家庭生活을 부러워하지 않겟지요。」

一葉。「勿論이지요。다 一時的이예요。」

나。「그러면 당신은 靑春時節서부터 生命이 끝날때까지 佛敎에 몸을 맟으렵니까?」

一葉。「勿論이죠」

나。「一生을 獨身으로요?」

一葉。「네」

나。「僧侶들도 예전과 달러서 肉食을먹으며 妻子가 다 있든데요?」

一葉。「佛敎에도 敎宗과 禪宗 두가지가잇는데 敎宗은 그런生活를합니다。그렁나 禪宗은 絕對로 아니됩니다。」

나。「一葉은 이곳에서 부르는 일홈은 무엇입니까?」

一葉。「荷葉이라고 합니다」

나。「이곳의 生活規則은 어떠합니까?」

一葉。「아츰에는 午前三時에 일어납니다。그래서 六時에 參禪을합니다。하로세번 參禪을 합니다。放禪後 一時間後에는 다시 入禪을합니다。아즉 本部에서 正式決議가 나오기前까지는 別로 밥분것은 없읍니다。

×

이곳까지 이야기가 進行되는中에 法堂에서 울려오는

(17)

鍾소리가 들린다。

나。「이 鍾소리가 슨 式이 있다는것이 아닙니까?」

一粟。「아니예요。點心먹으라는 소리랍니다。」

나。「그러면 이것 너무失禮를 합니다그려!」

一粟。「온 千萬에요。밥좀 늦게 먹으면 그만이죠。더이야기하세요」

나。「그러나 이亦 團體生活인데 食事時間을 어기여서야 되겠습니까?」

一粟。「무얼 관계찬습니다」

이때에 누가방문을 禮儀없이북—열고 깍근머리를 쑥 디밀고 눈으로 무어라는듯한것은 食事를 督하는모양이다。나는 未安하야 곳 이러스면서

「요다음에 또 언제뵈올지도 모르고 이야기도 좀더 있었으면 합니다마는 너무失禮가됨으로 그만가겠습니다」

一粟。「아니예요。더 이야기하세도 좋습니다」

고하나 나는 感謝한말을 남기고 門을 나섰다。寺院의 正午는 너무도 閑寂하다。길가에는 사람의그림자가 수없이얽그러져서 움주이고있다。

(開闢 복간제1호、1935·1)

人間 金晋燮

洪九範

聽川 金晋燮先生은 나의 아버지벌 되는 年長者이다。

解放直後, 나는 新聞社에서 일을 보았다。어찌된 셈인지 나는 記者로서 外勤을 모르고 지났기 때문에 언제나 編輯室 안에서만 일을 했다。

그때, 나의 상전은 이산·靑泉·等의 분들이었다。이런 陣容의 新聞社가 發足하든 當時부터 가끔 낯모르는 손님 하나가 날아났다。勿論 이 손님은 상전들을 찾아 왔다。그것도 時間의 限定이 있는듯 社로서는 한참 바데야 할 午後에만 찾아 왔다。事實 이런 時刻에 찾아오는 손님이란 무슨 緊急한 일이 있어서 할수 없이 온다거나 그렇지 않으면 괴로움을 끼치는 손님이 아닐수 없는 것이다。

그런데 이 問題의 主人公은 내가 생각하기에 緊急한 일이 있어 오는 것도 아니오 그렇다고 남의 職務遂行에 괴로움을 주는 그런 廉恥 없는 사람도 아니었다。

쥐 같이 남의 눈을 살피는 사람도 아니었다。또한 編輯室안이 금방 떠나가도록 웃음을 吐하며 活氣당당하게 握手하고 인사하는 그런 사람도 아니었다。

그 主人公은 中間以上의 큰키를 점잖게 옮기며 발소리도 내지않고 걸어 들어 왔다。肥大하지 않은 알마진몸에 新品은 아니지만 洋服깃을 端正히 여미고, 웃음 한번 웃는법없이 상전들과 握手를 치른 後, 검은테 眼鏡 넘어로 어데라는 目標도 없이 그저 默默히 무엇을 바라보고만 있었다。그 모양이 찾어 왔다는니 보다 불려 온 사람의 態度 바로 그것이었다。

이런 그를 나는 여러번 맛나는 中에 (누군가?)하는 생각이 번쩍 들었다。그것은 一種 特殊한 面이 있는 氏의 이러한 態度에 나는 자못 興味를 가지게 되었다。

趙演鉉兄이 나의 옆에 늘 있었기 때무에 그에게 물어 본 듯 하였다。그래서 나는 氏가 곧 聽川 金晋燮氏 임을 알수 있었다。이와함께 氏의 職場이 大學이라 몸을 내서찾어올수 있는 것이 午後임을 안았다。

解放前, 나는 氏의 글을 읽어본 적은 없었지만 일홈만은 誌上에서 많이 對한 적이 있어 直接 이렇게 맛나고 보니 반가웠다。이 반갑다는 것은 氏로서의 人間에 對한 나의 느낌이었을 것이다。그러나 나는 인사를 하지 않고 지났다。元來가 나는 敬意를 가지면 가질수록 個人間의 交涉은 漸漸 더 멀어지는 버릇이 있어 인사를 스스로 謝한다는건 더욱 어려운 일이었다。그러니까 어쩌다 路上에서 偶然히 단 두리 서로 마조치는 때가 있드래도 目禮도 하지 않고 다만 모르는척 함이 나에게 종종 있는 버릇이다。인사 없이도 目禮를 하는 것은 禮儀上으로나 敬意의 表示로서 좋은 일이다。헌데 나는 이것도 되지 않는데 왜냐하면 爲否 나의 한 目禮가 相對便으로부터 나를 모르고 默殺이나 하지 않을까 하는 疑惧心이 앞서는 때문이리라。그리하야 氏에 對해서도 實히 二年

이번는 똑같 나는 氏를 맛나적마다 그
서 모르는 사람같이 지났다。
氏가 社에 날가남을 發見 할때엔 나
는 언제나 혼자ㅅ
「저 紳士 또 날아났군! 조용히 걸어
갔거 온다……그든 昔然이 본 모양인
데 웃는군……자ㅡ 그런데 이 紳士가
웃는냐 않웃느냐……勿論 웃지는 않
고 디만 握手도 昔然에 맞겨 바린듯
만려 손이 혼굴어 지는군……헌데 이
비엔 말이 있을테지…… 昔然은 오래
간 만이라고 씩씩히 대하는데 紳士의
만 소리는 도모지 들리지 않는군……
입은 한두번 놀리긴 놀린 모양이나
騷亂中이라서 그런지 영 들리지 않는
다。 지것 봐……椅子에 가만히 앉어
消을 닦는지 前은테 眼鏡넘어로 어멘
지 저렇게 무엇을 바라 보나?……」
이렇게 신이나서 觀察을 하게쯤 까지
되었다。 이러면서 나는 靜肅 默言의 人
間이라고 저렇게 徹底할수가 있을까 하
는 생각을 하군 하였다。 그런데 어느때
엔 나도 이 始生부터 紳士의 탈을 쓰고
나온 氏가 間坎인 스러올적이 있었다
昔然 같은 분은 너머나 快活한 편이기
때문에 氏가 아모소리도 없이 찾어와도
女子와 같이 인사를 친줄수 있으나 이
산 같은 분은 그렇지를 못했다。 왜나하
면 이산은 元來가 안존한 분이다。 主人
公이 찾어 오면 그는 반갑다는 瞬間的
衝動에서
「야ㅡ 오래간 만이로군!」
하고 외마듸 소리를 내며 손을 내미
는 것이다 이쪽 氏는 遇하게 만하면 베
덕 내 먹었드냐는 表情 그대로 이며 적
게 部한다면 지금 인사를 치룰것은 全
頭에서 없이 時計래도 잊어버려 그것은
찾으려고 더듬거리는 바로 그런 式의 表
情이니 도모지 調和가 잡히지 않는것
같었다。 結局엔 이산은 그렇게 까지 情
에 넘치는 목소리가 옴으러 들은듯 그
리잖어도 인사를 하려면 얼굴이 붉어니
하는 이산이 더욱 무안해 하는 모양을
나는 멋번이고 본 記憶이 있다。
어쨌든 구워다 놓은 보리자루라는 말
이 있다면 나는 구태여 이 말을 쓰지않
을수 없다。 이것은 分明 氏에 對한 適合
한 比喩의 말일 것이다。 寡黙이란 말이
더 마질런지도 모른다。 그지음 나는 이
런 생각도 했다。 그것은 어떤 惡談이
수에서 본이 버쩍 나도 氏의 黙을 수
려 친다면 氏는 어떤 態度를 가질 것인
가. 그리고 어떤 쉬운 妓生이 氏에게
죽어라 하고 사랑을 請한다면 또 어떻
게 處理할 것인가 하고……。
惡漢侵入의 境遇엔 氏는 한참 精神없
이 서 있다가
「사람을 잘못 본 모양이오.」
하고 아무런 怒여운도 띄우지않고 마
질 사람은 자기가 아니란 말을 할 뿐이
라고 생각 했다。 그리고 쉬운 妓生이
겁벼들면 의색스럽게 이리 피하고 저리
피하다가 結局엔
「아아니……아아니……」
하며 消極的인 立場에서 모든 말을
되푸리한 뿐일 것이라고 나는 또한 짐
작 했다。
그런데 이머리라고만 생각했든 나에게
새로운 衝動을 느꼈던 것이니。 그것은
氏에게도 非凡한 怒여움과 또한 中心이
꽉 잡힌 搖池不動의 心緖을 갖우고 있
음이다。 이것은 내 自身이 直接 氏로
부터 겪어 알었든 것이다。 내가 當한것
은 그야만로 날버락이었다。 그것도 偶
然한 機會에 또한 생각지 않든 자리에
서 생겨진 일이다。 이때, 氏는 나에게

文字그대로 날벼락을 餘地없이 나렸다.

바로, 지금으로 부터 三年前 여름인가 싶다. 新聞社 일로 어느 日曜日에 昔泉氏를 찾어 헤매이다가 그때 京鄕新聞에 몸을 둔 馬昇昊氏宅에까지 갔다. 거기에서 昔泉氏를 우리는 맛났다. 氏들은 술을 마시고 있었는데 그중에 意外에도 金晋燮氏가 오긋이 앉어 있음을 나는 보았다. 氏는 우리들을 한번 보자 勿論 아무 소리도 없이 눈만을 껌뻑 껌뻑 움지기며 술만을 마시고 있었다.

그래, 趙와 나는 昔泉氏와 主人의 勸으로 같이 술床 머리에 앉게 되었다. 나는 이제야 金晋燮氏와 인사를 하게 되는가 보다고 若干 未安한 態度로 있으려니까 昔泉氏가 참말 인사를 시켰든 것이다. 나에게

「왜 아직 저 先生 모르나……인사 하지……」

하며 이번엔 金晋燮氏를 보고

「이 靑年은 洪九範君 이야!」

했다. 昔泉氏가 이렇게 말하자 아조 鄭重한 態度로 허리를 구부리려고 하는데 갑짜기 호된 苛酷이 났든 것이다. 나는 허리를 구부리려다 말고 깜짝 놀래서 머리를 드니 金晋燮氏는 벌서 나를 보지 않고 있었다.

호된 苛酷의 主人公은 바로 이 金晋燮氏 였다. 그는

「난 벌서 다 알고 있어!」

하는 말 한마듸로 인사를 一蹴했든 것이다. 나는 狼狽했다.

그제서야 나도 새삼스럽게 이제까지 인사를 드리지 못했음을 뉘우치지 않을수 없었다 氏는 나를 알고 있었다.

그러나 한편 나는 氏의 이러한 乖각스러운 言辭가 귀에 거실리기도 했다. 氏는 내가 經由를 채 말하기도 前에

「난 다 알고 있어! 젊은 사람이 어째 그렇담, 오늘 처음 맛난 것인가? 지금 와서 인사가 무슨 인사야!」

하며 뚜벅뚜벅 [illegible]해서 중얼거렸다.

나는 氏에 對하야 너머 甚하다고 여겼다. 아무리 그런 不滿이 있드래도 인사는 해 놓고 나서 천천히 입을 열수도 있지 않은가, 그리고 또 場所가 어떠한 술집도 아닌 여염집 이며 主人과도 나는 처음으로 맛나는 테인데 무작정 이렇게 사정없이 벼락을 나린다는데는 實로 어리멍벌 했다. 어째든 나는 그날 고신란히 敗亡의 苦杯를 마시지 않을수 없었다.

이렇게 되고 보니 나는 氏에 對하야 처음부터 罪를 지은 사람이었다.

그때의 氏는 酒酊도 아니었다. 元來가 酒酊 않기로 有名한 氏었다. 그리고 慢性 痔疾을 가지고 있으면서도 술은 못 禁한다는 氏로, 또한 不常時나 飮酒時나 몸가짐이나 맘가짐이 조금도 다르지를 않다는 것이 또한 定評이 있는 氏다. 이러한 氏가 나에게 조금도 틈이 없이 후려 쳤다.

나는 그後 氏를 맛나면 우선 인사 한 것부터 생각 한다.

내가 혼자 가만히 있을때 氏가 생각켜 지면

「만나 뵈면 先生이 웃으며 맛도록 인사를 한번 먼드러지게 해 보자!」

하고 생각 했든 것이다. 그러나 몇번 만날적 마다 나는 마음 먹었던대로 반갑게 인사를 치루었으나 아직까지 氏의 얼굴에서 웃음을 찾어 뵈인적은 없다. 그저 덤덤히 고개만을 끗덕 하고는 어데라는 目標도 없이 무엇을 바라보고만 있었다.

요지음 나는 도롱氏를 뵈입지 못하고 있다. 그러나 나는 氏를 가저가 웬일인지 嚴格한 아비지 같다고 생각한다. 氏는 꼭 아버지가 머리 큰 아들을 對하는 그런 [illegible]함이 없는 덤덤한 분이다.

(一九四九、一一、二〇)

(文藝 제5호, 1949·12)

金春洙의「隣人」論

金 聖 旭

1

이것은 旗다! 오! 하나의 莊嚴한 生의 地域은 손짓히려는 實在的인 旗。지극히 誠實하 詩魂이 그것의 외로운 呼吸을 전하는, 表象이 아니던가。

그가 스스로 피흘리는 싸움속에서 그가 拒否한 無意識的인 地帶에서 獲得한 純粹空間에 나부끼는ㅣ神의 손짓을 연상 시키는 하나의 旗。숨가쁜 그 孤獨한 地帶에서 稀有한 詩精神을 形象시켜 가는 春洙의 旗ㅅ대。

우리들은 現在 二十世紀의 後半期에 산다。一九五三年이다는 이 時間的으로 본 人間精神의 高貴性을 抹殺하려는 의 迫力的인 速度ㅣㅣ이 絶望的인 時間性앞에서 우리는 어떠한 地域을 지니었던가。休息的인 우리들의 人間性格 또는 메말라 가는 荒廢한 空間地域인것이다。

여기에서는 어떠한 순지오 人間들의 放念도 찾아보기는 힘든다。

누구인지 우리들의 눈짓은 이글어주는 곳방하나 곱은 곳자상이든 이人間地域에다 곳아주는사람이 드물다는 것이다。

이 곳하송이ㅣ. 다시말하자면 이人間所産의 詩 한篇、이人間魂은 派하여 우리들의 生存을 救援하려는 그의 精神的인 特徵이 詩集「隣人」속에 象徵的으로 나타나 있는 것이다。

아니 이 巨大한 想念인 救援이라는 幻想속에다 自己들 假設하더는 날가며진 智慧가 아니만 같이다。

다만 自己自身을 犧牲하여 가면서 다시 새로운 하나의 精神的인 꽃으로서의 自己의 獲得ㅣㅣ그것은 죽어가는 그들을 위하여 또하나의 宇宙를 세우는 現出인것이다。

이 까닭 그것은 바로 그들이 나의 이웃、다시보면 조금도 異邦人이아닌 이웃인 까닭이아니었던가。

우리들이 모두가 새로운 生存인 것은 안다。人爲的이고 所謂社會的인 規律안에서 우리들은 모두가 理解하지못하는 異邦人으로서 죽어가는 것이다。

허지만 우리들은 단지 이미한 외로움속에서 죽기위하여 生存하고 있지않다는것을 이 詩人은 잘 깨닫고있다。

곳밤에다 곳을 곳이 못한 悲愴한 地域 어두운 그리고 아무런 感動도 갖지 못하는 無感動的인 孤獨과 孤獨과의 사이에는 아시는 우리들의 삶의 孤獨이 있을뿐이 아니었기가한다。

우리들은 사랑이야한다。그것은 幻想精神的인 不能만을 위하여 만이 아니고 永續되어진채 사라지가는 그들의 죽음을 노여하기위하여 우리들은 살고있는것이다。

그들 이우가 사나운 삶의

希望은 위하여 詩가 存在하지는 않는다。

우리들의 이웃의 絕望을 우리들이 느꼈으며 우리들은 서로 진실한 이웃이 될수있는것이 아니던가。

그러한 瞬間ㅡㅡ우리는 우리들의 詩를 하나의 旗로서 흔들며 이웃의 죽음을 위한 꽃으로서 꽃이 좋을수가 있는 것이다。

꼭 이地上에다 自己의 삶을 접어던지고서라도 生存시켜야만된 꽃의 誕生을 이루어야만하는 것이다。

이 한송이의 꽃의 獲得ㅡ 이허무러저 가는 이人間地域에서 부서저가는 世代안에서 한송이의 꽃을 追求하여 不安하게 떨고있는、이 詩魂그것은 진실로 生命이란 하나의 아름다운 꽃으로서 이虛妄한 죽음같은 瞬間에다 自己의 位置를 선택해야한다는 아쉬움은、敍述하고 있는것이다。

自己가 없는 곳에는 이웃이 있은수 없다。허나 진실한 이웃을 지닐수있는 곳에는 또다시 自己가 生存하지 않는다。

거기에는 어둠같이 굳어가는 차운 孤獨한 關係만이 있은、뿐이다。

우리들의、人間生命은 그러한 孤精된 地域을 위하여 生存하고 있지않다。

사나운 그리고 生命의 感動없는 배시꼬운、人間地帶에는 꽃이라곤 피지않는다。

허지만 이 詩人은 꽃을 또이 못한 꽃빙의 絕望을 生命의 抓存이라고 노래하고있는 것이다。

言語를 갖이못한 人間生存의 持續ㅡ 그러한것을 假定한수는 없다。그것은 不可能한 想定일것이다。

우리들의 周圍에서 느낀구있는 言語의 濫用 或은 精神的인 安易한 假裝을한「꽃」의 蓋然은 지적할수 있는것이다。

2.

이詩人은 어쩔수없는 그의 삶인 始源의 衝動으로서 自己의肉身이 하나의 放散을 가진 꽃으로서 제스스로 부딪치고 나는 모습을 보아야하는것이다。

만하자면 이虛無的인 人間地上ㅡ卽 꽃을 지니지못한 人間風土ㅡㅡ그기에서 이詩人은 自己를 불태우면서 하나의 찬란한 새로운 꽃 이되려고、孤獨한 時間을 가진다。

그러나 自己自身의 旗를 마지막의 表象으로서 하늘가에다 올린다는것은 얼마나 힘드는 노릇인가。

차디차게 모던것이 죽어만가는 이 一九五三年的인 이世代에다 제가하나의 꽃이되여 사늘한 空間에다 짙은 感動을 줄수있는 存在가 된다는것은 얼마나 困難한일이겠는가한다。

우리들에게 있어서、아픔과 孤獨은 견딜수없는 生存되空白이라는것을 認識하고있는것이다。

이 孤獨이란、어디에서 오는것인가。그것은 우리들이 빈 꽃병만은 들고 죽어가는데서 오는 悲哀인것이다。

이 孤獨의 絕望은 벗어나 용감하게 自己의 孤獨한 時間안에서 꽃을 찾아온 이詩人의 行爲는 우리들에게다 짙은感動을 준다。

이렇게 까지 즐거운 感動을 우리들이 좋은 이웃을 가졌다는데서 오는것이다。

이詩集의 實在는 다시보면 暗黑한 時代的인 壁과 어두운 一九五三年的인 窓과 그러나 저 먼티 보이는 希望을 設定할수있는、푸른하늘에 에워싸인 하나의 존귀한 이웃의 誕生이 아니던가。

어떠렇게나 꾸민 人爲的인 規則아래서 이웃은 自己의 實在的인 親知의 순진을 던지는것은아니다。

그기에는 어떤 웃우깅스러운 約束이있우리 없는것이다。

이웃은 맺기위한 約束 그것은 우리들의 生成이몸짓할 拒否의對象에 지나지않는다。

이웃은 찾는 우리人間들의 손짓에는 다만 진실하려는 우리들의 生成에對한 사랑의 關係만이 있을수있는 것이다。

그지없는 우리들의 죽음과 무수한生存들의 孤獨에對한 悲感의 손짓을위한 自己犧牲의 行爲―그기에서 우리들은 生成에對한 사랑의 實在를 證據하는것이 아니던가。

하나의 永存的인 生成에對한 사랑의 行爲로서 우리는 우리들의 이웃에게다 새로운 價値를 提示하는것이다。

그들이 우리들의 이웃인以上 우리들도 그들의 이웃이 되어야만한 約束以上의 사랑의 關係가 있는것이다。

사실 사랑의 關係가 없는 곳에 무슨진실한 이웃이 있었던가?

사랑의 意志가 없는곳에는 다만텅빈 地域의 아픔만이 눈어가고 있었다。

關係의 괴로움이있었다。그기에서 우리들은 凍結되어가는 人間들의 사늘한 피의흐름을 보았던것이다。

孤獨한 꽃병의 姿態― 그것은 바로 虛無한 우리들의 사랑을 喪失한 絶望的인 位置가 아니란말인가。

우리들의 이렇게까지 關係的인 絶望이기에 우리들에게 實現한것들은 서로부르고 찾는 이웃의 存在가아니던가한다。

우리들이 이地上은 떠날무렵 우리들은 어떠한 꽃을 손에들고 作別을 할수 있을것인가。

너는 나는 우리들의 이웃에다 어떠한 웃음을 베풀어본일이있었던가。

꽃을 지니지못한 너와나의 외로운 이웃의 持續이 아니던가。

人間과 이地上과의 關係한 것은 다만한송이의 꽃을 自己손에다 꺾어들수 있는날은 記念하기위한 生成의 過程이 아니던가한다。

차디찬 죽음의 世代―拒否와 反抗의 그지없는 메시꼬운 孤個한 周圍, 關係的인 人間關係만이 무수히이어나가는 凍結된 우리들의 悲慘한 하는가에다 누가 진실한 自己犧牲의 表象인「旗」를 흔들어 주었던가

누가 그쓰다쓴 孤寂한 아시움속에서 숨가쁘게 허덕이는 하나의 立像 쓰러져가는 하나의 旗를 붙들고 노래하여주었던가。

自己손에다 존귀한 한송이의 꽃을 지니지못한 사람은 그의 이웃의 진실한 生存을 感得하지못하는것이다。

自己의 이웃을 지니지못한 사람에게는 어떠한 자유의宇宙도 感得한수없는것이며 그에는 어떠한 ─유의 城도 나부끼지 않은것이다。

죽어만가는 固定的인 凝結의 地帶 사나운 숲속에는 한송이의 꽃도 生存하지못하고 다만 無意味한 行爲의 持續만이 있을뿐이다。

이러한 죽음的인 無意義한 生存의 持續 이것은 이詩人에게있어서는 生命의拒否 或은 꽃없는 꽃병의 形骸的인 狀態를 전하는것이다。

다시보면 이웃없는 自己만의 絶望的인 生存― 또는 서로 呼應하지 않는 分裂的인 이웃의 孤立的인 悲慘 아니 精神性없는 肉體의 死體的인 關係를 말하는것이기도하다。

여기에서 이詩人은 自己生存의 不在를 意識하는 것이다。

이生命意識의拒否 自己生存意識의 不在 여기에서 다시이 詩人은 自己의 永遠的인 實在의 關係를 追求하는것이다。

이 自己의 肉體가 떨어지는것 自己靈魂이 불타서하나의 뜻을 소유하는것 卽 自己生存의 實在를 純粹하게 獲得하여 한산이의 꽃이되어지는 時間——그기에서 그는 自己의 이웃을위한 自己가 實在한다는 뜻을 가지게되는것이다。

3

이 詩人의 이作品에서오는 簡素한 文體의 호이가 흔히 流行的인 修飾이많은 造作品보다는 精神的인 感動을준다。진실한 精神性이 充足된作品에는 자연히 內在的인 情緖가 스며있는것인가한다。

純粹한 人間精神의 울이든 形象하려는 詩作品이란 그것自體에다 情緖以上의 韻律性은 가지는것이다。

그의 人間에對한 지극한 誠實性이 그가 表象하려는 詩作行爲를 어떠한 固定的인 理念이나 或은 詩學的인 情緖에다 束縛시키고 있지않다。

그가 問題삼았던 問題가 너무나 이時代的인 人間生存의 외로움은 如何하고있는 關係로 이作品에서 追求하고 同感하는 詩精神이 바로 우리들의 本質的인 實在感을 代身하고 있는것같은 感을 주는것이다。

이 우리들이 時代的으로 問題삼는 本質的인 疑問의 模索——그것은 왜? 우리들의 現存이 스스로 피어나는 하나의 이웃을 위한 쓸기운 꽃이 될수없었던고하는 것이아니던가。

自己自身들의 이러한 不自然的인 또는 不條理的인 自我의 認識이 바로 여기에 이 詩人이 만하는 꽃을 찾이못한 꽃벌의 時代的인 絕望意識이아니겠는가 하는것이다。

꽃은 그것의 固執은 꽃瓶은 그것 自體의 慣慾를 그것을 둘러싼 하늘은 그것스스로의 分裂征을 主張하는 이 一九五三年的인 人間生存持續의 時代的인 風俗인가한다。

누구의 命令으로 或은 어떤 중유의 강압적인 約束으로서 우리들은 우리들의 生存은 形成시키야만 하는것인가。

人間은——自然的으로 그自身의 生存의 不合理性은 宣識하고싶다。

그自身의 이웃은 永久히 사당할수 없는 不條理體로서 싸움한 諫精的인 地域에서 孤立하고, 마는것인가。

다시 만하면 언제나 아시운 生命의 抵抗을 持續하고 있이라는것인가。

그들이 외로운 絕望속에서 죽어가는 모습은 다만 機械的인 習性으로서 傍觀하고만 살라는것인가。

그것은 自己스스로가 自己生存을 否定하는 形式이되는 것이다。

自己의 삶을 摸索하는 人間에게는 自己이웃의 實在가 다른 하나의 形體를가진 「自我」로서 具象化되는것이아니던가。

그의 이웃의 實在를 意識하지않는 自我의 生存이란 悲慘한 自己生存의「不在」를뜻하는것이다。

여기에 이人間世代의 悲劇的인 生存錯誤이 現存하고있지않는가 하는것이다。

自己 이웃에對한 同感의 創造는 다시 自我의 發見으로 歸一하는 問題가 된다。

사로잡힐수없는 人間의 行爲는 必然的으로 사로잡을수없는 人間의 運命을 짊어지고 사는것이다。

이現時代的인 우리들의 生存感覺 卽 이웃에對한 敵視的인 心情 或은 周圍를 살피는 우리들의 눈은 自己自身의 고달픈 孤獨意識을 가지고 오는데서 끝이는 것인가。

사실우리들은 우리들의 이웃을 사랑하지않는다。

自己自身의 實存도 진정 때

또는 嘲笑하고 冷情하게 疑問視한다.

누구가 때로는 自己의 生存의 悲慘性을 떼아푸게 느껴 보지도 않했다는 것인지.

!……。

自己들의 敵인 이웃을 憎惡하는 奸惡性을 訓練하는 우리들의 二十世紀가 우리와 더부러 共存하고 있는것이다.

이 詩人은 이러한 人間實存의 宿命的인 能力을 가지는 人間相互間의 矛盾性을 等閑視하는 것이아니다.

그러기에 이 詩人은 이미한 人間讚築의 地域에다 용감하게 積極的인 人間精神ㅣ 永遠的인 問題로서 다시 自己姿態를 表現하는것이다.

問題하는그것의 理念은 太陽의 實在와 空間이 古來的인 것이다.

하나 이것은 그는 自己의 現存하는 生命의 實際的인 問題로서 體驗하고 提出하고있다.

4

이 詩人의 그 사나운 怨嗟이 提出한 精神性은 한篇의 長詩로서 形象化되면서 問題的인 様相을 띄운다.

이 問題的인 것은 무엇이었던가. 그것은 단순한 情緖性은 노리는 詩的인것보답 以上인 人間實在에 關한 詩精神의 具體化인 가한다.

이 이웃과 마주서서 허덕이는 人間相互의 實存行爲는 ㅣㅣ情緖的인 것以上으로 人間精神性에다 本質的인 詩精神을 問題삼게되는것이다.

人間과 人間과의 사이의 進一한 觀相性은 創造할수있는 人間律法 或은 이웃과 이웃의 生成關係은 그지없이 이운 永遠性가있다면 그것은 다만 人間만이 所有할수있는 人間詩精神의 作爲가 아니겠는가.

우리들이 創造하면서 이어나가는 이詩精神의行爲ㅣㅣ어기에서 宗敎的인 保秘性보답 차라리 眞實할수있는 人間精神의 明滅하는 時間과 空間의 連續性 또는 歷史的인 偶然性보답 本質的인 人間生存의 關係를 感覺하고 할수있는 自由性이있다.

이 自由性은 이詩精神을 지니는 그詩人의 獨自的인 主體에 依存한다.

여기에서 우리들 詩人들의 宇宙가 誕生되는것이 아니었던가.

여기 우리가 撰擇한 自己精神의 自由性에서 自己詩精神을 成熟시킨다는 韓한 意志를 가저볼수있는것이다.

그가 지니는 韓한 意慾 또는 詩散한 生存에 對한 義務는 精神 그것은 여기에서 하나의 問題的인것으로서 지외로운 하는가에다 찬송이와 꽃의 淨化로서 自己依存을 整理하여 붙러고 努力했다.

問題는 끝나지도않했나. 또는 끝난수있는 問題가아닌것이다.

이 問題는 整理하여가는 그의 詩精神의 姿態는 보이수었다.

이 姿態에서 우리는 다시 어떠한 問題를 發見할수있었던가?

問題의 하나로서 그 詩行爲에서 우리들의 人間生存은 간소한 스타일로서 그우하게 發表하려고 敬건한態度를 보여주고있다.

나는 이詩人의 이作品集에서 裝飾的인 修辭이없고 긴신하려는 詩精神의 韓한 意志를 正視할수있는것이다.

그것은 生과 生의 關係는 獨自的인 自由性에서 直觀的關係이지 儀禮的인 意識으로서 設路하려는 것이아니다.

인저기 이詩人의 詩行爲에시 表現하면 自然에 對한 데미켜ㅣ도한 感性이 닥아오기귀에 떱의 박자와소리들을 이詩人의기 복사꽃이 눈뜨기전에 봄이 닥아온을 現

存시키던 그의 心情의 作品 或은 고요한 湖水에서——人間心魂으로 연결된 가장 敏感한 價値交感을 可能케하던 詩精神의 永遠化를 엿볼수있었던것이다。

또는 그의 詩精神의 지지한 態度에서 살필수있는 약간의 悲劇的인 姿態 그것은 진정 그러한 詩魂들의 사기성을 허용할수없는 本然的인 英雄性에서 오는것이 아니던가。

저 水晶안치럼 透明하고 純粹하던 詩魂의 所有者 R·M 릴케의 悲歌의 斷片에서 表白한 天使的이고 靈魂救濟的이면서 特異했던 그의 男性的인 切迫性과 또는 다시 指摘할수있는 하나의 詩人 이 險惡한 現代性속에서 싸워하게 굳어가는 人間相互間의 絶望的인 隣人關係에다 그윽한 生存의 숲은 빛을 던져준 人間魂의 治療者 우리들의 한스·카롯사! ●

다시 그는 이二十世紀의 사나운 文明이 몰진치는곳에 따사로운손을 던져주는 人間魂의 醫者기도했다。

여기 우리들의 周圍에서 찾아볼수있는 하나의 稀有한, 꽃의 所有者 孫洙의 이웃精神은 前代詩人들의 治療精神은 그의詩魂에다 침투시켜 自我의 새로운 現實的인 問題로시·呈示시켜 놓았던 것이다。

孫洙는 이 隣人關係問題를 간소한 生成의 詩로서 形象했고 우리들은 다시 이 最終的인 孤獨性의 誕生을 즐거운 눈태움으로서 받았던것이다。

이 時代的인 우리들의 實存關係의 孤獨性에다 꽃瓶의 位置와 或은 그것의 樣相과 「꽃의 生成의 孤獨」을 具象化하려는 이 詩人의 고달픈 苦惱이 하나의 治療作用을 이루어주었던것이다。

이것의 作用은 이 詩人의 生成과 人間相互의 이웃關係에對한 虛飾없는 진실한 氣魄에서오는 謙虛한 作用이다

H·카롯사의「生의봉결치는 바우리에서 이루어지는 相互의理解같은 「從屬」的인 隣人關係에서 찾아볼수있는 '自我犧牲으로 다시 이루어지는 高次的인 새로운自我의 生成關係를 追求한 이 詩集의 誕生은——實로 R·M릴케의 悲歌의 ‘天使에對한 猶新한 부름을 聯想시켜 주지는 안는가한다。

물론 이 孫洙의 詩作品은 그들前代의 哲情家들 보담은 素박한 印象을 가진다。

허나 그는 어한詩의 抒詩에서 情緒에 呪縛되지않는 하나의 高度한 詩의 完成性을 고히 노려본것이 아니던가。

問題는 이詩人의 詩形 또는 詩情緒에 依存하지않고 人間相互의 實存問題에對한 敏感한 詩精神에 關한 內的生命의 充實性의 整理表象이아니었던가。

다시 보면 一九五三年的인 人間魂에다 謙虛한 感動을줄수있는 하쪽의 旗의 獲得——或은 그의 이웃의 사랑의 진실성을 사로잡을수있는 한송이 꽃의 사로잡힌 價値를지닌 悲歌的인 이웃의 誕生을 於時間에·마주서고 있는것이다。

天使를 부르는 우리들의 關係的인 旗의 키가는波動——아픔을 견딜수없는 獨白的인 우리詩精神들의 이웃에 對한 最高峯을 추구하는 悲歌的인 旗의 姿態——또는 扣動하는 心魂의 生存喪失을 救하려는 꽃瓶의 表白 或은 現代的인 生成은 얻을려는 꽃송이의 歡落」

(一九五三年六月)

(文藝 제20호, 1954·1)

痛哭의 무덤 (1)

嗚呼、稻香墓

方仁根

내게관계된 무덤은 故鄕에 아버님무덤밧게업다。발서여러해를 가보지못하엿다。봄이오면 멀니故鄕 소나무숩사이에 아버님이뭇치신 동그런무덤이눈에 아른〃〃한다。

그런뒤는 내사랑하는이 무덤도 아직업다。그런무덤이잇서야 感興이기프련만 그러치도 아니하다。내게 가장갓가운 무덤이잇다면 장차올「내무덤」뿐일것이다。나도언제나 죽으려니―나도커동그란 무덤속에드러가려니―하는그내무덤이 이江山어데인지 宿命的으로決定해서잇슬 그내무덤이나잇스면 그때는누가될는지모르나 내무덤아페와서꼿을 노코울사람이잇슬는지모른다。

내게갓가운친구중에 무덤을가만히눈감고생각하니 亦是「稻香」의 무덤밧게생각이아니난다。

어너해인가봄철이다。稻香이간지三年이지난때이다。나는따뜻한날 혼자서 [illegible] 同苦同樂[illegible]차저갓다。이날 나는무슨非常한슬흠이잇서 발길을그리로돌닌것이다。무덤을차저가는사람은 그무덤의主人公을 그리워하는것과 또한가지는자긔의설움을 그무덤아페가서하소연하고 업드려실컷울어보려는心境으로가는것이다。

나는 그날몹시도 마음이悲痛하엿다。외롭고쓸〃하고 마음을어데붓칠바이업서 고개를푹숙이고 천〃히 천천이 山비탈을드라갓다。

봄은무덤의 山에도차저왓다。아니꼿은무덤잇는곳에 더만히잇다。무덤을직히는듯한할미꼿들도 여긔저긔서 고개를숙이고울고잇다。붉은꼿파랑꼿들은 할미꼿님을지말라고 설〃웃고 한들거리며춤을춘다。

三年前에 친구들과가티와서 울면서뭇든稻香의무덤을 한참이나 차저다니다가 發見하엿다。稻香이무덤도 다른무덤과가티平凡하고나。아니더적고쓸〃하구나。

나는 무덤아페서〃

「稻香아!」

하고 소리치며 무덤을골코속을드려다브왓다。그속에는稻香이누워서잇다가 벌덕니러나며빙긋웃는다。稻香은잘웃는사나희엿다。우서야크게웃지안코빙긋하지마는 그우슴이퍽多情스러웟다。

그럼으로 니러낫든稻香은 힘이업서뻔석누으며을엇다。

「나는죽은사람이다 차저오니고맙다마는曙海를따러갈수는업네」

하는것과가터다。그러고신음하는소리로「가거던여러친구에게 문안이나해주게 그러고一年에 한번이라드차저주게―엇지면그러케들 無心하고無情든한가―나는 참말심〃하고외롭고슯허서 못견듸겟네―제일에눈이펄〃날니는밤에는 정말우룸이나오데――너희들은잘놀엇지? 가을달과추춘한별을이러케누워서 쳐다볼때도 친구들이그리웟네…너름에매암이가 귀순에서울때 나는정말슯헛다。봄이오면 나을가하면봄이되면더적막하고 마음이산란하더라―그러니엇저면몃해가되여도 한번도오지를아니하나―사람이그립고 참말쓸〃하여 못견듸겟네―아―고마웨」

하고 稻香은 눈물스르〃감엇다。각은눈에서는 눈물이주르〃흘럿다。나는울엇다。한참을서〃울엇다。

그는愛人도업섯다。女子로는 이무덤을찻는이가업슬것이다。그것을생각하니 더욱悲慘하고 죽은뒤이라도 과연쓸〃하다고 할만하다。

나는가지고온꼿을 무덤아페노앗다。稻香은 다시니러나 썩안나은 손[illegible]으로[illegible]쥐여서코에대이다。([illegible])

稻香의 人物과 作品
──遺稿에 對하야

月灘

어느날 文章社로 부터 稻香 羅彬의 遺稿가 發見되었으니 와서 한번 보아 달라는 付托을 받었다. 稻香의 遺稿ㅡ 나는 스스로 내귀를 의심한지경이었다. 稻香의 遺稿라니요? 나는 도이려 이말슴을 傳해주시는 趙豊衍氏께 反問하지 않을수 없었다. 稻香의 作品처 놓고(印刷以前에) 내가 읽어보지 않은게없고 稻香의 遺稿가 여태까지 나 모르게 羅氏宅 [illegible]수리속에서 近二十年동안을 잠장고 있을리가 萬無했던 까닭이다.

約束대로 몇일뒤에 百事를 제치고 文章社로 나가보니 묵어서 빛이 변한 褪色된 原稿장엔 또렷또렷 야므잔 稻香의 筆跡이 옷고 반기는듯 내눈앞에 나타난다. 죽은 稻香을 다시 이세상에서 만나는듯 반가웠다.

題는 써워지지 않었다. 틀림없는 稻香의 筆跡일바에야 틀림없는 稻香의 글이 분명했다.

우선 첫두머리를 단숨에 네리읽기 시작했다. 자하문박 소림사 근처를 묘사한 싸늘한 稻香의 筆致가 그런듯 宛然하다. 나는 읽어가면서 이것이야말로 참말 나도 發見치 못했던 稻香의 絶筆이로구나 하고 嗟歎하기를 마지 않었다.

웨 그런고하니 稻香이 東京서 병들어 나와 죽기 即前에 소림사에서 몇일 동안을 靜養한 일이 있었기 때문이었다.

나는 끝없는 반가움과 無限한 興味를 가지고 한장한장 原稿를 넘기어 읽어갔다. 한시간 이상은 더허비 해서 마지막장을 읽고나니 아까웁게 未完成의 長篇이었다. 다시 이 長篇을 이을이 없구나 하고 나는 暗然이 고개를 숙인뿐이었다 읽어가는 途中에 筆致를 보살피니 이것은 絶筆이 아니고 『幻戱』와 『어머니』 以後 稻香의 中期作이 分明했다. 그외 凄絶하도록 쇠소리 나는 이보다 더進步的인 作品은 「벙어리三龍이」 「물레방아」 「뽕」들 같은것들이 許多하게 많다.

이글로써 稻香의 全貌를 엿볼수는 없는것이다.

생각컨대 우리 良心的인 天才作家 稻香은 한篇 創作을 읽어나가다가 맘에 맞지아니하면 [illegible]주리속에, 집어치워 내버리고 親友들에게도 이야기하지 않었던 稻香으로서는 認定치도 않었든 作品이리다.

어떻든 稻香이 죽은지 二十年뒤에 다시 세상에 들어나지 않었던 稻香의 作品을 對하고 보니 感慨ㅡ 굼틀거려 가슴속이 사뭇 설레인다.

삼가 이글을 發見하여 세상에 보내주는 文章社에게 친구의 한사람으로 敬虔한 謝意를 表한다.

(庚辰十一月十七日)

(文章 제21호, 1940.12)

嗚呼稻香

朴月灘

아아 죽어서 北邙에누은稻香、英靈이잇거든 듯으라—。그대 살어잇슴에 일즉 그대의 글을 評하얏더니 이재 그대 他界로 드라간 오늘날 내다시 一生을쯧막은 그대를 말할줄 엇지뜻하얏스랴。

몰울것은 사람의 天壽、뉘ㅣ能히 그것을 미리 알야마는 그대가 겨우 그만한나히를 고만 이세상에서 떠나갈줄이야 누가 조금인들 그機微를 알엇스랴。

그대의 體肢ㅣ 훨적 뛰어나게 튼튼하다할수 업스나 그다지 蒲柳의 弱한몸이 안이엿고 더구나 精力이 非常한 그대의머리는 실로 아는이의 三歎하든배다。뉘ㅣ그대의 夭할줄을 꿈엔든 마음 잇섯스랴。

그대가 病을 凶城에어더 외로운 病牀ㅣ 먼리 바다을건너 다시 그대의 어버이의나라를 차저슬때에 모든벗들은 그대의 病든 瘦衰한얼굴을 보고 깜작놀라지 안을수업섯스나 오날날 그대가 이다지도 速하게 흙술이 一杯土를 브탯줄은 뜻하지못하얏든바이다。

내가、뒤에 그대의 病室을 차저 病의 症勢를 물을때 그대는 激烈한 喉頭와咯痰에 괴로운가슴을 더르만지며

「죽난것가트이 第一 朝鮮을오니 空氣가 조와 살것가트이」

이러케 대답하고 그대는 窓박글 가리키며

空絃조흔 故國을 感謝하는것처럼말햇다。

다음 또 내가 그대를 차젓슬때에 「인제는 만이 낫네 단지 섭섭한가지만 좀 무얼하지 기침은 드ㅅ수가 훨적 줄엇네 인제는 아주살것가트이。」

내가 그대의 얼골을 바라볼때의 나는 별또 그대의病이 나흔줄을 몰을것가탯다。그러나 病者가 좀낫다는것을 말할때에 내 마음도 따러서 저윽이 노이지안을수업섯다。말끗 마다 「인제는 살것가트이」할때에 그대의병은. 차차 나으려니 하얏다。

翌日 또는이틀을隔하야 그대의病을. 못든 나는 生死의 고비를다투는 細君의病으로因하야 달 남어지를 삼수가티 지냇섯다。저윽이 焦心이 가려안진뒤에 다시 그대를 차지니 그때는 지금와서 생각하니 그대가 永遠이 이세상을 떠나기前 二週日압히엇다。아아 痛哉! 누가 안엇스랴 이것이 그대와 내가 이세상에서 다지막으로 永訣한것인줄을!

그때에 나는 그대가 누엇는 머리맛 책상우에 흐터진 原稿장들이 잇는걸보고 「病中에 무엇을 쓰나? 너무 애써 괴롭게 생각하지안는게 조희」하고 注意를식히니 그때에 그대는. 쓴우슴을 파리한 얼굴에 띄우며

「쓰기는 무엇을 써 쓰랴고하나 어듸써지나 남은 아퍼서 괴로운데 그망한것들이 病中의感想을 써달라네그려」하고 쩌나리스트 들의 沒人情한것을 우스며 이약이하얏다。

아아 薄倖한天才여! 그대는 죽을때까지 붓을 노치아니하엿다。그대에게는 다만 한자루 붓대만이 가장귀엽고 거룩한 一生의伴侶엿섯다。마음에 가득찬슯흠을 호처 하소할곳업슬때 그대는 한자루 붓축을 들어 그슯흠을 헤치려하얏스며 몹쓸 不平이 가슴에 온소슴치매 그대는 한자루붓축을 들어 그득한 그不平을 쏘다서·바렷다。깃븜이 잇스며 붓대를 들엇스며 질거움이 잇스매 붓대를 들엇다。외로웁고 고단한 薄倖한 天才너 그대에게는 다만 무딘 한자루 붓대만이 가장 살뜰한 愛人이엇스며 가장 참다운 친구엿섯다。

그대、한번 붓은 더지고 다시오지 못할선봐로 드라가니 그대의 다섯손가락새이에 춤추어 萬人의 가슴을 울리고 흔들든 한자루 主人일흔 붓대는 다시 누구의손을 비러 모든사람의 가슴을 설레게하고 모든사람의 마음을 가범게하랴。

붓대ㅣ 만일 앎미잇다하면 그붓대의 설음이 엇더하랴。永遊이 주인을 써러진 설음을、붓대야 아느냐 몰으느냐。

일즉이 내가 그대를위하야 글을 쓰며 그대ㅣ몸이 잇더니 이제 내 千番萬番 稻香을 부르나 외로이 무덤에 눈감고누은 그대는 寂々이 대답이업스며 千番萬語를 그적어리나 한번눈감은 그대는 다시 돌리가업다。虛無한 人生임을 이제 비로소 새삼스럽게 알미안이나 한사람의 벗을 永遊히 일흔데 直面한 나는 人生이 너머도 허순한것을 슯허하지 안을수업다。

그대 한번 化去하니 蕭條한 文壇은 더욱 더無色하고나、빗 엄는 藝苑에 文星이 써러지니 뼈는 정이 闇夜와갓다。

이리 안이맞섯스던 모르거니와 이왕왓스면 그대의 품고온 빗과 精氣는 길이길이 다쏘다노코 갈것이지 별처럼와서 번개가티 감은 어씨함이냐 그빗과 그精力을 이세상사람에게 다주고 갈것이지 그빗 그精氣를 남기여 쓰다시 품고 도라감은 어씨함이냐。

그대의 일즉 이세상 써남을 내、슯허하지안음이 안이나 그대의 가슴에 깁히깁히 품은 그빗 그精力의 스러저 업서진것을 慟哭하지안을수업고 그대의 形骸ㅣ 一抔土 보탬을 애달퍼하지 안음이안이나 우리의 文運을위하야 悵然하지 안을수업다。어씨 나한사람의 마음뿐이랴。그대를 아느니의 다음이 다그러할것이요。어씨 나한사람의 맘뿐이랴 그대의 벗들의 맘이 다 그러한것이리라。

이붓을 들며 써正히 淸秋라 선풀거리는 梧葉의淸風、무심한 雲間의明月、더구나 거긔다 唧々어리는 버레의소리 더느것하나 그대를 생각하는 회포를 더욱더 돕게하지안는者ㅣ업다。

人跡업는 空山에 흔로누은 稻香ㅣ、아느냐

몯으느냐。듯는가 못듯는가。사람이 한번죽은뒤 稻香 내엇지 그대 靑春에 죽고 내가 그대를
에 寂々히 알미업다하면 내 또한 엇지할수 우는 이글을 쓸줄뭇하얏스랴。뭇흐로 그대의
언는바더니와 만일 靈이 잇서 조금이라도 알 小傳을 쓰니 내 회포ㅣ 견들수업다。
미잇다하면 靈이여 그 길이 평안하라。아아

稻香羅彬小傳

羅彬의 貫은羅州요 諱名은慶孫이니 稻香은雅號오 羅彬은 筆名이러라。光武六年壬寅에 京城南門外陽洞 越便에生하야 丙寅七月十九日 南大門通 自宅에서 化去하니 在世한지 僅히 二十五年이러라。

君의家는 世々로 醫를業하니 그祖父는 漢方의名醫로 世에聞하얏고 그嚴父ㅣ 또한 醫師의業에從하니 君은 그長男이러라。幼하야 攻玉學校에業을畢하고 培材學堂에入學하야 培材高普를卒業하니 超邁한才智와 卓出한 天稟은 일즉이 師友의 敬愛하든바러라。外로는 文運이 爛熟하랴는 日本文壇에 刺戟을受하고 內로는 朝鮮文壇의今日을 胚胎케한 崔六堂 李春園의 文風을 慕하야 暗然히 志를 文學에 留하얏스나 世々로醫를業하는 家風을 祗勉하야 京城醫專에入學하니 意中에無한 學究ㅣ 그엇지久할수잇스랴。未幾에 斷然히意를決하고 祖父의命을

折하야 苦悶을 經한後 笈을 負하고 東渡하니 嗚呼 少年의 初步는 벌서 艱難하도다. 周圍의 形勢ㅣ 또한 그르하야금 오래 東京에 잇게한 餘裕를 與치 안이하니 志를 得치 못한 少年의 心懷 엇마나 鬱鬱하얏스랴. 다시 故國에 드라와 오르지 文章을 練磨하니 雜誌 「新靑年」에 君의 努力이 多하얏고 그後로 君의 文章은 더욱 展進하야 雜誌 「白潮」의 同人으로 創作 「별을안거든우지나말걸」 一篇이 發表됨에 文名이 嘖嘖하얏고 한편으로 長篇 「幻戲」를 創作하니 君의 時年이 겨우 十九러라. 以來로 篇을 加할사록 作의 文章은 더욱 醇進하야 確然한 文壇의 猛將으로 그文風은 先進을 凌加하니 君의 文風을 思慕하는이의 期待ㅣ 實로 적다할수업스며 또한 朝鮮의 現代小說을 말하는者ㅣ 먼저 君에게 指를 屈치 안이치못하얏더라. 此間에 君은 雜誌 「啓明」을 編輯하고 教職을 安東에 執하고 時代日報에 報筆을 執하얏다가 職을 辭한後 더욱 더 斯道의 造詣를 넓피랴하야 東渡한지 一年未滿에 病을 得하야 歸國한지 二月餘에 不幸하니 君은 秀才러라.

作品은 長篇으로 「幻戲」와 「靑春」(未發刊)이 잇고 短篇으로 短篇集 「眞情」 以外에 「醫師의 告白」, 「계집하인」, 「電車車掌日記」, 「물레방아」, 「뽕」, 「池亨根」 等의 珠玉과가튼 名篇이 만엇더라.

(신 민 제18호, 1926·10)

羅彬君의 죽음

金永鎭

羅彬君이 죽엇다。

이무슨 꿈갓흔일이냐 이무슨 긔막히는消息이냐? 그러나 이것은 꿈도아니오 訛傳도아닌 現實의悲報이다。 그는 우리에게「죽엄」이란 沈痛한속색임을 남겨주고 지난八月二十六日午後一時에맛츰내 永遠히 이世上을 떠나고말엇다。 果然 얼마나놀나운말이며 얼마나무서운現實이냐?

羅彬君과죽엄 죽엄과羅彬君! 日本으로부터 돌아온後의 最近의君을對한者은 누구라도 君이 밧서 죽엄과 그리멀지아니함을 짐작하고 놀냇슬것이다。 밧갓케작근 그의머리 울룩드러간 그의눈 볼나게도놉흔 그의이마 木炭과갓흔 둥근 얼굴에 흰잇발이 우난이드 보는사람의눈을 쓰으는그는 全身에 살이란살은 다빠저바리고 마른 標本室에 노인 骨組의標本과갓흔늣김이 잇섯다。

그러나그는 親故를對하면 조금도悲觀하는빗흘 보이지아니하고 如前히 快濶하게 談笑하엿다。 이것이 나에게는 한奇蹟가티도 보엿다。 왜그러냐하면 그는骨髓에 벼우튼皮膚를 쓰이고 그눈우에 겨오 黑으로 그린듯한 눈섭을 부처노앗슬뿐이엇슬뜨이다。 그런한사람이 日本東京으로부터汽車、汽船의머―ㄴ길을왓스며 只今눈압헤서 웃고 짓거리고 걸어단이게되니 이것이奇蹟이아니고무엇인가。 더만 病이란 慘酷한惡魔이다。 엇저면 사람을 그럿케도 흉상하고 보기실케까지 羅彬을하단말이냐!

내가 君을만나보기는 君이 日本으로부터돌아온 二日後이엇다。 이것이 내가 君을맛난 最初이요 또는 最後이엇다。 君이 아주日本잇을쌔부터 原稿關係로 멧번 편지의往來는잇섯스나 나는다만 엇덧케생긴분인가하고· 마음으로 그려보앗슬다름이엇섯다。서울집으로 돌아오겟다는편지를 바든後멋칠만에 왓다는消息을듯고 白華、春海、月灘、曉海、나·다섯사람이 南大門안에잇는 그의本宅을 차저갓다。갓치간親故들은 모다 낫빗츨일코 눈냇다。病들기前의君을 알지못하는나또드 一見 바르보기어려운생각이 낫다。그러나君는 여러親故를맛난 깃봄으로서이엇는지는 모르나 君의日本生活과 도라올때의 汽車中이액이가든것을 極히 明快하게 하엿다。그리고는 기ㅅ침을 연성하면서드 여러親故들에게 담배피우기를勸하며 一方 그가누어잇는二府病室으로부터 멋번이나 아래를 오르내렷다。君는 담배는勿論이오 그 잘먹엇다는술까지 只今은 아므생각도 나지안는다는말을하며「자ㅣ오래간만에 점심이나 갓치먹세」하면서 돌어온支那料理를 여섯사람이둘아안자 자미잇게먹고 君의速히平癒되는날을빌며 드러누엇다· 이것이 지난六月初旬頃의어느날이엇다。그리고또한 이것이 나의 君에게對한 아름의全部이다。

그러나 다만한번본 君의얼굴은 나의머리에 깁히박혀서 써나지안는다。아마 永遠히사라지々아니할印像이라고 밋는다。君의삭々한 말세 多情한態度가 더욱 나의印像을 깁게한다。이時間的인印像을除한外 君의人格이라든지 君의家庭的及社會的環境이라든지는 나는 無知이다。그리고君의作品에對해서도 最近「新民」에發表된「피무든편지멋쪽」과 「火焰에싸인寃恨」두篇맛게는 본것이엇다。그中에도「火焰에싸인寃恨」은 아즉 完篇이되지못한作品이다。그러나 作品을通하야 君을안다고도말할수업다。그러나「피무든편지멋쪽」은 나는 이것이 最近君의 自敍傳이아니냐고 밋는다。그맛큼이作品은 讀者로하여곰 不知不覺中에 作中으로끌어드리고야마는 眞情이流

故稻香羅彬君

보내겟습니다.」

이葉書에말한小說梗槪은 卽「新民」七月號부터 揭載되는「火焰에싸인怨恨」의 續稿를 말한것이다。

日本서드라온後 君은 늘 自宅에서 靜養하다가 八月初旬에 光熙門밧 佛陀寺로 轉地療養을간단말을들엇든나는 雜誌編輯의눈人字가 지나도消息이업기에 君의病이 漸々沈重하여긴것을 豫感하고잇다가 果然 이른葉書를밧게되여서 엇덧케나된가하고 걱정中에잇섯다。그러나 나는 곳달녀가서 君을 다시한번보지못한것이 지금에풀수업는遺憾이 될줄이야!

悲報를듯고 나는 곳 故君의自宅에 달녀갓다。君의故宅은 쓸々하기 무덤과가티 다만悲痛한氣分이 써돌뿐이엇다。손님이왓다는말을듯고 君의어머니께서 나오서々 나의말에 應對하섯다。佛陀寺에轉地를하엿스나 病勢는 漸々沈重하여갈뿐임으로 지난十七日에 도로 自宅에드라왓는데 일노부터는 날마다 더하여갈뿐이엇다고하엿다。君은 아죽 장가들지안엇스니 子女를두엇슬리는 勿論업다。

君과가티 짧은一生이거든 다행이 恨이나업섯거나! 그죽고난뒤ㅅ싸지드 이렷틋슬々하니 우리는다만 그를 多感多恨한 薄命의天才라고나부르고 스스로慰安할것인가

君이여 羅彬君이여!

君은 이제야 이世上다사람의김피와넓피를 다알고갓슬것이다。最後까지君의가슴에 매처서 풀니지안엇든 모든수々꺼기는 저각긔 다解答을엇게되엿슬것이다。바라노니 君이 永遠이 가지고가겟다고 말한사랑! 그사랑까지 다버리고말게나 그리하야 君은 當初의 本體인 無로도라가게나! 누구의말과가티 나죽은後에는 이世上은업느니。君의持病의特徵으로 最後까지 가장意識이明瞭하엿다하니 나는 君이 君의갈바의길을잘 차저갓스리라고밋는다。

附記 羅彬君의性格、作品、事情等의仔細함에對하야는 日後 君의親近한友人諸君의 紹介가잇슬듯하다。나는다만여기에 君의「죽음」에對한 나의感想과아는것만을 頭尾업시簡單히 적엇슬뿐이다。

羅稻香十年忌追憶片片

月灘

編輯子로 부터 稻香羅彬의 追憶을 된天才를 잃은것을, 애닯어하야 輓詞 感想文을 지어歎息한나로서 또는 그

쓰란 말슴이있었으나 밀슴이 이夭折 [illegible]지고 祭文을짓고 그외略歷을述하고 와 나사이가 너무도가까웠음오로 입

가버린 作家를 追憶하야

의 이저바린 옛記憶을 다시 들티에르키기가싫은 나로서 다시 이시회처않은 悲傷의感情을 불러이르키기는 너무도 시룻하였다。못드른체 잡고있엇드라니 畏友尙虛를 통하야 다시맏습이 鄭重하시다。마지못하야 옛記憶을 불러이르켜 稻香만속은체를 손곱아보니 새잡스레 懷月이 [illegible]을 느끼지않을수없다。이꺼아니슬퍼리。稻香이 丙寅七月十九日에 化人했으니 今年이 번서 죽은지十年재되고 오늘이 七月二十日이니 어제가 곳 그의十年忌이다。이무슨 키와 나와 不作死後의因緣인고? 아무約束과 아무計畫도 없다가 또다시 우연이 이글을 쓰게된것이 稻香十年祭의 追憶文이되고야마나니 嗚呼, 稻香아 네오히려 靈魂이 있어 寂寞케 지나가는 十年忌를 그대의벗 나를爲하야 깨우쳐줌인가? 못때를 절어이만침 쓰고나니 내마음이 번서腦惱하다。이不幸한天才야 近者에 들으니 그대 骸骨이나마 安住의땅에 고요이 눈감고누어있을수없고 벗들의 손으로된 碑碣一基 또한그설땅이 없게된다하더니 孤魂이 예여울어 나로하야금 우연히 이글을 쓰게만드렀느냐。그대의 肉身이 한번 흙속에 뭇인지 겨우 十年에 또다시 그대骸骨은 어느大千世界로 옮길것이냐 이生不死後에 稻香의遺稿를 가진不幸보여。

나는 읽을 稻香을 읽기보다 그의 親交할 때던키안았나니 그의親交가 漸次의結果로 稻香이 있기 [illegible]이있니。내나이 [illegible]어리서 [illegible]에 [illegible]하였을 때부터 나 稻香의 [illegible]을 놓았나。집안에 무슨 事件이있으면 반드시 羅[illegible]을 볼수있었나。그는 [illegible]六人의 日[illegible]가 있나。[illegible]日에 우렁한 [illegible]은 외관만으로도 稻香의 [illegible]을 넉넉게 갓게하였다。그는 나를 매우 귀여워하였다。내가어려서 내 [illegible]께서 羅[illegible]을 [illegible]하야 이것을 [illegible]하시면 그는 그것을 [illegible]하고 [illegible]할것을 [illegible]하였나。그리고 나의 변명을 「[illegible]」이라하였다。나를보면 그는「[illegible]」하고 놀렸다。

나이二十未滿되였을때 文學中毒에걸렸나。學校공부는 아니하고 小說과詩集만을 읽었다。六堂이어찌부럽고 [illegible]園이어찌 그처럼 좋았는지 몰랐나면。변변치못한 作文따위를 新聞에投稿도하고「文友」라는雜誌를 맨드러도보았다 그때의 나는 露雀洪思容君 鄭栢君 金琦煥君等이 어린同志였다。그뒤에 갑은文學少年의 雜誌로 新青年이라는게 나오게되였스니 이는곳 懷月朴英熙, 瑞蜂羅彬孫, 懷水一, 李能[illegible]의 이름으로 나오든것이였다。

하로는 新青年에서 雜誌를 보내고 나이[illegible] 써서달라하였다。이때에 나는 처음으로 懷月을 알었고 그의 紹介로 羅彬(稻의稻香)君을 對面하였나。만나고보니 내가 羅彬君으로 약속지미가면 간혹 [illegible]머리에서 약을짓고 있는 少年이었나。나는 놀라지 않을수없었나。이뒤로 나와 그의 交分은 자못 두터워졌나。그와 나와 만나면 文學[illegible] 世交世交하였나。

그뒤얼마있다가 懷水一君이 雜誌 青年을 規模를좀더크게하고 [illegible]이게하랴는 意圖로 나와 밀 [illegible](그때 問題에 「雅化」를 發表하였다) 를 請高壇로 招待하고 懇談會를 열은일이 있었나。勿論 이때에 稻香과懷月은 新青年의 同人側으로왔었나。새로이 한雜誌를「白虹」이라고 이름까지 지었었으나 合意치못하야 그대로 流産되여버리고말었다。

己未의큰바람이 지내간뒤에 불붓는 젊은사람들의 가슴은 마차풀무도간이에 녹아끓는 白灼된 무쇠물과같었다。밖으로밖으로 터지지못하는 情熱은 藝術로 文學으로 젊은사람의 意氣를겯었다。藝術? 얼마나 魅力있는 말이였든고!

해보겠다는 進取的氣泉, 떠리지지말사는 智識의探求! 東亞日報가 創刊

가버린作家를追憶하야

[illegible]

이되고 朝鮮日報가 創刊이되고 [illegible]
의 時事新聞、曙光、開闢、創造、廢墟
무엇무엇 이루다 헤일수가없었다。

이글에 있어 純된藝術을 憧憬하는 젊은이의 一團은 澎湃하는 藝術의慾求를 어쩌할수없어 드듸여 『白潮』를 發刊케되니 마음속으로 궁리하야 哲願한지三年壬戌이오 西紀로一九二一年이다。一月에 수집은 숫처녀같은 얼굴을 세상에내놓으니 스사로 純無垢한 騎士로自任하든 同人은 모두다 저우弱冠이었거니와 그中에도 稻香羅君은 가장年少者였다。

一號에 『젊은이의시절』을실었고 二號에 『별을안거든 울지나말걸』이란 小說을 실었다。소설을 지어놓고 內容을 들려읽히며 題目을 지어달라 하므로 一號적엔 내가『젊은이의시절』이라 지어주었다。二號적엔 露雀洪君이 『별을안거든 울지나말걸』이라 하였다 두作品이 다處女作이매 지금와서보면 여간 로맨틱 한것이아니나 더욱露雀이 題目을지어준 『별을안거든 울지나말걸』이란小說에 가서는 露雀의 그 獨特한 센티멘탈하고 로맨틱한이름 때문에 많은 젊은女子를 울리웠었다 한다。

그後東亞日報에 連載되여 夕影安碩柱가의 揷畵와아울러 이름이 높든 『幻

로 구오른것이였다。

[illegible]도 [illegible] 이때 [illegible]中에羅君은 小說로 安君은 揷畵로 다初登場에 큰歡迎을 받었거니와 그것은 一二年뒤일이오 作品을지어놓키는 短篇『별을안거든 울지나말걸』과 同時代의 것이었다。타는듯한 藝術의 衝動은 그로하여금 하로에 三四十枚의 原稿紙를 거머케만들었나。나는 항상 아침이면 그를찾어 原稿를읽으며 速作때문에 너무도 거치른것을 주의하였다 이순직한 愛友는 조금도不滿이 없이 내말을 받어주고 悅服하였다。그리고 完成된後에 題目을 의론할때 나는 『幻戲』라 지으라하였다。

이것역시 青春男女의 愛戀의苦悶을 그린것이나 浪漫的傾向이 濃厚하였다。좀더높은곳에 올라앉어 이主人公들의 作亂을 본다면 한마당 幻戲와 같다 함에서 이目題를 取한것이었다。이때에 稻香의 나이 겨우十九歲였다。

지금 생각해보면 小說 題目뿐아니라 나는 그의 雅號와 이름진데도 因緣이 꽤깊은모양이다。

그는 그때껏羅慶孫으로 통했다。慶孫은 戶籍上이름이니 그의祖父가 지음으로 만孫子를보고 여간기쁘지아니하야 경사스러운손자라는 뜻을취하야 慶孫이라하였다。그는 항상이것이 不滿이었다。慶孫이는 내할아버지의 慶

[illegible]

孫이지 [illegible]이 불릴때에야 [illegible] 욕이 되지안는가하야 늘 한탄을하였다。

이것은 대수롭지 않은 조그마한일 같으나 가만히생각해보면 그때그時代에 나타난 老少思想에 크나큰 衝突이였다。한아버지나 아버지는 그의子女를 자기의 한개노리개간으로 알았다。다시말하면 아들과 딸이란 父母에게로서 分離된 獨特한 格을가진 사람이아니라 한아버지와 아들의 所屬된 한개의 귀여운 所有物이되여온것이었다。아들과 딸이란 祖父母와의 相對의 價値를否定하는것이다。그러므로 祖父母는 그의子女를 對할때 모든일을 自己의本位로 獨斷해버렸다。공부를 시켜도 自己本位요 장가를 드려도 자기本位요 손자를보아도 자기本位다。아들이 장가들가는게아니라 父母가 재롱을보기위하야 어린며누리를 보는것이요 자기의 아들이 아들을낳어 孫子가생긴것이아니라 자기가끝孫子를보았으니 慶孫이다。이 子女를자기의 所有視하는 그릇된생각은 이름짓는데까지 남아났다。慶孫이란 그의 祖父나 혼자서 좋을이름이지 따지고 보면 그의父母도 아막불으지못할 呼稱이다。勿論이것은 조선의積弊로 몇百年동안을 아모소리없이 그대로내려온 것이나 時代와風潮가 변한을따러 은

가버린作家를追憶하야

연이 젊은이의 가슴에 反抗의불길이 타올랐든것이다。

◎ 하로는 비가 부실부실오는 여름날 그는 나를찾었나。그때 나는 白雪片의 紅樓夢을 읽고있었다。慶孫이가못 맛당하니 당장 이름 하나지어주고 鸞峰(난봉)이 상스터우니 雅號도 하나 생각하라는것이였다。이름은 그때 한참 외자이름이 흔이流行될때라 所願이외자였나。나는 紅樓夢속에 稻香村이 문득생각했다。『벼란우리人生에게 여간有益한게아닌가 더구나 아리따움을 시새는 百花亂香보다。季節을 떠나 田園에 물결지는 稻花香이 어떤가」하였더니 그는곧 破顔一笑 매우좋나하였다。

나는 그리고 「자네가 글을잘하랴듯 두니 文質彬彬이란 彬字를 쓰소」하였다。그것이 오늘까지 文壇에서 알려진이름이다。자기집에서는 지금도 아마 慶孫으로、부르고말할것이다。

長篇「幻戲」와同時代에 開闢의실린 「녯날꿈은 蒼白하더이다」라는 短篇을 거쳐 白潮第三號에 실린「女理髮師」로부터 비로소그는 文學少年의 哀傷的인 空想을 버리고 차차洗鍊되고 堅實된筆致로 稻香의 本色을 드러내기 시작하였다。뜨거운 熱이 作品에 있으면서도 作者스사로가 먼저 그熱에 醉하지아니하였고 綿綿한 情과넉이 휘도라금를 거리면서도 作者는 차게도 레밖에 冷視하기시작하였나니 이것이 그가 作家로의 本格的 悶然의길을밟기 시작한것이였나。이리하야 『十七回』『五十錢는銀貨、白銅貨는雜果』『撫者』을 (短篇集五倍所藏)지나 方仁根氏이 主幹하든「朝鮮文壇」에 發表한 作品에 이르러 技巧는 늘대로늘고 作家로의 素質은 절대로서서 거의 入神의길을 밟는듯、讀者로하야금 등골에 찬땀을 흘러 소름이 쭉 ― 끼치게하였나니『了然師의告白』『거집하인』『電車車掌日記』『몰레방아』『뽕』『벙어리三龍』『地享根』等、은 實로 한點의 瑕疵가없는 珠玉이 대그락대그락 玉盤에 굴르는듯한 名篇이였다。지금에있어 當時에 稻香과 억개를 견우든作家로 通俗小說이아니면 生活難으로 濫作에汲汲한 모든이들에 견주어 얼마나 그의小說이 高格인것을 누구나 否定치못할것이다。」

그는 家庭的으로 不幸한것을 항상 탄식하였나니、祖侍下에 父母兄弟가俱存하건마는 世世醫家인 그의祖父는 그로하야금 醫學을 工夫하라하였다。

그러나 그는文學이 두때밥보다 좋았다。醫學을 半途에退學하고 가만이 鵬志를품고 玄海를건느니 嚴格한 그의祖父는 吾不關焉의 態度를 取하였다。하는수없이 그는조선으로 도라오지 않을수없었다。이것이 써그로하야금 頹涼彷徨케한 原因의 하나였다。항상 그는『放浪生活이 좋아』하고 너털웃음을 껄껄웃으며 집을떠나서 白潮社에서 몇달식 묵기도하고 서울있으면서도 旅館살림을 하기도하였나。啓明俱樂部에서 啓明을 編輯도하고 安東으로가서 學究질노릇도하였나。翌初洪命憙氏와 함께 朝鮮圖書에도있었고 憑虛玄君、橫步廉君과함께 時代日報의 風波도 겪었다。

總角으로 結婚을 못하고 夭逝娘으나 老總角인까닭으로 나알기에 戀愛는 두어번 있은듯하다。그러나 두번 戀愛가 다失敗로 돌아갔으니 하나는 朝鮮서의일이요 하나는 두번째 日本있을때일이였다。하나는 在來의妾이요 하나는 인테리級이였다한다。稻香을커바린 그들의뒤가 그다지 幸福스럽지 못하다함은 消息子에게 들어아는바이다。

稻香은 이러케 戀愛에도 崎嶇한 運命을 갖었었다。

稻香은 웃기를 잘한다。웃되 微笑嗔笑、哄笑가아니라 사람을 接하면 문득 破顔一笑 반갑고도 多情한 豪放한 너털웃음은 자못 큰豪傑의風趣가 있었다。아무리 가슴답답한일이있다가도 그의 웃음소리를 한번들으면 가슴이 사뭇시원한듯하다。白潮社時代에 同人들끼리 別名이 다하나씩 있었으니 稻香은 웃음을 잘웃는다하야 笑笑之翁●●●이오 露雀洪思容君은 美人을 좇되 亂하지않다하야 溫雅之眞이오 懷月朴英熙君은 羅넘금치런 夫人의 兄,彭總尊한다하야 淵明之徒이오 溫溫公鑛健것은 무엇이라했는데 지금암만생해도 記憶이나지아니하니 當者에게 물을수바에없다。어떠튼 지금생각하면 간지러운듯한 罪없는장난들이었나。

稻香은 斗酒不辭다。梁州深夜에 지새는줄을 모르고먹되 談論風發, 興이 겨우면 泗泚水를 손이 불러 落花岩왜 말이없느냐 에 이르러서는 可謂 素人(시로노)를벌리며난本格的이었다。그때그 ·더무려 酒一斗詩百篇을 當해낸 人物은 憑虛、橫步、露雀等이오 筆者는 겨우그地位를 어루만졌을것이다。취신뒤에 滄海力仁根君이 羅君으로더부터 좋은配偶였을것이다。

稻香이 죽은지十年이라니 세월이 너무도허무하다。지금 稻香이 자고있는 梨泰院共同墓地가 府營住宅地로되기때문에 九月三十日까지 墳墓를 파가라고한다。무덤앞에는 文壇人들이 면든어논碑碣이있다。그의本家가 지금어느곳에 있는지알지못하야 稻香의누님되시는 崔頌氏夫人에게 墓地處置를 어떻게하느냐 물으니 本家가 지금孔德里近方에 사는데 그의父親께서 茶毘에 붙이겠다고말슴 하였다한다。

稻香은 또한번다시 一抹靑煙으로化할터이다。그러나 이碑碣을어찌할고 文壇에서 세워준碑碣을 文壇에서 處置하여주어야할것이다。

乙亥七月二十日

(신동아 제47호, 1935·9)

稻香哀詞

鄭寅普

處所는 朝鮮圖書會社우層이요 時는 四年前여름이다 어느날 親友洪碧初를 차저갓다가 건너책상에 對坐한 初面人士한분을 사괴게되야 세사람의談話가 부채바람과 어울어저 落照의비쒸드는烈陽을 깨닷지못하고지낸적이 한두번이아니엿섯다 人事야 무常하다 이일이 발서 隔世의往故가되얏다 稻香이古人이라니 稻香의얼굴우에 잔듸가 두차례나 욱어젓다니 책상건너 정답든모양이 아즉것내 눈속에잇는대 天表를 周行한대도 다시對할거망이업다。

稻香의文學에對한造詣가얼마나깁흔지는 나로서 測度하기어려우나 碧初의말을 드르면 步驟가 상당이잇든 逸才라고하고 또 梁白華、廉想涉、崔曙海는或樸質로보아 或勤修로 或誠懇으로 當世의希有者流들인대 모다 稻香을 哀悼함이 交情의範圍를 超越한것만도 稻香을 想像하고남음이잇다 이러틋한 稻香으로서 저러트시 忿々히떠나 篋裏의未成藁가 絕筆을울게되얏스니 설사지냄이 泛交라하더라도 生者의情懷를 스사로억제키어려울것이려든함을며 宿緣이 淺分이아닌에랴 눈물이잇거니엇지 稻香에게 앗길수잇스랴。

才子 才子라고 떠드는사람은만흐나 才子가 흔한物品이아니며 文人은 自命하면 되는줄아는것도 가트나 그러나 自命으로될듯하지만 마츰내 定價가잇는것은 文詞다 이점으로보아 實이名에들리지 아니하는文이貴하다 文人될素質만잇서도 貴하다 그런대 玲瓏境이따로잇는까닭으로하야 世故에齟齬함이만코 俊逸한意態가 曲謹과한儕流가아님으로 대개 남을 고이지못한다 그리하야 不遇가만타 稻香은 才子의流이며 文人의徒이면서도 多少曲謹味도잇고 窮料質도가젓다 그러나 本色이 間見함을감짝가치가릴수업서 얼마동안山寺 野店에서 客裝도싸보앗고 茫茫한海波우흐로 눈물도흘려보앗다 朝圖事務洪淳泌氏의一封書函을 空谷跫音가티반길때 아지못게라 稻香의속에엇더한不平이잇섯든고 이제 稻香의再恭를 哀悼하는사람은 대개稻香의故人이다 稻香은 업서도 생각하야주는이는잇스니 稻香이아름이잇스면 이것도 한위로라할가 이로써위로일가하니 이더욱슬프지아니한가 슬푸다 이만한稻香은 稻香이아니라 稻香의바라고나가든 그무슨言說外無形質이 이로稻香인줄알라 눈물이 그사람의 眞境에 떠러지지안는것처럼앗가운것이업나니 逝者의靈魂을 겹울리는것인줄알면서도 稻香을슬라는이에게 참稻香을찻도록 말하지아니할수가업다 눈대로늘러어보고 놉힐대로놉히여보고 넘어갈대로넘기어보자 참稻香은 여기서볼것이다 우리의눈물은 이稻香에게뿌리자 이稻香、 이드러나지못한 그대로무친稻香에게…………

追憶稻香

李 殷 相

집에서 거리리에서 그대얼굴 볼수업네
간지벌서 한해로뇌 어제런듯 애닯아라
벗끼리 모혀안즈나 그대자리 뷔엿네

그대무덤 가는길이 풀밋헤 뭇쳣고야
해와달은 거억조차 쓸어가려 하네만은
한조각 설은그림자 그려마지 못하네

거울처름 마조안자 웃고울기 갓치한제
뉘하나 압서갈줄 뜻이나마 하엿던가
애닯다 끼처둔글만 그대갓치 대하네

세쳐노흔 빗

—故稻香兄—

赤羅山人

나는 문듯 이런일이 생각된다。

가령 내가 急遽으로 죽엇다고해보고 이나의 죽음에對하야 세상사람들은 엇덧케나 생각할것인가? 세상사람들이란 너머 주지넘은말이오 적어도 나를아는사람 또는 平時에 나와 親하다고하든親故들 그들은 果然 이나의죽음에對하야 얼마큼이나 놀내주며 얼마킴이나 슬퍼해줄것인가? 그리고 이나의印象이 얼마々한동안이나 그이들의머리속에 남어잇슬것인가?

이럿케 생각할때 가득이나 沈鬱한내가 더욱 沈鬱해지지안을수업고나。그리고나는 故稻香兄을 聯想해본다。

稻香 도라간지 ᄭᅩᆨ 一年이되엿다。梨泰院그의 무듬우에는 비오고 바람불고 지난겨울싼인이이 더운녀름에는 푸른풀노 엉켜스러라。그러나 그는 오히려 우리들에게 남기고간것이잇다。그것이야 비록 크지못하나 珍珠와갓치 아름다웁고 그것이야 비록넓지못하나 槿域三千里 골마다찻고 그 이것야비록집호지못하나 同族二千萬.가슴에싹엿다。

그는 우리들에게 藝術이란 훌늉한路標를 남기고갓다。우리는다시 그를爲하야 무슨路標를세울것이냐?

그의무듬압헤 조그마한路標를 세운다는것은決코 그를爲함이아니다。그의作品을 읽고 그의얼골을 보고저하는者 그의思想을 推慕하고 그의자최를 찻고저하는者 말하면 이뒤ㅅ사람의그를 찻는者들에게 이것이곳 그가기리잠든곳이라는것을 가라처줄뿐이다。그러치아니아니하면 梨泰院 許多한무듬가온데 그어느것이 젊어서 불상히죽어간 稻香의무듬인것을 뉘能히 짐작할것이냐?

그를爲한 그의路標는 그自身이이미 세우고갓다。엇덧케 아름다운寶石으로라도 그路標에밧구울수는업다。우리는다만 살아잇는우리自身을爲하야 그의무듬압헤 조그마한路標를 세우고저할뿐이다。이것은 그의生前에 그를알든 모든사람의 義務이다。

稻香생각몃가지

李泰俊

어제도 맛나본듯 오날도 차저올듯하여 그의 완연한모습은 지금도 눈압헤사라지지안컷만 그에게 다시 기약이업는일을 생각하고보면 어제갓치지낸날들이 갑작히 千年이나萬年前太古를追憶하는것과갓치 아득하여지고만다。

죽엄이란 생각사록 애달플것이다。

‖寂寞한우슴‖

昨年、 매는 어느일은봄날이엿섯다。 日森里驛건너편동산에는이우러지는椿나무쏫이바람에 휘날니여 길을붉게덥혓다 稻香은 거름을멈추고 압서가든나를불럿섯다 그 하ㅣ얏케질닌 얼골은 지금도記憶한다 그는自己압헤떠러진 쏫닙보다더붉은핏덩어리하나를 굽어보고섯든것이다

기침한번을 다시지여하드니 또하나를 배앗터노앗다。

「언제부터?」

「이게 침이야」

우리는 말업시 다시걸엇다。

그로부터 電車를탓슬때나 朴의집까지가는동안 나는 意識的으로 그와間隔을지은것이 지금생각하면 未安하고後悔나는일이다。

朴의집에올나가서도 칠순도몰으는피、아、노를열어놋코 함부로둥덩거리든그心思 그러나 뒤를니여재우치는 기침과혈담은 그의不安을 누를길이업섯다。

「애이 비러먹을 각출것잇나」하드니 그는 朴에게로돌아안즈며 自己기모노소매속에서 조히떵이하나를집어내여들엇다 그의 여왼손은가늘게떨니엿고 그 흰조히떵이는 속에서 차츰〱핏빗이배여나왓다。

「자 나는 이래도웃고사오 그러나 어느시까지는秘密을직켜주시요 친구들이멀어지니까…」

그는 침을한번 울걱삼키엿다 그러고 한손으

로럭을만지며 천정을 머ㄹ거니바라보드니 맛치 밋친사람모양으로 빙그시 혼자우섯다 그무서운 우슴 그 쓸々한우슴。

나는 稻香을생각할때마다 그때 그寂寞한우슴을 잇지못한다。

=自 殺 騷 動=

한번은 우리압헤 新婦自働車가지나갓다。

「저런것을보문 가슴이뭉클하지?」 뭇는내말에

「뭘、다ㅣ속썩는구석이잇지…」

그後멧칠이못되여

「僕は自殺しに往く 後は親愛する靡君に頼む」

이런遺書한장이 그의이불우에노힌것을 그때갓치자든想涉氏가發見하엿다。

돈과병과사랑으로 그는쐑죽은것만갓햇다。

이것 큰일낫구나 목을매엿슬가 물에빠젓슬가 藥을먹엇슬가 온하로 온밤을 그가平素에가든곳이라는 술집까지차저들다녓스나 그의종적은묘연하엿다 그잇튼날아츰부터는 屍體나나지기를기대터는수밧게업서 東京안에朝刊新聞은 모조리 훌터보앗다 그러나 自殺記事는하나도업섯다。

그날밤 열시가지난때다 혼자잇는 나의房門이 스르르열니엿다 거기는 식커먼그림자가하나낫타낫스니 눈이써지고 광대가내미러 骸骨이그냥보히는듯한稻香의幽靈이엿다 나는 「앗」소리를치고 뒤로물러안젓다

「이거 왜이래 그럿케들속는담．히히 작난은내가잘못한작난이고」

그遺書가 행여작난이엿스면 하든나도 잇틀이나속은것이憤하여 뺌이라도하나갈기고십헛다 얘리기에는 그의뺌이너머말러섯다。

「나는 이번에 늣긴게만하…」

「뭘 엇저구 엇재?」

그는 오비에손을찌르고 안도안코서서 正色으로 이런말을하엿다。

「내가 만일죽으면말이야 이럿케들애써주려니하니까…」

=飢 饉 과 豔 文=

그때 友愛學舍에는 空氣만먹고살아보려든 세엉터리가잇섯스니 稻香、金志遠、나自身이 그들이엿섯다。 그中에도 特筆할만한것은 動則損이라하여 한번엇어먹은것이잇스면 그것이내려갈가바 맷시가지나도록 四八석기눈을 훌겨쓰고 그

던듯이누어사는志遊君의 所謂 餠消化法이엿섯다
하로도 前例에依하여 아츰점심을約하고나니自家의餠消化法을確信하는金君은勿論이요 二千萬이 七十年間을 두고먹을수가잇다는 金剛山속에뭇친金을엄朽는稻香도 태연히누어잇섯다。언제든지먼저일어서고야마는것은 氣短한나엿섯다。

그러나 果然動則損이엿섯다 大小便을보게되니 損失이요 陳列塲에노힌飮食의物誘惑이란 減殺될지경이엇섯다。

그날도 두친구를차저갓다 하나도못맛나고돌아설때는 해가누엿누엿지는때엿다。

金君은亦是自己房에서 엇즈녁먹은것을 해금질하고누어잇고 稻香은 다다미에베를쌉아붓치고두어 무엇인지 쓰고잇섯다。

돈이생기면 먹을것을사가지고오기로한내가 빈손으로들어서는것을본稻香은 서너장이나썻든편지를 발기〳〵찌저바렷다。

그의베개엽헤는借字로쓴 C라는女性에게갈봉투하나가 노혀잇섯다。

「굶머두 사랑이야」

「그러게 찌젓지 비러먹을!」

눈이 三十里씩들어가고 너가 송곳갓치날카워진 세餓鬼는 서로窮相을조롱하고 서로주린腸子을속히엿다 이房에서 쩍쩍소리를내이면 志遊이가달녀오고 저房에서꾸루럭소리가들니면 우리가뛰여갓다 飢餓에도 이만한快樂은가젓섯다 그뿐이랴 버러지는 時時刻刻으로파먹어들어갈지언정 稻香의그가슴속에는 한송이白花가피여낫스니 그금가는가슴속에 물간혼사랑이고히는것부터悲劇이엿섯다。

「C가 아직두 내뜻을몰라주거든……그건兵丁이섯틀러서그래!」

엇져다 돈푼이나생기면 身分에넘치는洋菓子를사들고갓다가 事不如意하여不滿하게돌아오는날이면 애꾸진나에게是非를걸엇섯다。過年한處女로서등이달아차저오는老總角의心情을 웨 몰나술리야잇섯스랴 다만말하자면 稻香간이 不吉한片戀을가젓든것이다。

長編「뒷치려할때」

土曜日날저녁이면 의레C를챠저갈술알엇고 C도그날이면稻香이올술알엇다 이러하여 낫에가는날도잇게되니 C가지은밥으로저녁食卓을갓치하게

되는날이면 稻香은 노상與이겨워서 自己는먹가
끈넛고 C의눈치만따라 나에게衒하는樣은 C를
主婦로 自己를主人으로 나는客으로 그 혼자마
음속으로나마 구구히將來를쌈여 코 보는것가텃
다。
稻香이 C의얼굴을한금한금쳐다보다가
「女子는 눈을보면알어! 생각하는사람이잇는지
업는지요」
C는 그만 두손으로눈을가리고말엇다
웨가리고말엇슴가「자ㅣ보세요 나는아모도업는
데」하고 똑바로뜨고잇지못하고 웨가리엿슴가또
久米正雄의「醜男」을이애기할때
「그래요 男子라도너머醜하면!」하는C의말。
稻香은 이런것이다ㅣ속에킹기여 늘 面鏡을압
헤노앗다。
「내눈은定評이잇지!코가좀 매부리코나 그것이
도리혀 널은내이마에 을니는코요 광대가좀나왓
스나、、、살이올으면!」
도참푸작을하다가도 C는有別히稻香게지는것을
실혀하엿다。그心思를 稻香은解釋하되 女子란自
己가마음속에사랑할사록 남을압해서는 씹고 빈
정거러는것이普通이여 自己에게對한C의그心情이ㅣ
좀더 순죠로 좀더현저하게 낫타날챈쓰가잇슬가
하여 우러 혼자간적도만엇섯다。
하로밤은C가
「참先生님 酒泚水잘하신대지요 한번를여주세
요」
「그거참 누가그래요…내가하면무엇하나 하시겟
슴니가?」
「네네 어서하서요 좌우간…그럿치만연房에서解
謠한지가오래지안으니가낫쉬하서요」
「그럼 나가하지」
그는 추운겨울밤에、、、、닷은멋문을열고 넘떠러진
버들가지느터진모느호시다이(物乾台)에나아가酒泚
水를 우는듯이 낙래하엿다 再請三請에오 승겁지
應하엿섯다。
그러면C는 流暢한日本말로「浪子 浪子なぜ死
んだ…!」하고 不如歸의全폰場面을律을부쳐닐는
것이 稻香의酒水에對되는C의長技엿섯다。
노래가盡하면 이애기가뒤를이여 稻香의아는것
으로 C에게하지안은이애기는 하나도업슬줄안다。
그럼으로 稻香의長編하면 「幻戲」와「어머니」世世
上에서알션이나「뭇치려한때」는아지못한다 그것은
그가다써놋지못하고죽은마당에作者와갓치죽은이長

篇은안사람이업스나 첫번부터끗까지 다ㅣ아는사람이하나잇스니 그는곳C를말함이다 이얘기에엇지쥬너엇든지 엇지궁하엿든지 다써놋키도前에 C에게는 이長篇을 이얘기해준것이엿다。

=「버들」과「피무든편지멧」=

버들은時調요 피무든편지멧은 短篇이다。

稻香에게 한낫時調도잇섯스니 初章을넘으면

「보다가 말하다가 그래도모자라서
西窓압버들가지 내맘매여두고왓소
바람에門두들기거든 내맘녀겨」

果然잠들은갑흔밤에 C의窓門을두드릴사람은아모도업섯다 無心한그버들가지만이 바람이잇스면할수잇는것이엿섯다。

稻香은 노랫가락의調를붓쳐 無時로이것을노래하엿스니 그때부터는 稻香도 自己의救할수업는의의짝사랑임을슬퍼하든때라 몸은病席에누엇스되 非件을小說的으로刪添하고 背景을西山으로하여 短篇「피뭇은편지멧」을써노앗다 그것이 稻香의最終作品이며 그의짜른一生의感傷的인最終面을 原稿紙에피를뭇치며 써노흔것이다。

그後 차저가는親舊들에게 그는 한가지대접이잇섯스니 그것은 新民에난「피뭇은편지멧」을넘어들여주는것이엿섯다。

기침에잠긴목소리로 어두운자리에서 보는듯 외이는듯 한마듸서슴지도안코내려넘는것이엿섯다 마치 시라노가 록싸누압헤서 죽기前에옛날편지를내려넘듯。

기침이일어나고 숨이갑버지면 듯는사람에게넘는것을勸하엿다。

「좀더크게…좀더〻〻…」하면셔。

=稻香君이여=

君이東京을떠나기 사흔전날저녁이엿섯다。

「돈五圓을뒷웟지 그만 原稿料오는데셔」

「누구한테?」

「路海가 장가가는데 미리 부주五圓을떼놋코보냇단말이야 하기는 난안갈텐가 장레준셈이지!」

君은 죽으려니생각은 꿈에도하지안엇섯다 그러나 病勢는마음과달러 하로잇흘기우러만지니 그때는 戶庭出入도힘들게되고말엇다 그럿르래도C의생각만은 病보다도骨髓에깁히들엇섯다 집행이에몸을실여 그날분代〻木練兵場과明治神宮담을돌아 省線으로市電으로 다시걸어야가는C의집을마즈막으로차저나섯다 거름마다 기침과 쉬는곳마다피를吐하며 밤깁허셔야C의집을當到하니 그래도 君의心誠이不足한탓이엿든가 C의窓에는 불켜잇지안엇섯다。

C가 그前날에寄宿舍로入舍하여간것을 主人에게들을때 君은얼마나 외로웟슬가 君은 그잇튼날아츰 아모친구에게도알니지안코 혼자조용히東京驛을떠나가고말엇스니 그때君의깁흔所懷는 지금나로도넉々히測量할수잇는것이다。

내가C를맛나보기는 君이世上떠난지한달後에東京에셔다 C는悵然히 이런말을하엿다。

「羅先生님이 그만돌아가섯셔요 그럿케 速히가실줄알엇드면 좀더따듯하게해드릴걸…病이나다른病갓햇셔도…。」

C의눈초리는 저저잇섯다 이슬을먹음은듯하여 쭈루루 흘으지도안는 그적은눈물이엿만 C가君을생각하고울은 앳롯한눈물이엿섯다。

君의무덤에 첫풀이돗아나든今年봄일세、君은아는지몰으는지 C는셔울셔 시집갓다네。

君의마음매달은 그버들가지는 오날갓치비뿌리고바람부는저녁바다 그窓을두드리럿스련만 지금은 C의당기하나도 걸녀잇지안는그房속에셔 누구라옛날君의多恨을 읍조릴고。

一九二七年七月三十日鐵原邑에서

新聞記者羅彬君

金東煥

내가 東亞日報記者로잇슬때이다 上海에 某重大事變이 이러낫슴으로 그情報를探索하려고 분이나게 어느政廳에 要路主腦者를 차저간일이잇섯다 그때거이 同時刻에 人力車를집어쌔리고 분주히씩이도는一靑年記者가 잇섯다 그가 時代日報記者稻香이엇다 우리는 初對面인사를하고 記者室에서 잠간이약이하다가 갈나지엿다。

그뒤 約一年有餘를두고 나는職業的因緣으로날마다 그와對하엿다 그런데 稻香은 조흔記者다 緻密하고 機敏한才華ㅣ縱橫으로나타나 늘 時代紙社會面을빗나게 꾸미엇다 더구나 그當時는海外團體의活躍이 놀납게展開되든판이라 온갖 稀有한情報가踏至하야 初號三段의 大報道가 그政廳에다니는 우리들손으로 每日制作되든때이다 잘못하면 押收를먹는데 羅君은 용하게避해가면서要領만을 늘 잘報道하고잇더라 그러나 어대로보든지날과가치 名記者는아니엇스니 첫재 新聞材料에 그러케興味를 늣기지아니하는것과 官邊要人을맛나기스러하는것과 性格이多少 靜的인것과 文弱한것이 第一線에나서 獅子奮鬪하는名記者로는許할수업섯다 나는자금 記者室한모퉁이에안저 입센著作를 英語로보고잇는것을보앗다 제말로는 讀書할틈이업서 電車와 記者室에서冊보기로하엿다하지만 時間을다루어 다라다니는名記者式은 아니엇다。

연말이나 어느날나는 社에서나와鍾路네거리를지나가다 말을치는이가잇다。稻香이다 멉허노코슨을기에 따라간곳이 時代社編輯局이다 게는 다써진陜爐를엽헤想涉、憑虛두분이안저 雜談하고잇더라。

그는제서 寢床을두다리며「酒泚水째에ㅣ」하고고개를갓댁々々하면서 白馬江노래를부른다 노래드러줄문이업서 나를붓잡어온모양이라 나는 한참들어주고돌아왓다。

그後永導寺나 料理店가튼데서 늘 그의 酒泚水와에ㅣ하는 노래를듯고 音樂에도 才分잇는이라하엿다 엇재뜬 文壇에、社交에、音樂에 다出衆한 才智를가진 朝鮮操觚界의 有爲한才士엇다

◇

그가 歸國後病으로 자리에눕엇다는말을듯고빈손으로 엇지가랴고 주저하는사이에 訃音을들엇다 그때는마츰 新聞社變亂으로 會葬도 못하엿스며 그뒤 中央禮拜堂에서열넌 追悼會때에도時間이느저 參禮못하야 오늘까지 生靈死靈에 一抹의 焚香도못하엿다 죄송하기 짝이업는일이다

幸혀 이뒷날 紀念碑나 서진다면 그때에나洽靜을풀가한다 噫라 조흔벗도 朝鮮의품이 너무차니 寂寞하게도가버렷구나 一年祭에 稻香은그때도 이땅을차저 올터인가 오거든 꿈에나 보여다오!

稻香에게

路 海

稻香!

나는 知友 여분과가티 君에게대해서 悲壯한마음은 금치못한다。그것이벌서 언제나 昨年ᄉ가을 君의葬輿를따라 葬場으로나가든날이엇다。李海、愚岱、赤城、乙洲、사무원여러 知友들이 昨年안으로 君의무덤아페 碑石은세이자는 이약이를하엿다。그러나우리는 昨年에 그것을 實現치못하엿다。그대 하는수업시 今年으로미루엇스나 今年도이재 過半에實現의道가 보이지안는다

稻香!

이것뿐만아니다。나는今年正月에 「朝鮮文壇」의編輯을 맛게되엿슴에 「朝文」八月號는 君의追悼號로 내보리라는計劃은 때로는朝鮮人又然兄에게 이야기하여왓다。그러나그것도碑石과가튼運命에 逢着하여버렷다。이것이故意가아니요 勢不得已 그러케된것이엇만 나는故友에게對해서 미안한 늑김을 늘바더왓다。

그리다가이제 現代誌의文藝欄一隅를 君을爲하야 提供된것을 現代誌에對하야는 君과함께感謝히 생각하며 또 社에게對해서는 우리一同이 微意이나마 뜻이게된것은기쁜게녁인다。그러나우리는그것으로써 滿足하는것이아니다。이가슴에엉긴 一念은언제나스러지랴? 死後에碑石은무슨所用이며 追悼文은무엇하더마는 그때도 사다잇는이의 마음은그런것이아니로구나!

稻香君의 죽엄

金 麗 水

내가 稻香君을알게되기는 때 오래전부터이다그가中學生帽를쓰고培材學堂에다닐때 그는나의上級生이엇다(아마한三年가량先進이엇든것으로記憶한다)上級에잇는그를내가엇더케잘알수잇섯스랴만은그검으데데하고둥굴넙적한사람조와보이는얼골、그快活한우숨、그리고그의活潑한자난、그런것들을通하야바든나의印象은『好男子』『사람조흔이』하고上級에잇는그를저윽이思慕하는마음까지갓게되엿섯다。實로學生時代의稻香君은 下級生間에『好男子羅慶孫』으로人望이놉핫섯든것이다。

그러나 그때에는 별交分이업시지내다가 그가『白潮』의同人으로 新進作家로이미文壇人의生活을始作하엿슬때부터(그때나는法專을다녓섯다)그와나와는交分을짓기시작하야 그後그가 時代日報에 내가朝鮮日報에 各其新聞記者라는職業을가티하게되여서는 매우두터운交分을갓게되엿섯다 남달리友情을아는그라 그에게는每日追逐하다십히하야퍽親密하게지내는여러親友들이잇섯스되 各其事情으로그리자조맛나지못하든우리와도 또한分以上의交分을맷게되엿든것이다 그리하야『彼此의氣分』은勿論잘알고지냇다。

그리든 稻香君이죽엇다(이『죽엇다』하는말은 퍽簡單한말이로되 또한퍽嚴肅한말이다 이『죽엇다』하는한마듸말로 人生營業의總決算報告가된다)稻香이죽엇다는말을들엇슬때 나는貧弱한朝鮮文壇에서作家하나를일헛다는 그런설음보다도『好男子羅慶孫을일헛다』하는설음이 나의가슴을압흐게하는同時에나個人으로의無限한寂寞을늣기게하엿다。

今年(丙寅)느진봄어느날밤에 나는그를 東京神田區어느路上에서맛낫섯다。

『야ㅣ오라간만이오그려! 언제東京오섯소? 社의일이오? 참여긔서이러케偶然히맛날줄은 정말몰랏는데!』
그는나의손을덕붓잡으면서 퍽반가운드시 남이對答할사이도업시 이러케 연겁허말하엿다。
『참 오래간만입니다 나온지는몃칠되지안습니다
그런데요새는 대관절 健康이좀엇더시요?』
『내健康이야 밤낫그럿치요 별수잇소 그저밥먹고문마시고거러다니니솟소이다 허허허』
그는快活한우슴을우섯스나 前처럼그러氣運잇서보이지안엇섯다 우리는여러가지이약이를하가가 다음날조용히다시맛나기를약조하고 헤여젓섯다。
그러나이것이그와의마즈막對談이엇다 稻香은별서가고 履行할수업는그약조——조용히다시맛나자는약조——만이이세상에 남어잇게되엿다。
생각하니 稻香君의죽엄은 첫재 보기듬을만치조흔사람이不幸하게죽엇스니 友情關係로앗갑고슯흔일이오 둘재로사람업는우리文壇에서 有數한作家를일헛스니 文壇으로도 또한앗갑고 슯흔일일것이다。

——一九二六九月——

——告 識——

여기실린 金東太氏의「稻香의죽엄」과 金岸曙氏의「羅稻香君의追憶」라는 文은 昨年가을「假面」—故羅稻香特輯—誌에 揭載코저한것인데 不幸이 該誌가 休刊이 됨에 이때까지 發表치못한것은 作者의 承諾도 업시내가 어머다 실은것은 作者에게 사과하는바이며 이外에도 森悼, 悼此, 月灘의 글이 잇섯스나 原稿가 몃장식 紛失히 되여서 못실엇다。上記兩氏의 文中에 今年이라는것은 昨年이다。 ——記者·——

羅稻香君의遺稿에

金岸曙

언제인가 그리오래지도아니한날에—나는 東京서돌아왓네 몸괴롭아서 눕어잇네 몸이웬만큼음직일수만 잇스면 여러親舊들을 訪問해보고십흐나 只今의事情으로는 엇젤수가업네 그려—하는듯의葉書를 밧고서야 羅君이東京서 돌아온것을알앗고 또한차자가볼생각 도잇섯스나 本來性質이怠慢한나는 이날저날 로미루기만하다가 病床에눕엇는同君을 차자보지못한채로 한달이나 보내버렷다。 그뒤에 들으니까 어덴가 절로가서療養한다기에 別로病이重하리라고는생각지아니하고 각금 꿈결갓치 만나서 이야기만들엇스면할뿐이엇다。

살아잇는몸이라 現實에나타나는일은 限이업서 나는 不得己한일때문에 서울을떠나지안을수가업섯스니 생각하면 아마그대에羅君이 집에돌아왓섯슬것이다。

이것이 웬일이냐。이대로 나는 두番羅君의검은얼굴을 볼수가업시되리라고야 꿈엔들 생각햇슬것인가。

× ×

서울을떠난지 十餘日되는定州旅窓에서 뜻밧게羅君이 돌아오지못할길을向햇다는 新聞의報道를發見한나는 그瞬間내눈을疑心하지안을수가 업슬만큼 同君의別世를 놀래지안을수가 업섯다 지내간일이 電光갓치 밝앗다가는 어둡어지고어둡어젓다가는 밝아질때 나는설엇다는것보다도모든것을 그대로미들수가업섯다、그러나 現實은嚴正하야拒否할수가업섯스니 가슴이답답햇슬뿐이다。

人生은朝露이니 가이업는것이니하는말은 누구나 입버릇갓치이야기한다 만은 이때처럼 가슴이답답하고 孤寂과無常한생각을 經驗해본적이 몃섯다。羅君은 그만업서젓는가 만치못한동무가운데 하나더 일코말앗는가 참만人生이란 가이업는것이다。

× ×

이곳에(假面)發表하는것은 同君의遺稿로 今年三

月이나四日에는發表되엿슬것이나 짐짓發表치아니한來歷을말하면 그때에내가短篇小說을하나 써달낸것이小說을 써보내지아니하고 時調를보내면서「天下一品의時調를보내니 光榮으로알고실이주게」하는便紙가잇섯기때문에나는「天下一品이면 다른곳에맛아서 술잔써리나삼고내게는다시短篇을써주게」하는答狀을 보내고다른原稿오기만 기단엿다。

그러나 오야한原稿는 오지아니하고期日은 넘어가버려 그대도남겨두엇든것이다 이것이므수番氣줌지못한이름이라한「遺稿」두字를 부쳐가지고發表되라고야 나는勿論이오 同君이亦是듯밧기엿을이니 사람의일이란참말 몰을것이다。

더욱 그後얼마잇다가 和暢한東京의봄철에 만손感動을밧은同君의便紙에는「……거리에 나아가면 돈은업고 봄바람에醉해도는 요놈의게집애들이사람의肝臟을녹여서야단일세 그것엇더케 좀쌘니해주게그려。응알지」하든사람이 只今은 길이달나젓으니 限업시 섭한일이오 설은이야기다。 여거「그것엇더케 좀쌘니해주게 그려」한것은 글벗집에서現代文藝叢書第五卷으로 發行케될同君의創作集「自己를찻기前에」의原稿料催促이다 그때에 페窮햇든모앗으로 原稿料어더보내라는便紙가적지아니하엿으나 글벗집에서는 녀름에는中止햇다가 가을부터始作한다고하기때문에 나亦엇절수가업서 이듯만待하고말앗든것이다。 그것도 遺稿라는두字를부처가지고出世될터인즉 幽明의길이라알수는업스나 羅君의맘인즐 오착섭으며 남아잇는우리에게는설음이限업슬써리이마。 二十五年의 同君외삼도괘슬아린두엇이란생각을禁할수가업다。

× ×

이러한來歷잇는時調「버들」한篇(三章)은오메리아의설은노래보다도 더더설고괴롭은것이다。 나는머리를숙이고同君의靈의平和롭기를 빈뿐이다。

보다가 말하다가 그래도 모자라서
서장압 버들가지 내맘메어 두고왓소
바람에 장두눈기거는 내맘역여

내맘을 말로못하고 버들띠리 허들내어
허공중천에 휘씻내어 부렷더니
띄리도 제가슴타든지 우는듯우는듯

봄정에 애타는맘 버들야 알듯한데
길건이 느러저 못에시처 쓴너저도
나의맘 그의맘을 얼거놀줄 웨몰으니

1926.9.8

稻香을 생각한다

金基鎭

죽은사람에 대한 記憶은 웬일인지 산사람에 대한記憶만콤 싱싱하지가못하고 한겹엷은 포장에 가리워진 저편의 物象을 보는것가티 희미한것갓다。비록 여러해를 맛나보지못하고 或은 죽엇는지 살엇는지까지 알지못할만콤 서로 격조한사이일지라도 저사람이 살어잇슴에 틀림이 업스러니 생각되는 그사람에대한 記憶은 웬일인지 싱싱하고 色彩가鮮明한것이 事實이건만‥

稻香羅彬을 생각함애 나의記憶은 當時그의風貌를 그리어보기에 또는 그와交際하든때의 모든事件을그려보기에 多少間힘이드는것을意識한다 죽엄이란 果然얼마나 덧업는것인지 可히알겟다

× × × ×

稻香과나와는 그다지 親치 못하얏다。내가中學校에잇슬때에 그는나보다 一年上級이엇다 나는다만 그를알엇슬뿐이엇다。내가 日本에공부가잇슬때 그는 이미 文士로 이름이잇섯다。그리하야 一九二三年봄에 當時의白潮社에 몃사람이모히엇슬때 나와그와는 비롯오 社交的의인사를하게되엇든것이다 나도 그때에는 白潮同人의하나이엇섯스니까。

그후로는 자조자조 맛낫섯다。그러나 우리는 文藝上問題에대한 或은社會問題에대한 論議를彼此에 交換하야본일은 한번도업섯다。나는다만그가自處하는程度의 그를尊敬하려하엿슬뿐이엇다。同時에그亦 나에게 아모러한 討論을 가저오지안흔것이事實이다。

× × × ×

어느해겨울에 그가無錢旅行을하고왓노라고 樂園洞내旅館에 다른동모와가티 차저와서 놀다가 잘곳이업다고 가티자자하야 그밤을가티밝힌일이 잇다。아츰에 疲困한눈을 부비고이러날때 나는

그의 죽어진눈 조치못한血色을보고 그의衰弱을 推測할수잇섯다。 마츰 病床中에노혓든(그가가지고온) 雜誌「開拓」의續刊「開拓以後」에실린 雲汀의「漁笛이 운데」(?)라는戱曲이偶然히話題가되어 評說的論議가交換되엇섯다。

『암 그야常識的이지 或은模倣的이라는말까지도 할수잇슬는지몰르지……하지만 常識的이아닌다른 사람의作品은 무슨별수잇서? ——常識的이래서 非難할理由는업지……』

여러말스테 내가 이러케말하얏슬때 그는卽時同意하얏다。 아츰밥을 먹고나서 그는無錢旅行하든때의感想을 풍을떨어가면서 이야기하얏다。

× × × ×

생각건대 그는 엔간히明徹한頭腦의所有者이엇다 그의놀라울만한早成은 그의才質을 말하든것이엇다。 그는恒常——내본바에틀림이업다면——自己가 밋는 完全한길을찻고자 헤매엇다。 그의作家的本質은浪漫主義를 多分히가지고잇섯다。 그러나 때로그는 自己의 浪漫主義를버리고 寫實主義로붙어가려고한적이 보엿다。 그가 社會意識로눈을옮길때가그때이엇다」 그리하야 그는機動되어가는時代에될수잇는대로敏感한려고하얏다。 그러나 그는죽을때까지(「피무든편며쪽」이 그의最後發表作이엇다) 自己의浪漫主義를 버리지못하고만것이事實이다。

× × × ×

東京으로부터 돌어와서그는어떠케하고잇섯스며 어떠한모양을 하고이世上을떠낫는지 나는그것을 알지못한다。 죽은그에게대하야 結論하야말하면그는그의命은一生을通하야보건대 겨오 참말로時代에눈뜨고 자긔에게 눈뜨려할때에天折하얏다한것이다。 말하자면 아조未完成으로 이世上에서 자최를감추엇다。

病中의 稻香

廉想涉

稻香이도 世上을 떠난지 벌서一年인가。只今 붓을 들랴고 망서리랴니가、내가 안젓는房엽희ㅅ집에서 별안간 哭聲이 浪藉히 닐어난다。오늘이 그의 맛아들의小祥이라하야 哭을지내는것이라 한다。平時에 朝夕으로 寡婦ㅅ宅이 홀로히哀號하는 청숭맛고쓸쓸한대比하야는 여러哭聲이 어우리지니 엉정벙정히 들린다。슬피우는소리건만은 여럿이고보면 오히려繁華한늣김을준다。「아구 불생해ㅣ아구 불생해」하며 넉두리를하는것은 그의누의인지? 數三時間안에急死한 오래비가 더욱히 불상한것이다。엇전동 나도까닭업는 눈물이 솟이는것을 깨다랏다。愛着이나 因緣이 잇는때문이아니라 刺戟과 想像으로 솟으는것이다。그것이 常情이라는것이다。

그러나 지금 생각나는것은 稻香의臨終이다。稻香의臨終을 아모도 보지못하얏다는것은 그最後가 얼마나 쓸쓸하고 悽慘하얏든가를 또다시 뉘우치게한다。自己집、自己房에서 다시오지못한 길은 떠나면서 父母、同生의얼굴하나못보앗다는 것——가는사람、뒤에남는사람이매일반으로보고저드아니하고 보이고저도아니하얏든지는 몰으나——은 사람의자최가 얼마나 쓸쓸하고 히잘것업스며또한사람의마음이 그다지도 모진가를 다시금 생각케한다。[illegible]하얏든엇던親戚의말을 들으면 [illegible]與엽헤섯든 그의妹氏는 脂粉으로 곱게쑤미고 뭇사람의 얼굴만 말둥말둥 치어다보며 눈물한덤 반짝하는것을 못보앗다한다。안나오는 눈물을 그짓지울것이아니요 朝鮮사람의 넘어甚히哭하는風俗이絶對로 조타는것은아니나 稻香은 同氣間에도 幸福스럽지는못하얏든가십다。

稻香은 元體 그의作品이 로멘틱하고 센티멘탈한대에比하면 퍽쌀쌀하고 맑은사람이엇고 孤獨한사람이엇다。 그를 내가 만난것은 東亞日

報에「幻戲」를쓴뒤, 朝鮮圖書에잇슬때라고 생각하거니와 그後 江原道等地로 流浪을하얏거나 또 뒤미처 時代日報入社後에 暴飮을하며 너털웃음을웃고 단이든것가튼것은 그의性格의 적은一面은보일망정 그全面은 到底히아니엇다。그러한것은 二十前後의文學靑年에게 흔히보는現象이엇거나 그러치안흐면 自己의本然한性格이나 素質과 中心生命의要求를 마음껏 펴볼機會가업는苦悶이 反動的으로 變化하야 逆流된狀態이엇다。萬一그로하야금 家庭的으로나 社會的으로나 좀幸運을 타고나게하얏든면 그는 그의作品에서보는것과가티 섯듯한情味를 답북히가진才士이엇슬것이다。그는 그가타고나온 才華를 정말피어볼機會도가저보지못하고 自己의性味에맛는生活을 하로도하야보지못하고 이알둘한世上을 소리업시 떠난사람이다。

昨年一月十九日正午쯤해서 나는 東京驛에 나렷섯다。푸랫트포ㅣ口밧게 후죽은한日服에 발을 벗고雨傘을들고섯는稻香이 내눈압헤 나타낫다。비가와서버슨발은 흙에더럽고 욱으러쓴캡、미태서 유난히반싹대는 두눈은 한칭더 옴폭깨어보엿다。顔色의憔悴함은 눈에顯著히되엇거니와 次々生活의內容을보니 如干한困窮이아니엇다。到底히分鋼을挽回할道理가업는모양이엇다。

치대책 에 엇던女子을두고 時調三篇을쓴것을 내어보이며 한결가튼 너털웃음을 내노앗스나 모든것을 弄調로 넘기랴는 自己嘲笑 自己冷笑가 석기인것이 분명하얏다。그날밤에 둘이上野公園으로 돌아단이며 막車를 겨오탈때까지 痛飮快談으로 半밤을보냇섯다。

「돌아가면 무엇하오 여기잇스면 엇더케든지잇게되는것이지。」

이러케 나를挽留하면서도 自己는 東京에잇슬興味가잇는것도아니요 東京사러를 安定시길方途를 차리는것도아니엇다。次々病勢가 甚하야가는것이 完然히보이고 苦悶하는양이 나날히 달라갓다。사른사람이 모든것에對한興味를 일는다는것은 무서운일이다。어대까지 살아야하겟다는熱意가 슬어저가는사람의生活은 가을파리의날애가튼것이다。昨年봄의稻香이 그러한狀態이엇다。當

時 稻香의日課는 每日 入浴하고 누엇다가 잡싼葡萄酒한盞마시는것이엇다。酒色은 벌서前부터스일이어니와 나종에는禁煙까지 斷行하는수밧게업시되엇섯다。엇더케든지 不許하고 大學病院이고 어대고가서 診察을 바더보랴면바다보앗겟지만은 自己가 記憶하고잇든處方으로洋藥을 間或지어다가먹을뿐이엇다。돈이업는탓이겟지만은 病院에간대야 診察料二三十錢이면될일을 아니하는것은 自己病을 自己가 分明히알거나 그러치안흐면어렴풋이 斟酌만하고두는것이 밝은대에 내놋느니보다는 慰安이되리라는생각과 또親舊들에게라도 띄들리서 忌避하고嫌惡하는감정을 주지안흐랴는 생각으로이엇든지몰은다。 그는 여러사람과 食事를할때에도 自己혼자서는 매오注意하얏든모양이다。다만 나하고만은가튼盞에 술도마시고 茶스종도 한데쓰고잇섯지만은 그러나 그더처럭漸漸깁허가는것을自己도 分明히깨다른뒤에는 機會가잇스면 火푸리술을다시마시기도하고담배도 쌔앗다。우리들의勸告로 京城本第에通奇하고漢藥을 지어보내라고하얏스나 人便에까지申申付托하야보앗서도 못못내 아모消息이업섯다。本第에서藥局은하지만은 高價한藥材를求하기어려워 그리하얏는지 몰랏다。

그後 千駄谷으로 간뒤에 한번차저가니까 자리보전을하고 누어서 某誌의原稿를 쓰며 쉬며하고잇섯다。歸國한路需은 벌랴는것이라하얏다。그알들한稿料가 와서 歸國하자면 어느千年에 될고하는 생각도업지안햇스나 그러타고 낸들 엇지하는수업섯다。엇더튼하로방비 歸國하기만 바랏다。

그때 稻香이는「이것을 좀 보오。」하고 웃으며葉書를 보혀주엇다。나도 바다보고 웃지안흘수업섯다。그것은 稻香이가 호을로 그리우든異性의동생이보낸편지이엇다。稻香이 移徙하얏다는 通知를하고 놀라오라고한데對하야 비쇠는수작으로놀라갈必要가업다는反語를 쓴것이엇다。稻香의말을들으면「꼭놀라오라는것도아니요 自己누의게別다른생각을 지금 가진것도안니다。다만 내게놀오든사람이기 通奇를하고人事로 놀라오라고한것에不過하나 발이옷읍지안흔가 入學試驗에 도아달라할제는 자조놀리다가 인제는 머볼일업다는말이지!」하며 그는 쓸쓸히 웃엇다。 그러나 그는 새삼스러히 人心의浮薄한것을 놀라지도안코 怨망하지도안핫다。冷然히冷笑하고미드는것은 그와나와一般이엇다。——오늘날와서 그런생각을 하면感慨無量하다는것보다는 사람의愛慾이만무서운것이요 또한便으로는殺面이니 打算이니하야 汲汲營營하는꼴이 웃으은것을 샘삼스러히 생각케한다。

내가 단여온지 얼마아니되여서 稻香이歸國한 消息을 들엇다。나의寓居와相距가 매오멀고하니까 相約한대로 나에게 차자오지도못하여겟지만은 그後葉書한張도 밧지못하고 彼此에 幽明의 디경을달리하게되엇다。그때에 쓰든그原稿로 路需가되지못하얏슬것은勿論이나 或은 그原稿가 創作으로는 稻香絶筆이엇슬지몰은다。

나는 元來 運命이니 命數니하는것을 의심하거니와 稻香의죽엄을보고도 이에對하야 여러가지생각이업지안타。그의病의原因이 어대잇섯든지間에 그에게 若干의資力만許諾되엇드라도 그처럼慘酷한天折을보지는안핫슬것이다。 그의數年間暴飮만할지라도 그의私生活이 順調이엇드면 그러케甚치안핫슬것이요 우리의民族的處地라든지 社會的環境이 이러치안핫드면 그와가티되지는안핫슬것이다。이와가티말하면 非但 故人의境遇뿐만안니라 누구에게든지 이러한論法은 適應될것이지만은 要컨대사람의運命이라든지 天定한命數라든지하는宿命論的見解로 그의不運과天折을 볼수는업다는말이다。

붓을노흐랴한제 리웃집울음은 또한속금 자즈러진다。木主압헤 벌려노흔山海의珍味는 뉘를爲한것이며 남은설음을 억제치못한들 또어이하랴만은 稻香을爲하야는 몃사람이나 눈물지랴는고?

(七月二十一日夕記)

(現代評論 제7호, 1927. 8)

가버린作家를追憶하야

潔齋의人故南宮璧君

樹州

故南宮君은 中[illegible] 學友이였었다. 그는 [illegible] 나는中央學校(中央高等普通學校)에를 다니었든바 그는 나보다 나히보나 學校로나 二年 先輩였으므로 내가 三學年때 그는 이미다니든 校를 卒業하게되었다. 그런데 그當時를 回憶하는 意味로 우수운 이야기나 하나를 적어보려 다. 다름이아니라 그는 在學中 校師의 秀才로 特히 外語에 長하야 卒業할時로 나다니는 中央學校에 外語先生으로 招聘되게되었다. 어적게까지도 木柵(徽文高等學校와 中央學校사이에는, 엉성한 木柵하나이 隔하야 兩校가 一校아님을 標할뿐이었다) 넘어로 같은中學生으로서 비니 내니하다가 猝地에 우리의 先生이 된다는바람에 우리의 놀나움과 창피는 比할때가 없었다.

그리하야 우리는 全班이 結束을 해가지고 學校事務室로 드러가 强硬히 抗議한 結果 [illegible] 問題는 그아말로 [illegible]가되어버리고 마렀는것이다! 그가 [illegible]人이 되었음만[illegible] 狹見이 있었든들 나個만이라도 그抗議團에서 脫退를 하였을것을하고 혼자서 苦笑하리도있었다.

× ×

故南宮君은 外貌로나 容止로나 筆致로나 「端」 바로그것이였는바 내生前에는 무었으로보든지 君以上으로 더 깨끗한 사람을 본수없을듯하다. 그의 깨끗는 깨끗다못하야 거의 怪癖에 갔가웠다. 原稿는 그만두고 葉書한장만 쓰고라도 手紙[illegible]갈이 곡손을씻었다. 그리고, 原稿같는것을쓸때 혹시 在傍하였다가 드려다보면 우리네같으면 휘날니어 기적어릴것도 그는 글자마다 字劃마다에 精誠을드리어 글쓴다는것보다글을 삭이(彫刻)였든것이다. 生겨친것같이 납작납작하게 꼭꼭박어쓰든 그眞實하고 敬虔한態度 이제껏도 이치어지지를 아니한다. 그리고 그는 謙讓도 많었지만 朝、晝、夕三時로 面에질責할때에는 미웁기까지하였다. 슬푸다 그깨끗이 간직하든몸 이제는 어디를 가있는가!

× ×

君의 詩文에는 一種의 特色이있었다. 度어지내칠 지경으로 簡潔하야 살없는 뼈뿐인듯하였다. 勿論 그의 글가운데에는 「冗語勿入」의 標號가 보이지안는중에 붙어있었다. 그러나 그같이 簡潔하면서도 원체 살에배인듯한 「實感」을 가지고 「먹실마듯이」 쓰는까닭으로해서 文字이 生動도하려니와 一種의 神秘然까지도 주는것이었다. 그의 어느詩가운대 「홍멍이를 똑똑치는 비빵울」 이란 文句가있다. 얻뜻보면 그러한 乾燥無味한말은 없을듯하나 그의作風, 그의性格 여러가지를 가지고 잘吟誦하여보면 無사이에는 자라나는 生命의 적은소래와 萬

物을 蘇生식히는 흙의 냄새가 돋니고 맞이어지는것이다! 그는 아모리 좋은것입지라도 그찌거이(殘滓)에 自足하는精神的偸安者」流는 아니엿다! 모든것의 『眞髓』에 接하려 조바슴하고 울고 기다리든 高貴한 心魂의 所有者이엿다。『生命』은 그의밥이엿고 『神秘』는 그의옷이엿다。 내말에 일점誇張이없음은 君과 사괴어 지내든 모든사람이 證明하리라。

× ×

지금와서도 어제일같이 記憶이되지만 平時 壯健하든 君이『夜來問安』격으로 하로밤사이에 갑작이 가버렸을때, 나의 놀라움은 그지없엇다。君의 외로운靈魂을실은 靈柩車가 水鐵里共同墓地로 向하는데 뒤따라가든 나ㅣ 좀처럼 눈물흘니지않든 나이엿마는 그때만은 울고 울고 또울엇다。 치운겨울 새벽이라 끝없이나리는 눈발은外套앞자락을 적신채 어러붙어 번질번질하엿엇다。 이제것도 생각만하면 딱하고 가엾은 君이여!

이러케 적어내려가며보니 참으로 君에對한 回憶의 실마리는 끝날길도없다。 그의 不幸하엿든 家庭生活, 그의 十餘年間 放浪生活, 朝鮮最初의 長髮記錄, 二三의 로맨스等 限이없으나 그모든것을 이에詳記할 必要는없은즉 가장 우수깡스러운 이야기 하나나 적어볼가。 은제인가 君이 東京서 도라와 獄中에는 無爲分하고 갈데는없어 나와 올마동안을 한방에서 起居하기로 되엿으나 長髮藝術家에게 沒理解한 우리집 女猶들은 여벌이불을 許치않어 이불하나로 한겨울을 잡이, 덥고지내다。 그리하야 夜半에깨어보면 서로추어 이불자락을 맛당기는 바람에 두몸사이에는 은제든지 [illegible]런낼[illegible]이 생기엿는바 혹시 잠결에 무릅을피부려 君의등을 거북케하야 脊骨의洗禮를 받은적도 한두번 아니엿다!

× ×

끝으로 一般이 잘모르는 君의 來歷을 하나들추면 君이 朝鮮스폿스界의 大先輩이엿다는것이다。 집세기신고 빼스볼하든時代! 君은 漢城高等學校 때 스트●팀의捕手이자캡틴이엿든 것으로 記憶되는중 本社에있는 張錫台君이 投手이엿다。 그런데 蹴球(풋뽈) 로도君은 校內의 至寶이엿엇다。

何如間 故南宮君이 文人으로서 運動家로서, 이러것다제치고 單純히 南宮璧인「사람」으로서 나에게 强烈히준 印象은 精明, 慨潔, 强直, 恬淡이다。 總括하여말하면 무서운 潔癖의 人이엿엇다。(끝)

(신동아 제47호, 1935·9)

新刊評

『렌의哀歌』를읽고

—毛允淑女史의最近作—

李 善 熙

詩人윤숙은 대담히 영특한 女人이다. 일즉이 詩를 쓴지 不過 메칠에 술그머니 詩集 『빛나는地域』을 만들어 世上에 내여노았다.

사람들은 놀나서 눈이 휘둥굴해젔다. 그玳水와같이 퍼저나가는 詩想과 그土박半갑이 탐스러운 情熱에 사람들은 입울모아 우리의 毛詩人을 讚美했다.

이러하야 그의 藝術은 날로 높아지고 그의 名聲은 날로 더하니 그는마츰내 우리詩壇에 가장큰 女人이되기에 이르렀다.

毛詩人은 倦怠와 沈滯를 모른다. 그의게 가슴을 도려내는듯한 哀想이 있는가하면 또다른편견 문속에서 파티치는 고기와같이 활발하고 生生한 데가있다.

그는 이러한 솜씨의 野心과 감격을가지고 또다시 한篇의詩篇을 여겄으니 이곳 『렌의哀歌』다. 이詩는 약半年間을 亘하야 『女性』誌에 실렸으니 몇경 많은독자의 愛誦함을 입었으리라고 믿는다.

이제 이 『렌의哀歌』는 京城府[illegible]町 日月書房出版部에서 四六判美裝의單行本으로 出版되었으니 이런 억개가웃쓱하도록 좋고 고마운일이 어대있으랴.

나는 이런 경사스러운일을 當하야 감히 내鈍한붓끗으로 나마무어 [illegible]의 前後篇을 쓰려하노니 내진정을 過히 허물치말다.

『렌의哀歌』를 읽어 끝을마추니 때는 正히 午後兩時! 낮잠선 눈시우에 잠이 아직도 몽글너나는몸을 간운수없이 疲困하나 내눈은 오히려 그대의 哀歌우에 머물도다.

바람은 가비고
마음은 풍풍디서

나는 지금 나드러옷을 고내고 신발을닥고 한참 놀러갈준비에 바뻐야 할것이나 내[illegible] 오히려 그대의 哀歌우에 머물도다.

가슴을 자갈진하듯이 앞으게하고 어롭고 매운 [illegible]念이 나를 울으게하야 나는 두손으로 얼굴을 싸고 책상우에 엎더지있으나 내맘은 오히려 꽃을 찾어날으는 벌이와같이 그대의哀歌속에서 춤지도다.

『렌의哀歌』는 전후八篇으로된 長篇의 戀愛詩다. 렌이란 女人이 사랑하는사람 시몬의게 보내는 기다란 편지다.

흔히 地上에 맺는사랑은 [illegible]의중
각과 일시의 氣分가 前提되고 或者
끝것을 약속한다. 그러나 시몬과 렌
의사랑은 저은날개를 달고 작구만
地上에서 하늘로 날으리고만한다.
비극은 여기에 있는모양이다. 기실
시몬은 아해와 자식이있는 주인까닭
도 있겠지만 그보다드디 렌은 시몬
을늘고 하늘로 올나가기를원하고 땅
우에서 지아비되고 지어머되기를 원
치안는까닭도 있다.
렌은 금을 菓子보다 더 조와하는
女人이다. 렌의게서 금을 버끼면 그
는 넘우 처버슨자기를 가엽게 생각
할것이다. 렌은 이리한 금으로 [illegible]
의歌人 시몬을 싸서 지극은 사랑우
에 얹지우았다.
렌은 항상노력하기를 령혼은 肉體
보다 아름답으니라 언제 어되서 그
가 이로운 肉體를 면시하기를 매일
느지 그러나 렌은 관선로 시몬의 肉體
를 무시하고 그리려면는 사랑이다.
[illegible] 시몬이 우시를 가지시고 [illegible]
[illegible] 사시는것이 [illegible]

일종에 하나입니다」
이러한 렌이 사랑하는 시몬을 지
자(市)에 두구장사나 배추장사되기를
원치않고 또 永遠하기도하고 또 한
란하기도한 지 묘한 「이데아」世界에
머문나 命令한것은 퍽그나 당연한일
이다.
그나 그뿐인가 렌은 시몬의 밭에
香油를 붓고 눈물로 적시여 거룩하
게하고 참되게하고 또 아름납게 하
였다. 이리하야 시몬의게는 하나로더
하지도않고 하나를 덜하지도않고 기
어히 完全하야 벌었다.
렌은 시몬의 [illegible]의 사상속게 안
거천으나 또 가시길히라 갖으기도했
다.
「시몬 당신의 애무를 원하기 보다
당신의 맷담을 그키겨원야한 저의니
다. 용서하서요 그러나 지는 당신의
빛나는 光彩를 버서나서는 살수없
읍니다」
[illegible]
[illegible]
[illegible]

「시몬! 당신이 좀더 재게가까히 게
셨드면 그러고 [illegible]한 지중소래를 달
래 드르서더던 그러나 시몬! 당신
은 너머제게서 먼니 먼니 게십니다」
多分의中世紀的 信仰味를 띠고 울
어난것이 대단히 재미있고녀다. 「단테」
의 「베아트리체」와같이 久遠한 사랑
이란 宗敎以上으로 神秘스럽고 宗敎
以上으로 거룩거룩하다.
헌데 第七, 八信에가서는 렌의노래
가 차차 어무어지기 시작한다. 좀더있
으면 아조 屈服으로 드리갈 위험도
있다. 아모래도 肉體를가진 시몬이길
레신되 그렇다면 아름다운 [illegible]과 찬상
수에서 그처럼 [illegible] 예인은 [illegible]
없는것같다. 렌은 시몬의게서 점점을
진거치고 無情을 [illegible] 그의노
래는 딱 中斷되고말다.
[illegible]

朴貴松詩集「世紀의豫言」讀後感

朴魯春

貧弱과沈滯를 부르짓는 우리詩壇에 詩集을 두卷식이나 보냈다는것은 어느意味로보든지 반가운消息이다。

우리의 젊은詩人 朴貴松氏는 客年봄에 그의 處女詩集 哀誦詩集을 世上에 보내고 곳 이여 第二詩集 世紀의豫言을 우리詩壇에 선사했다。筆者는 그의 處女詩集이 나오자 지금까지 紙上으로도 많이알려지못했든 詩人의作品이란 好奇心이 도음하야 곳 求讀했기때문에 그의第二詩集이 新聞新刊紹介欄에 紹介되자 冊이到着하기가 무섭게 단숨에 내려읽고 몇가지 생각나는點이 있어 이붓을 들었으나 評이란 수제넘은짓을 버리고 한낫詩徒의讀後感으로써 보려는것이 筆者의本意다。

筆者가 朴貴松의이름을 보기는 그의處女作에서 다該時의 느낌은 每日 詩를쓰고歲月詩나라에서 헤매는」(哀誦詩集의自序에서抄) 하나의 眞摯한 우리詩徒가있고나하는것뿐이였으나 그의 詩集의自序에宣言한것갈이 그의心境의變化를 것치면무게있는 作品을 나으리라고 많은囑望으로보고있든中 그의 第二詩集에서 우리는 豫期에 相副됨의 多幸을發見하고 同時에 그의多作의 精力的活動을 稱揚한다。

생각컨대 氏는 每日같이 詩를 쓰시고 그리고 詩作에서 自己生命의 價値를 發見하는듯하다。

나는 헌 구두를 끌며
한낮에 神田 넘은 길을 걷기를 퍽 즐겨한다。
一高學生들은 때묻은 洋服에 手巾을 차고
나막신을 소리 높이 끌며 걷지만은
나는 나의손으로된 「詩集」을 왼손에 쥐고
큰길을 활개 치며 걷는다。
해는 나의몸 全體를 빛이고
나의가슴을 휘— 쓸어간다
正午!
그리고 나의 存在!
오오 「詩集」은 나를 한없이 幸福스럽게 만드다

(第二部「幸福」)

이렇듯詩에서 幸福을 享樂하는 그다。이것은 우리의 바라는바 藝術的生活로써 高價의것이나 이곳에서 多作散作의 邪路에 빠지기쉬운것을 警戒하여야 한것이다。現在에 氏는 이반잡지못한 行動을 犯하고있다。그의詩集第二部「힘있는生命生活」의 部에 모딘여러作品—「어느날」「로끼」「실없는거정」「나의 生活」「幸福」「나의學校」等—은 詩라고 보기보다는 散文이나 隨想으로밖에 볼수없다。詩는 비록散文詩래도 音數律은 無視한망정 그의表面에 흐르는 內在律에 그生命이 있을것이다。허나 우에 列擧한 모든詩作은 테—마(主題)부터 隨想이나 엣세이로 表現한것이며 散文을 짤막짤막하게 끊어서 글을 만드면 詩—ㄴ줄아는 初步者가 일수犯하는 誤謬이나 안인가까지 疑心하였

다。 그一例를 들면

나는 電車ㅅ속에서나
어느 會合의 席上에서나
또는 어떤 學校에서나
얻굴이 어여쁜 女子를 보면은
(이女子는 어떤 男子에게 시집보내면 幸福된가?)고
신없은 걱정을 한다。

몸이 가늘고 눈이섬고 얻굴이 溫順해 보이는
또 어딘지 哀愁의 表情을가진 女子를 보면
나는 (이女子는 藝術家게로 시집을 보내면 좋겠다)고
本人이 들었으면 이네 눈운 붙으뜰 結論을 내린다。

그리고 얻굴이 조금 동굴고
살이 조금진 엎뀟보아 순진한 낯운 한 女子를 보면
(이女子는 月給쟁이에게 시집보내면 家庭趣味多含하야 좋겠다)고
살림사리 잘 하는 어떤 主婦의얻굴을 그리는다

메인 내 맛나는 女子는 무척많다
그러나 나는 진우에서래도
쉴새없이 女子의 얻굴을 보고
혼자ㅅ마음으로 모ㅡ든일을 決定한다
그리고는 기뻐하고
혹은 얻굴을 찌무리기도 한다。
(실없는저정)

이것은 「몸이 가늘고 눈이검고 얻굴이 溫順하며 哀愁의表情을 하는女子는 藝術家에게 얻굴이 둥글고 살이찌고 순진한 낯을 한女子는 月給쟁이에게 다각각시집 보냈으면 좋겠다」는것밖에 아무 內容도 없고 그렇다고 別다른 形式美도없다。

그러나 第三部 「世紀의設計」에들어서는 第二部에서 幻滅을느낀 우리를 希望의언덕으로 끌며올려준다。(朝鮮의靈魂」「조선의안해」「세벽」「世紀의預言」「벗이여 싸움을 끊지라」「寬大한 마음」「先覺者」「그대기다리며」 等맨끝에試驗한 感想詩ㅡ篇까지도 값비싸게 評價할作品뿐이다。

豊沃한 땅멍이
隱秘한 山川
才質좋은 숲을 손안대인 處女林
오오 조선의 품은 조선의가슴은
古代의 遺物과도 자이 찬란하여마
不孤로운 心思
自由로운 生活
강ㅅ가에 널어놓은 새ㅅ하얀 빨래
오오 조선의 마음은 조선의 肺는
行人이 입은 白衣보다도 결백하도다
조선의 입에서 나오는 숨ㅅ소리는
우리의 經帶를 흔들어 美麗한 노래
가 되었고
조선의 가슴에서 내뿜는 피ㅅ줄은
우리의 五臟을 흔들어 힘이되었나니
偉大한 自然속에 커가는 二千萬의 鐵
魂이여
길이길이 이땅에 뿌리 박혀라
이러한 땅에서 우리는 나서 우리는
자라
大自然ㅡ조선의 품에서 우리는 살어
아름다운 조선을 노래하였고
이른 아침, 뛰노는 어린 아이들은
永遠한 조선의 이마에 매단녀 喜喜
웃음 웃나니
힘있는 「삶」속에 자라나는 二千萬의
靈魂이여
길이길 이이땅에 늘어가거라
豊沃한 땅멍이

嚴肅한 山川
品質좋은 곡식 울울한 森林
오오 조선의 품은 조선의 가슴은
목동의 피리ㅅ소리 보다도 自由롭도
다。 (朝鮮의 讚頌)

이作品은 誇張과 槪念에 흐른點은 指摘할수있어도 그詩想이라든지 言辭의 驅使라든지 이詩集에서 最上級가는 代表作이라고 볼수있다。

그러면 氏는 아까말한 第二部에서 왜그렇게 失敗를했나(?) 하면 말이 重復되지만 詩想이 오르는대로 그詩興에 醉하야 꼿꼿작난하기때문인것이다。 한 詩想은 얻어 그것을 文字化하기까지 여러날두고 머리에썻다。무꺼다하야 아니 文字化까지되였드래도 再三의 推敲의 手苦를겪으냐 무게있는作品은 制作할것이다。推敲란 初學者만이할것이라는 妄見을 버리야할것이다。

끝으로 몇마듸 蛇足은 붙일것은 氏는 自序에 詩話에 대하야 많은 苦心을 하였다고하였으나 아직도 文字의 精選과 文句의 洗練 語의 [illegible] 硏究할必要가 있다고 본다。 日常語로 理解하기 쉽게 썻다고 그것이 자랑도 아니요 詩의 大衆化도 않일것이다。 잠간눈에띠우는것만해도

너무 그렇게 설허운 哀愴은하지마라
(누이야)
精神 (別後)
行人이 입는 白衣보다도 결백하도다
(朝鮮의 讚頌)
감개무량 (水仙花一二)

等은 좀더 생각한餘地가 남어있다。

또한가지 惜한것은 氏는 過去의 抒情을 버리고 새로운生活의 굳센노래를 부르기를 自覺하고 있으나 이詩人의 獨特한 靜的情緖로써 哀愁的傾向으로 구준한 발거름은 내놓음이 成功의길인가한다。

그대와 난호인
이제 오늘
몸은 哀愁에 잠겨
砂丘를 彷徨해도 사람은 없고
銀灰色의 하늘에 白雲뜨고
바다ㅅ물우에 孤獨한 달 그림자
나의 마음 또다시 눈물지다
가는길 寂寞이 덮고
精神 덧없이 海上에 노네
뜻못한 걸음거리
죽엄을 생각노라—
그대와 나호인
어제오늘 (別後)

紫陽花 꽃이 피요
水仙花가 핍니다
사르르 부는바람
부드러운 바람에
—아아 이는
겨우 싹기 시작한
처녀의 야롯한 肉體에
조심직게 손 대인
연약한네마음의 波動이런가
紫陽花 꽃이피요
水仙花가 핍니다
부는듯 않부는듯
아양피는 「바람」에 (秋窮한마음)

얼마나보드러운 追憶의 抒情曲이냐? 이詩人의 進路는 여기있는것이다。 이런形式을갖이고 이런內容을 갖이고 主力한다면 이詩人은 成功한力量을 볼수가있다고 생각한다。어떤분의말을들으면 春園李光洙氏도 氏의詩를 조타고하였다니 此의 今後努力如何에 氏의 詩人的力量이 發揮될은 믿고 이만한다。

結論的으로 氏에게갖는 한마듸質問으로써끗을 좋련다。「우리의詩壇의 詩의貧弱는 氏가도았지만 質의貧弱은 누가그責을 지느냐?」고

(조선문단 제23호, 1935·5)

詩選後

鄭芝溶

勇氣와 같은것을 喪失한지 數月이 넘었던 차 婚姻잔치에 갔다가 小說家를 만나 이사람 詩를 조르기를 빗조르듯 한다。

『小說을 앞으로 얼마나 쓰겠느뇨』

『四十年은 念慮없노라』

『四十年?』

『換算하야 八十까지 詩를 쓰면 足하지 않으뇨。』

『이제 太白이 없으시거니 그대가 能히 唐明皇노릇을 하랴는가?』

『呵呵』

統制가 저옥이 緩和될뜨서가 있을지라도 끔직스러워라 詩를 어찌 피죄죄 四十年을 쓰노?

여간 라디오 體操쯤으로는 아이들肉身에 反響이 있을가싶지 않어 좀더 突擊的인것을 選擇한 나머지에 깡그리 竹刀를 들리기로 하다。

正、面、二百번
胴치기、左右 二百번
관、面、二百번
半面 二百번

여덟산 째디까지 합께 四父子 태오르기전 아츰 虛空을 都合 數千度 치다。

倚怠한 비롯이 胴、치、기、에선들 한눈이 아니 팔리울리 없어 왁이 절로 풀리니

『아버지 胴치기에는 芭蕉순도 안부어지겠네。』

내가 竹刀를 들더 이제 初段의 實力을 얻으랴? 너희들은 이것을 十年 二十年 들러、선뜻 나리는 한날이 머리카락을 쪼개야 한다드라

머리카락을 쪼개다!

劍士가 머리카락을 쪼개지 못하고 어찌 城을 들러께겠느냐。

내사 망녕이 아니란 바에야 이제 머리카락을 쪼갤 工夫를 하랴。秋風이 서선하야 지거든 竹刀마자 비디만다。

詩가 집행이 가옵도 못되거나 선허라 나의 詩는 竹刀를 무뜨기에도 無力하고나。

朴木月君。北에 金素月이 있었거니 南에 朴木月이가 날만하다。素月의 奔放 본거지는 朔州 龜城는 지금 읽어도 좋더니 木月이 못지않어 아기자기 纖細한 맛이 좋다 民謠風에서 詩에 進展하기까지 木月의 苦心이 더크다。素月이 天才的이요 獨創的이었던것이 神經을 描寫까지 미치기에는 너무도 民謠에 終始하고 말었더니 木月이、謠的 데쌍 練習에서 詩까지의 콤포지슌에는 謠가 手、거리고 있다。謠的 修辭를 多分히 整理하고 나면 木月의 詩가 바로 誕生하다。

(文章 제18호、1940・9)

文士訪問記【二】

一記者

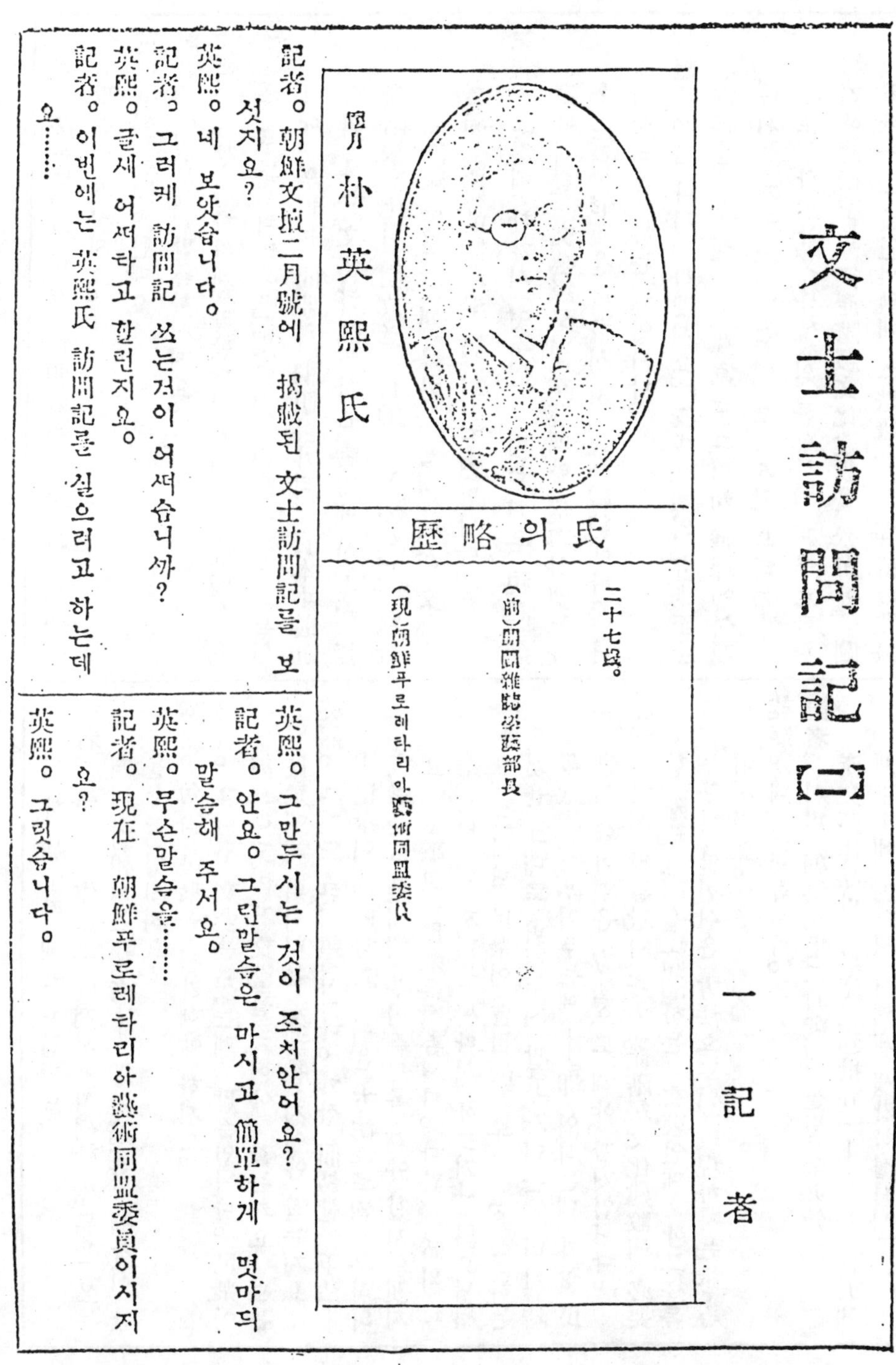

懷月 朴英熙氏

氏의 略歷

二十七歲。

(前)開闢雜誌學藝部長

(現)朝鮮프로레타리아藝術同盟委員

記者。朝鮮文壇二月號에 揭載된 文士訪問記를 보셧지요?

英熙。네 보앗습니다。

記者。그러케 訪問記 쓰는것이 어써습니까?

英熙。글세 어써타고 할런지요。

記者。이번에는 英熙氏 訪問記를 실으려고 하는데요……

英熙。그만두시는 것이 조치안어요?

記者。안요。그런말슴은 마시고 簡單하게 몃마듸 말슴해 주서요。

英熙。무슨말슴을……

記者。現在 朝鮮프로레타리아藝術同盟委員이시지요?

英熙。그럿습니다。

記者。그푸로레타리아藝術同盟의 意義와 使命을 말슴해 주시지요。

英熙。매 큰問題인데요。

記者。簡單하게 말슴하시지요。

英熙。가장 간단하게 말한다면 우리藝術同盟은 勿論 푸로레타리아藝術家로써 組織된 한 그룹입니다。우리는 同盟의 綱領과가티 資本主義社會의 모든 文化와 鬪爭하는 戰野에 잇서서 無產階級文化의 樹立을 目的하는 것이며 또한 無產階級解放戰線에 나가는 過程에서 文藝家로써 團體的訓鍊을 實行하는 것입니다。

記者。그런데 한가지 엿주어 보려는 것은 現在朝鮮에 잇는 文藝家로써 文藝에만 從事하겟느냐? 또는 形便을 따라서 어떠한 戰線에라도 나서겟느냐? 하는 것입니다。

英熙。勿論 나서야하겟지요。旣成文壇의 藝術至上主義를 부르짓는 文藝家는 그러케 戰線에 까지 나서는 것을 否認할는지 모르지만 우리는— 푸로레타리아文化建設의 한部分되는 푸로레타리아藝術家는 無產階級文化建設을 爲하야 鬪爭하는 一員인까닭에 그階級을 爲한 解放戰線에 한 鬪士가 되는 거입니다。

記者。그런데 作家로 안저서 어떠한 作品을 쓰는 때에 對相되는 讀者— 即 民衆을 생각지 안을수는 업겟지요?

英熙。勿論 民衆을 생각해야 하지요。

記者。그러면 文藝를 짓는데 말슴입니다。民衆이 읽으려고하는 文藝를 지어야 할는지요。또는 民衆에게 읽히려는 文藝를 지어야 할는지요?

英熙。그것도 큰問題입니다。가장 簡易한 手法— 民衆이 理解하기 쉬운 方法으로써 우리의 意識을 民衆에게 부어주도록 해야 할것이겟지요。意識잇는民衆은적습니다。다만 一時의 享樂、目前의 재미를 따라서 아모거나 읽으니까요。그러나 民衆이 盲目的으로 享樂을 구하는 것을 그대로 버려두지 말고 !니긴 우리의 階級意識을 부어주는데 — 即 읽히는데 가장 民衆이 알기쉬운 方法으로 해야 할것입니다。

記者。다시 말슴한다면 無產階級文化建設에 必要한 階級意識을 高潮하는 文藝인데 아모쪼록 누구나 알기쉬운 方法으로써 表現하자는 말슴이겟지요。

英熙。네 그럿슴니다。

記者。이번 朝鮮文壇二月號에 실린 金基鎭氏의「無產文藝作品과 無產文藝批評」— 동무 懷月에게 — 에 對해서 어쩌케 생각하십니까?

英熙。要約해 말한다면 基鎭君은 二元的——形式과 內容을 區別해서 批評하자는 것이고 나는 一元的——形式과 內容을 쪼기지 말고 하덩어리로 보자는것인데 그건벌서 解決이 되엿습니다

記者。어써케 解決이 되엿습니까? 어듸 또 쓰신데 잇슴니까?

英熙。아니 쓴게 아니라 日前에 만나서 彼此 討議한 結果에 落着이 되엿습니다。直接 그사람과 그사람이 만나서 解決한 것이니까요。

記者。그 解決은 어써케 되엿습니까?

英熙。勿論 內容과 形式을 區分할수 업다는 것으로 解決이 낫습니다。一元的으로 맑스의 唯物史觀的見地에서 評하자는 것으로……

記者。그런데 오늘날 朝鮮에 잇서서 푸로레타리아의 文藝가 나올수 잇슴까요?

英熙。勿論 잇지요。

記者。文藝는 生活로써 울어나오는것이 안임니까?

英熙。그러치요。生活로써 울어 나오는 것이지요。그런데 그러케 말하는 이들이 잇서요。우리의 生活은 封建的生活에서 資本主義의 生活로 들어도 가기前에 無產運動으로 들어가게 되엿스니 이것은 밟을過程을못밟고 뛰어넘는 것이니 無產運動이 어렵다고하지만, 그것은 그런것이 안이예요。勿論朝鮮은 다른나라에比해서 特殊한形便에잇스니 그런말을할것이나 그러나 그러케 特殊한사람에 朝鮮은——(工場에나 勞働者나 資本家는 적다할지라도)——無產階級으로 날노 沒落합니다。그것이 特殊한사람이겟지요 或政治的方便에잇서서 民族運動을 支持하게되나 階級文化에잇서서 意識的目的을 붓잡기 爲해서 가는 意識鬪爭이나 階級文化建設은 지금부터 한다해도 역시 不合한것이 업습니다。압헤 文化를세우기 爲해서는 역시 그것에必然한 過程이 잇스니깐요。또한 ××의자본主義아래에잇는 朝鮮에는 無產階級이 그리적지도안으니깐요。푸로文藝의 有無에對한 是非보다도 우리는 지금부터 戰鬪的階級意識의 文藝를 가지고 民衆속으로 드러갈것이지요。

記者。奔走하신데 작구 엿줍기 未安합니다마는 英熙氏生活에對해서 좀더엿주워보려고 하는데요

英熙。말슴하시지요。

記者。原稿는 대개 어느째에 쓰십니까。

英熙。밤에 씀니다。나제도 쓰게되면 쓰는데 나제는 원체 압뒤에서 써들고하니까 밤에조용한째가 쓰기조와요。

記者。讀書는 어느째에 하서요。

英熙。그것은 나제도 조코 밤에도 조와요。그러나 나제는 奔走하니까 自然 밤에 읽게 됨니다。

記者。趣味는……어썬걸 즐기심니까?

英熙。뭐 즐기는게라구 업슴니다。

(조선문단 제20호, 1927·3)

戰線紀行

朴英熙著

鄭人澤

著者는 自序에 가로되、

「朝鮮出版者諸位와 朝鮮文壇의 愛國的 熱意의 第一의 行事가 이번 皇軍慰問으로 表現되었다。國民된者의 의레히 해야할것이나、特記할바이 아니지마는 이것을 契機로해서 朝鮮文壇의 文路運動이 새로운 길을 開拓하게되며、그것이 國家를 爲하고 國民을 爲해서 眞實한 精神的糧食이 되고 또 作가 된것을 自覺하고 이르키는 첫번 契機이니 만치 意義있는 일이라고 생각한다」

하였다。지난番 朝鮮文壇의 總意를 代表해서 北支 皇軍慰問의 길을 떠난 慰問使節의 한사람 [illegible]、朴英熙氏가 戰線에서 도라와서 刻苦半歲、推敲를 새로이 하고 精神을 가다듬어 빚어내인 紀行文體의 報告書로서 「眞實한 國民의 精神的糧食을」만들려는 그 出版의 意義는 이것으로도 充分하다 하겠다。

더욱이 著者가 一切의 가片한 雜文의 執筆을 拒否하고 이 한冊을 爲하야 全精力을 기우려온만큼 그 意圖에 있어서 그 能力에 있어서 이것은 한개의 紀行이나 報告의 域을 떠나 感激的 國民의 詩가 되기에 넉넉한뿐 아니라 훌륭한 文學的作品이기도 하다。

特히 「戰線紀行」한卷을 [illegible]讀고있는 一般의 ?數徒에도 比한 「感謝의 精神」은 文學者로서가 아니라 國民으로서 가질수있는 最高의 至誠한 精神이다。戰線에 있는 皇軍將兵諸位에 對하야、그리고 銃後의 奉行을 하고 있는 一切의 民間에 對하야야 著者는 實로 筆舌로 形容할수없는 感謝와 感謝를 느끼고 있는것이다。이 모든것에 對한 「感謝의 精神」이 著者로 하여금 「戰線紀行」한卷을 만드러 내이게 하였고 「戰線紀行」으로 하여금 燦然한 光彩를 發하게 하고 있는것이다。

「戰線紀行」이 차지할 文學가 朝鮮最初의 戰爭文學이라는데 그치지않는 特殊理由가 여기있다。

(文章 제10호、1939.11)

朴英熙論

―푸로레타리아文人論―

閔丙徽

前言

懷月朴英熙氏는 나의尊敬하는 同志의 한사람이다。

일즉히××的인×命으로因하야氏에對한「데마고기」도낫나엿스며 攻駁도한일이잇섯스나 그러나氏에對한人間的으로의友情은아즉도 살어지지안코 갓금나로하여금氏를생각케한다。

그러든차에 巴人兄의 朴英熙氏를論하여보라는 命令을밧게되여 나는피로운줄을아지못하고 執筆을하는것이다。

그러나 朴氏의名聲에때나무치지안을가? 하는 두려움이 업지안타。

엇제ㅅ든命令을바든바니文責을謝하기위하야 尊敬하는마음으로 氏에對한 나의感想만을 거짓업시 自白하는데서 本論의 目的을 다하기로하자!

朴英熙氏의社會的地位

「愛의晩歌」(小說)「結婚前日」(小說)「貞順이의설음」(小說)을쓰든當時(一九二〇年으로부터二四年까지)의朴氏는 다른作家와맛찬가지로 한사람의象牙塔文士로 一般은認定하여왓섯고 나亦是그럿케 알어왓섯다。

갓금文壇消息에서 그일홈을 차저보앗슬때에 한사람의文學靑年으로서 氏의面影을머리ㅅ속으로 그리여보앗슬뿐이요 나는氏에對한엇더한尊敬―(勿論 小혜로잇슴에서 尊敬은하엿지만―)을크게가젓다거나期待를가지고왓든것은 아니다。

마만平凡하게 나의先輩라는늣김으로의作品을 對하엿슬뿐이엿다。

이때의氏의作品에서는 아모러한새로운것을 發見하지못하엿든것이엿스며 氏도다른作家와다름업는 센틔멘탈이스트이엿든까닭이엿다。

그러나氏가開闢紙上에「詩의文學的價値」(論文)을쓰고「火焰속에들어가는[illegible]」(隨筆)을쓰며「二重病者」(小說)와「戰鬪」(小說)를쓰고「채펙크」의「人造人間」(戲曲)「루나찰스키」의「實際美學의基礎」(論文)을 飜譯하면서 氏의態度는 突變하엿스며 一般의 注目을가게하고 나에게 氏에對한새로운期待를갓게하엿다

「봄이왓다
새가운다
아런것을써노코詩마고한수잇스랴? 새처럼울고 바람처럼부는것이詩人의노래는아니다 詩人은萬人의胸中에여잇는「心願의曲」(A Melody o Heart's Desire)을 울녀만한偉大한 眞理의先[illegible]者라야만할것이다(中略筆者―) 詩는詩人의主觀的專用物은아니다또한詩는山上에서 酒興에겨워부르는獨占的노래도아니다」

「그러나現今朝鮮의詩라는것을 살피여보건대 大多數의詩는 그詩의文學的價値를喪失하고잇는것이다 아즉도自己陶醉의詩 自己遊戲의詩만이 每日雜誌新聞紙上에 浪費되여바린다

「저어도 그詩가活字로再現되어서萬人의눈압헤나타날때에는 萬人의마음속에잇는 心願의曲이울녀만한 무슨偉大한眞理가잇서야할것이다」

「封建時代의帝王이아닌以上 自己의生活과自己의孤獨한感情이 무엇이그다지貴重해서紙上에다 함부로發表할것이랴?」

「朝鮮의詩人은俗世를 떠나려는詩人이만흔모양이다 [illegible] 긴바다에굴머죽은죽엄을보면서도 山上의구름을讚美하며 有産者에게虐待를밧는사람이몸에피를흘니고 떨때에그들의마음에는依

號開闢紙「詩의文學的價値」一)

우리는여긔서朴氏의 새로히心向하는곳을發見햇다。

그리하야 象牙塔의洞窟에서 애닯혼 노래를읇조리든 藝術至上主義派의 文人들에게새로운활人살을더진 이젊은勇士에게 커다란期待를가저왓스며 氏의作品과論文속에서 만흔敎訓과 眞理를차젓다。

當時氏는「산양개」(小說)를發表하엿슴미 藝術至上主義者의「그룹」이엿든「朝鮮文壇」(雜誌)合評會에서는 氏에對한公然한憎惡로서 그를惡評하게되엿스며 그作品은 小說이 아니라는侮酷한「데마꼬기」까지날니엿다。

그러나氏는 그들에게對하야 勇猛하게도宣戰을 布告햇다!

뒤따라 李光洙氏의「文藝鎖談」을읽고 만李光洙氏의無節調한 藝術至上主義를 積極的한論文은 冷情히解剖批判하면서 푸로文藝運動의先驅로서 氏의地位는 完全히로대돌닥게된것이다。

이렇케되여 在來文藝家들의게憎惡感을갓게하엿스며 만흔「데마꼬기」를듯게되엿다 그러나 氏는 그들을一笑하면서 그들과 게운을업는抗爭을하여왓다。

當時의朴英熙氏의存在는 푸로레타리아運動線에잇서업지못할 存在엿든것이며 靑年讀者에게 커다란敎訓을 주어온것이다。

이렇케되면서 氏는氏의論調에共鳴하는同志니「文藝運動」이란 새로운形式과內容을가진 機關紙를發行하엿스며 完全한組織的인 行動을하기위하야「朝鮮푸로레타리아藝術同盟」을 創立하면서 新傾向派文藝에서 맑쓰主義文學으로進出하엿다。

當時의朴氏는「朝鮮푸로레타리아藝術同盟」의 重要한指導者에한사람이엿스며 朝鮮푸로레타리아藝術運動의陣營에잇서서 가장猛烈한論客이엿든것이다。

그리하야「朝鮮푸로文藝運動의先驅者」란말까지듯게된것이다。

이러한地位에선氏는 朝鮮푸로레타리아藝術同盟의모ー든「코ー쓰」를作成하기도하엿고 同志들의糾合에 全力을다하여 왓다。

엇잿든 氏는朝鮮푸로文藝運動의先驅者요功果를만히남긴사람이다 그러나 至今의朴氏는 그대의날카롭든 理論도×爭도모ー다廻避하여바리고 書齋에뭇치여 硏究에만골몰하고잇다니 社會는 그를바리는것이냐 그는社會를바리는것이냐?興味잇는한개의事件이 아닐수업다。

인테리의沒落과朴英熙氏

이렇케되여 生活이安定되여잇는 書齋派인테리들은 感慨無量하게 過去를回顧하면서 책장을넘기면 기ー다란嘆息을미하는것이다。

이렇케되여 第三線에서 文筆로서活動하든인테리들은 進步된新人인테리들에게 자리를[illegible]앗기엿스며 沒落의길에서 自身을 감추고

이렇케되여 朴英熙氏도 自身의인테리的인行動을指摘밧고 自身의自弱을恨嘆하면서「차라리 나의硏究로ー 하고서 소래업시 文化運動線에서 自身을감추고 鬪士로서의行動보다學者로서히 硏究를쌋코 잇는것이다。

그러나 朴英熙氏는同志들에게 組織도갓지안커니와 陣落에서 反動으로흐르지안코 沈默속에서 硏究에全力하고잇는데 그의學者的「타입」을發見하게되는것이며 나에게尊敬을갓게하는것이다。

朴英熙氏! 이는나의尊敬하는동무의한사람이다。

人間的으로본朴英熙氏

人間的으로본朴英熙氏는 文筆行動에서보는氏와 아조 관리하게 다르다。 學者的인硏究와 科學者的인氏의文筆行動은 어듸까지冷情하엿스나(一九三〇年까지) 그러나人間的으로그는 多情多恨한사람이요 社交에 영리한사람이다。

自己와感情에틀닌사람을맛나도 表情도변치안코눈에우숨을흘니면서 握手를하는동무다。

이것이 氏의社交的인手段인지는 모르나 氏의假짓업는一動一靜은 그렇치도안타는것을넉넉히 證明할수잇는것이다。

그럿타고氏가無骨漢이라고 誤解하여서는아니된다 그의行動은 큰일을위하야서는一맵고쓴는」 듯한것이니 個人的인一時(失頁下[illegible]

的感情으로서의 두텁든友情을끈이바렷다거나 突然한데—말을날니는 極端한젊은이가 아니란말이다。

내가 氏를사귀여지낸지 벌서六七年의歲月이흘러갓스나 氏와얼골을붉히여본일이업섯스며 氏에게對한不快를感한때와 氏에대한憎惡를 가저본일은 한번도업섯다。

그것은 氏의行動이 너무나多情하고 조리잇스며 理論的이요 正直한까닭이다。

責任感이두텁고 同志의事情에理解가깁흐며 時間觀念이만흐니 氏에게不快와 憎惡의念을 엇지해 가질빈이나 한노릇이랴?

그러나 나는一九三一年以後 氏와의交際를 끈어왓다。

그것은××的×爭으로因한突然한氏에對한攻駁과「데마꼬기」를날니엿든 뒤로부터이엿다。

일즉이旅費를쓰고 서로往來하며交遊하든組織的이요理論的이면서 多情多感한 朴英熙氏를찾지안케된 ××的인×쟁의 罪惡을저지른過去의흘러바린時間이 怨望스럽기도하다。

以後의朴英熙는?

그러면 以後로朴英熙氏는 天然洞書齋에뭇치여 哲學說을보며 思索과硏究로서 흐르는날을보내고잇스려는것인가?

(此項完)—忘言多謝—

一九三三、七、九、於松都郊外

付言 作家로서의氏를論한것이아니라 氏의人物에대한所感을이야기하엿슬뿐이다。 —筆者—

(三千里 제42호, 1933·9)

故朴龍喆兄哀詞

——友愛와 詩와 그 業蹟——

金珖燮

寫眞은 故朴龍喆氏

지난 正月은 오래간만에 義州에서 起悌兄까지 올라와서 龍喆兄과 우리는 매우 愉快한 얼마동안을 지냈다.

그러다가 龍喆兄은 湖南 故鄕으로 내려갔다. 아직 故鄕가서 있으리라고만 믿고있던 二月初旬 어느날午後 金煥泰君에게서 龍喆兄이 病勢가 [illegible]하야 마지막삼아 만나고싶다는 電話가 와서 너무도 意外의일이라 나는 한참동안 精神을 가다듬지못하고있다가 맛치 自己의生命의 한部分이 어느 救하지못할 陷穽에 빠지기나한드시 걸어도 걸음이 느진것갈온 悚急한마음으로 社稷洞으로갓미니 발서大勳兄과 軒求兄과 芝溶兄이 와있었고 그夫人이 氣色없이 마즌便에 안자잇었고 龍喆兄은 絶望이 目睹한드시 半쯤 누워있었다.

그때부터 발서 咽喉가 傷하야 病의뿌리가 몹시 깊었었다.

그後 聲音은 完全히 잃어버려서 말하지못하고 不得已한必要가 있으면 音聲을 紙筆로 代身하기를三箇月以上 하였다。

詩人으로 多情多感하고 詩評家로 冷徹한 兄으로서 聲音을잃고 發言의機能은 病魔에게 빼앗기고 차자가는 벗으로하여금 얼마나 괴로웠으며 슬펐으랴。

더군다나 平時에 만나면 詩와文學과 文化와 世事를 或은 童心같은 心鏡으로 或은 先見있는耳目으로 技巧도 誇張도없이 自然스러히 말하던 兄으로서야 希望하였던 人生이 얼마나 虛無하고 無常하였으랴。

날마다 날마다 期待에 어그러저서 病은 限定없이 밀으로밀으로 내려가서 갈수록 惡化하였다。

나중에는 얼골에 피한點없이 蒼白하였다。

오랫동안 焦慮에 苦悶한 病의채직자리가 얼골과 왼몸에 歷然하였다。

우리는 想像을通하야 죽어볼수있고 죽었다날수도 있는 經驗을 이世代에서 許多하게 體得할수있으나

이것은 때로는 한個의美學을 形成할수있는일이었다

그러나 兄의얼골과 兄의몸을 아페두고 죽엄이라는것이 눈앞에 설레일때 病은 얼마나 殘忍하고죽엄은 얼마나 冷酷한것일가 함에 想到하지않을수없었다。

드듸어 死後의世界가 疑心도되었고 靈魂의不滅도 미들수없을때가 없시않었다。

산사람의앞에서 死後의世界를 봄이 어찌 友愛에 對한 禮이라하며 友情에對한義理라하리만 友愛에끌리고 友情에 사로잡힘이 있으니 그것이 또한 물이치지못할 事情이였다。

天下게 慈悲가 헛되었던지 病은 뿔리처달라는 哀切한心願도 흘러가는 祈願에 지나지못하였다。

或時는 兄을 즐겁게 하기爲하야 동무들은 허튼소리도하였고 우수운말도 하였고 어릿광대질도 하였다。

그럴때마다 兄도 우섰으나 목이 아푸니 말이없었다。

모아앉은자리가 항상 悲哀와絕望에 빠지기쉬웠으나 自然은 너무도 일죽이 不幸을 몰러와서 兄에

게 갈라는者의모습은 그냥 내세우게하였다。
눈자위가 쑥 꺼저버렷다。
두뺨이 홀죽하게 말라들었다。
손도 마르고 몸도여위고 다리도 시들었다。
여러날동안 記錄된 體溫表가 生命力의 低下와危期를 날마다 가르처주었다。
한張의 體溫表에서 兄의生命이 날마다 上下하였다
藥—비—타민—輸血……
모두다 効力을 주지못하야 醫師는 診斷의結果를 말하기 거북해했고 동무들은 情이 딱하야 자리를 뜨지못하였다。
臨終하든날 그새벽 왼終日 昏睡狀態에빠젔다 그精神이 다시 돌아섰길래 晋燮兄과大勳兄과 그病室에 들어가서
「여보게 어서 나어서 술한잔 먹세……」
이말을 알아들엇던지
「그래……먹어……」
이렇게 귀에 들일락말락하게 對答하면서 暫間 微笑를 띄우고 또다시 昏睡狀態에 빠젔으니 이것이 兄의 얼굴에서 본 나의最後의微笑였고 閃光이였다
그렇게 압프고 그렇게 괴로움에도 家族에게나 차저가는 동무들에게 얼골하나 찡그리는法없이 最後까지 沈靜하였고 最後까지 靜肅하였고 最後까지 冷徹하랴하였고 最後까지 希望을 가젔으나 白日이虛하였던지 自然의 慈愛가 어두었던지 五月十二日느진봄해가 西으로 기우러젔고 그늘지기始作한 夕陽便 드되어 죽엄이와서 兄은 그처럼 일즉 떼아사가스니 그야만모
「生은 꺼지는 불길
죽엄은 始作도 안한 얘기의끝」
이던지 하늘을바라보는 눈가쉬가 하염없이 흐리어지고 땅은 내려다보는눈에 눈물이 고요서 맛치무덤우에 떠러지는것같덧다。
생각하면 結局 모두다 來日의죽엄이겠으나 盲目한 運命이 이서서 兄과우리의사이에 너무도 일즉天地를 갈라놓았다。
이리하야 여기 兄이 사망하면 하늘이있고 땅이있고 山이있고 바다가있고 새가울고 시내가 흐르고 해가 如前하고 달이 뜨건만 兄은 우리의世界

애 밝은별하나 떠러트리고 그만 가버렸다。

눈에 고요히 흐르는 눈물이 있으니 兄의남기고
간 情인갑고
가슴에 傷處없이 아픔데가 있으니 兄의 앉었던
자리인갑고
말이 있고 友愛가 남아서도 보낼곧이 없으니이
것이 죽엄인가 아!

이렇게 肉體의現實이 흘러간後일지라도 몇사람이 주고바든 友愛以外에 또한 兄에게는 남기고간 아름다운 世界가있으니 그것이 兄의詩였다。

여러해前 岸曙兄이 黃昏에 새가 向方은 차저날어가는 兄의詩한篇을 들어 그 아름다움과 神秘를 科學이나 現實로써 깨우치고싶지안타는 評을쓴 일도 있섰거니와 兄의抒情은 比할데없이 아름답고 柔한데가이서서 읽는사람은 恍惚하게 끄을고 가는데가 있다。

어느날저녁 兄은 請하야 자리를 함께하고 노니는 坐席에서 이詩를 보라고하면서 포켙에서 조고만한 조희조각을 내였다。 只今 첫머리 몇行은 記憶하지못하나—

작은 구름속에 많이있으니
아지랑이같이 아련거리는
너의그림자 그립움에
나혼로 여위여가네

이것은 決코 凡俗한 愛戀의情이 있거나 憤怒이있어갖이고 손쉽게어들 抒情詩가안이다。

간얇핀 想의 아름다움에 二行三行에서의 成音美는 眞實로 높은世界에 屬하였다 하지안을수없다。

、떠나가는배、

—나두야 간다。
나의 이 젊은 나이를
눈물로야 보낼거냐
나두야 가련다。

안윽한 이항군들 손쉽게 버릴거냐
안개같이 물어린 눈에도 빛외나니
골작이마다 발에익은 뫼뿌리 모양
주름살도 눈에 익은 아 사랑하는사람들。

버리고 가는이도 못잊는마음
쫓겨가는 마음인들 무어 다를거냐
돌아다 보는 구름에는 바람이 희살짓는다.
앞대일 언덕인들 마련이나 이슬거냐.

나두야 가련다.
나의 이젊은 나이를
눈물로야 보낼거나
나두야 간다」

「떠나가는배」를 抒情의 象徵으로 삼아가지고 人生과背叛과 쫓김을 솜이 노래하면서도 感情의放任을 許諾하지안는 詩人의솜씨가 놀라웁다.

싸늘한 이마

「큰어둠가운데 홀로 밝은불켜고 한앉어있으면 모두 빼앗긴듯한 외로움
한포기 산꽃이라도 있으면 얼마나 위로이랴.
모두 빼앗기는듯 눈덥개 고히 나리면 환한왼몸은 새파란 불 붙어있는 린광(燐光)
까만 귀도리하나라도 있으면 얼마나한 기쁨이랴
파란불에 몸을 사루면 싸늘한 이마 맑게 트이여
기여가는 신경의 간지러움기리는
별이라도 밤에 있다면 얼마나한 질검이랴」

어둡고 캄캄하고 모두가 빼앗기는듯한 이世上에서 파란불에 몸은 사루는듯한 마음은안고 悲歎와 기쁨과 질거움을 求하는 淸愁의孤哀가 이詩속에 열마나 빛나느냐?

이렇게 詩에 빛나든 兄이 몇해前부터 自己로서도 미들수없는 못된病에 侵害되야 얼마동안 詩를 쓰지못하다가 「詩苑」에 自身을 煩惱하는 노래를해으니 이제 그詩를 읽으매 兄의苦悶의 그날들이눈에 뚜렸하고 가슴을 맥히게 하는데가있다.

「내심장은 이제 몹쓸 냄새를 뿜으며
가마속에서 끓어오르는 콜타르 모양입니다.
나죽허 들리는 시냇물소리도 귀찬코

개고리우름은 견딜수없이 내부아들 건드립니다
내가 고개숙이고 들어가지안이치못할
저 숨막히는 초가집웅을 생각고
나는 열번이나 돌처서 나무칼을 위돌라서는
에믄 풀닢사귀를 수없이 뭇지릅니다」下略

病魔에 절려 아름다웁던 모든것까지 모도다 귀찬케되었고 가야할草家집이 숙맥였고 하다못하야나무칼은 휘돌러 罪없는 풀닢사귀를 뭇시르는 이憤된感情이 兄의運命의 救援이 안이었든가。

이같이 詩人으로서의 兄은 詩를 땅속에서 띄여나는 한포기꽃송이같이 그生命을 엣겼그 自己의뒤속에서 울어나오는 그體驗을 甘味로운 苦痛을 적근뒤에 얻어한 必然性에 依하야 建設하고저 하였다。

이努力이 커서 兄은 詩를 함부로 쓰지않은 結果 그다지 많은 詩를 남기지 못하였음이 哀惜하다。

最後에 좋은詩를 쓸라든 生命이 다스릴수없는 陣痛이 와서 일즉이 꺼지고 말았으니 親한者 남아서 무었으로 달을 다하랴。

이제 글으로 詩人以外와 兄의 生涯를 삶어보매 兄은 詩人에 끝지지않고 文化에의 커다란 意慾을 가저섰다。

그것이 일즉「文藝月刊」「詩文學」으로 나타낫고 다음「文學」으로 表現되었고 나아가서는 詩集出版에까지 및이였으며 그外에 英獨文學의紹介와 飜譯에의 行蹟이 크며더욱 詩文의評論에있어서 가장高級批評을 할수있는 叡智와」閃光을 가추었고 한글에對한、至誠스러운 關心과 또한 七八年동안 荊路를걸은 劇藝術硏究會에 애쓴努力도 빛나지안을수없다。

생각하니 모두다 슯으다。
世上을 두고간 兄도 슯으며니와
世上에 남아있는 모두가 서로 슯어하니
兄이여
生命의彼岸 樂土를 찾아서
고히 兄의魂을 쉬이소서

—五月二十六日夜—

(朝、光 제33호、1938・7)

月灘의 詩世界

崔仁旭

나더러 月灘論을 쓰라니 그것은 어느點으로 보나 맞지 않는 일이다。

그 理由는 첫째、三十有餘年을 쌓아온 氏의 文學을 制限된 紙面으로는 言及할 道理가 없는 것 둘째 나 自身이 氏의 文學을 論할만한 아무런 準備가 없는 것、세째、執筆期間이 促急한 것 等이다。

形便이 이러하매 내 어찌 敢히 「待春賦」를 말하며 「多情佛心」을 論할 손가、손가락으로 담음 露으려는 無理는 애당초 犯하지 않기로 하고 이 限定된 紙面에서는 다만 氏의 石窟庵詩 몇行을 對象으로 그것도 所感 程度만을 예다 적어 보기로 한다。

大佛 Ⅱ

東海 말렀다오
무엇을 지키시오
山 寂寂 으스름달에
두견새를 지키시오?
吐含山 벋은 다랑이
어희、늘어져 휘덮은 낙락장송 지키시오。
솔바람 새소리에
또 다시 千年이 갔네
몸부림 쳐 임의 무릎에
통곡하고 섰구나。

이 詩가 世上에 發表되기는 지금으로 부터 열

두해 前「文章」誌 創刊號라 記憶된다。

저 惡辣한 倭賊들이 太平洋戰爭에서 危急存亡에 處했을때、――이때는 그들의 橫暴가 極에 達한 時期였다。우리 民族에게 오는 가진 迫害를 몸소 體驗하면서 氏는 이 詩를 읇은것이다。

이 民族의 설음、나라 없는 슬픔을 氏는 石窟庵의 大佛에다 呼訴하며「몸부림 쳐 임의 무릎에 통곡하고 싶다」고 외친 것이다。이 悲憤、이 痛哭은 무엇을 말함인가。

月灘의 詩에서 빛어지는 이 悲憤과 痛哭은 當時 民族 全體의 가슴속에 못박힌 悲憤이요、痛哭이었다。그것을 다만 巨匠 月灘이 詩로서 代辯했을 뿐이다。그러나 氏는 悲憤과 痛哭에서만 넘어져 버리지 않은데 그의 偉大한 點이 있다。

大佛 III

(六行 略)

눈 감고、고즈넉이 일으는 말씀 바다 말으거나
물이야 엾을거나
고요히 沈默을 지키라 하시다。

그렇다。하고 많은 사람은 悲憤과 痛哭속에서 恥辱의 날을 보냈지만 氏는 그 참을 수 없는 悲憤과 痛哭 속에서도 오히려 빛나는 自負의 沈默으로 새하늘의 黎明을 믿으며 살었던 것이다。죽음의 구렁창에서도 오히려 불길 같이 내뿜는 詩의 光芒、民族不滅의 信念、이는 누구의 啓示런가。

허턱 말하기를 日帝 三十六年은 우리民族史上 奇恥大辱의 時期라고 한다。이三十六年의 奇恥大辱에서 이만한 詩 한篇도 없었더라면 우리의 文學은 너무도 쓸쓸한바 없지 않었을 것이다。

오늘 우리 文壇에서는「民族文學」이란 口號가 자못 盛行하는 판이지만 氏에게는 이口號가 이미 낡은 것이 되고말었다。

—(文 学 제22호、1950·5)

人間月灘

盧天命

月灘이 兜將가 아니어던 人間月灘은 적으란 편집자의 요청이 잠깐 색이기 곤난 했다.

「그러구 보니 月灘을 論하되 그의 作品을 말하는 어려운 얘기를 피하고 쉽게 그 분을 얘기하란 주문인가 보다.

그렇다면 이 제목은 그야말로 잘못 와서 멀어졌다고 할 수 밖에 없는 것이 사실상 나는 月灘을 안 지이 난이 얕기 때문이다.

이상하게 들릴지 모르나 될 수 있으면 글만 써서 文壇에 내놓고 文壇人들과 좀처럼 다니지는 않으려는 主義에서 서로 안 기회를 갖지 못했던 까닭에 二次戰爭末期까지도 정식 인사가 없었고 키가 적고 좀 뚱뚱한 분을 길에서 만나면 기연가 미연가 할 정도였다.

그, 증거로는 진쟁 매 하루종일 방공연습을 하고나니 더웁기에 저녁후 同窓 李女史집에를 가서 놀다가 짧은 여름밤이라 나도 모르게 그만 열한시나 되어 늦게 돌아오는데 주정꾼이 비남한 시간이라 무서워서 인적이 드문밥 거리를 徐히 걸어서 안동 변궁담 골목으로 들어스자 이제는 살았나 하고 얼마 남지않은 집을 향해 바쁘게 단리는데 몇거름 안남겨 놓은 앞에서 점점 가까히 오며 내따 띠들어대는 주정꾼이 있었다. 나는 저 꼴을 멈추고 어떻게 해야 이 좁은 골목에서 난쌔게 저 사람을 지내칠 수 있을까 순간 궁리를 하고 모퉁의 자세를 취하고 있느라니까 동무가 또 생겼다.

「여보세요 저 주정꾼을 어떻게 이 나 갈까요 나하구 가치좀 가 주세요.」

그. 여자는 나를 의지한다.

「아무런 우선은 해도 잠잠ㅎ 싼리 나라 납시다.」

하며 가만히 주정꾼의 거동을 살펴보니 그는 마른편에서 여자들이 온다는 것은 眼中에도 없다.

다만 熱中해서 한손바닥으로 다른 손바닥을 탁탁 때리는데 여기나 침을 퉤퉤 뱉아 가며

「더어럽다 더러워 에이 더이러워」

몇번이고 이만만 되풀이 하며 걸음은 앞으로 나가는 것이 아니라 어째 된세인시 뚱뚱한 적은 키의

中年紳士는 손바닥을 치며 껄껄 웃는다。

그러는 틈에 한 여자가 쉬 지나가려고니 주정꾼은 亦是 무심치 않다。다음 번에 단사난 나는 전술을 달리 하기로 했다。뛰면 더 달려들지 모르니까 태연하게 침착히 걸어가 보기로 했다。떨리는 마음으로 그 앞을 지나며 보니 그분은 바로 月灘 朴鍾和先生이 아닌가。그는 날 보더니 웃어서 버린다。그러자 내가 그도 놀은 정도의 혼자말로「아니 저분이 月灘아니다구」하며 저나 저자 거석으로 주정은 뚝 그치고 말었다。이 에피소ー드가 서울 와서는 月灘은 그게 자기가 아니었다거니、나는 분명 그이는 月灘 朴鍾和先生이었다 거니 해서 심심하면 다투는 거리가 되거니와 그 때까지 나는 정식 인사가 없었다 하기사 다행이 정식인사가 없었으니 망이지 않았던들 누이 되다 갔다。인제 오느냐고 한참 주정을 했을 것이 틀림 없다。

李太白을 爲始하야 詩를 짓고 小說을 쓰는 이로 술을 안좋아 하는 분이 별로 드문 일인지라 月灘 亦是 술을 좋아 하시는 편이다。일찌기 한잔 술을 대접한 일도 없이 이런말을 하고 보면 怒하실런지도 모르겠으나、月灘을 論하면서 어찌 술 얘기를 빼놓을 수 있으랴

그렇나 中酒 정도는 아니고 좋아하는 정도인 것 같다。

술이 적당히 퍼지고 보면 이상하게 無我陶陶 해지는 분이、月灘이다。그래서 座中에 누구보다도 自己의 存在이 커야만 만족은 하는 先生은 破格調的인 話題으로 다른 사람들의 말소리를 눌르랴고 애를쓰는 양은 얘기모양 웃긴다。

모든 豪氣는 술 김에 서고 평소에는 지극히 온정하고 말이 없고 진중한 그 품격은 文人中에도 그를 따를 이 드물것이다。

虛榮이나 野心이 없이 보이는 表情은 언제보나 순수하며 누구에게나 謙하게 굴지않는 것이 그 분의 특증인 것이다。

첫 印象이 鬼才가 숨이 있을것 같은 구석은 한군데도 없고、도대체 文人일 것 같지가 않다。부잣집 메주덩이 처럼 생긴 분이 그 휘황 찬란한 재조는 어디다 진있는지 알 수가 없다。詩는 써도 一流요、小說을 쓰면 그대로 또 一流다。

잉금님의 아니 자기 남편의 인굴은 노여움에 후척한 것이 한거젓다는 죄로 一生을 소박을 맞고 울어서 울어서 눈이 짓물러 피눈물이 나고 마지막엔 독약을 받아 마시는「근심의 피」를 읽고 울면서 나는 當時 그 作者를 좀 보았으면 했다。역사의 사실이라는 것보다 作者도 그런 男性인 것만 같아서 ー

그리고 나서 多情佛心을 읽는데 小說책이나 읽었지만 우리 소설속에서 이 小說에게 처럼 반했던 일은 없다。

노국공주의 ... 식히는 대목에서 나는 공민왕과 꼭같이 미칠

길 같았었다。

이런 찬란한 재조를 진였거던 사람 된이 非凡한 것 같은데 외모에나 作格에 피파스러운 데를 찾아 볼 수가 없고 市井 어디서나 볼 수 있는 타입으로 돈냥이나 좀 있는 행세하는 집 자손 같다。李朝 때 났으며 正 몇品 재상 쯤 돼 갖이고 관디에 관복을 입고 틀림없이 대권엔 드나들었을 분같다。

月灘은 내가 처음 만난 것이 그 언젠가 金谷園 앞을 毛女史와 지나다가 다른 文人들과 휩쓸려 가는 月灘을 만났던 것 같다。그때 키는 가운대로 마음을 꼭 잘 본 것 같이 적고 음성은 그런듯한 男聲의 음성인 한 분인데 毛와는 상당히 친숙한 듯 농을 주고 받는데 내가 궁금해서 「저이가 누구요」하고 무렸더니 毛의 말이 「朴鍾和氏」라고 한다。그대로 나는 소개를 받는 일도 없이 지내 버렸다가 정작 인사는 언제 드렸는지 잘 기억 나지 않는다。

하번도 가본일은 없으나 듣건대 先生宅에는 西洋이 다 있고 제법 여유 있는 차림인 상 싶다。

月灘은 또 兄弟之間에 우애가 많은 분이다。해방후에는 웬 일인지 그분 생활이 변화해져서 교수들과도 잘 밀려다니시고 어중이 떠중이 찾아오는 분도 적잖은 모양이나 日帝時代에는 그는 흔이 그 계씨와 흡사 친군처럼 「일병 일병」하고 계씨를 아호로 불르구 사이 좋게 짝을 지어 잘 단이시는걸 헌 책사에서도 보고 거리에서도 보고 참 우애있는 정경도 있다 ―하고 그 광경을 퍽 아름다워 했다。

日帝時節 얘기가 나왔으니 또 생각이 나는데 이번 戰爭 末期에 내가 每新에 就職을 하고 아직 그 뉴―쓰도 퍼지기전 출근을 시작한지 이틀째 되던 날인가 신문사 正門에서 月灘을 만났다。

「盧詩人 웬일이시요」

하시는데 내가 기운 없이

「여기 취직 했어요」.

하니 月灘은 대발 노발 하며

「詩人이 신문사에 취직은 하다니 무슨 소리냐」고

하시며 내가 취직이라도 안하면 結婚은 안한 女子는 挺身隊로 내보낸다고 해 이렇게 나왔나고 하니 내 말이 떨어지자마자 月灘은 징만 傑作을 吐했다。나는 순간 그만 울 틈고 눈물이 핑 돌았다。그리고 이렇게 人情味가 있고 義理있는 분이 있나―하고 한참 멍하니 섰었다。물론 그것은 우슴의 소리였다。허나 우슴의 소리인망정 그것은 분명히 人情에서 뒤어나온 감당할 수 없는 소리에 틀림없었다。

그후 해방이 되자 내가 「부녀신문」을 創刊하느라고 아픈 몸을 끌고 東奔西走 할때시일이 촉박해서 여유도 못드리고 황급히 원고를 써내라고 졸르면서도 너무 촉박하니 웬걸 밤을 새서 써주시야 했더니 아닌게 아니라 다듬읜고 다중지 하고 새벽에 썻노라고 하시며 신문은 한더니 잘하라고 격려를 한먹빗도 짓든 편지와 함께 원고를 보내주셔서 고맙게 쓰며 그제도 내가 이분은 義理있는 분이고 미듬직한 선배라고 생각 했던 일이 있다。

입다고 얼른 배든 성격이 아니고 너그럽고 德 있는 品이 大先輩다우며 구렁답고 어디로 보나 文壇의 大兄감 이다。

그러나 한가지 내가 그야말로 人間月灘은 얘기 하면서 空虛를 느끼지 않을 수 없는 것은 그분에게 연인이 없는 점이다。 같은 男性이 아니마 샅샅이 그의 私生活을 몰라서 혹은 나만이 모르는 소식인지는 몰으되 (그렇다면 多幸이고) 아직까지 그비슷한 얘기도 드룬일이 없다。

淸敎徒的으로 이 점은 모름직이 자긍한지 모르나 이것은 자랑이 아니라 확실히 人間月灘으로는 다시 없이 큰 빈자리를 갖인 일이오 적잖은 損失이 아닌 수 없다。 그뿐 아니라 도대체 人間 五十年에 러부·애피어 하나 못가저 봤으면서 詩를 쓰고 小說을 쓰시니 그야말로 귀신 같은 재조를 진인 분이다。

허나 月灘에게 그런 로맨틱 한 사건이 아주 없었다고 누가 단정하야 있었으면 서도 깊은 바다속 같이 간직하고 사나이중의 사나이로 아모에게도 말은 안해 세상이 모르는 지도 모를 일이다。

내가 잘 다니는 성격이 아니고 더구나 같은 여성도 아니고 보니 맞난대야 그저 文人들의 出版紀念 잔치 자리에서 혹은 넌저서 二次會자리에서 맞나 기껏 본다는 것이 주정하는 月灘을 뵙는 정도인데 주정은 굉장한 주정이다。

술을 안자시면 그처럼 점잖고 허른소리 한마디 없으신 분이 술만 들어가시면 세상이 참 좋은모양이다。

해방후 毛 女史의「玉비녀」의 出版紀念會이 [illegible]에서 열렸을 때인대 어디선지 미리 한잔 하시고 사가지고 정말 체면없이 때마침 내가 司會를 하는데 어떻게 주정을 해대시는지 시끄러워 司會를 못할 지경인데 또 재채기를 해서 옆에 앉안던 洪참議 女代議士들의 옷에 뛴 코 침은 싸숱정도가 되더니 나중엔 정말 본수없이 구러서 ・・ 司會의 이름으로 축출을 명했던 일이 있거니와 술을 자시면 잠깐 심하시다。 그래 우리 女流 文人들은 무슨 會合이 있을 때면 누구든아 모이느냐고 묻다가 月灘이 오신다고 하면 모두들 어안이 벙벙해 그 분은 빼라고를 한다。

그러나 이것은 주정하시는 것이 구경 스러워 깃국은 꼭 모시미는 얘기가 되고 文壇에서 누구에게나 人間的으로 존경을 받는 분이 또한 月灘인 줄 안다。

―[illegible]―

(文藝 제2호、1949・9)

作家朴泰遠論

安懷南

붓은 들매 먼저 어깨가 무거웁다。 어떠한 作家를 한번 全般으로 마음것 論評한다는 것은 크게 보람있는 일이라고 責任이 불기때문일 것이다。 事實 나로서는 드물게 맛보는 文學的興奮이다。

그러나 그 重量과 壓力은 決斷코 不快한 것이 아니라 도로혀 나의 感情을 한층 맑게 하여주는 種類의 것이다。 그것은 作家 朴泰遠氏는 나에게 있어서 벳섬이나 솟섬이나 소금섬等의 鈍重한 짐이 아니라 어깨에서 땅우에다 내려 놓드라도 쨍그렁 소리가 날것같은 金屬性의것이 기까닭이다。

보기에는 단출하지마는 부피보다도 알속이 단단하다 어디 까지든지 깨끗하다。

『小說家仇甫氏의 一日』이란 그處女創作集속에 收錄된 여러 短篇小說을 일일히 잡고 보드라도 어느것이나 씻고 걸러내고 해서 반짝 반짝 빛나며 쟁그렁 쟁그렁 소리를 내이는 金屬性의것이요 鑛石의 種類이다。

『사흘굶은봄달』의 逆說的感覺이 그러하고 『距離』의 心理의 錯綜이 그러하고 『길은어둡고』의 칼로 끊은것 같은 整頓이 그러하다。

創作集『小說家仇甫氏의 一日』과 長篇小說『川邊風景』이 朴泰遠氏로 하여금 量的으로 多作家라는 이름은 못듣게 할지언정 質的으로 氏의 作家的性格을 一言으로 蔽之하여 精撰品이다。 부피로 巨大한것은 아니지만 어깨에 돌려메니 실속으로 重量이 무겁고 그러면서도 맑고깨끗하여 한숨에 十里라도 내다를것 같은 晴快한 氣分이란 말이다。 朴泰遠氏는 玄米가 아니라 한번 더 수공을치른 白米이다。

나의 말을 지나친 誇張이 아닌가 하고 疑心할 사람도

있울지 몰으나 朴泰遠氏는 모든 短篇小說에 있어서 小說의 技巧的으로 失敗한 作品은 絕對로없다。 정말 거기에는 하나의 例外도 없다。 언젠가 氏가 私談으로 短篇小說『愛慾』에 對하여 나의意見을 물었을때에도 나는 仇甫의 作品에서는 小說로서 失敗한것이 있을수 없다는 意味의 말을 한일이 있다。이러한 對答은 語不成說인 것 같으나 作家 朴泰遠氏에게 있어서는 허튼 수작이 아니다 왜 그러냐 하면 그는 왜초부터 失敗할 世界에다 붓을대는作家가 아니기 때문이다。 自己가 가지고있는 本錢에다무엇을 特別히 줄러쓰 하는일도 없지만 대신 絕對로 마이너쓰도 하지않는 計算法을 體得한 作家이다。

그러므로 氏를 가르처 技巧派라고 하는것은 平凡 한 말이지만 또 宜當한 말이기도 하다。한 사람의 입으로부터 한사람의 귀에다 傳達할수 없는 程度의 單純하고 微妙한것 까지도 作家 朴泰遠氏는 그것을 가장 豊富하고 興味있게스리 우리에게 이야기해 주는것이다。 그러한 作品의 引例로 『距末』을 들수있고 『딱한사람들』을 들수있고 『悲凉』을 들수있다。

멀리 떠어 놓고 보아도 그러하지만 가까웁게 하나하나 分析을하여 觀察해도 매한가지다。 于先 말에있어서도 技巧 文章에 있어서도 技巧 플롯트에 있어서도 技巧이다。 如何間 氏의 作家的 全生命이 技巧에 억매여 있다。 그러면서도 무엇보다 重大한 問題는 이러한 氏의 世界가 決斷코 低俗한데로 흐르지않는 그것이다。 우리 文壇에서 普通 技巧하면 그것은 小說作法上 어떠한 合理化의 手段으로 解釋하지만 내가 말하는 作家 朴泰遠氏의 技巧란 이러한 性質의 것이 아니다。 前者를 文學의 技巧라고 일컫는다면 朴泰遠氏의 世界는 正히 技巧의 文學이다。 다시 말하면 部分的 合理化의 手段이 아니라 全體的으로 임이 技巧化한 世界이다。

長篇小說『川邊風景』을 瞥見하드라도 容易히 알게 될 것이다。 다른 作家같으면 한 作品을 小說化하는 道中에서 技巧라는것이 생겨나지만 朴泰遠氏에게 있어서는 그러한 것이 아니라 이야기 하고 쓰고 하기 以前 어떠한 世界를 目睹한때부터 벌서 있는것이다。 그러키 때문에 氏의技巧란 거의現實과 同體이다。

우에서 말한 바와 같이 朴泰遠氏의 作品은 어느것이나 小說로서 失敗된 것이 없다는 것과 氏는 決斷코 失敗할世界에는 붓을 않댄다는 것과 또 低俗하여지지 않는다는 모든 秘密이 여기에 存在하는 것이라고 본다。 眞正한 技巧란 非常 作家의 손에서 시작하는것이 아니라 作家의눈에서 비롯하는 것이라고 믿는바이며 이같은 朴泰遠氏의世界는 該作家의 先天的인 藝術的 優越性을 證明하게 되는것이다。

通俗小說家들은 우리와 全然 相異한文學의 種族이다 그 사람들이야 말로 作品行爲에 있어서 내세워질것은 오직 技巧 하나뿐이나 그들의 所謂 技巧라는것은 때를따라 臨機應變으로 아모데에서나 부리어지는 손끝작난이다. 作家의 마음과 눈과 손 全體가 結合하여 誕生하여지는것이 아니다. 그러면서도 오늘날 우리文壇에 제법 通俗小說을 標榜하면서 上記한바의 通俗小說 그것의技巧도 가지지 못하며 反對로 純文學을 言明하면서도 朴泰遠氏의 世界에서 例示한것과 같은 純文學 그것의 技巧도 가지지 못하고 더구나 兩者의 判然한 性質의 區別조차 행하지 못하는것을 보면 啞然해 마지않는다. 나는 이러한 속심에 있어서만도 오늘날까지 이 作家를 높게 評價해 왔었고 또 앞으로도 그러할 것이다.

技術이나 傾向이나 小說에 있어서는 半分半分식의 事實과 虛構의 結合이 가장 重大한 問題일것이다. 우리가 한 作品을 놓고볼때 그것이 너무 판히 日常性의 事實에만 忠實하여도 우리는 그 無味單調함에 厭症을 내이고 反對로 그것이 너무 앙상하게 偶然性의 虛構에만 追隨하여도 우리는 그 輕佻浮薄함을 嘲笑한다. 아니 어떠한 作品에서고 事實과 虛構 이두가지 分子를 따로 따로 區別하여 가지고 볼수 있다는 것이 탈이다. 그러하다면 [illegible]서 該作品은 어떤程度의 失敗를 意味하는 것이다. 한作品속에서 事實과 虛構를 갈러 對立하기에 不可能 하도록 製作하는 것이 우리의 小說에 대한 最高의 目標요 理想이 아닌가 한다.

朴泰遠氏의 作品에 小說로 失敗한것이 눈에 띄우지 않는다고 말한 첫재의 理由도 此點에 있다. 氏의 作品世界안에서는 어느것이 世上의 客觀的事實이고 어느것이 作者의 主觀的虛構인지 밝히기 어렵다. 언듯보면 全部가 事實의 核心으로서만 集中된것잔고 언듯보면 또한全體가 虛構의 焦點으로서만 形成된것 만양이다. 兩者의 사이에 남의 貶毁를 살만한 間隙이 決斷코 벌려저 있지가 않다. 나는 氏의作品이 新聞雜誌에 發表될때 마다 때여러번 時評을 들었었는데 그때 내가 가장 敬服하여 마지않은 『[illegible]』 [illegible] 것에서는 말할 나위도 없거니와 氏의作品으로서는 比較的 나추어 評價된『悲凉』따위에 이르러서도 以上에 이야기한 것과 같은 缺陷은 꼬집어내기가 거의 可能치 못한것이다. 再言하거니와 氏의 小說的技巧가 絕對로 作品의 공준이를 따라다니는 것이 아니라 全然 先天的이여서 氏의世界에서는 氏의作家的技巧가 卽 作品의 現實이요 作品의 現實이 卽 氏의 作家的技巧로 結合하여 있기까닭에 小說의 事實과 虛構가 그토록 完全히 符同하게 되는것이고 또한 氏는 決斷코 리아리즘을 내세우는 作家가 아니면서도 『川邊風景』을

爲始하여 모든 作品이 리알리즘에서 나온것 같은 印象을 一般에게 주는 것이다.

그러나 한作品을 바라보는 文學的角度는 여러가지 이다. 作家 朴泰遠氏도 此例에서 버서나지 않고 氏가 當然히 받어야할 非難은 이와 딴 方向에 있다. 現在 氏의 作家的態度에 對하여 나로서의 不滿을 말하면 무엇 보다도 個性의 缺乏 그것이다. 이러케 말하면 懷南이 우에서 說明한바와같은 그러한 技巧的인 世界가 作家 朴泰遠의 個性이 아니냐고 反問할는지 몰으나 그것은 도로혀 自縄自縛의 結果를 갖는다. 왜 그러냐하면 제 아무리 最善의 技巧일지라도 정말은 그것은 朴泰遠氏 혼자서만이 가질것이 아니라 우리의 모든作家가 다 함께 體得하여야 마땅할 것이기 때문이다. 換言하면 그것은 作家가 어떠한 한가지 精神的態度를 決定한 然後에 그 餘分으로 所持하여도 좋을 性質의 것이다. 아니 그러해야만 하는것이다. 卽 文學의 世界에 있어서는 作家의 技巧는 作家의 個性이 아니여야만 한다. 萬若 그러함에도 不拘하고 技巧로써 個性을 代表할수 밖에 없는 作家라면 그것은 名聲가되는 것이 아니요 反對의 不名聲의 일이요 該作家는 精神的으로 甚히 貧弱한 作家라는데 到達하고 마는 것이다.

個性이라는 말을 쓰지않고 思想이라는 文字를 代用하여도 좋다. 이데오로기라는 語彙를 가지고 따저도 마찬가지 이다. 何如間 作家 朴泰遠氏에게는 그것이 많이 個人的의 것이거나 보다 社會的인 것이거나 思想의 積極的態度가 보이지 않는것이 第一 遺憾이다. 그는 꺽도 思想을 基盤으로 하는것이 微弱한것 같으다. 그것의 體系가 도모지 矮小한 모양이다. 그러키 때문에 氏는 人生을 觀察하나 理解하지 않고 世上을 描寫하나 批判하지않는것이다. 方今 新聞紙上에 連載되고 있는 『愚氓』에 있어서도 가장 生命이 되어야할 批判이 없다는 것과 『川邊風景』에 있어서도 제일 要望이되는 作者의 이데를 表明한 새 性格의 創造가 없다고 하는 世間의 評言이 이것을 두고 말하는 것일 것이다.

언젠가 한번 氏는 나에게 向하여 自己는 所謂 인쓰피레이숀이라는 것을 가지고 作品을 쓰는것이 아니라는 말을 한일이 있다. 이것은 인쓰피레이숀이라는 말에 對한 世上의 文學青年的氣質과 陳腐한 解說에의 反撥的態度로서도 그것을 嘲笑하여 弄談으로 한말 같으나 萬一 그렇지않고 幾分이라도 이속에 氏의 眞心이 發露되어 있다면 나는 적지않은 念慮가 생긴다. 더욱이 우에指摘한 氏의 思想的根據의 薄弱한것을 聯結하여 생각할때 한층 더하다.

作品以前이나 作品以後를 莫論하고 作者自身에게 있어서 가장 感動되는 것은 플롯트의 興味 보다도 人間性의 興味일 것이다。 通俗文學者들은 問題가 아니고 恒常 眞善美의 追求가 念頭에있는 우리 純文學作家에게 있어서는 이것이 언제나 作家들을 支配하고 있는것이 아닌가 한다。 卽 꾸밀려고 하는 感動보다도 느끼는 感動이 커야 할것이다。 所謂 인쓰피레이숀을 胎胚하는 人間性의 興味가 앞스고 그것을 如何히 效果的으로 傳達할가 하는데에서 비로소 플롯트의 興味가 發生하는 것이라고 생각한다。 플롯트의 興味인 朴泰遠氏의 技巧의 世界가 作品의 中間에서 생겨나지 않고 當初부터 作家의 눈과 마음과 함께 發動하는 것은 어데까지든지 氏의 長點이나 그렇다고 文學行動과 作品創造의 中心을 人間性의 興味가 아니라 플롯트의 興味에서 想起한다면 氏뿐만 아니라 어느作家에게 있어서든지 思想의 積極的 態度의 缺如를 現視하게하는 短所로 나타나는 것은 勿論이다。

技巧派라고 붙으는데는 褒貶毁譽가 相伴하는 모양이다。내 亦是 朴泰遠氏의 技巧의 世界가 白米인 것에는 좋아하나 그러나 氏의 文學의 世界 全般이 그냥 白米이기만 한데는 贊成하지 않는다。 그것은 營養價値에 있어서는 白米가 도로혀 玄米에게 뒤떠러지기 때문이다。 事實 過去 우리 文壇에 있어서 玄米라고 하는 물건 속에는 그래도 비타민이라는 것이 있느니라 하는 한가지 條件으로 朴泰遠氏의 그 卓越한 技巧까지를 抹殺할려고 대든 一部批評家들도 없지않아 있었으며 나는 그때 마다 玄米의 비타민도 白米의 技巧도 없는 朝鮮文壇의 現狀에서 朴泰遠氏의 技巧의 世界이나마 擁護하기 위하여 努力해 왔다。그러한 나의 態度에는 지금에도 별반 差異가 없다。

우에서 作家의 思想問題를 言及함과 같은것도 其實은 作家 朴泰遠氏에게 對한 나의 한가지 希求이지 決斷코 氏의 作家的地位를 減殺하게되는 材料로 말한것은 아니다。 왜 그러냐하면 朴泰遠氏뿐만 아니라 우리의 作家들은 누구나 늘 成長하고 있는 過程우에 處하였기 까닭이다。 우리가 이야기하는 온갖 批評은 지금에 있어서 한 作家의 現狀을 說明하는 것이지 어느때에나 斷定的인 結論이 되는것은 아니다。 批評家 헤느가 作家 반작크에게 向하여 强烈한 養分을 凝集한 沃土라는 말을 使用하였거니와 그러한 발작크라도 努力하고 前進하여 自己의 모든 作家的過程을 밟기까지에는 決斷코 테느의 말처럼 强烈한 養分을 凝集한 沃土의 作家는 아니였다。

이 理致는 作家 朴泰遠氏에게도 그대로 드러 맞는다 그는 자꾸 努力하고 꾸준히 前進한 것이다。 飛躍한 것이다。 오늘날 그렇게 纖細한 技巧의 世界에서 모든 珠玉

같은 短篇小說을 生産했다면 인제 來日에는 思想的體系를 가추는 文學을 製作할 것이다。 長篇小說『川邊風景』에 積極的行動을 갖는 主人公이 없다는 論點에서 이것을 本格的長篇小說이 아닌것처럼 말하는이도 있으나 이것은 오히려 朴泰遠氏의 成功을 證明하는 評言이다 千遍一律의 平凡한 所謂本格的小說에서 한번 離脫하여 『川邊風景』같은 異例의 微妙한 世界를 描破하는 것도이 作家의 天稟이 아니고는 바라지 못할일이며 또 作家朴泰遠氏는『川邊風景』의 다음作品에서 積極的 行動을 갖는 主人公도 맨들고 作者의 이데를 表明하는 새로운性格도 내세우고하면 問題는 고만이기 때문이다。 實로成長하여가는 作家에게 있어서는 이것은 어려운 일이 아니다。 至極히 簡單한 일이다。

끝으로 蛇足을 붙이 거니와 어떻던지 간에 現在作家朴泰遠氏에게 있어서는 技巧의 世界가 퍽도 潤澤한 대신 思想의 世界는 너무도 瘦瘠하지 않은가 한다。 多角的인 文學의 어떠한 立場에서 觀望하든지 眞實로 强烈한 養分을 凝集한 沃土이여서 그우에는 清雅한 코스모스 꽃도 피고 巨大 森林의 地帶도 욱어지는 그러한 作家的地位에까지 發展하기를 바라며 이만붓을 놓고 만다。

―끝―

(文章 제1호, 1939·2)

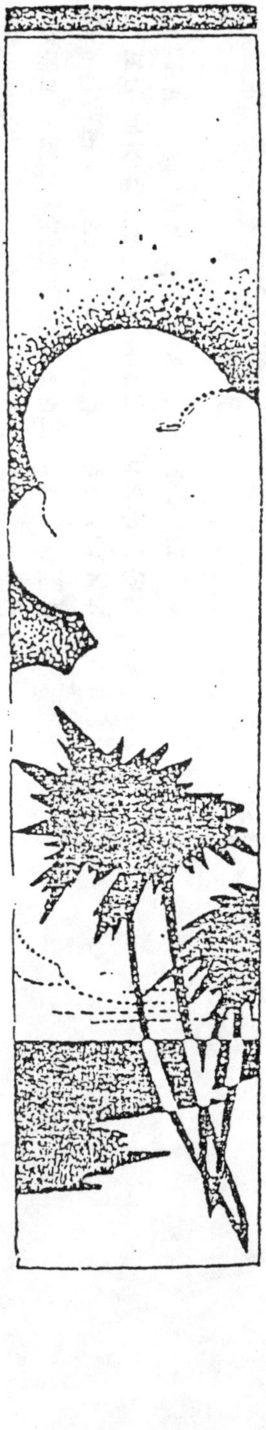

戲作者朴泰遠

金 文 輯

바로 말하면 九甫朴泰遠君은 暎氏出身의 외입쟁이다。元來 藝術家란 외입쟁이란 말이지마는、茶房골 외입쟁이와 다른點은 그들茶房人골이 질겨金테眼鏡을 쓰는데 對해서、이便은 질겨 金테眼鏡을 씨우다는것이다、쓰는것과 씨우는것、即 제얼굴에 金테안경을 갓다、거는 친구와 남의 얼굴에 제멋대로 金테안경을 하나 갓다 거러보는 친구와 이두친구가 외입쟁이의 東西兩派다。東西란 말이 났으니 말이지 西洋서는 人種을 두가지 「가테고리」로 나누고 있다。一曰 함렛트、他曰 똥키호-테。이에對해서 우리 東洋서는 (只今 내가 뜻하지않고 發見한 分類法이지마는) 제얼굴에 金테안경을갓다 거는 人種과 남의얼굴에 金테안경을 하나갓다 거러보는 人種과 이 두人種으로 나눌수없은가고 생각해진다。

人生이 一般일텐대 洋의東西에 따라 어찌 그分類法이 다를소냐 고 위선 이렇게 한번씩 처 어떻게 해보이는것이 敎養社會의 제스츄어 일것이다 마는 何如오 그런 제스츄어를 해보이는 敎養人 또는 선비들 가르처 이亦是 級은 좀 다르나 金테眼鏡버티고 찾아가는 茶房人골외입쟁이라 일컫는것이요 지금의 나모양으로 이

볶게 하나 외입쟁이를 맨드러서 하다못해 夜市場テキヤ眼鏡이라도 사 씌워서 茶房人들 어느行廊房에사는「仙玉이한테로 찾아보내는, 或은 또 그런 제스츄어를 시켜보이는 친구를 가르처 ― 以下말하지않는게 멋일뜻하나 이런 멋쟁이가 끝 남의 얼굴에 金테眼鏡을 씌우는部類의 외입쟁이란 말이다。

그러면 함렛트、똥키호―테 對 金테第一號 同第二號의 相互關係如何? ―― 이렇게 묻는 質問의 主人公은 그러나 이번은 安心해도 좋다。 어느便이냐 하면、아니 하면 이 아니라 當然 同第二號에 屬한다。 그리기에 人生學이란 어떻다는것이지 마는같은 質問을해도 그質問의 呼吸如何에 따라 ― 정말 至極히 데리케―트한 그形容할수없는 呼吸하나로서 或은 眼鏡第一號가되고 或은 同第二號가되는 것이니 西洋의 그뚜렷한 相對 두典型偶像의 境遇와는 자못 판이달라서 兩雙의 血族關係를 云爲한다함이 애당초에 못맛당한짓이다。

허나 世上이란 재미있는것으로 못맛당한짓을 질겨 해보는친구가 또 있는法이다。 이것만은 洋의西東과 時의古今을莫論하고 共通되는 別製 외입쟁이 이여서 그러나 우리가 여기서 크게 놀나지 않는수 없다는것은 혼히는 로이드眼鏡을 쓰는 이 別製(――)氏의 族譜를 밝힘이 곧前記兩洋兩雙의 相互婚姻關係를 解明하는 偶然한 結果를招來한다는 事實이다。

朴烈逆論에 이무는 族譜의 리담함이나고 關例와같이 本人은 꾸짓는 一號俳優의 数字를 想像치 안는배아니나、不幸히도 나는 一切序說에는 不感症患者이고보니 설사 朴君이 소박을 받아 좋시 이마당에는 그가없은 꼴을 나타냄이 없이 도타간다드래도 일직이내 암배아니며、突然 또 펄펄 이 原稿紙上에 뛰고 덤비는수가 있다하드래도 亦然 나의 關知할바 아닌것으로서、於生이 저만아는 唯我獨尊님의 後裔라、게다가 또 設計圖니 構想이니 하는것을 세워서 봇을든다거나 무슨 深刻한 或은 어떤 神道한 思索을 單十分이라도 머리에 鍊積해서 비로소 말을찾는다거나 하는 그런 갸륵한 신용는 아직 꿈에서도 해본적이 없는―! 그러나 가사論 刹那刹那의 衝動一元으로 저도모르는 怪文字를 똥오줌같이 갈겨댈뿐인 下之下의 動物――人間이 人間인 所以인「責任」을 내 글에서 못는다는것은 하나의 넌센스라、號令一下 今後(花)豚文不買同盟을 結成하면 그만일것이다。

정말 以上의 잔소리가 小說家仇市先生과 무슨 因緣이있으며 앞으로 어떻게 해서 先生과 關聯을 두게함까에 對해서는 全然白紙다。

그때 못맛당한짓을 질겨하는 로이드眼鏡이 眼鏡은大和流로 表現하면 요亚子부마라는 横車氏가되는데、氏의 特徵은 요즘말로는 心臟이强하다 事變當時語로는 토―

치카—허나 事實에있어서 로이드眼鏡을 쓰는 사람은 大는 心臟이弱한 便으로서 分類學上 가장 困難은 느끼게하는 人種別이니까 頭痛꺼리가 아닐수없다。

허나 多幸히 가장 困難하다는것은 가장 容易하다는 말의 別式表現이어서、要컨데 나같은 로이드는 一見동키호—테:其實 함렛트…—그런가하면 이번은 그와逆으로 一見金테 第二號 其實 同第一號라는 추잡을수없는 人種博物館이라 賤民出身의 第二號種인 仇甫쯤 鑑識해 내기는 술먹고 안주집기보다 더 쉽다는뜻인지도 모른다。

仇甫가 小說家인以上 金테第二號의 외입쟁이 即、남의 얼굴에 金、鍍金때로는 데끼야品의 眼鏡을 제멋대로 씨우는 所謂藝術家임에는 疑心할 餘地가 없다。그러면 어째서 君에게는 賤民이라는 숭한 렛텔이 한장 더붙는가? 다름이 아니다、그는 타고난 小說家이기때문이다。

라고난 小說家는 賤骨藝術家인가? 世人은 타고난、小說家가 있다면 그야말로 貴骨藝術家라고 主張할지므른다。남의 自由를 막고 싶지는 않으나 내自由를 막히기도 싫다。

내가 말하는 貴骨는 무슨 僧이니 兩班이니 하는말로서 象徵하는 그따위 아니꼬운 族屬이아니고 人肉的先天을 意味하는것임은 勿論 이거니와 우리 貴骨에겐 꿋보다도 먼저 生活이 있고 노래가 있고 陶醉가 있고 빠더여러가 있는 것이다。

이에對하야 賤骨은 純然한 奴隷의 人種으로서 그에겐 우리 貴骨의 特權 代身에 技術과 努力과現實 그리고 貧窮과 常識과 計算과·等等이 있을뿐이다。

仇甫朴泰遠君은 朝鮮서는 第一流에 屬하는 眼鏡第二號——即 남에게 金테안경을 씌우는 技術에 있어서 可謂獨壇場의 熟鍊工이지마는 人種別로 만하면 斷然 이 賤骨派에屬한다。

勿論 나는 無意識的으로 金테안경의 菜尺人番 외입쟁이 이얘기를 하고 賤貴骨의人種學을 捏造한것이지마는 이제와서보니 決코 그건根據없는 뭇作亂이 아니었을 뿐더러 朴泰遠을 云爲하기에는 絕對로 必要한 用語手段이 었음을 發見하고 이윽고 微苦笑를 發하는바이다마는何如튼 同君이 貴骨아닌것만은 搖地不動의 事實로서、그가 當代의 才士요 「서울」文化의 엑쓰(人総エッキス란 말이 있지)란 可嘆할 나의 評價에도 不拘하고 最後의 境遇에 이르러서는 내가 君과 同席하기를 질기지 않을것만은 豫言할수있다。웨냐하면 君은 血族的으로는 名門儒學의 子孫인지 모르나 形而上學的으로는 亦是 貴骨이 못되기 때문이다。

허나 君의 자랑은 오로지 그가 貴骨이 아니라는그 先天的 宿命에있다。即 그의 賤骨性이 그의 長所의全內容이란것이다。

以上이 只今부터 朴泰遠論을 始作하겠다는 人事의말이다。 이를테면 序言인데、 本論은 짧아도 開會辭의 十倍는되여야 하겠으나 目下의 내事情이 三十分의 向机時間을 주지않으니 本格的 仇甫論 아니 이序說의本論은 다음 機會에 미루기로하고 여기서는 斷片的인 몇마디만을 더 붙임으로서 司會者의 面目만을 오로지 하기로 한다。

三年前 일이로군、 그해 여름 尙虛와 松田서 避暑하고 있을적이다。 君은 하루치 하루치 의「黃眞伊」를 써보내서 中央日報讀者의 肝腸을 녹여냈고 나는 避暑費用 때느라고 그저틈만있으면 어디든지 써서파라 더었다。 한여름동안 朝鮮서 돈百圓어치의 賣上高를 넬여니까 自然혐잡이 生긴다。

하루는 尙虛가 무슨일로 서울갔다온다기에 大至急、 또한編 原稿를 주적거려서 이거 파라서 맞돈받어 달라고 附托을했다。 몇日後 金十二圓을쥐고 멧센자ㅣ가도라왔다는건 말할必要가 없지마는 翌月號 中央誌에는 李下冠이란 初聞의 署名으로「朝鮮文學의現狀論」이란 큰題目의 글이나서 文壇의 注目을 끄얼었다는 것만은말할必要가있다。

내가 李箱된것이 고약해서 전번의 내評論集에는 그글을 넣지않었지마는 方今 스크랩뿍 第몇號를 끄집어내서 찾아읽어보니 大略다음과 같은 一節이있다。

나는 朴泰遠의 作品을對할적마다 横光利一의「機械」를 聯想케하니 웬일인지 모른다。 素朴한 朝鮮文壇에서 泰遠과같은 態度있는 文體와 近代科學을 肉體的으로 消化한 유니ㅣ크한 文章을享樂할수있다는건 아직까지는 一種의 에트란제ㅣ(外國人)인 나의 기쁨이 아닐수없다。

그는 이미 完成한 作家가 아니고 永遠의 試驗作家다。 그는 人生을 生活치 않고 人生을 實驗한다。 그렇기 때문에 그는 文學을 耽樂치않고 文學을試驗한다。 그試驗의 結果가 언제나 저 自身에게는 落第를宣言받으리라。 허나 나는 泰遠學校의 劣等生을 다른 어지간한 學校의 優等生에 앞세워서 친구의 사위잡으로 推薦하리라。 그만큼 그의「戲作」道는 技術의 呼吸을높이하고 있는것같이 적어도 내게는 믿어진다。 云云

이印象評이 發表되기까지、 例의 告白이나、 나는 仇甫의 作品은 한編도 읽지 못했었다。 這般의 消息은 今日의 朴君도 잘 알겠지마는 果然 나는 仇甫의作品에對한적이 없이 仇甫藝術의 印象을 그렸다。 허나 나뿐버릇에는 나는 읽지않어도 안다는 이못된 自惚아래서 가끔 이런 짓을 해온바이나。더不幸한일에는 내가 이런作亂을해서 失敗한 적은 한번도 없었다는 事實이다。

仇甫가 제小說을 試驗하듯키 나는 그와는 다른方法으로 내批評을試驗한다。 그結果 仇甫는 內心으로는 제

小說에 크게 自信을갖이면서도 對外的으로는 크게不滿한듯이 포ー즈를取하나 나는 그와反對로內心으로는 크게 내批評에不滿은 느끼면서도 對外的으로는 絶對의自信을示威한다。結局 맛찬가의 일지마는 그와나와의 表現手段에는 그만한 相違는있다。

松田서 도라와서 비로소 泰遠의 글줄을 注意해서 읽어봤다。評을 쓰기前에 한篇이라도 읽어봣드라면 좀더할말이있었을것을 하고 內心자못 不滿은 느꼈으나 對外的으로는 맞나는놈마다 「어때? 내말이 옳지?」 하고 自信堂堂하게 文壇거리를 示威하는 나였다。

文學에있어서 가장 高級한 要素는 유ー모어다。이 유ー모어를 藝術的으로 具象化하고 못하고에따라 그글이金이되고 똥이되는것이다。그의 兩極的例를 朝鮮社會에서 찾는다면 李瑞求對 朴泰遠일것이다。

李瑞求의 所謂 유ー모어 小說을 일즉 우리의 알배아니니 泰遠藝術의 유ー모어 에對해서 一言한다면、이것만은 외누리없이 獨步의 黃金世界로서、겨우 三十에난친구가 이만큼 유ー모어를 藝術的으로 肉體化시켰다는건 하나의 記錄이 아닐수없다。對處서울의 現代的 文化相을題材한 長短兩方의 代表的作品「距離」와「川邊風景」과의 두篇만은 보드래도 그藝術價의 核的要素는 유ー모어 하나ー로서 共通시킬수있다。

朴君의 人間을 모르고 그藝術을 모르고 쓴 松田海邊서의 나의 印象評에 유ー모어 一言은 漏落했다는건 完全히 나의 失敗였다。街頭나會合에서 한두번본 그의 頭髮風采이란 너무나 非유ー모러스 했기때문인지 모른다。허나 그유ー모어를 取扱하는 文學的態度와 그를表現하는 作家的技能에 있어서는ー 卽小說家仇甫의基本的構造를素描함에 있어서는 나의 第六感評에 조곰도어그러짐이없음을 알고 當然 나는 安心한것이었다。

勿論 該一篇은 朝鮮文壇全般에 亘하야 各己그좋은 印象만은드는판이었다。다시 말하면 朴泰遠의 언짢은 點은別로 말하지않었다。더 바로말하면 그때까지의 나는仇甫의 不美라고는 그頭髮風采外에는 全然智識이없었다。그後 人間的으로 藝術的으로 朴君과 親하게되진 오래지마는 아직도 그를十分通察했다고는 壯談 못할것같으나 그러나 어느便이냐 하면 그는 亦是 眼竹派의 眼鏡第二號안것만은 只今 나는 自信을갖고 斷言할수가있다。

나의 이 分類學에 對하야 朴君은 조곰도 기뻐할必要도 슬퍼할必要도 없음은 前記事理에서 이미 밝혀진바갈다。聽讀自由加筆하라.

(朝鮮文学 제18호、1939·5)

朴泰遠氏의藝術的良心

朴君의「靑春頌」는中止를當한것이안이라 中止를햇다고한다 그內容을調査하야보면 文藝의價値를모르는低級한讀者들이小說을자미잇게쓰지안는다고「그小說中止해달나」고中央日報에投書가들어왓다고한다。이民衆의機關이란新聞社에서 投書몃張에갈팡질팡하며절절매엿다고한다。主義主張이잇는新聞社라면누가칼을물고와도 그냥벗치는것이올은일이다。하나비빔밥式主義主張을갓인新聞社는葉書몃張에전절매다가 朴君에「小說을좀자미잇게써주시요」햇다고한다。讀者는만약에良心的讀者라면이「자미있게써달나」는이말이우순말인지알것이다。民衆에게指針을주기爲하야新聞을한다면서「戀愛談」이나써서民衆을야비케맨글것따는心思인인것이니朴君에게要求는아직理解가적은藝術的小說을쓰지말고 民衆이보고재릿재릿할만한戀愛談만쓰란것이엿다。「사랑의풍꼿」이나連載해스면 지금도大歡迎할터인데 아마이런勇氣는없는모양이엿다。여긔에우리良心的作家朴君은斷然「난자미잇는小說을쓰지못하겟오」하고 拒絶을하엿다고한다。그리하야朴君은「×××式의小說을쓰야조와한터이나나의良心으로는그런小說은쓰지못하겟기에中止햇개요」하는것이엿다。朝鮮에는文人이만어서 戀愛談을쓰는作家는만되 內容으로한藝術的小說을쓰는作家는드물다。그리하야朴君이그中藝術的小說을쓴다고누구나다ㅣ認定하는事實이다。이때문에良心的作家인李泰俊氏도 中央을단연退社햇다。小說의價値를모르는人間들틈에서小說家가박켜잇따는것은悲慘어러운일이다。一般讀者는低級한讀者는朴君의小說이中止되엿다고조와한지모르나 良心的讀者가잇다고하면 이런怪怨아칙한行爲는없을것이다。그리고朴君의良心的行動에우리는敬意를表하지안을수없다。이러한良心的作家라야만그래도朝鮮에서小說다운小說을쓸것이다。非國도「그래도朝鮮에서는生命을길게作品을쓸사람은朴君일걸요」햇꺼니와朴君의小說이只今에는一般的으로理解가없다고한지라도이제얼만한時期가지나가면朴君의小說이太陽과갈이빗날때가잇은것이니朴君은自己의小說을理解하는사람이적다고落心은하지말고只今의態度그대로나아간다면「朴泰遠存在」가빗날때가잇을것이다

(조선문단 제24호, 1935·7)

評論家로서 作家에게 보는 便紙

朴花城 女史에게

—粗雜한 이 一文을 보냅니다—

林 曉

敬愛하는 女史여—

現在 우리들이 가질수있는 가장 光輝있는 獨創的인 作家의 한사람이고 가장 眞實性있는 良心的인 藝術家의 한 사람인 女史에게 나는 이렇게 내마음의 一片이나마 말할수있는 機會를 가지게 된것을 無限히 기뻐합니다.

恒常 正視있는 豐富한 形式과 洗鍊한 文章으로서 가장 深刻하고 가장 精練하게 모든 이러 現實을 正確히 形象化할수있는 한개의 偉大한 存在— 그리고 또 現代의 一面의 抑壓에 抵抗하고 나어린 이땅의 文化部面의 第一線에서 始終變함없이 굳세게비리고 나갈수 있는 가장 眞正性있는 한개의 頂像— 이것이 女史를 稱頌하는 나로서 女史에게 對하야 엔커윤에 위치고싶은 그리고 위치지 않으면 아니될 오직한마디 人間의 말입니다.

내가 萬一 좀더 精練하고 正確한 理智的 精神의 所有者이고 또한 이 世代의 누구보다도 女史를 잘 알수있는 말하자면 作家로서의 女史만이 아니라 그以外의 모든 女史를 잘 알수있는 知識을 가질수 있었던들 한개의 出版物의 부탁을 應한 評論家로서 作家에게 준다는 이러한 職業的 形式의 特殊한 制約밑에서의 獨斷的인 心境은 쓰게되지 않었을것을 女史에게 對한 作家以外의 面까지도 알기에는 나는 너무나 作家로서의 女史조차도 똑똑히 알수없는 不週한 地位에 있는 사람입니다.

그러므로 女史에게 對하야 다한번의 拜謁의 機會도 가지지못한 내가 敢히 이러한 붓을 든다는것은 顚倒히 無謀한 例的이며 또한 越禮의 行動이 아닐수가 없을것이지만, 그러나 女史의 作品을 다른 어느作家의 作品보다도 가장 興味있게 가장많은 關係를 가지고 언제나 愛讀하고 있는 忠實한 讀者의 한 사람으로서 내가 읽은 作品을 通하여서 알수있는 作家로서의 女史의 一面을 하는것은 女史에게 있어서나 或은 나 自身에게 있어서나 決코 無意없는 일은 아닌것이 다고 생각합니다.

그리고 더욱히 내가 아직 朝鮮文壇에있어서 무엇을 가지고 評論家로서 自慢할만한 資格이 있으며 朝鮮文壇이 가장 代表的인 作家인 女史에게 對하야 무엇을 말할權利가 있겠읍니까!

오직 編輯者의 부탁을 키 버릴수 없어서 이 斷片的인 一文을 적는것을 容恕하여 주실줄 믿읍니다.

女史여!

내가 女史의 이름을 알게된것은 女史의 出世作品(處女作가 있는지 모르지만)「白花」가 東亞日報에 連載되며 부터있읍니다.

그러나 나는 不幸히도「白花」를 不過二十回도 읽어보지 못하고 더 繼續해서 읽을수 없는 不自由한 囹圄의 몸이되고 말었었읍니다.

그것은 只今 이글을쓰는 나에게 있어서는 作家로서의 女史까지도 말할수있는 너무나 無資格한 自白만을 주는 애꾸진 追憶이 되기까지 합니다.

그러나 그뒤에 내가 읽을수있는 많은女史의 短篇에서「白花」의 作者인 女史를「白花」를 읽지않고 서라도 어느程度까지 말할수있는 資格을 얻게까지 되었읍니다.

女史의 巨大한 形象의 속에서 인제나 찾어될수 있는한개의 理念! 모든人間을 一切의 偏狹과 偏見의 속에서 救出하야 그들에게 明日의 삶을 指示하려는 偉大한 한개의理念! 不安과 疑惑과 苦悶과 絶望의 속에서 타오르는 挽回의 慾求와 살으는 熱의情熱— 이러한 巨大한 理念! 그것은 女史의作品의 가장生動的인 肥料이었으며 唯一한 그리고 最後的인 生命이 었읍니다.

그리하야 읽는 사람으로, 하여금 現實의 한 복판에 肉迫하는 듯한, 感激과, 興奮을 가지게하고야마는— 實로 魅力的인 形象! 그렇게도 明徹하고 그렇게도 深刻하고 그렇게도 燦爛하고 그렇게도 光輝있는 形象의 앞에서 나는 참으로 놀나지 않을수가 없었읍니다.

오직 昂揚과 抗拒의 光輝로서 女史는 女史의, 作品을 아니 女史自身을 裝飾한뜻 무척게 嚴格한 巨匠的인 態度를 가지고 一切의 利己的打算의 冷水에— 沈潛된 뿌르조아지—의 宗敎的狂信이며 騎士的感激이며 俗人的 人情節의 假面을 容赦없이 暴露하였읍니다.

그러나 女史여!

女史의 最近의 長篇「北國의 黎明」은 너무나 많은 失望과 不信을 나에게 주었읍니다 그作品全篇을 通한 偉大한 英雄的인 理念

(180)

이라던가 寫實主義的 新機構에 對한 冷酷한 描寫라던가 이러한 女史의 觀點은 場面描面에 潑溢되어 있으나 作品의 典型性과 形象의 個性과를 女史는 한개의 渾然된 全體의 속에서 把握하지 못하고 오직 作品의 典型性을 形象의 個性에 外面的으로 羅列함에 끝치고 말었읍니다.

더욱히 뿌르조아的 功利性에서 完全히 解脫되지못한 女史自身의 一定한 主觀的制限은 이作品을 뿌르조아的 倫理에 一貫된 愛慾의 葛藤과 無緣시 수없게 만들었으며 作品의 展開를 때로는 너무나 偶像化시키는 偏에까지 陷消되었읍니다.

그러나 技術을 가지고 藝術的 價値를論할수없는 이땅의 獨特한 現實에있어서 이러한 作品을 가지고 女史를 攻擊할 神經質的興奮과 小兒病的 固執을 나는 犯하고싶지않읍니다.

나는 女史의많은 短篇이 도리어 技術에서 犯한 女史의 一切의 缺陷에 對한 時代과도같이 생각되고 女史自身의 進步的 意志와 良心을 保證하는것과도 같이 생각되는것을 참으로 마음으로 기뻐합니다.

最近 新東亞誌에 發表된 「故鄕없는 사람들」과, 新家庭誌에 發表될 「가사리」 이무게의 短篇은 너무나 非情으로 女史의 技術

에서 現代女性을 描寫하는 作品이었읍니다.

이 作品의 [illegible]부터 맨마즈막까지 되 讀者의 사이에는 女史의 不屈한 生動的인 血脈이 躍動하고 있으며 女史의 强烈한 熱情的인 愛와 또한 明日에 對한 光輝있는 希望이 다붓실려 있었읍니다.

그러나 女史의 作品은 언제나 女史의 人類에게 對한 愛와 明日에 對한 希望의 强함없는 强調때문에 너무나 作品속의 人物을 槪念化하는 偏向을 가지고 있읍니다.

말하자면 女史는 形象의 個性을 現實에 依한 眞實性있는 人物을 가지고 描寫하는 것이 아니라 거의 例外없이 女史自身의 愛와 希望의 强調를 한 內省的 理念의 表象을 가지고 描寫하였읍니다.

話法은 決코 困難한 理論 或은 政論的 命題를 보다 具體的인 形象의 言語로써의 翻譯을 한 한개의 單純한 技巧的 經路的手段은 아닙니다.

內省的理念의 表象의 抽象的命題는 如何한 强調에 있어서던지 作品의 藝術的價値를 低下시키는 最大의 原因이되는것입니다. 作家自身의 政治的 成熟의 程度며 理論的成熟의 程度로만은 決코 藝術을 創造할수가 없읍니다.

藝術은—그의 特殊性이 形象에 依하야 賦與되는 바의 特殊的인 上部構造임—인것이라는것을 勿論 女史는 잘알고 계실줄 믿습니다. 그리고 또 이러한 原則의 實例로서 우리는 톨스토이니 고—고리니 바르자크니 하는 著名作家들이 이미 經驗한바 藝術과 政治觀과의 關係를 잘 알지 않읍니까? 고—고리는 非政化主義者가 아니었읍니까. 그러나 그의 作品은 그가 니콜라이 一世의 制度를 擁護하고 讚揚하기 爲하야 努力했음에도 不拘하고 도리어 그 니콜라이的現實의 批判의 가장 强力한 武器가 되지아었읍니까 그리고 톨스토이의 「戰爭과平和」속에 潛在된 思想은 人道主義的 攝理와 虛僞의 思想이 아니었읍니까— 그러나 누가 오늘날 「戰爭과平和」를 藝術的인 作品이 아니라고 敢히 斷言할수가 있겠읍니까—.

女史여!

生活的眞實, 現實에 對한 完全한 知識 이것을 具體的으로 藝術에 表現할수있는 才能이 女史에게 있어서만이 아니라 다른 모든作家에게도 必要합니다.

女史의 作品속에 나타나는 人物들은 大槪 그가 屬하는 特色의 階段의 傾向과 特定의 時代의 思想을 代表하지 않었읍니까 그리고 그들의 行爲와 動機는 決코 個人的인 意慾에서 가아니고 그것의 本質的인 歷史的潮流에서가 아니었읍니까—

그러나 女史에게 持續되는 今後에의 一步前進은 이러한 動機가 가진 가장 生生하고 가장 積極的이고 가장 自然스런 場面! 그것의 進行에 依하야 前面에 揭揚되고 그리하야 자못 犯하기 쉬운 論說的인 討論을 좀더 妥當한 藝術的 討論와 交代시키는데 但念되어 있다고 생각합니다.

女史는 想起하시겠지요!—라사—루에 對한 評價의 속에서 다음과같이 말한 엥겔스의

[illegible] 思想的 深淵과 意識的인 歷史的內容과 셱스피어的 [illegible]와 場面의 豐富性과의 融合은 아마도 未來에 있어서만 達成될것이다」 생각으로 우리는 이러한 眞正한 融合의 속에서 우리들의 文學의 未來를 發見하지 않으면 아니될것입니다。 여기에는 實로 우리들이 이때까지 想像도 하지못한 여러가지 複雜性이 가로놓여있읍니다。 藝術은 勿論 다른 上部構造와의 密接한 關聯의 속에 있는 政治的影響과 指導의 밑에 있읍니다。 그러나 이 藝術의 政治에의 이데올로기ㅣ에의 依存關係는 決코 우리가 過去에 있어서 생각하던바 한개의 圖式的 處方箋으로서의 直線的인 單純性은 아닙니다. 藝術의 複雜性에 關한 이러한 單純化된 表象의 밑에서는, 우리들은 不可的으로 作家에게 對하야 行政的命令에ㅣ 單只 思想的 指導的影響의 一般化를 爲한 表現의 類型으로서의 한개의 機械가 될것을 强要하지 않으면 아니 되었읍니다。

이것은 너무나 커다란 過誤이었읍니다。 그러나 우리는 이미 그러한 錯誤의 우에서 脫皮된 새로운 飛躍을 가졌읍니다。 最近의 우리들의 創作方法에 關한 論爭의 結에서 鮮明한 女史는 우리들의 이러한 飛躍을 發見하였으리라고 믿읍니다。

그러나 女史여ㅣ

이러한 最近의 우리들의 飛躍을 契機로하야 一部 跳躍的인텔리層은 그들의 新機軸的粉裝의 技巧를 다하야 政治와 文學과의 分離를 劃策하고 客觀的 社會的存在로서의 人間이아니고 主觀的 內省的存在로서의 人間의 探求에 沒企된 그所謂人間描寫論이라는 觀念的 妄想을 捏造하고 있지 않습니까ㅣ

그럼이 이러한 藝術에 우리들의 進步的인作家가 誘惑되리라고는 나는決코 생각지 않습니다만 그러나 最近의 流行語所謂「轉向」이라는 觀念으로서 眞理를 歪曲시키는 여러가지 論理가 우리들의 理論의 領域을 더럽게 흘드리려는데 對하여서는 實로 衷心을 禁할수가 없읍니다。

나는비록 無識하야「轉向」이라는 그말의 意

昧조차도 明確히 알지못하나 맑스上 既然한 側面에 到達하는 途程으로서의 思想的 價値이 果然 이「轉向」이라는 두字의 概念으로서 徹底히 清算할수가 있다고 생각하는 기묘한 理念이 어떻게 人間에게 있어서 把握된 것입니까!

果然 그들이 解決에 있어서 맑스主義者로서이 얼마나한 意識的 行動을 가졌읍니까, 아니行動은 고사하고라도 맑스主義의 AB

ㅇ나 정말理解하고 있었읍니까요! 한개의 思想을 그 本質에 있어서 充分히 理解하지도 못하고 그思想에서부터 一轉向한다는 그러한 구역나나고 非人間的인 行動이 果然 人間에게 있어서 敢行될수가 있을까요。

女史여!

女史는 지나간날 로시아의 有名한 詩人 비크라소프의 말을들으셨읍니까.

詩는 나에게 闘士가 될것을 助申하였나, 이論理的인 絕時의속에서 女史는 確實히 論理的 인테리의 無原則한 習慣을 聯想하실것입니다。

作家가 眞正히 現實의 表面的形容을 排除하고. 그의 創造的過程에 故意로 自身의 思想的傾向을 表現하려는 一切의 圖式主義를 排除하고 그리하야 生活的現實과 맑스피어의 資料와의 調和的인 結合을 可能으로하는 見地에 서지안는 限에 있어서 이때한 네크라소프的 習慣는 決코 揚棄되지 못할것입니다。

그리고 나는 作家가 언제나 文壇的雰圍氣의 속에서 生活하는것을 反對하는 一員입니다 그것은 作家가 文壇이라는 至極히 狹隘한 環境의속에서 生活하는것은 그의視野를 좁히는것以外의 아무것도 아닌까닭입니다。

이러한 事實의 實例를 나는 作品의우에 反映된 그 形態에서 볼수가 있읍니다。

어떠한作家를 勿論하고 그의 最初의作品은 比較的 成功的임에도 不拘하고 그뒤에 나오는 作品은 오히려 그前의 作品의水準에도 達하지못하는 事實입니다。 이러한 過程은 그것이 때때로 藝術的性格規定의 同

上에 發行되어 進行되는 境遇에있어서 一般 興味있을 것입니다。

最近傳說이 만한다면 나는 不計히도 女史에게 있어서까지 이러한 關聯을 發見하였읍니다. 女史의 作品 「水邱士郞」이며 「洪水前後」에 比하야 最近의 作 「故鄕없는 사람」과 「골가사리」는 너무도 生活的現實과 相離를 멀리한것들이 있읍니다。

文壇以外의 · 環境과의 關聯을 가지지 못한 作家는 如何한 境遇에 있어서든지 詩人間의 사이에서 자라나고 있는 壯大한 關聯과 우리들의 現實의 새로운 生生한 關聯을 正當히 其個性의 속에서 發展할수가없읍니다。

女史여—

이제는 約束한 紙面도 다차고 이以上더 길게말할 餘暇도 없읍니다。 그러나 女史에게 對하야 하고 싶은말은 아니하여야 할말은 아직도 많읍니다。

그것은 日後다시 許諾되어질 幸福된 機會에서 말할까 합니다。 最後로 女史에게 對하야 말하고 싶은것은 女史여 女史의 精神의 날카로운 能力보다도 모든 女史의 타오르는 情熱보다도 女史의 不屈한 理念의 속에 있어서 恒常 나를 感激시키는 것이 있읍니다。 그것은 女史에— 生命이며 女史의 光榮입니다。 그러나 光榮이란— 피와人生의 探求者에 對하야 執拗하게 차우고 그의 幻影과의 決然하고 陰險하고 殘忍한 싸움의 속에서 假設된 脆弱한 現許狀에 지나지 않읍니다。 이 光榮을 超越한 그리고 强力的인 勇氣— 이것이 女史에게는 必要합니다。

征服의 기쁨을 맛보고 오래동안 女史가 깨닫지 못하고 封해두었던 힘! 女史의 文學의 正確性앞에 가벼운 傲物을 느끼게하는 힘— 그 힘이 必要합니다。

오— 女史의 官能은 微弱하고 있읍니다… 그것은 一切의 封鎖에 抗拒합니다。 그러나 女史는 아직 그것을 抑制하고 女史의 一律的인 冷情의 속에 留意시키렵니다。

우리는 이러한 女史의 態度에 不滿한 焦燥를 느낍니다。

勇氣! 그렇지요。 이 勇氣를 가지고 女史는, 女史가 躊躇하는 그 危險의 域에까지 가시요!

一月二十一日밤, 於安國洞

(신동아 제52호, 1936.2)

嗚呼方定煥

그의 一週忌를 맞고

李定鎬

小波! 朝鮮어린이들의 가장 敬慕의 과녁이든 童話의 아버지! 그를 世上에서 잃은지도 발서 一年이 넘엇다. 이제는 그의 이름조차 우리들의 입에서 차차 살아저 가고 잇는 생각을 할때 특별히 그가 끼치고간 偉大한 業跡을 생각하고 새삼스레 悲痛한 느낌이 떠오름을 禁할수가 없다. 그는 어렷을 때부터 몹시 不幸한이엇다. 일즉이 慈愛로운 어머니를 여인지 얼마안되어 또한 둘도 없이 믿고 의지하엿든 多情한 누님마저 잃엇다. 그리하여 家庭的으로 恩惠받지 못한 그는 글字 그대로 波瀾重疊한 온갓 苦難을 맛보고 자란 朝鮮의 不運兒엿다. 짧으나 짧은 三十三年生을 오즉 高貴한 땀과 눈물로만 싸우면서 少年運動과 其他 여러가지 事業에 心血을 바처온 드문 일꾼의 하나이엇다.

×

그는 고달팟다. 너무도 고달팟다. 남달리 世上을 위하야 많은 일을 하느라고 그의 몸은 몹시도 고달팟다. 두가지 雜誌編輯만에도 고달플터인데 學校일, 少年會일 또 집안일에 고달프다 고달프다 못하야 아조 시들어바리고 말엇다. 그의 고달픈 얼굴의 그의 그 시들은 얼굴의 우슴을 보기 前에 그의 닦어논 花壇에 꽃과 열매가 맺기 前에 그는 아깝게도 우리들의 앞을 떠나고 말앗다. 그의 一週年 追悼會를 끝마춘 오늘에 다시금 그의 生前을 追憶할때 여러가지로 눈물겨운 情況이 내 가슴을 허둑이게 한다.

×

그는 性格이 매우 嚴格한 便이면서도 부드러웟고 느리면서도 明快한 便이엇다. 그리고 또한 마음씨 까지 몹시 착한이엇다. 事業을 위하여서는 不眠不休의 努力을 아끼지 않앗다. 불상한 어린 사람들을 위하여서는 自己의 살이라도 깎아줄 듯이 多情하엿다. 童話巡回를 단니다가 地方어린이 愛讀者의 딱한 情景을보고는 불러 올려다가 이곳저곳에 就職을 시키어준 일이 한두번이 아니엇으며 길꺼리에서 飢寒에 우는 불상한 어린『룸펜』에게 자기의 주머니를 털어

바치기도 한두번이 아니었다。그는 이러케 어린사람이라면 그 級을 가리지 않고 한결 같이 慈愛롭게 굴어준 朝鮮의 「페스탈롯치」였다。

×

그는 또한 演說을 잘하였다。그 중에도 더욱이 童話口演에 잇어서는 그를 따를만한 사람이 아즉까지는 全혀 없다고 斷言할만치 잘하였다。하여간 그의 演說은 聽衆에게 感激을주지 않고는 못배길만큼 熱과 힘이 있었다。

또 아모리 어려운 演說이라도 누구나 듣고 곳 理解할수 잇을만치 通俗的인데에는 머리를 숙이지 않을수 없었다。

또 그이의 童話는 어린사람의 心性을 左右하고도 남을만하였다。울리고 웃기는 것을 自己의 音聲과 表情하나로 左右하는 天才的 雄辯家이었다。그리하여 演壇을 거치어 또는 放送局의 「마이크로폰」을 通하야 朝鮮의 어린사람들을 얼마나 울리고 웃기었는지 그 數를 헤일수가 없다。맨 처음의 處女演說이 겨우 열며여섯살 땐데 日本雜誌에서 읽은 探偵小說과 興味잇는 이아기를 추리어 七時間이나 게속해서 하였으되 聽衆이 조곰도 倦怠를 느끼지 않었다 한다。이만큼 그는 어렸을 때부터 이 方面에 對한 研究와 조예가 컸다。

그뿐아니라 四五年前에 어느 少年會에서 童話會가 열렸을때 아즉도 記憶에 남아 잇지만 그때에 選擇한 題目이 「산드룡의 유리구두」라는 슬픈 이아긴데 內容은 繼母슬하에서 자라나는 「산드룡」이 繼母의 다리고온 두딸때믄에 몹슬 학대와 구박을 받았으나 結局 나종에 幸福히 된다는 것이었다。勿論 全館안은 죄다 우름판이 되었는데 이아기가 끝나자 갑자기 婦人席에잇든 할머니 하분이 두눈이 퉁퉁붓도록 느끼어 울면서 두손을 合掌하고 그의 앞으로 오더니

「선생님 참말 감사합니다。」하고 허리를 굽혀 몇번이나 절을 하였다。

그는 얼뜻 생각에 더운데 수고하였단 소리로 잘못 알고 「천만에요 도리어 갓지않은 이아기를 들으시느라고 더 괴로우셨겠습니다」하니까 할머니는 질겁을 하다싶이 몸자세를 바꾸면서

「아니 더운신데 괴로우셨겠지만 그보다도 그 불상하고 마음착한「산드룡」이를 나종에 잘되는 것으로 끝을 막아주서서 감사하다는 말슴입니다」하고 두손을합해 빌었다는 逸話까지잇다。이만큼 그는 童話에 잇어 日本의 大衆도 꼽는 巖谷小波씨나 久留島武彦씨를 凌駕할만치 훌륭한 手腕을 가진 분이었다。그는 이뿐아니라 「어린이날」記念때에는 밤을 며칠식이나 새이다싶이하여 정작 當日에 가서는 演壇에서 코피를 졸졸 흘리면서도 「朝鮮의 어린 大衆이여! 福되게 잘크소서 잘자라소서!」를 몇번이나 불렀는지 모른다。또 開闢社에 관계를 가진후부터 社의 일을 위하여서는 自己의 苦難도 죄다 잊고 努力을 거듭하든이었다。

그리고 그는머리가 좋은이었다。腦髓도 크지만 그 크어다란 머리속은 마치 「요지경」속 같이 多方面에 對한 재조덩이가 꽉 드리박이어서 그 머리가 한번 움지기어 질때마다 그의 입에서는 놀라온 突이 축축 튀어나왔다。아모리 어려운 時急한일이 생기드라도 남이 애를 태울 만치 泰然한 태도로 앉어서도 힘드리지 않고 그의 偉大한 머리하나로 척척 解決하곤 하였다。雜誌編輯에 잇어서도 또는 一般的으로 當하는 難關도 쉽게 打開해나갓다。(第一一六頁에 因)

嗚呼 方定煥

(第八一頁에서續) 우리가 다 當하는 서름이지만 社會的으로 그러케 獻身的努力을한지 햇수로 八九年이되건만 自己집 하나가 없이 이리저리 쫓겨단니면서 貰집신세를 지으면서도 그의 努力이 꾸준하엿든것을보면 그의지가 얼마나 꿋꿋 하엿으며 얼마나 큰 情熱家이엇던 것을可히 알수가 잇다。 글으로 나는 그이의 샘솟듯하는 그 情熱! 그 좋은 머리! 그仁慈한 마음! 그 남못따를 辯說! 이 모든것이 얼마나 아까운지 모르겟다。

×

그가 短命하엿든것도 自己의 몸을 돌보지않고 여러가지 事業에 過度한 努力을 한 것이 그 原因의 하나가 아니엿슬까 한다。

(동광 제37호, 1932. 9)

嗚呼、方定煥君의墓

朴熙道

지난여름── 七月二十五日── 맑게개인 날이엿섯다、그러나 묵어운 氣壓은 크다-란 내몸덩이를 휩싸고 잇는 것갓햇스며 가득찬 내가삼은 터지는듯 십헛스니 그것은 나의親舊中에 가장 忠誠되고 眞實햇든 親舊──小波·方定煥君의 骨肉이 아울너 이世上을 永遠히 떠나가는 날이엿슴이다。

方君은 나의 眞實된 親舊이며 또한 朝鮮의 어린이들의 둘도업는 밋음성스러운 親舊엿섯다。

方君의 別世後 昭格洞方君宅에는 天眞스러운 어린이 弔喪客들의 발자최가 끈일줄몰나섯스니 君이얼마나 어린이들을 眞正으로 사랑햇다는것을 알것이다。

方君의棺이 弘濟院──火葬터로 옴겨지기는 正午도지낸때라 몹시더웟다。몃분後이면 君의몸덩이가 永々드라오지못할 길을걷는다고 生覺하니 精神이 아득해젓섯다。

君의 몸덩어리가 불속에서 바질〳〵타버릴때는 너무드앗갑고 안타가워서 함께 뛰여들어가고 십헛섯다。

나뿐이랴! 二百餘名의 어린이들의 거즛업는울음소리와 사랑하는男便을 永遠히 떠내보내는 夫人의 비창한눈물──「아버지! 아버지!」하고 애닯허지게 소리치는 불상하고도 가엽슨 어린子息들의 안타가워하는 情形은 압흔가삼을 더한층 씨커내는듯 십헛다。

그러나 君은 아는지 몰으는지 불속에서 잘타기만한다、生存의 그럿케도 사랑하든 어린이들의 울음소리조차 듯지못하엿다、君이 別世하기前 바로전날이다、君의病室의 발을되려노흘때──君은 몹시부어서 똥々하든몸이 더커저서 이약이조차 할수업게되엿섯다、그러면서도 君의죽엄을 앗가워하는내마음과 함께울어주엇건만 불속에서타고잇는 君은 점々재가되고 煙氣가되여버릴뿐이엿고 아모반응도업섯다、方君이여! 너무나앗갑다、君은 압날에 할일이만치안은가 어느나라 어린이보담 가장 불상한處地에 잇는 朝鮮의 어린이를 버리고 간다는말인가?

故方定煥氏

그러나 君은 살어잇는동안에 君으로서의 使命은 다──햇다고生覺한다

君이여! 君의몸덩이가 한줄기의煙氣로 變해버리든 그때는 너무더운여름날엿이칠々흐르든 때엿스나 지금──君을追憶하면서 이글을쓰고잇는 내손은이럿케몹시 어러드러오니 임이때가밧귀엿슴을 짐작하겟다、君은그대로 가바렷단말인가!!

그러면 나는 永々 君의墓만 弔喪한단말인가? 너무나 안타갑다!! (끗)

(三千里 제23호、1932·2)

白石詩集「사슴」評……朴龍喆

白石氏의 詩集「사슴」一卷은 처음 대할때에 作品全體의 裝幀을 우리의 눈에서 가려버리도록 크게 앞에 서는것은 그 修整없는 平安道方言이다. 그러나 우리가 이 作品의 주는바를 받아드리며는 好意를 가지고 이것은 熱烈한 結果는 解得하기 어려운 若干의 語彙를 그냥 包含한채로 그 全體를 鑑賞하는데 아모 支障이 없다는 純語의 偉大한 힘을 깨닷게된다.

第一部「얼럭소새끼의영각」은 우리게 그 이상스러 다정한 幼年期의 回想을 무득불러이르킨다. 엄마와 단둘이 외딴집에서 무서워서 이불속에 파묻혀 숨도 못쉬는밤. 명절이면 할아버지 할머니가 계신집에 시집갔든 고모들도 아이들을 다리고오고 집안이 모도 모이여서 아래방에서는 어른들이 이야기하고 놀고 웃간에서는 아이들끼리 작난을하고 눈든달 오리치 노며 논으로 나며간 아떼

-327

를 동말댕이에서 기다리다가 못해 악이나서는 아빠의 신작과 비선목과 더닌악을 모조리 뒤ㅅ개울에다 내이던지는 아이.

이러한 詩作은 어느곧 아이들에게나 어느 아이에게나 다 있섰든일 있을수 있는일이다. 그러나 修整없는 生生한 言語로 이기生生한 表現을 줄수 있는것은 한 詩人의 特殊한 才能이다. 오래된 記憶이란 그 서슬이 다타지서 朦朧한 抽象으로만 남기가쉽고 成熟과 教養이란 野生的이고 初生的인것의 모든엿을 다 흠어버린다.

比喩를 끼어 말한다 하면 方言은 끝 깨뜨며서 뿌다귀와 모소리가 있는 돌이오 辭典에 오르는 標準語(中和語)는 그것들이 맞부다처서 마기고 다타저 동그라진 돌이다. 會話語가 막자갈이라면 文語는 바독돌이다. 自然國語가 붙있는 돌이라면 非語用語 漢文古文이나 羅甸文이나 新造語 에스페란토같은 것은 동그라진 돌이다. 鄕土의 野性과 都會의 文化等 自然한 돌과 練磨된 돌에 비길수도 있다. 다듬은 돌이 概念의 固

-328-

定과 存在의 安定을얻는 反面에 붙었는 돌은 生生히 流動하는 生命을 가지고 있다. 지나친 辯論이나 文化란것은 그 自然가 제가 生長해나온 肉身과 大地와 傳統을 얼마큼 떠난곧에서 繁盛되고 固執하는것이다. 그러나 이것은 때때로 그本源에서 新鮮補充의 必要을 받어야 그生生한 生命을 維持한다.

修整없는 方言에 依하야 表出된 鄕土生活의 詩篇들은 琢磨된 寶玉類의 藝術에 屬하는것이아니라 서슬이선 돌 生命의本源과 接近해있는 藝術인것이다. 그것의힘은 鄕土趣味程度의 低調한 作從가이니고 鄕土와 生活이 제스사드의 強烈에依하야 必然의 表現의 衣裳을 입었다는데있다.

第二部以下에도 若干의 記述的詩篇들이있으나 親密의 印象을 스켓취한 것들이 그大部를 點한다. 이기에 있어서도 이詩人은 眼前의 光景을 極히 生生하게 우리앞에 提供하는 能力을 나타내고있다.

「統營」「彰義門外」등에인서 우리는 詩人의 素朴한 情念의 그림자에 잠간 접촉한

-329-

수있는듯 하나 이詩人의 포―즈는 全一體를 通해 冷然한 散文的인 포―즈다

驛 原

흙풋나는 이른봄의 무연한벌을
輕便鐵道가 노새의맘을먹고지나간다

먼데 바다가뵈이는
假停車場도없는 벌판에서
車는 머물고
젊은새악시 둘이 나린다

이렇게 單한 印像論도있고 또는 急激한 유리를 通해보는것같이 정말[illegible]보다 더차고, 더 또렷한 視覺的效果를 기는것도 있으나 그가 만없이 提供한 視覺的表象은 錯雜한 情調의 背景色을 띄운것이 많은것을 우리는 發見한다。

이詩人은 現在의 우리言語가 全般的으로 侵蝕받고있는 混血作用에 對해서 그純粹를 지키려는 意識的反撥을 表示하고있다。 이詩集의 體裁와 印刷와 全行을通해서 이詩集이 나타내는바 苟且하지않고 妥協이없는 强한 信念은 한 偶然的이고 附隨的인 副作用이라기 보다 이詩人의 本質的表現의 一部인가싶다。

우리는 이詩人의 現在의 業績에 對해 아모 失望되는 躊躇없이 이詩人의 길고 큰 將來를 祝福할수있다。

(朝 光 제6호, 1936·4)

徐廷柱論

宋 稶

一、肉體와 情熱

이 詩人의 初期의 作品 特히 花蛇를 보면、그가 强烈한 肉慾을 率直하게 노래한 것을 알수 있다。따라서 이 나라의 어느 抒情詩人보다도 리아리스틱하다。또한 그 肉慾이 野性的이기 때문에 表現이 자연 西歐的으로 된다。이 花蛇는 스물난 색시 순네를 보고 느낀 作者의 情慾을 形象化한 것이다。이 情慾은 살펴보면、「크다란 슬픔으로 태어난」것이고、「징그럽고 원룽하고 石油 먹은듯 石油 먹은듯 가쁜 숨결」이다。이 밖에「꽃다님 같다」「바늘에 꼬여 두를까부다」、「크레오파트라의 피 먹은 양 붉게 타오르는 고흔 입설」과 같은 이매지는 이 뱀은 스물난 색시의「고양이 같이 고흔 입설」로 連結시키는 手段이 될 뿐이다。뿐만 아니라、이 詩가 노리는 目的은 다만 뱀의 징그러운 몸둥아리를 색시의 고흔 입술로 變化시키는 것에 지나지 않는다。따라서 뱀도 아름다운 花蛇가 되고、뱀이 登場하는 背景도「麝香薄荷의 뒤안길」、혹은「麝香 芳草길」로서 美化되어 있다。왜 이렇게 나는 美化한다는 資質은 强調하는 것일까? 그것은 이 詩에서 가장 注目할만한 한 句節「石油 먹은듯 石油 먹은듯 가쁜 숨결이야」가 있기 때문이다。「麝香薄荷의 뒤안길」과「石油」、이것은 참으로 놀라운 對照가 아닐 수 없다。모든 粉飾과 美化하는 技術를 뚫고 나온 이 石油 먹은듯한 가쁜 숨결은 다른아닌 이 詩의 焦点이다。왜냐하면、이 詩의 結論은 그저「스며라 배입」이니까。크다란 슬픔으로 태어났기에 징그라운 몸뚱아리를 하고 있고、하늘은 물어뜯을만하게 원통한 이 뱀에게「스며라」고 하마디만 던지고 滿足하고 있는 事實은 이 詩人이 매우 素朴한 感情을 가지고 있다는 것을 말해준다。그리고 이 詩는 强烈한 感情에「고양이 같이 고흔 입실」에서 볼수 있는 바와 같은 洗

綵된 表現을 줄려고 한 것이나 情熱의 리즘은 龍頭蛇尾格으로 되어 있음을 알 수 있다。이 바에도 이렇게 强力하게 시작하여 結論을 맺지 못하는 情熱을 우리는「대낮」「正午의 언덕에서」「설움의 江물」等에서도 볼 수 있다。그런데 이러한 缺陷은 어데서 나오는 것일까? 이것을 생각하기 전에 우리는 肉體 및 情熱을 制約하는 要素로서 知性과 倫理를 살펴보아야 한다。이 詩人의 西歐的인 表現이 完全히 成功하지 못한 것은 强力한 肉體的인 熱情을 드려다 보고 處理할 수 있는 明快하고도 透明한 知性、다시 말하자면 샤알르 보오드렐에서 볼 수 있는 靈魂의 戰鬪와 知性의 透明함을 動的으로 結晶시킬 수 있는 美學이 없다는 點이다。샤알르 보오드렐이 소리와 빛과 香氣는 서로 照應하고、一致한다고 말한 것은 우리는 알고 있다。情慾과 罪惡의 詩人으로 알려진 보오드렐이 얼마나 永遠히 透明한 知的인 美를 讚揚하였는가、또는 그가 自己의 藝術에 倫理를 對照시키어 얼마나 深刻한 懺悔를 노래하였는가、나는 이런 점에 관하여 지금 길게 말할 餘裕가 없다。그러나 花蛇라는 이매지가 아담과 이브의 神話에서 온 것을 우리는 알기 때문에 이 神話의 倫理的인 意識가 이 詩에서 忘却되고 있는 것은 아깝게 생각하지 않을 수 없다。

「피빛 저승의 무거운 물건이
그의
쭉지를 다 적시어도
감지 못하는 눈은 하늘도 부
홍……부홍……부홍아 너는
오래전부터 내 머리속暗夜에 둥그란 집을 짓고 살었다」(부홍이)

이런 句節로 보아 알다시피 이 詩人의 初期作品에서 우리는 보오드렐을 聯想한다。그리고 바로 그 까닭에「花蛇」의 作者에서는 知性과 倫理와 美學의 缺乏을 뼈저리게 느끼는 것이다。

다음에、몸 붙일 곳 모르는 心臟의 情熱을 노래한 詩「바다」를 읽어보자。

「오— 어지러운 心臟의 두게우
에 풀잎처럼 흩날리는 머리칼
을 달고
이리도 피로운 나는 어찌 끝
끝내 바다에 그득해야 하는가」

이 詩人은 頭腦의 무게 보담은 오히려 心臟의 무게를 느끼는 情熱을 가지고 있다。

「紙窗의 旅心에 촛불 타오르는 하날 꽃같은 心臟으로 沈沒하라」 따라서 우리는 不完全한 美化作用을 疑心케하는 이런 句節에서 意味를 把握할 수 있는 것은 「沈沒하라」는 네 글자 뿐이 아닌가 하고 느끼게 된다。

「아라스카로 가라 아니 아라비아로 가라 아니 아메리카로 가라 아니 아푸리카로 가라」

그리고 이러한 아무데든지 다른데로 가고 싶다는 생각은 끝내 이 詩人을 따라다니고 있다。一例만 들어도

「꽃으로 타는 저녁 노을처럼
그 다음에는 만데로 가겠다」
(저녁 노을처럼)

二、幻滅과 生活

솜씨 있게 處理하기에는 너무나 野性的이고、過多한 肉體的 情熱에 이 詩人은 幻滅을 느끼면서 生活과 現實의 環境으로 詩의 테ー마를 바꾸기 시작한다。

「오랫동안 나는 잘못 살었구나
샤알르 보오드래ー르 처럼 섭고 괴로운 서울女子를
아조 아조 인세는 잊어버려
仙旺山그늘 水帶洞 十四번지
長水江 뻘밭에 소금 구어먹든
曾祖할아버짓적 흙으로 지은집
오매는 남보단 조개를 잘 줍고 아버지는 등심 서른말 졌느니」
(水帶洞詩)

「정물뱅이 꽐만이와 복동이의
사는 골목。
내 늙도록 이 골목을 사랑하고 이 골목에서 살다 가리라」
(골목)

보오드렐처럼 섭고 괴로운 女子와 [illegible] 마지는 아버지와의 사이에 느끼는 矛盾은 우리는 充分히 同感할 수 있다。물론 보오드렐과 같이 섭고 괴로운 女子는 이 사람도 없겠지마는、그리 [illegible] 生活을 노래한 이러한 作品이 모나 平凡한 事實의 消極的 記述에 지나지 않을 뿐더러 그 內容은 現實과 生活을 그저 肯定해버리는 疲困한 心情에 지나지 않는다。이 受動的인 現實의 肯定은 다른데로 가고싶나는 逃避主義와 그리 距離가 먼 것은 아니다。

三、滿花의 履歷

「花蛇」 其他 初期의 作品에서 野性的인 情熱을 西歐的인 技巧로 表現하려던 이 詩人은「木花」「菊花 있네서」와 같은 作品에서 볼 수 있는데와 같이 自己가 권어온 [illegible] 바꾸어 말하면 價

緖이 履歷書를 뒤적어리며, 傳統的인 抒情의 世界로 돌아오고야 만다。

「그리고 아쉬움에 가슴 조이든
머언 머언 젊음의 뒤안길에서
인제는 돌아와 거울앞에 선 내
누님같이 생긴 꽃이여」
(菊花 옆에서)

그리고 보면 初期의「花蛇」「내낮」「正午의 언덕에서」「바다」이런 詩에 나타난 것은 다만,

「지 癡情과 같은 봄을 지내어서
저 無知한 여름은 지내어서」
(木花)

운데의 經驗인 것을 깨닫게 되는마치「한송이의 국화꽃을 피우기 위하어」먹구름속에서 울든 天動에 지나지 않았던 것이다。

四、生命의 抒情詩

우리 文化의 遺産에서 헤ー마를 잡은 優秀한 抒情詩「鞦韆詞」「正午의 노래」等을 쓸 수 있는 境地에 到達하기 까지는 이 詩人은 生命에・대한 思想도 變化하지 않으면 아니 되었다。인제는「石油 먹은듯 石油 먹은듯 가쁜 숨결」이 아니다。

「이 싸늘한 돌과 돌 새이
얼크러지는 칡넌출 밑에
푸른 숨결은 내것이로다」
(石窟庵觀世音의 노래)

여기 나타난 生命은 이미 深刻한 否定은 적어 온 것이다。

「지
가슴같이 따뜻한 삼월의 하늘
가에 인제 바로 숨 쉬는 꽃
봉오리 보아라」
(密語)

「그러나 나는 신발을 벗고
먼저 이 봄의 흙은 밟겠다」
(저녁 노우처럼)

모다 겨울이단 수이의 季節은 맛본 生命이다。그리고도 아ー어찌하랴!

「西으로 가는 달같이는 나는
아무래도 갈 수가 없다」
(鞦韆詞)

이렇듯 簡單하게 處理한 수 없는 生命이기도 하나。이 밖에 論理가 幻想에서 나오는 無常觀은 背後에 지닌 句節도 있다。

「붉은 무늬도 헌데이든 숨결도
사랑도 맹세도 모두 흐르고」

(노을)

다음에 傳統的인 테ー마를 가진 이 詩人의 抒情詩는 다만 傳統을 따르고 있는 것인까。東洋의 詩에서 우리는 肉體의 缺乏과 熱情이 不足함을 항상 느낀다。그러나 이 詩人이 스스로히 푸르른 情熱에 넘처 둥그란 하늘을 이고 웅얼거리는「바다」의 情熱을 거처서 生命은 보게 된 事實은 잊어서는 안된다。이 바다의 이매지는 끝끝내 이 詩人의 作品은 좇아다니며、傳統的인 테ー마를 가진 抒情詩에도 豊富한 情緖와 肉體性을 주고 있다。

「높었다 낮었다 출렁이는 물결과
물살 몰아 갔다오는 바람만이
있어야 하네」 (牽牛의 노래)

「그리움으로 여기 섰노라
潮水와 같은 그리움으로」

「부풀어 오르는 가슴속에 波濤와
이 사랑은 내것이로다」

「사랑한다고 사랑한다고
이 한마딧말 님께 아뢰고 나
도 인제는 바다에 돌아갔으면!」
(石窟庵 觀世音의 노래)

「香丹아 근넷줄을 밀어라
머언 바다로
배를 내어 밀듯이
香丹아」 (鞦韆詞)

「바람이 波濤를 밀어 올리듯이
그렇게 바를 밀어 올려다오
香丹아」 (鞦韆詞)

結 論

어떤 詩人의 作品을 모다 살펴볼때에 그가 한 人間으로서 견어온 發展段階를 뚜렷하게 알수 있다는 것은 크나큰 기쁨이 아닐수 없고、이러한 例가 이나라의 現代詩人中에 매우 드문 事實을 생각하면、貴重한 일이기도 한 것이다。徐廷柱氏의 作品을 읽어보면 初期에 있어서는 頹廢라기 보담은 오히려 偽惡하는 몸부림을 느낄 수 있고、다음에 것잡을 수 없는 情熱이 幻滅은 거쳐서 次次 生命을 根源으로 삼는 抒情詩로 發展하는 것을 볼 수 있는데、이는 그가 얼마나 自己의 感情과 生命에 忠實한 態度를 끝끝내 堅持하였는가를 무엇보다도 明白히 말해 준다。그리고 이 特徵은 倫理와 密接한 關係가 있는 만치 우리는 마땅히 그 앞에 머리를 수겨야 한다。또한 누구나 이 詩人을 浪漫主義者라 한 것이다。다만 이 浪漫主義가 生命에 관한 深刻한

經驗을 形式美를 가춘 抒情詩로서 노래할만한 境地에 다닫고 있다는 것은 잊어서는 안된다。이렇게 보면 지금부터도 이 詩人에게 優秀한 抒情詩를 많이 期待할 수 있을 것이다。그러나 純全히 情緖面으로 詩를 追求하는 傾向에 새로운 世代는 不滿을 가저야 마땅하다。「부푸러 오르는 가슴」밖에도 우리는 노래하여야 할 深刻하고、複雜한 經驗을 많이 지니고 있다。아메리카로도 아프리카로도 가지 못하고 ·살어야 할 苦悶은 지금보다 더 甚하게 느낀 時代가 있었을까? 詩에는 人間性의 모든 面이 들어나 있어야 한다。知性·情緖, 肉體 이런것은 個人으로 보아도 떼놓지못한 要素이거니와 우리는 社會와 歷史와 世界性을 노래하여야 하고、마지막에 宗敎를 노래해야 한다。따라서 이렇게 넓은 領域에 걸친 複雜한 經驗을 테ー마로 삼는 現代詩人의 態度는 從來의 그것과 判異한 點이 있어야겠다。그것은 感歎이 아니고、經驗의 集中이다。恍惚이라기 보담은 高度로 緊張된 狀態일 것이다。表現上으로 보더라도 美化와 風流가 아니라、正確과 簡潔이다。

뿐만아니라、現代의 偉大한 詩人들은 모두 自己의 藝術이 기대고 있을만한 精神的인 支柱를 가지고 있었다。英國의 몇몇 現代詩人을 例로 들어보면、T·S 에리어트는 基督敎的 歐羅巴文化를 W·B 에ー쓰는 愛蘭民族의 神話를 D·H로ー렌스는 獨特한 肉體의 宗敎를 背景에 지니고 있다。

이 詩人의 作品에 우리는 이 나라의 現代詩가 세워 놓은 한 道標를 본다。다음에는 어데로 向해야 할 것인가? 이에 대한 대답은 이 詩人의 優秀한 業績을 讀破하고 난 뒤에 느끼는 不滿과 不安속에서 또한 歷史와 社會에서 가지고 나온 우리의 經驗속에서 謙遜하게 찾아야 할 것이다。

(文藝 제18호、1953·11)

評論家로서作家에게보내는便紙

(第三回)

林 和

畏友 宋影兄께

尊敬하는 宋兄!

이제 뜻하지않은 機會를 얻어 兄에게 드리는 書翰의 首頭에 있어 무엇보다도 兄과弟 그리고 우리朝鮮 푸로레타리아 文學運動의 기나 歷史의 雜多한 記憶이 터지는 샘처럼 禁할수가 없읍니다。

도리켜 보건대 아주 世情이 그 무엇인지를 모르고 오직 文學、藝術이라는것에 對한 어렴풋한 感傷을 가지고서 自己의 앞길을 空想하든 一個 紅少年이 兄들의 여러놓은 光榮스러운 길을 따른지 이미 十年이 지내갔읍니다。

이十年동안 우리 文學、藝術運動의 巨大한 발자취와 兄을 비롯한 많은 先輩、同僚들의 限없이 貴重한 努力과 事業의 成果에 比하야 弟가 더럽힌 그末席의 行程은 實로 생각하기에도 등의 서늘함과 얼굴의 더움을 가리울 道理가 없읍니다。 그러나 지금 나는 이러한 比較的 우리들의 私的인 生活局面을 이야기 하고자 이러한 곳에서부터 起筆하고 있는것은 아닙니다。

그것은 兄이 우리朝鮮의 進步的文學·藝術運動의 歷史가운데서 반듯이 차지해아할 榮譽있는 地位에 對하야 敬意를 表하는것으로부터 이 非難을 시작함을 나의 義務라고 생각하기 때문입니다。

兄도 아시다싶이 우리 朝鮮프로레타리아文學、藝術運動의 歷史는 아모에게도 번연히 알려진것같이 되어 있으면서도 實은 도무지 똑똑한 科學的인 照明을 받지 못한채 今日에 이르렀읍니다。

나는 前日 우리의 文學運動 直接의 端處를 일우는 新傾向派文學의 歷史에 關한 一小論文을 企圖해본 일이 있었읍니다。그때 내가 閱讀한 若干의 資料 史論等을 通하야 더욱 이感을 깊이 했읍니다。

그러나 나의 透徹치못한 眼識과 非才、薄識은 또하나 이러한 拙劣한 紙片을 늘었을뿐으로 아모 寄與도 없이 그릇된 前轍을 밟고 말었읍니다。

그것의 가장 本質的인 點은 亦是 新傾向派文學과 그運動의 性質、內容과 發生史에 對한 一般論의 굴네박을 나서지 못한것입니다。特히 이러한 缺陷을 招來하는 根本의 理由는 文學史的 觀察에 있어 뿌르주아科學의 傳統인 問題의 文學的、實質로 表面的인 側面만을 關心하는 形式論과 또 하나는 우리를 新興科學이 때로 犯하기쉬운 公式主義가지고 具體的事實을 尺度하는 態度로부터 充分히 自由롭지 못했다는 그것입니다。

그것은 다른것이 아니라 一九二五年 「캅프」의 結成에 이르는 동안에 朝鮮의 進步的文學을 擔當해오든 新傾向派의 構成的內容에 對한 不充分한 分析이고 따라서 新傾向派 自體

內에 占하고있는 各個의「크릅」과 乃至 個人의 地位와 役割에對한 適當한 評價의 缺如그것입니다。

아마도 이時期의 歷史에 關하야 가장 信憑할수있고 詳細한 記述을 가진것은 大正十四年一月一日付 朝鮮日報에 發展된 八峰의勞作일것입니다。(1)

그러나 이論文에서도 亦是 우리는「캅프」結成까지에 簡單한 文學的 思想的經路에 對한 平凡한 記述과 實際運動과 現實情勢의 作存的 因果를 公式的으로 對置한것밖에 以上무엇을 찾을수 없읍니다。

이리하야 不幸히도 新傾向派文學을 構成하는 兩大의 藝術的、組織的 部分의 하나이고 이나라 文化領域안에 가장 일즉이 勞働階級의 旗ㅅ발을 올린 兄과 李浩氏를 中心으로 한 焰群社「크릅」의 任務와 位置는 아모데서도 正當한 評價를 받지못한채 今日에 이른것입니다。

나는 兄이 雜誌「文學創造」一號에 當時의 回想을 述懷하시기 몇해前 벌서 數次 兄自身의 입으로 이때 事實과 우리들의 論評이 史實에 精通치 못하다는 나무램을 드른 記憶이 있읍니다。

爲先 무엇보다도 焰群社의 歷史上 位置는 懷月、八峰等의「파스큐라」의 앞에 定해져야 할것이며 어떠한 意味에서 보면「파스큐라」그것을 可能케한 文化的 思想的인 要因으로서의 役割을 演한것이라 보아져야 할것입니다。(2)

이事實을 證明하는 興味있는 史料로서 兄의 述懷의 一部를 끄려옴을 容恕하십시오。

「李浩는 赤燒와 나에게對하야

「무엇때문에 누구를 爲하야 君들은 文學을 할려느냐?」는 말을 물었다。

나는 서슴지 않고 대답했다。

『藝術은 至高至嚴 至純한 感情의 傳達일뿐이다。그러니까「누구」나「무엇」에 매어 달날것이 아니라 藝術自身의 恍惚한 存在를 爲하야서다」

李浩君은 우섯다」(3)

大正十一年 朝鮮의 近代的勞働者運動이 最初의 啓蒙時代를 지날때 兄이 自己의 藝術的方面을 돌녈지음에 부듸진 現實이 이곳에 나와있읍니다。

그러나 나는 兄으로부터 드른 數多의 敎訓깊은 會話가운데서 大端히 重要한 다음의 一句를 다시 引用하겠읍니다。

六七年前인가 겨울 兄이 敎鞭을 잡고계시든「녹번이고개」넘어 私立學校에서 兄을 도

읍고있는 數週 어느 날밤 兄은 焰群社時代에 對한 追憶을 이야기 하시면서 赤燒君인가(2)와 더부러 八峰을 訪問했든 말을 들여주신일이 있읍니다。

그때가 아마 八峰、懷月이 純粹藝術에 懷疑를 품고、白潮「크름」과 訣別한 때인가 봅니다。그리하야 兄들이 八峰을 對하야 前日 兄自身이 李浩氏한테서 詰問當한 그것과 똑같은 意味의 말로 傾向文學의 옳음을 말하고 「焰群」과 協同 合作하자는 提議를 했다。豫期한바 成果를 못얻고 失敗했다는 말슴을 하셨읍니다。

後日 兄들의 焰群社와 八峰들의「파스큐라」가 合하야 藝術同盟이 誕生한것을 생각할제 우리는 一비로소 旣成文人은 말할것도 없고 우리 運動의 創始者 八峰、懷月들이 아직「白潮」的限界를 完全히 뛰어넘지 못했음 大正十一年十月에「本社는 無産階級 해방文化의 研究及運動을 目的으로함」이라는 綱領밑에서 朝鮮最初의 社會主義的 藝術雜誌를 編輯한 兄들의 意義를 옳게 評價할수 있을것입니다。

그러나 不幸 이때「焰群」은 나오지 못했고

또 事實은 희미해저서 兄의 作品을 讀者가 읽을수는 없었읍니다。

(1) 昭和四年朝鮮日報新年號「十年間朝鮮文藝變遷過程」

(2)「파스큐라」는 金基鎭、朴英熙、安碩柱、金石松、李益相、金復鎭外數人이 組織한 藝術團體로 構成員의 姓名英文頭字를따서 綜合하야만든 名稱이라한다。八峯은 上記論文에서「파스큐라」는 焰群社와함께 大正十二年創立이라하나 事實은 焰群社는「파스큐라」보다 一年前인 大正十一年 創立이다。

(3) 昭和九年六月 雜誌「文學 造」所載 宋影외「新與:術이싹터온때」

그러나 兄의 表面으로 나타난 文學的活動은 웬일인지 八峰、懷月이 數多한「엣세엣」小說等으로 新傾向派의 華麗한길을 닦어놓은 뒤에 일입니다。이가운데 事情에 對하야서는 아직 나는 直接 兄과의 談話에서도 또 그他 發展된 文背를 通하야서도 首肯될 解答을 듯지못했읍니다。

그러나 나는「파스큐라」에 比하야 焰群社 사람들이 文壇的으로 뒤늦게 表面化하고 또 或은 前者보다 華麗치못했음은 若干의 理由가있다고 봅니다。

첫재는 八峰도 前記論文에서 言及한바와같이「파스큐라」가 文壇自身內의 一事實인 대신 兄들의「焰群」은 文壇圈外에 섰었든때문이라고 볼수있으나 이러한 現象의 內容으로 들어가보면 그「크름」이 갖는 質的인 相異點이있다。그것은 一言으로 말하라면「焰群」이 比較的 높은 社會的關心과 좀 열은 文化的敎養을가 지고 있든대신「파스큐라」는 社會的關心에서 前者에 未及했고 文化敎養에있어 앞었다고 볼수있어 後者가 곧장 文學의 大道를 邁進한대신 前者는 그대로 政治生活로 進出했거나 一部는 다른生活을 거처 다시 文學에 돌아온 때문에 생기는 時間上 또 現象上에 差異라고 볼수가있읍니다。(1)

同時에 이事實은 文化領域 그것에 比하야 다른 社會的 政治的部分이 文化問題 그것에 比

하야도 自覺과 觀察의 度가 正確하고 빠름을이야기하는 바가 있읍니다。 實로「焰群社」의 誕生은 文化的自覺을 通하야서 보다도 社會的自覺을 通하야 文化를살펴본 卽 勞働運動 그것의 눈은 文化的關心을 表示하는 事實도 있지못할것임니다。 이러든것이 兄의 回想에도 있는바와 같이「焰群社」일이 順調롭지못하고 큰希望을 키워보려 同人들은 或은 神戶로(赤幾) 或은 中國으로(世永) 或은 實際運動으로(李浩) 그뒤兄도 東京으로 건너갔든모양입니다。 要컨대 焰群社를 構成했든 諸兄은 內容的으로 朝鮮을 떠났音뿐만이아니라 朝

鮮의 文化로부터 一般社會生活은 몸을 옴겼음동안에 兄들의 故鄕에서는 八峰、懷月을中心으로한 新傾向派의 運動이 燎原의 火처럼 前進했든것인가 합니다。 兄이 다시돌아와 몇개의 作品을 들고 文壇의 登場하였을때는 이미 「開闢」「朝鮮之光」을 舞台로 八峰、懷月、抱石、曙海、民村의 諸維星과같이 創作的活動을 展開했을 한중간이아닌가합니다。(저는 兄의 歸鄕年月을 잊었읍니다)

우리 文學運動初期를 裝飾하는 佳作「鎔鑛爐」「印度兵士」「群衆停留」「石工組合代表」等은 八峰의 「붉은쥐」 抱石의 「低氣壓」 曙海의 「異域寃魂」 民村의 「天痴의倫理」 懷月의 「사냥개」「徹夜」 等이 쏟아저나온 新傾向派 華麗하든 當年이었읍니다, 이러한 가운데서 兄도 아니는 바와같이 新傾向派文學內에는 曙海、民村으로 代表도하야보다 寫實的인 傾向과 抱石、懷月을 中心으로하는 보다 浪漫的인 傾向으로 갈을수있는若干의 傾向上 差異가 있었읍니다。

이가운데서 兄의 當時作品들이 占하는 位置에對하야는 勿論 輕率한 斷定을 不許하는 바이며 또한 前記 兩個傾向이라는것도 일죽이

八峰도 말한바와같이 曙海、抱石、懷月에게서 겨우 그特徵的인것을 發見할뿐으로 速斷할바 아니나 더처도 나는 兄의 諸作을 보다 浪漫的인 部類에 든다고봅니다。이例로는 一九二五年 四月에 發表된 曙海의小說 「朴乭의죽엄」과 兄의 六年「開闢」六月號에發表된「鎔鑛爐」를 比較해보면 가장 明瞭할것입니다。曙海에게서는 「朴乭의母」、醫師 「金초시」「그의妻」等의 明確한 性格과 生活苦의「레알」할 描寫가 있는대신 兄에게는 主觀으로 말미아마 類型化된 典型「金尙點」「今村」「群衆」이 理想의 方向으로 事件과 더부러 造作한 痕跡이 濃厚하지 않읍니까? 「印度兵士」「群衆停留」 그리고 「石工組合代表」에 있어서도 前記「鎔鑛爐」와 더부러 兄의 初期作品가운데 가장 「레알」한 傾向의것임에 不拘하고 「곡이 시간이나 서울구리개 광무대안에서는 대회를 원만히 마쳤다는 최후의 만세소리가 난다」는 一句를 가지고 作構를 빼앗긴 그의 老父 또 職工의 組織生活等의 具體的描寫를 대신하였읍니다。그러나 이것은 當時 朝鮮의 運動이 結論을 急하고 具體的實踐에 飢渴든 그것의 反映으로서 新傾向派文學의 歷史的으로 가지고있든 浪漫主義에 屬하는 것일가합니다。

그렇지만 所謂「絶望의爆發」個人的 反抗의 直時鬪爭」이라는 當時의 一般傾向에 比하야 兄이 恒常 組織的인 그것의 高處로 올나있었든것은 아마 兄만이 가젔든것인가 합니다。이리하야 兄은 그時代 우리文學運動의 몇개의 紀念碑的 作品을 生産한것입니다。

(1) 우수운것 같으나 「마스큐라」同人은 大概가 입의 東京留學으로부터 도라왔었고 「焰群」同人은 그뒤에 外地로 떠났었다는 裏面史實은 看過치못한바이다。

다음 昭和二年以後 「白色女王」「交代時間」「午前九時」等 數多의 小說과 「正義와칸바쓰」「一個面會를拒絶하라」「護身術」等의 諷刺的戲劇을 가지고 充實한 創作的 活動을 展開한

오래인 동안을 記憶코자 합니다。이 동안에 兄鍋人의 生活上에도 그러고文壇上에도 그다지 큰 變化가 없었고 갈사록 充實 擴大되어가는「藝術同盟」의 길과 함께 民村 雪野等과 더부러 우리 創作活動의 무거운 礎石이 되어왔읍니다。兄은 이六七年間을 市外恩平面 小學校에서 아이들을 가르키는한편 創作의붓을 날니고 世永의 編輯하는「별나라」를 中心으로 새로 싹터나는 이나라少年文學의 굳은礎石을 놓아온것으로아마後者의 領域에서의 兄의 功蹟은 世永의 그것과 더부러「[illegible]」의 그것에 못시않게 큰것일것입니다。

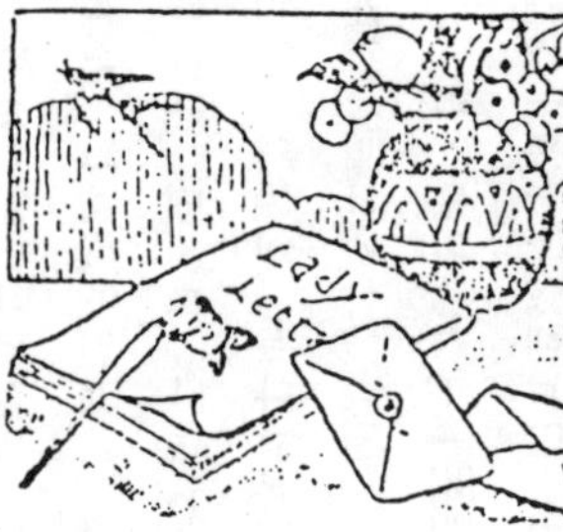

그러나 나는 이동안에 兄을 괴롭힌 말할수없는 貧窮에 對하야 限없는 미움과 그것을不死身과같이 [illegible]고나간 兄의 高邁한 精神에 對하야 옷깃을 고로 잡습니다。그러나 創作的行程가운데 兄은 이時期를 通하야 몇개의失敗를 거듭한것을 저는 默過코자하지 않읍니다。그것은 主로 小說의 領域에서 볼수있는것으로「白色女王」의 記憶은 兄에게 있어서나또 저이에게 있어서나 그리 愉快한것은 아니었읍니다。

이동안「캎프」作家안에서 나타난現象은 初期에 있어、曙海、民村對懷月、抱石이 各各代表하고 있든 寫實 浪漫의 傾向이 曙海가 뒤떠러지고 懷月이 小說의 붓을 놓고 抱石이 멀리간뒤 부터는 民村의 寫實과 兄은 極度의「浪漫」을 가지고 典型的으로 對立하게 되었다고 생각합니다。兄이 가지고있든 初期의 浪漫的傾向이「白色女王」에서 보는바와같은「虛無」한 觀念世界로 昇華한것은 아모래도 發展하는 現實에 對한 兄의 뒤떠러진 關心과 兄이 文學修業初期에 읽은 많은「로맨틱」한 作品이 나쁘게影影한것이 아닌가 생각습니다。(1)

이동안 兄의 私生活은「캎프」의 組織的인

日常生活과 머러졌었고 生活의 逼迫으로 因함인지 昔日과 같이 文學의길에 부즈런하지 못하셨든듯 싶읍니다。要컨대 적게 工夫하시고 많이 쓰신 흔적이 이時代의 作品에는 가질수가 없읍니다。그러나 戲曲의 領域에서 兄이 功績하는바는 實로 컸읍니다。初期에 있어 우리의 唯一의 劇作家이었든永八이 없어진뒤 兄은「캅프」唯一의 戲曲作家이었읍니다。(이) 뿐만아니라 初期의 小說과 큰差異가 없든 幼稚한「달이야」같은 新傾向派戲曲을 分明히 一段의 高處로 끌어 올리신 勢力은 크다 아니할수 없읍니다。昭和三年五月「朝鮮文藝」에 發表하던 戲曲「正義와칸바ー쓰」는 兄의 劇作家로서의 登場을 뜻있게 또 確然하게 만든것으로 意義있는것이며 또 우리戲曲이 初期의 그것으로부터 그뒤의것으로 轉移해오는 過渡的作品이었읍니다。兄도 아시는바와같이 永八의 戲曲은 其實傾向으로보아 映海의 小說과같이 보다 寫實的인 것이었읍니다。그러나 兄의 戲曲은 어떤意味에서 보면 浪漫的抱石의 뒤를이어 永八의 그것을 否定하여 發展한것이 아닌가 합니다。「一切面會를 拒絶하라」雜誌「朝鮮講壇」二〇年「護身術」(雜誌「時代公論」三二年) 等 赫赫한 喜劇이 끝 그 產物로서 이곳에서는 일즉이 兄의 어느小說에서 發見할수없든 놀낼만한 諷刺的手腕이 發揮되었읍니다。그러나 不幸히도 當時 우리 文學運動이 가지고있든 藝術에 對한 多分의 公式的 態度와 粗朴한 政治主義等은 兄의 喜劇을「고ー고리」의 그것에까지 發展케 못하고 말았읍니다。거위 大部分의 人物은 多分히 作者의 個個의 觀念을 體現한 類型이 되고 事件은 너무나 劇的目的으로 歪曲되고 말었읍니다。그러나 이러한 缺陷을 招致한 要因가운데는 兄의 小說에서 보는 多分히 槪念的인 浪漫主義가 利害지않게 作用했으므로 나와더부러 兄도 잊지 말어주시기 바랍니다。그렇지만「護身術」은「고ー고리」의「檢察官」

과 비길만치 뿌르조아生活과 그文化(스포ー츠)를 놀내일만한 手腕으로 暴露한것으로「갈뜨」 戱曲中 快作임을 否定치 못할것입니다。

그뒤 兄의 喜劇은「新任理事長」(「形象」三四年四月)의 老練한 境地를 지내 밟서「어서 幕을 닫어라!」(三五年八月中央日報)에 와서 그缺陷을 明確히 내놓았읍니다。 그러나 나는 年前「新建設」에서 兄의 作「山上民」의 演出ー(鄭雄吉)을 구경하면서 兄!말할수없는 즐거움을 느꼈읍니다。아마 戱曲上에서 이만치 生活의 眞實的인 描寫를 成就한것은 우리朝鮮文學上에 드물것입니다。

그러나 그곳에 있는 兄의 아직도 殘在한 浪漫的殘滓(끝場面!)과함께 兄이 그前의 浪漫主義와 反對요 自然主義도 흘러가지나 않는가하는 느낌을 가졌음을 숨길수 없읍니다。 이傾向(客觀主義ー)은 兄의 小說「福順이ー」(三六年末 朝鮮日報)를 읽은뒤·더욱、그리하였고 兄의 出監後의 最初感想「朝鮮만文學의 世界的樹立ー」(三六年一月 朝鮮日報)을 읽은뒤 亦是이 것을 抑制할수 없었읍니다。

作品의 世界觀、思想性、敎育的役割의 否定! 이 오늘날 受難期의 우리作家一部를 사로잡고있는 좋지 못한 傾向이 或是 兄의 藝術에 밋치랴고 머뭇거리지 않는가 하는 제의 杞憂를 兄의 今後作이 一掃해 주실것을 외람히 確信하면서 이붓을 놓읍니다。

(1) 宋影氏는「文學創造」一號에「正當[illegible]」이 마련한 修業談에 많이 읽은 作品으로「子葉公傳」「曺氏三代錄」「水滸誌」「西遊記」「三國誌」「紅樓夢」「錦鶴記」「西廂記」等의 古代中國小說과「트르게네프」와「고리키」「파크、런던」「졸라」等에게서 안 文學上의 影響이 이야기되어있다。

(2) 永八外에 新傾向派에는 詩人趙石(?)이 일즉부터「金美一의記」等「로맨틱」한 戱曲을 썼으나 轉向한 뒤로는 主로 小說을썼다。

(新東亞 제55호、1936·5)

文人 폴트레ー……(一)

小說家

安懷南의 印象

李源朝

懷南은 나와同甲이다。그동안에 나는 딸을 넷이나 나코고 泰然自若한데 懷南은 아들줄에 딸하나이니 可謂 고명딸이건만는 그래도 설섭하드라고하니 이만큼 慾心사나운사람이다。

이러한 子女에關한 慾心이 家庭에對한愛着과 그 先祖에對한 追慕로까지 미치서 懷南은 그만 私小說家로서 한목을 본모양이다。

그러나 懷南이 이러한 私小說家란말이 듣기싫어서 自己의 作品世界를 찾느라고 언젠가 이느 製絲所에서 얼마동안 作業한일이 있다면 더욱 慾心사나운사람이란것은 알수있을것이다。

그러나 懷南은 술만먹으면 의례히 잔웃는 사람이고 또 나를가지고 바보라고 곳잘 놀리는 사람이다。

(인문평론 제14호, 1941·1)

評論家로서 作家에게 주는 글 (第四回)

作家嚴興燮兄에게

朴英熙

「新東亞」編輯部가 兄에게 가는 나의 書信을 請托하는 것을 나는 곧 承諾하였소. 그러나 한 사람의 評論家로서 作家에게 보내는 意味보다 나는 이편지를 쓰는것이라기 보다도 오히려 兄이나 나는 同一한 朝鮮文學建設에 一兵卒로서 아조 微劣한 役軍으로서의 情懷를 기울하려는 바이오. 微劣한 一兵卒이라는 말은 決코 兄에게 하는말이 아니고, 내 自身을 形容한 말이니 誤解하지 않기를 바라는 바이오. 兄과 離別하기는 벌서 三年前 겨울ㅡ 땅우에 흰눈이 깔렸고, 찬바람이 날리든 어느날 開闢社編輯室에서 만나고는, 또 다시 昨年겨울 京城驛「푸랏트폼」에서 握手하며 반가히 地上을 거닐던것이나 모든것이 春夢과 같이 하염없고 허되고 그리고 아쉬한듯하나 그동안에 나의 健康도 健康이려니와 兄의 文筆이 더욱히 隆盛하였음에 나는 더할수없이 즐거웠으며 반가웠소. 同一한 地上에 있으면서도 地上에서 생기는 일을 모르고 沈黙한 사람들의 蹤跡을 엿어보지 못하는동안에 나는 文學에 對한 온갖리고、創作에 對한 온갖 情思은 心中에 그리었고 그난그난은 브리었으나 兄은 모든情想을 具體化하야 어떠한 뚜렷한 境地를 開拓하려하며 어떠한 方面을 세우려하야 뜻과 마음이 한가지로 나마다 나마다 駿馬와같이 그 目的地를 向하고 가는듯이 내게보이는것은 무엇보다도 기쁜일이라고 생각하오。 뿐만 아니라 昨年一年동안에 兄은 短篇을 기진 十二篇이나 썼다고 하니 作品의 好惡은 如何間 그 努力에는 참으로 대단한바가 있다고 아니할수없소。

내가 兄의 作品에 關해서 쓰기는 아마 이것이 두번째가 아닌가 생각하오。 모든 사람은 이 兄의 出世作이며 同時에 問題이였든 作品은 「옵너간마음」이라고 하는데 나역시 이에 異議가 없소。 그作品은 지금부터 七年前 十二月號 「朝鮮之光」에 發表되였든 것이며 그後로는 別노 큰活動이 없었으나 兄의 文學的活動의 全盛期는 亦是 再昨年 昨年이라고 생각하는 바이오。

作品 總數로 말하면 中篇이 한篇에 短篇이 十七篇쯤 되게 나는 생각되나 이것이 正確한지는 알수없소。 數에 있어서는 나보다도 兄이 더 잘알고 있을터이니 別問題 없으리니와 當先 兄이 「옵너간마음」을 發表하든 當時에는 그 文藝運動은 極히 一面的進路에만 着眼하였으며 作品의 內容問題에 있어서나 或은 그 主觀的要求의 强度가 너무 强하야 文學的理想에 光輝보다도 오히려 作家들의 心中에는 隱然이 혼란는 混亂이 있었다고 나는 回想하는 바이오。 그러나 作品評價에 있어서도 보다 더많이 一面的 觀念에 致重하였으나 「옵너긴마음」을 評함에 있어서도、 作品의 形式的方面보다도 作家의 作品에 나타난 思想分析에 置重하였든것 까닭에 이作品은 作家들사이에는 部分的으로 稱讚을 받고 있었든것이 事實이었으나 評家들 사이에서는 그다지 重要한 作品으로 取扱되지는 않은듯 하오。 그러나 「옵너간마음」은 兄의 處女作 | 出世作일뿐이 아니라 兄의 가장 特色된

力作이라고 나는 생각하오、當時作家들의 通例인 主觀強調的·結果로 不自然한듯 하기는 하였으나 形式으로보나 內容으로보나 兄의 作品中에서 代表作이 되기에 부끄럽지 않을 것이라고 생각하는 바이오。

「흙너간마을」과 最近作「過渡」그사이의 六年동안의 歲月은 兄의 作風에 있어서도 多少의 變動이 있었다고 나는 생각하는바이오。이러한 作品가운데서 兄의 人格을 찾어낸다든지 或은 思想을 찾어 낸다면 或 兄의 싫어할바가 아닌는지 모르겠으나 過去에、있어서 兄이「칼쭈」目이었고 또 그內容의 題材가 거진 農民生活혹은 貧窮한 生活이었으니 兄을 가르쳐 目的意識的作家라고 한사람이 있을는지는 모르나、나는 決코 그러한 粗朴한 見解을가진 範圍안에 넣기는 싫어 하는가하오。「흙너간마을」그속에는 多少의 目的意識的 陰影이 있었으나 그 當時로 본다면 그作品은 보다 더 自然生長的이며 보다더 文學的 圈內에서 文學의 길을 開拓하려는 點에서 兄의 보다더한 文藝的、客觀的用意는 兄의 作品은 正路로 發展시키는 絶好의 原因이라고 나는 생각하오。

일측이 나는 兄의 作品을 가르처서 人道主義라는 말을 使用한것이 생각나오。兄의「乳母」라는 作品을 評할때에 그런말을 한듯이 생각이 나오마는 兄의 作品에는 그때나 지금이나 人道主義的 雰氣가 隱然이 떠돌아 있는것은 나로서는 否定할수없다고 생각되오。

兄의 作品에서는 대개가 貧窮한 農民生活이 重要한 題材로서 描出되였으니 그點에서 民村과 同一한 作家라고 하겠으나 細分하면 作家의 主觀과 作風이 不然이 相異하다고 나는 생각하오。如何間 兄이 그리는 이 農民들의 貧窮한 生活은 먼저 一幅의 風景畵로서 내눈앞에 나타나니 그 나타난 情景은 極히 自然하야 조금도 强迫하는것이 없으며 그 眺望은 어느때나 全面的이오 決코 局部的이 아니니、그러므로 兄의、作品을 읽을때에 閑暇한 農村氣

수을 그대로 移植시키는 技巧 綜合하고 悠久한 情味를 던져주는 反面에 貧乏한 生活은 또 거운 同情과 눈물로서 그러나 空想的이 아닌 가장 現實的問題를 讀者에게 提示하면서 作家는 그 結論에 있어서는 極히 作劇的인 安全地帶에 屹立하여 있는 것이 兄의 獨特한 境地인 點만이 아니라。다른 사람이 따르지 못하는 作風이 아닌가 나는 생각하오。 그것이 「안개속의 春三」이라든지 「雷犬脫出記」라든지, 或은 「[illegible]」等의 最近作에 이르러서는 더욱 鮮明한 傾向과 態度를 보여주게 되는 것이, 兄의 作品을 읽은 나로서는 기뻐서 마지 않은 바이오。

요즉이, 나는 「쪼·끼씽」이라는 作家의 「가난한 紳士」를 읽은 일이 있었는데 兄의 作品에서 매때로 돋어나는 目的意識的 要素의 陰影만이 없다면 「끼씽」의 作風을 따러갈수 있지나 않을까 하고 나의 마음은 焦燥하오。兄의 作品의 年代를 따라서 그러한 傾向이 調和되지 않는 壓迫力이 없어져 가기는 하나 나의 생각으로는 할수 있는데 兄는 兄의 가지고 있는 그 作風을 大膽히 發展시키기를 바라는 바이오。

兄의 氣質은 詩的이 아니오 散文的이며 浪漫的이 아니오 自然主義的인 點에서 兄의 作品에도, 同一한 傾向이 發露되어 있으니! 今後로도 兄의 筆致는 自然主義的 寫實主義的으로도 더 가까히 達成하도록 前進하는 것이 나는 좋을 듯이 생각되는 바이오。 同一한 艱難한 狀態를 그린다 하여도, 兄은 그 原因을 追及하려지 않었고 悲慘한 情景을 그리되, 그 結果를 提示하지 않는 點에서 兄은 政治家도 아니며 經濟學者도 아니며 社會政策家도 아니며 어되까지든지 文士이었으며 그 文學의 領域을 固守이 직히고 있었으니 이 點이 나는 좋다고 생각하는 바이오。

文學은 經濟學을 表現하려는데 必要한 手段도 아니며 政治的 政見發表를 爲한 手段도 아니며. 文學은 文學으로서의 獨自的 境地가 있으니 兄은 農民이나 勞働者나 商人이나 온갖 사한외 生活에 粗雜辛苦를 描出하며 表現하되 文學的領域을 그다지 너머서나지 않었으므로 或은 小市民的이라는 評判을 받었으나 氏의 氣質을 그대로 發展시키서 今日에 오게된것은 또한 賢明한일이라고 생각하는 바이오。

그러나 回顧하건대 氏自身의 氣質을 거진 無視하고 超乎的 雰圍氣에 迎合되기 위하야 그동안의 作品中에는 極히 朦朧한 迷路에 있었다고 나는 생각하는 同時에 數個의 그러한 傾向을 갖은 作品이 있었소。

그러나 作品의 藝術的意思은 如何하였는지 요새 流行語로 말한다면 氏은 「進步的作家」라고 當然히 부를것이라고 생각하나 나는 氏의 名譽를 높이기 爲해서는 「進步的」이라는 말을 「保守的」이라는 말과 같이 無理하게 생각한다는 것이오。

生活에 關하야 文學이 暗示하는 한개의 理想——그것은 사람의 生活이 向上되어 가야할 結論的 理想을 文學이 表現하는때——(結論이 아닌 것) 그 文學을 創作한 作家는 勿論 進步的作家이러니와 그런 理想이 表現되지 않은 文學이 거진 없으니 價値있는 文學的作品은 應當 그리하리니와 이것은 即 이 理想을 어느 一面的 思想作에 局限해서만 進步的이라 하며 그러므로 이 進步作이 排他的 性質을 갖게되어서 다른것을 곧 保守的이라고 命名하는 그러한 「進步的」은 나는 좀 研究할 餘地가 充分이 있다고 생각 하는까닭에 氏에게는 進步的이니 保守的이니 하는 말을 일부러 避하려니와 그대신 同時代의 生活狀態와 그 情勢를 가장 眞實的으로 表現하기만하면 어느때나 作家와 作品은 世紀와 時代를 反映하는 同時에 또한 時代를 超越한것이 永久한 名譽을 갖고 있을것이라고 생각하는 까닭이오。

過去의 文學的 古典의 價値를 排斥하며 時代에 關하든 「체호프」의 偉力는 「섹스피아」에서 「톨스토이」에서 온갓 偉大한 過去作家들의 作品에서 遺産을 發見하야라 自己의 使命을 完成하리고 하는것을 볼때에 그들은 토막토막의 過誤를 過誤라고 하지않고 오즉 描寫法이라는 萬力管로서 감쪽같이 連結시켜서 素景이 合理化하려고 하였는것을 우리는 現今에 보고 있는 것이오。

遁步性에 關해서 말하다가 쓸데 없이 붓이 岐路로 나갔으나 容恕하기를 바라는바이오。

아까 말한바와 같이 兄의 近作인 『안개속의 [illegible]이』나 『過渡』에서 보면, 내가 우에서 말한 缺陷는 아조 없어젔음을 나는 發見하였소

그 筆致는 보다 더 많이 客觀的이며 非功利的임을 찾을수 있었소。 그 作品이 그 題材로 말하면 極히 平凡하다고 하겠으나 어느때나 兄은 平凡한 題材에서도 그다지 遜色없는 作品을 만들이 좋는데 名工입듯이 나는 생각되는 것이오。

말하자면 平凡한듯 하면서 倦怠가 나지 않고 散漫한듯 하면서 統一되고 溫情的인듯 하면서 冷情하고 主觀的인듯 하면서 客觀的인것이 兄의 作品을 읽을때마다 생각되는 것이며 그리므로 兄의 特有한 作風을 形成케 하는바이오。

그러나 끝으로 내가 兄의 作品을 읽을때 생각되는 缺點은 作品全體에서 生기는 單調한 기운이오。 좀 明朗하였으면 하는때가 있다는것을 率直히 말하는바이니 말하자면 『感情의激變』이 적다는 말이오。

바라건대 兄의 獨特한 作風과 力量은 今後로 보다 더한 成果가 있기를 바라며 이만擱筆하오。

(新東亞 제56호, 1936·6)

嚴興燮을 말함

李無影

嚴興燮兄에게 關해서 무었이고 쓰라고한다。무었이고 쓰라는것은 比較的 自由스러운듯 싶으나 붓을들고나니 되려 거북스럽다。그것은 그가 나의 親密인탓이다 또 同僚인탓이다。그러고 더욱 어려운것은 그가 이글을쓰는 作家와 꼭같는 길을 것는 作家라는것이 나로하여곰 그렇게 거북스럽게 않드는것이리라。

그러나 親密이니까 이야기하기 쉽고同僚이니까 더욱 忌憚없이 이야기 할수도있을 것같다。이것은 確實히 餘談이나 亦是 이런말을 써놓는것은 親密에對한 體驗이기도 하리라。

○

嚴兄을 말하자면 自然「흰」을 이야기하게 되리라。그러나 八九枚의 紙面으로여기서 十篇의 作品을 이야기할수는 없으리라。다만 그의 創作集「길」을 읽고느낀 바를 綜合해서 적어보기로 한다。

作家뿐않은 아니겠지마는 날보 自己를살리는 사람과

己主張하는 사람의두가지가 있는것이러라 마는 殿兄은 分明히 後者에 屬한다。처음 殿兄이 文壇에나었을 때는 (흘러 가는 마음發表時代) 그는分明히 산사람이그런 산作家요 산事件은 그리는 情熱이 있는 사람이다 그러나 그後의 殿兄——더욱이 最近 數三年間의作家로서의 殿兄은 살었다고 보기어려운 사람은 그리는 極히 消極的인 作家였다 「흘러가는 마음」이 極히 概念的이면서도 그만한 評價가 있었던것은 애오로지 그 時代의 政治的 或은 時代的水準의 탓만은 아니였다이 作品에는 그만한 作者의 文學的情熱。 그리고 生에對한 積極的인 挑戰이 있었기 때문이었다。

여기에는 勿論 여러가지 理由가 있으리라 그러나이 許多한 理由中에서 時代的인 意味를 빼고는 모두가口 質에 不過하는 性質이다。 親舊—人間으로서의 殿兄은너무 好人이었고 作家로서의 殿兄은 지나치게게은었고 生活者로서는過한· 느낌이 있을만큼 消極的이였다。

殿兄은 自己自身은 어떻게 生覺하는지 모르겠지마는적어도 殿兄의短處는 여기에있었든것이 아닌가한다。

勿論 이런點은 또한 그의長點이 되는수는 있으리라 그러나 너무나 惡意가없었든點 너무나 消極的인 生活態度는 作家로서의 殿에게 있어서 힘이 아닐수없다。 이렇은 스스로 殿兄한때 그는 沈黙해 진것이다。 그러고 이沈黙는 黄金으로서는 救할수없는 沈黙이다。

○

나는 지금까지 編輯者의 注文대로의글을썼다 그러나 以上의 글속에 나오는 「殿兄」의 두자를 「無影」으로 모박구어놓는다면 그것이 곧 殿兄이 쓰는 無影評이 되리라

나는 지금 殿兄이 사로잡혀있는 그沈黙속에서 生活—아니 그날 그날을 보내고 있다。어떻시 殿兄은 내말에 同感을 못가질가

(朝鮮文学 제15호、1939·1)

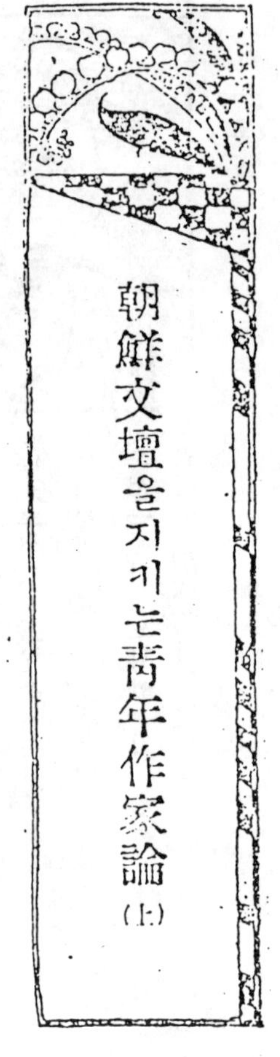

朝鮮文壇을지키는靑年作家論(上)

閔丙徽

前言

現在社會의 各部分을 通하여 危機라거나 不安이란 말이 익숙한 것이되여 新聞과 雜誌에서 論議되는것이며 그것의 救濟에 對한 對策을 問題삼기도 한다。

그것은 現在朝鮮社會에서만 問題되는것이아니라 어떠한나라에서든지 問題되는것으로— 이자미롭지못한(危機—不安)條件을 말하고 또는 發展하며 애쓰는 것인바 이것은 어쩌할수없는 切迫한 社會의 不安定한 狀態가 招來하는 것이다。

까닭으로해서 如何한 科學者이든 思想家든 哲學者든 藝術家든—이切迫한 社會的인 不安定한 狀態속에서 ××的이 아니던 解決키 困難한 이條件을 熱情을 다하여가지고 救濟하려하는 것이오 그것을 또한 文化人으로서 當面한 課題로 삼으

化人들은 오히려 暗黑속에서 安定을 求하고 自己의 安息處를 찾으려고 或은 沈默或은××에로 方向을 하고있다。朝鮮의 文壇으로 보면 所謂大家라는이들中에 憑虛 想涉 露雀 月灘 春園 東仁 白南等의 諸氏는 모다 活氣滿滿이다。

三十年이나 가까이 文壇을 지켜오든 그들은 「眞」—「善」—「美」—라는것은 昔日에 있든 이야기라고 하여서 懷古的感傷을 안고 沈默으로—××으로 다름질치고 마는 것이다。

그러나 젊은作家 몇사람은 「幸福된 少數의 사람들을 위하야」 붓을 들지않고— 이들과달리 不安定한 現社會가 招來하는 文壇의 危機—文學의 不安—을 어떻게하면 救濟하며 따라서 眞實한 文化를 生産할까? 하는 情熱을 가지고 作家로서의 自己의 所任을 잊지않고 있는것이다。

그들은 [illegible]에 [illegible]것이 [illegible]된

後大家들의 文藝的活動이 沒落되여 가려는 듯이 十年을가차히 짧지않은 日月을 作家로서 生活하여온것은 嚴興燮—李泰俊—兪鎭午—李無影—朴花城—趙碧岩—韓仁澤氏다—

이분들은 쓰라린 現實에 부대끼며 煩惱하다고 할만한 生活가운데에서도 文化人(作家)으로서의 많은바의 所任을 忘却할수 없었든것이다。

그리하여—作者는 이危機와 不安을 招來하는 不安定한 社會에서 逃避—하려하지않고—오히려 꾸준히 文壇을 지키는 靑年作家를 論하여 그분들의 가지고있는바의 思想을 作品속에서 엿보면서 統一方法에 依한作品行動 으로서 危機와 不安을 救出하기를 바라고있는것이다。

—以上作家以外에 宋影 南天 氏等作家가있고—石薰—李石—樓南—裵遂氏等이며 裕貞 榮浚 沼葉 仁俊—氏等의 新進이 있으나—宋影氏等은 朋倫을 따로해서 論하려하며 石薰氏等 四人은 아직 作家라는이보다 文藝遊戲者라 論을避한다—

따라서 裕貞氏等四人은 아직 將來가면—까닭으로 躊躇하거니와—張赫宙氏는 朝鮮語로된 作品이 많지못한 까닭으로해서 朝鮮人文壇에 [illegible]다고 [illegible] 作品이 없[illegible]

그러나—우리는 順序대로 七人의 各作家를 論하여 보기로하자—

嚴興燮論

—貴得한 眞實이 我等의 血肉이 되리면 長久한 歲月을 要求한다—巴—부따—리.

嚴興燮氏는 眞實한것을 獲得키위하야 長久한 歲月을보낸 結果 眞實 그것이 我等의 血肉이될만큼 作家로서의 文化的所作을 다하여왔든고? 우리는 氏의 묵은作品으로부터 始作하여 지금까지 朝鮮文壇의 내어놓은 作品을 分析하여 보기로한다.

氏는 昭和二年 南부朝鮮 公州에서 몇몇 文學靑年이 모여發刊한 「白潮」 이란 雜誌에 「바다」란 詩와 「苦惱에억매인무리」란 短篇을 내어놓은뒤 얼마들지내 「朝鮮之光」에 「흘러간마을」 이란 出世의 作品이라고 할만한 傾向的作品을 내어놓으면서 故鄕인 公州에서 잡고있든 敎鞭을던지고 一路中央으로 進出하자 「카프」에 所屬하여 作品을 쓰오다가 反「카프」事件에 連累되여 「카프」에서 除名處分을 받었었으나 依然히 同伴者的作家로서 活動하였으므로 現在文壇에서 亦是作品을 쓰고있는 中堅作家中의 一人이다!

昭和四年 「朝鮮之光」에 「흘러간마을」을 發表하자 「카프」所屬의 批評家들은 이新進에게 作品에 讚辭를 사양치않았다.

「최병식」이란 富豪의 別莊앞 湖水(朝鮮富豪別莊앞에 湖水까지 말든사람이있는고?)로 因하야 洪水에 쓸려가버리는마을의 慘狀—을 었으며—「고서방」이란 正直모를 男子—들을 先頭로한 階級的抗爭이 이러난다는것을 말한 짧다란作品이다.

우리는 當代朝鮮文壇을 흘르고 있는맑쓰—主義文學을 中心으로한 傾向的作品에서 이러한 新「로맨티즘」을 많이發見했으며 歷史的 必然過程이라 하면서도이러한 「맑스」主義的인 傾向을 淸算하여야한다고 批評批判을 아끼지않은것을 至今도 記憶하거니와 이作家도—할수없이그러한 가운데서 作家的呼吸을 始作하지않을수 없었든것이다.

까닭에 이조고마한 作品도—昭和四年度—부로 文藝批評에 있어서의 한개의 收穫으로서, 問題되였다.

「최병식」이란 富豪는 日本과 米國과中國까지 다녀온 大丈夫다. 그는 그곳에를 뉘갔었는지 作者는 그것을 말하지 않었다. 그리고「기생첩—학생첩」을 두셋씩한다는—것과 가야금—장구」소메가 이마음이 흘러 간뒤에도 그의別莊에서는 가끔흘러나왔다는것이다.

그리하야 日本內地에서 勞働하다가 나온 [illegible]間의 高等下宿房이 이別莊의 落成式인 秋夕날을 利用하여 [illegible]的行動을 [illegible]別莊을 ××안다는 것이다—

의 當時의무로 文學의全部가「부르조아지」의 個人行動에 對한 突然한 怨恨—生活條件과 何等의 關係가, 없는 階級的對立的—進步的人道主義였든것이 事實이였음과 같이 이作家도 그때의「무로」文學을 리—드할 飛躍的인 作品을 쓰지아지못하고—그리한 雰圍氣속에서 作家的인 野望을가지고 이作品을 썼음으로 그時代의 讀者에게 迎合되였고 그리하므로서 「카프」에서는 이作家를 떠었음은, 섭섭하지않었다—

여기서부터 作者는 次次로 作品을쓰는데 게을르지않었으니—어떠한 進步的 인테리의 私生活의 一面을 內容으로, 한 「現實과꿈」(朝鮮之光)을 썼으며 白山主義的戀愛問題를 取扱한「地獄脫出」(大衆公論)을또한 내어놓았다.

따라서 封建的生産形態인 漁村의 資本主義化(漁業組合)—거기에서×되는 漁民의 ××를 될수있는데까지 階級的 誠意로써 「出帆前後」—(大衆公論)小資本家의 結果으로서 大資本과의 抗爭을말한「破産宣告」(大衆公論)—等이있었으나 作家의 勞働의 對한 知識의 不況과 아울러, 當代룸펜인테리였든 作者의 私生活은—勞働者와 農民 또는 進步的「인테리켄차」들이 當하여본 그생활을리얄하게 展開하지못하였고—어데까지든지 主觀的理想으로 그려바렸든것이다. [illegible] (大衆公論)같은

더욱이 氏가 이많은 作品을 制作하여오

之못한의 社會는 그대로 固定해 있지않었고 따라서 文壇도 그러하였다。—이에「로맨티즘」의 排擊과한가지—「푸로레타리아리알리즘」이問題되게되여 作家들은 못참멈주고 自己의 作家的行動을 回顧하여보고—또는 앞으로 나아갈 再出發의準備의 必要를 느끼게 되지않을수없었다—個人의 感情과 意識의 表出만을 唯一이 作品으로해서 作品을 制作하여오든 作家들은 文化運動者들의 主唱하는「푸로레다리아리알리즘」에對하야 考慮치않을수없었다。殷氏도 이곳에서 作家的行動을 잠간 멈추게되였다。

그런데 이때 「푸로레타리아」文藝運動組에는한개의 波紋이 생겼으니 作者까지 加擔했든 反「카프」事件이 그것이다。反「카프」事件이 생기면서「카프」陣營은擴張하였다—

階級的××意識의××的××를因하야 陣營의 整理를 하지못하고 있던「카프」에서는 다시금—「는커줌」할때가 아님을 깨다르면서 反「카프」派인 李赤曉 宋目從 閔丙徽 殷興燮을 除名하고 이一派의 손으로 넘어간「카프」機關紙이든「群旗」를 對抗하여—아니—勞働者農民의××를爲한다는「會로강」을 다시걸고「集團」을 發刊하면서 創立以後 처음이라 고할만한 ××를 가지고 果敢한 階級文藝運動을 하였다—이때의「카프」의 李箕永 宋影 金南天

殷氏等의 作家들은「푸로레타리아리알리즘」組織에 該當한作品을 制限하였고 그理想의 全般的 存在로서 그 階級的××勢力은 이作家들이 掌握하고 있었든것이다。

이러하든때의 殷氏는 그의 갈곳을 찾지못하고 岐路에서 彷徨하다가 決心—沈默을 지켜오지 않을수없게 되었든것이다

그러나××以後에 ××政策은「카프」의 活動을 支持할 寬大한自由를 주지않었고 이어서 朴英熙氏 一派의 傾向은 急轉世「푸로레타리아」文藝運動線에 커다란 間隙을發見하였으며 ××地帶를 찾기위하는 作家들은 階級的××로부터 人間探究를 위한다는口實을세우며「리알리즘」보다—懷古的인 感情을안고「로맨」으로退步하여가는 傾向이 늘어가게되였다。이에따라—한때 沈默을 지키든 殷氏도 다시금 再出發을 시작한 것이니—「乳母」(中央)「허무러진來錄塔」(新東亞)을 씀으로부터다—「그대의 힘은 弱하다」(批判)「溫情主義者」(批判)가있으나 問題될 作品이 되지못함으로 말을피한다)

그러나再出發을 시작한 作者는 過去의 階級的 文化人으로서 活動하든것을懺悔하면서 한사람의 中堅作家가 되기를願했다—

그리하여 現在不純한 情勢에 適合한形式인「로맨티즘」을 復歸하고 있는것이다!

號文學」중속의「참回想」(文學創造)같은 作品은 그批判의 組上에 올린 作品이 못되므로 論을 必要로 하지않거니와「즘먹는斷層」(靑作朝鮮)같는 作品을 본나면作者의 低級해가는 作品行動이 우리들에게 失望을 갖어다주는것이 아니고 무엇이랴—

그러나氏는 때로 예時節을 追憶하면서「안개속에 落三」(新東亞)이와같은 좋은 作品을 내어놓기도한다。이것이 不安定해있는 現代「인테리겐챠」들의 가지고 있는「이데올로기」의 行動이 나아놓은 時代的 産物이라고 하기前에는 아무런 意義를 얻지못할것이다!

「發展의軌道」「斷絶」「純情」「新東亞」「惡魔」「團欒」「偷盜人」「新家庭」「絶緣」(朝鮮文學」의 많은作品을 썼으나 우리는 이곳에서 不安定 한社會가 招來하는××的鬪에 對한××를 打開하려는 痕跡도 찾을수 없는 것이오 深刻한 人間의 探究를 爲하야 作家로서의 가진바의 苦悶을 엿볼수도없다「發展의軌道」라거나「絶緣」같은作品을 본다면 作者의 身邊雜記라고 大膽한 斷定을 나리는 讀者에게도 作者를抗辯이없을 것일뿐아니라—우리는 이러한 지못한—(發展없는—)主人公 들을만드는)傾向과싸우지 않으면 아니될것이라고본다。

「發展의軌道」의「허로인」「만호」가본

人生을 너무나 「로만틱」한것이였으며 聽衆—의—내니—가 「안해」와 헤여지는 理由는 너무나 漠然한 것이다—따라서 提起된 問題가 主題로 하는것이 그全數다고 할만큼—存在한 愛慾問題를 暴露하는데두고있는바 이는 벌서오래前부터 그러시든 自然主義派의 초내가 作者를 低下한 地位로 落下시키는것이나—

(·클다—나—모파쌍—같은 外國作家的傾向即文學潮流에서받은 悲劇이라며—作者를 위하야 이文學潮流—은 不利한것이 아닐수없나。

그러나 作者의 文章만은 어느만큼 洗練되었다고본다。洗練된 文章을 가지고散漫한 感을 一般讀者에게 주고있는 嚴氏의 作品을 볼때—웨좀더 沈着한 構想入眼境界에 對한 哲學的 苦悶일어서—作品을쓰리 하지안는가?하는 不滿을 느끼게된다!

우리는 이作家의 多作을 歡迎치안는바는아니나! 그러나 多作속에 쌓여나오는 缺陷을 作品에 커욱히 失望을 갖는다는말이나。

그러면 前篇은 그만큼 보기로하—고 氏의 처試驗인 長篇小說「苦悶」(新東亞)를잠간살피기로하자!

이作品은 朝鮮아니—어느나라에서 든지 흔히 볼수있는 通俗作家가 생각하고있는 三角關係로 이러나는 悲劇을 그린그것이다 大學生 金鍾南—은 겨울放學에 歸省하였다—上京하는 車中에서 어떤 保育學校에 다니는 女學生을 알게된다—

이름도 모르면서 친친히 同行한 女子를 龍山驛에서 作別한뒤—開學날뿐밖에 그女子의게서 電話를받었나

그리하야—이—保羅—를알게되며 그를마음속으로 그리워한다—

그런데 그의下宿으로 案內를받은 날寫眞帖속에서 그의옵바라는 保革을 發見하고大學生 鍾南은 그가—자기와 같이××한일을 하든 同志人의 누의동생인것을안다。

그러나 정복이란 증만을 짝사랑하는女性이 그의下宿을 찾어와 變態的行動을하여決局 증만의 强한 自發心도 그에게뺏앗기고 말었다。

그러나—이時代的 氣質인 多感을 多分히가진 金鍾南은 일직부터 戀愛나 家庭經驗에 아무런 關心을 가지지않고 있었으나 그現代的 明朗性을 所有한 孫保羅의 美貌를 볼때에는 어느때나 未鍊이떠나지않었고 또는 주수은 亡命한—동무保革의 누의동생이라는데서 異性以外의 어떠한 큰힘까지를 느끼려했다—

그러나—어떤—보다—는 自己의 勤務하고있는 北部幼稚園長 白寶喆에게 誘惑을받어 貞操를 짓밟히고만다—여기서 이作品을 계속된해로—이原稿를 써야할 昨日이 追加했다)

通俗小說에서 우리가 所得한것은 이樹難文壇에 長篇小說 一篇이 더늘었다는것밖에 다른 것은없다

이「인테리」를 中心으로한 戀愛—愛慾으로因하야 이러나는 苦悶—葛藤—거기에 또한 생겨나는 苦悶—이것는—아직껏—누구나서왔든 作品이오—이러한 傾向을 排擊하면서 좀더 眞實한、人間들의 움지김을 쥐달라는것이 作家에게 바라는—現在讀者의 所願이다—

그러나—作者 嚴氏는 이愛慾問題로—苦悶—하는 인테리들에게 다른 그어떠한偉大한 業蹟이있기를 바랬다—이것이、問題되는(리알리즘)과 對立되는「로만티즘」이다。

保革의 業蹟을 小說의 副次的으로—挿入하고서 戀愛問題—現代的 부르조아戀愛—를 中心으로해서 이러한 長篇을 作者의心境●이엿보고 싶으며—웨더—眞實性(作家로서)을 보여주지안는가?하는 不滿이 있기도하는것이다。

後 言

作者 嚴氏는 思想的으로 過去××文藝運動을 否認하면서 文學的 情熱로서만文壇을 지키려는분이다。

文學形式의 發展에 順應하여 時代的으로—新境地를 開拓하려 하지않고—이不安과危機」에서 呻吟하는 文壇을 作品羅列

로서「外形만을 장식하려는것이」아니면안된다。

쉬운 抒情的發散—民衆에對한 適合한때와 場所에서 快樂을 주려는 藥品을 調製하는 浪漫主義는 主情的인 人間解剖로해서 眞實한 幸福을 찾는 人間에게 비뚜는길을 引導하는것이다—

까닭으로해서 이文學的情熱을 갖고서不安과 危機를 求出하려 하면서도—오히려 다른 길을걷고 있는 이 作者에게 바라는 바의 所願이 없지도않다—

우리는 作者에게서 가끔「리아리씀」에 立脚한 作品을 써야 한다는 말을듣는다(或은 紙面 으로서 或은 私私로히) 그러나 氏의 作品을 通하여 볼때에 우리는「리아리씀」이란 어떤것인가? 를 作者에게 反問하고싶을 만큼—그痕跡을 찾기에는 絶望을 갖는것이다。

二것은—作者—生活을—依하야 多作을하는 까닭이니 좀더 眞實한 態度로서 氏스사로 問題하고 實行 하려는「리아리씀에 立脚한 作品을 作中에 하나만이라도 내어놓으라는 것이다。

時間이없는 作者로서(文學硏究할)多作을 한나는것은 拙作을낳는 最大의 原因인까닭이다。

次 病中의氏! 衰弱해가는 몸을 短杖에依支하여 數襲을 잡고 있으니 氏의게는 思索 할時間은 勿論 思索할 餘裕 까지도 건강히 ??갓어가는 것이오 거기서 生活는 하여야겠으니깐 不可不 原稿를써야 하는것이다。

이같은 가운데서 偉大한 作品이 나올수는없다。여러가지 不利한 條件만 具備한 氏의 身邊은 그의 머리를 混濁하게 만든 것이니 이러한 雰圍氣속에서 生生한記錄이 써질 理가 萬無다—

그러나! 우리는 이作家가 文學的情熱을 갈가지、가지고 나아가는 만큼! 여러가지 不利한 條件에서 解放되면서 좀더1. 作家的修養을 쌓는 날에는—偉大한 作品—이나올것을 믿고있다。

作家가 주리고 반는 글

嚴興燮君에게 三題

—南風에 실려 보내는 感想—

趙 碧 岩

(趙碧岩氏)

기다란 꾸지람片紙를 받은것이 발서 세번이나되오。어느모로보든 나의 先輩에게서도 받고 君도 잘아는R에게서도 받고 또오죽지도않게 나를따르다는 文學靑年에게서도 받고 또只수가에게서도 받고。

나는 그런片紙를 받을때마다 여러날을두고 곰곰히 思索에 잠기고마오。도로혀 모든것을 생각할줄 모른다면 차라리 났겠오 이리도생각 저리도생각을 하자니 어느때는 갈피를삽지 못하고 홀로 어두운 바다가로나가오。그것도 처음에는 물소리 [illegible] [illegible]빛뱃노래를 엿들어 [illegible]도되지마는 얼마쯤지내면 아모 [illegible]도 없어지오。바다ㅅ가 모래발을 갔다왔다 하며 때까다로운 世上事를 적은 머리속에 꾸미자면 여간괴로운 것이 아니오。

이렇게 괴롭게굴다가는 赤裸과未解決을 남겨놓고 홀로 자[illegible] 잠든 浦口의 골목은 더듬어 宿所로 도라오오。

혼자 요이불을갇어놓고 그래도 못미더워 改造나 中央公論이나 또는 제달 넘은 雜誌를 들고누어 두서너페지쯤 보는사히에 잠이오오。

이것이 흔이있는 나의 生活의 한토막이오, 더욱이 긴片紙를 받고서 거듭한 나의 마음속의 苦惱이였오。

그러나 나는 恒常 아침을 좋아하오。아침에는 적어도 다섯시쯤이나 여섯시께는 일어나는 버릇이있오。그때부터는 내가읽기좋아 하는冊—前날에 繼續되는冊을 이어읽소。아침에는 決코 雜誌는 避하기로하오

그리고 나서는 진終日을 事務에 빼지오。이렇도록 틈하나 없이 꾸며보자는 나의풀린도 헌하게 부스러지는수도 많이있오 험하게부서진후면 自[illegible]과 反省을 거듭하며 不常으로 돌리랴고 애쓰오。

이런때 우에말한 긴忠告와 激励의 片紙를 받으면 갠플注射나 마즌것처럼 刺戟과힘이 나오。그리하야 얼마큼식있다가 感謝하다는 答를쓰오。

나는여기서 이러한말을 聯想하오。忠臣은亂世에알고 强草는 朔風에안다고. 동무는 멀리떠려저야 알수있다고 하였오。

嚴君!

君이 알고싶어 하는나의 生活의一斷片은 대강이러하오。

사람에게는 孤獨을 即조용한것을좋기는마음을 가지게하였으면서도 또한 便[illegible]속에서만 오래견되지 못하게하는 倦怠란 놈을가지게 한것이오。나는이것이 人生의 矛盾의 根源이라고도 믿고싶소。

나의요지음의 生活은여전 이것을 거듭하고있오。孤獨—倦怠—反省속에서 週期的으로 近年에—그사이에 나는나의 孤獨과 思索의 오죽하나의 벗冊하고만 싸워왔었오。그러다가도 나는 生理的倦怠란놈에 이끌리여 苦悶과嘲笑를 남기고 反省이란 武器로 도로 平和를 回復시키오。

嚴君!

이러한 生活의 過程이 나에게만 限하야 있는것이아니고 一般的으로말하자면 現代와 인테리層 그리고 [illegible] 이러한 [illegible]하면서도 품기어려

作家끼리 주고받는 글

손수수격기를, 잡질을하고 갈[illegible]속에 [illegible]읽보다도 또創作보다도 먼저 深刻한 人生觀, 世界觀을 確立시키랴는不絶의 努力이 사람에게는 있어야한다고 믿소。

人間을 캐여보는 方法과 世界史를 通하야 깨다러진 尖銳犀利한 未來에의 推想을 恒常具體化 시키는데서 우리의 苦悶과 惱鬪와 努力이 있어야한다는것을 알고 멀리 한가지 곳을 찾어온것이 나의 南行의 原因이였오。

좀더 謹固한 非破와 溫潛한 情味와 嚴肅한思索을 닦어보랴는 所爲였오。

그리하야 외로운 南方이 浦口에서 동무도없이 孤獨을 느끼면서도 힘있는데까지 努力에 時間을 制愛하랴고 힘쓰고있오。

무엇보다도 우리는 먼저 알여야하오。 많이보아야하오。 많이읽어야하오。

나는여기서 朝鮮의 . 撰을 그것도 中心地인 京城을 멀리바라보며 新聞乃至는 雜誌우에서 살펴볼제에 홀로 苦笑를 禁치못 하는적이 적지않소。

그래도 어느程度까지는 鄕情의자최가보이는것같이 謙讓愼重한 態度로文.壇이 꾸며져 가는것을 事實같이 봐입되다 좀思惟하는頭腦로 低級과亂調의 情熱을 截然히 辭退시키랴는 色彩와錯誤이 [illegible]하야 가는 現象은 얼마즘은 질거하면서도 아직도 傍人無關으로 自家撞着에빠저 自稱名士를 피하는 奸猾들이 跋扈하야 있다는것을 나는보오。

요지음 나는 이러한 滋味를 홀로 맛보고있오。 即내가 그나마도못[illegible]멀리 [illegible]고 他人의 作品을 他人이 評하는 것을 내스스로 第三者로써 바라볼때 너무도 輕率하고 不愉快한 괴擊들이 많읍되다。

所謂先輩라는 이는 依然 先輩然으로 後進을 깔고 後進은後進으로 先輩를無視하는 그러한 兩大蔑視가 對立되여있음을 엿볼수있읍되다。

君도 말하였거니와 그渦中에서 떠나 傍觀的立場에서 좀혀 無關係者로서 그들을볼때 나는切實히 그들의人格을 疑心치 않고는 모백이겠읍되다。 藝術은먼저 그人格如何에 달렸다고 하는말은 새삼스리 말할바도 아니지마는 그들의 하는것이란 모두가非人格的이요 非藝術的이라고 보고싶읍되다。 即그들이 먼저藝術(이데올로기如何는 莫論하고래도) 그自體를爲하야서가 아니고 世上에서 第一추하다고역이는時期에 붓을 드는것같읍되다。 단리말한다면 銳利沈痛한即冷情한 批判이앞서지않고 먼저 卑劣한感情이 앞서서 나가는것이 얼마나 不快한지모르겠읍되다。 所謂 어느評者는 人身攻擊으로 創作評을 쓴것을 보았오마는 기지도못하는 것이 날기를 재촉한다는 格인가봅되다。

그러나 이 影響이 여간큰것이 아닙되다。 내가어느시골을가서 文學靑年한사람과 이약이를하여 본일있었오。 그는아직도 나이가어린탓도 있겠지마는 쩌나리쯤에 利用되여 低級하고 野卑한이러한 評文을보고 미처 批判할能力도 不足하니 만치 그影響의 [illegible]됨이 무던히 많읍되다。

亂作이든 타작이든 新聞紙上이나 雜誌面에 이름만을 주어읽어 自己의 期待와 어그러질때 그는落望하는 同時文壇의 幼稚를 自覺하고 漸漸朝鮮文學에의 愛着을 縮少시키는 일이 많은것같읍되다。 그反面에는 그만한 것은 내라도 쓸수있다고까지 自[illegible]을주어 그로하여금 좀더工夫를 하랴든마음을걱기게하고 [illegible]서 서슴지않고 붓을들게되는 모양입되다。

大膽히 나서는것은 좋으되 한참熱心히 探究할때에 錯綜低拙한 評文과 創作으로써 그들의 暗然한 傾向으로 이끄러 준責任은 좀혀亂評타作의 作者가지지않으면 아니될것이아니겠오

이러한 責任感과 염치가 있으면야

作家끼리 주고받는 글

그들이 참아못을 듣겠오마는 沒염치한그들의 行動은 一個文藝人으로 격되시킬 責任을 져야할줄알우。

물론 客觀的情勢가 混亂함 비러서 孤高하는 現象이니 더말할餘地가 있겠오마는 한만한 範圍에서도 進步的 그러고 人格者라고 할만한이들이 努力하여야 할것이오。

다른便으로 나는 이러한 現象을보오。所謂一部旣成作家라는이들의 行動及心思는 다썩어버린 된박갈은 感이 없지않아있읍되다。

우에도 말하였거니와 人格的인同時에 사람은 恒常意志가서야하고 意志가스는데에는 또節操가 있지않어서는 아니될것이 아니겠오。그들이 先覺然하고 오늘날까지 後進에게 존망을받지못하는것도 이러한點에 虛弱하였다는것이 아닐가하오。

所謂旣成作家라는 이들은 몇사람을떼여놓고는거의다 그들이 가서는 아니된길을 가고있지않소。요지금의××雜紙上에 羅列해지는것을 보아도 넉넉히 짐작할것이 아니겠오

이것이 단지 報酬에만 關하야 그런다고 辯明을한다면 그것은 結局獨者의 辯法에지나지않으리다。(節을떠나서의節操가있을리가? 이것은 다른것이아니라 그들의 無力과아울러 最後的××에 지나지않고 또節操없는곳에서 朝鮮의 文學을 論하라니까 自然形式主義的、藝術至上主義的矛盾을 둘고 나서는것이 아니겠오。그들에게엽만插明動搖한 文章이있다손치드래도그는 피와刪없는것에 지나지않으리다。

나는 이러한點에서 그들의글을 非人格的으로 보고나가서는 암만妙하다하드래도 非藝術的이라고밑고 따라서는 그들의 詐文은 蛇足에 지나지않다고보입되다。

이러한 現象이朝鮮文壇의 一個域을占하야 있다는것은 한심할노릇이요。나는 그나마도 오죽지않은 나의 붓을놓고 朝鮮文壇을 圈外者로 傍觀할제 여러가지 感想이 많이있오마는 너무나感慨한탓으로 다음으로밀고 君이무른데에 對하야 몇마듸 써보겠오。

내가九人會에서 나온것은 事實이오。무슨同步者無影君이 나왔다고 따라나온배도 아니지만은 아마도 無影君의마음과 나의 脫退動機에는 共通性이없지않으리다。

내가나오게 되었으니 勿論 入會의 動機에 있어서 그吳되였었나 는것은 明確한일이 아니겠오。구태여 캐여보자면 나같이 文學人을 모른든 사람도적우리다 찾았다나지도 않고 찾아주지도않고) (한도만 겨는 탓으로) 이러한곳에서 傲態가나고 所謂文壇사람들으하고 알고싶다는 動機에 이끌렸었다면 그것도 한철은 있었다고 역이오 몇차례 會合에는 제법沈着한 氣分도 돌았으나 몇몇간의「요다」가 나오기始作하자 그것은 아모것도 아니라고 떠치버린배요。

勿論九人會속에서도 몇몇은 이데오기로의 相違는있다 하드래도 藝術에於한個性은 많이 가지고있는이도 있오 그러나 처음부터도 이데!온로기의 相違도 入會를 躊躇한배도 되였었지마는 나의 脫退의 原動力이야 勿論그點에 큰意義가 있겠지요、

서울장안에서도 一次會合에 出席치안는이도 있느리 멀디떠러진것이 가벼운 口實은 되지몰르되 그것이 全體의責任을진다면야 그릇된觀察이겠지요。앞으로는 九人會가 어찌되리라 고요? 그것은 客觀的情勢를먼저 論한後가아니면 正確한 答論이 나오지않을것갖소。客觀的情勢에依하야 나타난 結果이니까、

殿君! 나는 이곳으로 온후 이렇게긴 片紙를 써본일이 처음이오。이왕에긴 片紙를쓸바에야 내말만으로 全部를 채울것이아니라 君의요지음의 作品行動으로써의 나의눈에 비인배를적어보는것도 한興쯤도 될듯아니라 한

作家끼리 주고받는 글

…의 作家로 될줄로믿소.

君의處女作(적어도 내가읽은 作品) 유월기始作한 作品으로「골목간마을」 발서 오래전일이라 詳細한것은 잊었오마는 나는 그때 아직못은 들지않었으되 文學에 …으나 留意하야 보든때이니만치 어렵풋이 記憶에 남어있오。率直히말한다면「골목간마을」은 먹으나 문맨뒤간 … 다고보오。 그러고 그다음 … 으로 發表는 하였고 나도보기드뭅다고 역였었오。그리나 보고난뒤에는 그때에도 말하지않어 君의作品에 … 으로 好感을 갖었드니만치 나는 … 期心한點도있었오。즉그때는 ××主義의 新興期요 더나가서는……

나는 그속에서「골목간마을」은 … 作에빠진 作品으로 본다는것이 나에게는 무엇보다도 그 … 아까운失點이라고 역이고 지금까지도 마음에 걸리고있오。普通이 적은 同時에 너무도特殊하였다는點。

그러고 다음에「꿈과現實」「地獄景…」 近者에 이르러서「…」「苦悶」等을읽어온 내에게는 …의 致密한 構想과筆致는 …읽을바도 있으나 …로 보아 君의 作品은 一般的으로 … 놓지않을가 하오。또作品의 무게로보아서 近作에있어서는 初期作에 한 … 어떠한 轉換과 精神的苦悶이 많었으리라는것은 나로도 짐작되는바로되 君의 …한 現代性은 꾸준히많다고 …이오

나는 君에게「初期」로 도라가라는고 말하고싶소。…자면서도 …性있든「골목간마을」과「꿈과現實」로。

나는 이以上 말하지않겠오。

兄께서! 갈프는 解說을 하고말겠오。說話의 한사람이든 君의作品은어떻소? 何如든 朝鮮文學의 앞날이 어쩌는지 느냐고 …으로 明白히 …수없는現狀이니만치 우리는 처음에도 말한바있 나 아직도 어리고 幼稚하오。글쓰는사람이나 글보는 讀者나 …에도 文學의 大衆的으로 …이 自然化한적도 있지마는 結局에있어서 作 그사람의人格과 節操와 …이 …하는곳에 참다운文學이 나온 이아니겠오。

…! 여러말을 할것이아니라 現實에는 現實그대로의 참이있고 참에는 不朽의힘이 빛이 있소。그힘은 無知中大衆을 끄는것이오 그힘은 人類의 進步을 …하는 … 이요 우리는 적어도 이존주한침의 조금한 조악돌이되면 그만이죠립소

說君! 나는 홀현大서운 가고싶우。孤獨하게있자니 너무도 무섭하오。

그러고「傑作…」作은 나도付托은받였수마는 되는날이 되는것이지

그러나 그동무는 眞實은 한사람이오。作品을 …接目기가 쓰고싶어하는사람이 아니라 作品을 爲하야 힘것 도아주고 싶어하는 眞正한 文學批評家라고 할만한 사람이오 … 그렇게만 압고 게시오。

(신동아 제46호, 1935. 8)

二心

廉尙燮著

大端이 술하다! 「文藝」讀者中에 「本格小說」이란것은 읽고 싶은 사람이 있거든, 조금 廉尙燮의 「二心」을 읽으시라. 라고난 天作이라 감우울수 없어서 족 덮어 내놓지마는, 오늘, (벌써 새벽이니 어제지마는) 尙燮가 茶값이나 벌게 하려는 셈인지 나한테 「二心」의 新刊評을 쓰라기에, 例의바쁜 몸이라, 히지부지 半對答을 해놓고, 그냥 달아나가다가, 埠文壇에 걸어간것이 나ㅡ 金潮山相手, 아니 「二心」江에 빠져죽을 첫걸음이 었다.

언결에 덥붙이기로 얻어다온「二心」은 ??간에서 한장 뒤적어본것이ㅡ 바로 말하면 明治町까지 실리어 가는 동안에 첫 페지와 맨 끝 페지 그리고 中間쯤의 어느한 페지 都合 세페지만 궁금증이로 읽어보려고 시작한것이 도디어 나로하여금 이 밤을 이렇게 깜박 새이게하군 만것이 아닌가!

世界第一의 本格的 小說家는 勿論 토스토에프스키이 이다. 東洋第一의 本格的 小說家는 누굴가? 내 自身의 面目으로서 指命하거니와, 그는「二心」의 作者 廉尙燮이다. 나는 지금껏 氏가 이런 作家인것은 모르고 지냈다 無智가 부끄럽기도 前에 내 發見이 限없이 자랑스럽다. 過去에 내가 읽品은 尙燮의 作은 全部 短篇이다. 그 立場에서 여러번 나는 그의 藝術을 論的으로 나마 論評한 일이 있었다. 지금 여러卷 나의 「스크엡·북」 에서 그에 關한 文章을 한줄 찾아보자. (내 評論集에는 偶然이도 하나도 들지 않았다)曰,

「一如何든 戱作者 趣味의 言語販使의 妙味는 泉鏡花의 東京文壇서의 그것을 髣髴케 하는바 不無하다. 다만 그의 文學的 에스푸리에 있어서는 그 言語術의 練磨에 따르지 못하고 있는 것이 遺憾이다.(中略)朝鮮 作家는 語的傳統의 文化學的 呼吸樣相一 이란 나도 잘 모른 그런 어려운 學問은 氏의 文學에서 工夫할말즉도 하다 云云。」(中央)又曰,

「裕貞의 傳統的 言語美學은 廉想涉과 好一對이나, 廉氏가「山ノ手」流인 서울 中流文化階級의 말씨를 浮刻的으로 表現하는데 對해서 金君은 병문말에 가까운 서울 土種말을 盲目的이면서도 淋彩色的인 觀點으로 수놓는(刺繡)다는 奇妙한 相違가있다 云云」(朝光)

以上 두 句節로서 나는 尙燮 藝術의 本質的 特色을 再考키에 不足이없다고 생각한다.

政治部長時代의 氏를 紙面에서 만났을적에 나는 픽 당황했다기보다 幻滅을 느꼈든것이다. 내가 豫想한 廉先生은 살결 희고 훤쩍한 외입쟁이風의 紳士였기때문이다. 그러나「二心」을 읽은 이제 와서야 비로소 나는 그 거머티티하고 맛돼지 같은 (용서하시라) 風貌가 限없이 그리워진다.「二心」은 確實이 朝鮮版「罪와罰」이다. 「罪와罰」이 못되이 深刻한 本格小說

인데 比하면、背倫과 情慾과 苦悶과 呵呪를 正義로우 수앙스로 淨化한「二心」은 國際小說이면서도 可히 秋夜長을 觀察할 朝鮮 안방(內室)의 本格小說인이 偖답다。이와 마찬가지의 相異關係가 雙方 作者의 얼굴에도 나타、나 있다는것을 이제야 알아먹은 것이다。

書濟、淋漓、作野、커닝햄……이들 찬다아스의 人物은 모두 長編小說的인 性格과 環境과의 主人公들이다。「二心」이 여지껏 映畵化되지 않았다는것을 나는 朝鮮 映畵人들의 無智로 돌리지 않고、偶然中의 偶然、恐天의 奇蹟으로 看做키로 한다。春園의「無情」에 比하면 約 五倍의 映畵劇的 效果이 있다는것을 아는가 모르는가? 요즘 時局으로 보면 재미 (적으나)英論、내가 뭣보다도 感服한것은 咸氏가 短篇과 長篇과의 文章스타일이 다름을 곰소 例示해 보이기에 가장 成功했다는 事實이다。이 點은 우리의 大衆圈도 倣[illegible] 一齊를 기웅이기에 인색치 않을것이다。좀더 具體的으로 「二心」을 論評하여 그의 長短點을 아울러 解剖하는 同時에 本格小說論을 技術的으로 敢行코싶으나、紙面이 없다。判決커니와 「二心」은 期日 未定의 나의 二種을 要하는바 重大事件이다。하나의 判決例를 期待해도 無妨하다。底當인즉 作家 咸[illegible]勳氏를 滿洲 벌판으로 流刑한것은 責任問題를 이르킨 一派의 妄判決이니 이를 棄却하고 高等法院下의 서울 文壇으로 돌려보내한라는 職權的인 非常 哀願이다。

(金 文 輯)

(文章 제6호、1939.7)

다는것인 한이안되다。둘다 眞理이지만「아인슈타인」의것이 더簡便하다는 差異가잇슬뿐이오 普通으로 地球는太陽의 周圍를廻轉한다고 말하지만 그와反對로 太陽이地球의 周圍를廻轉한다고 보아드 매한가지다 다만地球가 太陽의周圍를 廻轉한다고하면計算上 매우便利하다는 差異가잇슬뿐이다 純正科學에 잇서서 또한 그러하니「유ー크리드」幾何學에依하야 三角形의內角의和는 二直角과갓다는것과「로밧체브스키ー」의非「유ー크리드」幾何學에依하야 三角形의 內角의和는 二直角보다少하다고 하는것과 眞理上差異는 업스나 다만前者가 後者보다 더簡便하다는것이다。

老驥伏櫪

이와가티 본다면設令崔麟氏가 絶對的民族主義運動으로부터 妥協的 民族主義運動으로 그方向을 轉換하엿다고 假定하더래도 그것이 아무墮落의 意味를構成함이 못되며 또設令 그가 大衆의 切實한欲求를 滿足시키기爲하야 指導者로서의 手段을 하엿다 치더래도 그것이 民衆의福利에 忠實하는以外의 다른 아무것도 아인以上 무슨까닭에 世間이 崔麟氏의 動靜에對하야 그처럼 是々非々를 말하는지 鈍者와 가튼 淺學菲識의 筆者로서는 理解하기困難하다。(四行略)

끗트로 拙文中에 古庚先生에게 關한評論이或은 度를지낸點이不少할줄밋는다 先生의容恕를 바랄뿐이다。

人物短評

吳相淳

黃錫禹

吳相淳君은 社會主義의 思想人은 아니엿섯다。君은 만흔 唯物論의 先驅靑年의 唯一의 敵對偶像이되든 精神主義의 哲學者들은 哲人이엿다。吳君은 俞鎭熙君과 맛나기만하면 으르렁거리고 싸호는 好對手人物이엿섯다。

吳君은 精神主義의 思想人으로서는 學的敎養이깁고 豐富한 사람이엿다。그敎養에잇서서는 唯物論群의 陣營에서도 相當한 敬意를 밧치어 왓섯다。

性味겁겁하고 優越感이 굿센 俞君이 吳君더러 흑하면 「キサマミタイナ幽影祕談ノ鐵脚者ガ」 엇저는 辱을 함부로 퍼부어 ドコ는 멧칠만 吳君을 못맛나면「アノ吳君彼奴ニ逢ヒタイナー、彼奴ハ本當ニ人ヨシダ」라하든 것도 곳 吳君의 그기픈 敎養을象徵하기 쌤은이엿든듯하다。

吳君이 그當時에 무슨哲學上의 地盤이라도 갓고 잇섯드면 吳君은 지금은 文壇에잇서서 푸로文學靑年의 攻擊對像人이 되든 李光洙等과가튼 偶像이되엿슬것이다。

吳君은 그때의思想界에 잇서서는 가장큰偶像이엿섯다。

지금의吳君은 아나의元君과 가티山間으로 山間에 放浪하고잇다 將次오는 압날의 思想文化를 세우기爲하여 吳君의뒷날도 可히 期待할 것인가한다 오ー 吳君이여ー 그대는 將次街頭로 나와무엇을 부르짓는 詩人이될것인가? 오ー朝鮮의모든 現實에超然한 單하나의 精神主義의 悠悠自適의 思想人인 吳君이여!

吳君은 思想人뿐이안이라 詩人이다 그性格은 老慈母와가티 慇懃하고 憫하고 多情스럽다。

君亦是感傷質의사람 그는宗敎人的感傷氣質을 가진사람이다 그는 朝鮮의젊은高士의一人일가한다。

廢墟

同人印象記

—吳相淳君의印象—

이번號부터始作하야毎號에同人印象記를실니게되엿다。이는우리同人의얼굴은이럿슴니다ㅣ고讀者諸君에게뵈여드리고자하는무슨廣告的意味는毛頭만치도업다。다만、우리同人들세리서로추고밧고하는印象、即우리個々의性格、性情、趣味等의片鱗、그내암의一部分을숨이지안코率直하게거려客觀的으로投出해서、서로個々의다른主觀에反照되는그像을보는것도意味잇는일이라고、어느때우리同人들이뫼엿슬際偶然히한사람이발한것을一同이조켓다고贊意를表한、極히單純한動機에서出합에不過함을告白해둔다。이번에는吳相淳君을실엇다。

× × × × ×

情의 吳君

어느날밤에 우리들이 例와가티散步를하다가、吳君이 무슨말긋에 살々우스며 「吳君은奇異한享樂家야」 타고하는말에서라서、一同이 邪氣업시우슨일이 잇섯다。 이것은 勿論、君을사랑하는마음에서나오는、一種의揶揄에不過하지만、또한 君의連綿하고 纖細한情緖의흐름을 說明함이 안인가한다。

君의今日의立脚地로말하면、君은 勿論 理의人이라할수잇스나 그同時에情의人임을 일치안는다。 그濃厚하고纖細한点으로말하면、차라리 情이理보다 압슬지도모른다。 그러나、그情은 기름에부튼熱火거나 千尺의岩頭를 할고물니치는 奔放悽壯한怒濤보다도、가윤하날의별빗(星光)이 君의情인가한다。 가늘고길게 渺々히、그러나 쉼업고도 鋼鐵가티흐르는것이 君의情緖라할가。 함으로 그물네줄니듯이 가만々히 풀니는情緖에 얽히는諸相이、歡喜와 感激과 愛着과 悲哀와 同情과 或時는 눈물까지를 서려내임은 自然한일일것갓다。 그리고 그情緖가 純化하면 純化할사록、感受性이 銳敏하면銳敏할사록、普通標準을넘어서 微細한点에도 눈이째이고 平凡한事實에도 多大한興味와 눈물을가진다。 이것은 君의詩作을볼때에——더욱히 君의詩作이 直觀만을通하야流露하는作이 比較的成功함을볼때에、充分히 그러함을깨닷는바이며、또한 이것이 君을가라쳐 奇異한享樂者라하는 主要原因이안인가 나는생각한다。 簡一君에게 狂熱的情火가잇다하면 그것은 內部에潛在한것이라합보다도 外部로부터오는衝突에對抗키爲하야 惹起하는젊은피의躍動일것이다。

그러나 이것은 내가 君의親交를엇은後의印像이다。 簡一 나의君에對한「퍼ー스트、임프렛슌」을正直하게말하라하면 나는 오히려 好感을엇지못하얏다고、自白하겟다。 나는 元來 一、次面對한사람은 잘記憶지못하지만、京都에잇슬때는 彼此의交涉이杜絶하다가십히하야、君과는 두어번맛난듯하되、잘記憶지못하엿섯다。 함으로 昨冬에東京서 二三親故가 吳君을아느냐고 意味잇는듯이 무를때에도 잘對答을못하얏섯다。 (그것은 其時 君이 組合敎會와關係가잇다하야 多少疑問의人으로 誤解하고、나에게무렷든것이 안인가하나、이것도 近者에와서 알게된것이다。) 何如間其後에 路上에서 偶然히、君과단나서 다시人事를하게되야 비로소 알게되얏스나、그때에 나는「이사람도 亦是 生活의統一을엇지못하야 矛盾에呻吟하는 聖書暗誦者로군」하는 一種의憎惡를感하엿다。 君이 普通宗敎家의恒用하는 人事方法으로 握手를請하며 微笑를하는 그입까지 不愉快하게보히엿다。 그러나 이것은勿論 나의偏見이나、이偏見은 사람으로서의吳君을미워함은안이엿다。 六法全書압에슨 法官이나辯護士라는 一種의器械나 或은 機械압에슨 現代的工場勞働者와가튼 機械化한宗敎家로서의吳君을 擬한이다。 다시말하면 나는 사람으로서의吳君과 宗敎家로서의吳君사이에는 不少한距

離가잇고 또 君은 그前者를 極力隱諱하고、그後者 卽宗敎家인自己만을 表榜하는 吳君을 미워합이라합이다。그러나 이것이 큰誤謬를伴한獨斷임은勿論이다。先入見으로써 直觀한謬想이다。一時라도 彼此에意見을交換하야보지못하고、이사람은 商人的 或은 職業的・宗敎家라고 論斷하거나、聖者의人格을가진信仰家라고 速斷키어렵기때문이다。합으로 나는 君과 漸々깁게 親近할名譽를 엇을사록過日의 나의獨斷이 그릇됨만치 君에對한美点을 發見할수가잇섯고 또 그것이 나에게는 愉快합이다。나는爲先 君에게對하야 愉快히感하는바는、君은 現代의靑年宗敎家中에는 稀有하다할만치 自由로운思想을 抱持한点이다。體內에醱酵하는 靑年스러운感情、本能、或은血氣을 故意로隱蔽치안코——勿論 이말은 無節制한放縱을意味치는안는다……比較的自由롭게 發露식히는同時에 宗敎家로써의立脚地와의 距離를接近케하고 統一을圖하는 努力이잇슴을 나는 感服한다。共鳴을感할수업는社會를迎合키爲하야 自己의生活을 良心이指示하는以外의길로 指導하지안는点을 君의平常의言行가운데에서 發見할수잇슴에 나는 君을勇士로 울녀보고 將來에 큰期待를가진다。어느때 君이 敎壇에서々 天을밋고사랑하기前에 地를밋고사랑하라고說敎하얏다는말을듯고 나는 君이 在來의 宗敎家라는標準으로는 確實히 異端인同時에 今後의新人의宗敎로는 새이삭을보이리라고 생각한일도잇섯다。

以上은大略생각나는대로 그一面의「아웃트라인」을 傳함에不過하나、虎를畵하야 猫

廢 墟

虛得한恨이不無하리라한다。더구나 情의吳君은 간곳업고 理의吳君을 윤녓다。버렷다.함부로 虐待함은 君에對하야 頓首하고 謝過하는바이다。

그러나 最後에 一言코자하는바는 近來에는 그러한誤解가 一掃되얏겟지만은、君을組合敎會派라指目하야、一時 一部間에 是非의論이잇서던듯한일이다。元來 나는 宗敎界의門外漢인故로 그便의消息에는 어둡거니와 그것은 君을誤解함에서나온 例의 머리살압흔「輿論」인가한다 내가 이말을 特히하는것은 무슨 君을辯護하랴함이안이라、다만 나는 君을 그갓치信用한다함이다。더구나、君은敎會와關係를끈은以上、더말할必要도업슬것이다

廉 尙 燮

내가본吳君

누구든지 君에 對하야 深切한 理解를 가지〻못한이난、君을 한 多情多恨하고、溫良하고、無邪氣한 簡單하게말하면「사람조흔이」或은「얌전한사람」이라 하겟다。事實君이 多情多恨하고、溫順하고、無邪氣하지 안임이 안이지만 그것은 君의 性格의 어느一面의 反映이오、決코 全部가 안이다。나난 ―적어도 君과 三個年以上의 長時日를 特殊하고 變합업난 友誼를 繼續하야、彼此의 長處와 短處를 다아난 ―나난 君을 但只「사람조흔이」「얌전한사람」이라고만 부름을 드를때 一般이 君을、적어도 君의 어느部分을 默殺하고 無視하난것갓흔 야속한感이잇섯다。 그러할때나난 君이 但只「사람조흔이」「얌전한사람」이라난 갑헐한 稱讚을밧음보다난 ―― Something more 稱讚밧을「무엇이」잇슴을、말로던지 글로던지 무엇으로던지、여러사람압에 브여주고 알녀주고십헛다。俗談에「고기난 咀嚼할수록 맛이잇다」난말과갓치、君은 사괴일수록 君의 性格의 優雅하고 感情의 纖細함과 또其外에 俗된눈으로난 看取할수업고、凡庸한 觀察로난 到底히 理解할수업난「不可思議의 性格」이잇슴을 發見한다。참으로 君은 不可思議의 性格의 所有者다。그까닭에 君은 溫順한 同時에 猛烈한 熱情의 爆發이잇고、多感多淚한 同時에 悲壯한 宗敎的敬

忍性이 잇스며、無邪氣한 同時에 덕업시 남한테 誤解를 招할 破天荒의 脫線的 行動을 例事로 하난것이다。그것이 君의 性格의 不可思議한 点이며 其不可思議한 性格이 나를 限업시 깃겁게하야 오날〻까지의 우라(君과나)의 두靈魂을 뜨을수업난 뜨으로 매여노은것이다。君에게 對한 理解가 업난이난 君을 가라커 主義가 磊落하게 스지못한이라고도 할것이며 모든것에 對한 責任性이 薄弱한 사람이라 하리도 잇슬것이다。하나 君을 評함에 當하야 무슨主義가 薄弱하니、무슨責任性이 업나니 하난것은 意味업난말이라 함보다드도로혀쓸데업시 君의「靑春」을 侮케하난 踏치안은 評談이라 함이 隱當하겟다。차는 世所謂「主義」란것이 薄弱한 同時에「보담듬혼主義」와「보담깁고넓은主義」가 堅確하며、世所謂「責任性」이란것을 無視하난 同時에 君은 浩大하고、幽遠한 神秘的의 責任性을 가삼깁히 늣기난것이다。大學寄宿舍內 六疊房안 散亂한 冊틈에서 沈思와 默想으로 蒼白하게 말나가난 君과、野外나 카페갓흔데서 口角에 泡沫를 날니고 巨大한 拳骨를 揮하면서 感激에 셀니난 口調로 將來의 理想을 熱論하난 君의 面影을 接한이난、君이 責任性이 업나니、主義와 意志가 薄弱하니、하난말은 못할것이다。길게말할것업시 君을 무슨乾物商이나 或은 무슨書記生갓흔 人物를 抨하난 尺度를 가지고 재난것은 너무나 無情한일이다。

卞 榮 魯

內外兩面의印象

一、愛와涙의吳君

今年四月初生어느날아츰에、千駄ケ谷卞君이와다。우리는欄干압헤안저서건너편八幡神社의숩을건너다보며、이애기저애기하다가偶然히戀愛談이나서、그甘美한戀愛談에우리는半醒半醉하는地境에잇섯다。忽然히마당압을라리맛갓으로、웬洋服입은사람셋이들어온다。仔細히보니가、맨압헤선사람은卞君이다、그다음은모르는이다、셋재사람이「南宮君！」하고부른다、柳宗悅氏다。나는急히나려가서玄關門을열고마저들엿다、柳氏는二層으로올나갓다。卞君이둘재로들어오든이를紹介하엿다、吳相淳君이다、恒常말만듯고맛나지못하던吳君이다。우리는반갑게握手하엿다、그커단손으로握手하면서놋키를앗기는吳君은、나에게「多情한吳君」이라는印象을주엇다。우리는二層으로올나갓다。吳君과나는마조안젓다。不絶히微笑를씌워가며나야기하는吳君은、溫柔한사람으로보엿다。君의溫柔는天性갓다、그러나宗敎的敎養과社交的訓練도多分으로섯긴것갓햇다。

이것이吳君에對한最初의印象이다。

×

五月初旬어느音樂會날저녁이엇다。鐘路靑年會압헤서어느親舊를기다리느라고、오르라

나리락기넘고잇스려니가、 맛참吳君이短杖을들고、무슨默想을하는듯이고개를숙이고온다。 우리는서로닥드려맛낫다、 四月以後로처음이다。 握手를하면서吳君의얼굴을보니가、눈에서눈물이그렁그렁하는것갓다。 그때의吳君의눈은、君獨特의눈이엿다。 나는君의눈을들여다보며속마음으로、「아아、눈물의吳君이여!」하엿다。

近者에니르러서는、二三日만못맛나다가握手를하여도、君의이눈을볼수잇다。 나는君의性格이나作品에센티멘탈한點이잇다하거니와、君의눈이나의觀察을保證하는줄밋는다。

×

今番夏期에歸國한뒤로는、君과거의每日相從하다십히하엿다、 말의암아君의印象을만히엇엇다。 그中의한가지를쓰려한다。

어느날君과합의散步를하는中에、불인간君이주춤하기에돌아다보니가、「죽은참새를들고잇다。 君은얼굴을씽그리며、例와갓흔눈으로나를보다가、그참새를길가풀숩헤곱게집어녓는것을보앗다。 나는그瞬間에、그럿타、 다만그瞬間에、君의靈魂에接觸하엿다。 君에對한幾千言의紹介보다도、君自身의幾萬言의說敎보다도、이單純한行爲하나이、가장雄辯으로君의全人格을說明하엿다。 나는「아아、사랑과눈물의吳君이여!」하며、마음속에불으지젓다。

×

以上에쓴것은君의外的印象에不過하다。 以下에、內的印象을簡單히써보려한다。

二、潤彩잇는生活을憧憬하는吳君

日中의百合花보다도、해돗기前、이슬에저진百合花를愛賞하며、晴日의逆넙보다도、비방울이玉갓치맷친雨天의逆넙을愛賞하며、반들반들한磐石보다도、파란잇기덥힌古石을愛賞하며、겨울밤의쌀쌀한별보다도、느진봄의물먹은별을愛賞하는것이吳君이아닐가。생각건대、君은潤彩잇는生活을憧憬하는것갓다。敎儀一遍의宗敎도君의不堪하는바요 論理一遍의哲學도君의不堪하는바갓다。宗敎도潤彩잇는그것을求하며、哲學드潤彩잇는그것을求하는것갓다。이潤彩는무엇인가、詩다。君은宗敎도詩잇는그것을求하며、哲學도詩잇는그것을求하는것갓다。君이恒常말하기를、「詩업는人生에무슨價値가잇느냐。」고한다。君의이말이、곳나의니르는바潤彩잇는生活이아닐가。君은어듸까지던지、薔薇쏫픠는詩의王國을憧憬하는것갓다。君은有時乎宗敎改革家가되려하고、有時乎哲人이되려한다。(只今으로보면、哲人되려는欲求가多分인것갓다。) 그러나그宗敎도詩의王國에建設된그것을熱望하며、그哲學도詩의王國에建設된그것을熱望하는것갓다。後者로말하면、니―체의影響이아닐가한다。詩人의要素되는直觀과、哲人의要素되는思索의兩面을具備하야、이兩面이渾然히融合된所謂「詩人哲學者」로말하면、니―체의右에出하는者가업다。事實、吳君은니―체를崇拜한다。그런故로、吳君이「詩人哲學者」가되려는熱望은、니―체의影響이아닐가하는것이다。

나도처음에그러케보앗거이와、普通吳君을溫柔一遍의사람으로본다。그러나그것은君의一面이요全面이아니다。君은溫柔한半面에熱情的인곳이잇다。이것은他人의倣하는바도드믈거니와、내가直接實例를본일도잇다。要컨대吳君은溫과熱을備한사람이다。

×

「愛와淚의吳君」아、「潤彩잇는生活을憧憬하는吳君」아。나의記述한바中에、不當한點이만흠는지도모른다。그러나不當한點이잇다할지라도、그亦君에對한誠意에서나온것임을알나。

나는君에게期待하는바가만타。나는밋노니、君은將來「靑年朝鮮」에不可缺할사람이라한다。吳君아、自重하라。

南宮璧

(폐허 제2호、1921·1)

獻詞

『吳章煥詩集』

金 光 均

우리抒情詩의選手 章煥의獻詞, 이 五十二頁로짜어진 꽃다발은 젊은詩人의 希望과不幸을가추어 난만히開花했다。

亦是 章煥의 詩에서 强烈히 오는것은「LAST TRAIN」「夜夜」「싸느란花壇」이 풍겨주는 二十代의 지한 感傷일것이다。

이눈물과한숨으로 裝飾한 한줄기 寶石이 빛나는것도 人間이 呼吸이 끝나는 날까지계속된 希望의感傷에서 오는光彩와 魅力때문이겠으나 二十代만이 느낄수있는 이 조그만故鄕의 灰色空間에서만은 우리들은 그와함께이야기하고 눈물지을수있다。無形한 하늘을향하여 내어걸는 조그만生活技術의 選手 不斷히變色하는 自己位置와 價値觀에의 懷疑와白夫 喪失한 「이데아」에의 鄕愁 어두운地下에서 그가落葉같이 띄워보낸 이詩片이말하고남는 젊은世代의순 품이 이몇篇의詩를 높은位置로 옮겨놓는다。

「襲列」「夕陽」 희파람에 띄워보낸 비눌구름같이 가벼운小曲。

「咏懷」「獻詞」「無人島」「할렐루야」를一連으로한 古代를한하여 기진 浪漫的인 초불 讀者가 여기서 친할수있는 黃衣를입고 달밤에 出沒하는 內侍 將校의기와스장 어둠을부리는 망도와不吉한四足獸가 일제히彷徨하는 低音의幻想調。

얼어진 色彩의 아름다음을 쫓어가는 裝飾은좋으나 그말을흐리가는 主低音에서 아모것도 건질것이없는것 또어쩔수없다。

이索莫한 無核的의안개를 追求하는 浪漫的마저 그의希望의分裂行로 다算한다면 새로운제너레이숀의 價値와 進步는무었으로 規定하여야옳은가。

「荒蕪地」「不吉한노래」「永遠한故鄕」 여기선 아수 詩를 可說치않은 材料가 材木처럼 여기저기 궁굴고있다。

章煥의 첫詩集「城壁」에서 보여주든 사랑스러운데카당과좋은風俗描寫와諷刺에서느끼는 新鮮한스타일에서 獻詞의混濁과 懷疑의길에 여기우리젊은詩가가진 여러가지問題가 提起되었다。

무슨詩神이나가 詩作실시를 解決짓기前에 擡頭한 새로운美學의 萎因을 아모準備없이 列하고있는것은 얼마나 危險한 불작난일것이다。사실 요즘같은 無詩的時代에서 信賴할것은 詩作技術밖에없고 더나가 새로운抒情精神의樹立은詩人들의自覺과努力을 기다릴수밖에없다。

表現形式에따르는 末梢問題는지금도 다다분 時間조차 없을것같다。

(文 章 제8호、1939·9)

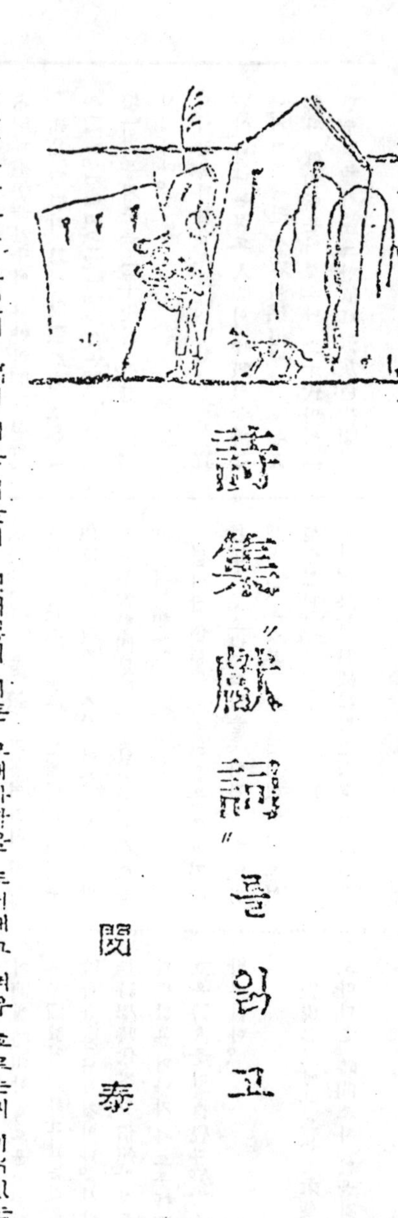

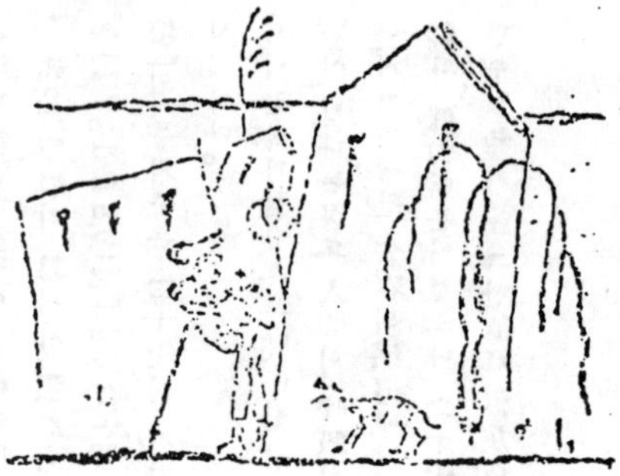

詩集 "獻詞"를 읽고

閔泰奎

貧民村골칸으로 한산히 幅이 넓은 개울이 시커멓게 찌든 모래바닥을 드러내고 겨우 흐르는지 괴어있는지 분간하기 어려운汚水가 군데군데 있을뿐으로 정말 보잘것없는 더러운곳—— 이 개천가에 도지히 想像조차하기드문 洋屋으로도 만속하게 지어논二層집 後園이있고 그넓은後園에는 花草로 趣味와實用을 兼했다는듯이 한옆에 무 배추를갈고, 이편으로는 「카ー네숀」「리라」「아스파라가스」等等 일홈도 모를 洋花草를심어 아마도 實驗栽培를하고있는지 몇번의 파헤친 痕跡이보인다.

時計가 正午를 알리우어도 이집主人은「파자마」를입은채 自慢의「파이푸」를물고 그래도 故鄕까지의 思念을해야라고 때로는 어머니와형제를 생각한다는 쎈티멘타리스트 이것이 곧 詩人 章煥이 살어오고 또 앞으로도 살어갈 生活平面圖의 象徵的 描寫인것이다. ……

×

이러하여 이詩人의悲劇은 實로 이川邊에있어 始作되여있고 이詩人의 苦悶은 확실히 이川邊의洋屋에서 시작되지않았는가。

그는 그 이웃의 貧窮을爲하여 금방에도 大廈高樓를 構出하게세우고 그의 洞里사람앞에 거룩한經綸을 베풀듯이 또한그는 그가生活하든 豪華한洋屋을 던저지어놓았다。 그러나 지금 그는 그이웃의 運命的悲劇을 아모런方法으로도 救援하지 못하고있다。

結局 詩人 尹換은 現實의 巨大한悲劇앞에 목노아울고만다。 그는 虛勢를쫓이고 現實을 呼訴해보았으나 그에게 果然 어떠한結果가 있었는가 그의詩가 헤아리되! 하며고 苦悶하나 「그는 그만 空想的 로맨티시즘으로 逃避하고만다」 이는 바로 그가現實에서 받은負傷을 숨기려고 隱避하는곳에 悲劇이있다。

때로 그의詩가 極端의虛構를 飛躍하게됨은 곳 여기서 起因하지않었는가。

그러한實例를 우리는「無人島」에서 본다。

이詩가운데서 그는 먼저 脈搏을하고 그다음 그는 呼訴를하고 끝으로 무모한 니히리즘속에서 눈물을 지울듯한悲鳴을한다。

그러나 詩人 尹換의 이러한悲哀와 虛脫은 其實 우리世代의 靑年이 누구나 지닌 共通된 運命이라 볼수는있다。

따라 그는 作詩上 그詩想의 統一을잃고만다。

「싸느란花壇」은 이런意味에서 나에게 몇번이나 批評의 機會를주었다。

無論 苦難한 現實의機構는 詩人으로하여금 그를描破하기에 그리 容易할수는없다。

詩人의 말은 더욱 困難한 表現方法과 表現의 正確을 여지없이 하게 진다。
이나 이번같은 短篇 作詩에 있어서 그想의 散漫은 無論 아모런 思想도 되지않은것이다。
詩集·歌詞·가운데 詩人 生活은 이러한 거듭거리로 理解이 이오 서로를 彷徨하다가 문득 그는 流浪와 새
기웃엿는다。

예날과 같이 옛날과 조금도 다름이 없이
바다야
바다는 悲歎은 노래하고
항상 또 외치고 다시올제 쓰는
孤獨과 無限한 悽凉에 ·

바다여…
새롭운 잘어가는 의미없음
海洋에 남겨운 宣誓운 어떤 것인가
지정 나도 지정으로 잡은이 무사항했노라

찾더가는 다시건 소ㅡ永遠한故鄕

宇宙鳥는 떠난다

불멸에 빈트헤메나에 휘새롱운남기고

(永遠한 鄕學)

이詩가운데서 그는 現實앞에 나서 探究를 고치려고하는것이 보인다。希望은 끝내 무서운絶望우에서도 새로히 發見되는것을 發見하는듯싶다。

이러한傾向은 精神은 詩人 金燦에게 안타가운 불꽃으로 前程을 指示한다。

이詩의 最後의 一節에서 그는 힘차게 前進을꾀한다。

이는 悲觀하는者가 悲觀으로 顚落함이아니다。바로 새로운 光明앞에 그는 孤獨한瞬間을 뿌리치려는 悲壯하나 다. 힘찬決意의빛을 보이고있다。

×

詩人 金燦 너는 「파자마」를 입은채로 좋다。

너는 너의 書齋밖을 떠나서 散步하라。

詩集을 爲하여 너는 너의 現代의 設計를 改變할수도 있고 너는 보다더 [illegible] 慘澹한 風景앞에 울어도 좋다。

(九月二十日)

(詩学 제4호、1939·10)

내가 본 兪鎭午氏

民 村 生

玄民 兪鎭午氏의 印象記를 써달난 付託을 받고 나는 붓을들었을때 언뜻 떠오르는 한가지 생각이 또렸해진다.

누구나 날마다 만나게되고 만나볼수있는 親舊가 있다면 그와는 勿論 親密한 情分이 갈수록 두터워지겠시만 그代身너무 無關해저서, 나중에는 한집안 食口처럼 도러이 平凡한 情的關係가 맺는것이다.

그러나 萬一 자리를 박구어서 一年에 겨우 한두번은만나본다든가 設或 그以上은 만날수있다 할지라도 그리 親하지못한 生活의 間隔이있어서 彼此설음설음한 사이임에 不拘하고 恒時尊敬과好感으로 對할수있다면 그와는隱然中 際緊相通하는무엇이있다 하겠으니 前者를近交라면 後者는 遠交라할것이요 前者를私生活에 갓갑다면 後者는公生活에 갓가운편이라 할것이다.

正히 兪鎭午氏는 나에게遠交의印象을 주는 분이다.

前提는이만해놓고 내가 兪鎭午氏를 처음알게되기는아마 十年이 넘는 내가「朝鮮之光」에 있은때 이었든가 싶다

그러나 나는 그때 記憶은 稀微해서 잘모르겠다. 朝鮮之光이 淸進町에 있은때인지 齊洞에 있을때인지 그亦是 分揀하기어려우나 何如튼 社에서 만나뵌듯한 記憶않은 남어있다.

따라서 나는 氏의 첫印象은 分明치 안타 그보다도 나는 氏를 初對面하기 前부터 評判을 먼저 들었고 그뒤에氏를 만나보든 記憶이오히려 새로웁다.

兪氏는 城大의 秀才로서 學窓時代부터 同窓間에 人氣가 높아었다하거니와 그만큼그의 文名은 卒業後에바로 떨치게되었는가 한다.

그런關係로「朝光」에서도 그의原稿를 請하였었고 나亦是原稿의 請託으로 面晤와自宅訪問과 또는 通信等으로 氏를 적찬이 괴롭게 구렀든가한다.

氏가 孔泥町에 사렀을때 나는 例의 原稿를 催促하러 여러번찾어 갔었다.

그런데 氏의 아침잠은 有名하여서 未安한적이 한두번 않이였다. 나는 事情이 急할때는 할수없이 氏를깨우기도 하였기때문에.

큰大門을 드러서서 사랑마당으로 드러가면 큰사랑열

네 작은 사랑이 붙어있는데 이작은 사랑이氏의 그대 文藝家 殿堂인것같었다。

二間長房의 윗목과左右便으로 놓인 冊장에는 빈틈없이 藏書가가뜩 끼워있는데 나는그것을 七分漢籍과 三分新書(?)로 둘너보지않을수 없었다。

兪氏는 내가아는이中에 몇재않가는 短小한분이다 問或키작은 사람은잔망하여서 威信이 적어뵈는수가있는데 兪氏는 첫재 그러치가 않다 그는 短小한代身에 단단하여서 마치 차돌과같이 맺친데가 있어보였다。

한말로 말하자면 兪氏는 端雅한 선비의 타입이였다 그리고 그는 多方面으로 才能을 타고난同時에 또한 政治哲學까지 敎養을 싸는것은 作家로서 누구보다도 强味가있는 줄않다。

마라서 氏의才能은 多角的으로 光輝되는데 나의慾心으로말하자면 그는文藝批評이나 다른政論보다도 作家로서 精進해주었으면 좋겠다。

氏의 作品은 氏의人格과같이 앙칼지게 뭉뭉처있다。 그래서 그의 作品은 언제나 重點이 鮮明하다고 한다。

氏의 稀少한 作品中에서도「T敎授와 金講師」는 代表的力作으로 氏의 가장 得意의 材料를 거침없이 料理한줄 않다。 나는 該作品을 發表된지 數年後에「文藝案內」에서 더욱氏의 自譯한譯本으로 읽어본대 거듭感歎의念을 不禁했든것은 只今도 이처지지않는다。

氏의 只今發表中인 三千里連載長篇「秘錄의記錄」은처음부터 읽지못하기때문에 아직못읽었으나 氏의 그런手法으로 精進한다면 누구나 敢히따라가지 못할 氏獨特의 藝術的境地가 새로히열려 갈것이다 氏亦是그런野心이 濃厚할줄않다 그럼으로나는 氏의將來를 期待하기마지않는다。

(朝鮮文学 제15호、1939・1)

「薔薇想譜」를 讀함

安懷南 著

林 和

長篇小說은 新聞의連載小說로부터 시작하다는것은 우리文壇의 通例가 되어오는 일이다 세상사람이 問題삼을것도 없오나, 春園의「無情」이나 民村의「故鄕」이 發表되든時代와는 달라, 安氏이「薔薇想譜」를 지금은 없는 東亞日報에 連載하기 시작한 四五年前의 時期는 朝鮮의 民間新聞이 商業主義를 追求하기시작하지 이미 오래된뒤요, 또한 거기에 따라 新聞小說이란것이 一般長篇小說과 달리 特殊한「장르」로서 생각되어온 때다, 作家들도 意識, 無意識 讀者의 興味란것을 念頭에 두지 아니치 못하게쯤 되었다。 따라서 오래 短篇을 써오다가 連載小說執筆의 機會를 얻어 待望의 長篇小說에 對한 情熱을 풀어보기엔 좀 거북한 狀態이었었다。

기기에다 安氏는 短篇「金講師와 丁教授」를 한 頂點으로하여 中篇「受難의記錄」等의 一聯의 作品을 通하여 心理的轉換의 困難한時期를 가지 거우市井을 回顧하다는곳에서 희미하나마 方向을 고르세운때다, 그가 連載小說을 執筆한다는말을 들었을때 나는 꼭「薔薇想譜」가 그 새로히 만드러진 그의創作態度가 큰規模로 試驗되는 마당이 되리라는것은 想像하고 읽었다。 若干 限定的인 意味에서 우리 層이 있으나 亦是 나는 作者가 應當 回顧하기 아니치 못할 一般的 市井에 存在와 그가 새로히 찾아내인 素材 또 世界인 市井과의 사이에서 어떻게 未來 그가 가지고 있는 藝術的 態度와 知的方法이 洗鍊을 받는가 하는 點에 나의 關係라 興味가 쏠려있었다。 詩階가 있는지 모르나 亦是「薔薇想譜」는 우리와 同時代人이라고 생각되는 시인이며 知識人이 現代的인 日常現實! ―그것은 風俗的인 意味에서 現代의 市井이라 할 수있다―과 만나서 經驗하는 어디가지 作作가운데 作者가 가지고있는 態度하는 態度라는것을 表現하였다。 그기에 보시는것이 무엇인가는 當作者가 市井回顧에서 찾고자하는 무엇인것이요 우리인가이 觀念으로 내세우던것이 現代가 준대시 찾아서보도에 作者는 自己의 새가에對한 確信과 더부터 藝術의 승기를 을 ●발견것이다。 이小說의 細部가 이제 되고이야기의 進行이 이는곳은 通俗的은지間에 作者의 上記한바와같은 意圖에서 出發하며 기기에 即하여 構成된것만은 事實이다。헌데 이러한 意圖가 純正하게 살고 그것이 小說의 限局한 性格이 되다 만은 現代의 日常界라는것에 對하여 作者의 批判意識이 準備되어 있음을 要한다。인직이 우리의 信賴할 만한 評論家의 한사람이 風俗의 描寫가 批判을 가추지 아니하면 通俗小說로 接近한다는 警告를 發한것처럼、題材이라는것은 자칫하면 通俗하는 現實에 對하여 無批判的이기 쉬운다。「靑春記」는 作者의 壓迫한 意圖가 어부터 讀者를 끝기게한 남어지 또한 日常現實에 對하여 讀者에 代價를 支拂한것은 事實이다。이것은 新聞小說에 對한 觀念과 더부러「靑春記」가운데 있는 一般讀者를 끝기게하는 部分이나 作者에게 있어선 長篇小說에 對한 藝術的熱情을 表現하는것은 어느 程度로 困難한것이 事實이다。그러나 綜榮家「경아」와의 交涉이나、또는「상권」과의 事件이나、「경아」와「상권」等의 關係에서 볼수있던 조금하면 大衆小說로 떨어지기쉬운 素材를「리파인」해서 우리 앞에 展開시켜 보인것은 亦是 作者의 節制있는 藝術家다운것을 證明하는 事實이다。이러한意味로 이冊은 讀者에게 生活의 節制라는것을 아르키주는 有益한 冊임은 틀림이 없으며、또한 여러가지로 제공치못한「민의 숲」가운데서 간한고 난 黙然이 하나도 기피 우리의 情甘한 理解의 하나이다。

(春 秋 제6호、1941·7)

兪鎭午短篇集

金南天

「滄浪亭記」「어떤夫妻」「[illegible]情」「金講師와T敎授」「看護婦長」「스리」「上海의記憶」「가을」의 여덟篇이 이번 朝鮮文庫의「兪鎭午短篇集」에는 들어있다.

十五年에 가까운 兪氏의 作家生活이 낳은 數十篇의 短篇中에서 골라뽑은것인데, 編者의 意圖는 作品 自體의 優劣보다도 作者가 걸어온 過程을 보여 주려는 곳에 있지 아니한가 나는 생각하였다. 허듯 보더라도 兪氏의 短篇中에는「스리」나「上海의記憶」보다도 월등히 成功한 作品이 많은것을 나는 알고 있는데, 그것들이 收錄되지 않고 作品의 成果나 完品으로 보아 뒤진 遜色이 있는 前記의 두 作品이 끼이게 된것은, 兪氏가 한時代를 代表하였던 文學的 傾向을 우리에게 보여주기 爲함이라고 생각되어진다.

이 時期란 昭和 三年(「스리」)에서 昭和 六年(「上海의記憶」)을 前後하는 所謂「同盟」의 政治主義的 傾向의 期間을 말하는것인데, 이의 中間의 數個月 동안이 筆者 自身의 創作生活의 第一期가 屬하는것으로, 이것은 兪氏에게 있어서나 또는 微微한대로 筆者, 같은者로서는 잊을수 없는 期節이라 아니할수 없다. 지금 文學의 態度나 主張은 바꾸어졌으나, 兪氏가 最初의 뒤늦은 短篇集을 짜면서, 이 時代를 回顧하여 感慨의 無限하바가 있었을 것은 容易히 想像할수 있는바이다. 筆者의 記憶에 틀림이 없다면, 이 時期의 所産으로서도 前記 作品보다 優秀한것이 많았는데, 아마 그것은 지금의 檢閱 水準을생각해서 收錄하지 않은것 같다. 如何튼 이 두篇은 兪氏에게 있어서뿐 아니라, 三十年代를 살은 現代人으로써 길이 紀念함에 足한 作品이라 생각한다.

그 다음 時期를 表示하는 作品은「看護婦長」과「金講師와T敎授」의 두편으로써 모두 昭和十年의 作品으로 되어있나. 이 두 作品은 傾向文學이 政治主義를 淸算하는 過程을 代表하는 文學일뿐 아니라, 全前期作으로 因하여「同盟」系統의 作家들이 文壇에 없는 동안, 實로 그의 唯一한 維持者 乃至는 文學史의 부랑크를 메우는 僅少한 系統의 하나로써 길이 잊어버릴수 없는 作品들이다. 이 時代는 兪氏에게 있어서는 가장 그의 本領을 發揮하였던 重要한 時代로써, 筆者는 이 두篇을 이 短篇集의 白眉라고 생각할뿐 아니라, 兪氏의 全 作家生活의 하나의 標識이 될만한 佳作이라고 믿어 疑心치 아니한다.

이 作品을 前後하여 傾向文學은 다시금 커다란 難關에 逢着할수 밖에 없었다. 李箕永, 韓雪野等 諸氏의 活躍에 依하여 길은 이어 나갔으나, 이 동안 兪氏는 거지반 創作에 붓을 들지 못하였다. 當時, 批評家들의 短見은 寫實主義文學의 旺盛을 자랑하는이조차 없지 않았으나, 實인즉 그것은 稍

界의 一層의 深度化를 過程하고 있음이 不足하였다。 俞氏와 如한 特殊한 知的面貌가 이것을 민첩하게 攝取하고 無定見한 濫作보다도 오히려 今後의 題材를 開拓하기 爲해서、探索의 沈默을 持하였다는것은 示唆 깊은일이라 아니할수없다。

이러하여 約 三年間의 沈默을 깨뜨리고 創作의 붓을 들어 오래인 동안의 文學的 思索의 結果를 披瀝한것이 「滄浪亭記」의 一作이다。 이 小說이 小說로써의 規格을 갖추었다기보다는 오히려 浪漫的인 回顧의 記錄에 屬하여、이미 돌아갈수 없는 過去를 旅行하고 있는 作者의 心境이 우리들의 悲感을 자아내는것은 注目할만한 일이다。

그러나 氏는 이러한 世界에 오랫동안 머물러 있을수는 없었다。 그러기에는 氏의 文學의 故鄕이 너무나 리알리즘의 地上에 뿌리를 박은것이었다。

256

氏가 散文性의 새로운 獲得을 爲하여「文學에의 挑路」를「市井에의 回歸」으로 表明하고、「어떤夫婦」「獨情」等을 製作하여「나비」의 最近作을 나음에 이르고、他方 그의 世界를 擴大하여「가을」의 過程에 이르러 있는것이 俞氏가 가지고있는 現在의 路程이라 생각된다。 氏의 이른바「市井에의 回歸」에 對하여는 일찌기 卑見을 吐露한적도 있으므로 評論을 避하거니와、이 進路가 世態小說의 近似을 通過하여「가을」에 到達하고、이에서 다시 어떠한 行程을 取하는가에 俞氏의 知的思索의 今後가 걸려 있는것이라고 나는 생각한다。 以上、이 短篇集을 여러 모으로 分析할수 있을것이나、于先 나는 上論의 角度에서 그를 檢討함이 妥當타생각하고、紹介를 兼하여 短評을 試한바이다。

(文章 제9호、1939·10)

257

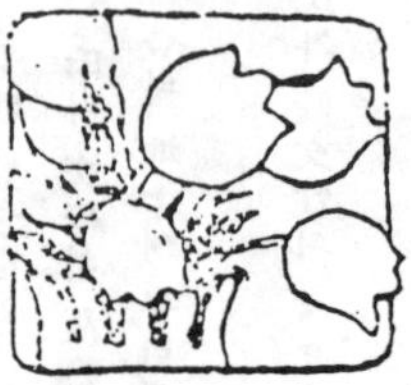

作家論

玄氏과「인테리」

玄東炎

玄氏、俞鎭午氏는 내가尊敬하고 欽望하는 作家中 한분이시다。

先進輩 아즉뵈온 일이없으나 風聞에 들건대 氏는××大學設立以後 하나밖는秀才라한다。

氏는主로 政治學을 專攻하시며、小說과戲曲을써서 朝鮮文壇에 一家를完成하고 게신분이다。

이것만보아도 氏가 多才多能備한者를 期的하겠거니와 作家로써 社會的良心을갖고 언제나 傾向的作品을 보여주는점에서 李箕永氏와같이 節操있는作家라 나는 敬意를表하게된다。今春東亞日報紙上에 氏가作家的態度를 提言한것만보아도 능히알수있다。

「朝鮮文學의 方向은어데로」? 하는 設問에氏는答曰—「리알리즘」하면 現實을있는그대로 描寫하는것으로 누구나 다알고있다。그러나 主觀的構成(作者의人生觀을意味.함)을 通하지않은 藝術은 成立되지안는다」라고 말하섯다。

이것을보면 玄氏는 現實을絶望的 悲歎가운데서 沈痛하게만 그릴것이아니라 明日의前進을暗示한 彈力性있는 作品을 要求한것이고 따라文學을 通해讀者를 高揚된生活感情으로 引上시키려애쓰는 作家임을알수있다。

내가남달리 作家로써 玄氏를 敬慕케됨도 여기에있다고본다。

理論뿐만이아니라 氏는實踐을通해서 훌륭한作品을 많이보여준것이다。내가읽은 記憶으로 「五月의 求職者、五月祭前後、慰藉料三千圓(戲曲)、馬賊、上海의追憶、朴僉知(戲曲)行路。金講師와T敎授。等等 此限에不過하나、모두가 묵직한作品으로 아즉도感銘이깊다。其中에도 玄氏를 代表하는作品은 五月의求職者。(朝鮮之光)와 今春新東亞誌에發表한 金講師와 T敎授를 들수밖에없다。

두가지가모다 인테리의 生活感情을 分析하야 具象化

한作品으로써、前者는氏의文名을 宣揚케한 出世作이라면 後者는 氏가 우리文壇에 새로운 境地를보여준 巨彈이라고 해도좋다。

돌아보건대、過去루로文人들은 外部的現實만、追求하야 主人없는 作家를그리기에 失敗하였고、讀者는여기에 不感情을 가져왔든것이다。 그런데 이번 玄氏는 그와달리 內部的人間心理를 속속드리 파고들어가 階級的眼光으로 저들의 假面을 剝奪해논점에서 新境地를 開拓하였다고 본다。

이것은 일즉이 張赫宙氏가 日本文壇에 보여준 (權と い ふ男) 좋은 傾向이나、特히인테리의 心理描寫를 解剖해논小說로써、玄氏이 처음우리文壇에새로운 面貌를보인것이다。

特히「金講師와T敎授」는氏의 豊富한生活體驗에서 取材한 作品이기때문에 生生한實感을준다。 卽氏의文學的將來性은 農村背景보다、中間인테리層 (學者 敎授 辯護士、藝術家 醫師等)에있는 것이아닐가?

그럼 인테리란 어떠한存在인가?

우리는氏의 作品을鑑賞하기전 結論으로、이점을잠간이야기하고싶다。 그래야만 氏의作品은보다 明確性을갖고讀者는 理解하리라 믿는때문이다。

初期 産業革命時代에있어선 知識萬能이나、科學萬能이나해서 인테리는自己의智識과 技能을파는特權이있었다。 當時에 그들은高踏한 觀念世界에서 커다란優越感을갖고 自身은勞働階級과는 隔離된分子인줄믿었다。 그러나世態의轉變에따라 인테리黃金時代도 지난지오래고、인테리失業洪水時代가왔다。

그리하야 오늘에 인테리는「、데로ー」? 하고彷徨하게되었다、그들은 배운바智識을硏究할 겨를도없이 智識販賣術에 阿諂과屈從으로 가진手段과계교를 써야만살게되였다。 우리는 氏의作『五月의求職者』에서도「金講師와P敎授』에서도 이러한主人公을본다、 그러나 筆者는『五月의求職者』가 手中에없으므로 評할수없고 단지여기에는最近氏의快作、『金講師와T敎授』만을問題삼고자한다。

作品의梗槪?

文學士 金萬弼는 最高學府를졸업한 看板으로 一年半만에 S專門學校講師로 就任된다。萬弼은校長의紹介로처음 T敎授를알게되였다。

敎壇에처음올라스는 金에게여러가지 注意事項을 귀담해주는T敎授—

『그중에도「스스끼」란놈은 아조고약한놈입니다 선생하고차올만하려덤비고』

이러한말로써 그는젊은講師에게 커다란恐怖症을먼저갖게하였다。

그後土曜日밤萬弼은 自己를紹介해준 H課長집을찾어갈때 T敎授를만났다。

그는H과장집까지와서 부엌뒷문으로 下女를찾어무엇을 주고나오드니「세상은 다ー이런것이요」하고 得意의우숨을 웃었다。

이때야高緬은 그것이무엇인줄을알고、학생에게 커끌을 준보였으면——했다。그날밤 H과장집에서 돌아올때T教授는「세르망」이라는 茶집에서한턱을내며 그는新聞을通해 高緬이가쓴「獨逸新興作家群像」이란 論文을잘보았다고충찬한다。

바로 그論文은獨逸左翼作家活動을 紹介한것이다、이런 것은絶對秘密에부치야 할것을그가빈정대며、이야기하는것은충찬이아니라 도로혀反辭으로 冷嘲했다。

그런데 그후「스스끼」란學生이찾어와서 高緬의東京서공부할때 文化批判會에「멤버」로活動하지않었느냐무르며 自己네學生끼리도 獨逸文學研究會를 組織코저하는데 後援해달라는뜻을말했다。

질더校內 에선 알어서안될 自己來歷을大體어떻게알었을까、이것도알고보니 T教授가 學生들에게 宣傳한것이였다。

이때高緬은「스스끼」도 T教授의 스파이로自己를먹으려고이런수작을 부리려오지않었나하는 두려움에서 딱 拒絶해버렸다。

그후 T는高緬에게「年末도되고하니 校長집에 菓子箱子라도하나 사가지고 가란意味의 말을했다。

원체 그의야비한행동과、간교한心理를 미워하는高緬은 이말이亦自己에對한 嘲弄인가?몹시不快하여다。

그러나한편으로 校長이T와一派가되여가지고 自己에게 不滿을갖고있는것을 생각하면 그렇게해야만한것이라했다

그래그날밤 金은菓子상자를 끼고校長집을 찾어간다。

가는途中 그에겐錯雜한두가지의 마음이일어났다。

이왕노염을산바에야 이까진거나사가지고 가면무얼하누「창피하다」하는생각과。「그러나 이것이세상을살어가는祕術이아닌가?」하는생각이다。

이때 그의양심은참아 菓子箱子를校長집까지 못가주가고 아주먼네집에 갖다주고 말었다。

그후 T는高緬에게 H과장이자기를안찾어준다고 자미없이알드란말을 또놀렸다。

그래서 억지로高緬는 과상을찾어갔다。

그때 H는顔色이不快하야

「자네就職할땐 思想方面에 絶對關係없다 그랬지、그렁게 남을속여서내얼굴에 똥칠을하게해」

하고 로발대발떰볐다。

高緬는、그런일이없다고 絶對痛明했을때、옷방문이스르르열리며 나타나는건 T教授!아니 등치고배만지는수작을 부리는狡猾한人間、바로그였다」

이것이 作品內容이다。

속으로는 筆者는이글을읽고언뜻느껴지는것은 長谷川如

是問의「유모어」다、이時代의「聖人은「科學의主人」과같다。왜그러냐하면?그는 속으로서놈은 浮浪者라욕하고 猜忌하면서도 겉으로는 親切미를을보이는때문이다。

T教授도孤弱의 同作者인체 粉裝하고나서서 겉으로는 좋아하는척하고 辨辭하는척하지만、속으로는그를嫉妬하고 猜忌하는背信者가된다。그리하야自己의地位를 높이려는것이다。이렇게狡猾한 個人主義가 羊頭狗肉을달고있음은오늘의識者層에서 얼마든지볼수있는것이고、所謂神聖을부르짖는學校內에도 있는것이다。即 이런사람이라야만오늘의 社會에서處世術에 능란한者요 社會有志로또는 紳士로尊敬을받는것이 아니든가?

그러나 進步的社會學徒!金講師는、T教授의僞善的交際術을現社會內에흔이있는 處世術로보지못했기때문에 추한 행동、야비한행동、이라痛歎하며 저런꼴을學生에게 보여주었으면……하고침까지뱉는다。

그러나 조곰호自身亦배알은침을 도로삼키면 菓子상자를끼고 校長집을찾어가는 불상한꼴을보게되지않는가? 우리는 여기에서인테리의 矛盾과煩悶과 憂鬱과悲哀를본다。

金孤弱는 及此也階級的良心이 있는놈이라 나아이짓을 할수없다 하고 발을돌릴때 T教授의비웃는 걸굴의나타났드라했으나 비웃는이것은 T教授가아니라 아세상인것이다。

玄民은 作品을通해서 인테리의典型的小뿌조아 性을너무나 똑똑하그렸고 總破했다。

中間「인테리ー」、그는旣告로는 高端說話를 떠부리지만 實踐을 두려워하는 무리이기때문에 政治的陣頭에나서서 實際的役割도 할수없거니와 階級的良心으있는지라 支配階級에게 卑屈한行動을 取치못하는것도 事實이다。

金孤弱과 같은오늘에 社會的良心있는 인테리는 어느곳으로轉落할것인가?

作者 玄民은 아시는가 모르시는가?

──(安靜多謝 十一月廿五日)──

(新人文学 제4호, 1935·3)

新刊評

兪鎭午著 봄

「나비」를읽노라면、作者의潔癖性에 새삼스럽게생각이이른다。周圍에七八人의사내들꾸미어터번의危機를거듭하되、終始몸은첫재사내男便에게박게는허락하지않는프로라의潔癖은 그대로作者自身의文學魂의 그것으로생각해도、無妨한듯하다。混濁한世間의散文을적으면서、까딱主人公의品操를흐려트리지않는作癖속에作者의文學的志向의純一性의說明도 숨어있는것이않일까。時代的인傾向에서 次々市非過路의길로 文學의고삐를돌엿다고햇댓자 人生을觀照하는作者의純潔한魂에는、秋毛의이즈러짐이없다。「나비」의潔癖性이며、「辭令狀」과「봄」의本매나좀以前의純粹性이 모다이作品의左證이다。人生의明暗二面을그리되 한點의粉飾도 誇張도없는枯淡한「봄」의리알리즘에는 手法의高度의圓熟이엿보인다。

作者自身이「無技巧의技巧」의壓扱을내걸고 公揭한것은임의十餘年前이라고한다。當時우리의興味는 그런技法의辟明에도不拘하고氏의作品은才談炎發의正히技巧派에所屬되는것이라는本質으로向햇섯다。「復讐」는橫光利一流의新感覺派的인作品이라는소문이자자햇다。그「復讐」가 이번創作集에收錄된것은뜻있는일이다。이時代를지나서「五月의求職者」「家庭敎師」等의傾向的인시절을거처 오늘의「봄」「나비」에이르는동안에 氏는無技巧의技法을完全히掌中에거두고야말었다。作家로서當然한成熟이라고할는지모르나 놀나운것은「復讐」의才氣인것이나 오늘에다시읽어도흠없는어른의文學이며年少의시절의아름다운하나의完璧한塔이라고할까。세時代의作品을차례차례로아울러味得할수있음이이創作集의多幸의하나이다。

氏는創作과함께批評의붓을들어온지도오래이나 獨步의確乎한地位에조금도搖動이없음은 이才能과 文學의純粹한眼識과 또한가지公明한態度의所致라고할까。부지럽지않음을뿌리고識을피우는 群少評家틈속에서屹然히남의追從을허락하지않음은混濁하고偏私하지안은氏의潔癖에起因함外에理由가없는것이다。이런批評의態度가 또하바로創作의態度이며 評論보다도우리가더많이期待하는創作의앞날에있어서 氏의變치않을熱情과氣品을安心하고믿을수있음은 깃거운일이다。純粹에의志向은 氏가期하고엿든지期하지아니하고엿든지 氏自身의文學의本質을說明하고 아울러앞날을暗示한셈이다。

現下의轉換期에있어서 文學의向方이여러가지로模索되는모양이다 하늘이문더저땅이되듯 文學의길이급스럽게갈니는수는없는노릇이다。「手術」의아이어로니속에「辭令狀」의 機微속에。「봄」의對照속에 각각 그대로 새로운길이連續되고열닐뿐이다。氏의文學의發展을그런方向으로우리는期待한다。

創作集「봄」에있어서 長篇「受難의記錄」의收錄은 커다란落傷요 過分의損失이다。이長篇은이것만으로 응당別卷이되어야할것이다。이力作의讀後感을따로적게된機會를가지기를바라며이짧은글에서는 이를割愛함이 도리혀禮일법하다。

李孝石

(인문평론 제14호、1941・1)

「봄」을 읽고

林 洙

大槪 兪鎭午氏의 作品은 거의 任意가 세가지의 카테고리 안에 들어갈것으로 생각하나니、하나는「T敎授와 金講師」의 系列에 속할것이고 하나는「痴情」의 系列에 선것이고 또하나는「滄浪亭記」의 系列에 속할것으로 믿는다。이번 創作集「봄」도 그 作品들을 이렇게 分類할수가 있는것은 勿論이다。即 봄、나비、但獨 등은 第二에 屬한 男女의 情慾과 거기 다르는 野蠻한 人間性을 그린 自然主義의 色彩가 濃厚한것이오、五月二日、汝呆節은 第三의것、即 지나간 歲月에 對한 하염없는 哀愁를 取扱한 浪漫的인것이오、來賓敎師、符合狀態은 環境과 思想의 齟齬으로 因하여 일어나는 人間生活의 矛盾을 그린것이고 各篇更新의 紀錄은 이 여러가지 要素를 綜合한것이다。

그러나 어느 系列의것임을 勿論하고 다 그안에는 興味한 人間性의 관찰가 따름은 勿論이니 作家로서의 그가 누구들의 硬直한 性格를 밟는것도 이러한데다。이 創作集에 든 作品 하나 하나가 다 發表되면 當時 好評을 博한것들이므로 여기서 一一히 다시 말하기를 避하거니와 昨年 新年號에 發表되어 當時的 평판과 議論도 있었든「봄」까지라드 何如間 昨年度의 朝鮮作品中 가장 成功한것의 하나였음은 틀림없는 事實이다。

그러나 그보다도 이 創作에 나에게 兪鎭午論을 하게한다면 나는 무엇보다도 그의 散文美를 들지 않을수 없다。웬고하니 그의 文章은 形成하지 않은듯하면서도 極度로 形成되어있고 [illegible]에 적은 재조를 부리지않어 平凡한듯 하면서도 조금도 빈틈이 없어 放縱한 洗練의 口語로 잘 개척하여있어 一種 獨特한 散文으로서의 美를 지니고있기 까닭에다。이 正確한 人間性의 捕捉과 詩經이 公正은것과 散文美로 말미아마 그가 가장 實力있는 作家의 한사람으로서의 地位를 차지하고있음은 대저 當然한일이 아니냐。(봄、定價一圓八十錢、送料十五錢、漢城圖書株式會社發行)

新刊評

華想譜

兪鎭午 著

作家는 眞實과 生命을 體得하라는 사람이라고할수있다。적어도 創作을 하는사람치고 아무런게나 나타나있는 世相을 그리는이는 없을것이고 또 그래서는 作家가 될수없는것은 明白한 事實이다。作家는 아무른 自己의 理想의世界를 가지랴고 努力하면서도 주어진 現實의 面貌와 底流를 궤뚤어 보며 파헤처내서 眞花 芬馥한 花園과 暗黑陰汚한 응달을 그냥 몽채로 내던저준다。그 構想力과 그 形相化가 좀처럼 接近할수 없을만치 대견하다。그러기때문에 우리는 作家는 偉大하고 또 作家다운 作家를 待望하야 마지않는다。作家는 論理없는 哲學者다。키엘케골인가 구군가는「哲學은 病」이라고 하얏는데 作家는 人生生活을 너무도 深刻하게 또 속일수 없시 너무도 똑똑하게 그려내지 않고는 못백이는「病」에 걸린 사람이다。病에 걸린 사람치고 제病을 아무렇게나 될대로되라고 處理해 버리지는 않는다。아니 그럴수가 없는것이다。眞實과 生命은 新心한다는 點에서 作家와 哲學者는 共通된 一面을 가지고있다。

이러한것을 생각하매「華想譜」의 아담한 裝幀을 對한제 이 作家도 남유달리 自身도 모른「病」에 걸려있는것을 느낀다。무엇하나를 찾어보랴고 어떤 값있는것을 주어보랴고 애쓰고 걱정하는 모양이 歷々하다。그애쓰고 걱정한 보람이「華想譜」를 通하야 十二分으로 나타나있느냐 어떠냐는 第二의 問題다。著者가 生活해왔고 또 生活하고 있는 現實面에서 可能한 限 파헤처보며 파헤치낸「華想譜」의 世界에는 시영과 명곤을 通해보는 理念의 變換、轉換이 切實하게도 現段階的인 現在性을 나타냈으며 시영과 귀섭으로 하야금 이야기하게한「現實의論理」는 가장 抽象的인듯하면서도 가장 具體的으로 歷史的現實의 先驅的 意味를 누가 賦與하느냐하는 것을, 묻는 生々한 대문이었고 이「現實의論理」의 貴한 아들로서 조남두가 나타나서 시영을 늘 緊張케하얏다。또 시영과 귀섭 과의 友情ㅡ싱겁은듯한 그友情으로써 孤獨하고 수집은 主人公의 心魂을 潤澤하게 하야준 手法은 所謂 람다고 할수있다。나는 그러기 때문에「友情의 分析」이라는것을 한번해보고싶은 생각 까시도 해보았든것이다。끝으로 시영과 경아 또 상권을 싸고도는 여러가지의 事件 展開는 별로 新奇한것이 없었으나 小說構成으로서 가장 問題가 많으리라고 생각되는 이部分까지도 結局은 主人公으로 하야금 蹉跌함이없이 해피·엔드를 맺게한것은 新聞小說로서의 試驗에있어서 優先合格이라고 하지않을수 없겠다。어떻든 이 小說은 명곤과 태회、귀섭과 남두、정아와상권을 各々一邊으로 하는正三角形의 頂點에서 生活하는 시영이 同等한志向과引力으로써 關係하야맺어진作品이라고할수있다。명곤과 태회로써 그어진一邊은「批判의面」이요 귀섭과남두로써 그어진 一邊은「理想의面」이며 경아와 상권으로써 그어진一邊은「生活의面」이었다。어떻든 이作家는 自身이 意識하얏든지 못하얏든지 이가치 틈새하나없이 사개가 맞는 깨끗한 作品을 우리에게 선물하얏다。이러한 點에 나는結局兪鎭午를 知性의 作家라고 본다。

申南澈

(인문평론 제16호, 1941·4)

兪鎭午論

—그의 短篇을 中心으로하야—

李 源 朝

兪鎭午氏를 한동안 同伴作家라고 한일이 있었다。 지금은 이말이 한개의 死語가되고 말었으나 氏의 短篇集을 들추어 氏의 文學的行程을 살피는데 있어서는 이말을 또한번 되씹어보는 것도 必要할뜻하다。

대체 이말은 傾向文學時代의 用語인데 원 本格的인 傾向作家는 아니면서 그文學에 對한 同情이나 共感은 가지고있는 作家를 일커른것으로 이러한 本質은 어데서 由來하느냐 하면 가장 쉽게말해서 觀念과 生活의 遊離가 그것의 特徵이였다。 다시 말하면 傾向作家란 直接 勞働者의 生活은 그리는 것인데 同伴作家란 自己의 生活的 限界때문에 그러치를 못하고 다만 自己의 觀念만으로서 그러한 文學思想에 接近하려는 作家인것이다。

이러한 意味에서 氏의 短篇集을 보면 「스리」와 「上海의 記憶」에서 「金講師와T敎授」「看護部長」에 이르기까지 一聯의 作品이 氏로하여금 同伴作家라는 稱號를 듣게한 것이 아닌가한다。

왜 그러냐 하면 이作品들 가운데는 作者가 現實을 對한때 항상 무엇에 對한 義憤이나 同情을 가지고 있다。 또한 이러한 心情은 가질수있는 것만이 그作品의 對象이되었다 그러나 義憤이나 同情이나 하는것이 벌서 直接的인 것이아니고 間接的인 또는 傍觀的인것과 마찬가지로 이作品들 가운데서는 作者가 現實에 對해서 虛心坦懷할수 없는 一種의 非常한 心情을 가지고 있으면서도 한번도 그現實속에 드러가 談判이나 格鬪를 試驗한적이 없이 언제나 義憤과 同情의 限界를 넘어서본 적이없었다。 實例로서 「스리」나 「上海의記憶」에있어서 나의 態度는 義憤이고 「金講師와T敎授」의 김만필에게 對한 作者의 態度는 同情에 지나지못하는것이다。

그러나 이短篇集에도 보면 「金講師와T敎授」가 昭和十年度作이고 그뒤옛것이 모두 昭和十三年度以後作인것과 마찬가지로 氏는 「金講師와T敎授」가 一世의 好評을 博하뒤로 約一二年間 作品을 쓰지않었다。 이原因은 무엇이였는지 잘알수없으나 내臆測가 타서는 氏가 現實에 對해서 항상가지는 義憤과 同情이란 作家的態度가 昭和十年頃이란 時勢에 부드처서 「金講師와T敎授」같은作品을 쓴것을 한개의 頂點으로 하고서는 外部的으로나 內部的으로나 다시 더發展할餘地가 없는때문이 아니였든가한다。 그러므로 아직도 나는記憶하거니와 언젠가 어느酒席에서 나는 半醉한 김에 「왜 小說을 쓰지않으시요、 뭐 「金講師와T敎授」가 세상에서 떠드는것과같이 그렇게傑作인줄이시요?」하고 失禮인줄알면서도 한번 挑動을 해보았다。 그랬더니 氏는 언제나 謙遜한 態度그대로 「네 인제보십시요 꼭 하나쓰겠습니다」하는 것이였다。

그뒤에 꼭 하나쓰겠다고 쓴作品이 무엇인지는 잘 모르겠으나 何如間 그때가 바로 氏에게 있어서는 「金講師와T敎授」까지 지켜온 觀念的인 作家的態度로서는 作品을 構成한안없는 地境에 까지 이르렀는데 그렇다고 해서 이때까지 自己가 가지고있던 觀念을 蛇殼과같이 버서 버릴수는 없는 그러한 危機가 아니였든가고 생각한다。 다시말하면 이때까지의 自己의 觀念은 그래도 周圍의 雰圍氣에 휩쓸려서 高揚도되고 深化도되여 作品을 만들수가 있었으나 차차로 그 雰圍氣가 稀薄해지고보니 그觀念은 作品上에 死骸와같이나 硬化해버리고 그렇다고해서 그觀念을 떠나 아무런 批判이 檢討가없이 그대로 日常的인 生活을 그리기에는 創作的인 앰비슌이 생기지안는 그러한 窮地에서 어떻게해야만이 할 危機를 脫出해서 새로운 合理的인 自己의 文學世界를 建設수있을 까하는 그러한暗中模索期가 바로 「金講師와T敎授」以後 一二年間이나 創作을 中止한 時期가안인가한다。 이러한

點에서 氏는 李孝石氏에 比較하면 作家로서 氏는 더 미련한편이다、왜 그러냐하면 李孝石氏도 一時에는 「露領近海」 좀 내려서는 「豚」 같은作品을 쓰니지마는 그뒤 時勢와 自身은 돌보고서는 곧 「모밀꽃필무렵」 이니 「聖畵」 니하는 一聯의 作品들을 가지고서 오늘날 「花粉」 의 世界에 이르기까지 아무런 苦悶이없었다、그러나 氏는 오늘날에 이르기까지 대개로 그觀念의 處理問題에 苦心했다는것은 氏의 近作인 「滄浪亭記」 에서도 볼수있는것이다。 라고 하는것은 「滄浪亭記」 는 氏의 作風으로서는 唯一한 로맨틱한 作品이다。 그러나 만약 이러한 테ー마를 李孝石氏에게 맞긴다면 「滄浪亭記」 보담은 훨신 더 꿈에 가잡게 그렸을것은 의심없는 事實이니 이것은 作家의 個性의 差異라고 하드래도 作品의 構造로보아서 滄浪亭의 風景과 그主人 西江大臣의 印象과 其他 모든 事實이 不過七八歲밖에 안되는 主人公인 少年에게 印象되고 記憶된것이라는 것은 넘우나 誇張에 가가우리만치 歷歷하고 條理있는것이다、그래서 언젠가 한번 私席에서 氏를 맞났기에 그主人公의 나이를왜 그렇게 어리게했느냐고 무렀더니 氏의 대답이 만약 나이를 좀 만케하면 그時代에 對한 批判이있어야 하겠는데 될수있으면 그때 그일을 아무 批判없이 그대로 그려보려고 한때문이라고 했다。

그러나 여기서 問題되는 것은 그主人公의 나이가 많고 적은데서 이作品이 더 自然스러우냐 不自然스러우냐 하는 그것이아니라 氏의 創作態度는 아직도 批判的이기 위해서 얼마나 用心하고 있나하는것을 엿볼수있다는 것이다。

勿論 우리가 作家에게 對해서 現實에 對한 批判的態度를 非難하는것은 決코아니다。 그러나 氏가 本誌創刊號에 실린 「山中獨語」 에서도 말하였지만 作家는 어떠한 事件이나 人物에 對해서던지 愛憎을 느껴서는 안된다고 한바와같이 事實 氏의 近作인 「滄浪亭記」 「어떤夫妻」 「痴情」 「가을」 「나비」 같은 一聯의 作品은 「金講師와T敎授」 以前엣作品과같이 事件이나 人物에對해서 미리부터 義憤과 同情을 準備해가지고 創作過程에 드러서지 안했다는것은 確然히 看取할수있는 것이다。 이러한 意味에서 氏의 文學行程은 「金講師와T敎授」 를 가지고서 前後兩期로 논할수있는데 그러면 氏가 後期文學의 出發은 어디를 向해서 떠났느냐 하면 氏의 宣言에 依하면 「事實의 文學」 을 探求하기위해서 「是非의遍歷」 의길을 떠난것이다。 勿論 이길은 「批判의 文學」 을

樹立하기위한 「觀念의圖式」과는 딴건이다。

勿論 나는 氏의 말하는 事實의 文學이라는 것이 具體的인意味에 있어서는 무엇인지를 잘모른다。 그러나 文學이라는것이端初에 있어서 觀念的인 것이고 究極에 있어서는 批判的인 것이라면 觀念이 批判에까지 이르는過程. 그觀念이 批判으로 形成되는 地盤은「事實」이 아닐수없는 것이다。

그러나 이때까지 우리文學이 往往히 제가 가진觀念에 適當한 成果인 批判을 가지기에焦急해서 그中間에 놓여있는 「事實」을 選擇하고 制限한 때문에 우리文學的 地盤은 疲弊했고 따라서 그成果는 豐饒하지 못했든만큼 지금 우리가 到達한 그文學的終點에서 다시 도라와 이때까지 우리가 選擇하고 制限한 그事實의 世界를 아무런 選擇이나 制限이없이 한번 다시 遍歷한다는 것은 賢明한일이 아닐수없다。 지ㅣ드가 그日記가운데서 「우리는 아모 외심없이 그냥 지나처올나온재(嶺)를 또 얼마나 다시 내려갓다가 올라와야할 것인가」 한것과같이。

그러나 우리의 過去文學이 觀念에서 出發해서 批判으로 다라나기에 急했던 때문에 疲弊했던것과 마찬가지로 만약 우리文學이 그批判이라는 것을 두려워해서 事實의 遍歷에만 熱中한다면 그때 우리文學의 過度한 肥滿症은 무엇으로 治療할것인가 이것은 非但 氏個人의 問題가아니라 實로 氏와 系譜를 같이하는 作家들의 共通한 當面의 問題이다。

그러므로, 이러한 作家들이 새로운 自己文學의 世界를 開拓해나가는 唯一한 道具로서 레아리즘을 堅守하는 것은 또한 當然한 일인同時에 氏 亦是 市井의 遍歷을 宣言하면서 레아리즘을 가지고 나온것은 決코 偶然한일이아니라。

그러고보니 이러한 意味의 레아리즘이란 벌서 事實을 事實대로 그리는것이 아니라 있는 事實에서 무엇을 차질까하는 批判의 要素를 가지면서도 무엇을 있는事實에 붓칠까하는 것과는 스사로 다르지않을수없는 것이다。

그러므로 事實에서 무엇을 차지려고 하는努力、이것은 나는 文學精神이라고 하는데 이文學精神은 한개의 劇藥과 같은것이다。 다시말하면 우리가 許多한 事實가운데서 作品이 事實에만 耽溺한다면 그作品은 肥大하지아니할수없는 것이다。 그러므로 이過度한 脂肪을 排除하기 위해서 연마간의 劇藥을 쓰는것은 좋으나 또한 그劇藥이 過度하면 作品이 疲弊해지는 것이다。 이例를 「放浪者記」에서 본다면 西江大臣의 大祚난밥에 主人公의 아버지가 西江大臣의 經

旣은 이야기하는 場面은 劇藥이 適量했지마는 主人公의 나이를 일부러 어리게한 作家의用意는 劇藥의 過度가 아니랄수없는 것이다. 더구나「어떤夫妻」와「痴情」에있어서(이것은 본래한作品으로 發表上 形便에따라 두作品이 되였다는 附記가있으나)「痴情」의 最後場面「이이가 믿었나」하는 데서는 무어 뚝부릇나게 무엇을 차지려는 努力이보히지안컨마는「어떤夫妻」의 끝에 지ー드의「文學과倫理」의 한대목을 借用한 것보담은 얼마나 切實한 느낌이있으며 主人公의 現代的 生活心理를 그리려고 애쓴「가을」보담 아모런 意圖도 보히지안는「나비」가 作品全體로서 얼마나 圓滿한 느낌이있는가?

그러고보니 文學은 이러한 文學精神을 疎外할사록 偉大하다는 奇怪한 論理같이 들리나 藝術은 첫재 濃度요、다음이 調和인것이다. 다시말하면 蒸溜水에서 연꽃치못피고도랑에서 龍이못나드시 먼저 現實的濃度가 없으면 藝術이 못되는 同時에 그現實的濃度가 文學精神의 調節에 따른 한개의 調和를 엇지못하면 또한 文學이 될수없는 것이니「痴情」과「나비」를「어떤夫妻」와「가을」에 비겨서 더 높이 評價하는 것은 바로 이런意味로 하는말이다.

그러므로 레아리즘에 있어서 제일 먼저 重要한것은 現實的濃度이다. 그다음에 이 現實的 濃度를 調節하는 文學精神은 自然스러이 오는것이라고、迷信的으로 생각해도 좋은것이다. 그러나 여기서 내自信과 이作家의 榮譽를위해서 이말을 敷衍해야 할것은 現實에서 무엇을 차지려고 하는努力 그것이맛치 文學을 잡치는 兇器와같이 아는 工匠的 徒弟에게는이말이 通하지 안는것이다. 그리고 이말이 이作家에게만 適用되는것은 다름이아니라 이作家에게는 現實的濃度를 攝取하는힘보담 現實을 보는눈이 더큰때문이다、다시말하면 事實에의 誘惑보담 그文學的 精神이 더 强烈한 까닭에 作品이 瘦瘠하기쉬운때문이다.

그러므로 우리는 이作家로 하여금 아직 좀 더 市井에 遍歷하도록 기두려도 좋을것이다.

(인문평론 제4호, 1940. 1)

評論家로서 作家에게 보내는 便紙

作家 俞鎭午氏를 論함

安 含 光

「評論家로서 作家 俞鎭午氏에게 보내는 便紙를 쓰라는것이 編輯部의 부탁이다。 그러나 俞氏와 나사이에는 氏의 主幹文學季刊」의 原稿를 中心으로한 極히 事務的인 편지가 一二次 來往하였을뿐、아직 단한번의 面識조차 없으며、따라서 氏의 生活에 關한 나의 知識이라는것은 氏가 城大設立以後의 唯一한 秀才이라는것과、現在는 普專에서 法學의 教鞭을 잡고있는 一方、수척한 健康도 돌보지 않고 밤늦도록 冊床과 씨름하는 精力家라는 俞의 極히 現象的인 部面에 屬하는것以外에 그 아모것도 아니다。

그러기때문에 여기에 어떤분이있어 一定한 作品行動에 對한 理解는 當該作家의 實生活面에 對한 透徹한 知識을 同伴함이 없이는 決코 完璧의것이 될수 없다고 나의 無準備性을 叱責한다고 하면 나는 이번의 이 붓대만은 自體의 準備가 整頓되는 그어느 時期까지 胸속에 곱게 保管해 두는것이 좋을는지도 모른다。

그러나 作家의 實生活에 對한 知識의 必要(一)라고 하는것은 境遇의 如何를 莫論하고 相對的意味에서만 그意義를 가질수있는것은 勿論, 더욱이 今日과 같은 歷史的時期에 있어서는 그러한것에 對한 透徹한 探知라는것은 至極히 困難한 墨霧中의 하나가 아닐수 없겠다고 생각한다。

이에 氏의 健實한 文學的人格, 優秀한 藝術的香氣, 그리고 信念의 進步性等에 對하야 恒常 敬意의 一念을 가지고 있든 者의한사람인 나는 自身의 無理偏性을 돌봄이 없이 이처럼 編輯部의 請托을 받아드려 不肖에 抱持해오든바 所感의 斷片을 軌道없이 이야기 해나가려 한다。

파시즘化의 危機에 對한 안티·파시즘의 政治的性格을 갖고 登場한 佛蘭西知識階級의 擡頭가, 마츰내 日本같은데서는 아직까지 「藝術派」라고 命名되든 作家 批評家들에 依해서까지 「이데ー」의 새로운 探究라는 面에서 影響되면서 있는 反面에 朝鮮의 中間派藝術家들은 입으로는 將來할 朝鮮文學의 擔當者일것을 宣言하면서도 實質에 있어서는 世紀的偏見과 「이데ー」의 喪失을 自己文學의 性格으로 함에 依하야 오히려 人間的矜持를 느끼려는 特徵을 發露하고 있다。

勿論 筆者의 이러한 말은 決코 現今日本에서 喧騷히 이야기되는 「行動的意慾」「能動精神」「意志的리베라리즘」이라는것等에 對하야 [illegible] 가지고 있다는 意味로서가아

니라 朝鮮에 있어서의 인테리겐챠들은 다른나라의 인테리겐챠와는 特異하게 進步的文學에 對하야 思想的護道를 가지는것도 同作者的意慾을 가지는것도、또는 別個의 視角에서나마 좀더 社會的인 積極性을 가지는것도 아니라、다만 進步的文學에對한 蛇蝎視와 敵愾의 中傷이라는 「一点」에 依해서만 特徵붙어 지어있다는 것을 意味한다

그러나 이러한 雰圍氣의 根源地帶에 本籍을 두고서도 오히려 그出發當時부터 不絶히 「眞實」을 求해온作家、——歷史이 正當한 前進을 꾸준히 圖謀해온 旗手로서、우리는 作家 俞鎭午氏를 듦에 아모런 躊躇도 가지지않는다。

朝鮮푸로文學의 全發展行程에 있어 氏야만로 民村 李箕永氏와함께 不絶히 前途의 一路에서 그自身을 키워온 作家中의 한사람이다。

여기에 不滿을 갖는사람이 있다고 하면 그는 아직도 「캅프」의 組織的理論을 金科玉條로 하는사람만이 가질수있는 偏向이다。

往時 朝鮮에는 몇개의 이데오로기ㅣ的城壁이 우리의 文壇을 明確히 區劃하여 준일이 있다。大別하면 「캅프」派 民族主義文學派 世禱 海外文學派等으로 區分된다。

그때에 있어 作門는 이데오로기ㅣ的 城壁밑에 不絶히 興奮된 批判을 繼續하여왔다。이는 勿論 各自의 主觀的意圖도서가아니라 客觀的理由가 强要하는바 必然한 現象이 있든것이니 푸로文學은 이러한 混亂가운데서 그의 一定한 方向에로의 緊張된 進展을 遂行해왔다。

그러나 一面、「캅프」派가 經綸的인 思慮를 全的으로 欠如한 投彈一貫主義의 敢行에서 自己의 가슴에 抱擁해야한 部隊까지 커

멀니 彼岸으로 排除、絕交해버린것이라든지 外廓的作家에게 對하여는 當該作品의 藝的評價를 나리기보다는 한개의 組織的 렛텔을 唯一한 看板으로 裁斷해버리는 섹트的偏向은 이제 새삼스러히 指摘、論難할것까지도 없는것이라생각한다。

要컨댄 作家 李氏(俞鎭午)이 「캅프」에 在籍하시아니한 外廓的作家이었다고해서 그 作品의 優秀한 地位를 評價함에 조곰치라도 吝嗇한 態度를 가질수는없다는것이다。

여기에서 우리는 氏의 作品行動의 系列을 다시한번 想起해봄이 좋다。

「스리」(昭和二年「朝鮮之光」五月號)「把握」(昭和二年「朝鮮之光」七、八九月號)「搬路者」(昭和二年「朝鮮之光」十、十一號)「三面鏡」(昭和三年「朝鮮之光」二月號)「밤 다이의 沈黙」(昭和三年「朝鮮之光」三、四月合併號)「黎명과 黎明」(昭和四年「朝鮮文藝」二月號「五月의 求職者」(昭和四年「朝鮮之光」九月號)、그리고 그後의「女職工」「朴敎授」「五月祭前」等에서 最近作「T敎授와 金講師」「將看護婦長」「秋菓祭」에 이르기까지、氏의 作家的 信條를 貫通하고 있는 한개의 特質은、現實的矛盾에 對한 ××的正義感과 새로운 世界에로의 意慾이 그것이다。이러한 作家的意圖의 進步性이 氏의 藝術的 天賦과 相俟하야 氏의 作品에 있어서의 優秀한 藝術的形象化를 招致한것은 두말할것도없다。

그러나 氏는 한번도 푸로作家 내노라고 웨친적은 없다。組織의 範疇아래서 푸로作品 푸로作品하고 自家宣傳만하면 푸로作家가 되는거와 같은 幻想의 雰圍氣가운데서

氏만은 作品의 質을갖고 푸로레타리아ー트에 近接하려는 自體의 誠實을 保持하여왔다。

그러기때문에 氏는 階級的界線에 있어서의 自身의 位置에 關하야 正確한 認識을 가저섰든것이니 氏는 結局 한개의 인테리에 不過하다는것을 꿈에도 否認해본일은 없는것이나아닌가고 생각한다。

이러한 事情을 나는爲先 氏의作「스리」가운데서 看取할수 있는것이라 생각한다。

S新聞記者 K로부터 「푸치·뿌르」라는 罵倒을 當하였을때 作品의히로ー「나」는 甚히 不快했다。그리하야 自己의 財力上에 있어서의 位置와 意識上으로본 自己와의 照明에서 自己에게 對한 K의 罵倒에 그는 內心抗拒한다。

그러나 거리의 提琴家를보고 中世紀의 漂泊詩人、放浪의 音樂家를 聯想하든 그가 그 提琴家의 音樂은 結局 한盞에 十錢짜리[illegible] 맥酒를 팔기위한 前提的道化役이라는것을 看破하였을때、그는 입속으로 徹底하게도 뿌르根性을 가진 自己를 卑下하였다。

「나의 공상까지도 이렇듯 귀족적 탐미시인적이었든가! 중세기의 환영은 깨졌다。내눈앞에 선것은 방랑의 시인도 음악가도 아니다。그들의앞에는 아름다운 처녀도없고 그들의 가슴에는 피어나는 꽃받도없다」

이곳에 인테리的 限界와 偏見에 對한 自省이, 現實場裡에서 그閃光을 發散하고 있음을 본다。그와 同時에 이良心的인 自省이 虐待받는 者에게對한 同情의 表象에로까지 到達하고 있음을 본다。

「피가 안날가。밤마다 밤마다 자칭이넘도록 커렇게 목을짜고서。다세인밤。걷눈만 지갑。무거운발길。단간셋방。장마。관더위。곰팽이。까불까불하는듯잔밑에 그들은 검은피덩이를 잃지않은가, 뭇껏, 찌는공기—죽엄의 죽엄 죽엄의노래 죽엄의행렬……」

그러나 이러한 新興에 對한 作者의 同情은 한낫의 道德的感傷性을 帶同함에 不過하였든것이니 該作品의 히로—「나」는 「장마끗하는 무거운 구름새이로 보기싫은 갓인듯이 깜박 깜박 하는 별하나를 치어다보며, 地上의 矛盾을 기—르게 한숨짓는다。

이에 比하면 「把握」은 훨신 數段의 進展세를 보여주는 作品이 아닐수없다。

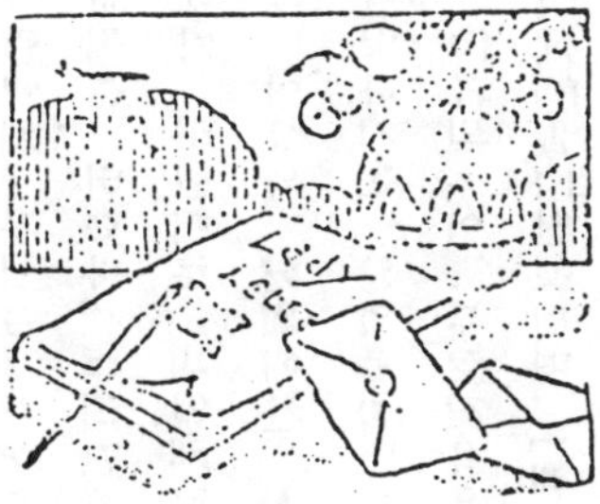

遠大한 理想과 深刻한 抱負를 갖었든「태호」는, 家庭事情에 依하야 어떤 農村의 小學校先生으로 赴任되였다。 여기에서 俗物的으로 墮落되면서있는 自己의 초라한 모양을 悲觀도 하였으나 그는 自行하야 얻은 아츰 언손을 입김으로 녹이며 登校하는 어린 學生의 발자최에도 永遠한 봄이 싹트고 있음을 發見한다。 그러나 懦弱한 그는 結局 그 가운데서도 偽善的敎育家로서의 自身을 發見한外에 그아모런 所得도 갖어오지 못했음을 悲觀하고, 小作農으로 小作農에서 다시自身의 飛躍을 위하야서울로(—) 이렇게 轉轉한다。

그러나 나의 보는바에 依하면 「태호」는 그아모것도 把握하지 못했다。 다만 把握하려는 苦悶의 行脚이 따노라마와 같이 展開될따름이다。 懷疑와 自摘! 이것이 苦悶의 行脚을 一層더 深刻케한다。

「희생이 무엇을 갖어오느냐。 사람마다 희생에 살면 희생은 사람에게 생한다는 생활을 갖어오겠지。 그러나 한사람은 희생에 살고 한사람은 자기 육신에 살때 희생이

사람에게 무엇을 갖어오느냐。(中略) 그는 교직을 버렸다。그리면 교원의 의자는 태호가 버린대로 뷔인채로 있었든가。태호보다 이상의 허위에찬 사람이 그것을 미신진령하지는 않었든가」

作者의 이 부르짖음은 正히「태호」自身의 懷疑的告白인것이며、「태호」自身의 이懷疑的告白은 決코 어떤論理的事實에 依하야 規定되여진것이 아니라、「태호」自身의 經驗的事實이 비저내준 한개의 삐저린膵物이라는 것은 記憶하지않어서는 아니될것이다。 이와 同時에「태호」自身의 이러한懷疑! 또는 苦悶의 行脚은 決코 東洋人的諦觀思想이거나 또는 自棄의결과 通하는 無力한그것이 아니라、그와는 反對로 暗箭의 苦悶과 受難가운데에서도 오히려 은근히 번득이는 希望의 눈초리를 잃지지안는 青年的情熱의결과 通하는「푸라스」의것이었다는것을 認識하지 않어서는 아니될것이다。

이리하야、「태호」自身이 그아모것도 把握하지못하고、다만 把握하려는 苦悶의 行脚을 繼續하였음에도 不拘하고 이作品이 前作「스리」보다 優秀한 理由가 숨어 이곳에 胚胎되여 있는것이라 할것이다。

그러나 氏의 作品行動을 그의全系列에서. 볼때 우리는「五月의求職者」를 分水嶺으로 한 그以後의 作品에서 氏의 作家的地位를 보담 斬신롭게 評價할수있는것이라 생각한다。

그는 氏가「五月의求職者」에서부터 비로소 社會的모틔ー브에 置重하였었다는 類의 見解로서가 아닌것은 두말할것도 없다。社會的 모틔ー브의置重(ー) 이것은 氏의全作品行程을 始終如一하게 貫通해온 作家的特質로서 「三面鏡」과같은 一個스케취에 있어서도 習作을 決코 凡俗하게 取扱하지는않었으니가!

다만「五月의求職者」以前의 諸作品에있어서는 道德的感傷性、勞働者的善良心의 過度한 强調、歷史的現實에 對한 主觀的叫喚性…等에依하야 그焦點이 不統一 不正確等의 表現에서 完全히 自由로울수없었든것임에反하야「五月의求職者」以後의 作品은 그焦點이 모ー든 過去的曖昧性을 剝脫한 明確한 面貌로서 나타나기 始作했다는것을 特記하지 않어서는 아니 될것이다。

作者의 肉聲을 듣는듯이、숨막히는 壓迫感을 느끼게되는「五月의 求職者」로부터 優秀한 藝術的形象을 帶同한「女職工」의 志向、그리고 劃時期的意義를 갖이는 時期的作品「五月祭前」等의 行程을보라! 이것들은 푸로文學의 過去를 裝飾하고있는 貴重한 作品임에 틀림없다。

紙面의關係로 이것들에 關한 具體的批評은 省略하고 넘어가거니와、이곳에서 또한가지 論及하지 않어서는 아니될것은 無技巧의 技巧를 말하든 氏의 作家的信條는、「言語의淳朴性」을 自體의 屬性으로하고 있다는것이다。

一切의 言語의遊戲를 氏는 實踐的으로 排擊해왔다。그러나 이말은決코 氏의 作家的實踐에 있어 言語에 對한 關心이 稀薄하며 探求力이 不足하다는것을 意味하지는 안는다。

다만 氏에 있어서는 言語의 美的修飾을 技巧派藝術家에게 있어서와 같이、修辭學的인 主觀主義的情熱만의 問題로서 한것이아니라 作家의 現實的態度와의 結付에서 그을 探究해왔다는것을 意味한다。이리하야 吾人이 말한바 「言語의 淳朴性」이란 곧「言語의 眞實性」을 意味하는것以外에 그아모것도아니라는것은 두말할것도없다。

그렇다! 氏의 作品을 貫流 律動하고있는「言語의眞實性」(一)，그는 얼마나 現實認識의 眞實性을 躍如하게 表現하고 있는것이랴!

이곳에서 氏의作品上에 있어서의「言語의淳朴性」(眞實性)에對한 朴泰遠氏流의 非難―即「小說家의小說」이 아니라는 侮蔑的言辭는 한개의 默殺的對象밖에는 되지안는다。

過去 어느時代의 藝術家가 自己藝術의 偉大性을 氏等과같이 修辭學的인 主觀主義的措辭만에 依한 言語의 美的創造로서 圖謀하려 하였는것인가?

쉑스피어를보라! 페―테를보라! 푸쉬―긴을보라! 그리고 발작크를보라! 그들은 勿論 藝術形式의問題에있어 自己가 偉한나라의 言語革命의 旗手로서 登場했다。그러나 그누가 氏等과같은 主觀主義的態度로서 「言語」의 處女林에 臨해섰든가? 그들보담 健康한 藝術的目的의 成就를 위하야 進步的意識의 方向을 隨伴하는 一切의 因襲的言辭의 束縛에서 解脫하려는 積極的行動으로서가 아니었든가?

여기에서 우리는、「言語問題」를 中心으로한 氏의 非難의內意에는 作家 玄氏의 傾向性에 對한 敵意가 潛在되여 있다는것을 否破하기에 아모런 困難도 느끼지안는다。

이와같이 朝鮮平로 文學의 發展過程上에있어서의 作家 玄氏의 優秀한 地位는 如何한 中傷과 데마가운데에서도、徹底한 誠意밑에 擁護되지 않어서는 아니될것이다。

그러나 氏의 最近作에서 우리는 奇怪한 停立相을 보지는 안는가! 勿論 昨年에도

「丁教授와 金講師」와같은 優秀한 作品을 發表했고, 이作品은 昭和三年에 發表한 「넥타이의沈默」과함께, 인테리 問題에關한 別個의 獨立된 論文을 우리들에게 要求하고있음을 잘알고있다.

그러나 最近作 「老不認婦長」 「黃菓」等에서 停立의 憂鬱한 表情을 看取하고있는것은 唯獨作者個人에게만 局限된 편벽된 所感일가!

勿論 氏의作品行動에 있어서의 最近의 停立相(!) 그것은次코 레아리즘問題의 擡頭와함께 多大數作家가 어처구니없이도 빗그리커버린 平俗한 世界에로의 後退가 아니라 그와는 反對로, 今日과같은 困難한 環境的社會的制約의 渦中에서 그障壁을 踏고나선 眞摯한 作家的努力이 招致한 한개의 過渡期的停立이라고 筆者는 생각한다.

이러한 意味에있어서 上昇의一路에서 展開될 氏의 作家的譜表에 重大한 關心과 期待를 보낸다.

그러면 紙面의 關係로 한새거름式의 이야기를 이近處에서 끝으며, 氏의 健康을빈다.

(新東亞 제54호, 1936·4)

柳致眞論

*

現實가운데 나서 現實 가운데 죽는다는것은 사람에 따라 여러가지 意味를 가질것이다。

或은 즐거울수도 있고、或은 괴로울수도 있고、때로는 別로 아무러치도 않을수도 있을것이다。

그러나 우리는 個體로서 이 地上에 生을 享受하는 瞬間부터 最後까지 恒常 現實의 한조각이었으며、또한 그 自體가 벌써 하나의 現實이었다。

이곳에 「삐알이티」란 實로 戰慄할 音響을 傳하는 말이다。그것은 우리에게 있어 單純히 生의 意味었을뿐만 아니라 存在 그것의 宿命이었다。

그러므로 文學이 어떤 意味에서이고 現實的이었다는 말은 그것이 個性와 外界가 接觸한 여러가지 表現이 었다는데 根據가 있다。

그러치 않으면 文學이 人間의 不絶한 生命을 記錄한 表現이 될리는 萬無한 것이다。

이 말은 決코 내가 한 사람의 同時代 作家를 論함에 있어 일부러 讀者의 注意를 넙온데로 이끌어 한장의 조그만 肖像을 그려내며 함에 있는것이 아니다。

오히며 같은 하늘아래 呼吸하고 있는 一劇作家의 「시두엘」속에 내 自身의 擴大된 그림자를 찾아냈기 때문이다。

지나간 (昭和十二年十二月) 東亞日報新年座談會는 實로 그와 나와의 奇異한 精神的邂逅의 一場面이었다。 나는 當時의 速記가 이 한개의 뜻깊은 精神的 「시튜에숀」을 記錄치 못함을 嗟歎하고 싶다。 그의 그리 能熟치 못하고 若干 떨리는듯한 辯說에서 나는 가장 眞摯한 現代 作家의 告白을 들을수가 있엇다。

…「레알이즘」! 그것은 現代文學 위에 무엇을 寄與하느냐? 나는 제 作品속에 漸漸 깊어가는 暗黑과 絶望을 찾아낸데 지나지 않었다。 그것은 아마 나의 罪過라기보

다도 現實의 罪過인것이다。 現實 속엔 암만 찾아도 光明과 希望은 없엇다。 그러면 544
光明과 希望이 없는 現實 속 住民들에게 文學은 역시 暗黑과 絶望을 도두 선사해야 하느냐? 나는 그런때문에 文學을 한다고 믿지는 않는다。 文學은 暗黑에 싸인 大地 위에 一點의 光明을 던질수 있는데 存在理由가 있지 않으냐?

그러니 前者과 같이 「레알이즘」은 現在 우리에게 있어 絶望을 찾아내게 하는 方法은 될지언정, 希望을 차자내는 길은 아니된다。 오늘날에 있어 現實이란 絶望의 源泉에 지나지 안흐니까。

그러므로 나는 어떤 浪漫精神이란것을 생각하고싶다。……云云

그러나 三文의 聰明이 聯想할수 있듯 나는 浪漫精神 云云의 一句에서 그와의 共感을 發見한것은 아니다。 오히려 내가 그와 더부러 이 곳 現實 위에서 아름다운 果實을 한알도 주어보지 못한 不幸한 藝術家란 一點에서 血緣을 意識한것이다。

그의 告白 가운데엔 「레알이즘」에 對한 不信이라기보다도 現實의 價値에 對한 絶望이 울리고 있엇다。

그러면 일찌기 우리가 土地를 사랑하는 農民처럼 現實에 執着한것은 무슨때문인가。그것은 아직 우리가 現實의 價値를 몰랐던때문인가 하면 決코 그러치는 않었다。우리는 본디 이 現實을 快適한 場所라고는 믿지 않었음에 不拘하고 未來의 萌芽를 胚胎한 大地라 믿었기 때문이다。

그러기때문에 「버드나무선洞里風景」 以後의 「소」「姉妹」等 諸作은 實로 勤勉한 耕作이라 할수 있었다。

그러나 우리는 作者 自身이나 一般이 朝鮮 現實의 充實한 描寫라고 생각는 이 作品들이 果然 現實의 價値를 摘出할만큼 날카로운 연장이었는가를 反省하지 아니할수 없다。

바꾸어 말하면 現實의 價値를 疑心하기 前에 또는 그것을 表現하는 文學의 方法을 懷疑하기 前에 제 自身이 얼마만한 程度의 「레알이스트」이었는가를 吟味의 第一對象으로 삼지 않으면 아니된다。

反省이 함부로 모든 價値를 믿지 안는 부질없는 懷疑에 떨어짐은 우리는 極度로 警

成한 必要가 있다。 왜 그러냐 하면 反省이란 名目으로 흔히 사람들은 自己 以外의 모든것을 믿지 안는 대신 제 自信을 盲信하는 어리석은 狀態에 빠짐으로이다。

「제 自身을 알어라!」

무엇보다 먼저 나는 이 命題를 現在 우리들에게 切迫한 第一 命題로 잡고싶다。

現在의 作家들에게 「제 自身을 알라?」는 命題의 意味는 무엇보다 제 業蹟의 再檢討가 아닐수 없다。

反省은 언제나 具體的이다。

*

率直히 말하거니와 그 作品들이 戱曲이 었기에 망정이지, 萬一 小說로 씨워졌다면 朝鮮文學의 最高到達點에 미치지 못하는것이라 나는 생각는다。

主題上으로 본다 하더라도 出世作 「버드나무 선 洞里의 風景」을 爲始하여 「소」「姉妹」「祭祀」等 諸作은 家長的 農村의 劇的 崩壞라든가, 無辜한 子女들의 悲劇이라든가 私有慾이 빚어내는 여러가지 喜悲劇이라든가, 貨幣의 偉大한 힘이라든가, 재世

界가 일어서면서 헛치는 深刻한 波紋이라든가를 獨創的 角度에서 그린作品들은 아니었다。

이런 弱點은 그의 戱曲이 새로운 意味를 갖는 藝術的 人物을 한사람도 創造해 내지못한데 가장 뚜렷한 藝術的 痕跡을 남겼다。

農民의 一家、팔려가는 딸、惡德舍音、亡한 兩班、돈 모은 賤人、不幸한 酒女性、苦惱하는 新女性等等 過去 十餘年間 朝鮮 小說위에 許多했든 人物들이다。

그러나 나는 이러한 人物들의 藝術的 價値가 이미 過去의 것이라든가、그런 平俗化된 人物을 再使用한것만을 非難하는것은 아니다。

要點은 그전 作家들이 여러 모에서 주물러 벌써 類型이 될나는 人物들을 새로운 照明下에 비처 類型으로서의 外皮를 깨뜨리고 그 眞正한 새 生命을 再發見하지 못한데 있다。

例하면 小說「故鄕」의 價値가「마동이」、「방[illegible]」等 一聯의 새 人物을 創造한데만 있는것이 아니라、實로 그전 農村小說에 許多히 登場했든 金喜俊、安承學等을 새 視

術에서 再吟味한데 오히려 作家의 功績이 빛남과 같은것이다。

오직 致眞의 劇作家로서의 獨自性은 그가 「드라마티칼」한 「시튜에숀」가운데 이런 人物들을 再行動시킨데 있다 할수 있다。

이것은 文學에 있어 「쟝르」의 差異로 생기는 獨自性이지 創造的意味의 獨創性은 아니다。

그러나 「쟝르」的 意味의 獨自性이 실상은 致眞으로 하여금 朝鮮劇文學의 새 時代를 開拓케 한것이며, 朝鮮서 가장 「유니크」한 劇作家로서의 名聲을 장만해준것은잊어서는 아니된다。

이것은 또한 朝鮮 劇文學 發達의 特異性, 바꾸어 말하면 水準이 幼稚했던 事實의 結果라 할수도 있을것이다。

그러나 戱曲의 眞正한 獨創性은 「고ー고리」, 「체홉」과 같은 獨創性이다。「檢察官」은 「푸우쉬킨」의 詩에도 小說에도 없는 새 世界이며, 「봐니아」는 「투우게네프」나 「톨스토이」의 小說에도 없는 새로운 境地였다。

그러므로 文學的 意味의 獨創性이란 詩人이고、小說家이고、劇作家이고、間에 여태까지의 文學世界가 몰랐던 世界를 發見함에 있다。 그러나 致眞은 決코 朝鮮 作家中 새 世界를 發見한 作家는 아니었다。 바꾸어 말하면 致眞은 다른 作家에 比하여 現實을 보다더 깊게 認識한 作家는 아니다。

이 事實은 다른 側面에서 보면 作家로서의 致眞이 우리 現實 가운데서 獨自의 生외方法을 가지고 있지 않았던 事實의 反映이라 할수 있다。 獨創的인 人間은 恒常 環境 가운데서 現實과 接觸하는 固有한 方法을 만들어 내는것이다。

致眞의 戲曲 가운민 分明히 이것을 反證할 詩的 情熱의 뜨거운 입김이 不足하다。

비록 그것이 架空의 理想을 품었다 하드라도 獨創的 人物을 創造하야 그 人物이 環境의 「레알이티」속에서 能히 부지할수 있느냐、敗散하느냐、하는、葛藤의 情熱만이 비로소 作者가 現實과 부디치는 血戰의 熱度를 傳達할수 있는것이다。

우리가 現實을 안다는 唯一의 길이 바로 「나」와 環境과의 熱火가 피는 葛藤 속이 아닌가?

그러므로 作者의 뜨거운 血脈을 느낄수 없는 作品속엔 作者의 安易하고 冷徹한 觀 550
察意識만이 빛나는 것이다。

실상 여태까지 寫實이 쓴 大部分의 寫實的 作品은 作者가 現實과의 葛藤의 所産이라기 보다는、식은 觀察의 所産이라 할수 있다。 그러나 單純한 觀察者에게 現實은 自己의 深奧한 秘密을 開示하지 않는다。

다시 말하면 作家의 앞에 새로운 創造的 世界가 展開되지는 않는다。

우리는 寫實의 藝術的 到達點과 現實意識의 水準은 密接한 關係를 가지고 있다고 斷言할수가 있다。

이것은 우리 現代 作家들의 共同한 性格이 아닐가?

나는 먼저 「레알이티」란 두려운 音響을 傳하는 말이라 하였다。 現實이란 作家에게 있어 하나의 말 以上의 肉體的인 意味를 갖는 때문이다。

우리가 제 方法으로 現實을 超剋하고 그것에 勝利하였다고 생각할제、 실상 우리는 등뒤로부터 現實의 逆襲을 받는 것이다。 現實은 우리들이 베푸는 希望의 教說의 空虛

함을 아프게도 摘發하는 것이다. 우리는 제 作品가운데 쌓아올린 希望의 塔이 헛됨을 느낄 때 우리는 처음보다도 훨신 깊은 虛無의 深淵으로 떠러지는 것이다.

「春香傳」의 脚色이라든가 最近의 力作 「皆骨山」은 옹색한 今日의 現實 대신에 歷史의 現實 속에서 自己의 꿈을 살릴 境域을 摸索하는 커다란 努力이다.

現實은 決코 致眞을 놓아주진 않았다.

「皆骨山」 가운데에는 決코 今日의 現實에서 致眞이 發見 못한것이 새로 發見되지는않았다.

致眞의 努力은 겨우 한사람의 朝鮮型 「해므렡」 麻衣太子를 만들어냄에 不過하였고, 그가 今日의 世界에서 構成치 못한 歷史的性格의 壯大한 葛藤이라든가 우리들에게發風과 같은 壓力을 갖는 個人의 運命을 그리어내지도 못하였다.

더구나 긴 戱曲을 읽고 우리의 머리속에 남는 한줌의 헛헛한 感은 그가 現代를 떠낫다는 섭섭함에 比하여 決코 덜하지 못했음은 어쩐 일인가?

作家가 今日의 現實을 떠나 다른 世界를 遍歷할 때라도 現代는 壁이 되어 그 作家

의뒤를 따르는 법이다。 致氏은 果然「哲骨山」속에서 自己가 뿌리쳤다고 생각는 現
代의 亡靈과 遊離하지 않았을가?

우리가 그 亡靈을 쫓았다고 생각한채、 亡靈은 그림자가 되어 우리의 발뒤꿈치에
붙는 것이며、 그림자를 잘라버렸다고 생각할제、 그림자는 어둠이 되어 우리의 온 周圍
를 둘러싸버린다。

現實이란 實로 作家에게 있어 惡魔와 같이 執着하는 것이다。

그러므로 나는 이렇게 생각한다。 우리가 오늘날의 現實 가운데서 文學한다는 것은
現實의 貧困이 낳는 하나의 人間的 悲劇에 不過하다。 그러나 이 悲劇을 避한다는것
은 더욱 더 큰 文學的 悲劇을 낳는다。

그러므로 차라리 이 悲劇을 文學의 源泉을 만들자。

그것은 우리가 우리 自身의 能力을 盲信함에서가 아니라、 다시 한번 現實 앞에 直
面하야 現實이란 亡靈의 秘密을 終局的으로 붙잡을 때까지 現實과 死를 賭하여 맞서
는데서만 可能한것이다。

이것이 우리들 各個가 開拓하는 生의 길인 同時에 藝術의 獨創的인 길이기도 하다。

더욱이 現代에 있어 「드라마」는 이런 苟蘇의 情熱없이 低劣한 小說과 어깨를 겨룰수가 없는것이다。

昭和十四年三月

동무를말함

柳致眞君

徐恒錫

동무를 말하기가 쉬운일일까。外貌와 行動같은 밖에 나타난것을 말하는것이면 동무가 아니라도 할수있는일이지만 적어도 동무로서 동무를 말하는以上 그外貌와 行動의 저속에 감취져있는 그무엇을 나의立場에서 가장값은 理解를가지고 觀察하고 批判하여야 할것이다。사람에게는 누구나 長點도 있고 短處도 있거니와 사람의長點을 말하기는 쉬운일이지만 短處를말하기는 삼가야할일이오 더구나 그사람이 친구인境遇에는 더욱 그런한것이다 동무를 말하기가 쉬운일일까。

그러나 마침 우리柳致眞君은 短處보다 長點을더많이 가지고 있으므로——그러기에 나의친구이다——그長點만을 들어말하기에도 나에게수어진 紙面이 모자랄 念慮가있으니 하필여기서 그의 短處까지를 끄집어내어 가지고이리니 저러니하고싶지않다。그의 短處에 對하여서나 혹은 때때로 失手가 있는 境遇에는 술그머니 옆구리를 꾹질러 사람없는곳에 끌고가서 그의귀에다 넌즛이 일러주려한다。그러기에 나는 그의 친구인것이다

우선 柳君의 화상부터 그리자 柳君이 美男子냐 아니냐는 볼찻이겠지만 토끼화상 그리듯이 주어대면 그생김새는 이러하다——키는 미끈하게 크고 그러나 어깨를 추켜세고 다니기때문에 등이좀 굽은듯한데 이것이 도리어 멋쟁이로 보여지는데 效果가 있기도 하다 얼굴은 길죽하고 눈은 적은편이오 목소리는 테너요웃을때에는 풀풋소리가난다。

柳君은 興奮하면 불덩어리가 되었다가도 금방누그리져서 연방 우슴과 손짓을 섞여가며 말할때에는 아주 재미가 난다。그는 好人이요 어떤點에서는 어린애같이 天眞한 사람이다。

언젠가 劇藝術研究會同人들끼리 모아놓다가 갈려질때에 그가 自動車를 타고가게되었는데 車中에 뛰어오르려니 곧이나케 窓을 내리고 손手巾을 끄내흔들면서 마치 멀리떠나는 사람이. 愛人이나 作別하는듯한 誇張된 表情과 動作을 하므로 우리들 모두가 이喜劇——아니 悲劇이라할까——에 失笑한 일이있다。 서울거리의 분비는 自動車가운데서 이喜劇을 갑작이 演出하야 實演까지 한것은 柳君이 아니면 어려운일일것이다。 柳君과 같은 작난군이 아니면 또그와같이 演技에 能한사람이 아니면。

여기서 柳君의 經歷을 좀 이야기해보자。 그는 朝鮮의 베니스라하는 統營邑에 나서 大學은 東京立敎大學 英文學科를 마치고 特히 愛蘭劇에 對한 造詣가깊다。

나와 처음알게된것은 五年前 劇映同好會라는 이름으로 東亞日報社에서 演劇映畵展覽會를 開催하였든때요 그때부터 우리는 劇藝術研究會의 同人으로 자주만나게 되었다。 그는 昨年에 東京에가서 一年동안 演劇을 硏究하고 지난五月에 도라와 지금 劇藝術硏究會 實踐部演出幹部로 活躍하고있다。

演劇과 그는 매우 가깝다。 쇼오의 「武器와人間」 피란델로의 「바보」 에 主演하야 演技者로서의 뛰어난 技藝를 보였고 유진•오닐의 「고래」 와 카이제르 · 「유아나」 等을 演出하야 이에또한 演出者로서의 卓越한 솜씨를 보였으며 「土幕」「버드나무선洞里의風景」「당나귀」「貧民街」「소」等의 戱曲을써서 最近의朝鮮劇界에는 거이獨步하는 感이있다。

그런데 여기에 劇作家柳致眞君과 動物戱曲과의 奇妙한因緣을 紹介하겠다。 그의 演出한것中에 「고래」 가있고 그가 언제나한번 舞臺에올리고싶다고 말하는것中에 「쥬노—와 孔雀」 이있고 그의創作戱曲에 「당나귀」 와「소」가 있고 지금執筆中인 三幕戱曲은 처음에는「燕子」라고 題하려든것을 「두껍이」 로 改題하겠다한다• 이대로만 가다가는 다른날 柳君의 作品目錄이 완연히 어느動物園의 動物名錄같이 되지나않은가。

柳君은 어떤戱曲을 쓰는때든지 우선 테마가 잡히면 雜記帳을 準備해가지고 그戱曲에 必要한 語句를 採集하기에 적어도 한半年씩이나 힘을들인다。 이리하야 한개의戱曲이 되리만한 모든準備가 된뒤에 붓을든다。 이것은 柳君의作品을 뛰어나게 좋게하는데있어서 들어나지 않는 努力의過程이다 이런것은 다른作家들도 본받어좋을일인가 한다。

끝으로 柳君의 藝術과 및思想에 對하야 말할차례가 되었지마는 이미豫定紙數에도 가깝게되었고 또 아직날마다 자라고있는 따라서 갈수록 飛躍의 工이顯著한우리柳君에對하야 그의藝術이어떠니 思想이어떠니하는 槪念한規定을 나리고싶지않다。 무엇보다도 그의作品이 그를 더雄辯으로 말해줄것이니까。(끝)

(조선문단 제24호、1935 · 7)

극평

柳致眞 作「祖國」을 보고

K·S生

우리가 劇評이나 戲曲評論을 쓸때 세가지의 態度를 갖게된다。그 첫째로는 階級的(思想的)立場에서 劇의 內容을 檢討하는것、둘째로는 民族的立場에서 보는것、셋째로는 文學 내지 藝術的見地에서 評을 試하는 것이다。

나는 柳氏의 祖國을 보고 階級的立場이나 藝術的見地보다 民族的見解에서 試하련다。그것은 柳氏自身도 이 戲曲을 쓴 目的이 民族的 立場에서 써스리라는 推理에서이다。

이戲曲은 三月一日 紀念公演과 아울러 民族의 獨立精神을 鼓吹하기爲한 作品이라는것은 全篇을通해 根底에 흐르는 劇的要素가 獨立運動 乃至 그精神을 담었기때문이다。

主人公 朴正道(學生)의 家庭이 舞台인데、正道는 己未年 三月一日 獨立宣言式에 參加하느냐 마느냐 하는 岐路에서 彷徨하게된다。그理由는 老母의 扶養이 되글는 그의 愛國精神을 阻止케한다。그러나 그의 周圍에 나타나는人物、가령 學窓同僚들이 모다 바코다公園 宣言式場에 나가야한다는 激勵와、反面에 그의 머리속에 처드는 家庭에 安逸을爲한 小局的것 生活打開問題와、心的싸홈에 煩悶하다가 結局은 三月一日 全民族的 革命分閙[illegible]에 싸워 기득한 凱旋行列에 나서는것이 이戲曲의 骨子다。

여하튼 日本侵略初期에 있어 우리民族의 心的苦悶의 一端을 엿볼수가 있는데、行商군張서방을 登場식혀서 지루할번한 舞台面을 유모리스하게 展開식힌것은 作者의 빛나는 手腕이기도했다。허나 이 戲曲의 缺陷은 張서방을 登場케한데 있었다는것도 指摘하지 않을수없다。韓國時代의 軍人出身 張서방이 인개 행상군으로 轉落했다는것은 그當時 社會相을 暗示함일넌지 몰으나(或은 意圖이지만)張서 은 언제나 광대나 탄숨쟁이모락게 舞台面을 出入케안한것이나의 不滿의 하나이며、그人物을 利用하야 舞台의 空氣를 넘어나 지나치게 飛躍케한것이 失敗였다。

觀客들의 所感을 물어 보면 「몹시 울었다!」라고 한마디로 대답한다。내가 보기에도 作者는 몹시 울리기에 努力한 자최가 보였으며 客觀的表現보다는 主觀的 表現에 애쓴 證左라고 나는 생각한다。左右間 劇作家는 舞台속에 뛰어들어선 않된다。언제나 冷酷한 批判的立場에서 舞台를 바라보면서 쓰지않으면 울디는 劇이나、웃기는 劇으로 化해버리기 쉬운것이다。

大體로 이 戲曲은 解放後에 보기드문 成巧作으로 손곱을만한데、舞台裝置의 缺陷과 登場人物의 未熟한 演技가 이 力作을 좀먹게 하지않었나? 나亦是 作者와 머부러 아수하게 여이는 바이다。

(一九四七、三月 日)

(白民 제8호, 1947. 5)

新刊紹介

柳致眞氏의「소」를읽고

柳致眞氏는 내가 새삼스러이 紹介하지않어도 우리演劇界의 過去―現在를 通하여서 優秀한 劇作人이라는것은 아실것이다。

이제 氏의 戲曲集「소」를 손에들고보니 氏의 精神的인 面貌가 뛰어든다。本書는 祖國、土幕、소의 三篇으로 이루었는데「좋너읽유 나왔드면 얼마나 後進들에게 배움이 많았을가 하는 생각이드는것은、내가 八一五 前부터 바라든마음이였다。「土幕」은 氏가 東京에서 留學時에처음 나왔을때發表한 力作으로 氏의 文名은 이미서 떨치 있든것이다。「소」는 土幕이후에 쓰진作品으로 이에서氏의 力作인녀한층 높게하였으며、이때부터 氏의 新劇活動이 開始되였든 것으로、우리의 演劇史의 한페지를 점하는代表的인것이다。

氏는 解放이후에도 孤高한 知性과 感性으로써 沈黙하였으나 모든 藝術의꽃을 피웠으니 여게 실린「祖國」이 곧 그것이였다。가장 良心的이요 가장 民族的精神에 살으려는 氏의 白玉같은純粹性이 이「祖國」에도 歷然히 담겨저있다。

氏의 藝術을 尊敬하는 남어지 나는 戲曲集「소」를 滿天下 愛讀家에게 삼가 推薦하는동시에 氏의 今後의꾸준한努力을 비러마지않는다。

大東出版社發賣、價一二〇圓、서울市龍山 ?月洞七의二八 行文社發行 (金 松)

58

柳致環論

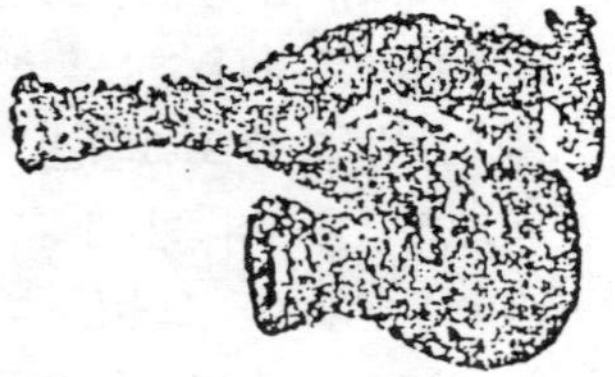

金 春 洙

1、生命의 意志

「生命의 의 [illegible]은 [illegible]할 수 없는 [illegible] [illegible]와 [illegible]에 보다 [illegible]의 안타까운 [illegible]니 [illegible] 이다」

(그러나 [illegible] 보고
나의 다음은 [illegible]고 있다
[illegible] [illegible] 거닐고 바라보는 하늘 아래 거
[illegible]
[illegible] 찾으려도 [illegible] [illegible]이여
[illegible] [illegible] [illegible] 더 그리워
[illegible] [illegible]이 나의 마음은
[illegible] [illegible] [illegible] 있나니
[illegible] [illegible] [illegible] [illegible]
(그리운 [illegible])

[illegible]한 [illegible]의 [illegible] 노래한 詩에는 또 詩作「生命」가 있다.「[illegible]」의 다른 또하나의 詩作「[illegible]」은 어디다 터뜨릴 수 없는 [illegible]된 感情의 [illegible] 노래하고 있다. [illegible] 氏의 初期의 [illegible]는 모두 이렇게 感情의 갈 이를 페-소스에 잠겨 있다…이것은 決코 氏의 [illegible]의 [illegible]에서도 가시어지지않는 [illegible]이 하나가 되어 있는 것이기는 하지만, 그리고 [illegible]가 [illegible] 이것을 [illegible] 버릴 수는 없는 것이기는하지만— 그러니까 氏는 일찍 [illegible]한 感情을 가진 센티멘트의 [illegible]이었다. 그러나 氏는 너무나 [illegible]이 되는것을 될 수 있는 [illegible]과 [illegible] 가진것을 [illegible]하고 그것에 [illegible]하지 않으면 안 되었다는 [illegible] 不安이 있었다.

그래서 氏는 몸소 氏의 心靈을 [illegible]다 [illegible]을 [illegible]하더고 했던 것이다.

1、感覺과 內面意識

心靈에서는 感情이 [illegible]하는 곳에서부터 [illegible]가 [illegible]된다고 하는데 [illegible]는 感情이 [illegible]하기도 전에 성급히도 몸소 感情을 [illegible]버렸더고 했다. 여기에는 반드시 무슨 [illegible]가 있었을것이다.

氏는 언젠가 이런말을 한 적이 있다.「[illegible]는 나에게 있어 버릴래야 버릴수 없는 [illegible]이다」라고……이렇게 氏는 솔직하게 [illegible] 버릴수만 있으면 버렸으면 하는 心境을「[illegible]」의 그 무렵부터 늘 가지고 있었다고 생각한다. 感情이 [illegible]으로써 받는 [illegible] 무서운 것이라, 하는 [illegible]와 함께 [illegible]하고 [illegible]한 [illegible]에 얽매어사는 많은 사람들을 볼 적에 [illegible]한 [illegible]으로 [illegible]한 [illegible]의 [illegible]가 부끄러웠던 것이기 때문이다. 氏는 [illegible]하는 사람들의 [illegible]가 부러웠을 것이다. 그러나 [illegible]는 氏에게 있어 [illegible]처럼 [illegible]어지질 않았다. 氏는 氏의 [illegible]과 [illegible]에 [illegible]하기 위해서 氏 속에 들어와 있는 [illegible]人을 [illegible]한더고 했던 것이다. 詩人의 [illegible]이다. 그러하고 [illegible]하는 [illegible]보다도 [illegible]하는 [illegible]로서 氏의 [illegible]에 [illegible] [illegible]의 [illegible]이 또렷이 가리를 잡게 되었다.

내 죽으면 한개 바위가 되리라
아예 [illegible]에 [illegible]지 않고
[illegible]에 움직이지 않고
비와 바람에 깎이는 대로

怨情 非情의 歲月에
안으로 안으로만 채쳐질 하여
드디어 生命도 凝固하고
흘르는 구름
머언 距離
꿈 꾸어도 노래하지 않고
두쪽으로 깨뜨려 져도
소리 하지 않는 바위가 되리라

(바위의 全文)

이런 非情의 世界를 憧憬한 것이 아니다. 실상은 센티멘트한 感情에 抵抗하기 위해서 이詩는 지어진 것이다. 마침내 反比하는 「不滅지려氏의 詩가 意志의 彼岸을 치르고 있는 光景을 그렇게까지 하다.

내 너를 내 세우노니
끝없는 旧約와 時間에 뜻기어
天地인양 憑年을 녹쓸은
遺棄山河의 한 뭉쿠구니에까지 跳來하여 와서
드디어 虛空한 寂 의 瞑目마저 버리고 호올로 人跡을 떠나 짐승같이 仿徨하다가 마지막에 는 氷河의 河床 밑에 이르러 주림과 寒氣에 제 肉身을 먹고서라도 너 오히려 그 모진生命을 버리지 않겠느뇨

(내 너를 내 세우노니의 一部)

氏의 意志의 內面世界는 이렇게도 殺伐하고 荒廢해졌다. 왜 이렇게 되었는가? 詩의 센티멘트를 氏는 氏의 意志로 統御한 氏의 一方的인 意 떠나서 人間의 變化 乃至 變化한다고 생각했다.

따라서 氏는 悲哀를 痛切的으로 表現하였음 되었기 때문이다. 氏는 마침내 自身의 卑小를 人間一般에까지 擴大하여 悲哀를 憤怒에까지 끌고 갔다.

내 입쩌기
호올로 슬프기를 두려하지 않았나니
日月에 하늘은 廢墟히 寂寞을 품고
사람들은 오히려 우럴어 하늘을 禮讚하건만
아아 山이여 너는 높이 怒하여
그 寒天에 굳이 접어주지 않고 있으라

(怒한 山의 一部)

「怒한 山」에 있어서는 悲痛的인 서정과 悲哀가 없어지고 「嚴然히 寂寞을 품은 寒天」과 같은 憤怒하는 意志로서의 한 風格이 생겨져 있다.

그러나 이것은 어디까지나 說明할 수 없이 卑小한 것으로 取扱한 氏 自身에 對한 氏의 悲愴인 것이다.

2. 情과 意의 相剋

氏는 感情을 抑制할 수 있었는가? 없었다. 當然한 일이다. 억지로 抑制하려고 한 곳에 이미 無理가 있었다. 그 證據로 詩集 「生命의書」에는 抑制하려는 感情과 抵抗하려는 意志가 그대로 어깨를 나란히 하고있다. 이것은 이 詩가 끝끝내 이미—지와 情緒를 떠날 수 없다는 것의 例가 되기도 하겠으나 氏의 純粹 抒情詩人的 價値과 生理를 쉬이 떠날수 없었다는것을 말해주고 있는것이다.

詩集 「生命의 書」는 時計의 振子처럼 情과 意에로 왔다 갔다 하고 있다. 뿐 아니라 어떤 篇에서는 情과 意가 서로 相剋, 統制하여 詩의 全一性을 죽이고 있다. (詩集 「蜜蜂」 속의 「旗」라든가 「首都」와 같은 情과 意가 調和된 氏의 詩에 있어서 뿐 아니다. 詩集 蜜蜂에 있어서도 가장 理想的이 높은 作品도 있기는 하지만) 그것은 그렇다 하고 氏의 抒情性의 志向은 역시 意志의 쪽에 있다. 그러나 詩의 根本的 價値는 그 意志를 志向하는 쪽에 있다. 氏의 詩가 不毛의 「旗」를 보는 印象을 줄 적에 나는 氏의 意志가 미워지는 것이다.

(尙且—그러나 뭐니해도 氏의 功績은 韓國의 抒情詩에 意志를 導入하여 抒情詩에 男性的인 性格을 附與하는 意志의 바탕을 닦아주었다는 데 있다.)

그러나 氏의 抒情詩에는 成功性은 없다. 說明하고 羅列하는 知性이 欠如되어 있기 때문이다.)

二、反詩人

1、「나는 詩人이 아닙니다」에 對하여

詩集 「生命의書」의 序文에 이런 말이 있다.

「나는 詩人이 아닙니다. 만약 나를 詩人으로 친다 하면 그것은 分類學者의 無知과 誤解에 지날 수 밖에 없는 것이요 어찌 사슴이 초식동물이 되려고 애써 푸른 잎을 먹고 있겠읍니까?」 고....

이것은 氏의 唯一한 詩論인 同時에 反詩人

에 對한 反抗인 것이다。詩쓰고 있으면서「나는 詩人이 아닙니다」라고 斷言할 수 있는 氏에게 있어서 詩란 어떠한 것이었던가? 그것은 衣食動物에 있어서의 물과 같은 것이다。衣食動物이 自己意志에 依해서 물을 먹게된 것이 아닌 거와 같이 氏에 있어서 詩는 選擇해야 選擇할 수 있는 [illegible]이었던것이다。이렇게 氏에 있어서 詩는 先天的[illegible]이었던 것이다。氏의 이런 態度는氏가 곧 天性의 詩人이라는 것을 말해주고 있는 것이다。그러고 그렇게 믿고 조금도 疑心하지않을 뿐 아니라 아·프리오리一로 [illegible] 지니고있다고 믿고 있는 점에서 氏는 누구보다도 [illegible]하다。그런데도 氏가 스스로를「나는 詩人이 아닙니다」라고 하는것은 오직 詩의 人工的 [illegible]을 [illegible]하는 [illegible]의 [illegible]과 職業詩人에 對한 [illegible]외의 다른것이 아닌 것이다。

氏의 詩가 內面의 心象을 [illegible]하는 [illegible]主義的인 方法을 가졌음에도 그 [illegible]된 [illegible]가 [illegible]으로 [illegible] [illegible]한 것은 그 [illegible]이 여기에도 있는 것이다。

2、「참의 詩는 詩가 아니어도 좋다」에 對하여

「[illegible]과 더불어」에 [illegible] 쓴 [illegible]氏의 말에 依하면 [illegible]氏는 이런말을 하였다고 한다。「참의 詩는 마침내 詩가 아니어도 좋다」고……

이 말을 나는 [illegible]스토이의 「[illegible]이란 무엇이나?」에 나타난 [illegible]과 같은 높이의 것이라고 [illegible]하고 싶다。[illegible]스토이의 上記 論文은 [illegible]을 빈자한 時間과 [illegible]의 [illegible]을 미워한 것이라고 하면, 氏의 「참의 詩」 云云은 [illegible]을 빈자한 [illegible]의 [illegible]와 [illegible]을 미워한 것이라고 생각한다。이 [illegible]은 나아가 [illegible]의 [illegible]이나 [illegible]의 [illegible]가 가진바 높은 [illegible]을 [illegible]하는 [illegible]이 되는 것이다。그러나 氏가 이런 [illegible]에 [illegible]해 있을 적에 氏의 [illegible]들은 서리 맞은 꽃잎처럼이나 딱딱해지고 포一므파 스타일의 [illegible]을 잃게 되는 것이다。그러니까 詩人이 [illegible]를 떠날 수 없는 以上은 [illegible]을 [illegible]할 [illegible]는 없다。

三、東洋人과 西歐人

1、人生의 [illegible]

詩人이 詩에서 休息을 한다는 것은 詩人이 本來의 그의 生理에 돌아간다는 것을 意味하는 것이다。[illegible]의 氏의 [illegible]는 모든 어깨에 얹친 무개를 덜어버리고 그냥 주저앉아버릴려는 休息의 姿勢를 가지고 있다。

[illegible] 山골에는 산울림 영감이
바위에 앉아
나 같이 이나 잡고
홀로 살더라

(「山의 [illegible]」)

이 모든 같은 世界가 있는듯한 이 詩에 우리는 [illegible]되지 말자。이 詩에서 우리는 詩人의 [illegible]의 [illegible]만을 [illegible]하게 [illegible]해버리면 그만인것이다。이 詩는 단지 [illegible]한 [illegible]의 [illegible]없는 [illegible]이라고 보면 되는 것이다。이밖에 [illegible]한 세우기 위해서는 詩集「[illegible]日記」에 있는 [illegible]를 例로 들 수도 있으나, 그럴 수도 없으니 그중 아무것이나 하나만 뽑아 보더라도,

눈물 나게 눈부신 白金빛 구름이
떴고 앉아는 날이 많은 거리는
행결 오졌이 헐러지고
사람들은 서글피
발자국마다 설은 木鐸 소리가 울리었다

(「[illegible]의 [illegible]」)

역시 [illegible]의 [illegible]이다。[illegible]한 [illegible]에서 人生을 [illegible]하고 있다。도사리고 앉은 이 [illegible]의 [illegible]은 現代人이라고 해도 빠지기 쉬운 우리의 [illegible]의 모습이다。이것은·잘게는 [illegible]으로하여 [illegible]에까지가는 것이겠으나, 이것이 [illegible]의 [illegible]界에 들어와서는 [illegible]의 [illegible]가되고, [illegible]의 民[illegible]와 [illegible]의 [illegible]까지 되었던것이다。

氏가 이러한 [illegible]的 [illegible]의 [illegible]에주저앉게된 것은 곧氏의 [illegible]의 一時 [illegible]을 [illegible]해주는 것이고, 또한이것, 이 氏뿐 아니다, [illegible] 乃至東洋人의 生理의 [illegible]的 [illegible]이던 것이다。([illegible]的으로, 우리는 [illegible] 中心한 [illegible]의 [illegible]한 [illegible]的 [illegible] 우리의 [illegible] 바탕속으로는 가기 어려운 것이다) (「[illegible]」)

([illegible])

앞에서 누차 말한 氏의 探究的[illegible]는 [illegible]은 이런 西洋人[illegible]에 對한것이었던 것이다。

2、하나의 問題

結果로써 氏에 接近해 온 西歐的 [illegible]의 兩面이던 氏는 그러나 氏의 한바탕으로서의 生活的 [illegible]의 抒情詩人을 끝끝내 잃어지지는 않았다。이것은 앞에서 出發的 자세히 말했다。그런데 이 西歐의 主知的、主觀的 [illegible]과 이 東洋의 [illegible] [illegible]으로서의 主情的 抒情詩와 [illegible]는 [illegible] 詩人에게 주어진 唯一 最大의 問題일 것이다。

氏는 東洋人으로는 人生을 [illegible]하는 [illegible]와같은 詩를 쓰면서 또 한편 西歐人으로서는 人生을 [illegible]하는「[illegible]」과 같은 아포—리즘을쓰고 있다。氏에게는 지금 이것들을 [illegible]하는 [illegible]이 서야한다。어떻게 할것인가?

(附記—이 小論은「[illegible]」이라는 [illegible]아래 [illegible]가 [illegible]하고있는 몇몇 詩人에 對한 [illegible]노—트에 [illegible]을 본 [illegible]에지나지 않는다。)

(文藝 제17호、1953·6)

(63)

新刊評

尹崑崗詩集「氷華」其他

『국제부』는 쓰는風잡이 어느데 어느곳에서 시작되었는지는 잘나도 대관절 써야한다는 感想을 느낄때는 여간 거북스러운것이 안니라는것은 그刊行된 册子가 詩일때 더욱 그러하다。그詩가 한個식 雜誌其他定期刊物에 揭載되였을때 벌서한개의作品으로써 鮮明한 批評家들에依하야 제대로 금새를 따저서 公文들처럼 處理가 된것이 大部分인 까닭이다。

그러고보면 이제 내가써야 할部分은 拮[illegible] 同[illegible]의 [illegible]은 엇더코 [illegible]는 엇더라는 [illegible] 文化 그것에 [illegible]해서 내비위에 안맞고 [illegible]에 어긋나지않는 몇마듸 말을 羅列하면 足한것같으나 막상 쓰려고 붓을 들고 보면 亦是內容을 보살피는게 無難한모양같다。

그런데 既往 나에게 이런評을 쓰라고하면 한말 꼭해야한것은 여름에 李燦氏로부터 그의 第三詩集「[illegible]」이 刊行된月餘에 詩集과 私信을 鄭重히 보내고 雜誌에 新刊評을 쓰라는것이 였으나 그때벌서 누가 어느新聞에 쓴것을 본듯이 생각되였고 또 그때는 雜誌가 詩人에 그런注仕든 하는곳도 별로 없은뿐안이라、내가 쓴뎃자 벌서 新刊評이 안이라서 마춤내 沈默했다는 것이다。

이에 尹崑崗兄의 第四詩集인『氷華』가 出版된뒤에 만나는 親友마다 한결같이 말하는 感想을 들어보면 詩境가 몹시 [illegible]해젔다는것이다。그러나 나自身은 그말에는 別로히 [illegible]하지 않었을뿐안이라 도리혀 當然한 結果로써 三年前 그의 第二詩集『[illegible]』의 新刊評을 쓰면서『大地』의 作者로 알여진 그의『[illegible]』의 半分의詩風은 그외第三第四詩集이 나온오날의 詩境을約束하는것이라고 [illegible]한바있었다。그러타고 내[illegible]이 適中한것을 [illegible]하게 여이는게 않이라、이詩人의 詩境地가 詩曲의 [illegible]되여감과한가지로 더욱 [illegible]해간 자최를 더듬어볼때 한層더 感激을 느껴여지는 것이다。웨그러냐면『大地』나『[illegible]』上半分에서는 詩人自身의 [illegible]이 [illegible]에서 直接오

모 넉두리하고있든 反面에 이「氷點」는 처음 冊장을 펼치면 MEMORIE-「夜母」에

구름은 감자밭 고랑에
그림자를 놓고 가는것이였다
가마귀는 숲넘어로
울며 울며 잠기는 것이였다
마슬은 노을빛을 덥고
저녁자리에 앉는것이였다
나는 술곤 생자에 젖어
어둠이 무든 풀섶을 지나는 것이였다。

고「것이였다」는 連發하면서 詩와 自身과에 一定한 距離를 두면서「서관」하는 態度를 갖고 고요히 흘러본 것이다。「湖水」나「마을」에서도 같은手法으로 되였고「선머」은 그와는 달너모 愛論하고 저운 한篇이며「漢陽」의 끝節에

외로운 사람만이 안다
외로운 사람만이 알어……
술잔의 빈터를 찾어
쪽제비처름 숨이는 마음

이러케 切切히 呼訴하는 마음은 充分히 理解해주지않을수 업는것이다。그러나「氷河」의 끝節한줄에「꽃이 숫어 난단다」는것이 있는데 이런것은 이詩人뿐 않이라 우리詩人의 大部分을 征服하는「이메ー지」로서 나의 뜻같어서는 빼은커녕 미꼬티 한마티도 안나와도 無可奈何이고 實은 이旋律은 깨긋이 떠나는데 朝鮮詩의 한階段이 設新되는 것이다。

이外에 金尙人 金海剛共著로「有色馬」가 나오고 李燦烈著의「落葉」가 있다하나 筆者의 案頭에 없으며「有色馬」는「앙드레·말로」의 藝術的條件의 分類에따르면 그의 云云한 第一段階에 屬하는것 같다。大方家의 前述한 評에 讓해둔다。(發行所 漢城圖書株式會社發行 定價一圓三十錢)

李陸史

(人文評論 제13호, 1940·11)

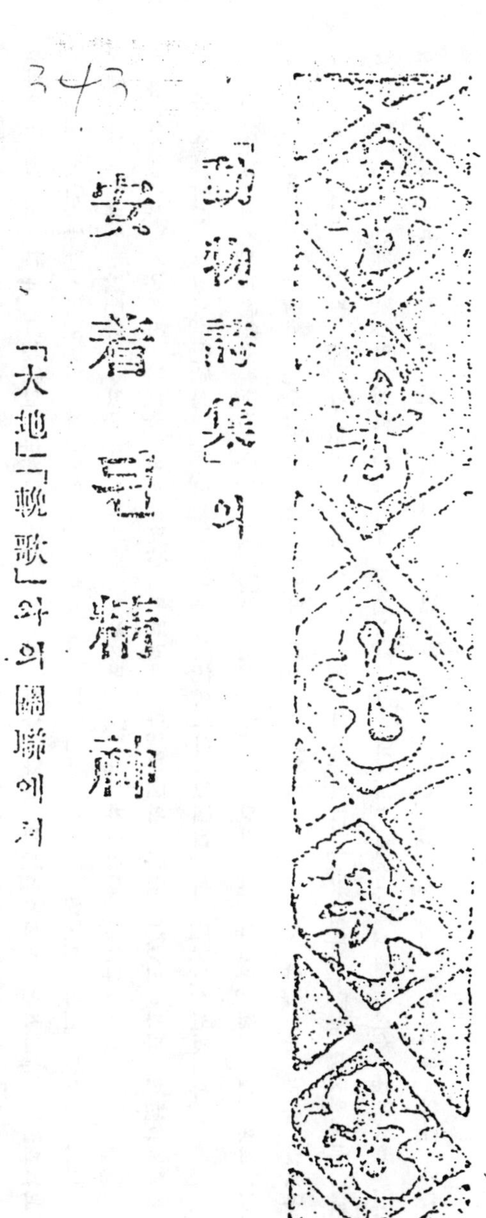

「動物詩集」의 安着된 精神

「大地」「晩歌」와의 關聯에서

李 貞 求

故鄕을 떠난 미남과 함께 故鄕의 文字와도 接觸한 機會가 멀어진 나에게 呂尙이 보내준 動物詩集은 퍽 반가웠다 한숨에 두번 세번 읽었다 나는 이詩集을 읽고 나서 呂尙의 매우 焦燥하던 精神이 모름지기 어느 安適한 地帶우에 安着되어 있는것을 發見하였다。

우리는 인지 詩集「大地」와 「晩歌」에서 呂尙의 安着地를 잃은精神을 보았고、그러므로써 「大地」와 「晩歌」는 이 詩人의 지나간 時代에서의 精神의 絶望이었으며 한時代에의 悲愴한 送別의 曲이었다 이러한 焦慮속에 있던 呂尙의 精神의 노래가 動物詩集에 있어서 一擧로 微妙한 陸地에 安着되었다。呂尙의 精神의 安着地는 그러나 從

來와 精神의 發展으로써 當然히 隨行해야 될 그러한 地帶가 아니고 已往의 精神은 已往의 時代와 함께 그냥 洪水에 떠러가 버리고 그代身 가장 無難하고 가장 純粹한 隨地로 昆崙은 옮아온것이다。 動物詩集의 大部分이 아름답고 고은 敍情詩로 주려지 있다는 事實은 正히 道間의, 이러한 抒情을 말하고 있는것이 아닐까。

勿論 動物詩集에도「大地」나 「挽歌」에서 보여준 精神의 殘滓가 남어있지 않는것은 아니다。例라면 「독사」나 「고야이」같은것은 「大地」「挽歌」에서의 精神의 延長이었다。그러나 책장이 넘어감에 따라 昆崙의 心情은 맑은물결처럼 보드러워지고 어린 少年처럼 純眞하여진다「감자리」「문각시」에서 부터 가라안기 始作한 이 詩人의 激情은 마츰내 「갈번」「황소」「온때미」「할미새」「매아미」「염소」等의 純粹한 眞心의 世界에 無邪히 安着하고 말었다。

「大地」와 「挽歌」는 浪漫一色으로 물드린 어지간히 激烈한 詩集이었다。그것은 同時에、作品을 읽은 昆崙의 思想의 때陰이었다。思想은 있었으나 思想은 生活과 함께있지 않었고 生活과 思想은 各各 딴집에 살고 있었다 그러므로 昆崙의 詩는 具體的인 事件의 描寫는 멀리 떠나 다만 思想으로써의 생각하는 生活에로의 憧憬、悲哀、回想、反省、瞑想、傍觀等의 詠嘆이었다。詩를 쓴것은 昆崙이가 아니고 昆崙이 가진 思想이 詩를 썼던것이다 昆崙의 詩는 다만 說明하고 있을뿐이오 그밖에 아모런 生理도 가지지를 않었다。

이러한 옹색한 가운데서 時代는 이미 交替 되었던것이다。昆崙의 詩는 그것이 다만 思想으로써도 바뀌어진 時代와 알맞지를 않었다。動物詩集은 이 交替되는 前代에로의 昆崙自身의 處世宣言인것이다。

이런 意味에서 動物詩集은 前者「大地」「挽歌」와 全然 様態를 달리하고 나왔다。첫재 昆崙에게 있어서 굳음뜻이 죽던 思想의 激情이 完全히 가라앉은것이며 둘재 前詩集에서 볼수없던 아름다운 詩가 많었고 前詩集에서 排徒 보히던 描寫의 無理가 없어저 버린것 같다。例하던「붕어」나「감자리」같은詩는 昆崙에게도 이런詩를 쓸만한 餘裕가 있었던가 疑心이 생길 程度이며「개똥비테」의「저녁만 어둠을 피며는상」은 妙味있는 觀察이며 아름다운 描寫이라고 생각한다 或 어떤 사람은 昆崙의 詩가 많은 豊富히 가지고 있다고 하나 나는 解釋을 달리하여 崑崗의 詩는 말의 驅使의 大部分을 가지고 있다고 하고싶다。이 말의 驅使에 있어서의 大部分이 一見 崑崗이 말을 豐富하게 가지고 있는것처럼 보여주는 兵器를 가지고있는 同時에 또한 崑崗의 詩가 往往 描寫의 無理를 犯하는 短處도 함께 가지고 있었다。例하면 「蛇」이라는 抽象的인 形象은 平面이나 或은 色彩으로써 그 所在 혹은 到來를 表現해야 하겠는데도 이것은 「毒蛇를무러놓고」(「絶歎」속의詩 絶望—Ⅱ(161)하고 點이나 紛宗의 展開로 形像한것은 마구리 생각해도 無理한 描寫이었으며 鶯鶯의 色을 말하는데 「오종맛잔근」(絶歎Ⅱ一四三日月」)것이라고 한것은 詩에 있어서의 가장 重大한 要素인 아름다움을 破壞하고 있으며 「비닭이 한서 적양은 유쿠하는」(絶歎頁四四、「鶴은마음」)것도 形象의 妙를 얻었다고 볼수없다。崑崗의 大部分 말의 驅使는 絶歎에서 이러한 描寫의 無理와 粗雜을 充分히 內包하고 있었다。이런 點에서 動物詩集은 一步 後退의 길에 나섰다。그러나 崑崗은 動物詩集에서 다시 重要한 財産을 잃어버렸다。그것은 思想이다。詩人의 財産中에서 가장 貴重한 財産、思想을 崑崗은 動物詩集에서 잊어버리고 말았다 動物詩集의 大部分이 不在思想의 大木格인 아름다운 音詩로 채워지버린것이 곧 이것이다。思想때문에 끝끝내 生理를 못가지고만 崑崗의 詩는 다시 思想을 잊어버리므로써 生理를 못가지고 말았으며 그러므로 動物詩集의 많은 아름다운 詩는 다만 아름다웠을뿐이요 그밖에 아모런 意味도 못가진 不在思想의 精神의 安着地이었다。이러한 뜻에서 動物詩集은 前時代의 詩人、崑崗의 悲慘한 末路요 安逸한 隱居地가 아닐까。

大體로 밝은時代와 새時代가 에바뀌는 境界에있어서 詩人이 것는 길에 두가지가 있다。하나는 前時代의 自己藝術과 함께 詩人自身도 永遠히 世上을미나 버리는것이요 다른하나는 새로운 解說의 理解속에서 다시 自己藝術을 發展시키는것이다。前者의 代表的인 詩人으로 우리는 有名한 「세무게이、에세닌」을 생각할수가 있다。故로 愛하는 우리詩人 崑崗은 이두가지중에 어는것도 아니요 다른 第三의 길을 取했던것이다 이것은 詩人으로서 敗하다 한수없으나 그러나 崑崗은 다만 우리들의 詩人일뿐이요 다른 아무의 詩人도 아니라는 特殊한 事情이 이 詩人의 앞에 困難한 問題를 提起하고 있지않는가 싶다。

(一四八二十二日)

(詩学 제4호、1939·10)

崑崙의 詩集

「大地」를 읽고

李 燦

나는 아주 崑崙과 面識도없다。 그와의 紙面上親近도 그의 이번詩集「大地」의 紙面과 이에對한 나의 一葉謝狀으로붙어 비롯하였을뿐이다。 그러나 내가그의이름을 記憶한지는 이무 數年前일이다。

기억도새로운 카프末葉우리들몇이「悲哀의妓舍」로부러燮燮의첫날을맞이하든 구슬비나리는 늦가을밤 非全州旅行의 唯一한벗 非永兄과 隔久한 彼此의 궁금을풀다 偶然히 그와나의 다음같은 問答에依해서였다。

「그새 그때 새로나오친구는많은가요」

「뭐 별노……그러나詩쓰는 崑崙이란동무가있는데 매우 有望하지」

爾來 오늘에이르도록 나는 그의作品을 注意깊이읽어오고있다。

崑崙! 나는 率直히告白하거니와 不過몇分間으로서足할「大地」의 讀破에 凡三四日밤을 提供하였다。 然에없는 精讀으로말미암음이아니다。 그렇다고 勿論「讀むに堪えない」해서도아니다, 四迅勤後殘夜의 젊음도젊은이러니와 무어라 형용몰할 야릇한感情이 북바처 들었든歌은 놓군놓군하였으므로였다。 구지캐여一言으로하면 부끄럼!恥辱나는얼마나 스스로의 부끄럼에낯을 달구었든것인가。

네自身을 도라보라! 내良心상 絶叫하였라。 네自身을도라보다! 내現在는 낯번이나 이부르지즘을 되푸리하였다。

崑崙! 그렇다…… 그는 아즉까지도「오고야말것을한시라도 쉬게 걷어잡고싶은말못할渴望」에 불타고있다。「地上의 온갖것을 겨울의품으로부터 빼앗고 香氣로순봄의품에다 덤석 안겨주기」위하야「白髮을모르는久遠가靑춘 그무었에게도 屈從치않는 不屈의氣魂」을께것으로하려한다。

그리고 그는 두손은 높이드러 흐르는歲月에 哀惜은커녕 책죽질한다。 가거라「눈한번 깜박일랍에 億千萬里 달어난다」二段映한 옛詩人의哀愁여」하고 그는 未來를確信하고있다 거게따르는 偉大한 情熱은불태우고있다。

나는 모른다。 이땅에現存한詩人으로 이와比한 態度의 그던어詩人이있으물!

林은 哲學的涼味의森林속을逍遙하기시작하였다。 芽枝는 客窓秋月에 달큼한鄕愁를 짜낸다。 林煥 은「あつさり」뭇에먹은瞬여장케안필통속에 집어넣어버리그拙水은 두이름갖인아이의죽엄에 前例없는悶痛을븨이고있다。 海剛 亦 古今이如一로 거리를쏘다니며 흥느흥거워 무었인가 드높은올청으로 우조리고있다……

崑崙! 그는 카프의放後

(一〇四에)

(朝鮮文学 제13호, 1937·6)

故 尹東柱에 對하여

尹 永 春

一月 十六日은 東柱가 獄死되지 햇수로 만 三年 八個月이 되는날이다. 해마다 이날을 맞이하면 이유없이 悲憤한 날이 다시 있을까? 몸서리 치리 만치 너무러하게 된다.

좀더 살어 自由의 날이나 맞이했다면 조국이라도 怨恨이 극렬하지 않으나 [illegible] 일생은 너무나도 참혹하였더라 그도 日帝不逞이라는 罪名으로 一年 言渡받고 獄에 入·二五 [illegible] 남짓 남겨놓고 애석하게 獄死하였다는 것은 이가 갈리도록 憤慨하지 않을수 없는 일이다.

그러나 나는 生이라는 問題를 [illegible] 이 혹히 말하는 反對나 批判에 依해서 解決시키고 싶지는 않다 말하자면 우리가 生의價値를 [illegible]에 있어서 [illegible]보다도 그存在的 意義 即 人生을 爲한 生이라는點에 더 興味를 갖고싶다 차라리 老人의 長生보다 短命인 百合花와 같은 靑年의 夭折을 더 좋아하는적도 있는것이다.

福岡刑務所에 二百六十五號의 囚番을 받은 「무드셔라」는 生命을 다 마친것이지 어데 그가 生을 얻었다는 [illegible]해서 [illegible] 얻었다는 데에서 一般은 그를 [illegible]하는바 서지는 않다 그러나 이와 反對로 [illegible]의 [illegible]의 한사람인 詩人은 [illegible] 했으나 [illegible]에 [illegible]했으니 이는 生의 意義를 超越한 詩人의 純粹과 性格을 보여줬기 때문이겠다 나는 구태여 이런 詩的意識에 [illegible]시켜 東柱의 죽엄에 대한 意義를 보고저하는 아니로되 그은 일기에서 가는 하루의 詩集「하늘과 별과 바람과 詩」는 어찌 하나의 靈魂의 프레센트로 보지 않을수 있으랴.

……

幸福한 예수 그리스도에게
처럼
十字架가 許諾된다면
목아지를 드리우고
꽃처럼 피어나는 피를
어두어가는 하늘밑에
조용히 흘리겠읍니다.

—十字架의 一節—

이런 點에서 그 어머니의 信仰的 性格과 더불어 그의 [illegible] 自然히 [illegible]한듯한 [illegible] 생활 이와 一種의 詩를 쓰며 大學에서 英文을 [illegible]로 생각되나 中學時代에 [illegible] 이와 [illegible]을 같이한것이다 [illegible]에서 一個年을 修了하고 [illegible]에 轉學하여 [illegible]하기 까지에 作品에 [illegible]은 이에 [illegible] 發表해주지않았다 다만 [illegible]이 대단히 [illegible]하여 理工科 아니면 [illegible]으로 나가라고 强制하다시피 했다 그도 그럴사 [illegible]에서 [illegible] 닦은 그[illegible] 되어로서 文學에 熱中했던것은 아니지만 날로 [illegible]해 오는 日帝의 壓迫下에서는 날 自由를 [illegible]하는 文學의 길을 取한다는것은 자칫 잘못하다 [illegible]하기 쉽다는 老婆心에서였으나 우리民族 [illegible] 길은 文學도 좋지만 보다도 科學이 아주 急先務라고 主張하는것도 無理하잖은 아니다 그 父親이 文學에 별 好感을 갖는反面에 本人은 날이 갈수록 文學을 더 愛好하고 文學이면 生의 全部을 차지하는 至高 至大한것인 줄로만 알고 이

에 몸을 세우기로 決心한것이다 그리하여 延專試驗을 앞에 얼마 안남아두고 그始때 四年인 宋夢奎와 同窓同級으로 있으면서 틈나는대로 作品을 읽고討論하는것이었다 東柱는 洋服을좋아하고 下宿하고 조용히있으면 夢奎는 잘 떠들고 活潑性이 대단하여 곳잘 도다다니기도 하였다 夢奎가 十八歲에 東亞日報 新春文藝에 콩트로 一等當選된일이있고 그후 얼마안되어 동무를 따라 中國 南京을 가다하고 北京이니 南京이니 할것없이 二十餘年間에 中國大陸을 거의 답습하다싶이 하것이다 그동안 東柱는 默默히 꿈의만하였고 自作하였것은 어린이新聞에 내기도하고 빨래等童謠로 出版도하고 今日의 中學時代에 一個標도되어 中學生으로서는 多方面으로 날리는 편이었다 무엇에 不平하다고 하면 다른 모든일을 잊어버리리만 하군데 憤然하고 反抗하여 꿈꾸를 보고다는 一見 內向的인 하였이 있다 習慣대로 發覺와함께 延專文科에 入學하였고 延專四年間에 적지 않은 詩를 쓴듯한데, 「自畵像」「돌아온는 故鄕」「病院」「새로운길」「太初의 아침」「새벽이 올때 까지」등의 數十篇과「슬픈 族屬」등은 모다 延專時代에 나온것이다.

흰수건이 검은 머리를 두르고
흰고무신이 거츤 발에 걸리운다
흰저고리 치마가 슬픈 몸집을 가리우고
흰띠가 가는 허리를 질끈 동이다

내가 東京에서 學校에 있을때 東柱와 夢奎는 延專을 卒業하고 渡日하여 東柱는 同志社大學 英文科에 夢奎는 京都帝大 史學科에 入學하고 얼마 안되어 둘은 함께 東京으로 나를 찾어 놀러왔다 나는 둘의 손목을 마주잡고 上野나 日本橋를 내집 뜰악처럼 쏘다녔다 文學과 人生에 대한 이야기를 하는 가운데서 東柱는 별써 懷疑를 떠난 하나의 메타피지칼한 思索的 체系를 갖순 段階에 이르렀다는것을 보여 주었고 말할적마다 詩와 詩論이라는 名詞는 거의 말버릇처럼 자조 입밖에 튀어 나왔다 아무쪼록 때가 때이니 만치 늘 몸에 保重해서 엄벙에 禍網하기 바란다는 말로 作別하고 말었다 그러겨울 섣달그믐께에 나는 歸鄕途中에 京都에 들렀다 밤이 가도록 詩論로 一貫했다 故鄕에 너무 오래있어서 얼굴이 파리해진것 나는 떠오나 生活했다 六畳房에서 처음 모르고 새로 두시까지 읽고 쓰고 思想하고 이것이 거의 그들의 날의 習慣인 모양이다 그때 하얀봄은 대개 이러한것이다 佛蘭西詩를 좋아한다는 말과 獨逸的인 그 프랑시쓰·잠의 詩는 구수하여 좋고 그의 同輩로 지나치기 眞劍的인 잔·콕크토의 詩는 너무 까다러워 얘통나다가도 그 날신날신한 말이 도리혀 魅力을 갖게해서 좋고 나이부의 詩(散文詩)를 듣고 읽으면서 新鮮感에 불타는 詩人의 詩는 언제나 뜨거워서 좋았요 하면서 어떤때는 詩에 겨워 무릎을 치기도 하는것이다 그 다음날 새해 첫날을 맞이하며 우리는 歸鄕前로 旅路를 떠났다 京都 뒤산 그늘은 雪을 헤엄가에 앉어 넘어이 넘어서 南禪에 이르렀다.

東柱이 하루 용수 비가 떠들어도 東柱는 이에 대한 反應이 없으나 더디었다 詩한나이 되어 나오기에 全心靈을 集中하여 關心하고 있다는 것을 그당장에서 나는 알았다 그것이 其時局을 말한다면 現實에서 觀念으로 나가는 법넘되人과 追放되고 然方으로 移住되어 오는 族人과 不時寄人의 消息이 獨子에 安定되어 제고향으로 돌아오는 米穀을 얼다면지 불수있었다 더욱이나 우리나라 朝鮮語이 强制로 흩티워 學籍에 나가 死亡되어 移送되어오는 屍체를 볼때 어지간한 사람지고는 니히리스틱 되지 않을이가 별로 없었을 것이다 推想컨대 「또 다른 故鄕」은 이 날있던 環境에 있어서의 받은 이미지를 自畵에 反映시킨 하나의 象徵的인 詩가 아닌가고도 생각된다.

故鄕에 돌아온날 밤에
내 白骨이 따라와 한방에 누웠다
어둔房은 宇宙로 通하고
하늘에선가 소리처럼 바람이 불어온다

이부속에 곱게 [illegible]하는
내 살을 늘어다 보며
부엉[illegible]것이. 내가 우는 것이냐
네가 우는 것이냐
아득다는 땅이 우는 것이냐

갈대 높은 기슭
밤을 새워 어둠을 짖는다
이름을 짖는 개는
나를 찾는 것입니까

가사 가사
흐느기우는 사람처럼 가사
내 혼 [illegible]
아득다는 [illegible] [illegible]에 가사

太平洋戰爭이 버러지면서 보러 日本 東京에서 [illegible]한 [illegible]들이 [illegible]하기 비롯하였다. 들려오는 말에 [illegible]하면 [illegible]을 달리고 [illegible]가 [illegible]과 루스벨트大統領한테로 가던 [illegible]에, [illegible]된 [illegible]로 그[illegible]로해서 똑똑한 [illegible]은 모조리 [illegible]에 잡혀 갔다는 것이다.

一九四三年 七月에 부랴부랴 [illegible]와 [illegible]가 京[illegible]에 [illegible]되었다는 消息이 들렸다. 이消息을 듣고 나는 부랴부랴 [illegible]로 京城로 내려왔다.

이왕있던 下宿에 들러 사연을 들어보아도 잘알려주지 않는다. 이윽고 [illegible] [illegible] [illegible] 찾아가 물어도 시원한 대답을 해주더니 무하다 끝장 [illegible]에 달려가 [illegible] 하자 처음에는 [illegible]로 미루다가 [illegible] 이니까 [illegible]하고 하며 [illegible]은 입고려 치더니 [illegible] 다섯에는 [illegible] [illegible] [illegible] 가르쳐준다 [illegible] 달려가 보니 [illegible]는 [illegible]앞에 [illegible]을 앉히우고 [illegible]가 쓴 조선말 [illegible]와 [illegible]을 日本말로 번역시키는 것이다. 하긴 [illegible]에 내게 보니는 [illegible]가운데서 가장좋은 것이 다고 생각되어진 [illegible]이 거의[illegible] 모두이다 (이[illegible]은 그냥 고로거나는 [illegible]이 [illegible]하여 一件[illegible]와 함께 [illegible]에 넘긴채 [illegible]에 다타버렸을 것이다)

나는 너무나도 어이 없어서 어안이 벙벙해서 서있는 기습을 알아채인 [illegible]는 곳 나갈려이니까 아무 [illegible]말고 [illegible]하고 가다는것이다. 五分가량 이야기하고 옷과 음식을 차입시키고는 시간이 되었다기로 끝나오고 말았다. 이것이 나와는 [illegible]의 [illegible]이었다 그후 열나 한되어 二年 [illegible]가 내리고 [illegible]에서 [illegible]하는것을 알게되었으나 [illegible]에 여기저기 [illegible]을 [illegible]였으나 [illegible]이였다 나는 하는수없이 내 [illegible]에 [illegible]에오는 日[illegible]의 [illegible]에서 벗어나기 위하여 [illegible]을 떠나지 않을수 없는 형편이 되었다 [illegible]에 있으면서도 [illegible] 그리며 한 [illegible]을 [illegible]하는 [illegible]의 [illegible]은 어떠했을까? 나는 그[illegible] 생각하고 이런이 그렸다.

소산한 창고소리 들려올제
문틈에 우연으로 막았었고
창안에 빗긴 달빛 만져가며
쓰고싶은 가가거겨를 써보았다

[illegible]했다는 [illegible]을 받기는 [illegible]에서 였다 그 [illegible]과 나와 [illegible]이 [illegible]을 찾기는 [illegible]지 十日 [illegible]였다. [illegible]도 [illegible]와 같은 [illegible]에 있은것이다 죽은뒤는 [illegible]에 찾기로 하고 산[illegible]터 찾아야겠다는 [illegible]에서 [illegible]을 먼저 찾았다. [illegible] 밝으며 뒤적거리는 [illegible]의 [illegible]을 옆에서 보아하든 [illegible]이라는 [illegible]가 판[illegible] 백혀 있는것이다 [illegible]을 열고 들어서자 맞는 [illegible]더니 [illegible]보고 말하되 日本말로 한것, 너무 [illegible]된것을 本人에게 보이서는 안된다는것 [illegible]에 [illegible]은 일일 [illegible]하다는 것 [illegible]의 [illegible] 받고 복도에 드리서자 [illegible] 囚衣[illegible] [illegible]의 [illegible]이 近五十名이 [illegible]맞으리고 [illegible] 앞에 쭉 느리선 것이다 [illegible]가 [illegible]진 [illegible]을 눈에 걸친채로 내게로 달려오다. [illegible]이라 처음에는 얼른 알어채이지 못했다. 어떻게 이렇게 찾아왔느냐고 였든 인사의 말소리조차 저 세상에서 들려오는 꿈과 같은 소리였다. 입으로 무에라고 혼자 [illegible]거리나 얼른 [illegible]지 않아서

『왜 그모양이냐?』고 물었더니 저喜들이 [汪] [illegible] 났었다고 해서 맞었더니 이모양 되였고 [또] [illegible]도 이모양으로……하고 날소리 흘러졌다。[illegible] 이베는 우리 말로 주고 받은 것이다。또 다시 내손녀 잡는 [illegible]의 손길은 조금 뜨거워졌다。두손 마주잡고 日本語를 거니던 젊은이들 이런 곳에서 읽게 될을 생각하니 그저 누구[illegible] [illegible]문으로 너무 억 눌러서 무슨 말이 잘나오지 않었다。[illegible]되였으니 나가라는 말에 밀리워 나오고 말었으니 이것이 [illegible](그후 한 주일)에 死亡 와는 이생에서 마지막 [作別]이였다。그길로 死亡[곳]으로 찾어가 [illegible] 찾었다。[illegible] 두것을 여자 「이세상에 이런일도 있어요?」라고 [illegible]는 내게 [illegible]하듯 했다。死亡된지 十日지났으나 九州[illegible]에서 [illegible]를 썼기 때문에 몸은 아무러치도 않다。[illegible]에서 나서 日本 [illegible]에서 죽었다。[illegible]에서 나서 [illegible]을 사랑하고 우리 말을 사랑한 [illegible]로 [illegible]에서 죽었다。우리가 오는것을 본 日本 [illegible]도 [illegible]이 있어서 그런지 슬그머니 없어 와서 아까운 사람이 죽었다고 하더 무슨 뜻인지 모르나 의 마디 소리를 놓게 지르며 [illegible] 했다고 말해 주는것이다。그 [illegible]는 지금 [illegible] [illegible]에 [illegible]의 [illegible]과 함께 나란히 누어있다。[illegible]가 지금 살어있다면 八·一五와 함께 손에 [illegible]고를 들어버리고 [illegible]에서 나이두에 못하지 않는 [illegible]에 [illegible]는 [illegible]으로 打[illegible]와 [illegible] 많이 써 내었을것이다。

(文藝 제14호, 1952·5)

李光洙先生과 人情

洪 性 翰

나는 내가 過去에 살아온 멀은 生涯中에서 내 이다。그러나 목말랐던 그에게 물한그릇의 慈善으 一生을 두고 잊시못할 感謝하고도 印象깊은 여러 로 말미암아 內部的生長이 있을가! 없을것이다。가지일中에서 한토막만을 적어보련다。나는 내過去 아니 있을런지도 모른다。然而 베풀든 그瞬間에 에 나도하야금 깊이 느끼게한 印象을 追憶할때마 이러한 따듯하고도 아름다운 그 人情이 그헌테 道 다 내마음은 끝없이 슬퍼진다。그리고 나는 여기 하였을것같으면 그에게는 반듯이 內部的生長이 있 서 더욱이 느끼는바는 우리 人類가 冷情한 感情 었을것이다。 가운데서도 따듯한 人情味에 對해서다。

그러면 精神的糧食은 무엇인가。宗敎에서 이른바 聖人은 말슴하시였다。「우리 人間은 麵包만으로는 精神的糧食은 오직 宗敎的修養에 있다고한다。살수없다。오직 精神的糧食이 있어야 산다」라고 果然 그리할지라도 모른다。그러나 宗敎도 우리人 然 그러하다。우리는 修養을 攝取함으로써 肉體的 情의 한 表現이 안일가! 老子、孔子、소크라테스 變化 다시 말하면 우리의 外部的生長이 있을것이 푸라톤、칸트의 哲學도 結局 人情의 한表現이 안 다。그러나 精神的인 內部的生長은 없다。목마른者 일가。그러므로 肉體的으로 목마른者에게도 오직 接 에게 물한목을 慈善함은 人情의 아름다운 한方面 惡한가、慈善性이 있지다는 精神的으로 목마른者에게도 오직 사랑과 慈悲心이 있을뿐이다。사람은 麵包만으로 살지못한다는 聖書의 內容은 여기있다。다시 말하면 사랑을 받지못하는 사람 또는 남을 사랑할줄 모르는 사람은 살수없다。或은 어떤 立場에서 살지모른다。그러나 사랑과 慈悲로운 마음을 가지지 못하고 사는것은 사는것이 아니다。

나는 過去에 남의 사랑을 넘어드 많이 받아왔다。나는 남의 사랑을 받기만하고 남을 사랑치 못한것을 퍽 슬프게 생각한다。나는 아마 過去에 남의 사랑을 받지 못하였드라면 아직까지 살아있었을런지가 퍽 疑問이다。나의 精神的生活에 苦悶이 있을던지 모르나 그러나 周圍의 사랑을 한몸에 받고있으니 나는 幸福한者이다。나는 이以上의 幸福을 求하지도 않거니와 願하지도 않는다。

나는 果然幸福者다。나는 있다금 슬픈마음이 나로하야금 괴롭게 하여주는때가 있다。그러나 나는 나의 周圍에서 사랑과 慈悲의 마음을 發見함으로 慰安을 얻는다。나는 이 모든것을 神께 感謝한다。나는 感謝의 情이 나의 가슴속에 充滿하여

길때에는 나는 항상 운다。

△仁川港에나렸으나

저녁노을에 붉이 나는새도 제집을 찾고 저어버이를 찾는다는데 하물며 卓越한、感情의 所有者인 사람으로 하야금 自己의집과 어버이를 아니찾을수가 없을것이다。"유칭한 론돈郊外와 華麗한 巴里네거리를 徘徊하던 그 亡命家들도 後天的感情이 다른 異域에서 그들의 오직 그리운 感情은 自己가 낮익게 記憶하여둔 옛터의 알뜰한 情緒이였다。이것은 決코 내自身이 異域에서 流離할때의 經驗한 바를 代言함은 아니고 오직 그들로하야금 우리에게 傳하여준 名言이다。이런感情은 어떤 局限된 사람에게만 있는것이아니라 어떤사람을 勿論하고, 다 이러한 感情이 있다。

나는 海外에 난지 近十年만에 처음 再昨年十一月에 그리운 故土를 밟았다, 처음 밟던 瞬間의 感情을 到底히 붓과입으로는 表現키 困難하다, 그때에 [illegible]되었던 瞬間의 感情이 아직 나의印象에 남아있어서 지금 이글을 쓰랴고 原稿紙앞에 붓을드

나 表現키어려운 感懷가 떠오른다。

陽十一月이면 晩秋의 한창이오 初冬의 시작이다 가마귀떼는 晴空의 이곧저곧에서 飛翔하는데 南쪽을 向한 잔디밭는 아직 파릇파릇하였다。路傍에 선 뽀뿌라닢은 우수수 소리없이 떠러지나 저철모르는 羊群은 넓은 들한복판에서 마른풀닢을 뜯고 있었다。칩이야 가나오나 自己의 배만불리면 滿足으로 生覺하는 그들이 오히려 幸福스러워 보이였고 羨望스러워 보이였다。

나는 上海領事館에 渡航證明書를 얻으러 갔다가 그냥 붙잡임이 되어서 近二個月만에 朝鮮에 나오게되였다。晩秋의 어떤날 아침안개가 海面에 자욱히 끼였을때에 나를실은 平安丸은 仁川港에 다았다。나의 가슴속에는 슬픈생각과 기쁜생각이 한꺼번에 범벅질하여서 充滿하였다。아! 故土를 밟은 그 瞬間, 그러나 다시 仁川稅關場에서 하로밤의 신세집이 되어 그이튼날인 十一月十四日午前車로 京城을 向하였다。닫는 車속에서 展望되는 鐵路附近의 반가운 景致가 오랫동안 보지못한 나로하야금 자못 感慨無量하였다。

車는 작고만 京城쪽을 向하야 달는다。나는 그때 오랫동안 理髮을 하지못하였고, 게다가 떠러진 洋服을입어서 나보기에도 여간 초라하지 안었다。이 모양을 하고 上海서 이끝가지 나왔으니 남의 注目을 아니받을理 萬無하다。이것도 내가 남달리 잘나서 注目을 한몸에 받게되였드면 그얼마 나의一生에 있어서 榮光이였을것을……

나는 周圍의사람의 注目을 끌면서 京城驛에 나렸다。나는 나의사랑하는 故土라고 찾아왔으나 나라는 不幸한 한사람을 맞아줄이 없었다。이렇게 생각할수록 自然히 悲感하여짐을 마지안었다。路頭에 그많은 사람이 다 생소하였고 보는 그사람이 나로하야금 다 冷情하게 보이였고 쌀쌀한人情을 가진것만 같이 생각켰다。事實 그리하였다。萬里他國 異域에서 寂寞함과 외로움을 참지못하야 엽탯것 그리였든 故國이라고 찾아온것이 이러하였으니 그때에 내가슴속에서 이러나오는 失望과 悲哀가 그얼마나 컷슬가。나는 異域에서 느끼든以上

의 幻滅의 悲哀를 느꼈다。나는 울었다。나는 더욱孤寂한感을 느끼는同時에 全身에 소름이 도침을 깨달았다。

사람은 眞正한 意味에서 本來부터 孤寂한者다。그러나 이와 正反對일시도 모른다。사람은 일부러 孤寂을 찾는다고한다。米國文人 소로ㅡ는 우오ㄹ덴 湖畔에서 怪鵑의 울음소리와 한천을 즐기는 나비로 더부러 二年間이나 孤獨한生活을 하였다고 한다。그러나 天性에 孤獨을 사랑하는 소ㅡ로도 一年이 되자마자 다시 人情의 따뜻한 世界로 도라왔다。孤獨을 사랑하는者일스록 人情에 우는가보다。그러므로 사람은 孤獨할수록 人情없이는 못산다。그러므로 孤獨한者에게도 그를 理解하여주고 同情하여주는 사람이 必要하다。이것은 自然한 人情이다。逆境에서 자라난 나는 이러한 感情이 더욱 發達되였다。이것은 나에게있어서 決코 不自然한것은 아니다。나와같은 苦境에 處하여있는 사람으로서 그의 切實한 同情者를 求하는 그心情을 그누구가 非難하랴。나는 일즉이 少年때에 어떤 젊은 婦人의 따뜻한 사랑의 同情을 받았거니와 그때 그婦人의 慈悲로운 그마음과 따뜻한 그人情이 외롭고 孤獨하였던 나의 어린心靈에 그얼마나 기쁨과 慰安을주었던고、그婦人이 그얼마나 고마왔던고! 그婦人의 따뜻한 人情에 나는 뜨거운 눈물이 나오깃을 적셔줌을 깨달았고 慈悲로운 그마음의 힘이 나의 외로운 心靈을 다시금 躍動시켜줌을 느꼈다。萎縮되였던 나의 生命은 다시금 生長을 계속하였다。아ㅣ偉大한 人情의 힘이여ㅣ

나는 京城驛앞에서 米子町行車를 집어타고 光化門네거리에서 나렸다。나는 南京있을때에 사괴인 H氏를 찾기爲하여서 東亞日報社앞에서 나린것이였다。나는 여기서 H氏에게 對해서 몇마디 言及하고저 한다。

H氏는 한때 朝鮮詩壇에서 相當한 地位를 占領하고있던 詩人이다。그때 H氏는 自費로 出版한 自己詩集을 가지고 中國文壇을 訪問하게 되였다。北京文壇에서는 氏를 相當히 待接하여주었고 北京各新聞에는 H氏를 大號活字로 紹介하였고 氏의 寫

費까지 내어주었다。氏가 當時 文壇的으로·그리 活躍이 없는 南京을 訪問한것은 上海文壇을 訪問하러가는길에 手中에 돈도 떠러지고 그때 그의同窓인 Y氏가 바로 南京에 있었고。金陵大學에서 工夫하던 金君도 맛나보려는것이였다。그때氏는 中國語도 몰랐고 英語드 몰랐기때문에 내가 旅館에도 다리고갔었고 Y氏도 찾아주었고 金陵大學 金君헌테도갈이 갔었다。다시말하면 그때 나는 H氏의 便宜를 많이도아주었고 만일 내가 없었드라면, H氏로하야금 퍽 困難한處地에 빠지게 되였을런지도 모른다。

H氏와 나와의 關係는 이와같았다。그러므로 이번에 H氏를 찾는것이 決코 나에게는 그리 無意味하지는 안었다。그러나 모든것이 나에게는 不幸만이 臨迫하였다。내가 믿고 찾으려든 H氏는 어떤 不正한事件으로 因하야 詐欺를 當하였다가 假出獄한지 몇일안되였으나 住所는 모른다고 어떤記者先生이 내게말하여주며 그옆에 앉었던 女記者는 손수건으로 입을막고 나를 힐끗힐끗 바라보며 우섰다。나는 그때 非文記者先生헌테 무슨 疎親나 當하는것같아서 마음이 퍽 不快하였다。其後에 알아보죽·H氏는 所謂 詩人이라는 일홈을 파라가지고 不正한 行動을 하였다는 말을 듣고 비로소 其女記者헌테 嘲笑받던 내마음을 드라보고 스사로 낫을 붉였다。

나는 할수없이 이번 배간에서 처음 알게된 朴君을 京城刑務所로 孔德里에 찾았다。朴君은 上海에가있던 크리스찬으로 그가 宗敎를 信仰하는이만큼 마음과 몸이 퍽 깨끗하고 正直한靑年이였다。朴君과 그의 母親는 意外에 나를 歡迎하였다。나는 여기서—또 따뜻한 人情에 느껴울었다。그러나 여호아하느님은 無心하였다。朴君과 그의母親은 糊口의 길이없어서 아침과 저녁을 굶을때가 번번하다하니 참만 불상한일이다。그러나 그이들은 敬虔한 宗敎的信仰者됨이 나의 괴로운마음을 든든하게하여준다。

나는 다시 朴君의집에서 나오게되였다。나는 仁川港에서 나렸으나 아직 갈곧을 찾지못하고 이곧

커골 헤매는者 그대로 남아있었다。

△先生의 첫印象

나는 어떤 바람몹시불고 흐린날午後 先生을 彰義門밖 弘智里에 찾았다。 모르는길을 물어서 先生의집 大門앞까지 다달으니 비가슴은 異常하게도 울렁울렁하였다。 나는 믄커 大門밖에서 숨을 태우면서 눈앞에 환하게 展望이되는 仁王山뒷몸과 三角山의 連峯을 一眼에 모아놓고 다시금 내눈앞에 내려다보이는 구비구비 돌려나리는 시내물을 바라다보왔다。 이만하면 퍽 아름다운景致라고 생각하였다。 그리고 크다란집드 朝鮮式寺院같은 感을 내게 주었다。 果然 이집은 先生이 佛經공부를하실랴고 이렇게 외딴 곧에 지은것이라고 하였다。 사랑하던 아들 鳳兒를 잃어버리시고 비로소 人生을 깊이 思索하게되였고 더욱이 生死問題에 對해서 많은思索이있다고 先生이 直接으로 말슴하신것이다。

나는 大門안에 드러서서 사람을 불렀다。 이윽고 사랑房문이 열리드니 노랑저고리에 남빛치마를 입은 十二三歲가량 되어보이는 少女가 마루에 나서면서 「누구 찾으세요」한다。 나는 先生을 찾아왔노라고 하였드니 안에서 「드리오시라고 해라」 하는 소리가 나의 귀에 들린다。 나는 구두끈을 끄르고 先生의 書齋로 드러섰다。

房은 큰 二間방인데 웃목에는 큰書架가 놓여있었다。書架에는 大英百科全書와 日文으로된 百科全書가 끼여있었다。其他 大部分이 英文書籍이고 佛書도 있었다。 書架바로옆 北쪽을向한 창문앞에는 바로 先生의 책상이 놓여있었다。 壁의 四周에는 油紙가 걸리있었고 아랫목에서는 先生의 愛子 英根이가 놀고있었다。 先生은 쓰든 原稿를 미러놓고 뜻하지아니한 손님의 入來를 반갑게 받으시었다。 그때 先生의 첫印象이 나에게 따듯한 人情味를 준것만은 事實이다。 나는 먼저 先生을 찾아온 主旨를 簡單히 말하였고 외에 先生은 내게 여러가지로 親切하게 물었다。 先生은 中國時局에 對해서도 퍽 많이물었으나 나로하야금 確實한 對答을 하기가 어려웠다。 時局에對한 正確한 見解와 批評은 오히려 中國의 時評界에 依하야 發表되는 報紙보다는 이곳이 더 正確性이 있었다。이것은 오직 中國의 複雜한 政治的對立으로하야금 正確한 報導를 自然히 民衆層에게 報導치못하게 되는데있다。여기에 公正한 時局評은 勿論 紙上에 發表되지 못할뿐더러 모다가 自己의 政治的主張만을 固執함에있었다。그러나 지금은 所謂 名目上으로 全國이 統一이 되었으니 아마 三四年前과는 다를것이다」그러므로 中國에 오랫동안 있었다 하더라도 時局에 對한 正確한 消息은 오히려 이곳이 確實하였다。先生은 아마 中國時局에 對한 나의 無知를 看破하고 落心하였을른지도 모른다。그리고 내個人問題에 對하여서도 여러가지로 質問이 있었다。先生으로하야금「그러면 앞으로 生活은 어떻게하여가나」하는 내 個人生活에 있어서의 從核的問題를 말하게되었다。何如間 나는 그때가 바로 中國서 막나오는터이라 더구나 내 個人的生活에 있어서 徹底한 푸로크람이 없었다는것보다도 漠然하였다。徹底한 푸로크람이 없었기때문에 徹底한 答을 하지못한것도 事實이겠고,其實은 先生으로하야금 내事情이 딱딱하게 보였으리라고 지금도 肯定하는바이다。그렇음도 先生으로하야금「아직 나와같이 있으면서 봅시다」하지않었든가」나는 先生의 意外의말에 感謝함을 마지않는 同時에 진실로 感謝의 눈물을 흘리지않을수 없었다。나는 잠잠이 앉어있었을 따름이였다。

우리들사이에는 暫時동안 沈默이 흘렀다。나는 이 緊張한 空氣를 깨트리기 爲하야 무슨 話題를 꺼집어내랴고 애쓰는 瞬間에「洪君도 나와같소」하는 先生의 부드러운 목소리와 和氣와 우숨을 띠운얼굴을 내게로 向하였다。「洪君도 나와같소」果然 그 무엇을 말함인가? 先生도 아직 人生問題를 다解決짓지 못하였으니 不可思議의 存在를가진 우리人生으로하야금 精神的 苦悶이 없을리 萬無함이아닌가? 冷冷한 理性的判斷과 人間을 사랑하는 先生의 人情으로하야금 서로 衝突도 있겠고 矛盾도 있을줄 믿는다。

무엇이 眞理나? 이것은 先生께준 宿題인 同時에 우리들의 宿題다。무엇이 人情이냐? 사랑하는

마음이 이러나는것도 人情이요 흉악한 마음이 아러나는것도 우리의 人情이다。넓은 들에 혼자 피여있는 꽃한폭이를 보고 애석한 마음이 이러나는것도 人情이오 不幸한 사람의 얼굴에 춤을 배앗게 되는마음이 이러나는것도 우리의 人情이라 한다。人情은 무서운 命令을 나리운수 있는 同時에 慈悲로운 마음을 춤게도 하여준다。

아— 아름답다。그 人情이여 讚仰하라 그 人情을— 아! 무서운 그人情이여 警戒해라 그人情이!

나는 先生의 집에서 커퓌을 먹고 몇일後에 오겠노라하고 자리에서 이러났다。이때에 先生는「잠깐만 앉어게시요」하시고 안방으로 드러가신다。한 十分後에 先生는 黑色洋服조고리하나를 가지고 나오시더니 그것을 내에게 주면서「날이 커붋고 찬바람이부니 이것을 입고가소」하신다。그날밤은 퍽치웠다。밖에서 부는바람소리는 요란하게 들렸고 더구나 날이 흐려서 하늘에는 별하나 안보였고 여간 침침한 밤이아니였다。先生宅에서 내가 留하는 朴君의집까지를 걸어가자면 적어도 두時間은 要할길이였다。더구나 彰義門 높은고개를 찬바람을 가슴에안고 넘어가자면 아직 여름洋服을 입고있는 나에게는 퍽 벅찬길이였다。나는 先生이 내여주는 옷을 辭讓하였더니 先生은 사양말고 어서입고 가소하면서 나에게 입혀주시었다。아! 나는 그순간이 얼마나 感激하였던고— 나의 心靈에는 그 얼마나 깊은 感謝의情이 흘렀던고— 나의 눈에서는 뜨거운눈물이 그얼마나 흘렀던고! 그때에 흐른 눈물이 지금도 黃海의 물한방울로 되어있으려니。이렇게 생각할사록 옛情이 그리워질뿐이다。

나는 握手도 先生과 作別을하고 大門밖을 나서니 四周가 캄캄하여서 앞길이 브이지않었다。

× ×

先生을 맞나는 사람은 누구를 勿論하고 人情이 따뜻함을 느껴지리라고 믿는다。여기에 先生의 人情겨운 에피소트하나가 있다。

바로 昨年 늦은봄인가보다。先生과나는 Y牧師宅 찾기爲하야 葬禮집으로 가든길에 번삽한길가에 젖먹이 등을 젓가슴에 안고 길가에 앉어서 오고가는

行人의 慈悲을 求하는 젊은 婦人이 있었다。우리는 그婦人앞을 지나게 되었다。先生은 그 婦人앞에서 옴기든 발걸음 멈치고 지갑에서 돈一圓짜리 한장을 꺼집어내어 그 婦人에게 주면서 「아이고 事情이 딱도해라。어린것들은 웨 났오?」하시는 先生의 눈에는 눈물이 그렁그렁 고이였다。따뜻한 그 人情과 그눈물이 젊은 그 婦人에게 無限한 感激을 주어으리라。그리고 도라서서 눈물고인 눈으로 나를 바라보며 「人生은 苦海야。朝鮮만해도 저런불상한 衆生이 얼마나 많은가! 아침저녁을 굶지않고 살아가는 우리들은 그얼마나 고맙고 感謝한일인고!」하는 先生의 얼굴은 퍽 寂寞하여보였다。果然 아침저녁의 먹을근심없이 이 世上을 살아가는것만해도 그얼마나 고마운일인지 모를것이다。

그러나 先生은 있다금 人生의 모든 苦惱을 잊어버리시고 人生의 香氣로운 꽃밭으로 맘놓고 逍遙하면서 戀愛를 論하고 달큼한 사랑을 말하신다。그얼마나 人間的인가!

그러므로 先生은 歷史家라는 詩調面에서 다음과 같이 노래하였다。

歷史家여
그대의 歷史는 쇠人통거짓말
그와나와 사랑은 안직은
그 歷史는 쇠人통 거짓말
그와나와 因緣을 안켜은
그 歷史는 쇠人통 거짓말!

歷史家여
그대는 무엇하러 붓대를 들고
거죽의 外交터와 피흐르는 戰場으로만 달리는고?
眞正한 人生은 밭둑과、
저 牧場의 「사랑」에만 있는것을
그러매로 그대의 歷史는 쇠人통 거짓말

△文은 法則

先生은 文學者가 아니고 文人이다。先生은 文學者의 資格을 約束할만한 素質도 있지마는 스사로 學者됨을 그리 願치않는 모양이시다。그러나 先生은 學者가 될만한 한가지 條件이 不足하다。그것은

天性에 타고난 남달리 뜨거운 感情을 가짐이로서다。學者로 一生을 從事할라면 좀더 意志的이야되겠고 어느程度까지의 天性이 冷情하야만 되기때문이다。다시말하면 先生은 意志的이 못되고 感情的이다。豐富한 感情의 所有者인만큼 모든事件을 感情的氣分如何에 있어서 判斷할 余裕가 없지않다。感情的判斷이 意志的判斷에 比하여서 더많은 誤謬를 犯하지않을가한다。그러나 우리 生活의 大部分이 感情的氣分속에서 삶에있어서랴。

산 人生을 그리는것이 文人이 맡은일인 同時에 그들의 義務다。何如間 藝術家는 人生을 보는 그대로 그리는데드 往往 不自然한 心理的 描寫가 웨는 우리로하야금 느끼게된다、이것은 오직 作者의 說明力과 想像力이 不足한데서 그렇게 되는것이 아니라 其實은 이와 正反對로 人生 그본건을 너머도 抽象化하고 未練化하는데 있지않는가 한다。아마 이런 意味에서 藝術은 自己表現에서 始終한다고 말하는가보다。나는 이런意見에 그리讚意를 가지고싶지않다。나는 作者의 空想的取材가 作者의 抽像的乃至 主觀的心理로 人生을 描寫하는것보다도 더 意義를 가지고있지 않는가 생각한다。웨 그러냐하면 내가 말한바 空想的世界에서는 어떤程度까지의 未來性이 있기때문이다。또는 이와 正反對로 抽象的世界에는 虛僞는 없을망정(?) 그瞬間瞬間이 우리의 意欲界에 豐富한 興奮을 주지못하기 때문이다。우리의 心靈에 興奮을 주지못하게 될때는 生命의 枯頓이고 人類의 滅亡이다。

여기에 空想이란 用語를 簡單하게 說明하자면 마치 法律上으로 그 規定이 있는모양으로 人生에 絶對眞理인 人情이란 規定밑에서 살수있지 않을가? 한다。當치도않는 空中樓閣이라도 人情에 맛기만하면 우리도 그藝術的價値를 承認할수 있지않을가한다。過去、現在、未來를 通하야서 人情이란 規定에 合而爲이될때에는 거기는 藝術的永遠性이 있을것이다。도마스、모아의 유토피아라는 小說은 人類가 亡하는날까지 永遠한 價値를 가지고 있을것이다。

나는 여기에 人情이란 아름답고도 괴로운 存在

을 느길적마다 先生을 瞑想하게 된다。先生의 모든 動作은 人情이란 範疇內에서 活動하고있다。그러므로 先生은 어떤 獨斷的 批評家에 對해서 진실로 諒解을 가지고 있지않을뿐더러 全然 不滿足과 蔑視를 가지고 있지않는가한다。

어떤 雜誌에 漫畵로 先生을 評하여 純粹한 藝術도 아니고 左도 아니고 右도 아닌 中立派라고 하였다。

어떠한 標準에서 藝術家를 分類하는지는 모르나 그 雜誌의 漫畵가 나보기에는 퍽도 異常하였다。人情에 어그러진 小說은 決코 文學的作品이 아니다。

이와 마찬가지로 人情을 度外視하고 文學的 作品을 批評한 批評은 批評이 아니다。그러므로 批評家의 職分은 作品中에 表現되는 모든 人倫的關係가 人情이란 法則에 어그러지지 안토록 指摘하여주는 同時에 批評하여 주는데 있고 이것이 原則이다。그러므로 人情으로 모든것을 觀察할것 같으면 政治的 乃至 道德的으로 對立되어 있는 社會行爲로 하야금 지금과 같은 極端의 誤解는 아니생길것이다。

사람은 色眼鏡을 永遠히 깨끗히 버서 내버릴수는 없다。웨 그러냐 하면 우리는 事物을 善히보는것은 結局 善이란 色眼鏡 다시말하면, 善이란觀念이 우리의 精神全部를 支配하고 있기때문에 보는 事物로 하야금 善하게, 보이는것이다。그러므로 善도 色眼鏡인 同時에 惡도 色眼鏡이다。그러나 善은 眞理에 있고 惡은 非眞理에 있기때문에 善을 行하고 非善을 排斥하게 된다。

그러므로 우리는 隣人에 善을 다하는데는 人情이란 色眼鏡의 렌즈를 通하야 보는데 비로소、人情다운 眞理를 볼수 있고、行할수 있다。이 原理가 極히 平凡하고 적어보이나 其實은 이와 正反對일지도 모른다。

그러나 日新月異의 加速度로 進行하는 社會思想은 單純히 以上의 原理만을 容納치 않는 모양이다。그러나 宇宙의 根本原則이 不變할 時는 人情이란 法則도 永遠히 不變한것이다。그러므로 先生

의 根本思想은 人情이란 높은 法則에 있고 끝없이 갸륵한 慈悲心에 있다。라스킨이 그 어떤 詩題에 암만 惡한者라드 茫茫한 높은밤 하늘에 반짝이는 별을 바라보게 되는者는 善者라 하였다。이것드 人情의 한 움즉임이다。

감감한 밤하늘에 반짝이는 별을 바라보게 될때에는 모든것을 잊게되고 甚至於 自己라는 存在까지도 잊게된다。

自己를 잊는 그瞬間이 그얼마나 아름다우냐。自己를 忘却하는 그 瞬間인즉 오직 眞理를 보게되고 善으로하야금 自己를 表現케 될것이다。그러나 이러한 瞬間은 一刹那다。永遠치 못하다。우리는 다시금 人性으로 드라온다。

人性으로 드라오는 때에는 벌서 모든 欲慾과罪惡을 犯한者가 되고 만다。眞理와 善으로 더부리 永遠히 自己를 表現치못하는 우리 人生으로 하야금 어떻게 永遠不變(그 自體가)의 法則을 가지고 複雜한 社會相을 說明할것인가?

人情! 人情은 果然 높은 法則이다。

——於 平南松山里——

(白光 제6호、1937·6)

再生李光洙論 (上)

金 文 輯

一

오늘 친구들이 모인 어느 마당에서 畏友K兄에게 弄半眞半의 愉色으로 나는 단단히 非難을 받았다。文壇의 論客의 말같으면 애당초에 問題삼을 내가 아니지마는 卑劣한 文壇政治와는 職業的으로까지 距離를 멀리하고 있을뿐더러 平素부터 「花脈을 理解하고 사랑하는데 있어서 나는 絕對로 人後에 떠러지고 싶지않다」고 公言하고 다니는 人間K의 批判이라 나는 나 自身을 爲하야 春園을 再評하는 一種大衆的인 義務를 느끼지 않을수 없게된 것을 機會로 이에 本誌에 約束한 春園論에 붓을 대이기로 한다。

「一여보게 人事 새로함세! 나는 그래도 자네를 人間으로서나 藝術家로서나 남달리 높게 評價해 왔는데 저번 자네 春園의 「사랑」評을 읽고 아뿔사 이놈의친구 인제 餘望없구나! 하고 혼자서 長歎息을 거듭했네 그래……」

어떻든 이런 첫 人事로서 相當히 攻擊을 받은 것이나 이에 對해서 그러나 나는 別로 辨明할 必要를 느끼지 않었었다。맨 나중으로 나는 나 自身에게 일러 들기는 語調로서 다음과 같은 한다더를 중얼거렸을 판이다。

「암만해도 자넨 아직 나만큼은 春園을 모를걸세。」

果然 나는 이 한마디에 包含된 自信아래서 「사랑」의 讀後感을 썼고 그 自信이 또한 나로 하여금 이제 春園論을 다시草하게 하는 것이다。

미리 말해 두거니와 일측 나는 小說을 썼고 앞으로 다시 또 小說을 쓸 決心이지 마는 나의 創作態度는 春園과는 極的으로 對立하는 者이며 더구나 理想이니 人道니 博愛니 또는 因果니 佛心이니 하는 等屬의 春園的 主題는 扱取할 資格도 없거니와 設使 神佛이 나를 極樂淨土를 觀光시키는 일이 있다할지라도 限死코 그런 高尙한 理念의 世界에로 나의 藝術을 몰지 않으리라는 것만은 罪

人의 權利로서 敢히 盟誓해 두는 바이다。

오늘날 까지의 春園을 三期로 나눈다면 「사랑」은 春園의 第三期第一回의 作品이다。傳記的인 明確性을 캔다면 本誌創刊號 所載의 「無明」이 事實上의 第一回作品이요 近日 그 後編이 나오는 「사랑」全卷이 그의 第二作品인 것이다。

허나 多幸히도 나는 「無明」은 「사랑」의 어머니요 「사랑」은 「無明」의 아버지라는 怪常하나마 當然한 倫理性아래서 同時同格的으로 誕生된 同姓의 두 作品임을 認定하므로서 兩者의 先後關係를 까다롭게 캐지 않으려 한다。

이倫理性은 「無明」「사랑」二作에 限한것이 아니라 멀리 溯行하야 「無情」이란 그의 處女長編에 까지 밋인다면 讀者中에는 或 나의精神을 疑心한이가 있을것이다。그 疑訝에도 不拘하고 敢히 나는 「無明」은 「사랑」의 作品的同意語인것과 같이 「사랑」은 또한 二十年前「無情」에의 蕩子歸還(聖書故事)이라고 믿는 者이다。

「無情」이란 親家를 저버리고 끝없는 人生을 二十年間 放蕩한 作家春園은「無明」이란 其實「有明」의 世界에까지 몰리어 가서 거기서 비로소 追求의 對象이었던 解脫의 曙光을 發見하고、그 曙光을「사랑」이란 形相에 담아서 방울소리 처량하게나 귀를 담며 늙은 아비 혼자 기다리는 二十年前의 그집「無情」의 故鄕으로 도라와、前非를 懺悔하고 이에 修道의 길을 向하야 人生을 再出發하려는 것이라고、적어도 나는 그렇게 믿고 있다

나는 가장 많이 「無明」을 評한 必要를 느끼나 이미「사랑」評의 問題가 났으니 먼저 그것을 一顧치 않을수 없다。

自然主義와 닭키시즘의 洗禮를 받은 現代인테리겐차ー의 눈에는 「사랑」은 確實히 한장의 夢想圖設計圖일 것이다。果然「사랑」은 如何한 種類의 近代文學도 아니다。그러나 그가 맑쓰의 觀念을 遊戲하는 机上의 唯物論者라거나 또는 밤마다 酒場에서 自動車로 돌아가는 有産蕩子의 가스자 이데오로ー그라거나 하는 機械的浸透性에서 포ー즈를 取하고있는 一聯의 時代的小秀才가 아니고 人生을 個性에서 把握하며 時代를 大乘에서 展望하는 創造的 爲人이라거나、또는 客觀的情勢의 如何를 不拘하고 無言實行으로 所信을 實踐하는 眞人的이데오로ー기 라거나 하는 사람이면 創作「사랑」은 神과 惡魔와의 混血證로서의 人間、또는 希臘主義와 헤브라즘 과의 相克圖로서의 人間、그 人間의 不完全한 대모의 眞摯한 記錄이란 뚜렷한 事實을 評價함으로서 古今東西를 通하는 갸득한 하나의 存在理由를 「사랑」에 附與하기에 吝嗇치 않은것 이다。

再言커니와 「사랑」은 果然「近代文學」이 아니다。그러나 過去의 文學인 以上으로 未來의 文學이가도 하다。人間에 愛慾이 있고 愛慾에 相剋性이 있는限、다시 말하면 人間에 內在

가 있고 그 肉體에 精神이 깃드리는 맛, 또 한번 바꾸워 말하면 人間이 現實과 理想과의 사이에서 生活을 苦悩하는 受難的인 맛, 作品「사랑」은 人間李光洙의 외로운 鬪爭史로서 적은대로의 그 값은 떠러트리지 않은 것이다.

二

어느 座席에서 내 敢히 世界第一流의 文章이라고 公言한「無明」에 對한 文藝哲學的 所感을 述懷하기 前에 이「사랑」에 關한 世間의 議을 좀더 具體的으로 깨치고저 한다.

所謂 至上派요 耽美主義者인 내立場과 趣味 또는 技術로서 觀賞하면「사랑」은 決코 上上의 作品은 아니다. 耽美主義란 내個人性을 떠나서 文藝科學者로서의 批評家의 立場에서 檢察하드래도 거기에는 相當한 不滿과 非難되는 點이 없다 할수 없다. 그럼에도 不拘하고 四年間 朝鮮文壇서 長短篇을 莫論하고 나로하여금 한꺼번에 다 읽게한 (前編五百餘頁) 唯一의 小說이란 虛心坦懷한 事實에서 우선 나는 이作品의 特異한 價値를 찾지 않을수 없다.

그러면 大體 그 不滿乃至 欠點은 무엇일까? 비꼬읍게도 우리文壇서 指摘한 이作品의 致命傷이란 例外없이 이作品의 長點들 뿐이었다!

一例컨데 金南天君의「사랑」貶下는 君의 例의 意識的中傷이라 애초부터 問題된바 아니지마는 리어리스트로 金東仁의 評言조차 氏가「리어리스트」인 所以에서 自繩自縛의 結果를 맺었다는것을 보고 나는 스스로 배운바 있었다.

대관절「사랑」은 이른바 性格小說이 아닌것이다. 分明히 테-마小說이다. 이 테-마를 構成的으로 表現키 爲하여 作者春園은 自己自身을 解體해서 하나의 太陽系的人物體系를 紙上에 配置한것이다. 男女老少를 勿論하고 作品「사랑」에 나오는 人物은 例外없이 春園의 分身들이다. 主人公 安賓은 이太陽系의 太陽的存在임은 毋論이다 가령, 文學靑年 許榮이 젊은 李光洙의 人間像이라면 無色無臭의 聖賢安賓은 老春園의 理想境이요 誠實한 그안해 某가 家庭的으로 不幸한 春園自身의 現在의 主婦的一面이라면 女主人公 石荀玉은「愛人春園」의 異性的表現인것이다. 이들 한다-스의 人物들이 交響樂的으로 和合해서 하나의 體系的性格을 이루우는 것이다. 即 安賓은 李光洙로부터 地上的인 여러가지 要素를 分割해낸 다음 最後로 남는 春園氣魄의 精華인것이다.

如此한 性格分割의 創作實踐은 第三期春園으로서 비로소 可能한 일이며 餘他의 群小作家는 計劃조차 못할 노릇이다.

(文章 제4호, 1939·5)

再生李光洙論（下）

金 文 輯

三

耽美主義者로서의 이「無明」에對한 나의不滿은 말하지않어도 알일이다。그러나 비꼬운 事實에는「사랑」亦是 耽美主義의 作品이라는 나의 새로운 見解이다。다만 春園의 耽美對象이 形而上的天使에의 理想愛인데 對해서 나의 그것은 形而下的美女에의 肉體愛이란것、따라서 兩者의 對象表現의 媒介手段과 工樣式感情이 別個世界에서 展開된다는 事實이다。그러고 보면 結局「사랑」은 文學史에서말하는 耽美主義의 作品은 아니란 結論으로 歸着되니 또 다시 나는 나의立場을 떠나서 客觀的으로 이作品에 對하는수밖에 없게된다。

即「사랑」을「사랑」自體에서 觀賞했을제 나는무엇보다도 다음의 세가지點에 不滿이었다。첫재 文士安賓이 어떤過程을 通하여 醫師가 되였나? 둘재、少女時代의 石荀玉이 어째서 文士安賓을 思慕했나? 셋재로는 그갈이聖스러운 石荀玉이 어찌문 또 그갈은 女児가되어 月尾島무슨 閣에서 許榮의 피를 搾取해 내는가?

以上不滿中 第一第二의 두點은 下編을 읽으면 스스로 解決된다는것을 알고 나는 安心하였다。第三의 荀玉性格의 關한 行爲問題도 下編을 通讀하므로서 어떤高等批評的인 理解가 生길것은 推測하고 이 또한 安心한것이다。

아직 後編을 읽지 못했고 또 遺跤消息에 關해서 作者로 부터 아무런 所聞이 없는 나로서는 全然 推測을 不許하겠으나、그러나 나의 對作品的 呼吸 갈에서는 그갈이 許榮에게 冷情하고 生硬하게 구는 前編前半에 있어서의 荀玉에게서 意外에도 나는 그가 許榮과 結婚하게된 性格的 必然性을 攝取한 者임을 이자리에서 明白히 告白해 둔다。非性格的인 性格의 必然性―이 六感的藝道의 메카니슴이 또한 나로하여금 一見非人道的으로 觀察되는 荀玉의 對許榮的不自然行爲가 一如히 受造物的有機性을 더운愛嬌임을 알게하는데 主力이 되었다는것을 告白치 않을수 없다。

나는 믿는다 荀玉이, 그가 尊敬할수없는 許榮과 一生에 한번은 結婚하는 날이 있으리라고。 그리고 不幸한 안해가된 石荀玉은 尊敬以上의 사랑을 저도모르게 그 못난 男便許榮君의 몸덩어리에서 創造해내리라고。다시 말하면 荀玉은 그가現在 意識치 못하는 第二性格으로서 許榮을 熱愛하고 있는 것이다! 이熱愛의 消極的表現이 許榮에의 憐護이요 그것의 積極的 表現이 安貧에의、尊敬이라는 微妙한 內在律을 荀玉과더부러 作者春園은 果然알고 있는가? 모르는채 그냥있는가?―願컨대 後者 그냥 이기를 나 어찌 바라지 않으리요。

結局 結婚한 石荀玉은 어찌되나?―모르긴 하나 前編에서의 나의 透察같애서는 가없은 聖處女 石荀玉은 가없은 그男便 許榮에게서 가없은대로 再現된 安貧을 發見하리라―무슨 말이냐? 다른말이 아니라 安貧과 許榮은 그本質에 있어서 同一人이라는 나의 斷言으로서 이다。許榮과 安貧。果然 그러하다、이 두人物이 作者春園의 同體兩面的 表現物이다。 이分裂圖式에 事實인즉 人間李光洙의 不幸이 展開되었고 修道者李大師의 苦悩이 象徵되었는 同時에 藝術家春園의 自己救濟가또한 設計된것이다。

四

이作品에 對한 世間非難의 焦點은 例의 血液一號 血液菜號하는 初見의 그 荒唐한 수작에 있는듯하다。나亦是 이에 처음 對했을 적에는 어떤 科學的形式을 비러서 生理哲學的으로 人間의愛慾相을 象徵시키려는 作者의 새로운 意圖인것으로 觀察하고 저옥히興味를 느낀것이나、漸次로 그것이 頹性的인 만네리슴으로 機械化해가는 事實에서 最初의 價値評價가 改正되어 감을 不快히 여긴者이다。허나 近代的文學人의 面目으로서 나는 春園을 爲해서가 아니라 現代文學을 爲해서 이에關한 嚴正한 一言을 남기어 두지 않을수 없다。

即 純粹한 讀者인 나로하여금 漸次로 惰力的인 만네리슴을 느끼게 한것은 糊明한 餘地없이 春園의 作家的 失態요 甚至於는 그의 力量問題가 討議 되지 않을수없다。그러나 내가 血液分類를 單純히 作者의 象徵的表現手段으로 看做하고 一種近代的인 興味를 느꼈다는것은 나의 科學的 無智를 表白함에 다름 없었다는 事實

이다。 하물며 그것을 개수작 이라고 一言之下에 酷評해 버리는 在來形의 藝術認識者에 있어서 이랴。

最近 探知한 바이지마는 「사랑」이 發賣된 以來 朝鮮醫學界에는 하나의 話題가 春園을 向하여 物議되고 있다한다。 所謂 新刊評用 原稿라 내가 멋도 모르고 例의 讀後感에서 「學位거리가 되지 않을까」 라고 한말은 過讚이 아닌것이 아니라 오히려 過貶之感이 不無하다는 이 事實이다。

愛情의 種別에 따라 體內에 어떤 血素가 發生하며 어면 分泌物이 排泄된다는 것은 堂堂한 科學的根據가 있는 現象이며 따라서 그때의 그사람의 體臭라거나 血液香이 어떻게 變化한다는것은 吾人의 常識으로서 足히 肯定할바 레오리 가 아니면 아니란 것이다。

이러한 未開拓의 生理學的 微妙事象을 泰西의 모든 近代文學에 앞서서 春園이 朝鮮서 먼저取扱했다는 事實은 우리文學의 矜恃가 아니면 아니고、 더구나 理想主義의 小說「사랑」에서 그것이 展開되었다는 事實은「사랑」을 文學的으로 再評價하게 하는데 效果的인 어떤要素가 되지 않을가고 나는 믿는 者이다。 이러한 點에서도 나는「사랑」을 世界的長篇의 하나이라고 過讚한나의 自身을 後悔치 않는다。

「사랑」 解釋이 좀 길어진 感이없지 않다。 이왕이면 하나의 實話를 蛇足케 하는 餘裕를 許諾하라。

昨年歲下 어느날이다。 四五十年 朝鮮서 宣敎事業을 한 老牧師한분이 初見의 春園을 孝子町으로 찾아왔다。 그가 流暢한 조선말로 述懷한 所懷은 다음과 같었다。

「―당신의「사랑」은 내가 오늘날까지 피ㅅ땀을 흘려서 해온 以上으로 조선사람을 救援한 것이요!」

나는 이 西洋老宣敎師의 말이 자못趣味에 맞지 않고 또 그 말에 强한 文學的反撥을 느끼는者이나 그러나 그런 天然잔 好人도 있었다는것을 揷話로알려 두는바이다。

다음 나는 「無明」을 評斷하고 이어서 春園自身의 입을 비러서 그를 原形的으로 觀察하므로서 이再生李光洙論을 構成코저 하는바이다。

五、

어면 이데오로기-를 휘둘르는 젊은 文人이「衆生과 生佛」이란、題目만 보아도 알 그淺薄한 눈으로「無明」을 評下한 글이 某紙學藝欄에 揭載되 었을때 나는 率直하게 그靑年은「無明」에 나오는 罪囚中 그어느 한사람보다도 人間的 價値에 떠러진다는 것을 認識한 것이었다。

賢明한 讀者는 只今까지 내가 展開해온 春園觀으로서 더 말하지 않어도「無明」에 있어서의 作者의 意圖가 어디있는가를 알것이고 이것의 構成律과 制作態度

와의 價値樣相이 어떻한 力學原理上에서 凝結되며 따라서「나」對 罪四甲乙丙…N의 形而上的 倫理關係와 形而下的親和力이 如何한 調和아래서 無論理의 論理性을 完了하고 있는가를 感知하기에 어둡지 않을것이다。

單純한 그들 靑年의 小乘眼으로서는 勿論 生佛과같은「나」의 苦惱相이 보이지 않을것이요 더구나「나」의 人性的分身單位들인 그들四人들이 처량한 神佛의 曙光아래서 受造物로 서의 必然之途를 소리없이 歸往하고 있는 그高次的 世界觀의 具像圖를 作者와한갈 無限慈悲의 法眼으로 客觀할心態上의 悟性이있었을 道理가없는것이다。

이들 病監의 衆生들의 個個의 性格描寫의 完璧性과 悠悠不迫의 그表現技術의 快適性과는 古今東西를 通해서 決코 第一線에서 떠러지지 않을것이란것은 누구나 文學을 鑑賞하는者의 肯首할바 評定家의 觀測이라 贅言을不要하지마는、그分身들을 通해서 그같이 深刻하게 이네個體의 所屬體系인 人生을 苦痛하면서도 作者는 그야말로 生佛처럼 그苦痛을 言頭에 항칠해보이지 않은 그 殘忍에 가까운 Posture 에서 나는 이作品價値의 最高要素를 찾는 者이다。

이作品에는 毋論 小說的構成이없다。 이作品을 絕讚하는 사람들도 이構成問題에는 不滿을 품는다。 나는 朝鮮文學人의 鑑賞力을 痛歎하지 않을수 없다。 萬若여기에 이른바 小說的構成이 担當되었든들 이作品의 眞價性 따라서 藝術價는 四分一을 減殺을것이다。

좁은 病監의 一室이라고 해서 小說的構成이 없어야 한다는 것은 勿論아니다。 한사람이 잠간 便所에 드러가 있는 동안을 그리드래도「유려시ー즈」以上의「戰爭과平和」以上의「데미제라불」以上의 巨大한 小說的構成이 있을수 있다는것은 文壇의 常識이 아닌가。 그러고 또 가령 希臘悲劇과 같이 어떤 典型的形式을 間接으로 意味하는 所謂 그 小說的 構成이란것을 經蹈하는것이 偶然히도 近代文學 더구나 散文藝術의 자랑이 아니었든가?

허나 以上의 두가지 見解로 해서「無明」의 小說的構成性의 欠如를 辯護하려할만큼、나의 文學眼이 低級치 않다는 것은 나自身의 僥倖일것 뿐만은 아닌것같다。

聖諦ー

한篇의 監房文學인「無明」을 가르처「聖諦」라고 부르면 누구보다도 作者自身이 먼저 눈이 휘둥둥해질지 혹 모르긴 한다。 이矯激한 神的冒瀆에도 不拘하고 나는 그글「無明」을 라파엘과 同列하는 한장의 聖諦로 봤다。

거기에는 虛無와 相通하는 神靈의 言語가 綺談化되어있었다。 無色의 그림。 애써 色을 찾는다면 黃昏의 灰白色일까。 그렇다「無明」은「黃昏의 灰白」한 色으로 그런 非佛非中의 人間狀態이었다. 또스토에뜨스키ー의 만난 빌지 않어도, 虛無는 創造의 밧탕 이다. 各己제각곳으로 獄中生活에서 그들衆生은 하나씩 하나씩 虛無해 보이면서, 惡傾의 熱情을 使徒의 安平靜話로 衣裝한 作者는 따듯 시참이를 따고 그들의 뒤人꼴을 알뜰히도, 永遠愛에의 生命價値로 秩序읍게 創造해낸것이다. 그 어찌 聖話面이 아니며 「진상」(나)의 慈眼을 通한 그들 尹、閔、鄭、姜、看病夫그리고「百號」等 囚園人들이 聖話像의 個個가 아니리요. 그러면 聖話에는 綺話的 콘스트라숀이 없어도 좋은가? 卽 聖話的文藝作品에는 言話藝術的 構成骨格이 없어도좋은가? 이런 質問 그自體가 벌서 넌센쓰이다. 構成없는 作品, 그는 骨格없는 人間, 또는 空間없는 建築物보다 存在理由에 無能力한 것이다. 冷靜하게 보아서나는 「無明」에서본 構成만큼 整然한 構成을 일즉 春園作品에서 보지못했고 朝鮮文學에서 發見한 記憶이드물다. 머리가 어디붙고 팔과 다리는 어디붙고 또 배人곱과 궁둥이는 어디쯤 붙고해야 된다는 在來的 市井小說에서 일컷는構成은 이作品에 와서는 宮中貴女의 지개보다도 無用之長物인것이다.

聖話「無明」에는 「無明」自로가 先後兩天的으로 必然하는 構成이 있는것이다. 一讀해서 아는바같은 그런構成이다. 여기에 萬若「사랑」이 所有하는 寸分 흠잡을수 없는 大建築的 小說構成이 捏造되었었다면, 藝術價値에 있어서 「無明」은 逆으로 「사랑」에도 따르지 못했을 것이고 讀後의 우리가 感受한 그全面的 眞實性은 「사랑」에 散在한 說敎文에서 우리가 느끼는 그程度의 迫力밖에 더 作用되지 않었을 것이다.

그럼에도 不拘하고 作者以外의 所得으로 우리는 너무나 明白히 그리고 너무나 深刻(ー)하게 그들 監房一室의 不過몇사람의 입을 通하야 現在社會의 各種系統의 犯罪面을 透察할수가 있지 않었는가! 한篇 短篇에서 이以上 그무삼 더 慾心이 있으라!

六、

設拔上 이제 나는 이作品에 나타나는 個個의 人物의 性格을 一瞥할 順序에 다다랐다고 생각한다.

尹、閔、鄭、姜들과 아울러 數人의 看病夫가 可嘆한만큼 平凡하게 제各己의 性格을 벗어쓰고 獄中人生을 언거(緣)나가는 그 綿密한 描寫에 對해서는 여기서 내가 새삼스럽게 云爲한다는 것은 도리여 여적은 일인것이다. 더구나 윤, 민, 정의 性格表現의 完成性은 처음으로 文藝作品에 接하는 中學下級生이라도 그純粹한 感性으로 느껴 배호는바 없지 못할것이다. 그러나 이들 三人의 各型奸惡者들의 性格이 過히 細密하게 描破된 結果 도리어 트리비아리즘 에의 危惧의 反作用으모서、 設役 그 三個別性格間의 嚴然한 印象體系를 세우기힘든다。 이에 反하야 登場期間도 짧고 그動作도 頻繁치않는 恐喝罪의 新聞記者 裵의 솜직한 性格線과 行爲印象이 좀더 印象的이 었다。 그러나 勿論 이存在은 裵이 餘他의 囚人들과는 文化的階級을 介然달리하고 또 그僞人及 犯罪的카테고리 를 제몸 하나로서 獨點하고 있기 때문에 그것들을 同一카테고리에 合流하고 있는 前三者에 比하야 効果的인 結果를 낳은것이다

이는 하나의 比較批評이어서、 한번 눈을 다시돌며 윤、 민、 정、들을 하나씩 떼서 그性格을 觀察한다면 적어도 내눈갑애서는 셋이 모두 百點씩이다。 就中에도 윤가의 僞人姿態와 그性格이란 正히 天下의 逸品으로서、 오는날까지 빨작크의 作品은 太半읽어 왔지마는 일즉 나는 이만큼 老鍊한 手腕을 大발작크의 世界에서 찾지못한것을 알자 裵間의 一年入獄이 恨될만큼 感謝도였다! 設役로 남는 人物이「진상」이라고 불리어지는「나」란 사람이다。

觀察力이 업은 一部의 讀者는「나」를 이作品의 主人公으로 알고 또 그렇게 안기때문에 一見生佛과 같은 그의 僞人姿態에 對한 不滿이 誘發되었다는 消息은 그리나 朝鮮서는 아직 어찌는 수도없는 致然事情이라고 觀念하는수밖에 없을것갑다

그러나 나는 只今文藝批評家의 資格으로서 作家李光洙를論하고 있는 마당이다。 때로는 啓蒙의 役割조차 하지 않을수없다는 말이다。

「진상」氏는 決코 作品「無明」의 主人公은 아니다。 이를테면 하나의 媒介手段이다。 그는 監房의 罪人들을 社會에 紹介하는 一道化役者」에 지나지 못한다。 허나 多幸히 「진상」이 作者 李光洙이었던 탓으로 우리는 入場料以上으로 좀더 高級한「피에로」를 가진 監房演劇을 求景한수가 있었던 것이다。

어쨌게 高級한 道化役者이었던고? 登場하는 모든俳優들 배ㅅ곱에다 한가닥 한가닥씩 無形의 繫人줄을 連結대놓고 소리없이 그들을 操縱하고 自己의 演技를 操縱하면서도 그關係를 털끝만치도 觀客들에게 알리어 지기를 願치 않는 갸륵한 피에로란 存在이다。 道敎의 文學的 倫理性을 藝術家의 呼吸하나로서 銳利하게 把握치못하는 讀者는 이와 對蹠的形態의 因果律을 構成하고 있는 邪慾家의「恨中錄」(不譜運錄)의 作品世界도 價値分析을 樣式化못한것이다。

그리면 이作品의 主人公은 果然 누군고?· 答에 曰、 無也ㅣ라! 主人公없는 小說? 그러니까「無明」은 特異한 文藝作品이며 特異한 作品이기때문에 在來槪念의 小說構成은 삯을 드려서라도 헛깐으로 處分해버린것이다

허나 果然「無明」에는 主人公이 없을까? 있다ㅣ뚜렷이 있다。 누군가? 누구도 아닌「監獄」그것이다。…昭和十四年 初頭、東方朝鮮文壇에 監獄氏 小說의 主人公으로 出現하다! 이 아니 文學史上의「特種」이랴。 特種은 特種이나 此種特種은 不幸히 世界文學史上의 그例가 수두룩 하다。 더구나 Epic 에서보다 Lyric에서 그러하다。「나」니「그대」니가 主人公인줄만 알았드니 意外에도 主人公은 벌레소리 었다든가 潛在意識속에 깊이

숨은 破戀한 友人의 눈눈이었다든가 하는 事實은 擧例의 거를 조차 없다.

그러면 그所謂 高級피에로는 果然 巷間의 俗評과 같이如石如氣의 生佛일까? 이點은 나는 나自身에게 밝혀두기 爲해서 注意깊게 다시 한번 읽어 보았다. 나는그 亦是귀를 기우린바 如何한 種類의 文學人的 所言도 이 남은 쉽게 認定할수가 있었다. 春園의 眞人物을 잘아는 사람이면 疑心없이 그「진상」이 곧 修養한 李光洙그 사람 임을 指摘키에 힘들지 않을것이다. 거기에는 春園의 體臭조차 紛紛한 바있다 함은 나의 嗅覺의 發達만은 아닐것이다.

그는 勿論弱한 性格의 사람이요 人間的인 많은 欠點을 內包하고 있는 사람이다. 그러나 그以上의 修養의 德을 春園은 쌓아온 사람이다.

뎁새 가 氏의 心境를 度할수없음은 예로부터 應用해 온 멘탈테스트의 原理第一章이다. 그程度의 讀者를 生佛로 誹謗하는 者의 爲人, 써 헤아려 남는바 不無하다 하물며「진상」은 披露받는 一般人物들과는 極的으로 對照되는 人物임을 作品自身이 要求하고 있는 道化役者일 境遇에 있어서이랴. 效果의 問題란 이를 두고 가르치는 말이다. 그리고 俳優甲乙丙…N은 모다 高級피에로「나」의 分身들이란 말과 이말과 사이에는 秋毫의文學的矛盾도 있을수 없다는 命題는 이제야 이글을 읽어온 사람의 常識的理解의 對象이 아니면 아닌것이다.

再生한 李光洙! 大衆的偶像 李光洙에서 實力文學人 李光洙에로. 果然 春園은「無明」한篇으로서 비로소 名實이 相伴하는 完全한 大家로 自己位相을 再生시킨 것이다.

七

그의 過去所產中 내가 읽은 限에서 말하면 處女長篇「無情」은 비록 그것이「사랑」의 故鄕이요 또한「사랑」의 藝術的 源泉的 具像體로서의「無明」의 出發地라고는 할망정 그形象的文學價値에 있어서는 夜學用製品에 지나지못하였고, 또 그의 自信이 두터운「異次頓의死」는 꺼칠마로 비롯하여 여러 奸臣들의 性格描寫는 無明의 罪人들을 髣髴케할만큼 優秀한바 있다.고는 하되 全篇構成에 있어서 後半이 前半과의 빠란스가 不合한다는 느낌을 否認할수없으며「一說春香傳」은 공지 떠러진 철기요 그가 읽기를 勸請하기 몇번인「그의自敘傳」과「愛慾의彼岸」은 읽은 限에서는 優秀한 作品들이었음에틀림 없으나 卷末까지 通讀치 못한 不幸이 나에게 言標을 許諾지 않으니 말할바못되고 또, 그의 短篇은 一二의 例外를 除外한다면 一如히 現下文壇水準에서 떠러진것이 내가 責任지고 내리우는 罵呪이며「民族改造論」비슷하여 한다ㅡ스의 그의 論文과 두다ㅡ스의 그의 感想文各種型은 片片이 뜻뜻한 白飯床이기는 하되 饌이 없어서 배부른 나에게는 魅力이 적었다.

그러면 春園이 平素에 好人다운 自信을 披露하는 例의 그의 時調와 詩는 어떠하냐 하면 失禮이지마는 그亦是김나는 밥상 이기는 하되 饌의 不足을 痛感한지 이미 오래인 나라, 少年同人誌에까지 安價하는 그大量生産物의 太半은 내눈을 쨔리ㅡ 뫄쓰 한다는 슬픈 特權이 附與되어 있는것이다.

都大都 春園이 詩歌를 읊픈다는것이 外道이며 典型的인 그長篇用文章으로서 短篇에 손은대인다는것이 短篇의 冒瀆이기도 前에 長篇自身의 自己卑下가 아니면 아닌것이다.

大體로 長篇作家이었던 春園은 餘枝多彩하야 短篇中篇도 썼고 詩도 論文도 썼다. 누구나 하는 버릇이라고 看할바 아니겠으나 여기서 우리가 크게 注目치 않으면 안될것은 이번「無明」한篇으로서 그는 完全히 過去모든 形式의 文學을 淸算했다는 事實이다. 淸算이란 否認을 뜻함은 아니다. 文學的止揚ㅡ그러하다 春園은 過去三十年의 自己文學을 이한篇으로서 止揚하야 이에再生春園의 첫階段을 밟아 디딘것이다. 壽齒五十에, 壯한진저 그出發이여ㅡ

八

近日醫術을 맞난後 몇일동안 나는 니히리즘을 呼吸하고 또아단였다. 先雛春園과 後雛洪露雀. 桑造한 先雛와 堕倒한 後雛. 여기에도 因果應報가 있는가? 情에 끄을리기 쉬운나는 一을 右證하고 一을 左證한채 더렘마에 빠졌다. (略)

夢生 數日하야 드디어 나는 나自身을 찾었다. 茂盛한 春園樹에는 露雀을 비롯야하 一百 酒洞詩人의 生命이 萌發되어있다. 그들詩人作家의 藝術群像을 追悼함이 곧 春園木을 培養하는 所以가, 아니면, 아닌것을 안게 되었다.

그러나 다시 생각하니 사라진 그들世代의 藝術生命이 자못 내味엔 新鮮치 못한것처럼 그의 萌發中樞인 春園의 過去所産이 내맛엔 그다지 誠稀친 않었다. 現存作家와 그아무도 敢히 그발을 따르지 못한 自他共認의 第一人者이요 人間的으로도 他에 比할바 없이 그를 親愛하는 나이면서도, 白熱病盲性에 入한 나의 審美觀은 否채로 春園藝術에 帽子를 벗게 하지 않었었다.

그러던次에, 그날밤 죽여도 모를 만큼 酒席에서 녹아 떠러진 落魄의 詩人紅露雀은 散步과 逍遙를 精細한 눈으로 凝視하자 偶然 내머리에 春園이 病監에서 一衆生을 凝視하면 法界의 그心境이 靈感되었다. ㅡ「無明」. 아, 그 어찌「有明」을 뜻함이 아니디요! ㅡ여기서 나는 作品「無明」의 世俗的 價値를 새로히 暗然하였다。

「白潮」의 有形藝術은 當時의 그빛을 잃었나。 그러나 法眼의 無形藝術은 永遠히 그 빛을 얻은 것이다。 그와 같이 闇囧의 그들 衆生에겐 밝음(光!)이 없으리라、 허나 無形의 욘、민、정、 강은、永遠의 밝음 에서 그 形相을 남기리라 ——이 高遠한 哲理를 밝히는「無明」에 있어서 春園은 一句의 說明詞를 插入치 않고 純粹한 表現으로서 藝術化하기에 成功하였다。 그아니 一代의 大家이랴!

비로소 나는 再生한 李光洙에 邂逅했다。 밤 두時에 가까워서 無明而有明의 洪氏를 同作한 空超兄께 맺기고 歸路를 陶然하는 나는 斷然、過去의 그를 對象으로 想定했던「春園原論」을 一蹴하고 한篇「無明」을 出發點으로 하는 再生의 李光洙論을 쓰기로 決心한것이다。

開眷의 口套일까 俗事多端하야 그決心을 實踐에 옮기지못하고 數日을 彷徨하고있는 지음 多幸히 오늘(벌서 東方이 밝아 오니 어제에 屬하나) K兄으로 부터나의 春園讚에 對한 攻擊을 받고 決然 歸宿하야、이잘은 글 한篇을 作成한 배니、…但 三十平生에 이번만큼 一絲不亂의 躍然한 氣象으로 글 지은 일도 없거니와、時間으로 따지면 不過 半日에 百有數十枚의 原稿를 황칠했음은、나 비록 絕世의 精力家일지라도 不可再會의 奇蹟的記錄이라、妙界의 法力은 드디어 내몸에까지 憑降했고나 하고 恐擺合掌하는 바이다。

正提一拼하야 春園께 묻노니、그대는 得道했는가? 破棋再拼하야 同人에게 묻노니、그대 光洙는 藝術即道임을 體得했는가?

果然「사랑」은「藝即道」란 春園哲理의 解說篇이요、「無明」은 그의 經文篇이다。 前者를 陽的諺文表現이라면 後者는 陰的 진서表現이라고도 할까。

—여기 까지 써놓고 보니 完全히 東天이 밝아졌다。 午前七時。 告白커니와 徹夜의 頭腦가 지금 混亂의 警戒區를 넘어다 본다。 吁呼—그러나 나는 아직 約束을 完修치 못한 나自身을 朦朧한 記憶에서 意識하고 있다。 即 나는「無明」評이 끝 나면 春園自身의 입을 비러 原形的으로 그를 再考하므로서 再生春園의 面貌를 오로지 할것을 言約한것 같이 記憶된다。

所謂 [illegible]가「東光」誌에 發表한「내가 屬한 類型」이란 可讀의 글 한篇을 내流의 文法으로 고쳐 批判紹介하므로서 뜻뜻한 參考를 이루우려 했던것이다。 恨할진저、法神드디어 나에게 時間과 精力을 때앗으니、—알지 못게라 그것이 되려 이글을 애끼며 나를 애껴주는 妙法의 所致가 아니라고 뉘 敢히 斷下하랴。

於時乎 花豚衆生、春園의 該一文을 한마디로 再現하야 法說을 果하노니、一言에 가로대、—「나는 살길을 求한다—」—나도 살길을 求하야 이만하노라。

(文章 제5호、1939·6)

春園의文學現實

—「群像」三篇을通하야—

金聲近

一

近日 어느機會에 李光洙氏의 最近業「群像」의 續篇으로의「삼봉이비집」을 通讀할수잇섯다、나는 무엇보담를 이作品에서 모든評價에압서 엇던意味에서든 달려진 作者의 面貌를늣기고 조곰前 三千里社發行本으로일근「革命家의안해」와 또 그前群像第二作으로써 連載될때 서툴게나마 읽을수잇슨「사랑의多角形」에서바든 印象및 觀察을綜合해 于先 이에發表된 群像三篇에 對하야 不足하나마 나의 意見을構成해 보려한다。

時代의 文學의評價에잇서 한作家가 이미 把持한 엇던文學信條를 그作家的生命과 同價로써 固執한다는것은 可謂當作家의 貞節이오 美德으로써 觀念해왓다、勿論 이것은 그時代의超脫的 個人主義的 文學思惟에 適應性을 가지는것으로써 當時的妥當性을 가진것은 事實이나 모든社會的 機轉에잇서 現象의 孤立的, 個別的認識이 極度로 跳躍된오늘 이個人中心的 一批評尺度가 그대로 適用될수업슴은 말할것도업다、事實에잇서 얼마나 만흔 有爲하려는 作家들이 그들의 文學에 急轉變의「時代」의 動態를 보다쌀리反應키爲해 輝恍한街頭의 變移에瞠目하고잇는가、所謂浮世를떠난 山골의 淸淨한 空氣——그것은 벌서 오늘의 조흔文學의 生産的條件이 아니다 그보다도 오늘文學은 街頭의 混濁한 空氣에의 通過를 强迫當하고잇다、그가얼마나 엇더케 變햇는가、이것은 時間과 空間을 經緯하여서의 새로운 文學評價의 一面의 基準이 될수도잇슬것이다、奴隷的 追隨性에 잇서가 안이라 嚴密한 自己批判的 作家意識의 流動的可變性은 作家의 現代的資格으로의 現實的要求이다、그랫다고 그것은 決코 文學의 敗北文學批評의 敗北가아니라 時代의 强味에 다름업슬것이다、前提가 좀기러진듯하나 내가 變貌된 李光洙氏의 作品에 考察의 한動機를 차즌 理由도여게 解明될것이다、「無情」「開拓者」에서「再生」「麻衣太子」에——또는 그로부터「端宗哀史」「群像」에

니르기까지에 우리의 차즐수잇는것이 오직다른「스토리」에依한 가튼內容要素의 單純한「콤비네슌」의 示現에 不過하다면 우리의 批判的對象으로의 氏는 일즈기 減如되고 미럿슬것이다、그리고 氏가 端宗哀史에서 그냥 지금의 李舜臣을 發表햇다해도 나는여게 作家로의 氏에對한 興味를 새로히할機會를 가지지못햇슬것은 勿論 이가튼적은 努力이나마 割愛하기에 躊躇하엿슬것이다、이小稿의 理由는어듸까지 이째까지의 春園 또는 春園流의 文學思惟에잇서 作品「群像」이가지는 契機的意義에 잇다할것이다、여긔關하는限 이作品의「너모나 常識的」인「너모나通俗的」인 表現的印象도 勿論 問題가아니다。──:

그러면 發表된「群像」에잇서 取扱된 現實과 時代는 무엇이며 그곳에 우리는엇더한 作者의 移動的要素를 發見하는가、時代的歸關에잇서 氏는지금엇던 文學的過程에 現實하고잇는가 나는 비로소 本命題에 도라와야겟다。

二

順序로서 써稿의作品을 次例로 보아가려한다、長皇할것을저어하야 作品의結構를 차근히 讀者압헤 再顯하는 親切을 가지々못할것을 미리諒하기바란다。

「革命家의안해」에는 한개의 時代錯覺者의 變態愛慾相이 取材되여잇다、作品의 主題는勿論「일」과 愛慾── 그리고 그葛藤과 乖離에잇다고 할것이다、이것이 文學의 가장 恒久的인 廣汎한 題材境에 屬하는것은 말할것도업스나 特히 氏의文學에잇서 이性愛的 執着과 氏의 所謂社會的 義務觀念과의 葛藤과 그調和에의 意慾이 구든支配力을 가저왓슴을아는 우리는 이作品의 素材 그것만에는 아모새로운 境地를 차즐수업는것이다、그러나 이作品의 辛辣한 時代諷刺 逼眞한 描寫力 그리고 作者의觀照의 一步의 積極性은 다른意味에서 우리의 새로운 興味를 支持하기에 足하다고 할것이다、方貞姬라는 한時代性格을 中心해 여긔 提出된 愛慾問題는 氏의 이째까지의「無情」「開拓者」또는「再生」의 低徊的 微溫的인 人道主義的 感傷과 다른朝鮮의 이째까지의 作家들이 取扱한 定型的인 性愛悲劇에 比하야 어느쯤의 時代的壓力을 늣기게하는것이다。

「코론타이」「마라쉬킨」等의 流行으로부터 새時代의 性愛問題는 實踐的인 運動의 開展과함께 새로운 重要한 文學題目으로 되어왓다、더구나 合理的社會를 實現하기까지의 前衛群의 性愛—題는 아직도 未解決의 크다란 現代課題에 다름업슬것이다、그리고 이에對한 解決의길은 오직現實의 가장 正當한 批判的認識 理解에서만 歸納할수잇슬것이며 이곳에 이에關한 文學者의 分野도 發見될것이다、決定的焦點은 달르다고 할것이나「革命家의안해」의 作品的意義는 勿論 이領分에 屬하는것이다。

以上의 主題的說明에서 나아가서 우리는 이作品의 內容的構成을 보기로한다。

一篇의 主人物 方貞娅의게 잇서 우리는 確實히 時代女性의 한典型을본다、모든 傳統과 因襲의 界線에서 完全히 거듭난女性—— 그것은 決코 無情의「선형」이나「開拓者」의「性淳」과가튼 依然히 傳統의 羈絆에서 彷徨하지안는다、이곳에 새女性의出發과 새立場의 土臺가설것이다、그것은 언제나 새로운 出發에 準備되여야할 길일것이다、그러나 方貞娅의 意識의 錯覺的生長과 自己沒却은 畢竟急轉하야 過渡的 變態型을가진다、이것은 女性의 어느先天型에 轉落할 現代的誤信이 結晶되는곳에 생기는 臨型아닌 類型的所産이다、그의젠 오직 叛逆을爲한 叛逆의倫理、否定을爲한 否定의價値가 잇슬뿐이다、方貞娅가 錯覺하는「革命意識」은 여기서 앗깁업시 一蕩女의 性慾的放縱의 辯證을 다하는것이다、그리고 그것이 一淫婦의 時代錯覺의 虛榮으로만 隔絶될수업는곳에 이作品의 命題的價値를 차즐수잇는것이다、方貞娅의 始終如一한 自己批判의 沒却이 이作品의「리얼리티ー」를 어느쯤 減殺하고 각금되는 그의 性格均術의 破炎이 이作品의 論理的發展을 疑心케하는 바잇슴에도 不拘하고 作者의 諷刺的描寫力의 徹底는 이作品을 차거도 그命題的 價値에잇서만이라도 살렷다 할것이다。

다음 革命家孔燦—— 그것은 한時代兒에 依한 두觀念의 內部的鬪爭이다、未淸算의「사랑」(그대로 그것은 男性의 宿命的인 負擔이다)과 時代에살려는 自發的意識과의—— 그리고 이두觀念의 勝負가 끗나기前에 孔燦의 肉體는 죽고마럿다、그러나 그것뿐으로 孔燦은 이때까지의 氏의作品에나오는 時代的 受難者와 다를것이업다、注目할수잇는것은 그一步 더沈痛한 時代兒的面影과 그의 意識面이다、이것은 孔燦의 주검을 弔喪하는 우리의心境에 잘表現되어잇는것이다、우리는 여기서 차거도 個人을 壓頭하는 時代와 더큰 衆團의힘을 늣기는것이다、時代와 社會의 背景은 開拓者、再生 에잇서도 鮮明히 나타낫다할것이나 그것은 結局 個人擴充의 時代이엿고 또 社會가 아니엿는가한다、따라서 그들 性淳이나 봉구의 戀愛苦悶은 그처럼 過渡社會相을 反影햇슴에도 不拘하고 徹頭徹尾個人主義的 悲劇의 時代的 表現에不過햇다、언제가 朴英熙氏의 苦悶論에 開拓者의 勞働街에 나선 性哉의게 苦悶의 새로운意識을 달하려한것을 記憶하거니와 그것나마도 아모 時代意識이거나 社會的 自覺에 前提된 것이아니라 單只個人主義的 衝動의 浪漫的 表現에 不過햇든줄안다、「혁명가의안해」에 잇서 孔燦이거나 方貞娅—— 그가 아모리 時代眞理의 誤認者라 하더라도——는 그들이 時

代의 操縱者가안니라 時代의 操縱받는者로서 表現되어 잇다고할것이다, 이것은 一九二〇年代와 三〇年代朝鮮以上의 氏의 作家的移動點이 아닐수업슬것이다. 그리고 나는 이것을 氏의文學의 時代把握의 積極的 表示로서 解釋하고십다. 이밧게 이作品엔 呂靑와 머슴어머니의 出現이 잇거니와 그描寫는 充分햇다고 할수업다. 作者의 意圖에빗취볼때 이作品에 이두人物의 存在는 다른 作品의 普通副人物하고는 性質을달리하고 잇는줄안다. 그런데 그幽靈的 生活態度와 寫實의 粟拔은 조곰도이 作品의 價値를 더할수업섯다. 權五星이란人物의 極端的인 無性格的 性格의描寫는 이作品에잇서 떠힘잇는 줄 안다. 나는 繼續하야「사랑의多角形」을 보기로한다.

三

나는 率直히 말한다. 「사랑의多角形」은 지금이글을 草하는 나의게 업는편이도로혀조핫슬것을 ── 事實前作을 읽기前 이作品을 일근나는 亦是「血書」「H君을생각하고」等의 延長이라는 印象을 지울수업섯다. 勿論 이것은 作品의 寫實性과 우리의 評價의 目標를달리하고 말하는것이다.

나는 무엇보담 이作品에서 作者의意圖한 主題를 붓잡기 힘드러다. 그것은 一見明白한듯하면서도 事實은 朦朧한것이엿다. 一篇의 主人物 韓은교라든가 또는 背反한 愛人은희. 그리고 閔장식等々은 모도가 無向方의 時代的迷兒群이 아니엇는가한다. 생각건대 作者는 은교의 自己犧牲的 道義心과 超個人的 奉仕心의 描寫에 力點을두엇는줄안다. 그러나 그現實效果는 氏의 오늘의 浪漫的 人道主義와 基督敎的 愛他主義의 現實參與以外의 아모것에도 갑하지못햇는줄안다.

愛人은희의 품에 永劫토록 안길드시 (그것은 모든男性의 迷信이다) 異域에 五六年을 扶養하고 그後 그背反을보고도 그에의 執着은 背反한 愛人의뒤를발버 歸國햇스나, 그의 肉體는 벌서 한愛人을길르고 또 일흔데서 完全히 시들고마럿다. 米洲에서 故國으로 海洋線 發院으로 床底로의 그의生活行程을 一貫한 自己犧牲的 精神이 結果한것은 무엇이엇는가 肺病에 征服當한 몸둥아리와 疲勞한 心像과 주금을決心한 은희의 復歸밧게업섯다. 은교의 人格的努力의 目標는 무엇이엇는가, 그것은 겨오 看護婦 王貴男으로하여금 自己의 주검을 지키게하는데 不過햇다. 여긔도「일」과「사랑」그리고 그因果가 表現되어엿다. 그러나「革命家의안해」에 잇서 所謂「일」은 單只革命家라는 槪念以上의 어느 程度의 明確한 型態를 가젓다할것이나 이作品에「은교」의 그「일」은 무엇이엇는가 그일은 血書의 사랑보다 더큰「일」이나「H君을 생각하고」의 H의追求하는「일」이나와 맛찬가지로 正體모를 觀念的 抽象이 아니엇는가 한다.

그의「짠디ー」에의渴求 어느先生에의 漠落는 그의生活에잇서 엇던 實現的型態를 가지엇는가 背反한 愛人에의 奉仕로써 同族에의 奉仕로써 安慰하고 그愛人과 情夫의 幸福을 빔에서 人類愛의 一片을늣긴다면 그것이야말로 現代에의 奇蹟이아니고 무엇일가 그無抵抗的原始愛의 現實價値는 은교의 生活의 歸着點이 雄辯하는것이다、우리는 커거또 米國떠날때의 은교가 그安價한 人道主義的 感傷的 自己陶醉에서 脫却하야 憎惡와 復讐의 時代的認識性을 獲得할수잇섯다면 그의 生活이 어느쯤 價値化(現實的인)될것을 確言할수잇슬것이다 高潔 은희의마지막歸依가 주검을 기다리는 은교의게어느쯤의 生活價値와 自己滿足을 늣기게햇다면 우리는 그곳에「동키호ー테」的 輕蔑感가지 늣길수잇는 것이다、여긔問題하는것은 이作品의 寫實性이안이라 이은교라는 사랑의 敗北者以上의 現實의 敗北者에 對한 作者의 基本的觀照다。

作者가 톨스토이즘 基督主義 또는 짠디ー즘을 그作品에 受納하기까지는 自由인줄안다、그것의 究明은 우리의 批評의 他面의命題에 屬할것이나 그에몬저해 그 現代的 確執 現實的 徹底에의 努力은 作家의時代에의 義務感이 아닐가한다、엇던 深刻命題의 意圖的인 誇示에서 어느超越的 自矜을 求하는것은 時代良心을 가진 作家의 어느境遇에나 唾棄할일인줄안다。

이內容的 低迷의 形式的反影은 은교의 觀念世界와 은교의 過程한 그리고 到達한 現實과의 사이에 메울수업는 陷穽을 지엇다、만일 은교의게 生活의 現實價値에 對한 조곰의 自己省察의 餘裕만이라도 주엇든들 이 이陷穽은 어느程度로 지울수잇섯슬줄안다、차라리이곳에 은교의 空疎한 觀念界가 그처름 誇張되지안엇드면 呪文처름외이는 自己犧牲 無抵抗的奉仕 同族愛 짠디ー가 업섯다면 이作品은 한개 悠長한 戀愛記錄으로써 完成에갓가웟슬줄안다、그것은 은교뿐이아닌줄안다、이作品의 其餘의人物 은희、閔장식、玉貴男等 어느것할것업시 말하자면「사랑」의 現象型態에의 沒意識的 追隨群들 뿐인줄안다、그곳엔「再生」의「巾동구」程度의 懷疑도 探求도업다。

은희의投身 주검을 바라보는은교、그주검을 지키는 貴男—— 우리는 그곳에「오스카ー와일드」의「주검보다 더한 사랑의 神秘」를 늣길슈 잇슬런지는모른다、그리고 그곳에 嚴存하는 지긋〃한 人性의 多角的葛藤을 否定할 아모理由도업다、그러나 새로운 作品에잇서 보다重要한것은 이와가튼 個人主義的 退嬰戀愛를 無視하고도 오히려 進行하는 時代의呼吸 觀念을떠난 現實의 根據이 아닌가한다、나는 너모나 이作品의 흠만을말한것갓트나 이作品의 批評은決코 이에다하는것이아닌줄안다、그러나 만약 이程度의 批評이 首肯된다면 그以上

이作品의 形式的 局部的 成功을 云々한대야 意味업슨 인인줄안다。

四

「삼봉이비집」에잇서 作者의 意圖는 單純한것이다、그것은「現代」와「朝鮮」의 十字的 交點에선 발가버슨 朝鮮人、農民、프롤레타리아ㅣ트、즉「삼봉」과 및 그家族團의 現實的生存 生活過程이다、그것은 그대로 그들의 明日로의「길」이기도한것이다、이것은 오늘朝鮮에잇서의 가장 普遍性를가진 題材인줄안다、그러나 우리作家에잇서 이것이 本格的으로 題材되기는 조곰前活躍할때의 崔曙海의 作品에잇서 겨오 그片端을 發見할뿐이엇는줄안다、그런데 지금 이作者의 文學圈에잇서 그努力의 조곰이라도 發見할수 잇는것은 意外인 感드업지안은것이다、氏의 이때까지의 作品을 支配한 人物들은 말할것도업시 李형식이라든가 性哉、봉구 바로前作의 罪은교、할것업시 모도가 生活(나는 이것을 形而下的이라고 規定한다)과는 隔離한 過渡時代의 小市民的觀念的智識群들 뿐이엇는줄안다、우리는 이것과「삼봉이비집」에 나타나는 삼봉의 素朴性과 그의 徹底的 生活型을 對照할때 題材만에잇서라도 作者의 一段的인 移動(그것이 本質的이아니라도)을 보는것이다、그러나 이觀察만으로써 이作品의 質的價値를 如何할수업슴은 勿論이다、더드러가 內在的要素를 살펴보려한다。

「삼봉」은 이作品에서 經濟的으로 그러한과가치 意識的白紙面으로써 登場한다、그의게 先驗的傳來이잇다면 그것은 素朴的生存意慾과 本能的인 家族愛 骨肉愛밧게 업섯다、그러나 이意識的白紙面은 그生存慾으로 써밧는 物質的 規定에서 그다지잇지안는다、그의살고잇는 環境과 時代는 이白紙의 靑年을 敎育하는것이다、이作品은 의生活의 規定아래 構成되는 生長하는 그리고 組織되는 삼봉의 意識過程의 記錄이다。그것은 否定할수업는 現代에의한個의「現의發展」이다、作者의 意圖는 이白紙的意識面의 조곰도 作爲업는 自然生長的發展에서 一條의 現代的眞理를 抽出하려햇다、이根本意圖에서 作者가 表現의 力點을 힘썻 客觀的 寫實에 기우린것도 勿論이다。

生活에 規定되고 敎育되고 變形되는 삼봉의意識型態 그리고 그過程의 現實描寫—— 그곳만에도 確實히 作者의 移動의 意識을차즐수잇는줄안다、삼봉의 內部에잇서의 倫理價値의 轉倒 새로운 道德律로의 自覺 家族愛의 集團愛까지의 生長過程은 十分의 必然性을 가지고씨워잇다、더구나 權限幸福의 追求에서 삼봉의 生活意志를 그처름 昂揚시길수잇섯에슴는 다시금作者의文學力量에 信賴할 點을 늣기는것이다。

그러나 他面에서볼때 이作品이 얼마나 한彈性을 가젓는가 얼마나한 深度를가지고 現實에섯는가 作者의

制度悪에의 具體的 把握은무엇인가를 疑心하지안을수업는것이다、삼봉의 集團愛에의 自覺을 單純한 自己超越과 個人怡悅感의 人道主義的 認識에서 容許하기는 힘들것이다、더구나 作者는 삼봉의게 力點을 주는反面에 김문제、호로야、그다음「法」을 中心한 一時의時代悪의 表出者 을순이以下의 삼봉의家族들의 意識面에 對한 觀察의 叙述을넣햇다、이作品에 價値를 더하기爲해서는 김문제等々에 對한 우리의 憎惡感이「開拓者」의「成果」나「再生」의「白」에 對한것과 同質的의것이되여서는 不足할것이다、삼봉의 家族에對한 우리의 同情感의 發現은 너무나單純하다、그러나 이와가튼 缺點은 이作品이 가지는 寫實力을써 어느쯤가릴수잇슬줄안다、이作品의 크다란 汚點은 그結末이 아니엇는가한다、나는 作者가 이에서 그文學의 理論的立場을 作品우에 解明하려한 意圖를어듸까지 諒할수잇다、氏는 이에서 民族愛를 强調한 民族聯合에 階級愛를 强調한 階級的結合에、나르기까지의 過程的意義를 主張하려햇다、그基本的討論은 여게선 論外로하거니와 이作品만에 잇서볼때 삼봉의 어든集團觀念이 民族意識에 까지의 發展的理由를 缺햇는줄안다、그곳엔 內容的으로 論理的結證이 잇지안어서는 안될줄안다、더구나 이理論露出은 이作品이 모처럼ㅁ려은 寫實味까지도 抹殺식힘이 적지안은줄안다 이것은 作品의 構成力에잇서 이作家의 初期則無情時代에의 逆轉이아닌가한다、小說은 맘로「칼비ㅣ튼」이 言明한바와가치 엇던科學的思想을 發展시킨다던지 哲學的認識을 體系化하는데 그目的이 잇는것이아니라 엇던意圖에對한 感情的 反應을 喚起하는데 그主要한 一面이잇는줄안다、그런데 小說에잇서의 이種類의 理論露出은 우리의 모처럼더든 感情的反應 經驗內容까지도 앗김업시 喪失시키고 마는것이다。

五

以上「革命家의안해」以下의 三篇에 對하야 散漫하나마 作品그대로에 關한 나의意見과 觀察을 맛냇는줄안다、얼른이項에서 이것을 綜合함으로써 結論을 지으려한다。

무엇보담、이세篇으로써밧는 全體的印象은 作者의 文學視野의 擴大와 새로운 現實開拓에의 意慾이 아닌가한다、氏의 文學은 이때까지도 否定의文學이엿다、그러나 이作品들은 엇던意味에서든 이立場의 一步前進을 늣기게하는줄안다、그리고「群像」의 制作意圖가 無意識的으로 結果햇는지 몰르나 氏는 이作品에잇서 비로소 原則的으로「寫實」을 試驗햇다、氏의 寫實的力量과 밋 그客觀化의 純粹度는 이에斷定할바 아니나 여긔 關展한 現實面은 이寫實을 通함으로써 말미아마 어느쯤의 逼迫力을 가질수가잇슨줄안다、「사랑의多角形」의 篇은 고에 조차 우리는 作者의 認識과는달리 한個의 現代

的性格破産者 및그에서오는 時代的苦悶을 볼수잇는것이다、더구나「삼봉이네집」의 어느部分의 現實描寫엔 寫實主義의 一進展으로의 所謂푸로레타리아리즘 우리文壇에서 前日提唱된 揚棄的寫實의 根本希求까지 充足시길수잇는 點을 發見할수도 잇는줄안다、이것等은 우리가 이제까지 아러온「人道主義的」이라는 氏의 作家的本領에 一段의 積極性과 어느程度의 現實適應의 時代的變形을 줄수잇슴줄안다、眞正한 意味의「寫實」에의 衝動은 모든 時代的意義를 意慾하는 作家의 避치못할 自己要求일줄안다、엇더든 이作品들에서 뵈여준 이새로운 試驗에 우리는 注意해 두잘줄안다、「삼봉이네집」에잇서 萬若作者가「再生」「血書」「麻衣太子」의境地 그보다도 바로前作「사랑의多角形」의 境地에 머물럿다하드라도 삼봉의 復讐慾과 그의 意識成長및 現實探求는 中途에 阻止되고 마럿슬것이다。

나는「群像」―더구나「삼봉이네집」을 契機하야 氏의「無情」에서「再生」「麻衣太子」까지에 高調되엇든 文學的 一過程이 意識的으로 淸算될것을 마음것바라는者이다。

여기 試驗한「레알리즘」은 어느만치 生長할수잇슬가、이미 變形을 始作햇다할 氏의 人道主義的 本領은 어느만한 分解揚棄를 過程해 氏의 文學에 定型化할가 氏의 素朴的 民族主義 文學主張은 以後얼마나한 內容的徹底를보일가 그냥 過渡的意味의 通俗物 歷史物에 顚하고말지나안을가 이것等은 全혀氏에 對한 今後의興味인줄안다。

未備한채 이것으로써 本稿를맺거니와 나는 이것만으로써 새삼스레 氏의게 現實把捉의 참으로 彈力的인 立體的 表現을 期待하는것은 過分한 欲望인줄잘안다、그러나 全篇으로써 여기서 氏가 昨日의 作家에 서치지 안는 오히려「無情」「再生」에서「삼봉이네집」까지의 上向線上에 다른날의 作家로의 氏의게 期待할 조곰의 理由나마 어든것을 滿足한다。

처음부터 한斷面論으로써 全篇論이 아니다、따라이서 論이 多少의 偏頗粗漏를 免치못할것은 스々로 認하는 바이다、더구나 精讀할 機會를 가지지못햇슴은 意外의 撿測도 만히結果햇슬런지 모른다、特히 作者의게 이모든 點을 深謝한다。

一九三一、十二月

(이小稿는 事實은 좀前에 되엿든것임을 發表에 際하야 一言附記한다―筆者)

(文藝月刊 제3호、1932・1)

長篇小說檢討……(三)

歸農運動의 觀念化

—「흙」의 諸構成의 樣相—

洪曉民

一

藝術의本質은 現實이며、藝術의尺度는人間이라는것은 文學에있어서도 亦然하거니와 이것은 곧「人間本來의 硏究對象은人間이다」라고한 十八世紀에있어서 歐洲思想界를 風靡한 唯一한標語로부터 다시 모든 藝術部門에까지 引用되고있는것이다。 이는 思想上으로보아서 分明히 中世의그것 곧 모든것은 神으로부터라는데서 이제는 人間으로부터라는데 이르게된것이다。 그리나 이「人間本來의 硏究對象은 人間이란것은 亦是 이人間社會의現實을 明確히 把握하자는데 究竟 그의 最後의意義가있는것으로 文學者가 文學을 藝術하는 最後의目標는 完全한人間發見에依한 理想社會의建設인것이다。이는 純文學的이건 또는 傾向的이건 그最後의目標하는바는 亦是 同然하다。 허나 오늘까지의 모든哲學者가 哲學을 解剖、또는 分析하였으되 世界를 各樣으는、또는各色으로 觀察하였음에 不過하다는 理論과마찬가지로 文學에 있어서도 藝術은 現實이란 本質과 藝術의尺度는 人間이라

서도 完全히 그目標을「골인」한 文學者는 없는것이다。

亦是 哲學者가 世界를 各樣、各色으로 解剖、分析한것과 같이 人間을 各樣、各色으로 解剖하고、分析하다가 다시 現

實이란 嚴格하고 苛酷한밑에 到達하여 나의 理想하는바 藝術的表現은 이것이오하고 내 던지게되는것이다。다시말하면 한作家가 創作한 理想의王國은 極히 散漫하고、非現實的인 그것에 終始하고 마는것인것이다。여기에있어 文學者가 처음으로부터 끗까지 苦悶하고、또한 처음부터 끝까지 努力하다가 마는바이지마는 한作家가 그苦悶과 그努力으로 비저낸 作品이 이世上에 出生될때 이는 열마만한 理想에서 또는 열마만한 人間의尺度를 使用하였느냐를 봄에 지나지 안케까지 된것이다。곧 이는 在來의 모든 藝術이 自然을模倣한다는 境地에 머저지고 그實 우리가 理想하든바 眞이오 善이오、美라고하는 王國의 들어가지못한까닭이다。적어도 「보드레ㅣ드」가 말한바 「自然은 藝術을 模倣하랴한다」하는 境地까지 간것이 있었던가? 여기에 다시금 作家의 創作하는바 新開地가 얼마든지 人類와함께 갈것이오、때로는 全然 不可到達의 億千萬年에亘한 事業을 모든 藝術家는 營爲하고있는것이다。따라 藝術의偉大함도 여기있는것이다。

나는 多少 獨斷일지모르나 모든 在來의 偉大한 藝術家는 自己가 가진바 人間이란 尺度를 가지고 自己가 設計해논理想社會가 이러한것이었으면 어떤까(?)하는 問題의 提出에 不過하다고보고자하는것이다。여기에 春園作「흙」이란 相當한 紙數를 消費한 長篇小說은 그實은 春園이 意圖하는바 歸農運動을 이러케하였으면、어떨까(?)하는 問題를 提示함에 지남이없는것이다。그것은 오늘날 朝鮮의現實이春園이 造出한「흙」속의 現實같은곳도 없지는않으나 그렇다고 「흙」속의 現實이 全然 朝鮮의現實인것이아니며、또 一面「흙」속의主人公「許崇」이가 만드시 歸農運動의 理想的人物이라고도 할수없는것이다 多少 春園의 頭腦에서 釀造된「許崇」이란人物이 朝鮮의現實에서 있을수있을까(?)하는 程度이오、亦是 全的으로는 있을수없는일인것이다。

二

그러면 春園의 長篇小說「흙」은 作者春園이 먼저 어떠한 理想밑에 運轉되었는가하는것을 分析한 必要가 있는것이다。곧 春園은 어떠한 時代的背景밑에 이亘創한 歸農運動의 先鞭을 우리社會에던졌느냐하는것을 뭇지않을수없는것이다。春園의 作家的野心、곧 一般作家의功利心은 時代的背景을 떠날수없는것이다。이時代的背景、또는 時代的要

方에 明紋한것이 于先 作家의 觀照의世界라고할수있는것으로 飛行機가 나기前 詩人의 空中을 날르는詩가 먼저 先行되는것도 決코 다만 偶然의 符合만으로는 볼수없는것이다 春園이「흙」을 執筆하던때의 朝鮮의現實은 모든運動이「브·나로드니」(民衆속으로)이었다. 곧 民衆과함께하자! 民衆과함께함에있어서는 于先 民衆속으로! 라는것이 앞을스지않을수없는것이다. 이런運動은 露西亞만이 獨創的으로 된것이아니다. 廣汎하게 初期의覺醒時代에는 다들 이런「모멘트」를 經過하게되는것으로 亦是 그때의 朝鮮現實은 첫째「브·나로드니」란 標語밑에 于先 民衆을 親해야하겠다는것이 時代的要求이었던것이다.

그런데 春園은 朝鮮社會에서있어서는 老作家로의「에폭」을, 그으려고하였고 또 實際「에폭」을 많이 그어온 作家이었던것이다. 곧 그例를 든다면 春園이「無情」을 씀으로 男女의 戀愛問題에있어 새로운境地를 提供하게하였고, 다시 더나아가「開拓者」를 씀으로해서 戀愛의神聖性을 어느程度까지 樹立되게한것이다. 따라「無情」과「開拓者」가 一面 進步的인 靑年層에는 非常한 歡迎의對象이었으나 反面 保守的인 老人層에는 非難의的이되었던것은 숨일수없는 事實인것이다. 여기에 春園은 다시「흙」을 執筆하였을때 傾向的인 民村의「故鄕」과 對立함과함께 一面 春園에게 그當時 支持를 게을리하지안튼「民族쁘르조아지ㅣ」의背景밑에 民族的인 歸農運動의 指標를 하나 세우자는 功利的인作品이 이「흙」이었던것이다. 따라 이「흙」은 一面 進步的인 靑年層에는 非難의的이되었지만 保守的이오, 民族主義的인 靑年層에는 亦是 歡迎의對象이었던것이다. 이곳에 自然히 春園의 時代的並行性도 前者「無情」과「開拓者」를 쓸때와 後者「흙」을 쓸때의 位地가 轉倒된感이없지않으나 이때의 春園으로서는 亦是 조금前에「李舜臣」을쓴때에「民族쁘르죠아지ㅣ」에게 支持를받던 餘紋이 이「흙」이란 作品에까지 昂揚시키게 된것을 먼저 생각하지 않을수없는것이다. 이時代的背景이 春園으로하여금「흙」이란 作品을 通하여 歸農運動을 代辯하였을때 于先 時代的要求인「브·나로드」에合流되었고 다음 民族的인 무었을 보여주기에 努力한것이다 따라서 民村의「故鄕」과는 같은 朝鮮農村을 그리고, 같은 朝鮮靑年의「인테리」를 登場시키었어도 그意圖하는바는 懸隔한差異를 가지고있는것이다. 여기에「흙」이나「故鄕」이 同時代의作品이면서도 그志向하는바는 다各各 다른것이다 따라서 이 두作品에는 同時代의 共感이라는것이, 가장稀薄한것이다。만약에 同時代의 共感이라고하는것을 찾는다면 「故鄕」이나 「畜」에있어 다가치 「브·나로드」인것이다。곧 다가치 民衆속으로 가자는것만은 多少 同時代的인共感이 될른지모르나 그方法論에있어서는 다른것이다。이는 于先 두作家가 가진바 「이데올로기ー」에서오는 差異에서부터 이 두作品은 그距離가 집히 생긴것이다。따라서 淼園의 作品「畜」이 이만큼 그時代的背景이라는것도 朝鮮의 現實을 全的으로 表現할수없었던것을 알지않어서는 아니된다。곧 一과 二와를 合한것인 三이아니오、一과 二가 있는가운데 에 一을 取해온것이다。따라 그때의 朝鮮現實을 봄에있어서도 「畜」은 一面性밖에 없는것을 알어야한다。

三

今日에 있어 「畜」을 놓코볼때 「畜」은 時代的으로는 벌서 概括하면 平凡한 歷史的遺物밖에 아무런 存在가 없다。허나 「畜」은 아직 文學的으로는 그러케 뒤모 졸렬作品은 아닌것 不足한 問題가 되는것이오, 또 檢討의 餘地가 있는것 이와 따라 이「畜」이 가지고있는 思想的價値 時代的意識로 後退됨과함께 文學的으로도 多分히 그價値性이 減殺되든것으로 여기에서 取할바 様相은 무었이나하게되는 第二의問題가 提出되는것이다。

그리하여 「畜」이 가지는바 文學的이라는것도 그實 아무런 具體的인것이 못되고 여기에 나오는 個個의人物—許崇을 비롯하여 尹貞善、金甲鎭、兪順、韓民教、尹恭欽、李建榮等等—이 果然 어느程度로의 實感을주는 人物이나、또는 이들이 가진바 個性이 얼마나한程度로 具體的인 表現이 되었느냐하는것도 問題가 아닐수없는것이다。곧 思想的인것과 時代的인 相互協助의 弔子를 땐 「畜」은 다만 文學的으로 있을수있는 通俗性이 남게된것으로 이通俗性에서 나오는 滋味로의 文學이 살어가게된셈이다。그것은 곧지난날 이야기의構成으로는 있을수있는일이나 그것을 實踐하거나、본보기할수는 없을만큼時代는 轉換되었기때문인데 그렀타고 이것을 檢討하는마당에있어 思想과時代가 떨어젔다는 그것으로 檢討를고치고자하고는 싶지안흔것이다。여기에 다시 第二의問題가 提出되고、또 第二의問題는 個個의 人物이가지고있는바 個性이 살었느냐는것을 問題삼지않을수없게되는것이다。

「許崇」의主人公許崇은 나보기에 오늘의時代에있더래도 獨色이없는 굿건한靑年型이다。따라 春園의모든作品이 그主人公의性格은 確實하고、分明하고、生生하게 살려가는 그런特色이있다。그러나 偶大的인人物에있어서는 여간 稀薄한表現에依한 性格破產者를 내는일이많은것이다。여기에도于先이作品의「히로인」이라고할수있는 「尹貞善」은 不貞女은 맨드는것이다。「尹貞善」으로하여금 不貞女가 아니고도이小說은 構成할수있음에不拘하고 「尹貞善」을 不貞女로 맨든것이무슨 意圖인지 생각할수없는 作者의心地인것이다。勿論 「許崇」의 崇高한精神을 좀더 昂揚하기위하여 여기까지 「尹貞善」을 끌러올린것이라고 볼수도있기는하나 이點으로因하여나는 春園의女性觀을 疑心하지않을수없는것이다。「金甲鎭」이란男子를 「許崇」이 不在한동안에 「尹貞善」에게 登場시키고、또 「尹貞善」으로하여금 多少의 脫線的인 遊蕩行爲가있오면 벌서 여기에 이둘의 자라난 그雰圍氣와 또는 아직 자리잡히지않은 敎養이 그들로하여금 그만한程度의 遊蕩한行爲는있으리라고 생각되는일이나 「金甲鎭」이 「許崇」의友人이면서 「許崇」의妻「尹貞善」을 犯한다는것은 作者는 果然「모렐」의 基準을 어데다가 세우는것인가(?) 疑心치 않을수없는것이다。이 「흙」속에 나온바로보면 「金甲鎭」이 「許崇」이 그런 非道德的인行爲를 敢行하고도 悔改만하면 一맘으로 될것이다。勿論 「許崇」의 寬大한 그것이 그들으여금 悔改에 돌아오게되는것이라는것은 맨들기위하여는 그러케 하지아니치못한다는 理論이 있을수있으나 現代人의心理로는 아무래도 이것은 너무 지나친 그것으로 생각되아무래도 容認치못할 그것으로 나는 생각되는것이다。「許崇」은 너무나 「바지、저구리」에 지나지안는것이다。나는이것을 쓰라고하면 「金甲鎭」이 「尹貞善」을 誘惑하고、「尹貞善」이 誘惑에빠젓다가 와차한程度에서 그의良心으로 돌아오는것이 效果的이오、이小說의構成에 있어도 퍽 좋앗으리라고 생각되는것이다。아무리 好意로 解釋하려하여도 베은기둥으로 진운진 感興은 가질수밖에 없게된다。제집의세운기둥! 이것은 正히 「흙」의 構成에對한 缺點이 아닐수없는것이다。

四

「흙」의 構成이 缺點이 많음에 不拘하고(作者도 「흙을끝내며」하는 跋文에 썻음)一般이 이것을 愛讀하게되는理由는

春園의 文章과 春園의 組織的으로된 小說構成의 通俗性이다 여기에, 讀者는 이 「善」에 對하여 그만 사로잡히게되고 만는 것이다. 따라 春園은 그의 모든作品에있어 藝術性보다도通俗性을 많이 加味하여 讀者를 사로잡는다. 따라 春園의 藝術이 一般에게 普通化되게되는 理由도 여기에있는것이다.

그러면 오늘에있어 春園의 「善」은 버린것인가? 곧 時代的으로 失勢되었고, 藝術性이 稀薄하다는 理由밑에서 버린것인가? 그것은 아니다. 이 「善」이 가지고있는바 不滅의 文學的價値은 아직도 그것을 살리고있다. 그것은 作者의精神이다. 勿論 作者가 意圖하던 歸農運動의 理想型은 낡은 그것이되었지마는 作者의精神인 「휴매니즘」은 아직도 그뒤에 잔어있는것이다. 원래이作品을 分析해 드러가면 첫째는 春園이 抱懷하는바 農民運動이 그主要點이지마는 이農民運動은 階級的運動이아니라 純粹人道的인곳이다. 곧 春園의 그때나 이제나 一貫된精神은 「휴매니즘」인것이다. 허나 이 「휴매니즘」이란것이 또한問題되지않는 完全한것이냐하면 또한 그러치는아니한것이다. 이春園의 「휴매니즘」이란 「徒善無能」 程度의것인것이다. 따라 春園의 「휴매니즘」이란 多變的이 되는것이다. 여기에 春園의 「휴매니즘」이란 世上에서 많이 疑心을받는 그것이 된듯하다.

그래서 春園의 「휴매니즘」은 最近作 「사랑」이란 極히 觀念化한 人道主義까지에 昂揚되었으나 理性은 좀더 그러한 이 있을수없는것이다. 오직 春園에게는 그의 完全치못한思想(나는 그리케본다)을 美化하고, 純化하고 眞實化하는 文章의 才能과 緻密한 小說構成이 있는것이다. 따라 [illegible]이 徒[illegible]에까지도 讀者를 가지게되는것은 미치도 만한 [illegible]理由에서인것이다. 이런理由에서, 春園은 [illegible] 아닌것이다. 다만 小說을 잣는 作家에 不外하다는것이다.

(인문평론 제14호, 1941.1)

李光洙論

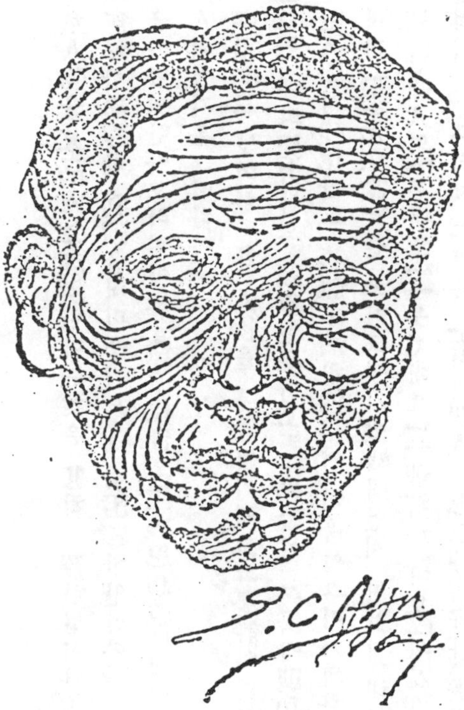

「問題여서 李光洙를論하얏다 아ー이것봐라ー
李光洙는 한더홈허주자는셈이냐 그러치안으면
自己宣傳으로 아주치구러키자는섬이냐? 하구만
은 (以上은論者도別로업지만) 그사람에 何必李光
洙를論하얏느냐? 윤치 朝鮮에잇어서 더욱히朝
鮮文壇에잇어서 가장信望이만엇고 또한非難이만햇
든그이닛가 여러가지意味에서 한번論해본게지 엇
쟀거나한번보아보자」

이것이本論와李氏外의第三者로는 대개로가질생
각인줄안다 實로맞이지 지금 朝鮮新文壇에잇서
서 이러커나 저러커나한번니야기하고 지내갈사람
中에는李光洙그사람한사람안이꺼질수업다 (다른사람도
잇것지만) 第三者가 이러쿵저러쿵 니약이가잇거
나업거나 또는李氏自身이 好感은가질넌지 反感을
가질넌지 그는相關한배업고 本論로서는 李氏를한
번 論해보고지내간이 가장조흔듯하야論한것이다

그러나 李氏를具體的으로論하지못하고 部分만
論한것은 크게遺憾이다 적어도 人物로본李氏 文
學으로본李氏 思想으로본李氏 印象으로의李氏
이러케 네部分에는아보러하얏든것이 李인지 不
李인지 아지온前二者만보게되얏다 印象은別로問題
가업지만 氏의思想엔은어저든지한번論하고지내고
시다 (筆者)

내가본李光洙

李星泰

한人物을 全的으로理解한다는것은 甚히困難한일이다。 또엇더한事件이나 人物을評論하려한때에 所謂公平無私한冷靜한 判斷을내리우기도 極히困難한일이다。 이는그러케되지아니하면안될줄은 알면서도 그러나지금사람이란아모리하여도 黨派根性(主義思想或情의根柢에서의)을떠나기는 어려운까닭이다。적어도내個人의생각은그러하다。

그럼으로 엇더한 한 人物을 붓들어가지고그를評하려할때에는 내理解와 觀察과判斷이 客觀的妥當性와合致는 나의努力이오 願望일뿐이오 그結論이 그곳에調和된圓滿한것이 되지아니하는 境遇가만타。 그것은산한人間의變化만코 複雜多端한性格이 더욱이그러하게한다。

내가「李光洙論」을 쓰려고생각할때에먼저 이것이 네머리에떠올라왓다。 그래서 내가지금쓰는것은「나」라는 한個人의「본대로」「늣긴대로」「理解한 대로」의것에不過한것이될줄안다。 或은稱讚도하고或은非難도할것이다。 그러나 그것은 全혀내個人의思想과嗜好와 嫉妬에서나온 觀察의産物이다。

그런데 미리말해둘것은 첫번開闢社의 K君에게서注文을받을때는 李光洙君의 思想評論이오 人物論은아니엇다는것이다。

실상正直하게말하자면 나는아주李君의 思想의全面도알지못한뿐만아니라 설혹엇더한 程度의關係가잇다

하드래도그것은나의힘에좀부치는어려운일이엇다。 더욱이五日동안에 써노아야된다는無謀한付託에는 拒絕한수밧게업섯다。 그러나맛참내는思想評論은 그만두고 이번는人物論을쓰라는注文이왓다。그때서 人物과思想을떼어노코서 그人物을理解하고評論할수업는것을 생각은하면서도 드듸어承諾하게된것이다。 또 말해두는것은내가여긔서쓰는것은『李光洙論』이라는것보다도 印象記라고하는편이適當한는지도모른다는것이다。

지금사라잇는朝鮮사람가운데『李光洙君』만치만흔사람들에게極度의稱讚과사랑을밧고 또다른만흔사람들에게 極度의憎惡와 排斥을맛은사람은업술것이다。 엇던때는 血氣旺盛한個人主義에눈뜨려는 靑年들의親愛와尊敬의標的이되기도하고 그와同時에다른反面에는 頑固한老人과 僞學徒의非難과憎惡가 一身에集中된感이잇기도하엿다。그러나 엇더한때는 形勢豹變하야 前과는正反對로 急進靑年들의 極度의憤怒와 排斥을사기도하엿고 또그와同時에인제는 도로혀頑固한父老階級과 僞學者의擁護와 稱讚을밧는傾向이생기기도하엿다。

그래서 李君은 이와가티 그의일홈이出世함과同時에 稱讚과排斥의和氣와風浪中에서 오늘까지자라왓다。이리하야 그는 때로는슯흐기도햇고깃브기도햇스며 또때로는 不安과恐怖에 휩싸히여 煩悶도햇고焦燥도햇고推仰과激勵로勇氣를發하야 쓸쓴입어스는때가한두번이 아니엇스리라。

이만치 그는 問題의人物이되엇스며 또그만치興味의人物도되엇다。 未來는豫測치못하지마는 過去現在를通하여서는 分明히그러하엿다。 엇쨋든 李君의오늘날까지의 生涯는 波瀾重疊한生活이엇다。 決코順境은되지못하엿다。

그러면 엇재서李君이이러케問題의人物이되엇든가。 먼저우리는 그것을알아보지아니하면 안된것이다。

——내가 李君의일홈을들은지는 임이十年이나되엿다。 그러고 直接面對한期會를가지고 그래서比較的親密한交際를 지은지도임이五年이나되엇다。

李君은 나의尊敬하고親愛하는 先輩요 또友人이다。 비록時日이 오래얏지는 못하엿지마는 比較的理解잇는同志의關係도잇섯고또엇던때는情다운 親友라고하여도 誇張이아니되리만치 交友가깁헛섯다。 이러한關係로나는 어느程度까지 그의生活을알수도잇섯고 또그의思想的傾向의一面을窺知할수도잇섯다。

以來 君과나는 思想的傾向이 相異하게됨을따라 交際도잣지못하게되엇고 彼此間에예전 에면 하게지내게된지가발서二三年이되엇다。그래서 그동안에나는君의生活에接한機會도업섯고 또君의著作에對해서도興味를거의일허버린까닭으로 그의發表한論文과小說가튼것도읽지를못하엿다。실상말하자면 過去六七年間에나는李君의愛讀者엇다。論文이나 小說이나 詩나隨筆 紀行文 ―엇더한것을 勿論하고나는愛讀하엿다。五六讀乃至十讀까지한것이 드문지아니하엿다。아마이것은 나뿐만이아니라 當時李君을사랑하고稱讚하든 만흔靑年들도그러햇슬줄안다。當時그는朝鮮唯一한新思想家요文學者인故이잇섯고 또엇던意味로보아 熱烈한 反逆者의한사람이엇다 ○―이것은 餘談이다。

이問題를살피기爲해서는 나는大槪세가지要領을들수가잇다。첫재는信敎에對한反旗、둘재는戀愛關係、셋재는 變節、이세가지가 그를울리게도하고웃게도하고 또稱讚과人望의對像도되게하엿스며 排斥과憤怒의焦點도되게하엿다。

나는 이것을말하기前에 그人物에對한印象과文章에對한 나의늣긴바의몃가지를써보려한다。

나는 李君의人物에對하야 여러가지말을만히들엇다。或은 多情多感한詩人이라고도하고 或은 好人 善人이中에서도흔히는 無能한意味의好人이나 善人이라는것보다도 조흔意味와그것이라는 사람이만히잇는것을 보앗다。또엇더한사람은李君은理論의人이오 實際의人이아니라』말하는것을들엇다。또廉想涉君인듯한 생가이나는데 그는 李君을評하야『思想의人이아니라 文章의人이며 實際의人이아니라 筆의人이라』라고하엿다。또엇던이는 溫厚謙遜한君子라고하엿다。다만 意志薄弱한 才士라고하는사람도잇섯다。―나는이모든것을綜合해서抽象해 노코 또내自身의印象과對照해보면 거의共通되는點이만히잇는것을 發見한다。곳李君은情의人이오 意氣의人이아닌것과 溫厚謙遜한善人 好人이오 反逆者가아닌것과 思想人이아니라 文章의人이라한것이다 (실상나는 過去에 李君思想에共鳴햇다는것보다는 그의文章에心醉하엿섯다。) 그러고 李君은多才한사람이다。頭腦의明晳한點에잇서서는 李君보다뛰어난사람을보지못한바가아니요 또文章으로는深刻 沈痛 銳利한點에잇서서는 다른사람을들수도업다는것이아니다。 그러나 才와該博한點에잇서또

文章의流暢、輕快한點에잇서서 또文章上의技巧로보아 아마그는現下朝鮮의 第一人者일것이다。그러나 나는李君의文章을읽을때흔히 不快를늣기는境遇가 만히잇다。그것은 너무流暢하니만치誇張이만히잇고 또 너무輕快하니만치엿튼것이 만히보히는싸닭이다。底力업는感激과 心熱이업는불빗파가튼때가만허잇는것은늣겨지는싸닭이다。

그런데 나는人間으로서의 李君을사랑한다。或엇던때는너무無能을 表示하리만콤溫厚한 好人的一面이잇고 또性格喪失을疑心하리만치 意志의弱한것을보일때가업는것이아니다。그래서나는엇던때그를拒絶할줄모르는사람이라고한적도잇다。그러나 그것은決코 미워하거나실증이나는것이아니오 도로혀그에게 同情을하게된다。나는이러케斷言할수가잇다。아모리李君을미워하고 排斥하는사람이라도 그와가티안고 그의얼골파우슴과말에接하면 事件의是非를 不拘하고非難하고십흔맘이생기지안으리라는것이다。이만치 그는魅力이잇는多情한사람이다。그러고그는 情에動搖되기쉬운보드라운 詩人이다。이곳에그의사람으로서의 美點도잇고 長點도잇고 또한큰缺陷도잇는것이다。이곳이곳李君으로하야 戀愛의樂園으로逍遙케는하면서도 荊棘과血의 反逆生活에서물너나오게한것이아닐가? (勿論이곳에는 그의思想과의關係도甚大하나 나는여긔서는합수잇는대로 그의思想에는接觸하지아느려한다。) 또나는 君의缺点을들어보자。사람으로서의謙遜한君이自負心이 度外로强한것과 或엇던때는嘛登하게되리만치先覺然한態度가(그것은君의行動에서보다는 文章上에서)흔히 보인다。그와反하야 이種類의그의長處를하나들어보자。人間으로서의行動에서果斷性의弱한것을表示하는 一面에 思想上의發表에잇서서 勇猛한것이다。엇던때는讀書와思索과反省이缺如한感이업는것이안이지만은 그는自己가생각하는일은 大膽하게文章에서 表白한다。이때문에 여러번問題가생기기도햇스나 그러나 그것은 思想上의論爭이오 그의이態度에는贊成할價値가充分이잇는것인줄안다。이곳에서 所謂學者的良心의 面影을볼수가잇다。

그러면이제부터 내가우에든세가지問題에들어가보자。그런대이에對해서는紙面關係도잇고해서 아주簡單히要領만을들어몃가지써보려한다。

第一 李君은 儒敎思想에對한反旗를는가장有力한사람中의한사람이다。時勢의必然한關係도잇겟지마는 엇

젓든 그는 當時朝鮮의社會的狀態、思想、乃至道德에熱烈한 反對者이엇다。이過渡期的啓發期에잇서서 日本의明治維新에輸入하든 西洋文明 곳自由主義의先覺者中의한사람이오 또宣傳者엿다。當時 君이抱懷한社會觀 人生觀 道德觀에잇서서는 日本의福澤諭吉以上에나가지는못하엿다。또美國式의公民主義 또는으또아의理想主義域을脫하지는못하엿다。그러나 李君의이思想的努力——意識或은無意識——과寄與는 朝鮮의思想史에잇서서不朽한것이다。

이내에君은父老階級의排斥의對象이되엇스며 새로눈뜨려는靑年들의 熱烈한歡迎과支持속에서 사랑과稱讚의焦點도되엇섯다。그러나 至今와서는嘲弄가튼일이지마는時勢가그만치進展된것이큰動因이되겟스나 事實은轉倒되야 인제는急進靑年들의 憤怒와排斥을밧게되는일이잇고또한편으로는 父老와儒學者의歡心과共鳴을엇게되는 傾向이생기게되엇다。이것은 當時의李君과 現在의李君과의새에何等의분만한思想的變移나進步가업섯든것을意味하는것이나아닐가? 그란엇저든李君은 이種思想에對한 叛逆者의한사람이다。그래서그思想的寄與는分明히朝鮮社會의進行에 一大効果를收得하엿다고하여도 決코誇張은아닌것이다。

술재 戀愛! 아마이問題는李君을 쓰려는사람에게는 누구에게든지興味잇는資料다。또그만치李君의過去의生涯는 戀愛를爲한生涯이라고하여도 決코過言이아닐것이다。그가엇던때「나는朝鮮과結婚차고一生을朝鮮을爲하야바치는——獨身生活을하겟다」고 말을한적이잇섯다。그의文章에서흔히보는바이다。勿論이戀愛問題——안해잇고아들까지잇는사람으로서의——때문에一時는李君의少數知友와頑固한父老의非難이생겻슴에不拘하고李君을사랑하는만흔靑年들은 그를極力擁護(?)하는 傾向이업지아니하엿다。나自身도그中의한사람이엇다。이問題는單純히안해잇는 李君個人의戀愛問題로볼때는 그러케社會的影響까지及케할것이아니엿다。그러나 當時의社會的思想的背景을생각할때 더욱이 그問題는興味가잇다。또意義가잇섯든것이다。그때그가朝鮮과結婚하고獨身生活을한다는것은한편에서는 戀愛의難關——兩人間의——이 李君으로하야 그러한아름다운理想的愛國生活이라는데로 獻身하려는決心을하게하얏고 또하나는社會的으로오는 苦痛이맛참내그로하야 그곳에까지 이르게햇슴는지도모른다。實로李君의戀愛는 그의生活과가타 波瀾과難關이重疊한쓰린

經驗이잇다。그는이때문에웃고울고煩悶을하고또어더한때는自殺까지하려는 決心을햇든적이잇섯다고한다。실상말하면 戀愛는아름다운꿈가튼生活이다。李君에게잇서서 戀愛는苦痛과問題가만히잇섯드니만콤그의戀愛生活은아름답고 幸福스러웟다。지금나는 李君의戀愛에關한일에對해서는 一二個의無反省한事件以外에는 모다理解할수가잇고 또同情할수가잇다。바루말하면 過去그의戀愛苦痛時代에잇서서는 나는그의戀愛完成을爲하야 眞心으로 祝福하든한사람이엇다。

셋재 變節! 이것은 적어도 三一運動以後에李君에게잇서서가장큰 打擊을준것이다。또一時李君을稱讚하고信賴하든 無-有名한靑年들의李君에게對한態度를一變하야 그를非難케한것이다。그것은 첫재로는 上海에서의歸國 둘재는 民族改造論問題 셋재는 東亞日報社說民族的經綸 이것때문이엇다。

나는 李君歸國問題에對하야 比較的仔細한事情을안다。그것이 世上에서떠는것만콤 歸國 變節을意味한만치 李君個人의從來抱負한主義 或은思想의豹變에서나온것은아닌줄안다。歸國問題는結局戀愛의犧牲이엇다 이것은 一方의無理解한原因도잇섯스나 李君의個人的性格에잇서서 反逆者的氣質과感情이업섯든것이 큰原因이될것이다。革命으로가는길과 戀愛로가는길、이두길 새이에서圓滿한調和를圖할길은 當時 李君에게는업섯다。그래서맛참내 荊棘의反逆의길을 떠나고戀愛의아름다운꿈길로헤매게한것이다。實로이것은어려운問題엇다。苦痛이엇다。그러나 이中에李君이좀더反省을要할일이만히잇섯다。마는李君은 그것을하지못하엿다。둘재 民族改造論及民族的經綸 이兩論文은 李君의持論이오主張이오信條다。그것은政治的經濟的의根本的의革新을計劃하는急進的靑年들에게非難밧는것은엇절수업는必然한일이엇다。그러고 三一運動의歷史觀에잇서서도分明히그는잘못觀察하엿다。나는 李君의思想에接觸치안느려는때문에이에對한論評은避하려한다。그러나 그것은變節이라고할만한程度의것이아닌것만은 李君을爲하야同情할餘地가잇는줄안다。

이것이 李君에게對한나의稱讚이오 非難이오 不平이오 또한그에對한印象의全部다。 엇잿든李君은 興味잇는人物이다。이압흐로엇더한곳까지展開할는지 그것은 아즉알수업는일이다。그럼으로나는李君에게對한엇더한結論과斷案을내리우기를避한다。(그런데 나는 그에게對한 重要한部分 곳藝術家로서의 李君또그의文學的位置에對하여는 門外의感도잇고 때서그곳까지交涉이잇지못하엿다。) 이로써이印象의끗을맷자。

文學上으로본李光洙

朴 英 熙

氏는내가先進로너기는사람中에한사람이엿다。일즉이 내가 小說이라는形式으로책을보게된것은 氏가「靑春」이라는雜誌에서 短篇小說인「尹光浩」이엿다。그때그것을읽고서 나는나의親舊들과수섯다。그것은다른것이안이라 그小說끗헤「P는男子」이엿다고쓴것을본까닭이다。뭇지안이헤도 尹光浩의失戀이라는것은女子에對한失戀이안이라 男色的失戀이엿기때문이엿다。勿論 靑春雜誌時代에내가본氏는 다만 한小說쓰는사람이엿든것이며 別로그에게期待한아모것도업섯다。또한 그「尹光浩」를읽은後에感想이라는것은失戀을맛보는슬픈感情보다도 좀不快한男色的氣分의好奇心이엿다。

엇지하엿든氏는朝鮮에서文學運動(幼稚하나마)에 첫사람이엿든것은否定할수업는事實이다。爲先 文章의形式으로라든지 或은小說의新意義를說明하는데든지……等 여러가지에서 그는第一人者이엿든것은否定할수업다。그리고 그는「無情」「開拓者」等의小說을世上에나타내엿다。뜻과가티「無情」은歡迎도바닷다그러나내가쓰려는것은 그의小說을形式的으로나或은批判的으로分類하려는것이안이다。다만그가쓴小說가운데서 그의思想의重要한것이며 그가말한데서로부터엇던藝術觀가튼것을차저서 文學上으로發見되는李光洙氏를어드려는것이다。

「無情」과「開拓者」가世上에나오자 寂寞한社會에는 이야기거리가되엿섯다。그러나現今에와서 發展된社會에서 前進한理想로보건대 그것은勿論 엇더한一定한著者의確乎한主義와意見과或은藝術觀을찻기에는 너무도微弱하다。만일그著書에서 무엇을찻는다하면 그것은조선사람들은無識하다、조선사람들은藝術이업고 學文이업스니까 한수잇는대로 朝鮮사람들에게일리주는무슨말이된다면될는지 그外에는아름다운形式뿐이다。 마치舊家庭에가치엿든婦人이멀안간時代思想의波及으로洋裝을하고 路上에나왓다하면 그婦人에게서어든것은 다만外面의美化뿐이고 解放이란이름뿐인것이다。 그의腦中에는空虛하야아무생각도업슬것이分明하다。 내가「無情」이나「開拓者」는 본대에어든것이 그와가튼것이다。 다시말하면 完全한人生生活의根據를둔藝術品이안이라 啓蒙時代에서 啓明期로나아가는데 한準備品이라고한밧게는업다。 또하서 氏의獨特한主義를發見하기前에 먼저氏는 朝鮮啓明期에準備的作家라고하고십다。 그가그리여낸人物은 모다一定한理智를가지지못하고 一定한主張을가지지못하고 壯年的生活의戶主가되기前에일어나는空想的少年時代가만타。 보아라「無情」속에나타나는「리형식」이나「김선형」이는 두사람이 다實際生活에色彩가濃厚하지는못하다。 한바탕「사랑」이라는新怪物에게걸리여놀다가 뭇츠로는 비로소外國留學을가는것이다。 勿論 내가말하는實際生活이라는것은 留學을갓다가온사람을말함이며 戶主가된後의비로소家庭이라는데서生기는人間味를말함이다。 또한「開拓者」에서보면 性哉와性淳과閔과卞이 다각각 戀愛의空想的娛樂에醉하다가 죽고말엇고 그들이留學까지하고와서 新朝鮮을爲해서는 다만自由戀愛의高唱者이엿고 女子解放의謳頌者이엿다。 性哉는新人이다。 그러나性淳의自由를束縛해서 마지막은 性淳이는自殺하고말엇다。 이意味에서보면 그들의朝鮮에對한事業이라구는하나도업섯다。 또한그들의談話를보면 좀實際를떠나서浪漫的氣分으로 情話의一夜를밝히고말엇다。 留學하고서온그들이 朝鮮을爲한다함은무슨뜻이엿섯는지?「光 아수운대로말하면 形式의美化、 言語의開化、 沈默의多辯化뿐이엿다」 첫재 그들은 朝鮮이엇더케하면 엇더한經路를지내 엇디케되리라는 생각도하지못한만큼幼稚하엿다。

그러면 氏의作品에서나타난氏의主觀을무를것이면 그것은다른것이안이다。 舊道德에서新道德으로넘어서는經路에서생기는한事件이다。 다시말하면 自由戀愛의主張과 女子解放과 朝鮮의敎育의急務等을宣傳한以外에는 아무것도업섯다。 그러나그것도 革命的改革또은英雄的自由는안이엿다。 軟弱한情緖에서女性的으로나오는눈물이엿다。 未開한朝鮮人의開明의要求는力이안이엿고情에잇섯든것은그러엿다。 作品에나오는主人公은다情에屈하고말엇다。 力에굿세지안핫다。 그러나 氏가그리여낸主人公은力에굿세지못한理由

가잇다。 그것은 다른것이안이라 氏의獨特한道德觀이잇는까닭이다。 그道德觀이力이잇스려는主人公의팔을잡어잡흐고말엇다。무엇을斷行하라다가는 곳恩人을回想하고는 고만더가지못하고주저안는다。마치妻子를離別하고 戰地를向하는勇士가 또다시돌아서서 눈물을뿌린다하면 그것은勿論亡國之兵이다。사람마다惜과愛가업는것은안이다。偉大한事業에는偉大한犧牲이잇는것이다。그러나 그에게는업섯다。너무도個人主義에갓가웟다。性淳이사랑하는사람閔을위해서 죽엇것만 閔은愛人을죽이고도 아모러한熱情的속크가업섯다。또한살어남엇다하면 그愛人을위해서일한것이무엇인가? 안이다。웃는사람을同情하는것은 다만웃음밧게는업고、눈물잇는사람에게 눈물밧게同情이업고、피를흘리는사람에게 한가지피를흘려야 同情하는것이며 愛人을위해서죽는愛人에게는 오즉 한가지「죽엄」이다。그러나 愛人인性淳을무머바리고도 生存한閔은 數個月後에는 어느계집과더블어甘夢에醉한터이겟지? 勿論意志가薄弱하엿다。이런故로 그의道德觀은예수의道德觀보다도 톨스토이의人生觀보다도 한層卑劣하고無活氣하엿든것을알수잇다。그런故로 그는 人生의藝術化니 宗敎의藝術化(瓦爾集一一一P)니하는 口實을만들게되엿다。

勿論그의藝術은藝術을爲한藝術은안이다。黎明期를爲한藝術이며、自由戀愛를爲한藝術이며、朝鮮敎育을爲한藝術이며 또한德을爲한藝術이엿다。그러나 그러케나가다가 이런말을볼수잇다。「人生의最高와理想이무엇이냐? 人生의生活自身을全部藝術化함이외다。그의생각도、行動도、衣食住도、社會도、村落도、都會도、全部藝術化함이외다。우리의 이原始的이오、沒趣味한住宅을藝術化하고、우리의室內의、裝飾과器具를 藝術化하고、우리의單調한衣服을藝術化하고、우리의食卓과마당과 學校와市街를藝術化하자、그래서 朝鮮全體를藝術化하고 世界全體를藝術化하자!」하는말을 그의「藝術과人生」이라는論文에서볼수잇다。黎明期의空想的藝術性이아니면무엇이랴? 나는얼른 와일드의唯美主義를聯想하엿다。그의藝術化라는것은 德義化한藝術이나 或은變化한藝術일티이지? 그러나 衣食住의藝術化라는것을보면 아모리해도唯美主義化한藝術일것이分明하다。即 錦衣玉食을말함이다。옷에는繡를놋코 집은歐美式으로짓고、밥은洋料理의美味만으로取한다는主義다。만일衣食住를德으로보면엇더케解釋할까? 衣가德이라면 살이

둔어난까보아서 三重四重의衣服을입는것이며、食이德이라하면 입속에서씹는밥이 남에게보이여서嘔吐를닐으키지안으령으로 입은담을고먹는것이며、나가德이잇슴은 夫婦의寢室이 外面에서보이지안케建築함이나안일는지? 이러한意味에서 氏의朝鮮的藝術은虛無한말이되고말엇다。이것만보아도氏의黎明期의藝術이 그얼마나 現今에잇서서 空想的懷古인것을發見한수잇는것이다。또다시 그의「藝術化」가 或理想化」란뜻인지도몰으겟다。또한「검은線의藝術」이라는것은무엇인가? 로맨·로란의「짠·크리스토퍼」와가른藝術을말함인가? 그러치안으면 빠르비유스의「地獄」과가른것을말함인가? 그의藝術은그러치도안타。어듸까지든지唯心的、理想的의美를憧憬하엿다。勿論 그美란것은德化한것을말할터이지。軟軟한女性的센틔멘탈이슴의 眞珠가튼눈물의美이다。「無情」이 그러하고「開拓者」가그러하다。力이缺乏되고 그外에德과눈물만 남은것이그의藝術이다。이것을 그는美라고하는것이안인지?

또한 그의藝術은이러하엿다。「職業의藝術化」(P壹壹四)이란말이다。「네職業은네藝術로알어라!」하는말이다。다시그의말을解釋하면 職業이라는것은 가장自由로운自己의마음의要求하는것을할때에는勞役도이저버리고 즐거워한다하엿스며、또한「곳各人으로하여금自由人으로 自由의職業을取하게하는것이 理想的 社會組織의根本이될것이외다」한다고하엿다。氏는 그藝術을널리解釋하려하엿스나 實行에 充實치못하엿다。勿論 嗜好的職業이 사람에게는無雙한樂이다。그러나 現朝鮮사람의生活이 그얼마나 그와가튼理想的職業을엇기에劣等한것을알어야한다。누가 그러한職業을준것가트냐? 만일氏가 우에말한그理想을가젓다하면 氏의엇더한作品이勞働者에게그와가튼快樂을줄수잇슬까? 그의作品인 正反對의 有產階級의戀愛發生의道程뿐이엿다。또한 無責任한말이생각난다。「그래서快樂主義者인朝鮮人은職業업슴을最大幸福을삼아「놀고먹기」爲하야勞役한다」하엿스니 氣가막힐말이다。어느곳에서는 面書記一名을採用하는데 멧百名이왓다는등、電車車掌한명에 무는五百餘名의志願者가잇다는말을생각해서보아라! 朝鮮사람이 職業이잇스면서 노는것은안이다。職業을주지안이한다。이것이 現今우리의큰問題거리다。또한 우리의藝術도이에서發足하지안으면안이된다。未久에우리는餓死하고말것이다。氏는얼마나朝鮮形便을모르고

더운房에서美衣美食을옴우면서 朝鮮人만을 無益味하게責하는가? 분상한無職勞働者를 氏는 무슨特
權을가지고責하는가? 만일氏가 一二個人을標準삼고한말이면 氏의狹小한思想만을責하려니와 만일全
朝鮮을標準하고한말이면 적어도朝鮮의無産者諸君은이미 한가지氏에게質問하기가 느젓도다。이런것이
모다 그의藝術觀이다。이에서文學上에 나타난 李光洙氏는理想的個人藝術家이엿고 편하서獨樂樂의趣
味的本能文學者이엿다。그러나 누구는말하리라、안이다、그는人道主義者이엿스며 朝鮮의充實한빗이라
고………。그러나 그의人道主義는톨스토이에比케서、얼마나 그主義의本質을찾지못한것을알수잇다。우
에도말하엿거니와 作品에나타난主人公은全人間的타입이안이라 一部分인 靑年時代의血氣를警戒하는所
謂「戒之在色」이니라는類이엿다。보아라 톨스토이의「復活」이라든가「안나、카레니나」를생각하자! 그에
게는「復活」과가튼宗敎的色彩가理想的으로個人의主見을가지고 나타나지도못하엿고「안나」와가티 實生活
에부대기는人間的爭鬪를人道主義見地에서 하나하나解決한것도업섯다。「無情」이래야 舊家庭에서 拘束
을밧든靑年男女의戀愛로、「開拓者」래야亦是 自由戀愛의死의勝利뿐이엿다。人生을解決하랴는 獨特한哲
學的見解도업섯다。「開拓者」란이름은무엇이냐? 朝鮮을開拓한단뜻일터이지? 그러나엇더케? 가장微
微한自由戀愛의開拓이다。밧두렁에서 農夫인남편에게 밥을날느는안해도 勿論 農業의한部分을成就한
다하겟지、그러나 開拓하는사람은 炎天에등을태면서 泥土中에 서서잇는사람이勝利를하는것이다。
또、朝鮮을爲한다는말이 퍽 한편으로興味잇는말이다。「無情」에도 한바탕사랑의作亂을치고서는 外
國으로留學을갓다。그리고 그들돌아올때는 朝鮮에工場이늘고、무슨 各學校에서는 일군이나오고 사
업이發達하고………하엿스며「開拓者」의나오는 美術家인閔은「美術이업는조선사람에게 美術을주겟다」하
엿스며、「血書」에보면「나는사랑보다 더큰일에 몸을밧첫다」고해서 그相思病에 處女를죽게하엿스며、
「H君을생각하고」에는H가「저는 이몸과맘을 다태여서 이세상을 업고야죽겟슴니다」하엿고、「엇던아
참」에는 로승이 長安에잇는朝鮮을나려다보고「한운이시여、저 먹을것도업고 맘에즐거움도업는 나
날이 귀운이줄어가는백성을 안돌아보시나잇가………」하엿다。이러한말이 참으로朝鮮을위하는말이냐

? 勿論 閑暇한사람은속고말것이다。 그러면朝鮮에서要求하는것은무엇이냐? 그것은 형식、이나선형、이가 外國에서돌아와서부터 비로소活動하는實際運動일것이다。 그러나 그들은 돌아와서朝鮮을위해서 무슨일을하다가죽엇는지 알길이바이업다。 또보아라！朝鮮은貧한다든閔氏인 閔君은 무슨名譽를그러엿는가？ 안이다。 그는 사랑에싸지고말엇다。 남들이 다그리여간金剛山이나마도完全히成就하지못하고말엇다。 또보아라、「血書」에 사랑보다더큰일에 몸을밧칫다고 處女의사랑을拒絕하든그는 무슨큰일을하엿든가？ 아므일도업시 다만 죽은處女의死骸를안고슬퍼할뿐이엿고 그의墓地에를갈뿐이엿스며、또한 세상을爲하겟다는肺病患者인日는 무슨일을하엿든가？ 그는 吐血을하면서 致授한報酬로 淫亂한不義의愛人인C를工夫시키기에 一生을虛毀하엿다。 나종에 C가不義라한것이 誤解라하엿지만、그동안에 그러면C가구엇을하엿고、무슨事故가잇섯든것을 讀者는알하지안이하엿스니 茫茫夜夜로血淚도한가지誤解라고하드라도 미들길이 바이업다。 보아라！이것이 朝鮮에서要求하는人物이며、朝鮮에서 渴望하는眞理이랴？ 日가튼것은宇宙에가득할지라도何用이잇스리요？ 참으로 그는悲慘하다。 餓死하는사람에게「오죽이나 춥고배가곱흐랴！」하는것이同情이안이다。 全人類가 그런소리를한대도 그는 기여히죽고만것이다。 비록 어린아해일지라도 ○○무든주먹에 찬밥한뎅어리가 그의生命을活力잇게한것이며 물한방울이 千萬사람의同情하는눈물보다나을것이다。 또보아라！ 로승이 조선사람을불상이녀긴다해서 한우님께祈禱는하엿지만 그는 또한엇더한積極的手段을가젓던고？ 이와가티 氏의作品에나오는人物은모도가 虛僞와詐欺를가진娛樂을즐겨하는○○物이엿다。 이것들이 엇지朝鮮의運命을改革할수잇스랴？ 이에서 文學上에나타나는 氏는또한虛僞인것을免하기어렵다。 作品으로나 글로써 그를알려는나는 이外에는머알方針이업섯다。

또한 그와가튼人物의自尊心을보아라！「내가 이러한反心을품은줄을모르고서울은잔다」하엿스니 (開拓者) 그와진 約婚한本夫를 或은家庭을 反抗하는것이 性慾뿐이안이고 [illegible]한村婦에도잇거늘 性慾이로해서 서울이잠못잘것이 무엇이리요 또한 日는「[illegible]생님! [illegible] (愛人)미드랴고 애를썻

合니다。 진인류를 대표하야、 한우님의딸로、 그들미더브랑으로………」하엿으니 아모리 丑가愛人을사랑하엿지만 全人類까지代表하엿슬것이무엇이랴. 그가 失望한것도當然한일이다。 이것이 모다 誇張的虛僞가안이면무엇이랴? 또한「一千萬의女性을爲해시犧牲이되던지」하엿스나 性淳이가사랑과反抗을爲해서죽으면 結局사랑에對한犧牲이지 그것이 무슨一千萬女性을代表한가? 그것도一千萬女子를爲해서 하다못해서 粉筆이라도 들엇다하면或容恕한點도잇스려니와 愛人과의키쓰。以外에는아무것도한것이업는性淳이가 무슨同胞를代表할까? 이것이모다 實地를떠나서 朝鮮의弱者의同情을사려는것이안이면무엇이랴? 餓死하는것이불상하거든 말대신으로 먹을것을주며、束縛된것이불상하거든 그줄을 끈허주덩으로 實際的活動을하여라! 또한「將來 어느날밤에 이가튼달이 반듯이 生命의서울을비추일날이잇다………」(開拓者)하엿다。 그生命잇는서울은무엇일까? 다른것이안이다、將來는藝術이잇고 工業이잇고 商業이잇고………等의萬物이必然的으로要求하는進化的成長의華麗한都市를이룸이다。 그러나 그것이 朝鮮사람의本質的生命은안이다。 그本質的生命은 무엇이냐? 그것은 그와가튼文明과進步를成長케하는데必要한力을말함이다、다시말하면 팔과다리를 마음대로내여젓는데、或은사람을發達시키는데必要한血液과同一한것이다。 그는血液을要求하기前에人間을要求하엿다。 血液업는人間이어대잇스랴? 우리는먼저 우리가살어가야할原動力과 사람사는데必要한天賦의本質을갓지안코서는 到底히生命잇는都市를 만들수업다。 만물어진다면 그것은 他人의것이요、우리의것우안이다。 보아라○○의都市는! 그生命이、길에서떠두는救世軍의입버릇이면 容恕하려니와 그外에 그러한意味의生命은 우리의지금現象으로는 誇張的이라고안이할수업다。 또한 그의「엣세이」에는 이러한말이잇다「세상에는 이러한사람이적다。 우리에게 정치뎍자유가업는것을 슬퍼마라、경제뎍으로 파산의 경우에잇는것도 슬허말라、만일무서운병이 돌어서 우리를 막쓰러내더라도 슬퍼말라、이런모든일이슬픈일이 안인것이 안이엿마는 그것은 우리에게의인이 업는것에비기면 아모것도안이다」하고 참말로意義잇는소리를하엿다。 녯날의 소곰과 고모라는 의인이업서서 亡햇다。 그러나 지금에 朝鮮은 의인이업드래도 亡하지는안는다。 그러면무엇이나? 우리에게는 勇斷하는사람이잇서야하며 熱情的人物이잇서야하며 實行的英雄이잇서야하며 殉國的偉人이잇서야한다。經濟的破產을슬퍼마라! 하엿스니 이것이야말로 南山골生員님 노릇을하던말이다。그런사람은 五萬人이잇드라도 나라는亡하고만다。그러나 나는 이點에서 氏에게한가지 稱讚한것은 化學을硏究하든性識가破產한後에 문득밧게나가서 勞働者로服裝하고勞働하엿든것이다。그에게는 비로소 人間的意氣가잇다。이러한사람이라야 참된人生의하나이다。氏의作品中에는第一生氣를가진것이다。朝鮮사람이無職業이라면 아마 一部分은 너무도 섇르조아의意氣로 破產은하엿스면서도 창、피해서 노는사람이얼마나만호랴? 그點은 氏가잘잡언다하여도 다른것은 文藝上에서나타난氏의特別한思想을 머는알수업다。

그에게는 熱이보히지안는다。그는 熱을나타내려고 애를쓰는모양이다。그러나 그熱에서光明이나오지안는다。한울에도電氣가잇고 땅에도電氣가잇고 猫皮에도電氣가잇다。그러나 電極과電極이合해서타지안이하면 光明한電光을볼수가 업는것이다。이것은 眞理이다。지금까지의 氏의文學上의모든 우에말한虛僞가 陰極이라면 아즉도未來가만코 여러사람의囑望이만흔氏는 더現實的陽極에 다닥치서 朝鮮을밝히는光明이잇기를바란다。

(開闢 제55호, 1925.1)

新刊評

李光洙短篇選

朴 泰 遠

다른이의 作品을 評한다는 것은 어려가지 意味로 어려운 일이라 생각한다。評者와 作者와의 親疏關係、作品이 評者의 好尙에 맞고 안맞는것…… 于先 그러한 것으로만 보더라도 참말 公正한 批評이란 있기 어려운 것이나 아닐까。大抵、사람된 弱點으로서、그 사이에 若干의 私情의 介入이 또한 避하기 어려운 까닭이다。

一般 作品評에 있어、이미 이러하다。하물며 大部分이 出版業者의 請托에 依하여 써어지는 「新刊評」이란 者가 十中八九는 一種의 宣傳文에 類似하고 마는 것도 또한 어찌 할수 없는 일이 아니겠느냐。

그러기에 良心 있는 評者로서、自己가 決코 쉬이 評價하기 어려운 新刊書籍의 評을、直接 그 作者에게나、또는 出版業者에게서 請托 받을 때、무릇、그때마치 難處한 境遇는 또한 없으리라。그러나 그렇다고 하여、그 請托을 拒否하기도 어려운 때、그는 스스로 생각한다、무엇、내가 不得已 몇마디 稱讚하는 말을 쓰더라도、읽는이들이 這間의 事情을 잘 理解하여 줄것이니까――하고。

事實、讀者들도 이미 이 風習에는 익은듯싶어、新刊評에 있어、傑作이니、名作이니 하여도、이건、「新刊評」이니까――하고 아주 그렇게 돌려버리는 傾向이 많은 모양이다。따한 노릇이지만、이만큼 「約束」이있어 놓으면、評者나 讀者나 모두 함께 적지 아니 便宜가 있다 하겠다。

그러나、나는 이번에 「李光洙短篇選」의 新刊評을 博文書館出版部로서 請托받고、스스로 躊躇함이 많았다。마음에 없는 讚辭를 쓰는것의 苦痛을 생각하여서가 아니다。實로、내가 千萬言을 가져 이를 推奬한다드라도 讀者가 저 「約束」에 依하여 容易히 나의 말을 믿지 않을것이 念慮였던까닭이다。

그래도 나는 마침내 이 붓을 들지 않으면 안되었다。이 「短篇選」中에는 實로 春園先生 一代의 名作 「無明」이 收錄되어 있는 것이오、「無明」은 實로 珠玉 같은 作品임에도 不拘하고、一部 評家에게 일찌기 不當하게 虐待를 받은 일이 있는 까닭이다。

이 作品은 누구나 아는바와 같이 作者가 病監에 呻吟하실 때의 記錄으로、그러기에 애초에 題名은 바로 「病監」이었다고 나는 記憶한다。「病監」의 一部分은 作者가 醫專病院에 入院中에、當時 花浦도 病床에 모시고 있던 朴君의 朗讀으로도 들은 일이 있거니와、當時는 그처럼까지 越等히 좋은 作品임을 몰랐다。그것이 多少의 修整이 있기 前의 原稿이었던 關

係도 있으려니와, 무릇, 듣고 읽는 것이 또한 서로 다른 까닭이리라.

마침내, 文章第一輯에 「無明」이란 發表됨에 미처, 나는 한번 읽고, 이는 實로 春園先生의 代表作이라 느꼈고 두번 읽고, 우리는 「無明」을 가지고 있는 以上, 外國文壇에 對하여도 구태어 過히 謙遜할 必要가 없다고 생각하였다.

우리는, 흔히, 우리의 것을 남의것과 비겨볼때, 지나치게 謙遜하는 風習을 갖는다. 그것은 或은 東洋人으로서의 美德의 하나인지 모르나, 謙遜이 지나쳐 卑屈에까지 이르는 것은 스스로 寒心스러운 일이 아니겠느냐. 每樣 보면, 스스로 高級한 讀者라 일컷는 이들은, 依例히 朝鮮作家의 것보다는 좀더 外國作家의 것을 즐거워하며, 甚한 者는, 우리네의 作品은 읽지 않으므로써 一種 자랑을 삼으려 하는 貌樣이나 이것은 옳지 않다. 다른이의 다른 作品은 姑捨 모를 일이다. 그러나, 「無明」에 限하여서만은 나는 이를 推奬함에 있어 언제던 떳떳하고 또한 자랑스러웁다.

「短篇選」에는 이 「無明」말고, 「和根樹의 少女」, 「모르는 女人」, 「떡덩이 영감」等 세篇의 短篇이 收錄되어 있거니와, 그中에도 「和根樹의 少女」에 나는 가장 感動된다. 「人情」의 고마움을 예서처럼 切實히 느낀 일이 나는 일즉 없었다.

(文 章 제8호, 1939.9)

李光洙氏人物論

望雲樓人

李光洙氏란 어떠한 사람인가? 아다 朝鮮사람치고는 그의이름을 모를사람이 없을것이다. 그의 별같이 아름다운 小說과、 流水같이 서늘한 文章은 一千萬、朝鮮靑春士女에게 우리같은 感激과 炬火같은 熱情을 넣어주기때문에 「우리들의春園」이라고 氏는 絶讚과 歡呼中에 싸여있다。 그러나 그의人物을 아는사람은 그리많지 못할것이다。 이제 趣味的으로 그의 人物評을 몇마디 써보자。

× ×

우리의春園은 키가 「록샤꾸」는 못되나 五尺八寸쯤은되며 몸는 뚱뚱한편이다 前에는 몸이 파리하야 매우 날카럽게 보이였으나 只今은 살이찔대로쪄서 洋服을입으면 바지와 저고리가 팽팽이 켕긴다。 얼굴은 허고 둥근편이나 코는매우 날카러워 氏의 敏活性을말하기에 足하다。 그리고 두눈은 노랗고 별같이玲瓏하야 氏의 天才는 모두 그눈에 모여있는듯하다。 어떤 文學靑年이 釋王寺에서 그를 瞥眼보고 「露國사람이 朝鮮文學生과 노상散步를하데」하고 誤解한것으로보아 그의눈이 西洋式임에는 틀림이 없다。 氏는 美男子라고는 할수없으나 八十點은 넉넉하다。

氏는 家庭에서는 朝鮮服을 많이입고 外出時도 朝鮮服을 間間이입으나 洋服에 노란구두를신고 안경(요새는 검은빛나는 안경을 가끔쓰신다)을 쓰고 「스테끼」를 들으며 걸어가시는 스타일은 堂堂한 「모던뽀이ㅡ」로도 그리부끄럽지 않거니와 一見어떤大會社의 支配人이나 取締役같이 보이는것이다。 누구나 그를 朝鮮第一의 「春園先生」이라고는 생각지 않을것이다。 더욱이 그를 文人으로 생각할이는 없을것이다。 前에 몸이弱하고 病으로 계실때에는 추레한 두루막이를입고 古物商에서 뒤져온듯한 구두를신고 氣運없이 다니시는것을보면 분명이 피곤한 길손같이 보였으나 只今은 鬪志滿滿한 政客같이 보인다。

氏는 一見날카럽고 近接하기 어려운듯하나 한번 말을 붙여보면 氏는 퍽이나 순하고 상양하야 끝 親切함을 느끼게된다。氏는決코 과장이나 허식(虛飾)이없고 또는 점잔음을 빼지않는다。然히率直하시다。어떤 雜誌記者가 氏를찾어가서

「先生님은 점잔으신분이라 夫人과 決코 家庭에서 싸홈은 안하시겠지오?」

하니까

「千萬에 싸홈아니하는 夫婦가 사랑하는 夫婦입니까? 나도 며칠에 한번式은 싸홈을 곧잘합니다」

하고 對答하시더라고 한다。氏는 決코 거짓말을 아니하고 조그마한 가리웅도없다。背空에 빛나는 太陽과같이 氏의 心境은 매우 淡淡하시다。그리고 어떤 사람이 氏의宅을 찾어가도 잘 歡迎하고 또는 이야기도 잘해주신다。氏를 「君子」라고 別號까지 주게된것도 여기있을것이다。그러나、氏는 自己의 信條가 있다。感氣같은것을 앓게되어 사람과 面會하는것이 좋지못할때에는 그 相對가 어떤이를 勿論하고 決코 面會치 아니한다 어떤書店을 하는이가 氏를 닷새를두고 每日찾어갔으나 한번도 面會하는 光榮을 어찌못했다。그이는 怒發大發하야 개새끼도 自己집을 五、六次 찾어갔으면 그리 푸대접은 못할것이어늘 그래 사람을 그렇게 멸시한단」하고 不滿을 말하였지마는 春園은 그때 感氣로 苦痛하는中이었다한다。그리고 氏는 創作같은때에는 絶對로 面會도아니하고 또는 急한일이 있어도 泰然하신데 어떤친구가 急한일이 있어서 그를 찾어갔더니

「只今 小說을 쓰는中이오」

하고 그친구를 옆에앉히고 두시간이나 아무말없이 글만 쓰드라고한다。

그러나 氏는 이야기를 하기시작하면 구수하게 몇時間式 繼續하야 듣는이의마음을 醉케한다。언제 한번은 氏가 釋王寺에와서 여름밤에 부채질을해가며 「시베리아」放浪하시든 이야기를하는데 筆者亦是 그이야기에 그만 醉하고 말었다。

그러나 이러한 氏라도 多少 그에게 缺點이있다。

氏는 文人이라 亦是 感情家이어서 많은사람을 包容하는 雅量이없다。그리고 多少偏見도 있다。누가 사람으로 缺點이없으랴마는 우리의 春園도 神이아니라 亦是 缺點이있을것은 事實일것이다。

氏는 政治家로 自處하시고 文人이 아니시라고 主張하시나 氏는 亦是 文人「타입」이시다。어디까지든지 文人이신것이다。이번 朝鮮日報副社長으로 氏가 政治的手腕이 계셨다고하면 決코 退社치 않었을것이다。陰謀、手術、奇策 이것은 政治家들의 뱃장이오 包容、雅量、敏腕 이것은 政治家들의 心境일것이다。陰謀術數等을 모르는氏는 그네들에게 밀리어 朝報를 나온것이안인가? 氏는 政治家는 「제로」이시다。亦是 熱情的이오 率直하고 꾸밈이없는 文人이신것이다。

그러나 氏는 政治家에게 지지않는 氣槪가 계시다。 그것은 自己가 옳다고 생각하시는것은 총、칼이 自己앞에 있고 또는 秋霜烈日의 威嚴가 앞에있을지라도 그主張을 구피지않는것이다。新生活論과 「民族改造論」을 쓰실때에 수많은 사람들이 氏를 죽일놈이라고 야단하고 또는 「사구라」몽둥이를 끌고 氏를따라다니는 사람들이 있었으나 氏는 決코 그主張을 구핀일이없으며 또는 談判온 사람에게도 堂堂이 그主張을 내어세우고 조금도 自己意見을 구피지 않었다。 그때 어떤靑年이 怒氣등등하야 주먹을쥐고 氏를찾어가서

「그래 그런 우리의 民族을 모욕한 글을 함부로 쓰고 謝過할마음이 없소?」

하고 여차직하면 氏를 두라리려 하였으나 그靑年은 도리어 氏의堂堂하고 끔끔한 변해(辯解)에 그만 머리를 숙이고 도라갔단말이 있다。 氏는 決코 朝三暮四로 이럭저럭하는 얼치기가 아니다。自己의 主張을 爲하여서는 泰山이라도 넘으려는 勇士이시다。 그러나 이런氏라도 家庭에서는 夫人에게 恒常 꼬리를 밟이신다는 말이있는데 이것은 우리의 關知할바가 아니다。

氏는 熱情的인 點에있어서 또한 남의追從을 許諾지 않는다。氏의 「지난시절」의 戀愛이야기를 들어보면 모두 풀갈이라는 熱情으로 一貫하였다。現婦人 許氏와의 사이에도 熱情的 「로만스」가 많거니와 氏의作 「젊은 꿈」을 읽어보면 더욱 잘알것이다。

氏가 上海에서 苦生하실때에 언제 한번은 病으로 몸시 앓었는데 그때 氏의 옛날사랑하시던 某女性이 氏의 病状을알고 가만이와서 牛乳죽을 쑤어주고 담요를 덮어주고 그만 돌아가버렸다。 氏는 그女性이 다시 오지 못할것을 잘 알기때문에

『그의마시던 空氣라도 더마시게 또는 그의 그림자라도 나가지 못하게 문을 닫으라 꼭꼭 닫으라』

하고 갈습하였다 한다。 이 얼마나한 熱情的이냐? 그는自己의 사랑하는이를 위하여는 決코 一身을 아끼지않었다。氏의 이런 熱情이 그의 한몸을 社會와 民族에게 바치고저하는 마음에서 政治家로 自處하게 되었고 또는 上海、시베리아로 放浪하며 그길에 발을 놓었던것이다。

그러나 이제 朝報를 그만두고 閑地에서 悠悠自適하는 祖國은 장차 어떤길을 取할것인가? 여기서 그의 人物과 全人格을 알게될것이다。滿天下에 버려있는 祖國의 同胞들은 注目하야 마지않는바이다。(끝)

(新人文学 제2호、1934·10)

◎李光洙主宰에 對하야

方仁根

李光洙主宰는 이번號부터 쌔게되엿다。 理由는여러가지겟지마는 첫재病으로主宰를 擔當치못하는것과 둘재個人의主宰라는것이 재미업다는것이다。

主宰란것은 한形式이요 일홈뿐이니 그것을쌔고안이쌔는데 重大한問題는업는것이다。

또한 田榮澤、朱耀翰、李光洙三氏와나와가치 朝鮮文壇을始作한것이엇스나 좀範圍를 넓히하려는곳에더意味가잇는것이다。

또한 主宰를쎈다고 朝鮮文壇과 李光洙氏의 關係가 아조쓴허지는것안이다。 그동안文學講話等繼續物이 쓴치게되여讀者諸位께未安하나 李光洙氏가글을쓰게되면 곳繼續하겟고 다른글도실을것이다。

「朝鮮文壇」이健全한文學運動을爲하야微衷을밧들이나가는것이 讀者諸位여씃싸지사랑하여주시고 갓흔步調로 朝鮮을爲하야努力하시기만 血隙히바라는바이다。

(조선문단 제10호, 1925·7)

通俗化의 悲哀

「端宗哀史」(上下兩卷)

李光洙著

京城 滙東書館 發行

定價 貳圓

春園 李光洙君은 長篇小說로 이름을 얻엇다。그러나 아이로니는 그의 短篇이 長篇보다 훨신 더 낫다는 事實이다。그의 短篇中에는 傑作이라고 指目할 作品이 한둘 잇으나 近十個나 되는 長篇은 모다가 不備스러운것뿐이다。

端宗哀史는 아마 그의 長篇中 가장 잘된것이라 할수잇겟다。春園의 長篇 대개가 모두 末尾가 어름어름 되는대로 되어서 픽 승겁게 된다。그런데 이번 이 책에 잇어서는 끝까지 充實하엿다는 氣分이 보인다。或은 題材가 歷史를 基本한 關係上 그럴수 밖에 없을는지도 모르나……

端宗哀史는 端宗이란 王의 슬픈 빠이오그래피다。端宗의 出生으로 시작하여 가지고 그의 登極、禪位及 그의 不幸된 最后까지를 그려놓은 一代記다。이 不幸한 君王의 一代生活을 通하여 그의 周圍에 일어나는 여러가지 에피쏘ㅡ드를 通하여 作者는 人類生活에 必需인 諸種矛盾되는 感情과 行爲를 그려보앗다。

通俗小說 더욱이 新聞小說에서 우리는 이보다 더큰 期待를 하는 것이 돌이어 어리석은 일인지도 모른다。그러나 이만한 훌륭한 題材가 그만한 定評이 잇는 作家의 손에서 이러케 우물쭈물 넘겨 버렷다는 것은 아까운 일이다。하기는 이야기 自體가 너무 기니까 그러케 숨겨숨겨 넘어가지 안으면 너무 길어진 염녀가 잇엇는지 모른다。그러나 그것은 上下兩卷으로만 하지말고 十二卷 或은 二十四卷으로 햇드래도 無妨한것이다。그것보다도 아마 이 小說은 맨 처음 新聞에 連載 시키는 必要上 不得已 그리 햇기도 쉬운 일이다。萬一 그러라면 單本으로 만들 때에는 改作을 햇드면 좃앗슬걸 하는 아까움이 잇다。新聞小說은 傑作이란 재간이 없다 그것은 新聞小說에 잇어서는 무엇보다도 每日 每日 事件의 變動이 잇어야 하는것이 第一 條件이기 때문이다。이런 制限된 여러 條件 밑에서 이 小說을 觀察하면 이 小說은 그게 成功한 作品이라고 볼수밖에 없다。

全篇을 通하여 主人公인 端宗의 人格이 不分明한것이 缺點이다。全篇을 다 읽고 나도 主人公이 뚜렷이 머리에 나타나지를 안는다。그저 히미한 그림자가 이 背景에서 저 背景으로 도라단닐 따름이다。主人公 보다도 副主人公인 수양대군이 더 똑똑히 나타난다。或은 이것이 原作者의 故意이엇는지도 모른다。그러나 讀者로서는 主人公이 좀 더 明確히 表現되엇드면 좃앗슬것을 하는 생각이 잇다。

그리고 全篇을 通하여 紹介되는 캐랙터ㅡ들이 모두 좀 더 鮮明햇드면 좃켓다。하기는 너무 많으니까 좀 힘이 들듯도 하다고 하나 中國의 水滸志等 百八人에 비기면 그리 많다고 할수도 없다。萬一에 主人公 한사람만이라도 그 人格이 아주 鮮明하게 되엇으면 助役들은 히미한 가운데 그냥 넘겨버려도 무방은 할것이다。그러나 主人公 以下 諸 助役들 全部가 산 사람이 되지 못하고 모두 그림자들이 되엇다。

春園의 小說에는 몹시 센틔멘탈한 點이 많다。그런데 이 小說에 그것이 가장 적다고 할수 잇다。王이 位에서 쫓겨난 대목과 정배가서 洪水를 만난 대목等에 좀 센틔멘탈해지엇다。그러나 김종서의 죽엄、야화의 최후등 꽤 센틔멘탈할수잇는 場面들이 莊嚴하게 지나간것은 作者의 新手法을 보이는것이다。센틔멘탈 해지기보다 더 큰 効果를 내엇다고 본수 잇다。

이 作品은 歷史로도 價値가 잇다고 본다。勿論 其歷史의 해석을 作者가 바로 햇는가 못햇는가는 別問題로 할수 밖에 없다。그것은 各其 主見에 따라 相異할것이니까 論難할 必要가 없다。그러나 한가지 不足한 것이 잇다。그것은 우리는 이 作品(이 歷史를 背景으로 햇다는 作品)에서 歷史의 참 骨髓가 되는 大衆의 움즈김、大衆의 生活、大衆의 感情과 情緒 그것을 發見할수 없다。端宗哀史는 오직 一官史、에 不過해 지엇다。그러나 이런 참담한 官吏가 演出될 적에 全民族的으로 大衆의 歷史는 果然 어떠한 한 페이지를 演出햇을가? 萬一 글에 씨운 參考 거리가 없다고 하면 作者는 그의 想像力으로써 그것을 創作할수 잇엇을 것이다。또 作者가 그것을 創作햇서야 우리는 作者의 生活哲學 及 其理想을 이 作品에서 發見할수 잇엇을것이다。그런데 이 作品에는 그것이 없다。이것이 무엇보다도 가장 이 作品의 弱點인듯 싶다。

이런 不滿들이 잇슴에 不拘하고 端宗哀史는 朝鮮文壇에 一大收穫인다。朝鮮人된 者는 누구나 한번식 必讀할 冊으로 추천하고 싶다。妄評多謝 (주요섭)

(동광 제17호, 1931.1)

李箕永氏의印象

玄民

寄稿에거러 朝鮮之光社一府에서 내가 처음으로 李箕永氏를 맞난것은 벌서 十年前일이다。

자세한記憶은없으나 그전해부턴가 나는 朝鮮之光社게 때때로 小說과評論을 寄稿하고있었다。처음에는 누가 中間에서 말을해주는 사람이있어 寄稿하기를시작한것이었으나 나중에는 아무때고 原稿가되기만하면 自進해보냈다。雜誌社에서는 別로 請托을 오는것은 아니었으나 내原稿가 가기만하면 即時로發表해주는 것이었다。그런關係가 얼마繼續된뒤에 무슨用件이있었든것인지는잊었으나 어쨋든무슨일이 있어서 처음으로 나는 朝鮮之光社를 든렸다。그곳서 처음으로 李箕永氏를 맞난것이다。

좁은 나무층다리를 올나가면 三尺四方쯤되는 마루가 있고 그왼편에 編輯室로 들어가는 門이있다。門은 열며있었든것으로 記憶되는데 門안에 들어서며 보니까 방中間쯤에노인 테-블앞에 앉었든 白面痩身의 事務員같은 사람이 이쪽을 바라본다。그것이 即 民村李箕永氏였든 것이다。이事務員같다는말은 氏의說風가 그時節의 運動하는 사람들과는 달으나 말숙한紳士타잎도아니어서 非僧非俗해보였다는뜻이다。

来意를告하니까 ——事實은 아까도 말했지만 그때用件은 지금잊었는데 李箕永氏를 맞나든記憶만은 이상스레 鮮明하게 잊처지지않는다——氏는 나에게 椅子를 勸하며 내가 그때까지寄稿하든것에對한 謝意를 鄭重히말했다。그때나는 自身이 小說이라 評論이라 쓰고있으면서 朝鮮文壇事情에는 아조맥문이어서 누가 무었을쓰고있는지 얼마나좋은것을 쓰고있는지 알지못하고 있었으므로 氏에對해서도 文壇先輩라는것 新興文學運動에서 가장힘있는作家라는것 같은 漠然한觀念밖에갖지 못했었고 따러서 그얼마前에 開闢誌에 當選이되고 그것이機緣으로시골서上京한분이라는 것같은것은 알길이없었으나 이렇게 처음으로 暫間보았을뿐으로도 벌서어덴가나와 性格的因緣이 있는듯이 느끼는同時에 凡常치않은 人格이라는感

은 길이하였다。

그때 나를對하든 氏의態度는 決코 後輩를對하는 倨傲한것이아니 었으나 同時에 特別한 好意나 親切을보여주는것도아닌 極히 事務的인것이었다。 그러나 그事務的인態度는 尋常한事務的인態度가아니라 倨傲과 謙遜과 警戒와好意를 同時에包含한 極히 複雜한것이었다。 暫間동안의對談이었으나 나는 坦坦한氣分으로 말을할수있었다。 나를 別로 떠들고歡迎해주지는 않었으나 그것은決코 歡迎안해주는것은 아니라는것을 느낄수있었든것이다。

이 나의 氏에對한 처음印象은 그後 여러번 맛나도 조금도 變改되지않었다。 誌上에서는 그를 샌님이라불으나 샌님치고는 엉뚱한 샌님이다。 氏의表面은 恒常물과같이 고요하고차나 그속에서는 波濤와情熱이 日常 들끌는것이다。 누가氏를 攻擊하여도 別로 抗辯하는것을 못보았으나 그것은 抗辯할말이없어 降服한것은 아닌것이오 누가 그를 稱讚해주어도 別로 기뻐하는모양을 보지못했으나 그것은 또한 기뿌지않어서는 아닌것이다。

氏와 나와는 不幸히 生活面에 있어서의 接觸이적어 지금까지나는 이 以上같이 氏의內面生活·에直接 부드터본經驗을 갖지못했다。 그러나氏에對한 나의생각은 別로큰념이 없은것으로 믿는다。 몇해前 氏가 시골가서「故鄕」三千枚를 써갖이고왔을때에도 「偶然히길에서 맛났드니 氏는 남의말하듯 그이야기를하고 아무런 興奮도 아무런 自信도 보여주지 않었다。 普通같으면 그런大作을完成直後에는, 相當히 興奮이되는법인데……하고 나는 異常하게 생각할지경이었으나 그런것이 即氏의氏다운 一面인것이다。 興奮이없었든 것이아니라 겉에 나타내지 않었든것에 지나지 않는것이다。

朝鮮文壇에서 信念과 志操의 가장굳은 사람을 찾는다면 나는 躊躇없이 李箕永氏를 推薦하라한다。 이信念이志操로써 氏는 반듯이 第二의大作을 내놓것을 나는 期待해마지안는다。

(朝鮮文学 제15호、1939·1)

李箕永著

李箕永短篇集

嚴 興 燮

이번 學藝社에서 「李箕永短篇集」이 나왔다。

여기에 收錄된것은 民村의 處女作「오빠의 秘密片紙」를 비롯하여 「쥐이야기」「民村」「追悼會」「寂寞」「有閑婦人」「비」「苗木」等인데、數으로 보아 많은것은 아니나、그것들의 作品的 年代로 따저보면 實로 民村의 初期에서부터 現在에까지 이르른것 들로서 民村의 그동안 作家的 발자취를 回顧해보는데、가장 좋은 資料가 될 수 있는 冊이라고 생각는다。

첫째 그의 處女作인「오빠의 秘密片紙」는 한 純眞한 少女가 그 오빠의 不純한 戀愛와 女性들의 奕男에게 犧牲되는것을 憤慨하고 憂慮하고 糺彈한것을 主題로한것으로서 六十五年前의 閉鎖 社會의 一面을 보렷이 엿볼수 있는것은 勿論、이 作家의 今日의 大成을 約束해주던 魅力있는 問題作이었다。

「쥐이야기」는 곽쥐라는 한 英雄的인 쥐를 主人公으로 取扱하여 民村一流의 유모러스와 諷刺를 집어넣어 빚어만든 作品인데、「財産은 盜賊이다」한 푸루돈思想을 暗示한것으로서 過去 階級文學의 最高峰을 이루던 作品이다。

「民村」은 地主의 아들이 高利代金을 해서 小作人의 負債 代身에 少女를 妾으로 빼았는 「舊民村」의 悲劇을 그린것으로서 이 作家의 短篇系列에 빛나는 存在의 하나다。

以上의 三篇보다 거의 十餘年은 훨씬 넘어쓴것이 「追悼會」以下에 網收된것들인데、「追悼會」는 어떤 過去의 社會運動者가 同志의 頭夫人이 傳染病으로 죽는것을 보고、現代 科學이 너무나 幼稚하다는것과——그 理由는 現代 科學이 자람 살리는데 힘을 안 쓰고、殺人——即 軍備擴張에 熱中하기 때문이라고 追悼會 席上에서 悲壯하게 追悼演說을 하는것을 그린 痛切味있는 好短篇이다。

「寂寞」은 時代意識의 懊惱와 아울러 生活의 間隔에서 오는 現代人의 寂寞感을 그린것이며、「有閑婦人」은 어떤 洋風敎育을 받은 現代 女性이 虛榮과 스피드와 安逸을 꿈구었으나、結婚한뒤 初産에 한꺼번에 三雙둥이나 낳게 되어 實로 「有閑매담」이「無閑매담」이 되었다는 유모러스한 諧謔小說이다。

「비」는 어떤 無知한 迷信者가 洪水대에 밤을 새워가며 祈禱를 올렸다。그러나 自己 논은 몽당 洪水에 떠내려가게되어 燒酒를 잔뜩먹고 自殺하였다는 이야긴데、이 作品은 現代人이 이래저래 살아나가기 어렵다는것을 反諷한것이다。

「苗木」은 지금 時代의 少年 少女의 心理를 描寫한것으로서、民村의 作品系列에서는 多少 特色있는 作品의 하나다。

어쩌면 民村의 十五年間의 作家生活의 발자취를 더듬어 보는데에 있어이 短篇集은 가장 좋은 資料라고 생각는다。

(文章 제10호、1939·11)

長篇小說檢討 (二)

「로만」論議의 諸課題와

「故鄕」의 現代的意義

安 含光

本格的인長篇의待望은 임이 오래전부터의提論인지라, 이제 새삼스레 長篇要望의 縷說라든가 長篇檢討의 必要性 이라든가 또는 「로만」과 「노벨」의 歷史的隆替에 關한이야기를 喋喋할必要는없다.

「故鄕」에 關한이야기에로 바로드러가야 하기는하겠는데 그렇다고 이作品에 對한 具體的인 批評을 갖는건, 적어도 이境遇에있어서는, 그리 必要한일이라곤 생각되어지지않는다.

그래서 純粹한作品批評과는 趣意를달니해서 「로만」論議가 오늘날까지 未解決인채로남겨둔 諸問題와의 關聯에서, 「故鄕」의 現代的意義를 생각해보기로 한다.

「故鄕」이 包設, 提示하고있는 重要한 問題의 하나가 「構成」의 外面的形式으로의 說話와 描寫에 關한 問題라고하면, 다른하나는 性格創造의 問題다.

小說에있어 構成이必要하나(?) 또는 必要치 않으냐? 하는問題는, 根源的으로는 各自의 文學觀의性格과, 또한가지는 當該時代의文學的實情如何에따라서, 그見解를 달니할수있는일이겠거니와, 지금에있어 나自身은 構成의必要性은 切實히 느끼는者의한사람이다.

티보―디― 같은 사람은, 小說에있어의構成이란것을 그렇게 重要하게는 보지않었다. 그는 構成이란 元來로 소퍼스트의演說이나 戱曲의劇性으로서、其餘의 文學장르는、그러한 拘束을 받은必要는 없는일이고、한거름 물러서서 時間의制約이甚한短篇은、假使 어느程度까지의構成을 必要로 하는것이라 손치드라도、長篇에있어는 都是 이른바 構成의 必要性이란것을 是認할수없다는 見解를 말하였든 것이라 記憶한다。

이는 短篇이 特定된生活에로 集中되는것임에 反하여、長篇은 廣汎한生活에로의 發展을 自己性格으로 하는것이라는、장르스의 特性우에서 하는말이겠으나、그렇나 廣汎한 生活의擴張이란것도、구경은 綜合을約束하는것이아니어서는 아니될것이란 意味에서、長篇이나 短篇이나 다같이 構成의世界를 必要로하는것이나 아닐가!

차라리 長篇小說은 보담 廣汎한生活의分析과 綜合이란 意味에서、短篇에比해서 構成의必要性이 더욱增加되어지는것이라고 생각되어지기까지한다。

오늘과같이 長篇의太半이 生活의 萬華鏡을 提示할뿐으로 現實的責任은 저바리고 있는時期에있어、더욱 그러하다。

말하자면 「文學의論理」가 「現實의論理」에依하여 공중접이돋처 나가자빠저버리었다고나할가!

左右間 作家의精神이 構成의世界에로 驅使되어질새 그는 무었을 어떻게構成하느냐하는 精神의特質이 나타나지않을수 없는일이고、이리하여 構成의 世界는 一定한「文學의論理」로서 措顯되어지는 법이다。

그렇기때문에 오늘의「로만」이 構成力에있어 微弱하다는것은、「現實의論理」를 能히 支配할수있는「文學의論理」、다시말하면 一定한倫理가 픽숀的인 形象을 意圖할만한、그러한作家的 精神을 갖고있지못하다는것의 一表現이기도하다。

左右間 構成이 이러한特質을 갖는다고하면、그 構成이 內在的으로 要請하고있는 形式上의特徵은 무얼가!

그는 說話와 描寫의綜合이라고 생각한다。 然로「故鄕」은、一定한「文學의論理」를 貫徹한構成의 世界를 갖는다는点에서도 特徵的이어니와、그構成으로하여금 成果를거두게한 內在的要因은、正히 說話와描寫의綜合에있다는것은、特記하지않을수없는 하나의示唆이다。

「故鄕」은 說話的要素를 大膽히 驅使하여 그것을文學的으로 살닌作品의하나다。

大體로 作品의 基本的 테ー마를 構成 創造해나감에있어 說話는 描寫보다도 보담 密接한關係를 가지고있다고도 생각할수있는일이다。

가령 風景描寫같은것은 場所의狀況이라든가、印象의感動的인敍述이라든가 生起할運命에對한 好奇心의刺戟이라든가 하는 手段으로서 行使되어지는 境遇도있지마는、때로는 單純히 感情의休所를 만들기위하여 使用되어지는境遇도있다。「故鄕」이 가지는 處處의 아름다운 風景描寫는 이러한 여러가지意味에서 配置되어저있다는것은 쉽사리 分析할수있는일이어니와、說話란 그렇게 感情의 休所를 만든다든가하는 心情의散策的인 手段으로서는 使用되어질 性質의것이 못된다。

그것은 언제나 時間的으로發展하는 大小事件의 因果關係와 交涉함에依하야、테ー마의志向과 密接한 關係를 갖는部面에서만 行使되어지지않을수 있는것이 그의特徵이다。「故鄕」이 만약 說話를 이러한部面에서 文學的으로살니지 못했다고하면 그는 單純히 農村情景、心理、生活動態等을 파노라마的으로 展開는 하였을지언정、그것들을 一貫하는 테ー마의力線이라것은 創造하지 못하고 마렀을것이다。

그러기때문에「故鄕」은 그의 優秀性도 이러한 說話와 描寫의統一에 있는同時에、만약「故鄕」을貶하는 사람이 있다고하면、그理由도 이러한 說話의 大膽한驅使를 낮술게생각하는탓이리라!

도리커 最近의長篇小說界를 본다고 하면、說話가 테ー마發展과의 緊密性을 갖지 못한채로 量的으로만 過多히 使用되어저있어、오히려 直截한 印象을 障害하는 境遇가 많다。

이렇게된때 이는 벌서 文學的인 意味에있어의 說話가아니라、하나의 饒舌에 不過하다。

饒舌의氾濫! 이것은 때로 描寫能力의不足을 自白하는 境遇까지도 呈露하면서있다。

한데 아직까지의「로만」論議에있어는 說話를 마치 文學의 어붓子息모양으로 花故하였다는 事實을 想起해보기로하자! 이는 大體 어데서부터 緣由된 謬見인가!

勿論 그것이 前記한바와같은 饒舌의氾濫에對한 反逆이라면、그心情는 理解할수있는 일이지마는、그렇나 說話는 本格文學과는 相剋되어지는것이라고 까지 생각하는見

係는 容許되어질길이없다。

性必的 描寫의精神은 分析의 精神이라한다。 너무나 至當한말이다。

하나 이 너무나 至當한命題로부터、作品創造에있어 描寫와說話는 縱과橫의 有機的關係를 가지고 있다는 事實을 否認할수는없다。

웨냐하면 分析은 一定한理念일에、連結的인 綜合을 前提로하는것이아니어서는 아니될것이기때문이다。

大體로 說話를虐待하는 描寫만으로·典型을 創造할수있다고 생각하는 見解란· 至極히 素朴한것임에 不外하다。

언젠가 高見順은「自己는 描寫背後에 安然히 앉었을수만은 없노라」는 心境告白을하고있었거니와、「로만」論議의長久한 過程이 結局 描寫에로의蟄居를 唯一한救濟策으로 생각하는거와같은 謬見에떠졌다는것은 무었을 뜻함이냐!

說話가 作品價値를破壞하는 異端者도아닌것은勿論、또 描寫만에依한 作品制作이란 하나의机上空論일뿐으로、實際에있어는 秋毫만치의 可能性도없다。

前者에關해서 이야기하자면、가령 末로 說話로서 역거나간 伊藤永之介의 農民小說이라든가、島木健作의「生活의探究」等이、그탓으로해서 文學의世界에서는 追放을當해야 할作品이라고 생각하는사람은 없으리라!

後者에關해서 이야기하자면、說話와描寫의問題를 中心으로해서、쫄스토이的인길과 스트린베리的인 길이란것은 생각해볼수있는일이다。하나 스트린베리의 作品이라고해서 說話的要素가 全無한것은아니다。

그는 對話도 說話의特殊한 一形態란 意味에서만、하는 이야기는아니다。그는 說話를虐待하는 描寫獨存主義라는 것은、作品制作이라는 實際에있어는 아모런 具現力도 갖지못하는것이리만치、文學의創造란 說話와 描寫의協同을 떠나서는 생각할수없다는 文學固有의 特性에서 와지는事態이다。

가령 描寫의 精髓라고하는 오—、헨리—나 모—팟상도描寫만으로 作品을 創造하지는 못했으며、체홉에 이르러서는 더욱 말할것이없다。이러한 短篇作家들을떠나서 長篇作家에로와도 事態는 마찬가지다。

한데 우리가 어떤作品에對하여「너무나 說話的이다」란類의말로서 批評하게될때、그는 說話的 要素가 本質的

文學과는 相剋된다는것을 意味하는것이아니라, 그가 부질없은 饒舌에로 흘렀든가, 또는 描寫能力의不足을 說話로서 彌縫하고있는 狀態를 指摘 非難하는것임에 不外하다。

이리하여 나는 說話의名稱을回復할必要가있다는것을主張해마지안는다。

이는 勿論 각설이때式의 이야기調 文學이라든가 生硬한演說文學을 推進하는意味에서가아니란것에對하여는구지 따저물것까지도 없는일이라생각한다。

다만 作品創造의內面的特性에서 생각한다든지, 또는 로만論議가 說話를 不當히 虐待해온한편, 作品實踐은 邪道인 饒舌에로 떠러졌다는 作家實情에서 생각한다든지, 說話固有의 文學的名稱은 具體的으로 회복되어질必要가 있다고생각한다。

한거름 더나가서, 說話와는 조히(紙) 한장사이인 議論性의注入에對해서도, 作者는 決코 否當한 態度를 取한것이 아니라고생각한다。

非常히많은 麻深한問題를 特히 小說이란形式으로 이야기하게되는 天性의作家는, 應當 作品가운데 議論性을 驅使케될것이어서, 그러한衝動은 無理히 制裁할必要는없는것이라생각한다。「議論」이란, 說話가 人生觀과 交涉되어짐에依하여 나타나지는것임에 있어서이랴!

생각컨댄 톨스토이가 그랬고, 골키가 그랬고, 웰즈가 그랬고 몽테러 廣汎한 意味에서의 人生派作家들은 모두 이 議論性이란것의 親近者였다고 생각되어진다。하나 그것은 두개의形式, 卽 說話와描寫의 支配被支配關係에서가 아니라 兩者의 統一우의것이 아니어서는 아니될것이다。

웨냐하면 描寫가 客觀의 世界를 自己性格으로하는것임에反하여, 說話란 그와는 反對로 主觀의自己表現을 特性으로하는것이겠는데, 언제나 훌륭한小說이란 主觀과客觀

話題

巴里陷落前까지 佛蘭西劇團及映畵界에 活躍하고있던 삿샤·기트리―는 前大戰이勃發한 一九一四年前後에、當時生存中이던 로당(一九一七年死)、로스탕(一九一八年死)、루땅스(一九二四年死)、모베―우、알로아―누、떼모나―루(一九〇五年死)、상장―스(一九二一年死)、루나―르(一九一九年死)、모네(一九二六年死)、도가(一九一七年死)等 有名한藝術家들의日常生活을、當時 겨우流行하기시작한 活動寫眞에박어뒀던바、今回의第二次大戰勃發後 처음으로 公開되었다。

삿샤·기트리―는 撮影時의 印象과挿話를 말하면서 이珍奇한映畵를映寫한다고한다。題하야「우리들中의少數者」。

의統一우에서만 創造되어 질수 있는것이겠기 때문이다。

「故鄕」이 主觀과客觀, 形式的으로는 說話와 描寫의 綜合統一을 完璧的으로遂行한것이라고 말한다면, 거기에對하여는 많은異議가 成立되어질 缺陷이있는것이 事實이겠고, 또 그런것에對하여는 具體的인 作品批評이아닌 이자리에선 言及할必要가 없다 고생각하거니와, 左右間 우리는「故鄕」을通하여 說話의 名稱個役과 描寫와의 統一에對해서 反省하고 意圖하는바가 없어서는 아니될것이다。

그리고 이러한 두개의形式 또는 要素의 綜合統一은 마침내 性格創造와도 內面的으로 關聯되어지는 問題가 아닐수없다。

金喜俊은 두말할것도없이, 時代의憤俊을 祝福하는「故鄕」의노래를 콘닥트하고있는 中心人物이다。

熱情的이나 그러나 必要한意識안에있어서는 至極히 悟性的일수있는 그는, 境遇를統禦하며, 行動을 鍛鍊하면서 環境에對해나가는힘을 集大成하였고 마침내는 새로운 生活을創造하였다。 그다음으로 또 重要한 人物의하나로 서 나타난것이 甲淑이다。

하나 甲淑이의人物은 살지를못했다。

極言하자면 觀念의 化身이다。 甲淑이로 하여금 그러한 人生行路를 것게한 環境의必然力이不足하다。 경호와의戀愛關係에있어도, 現實感이라든가 人間性을 發見할수는없다。

大體로 甲淑이에게있어 發見할수있는것은「性格」이아니라「人格」이다。 다시말하면 求道的인 多樣한發展의世界가아니라, 求心的으로 調理된 完成의世界다。

作者는 어째서 이렇게 人物을 結構해놓았는가를吟味한다。

金喜俊도 描寫되어진 性格은 아니다。

그러나 金喜俊은 創造되어진 性格이다。 描寫되어진 性格이란 意味에있어선, 金喜俊은「방개」에게 밑치지못함이 數千步이고 安承學을 따르지못함이 數百步다。

그러나 創造되어진 性格이란 意味에 있어선「방개」나 安承學은 到底히 金喜俊과 견줄性質의것이 되지못한다。 방개나 安承學이 環境가운데서 生活하는 人物이라고하면, 金喜俊은 環境을 創造해나가는 人物이다。 방개나 安承學이 性格의異常性을갖고 行動우에 交涉되어지는 人物이라고하면, 金喜俊은 科學的인 認識力을갖고 現實을把

描하려는 人物이다。

이러해서 방개나 安承學이 生活의個別的 世界에머즈지는것이라고하면、金喜俊은 그러한 個別的 特徵은通한 生活의 發展的總和의世界를 말한다。

그러나 喜俊이亦 喜俊이가 喜俊이된 環境描寫를 閑하지는 못했다。

勿論 作家에게따라서는 이러한環境描寫는 比較的 거치지않는作家가있다。任意의一例를 들자면、 더스토이엡으스키ㅣ가 그러하다。 그의作品은 가령 카라마조프의 兄弟들이거나 地下室의 生活者이거나 人間苦의 라스코리니코프거나……其他作品이 모다 環境을通하여 心理를 보여주고있는것이아니라、 그와는反對로 心理를通하여 環境을보혀주고있다。

다시말하면 環境에로의 案內를 받지못한채로、 바로 心理의世界에로 휩쓸녀드러가서 그가운데서 그러한 心理가 生活케된 環境의 特性이라든가 色調라든가 音調라든가를 感知케된다。 푸로벨의作品 亦 이러한 趣意의것이라 생각한다。

한데 이는「故鄕」이 그러한趣意의 作品이란것을 말하는것이아니라、喜俊이가 喜俊이된 狀況의設定도없는代身에、그狀況을 感知케할만한 心理의世界도 없다는 이것이 喜俊의 그後의生活로하여금 多分히 觀念性은 풍기게하는바라고 생각한다。 이러해서 東京에서 건너온 이靑年에게대한 理解는、 먼접 이데오로기ㅣ的同情의 準備를 必要로할것이리라!

둘재로 金喜俊에게는 이른바「生命의發展」이란것없다。

環境과의摩擦을通한 性格의形成過程은 代身하여、 임이 生成된性格이 環境을創造하면서 있는過程이다。 다시말하면 性格이 生活의創造를通하여 現實化되어가고 具體化되어가는 過程이다。 元體로 性格創造란 自己의個性的 原理를通한 산生活의優秀한 展開일것인限에있어서、金喜俊이가 優秀하게 創造되어진性格이란건 두말할것도없다。

그러니까 이點을「故鄕」의缺點으로서 들고있는것이아니라、앞으로의 性格創造는 여러가지特質上 그러한 方式과는 趣意를달니하게될것이라는걸 말하고싶었다。

그러나 여기에서 이런點에對해서 詳論할수는 없는일이고、그러면 性格問題를中心으로해서「故鄕」이 우리에게 提示하고있는問題는 무어냐(?)하는곳에로붓대를옮기자。

나는 앞에서 金文汝은 單純히 描寫되어진性格이라기보다는, 그것은適한 創造的性格이란뜻을 말했거니와, 그렇다면 우리는 여기에서 이른바 性格描寫란것과 性格 創造란것은 一應 區別해서 생각해볼必要는없을가!

그는「故鄕」이 提起하고있는 重要한問題의하나인同時에, 이곧「모랄」論議에있어 甲論乙駁이 非했든 性格問題의解決과 直接的인 聯關을 갓게되는것이라 생각되어지기때문이다。

性格論議가 提示한 意見對立은, 그하나가 性格은 一定한모랄을떠나서 이루어질수없다는 見解임에反하여, 다른하나는 俗物이거나 偏執狂이거나 무에거나간에 人間은모두다 性格을가지고있다는見解로서 나타났다。

勿論 人間은 誰某에게나 氣質이있드시 그의發展的形態인 性格이란것도있을거다。

그러나 이제 새삼스레 性格이란것에對한 常識的인術語解釋도아니겠고, 또 性格論議의意所가 單純한 性格描寫에 머즈저있는것도 아닐것인以上, 性格과 모랄을 分離해서 생각하는見解란 成立되어질수가없다。

偏執狂에게도 性格이있다고, 그런것을 유별나게 내세우는心意란, 要컨댄 性格의異常性에對한好奇心의 表白이다。

性格의 異常性에對한好奇心이 왜 나타나지느냐하면 그는 모든것이混亂化되어 個性이分裂되고 性格이 解體되어지면서있다는 時代的特質에 緣由되어지는것이리라!

다시말하면 이러한混亂과 無力의따분한 實相우에 發潮한新生面을 參與해보자는 意圖이긴하겠으나, 그러나 性格의異常性이 現實을收拾할힘을 가젔다고도 생각할수 도 없는일이어니와, 또 科學的인 思想에依해서 現實을 認識하는 作家에게있언, 性格의 異常性으로서 空氣를 轉換시켜보자는생각부터가 부질없는일이다。

文學이要望하는「性格」이란 異常性이아니라 典型性이 아니었은가!

그리고 俗物 其他 存在者의모ㅣ든것가운데 性格을肯定하는態度는, 要컨댄 文學的方法으로서의 具體的個別的把握이란것을 그릇되게理解한 一面의表現이다。

煩鎖롭게 區區한 理論的論究에돈 드러가지않거니와, 左右間 實際問題로서 생각해볼지라도, 個別的 存在면 모다 文學的對像이되는것도아니며, 따라서 個別的把握이면 모다 훌융한文學世界를 構成하는것도않이다。

個別的形象가운데隱蔽되어있는 偶然性은 어떻지 抽象한다는건가!

하기는 俗物이건 偏執狂이건 모다 性格을갖는것이니까 그것들에對한 何等 모달의交涉없는 個別的描寫로도 性格描寫는 가질수있는일이지마는、그러나 그것들을貫流하는 構成的인世界를 가질수는없다。

그리고 모달의波流없는 單純한 性格描寫의萬物相이 그대로 當該作品에對한 讀者의魅力을 維持해나갈수는 없는일이니까、이러한 缺陷은 메우기위한 手段으로서 나타날수있는것이、饒舌과 通俗的要素다。

그렇다니말이지 最近의 通俗的 傾向에로의 馳驟的現象은 決코 緣由없는일이아니다。

오늘에있어어의 性格論議의 意所가 醫師는 醫師답게、學生은 學生답게라는式의 單純한 性格描寫의面에 끝이는것이라면、더말할것이 없는일이지마는、그와는달리 그러한 性格描寫를通한 性格創造에로의 探究에 있는것이 本質이라고하면、이境遇에있어어의 性格이란、恒時도 모달과머나서는 생각할수 없는일이다。

勿論 文學的인 모달이란、뎍과같이 그렇지섭사리 비저지는 有形的인 물건도아니며、또는 히틀러의思想이 어떠니 뭇솔리니의 思想이 어떠니 하는거와같이 그렇게 具體的인 물건도아니다。

作品에即해서는 보담많이 感動의 世界와 交涉되어지는 법이다。

그러나 理念의波流代身에 通俗의精神이 席처버린 世界가운데는、性格도 모달도 있을수가 없다。

그렇기때문에 性格創造를 말하는 境遇에있어어의 性格이란、決코 自然存在者로서의 識別的 徵表만을 말하는것이 아니라、그와同時에 一定한 人物의 思惟樣式으로서의 性格까지도 아울러 意味하는것이 아닐수 없게된다。

이러해서 性格이란 現實內容의 容積을 이루는 資料的特色과 相俟해서、主體的 모달을通한 一定한 實踐的意志까지도 繼續하는것이 아닐수없게된다。

한말로말하자면、個性과 思惟樣式乃至實踐的倫理가 統一되어진、하나의 內的價値다。

이러한 一切의 內的價値를 顧慮함이 없이는 性格創造란 不可能하다。

한데 한거름 더나가서 이야기 해야할것은 性格이란 個別化原理에 依據해있는것이아니니까、自己固有의 優越한 性質이 事物에 浸透되어、그의發展과 結合을 招來하는 법이다。

金喜俊이가 一切의 狀勢와 事件과 適合해가면서 單純히 環境안에서 살고있는것이아니라、同時에 環境을 創造해가면서 있다는것은、甚히 이러한 性格的 浸透力의 證據이며、內的價値의 發揮다。

이리하여 金喜俊은 單純한 個別化原理에 依해서가 아니라、當代의 時代的普遍面을 包攝하는 個別、卽 典型으로서 나타났다。

이에 性格描寫의 客觀主義的方法이란것과 그것을 包攝하는 主客統一우에 나타나질수있는 性格創造란것과를 곤퓨ㅡ즈하는 謬見은、文學의 實例「故鄕」에 即하여 反省되어지는바가 있어야 할것이다。

그러나 그것은 單純히「故鄕」에 이르기 위한것이어서는아니될것이다。한거름 더 나가서「故鄕」을 넘어서기위한것이 아니어서는 아니될것이다。——「끝」——

(人文評論 제13호、1940·11)

-(39)-

故鄕論

民村

‖研究노ー트에서‖

閔丙徵

民村의 〃故鄕〃은 朝鮮文壇의 三收穫으로서 問題되여온 作品이다。

過般某紙의 誌面에서 朝鮮文作品으로 海外에 紹介해도 부끄럽지않을만한것이 무엇이냐? 고했을때 이땅의良心的인 젊은 文人들은 約論이나한듯이 民村의 〃故鄕〃을 推薦한것을 보아서 그作品이 얼마나 評價되는作品이며 朝鮮의文學을 論하는 文藝評論에 往々 이作品의例를 드는일이있는것이니 이作品은어떤것이었든가?

再昨年春、이에對한 研究論文이 잠간동안 金南天兄의손에서 나온일이있었고 朝鮮文報紙上에 評者가 農村小說로서 李箕永의 〃흙〃과 民村의 〃故鄕〃을 對照하여 좋을듯이요 研究的인 究明批判이 없이 다만常識的인 文藝時評으로서 몇번取扱되여왔든것이다。

그런데 近日우연히 방을정리하다가 이長篇은실린 朝鮮日報、特刊을 全部찾어내었으므로 再讀하고싶은 衝動이사러나 또다시二百五十餘回를 실녀내려온 이 큰長篇을 읽어본것이다。

峻嚴한自然主義와 感傷的浪漫主義時代에써진 朝鮮人들의長篇을 읽든筆者! 이 〃故鄕〃을읽으면서 明朗한 寫實主義에적이 驚異했든것이 벌서 四年前의일이었다。

그러나 그當時 每日같이 新聞을기다려 잘려지는 글줄이여서읽은만큼 이作品은充分히 吟味할수가없었든것이다. 그러나 이번에 읽어가면서 〃故鄕〃속에 서움지기는 作者의思想과 그思想을表現한 文學的形式을 좀더 깨끗이엿볼수있었든것이다.

作者는 農村生活으로 農村에對한知識이 이땅의 어떤作家보다도 더큰것이다.

그만큼 農村을中心으로써 생겨진 資本主義×關農村소설을누구보다잘 그렸고 그속에움지기는 人物들의가는길을 너무나 赤裸대로그렸음에 놀랐다.

우리는蘇聯邦의作家「쇼・로푸」의「열녀진處女地」나「조용한돈河」를 이作家의〃故鄕〃과 對照해보면서 그근사한點을 發見했다.

그러면 이作品은 무엇을 어떻게썼든가?

「마을사람들은 오늘도 논으로 밭으로 헤여졌다. 오후의태양은 오히려불비를 퍼붓는듯이 뜨거운데이따금 바람이솔솔분데야 화염을 붓채질하는것뿐이였다. 숨이콱콱막힌다. 논ㅅ고에고인물이 부글부글 끌어오른다. 거기에텀벙뛰여드는 개구리는 두다리를・쭉─벗고 빼드러진다. 그는비지감치 잦버지면서 입을 딱딱벌리였다.

여름날의 農村一景을 素朴하게描寫한 第一첫구절이다.

그는 이곳에서 詩人이본 아름다운여름을 노래코저 하지않었다. 무더운여름, 그속에서움지기는 農夫들의 괴로움을 이 一例로서 너무나잘말했다.

「인순이는 빈집에서 인학이를보고있었다. 그는 아츰나절 서늘한무렵에는 감나무밑에 까러놓은 매방석위에서 삭!삭!자고있었다. 인순이는 그옆에앉어서 군소리를하면서 부친의버선굼치를기었다.

간봄에 보통학교를맞인 인순이는 고만 앓진이락막히고말었다. 부모가 시집보낼 걱정을하며 수근거리는것이 은근이 무서웠다. 그는 그들은 떠나서는 도모지 살수없을것같었다」

「뉘집이나 모다 그렇지만 인순의집도 한낮이되면 별을피한곳이없었다. 감나무그늘에 벤이든면 부엌그는 겨우 어린애퍼먹기만큼 가리는데 그것이 동남향인까닭에 거기서부득부득 햇볕이 공문이를 뒤미쳤다」

이農村風景에서 우리는아모런 修辭도볼수없다.

그러나 農村의그一面은 너무도 똑똑하게 우리들의 머리ㅅ속에 그려보이는것이다.

『별안간 개짖는소래가 컹컹난다。 돌아보니 개들은 앞내ㅅ다리를바라보고 뒷거름을치며 짖는다。 한놈은 지칠적정도없는지 길가운데누어서 쳐들때문고 헐떡이며 느줌은진진습린다』

『순사는 마룻집으로 올러갔다 ―작년가을에 새로온 마름안승학은 사랑마루에 등의자를놓고 비시감치누어서 부채질을술술하며 매암이소래를 서늘하게 듣고있었다。 . . . 그는 잠이올까말까? 하는대로 부채든손을 흔들었다』

야. . . 복상오시요 어서올러오시요、 자. . . . 이農村点景은읽은데 우리는作者의企圖를 어렴풋이엿보게되는것이다。 이安樂境이란 마름이 現代農村에서 王座를 占領하고있는 君主的인存在로서 登場시키려는것을―。

果然 安樂境은 이農村의 君主的인存在다。 現代社會에서 가장 ××한行動을 다시없는幸福으로알면서 그幸福을 만들려고 安樂境은 이農村에서 가진 手段과方法을 다하여 農民으로서 自己의상전에게 精誠을 다했다는것이다。

이곳에서 作者는 인순의집과 안승학의집을 對照해 보았다。 『누집이나 ―다 그렇지만 인순의집도 한나절이되면 볕을피할곳이없다』

그는가난한 農村의家庭風景을 이렇게말하고― 『작년가을에 새로운마름 안승학은 사랑마루에 등의자를놓고 비시감치누어 부채질을술술하며 매암이 소래를 서늘하게 듣고있었다。』

『이곳에는 농기하날같은 階級이있고 엽기땅같은 階級이 또있었다! 그러면 이階級과 階級은! 나는나대로 너는너대로 떠러저 자기의한일만햇든가?』

『□국에는 신변전후에삼대 공사를기공했다。 읍내앞내의 제방공사는 부역이많었으되 천도부설과 제사공장 건축공사는 인부를모집해서 역사를시작했다 그바람에 부근 촌락의농군들은 로동차로 몰려와서 품을팔았다』

農村으로기여드는 新文明! 이곳에서 惹起되는 人間들의生活問題는 어느곳으로 흘러저가며 이文明의利益는 果然 이마을의百姓을 幸福하게했든가? 村民에게 묻기로하자!

『제일먼저 기공한것이 사설철도 부설공사였다。』

설도공사를시작할때에는 한구내에 얼마식 여러사람의돈을되여 받어가지고 구역마다 토역인을 판드기모했었다。 그래서 맡은구역 역사를맞이면 「간표날」 십장한테 품삯을찾는것이였다。 그런일에는 품삯은십장이떼여먹고 더러나는일이많었다。

「그런일에 비교하면 작년에지은 공장건축공사는 비록 삯전은적다할망정 떼인적은없었다。 원칠은작년여름동안— 햇동을달때까지 거기서벌어먹었다。

「그런데 올에는 아모공사도없기때문에 그들은 손궁은만나도 벌이할곳이없다。 양식이 떨어져서 허덕이는 사람이많은데 보리는 앞으로한달이나 더있어야 먹을동만동하다。 원터 동리가간한사람들도 벌서부터 굶는집이많다」

「작년에는 막동이는 공장품을팔어서 곳잘살었다。 그는 주머니속에 잔돈푼이 떠나지않었다。 그것은 훌륭하게 방개의환심을 살수있었다。 그는날마다 방개에게 참외를사주고 화장품과옷감도 끊어다주었다。 그런데올에는 그도궁해졌다。 도모지 아모벌이가 없다」

이가난가운데서 싹터지는 숫총각의사랑。

作品은 흔해나는手法으로서 방개와막동이 그러고 인순의오라비인 인동이를내세워 三角關係를 지어놓았다。

그들의이름도 시골에서 다들을수있는것이였지만 그들의 살어가는行動의 一動一靜도 너무나 잘볼수있는 現代農村의 그것이였다。

그런데 都市文明이 따러들어온뒤의 ××的으로 沒落해가는 이원터마을속에서 생겨진일을 作者는 조고마한 거짓이없이 써가고있었든것이나 이건다만 作品은 部分的으로 따가는것은 어만흡하기로하고! 그全体的으로나아가자!

點俊이가 東京서돌아온날 원터동리는 발각뒤소있다。

원터동리사람들은 點俊이가 큰돈을쥐아가지고 온것이라고해서 點俊의歸鄕을 歡迎한것이다。

「그런데 웬일이냐? 그들은點俊의 행색이 너무초라한데놀랐다。 그들의 생각에는 그도좋은양복에 금테안경을쓰고 금시계줄을느리고 그리고 짐군에게는 부담을 잔뜩지워가지고 호기있게 들어온줄알었다?

그것은 그들뿐아니라 희준의모친도 희준의안해까

지도ㅡ」

에한데 그는식거먼학생양복에 헤두러가 오글쓰글한 모자를쓰고 모사리가 다해여진 가방한개를들었을뿐이다」

여기서村民의 가진바思想은 잘알수있은것이며 作者의 良心的인態度를찾는다.

而一 이것이 浪漫主義作者의손에서 그려졌다면 이照俊으로하여금 그들의 바래는 理想的人物로만들어 太古時節부터 그들이말해오는 創造運動者로 만들었을것이다. 浪漫의 前에나오는 [illegible]이같이ㅡ

그러나 農村生長인 照俊이를農村에서 살게했고! 이러한 초라한行色을가진 그를生活에 끄을어넣지않었다. 그것은 作者의 날카로운 技術가 숨지기없기때문이다.

幸福된 少數의사람만을위하야 붓을들며하지않은 作者는 이같은 不幸한사람들틈에서生長한 照俊으로하여금 많은사탐앞에서 일하는 不幸한 많은사람들의 일꾼으로써 使用되기위하야 解放의鬪爭 活動식히지않으려했다.

照俊, 그는 가단한집속에서 늙어머니와 같이산었다. 그는어려서 맛은 아해가있으나 의가좋시않았다.

그리고 子息가지게나.

그러나 이不運한속에서 그는不滿을 품은채로살었다. 너무貧窮이 그를 못살게도했으나 그는 그것을 이동리인을위하여 읽어바리려했다.

그래서 동리사람들의 비우숨속에서도 오히려 머리를 숙이러하지않었다.

그와함께 마른안승학은 부요허살었다. 원터마을의 王座를占領한 存在었다.

그는本妻에게서 [illegible]이란딸을 낳은뒤에 本妻를구박하고 激子라는 廢生[illegible]物과 원터에서살었다.

그는 이榮華로운生活속에서 所有慾과色慾을 滿足하지않고는 견듸기어려웠했다.

까닭으로 동리處女를×通도했고 어떤좋지못한 단서를잡기만하면 그사람에게 不法한行動을하여서 돈을긁으려는데 눈이밝었다.

나날이 沒落해가는農村 그××에××해가는 [illegible]와 [illegible]의 마름[illegible]! 이런속에서 숨지기는 원터마루!

[illegible]이지나면 [illegible]이오고 [illegible]이지나면 水害, 水

年가지나면 四次, 이런不幸한일은 겹쳐 지내고나서 겨우 秋收를하게되면 이원터農民들은 지난一年間먹은 빚과장리로 다빼아끼고만다．．．。

그러나 그들은 오－즉 이것을自己의所有한 運命으로 八字로 잘못타고난이요 아름다운 옛날을追憶하면서 悲觀해진다。

그들의貧困은 家庭의不和를낳고 서로허 시기를도드워주는것이다。

이러는가운데 읍내에는 靑年會가생겼다。「明俊이 도라와서 第一먼저 만든것이였다。

明俊이 靑年會를만든뒤에 意外에 靑年會에는 突發한事件이있었으니 基督敎와의 衝突이였다。

그러나 이基督敎와의 衝突은 너무나 단순한것으로 作者에게 不滿을갖게하는것이다。

여기에는 「宗敎는民衆의阿片이다」란 순로간에서 나온 宗敎에對한 批判的인行動이있었고 다만信徒에關한 非行만을 暴露하는데 그치고만것이다。

그러나 靑年會에서 이곳에夜學을만들어 글에주려서천대를받는農民만 아는洞民들을 가르키기로 決定하고 實行하는 明俊이의行動이 원터農民들로하여금 明俊은 어디만큼 믿게한것이며 변한사람이란 疑問을 또한갖게한것이다.

남의일이라면 눈물사이없이 돌보아주는 明俊－凶作時節에 明俊을犧牲하고 몇해를 그러하며 지내온 明俊의안해！그들은 서로맞났으나 그들사이는 의연히 머러있는것이다。

이것이 그안해의 설움이였고 원한이였다。靑年會가생긴뒤 敎會인지 뭔지하면서 밤늦어서드러오는 明俊을기다리며 그는 몇빈이나울었다。

그러나 明俊은 이안해를 不快한存在로알고 오히려 그를冷待했다。

이宿命的인 人間關係는 그들에게 幸福을주지못하고 그들로하여금 괴로움만 더크게했다。

그러나 안해는 明俊이만믿고 산송안었다。一번서 前生에서 맺어진 끊기어려운 쇠사슬은 두몸에얽어놓은것으로알었다。이것을 天運이라했고、宿緣이라고 했다。

明俊의 이女子에關한 苦悶은 나날이 커갔으나 그는 一원터일로一 이들關係를삼으려 하지않으려애썼다。

人間生活의 全的價値를 夫婦生活과 거룩한사람의 理想에서 求하려는 作者가아니기때문이다。

이作品의 百同等가치히 進行되면서 우리는 어떤 個人의個人的인 行動은볼수없었다.

勿論 安承學이란사람의行動은 必히 個人的인것이겠으나 이원터들에서 살고있는이땅의 農民들의 悲慘한生活이 보였을뿐이다.

원칠 막동이 인동이 김선달 조첨지 덕삼伴!

그리고 원칠의딸인순은 제사공장에 들어가싣슨봄고있다.

그中에 막동이가 방개에게반해서 덤비는데 인동이가 거기강자가나서 덤비는것이 가장『리알되칙』하게 그려저가고있다.

그들의 三角關係 그리고 그들의빈정대는對話 거기에서 우리는 作者의능란한 手腕을엿볼수있다.

百同라면 좋은글이아니다. 그러나 作者는 前者로하여금 지루들느끼지않을만큼 능란한手法으로서 進行하여가는것이다.

그小題目에 의본『農村點景』의 원칠의집과 安承學의生活의對照, 『마을사람들』에의본 이마을사람들의生活狀態와 그사람들의性格『도라온아들』에게서본 田俊의末路와 그의가진態度『마름집』에서본 안승학의 악착한여사와『순세담』에서 自己들자랑하는 非人格的態度 非中에도『遊廓에서 우리는 이마을사람들의 술지게미를사려싸우며 양주장을 찾어가는 悲慘한 現狀은 너무똑똑하게보았다.

따라서『산보』에서본 안승학의外孫의딸 女學生甲淑과 與系工場에다니는 女職工 仁順과의友情!

그들은 階級을달리해있으나 그러나 처녀의友情은 커다란층이없었다.

이때 甲淑의處女性은 그아버지의態度를 惟認하지 않는가? 甲淑은 아버지를 怨恨하는데 悲哀가있으나 仁順은 自己自身에게 슬음이있었다. 仁順은어떤甲淑이와 마주앉어서 이같이 생각하는것이다.

『자기는 지금 꽃으로치면 봉오리인데 떠러진탁엽과같이 혈색은빠지고 살결은시들어간다』

그리다가 그는시름없이 여공의노래를 부르는것이다、

그들은 도라가는길에 田俊을만났다. 仁順은 집안끼리친해서 田俊에게 욕바하고 人事했으나 甲淑은 따라술로 얼굴을가렸다.『靑年會』이곳에서는 作者的인 農村運動이잘써졌고『농번기』에서는 앞날을

約束하고있하는男先生의 生活이기우차게 그려졌다. 「달밤」대信안해의 苦悶과 그어머니 아들에對한 걱정이 누물겹게 그려졌다. 「거서당」어느 시골에나 有鄕班이있는마음 이와터마음에도 거선달이다사람이있었다. 그는 난봉으로는거의미음 어니마큼 現代社會를 똑바로보는데가있었다. 따라서 그를좋다했고 그도죄주을사랑했고 믿었다.

그런데「이러의마음」속에 쓰진末作은 모然는문먹음은 수습은가지고 보아야할프로레이였다. 이場面에서 더욱이 農民作家로서 作者의手腕은 엿보게되는것이다.

쇠득이네 콩밭에 어제부터 가려떼가붙어서 콩잎순다 따먹어 갓득화가나는데 백동네、소가 콩집을따먹는것을 쇠득의모친이 발견했다.

그래서 돌모다 소를줒았는데 놓처서 도망가는소를본 백동이모친이 쇠득의모친에게 달려들어 싸홈만이 버러진것이다.

이같이되여 집안과집안이 편아파서싸호다가 쇠득이의 모친입에서 백동의모친에게 「화냥년」이란 욕이나왔다.

「그놈은 화냥질했다는소리가 그리더단한가베? 이년아 어미년이 화냥질하다부족해서 자식년까지식히면서 그런소리를 어듸모벌리고하늬? 아가리가남단구팟만해두 모하겠다」

쇠득이모친이 홍분끝에 나온이야기다.

그러나 백동이어머니도 이에지지않으려고

「저런놈은잡년봤나ー 이년아너도 며누리를 서방짐식혀서 돈은어지않었늬? 돈은개가 겨은개를 나무른다드니 저년이 그격일세」

이말은듣은 쇠득의처 국실은 그만그자리에서 가무러치고만았다.

「외동리에 소문이퍼지기는 마름에게 논을얻기위해서 그런일을했다하만 신상인즉 그것만모아니였다항상 사내에게분만(쇠득은반편이였다ー빌)을 품고있든그는자기모서도 억제치못한만한녀의 우축에서ー고만 그의음흉한 간게에속아떠러진것이다」

「참으모 처녀의순진한 마음으로 그에게 정조를바쳤였다. 그런데 그는그뒤에 칼로싹도련듯이 정은걷고 도리혀 그가먼저 자기에게반해서 꼬리를쳤다고 洞內에소문을 퍼지않았든가?」

이不適한 家庭은 모ー든點에 충분한곳에 自然
은陷했다。 그리하여 양젓문을 마신것이다。 그런데이
떼의 웃기어려운 家族이반면 쇠득이의손으로 救出
되는것이다•

여러동리 여편네가 서로 국신에關한이야기를할때
누구의 입에서인지?

「참사람을 죽일번했지 그즛말하는년의 아가리는
똥을먹여야해!」 이런말이나왔다•

이소리를듣고있던 쇠득은 가만히섰다가 黑依의주
선으로 猶俊이가 人力車를타고 읍네病院으로 갔을
때 박아지에다 똥을담어다 백동이모친 얼골에 되
집어씨우고말었다。

이추잡한장면이나 읽은때 추잡한 感想을주지않고
오히려 눈물나는 우슴을 웃게하는것이다。

그런데 「그들의부처」에서본때 黑依의안해는 희준
이가 남의집여자의하는짓에 정성을들인다고 식기
를하는것이다。

이업키고얼킨 複雜한 人間社會의 구석까지ー 얼
마나 細密하게 드려다봤든가?

여기서 黑依의 平和한마음을 傷치였다는데서 안
•해에대한情은 아조 더먼어저바리고 말었다。 黑依
에게 同情할餘地가있거니와 그안해의 無知한 犧牲
에 우리들이 눈물을 짜내고야마는것이다•

「원두막」 얼마나 田園的氣分을 자아나는말이냐?
안승학은 원두막에서 잠을잔다!
숙자를다리고?

그런데 「중학생」인 川淑은 그곳의 男子中學生
경호와 사랑하는사이가않인가?

川淑은 그親어머니「순경」의 서울집에서 中學
을 단었고 그동리 같은 富者의아들 경호도 순경
의집에서 단었다。 川淑의 아래로는 강성이란 男동
생이있었다。 그는 淑子의 아들이다。

지금부터야ー 이作品은 줄거리를잡어가지고 나
아간다。 그렇다고 이面面를 넘는동안은! 줄거리가
없는것이었든가? 아니다。 이農村의 조선은 속속
히드려다본 健全한 그것이였다。

—(계속)—

民村의 故鄕論(完)

研究노ー트에서

閔丙徽

權相哲의아들 權景浩와 安承學의딸 安甲淑! 그들의 사이에는 가장 깨끗한 戀愛가 날로 度수를 높여가고있다。

그런데 일측이 權相哲은 邑內에나려가 「송방」을 보아 相當한財産을 만들었으나 슬하에 子息이 없음을 슬퍼하면서 살어왔다。 그러는참에 지금으로부터 二十年前 日心赤의妻 朴水月이란 不良한사나희가 꾀여가지고 다니는 계집이 不良한 朴水月이가 어디로인지 나아가 도라오지않는틈에 수리뒤라는 마을에사는 어떤 머슴에게 몸을 許하게되며 아해를 배였든것이다。 그런뒤에 다시 日心赤妻이 그계집을 찾이려왔음으로 그밴아해를 權相哲에게 주기로하야 分娩後에 곧 그들과 짜고 갖다길른것이 오날의 權景浩였든것이다。

그러나 景浩[]와도 그러했지만 「순경」이나 甲淑도이 權相哲을 좋아하지못하고 다만邑內 富商 權相哲의 아들로알고 깨끗이 지내왔든것이다。

그런데 安承學은 이事實을 벌서알고 있었다。 그렇지만 甲淑이와 사랑하는 사나희인줄은 꿈에도 생각지못했다。 그리든참에 安承學의 마음을 흡족히 해줄만한 新婚談이생겨 이를議論하러 「순경」을 찾어 서울로 올라갔을때 「순경」은 千萬뜻밖에 安承學의 귀에 景浩의 이야기를 滿足한듯이 들려주었다。

이말을들은 承學은大怒했다。 그리하야 「순경」에게 칼부림을하며 景浩에게 숨어있는 지난날의 秘密을 全部 이야기하게 되는것이다。

이같이되여 그들의處女도 貞操에對한 失望을 안게된다 이밖에 事件이 發覺된뒤 貞操도 自己가 權氏의子息이 아니라는것을 알게되여 그들은 쓰린슬픔을안고 그날그날을 살어간다。

그리는가운데 慾心이 野獸的으로 심한 安興學는 이期會를타서 權相哲에게 威脅하여 五千圓이란 돈의 名譽損에對한 「위자료」를 强請하려가는것이다。그러나 安興學이가 權相哲에게 慰藉料를 받기로 約束한지 며칠되지않어서 甲淑은 靑年會에 出家를 해바리는것이다。一生을 不幸가운데 살어온 甲淑의生活 선경은 甲淑이 出家한뒤 끝없는 苦惱에 울다가 自殺을 圖謀한다 그러나 그것도 失敗에 도라가고 마는것이다。

權貞浩의來歷에 있어서 우리는 얼마間의 「작겁이떼」를 읽는듯한 不快을 느꼈다。

그리고 甲淑의 「出家」가 너무나 突發的인데 우리는 커다란 疑心을 갖게되는것이다。

作者는 甲淑으로 하야금 좀더人間的인 正道를 밟을만한 「힌트」를 받게하기위하야 「朴先生」이란 「인테리」를 登場시켰는데 「朴先生」亦是 「확호」한 態度가 보이지않었다。

그리고 「朴先生」을 찾어갔을때의 甲淑의 態度如何가 더욱 들어나지않었거니와 그出家라는것이 너무나 氣分的인데서 그後의甲淑이 그같이 되였다는것이 疑問이다。

그리고 朴先生의 집에서 熙俊을 意外에 만나게되는것이 또한 너무나 「우연」이였다。

그後—「경호」는 熙俊의活動으로해서 自己父親이 누구인것을 알었다。「수리되」에서머슴살든 그이가 지금 구장집에서 머슴사리하는 곽첨지인것을— 그래서 그는 그곳 製絲工場에 事務員으로 들어가는同時 二十年이나 귀엽게 길러준 그집을 떠여나왔다。

이러한事件이 있는가운데 인순의오빠 인동이는 부자숭장사 마동떡 윤권에게 장가를 들었다。이것도 熙俊의주선으로—

그리고「랑개」도 「떠부」다니는 기친이와 결혼을 하게되는것이다。

그러나 비록 부자집으로 장가를든 인동이나 한때 숫총각을받친 「랑개」에對한 未練은 永遠히 그의머리속에서 살어지지 않었다。

우리는 여기까지와서 잠간생각할 問題를 發見케되는데 作品속에 이러한말이 씌여있다。

부자과부會장사. 음전어머니 생각이다。

「큰딸은 일즉 공부를시켜서 지금은 보통학교훈도를 다니는터인즉 그만하면 더 바랄것이없다 그러나 둘째딸은 여의데는 착실한데로 갈굴러보낸다는것이 사위가 난봉이여서 딸도 단면 그둘이둘었다 이제끝으로 남은 막내딸은 저형과같은 길을 밟지말게하자고 벼르고있는터이였다」

이것이 농부의手記 인동을 고른 原因이다。 그러나 음전이는 한가지苦悶이 있다。

「인동이가 그런데에는 거의자기뜻과 같았었다。 단지 그가 인동이에게 부족을 느끼는것은 그에게 글이 없는것이였다 그는 당위하는 사내를 설명하였다。 자기도 까막눈이가 된것이 원한이되는데 더구나 남편까지 그런사람을 만들고 싶지는 않거 때문이다」

여기서 우리는 一種의 家庭이라느니보다 疑心을 또한 갖게되는것은 그같이 端麗한家庭에서 「음전」이만 까막눈을 만들었는가 그것이다.

그큰방에 普通學校도 있었고 큰형되는 女子가 訓導까지 되였다는데 가장귀여워할 막동딸 음전이만은 어찌해서 까막눈이를 만들었든가? 그理由가 알고싶었으나 作家는 그것을 說明하길 잊어버렸든 것이다。

그러나 우리는 「愛人」을 생각하고 새삼 幻滅을 느끼며 苦悶하는 農村의苦惱男女 (이동과방개)의 그心理! 그들의離婚을 너무나 들뜬 너무나 그대로 쓰가고 있는 民村에게 또다시 失望을表하고 싶어지는것이다。

그러면 그後의三說은 어찌되였는가?

「인순」이 다니는 製絲工場의 그어떤날밤

「벽 고되지」

하고 인순이는 처음들어온 옥희를 가엾은듯이 처다보며 동정하는 표정을 보인다。

「그래도 차차 지내가니깐 처음올때보다는 견딜만하다」

옥희는 수건으로 손을씻으며 인순이를 마주보고 해죽이웃는다。

讀者는 이옥희란女子를 벌서 甲說이로 알것이다。 果然 그것은 事實이였다。

그런데 한겹은 女子 더욱히 學窓生活에서 아름다운 꿈을 안고살든 甲說이 어째해서 이고된 고생을참고 이곳에서 일을하게 되였든가?

果然 甲說은 家庭에대한 더욱히 어떤 自然生長的인 階級意識이 문득만한 「회트」를 받을만한 「맑스」가 많한

「人의意識이 社會生活을 決定하는게아니라 그와反對로人間의 社會的存在가 그들의 意識을 決定한다」는 性格가 생겼든가?

나는그런「찬스」그리한 因果를 몇번이나 이作品에서 찾으려 애썼다。

그러나 結局 나는 그것을 찾지못한채 失望하고 만 것이였다。

甲淑은 꿈을안고사는 女子이였다。그의 言動 即存在라는것이 거기에서 解說되지 못했다。

作者는 安理學이란「아치」한「아버지」로해서 그가 그만한 變貌을 했다고 說明하려 애쓰는지 모르나 그는 不意의失戀으로 因해서 오히려 아버지를 無視하고 眼明차든곱에 自殺을 圖했거나 絶望의 쓰린悲哀를 느끼였을「타임」이지 工場으로 뛰여들만한 條件은 아모곳에서도 찾기어러웠다。

그러나 그는 옥히라는女子를 가지고 숨어서 그꾸민 努力을 忍耐하며가고 있지않는가? 나는 이곳에서「持續」이라고 感嘆했을뿐이다!

다시 말하거나와「平凡生活」과「職業」의描寫가 있었다고 作者는 그러면部分에서 請求하려했다! 그러나 거기에한

한 組織的이오 計劃的인 說明이 없은데 우리는 奇蹟이라고밖에 다른말을 끄내기 섬며한다。

그리고 變名한데 對해서드 그手段과方法이 어떠되었다는 即工場에들어간 經路가없었고 대체! 경호」가이工場으로 들어가게하고! 自己 아버지사는「원더」가 시외에있는데도 不拘하고 自己計劃대로 옥히의 行動만해간다는것이 또한 奇蹟이 아닐수없다。

作者는 이甲淑이란 女性으로하야금 浪漫的인 理想人物을 만들기위하야 作家的才操를 이곳에서 示했다。

우리는 이곳에서 이릐없는 作品에서 애써 험을 찾어내는 罪悚을느끼며 마지않는 바이다。

「그는 어리서 너무 호강으로 커난 앙화를 받는것이 당연하다 한였다!」

甲淑의 말이다。

너무나 宿命論的嘆息이아닌고 너무人工的인 描寫가아니였든고?……

경호가 이工場에移入으로 들어온뒤 甲淑(옥히)은 傷處입은 쓰린 옛記憶을 새로 살려내었다。

그들은 다시만난다 그리고 경호와甲淑은 다시未來를 約束한다。

『여자의 직업으로 공장보다 나은데가 어디있어요』
비밀을 工場에넣은 作者의 聰明이 이곳에서 너무나 또렷이 發見되지 않는가!

永遠!'는 또다시 이農民들에게 커다란 暗示를 가지고왔다。

그들의生活은 장차 어찌될것인고? 이곳農民으로 因해서 血汗의結晶인 農作物을 빼았낀! 그들은 장차 닥어올 겨울을 무엇을먹고 살어야한단 말이냐! 農村의獨特한 手法은 이慘絶한 農村의 窮狀을 너무나또렷 너무나빼속에 삭여질만큼 썼다。

거기에또다시 感歎을 發하지않고는 견되기어려운 苦惱을 맛보게된다。

겨울살이! 그것만이 그들에게 닥처오는 問題이랴! 아니다 그들은 小作料를 대야겠고 도조를가저가야한다 그러나 그들의 눈앞에서 흘러간 田畓의앙상한 흙만이 눌려있지않느냐? 오! 그들은 嘆息끝에 그들의 가장 信賴하는 黑俊을 찾게되지않는가?

그리하야 「일러」洞里代表로 黑俊外김선달 其他 여러사람이 小作料를「免除해달나는 것이였다。

그러나 安理俊은 펄적뛰였다。 그리고地主 閔氏에게알어보고 洞知하마고한군 其日後日 미루어가고 있다가 決局 自己스사로 그리할수없다는 拒絶을 보내고말었다。

이같이되여 決局 이들의運動은 組織的으로 들어가고만다。 그러나 安理俊은 오히려 地主의命에 服從치않고 그反對로 더한층 강경히 拒絶하고있다。

남어지버(굶어떠나가고난)를 비지말자! 그런데 우선 먹어가떠러지지 않는가? 하로이를 버티가나 가을은 지러가고 그들은 주림에 울게된다。 그리하여 이들이 組,織的으로 決議는 했으나 주림에 울旻는 어린것들을 어찌하랴? 먹어야산다 그러나 큰일을 企圖하는이때 個人的으로 그들을 背信해야할까? 김선달은 익어진 벼모기에 낫을대려는 사람이 느려간다고 黑俊에게 의론한다。

黑俊의苦悶! 아! 어되서 돈을가저다 그들의 口腹을 채워줄것인가? 그러나 그는김선달에게 돈얼어오길 괘히約束치 않었든가!

옛날靑年會 임보든 고두머리를 찾어와다 그러나 이룸펜인터리群는 벌서 麻雀에 陶醉되여 反動의길로 거러가고 있는배아닌고?

黑俊은 躊躇했다。

이러는가운데 甲淑은 熙俊에運動에 돈을 벌어주었다。그의노동으로 얻은돈으로ㅡ그러나 잠간동안 暗示로 熙俊이와 甲淑이 連絡이있음을 보였을뿐이요 作者는 그들의行動을 大膽하게 좀더××的으로 쓰길避했다。

그것을 避하지않고는 이作品을 讀者들의 손에 넣어줄수가 없는것을알고 苦悶가운데 이같이만든 民村의 心理와 그것을 알기때문에 좀더 良心的인 批判을 나리지 못하는 筆者의 괴로움은 彼此에 달을배없음이다。말하고싶어 하지않는다。

그런데 밖으로 이같은 農民運動이 좀더 非××的이나마 熱과××로되어가는 反面에 解雇된女工을 同情하야「스트라이키」를 이르킨 工場안의일은 너무나 作亂꺼리같이 되였었다。

더욱히「경호」가「감독」과 甲淑의 사히도 질투의는으로 보았다는것은 오히려 없었음이 어떠할가?

우리는 熙俊「朴先生」이 工場밖에서「옥희」가는길을 어떻게 ××하는것을 어렴푸시 보았다。그러나 工場,스트라이키」는 너무나 無氣力한 作亂이되였음에 심히不滿을 느꼈으며 이런때의「인순」의 좀더 長成해가는 世界觀이 또한 보고싶어 했든것이다。

그러나 이工場의 일이 이같이失敗로 도라가는代身 農民의 힘은 좀더 늘어졌다。

그러나 ××的××가없이 오ㅡ즉熙俊의 혼자指導해나아가는 이大衆的인 ××를 持續하기에 熙俊의 經濟的인힘은 너무도 弱했다。

그리기때문에 作者는 甲淑으로하여금 이運動의 심파를 만들었다。

그러나 甲淑이에겐들 무삼 큰돈이 있을것이냐 비록 그가 安承學이란 富者아버지를 가졌다하나 그는 女工이다。

그리기때문에 경호에기 依取해다 갖다주기도 했지만

그런데 이같이 安承學을 對抗하여 싸호는가운데 熙俊과 甲淑이는 서로,마음속으로 사랑하고있다。

그러나 그들은 서로 愛人으로서 結合할수없는 不幸이 있지않었든가? 이곳에서 作者의結婚觀은 가장 깨끗이 옳음의하야 不純한 結婚을 避하고 同志로서 戀愛를 要求했다。

그러치만 그들의 어찌할수없는 心理的인苦悶,그것은 作者의 獨特한手法이 있기때문에 가장「리얼」하게 써젔든것이 筆者의 기쁨이였다。

엎어앉은 그들은 技能의 苦悶을 깨끗이 呼訴할수 있었다。

그런데 애써「舍音」와 三人이 맞난날 그이야기가 나왔다는 그場面이 좀不自然한 感을갖게 한것이다

持久戰이되여가는 이원터의 農民××! 그러나 安承學은 永버티고 自己主張을 세웠다。이러는 동안에 날은 치워져간다。벼는 그대로 논에서서 찬서리를 맞는데 그들는 굶주리면서 그것을보고 있다。

어찌할고! 이때다 甲淑은 照俊에게 自己아버지의 弱點을 잡어내여 이일을 感情的으로 解決하라는 것이였다。

照俊은 그이야기를 듣고 기뻐했다。그리하야 그이튿날 兩班代表들과 같이 安承學을 찾어갔다。

그리고 問題해오든 要求條件을 解決해달나고 강경이 對抗했다。그러나 安承學은 한사코 그들의 이야기를 발으려 하지않었다。

이때다 照俊은 安承學의 가지고 있는秘密(甲淑과 경호의關係 提出者에게 賭博料五千圓 請求한事件 지금경호와갑숙이 어찌 지냈다는것)을 이야기하고 萬一에 이번要求條件을 承認치 않는다면 단연히 이事實을 白日下에 暴露하겠다는 것이였다。

그리하야 그날 먼동이틀때 安承學은 그것을 承認했다。

이리되여 원터마을의 생긴以後의 一大事件은 農民의勝利에 도라가고 말었다。

이리되여 끝을마친 이作品도 한편으로 農村의農民作家로서의 偉大한 手法을 보여주었고 한편으로 類型的 現實에對한 人工的인 事件을 抑制한데 不滿을 갖게했다。

그리고 대체로보아 作家는 그어떠한 ××的階級意識을 떠난「부르조아」(地主)의走狗 그들의「다리운」行動 그것을 좀더 鮮明히 보히려는데 애썼다。

그러나 作家의 自家撲滅은 決局 安承學과 甲淑으로하야금 肉親의情浪을 끊고! 手段的 (即安承學과같은 本意는아니나 인—(即弱點을利用하야 大事를成功했다) 行動을 하게만들엇다。

이것이 더로問題되는 이作品의 致命傷이다。

民村—드「風林」에서 이事實을 常口했거니와 現代朝鮮(더욱히 ××的××가×한)社會에서 얻어가진 作家의企圖를 成功키위하야 이러한 일이 없지않어 있을것은 事實이나 그같이도 깨끗이 그같이도 冒瀆히 農民生活은 「리알」하게 그린 이作品

속에 이作品이든너 가게되였음며 그 비고두어 있는 讀者에게 들려주게했다。

것이 그같이 씌젓음며 우리는 讀 決局 讀者는 이作品에서 不具者의 役役을 맡은것으로 은 느끼지 않는바이다。

描寫法을 讀키어려운것이란 말이다 田園을 所有(어떠가잇을지 모르나)한勝利만을 가젔음만 이다。

그리고 讀者란人物에 對한 說明가 不足했다 좀더 讀者로하야금 開役과같은 일군을 만들었다면 아니 좀더 自己의門檻에서 不滿을갖고 農民의子息으로서 行動케했다면 하는 생각은 作者의 바람이였다。

結論! 이作者는 結局 農夫의 筆者로서 性格描寫 成功했음뿐이요 田園은 한번사랑하든 사랑임으로 끝까지 사랑하는 그런習慣로 되여바리고、만지 않었든가 그같이 農夫의 情을 말고 ××를위하야 나선 理智的인女性 田園은 어쩌하야 讀人을의하야는 그다지드 「센치멘탈」한 女性이였든가

그러나 民村은 이것을 合理化하기위하야 新生活에對한 길다란이야기를 田園으로하야금 自己 무릎을 비고두어 있는 讀者에게 들려주게했다。

決局 讀者는 이作品에서 不具者의 役役을 맡은것으로

田園을 所有(어떠가잇을지 모르나)한勝利만을 가젔음만 이다。

「인동」이와 「仁國」 「방개」 「강선달婦人」等 各人各樣의 行動한 우리는 참으로 좋게보았다。

그리고 作者의描寫한 手法은 그들의 心理를 너무도 잘그렸다。그러나 「仁國」은 너무도 消極的이 아닌 問題가 工場에서 움지기고 있었음이 섭섭이였다。

이같이 쓰고보니 決局은 이作品의 缺點만을 캐어내고 만것이였다。

그러나 客觀的으로 보아서 그누가 이作品을 따르는 만큼 現代朝鮮農民의 生活樣式과形態一그들의心理一그것을 이만큼「리알」하게 그릴수 있을것이랴?

더욱히 그들의 作品中에서 (움지기는 人物)을描寫함 그누가 이만큼 「유모라쓰」하게 참으로 거짓없이 쓸수 있었을것이랴。

우리는 三四次 읽어가는동안 朝鮮의 農民文學運動이 勃興한以後에 처음볼수있는 作品이라고 그리고 朝鮮文化史에 記錄은 그어떻은 作品이라고 取히 開하고싶어 했든 것이요 지금에있어 記憶해두기에 더 은 느끼지 않는바이다。

民村은作을 가다듬어 다시長篇「어머니」 했어나 우리는 더큰期待를 가지고 이作品 로한다。 (끝)

四、三、밤 於松都

(白 光 제3~6호, 193[illegible])

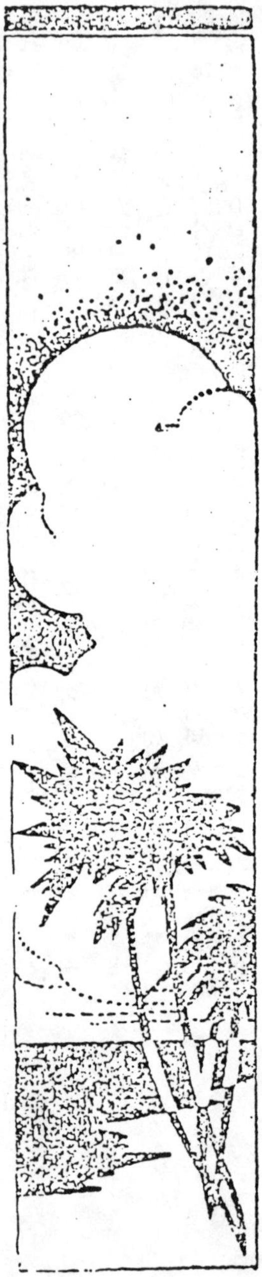

신발文學史에나타난李無影

—그의第二短篇集을읽고—

金 文 輯
花 豚

「なつかしい」를 우리말로 뭐라그란지 그놈의 나츠까시이「朝鮮文學」이 다시 續刊된다는 消息을 接했을때 이건줌·文法이 ㅓ 재미없으나 나는 퍽 나츠까시이했다닫라는면서여러가시 賦役을지이는판에 얼굴이 좀어색해졌으나, 돈닫라고 줄트는 조카가 絶對로미지않는것처럼, 오히려 나는 아저씨의 기뿜을 革藥했었다 그러나 貴치않은 論求에는 批評瑞의 知性과뭐라는 冊은批評하라는말—이말에는 딱질색을했다 朝鮮의 所謂海外文學派란것이 하나의 朝鮮的 넌센스라면 以活字文學派인 批評瑞君의큰줄이란 「白鐵의夜市川」로봇트外에 그아무것도 아니기때문이다 今文章第二輯에서 具體的으로 相當하게 그를解說해보일 (豫定이나) 文學에있어서의 知性의 擁護조차모르는 그까짓데꾸(木偶)버석의 自我田服을 내良心으로서는 到底지文學人앞에 紹介할수없다고 썼었드니 紹介者이르기를 그리면 無影短篇集을 評하라하기에나는다시기로대 그는 내가論한일이요허나 制限紙數가 너무작아서 兼備하겠노이다하니까 北國的 네바러메를 가지우리의 池先生 그도 그러습지요만 어느것이라도 하나꼭써주서야하겠읍니다고자못眞重及沈鬱하게 哀乞의威脅한形式하는것이었다

洗手도 안한 나는 ㅅ皿데 大凡 다음과같은 이얘기

들 해들긴것이었다。

虛榮이었는·女子는있을수있다 그러나 虛榮없는作家란 이世上에선 찾기어려운 그야말로 絕滅에서 處女찾기맛 찬가지의 不可能事다. 作家無影인以上 그에게 虛榮心없구萬萬無하다。 허나 그虛榮心을 作品에 나타내지않기에 成功한唯一의作家가 朝鮮서는 李無影이라고 나는 斷言한다。 이評價하나만으로서도 君은 充分特異하게 評價받어야된다。

「醉香」이란 그의 첫作品集에서도 적실히 그를 느꼈이마는 이번 無影短篇集에서는 더自信있게 그것을 느끼고 나는 나 스사로에게 感謝의뜻을表한것이었다。

君은 決코 所謂 天才派의作家는아니다。 天才란 저自身의발을 걷우두 空中에담아 놓은 사람이다。 不幸히或은多幸히 朝鮮서는 藝術이하나 밖에는 더此派人種을發見할수가없었다。 이에對하야 地才란것이 있다。 지금 지어놓고 봐도신통한 新語다。 이놈은 대가리를 따에파묻어놓고 두손집고 다리를 空中에휘둘루는 친구다多幸히或은不幸히 朝鮮서는 金裕貞하나 밖에없는 人種이。 그러나 이두天地才는 不幸히 이건確實히 不幸히大成치못한채 文壇線上에서 사라지고말았다。

天才地才인지라 어째 人才없을소냐 하겠지마는 —마는이 아니라。 餘地의 一百朝鮮作家는 一如히 이人才派에

를한다。

말한것도 없이 그들은 天才와 같이 겨구루매여달려지도않고 地才모양으로 겨구루서서 한둥대지도 안는다 보선신고 신신고 地上을거러다니는 「아다미마에노」人種들이다。 허나 이 「아라키마에노」人種에도 千態萬相의區別이 있음은勿論이다。 솜보선에 에투미신고다니는 洪曉祥 人絹양말에고도방女靴신고다니는 俞鎭午 編物朝鮮 보선에 無物스럽게신고 다니는 朴允浩、女給川 비단洋襪에 人絹洋 에투미신고다니는 李泰俊 무명양말에 代用品膝皮製의 便利靴신고다는 李箕永 五十錢짜리 헐양말에ㅣ圓五十錢짜리 中學川 뿍스구두신고 다니는 李光洙含善은 朝鮮보선에 琺瑯製한이힌신고 다니는 金末峰, 빵구난 ㅡ단양말에 行纏川검은고무신신고다니는 崔貞熙女史 보선에 부리끼게다(鐵カ下駄)끄은고 다니는 鄭芝溶、品 朝鮮보선에 茶房靴製 쓰—바슈—소신고 다니는 不雨의 朴泰遠까스양말에 運動靴·고다니는 林和의 명주양말에、兵丁구두신고 다니는 金尙鎔、借川의 黑則누나 안만에 집신신고다니는 白石이 이만하고 말고싶으나 滴湖亦 아직 未盡한것같다。 门灘은 가죽 보선에 가죽신을 신었고 八峰은 廢物利用되고 무양말에 나무신(木履)을 신고 으며 ㅡ鳳晙은 보선에 ㅡ 고무長靴를 신었는가하면 崔仁아씨님 양말에 登山靴를 신있는 [illegible] 포사못 우리文壇은 異常한신발風景을 漫說하고있·니

(一二三頁로 續)

(四五頁 에서 續)

이것이 다름아닌 신발朝鮮文學史란것이다。

未明前代의 이來往文學史에서따진 신발風景不知其數이겠으나 特別待遇로 只今 내가 일부러빼놓은 風景곡하나있으니 그風景正히 다음과같다。 멘발로「ちかたび」신고 맞치別動隊 나되는것처럼 저촌자 저벅저벅 외딴길로거러가는 가엾은 風景인데 이風景의 主人公이 今無影임은 말한것도 없다。

모두들 보선이나 양말이 나들 제멋대로 귀신 없지마는 無影만은 보선이없다게다가 또신으 구두타고보아하나 人大川의 「ちかたび」다。이 風景에서 그의人生의참된과 文學의眞實을 찾지못한다면 나는 이以上더 諸君과 더부러 論코저 아니한다。

멘발 지까다비의 一藝術家외로운 無影이 虛榮을 잃어자린 無影이었다。 그는 天才이기를 바라지않고 地才이기를 또한 願치않는다 하나의 人才로서 「미나 훈버의 길을默默히 걷고저하는 詩人다운詩人이다。

이러한立場에서 無影短信集을 吟味한때 우리는 永遠의孤獨이란것은 새로이 凝視할수있는것이다。

(朝鮮文学 제16호、1939・3)

「無影短篇集」과 無影

嚴 興 燮

無影의 第二短篇集인 「無影短篇集」이 漢圖에서 發行된지도 벌써 數個月이 되었다。

이 「無影短篇集」에 編收된 「아저씨와 그女人」을 비롯하야 「吳道令」等 其他數篇은 그發表年代로 보아서 그의 第一短篇集 醉香에 編收된 諸作보다 먼저 刊行되여야할 作品들이었다。 그러나 그編收된 作品의 年代의 先後를가지고 이無影短篇을 是非하려는것은 아니다

나는 미리 告白해두거니의 無影과는人間的으로도 잘 알고 또한 그의作品들과도 남에게 떠러지지 않을만큼 親한사이다。 그러므로 여기에 내가 「無影短篇集」에對한 어떠한酷評을 加한다해도 眞相은 無影이 조금도 怒하지않을것을믿는다。 無影은 最近三文社版으로 長篇 「明日의鋪道」를 上梓하고있으나 率直히 말하거니와 나는 無影을 長篇作家로서의 完全한技法을 가추었다고 보는 것보다는 먼저 短篇作家로서 優秀한技能을 가추고있는 作家라고 하고싶다。 그것은 그가 至今까지 써나려온수많은 作品의 大部分이 短篇이었고 또한 그의短篇作品이 朝鮮文學의 現水準에 비최여 決코 남에게 뒤떠러저있지 않기때문이다。

그런데 이번 그의 第二短篇集인「無影短篇集」에 編收된諸短篇을 보면 그가 十餘年間써 나려온많은 作品가운데서 •眞로 力作이라할만한 十餘篇은 추려놓은것인데 이것들의 發表될때마다 文壇에서 問題되었든일은 나는 尙今까지 記憶하고있다。

그의 第二短篇集을 읽고나서 그의短篇 한개한개에 이러니 저러니 하기보다는 차라리 나는 그의모-든 作品을一貫하고 있는 作風이라거나 또는 作家的情熱에對한 極히 一般的인, 所感 몇개를 말하고저 한다。

無影은 決코 그의作風이 輕快하고 明朗하고 또한簡潔하다고 할수는없다。

그代身 그의 作品을읽고 우리가늣길수있는것은 비록 조고만 短篇일지라도 그構想의 緻密하고 그作中人物의 性格이奕彩한 便이 않으며 어디엔가 焦點이 흐리여진듯 한散漫한 느낌을 갖게하는것이 그의 作風의特徵이라할 것이다.

한말로 말하자면 無影의 作品에서 오리지날 香氣를 말으련다거나, 비단옷과같은 부드러운 感觸은 느끼려는 讀者가있다면 그는 實로 망발이다. 그의作品에서 풍기는 香氣는人工的인 오리지날香氣가아니라 그욱한森林地帶를 걸어들어갈때에 맛볼수있는 原始的인 野性的인芳香 그것이라고 하는게좋다.

그다음 이 無影은 남에게 치지않을만한 作家的 情熱을 가진사람이다.

그의 第一短篇集醉香이나 또「無影」短篇集에 모인作品을 읽고나서 우리가 먼저 고개숙일수있는것은 이作家가 이世代의 젊은作家로서 眞實을 찾기爲하야 不絶히싸호며 허매고있는 作家的情熱이作品마다 氾濫되여 있기 때문이다.

그런데 이것이 도로혀 作品을 망치는이作家의협이되는수가없지도않다.

이것은 다만젊은 우리들의 作家無影에게만 限한협이 아니라 이世代의 進步的作家가 한번식은 다 犯해온협 이라한것이다.

말하자면 無影은 약은 作家가못되고 미련한作家다. 미련한慾心을 가진作家다. 短篇한개를 써도될수있는대로 많은 事件될수있는대로 많은人物 될수있는대로많은 性格을그리려고하는 頑固한 固執을가진作家다.

이미련한 慾心이야말로 無影이 短篇作家로서 남달리 가지고있다고 볼수있는 個性이며 特徵이다.

따러서 그의取財方向은 다른 어느作家보다 廣汎하고 自由스러웁다.

「아저씨와女人」이 인테리를 取扱한作品인가하면 哭道令은 農村의無識한머슴을 그렸으며 萬甫老人같은 엉뚱한老人을 그렸는가하면 現下朝鮮女性의 一面을 그린內人의안해」「麗子小傳」이 또 있다.

그런데 이많은 素材가 다만 無影의무지개같은 空想에서나 想像에서 비저진게아니라 大部分 그의生活體驗에서 울어났다는데 우리는 또한 頑力을 느끼며實感을 가질수있다. 無影의作品에서 實感을느끼는 理由는實로여기에理由한것이다. 그의文章에對하야 所感이없지도 않으나 紙面關係로 이만쓰기로한다.

十一月十六日

(朝鮮文学 제15호, 1939·1)

化精神에서 低迷한다면 그所得이 무엇일가? 차라리 文學運動 乃至 文化一般의 攝取와 徵求을, 論議하였다면 옳으되

◇ ◇

「箕子文化」「太白山、非太白山文化」「檀君을위주한 神道에서 흘러나온精神」等等의 語句의 過誤를指摘하라는것이 아니라 同君의 글쓴精神은 「今日의 依賴事大의 情勢下에서도 오히려…… 인文化를 擁護한수있고 또키워갈수있을까? 여기의한 地方의文化의前途를 생각한일이있다. 또한 現代의文化의 擁護의길로서 朝鮮的인特殊性이 있다」

要約하면 文化의危機에 直面하야「주위의정세가 事大的으로되여 있는것과 모든것이 依賴的으로 되여있는現實은 昔今이 同一」한것을 發見하고 이危機文化의 擁護策으로서 文化의朝鮮的 特殊性을 高調한다는것이다.

古代文化가 外來的인것(箕子文化)을 生硬하게吸收하다가 沒落된것과같이 近世(現今까지)의文化가 또한歐米文學을 吸收해서 잘消化식히지못하는데서 危機에 빠젔다는議論은 敬聽할수가없다.

朝鮮의傳統的文學 乃至 文化는 決코生硬하게 存在한것이 아니였다. 朝鮮의政治的××은 完全히 그文化의罪가 아니였다. 文化란스사로 同傳統的인것만으로서 되는것이아니라 그의發展과 外來的인것의 攝取와의 調和에서 建設되는것이다.

우리의文壇에는 世界的인 思潮와 傳統的인 그것이恒常 個個의것으로 別個의사람들에 依하야 論議되어있는것도 事實인듯하다. 그러나 讀者層에는 許容과 歡迎을通하야 土語 部分的으로 融合되여나가리라고 생각한다. (教育未備로 다는나라와같이는못하나)

다만 問題는 文學乃至文化運動의 徵求問題다. 그イデオロギー的發展의 闡明은 經濟史家 또는 文化思想史家의 史的闡明을 기다릴뿐이다. 이以外에「神道」또는 무엇무었「文化精神」을 高調하였다면 그것은 脫線이요妄發이다.

◇ ◇

玄君저편에서「日本的なもの」을 떠든다고 곧 이곳에 그것을 輸入하는것은 賢明한 傳統文學의 擁護策이아니다. 獨逸에서 獨逸의것만을찾고 非獨逸的인것을 排斥하든것도 昨今의일이다. 日本內地에서 어떤種類의 人間들에게 무슨必要로써「日本的のもの」가 提唱되고 있는지 잘알고있다. 우선「日本的なもの」가 떠들게되는 社會的根據를 明白히 보여주고 그것의 朝鮮에의輸入이 얼마나 無意味한 戲事일이라는것은 反省하기를 바란다.

× × × ×

李無影氏의文學에對하야

—「醉香」讀後感想—

韓 植

나는 이作品集이 이作者에있어서 얼마만한位置에있으며 또氏의다른數多한作品과의 聯關이어떠한것인가도 잘모른다。紹介한바에依하면 氏의作品數는 이미百篇以上으로 算한다고한다。그러면 그百篇以上되는作品中에서 아모리 그의代表作이라고 한지라도 單只五六篇만을고집어내가지고 그의全文學을論한다는것은 大段한冒險이안일수가없다。그러므로 나는 여게서 그의今番에發刊한創作集「醉香」한卷만을通讀함으로써 그에날아난作者의面貌의若干을 찾어볼여고하는바이다。

이作品集을읽은後의 나의粗率한感想의結句는 亦是다른사람도 말한바이지마는 即 이作者는所謂人生派라하기에는 너무나 藝術的玩味가 빛나고있으며 所謂藝術派 或은스타일리스트라고 하기에는 너무나 人生의파-스펙팁한理想과이데-를 가지고있다는것이다。勿論하고 이와갓은 境地는——그의兩者의統一은 將來의 우리들의 文學分野에있어서 當然히 獲得하지안으면 안될 길임에는틀림없으며 그와같은것의 훌륭한삼풀은 벌서 이作者에서우리는볼수가있지않은가생각한다。다시말하면 作品의모-틥의發展에있어서 그素材의리알•안리알을不問하고 作品의쿠리미팁하나 健康한모랄은 그의 아름다운 藝術的形

欲과 完全히 타이암하고 있는것을볼수가있으니 이때까지의 우리들의待望은 번저 이와같은곳에있엇든것을말할수가있다。作者는 이作品集中의 各各의테ー마에있어서무었을말하고저 함임을、容易히 알수가있으며 또그와같은 이데ー가 그의卓越한藝術的 스타일로하여곰 우리들讀者에게 적은感動을 이르켜주는것이다。

昨年여름에 作者로부터 直接우리말에對한希望的情勢와 作家로써의 우리말에對한覺悟 決意등을 强調하는말을들은일이있있는데 지금 이作者의 作品集을읽은後에야 더욱 그와같은 作家로써의實踐을 몸소 敢行하고있는것은 보는同時에名實相作한 우리朝鮮的現實을 든머진 作家로써의 말의選手를許諾할수가있겠다고생각한다。

最初의「나는보아잘안다」를읽어보면 氏가如何히 그豊富한藝術的形象을 가다듬으면서 同時에 깊은휴ー만한意欲을發揮식히고있는가함은 볼수가있다。 事實 이곳저곳에서 喧嘩허떠드는 휴ー마니즘의文學이야말로 이作者가벌서 實踐하고있는것이라고하겠다。「그의「醉者」中의全部을通하야 作者의휴ー만、도큐멘트로써 表現되자안한것은 하나도없을것이다。 그리고 作者의熱情과感覺的으로도 높이 싸인人物의描寫는、그일 의犧牲이되여서 落地에 드러간어떤男便의現實感은 ── 오히려그男子가落地속에 업미여있는것이안이고・現在다르곳 或時別莊같은곳에 있는것은생각하여도좋다ー더욱날카롭게하는것이다。卑劣한嫉妬로 自己가、이世上에남겨놓고온그妻와그男子의 親友와의親和關係를傍觀하는대신에、따뜻한同情과 깊은理解로써 ── 그것은 반다시「내가죽어 落地에있다는」限界性으로부터 나오는 意識的諦觀이안이고 도로혀 最後의一行「몸이 지첬고나 네게는이것으로끝을막고 이제로부터 나는 나의어린주게자ー어린것들에게 편지를 쓰겠다。이것으로나는나의이주의「인生삼으려는것이다」에서보는바와같은 果然「인」에從性당한사람에 맛당한一貫한態度와透徹한將來性의展望을보여주는것이다。作者가 이作品中에있어서의 所謂新女性에 對한感觸은 아모러한 높은새로운타입에達한것은안이도되 過渡期의우리社會에서 혼이보는그와같은存在에對하야 假令이라든가判決같은 冷酷한心情으로써가 안이고 現實生活의大海가운데서 起伏하며 허덕이는一波을그의生命의躍動으로써 그윽걸의 모든 주름을如實히描寫하고있는것은 참으로狹隘한만한手腕이안이라고할수가없다。 더욱 그描寫의흐름에따라 그未亡人에게 充分한同情을면지면서도 그 흐르는愛情의 波瀾에빠지지않으며 恒常客觀하려는努力은 非凡한個性的描寫의뒤에서 잠자고있지안음을保証하는것이다。新女性에 對하야煩悶한理解나 或은反撥的惜惡가안이고 生活苦라는現實的條件에서 삶을爲하야 여러가지로허덕이는態度에對하야 넓고深刻한心情을表示함으로써 讀者로하여곰、조곰한反感도없이 愛惜하게만드는것이라고하겠다。이와같은態度은 作中의「내」라는男子──即作者를聯想케하는人物描寫로서도 同一하게되여있으니 作者는어느人物을 ㄱ림에도偏見을가지고 그를自己의理想한타입과 카데고리의公式에 여어서耽愛하며 人物을描出하는것이안이라 그 어느人物도 그人物自體로써 생생하게움지기게하는情熱과

사랑을바치면서도 그사랑에따지지안은우에서 만한것같은客觀하려는努力으로써 作品은가장리아리스틱한構成으로되여 그素材의如何를勿論하고 讀者로하여곰 깊은感動을이르키게하는것이다。

「醉香」에있어서도 또한大略 이와같은말을한수가있는것이다。采香이라는可憐하고純情스러운妓生의一生은 이만한短篇으로 이以上더 그릴수없으리만큼 完璧하게그리고있다。泥中之玉으로써의 采香의깨끗한 一生의스토리ー는그냥그대로는 한로만틱한氣運을이르켜주는것이없지않다고할지라도그의스토리ー의女主人公의心理를 그와같이遊撥하면서그와같은性格을助成한 時代의主人公「최성환」이라는客觀的條在와더부러 無限한哀愁를고음게하면서도 더욱悲愴한생각을우리들에게 복바처주는것이다。 우리들은 采香이라는妓生이封建的社會의微弱한犧牲者라는點에서 그를同情하는것뿐이안이라 하로저녁만의男便에게 숨어있든純情을끝까지받지었다는때뿐이안이라 오히려 우리들의時代에서혼이보는社會的鬪士와 그鬪士의芒漠한生活애서도 그를기어코 기다리고있는 數多한女性을聯想케하며 그女性들의끝없는울음과 복받친서름과怨恨을單純히풀닐수없는情勢의限界性은 더욱鮮明히보여주는까닭이라고하겠다。勿論하고采香같이絶望하는社會아래서도 또絶望하는生活을하고있는無智하나純情을 어느가슴속에 파뭇치고있든가장賤待받고있는女性으로써 가장힘세고不屈한男子에게 對한本能的사랑의信任이야말로 우리時代의가장살고있는部分이며 가장悲慘한리알이라고하겠다。우리는 이이야기를읽은後에 긴한숨과같이 입술을깨물러이며 絶望에부닥치는우리들의周圍에서도 틈틈의壁土사이로 사타나오는 淸楚한百合같은采香의無限한愛情을바라볼수가있지안을가。우리는 이「醉香」에서 꾀ー테의「헴만과로로ー떼아」와 휘ー틘의諸作을彷彿케하는 女主人公 采香을 맞나게된것을 作者에게感謝하야할것이다。 그리하야「헴만로로ー떼아」가 꾀ー테의敍事詩로써作中의人物에게 生命을賦與하야 一篇의산타입을만드러 인제와서는 그의作者를忘却할수있는이만큼偉大한感銘을가지는것처럼采香도 인제는作者無影을 이저버려도 우리들頭腦에或은心臟에生生하게 그楚楚하고可憐한存在를두렸하게 남아낼수있는人物이되고말것이다 하여도 過言이안일것이다。또이作者는 휘ー틘치럼 이와같은時代에서 뒤떠러저있는저욱한妓生을描寫하면서 다른藝匠한外裝으로 들내는作家들이敢히接觸치안었든 朝鮮稻現實中의 한細少한것中으로부터 그아름다운 情緖를베즈어주는것이다。果然 이와은作家의態度와 文學作品에서야만로 觀念的으로構成한어느사람의小說보담 몇倍以上의휴ー마니즘의흐름은發見하지않을수가없는것이다。그러나 나는여게서 한가지疑問이없지않다 作者의意圖는 충분히다하였으며 요만한短篇中에서 그以上더그릴수가없다하여도또그러가爲하여서 그作의 포ー카스되는采香에게조力은다할수밖에없었으며短篇中의構成의必要로 다른人物의水深가열었다고하야 그는어절수없었다고하여도、「采香」의 相對者되는男子――所謂투사라는人物는 너머나簡便하고 너머나 그림자밖에안되였다고생각되는일이다。 勿論하고作中의

곳곳에서 그人物의性格과行動의一面이表現되고는있지마는 그는다만暗示의菜者의人物은 發展식히가爲해서의 한허수애비에밖에안된것같은 印象은받은것은果然 나혼자뿐일까。菜者의人物과生活은 더욱 리알하게하는데에서 반다시그行動은고운고가고 그와같은菜者의心理를形成하고生産케하는 그투사의더욱리알한 性格이表現되었으면하는感이없지안는것이다。이作品에흐르는로맨틱한要素가 이긴것은即이와같은 투사로된人物의 描寫가 너무나 輕便한까닭으로된 때문이라고 나는생각된다。우리가菜者에게 無限한同情과 아름다운자태를 直感하는것은 그男子의强力한타입作者가暗示하社會的正義를爲한存在이며 그러한存在와 억매이고 또너그러진菜者의一生의悲話에있는것임으로 그의背後의힘으로의 그를좀더힘있게뵈아주는것을要求하는것은다만得隴 望蜀이라고하지못할것이다。菜者 그와反對로생자하야 그男子가 社會的투사가안이며 다만한賭博군에不過하야浮浪한一身을避身함으로써菜者를計策的으로 속히였다면 우리는글로말미아마 자아나오는菜者의스토리이ー에그의純潔에 한쪽의同情은할수는있으되全幅的의感動은 떨처가질수는없기때문이다。

그러나 그와같은생각을하면서도 나는이作品을읽고感動을마지못한것은무슨까닭일가 過渡期의混沌한분위기가운데에서 헤매이는 우리들의新女性보담못하지안는ー即모ー든犧牲을 二重三重으로 질머지면서도 어쩌지를 모르는한타입ー이女主人公의性格ー作者는或時ー의菜者의 行動의한部分을가지고 所謂新女性이란것에 對한批判을생각하였는지도모르겠으나——그리하야 오히려 이와같은女主人公은보라! 이렇게말하고싶었는지도모르겠다。何如間 그렇든삶이 作者의 가장苦惱에싸인者의 가장아름다운心情의波動을傳播하며 가장어두웅가운데 가장빛을찾으려는슈ー마니티의發露를 展望할수가있는것이다。우리도亦是이菜者의쓴술잔을 드러마시며「내냐, 어듸, 쓴모가있어야지」라고하면서「나술한잔, 더주슈」라고할때의 그들 마치 아도니스의피(血)에서생긴아름다운 아네모네의꽃처럼 이暗澹한時代의짓밟핀荒無地에서 한쪽의시드든꽃같은 소니아는發見할수가있는同時에 그야말로이世紀의弱女性의서름찬心情의피나레ー가되며 새로운타입의新女性의波動을傳하는글세인푸레류ー드가되기를 期待하지안할수가없는것이다。

「乳母」를읽은後의 나의感動은 以上의나의感想은미욱衝動식히는것이다。病든自己의兒孩에게 ㅎ 예기는젓은生活困難으로 팔지않으면안될乳母의心理葛藤은그러珠玉같은名篇이다 그乳母와 女主人과그主人男子등사이의 데리케!트한心理描寫 그어느便에도偏見치안으면서 어느人物도그유니ー크한타입을 가장리알하게 그細細한性格과生活로부터자아나오는유니안스 이러한것이 가장生生하게 우리를感動식히는것이다。作者의乳母에對한눈(眼)은確實히 따뜻한同情으로빛나는것이며 모든人物의心理와性格은그自體로써追求하면서 어떠한先入觀念도없는 푸레씨비리티한場面은뫼와주는것이다。作者의눈(眼)은정말로 錯眼도안이며 作者의心情은決코大理石같이차거운것과는 全然히因緣이없으리만큼되여있으면서도 가장날카로운눈을가지며 가장尖銳한洞察

은具備하고있는것을볼수가있다。 音樂에對한素養이없는 곳으로부터 飛行機의墜落의몃딱ー센트가생겨나는것을判斷하는날카로운批判家와같이 이作者는身邊에 가득차고있는日常茶飯事의하나로부터 하나式들式그의心理를探索하며그리하야發掘한性格을 다시 自己의따뜻한 숨(息)으로 마치암닭이 병아리를까는것처럼、生命있는人間과[illegible]들을 우리들앞에躍動하는것처럼 再生하여보이는것이다。 가장重要한것은作者가사랑하는人物이라도 或은가장憎惡할만한人物이라도 모다自己의體溫으로더띄어가지고 生活의感覺을 그神經에까지이를만콤 他體가안이고가장삶을切實히느끼는理解로부터描寫를始作하는것이다。 더욱重要한것은 그리하야自己품안에서 따뜻한自己의입김으로 덮이고있든人間들은、創造함때에 그는다시 그들人物들을 뎡뎡自己와는딴딴으로 自己의생각한바가처음부터없는것처럼 그人物自體로써發動하게그리는것이다。우에서말한바와같이 作者의냄새가조곰없고 그作者가누구인지 全然히忘却할수있는瞬間과限界에까지 到達할만치이作者는 諸人物들을活寫하여보인다。이곳에서、나는作者의가장높은 作家的素質을發見하는것이다。 다시重複하여말하것같으면 이作者는모든人物들을 自己의품안으로부터 산병아리를 까는格式으로 自己가描寫하는人物自體가되는心境에까지達하면서도 紙面에날아난人物들을볼진대 그에서 우리는作者의그림자도볼수없는이만치作中人物들이 各己스스로 날뛰고있는模樣을볼수가있으니이一見파라독스같은秘密을 作者는이미實踐한지오랬다고하는것은 참으로驚嘆할만한일이다。 그리하야 저른스토리ー가운데서 三人의心理를 서로〳〵가장그럴다싶이 우리들에게感觸케하며 印象의鮮明으로 떠오르는깊은感動을맛보게한수가있는것이다。 또그以上에 그들한部分에서 스타일스트라고하느니만치 作者의 藝術的表現의안마음을相作하여이短篇에한分의間隙도없으리만큼 作品으로만드러노은것이다。 더말할것없이이作家의 新鮮한形容詞、適確한表現스타일 하나도凡避한것이없는言句의渾然한이메ー지를感覺식혀는寫實의手腕 이와같은것이 그內容과附合한곳으로 자라나오는藝術的芳香을우리는배부르게 鑑賞할수가있는것이다。

「乳母」의最後의「푸ー나는연기를내뿜었다 문구멍으로새어든햇살은 마치빨래줄처럼방은 가로질러마른면벽에못박혀었다。자주빛담배연기는 들人산 이루듯햇살을칭칭감고돌아간다。」같은句節을 數多히引用할수가있으니 이와같은가장鮮明한描寫는 모ー팟쌍의短篇에서 흔이보는것과같은가장높은 藝術的語句의表現으로써 그아름다운潤氣를結實하며着色하여주는것이다。 이와같은 푸렛슈한形容詞와印象이鮮明하게날아나는 하나하나式 緊迫하는語句의用法은마치一種의映畫의몬타ー쥬의 그것과같이 우리들에게印象깊은活寫를뵈여주며 또이와같은다이나믹크한文章은 이作者의유니ー크한바가안일가하며 따라서作者의自負와 우리말의豊富한發展을 企圖하는한사람으로써많은暗示를가르처주는것이다。

「두訓示」는 이創作集中의短篇가운데서 가장最後에位置되는것이라고 나는생각한다。 여게있어서도作者一流의휴만패이소스는 依然히流出하고있으며 作品의技巧도그度數를 높이하고있으며 따라價値를 가장質感的으로正確히描寫는하였으나 作品全體의 레ー마의結末即「두訓示」라고題한作者의意圖로써는 너무나全體의調和가「상철」이의죽은때의描寫의迫力에反比例하야逆効果로 날아난것처럼 나에게는印象된다。以上의네편의作品을두線으로나누어본다면 나는、醉作으로連絡되는「두訓示」의線을낫은카ー부로 그리려한것같으면「나는보와잘안다」로부터「乳母」의線을맨드러 높은向上線을그려보고저하는者이다。이에關하야서는 若干한說明이必要하나 인제는 너무나 拔迎하게되였음으로 最後의「地軸을돌니는사람들」과 (이것은中篇이라할것이나)이作者의다른中篇拔篇과를 함게讀了하는때에 合하야批評하여볼가생각한다。

다시생각하여보면 現代文學에있어서는 意向과表現이때따로不均衡하는 狀態에 떠라저있는것은 가리을수없는事實이다。그리하야 인제는 意向을具象化하는데있어서作者의藝術的技巧의問題가、가장重大한것으로 생각되여오는것도어절수없는 必然한일이라고하겠다。그後者인藝術的表現을떠나서는藝術의어떠한內容도 云謂못하리만한緊急한狀態야말로 우리들의文學藝術을前進식히는때이라고하겠으나 그것의過分은또도로혀 過不足은如同一인것처럼 藝術的素材를흐리우게하는罪過로變할것이니 그사이의데리케ー트한心事는 如干큰것이안이라고하겠다。

그런대 이作者의第一큰特徵은 對象에直面하는 方法이반드시完全히消化한것으로써 다사린다는것에 있은것이다即對象을吞下하야 가진後에대야 그의素質的의凝集을作品우에나타낸다는것이다。이와같은心理의 描寫는極히平凡한것처럼뵈우나 大段히困難하다고할것이다 많은作家들이事實과素材에壓倒당하면서 或은素朴한리아리즘에반하고있을때에 이作者는特유하게素材를完全히內體化하며 作者自身의心臟을거수리고나오게하며 自己自身의熔鑛爐가운데서感覺의頂點으로燃燒식힌것으로써만 비로소客觀化식히는데에그의文學藝術의藝術的欲望이 높은點이있지않은가고생각한다。그는그의心情에서圓熟치안은것은 如何히雄大한素材라도 돌보지않고 興味도가지지안는것처럼보인다。그리하야이作者에있어서의素材作者의感情과藝術的描寫는 마치寫眞에있어서의 距里、타임 시보리等의「配合」이 딱드러마진때의그것과같이 露出의過不足이없이 正確한文學을生產케하는것이다。勿論하고 作家는무었을쓰지않으면안되겠다는制限이없을것이며 現代와같은疾風怒濤의時代的雰圍氣가운데에서는 事實素材등心情을馳驅하는것이 數多하지만은그러하야 그것으로부터 스켈의雄大한長篇도많이待望되어야하겠지만은ー그와같은物情으로 緊急히藝術化할수없는境地가있음을누구보담먼저 自覺하는것도어김없이 그의素質에따라賢明한處置라고도할것이다。그리하야 이作者와같이 時代의큰波濤로부터港邊에올여나온 건데기같은身邊雜事에서도 넉넉히 그의藝術的의눈을끼울여가면서 人間社會의眞實과複雜한陰影을 어김없이、샅샅들처 만한진댄消極으로부터의積極을 企圖할수있는例를볼수가있는것이다。「나는보아잘안다」의어린兒孩에對한後繼者로써의 待望醉者」에있어서의孕者의、가장 날근것이면서도 無意識中에도가장

41

새로운것을 바라는全身的의摸索, 「乳母」에 있어서細小한 感情의起伏을背後에折疊하면서 現實生活의가엽슨 風景과 쓰라린社會의한 矛盾에對한휴ー마니티의發露 그作品에서 ー이렇게 생각하자 나는유모를 나물할용기가다시는않났다。그때유모에게대한나의감정이라면 동정이있다。마음속에、울어난정의감이었다。」라고말한作者의柔軟性있는感觸의如實한자태에依하야 우리들이周圍에放置된枯渴한風景에서 다시한번細心의配慮도心情을불태울수가있는것이다。

생각건대 無影氏가人間的立場은 아마 이세넷의短篇으로만보와도 이現實世界의추접한常識과 억울한習俗ー一見새뜻게뵈우는것이라든가困難가운데서 그를反駁하는人間本來의良識과휴마니티를探求하며 그를確信하며 그를助成할여하는데에있은것같이보인다。더말할것없시 그것등이 가장危機에싸였으며 모든것을그正當한位置에서 規則하기가매우困難한이만치얼크러진가운데서 헤그러진실오리를 하나식하나식 푸러나가려는細心한方法으로現實의一部分으로부터래도 더욱有効하게格鬪하려는것이라고말할수가있다。모름시기文學에는 文學의方法이있으며 作家에는 그들의能特한手法이있을것이다。인제야비로소今日의文學은 自己自身을救援하며 起死回生하는意味에있어서도 頭腦로써부터보담은 心臟을通하여 그의鼓動을더욱傳하지안이치못할것을 누구보담도 이作者는 더욱自覺하고있는것이다。그리하야無影氏의小說(더욱그의短篇에있어서)에 흐르는人間本來의아름다운휴ー만한感情은새로운 後繼者를(「내」에있어서) 期待하며 無智한心臟이有智한頭腦보담 나은떼가있으며(「醉香」)그러하야 時代의모든十字架를등너메인犧牲者들로하여곰 限없는憤怒와一掬의哀愁의情을기처주면서 世上의歪曲된風景과習俗과生活의 惡鬼같은醜貌가운데서도새싹으로의眞珠를發見하지안이치못한만큼 높고아름다운그의휴ー만 도큐멘트를創作하면서 새로운世代에向하려는눈물겨운記錄을자아내는것이라고하겠다。

ー(끝)ー

(朝鮮文学 제14호、1937．8)

新刊評

嘉藍時調集

月灘

가람을 가리켜 時調學의 權威요 時調道의 道人이라 하자. 가람당신은「어허, 이게 무슨 소리요.」하고 옷깃을 바[illegible] 가리운 [illegible] 君子나 옵게 겸손한는지 모른 일이지마는 다른 사람은 누구 한사람 오늘날에 있어 學과 道 두가지를 아울더 다른이게 돌리자 피택부리는 인색을 가질재 없을것이다.

또한 가람 당신으로 친다 하더라도「어허, 이게 무슨 소리요.」하고 避席 正色否하여 眞作英傑의 讚辭은 한번 지켜본법한 일이거니와, 설사 다른, 한사람이 있어「時調學과 時調道는 단연코 가람에게 몬려보낼수 없네」한다면 君子인 가람일법하되, 藝術家인 가람은 內心에 勃勃히 霸氣론 가져덜 끔만한 讓步도 주지 않는 氣魄을 가졌을것이다. 왜냐? 名匠일수록 藝術의 시샘은 서리 같은 칼날보다 날카로운것이다.

이렇게 自他가 다 인정하는 巨匠 가람의 詩調集을 紹介한다는것은 등불을 들고 외치는 내 소리가 너무도 微力하여 도리어 無意味한 노릇이다. 그러나 나는 다시 주저할것 없이, 번쩍 등불을 높이든다, 기다리고 기다리던 가람의 時調集이 인제 나왔소 하고——,

조금도 부끄러울게 없다, 裝幀, 詩品! 언제 우리 힘과 우리 정성으로 우리 손에 이렇듯한 高貴한 책이 갑허졌었던가.

소의 걸음 같이 느리고 가깝한듯, 하되, 그 眞實하고 淳樸하고 敬虔하고 부지런한 二十餘年의 큰 勳功은 오늘날 이 珠玉 같은 精粹한 보배돌우리에게 선사하였다.

덥석 색을 받고나니, 「[illegible]」의 古朝鮮活字가 부드러운, 미색 책장위에 아담히「嘉藍時調集」하고 자리잡고 있다. 微笑하여 故鄕을 바라보는듯한 느껴움을 일으킨다. 가루紙일법하되 全州白紙의 보드라운 觸感이 마음을 포근하게 만든다. 책장은 넘기니, 五篇 七十餘首의 典雅한 노래가 차례차례 영롱하게 광채돋아 솟는다. 錦衣詩帖——何마다 二十年 詩節을 지킨 높은 선비 가람의 그림자 아닌게 없나.

다행하다, 가람은 伯樂을 얻었고녀 文章社 아니고는, [illegible]打算을 아니하고 大膽이 이렇듯한 豪華로운 冊을 책가게에 내놓은것이냐.

가람의 時調가 古時調의 形態로 그대로 模倣한데 그친다면, 무엇이 우리에게 모음이 되랴, 우리는 애써 가람을 기다리지 않고, 鄭澈, 尹善道,

金鍾漢、安玟英으로 이미 滿足하였을 것이다.

그러나 오늘날 가람은 찾고 가람을 許하는 所以然은 가람이 新文藝運動 속에 있어 다시한 部門으로 時調를 中興시킨때문이다. 낡은 時調의 옛形式을 洗鍊하여 새로운 現代의 詩想을 집어넣은때문이다. 비로소 古典의 넋은 기름지고 살쪘다.

이렇게 되고보니 가람은 남들이 다 버리고 내던진 千有餘年의 時調遺產을로 命脈을 이어온이다. 오되 頭腦한 修辭만이 아니라, 따뜻한 살과 숨곳을 더잡아 時代와 風雅를 갈고 물고 디딤까지 잘 주었다.

第一篇 自然篇에 있어 「蘭草」는 許多한 古今 時調人들의 숭내도 못내인 名篇이어니와 第三篇 「젖」과「돌아가신날」「그리운 그날」「故土」「시름」「白頭山」篇은 이 時調集의 天下壯觀이다. 「白頭山」의「光陵」、五篇의「碑石」과「비」「문은」 또한 時調集의 壓卷이 부끄럽지 않다.

간단히 三篇의「돌아가신 날」四篇의 「光陵」을 紹介한다.

돌아가신 날

가시던 그날 밤은 해마다 돌아온다
닭의 우는 土의 머억이 서글프고
울고난 그 눈과 같이 지는 달도 밝어라

光陵

깊고 깊은 뫼히 숲도 그리 그윽하다.
반히 트인 곳이 저 아니 光陵인가
허술한 石馬石 머리 지는 해는 잦었다.

외롭고 쓸쓸하기 [illegible]과 어찌하리
해마다 봄이 오면 子規야 우지마는
오르고 눈물을 지는 遊客 하나 없도다.

누구나 세번만 거푸 읽고 가만이 눈을 감어보시오、반드시 다시의 가슴을 주여 놓고 말리다.

(文 章 제9호、1939·10)

現代時調論

曹南嶺

時調라면 陳腐한것이다。古典이다。現代人 내가 그 따걸 할 必要는 없다。養務가 없다。이렇게들 생각한다。時調를 옳게 認識할수 있을 滿足할만한 研究나 論文이 없었기 까닭이다。그러기에 詩人이 小說을 쓰나 하고 小說家가 詩에 붓을 대기는 하여도 이들이 時調에는 아무 關心도 두지 않은듯하다。時調가 不當히 알려진 까닭이다。그렇건만 이를 辯護할 사람이 나서지를 않는다。그도 그렇다。時調人에 鷺山과 曹雲氏가 있더니 鷺山은 숨고、언제나 不遇한 雲님은 역시 不遇에 꺼여 아직도 그 조찰한 貴한 詩魂을 가누지 못하고 있다。그리고 그 藝術로나 時調人으로서나 으뜸가고 唯一이신 가람님은 積極的으로 나서지를 않고 그 藝術만 가꾸시고 있다。이러하여 우리 文壇은 時調가 現代人의 感情에 맞느냐 어쩌냐는 이상스런 問題만 그나마 심심풀이로 論議하여본다。時調를 現代的으로 살리자는 努力은 꿈에도 생각하여보지 않는듯이。

淺識、차므로 淺識을 不拘하고 이 붓을 든 까닭이 여기에 있다。아러저러한、그것은 時調라 일컨는것이 우리 文壇에서 새로운 生命力을 얻어 살아있다고、알아두어 마땅하다고 생각하는 까닭이다。또、時調에 趣味를 둔 분、初學者들에게 조그마한 參考라도 되면 하는 것이다。

『가람論』을 첫째로 한것은、가람 時調를 分折하면 거기에 무슨 法則이랄만한것이 演繹될듯 하여서다。그리고 그것이 곧 現代時調論 그것이라고 믿는까닭이다。古時調가 아니라 現代時調란것이다。

一、가람論

題目만은『가람論』이다。그러나 내가 어찌 가람先生을 가릴수 있을가부냐우하도 精하고 조찬하고 品이 높기를 香氣가 풍기는듯하여 무슨 말이고 면곰이기가 惶悚하기까지 하다。」고 鄭芝溶님도 嘉藍時調集 跋文에서 일렀다。「마침내 時調들이 詩人을 만나서 詩人한테로 돌아오게되었다。비로소 感性의 纖細와 神經의 銳利와 觀照의 聰慧를 갖훈 天成의 詩人을 만나서 時調가 제소리를 낳게 된것이」라고 하였다。내가 어떻게 敢히 이 天成의 詩人을 가릴수 있으랴。「그 時調는 敬虔하고 謙虛함이 이를 읽는 이가 平生 敎科로 삼을만한것」이라고 지용님은 말하였다。그러나 나는 이 時調集을 읽고 神秘한 빛을 보는 때도 있었다。그리고 이 品이 못 詩人의 經典이 되어 마땅하다고 생각하고 있다。이러한 時調를 내가 어떻게 가릴가부냐。

鑑賞이다。나는 여기에、난숙한대로 난숙한 가람 藝術을 時調集을 통하여 鑑賞하려한다。系統세워 分類하여 論하련것이 아니요 이 珍重한 品장을 한장식 제쳐가며 읽고 노오트한 그대로다。하루이틀에 읽은것도 아니요、가람藝術의 향내가 맡고싶은 날이면 읽은것이다。특히 時調에 쏟은 둔 분늘과 함께 힘이 디치는 壓鑑賞하는 동시에 分析하며 그 手法을 講究하려는것이다。서로 손잡고 가람 藝術의 眞髓는 한발이라도 옮아보자는것이다。

×

溪谷

섬세한 觀照는 여기저부터 시작한다。第一首에서 우리는 그늘드 깊은 소나무숲 속에 든다。우리는 가는 잎 은바늘 처럼 어지러이 반짝이는 높은 가지든을 머리 위로 溪谷을 타고 오른다。문득 우리 앞에는 層기와 두어장쯤인 法堂이 나선다。

앞뒤 비인 뜰엔 새도 날어 아니오고
흠으로 나리는 물이 저나 지를 울린다
——第二首 中終章。

지금 내 귀에도 그 고요가 들린다。

自由로운 遊戲를 그런 第四首는 첨부터 自由스럽다。

瀑布 소리 듣다、귀를 막어도 보다——六(二四)七(二五)
돌을 벼개 삼어 모래에 누어도 보고——六(二四)八(三五)
——初中章。

時調의 技能은 自由로운 이 型에서 한층 빛난다。

바위 바위 우로 바위를 업고 안고
—第五首 初章。
높아가는 모양—바위、바위、바위—

大聖庵

고개 고개 넘어 호젓한 山길이다。
휘휘한 山길이다。
검은 버섯이 돋고、성그시 벌어진 城돌틈에 다람쥐가 넘나든다。
묵은 기아쪽이 발끝에 채인다。
詩人은 默想에 잠긴다。올것이 온다。

설레는 바람끝에 구름은 서들대고
검웃한 먼산 머리에 비가 몰아 들온다
—第五首 中終章。

(가람님 눈에는 바람을 바늘로 구름을 동전으로 볼수도 있다。바늘끝에 동전 한잎이 뱅뱅 도는것을 볼수도 있다。第五首 中章 觀照의 妙를 보라。)

道 峰

집세기를 신은 가람님 홑추룸 젖은 모시 두루마기를 바람에 맡기우며 고개를 넘고 비탈을 거널고 덤불을 헤치며、山을 헤매신다。가다가 발을 멈추고 들건너 저쪽을 바라보신다。그러고 섰는 뒷 모습이 눈에 보이는 듯하다。

天磨山峽

으름과 다래덩쿨 아주도 짙은 록음
으늑고 후미한 골에 물이 졸졸 흐른다
—第一首 中終章。

傑作 『天磨山峽』은 이렇게 시작한다。陰音을 살려 으늑한 風景을 여실히 나타내지 않았는가。

어둑한 숲속으로 좁은 골을 벗어 나니
하얀玉 깎아 세운듯 봉하나이 솟았네
—第三首 中終章。

그의 歡喜의 絶頂에서 이 終章과 같은 表現을 한 詩人이 있는가! 傑作 『天磨山峽』은 이렇게 맺었다。「봉하나이」의 「이」 한字가 살았다。

迦葉峯

『天磨山峽』과 맞서는 傑作。完璧의 第一首。외고 외여 보오라。

또 第二首는 音樂의 極致다。—

서대는 다람쥐가 길을 자조 알리우고
잣인 서리 틈에 石楠은 연연하고
젓나무 섞어진 뿌리 향은 그저 남었다

「서대는」「서리」「石楠」「섞어진」 네게 밖에 안되면서도 印象이 깊은 神妙。서성대는 다람쥐가 終章에까지 들락날락하는 그 모양이다。

봉마다 골마다 제여금 다른 모양

—第三首 中章。

中章의 音調는 이型、六(三三)七(三四)이 가장 곱게 울린다。

萬 瀑 洞

大交響樂『萬瀑』의 序曲이다。

골이 안우허메 해도 변양 다스하다

—第一首 初章。

미미히 이는 골바람 되오 상긋 하도다

—第二首 終章。

靑鶴은 어데 갔고 神仙이 따로 없다

—第三首 中章。

조용히 조용히 흐르는 序曲。 그리고 맨 나중 第三首 終章 골새에다가 大交響樂을 살작 감춰 두셨다。 神技다

讚 石 亭

아득도 누긋한 마음 太古런듯 하도다

—第一首 終章。

어두운 굴에 金鋼이 빛이 나고

알섬에 알을 나두고 겨며기도 날어오다

—第二首 中終章。

神秘를 갖훈 作品이 이것이다。 第二首 終章은 그 神秘를 讚揚하는 讚揚隊의 노래 같은 感이 있다。

月 出 山

字數를 살려 型으로 表現한 詩가 이 다섯首다。

금시 바위라도 굴러 나릴듯한 강파로운 사테바기

—第一首 初章。

時調型을 規定한 文獻을 보았는가? 보았다。 그것은 가람時調集이다。 준엄한 月出山이 글에 왔다。—十二(二・一〇)八(四・四)

—만약『月出山』다섯首을 三四三四로 먹었드면 月出山은 새악시의 山이 되었스리라。

第二首 初章。 六(二・四) 九(五・四)

中章。 七(三・四) 九(四・五)

第三首 初章。 六(二・四) 七(二・五)

中章。 五(二・三) 七(四・三)

自由自在이면서 時調的 音律 秩序를 벗어남이 없다。 自由自在이기에 이러한 作品이 되는 줄도 아더라。 根據도 없는 型態에 사로잡혀 表現能力을 스스로 조이고 있는 徒輩에게 보여줄 好個의 作品이다。

蘭 草 (一)—(四)

高雅한 朝鮮 趣味가 향기는 가람님 詩篇가 보고싶다。 詩人의 表現은 宇宙와 融和할수 있다。

가람님은 난초양과 연애하시나보다。 아름다운 詩다。 향내가 난다。

附子 향기는 물미듯 밀어오다——五(一二三) 七(三四)
——(二) 第二首 中章。

簡潔한 型이 高潔한 향을 뿜는다。

이슬 잠은 노래다。구슬 잠은 노래다。(四) 第二首는 節로 妙韻이다。

군소리가 정한 노래를 머려할까 한다。

梅 花

가람님의 感情과 얼려 숙인 野梅花와의 密語다。풀지를 말어라。그 둘만 알되어라。

水 仙 花

한간 방이 이러한 詩나라를 섬긴수도 있다。여기도 音響의 妙韻이 보인다。서비는 다람쥐를「서」音으로 나타낸 가람님은 수줍은 姑娘을「수」音으로 表現한다。

第三首 中章。——
웃으며 수줍은듯 고개 숙인 송이 송이

芭 蕉

꿈에도 따뜻한 내고향을 헤매이고 말었다。
——第二首 終章。

故鄕의 多情을 字數로 表現하였다。「따뜻한 고향」「따뜻한 내 고향」도 좋겠지만「따뜻한 내 고향을」이라 하여 印象이 한층 깊다。가람님께서 스승으로 모시는 黃眞伊의 노래에

어른님 오시든 밤이여드란 구비구비 펴리라

한 句가 있는것이 생각난다。高尙한 朝鮮情趣가 넘치는 作이다。

瑞 香

흐를대로 흐르는 애연한 瑞香에 취하여 곤히 누운 모양이 절로 나타났다。

함 박 꽃

玉 簪 花

가람님의 技巧는 眞과 美에까지 昇華한다。

×

젖

最大傑作『젖』을 읽으시요。일쩌기 이런 敬虔한 詩에 接한적이 있읍니까? 한자 한마디가 이상한 빛을 발하지 않습니까。詩調 技能의 極致인 동시에 자랑히요 自由詩의 이르지 못하는 맛이 있음을 날로 베히듯 산뜻이 證明하지 안었습니까。또、빛나는것은 어쩌 말뿐이겠읍니까。字수를 곱아 보시요。神秘하리만치 이끄는 힘이 있지 않습니까。이 두首 다 三四三四로 되었다고 생각하여 보시요。그 무슨 神妙함이 있겠습니까

나의 무릎을 베고 마즈막 누우시든 날
——第一首 初章。

切切한 情을 자아내는 이 律調。

깜안 젖곡지는 옛날과 같으오이다。

——第二首 初章。

애통함이 이렇듯 절실할수가 있으리까。 깜안 젖곡지에 人生의 香氣가 일면 일수록『젖』의 悲曲은 人生의 哀愁를 이렇게도 애뜻이 부르짖는것이랍니다。——

마뜻한 품안에 안겨 이젖 물고 크머이다

——第二首 終章。

듣자옵건덴 가람님께서는 이 두首를 짓기에 三年이란 햇수를 두고 心魂을 짜셨다 합니다。天成의 詩性이 凝結하고 凝結한 이 두首이 千劫에 빛날 빛을 보오시요 나의——쓰린——깜안——나와——切實함을 表現하는 律調입니다。

뵈더이다——같으오이다——크더이다——敬虔을 表現하는 律調입니다。

終章의 넉자 끝句가 엄숙과 경건의 感銘을 준다는것은 여기서 啓示하여 주셨습니다。

돌아가신날

朝鮮的 情緒、朝鮮的 倫理、朝鮮的 敎義이 이 한首에 넘쳐 흐른다。

그리운그날 (一)

童話的 情調에 그리운 그날이 추억된다 。그립다。차므로 그립다。

그리운그날 (二)

鄕土色이 반갑고도 귀엽다。第一首와 第二首는 가람研究에 貴重한 作品이다。「그날」부터 詩人 가람님은 四圍의 自然 속에서 美를 찾아서는 心醉하였으리라고 볼수있기에다。또 하나는「가람」이라는 雅號에 첫한 열쇠가 여기에 있지 않는가 하는것이다。

故　土

가람님의 故鄕은 全羅이시다。내 동무의 고향은 咸鏡이다。그러나 우리들의 고향에 그 어디가 다르랴。가람님의 心血이 여기에 이르러서는 稀有的 價値를 가진것을 볼수 있다。여덟首의 大作은 우리 고향을 그려 남김이 없다。

시　름

아아 슬프단말 차라리 말을 마라
꿈도 아니고 돌도 또한 아닌 몸이
웃음을 잊어버리고 눈물마자 모르겠다

——第二首。

여기에 한 藝術家가 있다。그는 부르짖으되 한다。그러나 혀가 돌지를 않는다。마마 므므 무무 모모로 찢히는 哀痛을 겨우 풀는다。齊「ㅁ」이 살아 이 時調 한首는 더욱 빛난다。

中章의 五字一句(二·三)은 세찬表現에 適當한가보다。

白墨

老詩人의 苦悶相이 눈에 반뀐다. 藝術家의 最大 苦痛이요 侮辱은 拘束이다. 『시름』과 『白墨』이 빛나는것은 이 까닭이다. 苦悶하는 영혼이 부르짖는 까닭이다.

病席

이 藝術家의 靈魂은 그의 肉身을 떠나서 眞善美를 向하여 飛翔한다. 貴한 作品이다.

×

時調는 정이 高貴한것이다. 함부로 손댈 俗物이 아니마. 가람時調를 精讀한 結論이 이것이다. 前엔 섭사미 지이질듯 하면 時調가 到底히 그리 보이질 않는다. 나는 時調와 점점 멀어져가는것 같다. 멀어져가는 時調를 붙잡으려면 여간한 힘과 努力이 있어야할것 같다.

고곰

혼돈한 病患意識을 分析하되 二十世紀의 어떤 科學者가 이렇듯 鮮明하게 베여낼수 있으랴. 詩의 神筆이다.

詩壇

가람藝術은 不死鳥이다. 「그하나」를 가지고 悶悶轉轉하시는 가람님은 얼마나 幸福스런 藝術家이시냐. 아니 부러울수가 없고나.

古時調에서 볼수 없는 이러한 題材도 영롱한 筆致로 산뜻이 그렸다. 時調가 이렇게 發展하고 있다고 반명하시는 동시에, 우리들 後輩에게 주신 指南作이다.

詩人의 영혼이 어떠한 모양을 하였는가 보고싶은이여, 이 鬼作을 읽으라.

×

周時經先生의무덤

激昂의 交響樂이다. 最高潮에 이른 第二首의 앞뒤에 序曲으로서의 第一首, 에피로오그로서의 第三首. 銳利한 感性이 强毅한 生命力을 얻어 躍動하는 모양이 내여다 보인다.

序曲은 온정한 描寫부터 시작한다. 그러나 끝 終章에서 悲曲은 흐른다. 갑자기 高潮된 感情과 그 調與의 力作——

한손에 모래 알을 움켰다 뿌려도 보다
고개를 숙이고 잠자코 서서도 보다
발밑에 엉기어드는 개아미를 놀리오

——第二首.

그리고 第三首의 無限에의 回顧. 그 調和된 品을 보라. 型을 보자. 第二首 初中章 二句 後半이 다섯字식이다. 펄펄 뛰는 感情의 모양이다. 그 氣勢가 終章에선 最少限의 字數 「엉기어 드는 개아미를 놀리오」라 하여 사뭇 풀이 죽는다. 音響의 關係도 있지만 이 强弱의

對照가 이 詩를 빛낸 第一條件이 되었다。

第三首는 丹心調다。그러나 그저 古調를 본딴것이 아니다。周衛한 感性의 淨化를 거쳐나온것이다。大創造詩人 가람님이 古調를 摸似하였다고 어찌 믿어지랴。내가 믿을수 있는것은 丹心調를 修辭的으로 썼다는것이다。第二首의 高潮된 感情의 餘韻으로써 이 丹心調가 유난히도 印象깊이 銘心되는것도 그 巧妙한 手法때문이다。

光陵

나는 단 무首이 時調를 뭐라 이를지를 모른다。

나는 이 보배같은 作品에 對하여선 아무 말도 안쓰기로 하겠다。

내가 이 傑作에 對하여 말할수 있는 點은 꼭 하나밖에 없다。그것은 이 노래를 읽을때마다 이상한 힘에 흡며 뜻몰은 感激이 치오르고 저도 몰으는 눈물이 어린다는것이다。

『젖』에서 한 말을 訂正하여야 하려나보다。『젖』과 『光陵』이 最大傑作이라고……。

石窟庵

藝術의 殿堂 石窟庵을 沈默으로 頌하는 傑出한 序曲이다。歎息와 感激이 잦은 숨 걸걸음치며 오고 오고하누나。

扶蘇山

지는 꽃이슬은 느껴운 눈물 갖고
古木에 우는 가마귀 저도 맘을 죄나니며

——第一首 中終章。

가람藝術의 勝利다。天賦의 感性이 아니고 어찌 이만 句를 지을수 있으랴。이어서 時調의 勝利 第二首。三章 一首에 百濟 가서 千三百年、꿈마다 흥망의 숱한 歷史를 남김없이 말하지 않았는가。

가람藝術의 勝利다。한번 더 외여보자。

梅窓 뜸

읽고 또 읽어도 외고싶은 詩句——!

한줌의 향기로운 이흙 걸러지지 않는다。

——第一首 終章。

외고 나면 뜻몰을 安堵에 가슴이 후련하여지는 詩句의 鬼傑이 여기에 있다。

생각하면 眞作든 스승으로 모신 가람님이 여기 梅窓의 무덤에 서서 얼마나 한 感慨에 잠기셨을지。이 부끄러운 아름다운 향기로운 時調 세首도 그 感慨의 所産이리라。

老石의 涅槃
昇仙을 보내며
國源을 묻고

追　悼(一)(二)

가람님의 다정스런 손이 巨人이 되어 山中 쓸쓸히 누은 知己 親舊의 묘등을 어루만지며 그들의 神經을 위로하고 편안하기를 祈願하다가는 절절한 애충에 괴로워하시는 양이 눈에 떠오르다싶다. 어느篇 어느首가 더 잘되고 절절하다고 이를수가 없고나. 모다 妝處하고 정이 넘치기에다. 終章의 넉자꿈여가 눈에 띠인다.

죽　음

藝術家로써의 生死觀은 또렷이 그러낸 妙筆이다. 『詩庭』와 맞서는 傑作이다. 거기서 藝術家의 諦觀이 苦悶하고 헤매이는 양을 여실히 그린 가람님은 여기서 영혼의 價値를 高揚하는 동시에 肉身과의 中和를 讃頌하여 마지 않는다.

가장 사랑하는 그 육신을 벗어 나서
외로운 너의 영혼은 그어데로 가랴느뇨
——第二首 中終章.

時調에 抽象的 題材는 없었다하여도 무방하다. 새로운 傳統을 세워주신 가람님이 처음으로 쓰시되 『詩庭』『시름』『죽음』등 傑作을 보여주셨다.

怪　石

怪石의 妙致는 바로 技巧의 極致다. 時調를 배우려는 이가 두고 두고 맛볼 貴物. 왼수록 맛이 울어난다. 技巧가 이 지경에 이르면 生命은 얻었다 할것이다. 이 點에서도 가람님은 마른 詩人이 몇이랴.

第二首 初章이, 第一首 終章의 妙句를 받고, 또 第一首 初章,

그 얼굴 그 모양을 누가 탐탁다 하리

에 그 調를 맞춰서

차고 澹泊한 누가 귀엽다 하리

라고 나오는 妙味. 그리고 그 屈에

……저의 탓은 아니로다

라고 斷定하고 끝더서는 妙味. 당신은 世俗의 眞理를 이렇게도 자미가 진진하게 그린 詩를 읽은적이 있습니까? 이런 詩만 읽고 산다면 절로 命이, 길어질듯 하지, 않습니까?

물

물에 시든 水菊 그늘도 엷어지고
——第一首 中章.

쨍쨍한 여름 볕 그늘이 짙은가 엷은가 되생각하여 보라. 銳利하고 正確한 觀察에 놀랄수 밖에 없으리라. 고오——병아리가 모이 찾든 고개를 자치고 사뭇 덥.다는드시 원발로 서서 쉬는 모양이 눈에 서언하지 않는가.

바　람

별

구 름

深長한 그 뜻을 읽어라.

詩人 가람님은 이렇게 말한다.

落 葉

솔솔이 바람이 치는 벌써 가을이구려

——第一首 終章.

古時調를 갖고 새時調를 律하려는 이여, 이 한篇, 아니 이 한章만이라도 읽어라.

바람이 자고 달은 고히 비쳐 들고

——第三首 中章.

一句 五가 보통 같으면 一三三일것이, 三二一가 되어 斷想片片 그 맛이 더난다.

풀 버 레

해만 설픗하면 우는 풀버레 그밤을 다하도록 울고 운다.

——第一首.

아름답다 이 詩句! 외고 윌수록 풀버레의 音樂처럼 自然스럽고 단조롭고 귀엽고 구실같이 울리는 말! 말정이 이 冊중의 珠玉篇이다.

옛것과는 좀 다르나 三章一首 틀림없는 辭說時調다. 辭說時調의 發展方向도 이렇게 알려주신다. 形式에 사로잡힌 徒輩에게 藝術家의 精神과 勇斷을 보여주는 한 首다.

소 나 기

가람 時調에서 歸納한 時調 機能의 큰것의 하나는 描寫다. 소나기 風景이 이렇게도 鮮明히 描寫되었다.

비 (一)

자비한 마음이 엿보인다.

비 (三)

洗鍊된 詩想과 手法. 一般詩人의 編鑑이다. 까고 다듬고 보태기를 이와 같이 하여야 참 詩가 되는줄로 안다. 이 平首의 一字一句 어느字句가 무슨별이나한가

우 레

「이게 아름답다는 詩야?」 이 辭說時調 한篇을 이렇게 모함하는 이가 있다면 그 輕薄함은 이에 더할수 없으리라. 藝術作品이다. 우레의 印象은 이렇게도 영검스럽게 表現한 詩句를 보았는가? 제임스·조이스는 直接 擬音을 하였다한다. 그건 新奇할 뿐이다. 이는 그런 천함측한것이 아니다. 참 表現이 무엇인가를 보라.

한껏 찌고 우리고 나무 뵈 하나(나따난) 까땍 없고(엄죠) 돈는담 연홍시 갈고(가죠) 마른 번개는 오락가락한다(오라까라간다)——初章.

辭調가 고르지 않다. 이것이 이 詩 『우레』다. 우리

는 딱딱한 그 音으로 우레가 올라오는것을 안다。이옥고 本格的 우레다。들어라。

짓궂은(지꾸즌) 바람 급자기(급짜기) 일며 굵은비 마구 뿌려 앞뒤(압뒤) 창을 두드리고 우루둥 우루둥 벼락이 나려 치고 편쩍 편쩍 불칼을 휘날린다。

시시각각 변하는 우렛소리다。이야말로 참 Art 가 아니고 무엇인가。그리고 갑자기 强激音 줄어진 다음 終章。호젓하여진 인터벌、우레 우는 밤의 雰圍氣를 鮮明히 상상시키지 않는가。어느程度의 藝術作品인가 짐작이 가리라。

밤 (一)

어스름 저문날 누구지 가람님은 불러、가람님은 성모르로 돌아가 보신다。재넘어 오는가 솔숲새로 솟은 달 저놈이다。

밤 (二)

밤의 精靈과 詩人 가람님의 靈魂이 融合하다 갈리이다 서로 부르다하는 모양을 보아라。

봄 (二)

노근노근한 봄날 삽짝 넘은 뜰의 한가와 고요가 보인다 보인다。

여 름

「피알벗고 銀裝刀 차는 셈으로」사시는 先生宅 여름 風景이 여기서 整理된다。

좁고 낮은 집——그러나 어덴가 품이 있고 빛나는 詩人의 집。대문은 여기。달고 다는 돌담이 이렇게。花草밭은 저기。그 한구석에는 花草 주려는 물을 담은 독。——『여름』

花草밭엔 시든 水甕。가드기 버레 인고 거미줄이 날이인 葡萄나무。고개를 돌려보면 담을 넘어 가지를 날인 나무들도 보이고、뒤안에는 숲으막한 언덕이 있는 집이다。——『뜰』

또 花草밭엔 鷄冠花。뜰엉 한머리에는 花분들이 줄지어 놓였다。——『소나기』

그 분들은『蘭草』『芭蕉』겨울이면 가각시는 뿌리만 심구인『水仙花』그리고 맨구석엔 數年을 기드다 외로 떤어두어 얼려죽인 古木된 野『梅花』분을 이적도 아까운드시 간직하여 두셨으리라。

葡萄나무는 뜰을 헐어내고 심은 놈이다。——『葡萄』

그 욱어진 녹엽 아래 으느기 숨어있으면서도 행여나 뉘타 알가봐 향기마자 없는 함박꽃이 송이송이 제여금 수줍은드시 고개를 절로 숙이고 있다。——『함박꽃』

좀 떨어져서는 瀟洒한 美人『玉簪花』색시。이러한 가람님宅 뜰이 눈에 보이는듯 하다。가서 보면 정영이 더하더라。

(註—「피알벗고云云」筆者에게 주신 先生님의 편지.)

戲題 (四篇)

初學者에게 作法— 構成과 技巧를 가르키는 作, 열여섯首다. 그중 자미진首.

곱게 자라난다 맨드람이 맨드람이
머리에 돋은 鷄冠 알어나는 분꽃 같이
옥어진 파란 잎들을 사르란듯 하여라.
——(四)의 맨드람이.

童謠를 부르는것 같다.

맨드라미가 맨드람 맨드람 자라나는것같다. 빨강 벼슬이 파랑 잎들을 사르라는듯하다. 童謠를 부르는것 같다.

가람님의 韻律觀에 관해서는 뒤에 이르겠지만, 가람時調를 읽고 특히 눈에 뜨이는것은 以上 여러군데서 指適한 바와 같이 諧音(音階)의 妙를 얻은것이다. 語感이 詩의 生命이라는 意味의 말을 가람님 自身 어데선가 하신것을 생각한다. 동시에 最近 가람님 편지의 一何節이 떠오른다.—

「두어달 전부터 李王職雅樂部에 두어時間을 얻어 단입니다. 본래 歌樂을 좋아하므로 이 戲作에 文學은 시작하였습니다.」

나는 가람藝術이 久遠에 자라기를 빌뿐이다.

以上「가람論」이 「時調鑑賞篇」임을 알았을줄 안다. 보통 같으면 맨 나중에 鑑賞法은 씀이 옳겠지만, 첫째로 같은 까닭은 앞에서도 言及한 바와 같이 가람 時調를 分析하면 現代時調의 理論이 演繹될듯 하여서다. 나는 그것을 解說하고 더 分析하고 또 깎고 다시 보대서 이어 『時調概論』『型態論』『韻律論』『文章法』等을 쓰려한다. 그러기에 比較的 많은 종이도 아끼지 않었다.

또 하여둔 말이 있다. 讀者 가운데 어떤분은 봐로오의「詩學」第一篇百九十三行—百九十八行「詞詔쟁이는……云云」을 들어, 내가 以上에서 傑作 神作 完璧만을 부르짖고, 여기, 이點, 이것이 不滿이고 欠點이다라는 말 한마디도 안쓴것을 不平한것이다. 내게도 疑心되는 것이 있기는 있다. 文章法에 관한것이기에 거기서 만하겠지만 떼어쓰기의 틀린곳이 몇간데 보인다는것이다. 그러나 그밖에, 내가 들어낼수있는 欠點은 나는 찾질 못하겠다. 내 藝術이 가람님의 그것에서 너무나 동떠러졌기에다. 그리고 讀者여러분도 그러하시리라. 讀者는 玉같은 가람藝術에서 티끌을 찾을수 있을른지도 몰온다. 그러나 讀者여, 그대는 그 무엇으로 그 티끌을 집어내며, 그 무엇으로 그 자리를 닦으려는가?

—「가람論」끝……다음「時調概論」—

(文章 제19호, 1940·10)

동무를말함

李北鳴君

李 海 月

李北鳴君을 말하기에는 내가 아마 第一不適任者일것갓다。君과는 만날機會가 만흘뜻하면서도 그만 昨年봄에야 李巴村君의紹介로 비로서 初對面의人事가 잇섯다。이러케 交遊의歷史가 깁지못한 나로서 李君을 말한다는것은 眞實로 難한일이 안일수업스나 그가 나를찻고 내가 그를차저 面接할만한 機會도 五六次잇섯다。그리하야 지금은 서로 떠나지못할 友情을 맷구잇다。

李君은 咸興에서 나서 咸興에서 자라난 咸興이 나은 小說家다。君의 經歷談을 들어보면 막심•고리키를 聯想케한다。咸興高普를 맛치고는 興南窒素肥料工場에 들어가서 滿三個年동안 職工生活을 하엿다。그의 作品이 만히는 工場을 背景으로하고 工場에서 材料를 取하게되는것은 이때문이다。工場•수面三時、어리석은사람들、窒素肥料工場등은 다 이工場生活體驗속에서 울어나온 作品이다。그後 그는 韓雪野氏와 한께 放서 XX誌編輯에도 關係가 잇섯고 또 한동안은 日報記者노릇도 하엿다。

李君의作品을 다 읽지못하엿거니와 내가 알기에는 이미發表된것이 二十餘篇이고 아직은 發表못되리라고 생각되는 作品도 만타。그는 間或 日本雜誌에도 寄稿하는바 지난五月에는 「文學評論」에 「初陣」이라는 小說을 島木健作의 推薦으로 發表햇다。日本文壇에 好評이 만엇다 한다。

지금은 長篇小說 「黃昏」을 創作中 여간苦心을 안하는모양이나 이 가을안에 完成될것이다。

君의創作時間은 대개午前中이고 一篇의小說을 構想함에는 적어도 初産母의 苦心을 겪으며 그럴때에는 으레이 頭痛症까지 걸린다고한다。그러나 테ー마가 잡히면 하로에 七十頁以上의 原稿를 쓰는 精力家다。그리고 여름보다도 눈오는 포근한 겨울날이 創作에 조타고한다。

한가지 特記할일은 그는 文人으로의 훌륭한 소포츠맨이라는것이다。運動은 무엇이나 다 조아하지만 그중에도 野球는 그의 長技다。朝鮮에 잇슬때에는 늘 朝鮮의 花形投手엿다。文人으로의 스포츠맨은 金基鎭君外에 우리李君이 잇슬뿐이다。

君은 언제던지 健壯한 體格의 所有者이다。호리호리한키에 伸折顏을 누르고 케비로를 쓰고 나설때에는 얼는보면 西

人 갓다。그러나 동무와 談話할때에는 극히 [illegible]하고 柔順한 微笑가잇고 좀 두드러진 눈에는 愛嬌가이 다。

李君은 二十七歲의 未婚者이다。體格도 상당이 바르모양이나 아즉 結婚하지 안는데에는 重大한 理由가잇다。그는 眞摯的家庭夫人보다도 가장 藝術의 참된同伴者를 求하기 때문

다운 溫雅이 잇는데 이는 文人치고는 別노 업는이 업스니 따이 숨될것은 업다。

숫으로 나는 李君이 더욱더욱 向上되여갈 悠遠한 將來를 期待하는同時에 君의 思想과 作品의 傾向에 對하야는 여기에 숨쳐 略한다。

八二十七日

(조선문단 제25호, 1935.12)

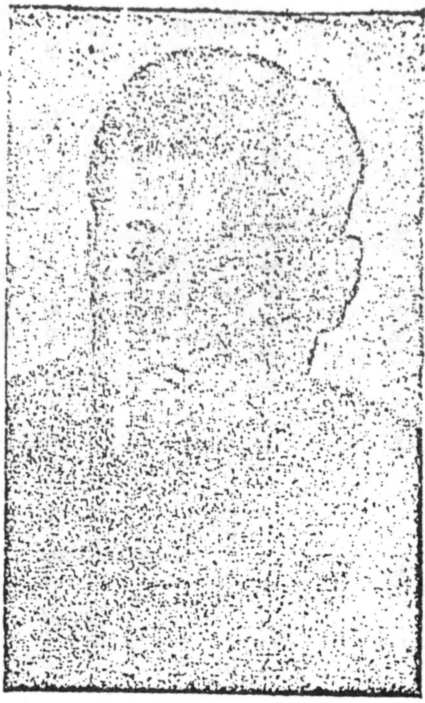

(寫眞은李明北君)

이다。

何如든 그의 結婚때이 너무 遲延한 外닭이다。

동무를 말함에 長點을 말하는동시에 短點는 업는듯하다。第一에 短點가 만흔이라면 나의 交遊될벗이 될수도 업거니와 구태어 紹介할必要 조차 업을것이다。그의 短點라면 잇

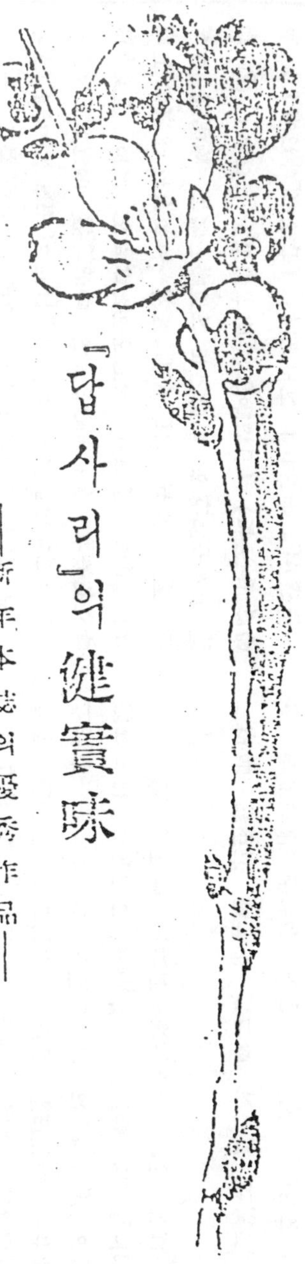

「담사리」의 健實味

―新年本誌의優秀作品―

白 鐵

編輯部의 囑託은 本誌新年號創作評 이었으나 新春誌의創作評을 他誌에 썼기때문에 그全部에 對한評을 쓰지못하고 그中에서 李北鳴氏의「담사리」에 對하야는 낀바를 比較的仔細하게 적어보려고한다。

「담사리」는 本誌 創作欄의 力作일뿐아니라 新年誌와 一般作品中의 優秀한 勞作이었다。나는 特히 勞作이라고 부른다。왜 그러냐하면 내가 이 作家의 短篇을 읽은記憶으로 이 作品을 對할때에 氏의 過去의短篇사이에는 커다란 距離가 있어보이고 그 上達된 距離는 作家李氏의 莫大한 努力에 依하야 精進된것으로 感激되는 까닭이다。한作家에 對하야 失望을느꼈든 記憶을가지고 精進된作品에 對할때의 感激은 實로적은것이아니다! 또한 作品評을 쓰는者의 기쁨의하나는 이런곳에 있는것이아닐까?「담사리」는 이달의力作이다! 여기서 내가 本誌의 여러短篇中에서 오직 이作品 하나를가지고 具體的으로感想을 적으려고 하는것도 그 感激된 意義를 表하려고 함이다。

그러나 여기서 나는이作品의 優秀한點 그 精進된것에대하야 言及하기前에 이作品의 缺點으로 느낀 短片을 먼저 指摘해가려고한다。먼저 缺點을 指摘하고난後에야 安心하고 그 優秀한점을 말할수있는때문이다。

이作品뿐이아니라 李北鳴氏의 모든作品을 對하는데

눈에 거슬리는것의 하나는 地名 그他의 名辭를 S라든가 T라든가의 外國語의 알파벳트의 文字를 代用하는것이다。여기서도 S지방이라든가 H地方이라든가의 數多한 英字를 使用하고있으나 그처럼 이作品의 文調를 캐트리고 作品의印象을 不自然케하는日은 없다。作者는 웨 조선 固有의 일홈을 이 英字代身에 부칩을 꺼리는것일까? 나는 여기서 그 英字를 쓴 名辭가 極히不自然한 代身에 이作品의 一部에서 婦女의 別名을 「악돌」이 或은「박돌」이라고 부를때에는 퍽自然스럽다는것을 對照하야 말하고싶다。地方이나 堤防일홈도 作者가 꼭 觀而할수있는 朝鮮的인 特色으로 表現하는것이 可할줄안다。名辭뿐아니라 形容文句같은것도 그러하다。이作品의 一場面에서 作者는「콩크리ー트같이 융통성이 없다」고 쓰고 있으나 作者는 웨콩크리ー트代身에 「바위같이 융통성없다」와 「한미돌」代身에 「한석자 가량」이라고 表現을 하지않었을까?

지금말한것은 朝鮮말을 써여야할경우에 外來의것을 쓰는때에 오는 어색한점이어니와 그밖에 같은 조선말의 取捨에 있어서도 特히 形容辭를 取해놀때에 作者는 語感을 서뿔리쓸때가 적지않다 이作品中에서 例를들면 「욕심이 「하늘하늘」올라올랐다」 「무거운 한숨을 「나뿜었을」뿐이다」 「호박모가 「그리웁다」」(傍點ー自)等의 적지않은 例를 들수있거니와 이런것은 모도가 그 場面場面의 情狀을 形容하는데 適當한 文句들이 아니다。이밖에 文章가운데 經濟學說의 論文中의 生硬한 文句가 그대로 튀여나오는境遇 例를들면「이지구 地區)가 비약적 발전을 한것만은 사실이다」「외래 자본의 진출역에따른 K읍 대화학비료 공장의건설 기하급수적 증가를 보이는 H시부의인구 소시민과 소자본가의 필연적 대북!」等等의 場面도 文學作品의 場面답지 못하다。以上의 指摘한점에서 作者는 一定한 反省을 가지고 考慮하며 적지않은 努力을해주기를 바라고저한다。

이러한 部分의 缺點에 比하야 이作品은 청신 豐富한 內容과 成果를 거두었다。優秀한 部分이 缺點보다 크게 勝하다。

그 優秀한點과 豐富한 成果에 對하야 말하려고 한때에 作品에 따라서는 一場面 一場面을 뽑아서 그 長點과 빛나는곳을 指摘할수가 있다。하나 이作品에 對하야는 그와같이 팟듯한 一場面을 代表的으로 取하야 優秀한것을 短片과 短片에서 삽어내기는 困難하다。

좋은 場面과 빛나는 短片을 가지고 作家의 天才를 볼수있는 作品은 大概 그 作家가 技巧와 文章내

빛나는 才能을 發揮하는 境遇요 또는 作品世界에對한 印象도 能히 短章으로 結晶시켜가는 作家의 境遇다. 그러나 李北鳴氏는 文章과 技巧에 天才的인才能을 가진作家도 아니요 作品世界의 印象도 短章가운데 統一하는 타입의 作家가 아니다. 作品世界에對한 印象은 銳利한것보다는 遲鈍하고 幾何的인것보다는 反復의 連絡과 延長에依하야 困難한努力으로 印象을 統一하는 作家다. 그의 技巧는 빛나지않고 그의 文章은 素朴하고 修飾이없다. 따라서 이作品이 力作인 點도 그것은 이作品의 一片一片이 燐光과같이 빛나는 곳에 있는것이아니라 그全面에 浸染되여 있는 地味스럽은 히미한 光彩에 있다. 이作品에서 讀者가 얻는 感動이 있다면 그것은 一時의 發作的인 激動에 依하야 받는 숨이 가쁠듯한 激感이아니고 긴時間을 두고 肉體를 肉迫해오는 執着的인 壓力이다. 讀者가 미처 豫想하지못한 空虛를 逆襲하는때에 오는 意外의 感動이아니고 미리부터 豫想하면서도 避할수없는 重力으로 體內에 받어되리는 宿命的인 影響과 같은것이 있다.

大槪의 作品에 있어는 그作品의 어느部分에 든지 반듯이 作家의 放心한 흔적과 粗忽한場面이 보히는 것인데 이作品에는 前後를 通하야 그러한 精密度가 없고 온갓部分이 同一한 重量과 同等의 構成을 가지고 뻗어갓다. 質朴한 讀者는 누구나 이 作品의 背後에 作者의 執着的인 根氣와 一貫不變한 緊張味가 筋骨과같이 貫流되여있는것을 느낄것이다. 말하면 이 作品의 優秀한點은 作者의 素朴한 直情性과 不屈한 努力과 安息을 모르는 勤勞우에 일우어진 健實味에 있다. 健實한것 徹頭徹尾 堅實한곳에 이作品의 成果는 거두어저 있는것이고 이作品에 나오는 作品內容이란 極히 單純하다. 都市와 連接한 마을의 조고마한 에피소ー드라고 할까 그마을 堤坊우에 담사리와 호박모가 심거진다 그담사리와 運命을 같이 하고있는 人生 그담사리와 그 人生의 悲劇을 그린것이 이 作品이다. 이作品이 그와같이 單純한 事件을 內容으로 하고 있으면서도 이作品의 印像이 單調 稀薄하지않고 도리혀 一種의 複雜한 屈曲은 느끼는것은 그단순한 作品事件우에 그려진 人物性格과 氣質의豐富性과 그들의 愉悅 悲樂이 現實的的 影響과 어우러저 發展 屈曲 展縮되는것을 그려갓기때문이다. 老主人公 「호롱영감」은 담사리와 호박모을 끔즉히도사랑한다. 人間보다도 사랑한다. 自己生命을 내놓고는다른 사람의 生命보다도 그담사리와 호박모를 사랑한다. 웨그러냐하면 그담사리와 호박모에 自己의 生活

의 全希望이 걸려있고, 自己의生命이 달려있는때문이다。그는 그 답사리와 호박도때문에 堤坊을 방황하는 개무리를 저주하고 隣人들과 싸우고 맨나중은 自己의어린아들인「경득」이에게까지 憎惡를 받게된다。답사리때문에 여기서 父子의 情誼는 物質에대한 愛着心以下에 떠러진다。

이러한 場面을 追求하는데 있어 「답사리」에 對한 作品評가운데서 懷月은 이 作品의 테마가 新舊의 對立에 있는데 「호룡영감」에 對한 아들「경득」의 關係 그 關係에 對한 追述이 여기에 나타난것에 머커지면 경득의 아버지에 對한 不孝밖에 나선것이 없다는말을 했으나 여기에對하야는 나는 懷月과 意見을 달리하고 있다。무었보다도 나는 孝道라든가 不孝라든가의 道德性인 意味에서 文學의 어떤價値라도 決定하는것은 우리들이 取할 態度가 아니라고 본다。우리의 因襲道德으로 보아서는 惡이고 不良한것임에不拘하고 文學에 있어는 善이고 眞인 境遇가 얼마든지있다。그리고 이作品에 있어도 그 不孝된점이 한편으로보면 이作品을 살닌 한樞軸이 되어있는줄 안다。여기서 내가 말하고싶은것은 그 不孝된 점이 道德에 背馳되는데서 보지않고 感情感覺의 論理性우에서 이ー作品의 發展을 바라보고 評價하는때다。例를들면 맨나중場面에서 「경득」이가 늙은아버지와 춘영감들에게 對하야 「풍을먹고 모도 죽어라 모도죽어라」하고 叫呪하는 場面이 있거니와 이것은 道德의 標準으로보아서는 容恕할수없는 言辭이나 感情의 論理로보면實로 合理的이고 自然스럽다는것이다。事實이 過程에있어「경득」이가 자기 아버지의 원수를 갚고「풍」이란 개의간을 求함으로서 아버지의 重病을 고치게할決心을 가지고 집을떠날때에 있어 道德的인 테ー마를머리에두고 그것을 생각할때에는「경득」이가 그 道德的인決心 그 孝心을 나종까지 貫徹함을 豫期할것이요或은 社會的、階級的인 테ー마를 머리에두고 그 場面을 豫想할때에는 그개를죽이는 事件을通하야 階級的意識와 反抗을 豫想했을는지 모르고 또그렇게보는것이 우리들이 近世에 흔히 생각하는 定例요 作品을 評價하는 一般的標準이었다。그리고 그 標準이란 具體的情慣을 빼여놓고 標準 그것으로만 볼때에는 그것이 언제나 社會的 意義도서 正當하다는 것이다。하나 文學作品에 있어는 그 社會的인 標準의 一般的인 公當性과 往往히 矛盾的으로 發展이되는데 도리혀 文學的眞實이있다。即 感情的論理가 公式에 對하야 反逆하는 一例다。그리하야「경득」은 의례히 미워해여야할 敵의 개를 가엽시 여기고 同情하고 온고 나중는 도리혀 자기아버지를 咀呪하게 되는것이다。이것은「경득」이가 日常에 있어 그 개를 사랑한 事實과 죽이려간「경득」을보고 도리혀반기는 表情을 가지는 그 無罪한 動物을 생각하면 그場面의 경득의心理變遷이 極히 自然스러운것을 理解할수 있을줄안다

나는 作品에 있어 社會的 階級的 意義를 主張하는것을 不可하다고는 보지않는다。아니 도리혀 一般的으로는 主張하는곳에 作家의 眞實한 人生觀이 反映될줄 믿는다。하나 作者의 그 社會觀이란 作品에있어 살어질 場面과 그렇지못한 場面이있다。그意味에서 作者가 重要한 天才는 그人生觀 社會觀을 作品우에 살리되 그것을 살리는데 適當한 場面과 適當치못한 場面을 賢明이 區別하고 取擇하는데 있는줄안다。말하면 이 場面에 있어서는 一 社會的意義를 살린 場面이 아니고 도리혀 그一般的인것과 反對로 發展한곳에이 作品의 좋은점이 있었다。그代身 이作品 가운데서그 社會的階級的意義를 살리는데 適當한 場面이 있다。그리고 그場面을 잘 發展시키지 못한곳에 이作品이크게 失敗한곳이 있었든것이다。그것은「直룡영감」이 堤坊우에서 개에게 물리는場面과 다음에있어「경득」이가 百貨店에서 解雇되는 두場面을 잘連絡을시키지못한곳에 있었다。「경득」이가 百貨店主人의 아들「창수」에게 트렁크를 때았기었다는 조고마한 失敗 더구나 그것이 本意의 行動이 아닌것이 分明히 나타나있는데 百貨店主人은 그것을 창수와의 共謀로 몰고 解雇를시키는 場面이 讀者에게 不自然하고 어색하게보이는것은 그場面을 前場面과 잘 連結시키지 못한곳에있다。그前場面에서 百貨店主人이 개에물린 報酬로「直룡영감」에게 돈二圓을 주면서도 內心으로는 그때의 直룡영감의 行動에 대하여야 괴심한 不快를 가지게하고 그 不快가 資本家的 傲慢性과 惡意임을 暗示해두고 그뒤의 解雇場面을 읽는 讀者의눈앞에 그 前場面의 光景을 聯想시켰다면 여기서는 좋은意味에서 社會相이 表現되는 同時에 이場面의 不自然한것을 妥當히 救해냈으리라고 생각한다。

舊와 新을두고 이作品의 테-마를 생각해 본다면 그것은 舊와新의 對立에 있지않고 純全히 舊에 對한것에있다。웨그러냐하면 여기서「直룡영감」만이 舊의 人間이 아니고 그의아들「경득」少年도 亦是 舊에屬하는 人間인때문이다。나는「경득」은 어데서나 새로운 人間을 代表한性格을 보지못하였다。

하나 이作品이 全혀 舊를 그렸다고해서 作品의價値는 조곰도 減殺될것이없다。作品테-마에 萬一 積極的意義라는것이 있다면 그것은 반듯이 明確한形式으

로서 新과舊 또는 上과下를 對立시켜서 舊와上에對한 新과下의 優越한점을 提示하든때에만 있는것이아니고 그 積極的인것은 舊만을그리는데도 얼마든지 表現될줄안다。그意味에서 이作品은 徹頭徹尾 舊에執着한作品이다。

그러면 그 舊는 이 作品에있어 어떻게그려젔는가? 物質的인 奔異가 現代의、人間性을 畏縮시키고있는 世代에있어「五룡영감」은 그 畏縮을 極度로 當한一種의 狂癖의老人이다。그老人은 普通人間이 의레히 가져야 여할 隣人사이의 人情이라든가 甚至히 父子의 情까지를 모르는 人間이다。그리하야 몬저도 말했거니와 그는 호박 와 「담사리」몇대 때문에 隣人과 싸우고 자기의 사랑하는 아들을 때린다。그러한 人間的인不孝를 作者는 다음과 같이 말하고있다。「아버지는 후닥닥 뛰어 이러나드니 아들의 중의머리를 보기좋게 두번、갈겼다. 그것은 살기위하야서는 물질외에는、너같은것도 쓸데없다는 최후의 울분과 이상 더참을수 없는 분노의 폭발이었다。그러나 아들을 따리고 난 다음순간 아버지는 몹시 가슴이 아펐다。죽지말자고 한일이 아들에게 까지 미움을 받고보니 그「죽」이형.치있다면 독기로 패어 버리고 싶었다」라고。

그意味로서 物質·的인것에 依하야 變態的 奇癖을자기 性格으로한 「五룡영감」의 性格은 始終에 있어잘 나타 나있다。다만 그 性格描寫의 一部로서 紙質의表現은 「五룡영감」이 너무 創作的으로 解說을 마하고 興奮이 爆發하는데 若干誇張된것이 있는듯 하다「五룡영감」에 比하면 少年「경득」은 充實히 그렸다고 볼수없을른지 모른다。하나 그 狂癖에 가까운 老父의行動에 대하야 純眞한 心情으로 바라볼때에 그가 自然히 一種의 憎惡를 느끼는것은 當然하다。웨그러냐하면 그少年은 자라난 環境이라든가 그의 教養이 그아버지의 狂癖과 頑固性뒤의 現實的 意義를 洞察하지못하는 오직 순진한 少年인때문이다。

그밖에 短片的으로 登場되는 모든人物들에 대할때에 우리들은 모도가 自然스러운것을 느낀다。

作者 李氏는 『담사리』에서 그가 過去에 取하든 그이지보잉만 態度를 버리고 努力과 健實을 보였으며 前作의 平面的인 追述에 더저지지않고 그前作과 現實보다도 그우에 싸어진 人間性의 屈曲과 愛憎의發展에 注力하는데서 이作品을 成功的으로 살렸다。이후에도 作者는 『담사리』의 水準을지키고 또 그水準을 突破하기를 나는 期待해서 마지않는다。

(朝鮮文学 제3권2호、1937·2)

477

李箱의 片貌

朴泰遠

내가 李箱을 안것은 그가 아즉 茶房「제비」를 經營하고 있었을때다。나는 누구한테선가 그가 高工建築科出身이란 말을 들었다。나는 常識的인 椅子나 卓子에 比하야 그 높이가 折半밖에는 안되는 畸型的인 椅子에 앉어 店안을 둘러보며 그를 괴팍한 사나이다 하였다。

「제비」 헤멀숙한 壁에는十號人物型의 肖像畵가걸려 있었다。

나는 누구에겐가 그것이 그집主人의 自畵像임을 배우고 다시 한번 치어다보았다。黃色系統의 色彩는 지나치게 濫用되여 全畵面은 오즉 누―런것이 몹시 陰鬱하였다。나는 그를 「얼치기 畵家로군」하였다。

다음에 또 누구한테선가 그가 詩人이란말을들었다。

「그러나 무슨소린지 한마듸 알수없지……」

나는 그 무슨소린지 알수없는 詩가 보고싶었다 李箱은 房으로 들어가〃建築雜誌를 두어卷 들고나와 몇首의詩를 내게 보여주었다。나는「쉬르·레아리즘」에 興味를 갖고있지는 않었으나 그의 「運動」一篇은 그자리에서 口味가 당겼다。

只今 그 첫두머리 한토막이 記憶에 남어있을뿐이나 그것은

一層우에 二層우에 三層우에 屋上庭園에를 올라가서

南쪽을 보아도 아모것도 없고 北쪽을 보아도 아모것도 없길래 다시 屋上庭園아래 三層아래 二層아래 一層으로 나려와……

로 始作되는 詩였다。

나는 그와 몇번을 거듭맞나는 사이 次次 그의 재주와 敎養에 敬意를 表하게되고 그의 獨特한 話術과 表情과 제스취는 내게 적지않은 기쁨을 주었다。

어느날 나는 李箱과 當時 朝鮮中央日報에 있든 尙虛와 더부러 자리를 함께하여 그의詩를 中央日報紙上에發表할것을 議論하였다。

一般新聞讀者가 그 難解한 詩를 能히 容納할것인지 그것은 처음부터 考慮할 問題였으나 우리는 이미 그前에 그러한 藝術을 가졌어야만 옳았을것이다。

그의 「烏瞰圖」는 나의 「小說家仇甫氏의一日」과 거의 同時에 中央日報紙上에 發表되였다。나의 小說의 揷畵도 「河戎」이란 이름아래 李箱의 손으로 그리여졌다。그러나 豫期하였든바와 같이 「烏瞰圖」의 評判은 좋지 못하였다。나의 小說도 一般大衆에게는 難解하다는 非難을 받었든것이나 그의 詩에對한 非評은 決코 그러한程度의것이 아니다。新聞社에는 每日같이 投書가 들어왔다。그들은 烏瞰圖를 精神異常者의 잠꼬대라 하고 그것을 揭載하는 新聞社를 罵하였다, 그러나 一般讀者뿐이 아니다。非難은 오히려 社內에서도 커서 그것을 물리치고 敢然히 나가려는 尙虛의 態度가 내게는 퍽으나 민망스러웠다。元來 約一個月을두고 連載할 豫定이였으나 그러한 까닭으로하야 李箱은 나와 相議한뒤 오즉 十數篇을 發表하였을뿐으로 斷念하여 버리지않으면 안되였다。

그러나 當時에 李箱이 느낀 鬱憤은 제법 큰것이여서 未發表대로 남어있는 「烏瞰圖作者의말」이라는 것은 다음과 같다。

웨 미쳤다고들 그리는지 대체 우리는 남보다 수十年씩 떠러저도 마음놓고 지낼作定이냐, 모르는것은 내 재주도 모자랐겠지만 게을러빠지게 놀고만 시내든일도 좀 뉘우쳐보아야 아니하느냐, 열아문개쯤 써보고서 詩만들줄 안다고 잔뜩믿고 굴러다니는 패들과는 물건이 다르다。二千點에서 三十點을 고르는데 땀을 흘렸다。三十一年 三十二年 일에서 龍대가리를 떡 끄내여놓고 하도들 야단에 배암꼬랑지커녕 쥐꼬랑지도 못달고 그만두니 서운하다。깜박 新聞이라는 답답한 조건을 잊어버린것도 실수지만 李泰俊、朴泰遠 두兄이 끔찍이도 편을들어준데는 感謝한다。鐵—이것은 내 새길의 暗示요 앞으로 제아무에게도 屈하지않겠지만 호령하여도 에코—가없는 무인지경은 딱하다。다시는 이런—勿論 다시는 무슨 다른方途가있을것이고 위선 그만 둔다。한동안 조용하게 工夫나 하고 딴은 정신병이나 고치겠다。

그러나 烏瞰圖를 發表하였든것은 그로서 아주 失敗는 아니였다。그는 一般大衆의 非難을받은 反面에 그것으로하여 勿論 少數이기는하여도 自己藝術의 熱烈한 팬을 이때에 이미 確實히 獲得하였다 할수있다。

그뒤로 그는 또 數篇의 詩와 散文을 發表하였으나 評判은 亦是 좋지못하였든것으로 文壇的으로도 그가 一個作家로 待遇를 받게된것은 昨年九月號 朝光에 실렸든「날개」에서부터가 아닌가한다。崔載瑞氏가 그에對하야 이미 好意있는 細評을 試驗하였으므로 이곳에서 다시 말하지않으나「날개」一篇은 이렇든 저렇든 우리 文壇에 있어 問題의 作品으로 모든 點에있어 未完成한것임에도 不拘하고 우리가 우리의 文學을 論議할때 반듯이 들어 말하지않으면 안될「小說」이다。

그러나 그는 그獨特한 境地를 開拓하여 놓았을뿐으로 夭折하였다。永遠한 未完成品인채 그는 地下로 돌아갔다。李箱이 東京으로 떠나기前에 鄭人澤에게 하였다는말을 들어보면 그는, 이제는 다시「烏瞰圖」나「날개」를 쓰는일 없이 오로지 正統的인詩, 正統的인 小說을 制作하리라 하였다지만 萬若 그것이 그의 참말 마음의 告白이라면「烏瞰圖」나「날개」部類에 屬한 作品만을 남겨놓은채 돌아간 그는 地下에있어서도 눈을 감지 못할께다。

그러나 그것은 어떻든 우리가 李箱의 作品을 理解하려면 먼저 그의爲人과 生活을 알지않으면 안된다。「괴팍한 사람이다」라는것은 그에對한 나의 첫印象이거니와 勿論 그렇게 單純한것은 아니였어도 亦是「괴팍」하다는 形容만은 決코 틀리지 않은듯싶다。

일즉「女性」誌에서 나에게「文壇奇型李箱論」을 請托하여 왔을때 그 文字가 勿論 아모려한 그에게도 그다지 愉快한것은 아닌듯싶었으나 世上이 自己를 文壇의 畸型으로 待遇하는것에 스스로 크게 不滿은 없었돈듯싶다。그러나 그李箱論은 發表되지않은채 編輯者가 갈리고 그리는 사이 原稿조차 紛失되여 나는 그때어떠한 말을 하였든것인지 的確하게 記憶하지 못하고있으나 何如튼 茶店「풀라타—느」에 앉어서 當者李箱을 앞에 앉어놓고 그것을 草하며 돈을 벌려면 마땅히부지런하여야만 하는것을 李箱은 너무나 게을러서、

「그래 언제든 가난하다」

하는 句節에 이르러 둘이 소리를 높여 서로 웃든것만은 지금도 눈앞에 또렷하다。

事實 李箱의 貧窮은 너무나 有名하였다。그리고 그

것은 大部分은 그의 到底히 求할길없는 게으름에 起因하는것이였다。

「제비」가 次次 經營困難에 빠졌을때 어느날 그의母校商工에서 電話로 그를 부른일이 있다。當時 新築中에있었든. 新村 梨花女專工事場에 現場監督으로 가볼意務의 있고없음을 물은것이다。

「하로 一圓五十錢이랍되다。어되 담배값이나 벌러나가볼까 보오」

그리고 이튿날 벤또를 싸가지고 新村으로 갔든것이나 그다음날은 다시「제비」뒷房에서 언제나 한가지로 늦잠을 잣다。

「그 참 못하겠읍되다。버리두 시원치않지만 나같은弱質은 어디 그런일 견되여 나겠읍되까」

그것은 事實이다。그의 가난은 이렇게 그의 虛弱한 體質과 數年來의 節制없는 生活이 가져온 不健康에드 말미암아 오는것이였으나 집主人이 店房을 내여달라고 地方法院에 訴訟을 提起하였을때에 出頭하라는 午前九時에 대여 일어나는 재주가 없어 가장 不利한 缺席判決을 받고 그래 좀더 가난하지 않으면 안되였든것은 亦是 너무나 徹底한 그의 게으름을 들어 論하지않으면 안될일이다。

現在「뽀스톤」의 前身「69」「씩쓰・나인」을으쪽 始作하였을뿐으로 남에게 넘겨버리고「제비」에 또한 失敗한 李箱은 그래도 斷念하지않고 明治町에다「むぎ」라는 茶房을 또 만들어 놓았다。그곳의 室內裝飾에는「제비」의것에 보다도 좀더 李箱의「괴막한趣味」乃至「惡趣味」가 나타나있었다。決코 다른 茶店에는 通用되지않은 怪異한 形狀의 茶卓이며 四面壁에 그림이나 寫眞을 걸어놓는 代身,「루나ー르」의「田園手帖」에서 몇篇을 골라 붙혀놓는等 一般 善良한 喫茶店 巡訪人의 嗜好에는 決코 맞지안는것이였다.

「惡趣味」로 말하면「69」와 같은 穩健치않은 文句를 公然하게 茶店의 屋號로 使用한 以上의것은 없을것으로 그 註釋을 나는 이자리에서 하지않거니와 모르는사람이 고개를 기웃거리며

「69? 六九? 육구라……하 하 육구리 붙다가란말인게로군」

이라고라드 하면 그는 境遇에따라 冷笑도하고 哄笑도하였다。그렇기로 말하면 그에게는 變態的인곳이 적지아니있었다。그것은 그의 趣味에 있어서나 性行에 있어서만이 아니라 그의 人生觀、道德觀、結婚觀、그러한것에 있어서도 우리는 普通常識人과의 사이에 적지않은 隔階을 깨닫지않으면 안된다。

그러나 그의 思想을 明白하게 안다고 나설사람은그

의 많은 知友中에도 或은 누구하나라 없을것이다。그의 참마음을 그대로 그의 表情이나 言動우에서 우리는 捕捉하기가 힘든다。

李箱은 사람과 때와 境遇를따라 마치 카메레온과같이 變한다。그것은 天性에보다도 環境에 依한것이다。그의 交友圈이라 할것은 제법넓은것이여서 勿論 그親疎와 深淺의 程度는 다르지만한 번거리에나설때 그는 거의 왼갖階級의 사람과 알은체하지않으면 안된다。그러한 모든사람에게 自己의感情과 생각을 그대로 내여보여주는것은 무릇 어리석은일이다。그때 그는「孤獨」이라는 그러한 陳腐한것말고 喜怒哀樂과같은 一切의感情을 率直하게 表現하지안는것에 어느틈엔가 익숙하여젔다。나는 이앞에서 嬌態的이라는 文字를 使用하였거니와 그것은 李箱에게 있어서는 그文字가 흔히 갖는 고러한 單純한것이아니고 좀더 그性質이 不純한 ?— 것이였다。假令 그는 穩健한常識人앞에서 忌憚없이 그 獨特한 話術로써 一般善良한 市民으로서는 窺知할수없는世界의 秘密을 暴露한다。그러나 그는 그것을 이야기하고싶은 衝動을 느끼여서가 아니라 實로 그것을처음안紳士들이 다음에 반듯이 얼굴을붉히고 또 啞然하여할 그꼴이 보고싶어서인것싶다。

事實 李箱은 한때 相當히 發展하였든 外人區이로그리한方面에 있어서도 놀라운 知識을가지 그것은 그의 遺稿中에도 한두篇散見되나 妓生이라든 娼婦라든 그리한人物을 取扱하여 作品을쓴다면 可히 外國文壇에 있어서도 對敵할사람이 없을것이다。

다만 그러한點으로만도 朝鮮文壇이 李箱을 잃은것은 可히 哀惜하여 마땅한일이나 그는 그렇게 계집을 사랑하고 술을사랑하고 벗을사랑하고 또文學을 사랑하였으면서도 그것의 折半도 제몸을 사랑하지는않었다。

李箱이 아즉 서울에있을때 하로저녁지용이 그와 淸江으로 가치散策을나가 문득그의健康을 念慮한남어지에 「여보 尙虛를 본뜨시요、尙虛의 半만큼만몸을 애끼시요.」 懇曲히 忠告하였다는말을 나중에 들었거니와 그와가까운벗은 모다 한두번쯤은 그에게 그러한種類의 말을 한것을 잊지는않었었다。李箱보다 二十日앞서돌아간 金裕貞도 自己自身 病苦에 허덕이며 몇번인가 李箱의不規則하고 또 아울러 非衛生的인 生活에對하야 懇切하게 일러준바가 있었다。아즉 東京에서 그의 未亡人이 돌아 오지않었고 또 仔細한通信도 別로없어 그가돌아가든當時의 周圍와 事情은 勿論、그의病名조차 的確하게는 모르고있으나 亦是 肺가 나뻤든모양으로 그點는 金裕貞과같으나 裕貞이 죽기바로數日前까지도 期於코病을征服하고다시 일어나려 끔임없는 努力을 애끼지않는것에비겨 李箱은 前에도 或間絶望과 같은 意思表示가 있었고 東京에간뒤에도 死亡하기 數個月前에 이미 終生記」와같은 作品을 써보던것을보면 李箱의 이번죽엄은이름을 病死에 빌었을뿐이지 그本質에있어서는 亦是一種의 自殺이 아니였든가! 그러한疑惑이 濃厚하여진다。 그러나 이제있어 그러한것을 새삼스러히 問題삼어무엇하랴 李箱은 이제 永久히 도라오지않고 李箱이없는 서울은 너무나 쓸쓸하다。 ―四月二十六日―

自由記錄帳

故李箱의追憶

金起林

箱은 필시 죽음에게 진것은 아니리라。箱은 제肉體의 마지막조각까지라도 손수길아서 없애고살아진것이리라。箱은 오늘의 環境과 種族과 無知속에 두기에는 너무나 아까운 天才였다。箱은 한번도 「잉크」로 詩를 쓴일은없다。箱의詩에는 인제든지 箱의피가 淋漓하다。그는 스스로 제血管을짜서 「時代의血書」를 쓴것이다。그는 現代라는 커ー다란 破船에서 떨어저 漂浪하든 너무나 悽慘한 船體조각이였다。

茶房 N 籐椅子에 기대앉어 흐릿한담배 煙氣저편에 반나마 醉해서 몽롱한箱의 얼굴에서 나는 언제고 「現代의悲劇」을 느끼고 소름첬다。若干의 諧謔과 揶揄와 逆說이 서꺼서 더듬더듬 떨어저나오는 그의 雜談속에는 오늘의 文明의 깨여진 「메캐니즘」이 엉크려있었다。巴里에서 文化擁護를위한 作家大會가 있었을때 내가맛난 作家나 詩人가운데서 가장 興奮한것도 箱이었다。

箱이우는것을 나는 본일이없다。그는 世俗에 反抗하는 한 惡한(?) 精靈이었다。惡魔더러 울줄을 몰은다고해서 비웃지마러라。그는 울다울다 못해서 인제는 淚腺이 말러버려서 더울지 못하는것이다。箱이 所屬한 二十世紀의 惡魔의 種族들은 그러므로 繁榮하는 僞善의 文明에 向해서 메마른찬 우슴을 吐할뿐이다。

흐르고 어지럽고 저으른 詩壇과 낡은風流에 極度의 憎惡를품고 破壞와 否定에서 始作한 그의詩는 드디여 時代의깊은 傷處에 부대처서 悽慘한 呻吟소리를 吐했다。그도또한 世紀의 暗夜속에서 불라다가 꺼지고만 한줄기 尖銳한 良心이었다。그는 그러한 不安動搖속에서 「動하는精神」을 再建하려고 해서 새出發을 計劃한것이다。이 尨大한 設計의 於口에서 그는 그만不幸히 자빠졌다。箱의죽음은 한個人의 生理의 悲劇이아니다。縮刷된 한時代의 悲劇이다。

詩壇과 또 내友情의 列席가운데 채워질수 없는 永久한 空席을하나 맨드러놓고 箱은 사라졌다。箱을잃고 나는오늘 詩壇이 갑자기 半世紀뒤로 물러선것을 느낀다。내空虛를 表現하기에는 슬픔을그린 字典속의 모―든 形容詞가 모도다 오히려 奢侈하다。「故李箱」― 내希望과 期待위에 否定의 烙印을 사정없이 찍어놓은 세 억울한 象形文字야。

○

半年만에 箱을 맛난 지난 三月스므날반 東京거리는 봄비에 젖어있었다。그리로왔다는 箱의 편지를받고 나는 지난겨울부터 몇번인가 맛나기를 期約했으나 終乃 仙臺를 떠나지 못하다가 이날이야 東京으로 왔든것이다。

箱의宿所는 九段아래 꼬부라진 뒤골목 二層골방이었다。이 「날개」돋인 詩人과 더브러 東京거리를 漫步하면 얼마나 유쾌하랴하고 그리든 온갖꿈과는 딴판으로 箱은 「날개」가 아주 부러저서 起居도 바로 못하고 이불을 둘러쓰고 앉어있었다。電燈불에가로 비친 그의얼굴은 鉛色보다도 더蒼白하고 검은수염이 코밑과턱에 참혹하게 茂盛하다。그를 바라보는 내 얼굴의 어두운表情이 가뜩이나 病들어 弱해진벗의마음을 傷해울가 보아서 나는애써 明朗을 주미면서

「여보 당신얼굴이 아주 피디아쓰의 제우쓰神像 같구려」

하고 웃었드니 箱도 例의 情熱빠진 우숨을 껄껄 웃었다。事實은 나는 「듀비에의」 「골고다」의 「예수의 얼굴을 聯想했든것이다。오늘와서 생각하면 箱은 實로 現代라는 커―다란 謀略에 빠져서 十字架를 걸머지고간 「골고다」의 詩人이었다。

암만 누으라고해도 듣지않고 箱은 長長두시간이나 앉은채 거진혼자서 그동안 쌓인이야기를 풀어놓는다。「엘만」을 讚嘆하고 停頓에빠진 몇몇 벗의 文運을 걱정하다가 말이 그의作品에 대한 月評에 및이자 그는 몹씨 興奮해서 俗見을 꾸짖는다。載瑞의 「모더니티」를 讚揚하고 또 氏의 「날개」評은 大體로 承認하나 作者로서 多少異議가 있다고드말했다나는 벗이 世評에대해서 너무 神經過敏한것이 벗의健康을 더욱 해칠가보아서 詩人이면서 웨혼차 짓는것을 그렇게 두려워하느냐 世上이야 알아주든 말든 값있는일만 精誠껏하다가 가면 그만이아니냐 하고 어색하게나마 慰勞해보았다。

箱의말을 들으면 공교롭게도 冊床위에 몇卷이산스러운 冊子가 있었고 本名 金海卿외에 李箱이라는 別난외홍이있고 그리고 日記속에 몇줄 感懷하

달수없는 글귀를/적었다는 일로해서 그는 한달동안이나 ○○에 드러가있다가 아주 健康을 상해워갖이고 한週日전에야 겨우 自働車에 실려서 宿所로 도라왔다는것이다。箱은 그안에서 다른 ○○主義者들과 마찬가지로 手記를썼는데 例의名文에 係員도 讚嘆하드라고 하면서 웃는다。西神田警察署속에조차 愛讀者를 갖었다고 하는것은 詩人으로서 얼마나 痛快한 일이냐하고 나도 가치웃었다。

음식은 그부근에게신 許남용氏 內外가 죽을쑤어다준다고하고 마침 素雲이 東京에와있어서 날마다 찾어주고 朱永涉 韓泉 여러친구가 가끔들려주어서 過히 적막하지는 않다고한다。

이튼날 낮에 다시 찾어가서야 나는 그房이 完全히 햇볕이 들지안는 房인것을 알었다。지난해七月그믐께다。아츰에 黃金町뒤골목 箱의 新婚보금자리를 찾어슬때도 房은亦是 해볕한줄기 들지안는캄캄한 房이였다。그날午後 朝鮮日報社 三層뷘房에서 벗이 애를써 裝幀을 해준 拙著「氣象圖」의 發送을 마치우고 둘이서 窓에기대서서 갑자기 거리에 몰려오는 소낙비를 바라보는데 窓선에 비맞는 箱의 춤에새 빨간피가 섞였었다。平素부터도 箱은 健康이라는 俗된觀念은 完全히 超越한드시 보였다。箱의안에 설죽마다 나는 아츰이면 丁抹體操를 잊어버리지못하는 내自身이 늘 부끄러웠다。무릇 現代的인 頹廢에대한 眞實한 體驗이없는 나는 이點에대해서는 늘箱에게 敬意를表했다。그리면서도 그를 아끼는까닭에 健康이라는것을 너무 賤待하는 벗이 限없이 원망스러웠다。

箱은 스스로 形容해서 千秋一週의 機會라고하면서 모처럼 東京서 맛나갖이고도 病으로해서 뜻대로 함끼 놀러댕기지 못하는것을 한탄한다。未熟한 計劃은 四月二十日께 東京서 다시맛나는데로 미루고 그때까지는 꼭 麥酒를 마실정도로라도 健康을 회복하겠노라고 그러고 해볕이드는 딴방으로 이사하겠노라고 하는 箱의 뼈뿐인 손을놓고 나는 東京을 떠나면서 말할수없이 마음이 캄캄했다。箱의 부탁을 夫人께 알외려했드니 내가 서울오기전날밤에 벌서 夫人께서 東京으로 떠나섰다는 말을 서울온 이튼날 電車안에서 趙容萬氏를 맛나서들었다 그래 一時安心하고 집에 도라와서 雜務에 분주하노라고 다시벗의 病狀을 보지도못하는 사히에 원망스러운 悲報가 달려들었다。

「그럼 댕거오오。내죽지는 안소」

하고 箱이 마지막 들려준말이 記憶속에 너무鮮明

하게 소사올라서 았으다。

○

이제 우리들 몇몇 남은벗들이 箱에게바칠 義務는 箱의피엉긴 遺稿를모아서 箱이 그처럼 蔑視하려고하든 새時代에 선물하는일이다。虛無속에서감을 줄모르고 뜨고있을 두眼孔과 永久히 잠들지못할箱의 괴로운 精神을위해서 한時濟하나마 그윽한 慰安로서 그遺稿集을 맨드러올리는 일이다。

나는믿는다。箱은갔지만 그가남긴 藝術은 오늘도 來日도 새時代와 함께 同行하리라고。

……(朝光 제20호, 1937.6)

近代精神의解體

—故李箱의文學史的意義—

趙 演 鉉

「十三人의 兒孩가 道路로 疾走하오
(길은 막달은 골목이 適當하오)

第一의 兒孩가 무섭다고 그리오
第二의 兒孩도 무섭다고 그리오
第三의 兒孩도 무섭다고 그리오
第四의 兒孩도 무섭다고 그리오
第五의 兒孩도 무섭다고 그리오
第六의 兒孩도 무섭다고 그리오
第七의 兒孩도 무섭다고 그리오
第八의 兒孩도 무섭다고 그리오
第九의 兒孩도 무섭다고 그리오
第十의 兒孩도 무섭다고 그리오
第十一의 兒孩가 무섭다고 그리오
第十二의 兒孩도 무섭다고 그리오
第十三의 兒孩도 무섭다고 그리오。
十三人의 兒孩는 무서운 兒孩와 무서워하는 兒孩와 그렇게뿐이 모였오
(다른事情은 없는것이 차라리 낫소)

그中에 一人의 兒孩가 무서운 兒孩라도 좋소
그中에 二人의 兒孩가 무서운 兒孩라도 좋소
그中에 二人의 兒孩가 무서워하는 兒孩라도 좋소
(길은 뚫린 골목이라도 適當하오)
十三人의 兒孩가 道路로 疾走하지 아니하여도 좋소」

이것은 李箱의「烏瞰圖」속에 있는「詩第一號」라는 詩作品이다。이것은 읽고

이 作品이 讀者에게 傳達하려는 或은 이 作品이 表現하고 있는 意味와 內容이 무엇인가를 正確히 解得할수있는 사람은 아마 드물 것이다。 그러나 이런루로만 쓰여진「烏瞰圖」라는 이름아래 發表된 十五篇의 詩가 一九三〇年代(李箱의 最初의 詩가 發表된 해가 一九三四年이 있으며「烏瞰圖」가 發表된것도 그해 였다)의 朝鮮靑年들에게는 奇妙한 興奮과 好奇心으로서 大歡迎을 받었든것이다。누구도 解得할 道理가 없는 奇妙하고 難解한 李箱의 이러한 詩篇이 三十代의 朝鮮靑年들에게 特異한 歡迎을 받게된 理由는 全혀 心理的인 原因에서 였다。 萬一 李箱의 詩가 누구에게든지 容易하게 解得되어진다면 그의 詩는 그렇게 特別한 待遇를 받지는 못했을 것이다。 그의 詩가 歡迎받게된 原因은 그의 詩가 누구에게도 쉽사리 解得되어 지지않었다는데 있었든것이다。解得할수 없는 詩를 支持하고 歡迎하었다는 것은 分明히 奇妙한 現象이 아닐수없으나 그때의 三十代의 朝鮮의 近代精神은 그러한 自己도 解得할수 없는 詩를 씀으로서 간신히 自己를 維持하였고 그러한 알수없는 詩를 아는척 하므로서 自己를 慰安하지 않을수 없는 知的「디렘마」에 빠저 있었든 것이다。 작구만 되푸리 해온 낡은 抒情의 世界에 疲困과 厭症을 느낀 三十代의 朝鮮의 近代精神이 過去의 낡은 抒情의 世界에 그대로 安住하기에는 그들의 知性의 自矜心이 容恕하지 않었고 그렇다고 觀念的으로만 高度해저 버린 그들의 知性에 滿足시킬수 있는 새로운 詩의 世界는 좀처럼 具象化 되여지지는 않었든것의다。이러한 그들의 過去에의 輕蔑과 새로운 것에의 燥急한 欲求속에서 發生된 知的「디렘마」가 李箱의 詩와 같은 正體를 把握할 길이 없는 一種의 觀念의 圖本에 간신히 自慰와 自激을 얻게되였든것이다。 그러나 一九三十年代의 朝鮮의 近代精神이 가진 이러한 知的「디렘마」는 決코 單純한 過去에의 輕蔑이나 새로운 것에의 無節操한 欲求속에서만 생겨진것이 아니라 이러한 知的「디렘마」에 빠지게 된 이곳에는 實로 深刻한 思想史的인 原因이 潛在되고 있었든 것이넜다。그러므로 이러한 一九三十代年의 朝鮮의 近代精神이 가진 知的「디렘마」가 어떠한 精神史的인 必然性에서 招來되여 진것인가를 解明해 보기 爲해서는 그러한 知的「디렘마」가 自慰와 自激을 發見하게된 李箱의 文學史的인 意義를 究明해 보지 않을 수 없을 것이미 그렇게 하기 爲해서는 도모지 무엇을 表現하려고 한것인지 알수없는 李箱이 難解한 詩의 正體를 解明해 보지 않을수 없을 것이다。

○

前記에 引用해본「烏瞰圖」속의「詩第一號」와 같은 作品을 例를 들어 본다면 이 作品의 難解한 原因이 그가 使用한 用語나 單語에 있지않은것은 分明하다。 이 作品속에 使用된 몇개의 用語에 對해서 우리가 理解하지 못할만큼 難解한 것은 하나도 없다。「第一」부터「第十三」까지의 數字라든지「兒孩」라든지「道路」「疾走」「길」「골목」「무섭다」「事情」「適當」과 같은 이러한 用語는 누구든지 다 理解할수 있는 가장 쉬운 日常語일 뿐만 아니라 이러한 가장쉬운

日常語로서 成立된 各句節 또한 누구든
지 理解할수 있는 平易한 內容의 文章
이다。
「十三人의 兒孩가 道路로 疾走하오」라
든가
「길은 막다른 골목이 適當하오」라든
지
「第十三의 兒孩도 무섭다고 그리오、十
三人의 兒孩는 무서운 兒孩와 무서워
하는 兒孩와 그렇게 뿐이 모였오」
라든지 조금도 우리의 理解에 難解하거
나 妨害가 되는 用語나 個所는 없는것이
다。그러면서도 不拘하고 이 作品이 우리
의 理解를 難解케 하고 있는것은 무엇
인가。그것은 이 作品에 使用된 用語나
文章의 各句節에 있는것이 아니라 누구
든지 알수있는 用語와 文章으로서 組織
되고 形成된 이 作品의 全體的인 內容
과 意味가 難解하다는데 있는것이다。
一般讀者들은 作者가 어떤 意味와 內
容을 假定하고 表現하기 爲하야「十三人
의 兒孩가 道路로 疾走하오」라든지「길
은 막다른 골목이 適當하오」라든지「第
一(或은 第二、第三)의 兒孩가 무섭다
고 그리오」라든지 하는 用語와 句節이
使用되고 있는지를 알수없는것이다。이
러한것은 分明히 正常的인 文章道나 詩
의 正道와는 反對되는 것이 아닐수 없
다。그것은 全體的인 意味나 內容보다
도 그것을 表現하기 爲한 技術的인 部
分만이 表現의 完成을 얻었을 뿐 어떤
文章이나 詩의 根本的인 意圖인 全體的
인 統一된 意味나 內容은 完全한 表現
을 얻지 못했다고 하지 않을수 없기때
문이다。重要한것은 언제나 全體的인
統一된 意味나 內容이지 그것을 表現하
기 爲한 技術的인 各部分이 아님으로
全體的인 意味를 發見하는데 難解한 技
術的인 各部分의 完成은 역시 正常的인
文章道나 詩의 正道라고는 볼수없는 것
이다。英國의 文章心理學者「포ー지•세
스」의 말에 依하면 이러한 主作이 轉倒
된 詩의 形態는 近代詩의 한 特徵이며
이러한것은 文章(或은 詩)의「統辭的」
(SYNTIC)인 方法에 對한 文章의
「併辭的」(PARATAIC)인 方法이
며 心理學者「푸로이드」의 說에 依하면
文章의「現實原理」에 對한「快樂原理」의
한 表現이라고도 말하고 있다。그러나
우리에게 重要한것은 李箱의 그러한 詩
가 文章心理學上으로 어떻게 規定되는
냐 하는데 있는것이 아니라 그의 詩가
表現하고 있으며 또한 表現하려고 한것
은 自己의 統一된 全體的인 意味나 內
容이 아니라 自己의 破片的인 感情이나
影像이였다는 點이다。李箱이가 그의
詩를 正常的인 文法形態인「統辭的」인
方法이나「現實原理」우에서 出發시키지
않고 文法의 正常的인 形態를 버서난「併
辭的」인 文法이나。「快樂原理」우에서
試驗한것은 그것이 그의 意識的인 努力
이 었다기 보다도 自己의 統一된 全體
的인 意味나 內容을 갖이 못한 李箱의
生理的인 한 必然性에서 招來되여 진던
것이다。表現한 自己의 全體的인 統一
된 意味나 內容이 없는 사람이 가지지
는 自己表現의 必然的인 結果는 自己의
破片的인 感情이나 趣味나 影像이 아니
될수 밖에 없는것이다。그러므로 李箱
은 그의 詩가 使用한 用語나 各句節에
그의 破片的인 모ー든 感情이나 影像이
나 趣味를 表現하는데는 成功할수 있었

으나 自己의 統一된 全體的인 意味나 內容은 表現하는데 있어서는 完全히 失敗하지 않을수 없었던 것이다。그의 詩가 難解한것은 難解한 그의 精神의 한 表現이라고도 볼수 있으나 難解한 精神은 難解한대로 結局은 完全한 自己의 表現을 가질수도 있는것이다。「봐레리」의 精神은 確實히 難解한 것이지만「봐레리」는 그러한 自己의 難解한 精神을 恒常 正確하게 完全히 表現하는데 언제나 成功하고 있었던것이다。「봐레리」가 難解한것은 그의 表現이 難解한 때문이 아니라 그의 精神이 難解한때문이 었다 그러나 李箱의 詩가 難解한것은 그의 精神의 難解보다도 그表現의 難解가 더 많이 作用되고 있는 것이다。이것이 李箱의 詩는 二重으로 難解한것으로 만들고 있는 表面上의 理由의 하나가 되고 있으나 根本的인 原因은 自己의 破片的인 感情이나 影像의 表現으로서 自己의 統一된 全體的인 意味나 內容의 表現으로 삼어버리지 않을수 없었다는데 있는 것이며 그가 自己의 破片的인 感情이나 影像으로서 自己의 全體的인 統一된 意味나 內容으로 삼이 오지 않을수 없었다는것은 李箱의 確立된 全體的인 統一된 自己가 없었다는 것을 立證해주는 것이다。그러면 이러한 確立된 全體的인 統一된 自己가 없었다는것은 무엇을 意味하는것인가、그것은 李箱의 主體가 確立되어 있지 않었다는 것을 意味하는 것이며 그의 統一된 全體的인 意味나 內容은 代身한 그의 破片的이며 技樂的인 모-든것은 그러한 主體의 確立이 없는 李箱의 여러分身의 한 表現이 었다는것을 말해주는 것이다。다시 말하자면 李箱의 解體된 主體가「解辟的」이며「快樂原理的」인 方法으로서 나타나지 않을수 없었다는 것이다。이는 좀더 具體的으로 解明해 보기 爲하여 우리는 李箱의「失花」라는 小說을 檢討해볼 必要가 있을것이다。

○

李箱의 많지않은 몇개의 小說은 그의 많지않은 몇篇의 詩에 對한 解說이라고 우리는 볼수있을것이며 그의 많지 않은 몇篇의「엣세이」는 그러한 自己의 詩와 小說에 對한 解說이라고 볼수 있을것이다。그러한 意味에서 李箱은 詩人이나 小說家라기 보담은「엣세이스트」에 가가웁다고도 말할수 있다。그것은 嚴正한 意味에 있어서 그의 詩나 小說은 正常的이 아니었을뿐 아니라 그의 小說은 언제나「엣세이」式으로만 敍述되었고「엣세이」에 있어서만 그는 처음으로 한 完璧을 가추는데 成功하고 있었기 대문이다。그러나 李箱의 主體의 解體를 解明하는데 있어서「失花」는 그의 어떠한 作品보다도 代表的인 것이라 아니할수 없을 것이다。

「失花」는 李箱의 다른 創作과 마찬가지로 一人稱의 說話體로 쓰어진 一種의 獨白의 形式을 가추고 있으나 構成이 單調한데 比하야 이에 提示된 獨白의 形式은 決코 單純한것이 아니다。그것은「失花」에 提示된 李箱의 主體는「나」「너」「李箱」이라는 三分身의 錯亂으로서 自己는 完全히 解體해 놓았기 대문이다。「失花」의 作者인「나」가 敍述하는 形式으로 記錄된 이 作品에는「나」以外의「李箱」이라는 또 하나의 李箱이가 登場하는가 하며는「그」라는 또 한

사람의 李箱이가 描揭하고 있다. 「나」「너」「李箱」은 分明히 「姸」이라는 女主人公과 함께 「失花」라는 한 作品을 成立시키고 있는 四個의 서로 獨立된 作中人物입에는 틀림없으나 이 三個의 作中人物은 또한 모다가 李箱이라는 한 人物의 三個의 分身들이 아닐수 없는것이다. 「나」는 「그」나 「李箱」으로부터 獨立되어 있고 「그」는 또한 「李箱」과 別途로 存在하고 있으나 「나」「그」「李箱」은 서로 完全히 헤여질수 없는 連結作用을 가지고 있다. 「나」는 「李箱」이나 「그」를 떠나서는 無意味한 것이며 「李箱」은 「나」나 「그」를 떠나서는 存在하지 않는것이다. 三個의 獨立된 生命이라고 보기에는 「나」「그」「李箱」은 너무나 同一한 觀念에서 誕生된 同一한 人物들이며 「나」「그」「李箱」이가 完全히 統一된 한 人物의 表現이라고 「보기엔 分明히 세개의 人物은 別途로 分離되어 있는것이다. 그러나 역시 이 三個의 觀念的인 人物은 李箱이라는 한 人間의 三分身이 아닐수 없으며 이 三分身의 全體的인 統括속에서 李箱의 主體를 發見해 보지 않을수 없는것이다. 그러나 「나」는 「그」를 輕蔑하고 「李箱」은 「나」를 嘲笑하고 「그」는 「李箱」을 慰勞하는 形式으로서 이 三個의 分身들은 서로 交涉되고 서로 關聯되고 있으나 끝끝내 「나」는 「나」요 「그」는 「그」요 「李箱」은 「李箱」인 것이다. 「나」는 「그」에게 合칠수없고 「그」는 「나」에게 合칠수없으며 「李箱」은 「나」나 「그」에게 統括될수 없는 것이다. 이 三個의 分身들은 서로 꼭 같은 引力과 反撥力으로서 運行되고 있는 恒星과 恒星처럼 서로의 軌道를 生活하고 있는 것이다. 「나」「그」「李箱」이라는 이 三分身은 서로 完全히 獨立된 意味나 內容을 가지고 있지 못한 그 以上으로 이 三分身이 하나로 統括될수 있는 한 人間의 主體는 三分身의 어느 곳에서도 차저볼수 없는 것이다. 李箱의 主體가 三分身의 어느 곳에서도 차저볼수 없을 뿐 아니라 이 三分身을 아모리 總括해 보아도 거기에 李箱이라는 한 主體가 構成되지 않는다는 것은 結局은 「너」「나」「李箱」이라는 이 三分身이 李箱이라는 한 人間의 主體的인 統括이 없이 그대로 無秩序한 三個의 破片으로서 李箱의 主體가 解體되여 있다는것을 象徵하는것이 아닐수 없는것이다. 「쇄스피어」가 「함렡」속에서 世界의 關節이 끊어젓다고 한 生命의 分離와 解體가 李箱이가 提示한 主體의 分裂이요 解體였든 것이다. 이러한 主體의 解體가 自己를 表現할수 있는 方法이 「解體的」이 아닐수 없으며 「快樂原理」에 依據되지 않을수 없었든 것은 當然한 일이 아닐수 없는것이다.

○

그러면 이러한 李箱의 主體의 解體는 어떠한 文學史的인 意義를 가지는 것인가 어떠한 思想史的인 必然性에서 李箱의 이러한 主體의 解體는 招來되었는가 나는 이에 對하야 「近代朝鮮小說思想系譜論序說」(新天地八月號) 에서 다음과 같은 要旨의 말을 한일이 있다. 即 「李箱의 이러한 主體의 解體는 朝鮮의 近代精神이 처음으로 崩壞되었다는 것을 意味하는 것이라고—。」(同拙文參照) 이를 다시 反復해서 말해 본다면 李箱

洙氏의「無情」이나 崔南善氏에「바다에서 少年에게」라는 作品으로써 처음으로 西歐的인 意味에 있어서의 近代精神이 우리 朝鮮에 漠然히 代辯되였고 金東仁氏의 自然主義나 李箕永氏의 唯物主義나 朴鍾和氏의 浪漫主義로서 그렇게 漠然히 代辯된 우리의 近代精神이 처음으로 自然主義나 唯物主義나 浪漫主義나 하는 具體的인 形態로서 이땅에 具體的으로 形成되였으나 하나는 現實暴露의 悲哀로 하나는 人間性의 喪失로 하나는 現實逃避로 各各 不幸한 結果를 가져오게 되자 여기에서 近代精神에 對한 懷疑가 發生되였든 것이다。李泰俊, 俞鎭午, 安懷南, 朴泰遠, 金南天, 李孝石, 其他 諸氏의 精神史的인 意義는 이러한 見地에서 얼마든지 解釋되여지는 것이다。

이러한 近代精神에의 懷疑가 崔明翊氏의 自己分裂로 分裂相剋케 되여 드디여 李箱의 主體의 解體로서 우리의 近代精神은 한 崩壞의 領域에 到達되였다고 본수 있는것이다。 그러므로 李箱의 解體된 主體의 分身들은 西歐的인 意味에 있어서의 우리의 近代精神이 이룰 領導해 나아갈 民族的인 主體기 崩壞된것은 만하는것이며 이러한 崩壞는 우리의 近代精神의 最初의 解體를 象徵하는 것이다。李箱이라는 하나의 完全한 詩人도 作家도 못되는 一介의 特異한「엣세이스트」가 가진 文學史的인 意義는 바로 이러한곳에 있었든것이다。이러한 精神史的인 位置를 가장 徹底하게 完遂한 李箱의 도모지 그 正體를 解得할 길이 없는 難解한 觀念的인 圖面인 그의 詩가 같은 主體의 解體를 經驗하고 있었든 一九三十年代의 朝鮮 靑年들에게 魅力있는 한 文學作品이 되여진것은 當然한 現象이 아닐수 없었든 것이다。表現한 自己의 統一된 主體가 崩壞되고 없었기 때문에 그러한 自己의 解體된 主體의 分身들을 破片的으로 提示한 李箱의 作品은 역시 自己의 統一된 主體가 確立되여 있지 않은 오히려 漸次로 自己의 主體가 解體되여 가는 不安속에 놓여저 있었든 一九三〇年代의 朝鮮靑年들에게는 그作品의 統一된 全體的인 意味나 內容은 몰라도 自己의 分身처럼 依據할 主體를 잃어버린 李箱의 詩篇들은 그러한 自己의 解體된 主體를 自覺하고 自識하기에는 안마진 文學的 對象이 였던것이다。 이러한 心理的인 原因이 李箱의 難解한 作品을 好意와 特殊한 愛情으로서 우리文壇에 만이 드리게 하였든것이다。 나는 李箱의 作品(詩나 小說이나 隨筆을 莫論하고)에 對해서 그것이 文學的으로 높이 評價된다는데 對해서는 언제든지 反對의 立場에 서는 사람이지만 그의 如上과 같은 우리의 近代精神史的인 位置에 있어서의 그의 存在는 퍽 貴重하고 重大한 意義를 남기고 있다는것 만은 깊이 믿는 사람의 하나이다。

— 一九四九·一〇 —

(文藝 제4호, 1949.11)

講演

故李箱의藝術

崔 載 瑞

나는 李箱의小說을 大端히 좋와합니다。따라서 그의小說에 關하야 親舊와이야기 하거나 글로쓰는것도 나에게있어선 한 즐거운일이올시다。그러나 그이야기를 이追悼會席上에서 하게되있다는것은 千萬뜻밖에일인同時에 大端히거북하고 슬픈일이올시다。

나는변변치못한 몇마디말로서 故人에對한 敬愛와追悼의뜻을 表하고저합니다。

나는 李箱을알기前에 그의小說을 읽었읍니다。그리고 이것은 一種의實驗的小說이라고 생각하였읍니다。나는 文壇常識과는 大端히距離가 먼이小說에 놀내면서도 그藝術的價値를 어느程度까지 信用해야할른지 多少의疑心을 품고있었읍니다。即 이作家는 이런듯 怪常한 테크니크를 쓰지않고서는 自己의內部生活을 表現할수없는 무슨切實한 必然性이 있었든가 或은 그저讀者의好奇心을끄을기爲한 單純한 손작란이었든가 — 이런點에關하야 多少의疑問이없지 않었읍니다。

그리다가 金起林氏의「氣象圖」出版記念會가 있었든날 會가끝난뒤에 나는 처음으로 이作家와맞날 機會

를보았읍니다。그때에 永保그릴에서 麥酒를나누든愉快한 記憶은 지금도 李軒求 鄭芝溶 金起林 金珖燮 朴貞姬 吳희秉諸君의 가슴가운데 사라있으리라고믿습니다。

처음보는 李箱의 보헤미안 타입의 風貌와 씨니칼한 우슴과 機智煥發한 스피—치에 나는 또다시 한번놀나지 않을수없었읍니다。나는 이모든것이 決코人爲的인 포—즈가 아니라는것을 알수있었읍니다。이以上더 그사람의 過去와現在의 內部生活로 드러갈수는 없었지만 何如든 그와이야기하고있는中에 그가우리들의 溫良한生活은 벌서 예前에 卒業하였다는것 밝아서 그는 常識에실증이 났었다는것 그리고 決코順坦스러워보이지않는 生活가운데서도 文學的 에스프리—를 잃지않고 있다는것쯤을 나는 알아낼수가 있었읍니다。午前두시以後의 宗路一帶에 關한 智識만하야도 나에겐 놀나운데 더군다나 그씨니칼한 우슴엔 눈놀등그렇게 뜨일이었읍니다。

結局 李箱이 實驗的인 데크니크로써 奇怪한人物을 그린다는것은 單純한知的遊戲거나 不純한 人氣策이아니라 그의高度로 發達된 知的生活에서 소사나는 必至의所産이었다는것 밝아서 그의藝術的實驗은 그의緊맨한 生活이 가추고나설 表現形式을 探求하는努力의 結果라는것을 나는安心하고 結論할수 있었읍니다。

그러면 李箱의小說은 어떤點에있어서 實驗的이냐? 簡單히所感을 말하야 보겠읍니다。우선

(一) 그의小說은 小說의傳統的要素를 가지고있지않습니다。우리가 小說이라면 依例히 要求하는 性格描寫라든가 푸롯트같은것을 그의小說은 全然가지고있지않습니다。「날개」의 主人公에 特色이있다면 無性格이特色이겠고 또그小說엔 讀者의 興味를 끄은고갈만한 이야기거리가 없읍니다。그가「날개」나「童骸」나 或은「終生記」에서 쓰려고한것은 外部에나타난 行動과 生活이아니라 一個人의 心理의動態었읍니다。그의小說에 非常한 物件과事件이 나타나긴하지만 그것들은 人物의心理를 表示하기爲한 暗號나 呪文에지나지않고 傳統的小說에 있어서와 마찬가지로 그物件이나 事件 그自體에 意味와興味가 있는것은 아니올시다。

(二) 둘때로 그렇다면 그의小說은 너무도主觀的이아니냐하는 疑問이생기겠지만 果然그렀읍니다。그는다만 主觀的일뿐만아니라 實로 主觀과客觀의 區別을가

리지 않는곳이 많이있읍니다。例를든다면「날개」主人公의 分別이와같은 生活이라든가 或은「童骸」에있어서의 非論理的인 時間觀念이라든가—이모든것은 꿈과 現實의 混同이라고밖에는 볼수없읍니다。그는「童骸」에서 다음같이 告白을하였읍니다。

「나는 울창한森林속을 진종일 헤매이고 끝끝내한나무의印象을 품거오지못한 幻覺의人이다。無數한表情의말뚝이 共同墓地처럼 내게는 똑같이 보이기만하니 얼나 이奔走한 焦燥를 어떻게 점잔을빼서 救하느냐」

(三) 그러나 이렇다고해서 李箱에게 現實과꿈을 識別하는 能力이 없었다고 말한다면 그것은 웃을일이올시다。그는 現實을 認識치 못한것이아니라 도리혀너무도발발이 認識하였기때문에 그假面을 적어도 그의藝術에있어선 대소롭게알지 않었든것입니다。「날개」에있어서 金錢과常識과 道德은 거지반 侮辱하다싶이 諷刺한것을보면 그의藝術의 모—티프가 那邊에있는가를 짐작할수있을것입니다。우리는 李箱의 藝術을 말할때이 모—티프를 떠나서는 말할수없고 따라서 이根本精神을 念頭에두지않는다면 그의小說은 드디여 어린애의 말작란이거나 그렇지않으면 미친사람의 헛소리로밖에는 들리지않을 것입니다。

나는 여기서 슈—르、레아리즘의 理論을비러서 李箱의 小說의 一面을 發明하고싶은 欲求를느낍니다。그러나 그가 슈—르、레아리즘을 어떻게 理解하고 또 어느程度까지 意識的으로 그것을 應用하였는지를 모르는 나로서는 무어라고 斷定할수 없읍니다。

(四) 最後로 그의作品에 小說이라는 名稱을許可하야도 좋으냐하는 質問이 當然히 提出될것입니다。그리고 質問者는 반듯이 그의小說이 小說이라기보다는 도리혀詩에 가깝다는點을 指摘할것입니다。事實上 詩와小說을 結合하였다는것은 李箱의 小說의가장 特殊한點이며 또 그의實驗中 가장重要한 點이라고생각합니다。우리는 그의小說을 읽어가다가 다만 있다금식 몇줄의詩를 發見할뿐만은 아닙니다。그作品을 創作한 에스프리—그自體가 벌서 散文的이라기보다는 詩的이올시다。그리고 그의文學的 에스프리—는 늘 現實의 些末한 束縛을 버서나서 自由에 世界로 날라가라는 姿勢를 보이고 있읍니다。

「童骸」가운데 다음같은 一節이있읍니다。

「나는 바른대로 말하면 愛情같은것은 希望하지도

않는다。 그러니까 내가 結婚한 어느날 新婦를 더리고 外出했다가 不幸이 길에서 그新婦를 잊어버렸다고하자。내가 그럼밥잠을 못자고 찾을가?

그때假定 이런 엄청난 글발이 드러왔다고 나는은근히 希望한다。

「小生이 某月某日 길에서주는바 少女는 貴下의新婦임이 確實한듯하기에 通知하오니 찾어가시요。

「그때도 나는 고집을부리고 않간다。발이있으면 오겠지。나의念頭에는 그저 茫洋한自由가있을 뿐이다」

나의 念頭에는 그저 茫洋한 自由가 있을뿐이다.

이한마디詩를 아모躊躇없이 比할만한 作家가 現代文學界에 몇사람이나될가? 나는 묻고싶습니다。 그아나크로니스틱한 理念에 있어서가 아니라. 그傍若無人한 大膽性에 있어서 말입니다。

이리해서 그의小說은 小說이아니라 詩라고한대도 無妨할듯합니다。 그러나 小說이 傳統的形式을 깨트리려고 모든 實驗을거듭하고있는 現代에있어 李箱의作品에 小說의 名稱을 拒絶할 理由도 發見키 어렵지않은가 생각합니다。

李箱의 藝術은 未完成입니다。이未完成이라는데는두가지 意味가있읍니다。卽 그의藝術은 作品그自體부터 未完成的이라는 意味와 또그는일은 中만들고 이世上을 떠나버렸다는 두가지 意味가있읍니다。

그는 어떤完成된 形式안에다가 自己의 體驗이나 主張을집어넣라는 傳統的作家가 아니라 現代文明에 破壞되야 散漫으론 到底히收拾할수없는 個性의破片破片을 추려다가 거기에 될수있는대로 리아리티—를 주려고해서 여러가지로 테크니크스實驗을하야본 作家올시다。그의作品이 이런다위의 小說로서 어느程度까지 完成한다치드래도 傳統的小說概念을 가지고본다면 그것은 언제든지 未完成的이고 또幼稚하야 보일것입니다。그나마도 그는 그實驗을 더發展시키지못하고 또外部의 充分한 批判을받은 일이없이 이世上을 떠나고말었읍니다。그의 藝術이 未完成이라는것은 어느點으로보나 避치못할 運命이라 하겠읍니다。

그렇다고해서 우리는 그가 남기고간 일에서 價値를 看過할수는 없읍니다。時代의 非難과 嘲笑를 받는 인테리—의 個性崩壞에 表現을주었다는것은 一個의時代的記錄으로서 價値가 있을뿐만 아니라 이混亂한 時代에 있어서 知識人이 살어나갈 方途에對하야 間接的이나마 暗示와 敎訓을주는때 또한적지않다고 생각합니다.

좀재로 자칫하면 常識과 低調에 따지기쉬운 우리文壇에 비록 어그러진 形式에서나마 知的關心을 喚起하였다는것은 그가 남기고간 커다란 功績의 또하나이라고 생각합니다. 그의小說이 讀者에게 구수한興味를 주지못하는것은 事實이지만 우리는 文學에서 興味만을 要求하는것은 아닙니다.

우리가 敬愛하고 期待하든 作家李箱은 멀리 客地에서 쓸쓸이 이世上을 떠났읍니다. 비록 몸으로는 적으나마 그가 남기고간 藝術의 血統을 繼承하고 또 그정신을 살려가는것은 우리가 마땅이 할일이라고생각합니다.

이點에 關聯해서 나는 그의遺族과 또 그와親交가 있었든 文壇諸氏에게 波瀾많은 그의生活의 記錄을하로바삐 우리에게 보여주시기를 切望하는바이 올시다

끝으로 故人李箱의 冥福을 기리기리비옵나이다.

附記―府民館에서열린 故編者金裕貞、李箱追悼、會에서 講演한 그대로실린것임니다.

(朝鮮文学 제13호、1937·6)

李石薰氏의多角的天才

氏는二十前後에 大阪每日中報의地方通信員으로 江原道金化에있으면서 「釜山日報」「京城日報」等新聞에 短篇을日文으로六七篇을發表하고 東京어떤同人雜誌에도 亦是短篇을發表하야 大歡迎을받었는데 五年前東京에 戲曲當選을爲始하야 數十篇의 短篇을쓴분인데 「批評無用論」을提唱했다가 相當한問題를 니르켰든것이 最近의일이거니와 氏는多角的天才여서 日文으로 短篇을잘쓰는것은말할것도없거니와 今年「中央日報」에政治論文에當選되여 文人들을놀내게하였다. 朝鮮의文人치고는 俞鎭午氏外엔 다―盲目이다 氏의政治論文엔 누구나 다―讚辭를아니지않을수없다. 여기까지쓰고보니 氏를너머추게세운것같다. 그러나氏는사람이 너무冷情하고쌀쌀하야 朝鮮의文人들한테 歡迎을못받는다 放送局에서月給을타면 雜誌編輯者에게 한잔씩내이면 歡迎도받게되고 原稿料도 각감받을것을 그리케 冷情해갖이고야 누가原稿를부탁한가. 氏는處世術을모르는모양. 아첨도하고 술도사인 서푼짜리文士도 新聞社雜誌에서 原稿料타갖이고 세상을얻은듯이 좋와하는데 氏는이런때도없는가. 「朝鮮의文壇에선 이젠 자저리가나서」하고 각금만하니 이것또큰일났군 「改造社」의商品이 또한아생기겠군. 그러나氏여 朝鮮의文壇을爲하야 一篇에라도 우리한글로더쓰라. 空然이 歡迎도못받는處地에 깟딱하다간아조 매장을다하면 그것도탈이 아닌가.

(조선문단 제24호、1935·7)

新刊評

「漢拏山」

李殷相著

朱耀燮

내가 紀行文에 이맛을 읽어버린지는 벌서 여러해前 일이다。 茫茫한 분들의 紀行文을 여러개、 읽어보았지만 모두가 한길같이 乾燥無味하기 맥물에 차겠돌 삶은 맛이였기 때문에 그뒤로 벌서 여러해째 나는 紀行文은 일체 읽지 않고 지나온것이 事實이다。 이번에 鷺山의 「耽羅紀行」을 받아들고도 그것을 읽기시작한 참動機는 첫재 畏友의 作品이니 한번 읽어야할 義務感을 느낀것과 둘재는 내 한벽쪽 祖先이 耽羅開闢、 三神人中의 一人이시라 어러서부터 항상 이신비스런 섬나타에 對한 동경이 떠나지 않었섰음으로 비록 내스스로 그곳을 巡禮하는 好緣을 얻지 못했을지라도 이紀行은 읽어서 대강한 사정이나 알어 볼가 하는 希望에서 이였다。 그러나 이상한일로 나는 몇頁아니읽어서 벌서 어느덧 熱中되여가지고 끝까지 않은자리에서 단숨에 내리읽고 말었든 것이다。 처음에는 심심풀이로 시작하였든것이 冊을 덮을때에는 새로운 感激과 情緖로써 내마음을 한번더 淨化시키는 한經驗이 되였다。 不知不識間에 나는 그글에 취하고 그熱情에 휩쓸리우고 그感觸에 사로잡히고 그유모어에 吸收되고 그態度에 感服되였든것이다。 이經驗은 한낫 단순한 紀行文의 讀破에 그치지 않고 한貴스러운經驗이었든 것이다。 그러면 이렇게 까지 한 讀者를 사로잡고마는 그힘은 果然 어데에 있는가?

이힘은 勿論 鷺山獨特의 스타일을 가진 隨筆美에도 있으려니와 그보다도 한거름 더 나아가서 적은것이나 큰것이나 對하는 自然 그것을 남보다 좀더 깊이 觀察하고 좀더 깊이 느끼고 좀더 흥분하는 거기에 있지않은가고 내게는 생각된다。 그것은 自然을 묘사할때에 아모리 美文으로 한다 하더라도 거기 좀더 깊이 푸르고 네뻐는 참된 激情과 理解와 感動이 없을때에는 그글이 귀에는 아름다울런지 모르나 讀者의 精神을 그처럼 잡아쥐고 흔들어 노흘수는 없을것이 아닌가 結局 靈魂이 없는 美文은 「소리내는 괭과리」에서 더지난것이 없는것이나 현되처 美文만운 농낙하는 許多한 紀行文에서, 當然히 실증을 냈든, 나로써 이한卷 冊에서 驚異와 感激을 느낀것은 이 또한 當然한 일인가 한다。

이 한卷冊을 紀行文만이라고 할수는 없다。아니 이冊은 詩集이요, 隨筆集이요, 傳說集이요, 哲學論이요, 宗教論이다。그러고 科學論은 決코 아니다。그러므로, 이一卷書에서 濟州島에 對한 地理學이나 地質學이나 植物學이나 이런것에 關한 智識을 얻어보려고 한다면 그것은 失敗에 도라갈것이다。登山의 이한卷書는 처음부터 끝까지가 客觀的인 報告가 決코 아니요 어데까지던지 主觀的인 感激인것이다。그러므로 登山과 함께 激笑에 울다 그와 함께웃고 울고 부르짖고 탄식하고 新穎하는 詩的經驗을 참으로 맛보고 싶어 하는 사람 또는 할수있는사람만이 이冊을 읽은것이다 이事實은 著者自身도 밝히 讀者에게 言明한 바이니 二二○頁에 그는 말하기를

「나는 登山을 爲한 登山家도 아니오, 나는 採集을 爲한 採集家도 아니오, 나는 硏究를 爲한 硏究家도 아니오, 다만 나는 三界迷途의 한 可憐한 丐兒로 이 거룩한 山岳을 찾아왔던것이매 내가 누리고 싶은 幸福은 實로 다른것이었다。大自然 大慈母의 聖愛와 至仁속에 마음껏 하소연하고 마음껏 어리광하고 마음껏 안겨본 것이 다시없는 내幸福이었다」라고。

× × ×

登山의 隨筆은 이미 定評이 있는자라 이제 새삼스러 이러니 저러니말하는것이 도로혀 부질없어보이나 어떤 대목에 가서는 實로 무릎을 치지 않을수 없는 때가 많으니 美文의 鑑賞만을 합해서라도 이한卷書는 一讀한 價値가 있는줄로 믿는다。보라 一○四頁에

「西으로 멀리 있는 섬은「범섬」(虎島)浦口앞에 놓인섬은「새섬」(鳥島)、고넘어 있는섬은「노루섬」(鹿島) 왼편東으로 떨어저 있는섬은「숲섬」(森島)· 달이오른다。기다리면 달이오른다。섬밖이 섬안에 달아 오른다。

「안윽한 西歸浦! 海上에 風波 이는날 큰배 적은배 모여드는곳! 오늘밤도 어디서 들어온밴지 어디로 나갈밴지 數十隻 적은 배들이머리꼬리 마주대고 浦口에 쉬고있다。달이 오른다。기다리면 달이 오른다。배머리에 배꼬리에 달이오른다。

「이바닷가에 모여사는이 五百戶、二千人! 조개껍질 엎어놓은듯 낮우한 집들! 작난감이 들어노흔 좁다소라한 골목! 달이오른다 기다라면 달이오른다。집집이 골목골목 달이 오

튼다」

以上을 果然散文이라 할지 詩라할지! 散文과 詩와 融合으로된 鷺山獨特의 隨筆의 精華가 여기 모힌 것이다。

× ×

鷺山의 人生觀이나 哲學이나 宗敎觀은 徹頭徹尾 東洋的이다。더욱이 이번「卷書에 있어서 그東洋的인 大自然과의 合一觀念、곳 大自然의 美、善、眞에의 人性의 歸依에서 비로소 人類의 眞善美를 發見獲得한수 있으리라는 信念은 더단순 근세게 支持하였다。

「鬱蒼한 松栢林이 언제부터 생긴지를 구트나 헤아릴것이 없이 어림풋이나마 이같이 오랜줄이나 알고가마 하는듯이 여기저기 썩어넘어진 古木등걸이 눈을 늙고 발을맨다。허옇게 썩고마른 千年古木이 아니든들 深山風味를 半밖에 못볼것이니 썩어넘어저 마른남이 그럴수록 멋이있고 구수하야 만저도 보고 앉아도보고 바라도 보는것이다。

「歷史와 秘密과 이山의 深奧한 理趣는 내가 아느니라 하는듯한 枯木의 마른등걸이、高原의 風雨앞에 옷을벗고 살을 벗고 뼈만 남아도 남제속에 지닌 자랑이 남두릴것 없고 부끄럴것도 없어 驕傲하고 放恣하여 숨은 막고도 비커날줄 모르고, 산나무 중동을 때리고도 천연스러이 누었다」 (一六四頁)

枯木에서 까지 美와 敎訓을 찾고, 이心情은 怪石에서 까지 美와 敎訓을 찾는 純東洋的 情緖인것이니 아마도 物質文明에 汲汲한 西洋人들은 이 心情、이感激을 理解못하리라。아나 現在 東洋人中에드 自然을 對할때에 그美와 敎訓을 感賞하기보다도 그財에 침을 흘리는 血眼된 무리가 果然 그얼마나되리오 이러한 殺風景인 現實속에서 超然히 安息淸遊으로 大自然의 神秘스런 품에 맘놓고 안길수 있는 鷺山의 存在는 애길줄 아는 사람만이 애낄것이다。꼭 같은景을 보고도 鷺山만치 깊게 激하게 感動을 느낄수 있는 사람이 果然 몇이나 될꼬! 언제機會가 이른다면「耽羅紀行」의 一卷書를들고 漢拏山으로 건너가서 그路程 그대로 밟으며 鷺山이 感激하든 곳마다 알으러서 발을 멈추고 그글을 읽으면서 마음껏 한번 나도 感激해보았으면! 누구나 앞으로 漢拏山登山을 꾀하는이가 있으면 반듯이 一卷書를 들고 가라고 勸하고 싶다。

(朝光 제28호、1938・2)

鷺山 李殷相氏「無

우리의肉體는 헐벗고 굶주며 呻吟하고있다。그러나 그보다 더 심한것은 精神의 飢渴이다。

굶주린 입이 밥을 찾는것이나 주우린 精神이 文學을 要求하는것은 人生의 本能이다。

우리들의 過去에 어찌참된文學이 없었으리요만은 그것은 우리가 悲運的으로 맛볼수 없게되니 이는 一個의 戰中之詩이며 現在에도 참된文學이 없으랴만은 그는 甚한 環境의影響으로 찾어내기 困難하다

그리하여 糧食을찾아 헤매든 굶주던 精神은 오직 疲困을 感할 뿐이다。

그러나 시들고 마른 精神은 死의門前에 부딪치게 하지 않고 한줌의 糧食을 주어 回生의길을 얻게하는 者있으니 이가 곧 鷺山李殷相氏著「無常」이다。

「無常」! 이것은 割中之痛을 견듸다못하여 눈물겨운 心情을 如何히 그려낸 一文學家의 苦悶이다。

그러나 그것이 眞純한文學的 苦悶이아니라 哲學的文學範疇이라 할수 있으니 이 한代의 「無常」은 現代朝鮮文學界에 偉한 存在임을 承認하게 된다。藝術的妥當性과 哲學的眞理性이 調和統一되어있어 讀者의心琴에 微妙光輝를 던지우고 있음을 否認할수없다。뿐만아니다 거기에 歷代、哲人文人의 哲學과 人生觀乃至 鷺山의 獨特한 哲學과 人生觀을 그의 神秘로운 筆致로서 가장 銳敏하게 表現하고있다。

人生이 어찌 無常하지않으리요만은 이 「無常」을 讀한後 加一層 無常의 理致를 밝게 體得할수 있으며 人生이 어찌 無常한줄 몰랐으리요만은 이 한仲을 읽고나니 生의 無常을 더深刻히 깨닫게 된다。

슬프다 人生一生이 이와갖고나、소낙비를 避하여 남의집 첨하밑에 잠가섯나 지나가는 그것아닌가? 지나가면 그뒤에 찾을길이 어느곳에 머물고 간지 알길도 없이

(P三十一—三十二)

순시한 人生이 요만한 소낙비를 잠시 피하려고 남의집 첨하밑에 몸인것이恰似이 지문날에 외딴주막접 연기엉킨 나무가지에 約束업이 몰여든 새의 무리와 같은것을 또는 옛날의詩로서 우리들게 그意味를 밝혀주고있다。

어두워 한가지에 가치 자든새 서도각각 날나 가나니

보아라 人生도 이와갓거늘 무슨일 눈물지여 옷을 (P47)

人生은 幻像과 虛妄이매 기에 樂과 苦를 말함이 그亦 虛妄이다。그러므로氏는 人生에對하여 말하기를

「鷺山에 흔더가는 浮草것누메 거기 무슨 苦니 樂이니를 부처 말하나? 도아지보나도 鈍한것이人生이로다」(P32)

이와같이 氏는 人生의 無常性을 主張하여 「我空人(法)亦空 是空亦空」이라는 佛敎의「假空」에까지 自己思想을 展開시켰다。그리하여 金剛經의 四句中 二句인「凡所有相、皆是虛妄」이라는 思理論이 氏의思想을 制約하였다。그러면 生만이 虛妄인가? 死亦是 虛妄이다。

幻像! 그렇다 人生은 幻像이다。生도 幻像이요 死도幻像이다」(P42)

生死가 同一한 幻像이며 虛妄이매 氏에겐 있을것도 없으며 없을것이 그亦 없는것이다。그러나 그에겐갈길만있고 온길없은 그곳으로 외로이떠난 아우에對한 憐憫과 그를 잊지못하는눈물만이 있을뿐이다、어찌하여 그에겐 憐憫과 눈물조차 마지 없어지지 않었든가? 그것은 뜨거운(사랑)파 (純情)이 있는까닭이다

「阿彌陀佛!」자티에 누우체로 다시금 헤아리매 하늘도 헛되고 땅도 헛되고모든 사람의일이 헛되지않는것 없건만 네가 今에 불라고있는 이 뜨거운「사랑」나의「타는

寂寞을 讀함

安浩相

性」만은 버릴수가 없다

(3)

그러나 마지막 마지막에 내가 알건데 헛된손을 알고도 오히려 헛되히 남는것은 사람이로움(一三)

이純情을 卒業하기까지 氏의 思想은 오히 人生에 對한 希望뿐이요 消極的 傾向이 많음을 보아 平凡한 人生觀이 서잇지 않엇다 해도 過言이 아니다. 뿐만아니라 將來의 快樂만을 向하여 瞬間的遊興으로 人生의 眞을 忘却코저할 傾向과 지잡시 볼수잇스니 深刻한 그의 苦悶이 如何한 程度에까지 들어가 잇음을 알수잇다.

그러나 또한 此純情의 뜻意를 解釋하는데서 自己의 哲學과 人生觀을 如實히 表明하고 잇다.

「正義와 勇氣」 「친구와 幸福」이 오직 이 純情으로부터 되는것이다(一五)

만일 우리가 여기서 純情의 範圍를 더-넓히 自然界와 比해볼때 純情은 自然의 根本이되며 自然 그 自然을 演出하는것이다.

佛蘭西作家 안악스에니스는 말하기를 純情은 사랑으로 成立(合)하다가 다시 「미움」(憎惡)으로 消滅(分離)되는것이라 하엿고,

「純潔」은 自己의 本性의 法則에서 말하기를 純潔의 美方式에 依하여 나은 씨를 낳고 純情은 放任으로 아서 自然의 形式과 本能의 本然이 오직 이 純情으로 純潔되나 卒業하엿다.

다시 苦惱에 (?)(?)을 愛着한때 이純情의 問題가 重大함을 알수잇는것이다.

解說와 性理上은 그만두고 中庸一致만 보드라도 純情이 如何히 重한가를 充分이 알수잇다. 「中庸」의 一要素인 誠을 如한건데 誠한때 喜하며 哀한데 怒하며 哀할때 哀하며 樂한때 樂하야 喜怒哀樂이 (?)(?)中節이 되는것을 和라 하겟다. 그러므로 喜怒는 「和曲者 天下之達道也」라 하엿으니 그는 맛보서 人間社會와 自然界에서 道理法을 삼는것이다. 다시이

一間을 天下에 「(?)(?)」이라 하겟으니 여는 而의 (?)(?)大선생에 (?)은 (?)의 眞未에 (?)가 되는것이다.

과 純情이 없는 表現은 힘 純情만이 (?)로되여잇는것이 아니라 (?)(?)의 (?)이이며 같-없는것이다,

「純情과 (?)(?)의 (?)(?)리는 깊은 관속이를 (?)서나 느끼과 (?)(?)의 (?)(?)지나가는 동은 (?)(?)을 (?)아야에다. (?)(?)과 (?)(?)의 우서운 (?)(?)에 오히리 이「(?)(?)」「사랑」이 人生의 기슬한 힘이 되어 거기 혼들수없는 뿌리박이 뿌려잇는것을 깨닷겟네(一三)

수에서 (?)(?)와 같이 또에 건 (?)의 (?)(?)가 生의 그것과 같이 같은 (?)으로 (?)(?)되어 잇다, 生(?)(?)을 (?)하려는 또는 (?)(?)한의 (?)(?)을 一一히 (?)(?)하엿으나 이괴한 一家의 (?)하에서 (?)(?)한 (?)을 건지못하고 (?)에 自一自서 主는고 (?)(?)(?)을 取하여 「(?)한 主(?)을 새겼으

너 다음 노래떼 表現되고 (?)(?)로가 알수잇다. 엿구한다가 가슴안고 잇슬만 너기고서 슬픔이 胸에숨어 마되마되 아까구나 너 보시 오도 (?)은건 잇은 주만 뇌기고서, 숨(?)안고 잇는 이 슬픔이 아까워라 의하고 번 살앗고나 네 만게 없는것인데 잇는 숭만 여기고서. 아니온 나로구나 가도안혼 너로고나 언제나 너랑나랑 닮음도 허립도없이 라라라 여기 그대로 긴이 긴이 머무나니(一八)

여기에서 그는 (?)(?)인 生과(?)를 (?)(?)에 (?)어서는 別問의 (?)(?)으로 形成시키고 잇으나, 그 (?)(?)에 들어가시는 (?)(?)을 同一視하엿다 生은 (?)(?) (?)(?)이 잇으나 「(?)(?)」을 여러 (?)境에 들어가서는 「나와나」 또는 「生과死」가 오직 同一하는때이

다. 또가 이와같이 生을否
定하는 同時에 死를 또한
否定하여 다시 絕叫하는 인
「眞理」(III相)를 把握하면은
을 볼때 氏의 一定한 性格
的方法과 關係가 뚜렷하게
세워진것을 充分히 알수있
다.

筆者는 이 無常에서 얻은
바 思銘이 적지않으나 創

「센스되어」의 [illegible]
[illegible]의 [illegible]스트, [illegible]의[illegible]
[illegible], [illegible] 表現的[illegible],
어리 作品들은 [illegible]的이기
보다 차라리 性格的인데서
그. 超越과 生, 死를 把握
하고있는것이다.

([illegible])
[illegible]

(朝光 제15호, 1937.1)

[illegible]된 紙面이 내[illegible] 全部
를 作치않음은 遺憾으로여
이는바이나 [illegible]川과같이 文
學方面에 全心을 가진이로
서 이같이 公平한 哲學的
思想과 그러한 [illegible]에 綜合
統一식히있음은 實로 드믄
일이 아닐수없다. 眞正한 文
學외 生命은 冷情한 哲學
思想을 그中心으로 하지않
으면 안될것이다.

文學의 [illegible]가 美에
만 存在한것이 아니라 眞
理에도 存在해있으며 文學
외 生命表現이 오직 藝術
에만 매여있는것이 아니라
哲學세계까지 미치고있다는것
은 歷史的으로 흘러온 偉
大한 作品들이 證明하지않
는가?

“無常”讀後感

碧山著

주 요 섭

一

碧山의「無常」을 받어 三讀四讀 하다가 나로써 한마디 말하고싶은 [illegible] 이게 참을수없어서 붓을들고 말었다。

내가 이런信 長文을 읽고 또읽고 默思하고 또 默思하는 碧山는 그文章이 [illegible]하다는것이나 또는 東西洋先哲을 一一히 引用한 그該博한 知識에 感嘆함이라는것이나 그러한데에만 있는것이아니라 그보다도 나는 이「無常」이 쓰여진 그人間으로써의 슬픔、苦悶、思索、熱情이 너무나 深刻하여서 읽는사람의 폐부를 쿡찌르는 강렬한「글의 힘」거기에 사로잡힌바된것이다。이때를 뚜르는 讀感이야말로 作者의 참된休驗과 숨김없는 告白이아니고는 맛볼수없는것이다。

二

碧山의 哀痛은 碧山앞에 世上의온갖事物에對한 커다란 幻滅로써 나타났다。

死가 무어냐? 生이란 또한 무어냐? 이러한질문에 赤裸裸하게 逢着될때 비록 哲學者 아닐지라도 커다란 幻滅을 느끼지 않을수없게됨이 이또한 人類로서의 常情인가한다。

이 人類最大의 疑問은 어제오늘에 시작된것이아니고 따라서 이疑問을 따르는 幻滅도한 한두사람만이 느끼는바가 아니겠고 人類라는 動物이 存在

하기 시작하는 그太初로부터 지금까지 代代로傳해내려온 最大의 疑問이며 또全萬代後世에서 代代로 문려줄 最大의 幻滅인것이다。모ー든 宗敎의起源이 實로 여기에있고 過去 地球우를 단녀간諸哲哲學의 敎祖들이 實로 이問題를 싸고돌았으되 아직까지 一致的解答을 얻은바없으니 이에對한 信仰이나 解決은 어데까지나 主觀的이오 個人的인問題이다。

義山이 그該博한 知識으로 前後數百매지에 亘하야 諸家의 구구제설로 그大部分을 채았으되 그敎多한諸說가 最終結局에가서는 그저간간한 한마디。

「死란은 알자못할 人生이로다」(三〇頁)로 끝나고 마는것이다。

生이 아지못할것이라면 死는 더한층 아지못할것이다。세상에는 許多한 宗敎가 이永遠의未知요 神秘인 死란問題를 노리고 생겨나가지고 愚夫愚婦에겐 한낫의 迷信과獨斷이되고 哲人들에겐 한개의 關談消費品으로 되여있거니와 義山도 이 死를부닫고 佛敎로、仙敎로、回回敎로、基督敎로、왼갓宗敎를 한바퀴 다돌고나서 結局가서는 아모런解說도 모다민을수 없는일이오 오직 모를것이라는 結論에到達하고 말었다。

「東風과 西風을 解論함과 다를것이없고나」(一三二頁)라고。

인데리 젠챠의 當然한 견논인것이다。

三

그러면 이모른것을 가지고서 이러니 저러니 論하는것이 어리석은짓이 아닐가? 어리석다!「無言」을 쓰는것도 어리석고 또 그前後編을 쓰는것도 어리석다。어리석은줄 알면서도 여기어면 假說은부쳐보고 信仰을부쳐보고 意味를부쳐보고 하지않고는 견댈수없는 이어리석은 人類의「情」에 絶對的價値가 있다는것이 義山의主張인가 싶다。

그래서 眞實한 人間인 義山은 決코 虛無主義者가 아니다。철경 虛無主義로 빠지기쉬운 그逆境에서 방황하면서도 決코 그구렁텅이에 빠지는일이 없이 어데까지나 現實的인意識을 붙잡고 있는것이다。死가 무엇인지 實로 알길은없으되 이를두려워할것없이 오직 살어있는 동안에는 眞綿을 견대가면서 참된生活을 하여야한다는 主張이다。死後에 무엇이 반듯이있다고 믿을수는없으나 그러나 사람의「情」이 어떤 信仰을 要求한다는것을 率直하게 叫訴한것이다。

「그러나 다만 내슬픔을 묻기爲하여 내 아우의靈魂은 있어야한다。萬一에 몸도없고 靈魂마저 없다면은 끝질없는 내슬픔 어이하랴나」(一三三頁)

어데까지나 現世的인 生의讚美이다。

四

死가 未知인것처럼 生도 또한 未知이다。그러나 生한者 五官이있어서 接觸하고 感覺하고 思索하니 무엇인지 도저히 알수없는 일이면서도 官能的인 어떤 反應은 언제나 있을수밖에 없는것이다。어데까지나 한개의 固定된「사람」의 立場에서 生에對한 反應을 赤裸裸하게 叫訴한데 곳여기에 이小曲子의 眞意가 潛在한다고 나는 생각하는바이다。

이러니 저러니해야 生이란結局「生死苦樂」네字속에 全部包含된다는것이 鷺山의 第一 깊이느끼는 反應인듯싶다。

「人生은 진실로 괴로운것이다」(六八頁)

人生이 괴롭다는 眞理는 鷺山이 創作한說이 아니오 鷺山이 明確하게 引用한 그대로 數十百人의 先哲이 數千年의 口으로남기고 간바이오 數百億의 蒼生이 한마대식 다해보고간 소리이다。

그러면 이제 問題삼은것은 그처럼 괴로운 세상에 왜사느냐? 하는것이다。무엇하러, 어찌하야 또는 한거름더나가서 어떻게사느냐? 하는 무름에對한 解答에 들어가서 따로 各人各樣의 差異가있을것이오 그어데까지나 主觀的일 그解答의 如何에따아서 各個人의 人格이 決定지어질것이다。

그러면 여기對한 鷺山의 解答은 어떠한것인가?

使徒 바울은 羅馬書에「오호라 나는 괴로운 사람이로다。누가 이사망의 몸에서 나를 구원하랴?」하고 부르지젔다。바울도 세상은 苦라는것을 깨닫앗고 삶의 方法로써는 이苦의 生으로부터 버서나서 逃避하는것으로써 死亡의몸을 버리고 구원을 받을 道理를 探求하여 마지않었으니 이는 生의肯定이아니라 否定이였다。바울이 中間에들어서 變形되여버린 基督敎批判의 中心點이 곳여기있는것이다。또 이點에있어서 鷺山과 바울間에는 커ㅡ단틈새가 있는것이고 딸아서 鷺山과 바울間에도 커ㅡ단差異가

있는것이다.

生을 苦라고 解糾한사람으로써取 할길이 세갈래로 났다고 볼수있는줄 안다. 한길은 逃避의길이니 死後의人生 天堂이니 極樂이니 하는것으로써 生의延을 삼어서 生을無視하고 오직 生이란 死後로의 한 準備動作밖에 더안된다는 逃避요 또한가지길은 屈服의길이니 그저되는대로 술이나처먹고 잊어버리고 渡日하자는 屈服이요. 또 다른한길은 克服의길이니 生이苦인만큼 그苦를 深刻하게 맛봄으로써 人間서로間에「愛」와「情」으로써 活하자는 길이다. 이괴로움, 이슬픔을 正直하게 맛보기 前에는 人生은 참된人格을 形成못하는것이다. 그런데 鏡山은 괴로운生을 두려워 함도아니오 逃避도아니오 屈服도 아니오 오직「뜨거운사랑」과「타는情」(一六四頁)으로써 살고저한다 하였다. 「死亡의 몸에서 누가나를 구하랴?」하는 絶望的叫喊이 아니요「아니놀고 무엇하리」하는 屈服도 아니오 오직 참되게 사랑으로 정으로 살아서 이를 克服하자하는 積極의길의니 끝까지「푸라그마틱」한 哲學인것이다.

五

누구나 커다란 幻滅을 느낄때 經驗하지 않을수 없는 일이지만 鏡山도 먼저 屈服의 길을생각해보지않은것이 아니었다. 南山에올라서서 밤서울을굽어보면서 그는 이렇게 말하였다.

「兩三次를 찾아 어울려 酒肆로라도 가볼까나. . . . . . . 모름즈기 樂宋의徒弟가될일 아닌가. . . . . . 다만 이瞬間快樂을取하야 어데로든 가자」(九三頁)

鏡山는 그러한길을 取했으리라. 그러나 鏡山은 어데까지나 眞摯된 人間인지라 곳 반박하여가르되「人生의 슬픔을 一杯酒로 풀수가있다 하면은 우섭다 人生이 무에슬푸냐. 그까짓슬픔이면 人生에게서 슬픔이 없어진지 오랬으리라」(一〇〇頁)

人生의苦와 슬픔을 逃避하려 하지도않고 또이에 屈服하지도않고 어데까지나 그대로 맛보고 情으로 참되게 살려고하는態度, 여기에 나는 敬意를 表하는것이다.

어더 그뿐이랴? 過去歷史를 뒤져보면 人生의幻滅을 個人의 歡樂속으로 屈服하지않은者, 또는 死

의逃術로 逃避하지않은者 흔히 富貴權力의 城으로 또는 自身을 犧牲하여 濟世濟生한다는 엄청난 自我誇大忘想者으로 逃避한 實例를 많이본다. 그러나

「저 億萬金을 드리고 十萬軍을 풀어 國家와 國家가 서로 침도 人生의 無常한 一点에서서보면 참으로 개아미 언덕우에 몬지를 일으키는 可憐한 受苦밖에 아무것도 아닌」(五○頁) 것으로 보는 諸山에게는 權力에 醉하는 英雄的野望도없고 自我의誇大忘想속에 醉하는 所謂聖賢的 自負도없으니 徹頭徹尾 素朴한人間, 自我를 正確히 認識하는人間, 참된人間인것이다. 이點로 英雄되기 보다어렵고 聖賢되기보다 어려운일이다.

「숙인 머리를 손으로 마저 얼골을 가려움은 눈가에 젖은 눈물痕跡을 참아 남에게 보이기 어려워서다」(六六頁)

이 얼마나 謙遜하고 眞實스런 態度인가! 남에게는 눈물은커녕 웃아도 보이지 않으면서 진지하게 生을 接觸 시키려는 情熱—

六

諸山은 誇張도없고 獨斷도않고 몸부림도 않치고. 「無常」을 깨닫고도 거기에 압박되어 窒息되는일없이 생자은 가장 「싸이닉」하면서도 行動은 「푸라그마틱」하게 이 「쏘퍼스트」한듯 하면서도 쏘퍼스트와는 거리가먼 平凡하면서도 어려운 이 生活哲學을 休得한 諸山을 나는 尊敬한다.

「이 「純情」만은 믿어야 한다. 다쳐되고 오히려 헛되이 남은 이 「純情」만은 못버릴겐가」(一六八頁)

「無常」을 깨닫고 슬픔을 알고 괴로움을 맛보며 生을 否定하기는쉬되 도로혀 그러함으로써 더肯定하는 態度는 이 至難의 일이다. 오직 「愛情」과 「사랑」(一六八頁)으로써 살되 초조하지않고 두려워 하지않다가 死가 찾어올때에 亦是 고요하게 엄숙하게 마치옷을 갈어 입는것처럼 死를 마지하겠다는 이런 「애쌘돈」(Abandon)!

「하로의 活動이 끝난뒤에 困하여 잠속에 드는것같이 한平生이 다한뒤에 죽엄속에 없더는 것이니 死만 非究 生의 한順序, 한現象이 아니겠느냐」(一七○頁)

나도 그렇게 생각한다 하고 소리치고 나설사람이 과연 몇몇이나 될가? 死의恐怖를 超越한사람

의 生은 生命의 눈물속에서도「라라라」노래를 부를수있는 人格의힘이 있는것이다。어데까지나 참된 人間ㅡ

七

「無常」一篇은 組織的見地에서보면 생각이 왔다갔다해서 散漫한 느낌을준다。그러나 이 一篇이 科學的硏究도 아니요。哲學講義도아니요 徹頭徹尾 사랑하는아우를 死別한슬픔에서 体驗한바 意識의방향을 그대로 글로 옮겨놓은 것인만큼 도도혀 이렇게 생각이 이리저리 방황하는것이 더한층 實感的임을 느끼게 한다。

그의結論이 언뜻보면 汎神論的인듯도하지만 決코 그렇지않다고 나는 생각한다。어데까지나 現世人生本位의 哲學이다。그從容時調의 참뜻을 내가 바로 깨다랐다고하면 이는 어데까 나 生의讚美라고 나는 생각한다。아모러한苦、아모러한슬픔、아모러한 虛無、아모러한 死의恐怖도 從시킬수없는 生의힘 情의生、愛의生!이것은 永續的인것이어서 決코死로써 끝나는것이 아니라 마치도 晝夜와같이 表裏와같이 永遠不滅허 때며 나갈줄가찬 生의 힘을 그는認識하고 그生을 가장 참되게 엄숙하게 살고저하는 意慾이 充溢한다고 내게는 생각된다。

爛华의 藝術과 幻滅이 梵山에게 가져온바 結論은 이屈服이 頹落이 아니요、이逃避의 卑怯도 아니며、이逆旅過客의 宗敎도 아니요、이 虛無로의 敗北도 아니니 오직 情과愛의 現實生活에 則한 엄숙하고 고요한 生의 讚美인것이다。

「아니온 나로고나 가도않은 너로고나 여기 나랑나랑 찾음도 여험도없이 라라라 여기 그대로 기리기리 머무나니」(一八〇頁)

이러한 노래로써「無常」의 애끝는 방황을 結末지을수 있는 確乎한 生活哲學을 樹立한 梵山이 나는 부럽고나

—끝—

(白光 제3호、1937·3)

微笑 갓는가

—悼李定鎬君—

崔泳柱

190

微笑 갓는가? 정말 갓는가? 靑靑할 그대 더욱 푸르靑靑할 그대 돌아갈 길이 그렇게 바빳든가? 微笑! 우리는 微笑의 그 반가운 연굴을 다시 맛날수 없고, 그 情담긴 목소리를 다시 들을수 없게 되었단 말이오?

微笑 왜 갓는가? 어째 갓는가? 외로웟든가, 고달펏든가? 무슨 때문에 그렇게 서둘러 가는것인가 자별하던 그대가 인사도 없이, 소리도 없이 그렇게 慌慌히 가다니, 무엇이 그렇게 급하엿든가? 微笑!

微笑! 그대 나이 설흔넷! 나와 동갑이엇소. 스무살부터 한 서울 한마당에서 함께 자라다 헤어지다 하면서도, 늘 나를 염려해 주고 위로해 주더니, 맛날때면 으레! 얼굴빛이 왜저 모양이냐고 健康을 注意하라고 타일러 주더니 그래 그대가 먼저 그렇게 매몰치게 갓단 말이오 微笑! 어떻게 갓는가? 어찌자고 가는것인가?

위로 年老하신 父母, 아래로 사랑하는 안해 철모르는 子女 모두 그대를 바라고 잇거늘 어떻게 뿌리치고 갓는가? 微笑는 그래 그렇게 모오진데가 잇엇든가? 그렇게 마음이 모질엇든가?

나는 그대의 訃音을 石童의 電話로 듣고 茫然하엿소. 病席에 누엇단 말을 듣고도 찾지 못하고 만것이 먼저 가슴에 찔리엇소. 그러면서도 그대를 탓하엿소. 사람두 하고.

그대 가야할 까닭은 따져보나 따질것이 없소. 그대야말로 오래오래 살아잇어야 할 몸이 아니오. 그렁거늘 너무 일직 간것이 아니오. 그대의 靈이 잇으면 지금 後悔하지 아니하오?

微笑! 그대는 그대 이름대로 微笑엿소. 怒할줄 모르는 微笑고 너털웃음을 한번 아니 웃은 微笑엿소 늘 가느단 웃음을 지닌 조용한 그리고 너무나 착한 微笑엿소.

微笑! 그것이 아깝구료. 설흔넷 나이보다도 그대의 그 곱다란 性格이 더 아깝구료. 왜 가는것이오.

어째 가는것이오。

微笑! 그대는 이름대로 쓸쓸하였소。그대 에게는 華麗한 舞蹈가 없었소。있다면 開闢社 十年! 실증 모르고 꾸준한 일군노릇만 하던 開闢社 十年이 있을뿐이구료。千遍一律로 쓰는 고 가난편 그대의 붓글씨처럼 그대는 開闢社에서 千遍一律 실증 모르고 지내주었소。

「어린이」「新女性」「別乾坤」—開闢」十年 동안 그대의 功은 너무나 컷소。아무도 몰라주는 그대의 숨은 功은 너무나 컷소。그러나 寂寞하고 괴로운 生活이었소。雜誌編輯者의 숨은 苦衷은 活字를 만지는 이外에 누가 알겠소。더구나 悲境으로 흘러들어가는 開闢社를 등에지고 버티던 그대의 苦衷을 알리가 누구겠소。

그런중에서도 그대는「사랑의 學校」를 世界一周童話集」을 數많은 美談을 數많은 兒童讀物을 써냈소。그대가 가진 信念, 그대가 가진 情熱은 괴로움과 寂寞 속에서 더욱, 빛났던것이오。

微笑! 그대는 小波를 잃고 울었소。같이 落膽하였소。그 때 나는 울면서 開闢社 책상을 떠났건만 그대는 울면서 開闢社를 지켰소。一年 동안 떠돌다 다니러 갔을 때 그대는 나를 붙들고 같이 있자고, 줄라주었소。그리고 기우는 開闢社의 기둥을 버티기에 시달림을 받았소。開闢社의 運命이 가까워 오자, 모두를 달아났소。나도 또다시 달아났소。그러나 그대는 끝끝내 지키고 마지막 臨終의 물까지 떠넣어 주었소。

그 뒤 그대의 心境, 그대의 行動이 퍽으나 厭世的인것을 알았소。小波를 잃고, 開闢社를 잃고—그대 가슴 속에 無常의 印이 잼처서 찍혀졌을 때 어진 그대가 착한 그대가 落膽과 寂寞에 쌓여 厭世的이, 되었다 해서 그것을 어찌탓하겠소。그러나 오늘 그대가 이다지 속히 小波의 뒤를, 開闢社의 뒤를 따라 갈줄은 참말 몰랐구려。나는 어쩌오。남아있는 父母、妻子、兄弟、親戚、모두가 그대가 맛본 無常의 悲杯를 다시 맛볼것이 아니오。

微笑! 내가 이 글을 쓰면서도 기막히오、이미 간 微笑에게 이런 글을 써서 무슨 慰勞가 되겠소。도움이 되겠소。쓸쓸하던 그대를 더 쓸쓸하게 더 외롭게 할것이구료。

微笑! 그러나 이것이 友情때문인지도 모르오。아까운 탓인지모、모르오。고만 쓰겠소。이미 갔으니 그 곳에서나 華麗하고 福되고 豪氣스럽게 지내소서。그리고 그대가, 늘 사랑하고 늘 마음에 못 잊는 조선 어린이들의 幸福을 더욱 구버、살펴주시오。남아있는 우리들의 쓸쓸함도 寂寞함도 슬품도 이제는 우리들의 運命이라고 하리다。

微笑! 微笑! 永遠히 福되시오。永遠히 빛나시오. (五月 二十一日)

(文章 제6호, 1939·7)

新刊評

李泰俊著 靑春茂盛

李泰俊氏의 長篇「靑春茂盛」이 책이 되여나왔다한다。아직 보지못했으나 그詩에가까운 향긋하고 깨끗한文章과 內容에 맞는裝幀이리라짐작된다。

「靑春茂盛」이 新聞에連載된데는 고은심이가 사랑하지도않는 쪼ㅡ지함을 다라 사랑하는사람(원치원)은 떠나가고 최득주가 그냥그대로 날마다生活困難을 격그며 暗담이 背從아태의그난그밥을지나가고、원치원이가百八十度의轉向을해서且새혼한路旣파는 背에 발을들여놓왔다가鐵굴이 터저서 비오는날 달려다니고나니 감긴지 무엔지 하여간 病이 들여가지고 어느병원에入院했는데 크리쓰마쓰날 아츰 찬송하려 병실로들어오는看護員들中에서 원치원은 하얀 看護服을, 은 고은심을 찾어내는데까지였는가싶다。나는 그때 新聞에실리우는 이「靑春茂盛」을 매우 熱心스레읽었다。어떻든 每日아츰나는 新聞配達夫가 통통굴르며와서 우리집울타리넘어로 집어넣었을신문을 바당에서 찾어내는 일은 모ㅡ든하로일中에서 第一먼저했는데 그것은 시ㅡ 어둠、던거친 뜰아래마당에 놓여있는 新聞을들고 들어와서 다시 자리에 들어누워 읽는재미가 말할수없이 좋왔다기때문이다。

물론 저녁新聞보다 仔細히본다。政治面、社會面까지 샅샅치본다。내가 「靑春茂盛」의 지독한愛讀者가 된原因은 그것이 이렇게 아츰新聞에 실리웠든탓일것이다。

하기야 아츰新聞에 실리우는小說이 「靑春茂盛」뿐이겠으랴마는 첫回、두回、이렇게 읽어가는사이에 나는 나도 모르는사이에 깨끗하고 詩에 가까웁도록 향긋한文章에 醉하고、그小說을 꾸며가는 人物들과 親近해서서 病院에入院해서까지도 나는「靑春茂盛」을 꾸준히읽는정誠을 가졌든것이다。

본래、新聞小說이고 무슨小說이고 막우 읽는性미라면 이런것이 무슨 장한일이 못되겠지만 新聞小說처놓고 읽어낸것이라곤하나없었다。그래서 나는 마음속으로 아마 나는 重要한사람이 쓰는新聞小說이기前에는 읽어내는 忍耐力은 못가지나보다고 이렇게 곤기성없는 내性格을 때로는 悲観해오든일까지있고보면 내게 꾸준히 읽혀진「靑春茂盛」의 「힘」이 大端하지않다고할수없다。

원치원、고은심、최득주、다 어떻게됐는지 책은 아직 못읽었으니 알수없는일이나 바라건대 그들은 죄다 슬프지말고 잘살수있을것과 원치원목사는 얼른 退院해서 다실당 그서트는 鐵山쪽에 받은 돌리지말인과 形經으로 방패를 삼어 自己의感情을 이기려들지말고、한개의굴은 自己의信念으로서 自己를 이기는 牧師보다 먼저眞實된人間이 되여줬으면 싶다。

(인문평론 제14호、1941．1)

崔 熙

李泰俊論

方峻遠

八·一五와동시에 우리文學도 웅당解放되었다——하는것은 우리들의 觀念世界에서 하는말이지 사신에있서 어느정도로「해방」이 되었으며, 또 그것이 八·一五以後 우리文學에 어느정도로 나타나있는지는 甚히疑問視된다. 벌써 一年이란 時日이흘렀것만 우리文學은 얼마만큼의 收穫이있었으며 解放으로因한 어떠한 콜리스를 하였는고?! 이렇다할 作品하나소리치고 내놓만한것이 나온것같지않으니 답답한 일이다.

尙虛李泰俊의 文學的活動도 거이보잘것없이 一年이지났다. 現代日報에 連載된小說도 별반新味가 있는것같지도 않았고,「解放」이아니면 쓸수없는 그러한作品인것같지도 않았다. 地文이 以前보다며 省略되고, 會話가 유난스레 드러난 通俗小說인따름이었다. 물론 新聞에쓰는것이니까 가급적 低級한讀者에게까지 理解가되도록, 힘써通俗化한것이겠으므로 좀

잡은것은 아니로되 거이 會話로만 作品을構成하는 질은 역시「이ㅡ지ㅡ고ㅡ잉」인것이며, 尙虛의文學精神이 八·一五와동시에 發揚되고있지못한듯함은 만 함이아닌가?

대체 尙虛는 어느때부터 政治에 그사간은 野心과 興味를 가졌든고?! 尙虛의지나온길에비추어 尙虛論의 中心課題가되곤하리만큼, 그의政治에의深入은 자못 文壇의話題가되여왔다. 過去에, 日常에 積極的으로 協力한것은아니지마는, 그래도 身邊의態度로부터 小心競競하여「大東亞戰記」란것도 譯述했고「朝鮮文人報國會」에도 잘다니고하였으니 消極的이나마 妥協하던 尙虛였다. 그러던것이 八·一五以後는 아주기승해서, 바무무슨 守節하던志士(정말志士는 그럴게 淺薄치않지만)然하게스리 웬만한사람과는 路上에서 인사도안바꾸고, 文學大會에서「國民文學云云하던 사람들은 다시 글은쓰며거든 大衆앞에 謝罪하다」는등

「수디몬은」 對日協力으로 이끌어드린 先祖들이 가증하다」(漢城時報(創刊號)는등・一部사람들의 拍手喝采를사기에 汲汲한모양같은데・筆者로서본다면 親日派나 그러나 五十步百步아니냐하고싶으며 尙虛가 人間的으로 좀더度量이있고、좀더良心的인個人이라면「가・우리彼此 過去는 너무弱하고 卑屈하야 말에두없는 글을 쓰기두하구・會에두 다니구했지만・모두참치하구・잘이 建設에 힘쓰자」하였을것이다。

尙虛에게 요맛程度의 寬容과雅量을 要求하는것은 無理인까?하기는 그의文學을읽어보면 알ㅅ조니、그의文學은 寬大한人間性을가진사람의 傑作도아니오・이른바 「휴ー매니티ー」의 豊美를가진 文學도 아무것도 다 못된다」 그의文學은 가을밤을 슬퍼하는 燈蛛의 感傷主義的作品이요、구태여좋게말하면 이즈러진・頹廢의 그리고敗北의 朝鮮色을 表現한 靈感的抒情詩라고나 할까?

그러므로 한마디로하면 「敗北의文學」이요 抒情的哀愁가、읽는사람의 心線을 흔들지안는것은 아니므로・相當히많은 愛讀者를 잃지안는 所以이다。

이렇게 結論부터 앞세우면・一般讀者에게는 얼른 那然가 안깊넘어갈으나・가령그의初期作品「달밤」으로더라도・人生의敗北者를 憐憫한 片片한短篇인데・그作品들은으는 一種東洋的諦觀과 詩情이 우리나라사람의 가슴속에 스며들므로해서 어떤共感을 사는것이다。

그後의所作 「꽃나무는심어놓고」라면가、「不遇先生」이다면가、「福德房」이다면가、어느것이나 敗殘의歎泣이아님이없다。이것이 朝鮮의現實임에는 틀림없다。할지라도 이것만이 朝鮮의現實인것은 아니였다。둔돈 尙虛가 否定的으로 過去 日帝時代의朝鮮을 否定하는 世界觀과 人生은 悲觀스러운것이、아닌것、不幸하고、敗北的인것이라는 人生觀에立脚한것을 집작케되는것이나、그렇다면 거기에徹한 慟哭이 때로는 있음직도한대、거기까지이르는 深刻한人生苦悶이나、思想的試鍊은 차자볼수 없는것이다」

이것은 尙虛의性格、文學的態度로써 說明될것이나 이러한 敗北의文學의 路線에서「農軍」같은作品은、이룸레면 그의外道이긴하면서도、한개異色이 아닌수없다。이作品은 滿洲사는同胞가、後理解한 土民들의壓迫과싸우며、農土를生命삼아、決死的으로 開拓에 몸부림치는――말하자면 나라없는 당시우리들의 在滿同胞의 苦悶相의 一斷片을 스켓취한것인데、尙虛만感傷主義的 敗北文學의 作家에게드 이러한 단면이 있음을 말하는 好資料가되는것이다。

그러나 이作品도亦是 「르포르타ー쥬」에서 머나가

는 大作이나 傑作도아니며, 尙虛의 곰살스런재주와 價深한文章으로 소담스레 엮어놓은短篇이어서, 이것은가지고 그의作家的評價이 넓은幅을 가진드키 評價할수는 없는터이며, 結局 그에게서는 소위 大作家의 風貌는 엿볼수없다는 結論은나릴수밖에없다.

물론 그렇다고, 소위大作家만이 必要하고, 小作家(이러한말을쓸수있다면)는 存在價値가없다는것은 아니다. 小作家는 小作家로서 珠玉같고, 보배같아서, 충분히 天才를發揮할 世界가있는것이다. 尙虛의文學은, 우리民譚의 어느程度의洗鍊으로, 德입음이적지않으며, 따라서 하도器文이많고, 하도 稚拙한作品이많은가운데, 어느정도 完成된 技術의德으로 높이評價됨은좋으나. 그렇다고, 八·一五以後 바루무슨 大家인양 떠바뜨는, 文學靑年들이있어, 自身도 그러한妄想에 빠진듯한 印象을주는것은 唯飯可笑로운일이며 朝鮮文學을爲해서도 取할바이아니다.

더군다나 文學同盟機關紙「文學」에 發表된 極히較近作「解放前後」를보면, 從來의 自身의最高水準에 떠미치지못하는듯함에랴. 尙虛는, 抒情詩人이며 決고散文家로서는 첫재 思想的, 哲學的根底가 甚히 淺薄하야 큰進步는 期待가되지않음은, 이作品의 重要한 이데올로기ㅣ가 消不化良이어서, 讀者에게 共感을못주는것으로보더라도 首肯되는바이다.

그러한尙虛가 갑자기 「民戰」의議長團의한사람으로 政治的으로 보다많이 기우러짐으로해서 「政治와文學」의課題를 다시금提供하였지마는, 나는생각하노니, 文學이 政治를리ㅣ드할것이요, 政治에게 文學이 끌려다녀서는 안된다고한다. 尙虛가 萬一政治에野心이있다면, 그것은큰外道라 나는본다. 「建國初에있어서 政治에協力함은 當然云云」하는듯 하였으나, 文學人은 文學으로 建國에이바지하는길이 本然의길이 아닐까? 人類는 잠시두고, 우리三千萬이 울고웃는 그러한정도의 큰作家라면, 그런作家的影響力을 政治에利用함도 無意味하지않겠지마는 二十年을從事하면서 世界的은커녕 國內的으로 이렇다할大作하나 남기지못하는片片한文人이 그래 政治的力量은 如何가량이겠는고? 尙虛는 누가보더라도 한개의이데올로기ㅣ에 熱狂할作家는 아니요, 기껏해야 同伴者程度가 아닐까? 과히興奮하야 志士然하지말고, 作家면作家답게따뜻하고 나이브한「휴매니티ㅣ」부터 온전히몸에지니라 作家끼리는 비록한권敵人일지라도 이야기가通하는것이다. 애오라지 作家끼리만도 왜한덩어리가못될까? 슬픈일이아니냐? 그것이 自己를살리고, 朝鮮文學을 키우는 길인줄로 믿어진나 (九·一二夜)

(白 民 제5호、1946・10)

李泰俊論

—某日의會話스켓취—

金文輯

―「다음 李泰俊의 「浿江冷」(三千里文學新年號)―小品인 양그럿 小品이 아닌 이作品에對해서 나는 相當히 한말이많으나 따로히 君을 論하는 某誌의 文債가 나를 괴롭게 하는바 過分함이 있을판더러……」

하는4師이 東亞紙上新春創作評에 나타난 아침이다.

「이녀석 너 이번 날 辱하다간맞아 죽는다!」

「개발에 다갈이지 네ㅅ놈이 내辱얻어먹을 資格이나 있다문야 딴하게…」

「애, 정말이다, 오늘치로봐선 도무지 널 못믿겠더구나」

「그럼 한턱 쓰라!」(中略)

「그기생은 조선의 국보적존잴세」니뭐니하는 세리후 稚拙하다는건 나두 認定해, 허지만 作家의 時代的苦悶이라든가 「結論」에対한그런…」

「왜, 내가 그만큼 辱했나? 오늘치는 辱두이야기로 한데잡아먹었으니까 자네건 保留하기로하고 觀念的으로 우선 요모케 서너장으로 簡評해보인게지」

「너따위가 殷鑑不遠이란 四字文句의 의밀아나?」

「자식봐라! 네小說에서 읽고 아닜으니까 最後의 그두줄은 틀렸다고 가르처 주잖었나!」

「듣기 싫다얘!」

「作品評에 關한때, 듣기싫어도 내말을 하나님의 말슴으로 받들어야만 넌 進步行을 免한다!」

「이놈아, 난 네꼴보기 싫여서두 地獄가겠다.」

「옹, 그말이 곧 天堂보내달라는 말인대, ―고다, 赤足 넌 과라먹진 아까운 ―

「역기! 비러먹을―

「그런데 얘, 毛여산 각구만 길게만써내라데그려!―

「내 辱을?」

「그럼!… 뿐인가, 「合評記」의 「익조」맛에선 자넬 過小評價的으로 過大評價해서말이야―」

「그말제미있다。어떻게?」
「가령말이야、자넨 너무 얌전하고 失手가 없으니까 첫재 戀愛를 못한다. 偉大한 戀愛를 해서 悲惨한 失敗를 할수있는 性格者가 아니면 큰藝術잔 못된다。—하니깐、好人毛先生、손에쥐었던 茶ㅅ잔을 탁놓어면서 「그말이 옳아! 김선생 그런말을 꼭 넣어주세요!」 그러겠지—」
「그래서 넌 뭐라그랬나?」
「뭐、바른대로 말했지。—「毛先生! 이렇게 여러번 期日을 延期시켜놓고 인제와서 이런말슴하는건 죄 罪悚합니다만 亦是 전 探偵論은 못쓰겠어요。첫제 時間이 너무 없고—아니 時間은問題가 아닙니다만、아시는바와같이 난 探偵小說과는 너무 親하기때문에、—아니 이건 더問題가 아닙니다、난 人間的으로나 藝術的으로나 그들 너무 잘알기 때문에 아얘 論할興味가 나질 않슈니다……」
「고만은 잘했다 그래서?」
「그래서 말이야、谷崎潤一郎의 말슴 하나 紹介했지。—사람이란 너무 가까우면 그놈이 착한놈인지 惡한놈인지를 모르게된다고—」
「그래 자넨 내가 착한놈인걸모르겠단말이지?」
「착한놈이라면 너까짓친구 問題도 않되지만 惡한놈이채 못되니깐 자넨 틀렸다는거 아닌가 이사람아!」
「제법 너두사람이 돼 가는구나。그만큼이라두 아는걸보문 과이 가깝지않는건 事實이지?」
「가깝긴 구세이 가까이! 되다 보니 그냥 이렇게 사귀게 친구로 된거겠이지」
「허긴 용해、나같은 어른이 다 너까짓총각놈을 벗친구삼게 됐으니깐 그래 戀愛說엔 아무말도 못했나?」
「생각하니 아직 靑春이 萬里같은 젊은 자네라 一場의 說明은 베풀지않을수있나。—그래도 제가 돈에 餘裕만있으면 一流까진 못가도 二流쯤의 난봉ㅅ군은 될 素質이 있다고。」
「洪江治의 영월이 이야기 했나?」
「애! 하여튼 너 됐다! 洪江治인지 大同江센치인지의 세러후評에서도 말했지만 요즘 與流해진자네의 文評性은 자네 文學뿐이아니라 靑年李泰俊의 人生的宣誓를 附與케한다야。「영월」이가아니라 영월이 이애기도 하진했다마는 이를테면 一聯의 文學少女들에게 영월이 이애기를 했나、난 戀愛할 素質도 失敗할素質도 얼마든지 갖었다는걸 말해줬나 들하고 아주 熱心으로 뎀빈다는건 確實히 文評의 아름다운 슬픔인대、이놈의 슬픔이 자네 人生의 限界性을 破壞하는—따라서 藝術의 旣定作을 超越하는 動力이라구보아주마。—」
「…………」
「거 봐! 그런줄도 모르고 내가 作品評에서 한말이—어때? 하나님의 말슴은 못되지만 그래도 자네만맛다나 花豚先生의 直感엔 帽子ㄹ 벗을 맘즉도 하지? 거짓만게、只今까진 作家的으로나 人間的으로나 자넨 第一期習作時代——

「第二期十年、第三期十年ㅡ그러문 쉰다섯살에 新進作家、本格的活躍는 六十老境에서! 애! 愉快하구나! 아닌게아니라 世故에가 난 이위에 더바랠수 없다고 悲慘해버렸을땐 정말 성화가 나데 그레。」

「藝術가 前에 그런말을 했다문 그야 바른말이징。난 장바 머무러 자네닷날적마다 그보다 더酷評하게 두들겨주랴있나。그소리듣고 성화가 났다는건 勿論자네의 作家的生命力이지만 성화 난그진로 藝術지에 좇차가서 文書一流의 搖開拓한바랑 태보았나문야 좀더 미고미가 있었겠! 자넨 人間的으로도 藝術은 그렇겐 좋아하지 않으면서도 자수 人文社에 놀로 가는모양이더라만 그게 小市民根性이라는게거든。ㅡ술만取하면 센세이 아주 低劣한野心이되는데、난 그대의 藝術만은 퍽 좋아해、그렇지만 工夫만 안했지 文學엔 四柱八字로 頭腦에다가 人間性이 [illegible]의 傑作이니깐 앞으로 오라군 해도ㅡ술했다는 傑作이 [illegible]기前엔 金이 生긴다 해두 난않가네。」

「[illegible]자네도 [illegible]히 文書이군 그래!」

「[illegible]넌 너한테 술은 가르친先生이시다만 이런 文書氣質을 [illegible]이 [illegible]로키고 싶이。아무리 家庭이있고 妻子가 있다 [illegible]한 [illegible]家가 八方美人이야 돼시야 되나.」

「[illegible]가 八方美人이야。너 文壇서 이렇다는친구로서 않記. [illegible]있니?」

「[illegible]그 [illegible]世間問題지。내시님의 作品이 또 그런法한 [illegible]이니깐!」

「마찬가지징。자넨 兒流氣質이니깐 그런게구 난 어든氣質이니깐말이야。그러구 또 네作品이란 물과 간이 맑으뇌 네自身이 더럽히어는진망정 남을 더럽히진 않는다는거지」

「수ㅅ處女로군! 애、그게훌린게다。山ㅅ골 개천물에 무슨짚이가 있으며 고래와 미역의 스펑스가 있니。偉大한 藝術은 偉大한 底不知ㅡ뭔지 사람이 대려다 볼수없는그런世界에서의……。」

「넌 그러문 또스토에프스키ㅡ만 偉大하지 체ㅡ호프의世界는 偉大치않으냐? 개천물엔 바단없이도 宇宙 있다는건세!」

「深淵의 無限作이란 말이지?」

「그런데! 藝術그自體가 벌서 深淵이란건 자네도 여러번 말하잖었나?」

「장문일 밝혔구나애。그럼 너 큰게 더 크냐 작은게더 크냐?」

「그런데 그래?」

「더 큰게 더크게 深淵실현수있나 더작은게 더크게 深淵실현수있나?」

「그럼 너 하숙해라 가네보에서 파는 콤팍트가 더 빗사나 鐘路夜市에서 파는 문짝만큼씩한 鏡臺이 더 빗사냐?」

「그럼 너 하숙해라 方今 作品에 불타오르는 사내놈한테 月給千圓짜리 社長이 더 貴하나 十八圓짜리 대쓰君이 더 貴하나?」

「그럼 너 對答해라。百合花준기에 百合꽃이 되야 아름다우냐 牡丹이 되야 아름다우냐?」

「그래서 그래?」

「그러니깐 말이야!」

「짠자크 엔 짠자크의 藝術이 있는것처럼 네겐 네藝術이 있단말인대、문젠、『유ㅡ제니 그란데』한篇의 價値가 며 『달밤』『가마귀』三卷三十二篇의 價値가 며 많으냐、그게 問題다야。」

「웨? 내가 佛蘭西같은 文化와 傳統과 그起伏이 있는 社會環境에 태여났다문 『유ㅡ제니 그란데』따위의 평범한 長篇만 썼은다구!」

「그보다두 자넨 體質이 아닐세 世界的作家란 例外없이 一種野獸的體質을 갖었든 걸세 藝術家란 文明한 野蠻人이니깐 말야!」

「그건 體質이야。허지만 東洋엔 例外가 많다는건 偶然만도 아닌것같데」

「웅、잔 따지는대! 志賀直哉、芥川龍之介하는 친구들의 體質이 東洋的이라、그래서 東洋的인 淸淡한 藝術이 나왔다。웅 이러다간 被告ㄹ 無罪釋放으로 돌여보내겠다야」

「너까진 判事쯤 操縱하기야 누어 떡먹기지。」

「하하하、그래서 살말아주십사고 百番屈身이였구만!」

「屈身? 애 넌요즘 論語ㄹ잘 써 먹든구나。이런말아니 子曰巧言令色은 鮮矣仁이라구。巧言令色이였다문 屈身이지 허지만 난 仁者이기때문에 막 매더죽인다구 殺身하잔했나!」

「그럼 내가 天下第一의 仁者이게!」

「누가 너까짓친굼 聖人이라 그랬나? 다만 바보에 가까운仁者란게 病이지。」

「넌?」

「난 知者에 가까운仁者지!」

「知者의 글 좋트라얘、자네 생각 나나? 再昨年 가을인가、한번 바보앞에서 퍼ㅡㄱ 퍽 울었지? 너腦溢扶斯ㄹ때 말이야!」

「…………」

「…………」

「아주 고갤 숙일줄 아네 그래!」

「한번 흉내 낼까?」

「여보게 막살함세!」

「이런 센치멘탈이즘이 넷놈의 本質이란거야。」

「잠자코 있으니 막 氣勢ㄹ피우네 그래!」

「에라이비러먹을! 한번 흉내 냈다。……『킥ㅡ킥킥!(ㅡ이건 大聲痛哭이아니라 大聲泣哭의 形容이것다。) 킥ㅡ킥킥! 웅아 아아아아……여보게 쇼참! 사내녀석이 世上에 태여나서、……킥ㅡ킥ㅡ三十이 넘ㅅ두록 안직 보구싶은 일한번못해보구 하구싶은 말한번 自由로히 못해보구 그대、흡! 흡! 바른말이지 死에 直面하니 子息두 마누라두 생각한 餘裕가 없네、다만 한平生苦生만 하다가이냥죽어 비린다는 이놈의 八字가、킥、킥ㅡ흡! 朝鮮놈만

아니었든들 또 이만큼은 値하잖었을거야, 허지만……
아아아 値하구. 想痛해서 이모양으로 치만 멀리는구려, 흙!흙, 흙응아아!아아아……」 四十度熱의 혀ㅅ바닥이니 원걸 發音이나 온케되나!」

「……그래 이녀석아 그場面 좀 좋니? 落葉 날 파다 먹을다거든 그場面을 넣어서 팔아주게나, 내가 그場面을 넣어 달라드란 말까지 넣어서!」

「이놈이 아주 百퍼ー센트로 나를 利用하려드는구나」

「어떻든 말이야, 아무도 드러오는 사람없는 熙堂扶插酒밖에없는 컴컴한 房에 제가 죽을줄도 모르고 드나드는 친구가 바보에 가까운 仁者란게 바른말인以上으로 그때 그地境에서 오히려 그런말을 한 내가 知者에 가까운仁者란게 바르지 않나!」

「오냐 좋은 네 손에 쥐히우마. 팔여가선 내말하고 살어라!」

「야이 仁한친구야 茶나 먹으러 가자, 인젠 입이 앓으구나!」

「그려, 오늘은 새와이샤쓰 입구어디 조용한데루 가서앉話두 듣구든 다 불러서 想愛論이나 하는柒해 只수의 너와 나와의 이始末을 告해 반히서 李泰俊論代身에 合談論記錄이나 한稿삔들라구 그러자구나」

「너 돈 얼마있니?」

「넌?」

「一圓밖에 없어!」

「자식! 外套벗어라! 난 돈이 좀 있지만 오늘에限해선 네 좀밋全을 먹어야겠다」

「一됐다 그래! 누가 먹히든지간에 나가서 볼일이다。

「十圓에 잡을게 오ー바ー벗게!」

「없는 오ー발 사서래두 입혀서 팔아먹어야 값이나가기든 하큰머 이 도처이 같은 친구야 그래……」

六尺의 巨物 李泰俊先生을 助手席에 태운 우리四人一行의 車는 쇄맥하게 서걸무게 長安을 彷徨하는것이었다

助手席에서 君의 첫 세리후

「이놈의 牧目을 언제나 忍하나!」

「어떠든 文化的이군요」

作家尙虛는 滿足한 얼굴이었다。

(三千里文学 제2호, 1938·4)

新刊評

『딸삼형제』를읽고

李 軒 求

尙虛는 長篇小說로 歷史小說의 「黃眞伊」外에 筆者의 記憶에도 「花冠」等여러篇이있어서 이미 많은 讀者를 가지고있는 作家다。 尙虛의 淸逈한藝術的感情으로는 新聞連載小說을 정말藝術的作品이아니라는것을 累累히 말해왔지만 그만큼 小說에 謙虛한受難을 가저왔든 그態度로 臨한小說이기때문에 그의新聞小說에는 小說記者로自認하고 가진苦心에서써내여진다하더래도 어느作品보다 氏의小說은 노픈段階에 노혔다고보겠다。

筆者와같이 朝鮮新聞의作品을 많이읽지못하는者로서 갑자기 尙虛의 新聞小說作家로서의 地位를 評定할수는없으나 이번 「딸三兄弟」는 分明코 「花冠」보담도 훨신 높이評價될 作品이란것만은 于先卒直히 말하고싶다。 이作品에는 貞梅貞順、貞淑이라는 各各 人生觀 戀愛觀을 달리한 現代朝鮮女性의 세性格을 描破하였는데 中에도 作者가 가장 苦心한것은 맛딸貞梅였다、 貞梅에對하여 作者는 어디까지든지 現代 아니 朝鮮女性이가질수있는 傳統的 새로운 한性格을 그속에 賦與하려고努力하였다。 그러고 그努力이 決코 作品을 構成하기爲한 興味中心에 끌지지아니하고 能히讀者로하여끔 이苦難의가시길을 눈물과 忍從으로서 걸어가되 決코 蹉跌이라거나 失敗에떠러지지아니하고 强한女性으로서 우리의 머리속에 뚜렷이 印째게한努力은 壯하다고하여도 過言이아니더라。

忍從의美德 끝까지 自我의淨潔을、主張하여써 그를犯行함으로 가진男性과周圍의誘惑과鬪爭을 익여나가는 貞梅에게單純한同情的讚辭이外에 眞實한 한人間의 눈물의記錄에서비저지는 人生의眞實이것은 貞梅에게서 느끼지아니하는者가있으랴? 그와同時에 貞淑을 通한 끔까지 徹底한 理知的人生觀 여기에도 그것이 새로운 倫理로써 主張되는 眞實한態度에 적지아니한 文學과 새認識을 가지게한다。

그러나 오직 한가지 欠點이라면 이作品에는 對話라는것이 相當히 많은스페ー에스를 차지하고있다 이런곳에 作家尙虛의 놀라운 潑溂한 才氣를 느낄수도있으나 그때문에 描寫로서 印象되는 强한또 무거운 「에필」이 不足하다。 이러한點이 作家의苦心이 더한層컸을것이오、 또 이곳에 作家의 非文學的告白이 있어지는것이 아닌가고 생각도된다。

그렇드래도 尙虛에게는 現代朝鮮女性에게 새로운 「모랄」을 賦與하려는 作家的良心은 이作品속에 더한層 强하게 內包되여있다、 더욱 貞梅의 波瀾많은生涯를 그려가는 氏 거기에 讀者로하여끔고으러가도록하는 魅力、醜하지아니하고俗되지않게 作品을꾸며가랴는努力을 이作品에서 더한層 짙이느끼게한다。 이곳에 尙虛는 深刻히 人間生活의現實을 그대로만 그리는 似而非現實主義에서 떠나 있을수있고 可能한수있는 人間의 必然性 蓋然性을 그리기에 그生命을 바치가는 「모랄리스트」的 또는 「아이데알리스트」로서이 立場을 더한層 切實히 把握하며는 努力의 자최가 엿보인다 이런點에서 이作品에는 적지아니한 참다운 人生敎訓―女性敎訓의 산記錄、산表現이 숨어있다고본다。「만네리즘」에 빠진 朝鮮의 長篇小說에 對하여 氏의 態度는 모름지이 높히 評價되어야 한것을 다시 高調하며 이作品을 널리 이땅의 젊은 「제네레에순」에게 推奬하고싶다

(文 章 제14호、1940·3)

尙虛의 作品과 그 藝術觀

金 煥 泰

李泰俊氏의 「달밤」은 나를 微笑식히고 苦痛과 哀愁으로 채워주었다. 그리하야 끝내는 나를 울리고야말었다. 나의눈물을 새려앨랍하고 값산눈물이라고 嘲笑할사람이 있을는지도 몰으겠으나 나는 조곰도 나의 흘린눈물이 부끄럽지않다. 나는 이「달밤」속에서 얼마나 괴롭고 醜惡한 人生을보았다. 어찌내가흘린 눈물이 부끄러울것이냐?

눈물은 決코 「感傷의 否定」은 안이다. 괴롭고 안탁갑고 괴로울때 흘린눈물이 얼마나 우리의 靈을 淨化하여주며 精神을 高潔식혀주느냐? 얼마나 慰安하고 괴로움많은 人生에 돌아갈새로운 勇氣를부어주느냐?

그렇다. 眞正한 哀愁은 언제나 우리를울렸다. 그러면서도 우리를눈물에 沈潛하야 失望落膽하고 自暴自棄하게하지않고 새로운 希望과 勇氣를가지고 人生에 돌아가게 하였다.

尙虛는 어떻게 하야 우리를울리고 우리의 눈물을通하야 우리에게 希望의 빛은 보여주었느냐?

그는사랑과 同情을 通하아서이다. 우리에게 正直한 人生 그것을 보여주라면 作家는 먼저 人生그것을 누구보다도 잘理解하고 있어야한다. 그런데 人生그것은 누구보다도 잘理解하라면 그는 누구보다도 人生을 사랑하지않으면 아니된다. 우리는 아들을 가장 잘理解하는것은 어머니인줄을안다. 그는 가장 아들을 사랑하는것이 어머니이기때문이다. 사랑하지않고는 理解로 對象은 理解할수없는것이다.

尙虛는 누구보다도 人生에 對한 熱烈한 사랑을 가지고있다. 그리하야 그는 괴로운 사람들과같이 괴로워하고 슬픈사람들과 같이 울고 외로운사람들과같이 서 그뿐우숨을우섰다。우리들 울린것이 그와 이귀은 同情心이다。尙虛가 우는것을 보고 우리도 따라운었다。

그러나 또한 尙虛는 언제까지나 울고만있지안었다。그는 곧 눈물을씻고 하눌을 처다보았다。울때에도 그의이마에 絶望의빛은 뵈이지안었다。그는決코 人生에落望하지않는다。그는 人生의 피로움속에서도 기픔을 차자마지않는다。惡착한 現實의 구렁에 빠저었으면서도눈 눈은 하눌와 별을 바라보고있다。

우리가 조金을通하야 때ㅣ소스와 함께 고요이 용소슴처 솟으고있는 휴ㅣ머를 發見할수있는 所以가 이곳에있다。

휴ㅣ머는 미움이 사랑으로 融合으로 過程이다。얼우만지는 마음이다。泰山이울었다。그러나 獅子도 범도나오지않고 쥐가 한마리 기어갔다。우리는 그쥐를 막대로 친것이냐! 돌로 때릴것이냐? 우리의 緊張한 마음이 、急激한、그러나 보드라운 카ㅣ브를 돌아 끝내弛々하여질때 우리는 그쥐를 얼우만저줄것이다。

우리가 꿈과 希望속에살때 人生은 무지개처름 아름다윗다。그러나 그속에서 天使는 나오지 않고 털벗고 僞善난 거지가 나왔다。이現實의 惡착한 얼골을 볼때 사람들은 그의 얼골에 춤을뱉고 外面을한다。그러하야 幻滅의 苦痛을느끼고 或은 自暴自棄한다。

그러나 尙虛는 그거지를 얼우만진다。그에對한 憎惡을 사랑으로바꾼다 거지의 입가에 天使와 우슴을갖고 惡人의 눈속에 神의祝福을본다。이리하야 이「망함」속에 나오는 人物中에는 所謂 惡人은 한사람도 없다。모다가 맛나보고 이야기 하고싶은 사람들이다。不遇先生·S、黃君·山月이·朴·安영감、尹先生·명우이·方[illegible]과 그외안해、黃수건·정갓난이、恩始夫婆、장군이!!·尙虛는 이렇게 많은 惡意없는 知己를 우리의게 만들어주었다 그들中에서도 不遇先生、安영감·황수건같은 人物은尙虛의 이름과함께 永遠히 이나라에서 사러지지않을것이다

現實은 決코 地獄이안이다。그곳에는 天國의 그림자가 깃드리고있다。그리하야 이더러운現實에서 天國을찾는것이 藝術家다。藝術家는 明朗하고 愉快한 現實에서 外面하고 價値없이 괴로워하는 부질없는 人間이라고生覺하는 사람이 많으나 藝術家는 깃븜을앗고 苦痛을猛한 苦痛을 하는사람이 안이다 피로움속에서 깃븜을찾으랴고 길떠난 冒險家다。보ㅣ드렐의 悪闘도 또스토엡스키의 苦惱도 스토렌드메리ㅣ의 煩悶도 이暗黑하고醜惡한 現實에서 깃븜과 平和를차즈랴는 끈칠줄모르는努力에서오는것이다。

이러하야 끝내「뽀ㅣ요렐」은 人生의 暗黑面에서 美를찾엇고 또스토엡스키는 咀呪받은 現實에서 神을보앗고 스토렌드메리ㅣ는 苦惱와煩悶으로서 現世에서 一種의諦念을 涵하야 平和를 發見하였다。

尙虛도 또한 이길을 떠낫다. 그렇나 그는 보ー드렐이나 또스토엡스키ー나 스드린베리ー와같이 深刻한 苦悶와 自己分裂의 기ㄴ時期를 지나지않고도 쉽사리 이醜한 現實에서 美의 극을찾고 神의祝福을보앗다.

이는 前者에게사람은 처음부터 懷疑를안고 머리를숙이고 現實의구렁에 沈潛하엿으나 尙虛는 처음부터 반듯이 이現實에서 美와 善과 神의祝福을 찾을수잇으리라는 自信을 가지고 現實의 구렁에빠저잇으면서드 눈좀은 하눌의별을 向하여잇엇기때문이다.

이러하야 우리는 尙虛의「달밤」속에서 바다같은 愛情과 强烈한 自己分裂에서 오는深刻味를 갖분수는없다 그러나 그곳에는 天國과美와 平和에對한 憧憬에서오는 溫은 感傷과 現實에서 이것들을 찾을수 있으리라는 自信에서 오는 보드러운 것들이 용소슴치고 잇음을본다 尙虛는 思索하는사람은아이다. 推理하거나 觀念의 殿堂을 찻는사람이안이다. 우리의게 高遠한 哲理나 深奧한 人生觀을 갈으키기爲하야 莊嚴한 얼굴로 演壇에올으는 사람이안니다. 即그는 所謂 「偉大한藝術家」는안이다. 그러나 그는「善良한藝術家」다. 그는 華妙하고 纖微한 技術로 感情하는사람이다. 참벌처럼 美와 善을추어 모으는 사람이다. 나죽하고 고요한 노래를 너주는 사람이다.

「偉大한藝術家」를 詩人이라면 尙虛는 詩人이다. 偉大한 藝術家를 외처는 사람이라면 尙虛는 도란도란이야기하는 사람이다. 「偉大한藝術家」는 苦惱平和를 잃고 마음에 痛傷을받은 사람에게는 갓가히가서 慰安을 받기에는 넘어나 峻嚴한아버지다. 그러나 「善良한藝術家」는 구위微笑만보아도 괴로음과 슬픔을 잊을수있는 그들의 慈母다. 이리하야 尙虛의 藝術은 언제나 괴롭고 슬픈 사람의 慰安과 音樂을 잊게 하여줄것이다.

藝術家에 必要한것은 사랑과 同情뿐이 안이다. 憎惡한 現實에서 天國을보고 괴로움에서 깃븜을찾는것만이 안이다. 그는 天國을 그리고 깃븜을 表現할줄을 알어야한다. 아모리 그가 高潔한 想을抱懷하고 잇드라도그를表現하는技巧에 잇어 拙劣할때 그는 그想을 죽이고 말것이다. 그렇나 尙虛는 그의 높고값은 想뿐이안이마 이를表現하는 놀나운 技巧까지 갓추고잇다.

李殷相氏가 「달밤」의 序文에서 말한바와같이 尙虛의 글은「진실로 달밤같은 글이다, 달밤같이 淸麗하다. 때곳하다」 尙虛의 細密하고 水晶같이 明朗한글은 氏의 달밤같이 맑고 고요한 想과 얼마나 調和한 하ー모니를 일우고 잇느냐? 形式과內容의 渾然한一致! 이形式없이 이內容은 生存할수없고 이內容없이 이形式을生存할수없을것이다.

眞正한 藝術에서일수록 우리는 內容即形式 形式即內容의 文章을 가진다.

(完)

李泰俊氏家庭訪問記

— 記 者

東小門안에있는 經學院의 金台俊氏를잠간만나보고 記者는 經學院의옆길노발바 山길을도라 城北洞외곡대기에 사는 李泰俊氏를 찾기로하였다。李泰俊氏는 小說을잘쓴다는것보다도 朝鮮에서 良心的作家라는데서 記者는 퍽 崇敬한다。그는 中央日報學藝部長으로있으면서 長篇을두번식이나 發表하였으나 學藝部의일을보면서 쓰기때문에 意圖했든대로안되니까 딴事情도있고하야 이번엔「聖母」를쓰기爲하야 斷然新聞社를 고만두었다。여기에서 氏의 良心的作家의 一面이나타난것이다。記者가 氏의집뜰앞에 들어서슬때에 氏는 花草밭을 각꾸다가

「어서오십시요」하고 記者를맞는다。氏는昨年에 四百餘圓을드리여서지은 草堂으로 記者를안내한다。記者는 뜰을바라보니 花草와野菜가많어서 퍽田園的情趣를준다。草堂뒤로는 행두나무로담이되였는데 벌서행두가 반은익어간다。「그거행두나무가 굉장이만쿤요」했드니 氏는

「행두익은다음에 나오십시요」한다。草堂벽엔 調刻으로된「베도벤」의얼골과 몇가지그림이부터있다。氏가 草堂마루에앉은지十分도못되여 氏의妻弟가어린애를안고와서

「어린애좀 보시래요」

하니까 氏는어린애를바다안는다。氏는날마다 어린애를보와주어야한다。어린애가 셋이니까 한사람이 한아씩은마터보와야하기때문이다。學藝部일을 피한氏는 어린애를날마다본다니까 이상하게생각할것이다。하나 氏는「어린애보기」에 그치지않고 어린애를앉고 草堂에안저서 입으로는 자장가를 機械的으로부르면서 머리엔「聖母」을構想하는것이였다。한적한市外에 草堂에서 어린애를안고안저서 小說을構想하는氏야말노 幸福者다。氏는 예전「朝鮮文壇」때에小說一篇을發表하야 文士들에게 注目을받고 東京에건너가서 硏究하기三四年에 氏는퍽苦生도많이하였다。記者가東京에서 七八年前에 東京에서「우리文學會」란것이있었는데 鄭寅燮、廉尙涉、梁柱東의主格이여서 한달한번식會合이있다。記者가 氏를안것은그때였었다。그때 氏는 퍽困難이지나든때이라 衣服에窮色이나타나섰다。그러나氏는 天才에行動까지方正하고 모든일에흠집이없게하는사람인지라 京城에와서 女學校講師와記者노릇을하면서 단밖에 美人의評判이있든 지금의婦人을만나게되였고 婦人

의態으로 집도장만하고또는創作에붓을대이기始作하야「달밤」이란短篇集을 내여노왓을때엔벌서氏는 文壇的으로確固한地位를占領하였고 萬人의홈망의的이되였다。氏의作品은 그렇게過大評價할수없으나 어느作品이나 氏는努力을들이기때문에 버릴것이없게된다。이러한氏가 이번에「作品」을爲하야「學藝部長」의자리를退한것은 氏가안이고는못할일이다。朝鮮에서는「學藝部長」이나하나하면은 아마핑장이큰벼슬이나한것같이 自認하고또는부러워하는데 氏에게있어서는 그게오히려 作家로써 방해物노인정한氏에게 記者는 더욱그高尙人格을 엿볼수가있다고생각한다。

「原稿는 每日新聞社에서 갖이려옵니까」

「안이요 요아레 中央社員이한아있어每日갖이고감니다」

「이번엔아마 名作이되겠지요」

「글쎄요」

하고氏는웃으면서 이런애듯잠재우노라고 몸을좌우로흔든다。「朝鮮文壇」이야기「文藝家協會」이야기「朴泰遠」이야기「文東表」이야기를하다가 그는나에게 作家노릇을할나면 雜誌經營을中止하는것이 내自身을위하야서는 좋다고만한다。氏로써는그것이 當然한말이다。하나 記者는그것을모르는배아니나 해볼때까지 좀해보고말겠다는말을하였다。그는「發表機關」을갖었다고 남을넘머친다든가하면評者는 二三個月가면니저버리지만 當者는一生을가도 닞이안었다가 機會가있으면 원수를갑고만다」고 퍽參考될만

을하며왓는다。

「朝鮮文壇創刊祝賀會때에 文藝家協會組織하자는 말이나서 모다必要를느끼고 文藝家協會發起準備委員會를組織하기로되여 十一名의委員을定하였는데 李泰俊氏도그委員에한사람이되였읍니다。그通知를바드셨는지요。

「아직안받었는데요」

「제가그적게밤에 써붙쳤는데요」

「여기는배달이느즈니까 이제오겠지요」

「그래거기에對하야 좋게생각하십니까」

「文藝家協會요」

「네」

「조치요하나 잘되지안을걸요 過去에도會合이 그래스니까요」

「하나이번만은 잘될것같은데요」

「안됨니다」

「친목으로라도난 必要한데요」

「어대그것만되나요 이제原稿料問題가 나리날터이니 갈은값이면 有名한사람의글을실게되니까요 公平하게되나요」하고그는웃음인지 文藝家協會를조와하지안는다。九人會는 黨派的으로行動한다고 非難이심한이때에 그의態度는 誤解받기쉬운것같다。記者는이러가지 文壇되십을하다가 도라왔나(이訪問記는計劃했다가쓴것이안이요 몇일뒤에생각이나서 그냥訪問記비슷하게쓴것이다)

(조선문단 제24호, 1935·7)

李軒求論

—宵泉과怡山의友情을主로하여—

趙靈巖

宵泉 李軒求先生을 말하자면、먼저 怡山 金珖燮先生을 끌고들어가지 않을수 없다。이것은 뭣 筆者가 물귀신 心思로 무턱대고 怡山先生을 끌고 들어가는것이 아니라、우리들 後進末輩들이 두분을 놓고 볼적에 宵泉은 怡山의 分身이요、怡山은 또 宵泉의 分身같기 때문이다。그러니까 宵泉이 怡山이고、怡山이 宵泉인 셈이다。이것을 有名한 印度와 古代論理學인 因明論으로 따진다하면 一即多、多即一、또한번 敷衍하면 「一念即是無量劫 無量遠劫即一念」이것은 두분을 놓고 凡堂이 바라보는 觀念의 戱論이다。

月前 S兄이 어느 酒筵에서 이런 말을 했다。

「똑 怡山은 재미끌 없는 男便인데 宵泉은 멋진 그의 마누라야」

「그러니까 婦人 宵泉先生은 平生「美男子婦人」으로 무뚝뚝한 怡山男便을 섬겨야 할것이고 逋廉마냥 유착스럽기만한 怡山先生은 美貌의 男裝婦人 宵泉先生을 모서야 한것이다。怡山先生은 그의 第二의 詩集「마음」속에서 「저 푸른 宵泉에서 靈魂을쉬고 싶은 날이 있어 나는 그대의 그늘에 눕고 그대는 나의 눈분속에 살었다」

또

「어느날 우리들에게 人生의 마지막 날이와서 地下에 자리를 달리하고 찾을길이 없을지라도 우리들은 地上에서만난 偶然한 因緣으로 地下의 深淵에 사는 友愛의 나무뿌리가 되리라」

「宵泉兄에게」라는 附題가 붙은 怡山先生의 「友愛」라는 詩의 一節들인데、마치 두분은 저승길에 가서도 같은 나무뿌리가 되어、이생에서 못다푼 友愛의 道를 다해 보겠다는 것이다。이얼마나 崇高하고도 아름다운 人間愛의 結合이겠느뇨。나는 두분의 友愛가하도 도탑고、돈독하고、至誠해서 순며시 嫉妬가날 地境이다。이러한

男便과 이러한 婦人의 稀有스런 結合은, 우리들 後進의 美學의 表的이 아닐수 없다。解放後混亂과 無秩序와、破壞와 殺戮속에서 民族陣營文化運動의 總集結體로서의 文總을 이끌고 寗泉先生은 孤軍奮鬪 百折不屈 析艦의 偉業을 達成했으며 或은 言論人으로서 或은 評論人으로서、生命을 賭한 民族陣操守護와、全人을 掛한 祖國戰取鬪爭에 八面六臂의 活躍을 繼續하는 中에서도 孤高 淸雅 端麗의 香氣를 놓았으니 우리는 늘、치운겨울에도 火爐하나없이 쩡쩡 그렁한 文總事務室에서、떨고계시든 寗泉先生을 隨時로 만났던것이다。詩集「마음」의 出版記念會가 있기 며칠전일이다。그것도 어느 酒席이었는데 마침 怡山先生이주신 詩集「마음」의 序文을읽고 있노라니、곁에 있던 H兄이 「果是名文이야」했다。나는 例의 朗朗한 音聲으로 「마음」의序文을 읽었다。

「무릇、天地에 소리 있고、時空에 形色이있으나 지내가는 바람결에 숨은 靈魂의 속삭임을 엿들을 수 있고 어둠에 삭여진 차고 맑은 별의 그림자를 찾어각구는 빛나는 詩人속에 怡山의 자리가 외로웁고 높으나、人間怡山은 머지아니한 距離에 오래지켜왔다는 자랑으로 만미암아 나의 이러한 數行의 蕪辭가 또 아까운 이詩集 머리 우에 얹히우는 榮光을 거읍하는 바로다」

高低와 抑揚은 제법 우쳐서 詩를 朗讀하듯이 나는、이宵泉先生의 序文을 朗讀하였고、一字뭇 天地에 소리있고、時空에 形色있으나「에 일으러서는 孤雲 崔致遠先生의 高古의 名文이라는 討黃巢激文「不惟天下之人、皆思顯戮、抑亦地中之鬼、已議陰誅」를 읽는 맛이았었다。이렇듯 巨行한 文章力이있는 宵泉先生은 文體的으로보아 여잔 不遇한이가 아니다。어중이떠중이들이 詩集을 볍네、評論集을 볍네 하고 야단법석판에서 終始一貫 沈默하다가 그것도 아마 그 외男되시는 怡山先生의 勸에 못이기신 모양으로 不遠間 評論集이 나오게 되었고、나는 종종 P.兄이 校正보는 틈에 宵泉先生의 校正本을 읽으면서、그의 該博한詞藻와 佛蘭西文學에 對한 깊은 造詣와 彫琢된대로 彫琢된 文章에 게집보듯 홀려들어간것이 한두번이 아니었다。어서 冊이完成되어 나와서 우리 文壇生活數十年에 잔치 한번 받어 보지못한 宵泉先生이 그의 夫君(?) 怡山先生과 나란히앉어 結婚寫眞 같은 거래도 한장찍었으면 좋겠다。

한동안 S兄과 내가 눈온날 개싸대이듯 그저 共産黨치는 會合이라면、可謂 水火를 不辭하고 쫓어던다지도 않는 詩쪼백이들 각이고 다니면서、朗讀이란것을 營業처럼 하던 때가 있었고(뭐 現在래도 營業은아님) 그런때마다、그런公席에서 宵泉先生을 뵈오면、말씀은 없어도 은근히 그저 「느 멀 잘한다。느멀잘한다」하는 것만 같애 우리들 萎縮재지는 勇氣를 鼓舞해 주시었고 더욱 그 아름다운 女人의 눈같은 그눈이 더그랬고──

이런 種類의 얘기를 쓸랴면 事實 限이 없지만、다못 앞으로、祖國의 無血統一이 完成되기까지 (或是不可抗力의 境遇 有血統一이래도 할수없지만) 두분 多情하신 夫婦와 같고、오뉘와같은 怡山、宵泉兩先生의 보다더매서운 챗직을 저의들은 맞을 뿐 悟는 다되어있으며 그저 北方의 故鄕生覺이 몽굴하고 가슴은 掩塞한 때마다、당신들 大師의 큰변을 우러러 慰安을 삼아、靑年의 氣魄우에 솟음치는 北伐의 血潮를 冷却시키려 하여 이쯤으로 못은 놓는다。

(文学 제23호、1950·6)

李軒求와 그 藝術性

金 珖 燮

成年이라야 李軒求는 담배를 피우게된 喫煙者이다。

李軒求의 담배가 가지는 人生的意味는 孤獨에잇고 幻滅에잇고 瞑想에잇다、엇지보면 그는 의로히 담배를 피여서 그人格을 完成하는데가잇다

七年前 學帽를 벗는 送別의席에서 그는 한대의 담배를 피여들고 흩러가는 煙氣에서 感激을 어덧다。

「여러분과 한자리에서 피우는 이마지막 담배한대를 나는……」하면서 슬픈情에서 始作하야 激勵의말로 끄틀 매젓다。

이 첫句가 나의愛着과 同感이되야 나의送別辭의 첫마듸를 引導하여주엇다。非現實的인 言語에 感興됨이 나의劣等生인탓인지는몰라도 李軒求의臺詞는 恒常 自己의 感激에서 남의感激을 깨우치는 性格을 띈다。그러므로 그의말에는 陶醉가잇다。그가 가진 이感激性때문에 그는 現實的으로 挫折되는데가만타。그의 커다란눈에 一時的이안인 엇던不安이、깃드리고잇는것도 그탓이다。이不安은 압흘 내다보는데서 더 커지고、뒤를 도라다보는데서 哀愁를일으킨다。그것은 自己가 걸어온 不幸때문이요 또한 自己가 걸어온진이란 悲哀의胚胎요 悲感의 本體인까닭이엇다。

이 不安한 그림자가 그의隨筆에나타나서 봄비도되고、가을비란 그리고、겨울눈도되고、甚至於風浪까지도된다。이것은 모도다 氣流의不安에서 오는것들이다。그러므로 그는 날밝기를 기다려 꿋求找가서는 哀愁를 늦기고、비ㅣ너스의 誕生을 歡迎하야 悲劇의 讀本을연다。

그러므로 그를 眞實히 鑑賞하는者는 그에게서 꿈을늑기고 苦痛을 맛본것이다。이러한 슬픔과외로움과 고민이잇서서 그는 인테리에避難所인 睡眠까지 亨有하지못하야 十年以上의 不眠狀態를繼續하야왓다。이苦痛의集成에서 그의文學의 世界는 自然히 엇더한 性格을 가지게되야 그의主人公은 모도다 悲哀의主人公이거나 苦痛의性格이거나 悲劇의事態를 背景으로한것들이다。이러한 暗澹한氣

分에서의 反動으로 映畵를 쫌시조와하야 俳優의 名簿를 가슴에가·· 映畵鑑賞의 第一人者가되엿고 각금 映畵館이 그의當設休憩所가 되기도하야 거기에서 잠도잣고 술도깻다 그러나 結局 되이트리히의 殘忍한寂寞의 呼吸와 「巴里잡농」및 의哀愁를 따라단인데 틀임업고 시몬、시몬에의 讚詞는 그의 童心的發露임에 不外하엿다。 이러케 엇더한 本能의要求에서 映畵를鑑賞하는 現在는 그의映畵的評論의明日을 豫約하여노앗다고 나는본다

이제 訪問記의 法域을 暫間만면 李軒求의 키는 보기조흔 사내다운키나。 그몸가짐이 조몸/\하다는 世評이잇서서、그定評이 그의女性的性格을 左右하엿던지 三四年來로 그流動性이 凝固되야 只今은 世人의單調로운 精神動作의標準에 갓가워젓다 算術은 잘하지못하나 體操의訓練이 업는탓은 안이겟고、說明을못할다면 그의文學精神은 卓越한 吉岡高校博士의 제스츄이에다가 그의독操를 사서 詩誌 愛誦에 紹介한 西條八十教授의 巴里式趣味에잇는듯도하며 내가본바에依하더라도 確實히 佛蘭西文學과 李軒求의性格이 融合한데서오는 一種의肉體的動作의 抒情가튼데가잇다

그러나 「櫻花園」의主人公에서 그와쪽갈이 肉體의리듬은 깨트렷나하야 한사람이한말이 四方으로 퍼저서 한동안 失敗의評判이돌앗다。

實相인즉 失敗한것은 演出家의注意力에잇고 李軒求는 自己때로成功하엿다 오직世間의趣味가 意識의動作에만잇엇고 無意識의動作이업서슬뿐이엇다

이러한動作의所有者는 각금 演劇을 조와한수잇는것이어서 李軒求는 律動에 趣味에잇고 日比谷公園、音樂堂에서 어느날밤은 몸시도 存在을相對로 李道令을하고십허햇다 몃個의李道令은 보아서도 別로히 記憶의外에 남지안는나로서는 그의李道令쯤은 반드시 어느部分이나 조흔데가잇지안을가십다。

實際의人物이나 舞臺의人物이나한것업시 自然이 人間을 맨들때에는 반드시 한틀에너어서 十錢자리 白銅貨갓치 鑄造함이안일진데 人間性의感情도 撫棲에서 나와서는안이될것이다、

十五年前인가、 나는 李軒求와 처음만나 억개를 맛추어단이면서 길가에서 或은 들에서 그의一말 눈간사탕一을 如干히먹진안엇다、 그의要求로 나

도 [illegible]께샀다、그는 모든菓子類中에서 特히 그것을 조와하엿다。그것이 그의童心이엇고 그의童詩엿다。그것을 먹고、그의童心을 논을수잇는것이 나의幸福이엇다。

거진 十年前、朝鮮放例의 一世界兒童藝術展覽會一의巡回는 李軒求의童心에서 發論되야 鄭寅燮氏가 結論을 지은것이엇다 그의노ー트에는 只今도 童話와童詩가 만키니와、그때의 그는 임이 東京서 斯界의專門家들에게 알어지고이섯다。

어느날 그의房에는 自己의 洞里집 가난한아이들이 그가 논아준菓子를 이저바리고 그애기에醉하고이섯다. 그는恒常 只今도 朝鮮兒童指導者에對한 不快와 兒童自身의生活의對한 純白한마음을가지고잇다。그가 只今까지 이러한 마음을가지고잇다는것은 世間에對한 失禮일지는몰라도 그에게는 유ー고의總號을가질수잇는 幸福이잇는것갓다。

李軒求는 詩를 쓰지안코、主로 隨筆과評論을써왓다。그리고 十五年을 太愛로걸어온 나의입들업는 한마듸가잇다면 그는詩人이라는것이다。詩는슬픔을 말하지안을수업는것이요。사랑을 슬퍼하지안을수업는것이요、寂寞을 노래하야 孤獨을 사랑하지않을수업슴이 소베ー트初期의詩를除外한 世界詩史의十分七이요、李軒求의四分三일진대 그는 이외로운 하소연、絶望하는소리 눈물지운노래를 社會에 던지기를 꺼려서(或은 憂慮햇는지도몰으나) 評論의붓을들엇다。新興科學硏究會의會員으로 新興科學的立場에서 文藝理論의 시스템을 단기가지고 나온 그는 맛당히 社會主義文藝批評家가 歡迎하여슬것이다。 社會主義文藝批評家들의 似而非批評에 不滿하야 채직을든것이 李軒求의 不利한點이되야 그는 패만흔攻擊의對象이되엿다。그러나 그는 惡劣한言辭에對하야 藝的家의立場에서비서나는 境遇가업섯다。

그의評論의內容은 모도다 文化에對한擁護요 現實에對한暗示엿다。이暗示는 文學的으로는 優秀한意味를가젓슴에도 現實的으로는 억세지못한데가이섯다。이것은 感激하야 붓을들고詩人으로서 關係하는 意志의缺陷에서왓다 그러므로 그의評論의弱點은 그의感激性의長點에 由因되엿다고도볼수잇다 마라서 理論의構成에서 純粹性을찾고 神秘를마르는데가 그의社會批評的散文을 或時는 害치는데

가잇지안는가십다。 이것은 그가 엇던 永續性에부다치라는抱負에도 原因되는듯하다。 그의散文이異彩잇는點의一部分도 또한여기잇다。

무슨缺點이 잇다던지 잇기는할지라도、 그의社會에對한認識이다、 그의文學에對한 感受性이나、 또는 그의文의調彩에이르러서 그는 가장 하이、크리틔시즘을 한수잇는 評論家이다。 이것은 그의外國文學의 廣範한攝取에서오는것이기도하나 그優秀한點을 惡評하야온것은 압흐로 修訂될일이아일가。 (妄言多謝)

(三千里文学 제2호、1938.4)

李孝石論

—「해바라기」著者에게부치는書翰—

李源朝

李兄

내게 말겨진 課題인 李孝石論을 쓰는데 特히 評論體를 빌려온것은 다른뜻이 아니라 네게는 스사로 이러한 理由가 있는때문입니다。 그것은 첫재 論이란 어떠한 意味에서던지 結論을 가저야할것이 아닙니까 그러나 지금까지의 兄의 業蹟에對해서 내대로 한개의 結論을 짓는것은 兄을 위해서는 아까운일이고 내自身을 도라바서는 두려운일입니다。 그래서 結論을 避하면 남는것은 내感想뿐인데 그感想을 傳達하는데는 이여중한 三人稱을 쓰는것보담 直接的인 書翰體를 빌리는것이 내意思表示에 더 便利할듯한때문입니다。

그러고보니 내가 곧 兄에게 責任을 저야할것은 兄의業蹟에對한 結論을避한다는 事實입니다다。 다시말하면 兄의業蹟에對해서 結論을 짓는것이 왜 兄을위해서는 아깝고 저를 도라바서는 두려웁다고 했는가하는것입니다。 勿論 이것은 인사쪼로 말하면 兄은 아직 前途가 창창한 中堅이라 앞으로 이것보담 더 偉業이있을것을 期待하는 意味라고하겠지마는 旣往 내가 兄의 業蹟에對해서 衷情을 披瀝하는 마당에서야 어찌 이러한 凡常한 인사쪼의말로 서두를 떼게[illegible] 그러면 이結論을 避한다는것은 내대로는 다는理由가이[illegible] 그것은 兄의 作品이 作風에있어서는 個個의 統一이있으나

作家的世界에있어서는 그렇지않은 때문입니다。그야 어느 作家가 어떠한 一定한 作家的世界를 가졌나 안가졌나하는 것은 價値의問題가아니고 다만 事實의問題일따름입니다。

그러나 作風이라는것을 文章이라던지 表現方法으로치고 作家的世界란것을 그作家가가진 主題의世界 다시말해서 모랄이라고한다면 이러한意味에서 「해바라기」에 收錄된 作品가운데서 「豚」과 「愛難」과 「薔薇病들다」와 「附錄」과 「해바라기」와를 比較해볼때 兄의 作家的世界가 完成 되지않었다는 말은 어떠할까요、이것은 좀 無責任한 말같으나 이책에는 收錄되지않었지마는 일직이 어데서 제가 月評까지 한일이 있는 「살구나무밋」(?)과 이번 文章誌特輯에 실린 「皇帝」를 上記한 여러作品 가운데 끼워서 생각한다면 우에서 제가 한말은 一層 더 瞭然해 질줄압니다。그러므로 作家論이란 아무래도 定石대로 간다면 먼저 그作家의 作家的 世界가 云謂되는만큼 지금에 兄의 作家的世界를 云謂한다면 그것은 兄에게 不當한 言說이 되는同時에 저또한 失禮의 譏嫌가 없지않은 때문입니다。

그러나 이러고서도 오히려 兄의 忠實한 讀者에게서는 이러한 反駁이 있을듯도 합니다。「해바라기」속에는 어느作品을 勿論하고 한時代가 항상 그려저있지안느냐고。그렀읍니다。兄은 이時代를 表現하기위해서 여러가지로 要約語를 썼읍니다。가령 「운동」이니 「회관」이니 「칠년간」이니 하는 말들이 모두 그語彙가 가진以外의 다른 뉴앙쓰를 가지고, 서 한時代를 表徵하는 同時에 이러한 語彙는 「豚」을 내놓고는 거의 收錄된 作品全體에서 곳곳이 散見되는것입니다。

그리고 이것은 兄의 作品을 이야기하는데 極히 重要한 要素임으로 여긔서 이렇게 헤푸게 쓰는것은 多少 아까운 생각도 없지아니하나 만약 兄의 作品에서 散見되는 이러한 要約語가 한時代의 表現이고 나아가 이러한時代의 表現이 곧 兄의 作家的世界라고 立論하는이가 있다면 거긔에는 斷然코 反對합니다。

왜 그러냐하면 우에서 作家的世界란 그作家의 主題 또는 모랄이라고 했는데 主題란 곧 作品의 脊柱가 아니겠읍니까 그러니까 한作品 가운데서 이러나는 事實과 主人公의 運命은 항상 그 作品의 主題와 有機的關聯을 가지지 않어서는 안되겠읍니다。그러나 「挿話」와 「附錄」을 내놓고는 다른作品에 나오는 이러한 時代的表徵은 하나도 그 作品의 事件과나 主人公의 運命과나 何等의 有機的 關聯이있어 보히지안습니다. 가령 「[illegible]다」에 있어서 女主人公 남수이의 學生時代의 「운동」하든것과 그 淪落과는 어떠한 關聯을 가진것입니까. 또 남수이에게 속고 惡罵까지 侮辱받은 현보의 남수이에게對한 憎惡의 心理的 根據는 어데있읍니까. 만약 한時代의 表現이 그作家의 主題이라면 그리고 그러한 意圖下에서 남수이의 學生時代의 일을 讀者에게 보혀준것이라면 남수이의 淪落과 學生時代는 어떠한 意味에서던지 聯關되어야 할것이며 또 만약 남수과 현보의 關係까지의 七年間이란것은 不問에 붙임으로서 이 聯關의 責任이 免除되었다면 맨 나종에 현보의 남수에게 對한 憎惡의 心理的根據는 다만 一脈이라도 그남수의 學生時代와 關聯되어야 하지 않겠읍니까.

같은 意味에있어서 「해바라기」의 主人公 운해에게 대해서도 이러한말은 할수 있을줄압니다. 勿論 이作品의 構造라던지 主人公의 性格描寫라던지 더구나 兄의 作品에서는 드물게 볼만한 高度의 휴마니티같은 것은 作品으로서 볼때는 거의 完全無缺한만큼 傑作하나 이主人公 운해는 「천주를 다녀왔다」고 했읍니다. 그러나 이 主人公의 運命은 兄의 妙技로 그려내인 그性格에서 볼때 興味가있지 「그─천주를 다녀왔나」는 事實과는 何等의 關聯이 없어보입니다.

그러므로 이두作品의 缺陷은 다른 諸短篇作과 같이 制作의 展開라던지 心理乃至 性格의 描寫라던지 場面의 轉換이라던지 이러한 小說一般이 가지는 要素에서 오는것이지 特히 어느時代相의 表徵이 全體의 一環으로서 두드러지게 보히는 때문은 아닙니다. 아니 一步를 더나아가 생각한다면 남수이나 운해가 그러한 過去가 없다고 하드래도 이小說에 있어서는 何等의 缺點이 되지않을 程度입니다.

主題이야기가 넘우 기러진것 같습니다마는 이것은 그만하고 다시 兄이 많이 쓰는 그時代的要約語를 다른 側面에서 이야기하기로 해보겠읍니다.

이말은 다른데서도 여러번 引用했읍니다마는 아마, 프레하노프의 「文學論」가운데서 象徵主義文學을 이야기하면서 이런 意味의말을 했든것같습니다. 「만약 文學者가 現實을 正當하게 보고 또 正當하게 表現할 權利를 가젔다면 결코 晦澁하고 難解한 象徵主義라는 消極의 길을 걷지않았으리라」고. 이말을 念頭에 두고서 兄의 時代的要約語(나는 이렇게 부르겠읍니다」를 생각해본다면 兄은 그것을 일부러 效果的으로 썼다면 몰라도 그렇지 않다면 作家로서 어찌지

못하고 그 一荊棘의길ー을 걷게되는 苦衷을 저는 十二分同情하고싶습니다。 아니 同情이라는것은 도리혀 주제 넘은소리로 이러한 荊棘의길을 거르면서도 오히려 지나간 한 時代의 面影을 어떻게던지해서 그作品우에 髣髴케하려는 그 眞摯한 努力에 저는 도리혀 敬服하는 마음을 안가질수가없읍니다。 勿論 그時代는 지금 우리에게는 다시 反芻할 記憶조차 남기지않고 아주 지나간 일인에는 틀림없읍니다。 그러나 지금 三十歲쯤의 作家로 겪어온 事實中에서 가장 强烈하고 執拗한 印象을 남기고간것은 亦是 그時代의 經驗입에는 틀림없읍니다。 그러므로 언제이던가 「附錄」을 月評하느라고 읽던 그때의 感銘을 저는 지금도 잊어버리지않었읍니다。 그것은 그小說이 小說로서 모든條件이 兄의作品中에서 白眉에 屬한다는것이 아니라 그作品의 主人公 운과의 典型이 지나간 時代의 한개의 遺物과같이 새로운 印象을자아내는 때문이었읍니다 그러므로 나는 作品이 生活의 反映이고 時代의 記錄이란 意味에서 비록 지나는갔으나 그熱情的 에포크의 片影이라도 自己의 作品속에 담으려는 兄의意圖와 努力은 무엇을주고도 바꿀수없을만큼 높이 評價하려고합니다。

그러나 이런말은 一種의 私談이지 結局은 그意圖가 어느程度의 效果的으로 實現되었다 하는것은 檢討하는 마당에서는 또한 이야기가 달러지지아니할수 없겠읍니다。 나는 우에서 兄이 즐겨 使用하는 그 時代的要約語가 兄의 作品의 主題가되지못했다는것을 指摘했지마는 그것은 亦是兄이, 그時代의 「傍觀者」이엿든때문입니다, 그러나 다른 側面에서 考察을 하겠다는것은 다른것이아니라 그러한 要約語를 많이 쓰면 쓸사록 그結果는 어떠하냐하면 作家의 描寫力이 눈단만큼 減退되는 同時에 作品의 現實感이 여간 薄弱하지않습니다。 이런것은 뭐라고할니까 가령 作品의 價値이라고할까요 그、플로벨의 有名한말 「진바닥에 돈이 댕그랑소리를내면서 떠러졌다」는 傍點있는 대목은 確實히 作品의 價値을 增加시키기 위해서 必要한것입니다。 그러나 우리가 日常生活에서 經驗하는 極히 些少한 事實에서도 作品의 價値이란 이렇게 必要한데 하물며 한時代의 斷面을 그리려면서 비록 그것이 固有한 意識以外의 다른 뉴앙스를 가졌다고 하드래도 그, 한두마듸의 要約語로서 足하다고 생각하는것은 좀 情意의 精神에 가깝지 아니할까요 勿論 語感이 豐富한 要約語를 한개의 省略法으로 使用한다는것은 賢明한일입니다 그러나 失禮에만 같지마는 省略이란 원줄거리를 살리기위해서 쓸데없는 枝葉을 剪定하는것이 省略이지 원줄거리 그것마저 空洞하게 만드는것은 省略이 아니지안습니까。

赤貧 兄의 最近作을 읽고서 놀랜것은 어느것이나 勿論하고 「豚」에 比해서 描寫力이 減退되었다는것입니다。저는 兄이 「豚」을 쓸때의 生活的條件을 모듬으로 이것이 作家의 生活的條件에서 오는 體驗이나 觀察의 制約이라고 斷定하기는 어렵습니다마는 그 重大한 理由의 하나로서는 確實히 나는 要約語의 濫用에 禍된바가 있다고 생각합니다。그런데 여기에서 따부러지게 要約語의 濫用이라고 하는것은 우에서 나는 時代的要約語란 말로서 特殊한 語彙만 列擧했지마는 실상인즉 兄의 쓰는 要約語는 그런 種類以外에도 있는 때문입니다。가령 咸鏡道 어느地方이라고 明示해야 한경우에도 兄은 일부러 「관북」이라고 질겨쓰고 어떠 어떠한 사람들이 무슨말을 했다고 해야 할것을 兄은 질겨서 「거리에서는」 하지않었읍니까。이런것을 兄은 무슨 意圖로 썼는지 모르나 제가 생각기에는 作品의 實際感만 減殺된것같습니다。일즉이 白鐵氏이든가가 兄의 作品에 詩精神이 넘친다고 말했든것같이 記憶됩니다。그리고 그분이 兄의 作品에서 무엇을 가지고서 詩精神이라고 했는지는 모르겠읍니다마는 대체로 散文精神이 描寫이라면 詩精神은 凝縮이겠읍니다。이러한 意味에서 본다면 兄이 질겨 이러한 要約語를 많이 쓰는것으로서 詩精神의 顯現이라고도 할수있겠읍니다 그러나 勿論 散文의 밑바닥에 詩가 흐른다는것은 至極히 高尙한 일임에 틀림없겠읍니다마는 散文이 제 精神인 描寫力을 減退시켜 가면서까지 詩에로 趣向한 必要가 있을까요

게으른탓으로 作品을 熟玩도못하고 이 草稿도 怜悧히 쓰느라고 이까지 쓰고나서 생각해보니 꼭 하고 싶었든말도 빠진것이있고 안해도 좋을 冗談도 많었으니 끝으로 한말만 더한다면 勿論 「해바라기」나 「薔薇病들다」도 愛讀은 했읍니다마는 「豚」을 읽으면서는 번서 몇해전입니까 그것이 처음 發表되었을때 읽던 感銘그대로가 새로 사라나는듯 기쁘게 읽었읍니다。그 迫力있는 描寫 簡潔한 叙述 整頓된 形式, 어느點으로보나 「豚」은 兄에게있어 可히 古典的作品이라고 하겠읍니다 앞으로 또 五六作 지나서 「해바라기」나 「薔薇病들다」가 오늘날 내가 「豚」을 읽는것과같은 그러한 感銘이 새로워지기를 願하며 더욱 兄의 珍重自愛를 바라나이다。

八、十五、紫丁香館에서

(人文評論 제1호, 1939·10)

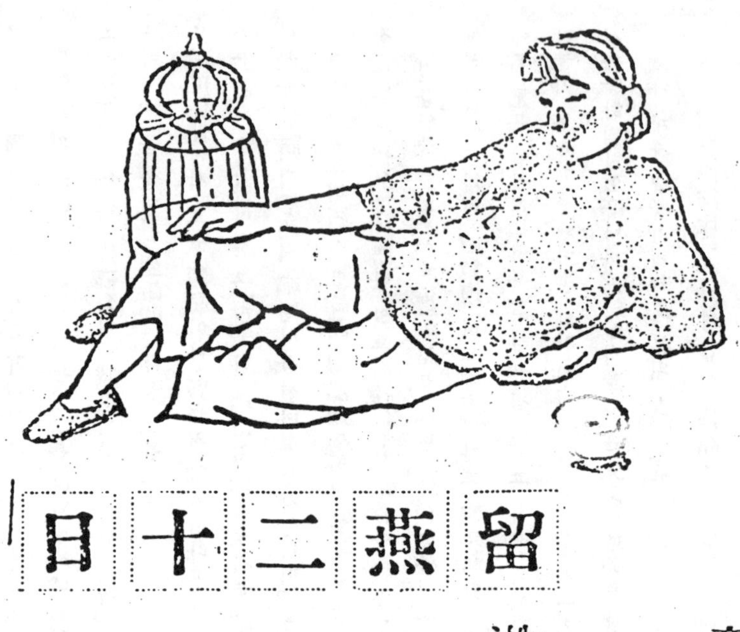

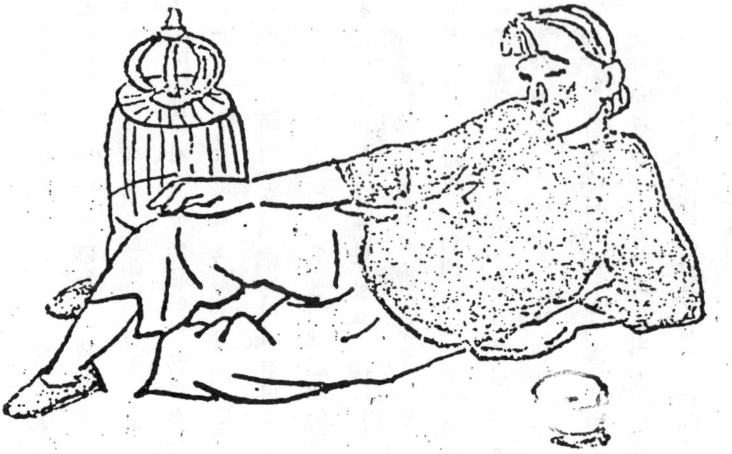

留燕二十日

裵 澔

年來의 宿望이 實現된 나의喜悅은 聖地를 向하는 敎徒의 그것엔 比할배아니로대 그에버겨될만함이 있었다。七月十八日 午後四時二十六分 北京行列車는 弦을떠난 활살과같이 亞細亞의表面에 一弧를 그리며·北으로北으로 달리고있다。旅行에 흔들리는 나의頭腦에는 이좁은 都會의 雜踏한 幻影이 점점 사라지고 只今에야 亞細亞의 歷史的樞軸는 이列車와함께 크게 廻轉하고 있는것을 아득하게 生感하고 있었다。

× × ×

奉天에 到着前에 朝陽을 마지하고 오날하로의 幸運을 빌며 夜間에 淨化된 공발의空氣를 힘껏 빠라단겼다。넓은 曠野는 곳곳이 보이는 城廓와 孤樹들로 더욱 넓게보였다。朝陽이번서부터 뜨거워서 昨日하로 疲困과 하로밤 搖動의 잠——이런疲勞를 급작히 돋구어주었다。奉天驛에서는 各色服裝의사람 그中에도 白衣의 旅行者의 印象이 食前胸腔을 헤돌러버린다。奉天을지나 四方이 水平線인 平原을 달린지 數時間에 錦縣近에 山을 보게되고 또다시 山海關에서 山을 보는外에는 모다 曠野이고 曠野에는 땅버들(土楊)이 單調를 添하고 있을따름이다。어디를 가도 땅버들、밭둑 긴가 村

午前일이 되고 말았다。그때 李石은 [illegible] 鏡城[illegible]에서 [illegible] 잠[illegible] 있[illegible] 女創作[illegible]을 世上에 사랑했을것이다。같은 鏡城에서 [illegible]이 있던 나는 때때로 路上에서 李石의 [illegible]에 接하면서 [illegible] 인사도 하였고 訪問도 안했나。

李石은 피스나 朱乙溫泉을 사랑했나。내가 李石과 처음으로 交通을 하게된것은 [illegible]年이든에 「婦人畫報」[illegible]을 내미고 서울에 나왔을때 부터이다。和文創作을 시만라고 편지했더니 인차 매우 多情한 應諾의 私信이 왔든것이다。

생각해보면 李石처럼 多情한 편지를 쓰는 사람도 드문듯하다。수많[illegible]으로 나의 편지란 대개 葉書요 혹시 긴다란편지를 쓰더래도 例가 없이 用件一元的인나에와 李石의 私信은 私生活까지 披瀝한 너무도 人情스런것이 있나。

[illegible] 李石夫人도 鏡城女子기 때문에, 나는 잘알았당 잘 알뿐더러 女學校時代에 나의 [illegible]이 자시도 많이 [illegible] [illegible]것이다。어떤때에는 [illegible] 人께서 別世하신 前後의 李石의 心境도 그의 편지에 依하여 눈앞지게 알았든것이다。

나는 「國民文學」編輯을 맡아보게 되자 제일 먼저 李石에게서 激勵의 편지를 받었다。서울로 눈머가면 한번 나시다던것이 그의 나에게 주신 마지막 편지었다。그리고 지금 李石은 없다。나는 언젠가 「朱乙溫泉」이란 詩에서 李石을 읊은것을 그에게 대한 鎭魂였었다고 기억하고 있다。

사슴의 뿔은 그립사가
사슴의 뿔처럼 외롭고
이 [illegible]은 아득한 [illegible] 殘雪은
이때의 [illegible]에서 發見한것이 눈
이었나。
이 [illegible] 물소리
[illegible] 시간 반나전
있는 李李石이
李李石처럼 외로워하던곳
[illegible]에 앉아와 편지를 썼다。
[illegible]는 이가씨에게—
[illegible]이와 듣는 여울[illegible]소리

×

비나를 생각한 때마다 나는 국토
[illegible] 瞑想한다。
아마도 내귀는 조개껍데기
[illegible]는 소리를 못내 그리네

「곡도오」에의 聯想은 琢石에까지 展開된다。 코묘시카島로 亡命한 나포오레온의 心境은 悲劇的 偉大性에까지 갔이며고한 孝石의 「[illegible]」에는 內海派的인 용착한 海洋의 냄새가 있었다。 孝石을 追悼하며는 생각으로「國民文學」八月號에 國文으로 飜譯하여 發表하기로 했다。 그러나「[illegible]近海」나 「[illegible]」에서처럼 孝石은 바다의 作家기도 했으나 亦是 그의 本領은「모밀꽃필무렵」「山脈」의 山의作家에 있었지나 않았을가。 또한 그러나「花粉」等의 內愛性이나 近代趣味에 投하면 孝石의 本領은 內海的인「마다」있다고도 생각되고。

如何間, 孝石은 多才하신 분이었다。作家의 境遇에는 多才하다는 것은 프라쓰가 될때도 있으나 오히며 大成의 방해가 되는때도 없지않다。그러한 意味에서 孝石은 才能의 過剩을 處理하기 전에 가고만았다。슲은 일이다。

×

昨日 明倫町으로 이사해 왔다。시온의 下宿은 방이 좁아서 시굴에 갖다둔 짐과 若干의 書籍을 갖어올수가 없어큰일이다。아파이트나 또는 九尺四方程度의 방만 있어도 얼마나 좋은가。당분간은 그 以上의 生活에 對한 野心은 안가지기로 했다。

明倫町은 空氣가 맑고 나무가 많아서 幸福感이 新鮮한 곳이다。下宿집에 어린애들이 많은것이 좀 오로 좋다。日曜日마다 交代로 하나씩 데리고 郊外로 하이킹하며고 생각하고 있다。

어느 女專에서 料理學을 講議하는 主婦와 賢業에 從事하고 있는 主人、모도다 좋은 사람들이다。나뭄 오빠라고 찾으는 女學校 二學年에 다니는 이집 딸은 明倫町에서도 으뜸가는 美人이다。

건넌방엔 理知的인 女子 醫學生이 下宿하고 있다。「퀴리夫人傳」을 現代의 聖書라고 말했드니 彼女도 크게 承認했다。感氣에 걸리면 공짜로 解熱劑를 달라고했더니 彼女는 하늘을 켜다보며 웃는것이었다。하늘은 七月이었다。

옛날같으면 돈있는 사람들은 바다로 산으로 갈때다。그러나 나는

이 정나순 原稿紙 속에서 히도에
다섯갑식 피어든 다메든 두자씩 피
이기모하고 술과 菜도 簡潔하이 수
年中으로 詩與이나 하나 내보겠다。
苦行도 記憶하면서,
무슨 까닭인지 라모캐디오、하얀
이 그의 네이코트·포에트리에 씼
[illegible]한 古代의 詩가 생각난다。[illegible]

白鳥 네마리 못에 띄노라
과아만 방축 넘어 지우
푸른 [illegible]한운이 감기세라
한 구름 날개치렴 가며 [illegible]
어즈버 두고 두고 못잊거니
얼마나 적은 일인가
두고 두고 [illegible]제에 생각커니
한스런 두고 두고 잊지못한 苦行
에의 나의 [illegible] 그처럼 사소한 것
에 [illegible]했든것이라면 것이기도 한 것
이다。

(春 秋 제18호、1942·7)

小說選後

推薦制를 좀 緩和시키자 應募作品이 倍나 늘었다。그러나 한가지 依然한 [illegible]을 깨닫게 되는것은 亦是 나타날만한 사람은 진작부터 나타났단 그것이다。아직은 새 이름 속에서 그러 뛰여나는 作品을 얻지 못한다。더욱더 努力해주기 바란다。어떤 新人은 詩를 다 나에게 보낸다。나에게 보내는 詩면、또 읽어보나 마나다。이런분은 우선 文章공부도 좀 必要하다。

이번에 林玉仁孃의 前篇에 依한 세번재인 「後妻記」를 뽑았다。文法不振하는 데에 才品과 認定을 겸해 가초운 林孃을 文壇에 紹介하게 되는것은 「文章」으로선 무엇보다 기쁘다。

「後妻記」의 女主人公은 讀者의 同情은 못 받을런지 모른다。

同情을 못한술에不拘하고 우리들 군고나려가는 힘은 무엇인가 한경은 분수하는、自己에의 强烈한 文[illegible]는、[illegible]純한 에고이스트는 아니다。混亂한 속에서 自己를 武裝하는 힘 生活力에、혜식은 우리에게 생각케 함이 있다。나는 朝鮮作品들에서 이런 量力의 生活者들을 보고싶어 하는 者이다。또 우리 男性의 接近함 수 없는、女性만이라야 건드릴수있는、우리 男性에게 對해서는 一種 秘密의 世界가 女流의 손으로써 闡明되기를 진작 바라왔다。나는 이 「後妻記」를 男性이 쓰기 어려운 內容임에 한손 더 높이 評價함으로 이것으로 넉넉히 林孃의 第三作品을 삼는것이다。아직까지처럼 眞實하고 꾸준하면 반듯이 빛날 明日이 있을것을 이 新人에게 믿고바란다。

이로써 文章은 詩部에서 이미 일곱新人、小說部에서 崔泰應君과 林玉仁孃、九人의 新人을 紹介하였다 이들의 銳敏한 活躍을 어서「文章」만이 바라는 바리오!

(文 章 제20호、1940·11)

204

新刊評

戰線詩集

林學洙著

尹圭涉

지난 봄 朝鮮 文壇에서는 皇軍慰問使節로서 林學洙、金東仁、朴英熙 三氏를 北支에 派遣하였었다。文壇은 물어 前線將兵의 勞苦를 보산킨다는 가무한 誠忠은 다시 吹吹할 必要도 없으나、어쨌던 三氏의 戰線派遣은 文學的 收獲이란 點에 있어서도 多大한 期待를 갖게 한것은 事實이었다。

그러나 三氏가 北支를 向하여 떠난 後는 勿論、月餘를 지나 돌아온 後에 있어서도 文學的 活動은 從之하고 報告的 活動도 別로 신통함이 없었음은 누구나 遺憾으로 여기었던것이다。그러나 그같이 궁금한 가운데에서도 여름부터 消間되기를、林學洙氏의 戰線詩集이 近近 上梓되리라고 하여 一般에게 期待를 갖게 한것은 如干 多幸한 일이 아니었다。그것이 드디어 凉秋 讀書季節을 期하여 우리들의 案上에 나타나고보니、우리는 一種의 安堵를 갖는다기보다는 林學洙氏의 不絕한 精進에 對하여 敬意를 表하여 마지 않는바이다。

무릇 戰爭文學이 반드시 戰時下에 쓰여지라는 法은 없는것이며、또한 戰線行脚은 해야만 쓰여지는것은 아니다。어쨌든 우리들의 生活現實이「戰爭」의 圈內에 먼저진지는 이미 오래이다。생각하면 이 땅에있어서도 戰爭과 直接 聯關을 갖는 文學이 그間 하나둘쯤 있을법도 한 일이었으나、幸인지 不幸인지 우리는 아직껏 그러한 文學을 가져보지 못하였다。

여기에 있어 林學洙氏의「戰線詩集」一冊은 그 內容 如何를 措置하고서도 劃時期的 刊行物임을 認定하기에 躊躇할것이 없는것이다。

이제 同詩集의 內容을 一瞥한다면 第一部 第二部 合 二十四篇을 通하여 우리는 아직도 戰塵이 멎지지 않은 作者의 生生한 感觸을 그대로 接할수 있는것이 무엇보다 반가웠다。元來 이 詩人의 力作이「八道風物詩集」「後島」를 通하여 어떠한 詩的 分野를 開拓하고 있는가는 周知의 事實이므로 贅言할 必要를 느끼지 않으나、이번 戰線詩集에 있어서도 그것은 한층 進境을 보여주고 있다고 본다。勿論 素材를 再編成하고 있는 이번 戰爭의 成果가 이 詩人의 머리에 어떻게 反映되고 있는가는「盧溝橋羽國」「北京의 新婚」며 나아가서는「中國의 兄弟에게」에서 어렴풋이나마 엿볼수 있는것은 나와 같은 讀者에 있어서는 한층 興味있는 일이었으나、如何間 금번 詩集에 있어서 그것이 戰爭文學이란 테멜을 씨움에 不拘하고、氏의

從來의 獨白的인 詩境은 조금도 없답이 없음은 氏가 붓 들고 있는 世界가 얼마나 牢乎한것인가를 窺知할수 있다고 본다。

(文章 제10호、1939·11)

林和論

—扮裝한 幞巾의 詩人—

林 肯 載

「한怪物이 歐羅巴를 徘徊하고있다」고 한 맑스 엥겔스의 「共産黨宣言」은 確實이 怪物誕生의 宣言이였다。即今日에 있어서 全人類를 苦悶케하는 共産主義라는 怪物은 틀임없는 怪物이며、二十世紀에 登場한 이怪物이야말로 歐羅巴뿐만아니라、全世界를 徘徊하고있어、貧民과 勞働者農民의 幸福을 爲한다는 이거륵한 怪物은 간곳마다 民族의 分裂과 人類의 永遠한 鬪爭을 이르키고있다。그리하여 이怪物의 魔手는 朝鮮에까지 뻗처、그代理店을 設置하는데 成功하였던 것이다。

朝鮮에 이怪物의 代理店을 設置하느라고 努力한 그成果야말로 一朝一夕에 이르어진것은 아니다。벌서 一九二〇年頃부터 高麗共産黨을 通하여 가진謀略과 欺瞞밑에 朝鮮人을 買收하고 指令하여 漸次로 움직이기 始作하였던 것이다。그리하여 北배ㄴ트聯內部에서는 「구레무린」에다 珍奇儀式을 차리는고、「遠東弱少民族大會」니 「近東勞働者代表大會」니하고、되풀는 靑年들의 正義感을 眩惑케하여、一部의 冷靜한 理性的批判力이 薄弱함을 조흔機會로、그魔術과같은 共産主義라는 怪物의 華麗한 宣傳力은、그들을 誘惑하는데 成功하여、漸次로 「구레무린」의 信奉者가 많이 나오게 만들었던 것이다。그信奉者가 많이 輩出하게되자 朝鮮에도 그 怪物의 魔手가 뻗처、「구레무린」의 代理店 即朝鮮共産黨이 創設되였던 것이다。그初代代理店 主人이 누구인지는 仔細히 모르나、日帝時代 所謂「中日戰爭勃發前까지는 相當히 理論鬪爭은 展開하여왔으나、中日戰爭이 勃發되자 共産主義者에對한 日政의 彈壓이 甚

하게되여, 자라목 움처럼든듯 「구래무린」의 代理店店員으은 勿論이어니와 그特約店인 「카푸」(K. A. P. F.)派의 盟員들가지 「네거리의 彷徨하는 盟員」이 되고 말었다. 여기에 있어서 大膽한 勇敢한 盟員들은 脫退聲明書를 發表하고 「카푸」를 脫退한 者가 많았다. 그들의 脫退理由는 「사러있는 人間을 찾자」고하여, 「얻은것은 「이데오로기-」며 喪失한것은 藝術自身이다」라고 하였다. 이大膽한 眞理의 主張에 對하여 同情하며 共鳴하며 正當하다고 생각은 하면서, 林和氏는 「浪漫精神의 現實的偉途」라는 論文에서 이것을 反駁하여, 「이것은 認識과 註釋을 必要로 하지않는 누구의 눈에도 明確히 理解될수 있는 한個의 特別한 思想으로 한편으로는 藝術文學의 浪漫性의 完全한 否定이고, 文學的으로는 十八世紀의 所謂 「絶對的客觀的 浪漫의 寫實主義에로의 復歸다」고 하였다. 그러면 「이데오로기-를 文學으로부터 떼여버리고 藝術의 故鄕으로 도라가자!」는 것이, 藝術文學의 浪漫性을 否定하였다고 한, 林和氏는 果然 藝術文學의 浪漫性을 끝끝내 내버리지 않았느냐하면 거기에는 若干의 [illegible]利이 必要치 안할수없다.

林和氏가 藝術界에 登場한것은 「서울키노」(서울기네마」의 誤謬)와 第一回作品인, 「流浪」이라는 映畫의 主演俳優로서 登場하였던 것이다. 「멕시고」帽子로 紫色「싱글」型 洋服은 입고, 蒼白한 얼굴에, 한송이의 「薔薇花」를 들고, 슬금닫고 가난한愛人 「네거리의 順伊」를 만나는 「더부·싱」이야말로 感傷的인 觀衆으로 하여금 稱讚한 「압펠-」을 하였을것이다. 그리하여 觀衆이 拍手喝采할무렵, 그는 恐心던 얼굴에 悲壯한 表情으로 「어서 너와 나는 번개처럼 두손을 잡고, 마음은 만간 믿음성있는 이 나룻, 손목의 힘을 다하여 굳게굳게 잡고, 내인을 위하여 저골목으로 들어가자」고, 「세리-프」를 던졌을 때, 觀衆의 表情은 一層더 緊張과 興奮속에 한숨으로써, 서글픈 人生苦의 한드막을 가슴깊이 느꼈을것이다. 그러나 보고나니 그것은 映畫였지, 實生活에 나타난 人生苦는 아니었다. 觀衆의 머리속에 남은것은, 拐裝한 主演俳優의 演技뿐에 없었을것이다. 그러므로 이러한것은, 林和氏의 俳優로서의 演技에서만 있는것이 아니라, 文學面에 있어서도 누렸이 나타난것이다. 다시 말하면 「林和」라고 불은 때, 그 映畫人으로서 미더에 떠온으는것은, 첫째는 俳優였고, 둘째는 評論家라는 것 밖에없다. 그러므로 그는 文學家나 詩人보다, 俳優나 妓生아범이나, 그런게 않으면 社會主義的政治 「뿌러커」가 最適切한 職業일것이다. 그런고로 金東錫氏도 「詩와行動」이다는 林和論에서, 林和는 그의詩集 「玄海灘」을 通하서 본다면 그는 詩人이면서 詩人이 아니였다 고 하였다. 그러므로 林和氏가 藝術文學의 觀念性否定云云은, 그가 「카푸」의 正當性을 固執하던데서 오는 觀念性의 擁護가 아니라, 金南天氏, 安漠氏, 尹世鵬氏, 金光均氏, 宋影氏等이 散散히 헤여짐을 絕好의 機會로, 自己가 「카푸」의 責任者라는것을 世上에 알이기 爲하여 登場한, 粉裝한 북巾의 詩人이였다. 그런고로 그는 「카푸」의 議長이라고 自稱하며 단니면서, 「總會」하면 開催해본적없고, 中央執行委員회 한번 召集해본적없다. 그러나 왜政이 무서워 解散를 하려고 몇번이나 集會許可를 申請하였으나, 어쩌 「민지못한」것은 많이 하였든지 그만 許可申請은 却下되고 말았던것이다. 허나 後에 생각하여본즉, 「카푸」를 有耶無耶로 그대로 두는것이, 林和自身을 위하여, 利益되는 일이 많다는것을 알게되였다. 왜냐하면, 「카푸」를 그대로 둠으로써, 自己가 議長이라는것을, 外部的으로 알려지게 된것이고, 또 議長이라는 名牌가 있음으로, 그議長이라는 魅力에 이끌려, 문학을 가리지않는 젊은이들은, 그가 請하는데로, 金品을 갖다주며, 供用이 浪한때에도 그의집에는 五穀이 구색을 갖추어 多量으로 있었다한다. 그러므로 그는 북巾의 詩人이 됨으로써, 功名心에 滿足한것이오, 經濟的으로는 豐饒한 生活을 할수있는 一時兩得의 策謀로운 生活을 하였던것이다. 詩人으로써 북巾(여기에서는 月桂冠이라고 하여도 좋다)을 썼다고, 林和氏는 手段과 方法을 가리지 않었다. 어떤때는 文學家라는 이름을판아, 衣服과 밥을, 시골서 올너온 文靑에게 얻어먹었으며, 俳優라는 것으로써 興行界의 一流女俳優를 蹂躪하였으며, 詩人이라는 이름으로, 「아! 나의 마돈나, 오! 하며, 李氏의 누이동생을 戲弄하다가, 헌신짝 버서버리듯, 假裝劇의 悲哭으로서 헤여졌은것이다. 다음은 朝鮮社의 누구, 그다음은 우구 누구, 또 그다음은 池女史의 품안에 안켜든것이다. 이제야만로 池女史는 林和氏에게 있어, 永遠의 女子가 된것인가, 第二의 「고돈타이」가 된것인가, 新婚生活에 나타난 「노라」가 될것인가, 그것은 참말로 注目할일이다. 이러한 現實에서 모든 女子에게 있어서, 「민지못한 얼굴 하얀」 林和였던것이다. 또 「민지못할 얼굴 하얀」 林和는 同志들 사이에도 민지못할 人間이였고, 文學面으로서도 민지못할 詩人이었다. 그러나 그「민지못할」 心思는 그에게 있어서, 唯一한 武器일뿐만 아니다, 文學的으로는 하나의 養分이 되는것이다. 허나 그「민지못할」것이 舞台에 登場한 때에는 華麗한 粉裝으로써 虛榮性

운 면뜻이 나타난다。그러나 二重性은 上演後이면 非眞實性이고 하나의 거짓으로 머리에 남게된다。이것이 林和氏의「詩와 生命이고、文學의 生命이고」詩의生命이다。林和氏에게 이「믿거못한」女學的探究가 없었다면 그는 詩人이 아니되었을 것아고 못되었을것이고、苦悶과 絶望속에 彷徨하며、오! 나의마돈나「네거리의順伊」를 불렀을것이다。그러하여「얼굴 하얀 오빠」는「얼굴 검고 씩씩한 오빠」로 表現되었을것이고、근로하는 女子「네거리의順伊」는「火輪」이라는 映畵에 나오는「히로인」이 아니며 蒼白한 白手의 勞動者「쿠르」詩人의 戀愛物이 아니며 鐘路 복단에서 잔망길망하는 맘지못한 일군 하얀 오빠「林和」의 月給을 벌어주는 順伊도 아니었을것이다。도둑지이「네거리에 彷徨하는 順伊」는 좀더 人生苦를 알며、同志속에 잠긴 생각하는 順伊였을것이다。그러나 初期의詩人 林和氏는、그의 浪漫的인 아름다운 空想以上의「세리―프」로서、근로하는 女子「네거리의順伊」를 부르았고、

……내얘는 위하여 저 골목으로 들어가자、

고 웨치며、손목을 이끌었으나、그막다른 골목 저편에는 潔白한「손야―」와 純情한 偵探兵이 그물 기다리고 있었다。林和도 처음에는 同行하였다。허나 그에게 있어서 偵探兵따위는 문제가 아니었다。

또 그는 警視廳의 好意로서、同志를 背反하고 愛人을 차버리고、偵探兵을 接觸하며、朝鮮總督府警務局保安課를 指示하게되는 偉大한 打擊의 俳優로서 나타났다。그러하여 朝鮮軍司令部의 報道部員으로 扶餘神宮에 勤勞奉仕를 하였고、崔承喜가 美國으로부터 도라와서、公演을 하려고 하였으나 八木保安課長이 禁하여 朝鮮演劇公演을 판였다는 風聞이 있음으로、公演禁止를 한다고 하였을때、林和는 安漠이를 차저가서、「내가 交涉하면 問제없으니 그 費用을 달나」고하였다。그것뿐이랴、匿名으로「별은 밤마다」라는 徵用勸誘의 本을 써서、그때「太陽」이라는 劇團에서 上演하였고、그막에 눈에 보이지않는 惡辣한 親日行爲야 말로 헤일수없이 許多하였다。이것이 檢閱인것이냐。그는 말하기를、後에 이것을 이야、鬪爭하기위한 것이라고 하면 그만인것이라고 하였을것이다。그것이 林和氏의「適切한 論說」―― 朴能哲氏의 말에依하면――의「唯物辯證法的 理論」인것이다。林和의 理論이 그렇다면 다른 同志들의 理論도 그러해야 맞당한것인데、解放後의 林和氏는 그렇지도 않다。林和氏는 自己만이 節操를 지킨듯이、韓曉氏에게 罪를 役割하여、當해있다고한다。韓曉氏가 一九四六年의「우리文學」에「文學者의 自己批判」이라는 評論은、林和를 論하여 썼은것이고、同氏의

「民族運動의 洪水」이라는 小說에서는「朝鮮文化建設中央協議會」에 對한 冷淡한 態度도、出發의 不純을 指摘하였다。李箕永、韓雪野、韓曉、安含光、金史良、朴英鎬、宋影、等이 北朝鮮으로 간것도、하나의 理由가 있었던것이다。그러므로 林和氏는 北朝鮮의 民主革命을 蔑視하면서 못가는 背後은、그가 [illegible]인은 詩人行勢를 하려는데 있었고、扮裝한 俳優로서 共產主義라는 怪物의 傀儡劇의 主演俳優인때문에 못가는것이고、「구데무린」의 代理店의 特約店附屬—朝鮮文學家同盟—의 主人인 關係로 못갈뿐만 아니라、正統的「幷平」派를 北朝鮮으로 쫓아버린 關係로 못가는것이다。林和의 故鄕 北朝鮮은 못가는 林和는、「내일은 위태」어디로 갈것인가。또 새로운 俳優로 눈과 입술에 칠해、새로운 扮裝으로써 무엇을 主演할지 궁금하기 짝이없다。

一言而蔽之하고 林和氏는 詩人아닌 詩人이며、政客아닌 政客이며、詩人아닌、評論家아닌 政治家아닌 扮裝한 偉大한 俳優였고、목巾은 쓰다고 努力하는 謀略의 傀儡劇의 主演者였다。그러므로 그의 詩는 하나의 「세퍼—프」르서 民族을 混亂케하며、分裂케한다。

노름꾼과 强盜를 잡든손이
偉大한 革命家의 소매를 쥐려는
辱된 하날에 무슨 旗人발이
날리고 있느냐
同胞여!
一齊히 旗人발을 내리자……

고、하였지만、그는 確實히 「세퍼—프」이지 詩는 아니였다。詩가 詩로서 詩가 된다면 不自然하거안게 眞心으로 가슴에서 우러나오는 詩가 詩로서의 詩다。붓끝으로서 쓰는 詩는 詩가 아니다。蛇足 같이 혀끝으로 날름거리는 詩도 詩가 아니다。그러므로 辱된 하날아래 살고있는 林和는 무슨 旗人발이 날려스면 좋게느가。—

아아、旗人발 타는 旗人발
던 수도 또 더 많이 나부끼고
民衆의 旗人발
붉은 旗人발은……

이렇게、붉은 旗人발이 날리는것을 좋아할것이다。그러나 그것은 民族을 잡어먹고 叛逆하는 것밖에 안된다。그러나 林和에게는 붉은軍隊의 「빨가숭」으리 밖에 안보인것이다。

붉은 軍隊 붉은 英雄……
만세 타고 戰車를 타고……
아아 기의 것은 우리의 國土……
[illegible] 平安道로 몰어오는가……

그대들이 가저오는것은 우리의 自由인가
그대들이 드고오는것은 우리의 詩人밥인가
그대들이 부르고 오는것은 우리의 노래인가
(以上은 林和의 칭은族、革命歌를 意味함)
우리는 어느것이 그대들의 것인지
이느것이 우리의 깃인지 알수가 없다。

고、보기조은 「消技로 「세티ー프」를 읽었으나、그것
은 自認의 「세리ー프」였고、其國의 「레ー티프」였다。
그러나 이제는 그怪物의 假面의謀은 달졌다。아
니 民衆의 眼睛으로 因하여 中途에 爲은 달었다。
허나 一切의 消極使用을 비여주는 林和이었는때、
그의 共産主義다는 怪物의 假面은 또다시 다유산
公演한것을 우리는 더더구나 豫想 아니 할수없다。

그러나 林和의 「세리ー도」記錄集 「玄海灘」이나、
「현해탄」이나・「同志詩集」으로써 「나폴레옹이 같은 가지
고、成就한일은 나는 펜을 가지고 征服하리라」한
빨갛의 꿈과 같이、또는 「我來論의 著者같・맑스
가、科學과 行動을 가지고 成就한 事業은 나는
펜을 가지고 征服하리라」한 第二의 「빨짝」가 「끈
키」라고 생각한다면 그 꿈과같이、精神에서의 그
꿈은 成就하였다고 보는가。아니다 꿈처녕「세리ー
프」로서도 그들의말 表現에도 못가는 共産主義者아
닌 共産主義者이며、詩人아닌 詩人이다。

이렇고보니 假秋 복巾은 인은 이係大한 扮裝의
詩人은、共産主義者안닌 政治브로ー커」아닌 詩人아
닌 第三「빨짝」아닌 詩人터었으니、林和는 共産主義다
는 怪物과、謀略과指令、粉飾와복巾、粉裝과 「제스추
어」、「프로레타리아」의 詩의 「찬란대디터」한것은 비
디고、또 무엇을 무르고렴에 넓어、濁川한것이가。
그렇지 않으면 「싸나토리엄」으로、師匠 끈치다 갈
것인가。永遠히 「네거리의 順伊」를 부르며 北朝鮮
도 ??도 못가는、「南朝鮮 厚된하난」 아래에서 自
由文學同盟의 議長이나는 복巾쓴 詩人으로、粉裝
한 「모데러안」으로 나타날것인가。「使命을 위한 어」
어데로 갈것인가 참나그 注目되는 것이다 아니한
수없다。

(白民 제14호、1948・4)

詩人 林和의 夫婦는 그뒤에 엇지되엿나

— 記者

記者가 林和君을 알기는벌서 十五年이나 되엇다. 그것은 君과나와가치 普成高普에 단닐것이 因緣이 된것이다. 記者가 普成高普三年生때에 詩에中途이되여서 드러갓때에 林和君은 五學年生이엇엇다. 그때作文을맡은 歷史家黃義敦氏가 五學年엔 林某란學生이잇는데 作文을잘하야 全百點을받고 四學年엔 趙重滾이라는 學生이 作文을잘한다고 칭찬한일이잇어 나는 林和君과趙重滾君을알엇다. 하나입한마디해본일이업다. 그때林和君은 라근記憶은 이상하게注目해보는 눈치엿는데 아마三學年반에서 詩人의이름가잇어다!들「詩人詩人」하엿으니까 君도記者를 文學靑年으로알앗는지 몰으겟다. 그뒤에 君과 正式으로人事를 하게된것은 七‧八年前이엇다. 프로레다리아藝術同盟의 全盛時代에 東京에도 李北滿君 高敬欽한 靑年들이모여서「프로레다리아 藝術同盟東京支部」를세웟는데 記者도氣分에나섯때이라「金君」「春城君」의品藝門」하고 原稿試評文을 위날니든때이라 加盟은안이햇어도 라금놀니가곤햇는데 지금은 場所까지잇엇지만 어떤날 李北滿氏이 가우던을 데리고와잇든집에 바로同盟집이엇는데 그집에갓드니 林和君이 건넌방에나다낫다. 그때야 비로소 서로通姓을하엿다. 그때君은「서길노」란映畵이든가 主演俳優가되여「美男子」란 評判이있든때이라 여러사람이「美男子美男子」하고 놀녀주엇다. 그는「우바와와로」이런가詩를 發表하야「프로詩壇」에서단박에 王座를占領하엿든데이라「우산밧은요꼬하마」란詩를 發表하야다시 詩壇에波瀾을이르켯다. 그뒤에 서너번만나엇는데 李北滿君은 自己안해와 누이동생을데리고와서 가난한살님을하엿는데 林和君은 거기서 食客노릇을 하엿엇다. 李北滿君의 누이동생李貴禮는 그때十二三歲되여보엿고 퍽貴엽게보이는 少女라고 생가하고 記者는開闢社에서오는「어린이」를부처주고한일도잇다. 그런미 얼마잇지않어서「貴禮와戀愛가되여 京城에갓다」란消息이 들닐때에 記者는놀래엇다. 그十二三歲로되여 보이는 小女와戀愛를 하다니하고 알어보앗더니 그때貴禮의 나히十七歲엇다고한다. 지금도 그를보면 二十이넘지낫는데도 不拘하고 十五六歲少女와갈으다. 記者가昨年겨울에 平壤에갓다가「다ー쓰어간다」는 林和君을 만나보려貧民病院에가서 林和君을찾으니 벌서退院하엿다고한다. 病이나어서退院한것이엇더니 病院에入門하게되며 退院하엿다고한다. 그곳中央日報支局長을만나서 林君의消息을 물으니 아조위태하다고傳한

다。 그때엔 洪鍾과 親密한 사이었든때이라 그 結果을 알았더니 雖然
은 한모양인데 洪鍾한테서 편지는 온다고한다。 中央日報支局記者
한사람이 林和의 居所를 아는데 그사람은 어데나 갔다고하야 記者
는 섭섭이 그냥 온일이 있다。 그뒤에 記者는 林和의 消息도 몰을었
고 洪鍾은 어데서 무었하는지 알지도 못하였고 또 궁금내고도 하
지않았다。 그런데 바로 五月 그믐께 平壤 次女 한사람이 왔기에 林和
의 消息을 들으니 서울에 와서「남산 동방」에 留한다고 한다。 몇달前에
洪鍾도 鍾路의 山口樂器店」에 店員으로 있다는 말을 들은 일도 있고 하야
오늘 洪鍾을 찾기로 하였다。 어떤날 午後에 記者가 山口樂器店에 들
어 갔드니 옛날 洪鍾 그대로 少女가 나타 난다。 오직 키가 커졌을 뿐이
고 살빛이 좀 희어졌을 뿐이지 옛날과 다름이 없어 記者는 단박에 알
아보고

「洪鍾氏 안이요」했드니 그는 記者을 쳐다보드니

「네」한다。

「내가 누군지모르겠오」

「그르게는데요」한다。 그가 記者을 몰나 본것도 當然하였다 七八
年前 記者가 病도 없고 健康하였을때에 본사람을 只今 病으로 병
색한 이때 몰라 보는 記者를 알니가 없다。 그는 記者가 이름을 부르니까 알
아 본다。

「林和가 지금 서울와 있다는데 만나 보셨읍니까」

「아 서울 보았어요」

「네요!」

「어데서 만 있어야지요」

「結婚한다드니 그게정말이오」

「아직 거기에 대하야 말을 드리기 어려워요」

「지금 어데 있다고요 남산 동방이라든가요」

「네」

「그게 미처 어데 있읍니까」

「동대문밖 新設里에 있어요」

「그래 病은 어떠타고 합디까」

「퍽 나었다고 해요」

「그런데 한번도 안 나가 봅니까」

하。 記者는 위철에 가까운 지방에 가까운 말을 하겠다。 그는 거기
엔 그냥 우서 버리고 만다。

「林和의 친구들은 가끔 만납니까」

「네、 어제도 만났어요」

나는 洪鍾을 만난지 사흘만에 이상하게도 林和한테서 葉書한장을
받었다。 그것은「朝鮮文壇」을 좀 부치달나는것과 틈있으면 한번 놀
너오란 意味가 씨여 있다。 그리하야 今日 方仁根氏도 만나볼겸 淸
凉里行을 하였다。 昨夜에 쓰다가 남은돈이 六十錢이 있었기에 車錢은
넉넉이 되리라하고 電車에 올나 앉어서 지갑을 꺼내 보니 一金十二
錢 밖에 없었다。 健忘症이 있는 記者는 昨夜에 무었을 한 것을 잊었든
것이다。 車錢은 不足이나 나릴수도 없이 온저 八錢을 주고 淸凉里
에 나려서 方仁根氏를 찾었더니 그는 睦兆貞을 訪問했다고하야
그의 집에 갔드니 그의 문패도 없어 그집에 들어가 물어보니 연지에
산다고하야 찾으니 어데나갔다고한다。 그리하야 다시 電車에 올나
앉으니 남은 四錢이 問題였다。 그리하야 할수없이 電車 걸에게
一錢이 不足인데 어떻게 했으면 좋겠느냐고 하피를 무릅쓰고 말
했드니 그는

「어데까지 가서요」한다。

「東大門까지 감니다」했드니 그 女子는 아모말없이 乘換車票를
한장 찢어 준다。 나는 어떻게 고마워는지 모르다。 新設里에서 내리어

는 탑골승방을 만나는사람마다 붙어서病弱한 記憶은 가여가다 싶이하야 겨우林和의 處所로찾아올어갔다。그는 철간마루우에자리옷만입고 앉었다가 記者를맞는다。「美那子」라고 불너주든그 얼골은 찾어볼길이없고 빼떠말넛다。하나다시만나지 못할줄알었던 林和를 다시만나니반갑다。그는 記者더러 七八年만인지라

「×兄도 퍽늙었구려」한다。

「병때문에 파고늙기만합니다그려」하고 한탄하였다 한시간동안이나 林和는 朝鮮의 文壇소식을 니야기하고(朝鮮文壇)의 將來方策에대하야 여러가지로 自己의意見을 말해준다。나는마조막에

「貴禮氏와 結婚件은 어찌되었오」했드니 林和는 「머」하고말끝을흐려버린다。

「며가에가좀나온니까」했드니 그는우스며

「밤열두시까지 일하고는데 웃시간이있나요」한다。

「인이 창작結婚이된모양이요。다시살님을 할작정이요」

했드니 그는

「結婚이고 무엇이고할개있나요」하고어데까지든지 「問題를解明이하지않구녀고한다。아마「病만나면 다시살님을 하녀는게다」고 각하고말었다。記者는 林和의「病床記」를 부탁하고나왔다。日出洞을돌너서 東大門에오니 四週밖에없는 市街가 거져잇었다。옛날 林和를만난印象은「不見의市街로 많이앓아서국니처지지않는다。林和는 다시살어나서、詩人의 役割을 다시하게되었으니 貴禮와의 사랑도 다시復活이되며 家庭의人이된날이 있을것이다

(六月六日)

(조선문단 제24호, 1935·7)

□□評論家로서作家에게주는글□□ (第五回)

作家張赫宙氏에게

洪曉民

敬愛하는 張兄!

나는 貴兄과는 一面도 없읍니다。그러나 貴名과 意氣相通하는바는 너무 많어서 間接으로 安否를 뭇는것은 벌서 오래전일인줄 생각되나이다。

徐兄에게서도 또는 宋兄에게서도 彼此健康과 將來를 祝福하야 말삼않이드린것을 아나이다。

그런데 어느때 어느곳에서든지 貴兄에게한번 이야기하고저하든것을 이제 紙面을 빌려서 쓰고자하니 그 頭緖가 잘 나오지 안나이다。

元來 내가 張兄의 作品을 읽기始作한것은 「改造」의 當選作 「餓鬼道」로부터 最近作 「黎明」까지 읽는中이웨다。

「餓鬼道」를 읽었을때 感想이나 지금 朝鮮文으로된 「무지개」「三曲線」乃至 「黎明」을 읽도록 내가 가지고있는 感想은 늘 한가지이나 이 어쩐까닭일까요。 그러면 그 感想이란 무엇일까。 그것은 簡單히 말해치워버리면 『努力하는 作家—」라는것이외다。 참말로 貴兄은 天才보다도 努力하는 作家라는것을 處處에서 發見합니다。 이것이 兄의 長點인 同時에 欠을 보면 欠點것이외다。

兄이 最初 『改造』에 『餓鬼道』가 當選되었을때 많은사람은 朝鮮에 天才家가 뛰어나온줄 啞驗하였지만은 그實 내가 그 『餓鬼道』를읽을때에는 그作家는 努力하는 作家라는것을 發見한것이외다。 이곳에 『餓鬼道』가 없어서 一一히 考證은 못하지만은 至今생각해도 그 『餓鬼道』全篇이 가지고있는바 말의 構成이잘될것이 아니웨다。 더욱이 그對話라는것은 웃을 程度도되어 있었든것이웨다。 허나 그것이 當選되기는 그때의 社會情勢와 兄의 꾸준한 努力이 그곳에도 있었든까닭이외다。 要컨대全天才를 다 기우려서 쓰여진 作品이 『餓鬼道』가 아니었든것이외다。 그러고 그 『餓鬼道』속에도 힘쓴 努力을 보여준것이 當選을 하게한것이 아닌가 생각되나이다。

敬慕하는 張兄!

兄에게는 兄이 아시는바 獨特한 思想과 主見이 있읍니다。 그것은 共産主義思想도 아니며 無政府主義思想도 아니며 더욱이 國家主義思想은 더 아니외다。 兄은 나보기에는 兄이 쓰신것과같이 『무지개』思想이 있읍니다。 맛치 『트르게넵프』의 『무지개』와 비슷한 『무지개』思想이 있읍니다。 이 『보헤미얀』의 『무지개』思想은 藝術家들에게 많이 있는바이지만은 張兄은 좀더 그러한것같고 이思想과 主見이 아주 굳어지는것을 보여주고있는데 그것은 많이는 敎育主義외다。 亦是 張兄의 그것도 그러치오。 最初로 東亞日報에 실린 長篇小說 『무지개』는 滋味있고 압뒤가 꼭재인 그러한것이었사오나 亦是 思想과 主見에 들어서는 『무지개』思想이외다。 이것을 좋게말하면 同伴者思想이라던가 敎育主義思想이라던가

啓蒙主義思想이라고 말할수 있으나 그實「유토피아」이지요。空想的社會主義에도 낡은 그것이지요。現實을 몰으는 그것이외다。그래서 그린지는 몰으지만은 張兄은 해마다 文章과 描寫가 括目할만한것이 많은 反面에 思想과 主見이 늘 退嬰的인것을 가저오게 되나이다 그러고 甚한데 이르러서는 作者의 主觀이 混亂되는 그러한것을 가저오는 그러한것을 發見하는것이 있는것이웨다。그것의 한 例로는 最近의 作品인 「黎明」이웨다。또는 「戀風」이라는 그것이외다。또는 「カルボウ」라는 그러한것이 그런것이웨다。또는 「三曲線」도 그러한 部類에 屬하기 쉬운것이외다。果然 吾人은 「黎明」을 읽고 얻은것이 무었이며 「戀風」을 읽고 얻은것이 무었이며 「カルボウ」를 읽고 얻은것이 무었이며 「三曲線」을읽고 얻은것이 무었이오니까。亦是 얻은것이 있다면 時代의 混亂相이외다。아울러 作者가 보여주은바 不徹底한 進路외다。이것은 分明히 張兄의 「보헤미얀」의 態度이외다。吾人은 「迫間農場」에서 보여주는 그러한 迫力있는것과「새備하든날 저녁에 일어난일」같은 그러한 現實的인 眞實을 더사랑하고 있는것이외다。思想을 담지않은 技巧는 쓸것이 없읍니다。이는 技巧를 위한 技巧밖에 아니라는것이외다。次次로히 이러한 傾向이 兄에게 濃厚해가고있는데 이는 棄擲하고 變遷할 그것이 아니면 아니됩니다。

敬慕하는張兄!

兄의 藝術——文學—은 漸次로 圓熟한 境地로들어가고 있읍니다。허나 朝鮮文으로된것은 아즉도 이렇다고 할것이 없읍니다。和語로된것에는 相當히 좋은것이 많읍니다。

兄의 藝術은 「餓鬼道」와 같은 手法에도있지않은 同時에 「カルボウ」같은데도 있지않다고봅니다。兄의 藝術은 亦是 「迫間農場」이나 「仁王洞時代」에 있다고 하겠읍니다。더욱이 「仁王洞時代」에는 沒落하는 農村의 兩班階級

을 거린데 있어서는 지 「룸쓰트이」의 初期作品 少年時代나 靑年時代를 凌駕한다고 할수있나이다」 더욱이 그 主人公「仁榮」의 性格으로부터 그를 싸고도는 雰圍氣 그것은 兄의 作品中에서 가장 優秀한것이라고 생각되나이다。이外에도 「一日」이라던가 「十六夜に」라던가 「劣情者」라던가가 다들 優秀한 部類에들수있으나 이들은 한갈같의 한두가지의 缺點을 가지고 있읍니다。말하자면 「一日」이라는 作品은 金海珠라는 小市民의 하루생활인데 너무나 金海珠라는 人物이 小市民型에 밖이어 變通性이 없는者이오 또 그의 友人無政府主義者亦是 한 破落戶의 主義者인것이외다。이것들은 흔히 푸로레타리아作家들이 犯하고있는 人物의 類型化이외다。이 人物의 類型化는 「劣情者」에서도 그렇고 「十六夜に」에도그렇읍니다。더욱이 嘔吐를 不禁하도록 類型化한것은 「惡劣漢」이외다。그러고 至於 「山犬」이라는 作品에 이르러서는 兄의 技巧的인 頭腦가 언뜻 떠오르는데 亦是「이것은 作品으로는 「던셋스」외다。「山犬」에서 보여주는것같은 값산 技巧는 兄을위하야 삼갈그것이라고 하여서 마지안나이다。나더러 純粹藝術로의 優秀한 者를 들나고하면 亦是 「椎といふ男」와 「仁王洞時代」외다。至今까지도 執筆하고 있는 「黎明」은 비록 朝鮮文으로 되어있으나 「仁王洞時代」보다는 얼마나 떨어진 作品인지 몰읍니다。첫재로 實感이 없는데야 어찌합니까 「무지개」에 보여주든 實感과 「三曲線」에서보여주든 才氣가 다함께 去勢되고 딱딱하고 거세고 語彙에 無理가 있으니 이 어찌된 까닭입니까。아즉 早老되지는 않았을터인데 펴으나 貴兄을 위하야 근심하는것에 하나입니다。그런진대 黎明을 速히 끝내고 새것을 시작하는것이 나찌않을까도 생각됩니다。

敬慕하는張兄!

作品에 對해서는 그만한 程度로 나의 述懷를 적고 다음은 兄의 東京文壇과 때로는

朝鮮文壇의 그런 過誤를 적고자합니다. 兄이 朝鮮文壇에서 虐待받은 事實이외다. 이點에있어서는 兄을 위하여 매우 同情하는배이오나 그렇다고 東京文壇에다가 너무나 朝鮮文壇을 깍는다는것은 兄으로서는 取치않을바라고 생각됩니다. 또한 文壇 페스트菌이라는것도 그러한 病感이 드디어 그러한 形態로 爆發된 것이라고밖에 보이지안습니다. 또한 金文輯氏와 같은 사람에게 原을 먹도록 된것이라고 생각합니다. 金文輯氏의 行動이 張兄의 態度는 沈默이 훨신 낫다고 생각됩니다. 紙上에다 제 눈의 띠들보는 못보는것이니까요. 그것에 對하야는 이제 이곳에 더 曰可曰否하랴, 하지 아니하나 張兄에게 한가지 忠告하고싶은것은 지나친 自尊이외다. 그야 和語로 글을 쓰는 것이 名譽라면 名譽이겠지요. 그러나 이것이 그렇게 豪華한 名譽는 아니외다. 또한 남이 잘얻을수없는 [illegible]小說의 執筆이 名譽일는지는 몰으나 이것으로 因하야 眼下 無人의態度로 自負할것은 [illegible] 삼갈 그것이외다. 생論. 張兄은 그러한 心理와 態度로 東京文壇이나 朝鮮文壇에 雜文을 쓴것이아니라고 생각하겠으나 第三者의 눈에는 그렇게 보이는데는 큰일인것이외다. 이일은 多少張兄을 차고드는 因果關係가 그렇게 한것이라고 할수도 있겠지요. 허나 이는 張兄이 꼭 참을바라고 생각됩니다. 何如間 張兄은 朝鮮文壇을 더 사랑할 信念을 앞으로 많이 가지시요. 또한 사비드래도 우리네에게 原먹었으니 단라는 觀念을 가지시요 그리고 그 念푸리를 東京文壇에 다하랴고 하지마시오 그러면 그때에는 참으로 지금의 張兄以上으로 빛날것이외다. 敬慕하는 張兄! 自古로 忠言은 朋友의 道라고 했읍니다. 그래서 觸怒될 點도 많을줄알면서 忌憚없이 썼읍니다. 이는 다만 朝鮮文壇을 사랑하고 張兄을 尊敬하고 思慕하는 까닭에서 나온것이외다. 그러면 앞으로좀 더 期待되는 作品을 바라면서 그만 붓을 놓겠나이다. ——끝——

(新東亞 제57호, 1936·7)

作家께리주고받는글

姜敬愛

回信

張赫宙先生에게

姜敬愛

五月十一日 밤에 쓰신 先生님의 親筆은 오늘 반갑게 받았읍니다。묵직한 封套임에 처음에는 다소 疑訝한생각으로 封套를 뜯었아오나 意外에도 先生님께서 보내 주시는 長文 편지임에 얼마나 기쁘고 반가웠는지 모르겠읍니다。그래서 저는 두번 세번 거듭어 읽었나이다。

先生님 每夜 十時에 주무시는 定한 時間임에도 不拘하시고 그밤이 깊도록 주무시지 않으시고 저의 拙作을 읽었셨다고요? 황공 하옵니다。이것은 저에게 있어서는 너무나 지나치는 榮光이옵니다。더구나 疲困하신 몸으로 저의 不足한 作品을 一一히 評까지 하여주셨사오니 이우에 더 죄송하며 기쁜일이 있사오릿까。그러나 先生님 習作에 지나지 않는 저의 作品을 가지시고 이렇게까지 過讚하여주심에는 多少不安함도 없지않아 있읍니다。이미보신바와 같이 그文章의 未熟함이며 構想의 미흡함이란 얼마나 유치합니까? 저의 얼굴이 붉어짐을 금치 못하겠읍니다。그러나 앞으로는 先生님의 期待하시는 뜻에 그어러짐이 없는 作品을 쓰려고 努力 하겠읍니다。

×

先生님 이붓을 드오니 一萬가지 心懷가 쏠어 나와서 무엇부터 먼저 써야좋을지 모르겠읍니다。우리 文壇의 關한일이며 저 사사로의 묻고 싶은 일등 太山같사오나 짧은 지면에 어찌다 엿주오릿까。그러므로 後日 따로이 묻기로 하옵고 여기에는 編輯子의 意見을 마추어 제가 先生님의 作品에 對하야 느낀바를 적어보고저 하옵니다。말할것도 없이 저의 知識이 淺薄하니만큼 作品을 감상하는 眼目조차 어리고 不足하오니 그리아시옵고 先生님께서는 寬大히 容恕하시옵기를 미리 請하옵니다。

제가 先生님의 존함을聞하옵기는 先生님의 處女作인 「餓鬼道」가 「改造」에 當選되었을때 이옵니다。勿論 누구라도 文學에 多少 關心을 가진 사람으로서야 當時에 先生님의 榮樂스러운 當選에 감탄 하지않은 이가 몇 분이오며 「餓鬼道」를 읽지않은 이가 몇 사람이나 되오리까。저는 그때 新聞에서「改造」廣告를보고 끝이야 끝이야 「改造」를 사다가 「餓鬼道」부터 뒤지어 읽기 시작 하였읍니다。그런데 절반도 채읽지못해서 저의 가슴은 꺼어지는듯 하고 동맹이로 머리를 몇번 얻어 마진듯 해서 한참이나멍하니 있다가는 게속해 읽고 읽었읍니다。제가作品을 많이 읽지도 못하였지오마는 朝鮮人의것으로는 이만큼 迫力있고 무게있는 作品을 對하기는 처음 이었읍니다。그래서 몇일 동안은 심심하면 꺼내 읽고 읽곤 하였읍니다。지금은 「餓鬼道」의對한 기억이 희미 합니다만는 그러나먹을것이 없어서 나물을 뜯으려 산으로 갔다가 그무시무시한 절벽에서 떨어저 죽는 장면 같은것은 아직도 머리에나마 있읍니다만 그러나 文章이며 構想如何는 캄캄하옵니다。그만큼 제가 어렸던 까닭이라고 깨달읍니다。

그後 「追はれる人人」는 冊店에서 잠간 보고 사다보려고 했더니 그이튿날인가 書店에 가보니 압수를당하야 「切

作家끼리 주고받는 글

取ㄴ 되였읍되다。저는 섬섬히 돌아 오면서 書店에서 잠간 본 기억을 더듬었읍니다。農村의 처녀 총각이 우물귀을 빙글빙글돌면서 놀든 장면이 퍽도 저의 興味를노두어 주었으며 그들의뒷일이 궁금 하였읍니다。그담부터 先生님의 力作이 달을 繼續하여 나오는것만은 알고 있었읍니다만은 제가 이間島로 나오게되면서부터는「故鄕」을 자조 對하지 못하게 되었읍니다。그래서 궁금히 지내는 동안에 先生님의「探こ云ぅ別ㄴ라는 單行本이 나오고 또「에쓰페란트」로 飜譯이 되느니 中國語로飜譯이 되느니、하는 消息은 자조들었읍니다。그리고 東亞日報 紙上으로 나타나는「무지개」는 二、三十回가량은 읽었읍니다만은 不得已하야 그것마자 읽지못하게되어 先生님의對한 저의 기억이 희미할때「文藝」에서「葬式の夜の出來事」를 읽게 되었읍니다。그리하야 지금까지 제가 가지고있는것은 이한篇이옵니다。

「葬式の夜の出來事」

이作品을 對할때 直感的으로 떠오르는것은「모렌」小說이 아닌가? 하였읍니다。그러나 이것은 제의 추측에지나지못하옵고……이作品의 主要目的은 朴昌圭氏와 李長吉老人等 封建的 人物들의 섞어진 精神的結合 시킨과 동시에 官僚階級의 醜惡한 뒤구멍을 은연중에 暗示하는데 있다고보았읍니다。資本主義原則에 있어서 그리크게 問題가 되지않는 封建的遺物에서 取材한것은 大衆的 效果는 비교적 적었으리라고 봅니다。그러나 作全篇이 문선들이없이 짜아진데 對하여는 敬意를 表하지 않을수 없읍니다。그리고 作中人物들의 性格을 만해주는 個談한 對話에 있어서나 그들의 일거일동이 옆에서 보는듯하고 그들의 말을 듣는듯 하옵니다。例를들면 朴昌圭氏가 빼두병을 쥐고「乾杯だ乾杯だ!」하고 너털 웃음을웃는것이라든지 李長吉老人의 態度를 當하여 놀리어 왔을때에 그대담 무쌍한 人非로써 朴昌圭氏의 性格은 잘나타났다고、봅니다。特히 卑屈한行動으로一貫한 崔成烈의 人間됨에 있어서는 先生님께서 애쓰신 자최가 보입니다。그러고 군대군데 심각한 描寫等에 있어서는 實로 놀랍읍니다。

「……私はその屍體を安置した家だと知りきよつとした……」

普通 作家 같으면 이러한 곳에서까지 注意하지 못하게 됩니다。웨냐하면 致非로 因하야 作中人物들로하야금 몇일밤 새우게하였으므로 作者의 感情까지도 둔해질 염녀가 있는까닭에 대개는 作中人物들의 感情을 죽이기쉽습니다。하나 先生님께서는 이러한 세밀한 部分에서도 눈하나 팔지않고 作中人物을 作動하게 하신점에 對하여는 무어라고 찬사를 올려야 좋을지 모르겠읍니다。요컨대 先生님께서 作品을 쓰실때에 如何히 眞摯한 態度로써 對하셨다는것을 알수 있읍니다。또한곳에서

「……バカ」私は崔成烈の酔つぱらった奴のヤウな顔をみつめて怒鳴つた「それよやかごこへ行つて寢るつもりだい」

「寢る?はは……」

여기서 또한 作動하는 두人間을 볼수있읍니다。

作家가 作品을 쓸때에 무엇보다도 먼저 必要한것은 眞摯한 態度입니다。그래서 描寫하고 表現하려는 온갖 대상물을 힘껏 觀察하고 힘껏 吟味하지않으면 안된다고 생각하옵니다。

「……崔成烈は横奥つ面を私に叱きつけた……」

先生님 저는 이장면을 읽으면서 崔成烈의 입김을 맡았읍니다。그리고 그의 卑屈함이 이렇게 오장 속속들에배였다고 얼핏 느껴지더이다。이러한 例를 들자면 끝이 없겠기에 그만 하옵니다。끝으로 李長吉老人의 兄弟가 屍體 따옴하는 싸움을 目擊시킨것과 아울러 그原因을 朴昌圭氏의 입을 빌어

作家께리주고받는글

또설하게한것은 先生님께서 얼마나 作家的 手腕이 能하시다는것을 말하여줌니다。 그리고 文章에 있어서는 저의편견인지 모르오나 「三曲線」이나 「무지개」에서 對하든 文章보다 훨신 미끄럽고 빛나보입니다。 너무오래 失禮했읍니다。 용서해 주세요。

先生님 언제인가 「나의 포부」란題下에 글을 쓰신일이 게시지요? 아마… 거기에서 좀더 努力하면 「딸자큰」까따르지 못할배 없으시다고 하신 기억이 아직도 제머리에 나마 있읍니다。 옳습니다! 果然 先生님께서는 未久의 先驅들의 뒤를 따르게되리라고 저는 믿습니다。 先生님 努力하여주시옵소서。 그러고 朝鮮의 「고리키ー」가 되여주시며 그래서 쓸쓸한 우리 文壇에 커다란 횃불이 되어 주시옵소서。

×

先生님 지두하시지요。 이滿洲의 이야기나 해올릴까요。 그보다도 先生님께서 만난을 물리치시고 滿洲에 한번 나와주세요。 여기에는 山덤이 같은 산材料가 先生님 같으신 어른을 기다리고 있읍니다。 꼭 나오세요。 그리하야 不朽의名作을 하나 낳아 노서요。

끝으로 先生님의 健康을 빌면서 그만하옵니다。 ―五月二十六日―

(신동아 제45호, 1935·7)

長江어구에서 (五月)

벌꽃

늘봄兄

오늘이 五月一日 이외다。萬國勞働者의 紀念日인 勞働祭 이외다。이곳에서도 盛大한 紀念祝賀 示威運動이 이슬뜻하더니 北京政府의 戒嚴令下에 아모것도 못하게 되엿나이다。오늘아츰 各新聞紙는 勞働紀念號를 發刊하고 星期評論 가튼 小雜誌도 四十페지나 增加하야 勞働에 關한 글을 滿載하엿나이다。(星期評論은 戴天仇一派의 機關으로 每週一回 七八페지式 發刊하는것。) 이런 現象은 昨年만하여도 보지못하던 것이외다。民衆運動의 빠른 거름은 무섭게 다라남니다。可憐한者는 우리네勞働者뿐이외다。먼젓번에 저는 우리나라 靑年들을 위하야 嘆하엿거니와 이번에는 勞働階級 諸君을 위하야 더 기픈 嘆聲을 發하나이다。그러나 부질업시 嘆息만 하면 무엇하리잇가。奮鬪와 前進이 이슬뿐이외다。

오늘은 날이 맑고 봄ㅅ바람이 재쯧하게 부러 오나이다。고요한 아츰이 사람의 마음을 씨서 淨결케 하는듯 하오이다。이러한 때에도 故鄕의 아름다운 봄철생각이 문듯 나서는 그리운 마음을 억제치 못하게 되나이다。

늘봄兄

一週年紀念號上에서 兄의글을 바다보고 또 兄의力作인『生命의봄』을 熟讀한 機會를 어덧나이다。아직 씃나지 아니한 것을 가지고 輕輕히 批評은 못하겟슴니다、마는 率直한 印象을 장간 말하게 하십시옹 全體로보아 表現이 좀 이ㅣ지、쯔잉 (Easy going) 한 點이 잇다하나이다、노래로써 氣分을 表하려는 努力도 成功치 못하엿다하나이다。그原因은 或 表現을 自由로 못할만한 事情이 이서 그렛는지、或은 觀察그것이 오漫한 結果인지、左右間 悲痛할 材料가 그리 深酷치 안케 되엿다 하나이다。더욱前半 罪惡式의 描寫는 氣分이 잘나타나지 안앗다 하나이다。네가 가장 感銘을 바든데는 後半인 監獄의 描寫이외다 面會의 場面은 더욱 生氣가 잇게 感하엿나이다。이것은 直接 兄의 體驗인줄 아나이다。여기서도 體驗의 貴함을 새닷고、또 事實의 힘 이란것을 깨다랏나이다。

五月十四日

兄의作에 關하야 두어마듸 쓰다가 來客으로 因하야 따쯧지 못하고 지금 다시 붓을 잡앗나이다。 그러나 雜務에 奔走한 저는 於焉間 半個月이나 그럭저럭 지냇스니 그때의 印象이 지금껏 나마 잇슬지 모르겟습니다。

然도대 兄의 作品은 언제던지 冷酷히 事實을 觀察하는 透徹的 努力이 不足하고 한거름 더나가면 하는 자리에서 安價한 로만틔시즘이 妨害하야 作品 全體를 低함을 보앗나이다。 作의 主人公보다 作者가 먼저 興奮하야 울고 웃고 하니 讀者는 感銘을 밧기커녕 作者의 영분모를 興奮狀態를 怪常하게 볼수박게 업습니다、 讀者로 하여곰 主人公과 가튼 世界에 살게하고 主人公의 人格에 共鳴케하기위하야는 作者는 어듸까지던지 冷靜한 態度로 모델의 肉體를 觀察하는 評家의 마음을 가저야 하겟습니다。

「事實그대로」 라하는 寫實主義的運動 朝鮮의 藝術家가 한번은 通過치 아느면 안될 重要한 一道程 인가합니다、 安價인 로만틔시즘에서 버서나기前에 眞正으로 生命에 通하는 文藝가 生하리라고 저는 믿지안씁니다。 兄의 作品도 題材로는 ~만하지、 아는것이 아니나 이를 나타내는 精神이 너머 이ㅣ지 ㅆㅣ잉、인것이 致命的 缺陷인가합니다。 매우 酷評에 지나친다 할넌지 모르나 이도 또한 우리의 藝術을 사랑하는 一片心에서 나옴을 諒하소셔。 兄의作品의、完了를 보아 또 말하고저합니다。 東仁君의 作品에 對하여도 苦言을 呈한것이 만호나 이도 그完結을 보기를 기다립니다。 東園君의 詩作은 滋味잇게 봅니다。 그러나 그의 小說은 그의 名聲을 노피는이보다 그反對의 結果를 生할가 두렵습니다。 白岳君의 것은 더욱 그러코……。

第五號에 揭載된 作品中에는 五山人君의 「K先生을 생각함」이란 글을 推賞코저합니다。 好個의 小品으로 近日 我文壇의 白眉라 하기를 서슴지 안씁니다。 東仁君의 採擇한 文體와 五山人의 謙遜한 文章과는 好對照가 됩니다。 「K先生을생각함」 이란 글에 美處는 그沈着하고도 떼리케이트(Delicate)한 情緖(Mood)와 主人公의 純一한 人格의 描寫라 합니다。 松堂君의 戱曲도 生長할만한 萌芽를 보입니다。 兩君의 努力을 비는 바이올시다。

늘봄兄

月評을 마른바이 아니니 그만 하겟습니다。

文藝에 對한 指導的 評論이 必要하다 하셧지오。 저는 그보다 먼저 文藝에 對한 指導的 作品이必要하다 합니다。 春園의「無情」「開拓者」其他의 短篇이 우리靑年에게 文藝에 對한 感服과 批評眼을 얼마나 주엇스며、 그로因하야 輩出한 靑年藝術家가 얼마나 많습닛가。 文藝은 理論으로 引導될 物件이 못되겟습니다。 萬一 우리中에 指導的 作家가 업다 하면(事實 업거니와) 우리가 먼저 할것은 外國 作品의 飜譯이외다。 明治時代에 二葉亭等의 俄羅斯小說 飜譯이 얼마나 刺戟을 日本文壇에 주엇습닛가。 今日 우리나라에 輩出하는 少年文學家의 살마도 못먹을 作品을 가지고 社會에 對하야 이것이 文藝요 하고 큰소리할렴치도 업스려니와 이것을 理解못한다고 社會를辱할 비위도 가지지 못하게다 합니다。 먼저 必要한것은 指導的 作品이오。 이것에 가장適當한것은 外國作品의 飜譯이외다。 飜譯을 하되 某某 新聞紙上에 揭載되는 것과 가튼 俗流의 喝采를 拍하는 低級한것은 말고 이를 鑑賞하는이의 數爻가 十에 못차더라도 眞正한 意味의 藝術的作品을 紹介함이 可하다 합니다。 이를 使命을 가진者는 至이「創造」박게 업다합니다 그리하고 그런意味에 잇서서 먼저 着手한 것으로 俄羅斯文學을 擇하려합니다、 또한가지 이를 하는데 必要한것은 飜譯이라는 일을 너머 輕卒히 생각지 안는것이외다。 飜譯이라하면 一般이 蔑視하지 마는 飜譯이란것도 아모나 할수잇는것이 아니게습니다。 엇던 때는 創作보다도 더어려울넌지도 모르겟습니다。 左右間 飜譯의 盛行이 오기前에 우리文藝의 發達을 期치못할 것이외다。

社會에 對하야 文藝를 理解하라 絶叫하기 前에나는 먼저 眞正한 作家의 出現을 絶叫하며、 하고만흔 少年文藝家의 反省과 自省을 促코저 합니다。 지금 우리의 處地와 境遇는 眞實로 悲痛하고 熱烈한 文藝가 出한 때외다。 그러나 가만히 살펴보건대는 年盛에 盛行하는 所謂 戀愛文學은 하나도 遊戲的 氣分이 업는 것이 업더이다。 國民的 文學의 産出! 生命잇는 作品의 出現! 이것이 第一 먼저 要求되는 것인가 합니다。 今日 우리의社會가文藝를 排斥하는 것은 道德的으로 썩어진 엇던 社會가 眞正한 眞理의 殉敎者를 排斥함과 가튼 排斥이 아니고 文藝 그것에 對한不信用 임을 볼때에 가슴이 아프오이다。 우리는 먼저 社會가 이를 바다 드리지 아는면 社會에게 큰 損害가 되만한 그런 값잇는 文藝를 創造치 아느면 아니될줄 암니다。

春光兄

以上에 말한바는 우리가 먼저 自省하고 努力할것이외다。 社會에 對하야 要求할 것이 업지 안서요。

그러나 먼저 스스로 도라보는것이 現今 우리靑年에게 가장 重要한 것임을 아는故로 이를 먼저 갈습합이외다。中國사람 떨까지 自由詩運動을 니르키고 살로메」를 飜譯하는 판에안자서 우리 靑年은 너머나 安逸한 쑴을 뀌고 잇지 안는가。두렵건대는 日人에게 써러지고 中人에게 써러저 아조 東亞의 落伍者가 되지아는쌔。아아 생각만 하여도 무섭소이다。우리억개의 짐이 그러텃 무겁소이다。

늘봄兄

五月 中旬이라 하는데 더위가 그리 甚한지 녀름에 한거름 박게와 선듯하외다。春秋服을 넘고 나가 단녀나니 땀이 등에 패입니다。上海의 다른 日氣를 想像하소셔。메칠前부터 意太利 飛行機가 S서 市街위를 빙빙 도라 단닙니다。벌서하나는 靑島로 날라가고 남은 하나도 明後日에는 北京으로 간당니다。뒤조처오는機는 지금 印度를 通過中 이라합니다。上海領候로는 別로 볼수없는 靑空에 綠黃紅의 意太利旗를 그린 双葉飛行機가 紙旗와 祝賀文을 쌔리면서 租界上空을 週一週함을 볼때에 여러가지 詩的 空想이 니러남을 참을수 없소이다。발 미테는 中國人의 下層生活이 느지런하게 벌녀잇습니다。거기는 夫婦쌈이 큰한때가업고 코ㅅ물을 질질 흘리는 어린애의 우름소리가 한째 조용치몯 못합니다。네모 갓가운 [illegible]한 光線이 그들의 문창을 뚜르고 그生活의 內部까지 다 드려다보는듯 합니다。밤음이 올때에 그들의 生活의 悲慘은 더酷한것 처럼 보이나이다。프로펠러 소리가 멀리 夕陽에빗나는 하늘에 스러 질적에 나는 數萬里의 行程을 나라온 젊은意太利人의 健康을 속으로 빌면서 까닭모르는、또엇질수없는 寂寞한 感情을 가지고 房으로 나려、왓섯습니다。

오늘은 날이 흐려서 프로펠러소리 조차 들리지안나이다。봄날의 개으른 구름떼가 西便 하늘로 움즈겨 감니다。中國人行商人의 물건 웨치는 소리가 때때로 興味스럽게 들려나이다。

同人의 現住 (四月十九日)

金東仁 平壤府下水口里六
金煥 鎭南浦府後浦里三〇
金明淳 (未詳)
田榮澤 平壤府府[illegible]里四三
李光洙 (旅行中未詳)
[illegible]一 京城府鍾路中央基督敎靑年會館
朴錫胤 (旅行中未詳)
吳天錫 仁川府中[illegible]里一二
朱耀翰 (旅行中未詳)
崔承萬 (旅行中未詳)

愛慾의 文學

—倫理의 喪失과 假裝—

趙演鉉

오래간만에 鄭飛石氏의 몇개의 短篇을 通讀할 機會를 갖게되었다。나는 이나 意味에있어 氏의 代表作이 收錄되었다고 생각되는 短篇集「城隍堂」을 中心으로 氏의 作品에 對한 나의 所感을 記錄해 보기로 하겠다。

「안해! 생각만 하여도 입에 생침이 줄줄 흘렀다。죽은 안해의 몸은 수척하면서도 앞가슴만은 터질듯이 반남되어 로신로신하던 그 젖무덤 뽑은듯이 미끈하던 그 넓적다리」이것은「卒哭祭」의 主人公「彦三」이가 그의 죽은 안해를 생각하는 一個節이다。비단 이 한個節뿐이 아니라「卒哭祭」全篇을 通하여「彦三」의 그의 죽은 안해에 對한 愛情과 回顧는 이런투르 表現되여있다。이와같은 또하나의 例를 들면「언삼은 쪼들리는 생활속에서 항상 자유롭고 아름다운 꿈이 있었으니 그것은 안해를 품어안었을 순간이였다」는것 等이다。

이것은 分明히「彦三」이가 그의 죽은 안해를 單純한 肉體的인 愛慾의 對象으로서만 사랑해 왔었고 죽은안해의 存在理由와 그價値도 肉體的인 愛慾을 떠나저는 全혀 無意味한 存在였다는 것을 意味하고 있는것이다。萬一 죽은안해가 單純한 肉體的인 愛欲以上의 그무슨 對象이 었었드라면 죽은안해를 回顧하고「아름다운 꿈」을 느끼는「彦三」의 回顧속에 肉體的인 愛欲에 關한것만 나타날수는 없기때문이다。그러나 意外에도 必要以上으로 죽은 안해를 回顧하는「彦三」의 그 數多한 안해에對한 追憶과 愛情속에 肉欲을 떠난 그 아무런것도 나타나 있지는않은것이다。오히려「彦三」은 肉體的인 愛欲을 떠나서는 그의 죽은 안해를 回顧나 追憶은 姑捨하고 記憶조차 할수없게쯤되여있는것이다。이것은 무엇이냐 하면은 作者 鄭飛石氏가 人間의 肉體的인 愛欲을 얼마나 重要視하고있는가 하는것은 우리에게 보여주고있는것이다。單純한 重要視가 아니라 그것이

人間問題의 根本이며 그것이 解決이없는 一切의 人間問題는 無意味한것이며 人間이 生活하는 모ー든 價値와 意義가 人間의 肉欲에만 存在해 있다는것을 意味하고 있는것이다。그러므로 이러한 肉欲의 問題는 비단「卒哭」한篇에만 取扱되어 있는것이 아니라 氏의 다른作品에도 主題가 되여있는것이다。그러나 注目할것은 氏의 肉欲에는 그 아무런「모랄」도 成立되여 있지않다는것이다。우리는 過去 數多한 肉欲의 世界를 文學作品에서 보아왔다。「못파상」의 諸般小說이라든지「라데아크」의「肉體의惡魔」라든지「코론타이」의「三代의戀愛」라든지 金東仁氏의「金硏實傳」이라든지 그外에도 헤아릴수없는 많은 肉體的인 愛欲을 主題로해온 作品을 보아온것이다。그러나 거기에는 精神的인 愛情과 併行되는 肉欲이 아니면 單純한 色魔와같은 肉欲의·亂雜한 追求속에서도 嚴格한 한개의「모랄」이 取扱되여있었던것이다。「못파상」의 肉體的欲望과 精神的欲望의 相剋에對한 悲劇이라든지「라데이크」의 肉體에서 發見한 人間의 惡魔性이라든지「코론타이」의 새로운 性道德이라든지 어떤 倫理的인 立場을 떠난 肉欲의 世界는 아니였던것이다。다시말하면 人間의 肉欲 그自體가 重要한것이 아니라 그것과 關聯되는 그것의 意義로 究明해주는 倫理的問題가 더욱 重要한 課題였던것이다。그런데 이에 反하여 鄭飛石氏는 全혀 肉欲의 倫理的基礎같은것은 無意味한것으로 돌려버리고 肉欲 그自體에서만 至上의 意義를 느끼던것이다。이것은 氏에게있어 徹底히 實踐되고있다。그것은 죽은안해에 對한「彦三」의 肉欲的인 回顧에서만 아니다「귀날무」라는 노파의 어떤 과부와의 再婚要求에「彦三」이가「정영코 미인임에 틀림없을 그 과부와 한자리에 누었을 자신을 상상하며 초거운 기나긴 밤을 꼭박히 뜬눈으로 새였다」는 것을 보더라도 氏가 얼마나 人間의 肉體的인 愛欲을 人間의 全部라고 認識하고있는가 알수있는것이다。죽은 안해를 單純히 肉欲의 對象으로서만 追憶하는「彦三」은 그의 再婚問題에 있어서도 아무런 倫理的인 模索은 없고 다만 새로운肉體와「한자리에 누었을 자신만을 상상」해 보는것이다。그러므로 氏의 一切의 肉體的愛欲의 世界는 아무런 一定한 倫理나 或은 그것에의 模索없이 제멋대로 展開되는 한개의 性趣味에 지나지 못하는것이다。그뿐 아니라 이러한 倫理的基礎를 갖지못한 性趣味는 人間의 純情을 짓밟기도하고 誘良하고 有害한 人間을 罪人으로 뒤집어 씌우기도 하는것이다。

「城隍堂」에있어 氏는「현보」의 忠實한 안해인「순이」를 아무런 必然的인 理由도 없이 퍽 不自然하게 山林看守「긴상」앞에 그의 알몸둥이를 보이게 하는것이다。白晝에 森林속에서 더욱히 젊은女人이 혼자 모욕한다는 大膽한 風俗이 첫재로 理解되지않는것이지만 하개의 裸體趣味에서 白晝에 山林속에서 山林看守와「순히」와의 裸體遊戲를 展開시키는것이다。이것이 必要한「푸로세스」였다면 그것도좋다。그러나 알몸둥이끼리 내보인 山林看守에게 몸을 매길수없는「순히」의 貞烈은 그의 男便「현보」에 對한 忠實로서 理解하기엔 좀미 性欲的이였던 氏는 또한 가장 不自然하게 아무런 必然性도 없이「七星」이라는 엉뚱한 사나히를 登場시켜「순이」라는 忠實한 女人을「七星」이와 不義의 逃走까지 實踐시켜 놓는것이다。그뿐아니라 어린애까지 갖게된 첫사랑인「崔鍾燮」에 對한 아직도 버릴수없는 信賴와 새로히 알게된「득보」의 男性的인데에 새로운 愛情을 느껴가는「愛慾道」의 女主人公은「노신달」이 갖어온 一金拾圓에「언제는 수절헤온 팔자였던가」하고「돈은 탐내여 몸을 팔았고 정에 겨워서 사내를 나꾸였다」는 過去의 習慣을 또다시 뒤푸리 시키려고하는것이다。氏의 性趣味는 이렇게 純朴한 人間이나 或은 再生의「모랄」을 찾어가는 人間까지도 마음대로 肉欲의 奴隸로 삼아버리는것이다 그러나 氏의 性趣味가 이렇게 人間을 肉欲의 奴隸로만 그치게 하는것은 또한 어쩔수없는 일이다하더라도 氏의 倫理性 喪失은 비단 肉欲에 있어서만 아니다 그와 關聯되는 人生問題에 있어서도 亦是 同一한 過誤를 犯하고 있는것이다。과부와의 再婚은 斷念한「彦三」이가 죽은안해의「卒哭祭」를 지내게하기 爲하여 氏는 아조 簡單하게「彦三」이를 竊盜로 만들어 버렸다。竊盜를 히서라도 죽은안해의 卒哭祭를 지내리만치 그러한 精神的인 愛情을「彦三」이가 갖지못하였다는 것은 이作品이 꼼작못하게 證明해주고있는것이다。그럼 죽은 안해에對한 性欲을 回想하기 爲하여「彦三」은 竊盜가・되지않으면 아니되였든가 그렇지 않다는것은 또한 明白한 事實로 나타나있다 그럼 어떻게 해서「彦三」은 竊盜가되였는가 그것은 一定한 倫理的悲[illegible]를 갖지못한 作者의 無

責任한 制作의 結果인것이다。氏는 아조 簡單하게「彦三」이라는 純直한 人物을 억지로 罪人으로 만든것이다。氏에게있어 倫理의 喪失은 이렇게 虛妄하고 無秩序한 倫理的 過誤를 남겨놓고 마는것이다。

그러나 氏自身도 倫理的基礎를 갖지못한 人間의 肉體的인 愛欲을 想定할수없었던 때문인지 氏도 이것을 찾어보려고 努力한것만은 우리도 짐작할수는있다。「城隍堂」에있어「七星」이와 不義의 逃走를 했던「순이」를 途中에서 도로 도라오게 한것이라든지「卒哭祭」에있어 과부와의 再婚을 中止하고 죽은안해의 卒哭祭를 지나게한것이라든지 或은「寵妓抄」에 있어 男女主人公이 한房에서 하로밤을 잘이 자면서도 肉體的으로 無事히 지내게한것이라든지 가 그것이다。그러나 이러한 事件의 進展은 어떤 倫理性을 가진 行動같이 보이면서도 이것은 實狀은 單純한 氏의 倫理的假裝에 지나지 못하는것이다. 그것은 비록「순이」(城隍堂)가 不義의 逃走에서 途中에서 도로 도라왔다 하더라도 한번 不義의 逃走를 實行했던「순이」는 이미 그以前의「순이」는 아닌것이며「彦三」(卒哭祭)이가 비록 再婚을 中止하고 죽은 안해의 卒哭祭를 지냈다 하더라도 性慾을 떠나서 죽은 안해와 再婚을 생각할수없었던「彦三」에게 그것은 何等의 必然的인 倫理行爲는 될수없었으며 性慾을 떠나서 人生을 생각할수없는 氏가「寵妓抄」의 男女主人公을 性慾關係없이 無事히 헤여지게한것은 氏의 一種의 手法에 지나지못하기때문이다 倫理의 現實에서 지나치게 虛妄한 人生은 누낀氏는 그것은 倫理의 假裝으로서 解決하며 했던것이다、그러나 倫理는 假裝으로서 끝끝내 獲得되여 지지는 아니했던것이다。眞實은 오히려 氏의 그러한 假裝의 內容을 한개의 虛僞로서 立證시켜놓고 말았던것이다。그러므로 나는 氏가 人生의 意義를 性慾에서 發見했다는것을 조곰치도 나뿌게 생각하지는 않는다。오히려 性慾은 人間의 가장 重大한問題의 하나라고까지 느끼고있는것이다。그러나 나는 氏가 性慾은 아무런 倫理的인 基礎없이 한개의 性慾趣味에 依하여 理解하고 氏의 그러한 趣味를 倫理의 假裝으로서 合理化시키려는 態度에 絕望的인 感觸을 느낄뿐이다。性慾에서 人生의 意義를 發見한 氏가 하로바삐 氏가發見한 性慾에서 그것에對한眞實한 倫理性을 究明해주기를 나는要望하는바이다。

(白民 제16호, 1948·10)

鄭芝溶君의 詩

樹州

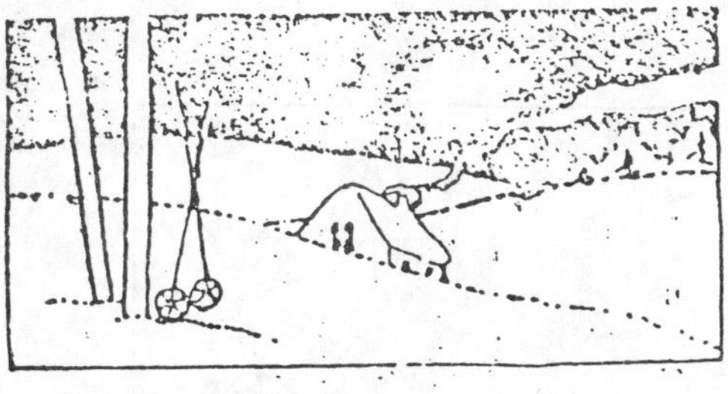

어떠니 文壇은 참으로 貧困하다 ─ 에누리도없이 숨길것도없이 무엇으로나 보잘것이없다。 뛰어나기는 못한다더라도 남(他國)의 水準에 가까스로라도 따를아모것도없다, 詩歌로도 그러하고 小說戱曲으로도 그러하다。 날솟고 [illegible]두르고 살것이못되매 벌서、어 숨은바닥에서만큼 되지하브로써 能事畢矣가 아니다。 野心으로 치더라도 좀더크게 좀더높게 「疾驅」해볼 꿈을 꾸어야 하지 않을까?

何如間 朝鮮의 文壇은 荒凉하고 空寞하야 남에게 矜示할아모것도 없는중 이제 말하는 鄭芝溶君의 詩歌만은 호올로 빛을내이고 있는것이다。 그新鮮한 感覺과 그고요한 調子와 그유니한、言語驅使와 纖麗하고 巧緻함은 아모의 追隨도 不許한다 ─ 있다금「美한風景」式의 用語上 瑕疵도 不無치만 ─ 참으로 보배로운 存在로서 서슴꺼나 더들을것이없이 世界文壇 最高水準에達하는 솜씨를 보인이는 君뿐임을 참새들의 짹짹 까마귀들의 까옥까옥을 무릅쓰고 나는 이에 公言한다。

×

벌서 十二、三年年前인가보다 ─ 내가 釜山[illegible]에서 金[illegible]尙君이 의 [illegible]는 곤일적이 있었던것이던가 吳相淳君의 紹介로 君과 처음알던것이。 當時 君은 同志社大學 在學中이었는데 그때부터 더 詩才는 놀라워 金・吳兩君 君의 [illegible]다。 그리하야 그네들의 [illegible]을 病옮기듯하야 나亦 그때부터 나리줄곳 우리詩壇의 「[illegible]」鄭君의 팬이되고 마렸다!

(신동아 제52호, 1936.2)

鄭芝溶論

金煥泰

紅그런 끝업이
高原꿈에 옴치고 있오。(絶頂)

얼골이 바로푸른 한울을 울어렀기에
발이 항시 검은 흙을 향하기 욕되지안도다。(나무)

一

한 天才의 生活의 習性에서 그의 藝術은 그대로 演繹하려는 努力은、마치 아버지를 보고、그 아들을 그리라는것과같은 蓋然性을 適用하는 수가 없지않으나、藝術은 언제나 生活의 아들이기때문에、한 天才의 生活의 習性은 안대、그의 藝術을 理解하는데 도움은 되지언정 防害는 되지않는다는것 만은 否認할수 없는 事實이다。

이에 나는 詩人의 生活은 말하기前에、人間鄭芝溶

술 이야기합드 부질없는 일은 않일줄 안다。

그는 그의속에、어른과 어린애가 함께 살고있는 어른 아닌 어른、어린애 아닌 어린애다 어른처럼 分別있고 沈頑한가 하면、어린애처럼 天眞하고 재々발오다。코ㅅ수염이 아모리 威儀을 갖우라도、마음이 덜렁거린다。때로 어린애처럼 感情의 야들이 되나、어른처럼 제마음은 단념할을 안다

그는 社交의 알데군이다。사람에 섞이매、눈은 본 삽쌀개처럼 感情과 理知가 放恣하야、한데 섞키고얻키어、微笑、冷笑、才談、諧謔、皆何가 한목 쏘다진다 이런때 그는 남의 言動과 感情을 돌아볼 겨를이 없다 이에 우리는 그에게서 感情의 無視를 當하는 일도 없지않으나、連發해나오는 爆竹같이 燦爛한 그의 談笑속에 恍惚하게 精神을 빼앗기고야 만다。

이리하야 우리가 街路에서 맛나고 茶집大理石테이블로 건너보고、술상을 앞에 맛대고 보는 그는 언제나 明朗하고 輕快한 樂天家이다 그러나 그의 이 一面만 본때、우리는 달의 또 한쪽을 보지못한것이다。

天才의 가장 큰 特徵의 하나는 그 [illegible]한 마음의 [illegible] 있나 天才는 남이 보지못하는 것을 [illegible]고、남이 늦기지 못하는 것을 늦기는 사람이다 一 한個人의 털끗만한 不純한 [illegible]도、[illegible]의 조고마한 [illegible]도、그는 그대로 보아 넘기지를 못한다。그리고 가장 微々한 不調和도、[illegible]도、그는 致命的으로 늦긴다。이에 그의 마음은 [illegible]을 맛난 바다 같이 動搖한다

動搖는 언제나 [illegible]과 均衡을 [illegible]하는 것이다 그리하야 天才의 [illegible] 動搖는 [illegible]序의 世界에 對한 鄕愁를 낫는다。이 鄕愁가 그림자 같이 天才를 따르는、어덴지 홀로 떠러진 이름모를 悲哀와 孤獨이다 그럼으로 天才는 언제나 悲哀와 孤獨을 宿命으로 타고난 不幸한 族屬이다

우리 詩人 鄭芝溶도 이 不幸한 族屬의 宿命인 悲哀와 孤獨을 遺傳받었다 그리하야 저자에서 보는 그는、明朗하고 輕快한 樂天家이나、그의 마음속을 가만이 들여다 본때、그는 설어울리 없는 눈물을 少女 처럼짓는 一 슬은 사람이요 「나이 어린 코끼리 처럼 외로운」사람이다 鄕愁에 질리운 사람이、娛悶거리를 싸다니 듯키、

까닭없는 淡然한 鄕愁에 끌리워 저자를 찾어나가나, 故鄕은 終時 찾지 못하고, 가벼운 嘆息만 지고 오는 것이, 그의 詩은 日誌요, 낮이면 퐁々 공처럼 뛰어 나갔다가, 밤이면 젊은 서름을 한 아름 안고 돌아오는것이, 그의 寂寞한 習慣이다

그의 이 詩은 日誌를 읽고, 이 寂寞한 習慣을 돌여다 보지 않고, 손벽 치고 너털우슴을 웃는 그만본때, 우리는 그를 半分도 理解못한것은 勿論, 그의 詩의 가장 아름다운 魅力과 香氣를 끌내 感得하지 못하고 말게 될것이다

二

詩人의 年齡의 老少와 그作品의 優劣을 不顧하고, 完成하엿다는 늣김을 주는 사람과 未完成이라는 늣김을 주는사람이 있다 그러나 鄭芝溶은 아즉 우리에게 完成하엿 다는 늣김을 주는 詩人은 않이다 그는 아즉도 앞으로 몇번이나 變貌하야 우리를 놀라게 하여줄는지 몰으는 未完成의 詩人이다.

그럼에도 不顧하고 그의 名聲은 임이 定하여젓다 아모도 그의 天才를 敢히 疑心하고 否定하는 사람이 없다. 누구나 그를 天才라고불으고 그의 詩를 아름답다고 그런다 그런데 말이란 不完全한 것이어서, 언제나 그말을 使用하는 그사람이 주는 意味와 分量밖에는 담지 안는것이라는 慣例를 우리는 「詩人 鄭芝溶은 天才다」 「그의 詩는 優秀한 感性의 詩다」 하는, 이런種類의 賞讚하는 말속에서 볼수가 있다

「詩人 鄭芝溶은 天才다」 「그의詩는 優秀한 感性의 詩다」 이렇게들 말할때에, 各사람이 그말속에 內包식히는 意味를 나는 一一히 檢討할 겨를도 없거니와 그리한必要도 늣기지 않는다. 그러나 다만 하나, 가장많은 사람이 그말속에 內包식히는, 그리고 가장 많은 사람이 그리 信憑하기 쉬운, 따라서 詩人 鄭芝溶의 本質을 掩蔽하야 그를 誤解케한 念慮가있는, 「그는 感性이 누구보다 銳敏한 詩人이다 그의 天才의 本質은 그의 이 銳敏한 感性에있다」 「그의 詩의 美는 그것이 華麗한 感性의 聯絡인데있다」 하는 이런 意味를 나는 檢討 해보지 않을수 없다 그는 그

리함으로서 詩人 鄭芝溶은 그릇된 理解에서 求出한수 있을가 하는 생각에서 이기도 하나、그 보나도 그리함으로서 그를 眞正으로 理解할길이 열니리라고 믿기 때문이다。

그는 果然 感覺이、더욱이 視覺이 누구보다도 銳敏한 사람이요、따라서 그의詩는 一大感覺의經驗이다。그러나 그의 詩는 단지 燦爛하고 華麗한뿐이요、아모런 意味없는 그런 感覺의 累積은 않이다、그의 感覺은 水晶알처럼 맑고 寶石처럼 빛날뿐않이라、그속에 感情이 쌍드랗게 얼어悲哀와 孤獨이 별 빛처럼 서리고있다。이리하야 李敭河氏가 適切하게도 說破한바와 같이

白樺수풀 앙당한속에
季節이 쪼그리고 있다。

이곳은 肉體없는 寂寞한 饗宴場
이마에 시며드는 香料로운 滋養!

海拔五千 피이트 卷雲層 우에
그싯는 성양 불!

東海는 푸른 비단처럼 움직않고
누뤼 알이 참빗처럼 옮거간다。

戀情은 그림자 마자 벗쟈
산드라케 얼어라! 귀또람이 처럼。
(風浪夢)

이런 한 完全한 感覺的 敍景詩 까지도 그에 있어서는 곳 敍情詩가 되는것이다。

一悲劇은 반드시 울어야 하지 않고、사연 하거나、흐느껴야 하는것이 아닙니다。悲劇은 性노默합니다—(반)

戀情、孤獨、悲哀、이 모든 情緒는 한숨쉬고、눈물 흘려야만 하는것이 않이다 詩人 鄭芝溶은 이런 情緒에 사로잡힌때、그저 한숨쉬거나、눈물지지않고、이름못한 외로움을 검은 넥타이 처럼 만지고、모양 할수도 없는 슬음을 오랜쥬 껍질처럼 씹는다。이리하야 그의 感覺은 끝 情緒가 되고、情緒는 끝 感覺이 된다。

三

앞에서 말한바와 같이、그는 우리가 늦기는것을 感覺한다 感覺속에 가두고 그속에 結晶식힌다。그리하야 그의 天才의 特質은 그의 純粹한 感情과 燦爛한 感覺에있다。그러나 그의 天才의 特質은 또하나 그의 銳利한 知性에 있다。

詩는 感情의 表現이라고 한다。그러나 그말은 感情을 그대로 文字로 記錄하여 놓을때、그것이 곧 詩가 된다는 말은 않이다。이는 있는 그대로의 感情의 吐露는、詩以上의 素材이지、詩 그것은 않이기 때문이다。

詩란 結局 調和요、秩序다。그러나 있는 그대로의 感情은 곧 秩序와 調和를 意味하지않는다 그리고 또 文學그것이 곧 感情에 秩序와 調和를 賦與하는것은 않이다。그럼으로 天才는 반드시 깊이 늦기고、銳利하게 感覺하는外에、그 늦기고 感覺한것을、調和하고 統一하는 知性을 갖우어야 한다。

鄭芝溶은 이 知性을 가장 高度로 갖우고있는 詩人이다。그리하야 그는 決코 感情을 그대로 吐露하는일이 없이、그것이 秩序와 調和를 얻을때까지 抑制하고 기둘는다。그리고 感情의 한오래기도 感覺의 한조각도 總體的統一과 效果를 생각하지 않고는、덧붓치지도 깍지도 않는것은 勿論、가장 微々한 音響하나도 따 그것과의 調和를 그리고 그內包 하는 意味와의 響應을 考慮함이 없이는 그의 詩속에서의 呼吸을 許諾하지 않는다。

어느 마을 에서는 紅疫이 躑躅처럼爛熳하다 (紅疫)

이렇게 紅疫을 形容함에 있어서、「躑躅처럼 爛熳하다」는 이런 華麗한 感覺으로서함도、어린애의 얼골에 붉에 피어 올으는 紅疫을 形容하기에 適切하다는 그런 理由에서 뿐않이라、새ㅅ감한 石炭속에서 붉에피어나오는불、琉璃도 빛나지않고 깜깜한 十二月밤、이런것들 과의 相照에서 나오는 큰 效果를 計算한 까닭이다。

그리고

이마에 觸하는 쌍그란 季節의 입술。 ([illegible])

美한 風景을 이룰수없도다。(갈릴레아바다)

에서 보는 바와 같이 「觸하는」「美한」이런 우리의 귀에 익지않은 새로운 形容詞를 만들어 쓴

것은 文字를 戱弄하라는 부즐없는 마음에서 가
않이라 「觸하는」은 이마에 쌍그렇게 닿는 冷氣
의 感覺을 고대로 音으로 飜譯하여 놓으라는、
그리고 「美한」은 「아름다운 風景」 보다도 「美한
風景」 이렇게 보든라운 語韻을 만들야는 意圖에
서이다

그런데 그의 가장 天才의 根本的特質은、그의
純粹한 感情에도、그 華麗한 感覺에도 있지않은
것은 知的、그의 感情의 感覺的結晶에도 잇지않
고、그의 感情과 感覺과 理知의 그 神秘한 結合
에 있다.

가까스로 몰아다 부치고
변죽을 둘러 손질하여 물기를 시쳤다。
이 앨쓴 海圖에
손을 씻 고떼었다.
찰々 넘치도록
돌돌 굴르도록
회동그란히 바쳐 들었다!
地球는 蓮닢인양 옴으라들고……펴고……
(바다 오)

이 얼마나 아슬〳〵한 知性과 感覺과 感情의
美妙한 한 하ー모니냐? 우리는 그속에서 번서
知性과 感覺과 感情을 따로〳〵히 區別하지 못
한다 知性이 感覺이요、感覺이 感情이요、感情이
知性이다。

이러하야된 그의 詩는 우리가 그의 詩속에서
단 한篇의 駄作도 發見할수가 없이、하나〳〵가
모다 水晶알 처럼 完全한 結晶이다 따라서 그
의 詩에는 우리가 所謂 靈感派에서 보는 流露
感은 없다 肉感과 體溫이 稀薄하다 輪廓이 朦
朧하지 않고 明晰하다 그렇다고 그는 決코 詩
를 만드는사람은 않이다 그는ー靈感이 나무끝에
오는 바람결같이 그의 마음속에 숨어ー오면 그것이
스스로자라 胎盤을 떠러질때까지 기둘는다 그리
고 그것이 胎盤을 떠러질때까지、그에게 滋養을
供給하고 模樣을 만들고 살을 부치는것이、곧 그
의 感情이요、知性이요、感覺이다、

四

孤獨의詩人、悲哀의詩人 鄭芝溶은 또한

그의 모습이 눈에 보이지 않었으나
그의 안에서 나의 呼吸이 절로 달도다。
물과 聖神으로 다시 낳은 이후
나의 날은 날로 새로운 太陽이로세。
뭇사람과 소란한 世代에서
그가 다맛 내게 하신 일을 전하리라!
미리 가지지 않었던 세상이어니
이제 새삼 기다리지 않으련다。
靈魂은 불과사랑으로! 육신은한낱괴로움
보이는 한울은 나의 무덤을 덮을뿐。
그의 옷자락이 나의五官에 사모치지 안었으나
그의 그늘로 나의다른 한울을 삼으리라。
(다른 한울)

이런 哀切한 노래를 들려주는 信仰의詩人이다

아주 基督敎的信仰의 歷史가 짧은、그리고 한信의 眞正한 信仰의 詩도 갖이못한 이 따에서、가톨릭 詩人 鄭芝溶을 갖인것은 이 얼마나 우리에게 多幸하고 깃븐 일이냐?

그런데 우리가 信仰의 詩人 鄭芝溶을 理解하려면、또한 孤獨의詩人、悲哀의詩人 鄭芝溶을 생각하지 않으면 안된다。

信仰의 門은 하나이다、그門으로 引導하는 길은 여럿이다 或은 絶望的虛無感에서 神에歸依하고、或은 깊은 罪科의 懺悔에서 한우님앞에 엎데인다 그러나 우리가 鄭芝溶의 詩에서 일음한수없는 悲哀와 孤獨은 보나、絶望的 虛無感이나 빼앗은 懺悔나 告白은 볼수없는 것으로도 알수있는 바와같이、그는 虛無感이나 懺悔의 길을 通해서가 않이라、悲哀와 虛無의길을 通해서 信仰의 門에 일으른 것이다

우리가 앞에서 본바와같이 그는 늘 마음안으로 哀泣을 하고 있는 사람이요、孤獨을 오롯이 月光처럼 쓰고있는 사람이다 그런데 悲哀는 반드시 慰安을 분으는것이요、孤獨은 빛을 그리는 것이다。이에 孤獨과 悲哀의 아들 鄭芝溶은 거

이 本能的으로 어린애가 어머니 품안을 찾어들드시 聖母마리아의 품안을 찾어 들은것이요、해바래기가 해를 좇드시 다시 없이 큰빛、예수그리스도를 좇은 것이다。

예수 그리스도의 빛속에 쌔이고、聖母마리아의 품안에 안긴그는、마음의 平安과 慰安을 얻어、그의 가장안에서살고、죽었다가는 스사로 분탄자리에서 나래를 펴고는 일어나는、그의 悲哀를 新婦로 마지하고、悔恨도 또한 거룩한 恩惠로 늦길 그륵한 記念에까지 다닫은것이다。그리하야 그의 이 그륵한、記念의 노래가 끝 그의 信仰의 노래가 된것이다。

五

끝으로 우리는 詩人 鄭芝溶은 또한 가장完全히 童心을 把握한 童謠童詩作家라는 것을 잊어서는 않된다。

하라버지가
담배ㅅ대를 물고
들에 나가시니
궂은 날도
곱게 개이고、
한아버지가
도롱이를 입고
들에 나가시니
가믄 날도
비가 오시데
(할아버지)

이 얼마나 純眞한 童心의 把握이냐? 이것은 우리가 어른 鄭芝溶속에서 본、어린애 지용이의 노래다。

以上으로써 나는 나의 눈의 빛인 詩人 鄭芝溶은 말하였다。그러나 이것으로 나는 그의 詩의 아름다움과 그의 詩에서 받은 깃븜을 半分도 傳하지못하였다。그의 詩를 알으랴는 사람은 그의 詩를 읽고 스스로 그의 詩의 아름다움을 늦기고、그의 詩가 주는 깃븜을 맛보아야 할것이다 우리가 그의 詩에서 어떤 眞理나 倫理的政治的目的은 찾지않고、高貴한 孤獨을、典雅한 悲哀를 敬虔한 念願을 그리고 純情한 童心을 보고 늦기랴고 할때、그는 언제까지나 香料로운 滋養에찬 精神的糧食을 우리에게 베풀어주기에 吝嗇하지않을것이다。

(三千里文学 제2호、1938、4)

鄭芝鎔詩集을 읽고

片石村

『넥타이』를 모양있게 맨다고하는것만으로는 紳士의 趣味以外의 아모것도 아니라고 할른지 모른다。우단『망토』를 입은 『오스카·와일드』는 오늘의 靑年들에게는 벌서 우수광스럽다 고할른지도 모른다。

그러나 高尙한 敎養과 洗鍊된感性을 表示하는 깜장넥타이를 端正하게매고 우단이아니라 밤빛의 羅紗망또로써 그不潔한周圍로부터 自身을 가리려는듯이 몸을틀른 한사람의 詩人이 저『센치멘탈·로맨티시즘』의 雜草와 渣滓이 욱어진 一九二〇年代의 거므름의 朝鮮詩壇이라는 荒蕪地를 걸어가는 모양을 想像만해보아드 우린 유쾌하다。깜장빛 『넥타이』는 얼굴의 유리빛明朗과는 딴판으로 『당나귀처럼憂鬱한』그의마음의 表章이라。(갈매기 旅路) 그런까닭에 詩人芝鎔의出發은 實로 이렇게도 中世紀의 騎士傳처럼 孤獨하고도 華麗했든것이다。그러나 그는 決코 『탕크』를타고 그 荒蕪地를 侵略하려고 하지는 않었다 裝甲自動車는커녕 自働自轉車조차 타지않었다。그것들은 그의 물제비처럼 端雅한感性에 너무 거츠렀든까닭이다 그는 실라 다락같은 달을 몰아서 周圍의 웃荒凉에 輕蔑에 찬視線을 던지면서 새로운詩의 地平線으로 향해서 荒野를 突進했든것이다。(말1、말2、말) 一九三三年까지도 사람들의 무딘귀는 그들에게익숙지않은 이 말발굽소리를 깨닷지는 못했다。허나、어느새 그가달려가는 길의 左右에서 또는前後에서 마치 그발자취에 놀라서 깨여난것처럼 몇낫의 새로운詩의 병아리들이 慌忙히 날기시작했다。이 不拔한 騎士는 오늘도 계속해서 달리고있다。이제 그가 지나온 貧血한 발자최를 한卷의 詩集에모아서 한꺼번에 바라볼수가있다는것은 實로 우리들에게 幸福이 한가지 더하였음에 틀림없다。우리는 오히려 너무나 오래동안 기다리든것이 늦게야 나왔음에 아속함을 느낄지경이라。사람들은 이 端麗한 裝幀속에 쌓인 아름다운詩集에依해서 낡은 詩와 새로운詩라느니보다도 詩아닌것과 참말詩의 境界를 다시한번 뚜렷하게 分別할것이다。또한 어떠한詩集에고 무슨傳說이 붙어댕기기쉽고 그傳說은 實相은 그책의 價値와는 아모關係가없는것이나 그것이 그책에 어떠한 人間的인 體溫을 느끼게 하는것은 事實이다。이詩集의 誕生에 우産婆의勞役을 다한 朴龍喆氏의 어여쁜友情은 이詩集의 뒤에숨은 아름다운 傳說의하나일것이다。

(朝光 제3호、1936·1)

詩와 現實의 相剋

——素描·趙碧岩——

尹崑崗

이땅이가진 젊은詩人의 한사람인 趙氏를 이야기하야 보려는것이 이素描를 草하는 나의 本意이다。

、그러나 인간的으로 一面識이없는 그의詩를 이야기하는것은 多小 어색한冒險인것을 自認못하는바도 아니다。나보다도 더많이 그를알고 나보다도 그의詩를 며잘 아는 사람이 있으리라는것은 믿는 까닭이다——그의人間됨까지를 아는사람이면 그의詩를 이야기하는데 좋은 도음이 될것을 아는 까닭이다。

그러나 나는 不幸히 그와 相面할 機會를 갖지못한새 지금에 이르렀으며 그러므로 나의 여기에서 取할바 態度는 오—즉 그에詩에만 局限하자는것이다。그것만이라면 나도 安心을하고 며어둔 勇氣를 가질수있는 까닭이다。

나의「定規」가 비록 바르고 고르지 못하야 엇가는일이 있을지라도 나는 나의「定規」로써 나의對象을 測量하기를 嗜好하는 까닭이다。

× • • • ×

나의「定規」의 「푸리슴」을 通하야 採擇된 詩人으로서의 趙氏는 確實히「憎惡와 復讐」型의 詩人은 아니다。그는 攻擊代身에 自嘲와, 自責으로써 그것을 代行하는 詩人이다。

그렇다고 그가 또한 때를 따라 激烈하게 敵을 노리며 對立하는것을 默過할수는 없다。다ー만 그는 客觀的으로 分折된 自我의 敵을 敵으로써 終局까지 追跡하는것을 斷念하는것이다。

그의詩의 血管을 貫流하는 한줄기 歔欷한 光彩는敵에對한 憎惡에 對하야 具體的形相은 가추지못한채 夕照처럼 재를 넘어버린다。그리하야 그것은 마침내 自我를 醇化하고 自我의 意識까지를 自責하는 情感의 反撥로 變質되어 心魂의 밑바닥에 沈澱되어버린다。

그리하야 베일을 뒤집어쓴 理念의深底에 가로누은 堅固한 核心을 探索할만한「理知의칼」을 힘차게 휘둘으지못한채 流星처럼 瞬間의 「火花」를 發散하고 永劫의 어둠속에 自滅을 告할따름이다。

지금 나의 書齋에 꼽힌 月刊誌中에서 그의詩를 골라 몇개 적어본다면 다음과 같다。

「試金石」「椎夫의안해」「黎光을찾어오느나」「솜바귀」「斷章」「安東茶餐」「秋情」「除夜」「鄕愁」……等이다。勿論 이밖에도 그의詩는 發表된것이 많음을 記億하나 方今 手中에 그것들이 具備되어있지 못한 탓으로 全部 列擧할수는없다。

기름내음새 풍기는 旅舍의 除夜는
석캐처럼 질근질근 鄕愁를 간지르고
寂燈은 짓궂게 古典의해틱을 부리노니
追憶의放浪속에 哀哦이나 맡겨보자
어둠마자 洞窟같이 깃드린 窓모슬에
客心은 凄然히 憫婦한 孤獨을 쥐어짜고
明日의乳香속에 退色한옛을 묻으라고
晩鍾의沈淪처럼 밤새도록 우러나보자

――「除夜」――

이것은 그의詩中에서 골라낸 하나의 標本이다。그리고 보는바와가치 이詩속에는「鄕愁」가 旅舍에서 除夜하는 그에게 석캐처럼 질근질근 간지르고 追憶의放浪이 그를 哀哦식힌다。그를 爲하야 찾어든것은 끝까지 어둠의洞窟이오「니힐」의 굴레를쓴 心魂의 褪色된 沈淪뿐이다「니힐」은 거머리처럼 그를 빨고 그는「니힐」의 淋酒에 失魂되어 凄然한 孤獨에 흐늑이며 운다 이것은바로 그와 現實의 相剋에서 빚어지는 悲劇이다ー、여름날 파리떼처럼 줄줄 따라대서는「니힐」의 妖精은 그로하여금 透明한 理念와 구렁에까지 誘惑하는것이다 現實과 相剋되는 自我의 本質을 救出하는 聰明한 理知의칼날과 용감스러운飛躍의 날개를 그에게서 찾어보려는것은 거운 虛望에 가까운일이다。

바로 떠비린내나는 飛躍이있을때 그의詩는 燦爛한際光을 發할것을 마음속에 構圖해보는것은 나만이 가지고있는 老獎心일가?

이와같이 이詩人은 自我의 밟어온 詩의行程우에 明快하고 억세고 深遠한 呼吸을 보여주는代身에 狹小하고 문하고 曖昧하고 蒼白한 起伏만을 보여준다。

勿論, 上論한바와같이 그가 때때로 爽發하는 飛躍의 燐光을 無視할수는 없으리다。 暗澹한 現實에서 自嘲와 倦怠와 俗惡을 發하야 抗爭의 潜在意識을 가질때 그는 强烈한 이에지—를 把握하려한다。 그러나 다음瞬間 苛酷한 現實이 그內面에 숨기고있는 온갖矛盾을 赤裸裸하게 드러내밀때 그의理念은 다시 뒤ㅅ자리로 退却하게되고 그곳에는 依前의 空虛가 세끼를 치는것이다

그의詩는 大槪가 이러한情態에서 빚어나오는 蒼白한 인테리的苦惱의 發露이요 바로 그까닭으로하야 그의詩는 피를 吐하는것같이 悲愴한 聲調를 띠우고 울려나오는 것이다。

그가 처음 詩의世界를向하야 未熟한 거름의 첫발을 드디듯든 「試金石」時代에는 지금의 그의詩와는 相反되는 資質이 있었다。 그當時의 그의詩는 現實不關하는素朴한 理念과 情熱이 充滿하였었다。 비록 그것은 詩라고 이름을 부치기가 거북한 程度의것이기는 하였지만

그러나 그것을 뭇돌어나갈 資質의 所有者가 되지못한 運命的宿題는 그로하여금 肉體와 精神을 重壓하는 自慟的理念의 洞窟속으로 그를 追放하고야 말었으니, 이詩人에게는 오—즉 疲勞와「니힐」만이 唯一의 賜物이되고 詩的表現의 才能만이 紙面에게 手習을 입히게된것이다。

그리하야 詩人과 現實의 피비린내나는 相爭! 이것이 이詩人을 焦燥으로하야 무렸하게 남다남은 우리는 目擊한다。 빼저리게 꾸득이는 時代의날개는 悲慘한 悲鳴과함께 落日을 맞으려는듯이……。

背後에 切迫한 時態이 强度된데、酷烈한 危機는 항상 머리를 든고 그를 侵略한다! 氣盡한 放棄와 挫色한 自嘲와 自責이 이詩人에게 있어서는 돈도없는「이머니」가 되어 詩形의 修辭은 손짓하야 부른다。

지금 그에게 남어진것은 自嘲·니힐의 情緖을 걷어차고 現實과 酷烈한 싸움은 다시 展開하는데 있음을 나는 믿는다。 그때 그에게는 다시 詩의情熱이 찾어올것이다。

우리는 그때 그와 現實과의 참다운 격鬪가 시작되는 거짓없는「라임」을 眺望하며 두손뼉을 치고 그를呼歡한것이다。 自我의 야수꺼운習性과 앙당은 꿈어버리는 苦惱—(그리고 自我의 精神과 肉體를 相合식히는 무서운 싸움— 呻吟하는 詩魂과 汜濫하는「니힐」을 抑壓하는 불붙는 意志— 痛哭하며 썰그러진 詩形의 改造!

苦汗은 바로 여기에서 바다처럼 넘처흘은것이다。

이것은 이詩人에게만 이야기될 常識은 아니다! 우리들 젊은 인테리詩人들의 곰팡내나는 詩文學을 바숴버리기 爲한 한개의 强烈한 意欲이다 —丁卯·初夏—

(朝鮮文学 제14호、1937·8)

作家들끼리 주고받는 말

趙碧岩君에게 보냄

—바람에 불이는 亂想—

嚴興燮

碧岩!

이동안은 얼마나 바쁜가? 君이 登山으로 나다가뒤로는 消息좇아 자조 들을수없으니 아모리 職業에 忠實해야할 新聞의 인테리的傾向이기론 너무 甚하지나않은가? 하기야 나亦是 君에게 葉書한장 던진일이 없으니 똥묻은 개가 겨묻은 개를 꾸짖는格이 될런지도 모를것일세마는.

「사람은 바빠야한다!」이것은 퍽 平凡한 말이네만은, 人間生活의 大部分에 適用된 名句인줄아네?

그러나 나는 이名句에 對해서는 無條件하고 反逆心理를 가진者—ㄹ세. 나는 그反對로「사람은 한가해야한다」를 主唱하고싶네.

말하자면 나는「바빠야한다」의 實踐者되기 보다도「閒暇해야하다」의 實踐者가 되고싶네.

人間은 쇠나돌로 만든 機械나 그것이아닐세. 人間은 어디까지든지 思想, 情感의 動物이며 精神的의 動物일세.

人間은 또 追憶하고 回想하고 있지 않은가?

人間은 또 反省하고 懺悔하고 있지 않은가?

人間은 또 思索하고 空想하고 있지 않은가?

그러니「바빠야한다」의 實驗者에게는 追憶도 反省도 思索도 있을수 없는 것일세.

君이어! 君은 더구나 作家가아닌가? 作家에겐 追憶, 反省, 思索이 있어야한다네, 普通人間以上의 그것이있어야 하네.

그러므로 作家는「언제나 바빠야한다」의 實驗者가 되여서는 안되네.

君이어! 나는 作家로서의 君이「바빠야한다」의 實驗者가되여 버리리는—아니되여버린—君의 오늘을 가장 미워하네.

그리고 가장 서러워하네.

作家가 職業을갖다니 그것이 될말인가!

나亦 職業이라면 비록 서푼짜리職業이나마 가지고 있네만은 그職業에 忠實하려고 내깐에는 滯留[illegible]해도 용쓰지것이 第二義的이 되고마네。이리하야 비假說에、비슷이 題材도 當當이 더욱히、驗者가 가지고 있는 多數한 讀者들의 心境도 단한 기기에서 別나른 圈外로 脫出되지 않을 것일세。創作、이제 새삼스럽게 느끼는 바는 아니지만은 朝鮮의 社會는 너무도 藝術方面에 대한 關心이 없음을 알수있네。藝術作品에 對한 支持力도 作家에게 대한 要求이나 關心도 너무나 적에가 깝다 할만한 刺激을 주지않는가? 그러기 때문에 作이나 나나 그리고、數많은 進步的作家들이 이 合作에서 創作에서 허덕이고 있나는 것일세、

朝鮮의、社會는 文學을 支持하지않고 作家를 排斥하는것이 아주로 文學이 幼稚하고 力量있는 作家가 없다는 것으로서 그理由를 力說하나 그것은 結局 朝鮮社會의 認識不足일세。

朝鮮의 文化水準은 어느方面을 勿論하고 아주도 水平線以下에서 허시덕이나 比較的 藝術方面 特히 文學方面만은 다른 水準보다 훨신 앞나고 볼수있지않은가! 그것은 그

想作!

나는 日前에 某處에서 明朗한 구들과 野遊會를 한일이 있었네。— 一行中 K君가 가지고갔던 藝術思 하게 가지고갔던 한마디이 암담을 쏘아마치니 그는 興味하다 리면서 병병들다가 주의하대。

K는 容貌있는 물리밝에 숨藝術家다 하면서 보고 思想과 語調로서「저 밝좀이 가는 그나마이! 또다시 담으로는 해어나지 마소서 그리고 詩作도조고 叩頭도 수고 부라깁도 시베리아로 어디들서 다좀오니 제발 또다시 죽시에만은 태어나지 마소서!—

이러한 세리무를 끼깁이 내으로서 一行은 깔깔하고 한바탕웃은 일이 있네。K는 유명한 사람일세。K의 이 一句는 實로 一點에 불여버리면 그뿐이겠지만 나는 갈깊곳고난 남어지에 그것이 내孕場所와 境遇가다르서 그렇시 議論한朝鮮의 젊은 사람의 하나로서 느끼고 있는 가장深刻한—悲壯한 人生觀의 한토막 發露를 볼수있을것이네、

想作!

그러나 所謂 作家、評家라는 사람

自體가 어떤 때에도 實로 討論하지않으면안될 問題와 統一해두지않으면안될 部分과 排斥하지않으면 안될分子가 混線을 그리고있다는 것을 보아서는 안될것일세。더구나요지음에 있어서 더욱더 그것을 느끼지는 것일세。

朝鮮에는 이제새삼스럽게 느끼는것이 아니지마는 指導者가 너무네。더구나 文壇에는 指導者가 없네。어느意味로보면 藝術家에겐 指導者가 必要치않다고도 할터이지。그러나 朝鮮에는 文壇에도 指導者가 必要하다고보네。왜그러냐면 朝鮮文壇는 無政府狀態의 混亂期에 빠져있기때문일세。

그것이 過去에있어 既成文化에 對한 一個一作式의 排斥的態度에서 온 感情이라면 感情이 깊지만 文壇에 있어서도 그 感情이 아주도 없리가지않고 남어있다는것은 좋지 못한 傾向이라고 생각하는바일세。

나는 분히들고 그리고 同情하네만은 이제 文壇에 게우作品一二個를 發表하였다고 곧 新進作家의 行勢를 하려는 文學作品을 보네。

勿論 數十篇 또는 數百篇가운데

서 摘出된 作品의 作家만 그러한 部隊에 屬하게되기보담나 그것이 바로 文壇全體의 水準에 比해서 損色이 없겠다시는 자랑 疑問일뿐아니라 十中八九는 水準水準에 올르지 못했음을 누구나 目睹하는바가 아닌가。그런데도 不拘하고 當選된것을 無上의 光榮으로 알고 (一나만 그것만이면 좋으나)한거름나아가서는 自己보다 앞선作家 一二十年 或은 十五年、或은 十年、或은 五年의 一作品을 非難하고 「非難할만하면 해도좋음) 그 文壇的 功勞나 또는 文壇的 地位에 對한 一種의 偏狹한 시기를 갖는것은 아모리 善意로서 解釋하려하더래도 그는 偉大한 作家가 못된것이라는 것과 人間的으로 아모런 싹수가 없다는 것을 느끼게되는것일세。

輩로 後輩로서 先輩를 모르는것이 朝鮮文壇의 큰 特色일른지도 모르네。

自己보다 五作을 먼저 앞섰다고 반다시 自己보다 좋은作品을 썼다고해서가 아니라 五作을 먼저앞선作家면 五作을 먼저앞선그만큼 十作을 먼저앞선作家면 十作을 먼저앞선 그만큼 文學的 自己보다 많이 體驗했다는것을 알이

아닌것일세。

그런데 趙君!

때기에 또한가지 아울러 느끼지는 것은 文壇의 先輩라는 이들을 줍잖만 한이들의 後輩들에게 대한 태도의 그이다지 좋지못한처일세。

나는 朝鮮의 文學에 있어서는 그 作家의 作品의 價値나 質을 가지고 先輩를 決定하기보다는 그 作家의 年祖로서 그것을 標準하는것이 가장 쉬우리라고 생각하네。所謂 二十年 또 十六年間 文壇을 기러나왔다는 先輩로서의 後輩에게 對한 態度란 後輩가 先輩에게 對한 시기되 態度以上으로 卑劣하고 劣惡하다는 것일세。

最近에 나는 文壇에 公公然하게 날아난 自稱先輩然하는 所謂先輩라면 年祖로서 先輩部隊에 屬할 某氏의 하로 低級한 態度를 發見하였네,(여기에 指名을 避하는것은 그의 反省을 促하기爲한 手段일세。) 某氏는 自己以外의 모든 作家들에게 화살을 던지는 사람일세。그는 低俗한 재빌리움에 買收된 自己의 文筆을 自己以外의 作家에게 或은 破壞나 當하면 이제나하는 非藝術的 思想과 商業家的 嫉妬心에서 發露된 批評家的面을 說明하는것일세。

實로 이런分子가 所謂 大家의 自稱하고 앉어서 文壇을 指導한다는 듯이 떠네는 꼴이란 참 말 못치못한 가관일세。

趙君!

너무 漠然한 잔소리만 해서 未安하네. 용서하게。

때는 姍姍히 우리들을 기다리지않이 받어오를 이어는 瞬間을 넘고 취미를 分分을 다퉈 라이락숲의 香氣가 지금 세 짙이 瞬을 절르네。

아마 지금쯤은 銀川의 一牧松島附近에 젊은 男女들 실려 一안빠一트가 떠러쌍의 날개를 펴고서 暑장들을 치느라고 한창는일겔。

一여보게, 자네의 下宿은 어디쯤인가! 지금쯤은 南道에 行하는가 닥또기의 氷閣으로 밤에 까딱하면 校作을 當한것일세. 作게. 風聞에 依한즉 作은 쉬이 山서 家庭小說을 始作하리고 方今計劃中이라하니 그것이 果然事實인가? 事實이라면 기쁜消息일세。

나는 나의 私生活을 親한벗에게도 질거 말하지않는 비밀이 있는만

랍 나의 私小說을 구태여 말고 싶지안네。그런데 웬일인까? 君의 私小說을 좀 알고싶은 好奇心이 생기는것은! 그언제가 君은 君의 家庭的苦痛의 要約을 一篇으로써 내게 對答한일이 나는 記憶하고 있네。實로 複雜所의 家庭의 苦難속에서 커나온 사람이 朝鮮에서 君하나뿐 이겠는가! 君이 어—나는 君이 새로운 家庭을 얻은다는 그 점은. 時節에 말어나려온 家庭的致命傷을 誘發하기를바라네。君이 좋은 作品을 쓰기전에 먼저할일은 그것일세。家庭을 調得하게한 뒤에—卽君의 家庭環境을 整理한 뒤에 비로소作家的環境 또는 文壇的環境을 整理할것일세。

超然! 참정말 作家로서의 君에게대한 나로서의 忠告나 또는 批判이있어야 할것을 나는깜박잊었었네。

자세히는 모르네마는 君이處女作을 發表한것은 지금부터 五年前 가을 朝鮮日報엔가의 「逆橫의 길」이 않인가!

至今부터 五年後! 생각하면 그때의 文壇情勢는 機械主義的公式主義的인 프로文學과 技巧主義的神秘主義的 또는 逆興氣分的인 부르文學이 混亂되어있을때에 새로운 創作方法으로 社會主義的리아리슴이 進步的評家와 作家들 通하야 提唱되려는때였었지?

그때君은「縱橫의 길」을 썼지마는「縱橫의 길」에서 君의 意圖를 지금도 記憶하고있네。

某作小作의 所謂旁觀者인 生活으로 하여곰 農村으로 이끌려보겠다는 意圖 그리고 農民의生活을 그려보려는 意圖로 보와서 作品한만한 習作期的作品이었나고 나는생각하네。

그다음 作代順은 잘 모르겠으나 君의 作品으로는「失戀과강아지」「求職과고양이」「處女村」「新婚夢」「熱心者」「不滅의노래」「風車」等이 있다고 記憶되네。

내게 讀感이나마 君의 作品이 한개도 保管되여있는 것이없으니 以上의 무엇하나 추리삭고 徹底하게 내意見을 말해볼수없는것이 섭섭한 노릇일세。다만 인제읽었는지도 모르게 君의 作品을 읽은 記憶가운데에서 지금까지 삼아지지 않고 남어있는 희미한 印象的片感만 말할수밖게없네。「失戀과고양이」와「求職과강아지」는 構想이 자미있는 作品이었다고 생각하네。朝鮮의 貧窮 인테리의 苦悶相을 如實히 그려낸 努力에 感心했네。「處女村」「新婚夢」이 作作이라는 農村、山間生活描寫에 있었으나 나는 못읽었고 朝鮮에 읽은것中으로「熱心者」「不滅의노래」「風車」가 있네。

나는「熱心者」外의 作品가운데서 第一 傑作 또는 力作으로 보네。그것은 君의 作中에서 熱心者가 第一水準이 높기때문이네。그러나 이것이 文學的으로 아모런 不滿이 없었던것은 勿論없네。實로 朝鮮의 文壇은 한개의 作作을 發表하여서 賞論하기다는 한개의 描作을 발추어 그作家를 中傷하리는 淸淨的期間만이 低調하고있는것일세。

「不滅의노래」는 熱心者만은 못하다고봤네。

「風車」는 感心한作品이 아니었네。實로 默作이였기 때문이네。

君의作品에 對해서 苦言을 말하자면 君의作品의 大槪가 實感이 不足하거나 또는 實感의 缺乏되여 있나는것일세。

作家가 반듯이 體驗만이야 기할세야만 그것이 좋實感을 준다고는 斷定할수없네마는 될수있는대로 作家의 人生體驗이 作品에 날아나지.

表現되는 讀者에게 作品의 美를 것일세.

그러기때문에 君의 作品은 리얼리즘的 要素보다는 로맨티시즘的 要素가 多分이 包含되었으며 따러서 作品全體의 效果가 客觀的이 失되고 主觀的에 偏中한 感을 주는것일세, 나는 그것을 君에게 勸告로 말해두네,

相君!

나는 끝으로 君에게 한마디의 忠告가 남았음을 깨닫겠네, 그것은 君의 作家로서의 立場을 鮮明히 해달라는 付託일세.

君은 일즉 同伴者的인 批評明 柳氏의 作家的 良心에 影響을 받은뒤로 한때는 가프에 加盟하게지 되어있든것을 나는 잘알고있네.

그러한 意識水準을 가졌던 가으로서 畏友에「九人會」에 入會한 것은 그 動機가 어데서 부터 온것인지 疑問일이였네.

나는 君이「九人會」에 入會했음에 對한 是非를 말하려는것이 아닐세, 다만나는 君의「九人會」에 入會한 以後에 있어서의 君의 作家的態度에서온 이런 現象을 말하려는것일세.

同伴者君은「九人會」와 藝術的見解가 달러 無影과 같게 脫退하였다고하나 九人會사람들은 그것을 否認하고 있는모양일세. 九人會」를 脫退하였나는 君의말을 信用해야좋을런지 그것을 否認하는 九人會사람의말이 信用할만한말인지 到底히 局外的으로는 判斷키 어려운일이네.

그것은 君의 九人會를 脫退하지않으면 안될 藝術的見解의 相違点을 大衆앞에 鮮明치 못한데서온 疑惑인것일세. 그렇다고 꼭 어떤 紙面에 君의脫退에 對한 聲明을 發表하여야만 비로소「九人會」와의 無關係를 알수있는것은 아닐것이네.

君이여! 나만 問題의 要点은 君의앞으로의 作家的活動에서 明瞭히 君의立場을 規範하게 되는것이라고 보네.

君이여 怨하지말게. 君이九人會를 脫退한 理由가「九人會」가 文壇的으로 無意志派에 關與하다는것을 비로서 大衆이 알게됨으로서 거기서 必然的으로 君의 作家的地位가 低落될것같은 危惧를 느낀 때문이였다면 오히려 君은 앞길을 내다본 좀아는 괴약은 사람일세마는―그것이 그렇지않고 君으로하여금 該會의 會合에 參席할수없는 距離的또는 時間的不可避의 事情이였기때문 이였다면 君은 너무도 純眞한사람이나 그렇지않으면 어리석은 사람으로 볼수밖에 없는것일세.

너무 나와 이만이 君에게 不快를 던져주린지 모르겠네마는 君이 文學을 버리고 作家生活을 全然 断念하리고 했기때문에 該會를 脫退한것은 더구나 아닐것이라고 나는 또한 斷言하는 바일세. 該會를 自退한 君에겐 勿論君으로서 가지고 있는 作家的良心이 있었을것일세. 作家的良心의 發露―거기에는 立場이 달은 藝術的見解…敵의見解가 相照되는것일세.

相君!

너무 이글이 길어졌네. 「그러지도 못새없다…」는자네에게 이러한 長文을 보내기란 나로선 퍽기쁜일이네. 그러나 나는 君이 그바쁜가운데서라도 나의이 글을 비록 띠우띠우이라도 읽어주리라는 友情을 믿으리하네.

부되 健康하게 그리고 새로운 作家的立場에서 良心的作品을 一年에 한篇이라도 좋으니 꼭作成해주기를 苦待하네.

참, 이저서는 안될 付託이 있네. 자네와같이 大學同窓한 한해에 來業했다는 金○○이란이가 日前에 偶然히 나를訪問해온참에 자네에게서 내말을 들었다고하며 長時間의 談話를 한뒤에 나를訪問해온것이 自己가 文壇에 登場해서 創作文學全集」을 出版해보겠다는 意圖를 가진것같은데…何必冗많은 文壇의 老將들을 찾아가지않고 나를 찾아와서 그런意圖를 말해줌는 나로선 未來으로 아는 바이나 이런 모양의 企劃을 二六次겪고

난 나에겐 그것이 그의眞情인지가 자못
疑心나네。
果然君과강이 大學時代의 同窓生인가
그렇다면 그사람의 品質이어떤가? 君의
回信을 기다린뒤에 나는 그에對한 나의
態度를 決定할작정일세、곧 回信하게。
이만하네。 ……(四月二十六日)……

(신동아 제44호, 1935·6)

詩選後

鄭芝溶

글이 좋은이의 이름은 어쩐지 이름도 먼보인다. 이름을 보고 글을 살피라면 글씨도 다른것에 뛰어난다. 原稿紙 取捨에도 그사람의 솜씨가 들어나 글과 글씨와 조히가 그사람의 性情과 風貌와 서로서로 어울리는듯도 하지 않은가. 글을 보고 사람까지 보고싶게 되는것에는 이러한 內情이 있다. 原稿에서 그사람의 香氣를 보게쯤 되야만 그사람이 「글하는 사람」으로서 落選을 타고난 사람이다.

「七作狀態」이라는 말이 있다. 文弱한 사람으로서 이렇게 지독한 文句에 좀 견디기 어렵다. 그러나 일곱번「人落選生」하야 나올지라도 글은 만길수 없는者들은 지저븐하게 만나게 된다. 게더스럽고 억세기가 千遍一律이다. 丹頂鶴은 丹頂鶴으로 사는 法이 있고 황새는 황새대로 견디는 法이 있거나 황새가 아이에 丹頂鶴을 犯한 바이 없거늘 글과는 담을 쌓은 者들이 글에서 거리적거린다. 生物에는 適應性이라는 것이 있다. 게더스럽고 억세고 頑한 사람은 그대로 살어가야만 되게 된것이니 만일 이러한 사람들을 글과 그림과 音樂에서 解放한다면 놀랄만한 性能을 發揮할것이니 漁市場 鐵山 取引所 院外團 巢窟에서 바로 快適한 選手가 될것이다. 어찌하야 文學에서 戀戀히 떠나지 못하는 것이냐! 地方에서 不遇하야 快快하는 靑年들은 大家崇拜癖이 있다. 그들이 만일 編輯室에 모히는 原稿를 檢閱한다면 氣絶하리라.

글씨를 바로 쓰고 못쓰는 것은 問題할것이 아니다. 혹은 文章 措辭도 文學에서 第一義的인것은 아니다. 그러나 藝術製作에 天品이 去勢되고 哲學的 思辨에 抗力을 喪失한 文藝市場의 居間軍ー ー猪敢生心에 「批評家」냐? 「作家」냐?

權力이라는것은 火藥처럼 危險한데가 있다. 게다가 官權에 合勢에 時流에 借拔하는 「文學」! 文學이 혹은 與黨에서 野黨에서 陞遷하는것인지도 몰은다.

趙芝薰君 昨年三月에 누구보다도 먼저 推薦하야 今年二月 以來 열한달만에 괴곽스런「文章」推薦制를 突破하시는구료. 미안스러워 親히 만나면 諧適한 祝辭가 있옵니다. 그러나 무슨 道德的인것이나 藝術的인것이란 그것이 熾熱한것이고 보면 不幸한 期間이나 攻勢이란것이 애초에 없는것이 된다. 잘 견디고 참으셨읍니다. 推薦의 못난 시어미 노릇으로 趙君을 더욱 빛나게 하였는가하면 어쩐지 推薦도 한목 신이 납니다. 趙君의 懷古的 에스프리는 애초에 名所古蹟에서 捏造한것이 아닙니다. 차라리 固有한 푸른 하늘바랑이나 高邁한 精神살결에 無時로 去來하는 一抹雲氣와 같이 自然과 人工의 極致일가 합니다. 가다가 閑談止水에 細雨와 같이 뿌리며 나려앉는 感覺에 artist 趙芝薰은 한머리 白鷺처럼 도사립니다. 詩에서 깃과 죽지를 고를줄 아는것도 天成의 氣品이 아닐수 없으니 詩壇에 하나「新古典」을 紹介하며……브라ー보우!

(文章 제13호, 1940·2)

朱耀翰氏

氏의略歷

一九〇〇年(庚子)十月十四日(陰)於平壤出生
七歲에 平壤西門外崇德小學校에入學
十二歲—高等科二學年在學中渡東
十三歲春—東京明治學院에入學
一九一八年—上同卒業
同　年秋—東京第一高等學校에入學
一九一九年三月退校歸國
同年五月—上海에
一九二〇年—上海滬江大學入學
一九二五年六月—滬江大學工業化學科卒業
一九二五年秋—一九二六春—南京東明學院敎員
一九二六年三月—結婚
一九二六年四月—京城東亞日報記者
一九二六年十月—京城東光社社員

記者 朝鮮文壇二月號부터 文士訪問記를 실으려고합니다。 그때문에 제가 지금 요한氏를 訪問하엿는데 한창 바쁜 이 섯달 그믐에 대단 未安합니다마는 무슨 말슴이든지 좀하시지요。

요한 글쎄 무슨 말슴을 드리면 조흘넌지 갑작스럽게 잘 생각나지 안는데요。

記者 아무 것이나 日常生活에 關하신 것이라도 말슴하시지요。

요한 글쎄 무엇부터 말슴하면 조흘런지 너무광범한데요。

記者 그러면 趣味부텀 몬저 말슴하시지요。音樂이나 運動가튼 것을 즐기시는지요? 그밧게다른 것이라도 말슴하여 주서요。

요한 운동은 퍽 즐깁니다。그러나 學校에서 나온뒤로는 運動을 못해 본지가 퍽 오래돼요。수年겨울에는 스켓한번두 못해밧는데요。

記者 분주해서 못하십니까?

요한 글쎄……… 분주하기두 하지만 어쨰 자연 그러케돼요。學生時代에는 분주해두 運動을못한적은

업섯습니다

記者 音樂두 그러케 즐기서요?

요한 네 音樂도 퍽 조하합니다。나는 音樂을 못하지만 듯기는 퍽 조하해요。그런데 그것두 上海잇슬 때에는 만히 들엇지만 朝鮮나와서는 그러케 조흔 音樂을듯지못하엿습니다。

記者 朝鮮古樂도 즐기십니까?

요한 그것도 할줄은모르나 잘하는 것듯기는 퍽 조하합니다。그런데 나는 소리는 南道ㅅ소리 ─ 륙자박이가튼 것을 조하해요。내自身은 平安道ㅅ사람이지만 愁心歌는너머도 哀調가 흘러서 덜조하합니다。

記者 原稿는 대개 어느때에 쓰십니까?

요한 글세 一定한 時間이 업서요。흔이 새벽에 씀니다。어썬이는 밤을 새워가면서 쓰지 안어요。하지만 나는 내自身의 健康을생각해서 될수잇는대로 열시시엔 자니까요。그리구 나제는 이러케 분주하구해서 새벽에 ─ 오전 다섯시나 여섯시에 일어나서 쓰게 됩니다。쓰는 것뿐만 아니라 무엇을생각하는 것도 대개 새벽입니다。

記者 만일 時間의 餘裕가 잇다구하시면 어느때가 第一 조하요?

요한 대개 나진데………午前中에는 언제든지 쓰기조켓지요。

記者 朝鮮藝術의 主潮는 어써한 色彩를 씌엇다고 생각하십니까?

요한 글세 그것요 퍽 큰問題인걸요。

記者 現今와서 云云하게 된 푸로文藝와 뿌루文藝에 對해서 어써케 생각하십니까?

요한 勿論 푸로文藝는 意義잇는 主張으로 봄니다。世界的으로 봐서 二十世紀初葉의 藝術運動을 後世史家가 본다구하면 푸로文藝運動이라구 볼것입니다。「쌔나드쇼―」라거나 또는 佛蘭西의 新人들의 作品을 보드라도 다社會主義的色彩가 濃厚한 것이 事實이 아님니까?

또한 그러한 作品——社會主義的色彩가 흐르는 作品을 世界가 歡迎하는 것을 보아도 現今文藝의 傾向을 알수잇습니다。이러한 世界的過渡期에 잇서서 當然히잇슬 現象인 同時에 또한 잇서야할 現象이겟지요。저英文學史上에 잇는革命時代도 이러한一種이라고 볼수잇는革命文學이잇섯지요。

記者 世界的으로 푸로文藝運動이 그러하다면 朝鮮에잇서서는 어떠하다고 보십니까?

요한 그런데 나는 朝鮮에 잇서서는 問題가조금다르다고 생각합니다。果然 우리朝鮮의 過去에 잇서서 뿌루조아文藝라는 것이 잇섯느냐? 하는 것부터 나는 問題라고 생각합니다。理論上으로 보아서 知識階級은 혹시는 뿌루를 옹호하고 어느때는 푸로를 옹호하게되는 중간계급이지마는 우리 朝鮮의 過去의 文藝는 知識階級의 文藝이면서 어느쪽만 옹호하고 어느쪽은 옹호치 안엇다구 기릴수업다구 생각합니다。勿論 여기에는 다른意見을 가지신분도 게시겟지만 나는 그러케생각합니다。지금 某某氏가 가르켜 뿌르文藝라하는中에도 反抗的精神——卽過去의 道德、因習에 對한 革命的精神이 흐르는 것은 事實이라고 밋습니다。갓가운 例로 春園의 作品을들어보드라도 그動機가 그러한反抗에 잇는것을 알수 잇다고 생각합니다 그外에 問題써리될만한것으로는 過去우리文壇에나타난 所謂 象徵文藝인데 이것은대개 外國의 影響을 바더서 된것이라고 밋습니다。하고 歎文學가튼 것도 업지안으나 이것은 어느時代나 잇는것인데 이러케 한구퉁이에서 微微하게 흐르는 것을 가르처서 過去의 文藝는 모다 뿌루라고만할수업겟지요。何如든 朝鮮文藝의 主潮가 反抗的精神에 잇는것은 過去의文藝가운데서도 精彩잇는것을 보면 거개 그런精神이 흐르는것을 보아서 알것입니다。

記者 그러면 요한氏는 朝鮮의 文藝는 어떠해야 되겟다고 생각하십니까?

요한 나는 내가 私淑하는 先生님이 한분게신데 그이는 文學者는 아니예요。그이의 말슴이「現今朝鮮사람은 모든方面의 努力으로 오직 한가지方面에 集中할必要가잇다。그럼으로現今朝鮮의 文藝運動도 朝鮮의 오직 한가지인 그事業을爲하야 使用할것이라」고 하시는데 나는 그말삼슴을 미더요。이러케 말슴하면「네가文는를 한 宣傳手段으로쓰자藝 말이나」하고 非難하실이도 잇겟지만 現在朝鮮

에 잇서서는 그러치 안으면 안될것을 어쩌케합니까?

記者 이째까지 우리의 손으로 지어낸 文藝에 對해서 어쩌한 不滿를 늑기십니까?

요한 「유모어」가 업는 것입니다。「유모어」는 作品의기피를 말하는 것인데 아직도 朝鮮作品에서는 그것을 볼수가 업서요。露西亞의 作品을 보드라도 그것이 좀 만습니까。똘스토이나 체홉에게서도 만히 보게 되는것납니다。그리고 좀 淺薄한 늑김은잇지만 米國作品에도 만허요。그런데 朝鮮作品에는 아직도 그것이 업습니다。

記者 이제는 異性觀에 對해서 말슴하여 주서요。

요한 남다른 獨特觀은 업습니다。世上에서 다부르짓는바와가티 女性問題의 根本的解決을보자면 社會主義의 世上이 되지안으면 안될줄로 밋습니다。

記者 男女平等이라거나 彼此의 人格을 尊重하리라 하면서도 어쩐째 夫人께 對해서 男尊女卑的——우월감적 태도가 나가지는째가업습니까?

요한 男尊女卑의 思想이라는게 아니라 이 社會慣習과 經濟上 關係로 말미암아 自然히 從屬的關係를 가지게 됨니다。악가두 말슴하엿지만 社會主義의 世上이 되기前에는 이것이 解決될수업겟지요

記者 結婚하신뒤로 여러가지 拘束되시는 것은업습니까?

요한 拘束이야 어느째나 업겟습니까。마는 나는 언제든지— 내 個人生活에 對해서는「우스면서 지나가자!」는 樂觀的態度를 가집니다。그러치 안코 個人的으로귀찬은 일이만흐면큰일을 그르칠것닙니다。그러나 이態度를 公公한 일에까지 가진다하면 그만 아모 主義主張도 업는 허허春風이 되고 말것이 아닙니까。그런까닭에 나는 公公한 일에는「울고 싸우자!」하는 근심하는 태도를가저요。이러케「個人的으로는 웃고 지내자! 公公한 일에는 울고싸우자!」하는것이 나의處世上 한標語입니다。그까닭에 家庭生活에 拘束이 잇서도 그째문에 不平을 일으킨적은 업서요。그리고 내 안해가 性質이 퍽조하서 내 잔소리를 잘바드니 不平이 잇슬일이 업습니다。 (씃)

(조선문단 제19호, 1927·2)

純潔한 者의 노래

「봉사꽃」

朱耀翰 著

京城 世界書院 發行

定價 二十錢

「아름다운 새벽」의 詩人 朱耀翰氏의 第二詩集 「봉사꽃」은 二十錢ㅅ자리 조그마한 冊이다。 그리고 算術冊 모양으로 英文式으로 左로부터 右로 横書하엿다。 그리고 算術問題 모양으로 아라비아 數字로 番號를 매겻다。 사랑스러운 小冊子다。

冊 껍데기에 봉사꽃을 그리고 그 밑에

「조선이라 십삼도
방방곡곡이
봉사꽃 아니핀
집이 없다네」

라고 썻다。

ㅅ

「개구리 잠깨어라
버들개지 너도 오라
나비도 꿀벌도
온갓 생물 다 나오라
단 봄비 조선에 오나니
마중하러 갈거나」

이것은 第四番 봄비 四이다。 이는 이 詩人의 朝鮮民族에 對한 態度의 宣言이다。 그는 朝鮮의 運命을 悲觀하지 아니한다。 그는 朝鮮의 봄을 믿는다。 그리고 朝鮮에 사는 모든 세한을 더불어 힘을 뭉치어 朝鮮의 봄을 맞을 날을 믿는다

×

그러라고 우리 詩人은 이러한 倫理的인 무슨 目的觀念만을 詩의 生命으로 하는 者는 아니다。 그의 愛國心은 다만 詩의 첫머리에 그의 同族의 運命에 對한 信念을 自白하지 아니치 못하엿을뿐이다。

×

「고요한 밤이러라。
소리없는 밤이러라。
고운 담은 장옷 쓰고
임의 자리 갈 때러라。
꾼 와이 눈물 머금고
진한 밤을 새더라」

이것은「새곡조」의 一이다。여름ㅅ밤、고요함、담、장옷、사당、문잎、이슬、여름ㅅ새벽——아마 이것이 詩人으도의 朱耀翰의 가장 사당하는 境界일것이다。만일 朝鮮의 수ㅁ이라는 時代의 壓迫이 아니런들 그는 이 詩境에서 노는 詩人이 되고 말앗을것이다。

이 時調는 時調로 極히 아름다운 作이라고 믿는다。그 取材의 豐富함 表現의 措辭와 리듬의 自然된 美麗함 質로 一篇三嘆의 값이 잇다고 본다。다만 欠이라 할것은 中章 第一句의「고운 담은 장옷 쓰고」가 四、四의 八 실라불이 된것이나 이것도 絶對로 不可타 할것은 없더라도 通則으로 보면 五나 六이나 많아야 七音節인것이 穩當할것이니 第四篇인「은」을 빼고「고운 담 장옷 쓰고」라고 하는편이 나운 것이다。

×

대저 時調란 詩는 첫재 一本、三節이 分明해야 하는것이요 다시 三節이 各各 特色잇고도 調和잇는 大枝、小枝를 派生하고 그것이 아울러서 힘잇는 또는 아름다운 一株木을 일러야 하는것이다。世上에서 흔이 잘못 짓는 時調에는 三節이 分明치아니하야 初中終 三章이 한 줄글을 일우는수가 많다。이것이 時調作者의 가장 빠지기 쉬운 잘못이다。

가령

「靑山裏 碧溪水야 수이감을 자랑마라
一到滄海하면 다시 오기 어려워라
明月이 滿空山하니 쉬어감이 어떠리」

하는 一篇을 들어보자。언뜻 보기에 單純한 한줄기 같지마는 한번 分析的으로 보면 初中終 三章이 各各 完全한 思想을 包容한 一文이요、決코 어느 보다 진것의 一部分이 아니다。그러하면서도 셋이 모여 相輔相照해서 한 大調和를 일우엇다。이것이 一本 三節이 分明하다는것이다。

또 大枝、小枝라는 것은 各章이 包含한 觀念——다시 말하면 事物의 種類다。이 時調에서 보진댄 初章에

靑山、碧溪水、수이감、자랑、

의 四觀念、中章에

滄海、한번、돌아옴、어려움

의 四觀念 終章에

明月、空山、滿、쉬어감

의 四觀念、都合 十二觀念이 包容되어 잇다。이렇게 複雜多樣의 枝葉이 어울러서 一全體를 일우엇기 때문에 우리는

그 속에서 單調하지아니하고 豐富한 詩味를 捕捉할수 잇는것이다。그러치마는 調和안되고 詩的 아닌 內容이 넘어 充實하면 마치 뚱뚱보 같아서 도리어 美를 깨트리는 것이다。

×

이 詩集에는 무릇 四十五篇의 時調가 실리엇다。이 詩人의 時調의 特色은 그 格調와 想이 많이 傳統的인 舊態를버리고 西洋式인 新味를 붓은것이다。

「온햇풀에 해드리워
한 돗대 붉엇으니
　겨녁 가마귀
　들 건너 갈 때로다。
　구름이 기어 오르니
　밤ㅅ비 올가 하노라」

이것은「江南一」이다。上海近傍의 寶景인가보다。어떠케나 豐富한 色彩와 運動、그리고 아름다운 리듬! 누런 運河ㅅ물、붉은 석양、흰돗、검은 가마귀 푸른 들、흰 구름、어두운 밤、서늘한 비ㅅ물의 흐름、해의 넘어감、돗의 움지김 가마귀 날옴、구름의 오름、비 나림。

×

「뜨거운 패놀파 순결한 탈렌이
낳은 따님 패놀탈렌
피빛의 붉은 사랑은 감초앗건만……
남달리 열렬한 가성가리를 그러
변합없는 붉은 가슴 품건만
방울방울 떠러지는 가성액에
파문을 지으며 가슴의 한 끝이 뒤건만
찬 바람 같이 휩싸는 희류산의 쉬기에
애처롭게 슬어지는 그 붉음
아아 패놀탈렌에겐 산파 가성……
사람의 따님께는 사랑과 버림이……」

이 밖에「요도연의 침전」파「금속의 노래」는 化學實驗을 材料로한 詩어니와 꽃같은 處女를 읊은것보다도 더 아름답고 부드럽다。차디찬 化學變化ㅅ속에 詩를 보는 詩人의 눈!

×

朱耀翰氏의 詩는「純潔한者의 노래」라는 一語로 評해버릴수 잇다고 한다。그는 純潔한 눈으로 自然파 人生을 보아서 마치 얌전한 處女와 같은 수집고 조심스러운 소리로 읊는것이다。그의 詩를 읽을때에 우리 맘이 깨끗하고 고요하게 됨을 깨닫는다。

×

「아름다운 새벽」파「봉사꽃」파「들비기면 그 純潔한 맘파 憧憬、祈禱의 情調에 잇어서는 一貫하엿지마는 想파 表現의 緊頓、洗練된 品은 到底히 同一에 論할바가 아니다。新聞記者는 決코 詩人을 죽이는것은 아닌가 한다。(李光洙).

(동 광 제17호、1931·1)

「님의 心琴」을 통하야 본

芝岡의 時調藝術

林 然

한동안 朝鮮詩壇의 花形이였고、또 先驅者였든 既成詩人들의 活動이 遲鈍하야진지도 이미 오래다。 그들은 그들의 藝術을 위하야、朝鮮의 詩壇을 위하야 꽃다운 活動이 있었으며 또 어느 程度까지의 自己藝術을 形象化식혔고、겨우 漢詩와時調가 朝鮮의詩(?)를 이어온끝에 아니 朝鮮의情緖와 音響마저 잃은 朝鮮의 文學(?)과 그사람에게 새로운 노래로써 記錄的인 貢獻을 하기도하였다。 勿論 그들을 大詩人으로 評價하기엔 자못躊躇하나 朝鮮에 新詩運動을 일으켜주었다는 그것만도 朝鮮사람으로써 잊지몯할 은혜의 하나가 아니냐 그러나 그들은 이미 詩想이 잦어 노래불을것이 였는가 노래불으지 안는다。 그렇진댄 그에서 더 좋은 老衰가 있으리요。 오랜 瞑想에서 아직自己世界를 이룩하고 있는가、노래 불으지 안는다。 한다면 그 瞑想은 너무 怠慢한沈默이 아니리요。 혹은 口腹에 팔리여 혹은 新人들의 進出이 눈에 거슬려 오히려 詩를 버리랴는가하나 그 또한 無情한 일이 아니리요。

四五年來의 新人의 蜂起는 더욱 猛烈하였다。 그들에겐 果然 깊은 思索의 世界와 맑은情緖며 片句隻字를 애끼는 지극한 詩的修練이 있었으며 또 있는가? 그들은 詩에 對한 主觀과 自信이 넉넉한가? 아니 詩論없는 그들의 自我는 매貧弱하였으며、그들의 詩語와 詩形은 매 貧乏하였다。 詩밑詩集濫造의 蠻勇은 이에서 原因한것이 아니었든가! 新人은 마땅히 또 당당히 前人未發의 世界와 情緖와 및 獨特한 響과 形을 갖기에 애쓸것이다。 散文보다 拙한 詩(?)後悔할 詩를 쓴이 얼마나 많었고 또 많은고!

이럴때 未知의 新人 우리 芝岡은 그의 時調集『님의 心琴』(一)을 들고 나왔다。

「이 사람도 그렇지 않을까?」

하는 두려움을 갖이고 나는 그의 時調集을 들었다。 하나 읽어 내려 갈스록 나의 눈을 둥글게함이 있었다。『何山』의 短篇이나 『故山』의 時調를 읽는듯 『오ㅡ머•카이암』의 四行詩를 읽는듯한 그 端雅함과 향기러운 그 맑은 애닯음 혹은잠잠히 앉였게하고、혹은 눈물을 자아 내게도하였다。 그는 序에서 말한다。

(1) 十年間의 數百首중에서 그 반쯤을 추린것。

(2) 알기 쉬운 時調로 골은것。

(3) 다시 못올 靑春의 紀念으로!

란 뜻을 이 세가지뜻은 그의 時調集을 全體的으로 잘 말하고있다。(1) 추린자최있어、駄作ㅡ대체駄作인듯한것은 아예 남거두질말것이다ㅡ이러었고 (2) 留意가 헛되잖어、爲堂이나 六堂의 時調커럼 度에넘도록 어렵지 않었다。 芝岡에게서 時調와 大衆의 距離가 좁가까워진듯도 하였다。(3) 아지랑이 같이 아름다운 그 노래들이어니、어찌 또 靑春의 紀念이될만하지 않으리요。

좀 섭섭한것은 時調로 보아 커옥이 未熟한곧과 多少 어그러진데도 없지 않었으며、좀 卑俗한데도 적은군데나마 없지 않은것이었다。 그러나 티없는 옥이 어디 있으리요。 더구나 나는 그의時調를 時調도 時調러니와 아름다운 敍情詩로 評價하고 싶음에랴。나의 野心은 늘 時調는 敍情詩로 時調家는 敍情詩人으로 轉向식이고 싶다。더구나 芝岡에 대하야!

그의 時調集은 그의 藝術의 輪廓이라면 輪廓이다。우리는 그 輪廓을 잡작하기위하야 그가 情한것으로 추리되 알기 쉬운것으로만 그의 背姿의 紀念品을 잠간 들추어 보기로하자。

(1) 芝岡 또한 東洋의 詩人이라 그역 그윽하면서 애닯은 詩情에 눈물겹지 않을수 없는가부다。그는 人生의 無常괴로움을 이렇게 읊었다。

바람에 지는落花、발길에 채이것만
사람들은 우만보고 나려볼줄 모르나니
남몰레 시든꽃이야 누가안쳐 하리요 (벗꽃아래)

그러나 그는 그 無常(괴로움)에서 오히려自適함이 있었다。

장미화 사랑웁다 좋은향기 더욱그려
한가지 꺾어보니 가시속에 또가시네
두어라 가시야있든없든 아껴볼가 하노라 (薔薇花)

(2) 그는 自然을 대할때도 凡非 無常함을 늣였나니 그하도 訪花隨柳亭을 이렇게 읊었다。

벗이여 일어나세 西山에 해컴으비
가을물 荒凉한데 갈길이 아득하이
風雨 半百年을 생각무삼 하리요

하나 이時調에도 隱然中 그의自適의 態度가 숨었다。自然에서도 그는역시 自適하려 하였다。다음의 明鏡淵란 時調를 보아 알리라。

世上에 못났다고 恨하는 사람들아
俗塵을 털어치고 이곧으로 나오시라
神鏡이 빛이는거울 아니이뻐 지리요

(3) 芝岡은 이처럼 人生과 自然의 無常을 느끼고 읊어만하라하지 않었다。오히려 거기서의 靜寂한 自適을 취하였거니와 그는 現實에서도 그러하였다.

洛東江 긴긴물결 줄기줄기 흩으는데
沃土 肥田이 적다고 하랴만은
못먹어 힘없는이들 왜그리도 많은고
(洛東江)

이러한 無常의 느낌。

一間草屋 좁아도 마음하나 大闊이네
햇빛에 논밭갈고 달알에 쉬는樂을
그더욱 山水있으니 또무었을 찾으리
(農夫여)

이러한 自適의 態度。

그러나 그는 이렇게 現實에서의 進步的이었고 積極的이기도 하였다。

님이 갔다한다만은 마음속에있는님을
잊으려면 그더욱 그리움사 님의자최
이몸이 열번없어도 님께향한 마음이야 (一片丹心)

東洋의 詩人 더욱이 時調家는 人生과 自然의 無常함을 主로 읊은이가 많거늘 芝岡은 한거름나가 거기서 自適하였으니、자못 깨끗한 젊은 벗이아닌가! 現實에서도 그러하였으되

흰옷에 때묻는다 검은붓감 타지마소
궂은비 맞고나면 얼룩덜룩 더못함네
결백한 흰빛이오니 자조빤들 어떠리
(흰빛)

이처럼 오히려 積極的이 었으니、新人이란이름 그대로 高潔함과 씩씩함과 또 새로 움을지닌한 이가아닌가。新進時調의 道程을 때많이 引繼한듯한 芝岡의 앞길에、더욱 그의獨自의 世界가 빛나기를 바란다。新도 아니요、頑도 아닌 늙은 사람이 없지 않어있거늘 芝岡、그대는 펄펄 뛰는 물고기같이 얼마나 活潑스러운 젊은고기냐。그 高潔을 維持하고、그 努力을 변치 않는진댄、보람이 또한 크리라。

(조선문단 제23호、1935·5)

池河連氏의 「訣別」을 推薦함

白 鐵

池河連氏는 某親友의 夫人되는분으로 내가 기왕부터 敬愛해온분이다。人間的으론 前부터 親密하게 아는분이지만 그가 이처럼 훌륭한 作家的인 天稟을 가춘분인줄은 粗忽하게도 생각질 못했다。그만치 이「訣別」을 읽었을때의 나의 놀램과 기쁨은 더한층 크고 신선했다。

「訣別」에 대하여 내가 念慮하는 点이 있다면 그것은 이 作家의 作品을 다룬 솜씨와 作品에 臨한 態度가 도리혀 너무 老練하고 餘裕가 있는것이지만、생각하면 그것도 너무 일즉히 文壇에 登場하는 作家의 早熟味와는 다르다。그와 才質과 比하여 너무 늦게 登場하는 感이 있는 이 作家의 人生에 대한 經驗의 度가 깊은것과 作者의 敎養이 그만치 높음을 證明한것인줄 안다。

作中人物로서 作者自身을 代辯했다고 推測되는 女性을 第二主人公으로 돌린 점과 따라서 自己를 他에 讓步해간 그 倫理的인 新味와 참삭 담겨들는듯한 纖細比한 感覺味와 場面마다 나타난 女性다운 緻密한 觀察의 度는 他人의 追倣을 許하지않는 才智가 빛나는 好篇의 短篇이다。

나와 같은 菲才의 一文壇人의 推薦을 거쳐서 大端히 謙遜하고 地味스런 態度로 登場하는 池女史가 이 一作으로서 能히 現文壇水準을 肉迫하고 넘친것이 있음을 믿는다。더욱이 貧弱한 女流文壇에 큰 寄與가 될것을 疑心치 않는바다。나중으로 나는 이 作者의 그디 健勝치못한 健康이 이 作品과같이 回復되어 그 回復된 健康으로 계속하여 二作三作으로 精進하기를 바라고저한다。

(文章 제21호、1940·12)

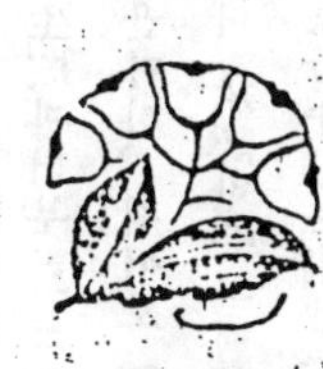

長篇小說檢討……(一)

人間性格의分裂

—「濁流」의人物의諸相—

鄭 義 浩

人間은 自己의迷妄과誤謬가운데도 恒常 本能的으로 그가 께뚫너나가야할方向의길을알고있다、고 「파우스트」序曲에나오는 神은말한다。天上의神아닌 우리들—地上의俗類들도 한번「歷史」—따라서「그의法則性에 눈뜨기비롯함과아울너、客體的이아니라、主體的位置우에 人間스스로의地位를發見할수있은그날부터、恣意的、主觀的希願으로써가아니고、嚴肅한權威와더부러、妥當을主張할수있는客觀的根據우에서서、人間의未來를展望할수있게되었다。그러나 歷史를縱斷하고 地球를橫斷하야 그斷面圖를 펼치볼때、우리는 結局에는 모든汚穢와夾雜物을 밑(底)깊게 沈澱식히고도、오히려맑을수있는「바다」로 쏟아질水流일망정、그水流는水流인채、混濁한물이 구비치는 濁流임을 너머나 많이發見하지않이치못한다。

蔡萬植氏의作品、「濁流」는 바로、이러한 混濁한水流의하나가운데 畵架를벌여놓고、그濁流속에 헤엄치는人間들의諸相을 그려보여준것이나、우리는 이濁流를背景으로한 몇개의偶像畵와、그리고 畵架앞에는 作者의表情을엮어감으로써「人間性格의分裂」이라는 深刻한 時代的風化作用—「現代」라는時代의風化作用에對하야 다시한번 省察을 깊이하게된다。

무릇 人間性格이란 正常한意味에있어서는、하나의統一된것이기문 그스스로의性質로써 要請한다。서로矛盾되는것을 그自體에 內包하면서도、外延的으로는 절노 하나의統一된것으로 나타나는것이 正常한意味의人間性格의樣相인것이다。이머릇元來는 統一的인것이어야할人間性格이지마는 現代는 그것의分裂을 하나의峻嚴한事實노써 우리에게肉迫하는것이다。勿論 人格의分裂이란것은 지금와서비로서깨달아지는問題가아니다。逆說的인言表를사양치않는다면、從來의人類의經過、그것이곧 어느意味로보아선 人間性格의歷史아라고까지할수있을지도모른다。그러나 人間이「自然」에從屬되고、또는中世的인무거운「멍에」밑에서 呻吟할때까지는、이人間性格의分裂이라는것을 自己의當面的日程으로써 生覺하기는困難하였다。그러므로 이른바 人間의解放이란 旗幟밑에서 巨步를내드된 近世文化의生成과더부러、그步調을가치한 個人主義的「自我」의覺醒은따라、적어도 觀念的으로는 人間의自主獨立이란것이 널니 承認받은그때부터 人類는 性格의分裂을 스스로의問題로할수있는素地를갖게된것이다。그러나、이近世文化가 正常한發展의路線을것고「市民」意識이 健康한것일수있었을때까지는—換言하면、歷史의「昂揚期」라할수있는間에서는 이分裂은 아직、우리의現實的인課題로나타나지않는다。

轉換期現代—從來의秩序가 그權威를喪失하고 새로운秩序에로의移行이胎動하는過渡期、現代에있어서 우리는 참된意味로 人間性格의分裂을 우리의當面의問題로하지않이치못하게된것이다。轉換期는 混亂이氾濫하는時期다。混亂이란 行動을規制하는指標을갖지못한것의 異稱이다。

現代의人間가운데 우리는 自他를莫論하고、精神과肉體의乖離、思考에있어선「論理」의脫却、行動에있어선、秩序잃은無體系性을看取하지않을수없는것이나、이것은、轉落期人間의性格分裂을表現하는것이라믿어진다。

이러한 現代의人間—더구나、濁流가운데處해지있는 人間을그려주는 小說「濁流」가우리에게、人間性格의分裂의諸相을뵈여준다는것은 決코理由없는바가 아닐것이다。

小說「濁流」에 따로 무슨傍題를부친다면、한女人의受難記라고도할수있음즉한데 그女人인「初鳳이」를 보드라도 우리는 거기서 分裂의人間의 한樣相을對하게된다。

作者의말을借用하면 세상의風波와 人間의食慾이라는、

運命의妖術주머니로부터 뗄어나온 初鳳의기구한生涯! 그것은 언제나 固執이란것을모르고 「自己」를主張해본일이 없는 柔弱한女人의受難이라고하기보다 오히려 「分裂의人間」의宿命인것같다。

「勝在」에게對한 애뭇한情을 애끼(惜)면서도 「泰洙」와의結婚을하는것이나、그때 「初鳳이」自身은 家庭을爲하야 거룩한犧牲을하거니 하는 그야말노 處女다운感激으로 自己를속였든말었든、우리앞에 나타나는 그는 分明히 分裂된面貌인것이다。 「泰洙」에게갖이는感情은 決코 自己의父母의功利的政策의祭物노써의그것이아니고、그스스로 부풀어올으는感情의싹을 꺾을수없었든것이며 따라서不過十日의結婚生活이였건만、「이새로운生活環境이 不滿인것이아닐」뿐더러、「차차로 기쁨이發見됨을따라 明朗한時間이늘어」갔든것이다。 그러면서도 亦是「勝在」를 못잊어하는煩惱를 어찌하지못했든것이고 「勝在」에 對한感情은 그전대로 또한참된것이여서、後日 그가 한男子를죽이고、自己의生存마저 斷絕하려다가「勝在」로因한 明日에의希望으로써 生을連續식히려고까지하게되는것이다。

이러한 「初鳳」의面貌는 그가 좀더기구한生의屈曲을따라 多難한길을繼續할때에도 如前히나타난다。 溫泉서 濟浩와의재로운 關係가얼키는 그때의 心理的經過가 그렇고 「남편」으로써 조금만한사랑이가는 것이아니나、그러나 그生活을 제법 安全地帶라아쉬워하고 「忠實한아해」의職分을 거리낌없이擔當해가는 濟浩와의生活의初鳳이가 亦是 그렇다。

其后、初鳳이가 作者의所謂 「늙은曲藝師」로써「亨甫」의「妻」가되고 나중에는 「원수」亨甫를處置코저할때 그것을 「自殺의한手段」으로 生覺함에이르러서는 우리는實노 人格分裂의沈痛한悲劇을보는것과도같다。

如斯한 分裂의面貌는 唯獨 初鳳이뿐에限해서 찾어보는 것이아니고 「初鳳」을 어쨌던 「사랑」한다는것에눈 虛僞가있는것이아니나、「金氏」와 「杏花」와의交涉을 그대로 享樂하고 그세계집을 自己의 죽엄의 同行者이기를 바라기까지하는 「高泰洙」든지、또는 卑劣한功利에 貪慾的이면서도、이른바 「낡은敎養의桎梏」을받어 「動物的으로 率直하지못하고 人間的으로狡猾」한 「丁主事」에게서도 우리는 分裂의樣相을볼수있는것이며 此外에 「金氏」의情「杏花」의倫理(?)的데서도 [illegible] 같은것이라할수있나。

그런데 以上의人物들은 말하자면 小說「濁流」에 있어서 否定的存在인것이다。 여기에서 우리가눈을돌여 肯定的人物노써의「勝在」의肖像들을바라볼때 거기서도 價値的으로는區別되여야하나 亦是 하나의分裂의表想을읽을수있는것이다。

聽診器를든勝在가 처음、疾病을通하야 濁流를보았거늘 靑年다운후에니즘에서 自己의적은注射針으로나마 다만한방울의 淸淨한波値라도 泥濁한汚流우에注入코저함에드높은情熱을느꼈음은當然한일일것이다。 그러나 워낙 自己의注射液이 흐린물을맑히기에는 너무나無力한것일뿐더러、차차로 視野를넓게잦임에따라 물을흐리게하는것이 疾病뿐이아니고、無知、나간、그리고、내종에는「유법전서」까지를生覺지않을수없을때、그는 그만 巨大한障壁앞에서 멈칫 서게된다。

內省과懷疑가 그때 그를掩襲한다。 그러나 그障壁을 뛰여넘을武器이 아직은 勝在에게準備되여있지못하다。 그리하야 勝在는 自己의「조꼼한罪狀」에對하야 肯定과 愛惜을함께經驗하는것이며、「그것은 自己自身의感情을慰安식히는것外엔 아무것도 아니라」고 자([illegible])가 비웃는勝在와 그러나 個人的善意와能力이 아무리微少한것이라한지라도、가만이있을수는없다하야 注射針을드는勝在—分裂의人間을 우리는 發見하는것이다。 이것은 實노 現代의良心의苦惱相의하나일것이아닌가。

作者는 勝在를 이러한分裂가운데몰어둔채 그가 한女子에게품은 愛情의힘을빌어 上京케함으로써 若干 숨을돌니게한다。

이러듯、小說「濁流」에서 우리는 人間性格의分裂이라는 現代的問題에對한 興味깊은暗示를얻을수있다。 그러나 分裂이란 언제나 克服되기를 그스스로要請하는것을 우리는알고있다。

그러면 小說「濁流」는 스스로가提起한問題에對하야 어떠한解決을用意하고있는것일까、勝在、아직準備가없고、「桂鳳이」— 더구나 上京后의그의性格은 極히 明瞭한바를缺如한채로머물너있다。 그렇다고 否定的인 제人間의죽엄을무슨象徵으로봄은 또한不當한것이리라。 이리하야 나는 「이作品을읽고나서 무언가못볼것을본것과같은 마음한구석에서 가라앉지안는不快感을어쩔수없는것이며、 따라서 初

風이가 마즈막에 自殺을 抛棄하고 「明日에의 言約」을 믿어 生은 延長코저하야 「숨은가운데서도 얼골을 빛냈다」고 할 때에도 그것을 함께기뻐하기전에 「아아 이女人에게 다시금 暗澹한 生涯가 이어지려누나!」하는 어두운마음을 업늘수없다。

그러나 이小說의 形式的 結構의 小題가 實노 「序曲」이라 부처진것은 餘韻이 妥當한것이라 안할수 없다。「濁流」의 否定을 높인 새로운 肯定의 積極面은 應當 이小說의 續篇—「序曲」뒤에 따를 本章이 우리에게 뵈어줄것으로 期待되기 때문이다。

現代의 거치른 바람을 全身으로 받어가며 거기서 作用되는 自己의 分裂을 止揚함에는 實노 헤아릴수 없는 人間生活의 땀(汗)이 흘여저야할것임을 우리는 짐작한다。그 땀에 對해서 直接的으로 말하는 것은 곧 거센 現實을 調理할수 있고 또한 우리의 生活指標으로써의 어떤 「原理」의 問題를 正面으로 取扱해야 하는 것입으로 그것은 이小稿가 能히 擔當할 배가 못된다。그래서 여기서는 이른바 結構앞에는 作者의 表情을 잠간 살펴보려고 豫定했었는데 이미 紙數를 다 消費한듯하야 다음의 하가지만을 簡單히 言及할가 한다。

「濁流」의 上梓當時 新聞의 廣告文에서 作者를 冷血漢云云이라고 했든것으로 記憶되는데。나는 이小說을 다 읽고나서 그것이 문득 生覺난것이다、勿論 如斯한 廣告文에 作者가 首肯한것으로는 生覺되지 안는다。그렇나 하낫 新聞의 廣告文에 使用된 그 한마듸가、作品의 表情의 要點의 하나를 날카롭게 찌른것이 아닐까 한다。作者가 作品에 있어서 이처럼 冷淡—殘忍하리만큼 冷淡해서 옳은것일까、나는 이冊을 途中에 그만 무섭고 마음이 무거워저서 몇번 덮었다가는 다시 읽군한것이지만 이小說을 全部 읽은후 愉快한 마음을 가질수없는 것의 理由의 하나는 作者의 이러한 表情의 所致이기도 할것같다。作者는 作中의 어떤 人物의 心理를 表現할때 「神經의 遊戲」「神經의 스포—츠」란 말을 썻거니와 우리는 그것은 곧 「濁流」의 作者自身에게도 該當하는 말이 아닌가 한다。홀노 이作者에게 뿐만 아니라 現下의 우리 作家一般에게 讀者가 要望하는 것은 作品에 배여있는 作家의 아름답고도 따뜻한 人間的 呼吸이다。作品을 偏狹케 하는 「異端」과는 區別되는 作者의 「愛情」이다。

(八一、於[illegible])

(人文評論 제12호、1940·10)

蔡萬植短篇集

鄭人澤

「世態描寫와 諷刺精神으로 文壇의 異彩인 蔡氏의 業績」이라는 朝鮮文庫版 蔡萬植短篇集을 滋味있게 通讀하였다。

蔡萬植氏가 松都로 옴긴 後의 最近數年間의 發表한 努苦의 結實을 滋味있게만 읽었다면 語弊가 있을지도 모른다。滋味있다는 말이 흔히 公然 批判의 對象은 되지않으나 그렇다고 아주 默殺할수도 없는 報道에 쓰이는 無責無能한 忌避用語의 하나이기 때문이다。그뿐아니라 어떤때는 오히려 揶揄的이기도 하고 또 어떤때는 오로지 그通俗性만을 强調할때도 없지않기때문이다。

그러나 亦是 지금 나는「生命」「童話」「쑥국새」「정자나무있는揷話」等의 一列의 作品을 若干의 興味를 가지고 읽고나서 滋味있었다고 말할수밖에 없다。讀者나 評者가 이「滋味」를 어떻게 解釋할지 그것은 自由이오 내 알배 못되나「재미」없는 小說만이 橫行하고있는 現在에 있어 이것은 마땅히 小說이 가져야할 얼마나 所重한 보배의 하나이냐 말이다。「世態描寫」이니「諷刺精神」을 찾기前에 나는 먼저 이것에서 이短篇集이 가진 價値과 魅力을 是認하련다。

個個의 作品에 對하야는 이미 世評에 높은지라 여기서 再言하려 하지않거니와「生命」等 먼저 말한 諸作과 함께 이 短篇集에 收錄된「貧·第一章第二章」「이런處地」「少妾」「龍洞宅」의 八篇을 通讀하고나서 한가지 느낀것은 作者의 思考가 眞實(眞理라도 좋다)에 對하야 그對象이 眞實한 그 程度以上으로 더 眞實하지는 못했다는 點이다。藝術家의 本質에있어 人道主義가 한要素가 아닐수 없지만 한개의 透徹한 意志가 그것을 驅使해도 無効하다고 생각한다。

그러나 이것은 作者의 티 라고는할수없는것이 우리는 이한卷을 읽고 作者의 含蓄에조차 微笑로 對할수 있기때문이다。大膽하게 이短篇集을 世上에 推奬하는 理由가 여기있다。

(文章 제9호、1939·10)

蔡萬植印象記

蔡孤影

蔡萬植은 어떠한 사람인가? 언젠가 咸逸敎의 評文에 對하야「作者로서의 不服」(東亞所載)을 쓰고 其後 批判誌에서도 咸氏의 攻擊文 또는 몃달前의 文人群과 中央紙上에서 論戰하든 일이 聯想되는 것이다.

이 모든 反駁文은 오로지 自己 作家的態度에 對해서 변호한 것이엇다.

그러나 世上 사람은 그의 代辯과 같이 肯定하지 않앗다. 自己 自身으로서도 굳이 辯明하리고도 하지 않는 모양같다. 이 모든 것을 通하여서 甚히 感情的이다 하는 느낌을 가젓다.

×

바로 내가 蔡萬植을 알게 된것은 그와 맛나기 前부터 엇다. 文藝에 뜻을 품은一個의 無名의 靑年으로 雜誌上에서 그의 이름을 記憶하엿다. 그의 創作으로는「그뒤로」부터요 前「新東亞」의「조고만 企業家」等 其外 戱曲까지 數十篇을 읽엇으나 別로 神通한 느낌을 주지 못햇다.

오히려 그중에서 든다면 新小說誌에 揭載되엿던「山莊」이가 그의 作品 中에서 가장힘잇는 作이라고 하겟다. 딸아 이作品이 나에게 끝 없는 感激을 줄뿐이엇다.

그뒤 서로 글월이 오고 가고 하게 되엇다. 아울러 그의 創作에 對한 指導와 推作에 對한 批評의 방망이도 많이 받아 왓다.

나는 그뒤 얼마를 지나서 魚躍踏氏의 紹介로、그를 맛나게 되엇다 처음 그를 對하야 본 나는 想像하든 바와는 아주

만 읽어 놀라지 않을 수 없엇다 아직 열 여듧이라는 나이에 東亞社 開闢社 央社(面會 當時는 中央社 在勤時엿음) 路記者요 現職으로 또 다시 開闢社記者 고는 都是믿을수 없엇다

따라 反駁文을 읽고 想像하든 바와는 어도 틀렷다. 다만 그의 創作에서 본 와 같이 諷刺味가 잇고 沈滯한 性格의 好者임에 多少 틀림없엇다. 모든 것의 知的인데다가 말이 드물고 調語가 몹시 敲한 어데로 들어보나 沈滯한 作家風이 돌앗다.

「開闢社에 잇을때엔 編輯에 어찌 바뻣자 그 때 失禮는 무어라 말할수 없어요—

61

이것이 氏가 나에게 던저 준 첫 人事엿다。떨아 自己의 個人上 問題에 들어가서도「開闢社를 나올 當時에 생각은 달랏엇는데──진작 나오고 보니 모든게 不如意하여 또 다시 中央에 入社하여 이노릇을 합니다」하는 것이라던지 玄人君과 論戰에 對하야「懷月이가 부디 挽留하는 것을 써머니만……그러케할줄은 몰랏어요……」하는 여러가지로 서로 肝膽을 헤치고 對話하며 보앗으나 傲慢과 自矜하는 빛은 볼수 없엇다。

×

그 뒤에는 大概가 求職 때문에 氏를 자주 찾게 되엇다 그를 多少 理解하게 되엇다。이미 말한바이지만 아직 年歲에 比較하여 본다면 좀 팔각거릴때엿만 揣之不動하고 老鍊한 맛이 도는 것을 보아 오래 동안 新聞記者 雜誌記者 生活에 浸蝕되어 骨肉과 마음이 그처럼 變하엿으며 時間의 마치(槌)에 鍛鍊되엇나 할때에 너무도 그의 過去가 辛酸해 보엿다。아울러 노랑꽃 핀 얼굴에 펼 사이 없는 이마人삽 속없는 웃음을 웃는 新聞社員들의 모양이 日光과 같이 번쩍 하엿다。

그의 作品도 恒常 나에게 注意 시키는 바이지만 헐된形容詞와 修飾語를 넣지않고 平坦하게 表現하는 것이 特論이나 만큼 技巧라던가 形式인 文章에 잇어서 流麗하거나 妖艶한 맛 자릿자릿한 肉感的 筆致는 아니엇다。卽 金東仁의 그것로 主義보다도 將國 一流의「슬프다 애닯다」하지 않고 自然히 슬픈생각이 나도록 形式의 文章을 取하는 同時에 恒常 그 作品 속에는 自己의 世界觀을 注入시킴을 볼수 잇엇다。

勿論 朝鮮에서 短篇作家로 洪,㫆,東仁,曙海,鐵牛,素石等을 든다면 然波氏도 한목 볼수 없는 것만은 事實이라고 본다。

方今 氏는 長篇 小說에 執筆中이라 한다。하로 속히 世上에 發表되기를 비는바다。

(동광 제35호, 1932·7)

六堂崔南善論

李光洙
梁建植
廉尙燮

六堂崔南善論

李光洙

붓을 드는것은 어려운일이다。 대개 한번 써노흔 것이 영원히 슬어지지안는까닭이다。 진시황이 책을 불질을적에 씨워진 조희는 타비렷스려니와 그 책들이 사람들에게 준 영향이야 천지를 번복하기 전에는 소멸식힐수업는것이다。 이때문에 붓을드는것은 어려운일이오 붓을 드는 사람은 죄를 짓기 쉬운 자리에 잇게된다。

붓을 드는것이 어려운중에도 사람을 평론하는 붓을 드는것은 더욱 어렵고 그중에도 사랑하는 친구를 평하는것은 가장 어려운일이다。 대개 그것이 평론을 밧는 한사람에게는 혹은 명예가되고 혹은 불명예가 되는까닭이다。 더욱이 서로서로간에 칭찬보다도 혼담을 조와하는 우리 조선에 잇서서는 이것은 어려운중에도 가장 어려운일이다。

그런줄 알면서도 웨 사람은 비평하는 일을 하는가。 나는 이일을 하는것이 무엇에나 다소의도음이 되리라고 밋는까닭이다。 그러나 이러한 사업은 내게 잇서셔는 처음인까닭에 심히 그 결과에 대하야서 념려가된다。 그러나 나는 오직 「정의와 사랑에 충실하기를 힘쓰리라。

(1) 새문화운동의 첫 사람

우리근대 조선에서 새문화운동의 첫사람을 누구로 잡으면 조흔가。 새운동인고로 자긔 혼자만 새로온 지식이나 경륜을 가진 사람을 가라치는것이 안이오 그사람때문에 만흔 사람이 니러나서 조선의 문화운동이라는 한 큰 운동의 시작을 이룬 그러한 사람을 가라치는것이다。

우리 조선에서 새문화 운동의 첫사람으로는 누

돈 서재필씨를 곱을것이다。그는 조선에 잇서서는 넷시대와 새시대를 갈르는 표ㅅ대가되엿다。 조선의 정신에 새바람을 집어너흔이는 아모리하여도 서재필씨를 곱을것이다。

그러나 조선에다 새시대를 닯어들이는데 가장큰 힘을 가진이는 안창호(安昌浩)씨이다。그는 오직 정치운동에만 새정신을 닯어들인것이안이라 산업운동에와 교육운동에와 국민정신의 개조에까지 새운동을 닐으킨이다。서재필씨와 안창호씨두분은 새로오는 조선에서 닛지못할 첫 사람들이다。

그런데 이뒤를 니어서 중요한 첫사람 하나가 잇다。그는 서씨와 안씨를들어온 새사상과 특히 안창호씨로 말미암아 전조선을 풍미한 조선정신을 론문으로 노래로 력사로 즉 글로 한이가 내가 지금말하랴는 륙당 최남선씨다。

(2) 조선주의(朝鮮主義)

륙당은 隆熙二년 十월一일에 잡지「少年」의 첫호를 발간하엿다。이것은 우리 조선에서 글로나타난 문화운동의 첫소리라할만하다。비록 조고만 잡지엇고 또 겨오 十九세의 소년인 륙당 (그때에는 公六이라고 불렷다)한사람의 잡지언마는 그것이 독자에게 준 인상은 여간 깁흔것이 안이엇섯다。더욱이 안창호씨는 그를 국민정신을 대표하는 지도자로 사회에 추천하엿다。오늘날 륙당이 조선에서 가진명망은 기실「少年」시대에서 기초된것이오 또 아모리 칭찬하여도 넘어 칭찬한달수업스리만큼 그의공적은 컷다。

「少年」은 隆熙二년 十一월 一일에 첫호를 발행하야 明治四十四년 五월 十五일 발행으로 끗을매잣다。햇수로는 四년ㅅ동안이언마는「호ㅅ수로는 스물서넛밧게못된다。그러면서도 이 조고마한 잡지는 그때에 잇서서는 일종의 경전파가티 애독이라는것보다 존경을 바닷다。

「少年時言」、「海上大韓史」、新體詩、詩調、偉人傳 이러한 항목으로 그는 조선청년에게 활동주의 조선주의、를고취하엿다。

「검붉게 걸은 저의 얼골 보아라
억세게 덕근 저의 손발 보아라
나는 놀고 먹지안이한다는
標的아니냐。

그들의 힘ㅅ줄은 툭불거지고
그들의 뼈ㅅ대는 떡버려젓다

나는 힘드리는일 잇다는
有力한 證據아니냐
올타 올타 果然 그러타
新○○의 少年은
이러하니라。」

이것은「新○○少年」이라는 시의 첫절이다。그때에 잇서서 이러한 사상은 엇더케 새롭게 엇더케 귀운잇게 청년의 가슴을 떨녓는지 모른다。이것을 암송한이도 만핫다。

六堂의 사명은 조선주의를 부르짓고 조선정신을 부활식히는데 잇섯고 또 장래에도 그곳에 그의 사명이 잇는것이다。

최근에 그가 時代日報우에 逐開生이라는 익명으로「楓嶽記遊」를 썻다。그것을 주의해본이가 얼마나 되는지 모르거니와 그속에 씨어잇는 자자구구는 그의 조선주의의 결정이다。그는 조선주의에 구덧다。그럼으로 그에게는 조선주의자로의 술픔과 고민이 잇섯다。

「유정으로 지내는 이世上에를
쟁마음으로 가자고 허덕이는 그
청맹간이 어린피 급한 흐름에
배가되어 그대로 써나가도다。
산에 갓단 구름의 굴엔 고기의
비우숨만 보앗소 침만 밧앗소
어느때는 굴숨햇 ㄴ욕이에게
「멀것코 쇽업다」는 욕도 당햇소

△

(3) 문예로본 崔南善

六堂崔南善은 조선의 새문예운동으로 보아 첫사람이다。첫재 그는 오늘날에 조선에서 싸우는문체 즉 국주한종(國主漢從)과 언주문종(言主文從)체를 처음으로 쓴 사람이다。

「모자가 다 씨그러지고 몬지가 켜켜히 안진 갓을 뒤통수에 제쳐쓰고、압자락에 못은 때가 거의 겨이 이러날듯한 두루막을 옷고름을 느직하게 매어닙고、석쇠집신에 솜이 쒸어쒸어 나오는 버선으로 보기도실케 걸어안저서 기다란 담배ㅅ대에 닙담배를 담아서 요모조모 눌으면서 섹억섹억 목젓이 쩌러질듯하게 빨다가……」

이것은 快少年世界週遊時報의 일절이다。이것이 지금부터 십칠년전에는 여간 새로운 글이 아니다。여간 큰 개혁이 아니다。

더욱이 론문에 국주한종(國主漢從)체와 언주문종(言主文從)체를 쓴것은 그의 놀라운, 공적이다.

신체시에도 무론 그가 첫사람이엇다.

「철석, 철석, 척, 쏴아
때린다 부순다 문허바린다
泰山가튼 놉흔뫼 집채가튼 바위ㅅ돌이나
요것이 무어야, 요게 무어야
나의 큰힘 아나냐 모르나냐 호통까지하면서
때린다 부순다 문허비린다
철석, 철석, 척 추르릉, 콱。」

이것은「少年」첫호 첫머리에 잇는「海에게서 少年에게」라는 시의 한절이다。 아마 이것이 내가 아는 한에서는 우리 조선에서 새로온 시, 즉 서양시의 본을 바든 시로 인쇄가되어서 세상에 발표된것으로는 맨처음이리라고 밋는다。

「우리는아모것도가진것업소
칼이나륙혈포나──
그러나무서움업네、
鐵杖가튼形勢라도
우리는웃지못하네。
우리는올혼것짐을지고
큰길을거러가난者ㅣㅁ일세。

「우리는아모것도지닌것업소、
비수나화약이나
그러나두려움업네
면류관의힘이라도
우리는웃지못하네
우리는올혼것盾耳삼아
큰길을다사리난者ㅣㅁ일세

우리는아모것도든물건업소
돌이나몽동이나──
그러나겁아니나네、
細砂가튼재물로도
우리는웃지못하네
우리는올혼것칼해잡고
큰길을직혀보난者ㅣㅁ일세

이것은「舊作三篇」이라는 제목으로「少年」제二년제四권에 실린것이다。 나는 그가 우리 시의 새격조와 새형식을 차즈랴고 애쓴모양을 보이기위하야 구절 떼는법까지、언문 쓰는법까지 그대로옴김다」 그가 이 시끗에 말한것을 보건댄 이것은「丁未의條的이 締結되기前·三朔에、붓을、들어、偶然히、생각한대로、記錄한것을、始初르하야」한것이오·이·곳、내가、붓을·詩에、쓰던始初오、아울러、우리國語로、新詩의、形式을、試驗하던、始初라」한것을 보면 이것은 지금十九년전丁未 즉 그가 十八세ㅅ적에 시험한것이오 또 그는 이것이「우리와 國語로 新詩의 形式을 試驗」한다는 의식과 노력을 가지고한것이 분명하다。그는 또 이러케 말하엿다——

「나는、天禀이、詩人이、아니러라。그러나、時勢와밋、나自身의境遇는、逆해逆方、素願아닌、詩人을、만들려하니、처음에는、매우、頑固하게、또、强猛하게、抵抗도하고、拒絕도하엿스나、畢竟、그에게、催折한바ㅣ되어………」

이것으로 그가 시를 짓기 시작하던 포부를 엿볼수잇슬뿐더러 그의 시나 노래가 철두철미 조선주의적 교훈시적인 지경을 못버서난원인도 되는것이다。

그가 시를 위하야 만히 생각하고 만히 힘쓴것은 그가 여러가지 형식의 시체를 시험해본것으로 보아도 알것이다。우에 인용한바와가티 그는서양시의 본을 바다서 글ㅅ자 수가 규축적으로 가튼 시형식을 만들어보랴고하엿스나 그후에는 차차 그것을 버리고 아주 글ㅅ자 수효에는 제한이 업는 산문시체와 또 그와 반대로 글ㅅ자수효에 분명한 제한이 잇는 노래체、 그중에도 일본의 이마요오(今樣)에서 나온 七五조를 만히 사용하엿고「少年」의 둘재해 즉 륭희 삼년끗헤서부터는 시조체로 만히 기우러젓다。아모러나 그는 혼자서 생각할수잇는 시의 형식은 여러가지로 시험해보앗다。

그의 산문시로 첫번에 써운것은「隆熙三年五月一日發行」의「少年第二年第五卷」머리에 실린「꼿두고」라는것이다。

「나는 꼿을 질겨맛노라、
그러나 그의 아리ㅅ싸운 태도를 보고 눈이 언이
며 그의 향긔로운 냄새를 맛고 코가 반하야
精神업시 그를 질거 마짐아니라、
다만 칼날갓혼 北風을 더운긔운으로써
人情업는 殺氣를 깁흔 사랑으로써
代身하야 밧구어
쎄가 저린 어름밋헤 눌리고 피도어릴 눈구덩에

파무처잇던
億萬목숨을 건지고 집어내여 다시살티난
봄바람는 綜合합으로
나는 그를 질겨맛노라」

생각이 복잡하게 발달이될사록 그것을 표현할만한 복잡한 형식을 요구하게되는것이니 우리 어던 시인도 인제는 복잡한 시의 형식을 요구하게된 것이다。

그는「隆熙四年二月十五日發行少年第三年第二卷」에「太白山詩集」이라는 큰 제목으로 七五조와、산문시체와 신시체의 시 네편 열여섯페지를 내엇다。아마 이것이 조선최초의 시인인 崔南善의대표작이 될것이다。여기 그것을 다 引用하지못하거니와 내가 보기에 대표될만한 구절 몃춤 인용해보자、

「질거움과 太平의 크나큰빗을
모든것에 골고로 난화주라신
하날命을 밧드신 우리○○
이世上에 오십이 네계로로다」
——「太白山歌——」其一에서

「地球의山——山의太白이냐?
太白의山——山의地球냐?
詩人아 이를 웃지말라。
그것이 緊하게 讚頌할것 아니다。

「하날ㅅ面은 취둥그럿코 땅ㅅ바닥은 펑퍼짐한데、
우리님——太白이는 우둑」
(中略)

「地球面의 물이 다 말으기까지、
正義의 記錄은 오직 이리라。
그리하야 어두운 世上의 燈塔이 되야 사람의
자식의 큰길을 비초여주리라、
(中略)

「하날ㅅ面은 취둥그럿코 땅ㅅ바닥은 펑퍼짐한데
우리님 太白이는 우둑。

「地球의山——山의太白이냐
太白의山——山의地球냐。

詩人아 이를 굿지말라。
그것이 緊하게 讚頌할것 아니다。
—「太白山賦」

이속에서는 우리는 장엄하고 힘잇는 리듬과 불가튼 정성을 본다。이점으로는 그의 뒤에 아직 그만한 시인이 업섯다고할만하다。

시인으로의 崔南善을 말하려할제에 우리는 그의 신조를 안돌아볼수업다。그는 시조라는 녜로부터 오는 형식에 새정신을 너흐려한점으로、또는 오직 시조란 녯날것을 부를것이오 새로 지을것은 아니라고 생각하던판에서 시조를 지어 이것으로 국민문학의 한형식을 만들려한 점으로도 그는 첫사람이다。그는「少年」잡지 시대에서부터 일변 녯사람의 시조를 소개하기와 손소 시조를 짓기에 만흔 힘을 썻다。

「蒼空碧海 두름드고 불근솟는 아츰햇빛
萬二千峯 等待햇다 덥석 혼자 다 밧으니、
보리라 朝鮮精神 이中에도

펑퍼짐한 돌로 생겨 차림업시 안젓스나
비바람은 씻고간며 새즘생은 話을댄다、
보리라 朝鮮精神 이中에도」

이것은 다 그의 조선주의를 시조의 형식을 빌어 표현한것이다。

「섯다 달이 섯다 눈다 세든달 이제 섯다
그리말도 안흐더니 三五夜되니 업는 섯다
이후란 헛苦待말고 날곱기만

이것은 그의 파혼시중이다。

그러나 그는 시조에 들어와서는 칠신 경제가 넘어짓다。그는 시조짓는이로 반다시 뒤에 일홈이 남을것이다。

「내속 헤처 남못뵈고 남의안뒤에 내모르니、
제요내요 모르기야 다름이 무어리만
내속을 남아나알미 별로 섭섭하여라」
—내속(靑春)

「님이 거긔 계시다하니 뵈으려면 가을거지
님이 거곡 안계서도 가보아야 하을거지
그리운 그님이시니 아녀가고 어이리」
—님(靑春)

그는「靑春」이후에도 시조를 짓는다고한다。세상에 발표된것은 보지못하엿스나 반드시 그는 조흔 시조를 남기리라고 밋는다。

이상에 말한바와가티 애국시인인것과 시조작가인것외에 그가 론문(엣세이)가로 공헌이 만흔것도 무론이오 긔행문으로나 서간문으로나 문예의 번역으로나 모든것을 처음으로한것은 무론이어니와 특히 닛지못할것은 그의 창가들이다。「京釜鐵道歌」「世界一週歌」는 아마 그의 창가의 대표일것이려니와 그밧게도 당시 조선청년의 애송하던것이만타。

(4) 그의 인물

崔南善씨는 경인생 금년이 설흔여섯살이다。 그는본래 서울 구리개 대대로 의업을 하는집에 낫다。 그의 량당은 아직도 생존하시고 백씨 한분은 인쇄업을 하시고 그의계씨되는 崔斗善씨는 지금 독일에서 철학을 연구하고계시다。 그는 복조흔이다。 세사도 넉々하고 맛따님은 벌서 十七八세나되고 아드님도 형제라고 기억한다。 건강도 석 조코 진실로 부족한것이 업는것이다。

그의 키는 큰편이오 얼골은 검고 눈이 가늘고 우슬때에는 눈부터 우스나 녀성적은아니다。 그는 자부심이 굿세고 따라서 고집이 잇다。 그래서 여러 친구들과 니야기를 할때에는 혼자 가장 만을 만히한다。 이것도 그를 교만하다고 하는 한 리유가 된다。

과연 그는 자부심이 강하고 고집이 잇다。 그러나 그는 반다시 사람들이 생각하는 바와가티 의지의사람은아니다。 도로혀 그의 생활의 방향을 지배하는것은 감정이라고 밋는다。 그러케 고집이 센듯하면서 그는 사람에게 넘어가는일이 잇는것이 이때문이다。

내가 일즉폐가 낫브다는 진단을 밧앗슬때에 그가「病友생각」이라는 글 한편을「靑春」에 내엿다。그 끗헤——

「情든 벗、밋는 벗、기다림 만흔 벗이 天涯異方에 조심될 病으로 눕겟다하니 놀납고 근심스러운이 엇지 다함이 잇슬가보냐………그와 한가지하던 冊床을 對하야 그와 한가지하든 비루를쓰며 病난 그를 생각하고 걱정하는 情이 봄 비 방울보다 더 만토다

「春園의 누은 窓에도」 이비가 소리를 하는지 안는지? (三月十九日稿)

그는 랭々한 의지의 사람 리지의 사람인듯 하면서도 기실은 속에 뜨뜻한 눈물을 품은 시인이다。그가 혼히 「時代의犧牲」으로 자처한것파가티 그는 정의 사람이면서도 그것을 리지의멍에와 의지의 채쭉으로 눌르려하엿다。그럼으로 내 생각에는 그의성격은 자유로 피어난것이아니오 스스로 이귀눌느고 저귀눌러 병신을 만들어 노흔것이아닌가한다。그리하고 그동긔는 우에도 말한바와가티 그의 조선주의、따라서 나오는 조선청년에게 대한 교훈주의다。

그를 학자라고 일컷는다、또 그 자신도 학자되기를 힘쓰려한다。세상은 그를 조선력사학자 또는 嚴히 조선학자라고 생각한다。 무론 그는 우리중에 멧안되는 조선력사가중에 한사람일것이다。 가장 조선의 력사에 관한 지식을 만히 가젓다는의미로 그를 력사학자라고 부를수잇다。그러나 그의 천품은 결코 학자가아니다。 학자가 되기에는 넘어도 패긔가 잇고 넘어도 열정이만타。 그는 싸늘한 머리를 가지고 몬지뭇고 바슬바슬하는사실을 하나씩 둘씩 주서모고 안젓슬 그러한 사람이아니다。그는 사실에 충실하기는 넘어상々력이 압서는 사람이다。

이 열정과 패긔와 상상력! 그리하면서 리지적이러합 이것이 그로하여곰 사랑스럽게하고 교만해보이게하고 잇다금 어린애답게하고 어리석어보이게하고 커보이게하는 원인이 되는것이다—그러케 나는 생각한다。

세상은 그의 메투리(지금은 고무신)와 떠러진 캡을 부러워도하고 비웃기도한다。 그러나 이것은 「이믜 몸의 바친자가 다시 몸을 돌아보지아니하는 생각」에서 오는것이다。 그는 결코 몸을 단장하기를 생각지아니할것이다。 그가 비록 자긔의 뜻이일우지못하는것을 볼때에라도 그는 세상에 혼히 잇는 사람들과가티 넷맹세를 지어버릴 사람은아니다。 그는 일생을 떠러진 캡과 메투리로、○○○○ 조선주의자로、조선의 력사를 이리 마초아보고 저리마초아볼것이다。 「학자가 되리라」하는 생각이 그의 머리ㅅ속에 난다하면 그것은 그에게 잇서々는 유혹이다。 그가 조선에게와 밋 아마 그가 가장 혀락하는 선배오 동지되는 도산안창호씨에게 약속한것은 학자되는것이아니오 조선의 력사를 노래하는 시인이되는것일것이다。

이때문의 그의 력사론(가령 우에 말한 「楓嶽記

遊」와「東明」잡지에 나던것도)은업정하게 과학적이 되지못한다。 그러나 그것이 굿다。 조선ㅅ사람은 우리를 깃부게하고 우리에게 힘과 뜨거움을 주는 조선사를 구하는것이지 반다시 과학적 조선사를 구하는것이아니다。 륙당은 그것을 우리에게 준사람이다。 그속에 우리 조선ㅅ사람의 민족으로의 생명이 잇는것이아닌가。

나는 그를 팔자조흔 사람、행복된 사람이라고하엿다。 그러나 이것은 세속의 표준으로 한말이다。 그는 결코 행복된 사람만은 아니다。

그가 감옥에 잇슨것은 그에게 반드시 불행이라고할것은아니다。 그러나 그가「東明」을 가[illegible]하고「時代日報」를 시작함으로부터 오늘에 니르기까지는 세속적으로 보드래도 불행이엿다。 그의 명성은 썰어젓다。 세상에서는 이째문에 그를 비웃는자도 잇다。 무론「東明」、「時代日報」가 그의 실패중에 큰 실패다。 그는 감옥에서 나올째에 일체 세상파의 관게를 쓴코 오직 조선력사를 위하야 일생을밧칠것을 친구더러 말하엿고 친구들도 그러하기를 권하엿다。 그러나 그는 의지와 리지의 사람인듯하면서도 감정의 사람이오 싸라서 어린애다운 성질도 잇기때문에 멧々사람에게 쏠려나간것이라고 나는본다。 그러나 그것이 무슨 그리 큰 실패랴。 도로혀 그에게는 세상에 속무와 인연을 쓴는 도움이 될수가잇는것이다。

진실로 그에게 불행이 되는것은 두가지 잇다고 나는 본다。 하나는 그가 친구ㅅ복이 업는것이오 또 하나는 그가 청춘의 생활을 일허버린것이다。

그의 성격이 얼는 보기에 교만해보이고 랭정해보이고 리지적인듯 하기때문에 그는 친구를 만히 엇지못한다。 그와 오래도록 사고인 사람은 그리 만치 아니하다。이의미로 그는 퍽 외로운사람이다。 또 그는 자부심 만흔 사람이 흔히 그러한 모양으로 자긔의 비위를 잘마초는 말하자면 자긔보다 아레되는 벗을 조와하는 흠이잇다。 그러나 이것은 그의 큰 허물이라기보다도 그의 성격의 약점에서 나오는 조고마한 비극이라할것이다。

그는 친구의게 의리를 직히기를 힘쓰는 사람이다。 그가 도산안창호씨에게 대한 우정이 엇더케 간절하고 엇더케 변치안는것임은 그의 친구들이 만히 아는바ㅣ다。 아마 그는 만흔 여른 친구를 가지는이보다는 적은 깁흔 친구를 가질사람이오 자귀가 냅세서 친구를 감동식히는 이보다는 친구가 먼저 자기를 깁히 사랑함으로 감동을 바든이인듯하다。

둘재로 그에게 청춘의 생활이 업섯다함은 아마 가장 그를 동정하고 존경할 점일것이다。 그가「少年」을 창간한것이 十九세ㅅ적이오 그가 東京에 류학을 간것이 十六세ㅅ적이라고 한즉 그는 十六세ㅅ적부터 오늘날까지 시속 청년들이 가장행복되다고 하는 생활을 맛보아보지못하였다。 그는 담배도 안 먹고 술도 안먹고 연애생활은 물론이어니와 노는 계집을 희롱한일도 업섯고 무슨 운동경기나 유희나 연극 활동사진、바둑、장긔、화투가튼 오락물에 취햇든일도 업고 몸을 단장하거나 맛나는 음식을 구한일도 업고 심지어 문학이나 미술에 미친일도 업시 그는 이십년의 세월을 잡지와 고서간행파 조선력사연구—일언이페지하면 조선주의를 위하야 희생한것이다。 독자여。 사람이바칠수잇는 희생ㅅ가운데서 꼿갓흔 청춘시대를 희생하는것보다 더큰 희생이 어대잇슬가。 그는 진실로 이인생에 로력하려 나온 사람중에 하나다。 그에게는 인생의 향락이 업섯다!

그는 아직도 三十六이다」 아직도 청년이다」 그는 과거의 사람으로도 이믜 조선의 문명사와 문학사에 중요한 인물이 되엿거니와 아직 과거보다 더 진 미래를 가진이다。 나는 그의 건강을바라고 끗까지「조선주의자」이기를 빈다。

(乙丑正月晦日)

나의 본 崔南善

梁建植

『朝鮮의칸듸—』『朝鮮의上杉愼吉!』氏는 이러한 漫罵와 稱揚을 밧도록 그무엇을 目標삼고 오늘날까지 꾸준히 쉬히지안코 奮鬪努力하야왓다。 그러나 氏의理想하는바 그무엇이 넘오 高遠한탓인지 멋十年메두리(지금은 고무신)에 구멍뚜러진『캡』을쓰고 호떡을 사먹으면서 쫏아다닌보람업시 지금은 둘우여 一部모르는사람에게 誤解싸지밧고잇다。모르는 사람의誤解라 足히 맘한것은못되지만은 誤解를 밧는그反面에는 氏에게 무슨그러한点이 업지는아니한지? 氏를 잘아는사람으로 氏를 譏하는말을 드르면 모다 氏는 「사람을 몰라본다」하는데에 歸着한다。이「사람을몰라본다」하는말은 또 사람을 侮視한다는意味로도 볼수잇지만은 그런것이아니라、그註釋에 依하면 「氏의周圍에잇는사람은 時日이갈사록 氏의態度를 不滿히생각하야 漸次로 氏에게 敬遠主義를 가지게되고 氏의가장信任하 는사람은 거의氏를 利用하랴는策士라 그싸닭에 氏는 經營하는일마다 失敗한다」하는말이다。이것은 지금에 確實히 그러타고 斷言키도어렵고 決코안그러타고 保證할수도업는일이지만은 筆者의본바로는 氏는 죡음 世情에 迂遠한点이 업지는아니하나 그다지 사람을 몰라보거나하는데에싸지는 가지안는듯하다。筆者가 氏를 처음보기는 十餘年前에 그의經營하든 光文會에서 만낫슬째인데 지금은 記憶이 朦朧하지만은 어쨋든가 그時 氏는 筆者에게 조혼印象을 주엇다。말하면 이는 筆者는 만나기前부터 氏를敬慕하든사람이요 氏는 常時容貌이 宏壯한靑年名士라、氏의풍난한人品솜씨가筆者에게 언마큼 好感을 준것이겟지만은 爾來筆者는 氏와 偶然한일로 거의 날마다만나다십히하고지낼째에 그言語行止로 氏는 엇써한사람임을 대개알수잇섯다。언뜻말하면 氏는 篤學家요 品行方正한사람이엿다。그러고 사람됨이 直實한데다가 熱誠이잇고 勤勉한데다가 癖性이잇서 對人接物에 篤實한態가보이엿다。그러하면서도 한번 사람을 對하야 接語할째에는 자못 談論이風發하야 아조 野人을 免치못한그容貌와는 아조선판으로 그得意한辯舌은 相對者를 壓倒하야 어리둥절하게 맨들어노치아니하면 마지안는氣勢가잇섯다。그러나 氏는 이點에잇서 매양 남에게 誤解를밧는일이잇섯다。卽말하면 氏는 원래 富饒한집에태어나서 그다지 世上의쓴맛도 모르고서 자라나고 또 보고십혼冊子도 볼수잇섯기째문에 相對者를 對할째에 흔히 自己를標準하야 마티 우ㅅ사람이 알에ㅅ사람을 對하듯하는때도잇스며 아조 아모것도모르는天痴로보아 人格을 無視?하듯하는적도잇서서 남의接遇와 남의心理는 죡음도 忖度지못하는것가든거긔에 氏의獨斷이보이며 氏의倨慢이 보이엿다。그러나 이건은 氏의處世術의 才幹이 不足한탓이요 決

코저輕薄才士로 그러함은아니다。氏는 사람을 接함에 얼마큼 慇懃하며 일을 處함에 얼마큼 愼重하다。그뿐아니라 氏는 一貫한主義理想이잇서 그것을 爲하야는 모든것을 犧牲하고 오늘날까지 수준히 업드러지며 걱구러지며 나려왓다。그까닭에 猜忌하는사람은 氏를 保守的이니 頑迷固陋하니한다。그러나 그것은誤解다 보아라 지금 朝鮮에잇서 不變하는主義를 가지고잇는사람이 幾個人이나됨을。氏는 中傷者의말파가티 決코 保守的이거나 固陋하거나 그러치는 아니하다。적어도 時務를 알고 經綸을가진사람이다。이것은 氏를 稱揚할点이다。그러나 實務家는아니다。말이 岐路로나갓지만 氏는 말하면 學者이다。그럼으로 氏의將來는 多望하다。日後에 그大著의歷史를 내노흐면 內外의 學界를깜드시 놀래일것이다。그뿐아니라 氏는 일즉이 文壇에 貢獻이만흔사람이다。現今의時文體를 지어쓰기비롯한사람도 氏요 지금의新詩와 新歌謠를 처음지어 불은사람도 氏다。그리고 氏의남달은精力과 獨特한才華로 發한 文學、敎育、社會、宗敎、歷史의 各方面에 亘한卓越한記述 아즉 大作은업스나 자못 볼만한것이만타。이點에서 氏는 文學家보다 文章家라할수잇고 氏의 文章은원래 雅渾雄大하고도 莊重緻密하나 이마적은 웬일인지 難解의 漢字가만코아모氣魄이업서 前日의 爽樂한맛은 볼수가업고 淸濁이 混同된듯한感이업지안타。그러나氏는 現代文壇에서는 아모래도 重鎭이다。氏의自愛萬福을바란다。

崔六堂印象

廉想涉

요사이 人物論이 流行한다。人物恐慌이생긴朝鮮에서 엮한아잇다고하든亞天子가 옴치러저드러가기를 기다려서 금시로人物사태가 낫는지는모르지만 공교하게도 甲子年이 훌적넘자 乙丑新年에는 文壇의人物論이 繁昌하야젓다。于先一月開闢에 李光洙論、文藝雜誌生長에 廉尙燮論이란無料廣告의金打令、그다음同誌三月號에는「아멘호프」의아드님金億論이揭載된다는 이때에 朝鮮文壇에서는 새삼스럽게 崔南善論이실린다고 一部分인「印象가든것을쓰라한다。그러나 李光洙論을보아도 鈍濁한나의頭腦

(92)

——宓評文壇葉六說——

에는 要領을못엇고 廉尙燮論인가해보아도 金酒字의展覽會、那蘇士略再降論비젓한 李太白再生論이되다말엇스니 論評인지 印象記인지 작난인지 갈피를 잡을수가 업는것은 나의못생긴탓이라하드라도 至於崔六堂하야서는 이미 社會의定評이잇슬뿐아니라 그所謂「論」이라는것이 印象記비젓한거나 不得要領임에特色이잇다하면 廉尙燮가라야하겟고 李光洙論가라야하겟단 氏는小說家도아니요 酒借力亚도아니라「印象가른것」도 쓸材料가업다。하물며 氏의過去를모르고 現在를말키실코 그性格을풀기어렵고 文人으로서의 氏를알지못함에랴。 그러나 論이아니고 印象記가튼것을 쓰라하얏스니 머리소속에남은것만 골라내어보자。

×

내수다도 어지간하얏다만 六堂이야말로 相當한 達辯家이다。 勿論수다하다는것은 아니지만 座談家로한목본다할수잇다。或能辯이라고도할지? 何如間興이나면 相對者에게 開口할餘裕를주지안코 하고십흔말은 단숨에쏘다노코만다。이러한것은 社交에좀자미업고 外交家로서는 不適當한것이라하겟지만 精力이旺盛하고 覇氣가잇는것을 알수잇슬것이다。

그러나 그覇氣가 자칫하면 相對者를 壓頭하랴하기때문에 傲慢하게보이고 따라서 相當히誤解도밧고嫌한사람세티도 內心으로는 敬遠的態度를取케한다。

나를 氏에게紹介하야준것은 時代日報의前身인東明週報이엇다。三昨年느진여름이엇다。東明誌를創刊하니 면허노코가티始作하자는것이 秦瞬星의要請이엇다。雜誌新聞이라면「내生活」을破壞하는것이라 마음에뜩아하야 가느니안가느니 하며 한참실랑이를하다가 及其他에 六堂과만나게까지되엇다。

氏의그뚱뚱한얼굴과 적은눈과 큰입을 비롯오보게된것이 그때가처음이엇다。勿論 나에게는 先輩요 社會的으로는名士라하니 多少의好奇心도 가젓든법하다。그러나 첫印象은 相當히 驕가잇다는것이엇다。내가 秦瞬星의引導로 室內로드리가니까 氏는편지를 골독히드려다보고 잇섯든모양이엇다。그러나 거듭써보지도안는것이 좀마음에흘려저 麥藁帽子를 방바닥에다가 탁던지고 瞬星이내어노는 方席에 셀석안지니까 그때야비롯오 편지를노코 자리를勸하는것을보고 그리짐작한것이엇다。그런데 나에게對한 氏의態度는「맘성안혼젊은사람」或은 반지새른靑年」에對한 老練한中年者와가티 어룬더듬

만저넘기랴는것가타얏다。 말하자면 自己의威信도 보여야하겟스나 相對者의感情을 傷치안헐程度로操縱하랴는態度이엇다。 그리고 對話를始作한氏는 우에드말한것가티 明晳하고流暢한語調가 그容貌로 바든印象과는 딴판으로 시원하고 自信이 가득하얏고 또精悍하다고는못하드라도 覇氣가잇섯다。 그러나 겨레잇는瞬息파의會話사이에 나오는語勢로보면 좀서칫새칫한点이 잇섯다。그것은 얼굴파몸집파말씨로서 주는印象 卽順厚하다는印象을傷하게하얏다。 그것은 氏의적은눈에서 나오는것이 아닌가하얏다。 그리고 旣爲말이낫기에 한마듸더하지만 어써한境遇에는 相對者의 氣色이라든지 또는聽者가어써케 出辭를할지 그러한點은 조곰도 顧慮치안코 마음네키는대로放言하고 無關心의 態度인것이다。 그것은 自信이만흔사람에게 흔히보는일이지만 처음對面하는 사람의 얼굴을 치어다보지안코 自己는싼데를바라보며 이약이를하거나 또저便으로 하야금 말을만히식히고 이便이 말을적게하야 그말의責任을 避한다는데 用意치안는사람이 아닌가하는것을 여러번經驗하얏다。 이것은 氏에게外交家的素質이적은表徵이아닌지도모른다。

그후 가티일을하야가는동안에 隨時로發見하는것은 여러가지中에도 誠勤하다는것이엇다。 이点은 나가튼사람으로서는 到底히싸를수업는일이오 또한 氏의모든것이 이로서나온것이라고할수잇다。 그리고 實際的事務家의綿密한点파 敏活한点이잇는것을 알겟다。 또한辯이잇다。 그다음에는 어써한程度싸지의抱容力이잇다。그럼으로 이러한멋가지를綜合한우에 適當한사람을만나면 부슨일이든지할줄안다。

그러나 氏가失敗를하는点은 사람을보는눈이밝지 못한것이다。 사람을넘어밋는데에잇다。 사람을밋는것은 조흔일이지만 觀人하는 明眼이업고밋는것은 危險한일이다。 이것은 氏가家庭的으로나 社會的으로 넘어나順調에잇섯다는것이 첫재原因이오、自信이過한所致이다。사람을보거든盜賊으로알라는것도 甚한말이지만、 나의自信、 나의地位、 나의良心、 나의力量等만밋고 「설마 저사람이 나에게야 그러랴」고 여러가지로보아 그사람의말을밋는다。 그러나 수려안저절하는者의 배ㅅ속은모를것이다。 氏와時代日報關係가 모다이러한点에서 出發되지나안헛나한다。

스스로 氏의時調——나는時調를 자세히모르나 나의늣긴바로는 現下朝鮮에잇서서 第一人者인듯십흐다。그러나 氏의文章은 平坦한산이라고생각한다。

六堂의첫印象

李光洙

元來가印象記요解剖的論評이아니니까 觀察의어그러짐도업지안흘것이다。

隆熙三年十一月八日(日曜)라는 日記에——「歸途에 洪命憙君을 訪하다。그는余와 臭味를同히하다。그는 余를好하다。雜談多時。崔南善君의 文파 詩를보다。確實히 그는 天才다。現代 우리文壇에 第一指될만하다。崔氏가나를 만나기를願한다고。火曜日에 만나기로하다……

또十一月三十日(火曜)라는 日記에——

「밥에억지로 韓兄을쓸고 牛込에洪命憙君을 찻다。崔南善君도 余보다 數分時를 遲하야 來하다。余는 그를 溫順한 容貌를 가진者로 想像하엿더니 誤하엿도다。그는顏色이 黑하고 肉이豐하고 眼이細하야 一見하면 鈍한듯하고 一種傲慢의色이 常히그의口에浮動하다。」 이것이 내가 六堂을 처음맛날때일이다。그때에 六堂이갓스믈 洪命憙君이 스믈둘 내가 열여듧이엿섯다。

(조선문단 제6호, 1925. 3)

◇感想・隨筆◇

孔明과關公

六堂의「百八煩惱」를봄

金東仁

×

작년々말임니다 엇던날 東光社에 놀라가니까、그東光社의 社長格인 주요한이 내게 한권의 책을 쥐어 주엇습니다。 그것이 百八煩惱엿습니다。

나는、그것을 멧편 두적이며 보다가 문득 겨테 노힌 고무靴(요한은、또한 太白商店이란 名義아래서 겨테서 고무靴장사를합니다)를 보앗습니다。 그 理由는 그때는 웬일인지 몰랏습니다。 문뜩 聯想된것이 그것이 엇스니까。

그뒤에는、麻雀이라나 하는 遊희에 취하여 펴볼 긔회가 업다가、나의 年來의强仇인 齒痛으로 몃칠 누어잇는 긔회를 타서、다시 百八煩惱를 보앗습니다。

그때、나는、문득 精米쌀을 련상하엿습니다。

그럿습니다、六堂의 時調는、모다 고무신이고 精米쌀이엇습니다。時調道라하는 觀察點에서 볼때는 한點의 결뎜이 업는——그것은 마치、긔게와 틀파 女工의힘이 합세모다 精密히 製造된 고무신이나、긔게로서 씨어진 精米쌀파 가튼 精選된것이엇습니다。

궁 거 워

위하고 위한구슬
싸고다시 싸노매라、
님은아니 탓하서요、
때뭇고 니빠짐을
바칠제 성하옵도록
나는애서 가왜라。

라는 첫首에서 시작하여、

새진벼루의銘

다부서 지는때에
혼자성키 바랄소냐、
금이야 갓슬망정
벼루는 벼루로다、
물은듯 단々한속은
알이알가 하노라。

라는 마즈막 首로 끗난 百八首(엇던、정력家의말을 드르면、百十幾首더란말이 잇습니다)의 時調는、모다 한글가치、고무신이오 정미쌀이엇습니다。

우리는、거기서、時調道의 모든 孤파格파律이 조금도 틀림이 업는 極上精米와 特選고무신을 發見할수가 잇습니다。

그러나、우리가、촉망하던배는 이러한 精選된 技工분이엇겟습니까。우리는、이 百八煩惱로서 六堂의 時調道에대한 엄씩이도 풍부한 지식을 발견할수는 잇습니다。그러나、우리의 時調에대한 바램은 이것뿐이엇습니까。

時調도 한 詩形인 이상에는、우리는 時調에 대하여서도 ᄲᅩᆨ 詩와가튼 축망을 할 권리가 잇습니다。技工은 第二義로하고라도、第一義로、우리는 좀더 詩的感興을 時調에 대하여 請求할 권리가 잇습니다。

그런의미로서、六堂의 이 百여알의 精米며 百여커레의 고무신은、마츰내、고무신、정미쌀을 비서나지 못한점을 우리는 발견할수가 잇습니다。

이것이、六堂의 時調의 파탄의 第一이고——。

第二로、우리는、그 難解한 辭句를 들수가 잇습니다。

態津에서、

해오리 조는곳에、
모래별로 새삿해라、
인간의 지든때에
물안들것 업것마는、
저들만 제빗출지녀
서로노치 안터라。

鴨綠江에서

안뜰의 실개천이、
언제부터 살피되어、
흰옷 푸른옷이
편갈리어 비최는고、
쇠다리 겁얼아니면
「아쫄」본줄 잇스랴。

「사못周易이구려」라고 評한 漆園의 만로서도 미루어 알겟거니와, 이런 어려운 哲學이 어듸 잇겟습니까。

時調는, 朝鮮엣 民衆詩이겟습니다。萬人이 가치보고 가치즐길것이 아니면 안되겟습니다。이런 어려운(學術가 아니면 도저히 못아라볼)글을 잡아녀흔 時調는, 우리는 拒絶치아늘수가 업습니다. 어려운 文句에는 모도 六號活字로 說明的 註가 [illegible]기는 들엇스되, 詩調, 화장품이나 質藥이 아닌以上에는 一一히 說明書를 낡지안코는 못아라볼 六堂의 時調는, 그것뿐으로도 詩로서의 價値를 否認할수가 잇습니다。

셋재로 볼뎀은, 時調라 하는것은, 때々로 니러나는 感興에 제절로 울퍼지지 아느면 안될것으로 암니다。그런데 六堂의 時調는 너무 硏究가 심하엿다 하는점이외다。漆園은, 한句에 二三日식 걸렷스리라 하엿스나, 적어도 몃시간식은 생각하엿슬것이외다。

百八煩惱를 낡어본 사람은, 이를 부인치 못하겟습니다。그러고 만약 이로서 올타 하건대, 이것은, 創作品이 아니고 한 發明品或은 製造工藝品이랄수밧게는 업습니다。그러고 또한 이가 올타 할진대, 우리는, 억지로 쌈아내인 時調를 時調로서 承認할 良心을 못가젓습니다。

통틀어 말하자면, 諸葛亮은 관운장은 못된다 하는것이외다。戰法兵法에 前無後無라는 諸葛亮도 實戰에 내다노흐면, 한雜兵보다 나흘것이 업겟다는 뎀이외다。時調途에 精通한 六堂, 實際의 作家 가못되는것이, 마치 제갈량은 관운장이 못되는뎀과 마촌가지ㅣ겟습니다。

六堂은, 아직 面識은 업스되, 내가 철이 들은이래 二十年을 존경하고 숭배하여 오든 스승이외다。웨? 그의 솜씨이도 깁고 넓은 지식에 탄복하여。

그러한 六堂인지라, 지금 나는 時調集「百八煩惱」가 발행된것을 六堂뿐아니다. 나 자신을 위하여서까지 슬퍼합니다。六堂은, 웨 그「百八煩惱」를·「時調標本」이라던「時調各型」이라던 하는 名義아레서 發行치 안코, 時調集이란 名義아레서 發行하엿는지, 나는 이를 슬퍼합니다。

六堂은 學者외다。六堂은, 諸葛亮이며 技士이지 결코 관운장이며 직공은 못될 사람이외다。그만한 자긔의 지위를 모를 六堂이 아닌터에, 그는, 웨 이러한

경솔한 행동을 하엿는지。마치 제갈량파 가치、혹은 技士와가치 여러 年少時調作家들에 君臨하여 그들을 가르키며 指導하는것이 그의 직책이겟거늘、오늘날 그는 자긔 손수、판운장이 되고 직공이 되려 한것은 웬일인지。

先生。만약、百八煩惱를 出世시킨것이、先生의 족으만 野心에서 나왓스면、野心을 버리시오。野心은、學者를 타락시키는 大敵이외다。혹은 만약 그것이 先生의 족으만 好奇心에서 나왓다면 好奇心을 버리시오。好奇心은 또한 學者를 타락시키는 大敵이외다。그리고 만약、그것이 先生의 가장 경건한 진심에서 나왓다면、이제 十年을 더「詩的感興」이라는데 硏究를 싸흔뒤에 時調를 發表하시오。그러치 아느면은 先生의 時調는 쑷싸지、精米쌀이며 고무신의 境地에서 버서나지를 못하리다。이러케、나는 긔탄업시 六堂의게 말합니다。

자긔職에 충실되라。이것이 나의 年來로 말하며 지켜오는 길입니다。이러한 뜻아레서 아직것、崔六堂을 존경하고 洪佳人을 존경하던 나는、이에 六堂의게서 그와 반대의 결과를 엇고、失望한 끗테 이 한글을 草하엿습니다

(조선문단 제20호、1927．3)

自意識의 悲劇

—崔明翊論—

趙演鉉

崔明翊短篇集「張三李四」를 通讀하고 첫재로 느낀것은 作者崔明翊氏가 퍽 不幸한 사람이라는 것이였다。그리고 이不幸은 知識人의 運命的인 不幸을 通한 人間의 自意識의悲劇이라는데 筆者의 興味는 더욱 集中되엿던것이다。일측히 崔明翊氏의 作品이 一部知識層에 特別한 愛情과 好意를 받어온것도 氏의 모—든 作品이 가지고 있는 知識人의 絶望과 不安과 無氣力에 對한 知識人의 同病相憐的인 自慰에 原因된것이 아닌가 생각되는것이다。그만침 氏가 즐겨 取扱하는 人物은 知識人의 生活과 思想에 對해서였다。

解放以後의 朝鮮의 知識層은 제각금 自己의 信念(信念이 아니다 單純한 激忿이나 感情이 아니면 無謀한 派黨心이나 어떤 旣成「이데오로기」에의 盲從이 였는지도모른다)에 따라 여러가지 方面으로 自己를 投身해 가고 있으나 日帝時代의 朝鮮의 知識層은 分明히 崔明翊氏의 諸般作品에 表現되여 있는것과 같은 絶望과 不安과 無氣力과같은것이 있었던것이다。

이것이 氏의 作品에 對하야 知識人의 關心을 끌게한것이였다、그러나, 그러타고 이러한 知識人의 絶望과 不安과 無氣力이 解放된 오날에 있어 完全히 解消되였다고는 볼수 없는것이다。오히려 이러한 知識人의 生理는 政治的行動如何를 不問하고 强力하게 存續되여가는것이라고 하지않은 수없을것이다。筆者가 解放前의 氏의 作品을 中心으로 여기에 崔明翊論을 試驗해보는 理由의 하나도 그러한곳에 있는것이지만 우리는 氏의 知識人의 絶望과 不安과 無氣力을 通한 崔明翊氏의 運命的인 自意識의 悲劇을 다시 하번 보삷며 보는것도 無意味한일은 아닐것이다。

×

이것을 살펴 보기前에 우리는 氏가 取扱한 知識人이 어떤것인가를 알아둘必要가 있을것이다。그것은 첫재로 아무런 抱負도、明確한 理念도없이 그저 惰性的으로 十年동안이나 敎員生活을 해가고있는 「金次一」(逆說)과 같은 사람이 아니면 낮에는 自己「안해도 의심하는 사람 믿지 않기로 유명한」主人의 事務室에 事務를 보아주고 밤에 도라와서는「뜨스뜨엪스키―」의「白痴」를 읽는「丙一」(비오는길)과 같은者가 아니면 生活의 새로운 刺戟을 求하기 爲하야 머―ㄹ리「哈爾濱」까지 旅行해보는 無職詩家 金明一」(心紋)이가 아니면 大學을 卒業하야 一定한 事業도職業도 硏究도없이 都市生活을 하고있는「丁一」(無性格者)과 같은 者들이다。作者崔明翊氏自身이라고認定되는 이者들의 特徵은 無職이 아니면 아무런 興味도없는 賤役사리와 같은 職業에 自己自身이 억매여 있다고 생각하고있는 點이다。그러다고 무슨 높은 理想이나 抱負갈은것이 있어 그것때문에 職業을 갖이 않은것도 아니요 한수없이 잦게된 自己의 職業을 輕蔑하지않을수 없는것도 아니다。이者들은 淡然히 社會를 憎惡하고 自己自身을 輕蔑하고 있는것이다。그러므로 自己의 生業의 收入으로 貯金通帳의 金額이 날로 增加되여가는 것을 보고 未來에의 希望을 붙이며 事務가 끝난 疲困한 午後에 麥酒한잔 마시는 滋味로 世上을 살아간다는 消極하고 謙虛한 小市民인 寫眞館主人「李七星」(비오는거리)의 아모叱할곳없는 生活態度에 對해서도「丙一」은「이것이 사람사는 재미야! 흥 청개구리의 뱃가죽 같은놈」하고는 自己도 알수없는 輕蔑感이 爆發되려 하는것이다。그뿐 아니라 自己의 아모것도 아닌人生이라는 죄고만 自尊心과 矜持를 滿足식키기 爲하야 그가 꼭 出馬努力해야할 後任校長의 자리까지도「金文一」(逆說)은 拒絶하는것이다。그러면 이러한 自己自身과 社會에 對한 輕蔑과 自嘲는 어디서 온것일가、「金文一」이나「丁一」이나「丙一」이나「金明一」이나 어쩌면 社會의 가장 中軸的役割을 擔當해 가야할 指導的知識人의 立場에 있을 이러한 有爲한 人物들의 輕蔑과 自嘲의 原因은 무었인가。그것은「金文一」이나「丁一」이나「丙一」이나「金明一」이나 모다가 自己의 生活을 갖이 못했끼때문이다「갖이 않은것이 아니라 갖이못했던것이다」校長의 職을 拒絶하는데에서 一種의 自尊心의 滿足을 求하려했던「金文一」에게 敎員生活이 그의 自身의 生活일수는 없었던것이며 本妻와「紋珠」와의 關係를 解決못하고 있는 不安定한 愛情關係가 역시「丁一」의 生活일수도 없었을뿐아니라 刺戟을 찾어 旅行하지 않을수없었던「金明一」에게 無職이 그의 生活일수도 없었던것이며「白痴」를읽고「뜨스뜨엪스키―」의 꿈을꾸는「丙一」에게 事務員도 그의生活의 表現은 될수없었던 것이다。그러므로 이者들의 모―든 輕蔑과 自嘲는 그들이 그들 自身의生活을 갖이 못한데 起因되고 있었던것이다。「비오는거리」의輕蔑도「逆說」의不安 도「心紋」의

絕望과無氣力도 「無性格者」의 苦悶도 「봄과新作路」에 있어서의「금녀」의 주검도 모도다 自己自身의 生活은 갖이 못한者의 輕蔑이요 不安이요、絕望이요、無氣力이요、苦悶이요、주검이 였던것이다。

自殺한「如玉」(心紋)이나、죽은「紋珠」(無性格者)에게도 生活은 있었다。「如玉」은「玄赫」에 對한 奇妙한 愛情으로서「紋珠」는「丁一」에對한 至極한 사랑으로서 제각금 自己의 生活은 가질수 있었던것이다「丁一」이가 가장 輕蔑한「龍八」이나 그의 아버지에게도 金錢을 中心한 自己의 生活이 있었으며 阿片中毒者「玄赫」에게도 中毒者로서의 生活이 있었으며「丙一」이가「청깨구리의 뱃가죽 같은놈」이라고 輕蔑한 寫眞舘主人에게드 貯金과 午後의 藥酒모서 그의 生活은 充分히 營爲되여가고있었던것이다。眞實로 不幸한 사람은 自殺한「如玉」이나 죽은「紋珠」나 阿片中毒이된「玄赫」이나 最後까지 상고싶어던 守錢奴인「丁一」아버지가 아니다 끝까지 自己의 生、活은 갖이 못한「金文一」「丁一」「丙一」「金明一」「금녀」等이 었던것이다。「금녀」가 自己의 生活은 갖이 못한것은「금녀」自身의 責任이라고 한수없다는것으로서 致命傷은 아니다 한수도 있겠지만「文一」「丁一」「丙一」「明一」等은 自己自身以外에 그責任은轉嫁식킬수 없다는것으로서 그것은 致命傷이 아닐수 없었던것이다 그러면 이러한 致命傷은 어디에 原因되고 있었는가 우리는 이것을 알아보기 爲하야 氏의 作品을 좀 더 檢討해 보아야 한것이다。

×

「어떻게 살아야 후회없는 일생을 살수있는가」하는 죽 사람에게는 사람이란 무엇인가 하는 의문이 있다는것을 알고 그것을 알아보려고한(비오는길의一節)「丙一」이가 即作者 崔明翊氏가「청깨구리의 뱃가죽 같은」世上에서 發見한것은무었이였던가、그것은「음산하게번어져있는 현실은 산문적이 면서도 그 산문적 현실속에는 일관하여 흐르고 있는 어떤힘찬「리듬」이있다는것이였다。그리고 이 힘찬리듬이「엽숙한 비관의 힘으로 변하야 병일(作者)의 가슴은 답답하게 누르고」있다는 것이였다。그러면 이「일관하여 흐르고 있는 어떤 힘찬리듬」이란 무었인가、이에 對하야「無性格者」는 우리에게 正確한 說明은 提示해주고 있는것이다。

「사기가 조르기만 하면 같이 죽어줄 사람이라고、하면서 어떤때는 그것이 좋다고 기뻐하고 어떤때는 그것이 싫다고하며 그때마다 선혹자기가 같이 죽자고 하며라도 쇄당신은 애써 살아보자고 나를 힘있게 부뜰어줄 위인이 못되느냐」(傍點筆者)라는「紋珠」의 呼訴인지 攻迫인지 알수없는 哀願과같은 批難은 받어온「丁一」이가「紋珠」에 對한 決定的인 態度를 作定 하지도

못하고「紋珠」를 病院에 入院식킨채 電報를 받고 陸揮한 瞬間 自己가 가장輕蔑해 온 守錢奴인 그의父親의 아직도 더 살겠다고 發作하는 臨終에 際하야 發見한것이「丙一」이가「청개구리의 뱃가죽같은」世上에서 發見한「산문적인 현실속에 일관하야 흐르고있는 어떤힘찬 리듬」의 그것이 엿던것이다。그러면「丁一」이가 그의 父親의 臨終에서 發見한것은 무엇인가「오직 돈을위하야 일생을 분망」해온 輕蔑의 對象인 守錢奴의 父親의 臨終에서「丁一」이가 眞實로 發見한것은 무엇이엿던가、그것은「이렇게 생의 기능은 완전히 잃었다고 할밖에 없는 이몸이 아직 살려고 하고 아직 살아있는것은 육체적인 생의 본능욕이 상미의지력이 있는탓이 아닌가、자기가 만든 세상에 대한 애착을 버리지 않으려는 끝없는 의지력이 파멸된 육체의 생명을 이같이 끄을어 나가는것이 아닌가」하는것이였으며「아버지는 한번도 자기의 생활을 회의하거나 죽음을 생각한 필요가 없었던 사람이므로 이같이 죽음과 싸울수있는것이 아닌가」하는것이 엿던것이다。다시 말하자면「丁一」이가 그의 父親의 臨終에서 發見한것은 本能以上의 끝없는「의지력」이요「위대한 의지력」이 엿던것이다。「청개구리의 뱃가죽같은」現實속에 一貫하여 힘차게 흐르고있는 이 意志力이 모ー든 生活意欲의 原動力이며 現實의 歷史의 原動力이라는것이엿다。「李七星」(비오는길」은 無能力한 一介의 小市民이 엿지만 이러한 意志力이 있엇기때문에 寫眞館營業을 한수 있었으며「丁一」의 父親은「돈버리하기위한」守錢奴도 될수있었고「龍八」이도「세상의 빛과는 인연이 없는 바른편「눈」만 갖인「丁一」의누이와 政略結婚을 한수도 있었던것이다。그리고「한매 사회의 영웅적 투사」이던 文然」이가 阿片中毒者로 墮落한수 있었던것도 墮落에의 이러한 意志力이 있었기 때문이였다。한개의 强한 意志力이 없고서는 人間은 墮落도 한수없는것아다。이러한 意志力은 다만 寫眞館營業이나 守錢奴에나 政略結婚이나 墮落에만 必要한것이 아니라 그와 反對로 人間의 良心的인 事業이나、善行이나 理想을 爲해서도 그것은 더욱 必要했던것이다。그러나 作者崔明翊氏의 最高의 命題인「어떻게 살아야 후회없는 일생을 살수있을가」하는 人間다운 良心을「丙一」以上으로 갖었다고 생각되는「丁一」이나「金明一」이가「紋珠」나「如玉」이를 救濟하지못하고 그대로 죽게한것은 이者들이 全혀 自己自身의 問題에 關해서도 아무런 意志力의 發動도 갖이 못하였기 때문이 엿다。「丁一」이에게 좀더 積極的인 意志力이 있었다면「紋珠」를 버리든지 그의 本妻와 離婚한다든지 무슨 決斷을 나릴수 있었을것이며「金明一」역시「如玉」이로

하여금 自殺하기까지에 이르도록 하시는 않었을 것이다。「왜 당신은 에써 살아보자고 나를 힘있게 부들어줄위인이 못되느냐」라는「紋珠」의「丁一」에게 對한 안타까운 批難은 그대로「金明一」이나「丙一」이나「金文一」에게도 無條件으로 通用되는, 批難인것이다。「丁一」이가 그의 父親의 주검에 대한 發作을 보고「자기는 죽음의 공포를 해탈한 무슨 수양이 있는것이 아니라 단지 에써 살려는 의지력이 없을 뿐」이라는 自嘲역시 이들 全部에게 通用되는 生活態度인것이다。이들은 어떠한것에 對해서도 이렇게「애써 살려는」意志가 조곰도 없는것이다。그러므로「紋珠」나「如玉」이를 救濟한수 없었던 이 僞人들은 또한「龍八」이도 守鐘奴든「李七星」이도「玄赫」이도 되지 못하는 僞人들인 것이다。

다시 말하자면 이者들은 그아모것도 될수없는 人間들이라는것이다 이러한 그 아모것도 될수 없었던 人間들이 自己自身의 生活을 갖이 못한것은 必然的인 結果가 아닌수 없었던것이다。作者 崔明翊氏의 不幸은 氏自身이 이렇게 그 아모것도 될수없었다는데 있었든것이다。다시 말하자면 무었이고 될수있는 무었이고 될수있게하는 意志力의 喪失이 氏의 悲劇의結果 였던것이다

×

그러면 氏의 이러한 意志力을 喪失한悲劇의原因은 무었인기 좀더 젊었을 한時節에는 氏에게도 靑年다운 抱負와 꿈과理想에의 熱意가 있었던것이며「玄赫」의 지나간 鬪志도 틀림없는 氏의 것이 였던것이다。그런데 왜 氏는 이러한 모ㅡ든 意志力을 喪失하고 마랏는가、其間의 消息에 對해서 氏는 氏의 作品의 어느한 時節에도 分明히 記錄해 주고있지는 않다。다만氏가 우리에게 보여주고 있는것은 이미 意志力을 喪失한 作者自身의 不幸한 모습뿐이다。意志力의 喪失이 얼마나 不安하고 絕望的인것인가를 切實히 意識하고있는 氏自身의 不幸한 精神의 表現뿐이다。「玄赫」이나「李七星」이나「龍八」이나「丁一」의 父親은 얼마든지 輕蔑은 할수있으면서도 그것을 否定하지 못하는 作者의 서글푼 自嘲가 있을뿐이다, 그러면 이러한 悲劇과 不幸의 原因은 어디에서 온것인가、그것은「어떻게 살아야 후회없는 일생을 살수있을가」하는 人間의 永遠한 그리고 當爲的인 倫理問題를 解決하지않고서는 如何한 行動도 生活도 行爲할수 없었던 知識人 崔明翊氏가「산사람은 아무렇게라도 죽을때 까지는 살수있는것」(비오는 길)이라는 絕望的인 運命論的人生解釋으로 自己를 抛棄식혀 버린데 있었던 것이다。氏가「어떻게 살아야 후회없는 일생을 살수있을가、하는것은 模索하고 試驗하고 探求한 동안엔 적어도「玄赫」이나「李七

星」이나「龍八」이나「丁一父親」은 얼마던지 輕蔑하고 嘲笑할수 있었지만「산사람은 아무렇게나 죽을때 까지는 살수있다」는 絶望的인 運命을 생각하지않을수 없었을때 이미 氏는 氏가 輕蔑하고 嘲笑한「玄赫」이나「李七星」이나「龍八」이나「丁一父親」을 否定할수없었던 것이다。다시 말하자면 氏에겐「어떻게 살아야 인간은 후회없는 일생을 살수 있을가」하는 課題와「산사람은 아무렇게나 살아도 죽을때 까지는 살수 있다」라는 運命的인 諦念이 別個의 問題르서 對立되여 있은것이아니라 生理的으로 氏의 世界에 共存해 있었다는것이다。氏에게 있어서는 처음부터「어떻게 살아야 후회없는 일생을 살수 있을가」하는 課題가 到底히 解決될수없는 한개의 永遠한 未知數로서 提出되고있었던것이다。勿論 判戰을 찾어서라는 名目下에「金明一」을 咸南道까지 旅行식킨 것이라든지「丁一」을「紋珠」의 病室에서 그의 父親의 臨終에 다리고간것이라든지「金次一」이를 新任校長의 자리로서 誘惑해 본것이다든지「丙一」이를「李七星」이와 交涉을 갖게 한것이라든지「금녀」와 運轉手를 不義의 關係모 맺게한것이라든지가 모다「어떻게 살아야 후회없는 일생을 살수있을가」하는 課題에 對한 氏의 究極의 探求와 試驗이 였던것은 事實이나 氏는 거기에서 本格的인 解決策은 發見하기 보담 오히려 探求와 試驗의 途中에서 미리 自暴自棄해 버리고 말았던것이다。그러므로「비오는길」의「산사람은 아무렇게라도 죽을때까지는 살수 있으니가」라는「丙一」의 獨白이「어떻게 살아야 후회없는 일생을 살수있을가」하는「丙一」의 課題 以上으로 氏의 全作品의「모티브」가 되여있었던것이다。氏는 問題의 提出과 同時에 自身이 提出한問題에 더많이 絶望해 버리고 있었던것이다。「어떻게 살아야 후회없는 일생은 살수 있을가」라는 命題를 내세우지 않을수 없었던氏는 그命題를 내세우는 瞬間부터「산사람은 아무렇게라도 죽을때까지는 살수있다」는 自嘲로서 自己가 내세운 命題를 自殺해 버리고、마는것이다。

「어떻게 살아야 후회없는 일생을 살수있을가」하는命題가 氏의 어쩔수없는 眞實한 要求였던것처럼「산사람은 아무렇게라도 죽을때까지는 살수있다」라는 諦念도 그것이 아무리 絶望的인것이 있다 하드라도 氏의 어쩔수없는 眞實한 人生觀의 結論이 아닐수 없었던것이다。

그러므로 自己가 내세운 命題를 끝까지 追求하지도 못하고 그러다고 氏가 어쩔수없이 갖게된 絶望的인 運命論的人生解釋에 그대로 完全히 安心할수도 없는分裂된 自意識의 悲劇은 氏에게 있어 必然的인것이 아닐수 없었던것이다。무엇이고 될수있게 하는 人生의原動力인 意志力은 喪失한 氏의 모-든 不安과 絶望과 無氣力과 不幸은 氏의 이러한 分裂된 自意識의 悲劇에 原因되고、있었던것이다。한개의 良心的인 問題의 提出者였던 知識人 崔明翊氏가 折衷的인 受難者로서 우리앞에 나타나고있는 理由도 이러한곳에 있었던것이다。

(白民 제17호、1949·1)

曙海와 그의 劇的生涯

그의 死後三週年을 當하야

朴祥燁

죽엄은 사람이 맛볼수있는 가장 큰 슬픔임은 틀림없다！

더욱이 죽은 사람의 追憶을 되푸리하는것은 마음속에 가라앉었든 哀痛을 다시한번 불러 일으키는것뿐이다 죽엄뒤에 空間—한 生命이 어波瀾로부터 煙滅되는때 거기에는 다만 空虛와 哀痛만이 그조고만 空間을 채워줄뿐이다。

追憶은 사람이가진 가장 어리석음 일는지는 몰는다 그러나 또한 사람이 가진 가장 깨끗한 純情이 아니라고 누가 否認하야 어찌하였든 사람은 언제나 追憶속에서잊었든 기쁨과 슬픔을 다시한번 맛보려고 하는것이다 이것이 사람이經驗할수있는 至極히平凡한 事實의하나이라면 하나일는지는 모르되그보다도 이는 사람의힘으로 抵抗할수없는 强烈한 本能임도 否認할수없는 事實이다。

그러므로 시방나는 생전에 가장尊敬하든 親友의追憶의한끝을 끄적이기위하야 이무딘붓을 들게된勇氣은 조금도 怪異하게 여기지 않는다「쩸스 뽀스웰」은 蘇格蘭의 젊은辯護士로서 十八世紀英國文壇이낳은 代表的傳記作家이였었다「마콜레ー」卿의말을 빌어 말한다면 그는「아무런 쎈쓰와 아무런 유모어도 동시에 아무런 流暢한맛도 없는 文章으로써 英語의生命이 繼續하는때까지 永遠히愛讀될」 傳記文學의傑作의하나인「샘우엘쫀傳」을

였다고 하였다。

내주제에「뽀스웰」을 凌駕할만한 무슨特出한 頭腦라든가 유모어라든가 혹은流暢한文章을 갖었으리요 마는 永遠허돌아간 가장 依敬하든 親友의哀殘한 記憶이 다만 나로하여금 이무딘붓을 들지아니치못하게한것이다。

曙海崔鶴松이 이세상을 떠난지도 올해 벌서만삼년이 되었다 삼년전 七月九日은 曙海의 三十二年의 生涯가 끝나든 날이다！

曙海가 죽은뒤 나는 文學을 사랑하는 동모들에게서 朝鮮文壇에는 그동안 新進作家들이 많이 나왔지만 曙海만한 作家를 아즉도 찾어보기가 드물다고 嘆息하는 소리를 가끔 듣는다 마치曙海는 新進作家의레벨을 測定하는 무슨標準인거나 같이……。사실 그길지못만 作家生活이었음에 比하야 朝鮮文壇에있어서의 曙海의存在는 뚜렷하였을는지는 모르나 그보다도 만약 누가있어 나에게·作家로서의曙海와 한「사람」으로서의曙海——이 둘중에 어떤것을 取하겠느냐 고 묻는다면 나는 곧 後者를 取한다고 對答하기에 躊躇치지않을것이다 朝鮮文壇에曙海의레벨에 올라갈만한 新進作家가 아즉도 없느냐 있느냐에대하야는 記者가 여기에 輕率하게 또는 주제넘게 速斷할것이못되나 그보다는 唾棄할만한 小이고이스트들이 暗中飛躍을하고있는 朝鮮文壇에서의 사람으로서의 曙海만한 인간도 찾아보기 힘들다고는 安心하고 말할수있을것이다 그렇다고 그리過言이 아닌상싶다 다시말하면 曙海만큼 人情을 담뿍갖었거나 曙海만큼 虛僞없는인간도 찾아보기 힘든단말이다。

作品은 그作者의道德(人格)과 生活의反映임이 眞理라면 한作家를 論議할때 무엇보다 사람으로서의 그를 充分히理解하기전에 그의作品부터 評하려든다면 이는 마치文化史의槪念조차도 正確히把握하지못한 文化批判家나 文學史의한페이지도 들처보지못한 文學評論家의愚劣한行動에지나지 않을것이다。동시에 番地없이집을 찾아 해매이는 無謀에지나지 않을것이다。

그러므로 나는 이아래에 내눈에비치었든 曙海의印象과 그의波瀾많든 젊은두햇동안의生涯의 斷片을頭序없이 적어보려하는것이다。

× ×

曙海의晩年의作品「紅焰」을 읽어나려가면 끝에가서 아래와같은文句가있다。

「문서방이 여러사람을 헤치고 두그림자 앞에가섰을때 앞에섰든 장정의 그림자는 땅에 거꾸러졌다 그때는 벌서 문서방의 손에 쥐었든도끼가 장정「인가」의 머리에 박혔다 도끼를놓는 문서방의 품에는 어린여자의 그림자가 안겼다 룡비가………

그바람에 모여섰든 사람들은 혹은 허둥지둥떠여버리고 혹은 뒤로 자바커서 부루루떠렀다。룡비도 거꾸러지는것을 안었다。

「룡비야！ 놀라지마라！ 나다！아버지다！룡비야！」

묻어왔는 딸을 품에안으니 이때까지 악만찼든 가슴에 스르르 풀리면서 독살이올랐든 눈에서 뜨거운눈물이 넘어졌다。이렇게슬픈중에도 그의 마음은 기쁘고 시언하였다 하늘과 땅을 주어도 그기쁨을 바꿀것갔지않었다。

그기쁨! 그기쁨은 딸을안은 기쁨만이 아니였다 죄다고 믿었든 자기의힘이 천둥갔는 성벽을 뭉어트리고 자기의 요구를 채울때 사람은 무한한 기쁨과 충동을 바는다。

봄ㅅ길은——그봄은 봄ㅅ길은 의연히 모든것을 태여버릴것처럼 하늘하늘 올랐다。

우에引用한 짧은 글속에서도 우리는作者의感情과人生觀과性格을 얼마만큼 理解할수있을줄안다「독살이올랐든눈에서뜨거운눈물」을 흘리리만큼曙海는 情의人이였다 寬大한마음의 所有者이였다「모든것을 태여버릴것처럼 하늘 하늘타오르는」虛無主義的情熱을 갖었든 그였다「석유한통 석양한가치로 모스코 권시가를 태여버리겠다」고 부르짖든「인사로푸」——曙海도 그만한 沈痛한鬱憤은 가지고있었다 簡單히말하면 그는 한사람의「니힐니스트」이였었다「니힐니즘」이 그의人生觀이라는것은——曙海자신이 告白하였든것을 아즉도筆者는 잘記憶하고있다 이것은아마曙海가 十九世紀露西亞文學을 私淑하였든 관계도 있을것이다。

그는露西亞作家중에「또스토이여푸스키」를 가장좋아하였다「罪와罰」은 그가 病席에누워서까지 愛讀하든것을 보았다。

普通사람보다 배나 되리만큼 훌떡벗어진이마 시커먼 눈섭 긴장된말을할때마다 동전갈이똥그라지는 신경질로 보이는눈 코ㅅ날이슨 큰코 두터운입 빰이쭉빠저내여민 광대뼈 누런얼굴을 수놓은줆은 주름살들 탁한목소리—이모든것은 처음대하는 사람에게결코 좋은印像을 줄條件이못되였다 사람이 뚱하야 曙海는 처음맛나는사람이 좋처럼말을붙여볼수없나는 印象을주는편이였다 어떻게보면 좀傲慢하다는 誤解를받기쉬운만큼 도모지愛嬌를 가지지못한사람이였다 하지만 그와의사괴입이 깊어가면깊어갈수록 그에게대한 愛着과 親密을느끼게 되는것이다 그것은 그의유모어 率直, 素撲, 義俠心, 大膽, 親切, 情熱, 그의이러한性格관게에도 그原因이있을것이지마는 나는 무엇보담도 曙海의信義갚는 깨끗한마음에 그原因을 돌리고싶다 그는가쌋溫情主義者는 決코아니였다, 하지만 困窮에빠진 동모들에게보이든 그의 뜨거운同情의마음과 갚은信義는 俗되게말하면 曙海는 潔白한人格者라는것을 說明하는것이다 그는多辯이였다 그는無盡藏인듯싶은 이야기주머니를 가지고있었다 큰코를 벌룩벌룩하며 그탁한목소리로 그이야기주머니를 텃트리고 살한점붙어있을듯싶지아니한 주름잡힌 얼굴과두터운 큰입으로 한번웃어젯드리면 그옆에앉었든 사람들의허리를 못펴게하였다 나는일즉이 英國의「삼우엘[illegible]손」博士가 多辯이였다는소리를들었으나 조선문인중에 曙海만한多辯家가 있었을시 아니있을는시時期이다 그렇다고 그의이야기는 보통실없은사람들이 내여던지는 엉터리를 근거로한 떠버리는 雜談이아니었다 曙海의말하는것은 波瀾과 波瀾속에서 이세상을 배길하여온 뱃사공의追憶談이었다 어떠한말이나 刑罰과鞭打의 쓰라린經驗을 土臺로 하지안는것이 없었다 그深刻한 經驗속에서. 얻은 무진장으로 쏟아져나와오는 한마디 한마디말은 듣는사람으로 하여금 고개를 숙이게하였다。

「사람이 몇칠이나 산다고 이야단들이요」……曙海는 늘이러한말을 잘하였다 그가困窮에빠진 동무들볼때 그들위하야 자기가 가진 모든것——物質이나 精神이나—을 서슴지않고 바칠만한 뜨거운同情, 熱烈한義俠心, 깊은理解를가지고있었든것은 이러한 그의樂天家的思想에도 原因이있었을것이다 그는무한히 率直한사람이었기때문에 자기가옳다고 생각하는말은 누구에게나 주저하지않고 해내던졌다 듣는사람이地位가 높은사람이나 얕은사람이나 듣기좋는 소리나 듣기싫은 소리나 가리지않었었다 그러므로 腐爛의渦中에서 헤여날줄 모르는 이세상사람들로부터 미움과 誤解를받었었을것도 想像하고도 남는다 毒口라는 非難도 받었을것이다 왜? 그는 이세상에對한 挑戰者이였었다 늘세상을비웃었다 하지만 험단세상風波에 부닥길대로부닥긴 그가 晩年에이세상과 妥協하기위하야 자기의귀한 自尊心까지 굽이려든 그抑性을 우리는 어떻게批評할것인가 生의敗北者 혹은 墮落者——이와같은 文字를 우리는 곧 使用할수있을까 그보다 그렇게까지하지아니하면 아니되었을 曙海의心境—그것은 이땅에 태여난 우리젊은이들이 한가지로 맛보는 悲哀라고 할수는없을까 曙海는 누구에게서 어떠한 攻擊을 받을때 그는 잘생각하여보아서 자기의可能한範圍의것외에는 결코 承諾하는일이없었다 자기가 한번 快諾한것은 결코 어기는일이없었다 그만큼그는 凡事에緻密하였다 時間約束에대하야 曙海만큼 神經質이고 忠實한 사람은——아마 두려웁건대 많지않을것이다。

曙海는 남보다 뛰어난 果斷性과固執을가지고 있었다 여기에 한재미있는 에피소드가있다。

曙海가 죽기전 한달전 즉六月 어떤날이었다 그때曙海는 그의痼疾이었든 慢性胃病으로 먹지도 못하고 죽을상을하고 病席에 누었을때였다 曙海는 그때臨府洞에 있든 어떤日本人所有의古家를 세들어있었다 그집뜰 남쪽담밑에는 몇十年묵은 큰소나무가 한주서있었는데 어떤날 비온뒤 맹렬한바람으로 인하야 나무뿌리가 송두리채빠지며 뜰본관으로 쓰러졌었다 그나무가 古木인만큼 그집에는 여러食口가 들어있었으나 누구하나 감히 그소나무에 손을대려고 하지않은것은 고사하고 두려워서 감히그나무앞에 각가히가는것까지 꺼리여하였다 상당히 오래된나무이니 장작으로 빼개때드라도 장작마차는 좋이된것이었으나 古木에는 귀신이 붙어있다는理由

로——말하자면 古木에 손을대이면 不吉하다는 理由로 그집에 들어있든 사람들은 말할것도없고 그집主人인日本人까지라도 감히손을대이지못하고 그대로 내버려두었었다。

晬海는 그이튿날 아픈것도 불고하고 도끼를들고 뜰로나왔다 그리고 뜰에쓰러진 그古木을 우에서부터밑뚱까지 하나토 남기지않고 가지를치고 토막을내었다 다든 사람들은 감히가까히 가기도 두려워하든 그나무를……………。

사실은 晬海는 자기가 손수빼개인 이나무를 다때이지못하고 죽었다 그것이 이세상사람들이 말하는것과같이 과연 不吉하였기때문에 晬海가죽었는지는 모르되 다만事實속에 나타난 信敬하든 동무晬海의 性格의一面——大膽, 固執, 果斷性——을 보이랴는데 지나지않는다。

胃病이야기가 났든김이니 몇마디적어보자 晬海는 胃病으로 고생하다가 결국이胃病에 희생된것이다 그의胃病은 결코한두달전에 시작된것이 아니었다 적어도 十餘年의역사를가지고있었다 晬海의胃病은 죽기一年前부터 부쩍심하여졌었나 極度의胃擴張으로 몇칠씩아무것도못먹고 쩔쩔대든 晬海의 궁상스러운얼굴——그것은 文字그대로 目不忍見이었다 그는 胃散을 밥보다 더많이먹었다——면 誇張이라고 생각할는지모르나 사실은 그는매일醫院出入이 그의하로日課의 하나였고 그의주머니에는 胃散[illegible]봉지가 떠날날이없었다。

晬海의葬式도 끝나고 몇칠이지나간뒤 나는晬海가 쓰든책상을 뒤지다가 한설합에 數十個의빈胃散봉(어떤곳에는 새캅안丸藥이 아직도 들어있었다 아마 그것도 胃病에먹든 藥이었겠지!) 들을 發見하고 새삼스러웁게놀래었든일이있다 晬海는 그리할지라도 病席에눕는일이없었나 그는 비록 죽을상은 하였었을망정 如何히 社에 出勤하였다 그만큼 그는 責任感이强한 사람이였었다。

晬海와 作者는 매일저녁李承萬氏집에 모여雜談하는것이 일이었다 晬海는 房에 들어오면 잠단케하고 아래ㅅ목에 나려가서 벼개를 높이하고 그컬컬한 목소리로 이야기 주머니를 터처놓는것이었다 晬海옆에 앉었으면 두러누운 晬海의배에서는 소낙이가 쏟아저서 흘러가는 도랑물ㅅ소리가난다。

「굉장하군!」하면

「나는 이래야 편해! 내뱃속에서 소리가안나면 胃의狀態가 좋지않다는 뜻이거든 그런데말이지 우리친한사이끼리는 괜찮지만 초면에맞나는사람 들이라든지 어떤會席에 참석하였을때 배에서염치없이 이런소리(도랑물나려가는소리) 가나면 여간창피한 노릇이아니야! 어디그사람들이야 내胃의狀態가 좋아서그러는줄이야 알아줄리가있겠소 몇칠을 굶고 다니는줄알지!」하고 허리가 굽어지게 웃든것이, 두번이아니었다。

「내胃病은 전혀間島있을때 얻은거야 B하며 晬海는자기의배를 보여주었다 배가 사방에 성한곳이없고 보기

싶은 傷處가많이있었다 위 그러냐고 물으니까 間島로 放浪生活을하며 돌아다닐때 배人병으로 뜯돈자국이라고 曙海는 설명하여 들려주었다 極度로 簡撲한 生活은 曙海를 不治의胃病患者를 만든것이다 胃病이 일어나 苦痛을 참을수없을때마다 그는 阿片을빨었나고하였다 이렇게 한대두대맞는 阿片이몇단이게속한뒤 그는 기위「오피엄스목커」가된危機에까지 빠졌었다고하였다。

「그래이어떻게끊었수?」

알수없는 好奇心과 두려움을느끼면서 옛날이야기를 듣는 어린아이같이 이러한作者의 물음에曙海는 입가에우숨을띠이면서「그래 이래서는 안되겠다는 생각이불연듯 가슴을 찌릅디다 그래서 이런생각을 한뒤부터는 니를 악물고 딱끊었지요」하며 그때니를 악물던 형용을 하는듯이 눈을똥그랗게 뜨고만에침을주워 대답하였다。

「주독자는 끊기 어렵다든데 그래괜찮어?」

「웬걸 끊은지 몇칠는 참말로 죽겠어! 하지만 죽어라 하고 니를악물고 참고 몇칠을지났드니 차츰 차츰편찬어집디다」………그리고 계속하야

「나는 그때가 참 나의一生의危機一髮의 때이어서 그때 그습관이 없어개뒤만 더게속하였든들 나의一生은 영구히 파멸하였을것이오」하고 過去를 追憶하면 아슬아슬한듯이말하였다。

阿片맛이 어떠드냐고 물으니까

「처음먹는 사람은 한대만 빨어드 머리가 어쩐 어쩐하여지고 속이메식메식하야 아니꼬웁지마는 한대두대먹느라면 맛이나서 구수하지요 그 구수한맛이란 이세상을 주고도 못바꾸오 이외로운세상이 다잊어지고 妻子없는생각이다 무어요? 무슨神秘境에나 들어간것갈지요——하하」하고 그억센 악센트로 阿片哲學을말하고 너털우승을 웃은때가있었다 나는 이 이야기를들으며 英國의「띠퀸시」의小說「阿片吸煙者」를 聯想하였다 이非常속에서도 曙海의强한意志와 果斷性을發見하기에 充分하지않은가。

曙海의「그믐밤」이라는 小說을 넘오면 主人公이햇별이쨍쨍하게비취이는 들관에서 면주창에 살무사를 잡는 場面이있다 迫眞力을가진 描寫로 샛빨안 머리통을 반짝치여들고 혀를 날름날름하여 쫓아오는듯싶은 毒蛇때를聯想케하는 무시무시하고 소름이끼치는 雰圍氣속에서 讀者를 壓迫하는場面이있다。

나는 어떤날 曙海와마주앉어 이야기하다가 이場面이 문뜩생각나서 그에게 배암을잡어보았느냐고 물으니까

「잡어보고 말고요! 뱀잡이같이 자미있는것은 없읍니다」——하고 曙海는 그탁한 목소리로 뱀잡는이야기를 아래와같이하였다。

「배암이란놈은 날이따뜻한때 많이 나옵니다 가늘고 기다란 나무끝에다 만줄으로 새잡을때 쓰는올개미와같이 올개미를만들어 매여가지고 배암많이나아오는 벌판으로 나가지않겠오 뱀이도사리고 있는데가서 가지고간

마디끝으로 덜컥암치서서 뱁 못살게 약올리면 나중에는 뱁이란놈이 견디다못하야 독이바짝올라서 고개를 빳빳이 치어들고 쫓아오려구합니다 그때 그막대끝에맨 만흥올개미를 살짝배암의 목에다건으음에 획살어채이면 연해던지요 하하」——하고 그는 잘웃는 너털웃음으로 자미있나는듯이 웃는것이었다 이것이 曙海의 少年時節에 속하는이야기인것을 생각하면 그가 어렷을때부터남달은 膽力과冒險性을가지고 있었든것도 알수있다。

무엇보담도 曙海의一生에있어서 가장特記할것은 그의 間島에서의 特異한生活이다 紙面이없음으로 여기에 그것을 細細히 이야기할수는 없으나 作者의 무된붓으로 그것을 적어서 讀者에게 보아줍시사하느니보담은 間島生活을題材로하야 쓴 曙海의피눈물나는許多한作品을 읽으시라고 勸하는것이 賢明한노릇일것이다。

細細한것은 略하고 曙海의生涯를 간단히말하여보자

曙海의 故鄕인 城津이었다。

그는 외아들이었다 누님이 하나있었는데 출가한뒤죽었나는것이다 날때부터曙海는 祝福된 家庭에태여나지못했든모양이다 夫婦의사이와같은 아버지의미움과 어머니의 사랑밑에서 자라났으니 어릴때부터 陰鬱한家庭의雰圍氣속에서 자란것도想像할수있다。 그의 短篇小說「朴돌의죽엄」을 읽으면 돈밖에모르고 人情이라고는 티ㅅ글만큼도없는 漢醫가나아온다 曙海의아버지도 漢方醫이었다는 소리를들었다 曙海가 沒人情한 이漢醫의心理를描寫露하기위하야「朴돌의죽엄」을 쓴 動機는 이少年時節에 받었든 그의아버지의印象에 多少原因되지않었을는지——。

曙海는 어릴때 아버지밑에서 漢文을많이읽었다 거위 넘지못한것이 없었든모양이다 曙海가 남보다 뛰여나진 못한다 하드라도 남에게과히 부끄럽지않을만큼 漢學에 造詣가깊었든것도 순연히 그의 이少年時節에 배와두었든 德일것이다 曙海가 學校라고 다닌것은 普通學校三學年도 채마치지못한것뿐이다 이것이 不遇兒曙海가 누릴수있었든 新敎育의全部이었다 그는 열두살인가 열세살때부터 小說읽기와 雜誌(靑春과學之光이發刊된때가보다)를 좋아하였었다고한다 이때에 그가 읽은것이春園의「無情」이었다고 들은법하나 이때부터 어린少年曙海는 文學에대한興味를 가지게되여그는 장거리에나아가서 신소설구소설할것없이 하나도 빼여놓지아니하고 사다가밤을 새어가며 읽었다는것이다 曙海는 小說을쓰랴고하는사람은 적어도 朝鮮말의特有性과 朝鮮사람의情操를 알어야한다 그러기위하여는 케케묵은신구소설을 讀破하지않으면 안된다고主張하였다 그主張도決코 一理가 없는것이아니다 사실曙海의作品을 읽을때 讀者가느끼고 落嘆함을 마지아니하게하는것은 그가.咸北人임도불고하고 豊富한京語를 正確히驅使하는 그의才能일것이다 하지만 그뒤에숨은 原動力——曙海의無限한努力——을 생각하면 결코 그리놀랄일이아니다。

曙海는 이때부터 벌서詩같은것을 지어서 雜誌같은데

投稿하기始作한 모양인데 그의詩가처음으로 活字의옷을 입고 세상에 나아온것은 當時東京留學生들을中心으로하야 發刊되든「學之光」이였다는것을「朝鮮文壇」에揭載되였든 曙海의글을읽고알었다。

曙海라는 別號를가지게된 動機에대하야 자미있는 에피소드가있다。

어떤여름이였었는데 地方巡回를 다니든 東京留學生一行이淸津인가 北靑에서講演會를 開催하였든일이있었다 그때 그一行가운데 한사람이였든 女子가 獨唱을 하였었는데 그때 그女子가불르든 歌詞가 바로「學之光」에 曙海가 匿名으로 發表하였든것을 그歌詞의 作者의이름을 曙海라고하였드란다 曙海는 이소리를듣고 자기의詩를려주려는 시악시는 大體어떠한시악신가 하는 文學少年이느낄수있는 로만틱한衝動을받고 그講演會구경을가려고 하였으나 距離관게로 그의꿈은 水泡로 돌아갔다는것이다 그뒤曙海는 몇번이나 그수수꺼기의시악시를만나려고 하였으나 쓸데없었다고한다 이것이曙海라는 別號를가지게된動機라는것을 曙海에게서 들었든것을 아즉作者는記憶하고있다。

曙海가 間島로 뛰여들어간것은 그의나이열일곱살때이였다고한다 曙海가 어찌하야 間島로 뛰여들어갔는지 그 動機는 仔細히는 알수없으나 作者의想像이틀리지안는다면 남들과같이 工夫도할수없는 家庭事情을잘아는 曙海는 우어도만한것과같이 陰鬱한家庭의氛圍氣속에서 어린 마음을 태우든 남어지에 冒險的이요 로만틱한性格을가진 그로하여금집으로부터 脫出을決行하게한모양이다 더욱이當時는 己未運動前後이라 當時의 騷然한情勢는 奔放한曙海의마음에 불을부친섬이다。

曙海의處女作「脫出記」첫머리를 읽으면 그가 家庭을 脫出하든때의心境을 多少理解할수있을것이다「脫出記」는 悲慘하였든曙海의間島生活記錄이다 이作品속에 이러한場面이있다。

「—밥거리가 없어서 주린창자를 움켜잡고 굶고앉었든늙으신어머니와 안해를 보다보다못해주인공은 일꺼리를얻어보기위하야 집을 나아온다 하루종일 아무버리도 못하고 저녁이 되여락망과 칩음속에 집으로 도라온다 밤을입에 넣어본지가 번서몇칠이되었음으로 눈은몇십리 들어간것같고 배는 등에다은듯하였다 그가 집에돌아왔을때 눈에서불이일어날만이場面이 그의 눈앞에 전개되여있지아니한가 그는무엇을보았을까? 그의안해는 벅아궁지앞에서 웅크리고 무엇을먹고 앉었다가 남편이 들어오는것을알고 기겁을하야 먹든것을 아궁지속에집어던지고 방속으로 다라나듯들어갔다 이광경을보는 주인공의마음은 어떠하였을까 그의마음은 한없는 원망과질투와 뜨는분로에탔다 왜? 그는 자기안해가 먹을것을 감추워두었다가 자기없는사이에 몰래혼자 먹는줄로만 오해한것이었다 그는 분노에타는 가슴을 억제치못하고 벅으로 뛰어들어갔다 그리고 그의안해가 웅크리고앉었든

아궁지앞에가앉어서 안해가 내여던지고 들어간 그것(먹을것)을 부주깽이로 찾었다 독자여! 그가 그아궁지에서 찾어내인것은 무엇이였으리라고 생각하느뇨! 그것은 그것은 남이먹다내버린 귤껍질이였다!

이것을 발견한 그의 눈에서는 아즉까지타든 분노가 스르르 풀리며 뜨거운눈물이 그의 두눈에서 쏘다졌다 그리고 그는 방으로 뛰여들어가 서그의안해를끼여앉고 울었다——는 것이다。

이作品이「朝鮮文壇」에 發表되었을때 夢幻속에心醉되였든 朝鮮文壇을 震動시키며 이作品이보여주는慘憺한現實앞에서 一般뮤스의使徒들을 떨게한것도 생각하면 조금도 無理가없다「빠이론」은「촤일드하롤드의巡禮記」라는 詩(한卷을내여놓고 하루ㅅ밤사이에 有名하여진나를 發見하였다——고 한모양으로 間島로 定處없이돌아다니든 咸鏡道「물상수」가「脫出記」한편을내여놓고 一躍 朝鮮文壇의寵兒가된것이다。

이야기가 脫線된듯하나 何如間曙海는 間島에서 普通사람들이想像도 할수없는苦生을한모양이다——어떤때는 상투잡이가되여 나뭇바리장수도 하여보고 산으로나무하려갔다가 되놈한테 붙을리여 죽을곱이도 넘겨보고 두부장수도 하여보고 勞働판에서 什長노릇도하여보고 ××단에 따러다니노라고 총을메고눈차힌 어름벌판도 헤메이다가 총에맞어죽은 동지의 屍體를 혼자서 어름벌판에서 밤을새여가며 지혀보기等等——「이러한몇가지 體

罔晝보드라도 曙海는한개의「小說的人間」이었다는것을알 수있다。

이러한職戰的한生活속에서도 曙海는 國木田獨步의短集을 주머니에 늘넣코다니며 愛讀하였다고한다 曙海의 作致라든가 思想이國木田獨步의影響을 많이받었다는것을 作者는 曙海自身으로부터 들은일이있다.

또한가지間島에서 曙海의生活중에 特記할만한 事實은 그가 曹雲(뒤에 그의妹男)을 알게된것이다 曹雲을만난것은, 寧古塔에서였다는소리를 들은법하다 曹雲도 當時時局에대한 鬱憤과詩人的奔放한情熱을 앉고 故鄕인靈光을脫出하야 放浪하든때이였다「니힐이스틱」한 그들의 思想은 그들을唯一한知己를 만들었다。

그러면 曙海는 어떻케서울노 뛰여올나오게되였을가 曙海가 서울에발을들여놓은지가 그가 죽든해가 아홉햇재되든해라고 하였었으니까 나희로따지면 그가 수물세살때쯤일것이다 그때曙海의가슴에는 作家로서 出世하여보려는 野心이 불탓섰든지는몰으되 그때曙海는 間島의放浪生活노부터 故鄕으로돌아와 하는일없이 鬱鬱한生活을 보내이든때이었을것이다。

작년 여름曙海二週忌를當하야 文壇諸氏의發起로 曙海紀念碑를 미아리 공동墓地에있는曙海무덤에 세웠는데 그때 李光洙氏가 曙海의追憶談을曙海의무덤앞에서 아래와 같이이야기하였기로 여기에잠간引用하기로한다。

——曙海와 氏와는 본래부터顔面이있는 사히는아니었

으나 曙海가 우에서말한것과같이 氏의作品을 愛誦하였든 관계상 書信往來는자조있었든모양이다 어떤날 氏는 曙海에게서 편지한장을 받었는데 그편지의曙海는 서울에올라올意見을말하고 어떻게밥먹을자리라도 주선하여주기를 氏에게간원하였든모양이다 李光洙氏는 이편지를받고 시방無識하게 할일도없이 서울을온대ㅅ자 고생만할것이니 더아즉은 참었다가 좋은機會를 기다리여올라오라는뜻으로 답장을보낸지 얼마지아는 어느날저녁 氏를찾어온 한초라한 시골靑年이있었다고한다 氏의말을들으면 그때 그靑年은 전둑전둑다리를 절드라고한다 그러면서 그찾어온 靑年은 자긔가曙海라고말하드란다 이러하야曙海는 李光洙氏집에서 얼마동안食客이되였었는데 李光洙氏는 어떠케어떠케주선하야 楊州奉先寺로 曙海를보내면서 얼마동안修養도할겸가서 있으라고하였다고한다 그런데 그절노간지 몇달이못되였는데 曙海가 다시아무 통지도없이 다시氏의집으로 돌아왔기에 어쩐까닭이냐고氏는 물으니까 曙海의 대답하는말이 그중놈들이 아니ㅍ워서ㅅ메다꼰고 왔노라고하드란다。

그때는 李光洙氏主宰로 方仁根氏가「朝鮮文壇」을 發刊하려든때이였으므로 李光洙氏는중놈을메다꼰고도라와서있는 曙海를 方仁根氏에게推薦하야「朝鮮文壇」編輯에助力하게한것이다「朝鮮文壇」이 十餘號를내이고 財政關係로 方氏가허덕지덕하다가 나가둥구러지게할때까지 曙海는「朝鮮文壇」編輯을 한報酬밥만은 어더먹을수있었으나 五六圓炎天에도 땀지드끗한 때국에찌죄죄흐르는 겹옷을입고 단였다니 그골악산이를 그대로보고있었든 주위의사람들도지독한 양반들이였지마는 曙海자신인들 얼마나沓沓하고 창피하였으랴! 밥술어더먹는것만도 天幸이라할身分에못은염치에 철차커 옷가라입을생각을 念頭에다두랴 더욱이나 曙海같는 하잘것없는食客이………하고주위의人사람들은 생각하였는지?

하지만 曙海는 이러한假面的生活밑에서도 자긔의自尊心을 굽이지아니하고 밥을새여가며 자긔의온情熱을 創作에기우린것이다「脫出記」라든지 그外 許多한作品들이 이때에脫出된것이다 이때가曙海의作家生活로서의 가장귀한出發이였다 이때에시방朝鮮詩調壇에大家(?)라고 널커름을받는 李殷相氏도한개의無名文人으로 曙海와함께顚頭出 朝鮮文壇社 한방에서뒤굴며 달밝은밤이면「아!」感歎詞를 청승맛게부르지즈며 煩悶하든때라든가?——

曙海에게서 들은법하다(이時節에 李殷相氏와 曙海를 둘러싸코널어낫든 여러가지 다른자미있는 에피소드가있으나 여긔서는 略한다) 何如튼 曙海가 文壇的으로 李光洙氏로 부터입은恩惠를 잊어서는안될것이다 曙海가 朝鮮文壇에 出世하게된것은 오로지氏의힘이아니라고할수없다 비단曙海뿐이랴 두려움건대 現朝鮮文人중에——新進이나 旣成이나—李光洙氏의「파트로네지」밑에 出世한사람이한둘이 아니라고하드라도 過言이아닐것이다 文學을 蔑待하는 朝鮮과같는 暗黑한社會에서라도 李光洙氏와같은 仁慈한「관드론」이 있다는것은 朝鮮文壇의 將來를 위하야 如間多幸한일이아니라고 筆者는 믿고싶다 某新聞社編輯局長K氏(옛날에는 詩줄이나 끄적이였다)는 작년에曙海墓牌를 세우기로作定하고 小說家某氏가 K氏를 찾어가서曙海에대한原稿를 쓸터이니 稿料대신에 墓牌세우는데 費用을二十四圓 擔當하라니까「曙海가 大體무엇인데 우리大新聞社에서 墓牌세우는데 돈을낸단말이요?」하고 一言下에拒絶하드란 그리한떽떽하고 바늘구멍같이 좁은 얍치빠진所謂朝鮮文壇의文化를 억개에질머지고 간다고 自誇하고있는自稱志士들과比較하여보면 後進들을북도두워주려는 李光洙氏의誠意는 얼마나노블한것이냐 筆者는 이러한點으로도 氏에게 感謝하고싶다。

曙海는 수물다섯살에 曹雲의妹弟와 朝鮮文壇社에서華燭의 典을擧行하였다 그러자 朝鮮文壇社는財政難으로문을닫게되니 曙海는 이제는정말밥을벗고 生活戰線에뛰여나아오지않으면 아니되였었다 이때부터曙海가 죽을때까지 아홉해동안 文字그대로 악착한困窮속에서 밥을차자헤메이는·한개의三文文士의生活이였다 曙海의貧窮은 英國의「올리버골드스미트」의 貧窮에지지않을것이다 그다정하고 친절하고 그불상한「올리버골드스미트」아젔시! 피리하나만 손에들고 歐羅巴大陸을 도라다니느라고 그의귀한 젊은時節을보내이고 故國에 돌아와서 糊口를하기위하야 倫敦貧民窟조고만집웅밑방에서 옥동갈이 추운겨울날 불도 못 피우고 굶주리며 글을쓰며 餘生을 보내이든 放浪兒「올리버골드스미트」! 曙海는 못한자루를 唯一한 生活戰線의武器로하고 新婚한 젊은안해를 끌고 旅舘방으로 세人방으로 京城長安이 좁다고 돌아다닌것이다 이러한 困窮中에서도 그는 創作에熱中하였다 이때에「紅焰」과같은 名作을비롯하야 다른많은作品을썼다 하지마는 그의폭켓트는 언제나 빈털털이였든것은 두말할것이없다 먹기위하여는 무엇이든지——이러한 생각에 壓迫되였섯든지는 몰나도 曙海는 現代評論社를비롯하야 너저분한雜誌에까지 손을대였다 하다못해妓生들의 돈을글거하든 雜誌에까지손을대였다 여긔서생기는 若干의收入으로 겨우겨우입에 풀칠을하여갔다 曙海가 新聞記者生活을 始作하게된것은 中外日報社에入社한때부터다 中外日報에는 어떻케 天祐神助하야 入社하였지만 그의切迫한 貧窮은늘 그를노리여보고 威脅하였다——는것은 曙海가中外日報社에入社하야 그가退社하매까지(退社라느니보다 中外日報가經營難으로 廢刊되매까지)二年동안에 한달치밖게 月給투봉을 손에쥐여본일이없다는것이다 그남어지는 곱다라게 無報酬奉仕였다는것이다 無報酬社會奉仕라면야 얼마나 긔특한 노릇이랴마는 집에서는 밥거리가 없어서 십리나들어간 눈들을하고 주린창자를움켜잡고 기다리고있을妻子들의 情狀을 생각할때 제아무리 樂天家라고할지라도 눈앞이캄캄하였슬것이다 那時曙海는 밥거리가없어서 굶어본적이한두번이 아니었든모양이다 한번은 저녁인데 李鍾鳴氏가 鍾路에서 曙海를만낫드란다 오래간만에 만난김이고하야 氏는曙海를 끌고 太西館에 들어가서 스끼야끼를 사먹었드란다 曙海는다 먹고나서 하는말이「나는 이러케 배불르게 잘먹었지만 집안사람들은 아츰부터……」하면서 돈一圓만 꾸워달라고 하드라니 그의困窮이 어떠하였든지를 가히想像하고도 남지않는가 어떤때는 曙海는그의솜시있는 먹글시를 利用하야 門牌를 깍거서 팔어보기까지하였다고한다 이러한 切迫하고暗澹한現實과 부닥기고 싸호노라니 그의 苦悶인들 어떻하였을것이며 그러는중 그의가숨에타오르든 創作的情熱이 제아무리 強烈하였다기로니 超人間이아닌다음에야 서리마즌 꽃모양이되지않으리라고 누가 保障하랴! 曙海인들 자기눈앞에 다닥드린難路를 征服하려는意氣가 없었슬것이며、努力인들 않하여왔으랴마는 기리三千里밖게안되는 손바닥만한요 朝鮮이라는 半島에태여난 文人으로서의 暗澹한將來를 바라볼때누구라서 그마음이傷하지않을것이며 누구라서 그意氣가 沮喪되지않을것이랴 그리하야 나는 晩年에있어서의 曙海의 俗化한生活(內的으로나 外的으로나)은 非難하기전에 뜨거운눈물노同情하고 싶은것이다。

마즈막으로 曙海의臨終하든때光景을 잠간적고 이붓을 나려노차

曙海는 醫專病院으로 옴겨가기전 寬勳洞에있었든 三平醫院에 一週日동안入院하고있었다 그一週日동안의 曙海의情景은 눈물겨운것이였다 그는 極度의不眠症으로 몸달동안 잠을자지못하였다 그러든것이 病院에入院한뒤부터는 이증세는 더욱甚하였다 먹는대로吐하였다 물까지 吐하였다 이런한狀態가 계속하는동안 極度의神經衰弱症은 曙海를完全히사로잡었다 醫專病院으로 옴겨가기三日前였었다 그때曙海의 세살먹은 둘재아들이 갑작이病이나서 危機에빠졌다 極度의神經衰弱에 헤메이고있는 曙海는 이事實을 알게되였다 그날밤曙海는 發作이되다싶이되였다 누었든 寢臺에서번덕닐어나서 어린아희강이 엉엉울며 소리질르며 헤ㅅ소리를하며 컴컴한 病院을 헤메이며 돌아다니였다——고하든 그일흔날病院으로 作者가 찾어갔을때 曙海는 낮은목소리로

「朴왔소—」하고 그광대뼈만남은 蒼白하고 구레나룻은 깍지못한 텁보가된 굴에 그래도반가웁다는 表情을 보히며 맞이하여주는것이였다 잠깐 침묵이 있은뒤 曙海는 기ㄴ한숨을 내쉬이면서

「내가 죽으면 늙으신어머니와 孩子들이 불상해—」

하는소리가 떠러지자마자 그의 두눈에서는 주먹같은눈물이뚝뚝떠러저 흘러나리였다 그豪放하고 니힐니스틱하든曙海의 그걸걸거리고웃든 얼굴을 흘러나리든 그눈물 눈물!

幽門狹窄症으로 大手術을하기위하야 曙海가 醫專病院으로 옴겨간것은 七月六日이였다 그일은날 午後에 大手術이進行되였다 手術의激烈한出血때문에 病勢가기우러갈때 最後의手段으로 故星海李益相氏、曙海의竹馬朋友인

[illegible] 그리고作者三人으로부터 一千二百그란의 피를 빨아 相當한效果도없이 七月九日새벽네시이십분에 가장 悲慘하든 동무曙海는 그가 百折不屈의意氣로 끝까지 싸호는 그의波瀾많은 설흔두해의生涯를 뒤로남겨두고 다사로운友情속에서 이세상을 永遠히떠나시다。

이세상에는 아즉도曙海의 七旬의老父母가, 會寧에서 젊은曙海未亡人과 두어린손자 (큰아희는 아홉살자근아희는 여섯살)를 다리고 살고게시다 曙海를잃은 그들의生活은風前燈火같을것은 不問可知다。

그런데作者는 이原稿를쓰든중 지난六月九日아츰열시에 會寧으로부터오는 난데없는 전보한장을받었다 그電報를 開封하든作者는 갑작이 벙어리가되며 눈만뚱그러케뜨고 한참동안전보만 뚜러지게바라보고있었다。

그것은 曙海未亡人이 그날아츰에 세상을떠낫다는것이다。—

六月九日! 曙海는 七月九日에 죽었다 이달九日에는 曙海가 죽은지만三年! 곡한달을채여 남편의三年을맞이하기가넘어설워서 曙海未亡人도 曙海의뒤를 따렀는가

老父母! 어린두孤兒! 그들의運命은 장차어찌되리는고! 하눌만은 그것을 알고있겠지!

作者附記—曙海에대하야는 傳記學的見地로 더徹底히研究할必要를느낍니다 上文은 다만曙海의 生前의輪廓밖게안되는것임에 뒤人날에曙海를 또다시말할機會를 기다릴밖게없읍니다。

昭和十年六、十二日 (끝)

(조선문단 제24호、1935・7)

曙海와 그 遺族

朴想葉

철아닌 비가 처마끝 함석집웅에와 부다치는소리가 제법식그러웁다. 어둠은뜰에 나리는빗소리에 취하야 나는 팔벼개하고 누엇다 쓸데드업는 생각들이 머리에서리를풀고 눈압헤 주마등가티나타난다.

올해드 벌서 다갓구나! 십이월드 얄닥얄닥하게 남아간다.

삶은 다만 캄캄한어두음속에 번덕하는 번개ㅅ불가티 그안타가운찰라속에서. 잘살어보겟다고 사람들은 아우성을치고잇고나.

어리석은 사람들!

가이업슨 사람들!

시름업는 비ㅅ소리는 나에게 우울을가저온다 넘칠듯이 넘칠듯이 우울한생각들이 조수가티 내가슴속에 붇허오른다.

비는 우울한마음의 상증이라고하고십다.

올녀름에 나는 나의존경하든동무 曙海를일헛다 설흔두살에 曙海는파란만흔 이세상을떠낫다 차되찬시채가되여 북망산묵은흙속에 고요히누엇다 대담하고 솔직하고 다감하든 그! 주름살힌얼굴에 그잘웃든「니힐니스틱」한 너털우슴 그대의뜨거운듯우정 그대의미술의상아탑 이모든것은 그대의차되찬시체를담은 관속에담기여 땅속에두엇는가!

내가 관훈동 S병원에입원한 曙海를차저갓든것은 수술하려고 의전병원으로 옴겨가기일주일전이엿다. 曙海는 병상에누어서 내가차저온것을보고 반가웁다는 표정으로「밧왓소—」하고 힘업는 나즌목소리로인사하든 그의얼골을바라보니 양쪽뺨이쏙빠저 광대뼈가 유난히더 나아온것갓고 구레나룻을깍지못한얼골이 백지장가티 창백하엿다.

잠시우울한침묵이 계속된뒤 병상엽헤노힌 세수수건을 집어드는그의 눈에는 주먹가튼눈물이 뚝뚝듯는다 집어든 세수ㅅ수건으로 눈물을닥그며

「내가죽으면 집안식구들이 불상하지!」힘업는소리로 이러케말하고깁흔한숨을 나려쉬엿다.

이것이 曙海와나와의 이세상에서 마즈막 애닯은리별이엿다.

아즉도 그때그주먹가튼 눈물을흘리며울든 曙海의얼골이 눈압헤보히는듯십허 눈물지운다.

작년(一九三一年)녀름 칠월이엿다 별르고별르든 가족사진을 曙海집에서(교남동살며) 박인일이잇섯다. 曙海부부가 나란히 손엽헤 S군과내가스고 다섯살먹은 曙海아들백이는 자긔아버지압헤 작난감자동차를타고

안젓고 X군의무인은 그업헤두살먹은아들을 무릅헤안치고잇이엿다 사진을박이고나서 曙海는「이종에 누구든지죽으면 손구락질을하며 요사람이죽엇다고할것이오 하지만 내가 몬친죽을길!」하고 너털우슴을우섯섯다。

과연 자긔의말대로 외년도못되、曙海는 죽엇다!

얼마나 악착한 신의작란이냐!

曙海는 칠월구일에죽엇다 그날의 나의일긔의 몃구절을적어 사랑하든 동무의영을 긔렴하고자한다。

×

七月九日(土)晴

이젯밤은 괴로운 밤이엿다。

자리에누어서 잠이들지못하고 업치락뒤치락하면서 밤을밝히엿다 잠이조곰들면 어떠한흉길한생각이 빈개가티머리로지나가 눈만뜻이새이엿다。

병석에누어서 신음하고잇는 曙海가 눈압헤나타난다 曙海에게 무슨일이라도 일어난것만갓다。

새벽에 조곰잠이들엇다가 눈을뜨니 해가놉핫다 불안한마음으로 누더잇노라니 밧게서 누가찻는다。X군이다。

가슴이 덜컥나려안는듯십다。

曙海는 오늘새벽네시이십분에 그여히 죽고말엇단다!

얼싸진사람가티 나는 다만머ー하니서서잇슬따름이엿다。

曙海가 죽엇다는말이 조곰도고지들리지안는다 어듸인지 숙살아잇는것만갓다 병원에 차듸찬시체가되며 누어잇는것은 曙海라고는 생각되지안는다 죽다니……죽다니……살어보려고하든 씩씩하든정렬이 차듸찬시체가되며누엇다니……누엇다니……。

의사가 오늘밤은 넘길것갓다고하야 X군은 병문안왓든 친구들과새벽두시에 병원에나아와헤여저 집에도라와 옷을벗고 막잠도들가말가할제 병원에서사람이와서 曙海가숨엇다는것을보고하드란다 이소리를듯고 曙海의칠순로모 그라고 曙海부인고닙세 병원으로몰리며갓단다 曙海를숭헐때 잇섯든사람은 崔君、朴君의사、누의동생 그외간호부이삼인뿐이엿다고한다 수술한뒤 아주깃불어온것은 수혈한덕이만타고한다。

X군이 돌아간뒤 나는방으로 드라와서 울줏한우울한마음으로 길흔한숨을 나려쉬엿다。

세상은 다만허사다 다만꿈이다!

무엇을찻는고 무엇을바라는고 曙海는 서른두살에 파란과파란을겪고 걱고 넘고넘어 죽을괴롭다 쓰고살려다 숨이턱에다아서……기진맥진하야 쓰러지고말엇구나! 말엇구나!

오! 이보다더 악착한삶이어듸잇슬것인고 무엇을위하야 그구구한삶을 이러케라도 살어왓스며 이러케라도 살어오면서 이세상에 남긔노흔것은 무엇인고!

파란속에서 나아서 파란속에서살아긴曙海! 이왕죽을량이면 고만큼 살다죽은것도행복엿는지도모른다。그만큼 이세상의괴로움을 니저버리는 순간이 썩어진것을 의미하는것이아니냐? 삶을게속한다는것은 다만괴로움을 연장한다는뜻이아니냐? 일찰라의즐거움도 맛보지못하는삶이며니 삶이며니…。

琛游! 파란속에서 나아서 파란속에서 살아왓구나!

열한시가 되여서 사에왓다。

우울한귀긔압이 편즙실을 눌르고잇는듯십다 琛游가 안젓든자리가눈물고잇고 원고지우에 붓을눌리고잇노라니 사닥손해의琛游의생각이하나식둘식단편적으로 머리에떠오른다

琛游가자리에안저서 편즙실이 떠나갈듯한 목소리로 급사를부르는듯십고 원고를바드라고 휴지통으로수선스러웁게 부리나케 거러오는듯십다。

하지만 그는 시방죽어 차되찬시체가되여누어잇다。

아! 이것이 무슨꿈이런가!

오후에 체부동琛游집을 올라왓다.

마루에는 조상객들로 가득차잇다。[illegible]은 무엇을쓰다가 나의손목을잡고 말을못하고 눈가에눈물을어리운다。

뒤ㅅ뜰우에올라스는 나를보신琛游어머님은 방에서 담배ㅅ대를 손에든채말도 못하시고 눈에눈물을더리우시드니 방에드러오는나의손목을잡으시고—자네들 수만코새식하고 남의생죄씨지 샘고도 죽고말엇네!—하시면서「어쩌겟나! 어쩌겟나!—하고 통곡을하신다 하도 어찌는시처서 우름도기진맥진하엿다 가슴속귀ㅡ밋바닥에서 우러나아오는 쌔귀린아들의죽음을 애통하는우름이다.

창백한얼굴로 긔진맥진한소리로

一커런야속한데가 어듸잇소! 커런야속할데가 어듸잇소! 예이—」하고 시체가누은아랫목을 손으로가르치시면서 방바닥에쓰러지신다。

다만외아들을 밋고바라든 외아들을 닐어버린 늙으신어머님의 슬픔애통!

지난번 칠흡지난 택이는 어머니젓목지에매달려서 방글방글웃고잇고 여섯살먹은 백이란여석은나를보드니

「아저씨! 우리집에 누가 죽엇는데! 아버지가 죽엇다누」

하고 내무릅에와 안기운다。

뜰에 琛游가아르면서도 공드려길르든 화초들이 주인의죽음을 슬허하는듯이 풀기가 하나토업시 머리를 떠러트리고잇는듯십드라。

×

琛游가 조선이란땅에태여난덕택으로 그의유족은 연명하여갈길조차업서 경성을떠나지 아니치못하엿다。외아들을 닐허버리신 칠순로모님이 젊은과부며누리와 어린두손주를더리고 회령으로떠나간것은 지난구월이십칠일 비가퍼붓든아츰이엿다。 밤새도록 퍼붓든비가 그잇흔날아츰까지 큰침목을물닷다 경성역에서 리별할때 琛游어머님이 내손목을잡고 우시면서 회령한번 오라하시든말삼이 아즉도 귀에남어잇다。

아래의 [illegible]兒의시조를통하야 그
날의 내감정을나타내이고 이붓을노
리고한다。

×

새도록 괴롭고도 머길줄을 모르
는고
가는 네마음이 보내는다 갓게도
면 細雨도 핑계를삼아 하로묵어
갈랏다
큰놈은 신을벗고 담뇨우에 안치
우고
엄힌애 들처안으며 [illegible]늑고 쓸어
지니
내고개구더진곳이 강거너단보힌다
북간도이사꾼은 그래도 호강이야
남편의무쇠가튼 팔뚝이나매달리지
어린애 늙은어머니를 약한네가엇
절네
어느곳淸凉里라 나는미시나리란다
[illegible]이다八百里 · [illegible]간다 건만
이러못 잠간이면야 낫안에는 못
가리。
빗발은 내쌍을치며 [illegible] 또두
드린다
汽笛이 멋자마자 애고움마 나는
소리
머리가 쭈뼛하드니 오르르떨린다
차라리 못잊말로 죽어가는 길이
라면
이러못쓰리게 안이치든 안을지며
손우의누의만되어도 이닥지는 안
으리,
줄처서 터벅터벅 비마지며 걸어
오니
一숨바뭇가겟소一울부지며 따르는듯
무심코도라다보고 헛기침만하엿다
비도 알곳지 떠나자곳개더니만
旅館간방에 밤기프자쏘다진다
城津을지날때쯤은 제발오지마라다
오,
내하로가 이리길제 얼마나 너는
머냐?
汽車時間表와 時計를 번히노코
지금은 여기쯤이나하며 뜬채밤을
새웟다; (끚)

(신여성 제7권1호, 1933.1)

卅歲로 夭逝한
創作家
曙海崔鶴松
(夕影畵)

小說家로서의 曙海

金東仁

세사람째다。

南宮壁、羅彬、崔鶴松、나의 친한 벗가운데 文으로 業을 삼는 사람을 세사람째 잃엇다。

◇

曙海는 朝鮮文壇의 特異한 存在엿다。

曙海以前의 우리 小說壇의 作家들은 모도 인테리出身이엇다。그 환경이며 地方이며 재산에는 差異가 잇엇겟지만 모도 고히고히 길어난 學生出身의 作家들이엇다。그런지라 그들의 그리는 社會도 그들이 밤낮을 보고 접촉하고 경험한 사회엇다。그들이 그리는 事件도 역시 그러하엿다。

曙海는 그 生長부터가 在來의 作家와 달랏다。貧困한 환경아레서 어려서 부터 무수한 고생과 쓰라림을 겪은 사람이엇다。중으로、放浪客으로、아편쟁이로、人夫로、饑餓때문에 죽음에 直面한 가련한 存在로、별별 경력을 다 지난 사람이엇다。

따라서 그의 그리는 社會가、아직것 조선 小說作家들이 그리는 社會와 온전히 달럿다。그의 그리는 社會는 暗黑한 社會엿다。굶주림과 병과 아픔과 죄악과 잔혹함과 공모가 막 섞인 사회였다。

아직것 온전히 有産者의 生活만 小說에서 보든 조선 讀書界에서 曙海에게 驚異의 눈을 던지고、손을 들어져 맞은 것은 이 小說안의 社會의 描寫에 고혹되기때문이엇다。 푸로文壇에서 曙海를 大將격으로 맞어 들인것도 그때문이엇다。

◇

그러나 曙海는 一個의 小說作家엿다。 그는 局限된 푸로藝術家가 아니엇다。아직것 見聞한 사회가 참담한 最底社會이고 다른 社會를 보지 못하엿으므로 自然히 그런 社會만 그리치 그社會만 그리는 것이 그의 목표가 아니엇다。

曙海가 朝鮮小說壇에 뽑지못할 귀한 자리를 잡으면서 그의 生活도 차차 安定됨을 따라서 아직것 본 社會와 다른 社會生活을 하게 되엇다。同時에 그의 二元的人格的生活이 전개된것이엇다。암담한 과거와 비교적 生活이 安定된 현재、여기 앉어서 그內在한 二元的人格과 다투면서 落着되기를 기다리는 最近三四年、그는 執筆을 못하엿다。과거의 암담한 경험으로 小說의 材料를 取하자니、현재의 비교적 安定된 生活이 방해를 하여 迫眞力이 절핍할듯 하엿다。현재의 安定된 生活을 긔초로 小說의 取材를 하자니、과거의 암담한 것이 너무도 깊이 백여 잇엇다。이 二元的人格때문에 그는 붓을 中止하고 기회를 기다리고 잇든 것이엇다。

◇

洗鍊된 붓이엇다。날카로운 觀察이엇다。정돈된 構想이엇다。티없는 솜씨엇다。

나는 기다리고 잇엇다。이만한 솜씨를 가진 曙海가 이전과 다른 환경에 충분히 용화가 된뒤에 두 社會를 눈아래 굽어볼만한 낙착을 얻은뒤에 써 내는 小說을 나는 기다렷다。

그랫더니、그것을 쓸「때」를 얻지 못하고 세상을 떠낫다。

◇

勞作出身의 小說作家만 잇고 그들이 그뒤 見聞한 「암담한 사회」라야 「學識」이라는 렌즈를 通해서 본 社會에 지나지 못하겟으므로、역시 처참한 最底계급의 生活을 그리기에는 不足한 朝鮮의 小說壇에 잇어서 最底生活者出身의 唯一人이든 曙海를 잃는다는 것은 무엇에 비기지 못할 큰 손실이다。

그러치 않어도 作家가 不足한 朝鮮에서 曙海는 웨 그다지도 일즉이 죽엇나。

（七月十一日）

曙海여, 핀을들엇노라

金 岸 曙

기다리든 비는 실낫으로 버렷다 말앗다 하든 이달 初다샛날(?)에도 午前 열한 時가량이엇습니다. 曙海를 三乎病院으로 내가 차잣을 때는 벌서 하로밤을 하로전에 醫專病院으로 轉院하고 말앗을 때엇습니다. 醫專病院二層 號病室寢臺우에서 내가 그를 發見하엿을때 그는 무엇인지 長文의 私信을 업디여 쓰든 中이엇습니다. 들여다보니 얼굴에는 疲勞가 가득하엿고, 血色은 대단이 좃지 못하엿습니다. 잠옷 사이로 보이는 다리는 毫末 빠진 것이 病에 시달린 흔적은 묻지않고라도 넉넉히 짐작할만 하엿습니다.

「그래 어떳소?」 나의 人事人말에 「암만해도 日間 手術을 받어야될 모양입니다. 가난病……」하며 그는 말끝을 멋적은苦笑로 맷앗습니다. 便紙를 쓰길래로 나는 나머로 테블우에 놓인水滸誌를 들추어 이張저張 드어다보누라니 「……江若有淚應啼、陸若通淚有聲……」이눈에 띄엇을때에 曙海는 무슨생각이 낫든지 「岸曙!」하고 나를 불럿습니다. 고개를 돌어보니, 그의 손에 어떠한 女子의 머리「핀」하나이 잡혓습니다.

「이핀이 누구의 것인지 모르나, 病室방바닥에 데굴데굴 굴어 다니길래 집어서 保管을 하지안소. 이핀임자가 退院을 할때에 잇어버린 것이겟소, 또는 愛人의 病구원을 하다가 그대로 떠러친것이겟소. 如何間 생각하면 자미잇는 핀이 아니요? 그래, 保管을 합니다. 자, 岸曙는 이핀을 두고 詩를 쓰시요, 날랑은 病이 나은뒤에 고기를 톡톡이 부처서 短篇을 하나 써볼터이니……하하」이번에는 말끝을 그는 웃음으로 맺어버렷습니다.

그날밤이외다, 旅舍의 殘燈을 對하고 가는 비소리를 듣는 나는 여러가지로의 생각에 心思가 고요치 안엇습니다, 曙海의 「핀」을 材料로 한篇의 詩를 試驗하고 싶엇습니다。 붓에다 먹을 찍어 종이를 對하니 想은 잇으나 何故가 어째그런지 그想을 自由로이 할수가 업엇습니다。 그래 나는 草紙를 그대로 冊床우에다 던지고 말엇습니다。 잊어버린채로이렁저렁 二三日은 꿈같이 지내갓습니다。

아마 지내간 일햇날 밤인상십습니다。 나의 눈은 偶然이 잇엇든 詩稿草紙우에 떠러젓습니다 그것을 機會로 또다시 詩라고 만들어 본것이 지금의 이 詩외다。 語句가 맘대로 되지 아니하야 草紙그대로외다。

들으니 그날밤 曙海는 手術을 밧고 피를 만하면서 生死의 境域을 헤매든 때라고 합니다。 曙海가 快癒되면 웃음꺼리삼아서 이 詩를 發表해 본가 하든 것이 이어인 일입니까! 曙海는 이미 이世上에 업고 이詩를 그의 외로운 靈에게 들이지아니할수 업는 慘狀가 되고 말엇으니 사람의 生命이란 참말 믿을 것이 못됩니다。 내이 자리에서 무엇을 더 말할 것이겟습닛가。 너무도 嘆닯한 이人生의 그運命에 혼자 외로이 가슴을 칠뿐이외다。 이것은 四日동안의 일이외다。 그런지라 어詩를 曙海의靈에게 들이는 바외다。 아아 曙海여 平和로이 瞑目하라。

1

이편이 어인편고、알길이 없네。
실비도 사운사운 쓸쓸한이날
외로히 굴러도네、病室구석을。
人生도 이같으리、모다모를길

2

구석구석 病室을 헤매도는양、
主人이 누구든가、넓은이세상。
바람대로 이몸은 南北도노라。
손에 드니 님생각 다시 살틀타。

3
그지아비 病들어 病에 울을제
그지어미 깜한맘 하늘 웨첫네。
이핀이 어인핀고、그지어미의
설은맘 풀길없이 네가 도느냐。

4
검은머리 긴털에! 느러진사랑、
보람없는 사랑에! 病들어 누니
無心타、아가씨의 때늦은心情、
잠든이야 알것가、핀만 남앗네。

5
아춤저녁 새단장 검은머리핀。
흰손끌에! 감들든 검은머리핀。
主人은 어데가교 핀만 남엇노。
생각은 百千이라、검은머리핀。

6
瞿海여、瞑目하라、平安이 가라。
핀을 두고 後日을 약속한 우리、
이날에 그대 가니 핀도、잃노라。
내노래뿐 외로이 그대를 우네。

一九三二、七、一〇

(동광 제36호、1932・8)

生前의 曙海 死後의 曙海

金東煥

生前이좋고 死后가 나뻤든 사람과 生前이 나쁘고 死后가 좋왔든 사람과 이렇게 두가지 편이 있다면 曙海는 后者에 屬하리라。 그러나 이렇게 말하면서도 그는 生前도 相當히 좋왔다고 보겠다。 다만 그死期만 誤치않었든들 生前、死后모다좋왔을것을 아깝게도 그는 死期를 誤하였기때문에 드물게보는 生前의 그빛나든 名聲을 스사로 꺾었다。 나는그가 죽은 即后에도 그는 死期를、誤한사람이라고 恨하였거니와 이생각은 지금도 나의가슴을 떠나지 않는다。

曙海는 二十五六에죽어야 옳았다。

그가 서른둘에 落命할때까지 晩年의 五六年이란 年代는 그에게있어 不必要하고 不名譽스러운 壽命이였다。 이五六年동안에 그는 이즈러저가는 새벽별모양으로 그렇게도 燦然히빛나든 作家로서의 光彩를 거두기에 바뻤고 사람으로서 풀이 죽고 節介를 잃어 人格의 빛을 잃든때이다。 실로 내말과같이 二十五六을 一期로하고죽어주었든들 一世는 薄命한이 天分있는 作家를 痛惜하야 마지않었을것을 이五六年때문에 文學史家는 마치 菊初李人稙을 보듯 曙海에對한 評價를 躊躇하야게되고 世人은 慨歎하든말을 입밖에 내는것을 꺼리게되었다。 무서운것은 人格의 힘이라 作家라고 小說잘짓고 詩篇이나 잘쓰는데에 生命이 있는것이 아니라 實로 그根底에 人格의 힘이 人格의빛이 흐르고있어야 비로소 后世에 傳하는 史上의 文豪가된다。 이點을 曙海를爲하야 悵然하는者ㅣ 아마 나뿐이아니리라。

□

지금 도리켜보면 二十五六에이르기까지의 四五年동안의 年代는 曙海에 있어 得意의 時代요 飛躍의 時代였다。눈보라치는 北國、豆滿江邊에 무처있든 一無名少年으로 春園의 推挽을 얻어「脫出記」의 一片을 草하야 世에問한뒤、 계속하야「紅焰」「그믐밤」「큰물진뒤」 等무게있고 典實한 作品을 내놓아 一作은 一作을 다토아 그의地位를 올렸다。「朝鮮文壇合評會」席上같은데서는 그를가르처 朝鮮의「골끼ㅣ」라고 激讚하였고 新興하는 階級文藝의 評家들은 그의作을 푸로레타리아 文藝建設의 指標로 삼었다。 이리하야 民衆들은 차츰 關心으로 그의 글을 愛讀하려들었고 社會는 [illegible]하야 偏愛와 名聲을 주려하였다。 二十代의 青年作家로 이만치 [illegible]時ㅣ에 讚辭를 얻은作家도 우리文壇에 그리 흔치않었다。

曙海의 앞에는 장차「曙海時代」가 오려하였다。 曙海自身으로 보아도 이때만치 胸中에 野心의 불이 붙고、 또 뭇닢이 봄을맞은 草木모양으로 生氣 있은때 없으리라。 더구나 作品을 組織하는 非凡한 手法과 當時 新興하는 人民層의 呼吸에 꼭 드리맞는、 그 情熱과 正義感이 흐르는 作家로서의 그 [illegible] 親野、이 氣運이 어찌 꺾겔줄 누가 뜻하였으랴。 그의 짜른 生涯中 六年이란 后半의 晩年期에 들자 아모도 모르는사이에 曙海는 말미들기시작하였고 스사로 下向線에 들어버리었다。 그래서 文藝評家는 그의作을 高價評

價하기를 拒絶코 캅프서는 나왔고 그에따라 차츰 그의作家로의 地位는 人民의속」에서부터나와서「民衆關心의圈外에 서게되었다。

□

이리된 原因은 아까도 말하였거니와 그는晩年에 簡介를 잃었든것과 또한가지는 貧窮과 病苦때문이었다。 曙海의 貧困은 또한 類例를보기 드물게 極하였다。 그는 배를 곯고 居安거리를 들개와같이 彷徨한적이 한두번이 아니었다。 더구나 結婚한뒤 妻子에對한 負擔까지 두어깨에 짊어진 그는 世上을지내가기 結婚前의 비좁은구멍을 지내기보다 더어려움을 恨歎하였나。 이리하면서 한사람앞에 衣食조차주지안는 社會의 冷情에 울었나。 도와주지않는 先輩와 友人의 無情이 또한 憤慨하였다。 이리면서 自殺하는 생각이나서 나중에는「安全한生活」을 爲하야 그는 몸을 던졌다。 그結果는 世上에서는 차디찬 눈살을 받었다。 그는 처음은 良心의 苛責에 煩悶하다가 스사로 神經이 麻痺되기를 기다리는듯 一切 無關焉의 超然한 態度를取하였다。 이미 이렇듯 生命力을 잃었음에 그의 붓은 前日의 生氣를 찾어가질 理없었다。 그래서 生氣없는 作端에선 職業的인 죽은 文章과 억지타령의、作品이 나왔다。 곳곳서 號外時代가 落伍、 愚作駄作을내어 一世의 冷笑를 산다。

曙海의죽음은 벌서 이때부터이다。 이미 作家로서 精彩를 잃은그는 이時代에 벌서 죽었었다。 내가그의 이五六年동안의 肉體的生命의 存續을 恨한은 이까닭이다。 말하자면 그의晩年은 生命이 산것이아니라 그저 精神力을잃은한개 肉塊가 惰力에 依하야 呼吸하여 왔든것이다。

□

그는 復活할길이 한가지 있었다。 그것은 그는 元來 山사람이라 산에다시도라감에 있었다。 山에도 勿論貧困은 기다리고 있었다。 그러나 그는 二十年前에국수집 머슴 胡人小作農、 停車場驛夫、 等等 별별 고생을 다겪더었다。 그는 意志의 人이라 이만한 世苦를 다시 겪지못할理없었겠다。 그래서 차라리 出世以前과같이 豆滿江邊 胡地에 파무처 감자農事나 지으면서 天分을 기우례 純되고 典實한 그作品을 繼續해내었더면 그의壽命도 三十二三에 끝첬을理萬無하겠고 作家로서도 民衆의 渴愛를 如前히 받었을것이다。 이時節에 내가 落鄕을 勸할때 그는 머리를 돌렸다。 다시 非文明的인 그 惡과貧이 推積된 胡地로 가기를 꺼려함이었다。 未久에 그는 落命하였다。 不治의 胃病이 맞나서 말하자면 그胃病도 都會生活에서 얻은病이었다。 曙海의 健康은 都會生活이 뺏아서갔다할것이다。

□

아모커나 曙海의 生涯를 도리다보면「불상한사람」이란 생각을 禁한길이 없다。 小官吏의 외아들로 태어나서 어렸때부터 父母를여이고 고닯은 世苦에 시달리기를 極度로하야 그야말로「死」와 싸우면서사라왔다。 그래서 三十年이란 짜른生涯 사이에 안해를 갈기를 네번채나하였고 職業을 바꾸기를 열번은더하였다。

그의 人間된품은 걸걸하고 破脫하고 시언시언하며 동무에對한 義理에 强한사람이었고 惡意가 一毫도 없는 사람이었다。 서울生活 八九年하는사이에도 그練된 氣質만은 變할줄 몰랐었다。

이제 그의 三週忌를닷나 그를 回想하는 글을 쓰려함에 그의作品을 다시한번 보앗으면 좋았을것을 四五年동안 분주한 世事에 再讀할 機會를 잃어 作家로의 曙海에 言及치못하고 이붓을멈을 遺憾으로 안다。 아무튼나는 그의 墓前에서 부를말이 남어있다면

「그믐은 不治의 肺病으로 아모때
또 죽을바에는 좀더 일즉 죽어주
엇거나 그러치아니하거든 아조아조
五六十까지 길히 長壽하여 그대의
眞價를 다시한번 發揮하여 보이지
못하고 죽은것이 恨되누나」
할뿐이다。

(신동아 제47호, 1935·9)

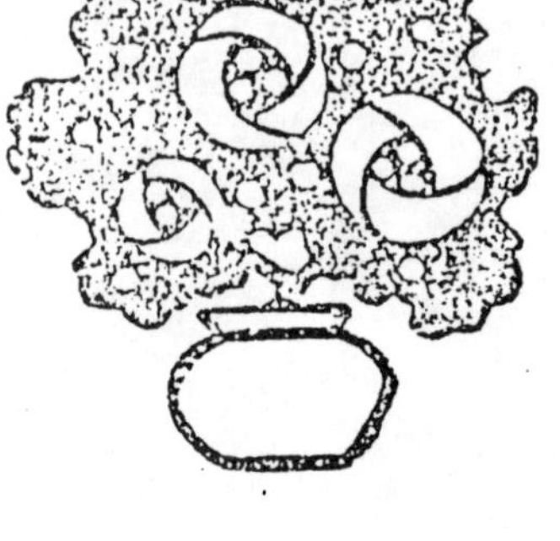

文藝時評

『紅焰』에나타난『意識의흐름』

金起林

一九三一年 前半期에 우리들은 두個의 短篇集『紅焰』과『露領近海』를 가젓다。

이것들은 여러가지 意味로서 우리들의 注目을 끌고잇다。 나는爲先 이작은 批評에서 便宜上前者만을 取扱하리라。 曙海는 벌서 文學史上 한個의 獨特한 地步를 獲得한 作家다 그의가장 華麗한 活動의時期는 의미過去에 屬한지오래나 當節의 그의作品은 質로 全然새로운『스타일』을 散文學우에 創造하야 宛然이 近代文學의 最高峯에 到達하엿든 것이다。

그래서 曙海는 우리들朝鮮의 젊은『제네레이스인』이 가지고잇는 가장큰 古典的存在의 하나다 文字그대로 그는 文學史上의 存在며 古典이다 그以外알수업다 따라서 이번의 그의 作品集『紅焰』도 決코 現文壇에의 積極的意志와 努力을 包藏하고 잇지아니하다。

거긔는 .作者의 그와가치 새로운時代에 寄與하려는 아모野心도 明日에로 向하야 움직이려는 아모熱도 發見할수업서서 豫想대로 우리를 失望식혓다。

이러한 意味에서『紅焰』은 黎明의한울을 붉게태우는 積極的 意志로서의 紅焰이아니고 作者의 回顧의 世界속에서 고요히타오르는 鄕愁와 追憶의 紅焰이다。

한데 나는 무슨까닭에『紅焰』을 問題삼으려고하는가? 그것은 이作品集에 蒐集되여잇는 서個의 短篇『紅焰 [illegible] 其態』을 通하야 그根底에 숨어잇는 重大한 時間的 移動의伏線이 强烈하게 나의興味를 挑發한까닭이다。

그것은 作品集인同時에 한個의 속일수업는 一『인테리겐챠』의 忠實한 人間史인 까닭이다 卽知識階級 그것의 變移의 諸階段이 그代表者로서의 曙海씨所階의 時間的發展 ―或은 退化라고해도 좃다 ― 의 人間記錄『紅焰』을通하야 如實하게 그래서 우리들의 가슴을 굿세게 따리는것이잇다 또한일즉이 知識階級의 가장 ××的思想이엿든 人道主義가 現實條件의 成熟을 따라 知識階級의 生活의 決定的 變化에 依하야 엇더케 冷却해버리며 이욱고 차듸찬 灰燼으로 化하는가? 의 한例示가잇다。

× ×

卽現代의 藝術은 極히 적은 除外例를 남기고는 大體로 그것은 知識階級의 感覺이라고 말할수잇다 그것은 具像化한 그들의 神經系統의 戰慄이다 그들의 生活環境에서 밧는生理的心理的 刺戟의 모―든變化를 藝術을 通하야 固定化식힌다。

새로운 小說의 手法으로서의『意識의 흐름』이아니라 할지라도 藝術은 그作者의 아니 그作者로써 代表되는 階級의『意識의 흐름』을비록 自然發生的인 不明瞭한 形式으로나마 담고잇는 것을 避할수업다 이러한 意味에서 藝術은 그自體의 藝術的價値와는 別個로 重要한 社會學的史料이기도하다。

以下나는 藝術作品으로서 의 價値判斷의 對像으로서 『紅焰』을 取扱해 나가면서 同時에, 그속에 表現된 知識階級의 『意識의 흐름』을 그發展過程을 通하야 朝鮮의 知識階級의 全運命과 關聯식히면서 分析考究하려고 한다.

× ×

全盛時代의 曙海의文學을 特徵잇게한 重大한 特性의 하나는 異國情調엿다.

北滿洲라고 하는 荒蕪地를 그의作品의 主人公들은 大部分 그舞台로 採하엿다. 우리들에게 잇서서 그것은 民族生活의 新開拓인 同時에 全然未知數인 青春의 未來에 가로노힌 人生의 曠野이기도 하다.

거긔는 人間性의 極惡의 反面의 發現인 殘忍과 野昧와 虐待와 그리고 거긔對한 사람의 가장피비린내 나는 復讐와 反抗과 憤滿이. 큰渦卷을 이루고 急激하게 旋回하고 잇는곳이다.

作者는 이러한 暗澹한 天地에서 이러나는 主로 사람과 사람사회의 葛藤을 그의深刻한 體驗에 基하야 明刻하게 描寫하엿든것이다.

그것은 한個의 可驚할 戰慄을 우리들의 새로온 文學史에 우헤 創造하엿다.

그리고 그諸短篇은 恒常 壓縮된 人生의 劇的力量 을겨누엇스며 다라서 至極히 『다이나믹』하고 熱滿한 『쿠롯드』를 展開식혓다.

새々로 우리는 그의 短篇이 한張大한 長編小說에 담을 內容을 가지면서 充分히 濾過作用을 經한후에 그 『엣센샬』한 部分만을 提示한것처럼 보히는것을 經驗하엿다.

曙海의 作品의 主人公은 거의 種々의모양으로 變形된 作者自身을 代表하엿다.

그는 作中의 主人公의 입을거처 그自身이 現實社會에 對하야 人生에 向하야 平常에 가지고 잇던 高潮된 憤滿을 限것 무러노앗스며 그가 敵意를 품고잇던 對像에게 主人公으로 하여금 가진 復讐를 다하게 하고는 숨을내 쉬엿다.

우리들이 盛하게 拍手를 보낸것도 가튼 反抗的精神에 共鳴하고잇던 當時의 時代思潮에 作者가 丈석게 『어필』한까닭 이엿다.

短篇集『紅焰』속에 드러잇는 短篇『紅焰』은. 그時代의 그의 作品의 類型의 하나다 거긔는 非人間的虐待 가잇고 殘忍을 極한 復讐가잇다 作者의 例에 依한『로맨티시즘』이 『배허』(白河)를 새々로 차저오는 눈보래와 가치. 그根底에서 强烈하게 波動하고잇다.

다음의 短篇『底流』에서 作者는 그의『로맨티시즘』을 多分히버리고 大陸에 갓가온 우리나라의 北方의 風俗의 一描寫를 展開식혓다 거긔에 醸成되는 鄕土色을作者의 能난한 方言의驅使에 依하야 十分効果를 거두엇다.

일슥이『쫀 밀링튼, 씽그』가 그의 祖國인愛蘭의 農民이나 漁民의『릴당·코리』와『쏘이』를 一種의 愛情을 가지고 表現식힌것처럼 우리들의 古典的作家는『底流』속에서 北方의 農民들의 無慈悲한 自然에 對한 가벼운恐怖와 그들의 눈물겨운 希望을 交錯식혓다.

强烈한 北方의 흙냄새를 감추고잇는 이一篇은 매우 사랑스러운 作品이다.

여름밤의 모닥불—그周圍에서 날을새우며 꽃을피우는 온갓 주착업는 이야기와 그것들은 作者의 어린시절의 記憶에서떠올라와서 그의 鄕愁를 수며내는 가지가지의 映像의 무리나 아닐가?

그熱狂的인 로맨티시즘을 떠난이 후의 作者는 이作品에서 그主觀을만히 죽여 버렷스나.

도로혀 淡泊한『쎈티멘탈리즘』에 陷落하엿다 作品속에서 날뛰던作者의 主觀은 이곳에서는 客觀化한作品을 고요히바라보는 버릇을 비혼것갓다.

그러던그가『葛藤』아니차라리 —『인텔리겐챠』의手記에이르러서는 그主人公으로 하여금 冷靜히 漸々頹落하는 自己를 凝視하며 압흔 매질까지 스스로 加하게한것을보게되엿다.

(三千里 제19호, 1931·9)

新人紹介 【一】

『창소의 作者』

崔仁俊君

編輯部

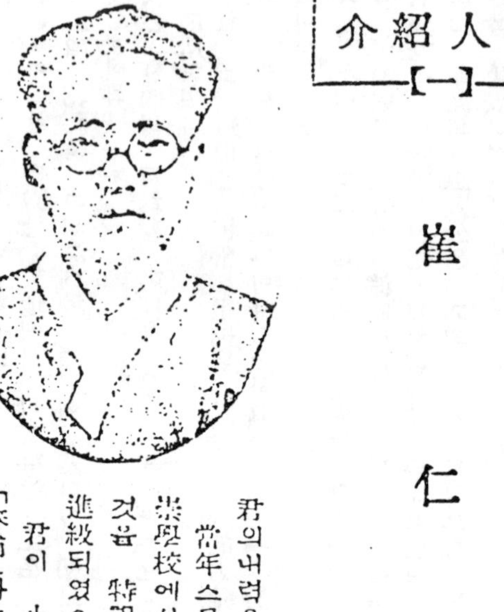

君의 내력을 簡單이 紹介한다。

當年 스물넷、平壤出生이다。그곳에서 자라나서 君의 小學時代는 鎭南浦三崇學校에서 보내였다。當時 童謠詩人 孫晶東氏에게 文學的指導를 많이 받었다는 것을 特記하여둔다。中學時代는 平壤光成高普를 것처 京城의 普成高普四年까지 進級되였으나 同盟休學旋風에 學海에서 逐出을 當하였다。

君이 小說에 뜻두기는 昭和三年度 봄 朝鮮日報 新春懸賞文藝에 應募했든 「[illegible]市」라는 小說이 佳作에 入選된後이였다。비록 發表는 못되였을망정 十七歲少年에게 커다란 感激과 野心을 주었든 것은 事實이였다。

그다음해 「朝鮮農民」誌에 農民小說「大幹線」이 當選됨을 契機로 해서 同誌에「暴風雨前」(中篇)「新作路」(戱曲)「兄弟」(短篇)을 發表하였고 「新小說」(文藝雜誌)에「양돼지」「하나님의 뜰」「그의 手記」等短篇을 썼다。또한 李泰俊氏가 編輯하든「學生」誌에도 「下宿의 밤」「逃亡」等短篇을 發表하였다。

그中에도 「양돼지」는 問題를 일으킨 作品이었다。咸逸敦氏의 「水準以下云云……」의 惡評과 이에 憤激한 半島人의 應酬가 있었고 廉想涉氏의 總括的 評文도 있었다。그 小說은 小說로서의 價値가 薄弱하다고 할수 있으나 그 作品에서 君의 才操만은 發見되였다。그러나 作者로서는 沈默을 직히였다。意志가 弱한 少年인지라 崔君은 그뒤에 小說에 붓을 들기를 中止하고 붓까지 꺽거버렸다。붓만 가지고 들러안저있지 못할만큼 時間의 여유도 없었든 것이다。그는 平壤서 父親이 商業에 失敗하고 鐵原으로 이사를 가게되자 그곳에 가서 農事를 했다。그리해서 君은 四五年間 文學的生活과 作

品行動을 하지않었다。아조 文學社會를 니줄까도생각하고 册도안보고 小說도안쓰고 農業에만全力을 加하였다。

그러나 君은그냥 田園으로돌아가있을수가없었다。시골에서 比較的時間의餘裕을 가지고있는君은 다시붓대를 가다듬었다。藝術的野心은 그를그냥두지않었든것이다。小說家로써 再出發을決心하고 그는小說의붓을들게되여 昨年度 東亞日報에「황소」가當選되였다。이에재만남었든 藝術的情熱에 다시불을질리놓은君은 至今專心으로 小說을쓰고있으며또는 앞으로두 꾸준히 써나가려는 誠意와 野心을가진 사람이다。「新東亞」에 長篇이佳作으로 當選된것은 좀섭섭한일이나 그作品에서 君의 小說的手완도 엿볼수가있었다。그리하야 우리는 也君에게서 小說家로써 얼마나한 才能을갖인것을 알수있다。오직君에게는 今後의 努力如何로 君의前途가 展開될것이니 꾸준한 努力을바라며이만한다。

(조선문단 제22호, 1935·4)

崔貞熙論

郭鍾元

文學이 時代를 先行해야 되느냐 現實에 執着해서 있는 그대로를 그려야 되느냐·하는 問題는 이미 오래 前부터 論議 되어 오던 課題다。

우리가 現實에 살고 現實에서 죽는다하디라도、있는 그대로의 現實이 우리에게 滿足을 주지 못하고 充足感을 기치지 못하는 以上、새로운 世界에의 希求와 期待는 恒常 이 頭腦 속에서 떠나지 않는 것이다。文學은 時代의 빛이요 世代의 등불로 높은 位置에다 떠받히게 되는 것도、이런 未來의 아름다운 꿈은 그리게 하고 憧憬하게 하는데 價値가 있은것이요、한 걸음 나아가서는 實質的으로 人間의 生活範圍內에 美化 作用을 하는 重要한 要素로서의 文學의 價値가 있음으로써일 것이다。

그러나 文學이 時代에 앞서서 讀者를 이끌고 誘

寫해 가야된다든지、카메라的 位置에서 寫實만 해 두면 그만이라든지 하는 것은 文學「장르」에 있어서 分岐 될 問題이요、技術的인 問題이지 그 根本에다는 어떤 慾慾이 있을 理 없은 것이다。勿論 作家가 意識的으로 이런 觀念을 排除하였다고 하더라도 結果論에 있어서는 그렇게 되는 것이다。

詩가 憧憬의 世界를 노래하고 未來의 꿈을 그린수 있는「장르」라면 創作은「레알리티」의 把捉에서 讀者 스스로의 胸襟에 想像과 感情을 通해 새로운 世界를 써 뿌려 줄수 있는「장르」다。

作家 崔貞熙氏의 世界가 現實을 撮影한 한장의 寫眞이 아니오「모멘」이 꿈건치는 詩의 世界만은 그리지 않고、恒常 錯雜한 人間 世態를 그리되、거기에 때에 사모치는 眞實로서、어떤 許多한 課題를

던신다는 것은、非單 그것이 作家的 技術에서 오는 것이 아니라 하더라도、우리는 고맙게 그 許多한 課題에 귀를 기우려야할 것이다。

그렇다고 해서 그 許多한 課題가 새로운 것만은 아니다。應當 있어야 될 世界、常識的道德이나 或은 다른 作家의 손으로 이미 旣成된 모랄 等도 여기에는 許多하게 重疊的으로 提起 되어 있다。그러나 旣成 모랄이 한 개의 觀念에 그치고 知行이 合一되지 않는 踐行的知識에만 그쳤을 때、社會的인 하나의 課題를 그대로만 보고 있을수 있을까? 要는 重複된 수있는 그課題를 어떤 角度에서 새롭게 認識시킨다던지 感動 줄수 있는가 하는 것이 問題인 것이다。

崔氏의 作品 속에 提起된 問題가 女性의 運命이던가、夫婦 關係、母性愛、生活難、性的 習慣 等等에 있음은 周知의 事實이지마는 恒常 離覩하게 現實을 파헤치고 나아가는데는 首肯할 수 있으나、새로운角度에서 問題를 處理못함은 玉에 티가 아닐 수 없다。

이 作家가 終始 一貫 女性의 社會的인 地位와 女性이기에 구박받는 數多한 問題等을 테마로 하는 것은 애오라지 崔氏 自身이 女流 作家라는 條件만이 그렇게 한 것은 아니다。그의「病室記」라는 日記文에도 나타나 있는 바와 같이 崔氏 自身의 生活環境이 複雜하고 多端하였기 때문에、같은 母性愛와 夫婦關係와 生活苦를 그리었으되 그것이 悲壯히 悽切하게 우리의 心琴에 부디쳐 오는 것이다。그 압필하는 强迫感이 산은 집이고 뼈를 까아 내는 듯한 切實한 것은 오로지 作者의 眞實의 吐露요 生活의 絕叫이었던 關係다。그렇다고해서 崔氏의 作品이 自己私生活의 記錄이라고는 勿論볼수없다。오직 自己 生活에서 오는 生理的인 實感이 作中 主人公의 一擧手 一投足에 살아 움지겠을 뿐이었던것이다「凶家」나「靜寂記」에서 볼수 있었던 女性의 슬픈 歎息이「地脈」에 와서 圓熟한 境地를 보였다。사람에 따라서는「地脈」을 그리 大端하게 안녀기는 분도 없지 않았으나 亦是 崔氏의 文學的 活動에 있어서는「地脈」에서 비로소 그 作家的 力量을 發揮하였고、「天脈」에서 틀이 잡힌 地盤을 닦게 되었다。

「穀象」의「남이」나「肖像」의 惠郁이나 恩英이 선영이 亞伊等 三脈의 主人公들도 女人이기에 받는 괴로움、特히 이땅의 女人이기에 社會的으로 不完全한 制度 밑에서 시달리는 고초가 뼈를 까는 듯하였지마는「地脈」의 恩英의 境遇일 때는 그것이 더 한層深刻하여지며 社會에 묻는 問題가 몇 가지 있다

첫째로 恩英이와 같은 外國 留學까지 한 所謂인테리 女性의 精神的인 意慾과 現實 問題와의 遊離에서 오는 跛行的 現象은 어떻게 해야 되겠는가? 둘째로 어머니는 그 子女를 위하여 自己 生活을 犧牲해야 되는가? 셋째로 私生兒에 대한 社會的 問題는 어떻게 解決해야 되겠는가? 이런 社會的 聯關性을 가진 問題를 提起하게 되는 것이다。勿論 첫째 問題에 대하여서는 그것이 要性에게만 局限된 것은 아닐 것이다。오늘날 우리 社會의 現實이 이들 知識青年에게 應分의 現實的인 生活 問題를 解決지어 주지 못하는 것은 괴로운 事實 中에 하나임이 틀림 없다。둘째의 母性愛 問題는 그것이 過去의 因習에서 오는 抑壓的인 強制의 要求가 아니고 스스로 우러나오는 가장 强한 사랑의 한 表現으로서의 恩英의 모든行動은 確實히 作家 崔氏의 究竟的으로 到達한 모랄의 歸着點이 어머니는 子女를 위하여 自己의 生涯를 犧牲해야 된다는 것이다。그러나 이것은 조금도 새로운 모랄의 問題가 아니다。우리의 周圍에서 얼마든지 볼 수 있는 事實이오、一般 常識道德의、한 範疇 속에 있는 問題이다。

그럼에도 不拘하고 우리가 이 問題에 키를 우리게되는 것은、恩英이의 境遇일 때 或은 逝伊의 境遇에도 마찬가지지만 自己가 낳은 所生이 戶籍上으로 버젓한 아이가 못되고、私生兒일 때 그 아이의 入籍을 시켜 달라고 過去의 戀人이었던 「상훈」을 찾아 가는 場面이다。即 金哥의 아들은 李哥의 아들로 「상훈」의 아들로 入籍시켜 달라는 請이다。

우리가 조용히 생각해 볼 때、참으로 기가 막힐 悽切한 場面이다。子女를 위해서는、戀人이었던 사람 앞에서까지 體面的 精神的 矜持도 헌 신짝처럼 버릴수 있는 境地에 到達할 수 있다는 것은 恩英에 있어서는 肉體的으로 열 번 죽는 以上의 아픔이다 肉身은 처서 죽이고 모든 世上 慾心은 억눌러면서 어디까지나 精神의 安息處를 찾는 그에게 있어서、이것은 죽는 아픔 以上의 苦行이었다。

私生兒 問題에 있어서도 한 觀念的인 解說이 아니라 바로 그것이 生生하게 살아 움지기는 現實的인 問題일 때 社會的 國家的으로 던지지는 一投石의 波紋이 아닐 수 없는 것이다。

崔氏의 世界는 女性의 괴로움만이 가득히 充溢되어 있는 天地다。「肖像」의 悲哀이나 「人脈」의 선영은 男便이 있는 아빠로서 다른 男性을 思慕하게 되는 괴로움、언제나 그늘 밑에서 한숨과 눈물과 슬픔만으로 사는 그들의 世界는 그것이 바로 不道德

한 東洋의 婦道를 無視한 典型的인 作品이었다 하더도, 우리는 單純히 處決해 버릴 問題만은 아닌 것이다.

西洋이기에 朝鮮이기에 받는 制約과 抑壓만은 아니라손치더라도 그것이 人間의 삶의 環境 問題의 하나인 때, 더욱이 無意識으로 다른 男性에게 끄을려들어 가면서도, 작구 머리를 흔들고, 自己의 理性을 바로 잡으려고 無數히 애를 쓰고, 마침네 本姿態로 돌아 오는 것은 볼 때, 道德論과 人道主義만이 解決 지을 수 없는, 人間의 赤裸裸한 姿態를 엿볼수 있는 것이다. 이것을 道德的으로 涉獵하게 東洋의 婦道에 어그러진·일로만 돌리기에는 너무나 切迫한 人間的인 面이 있는 것이다.

그러면서도 이 作家의 生活 意識에서 오는 것이만까, 女性인 生理的으로 움지기는 要素에서 發散되는 것이란까, 끝까지 싸워서 막장은 보는 오직 한줄로만 突進해 나가는 强力하고 積極的인 生活 意慾은 눈부신 光芒을 發한다. 그 精神的인 苦痛과 쓰라린 肉體的 艱難에도 쓰러지지 아니하고, 끝까지 싸워서 不屈하는 精神力으로 突破하고 나가는 것은, 讀者들로 하여금 强力한 意志와 積極的인 生活 意識을 자아내게 한다.

解放後 文壇의 共通된 現象이겠지마는 崔氏도 亦是 다른 作家들처럼 解放前 作品보다 一步 進境된 것을 解放後에 내어 놓지 못했다.

解放後의 作品은 廣範하게 다 읽지는 못하였지마는, 그 中에도 記憶에 남을만한 것은 「占禮」「風流잡히는 마을」「우물치는 風景」「情流里 近處」等인가 한다.

이 一連의 作品 世界는, 崔氏가 解放과 더부터 딴사람이 된 것처럼, 또 하나 다른 世界가 展開 되었다. 그것은 解放前에 품고 있던 생각과 作家的 意慾이 倭政의 抑壓으로, 抹殺 當했던 것이 自由와 함께 용소슴처 나온 것인지도 모른다.

占禮의 죽음이 비록 女性의 한 分身의 犧牲은 取扱한 것이라고는 할 수 있으나, 이것은 번써 解放前의 「毀象」「凶象」「靜寂記」「肖像」또는 三脈, 等에서 나오는 女性과는 根本的으로 다르다.

여기에는 「씨센리틱·레어리즘」이 움지기고 있다. 資本 階級의 착취와 勞動者 農民의 쪼들리는 生活苦와 억울한 犧牲이 對照 되어 있다. 作者의 만은 빌리면 이 取材는 何等 政治的인 어떤 理念에서 오는 것이 아니고, 오직 自由로운 處地에서, 自己가 보고 듣고 느끼는 그대로를 作品代한 것 뿐이라는 것이다.

古禮의 죽음이 累代로 내려 오며 상전치럼 모시는 地主 허 승구의 神經質的 發作으로 古禮네 나은 죽여, 상대에 뀌어 하늘 눈이 단아 매어 둔데 原因되었은때, 우리는 새삼스럽게 古禮의 목숨이 닭한 바리의 生命과 比較됨에 놀라지 않을 수 없다. 비록 그것이 며칠안 남은 結婚에의 한 미천이오 오랜 抑壓에의 附隨 條作이 없는 바 아니나 우리로서는 지나친 억울의 분풀이라고 보지 않을 수 없다.

「風流잡히는마을」도 같은 伏線의 서 홍서라는 大地主와 細農들이 콘트라스트 되어 있다.

要는 이 作品들이 뚜렷하게 鮮明한 印象을 주지 못하고, 感激을 자아내지 못한 失敗의 原因은, 그것이 常識에의 敷衍이었다는 것과, 作者 自身의 現實을 보는 눈이 한 걸음 앞서지 못했다는 것이다.

이 女性의 世界에서 다시 다른 社會의 憂愁와 暗澹라 悲哀 속으로 자리를 옮겨 가는 作家 崔氏는 班仍가 孤兒들 속에서 삶의 길을 찾고, 恩英이가 宗敎의 門 앞에서 神에 依支하여 새로운 길을 찾으려던 世界를 떠나려 한다.

崔氏가 즐기던 曖昧한 이메이지의 世界는 마침내 暴風처럼 밀려오는 새 時代의 現實 앞에 新開地를 찾으려는 野心으로 무너진지 모른다.

새 것을 위한 習慣의 洗頭는 얼마든지 우리는 歡呼를 아끼지 않아야 할 것이다.

끝으로 한마디 崔氏의 作家的 情熱에 또한 讚辭를 드림에 인색해선 안 될 것이다. 二十年을 꾸준히 文學을위해싸웠고 解放後에도 어느 作家보다 눈부신 作品活動을 해 왔다. 文學을 위해선 私生活의 細些가 問題가 아니요, 언제나 積極的인 그 意志에는 머리가 숙으러지지 않을 수 없다. 더구나 그가 女流 作家라는데 더 한層 敬意를 表하게 되는 것은, 家庭을 가지게 되므로부터의 困難을 無難히 克服하는데 있다.

앞으로 期待되는 새로운 世界를 注目하기로 하고 이 붓을 놓는다.

—1949.6.13.—

(文藝 제1호, 1949. 8)

小說選後

이번에는 새사람들의것보다 한번 當選되었던 사람들의것을 主로 읽어 보았다. 모다 熱心들인데 感激한다. 더구나 崔泰應君은 「洪水뒤」「봄」「處女에게」等 세篇이나 와있었다. 崔泰應君은「바보용칠이」의 作者인것은 諸君이 다 記憶할것이다. 또 이번의「봄」아 너머나「바보용칠이」와 作品性格이 類似한것도 깨닫을줄 안다. 選者도 그 點이 좀「봄」에게 먼저 느끼는 不滿이기도하지만,「바보용칠이」와 한자리에 있어라도 이「봄」을 取하겠기에 이 作品을 버리지 못했다.

다른사람들도 더한거름 이룬 악물라 다룰 描寫力이 아직 人間을 다루가엔 어색했다. 人物스케치들을 많이 하라. 身邊에 있는 사람중에 좀 特色이 있거던 그사람을 描寫하도록 作文을 지어보라 畫報에서 愛情을 느끼는 女性이건 壁에 오려부치고 그 愛情을 일으키는 魅力點을 찾아내여 한篇文字로 形容해보라 그런게 小說공부중 上이다. 人物을 그리지못하고는 千篇번덤벼야 小說은 못쓴다. 아모리 大家라도 人物을 살리지 못하고 그 小說을 救하는가 보라. 小說은 생각으로나, 創作으로 만들거니 한게아니라 人物로 만든단 定義를 가짐도 좋다.

이「봄」도 人物이 아직 完全한 形象이아니다. 主人公의 心理가 늘 基礎를 잡지 못한다. 용순이를 다루는 場面도 용순에게 突發的인 心理轉換, 그게 다 튼튼한 基礎우에서 움직여서야한다. 끝에 가서 相手와의 衝突하는 場面도 사님으로서 좀더 劇的인 行動을 시켰어야할것이다. 다 人物을 모르고, 무서워하는 때문이다.

(文 章 제8호, 1939·9)

新作家崔泰應君

「文章」의 三回推薦制는 까다럽게 여기는분이 있으나 推薦하는 責任과 믿을만한 誠意와力量을가진사람만 뽑으려는데 不可避의方法이요 過程이며 自信한다. 세번을 패쓰한다고 念慮없는 新人이란것은 決코아니다. 그러나 單한번 當選된 사람보다는, 그誠意와 力量을더알수 있고, 더 믿을수 있는것만은 公明한 算術일밖에없다

이 算術에서 얻은 新人에겐「文章」은 되도록 그를 刺戟하고 그에게 發表할 機會의 優先權을 주어 하로 바삐 그가 一家를 이루기에 함께 努力한다.

빠이론은, 하로아츰 깨여보니 自己는 문득 偉大한 詩人이더라고 노래하였다. 天才만으로 一朝에 나설수 있는것은 詩요 小說은 아니다. 天才라도 小說에선 人生을 아는 工夫와 小說을 아는 工夫를 뛰여넘지 못한다. 그點에서 같은 新人에 小說에 나서기가 더되다.

崔君은 더되게 나서는 小說部 첫 新人이다. 그의 作品은 여러분도 다 읽었다. 첫솜씨인 세篇만을 通해 決定的인어떤 傾向, 價値를 指摘하려 함은 아직 일르고 또한 부질없다.「拘束된 藝術은 人類를 拘束한다」는 괴테옹의 말은 千古名訓이다. 崔泰應은 崔泰應으로 滿發하게 두고보자.

(文 章 제15호, 1940·4)

韓雪野論

*

小說「過渡期」를 쓸 때까지 雪野는 아직 自己의 世界를 갖지 않었었다。自己의世界란것은 作家가 獨創的 價値를 創造하는 唯一의 源泉이다。

그러므로 젊은 作家가 文學史 우에다 제 이름을 記入하는 唯一의 方法은 항상 제世界를 發見하는데 있었다。

새로운 世界란 勿論 既存의 文學領域이 모르던 世界다。이 새 世界가 發見되지않으면 作家들은 낡은 世界의 糟粕으로 滿足치 않을수 없으며、獨創 대신에 模倣이 文學의 主潮가 되는것이다。雪野는「過渡期」를 쓰기 前에도 勿論 傾向作家임에는 틀림이 없었다。

그러나 아직도 當時의 많은 靑年들과 더부러 몇해前 曙海가 開拓해 놓은 世界 가운데를 彷徨하고 있는데 지나지 않았다。

「過渡期」가 發表된것은 二九年初인데、그때까지 曙海의 到達點은 朝鮮文學에 있어 하나의 넘을수 없는 限界가 되었었다。

어느때나 亞流란 根本에 있어、그 스승의 水準을 뛰어넘지 못하는 법이다。部分的 加工이나 技法의 改良등으로는 旣成의 權威를 넘어트릴수 없다。精神的인 意味에서 亞流는 항상 스승에 比하여 稚拙하기때문이다。

그러나 當時의 雪野가 曙海에 比하여 思想的으로 幼稚하다고 말할수는 없었다。오히려 雪野의 批評이나 理論에서는 勿論 創作하는 意圖에 있어서도 雪野는 曙海의 水準을 지내온 사람이었다。曙海에 있어 潛在하던것이 雪野에 있어서는 明白해졌고、無意識的이든것이 意識化되었다。

그러나 重要한것은 曙海에게 있었던 思想과 藝術과의 調和가 雪野 가운데는 없었든일이다。바꾸어 말하면 雪野는 아직 自己의 思想을 가지고 藝術을 統禦할만한

能力이 없었다。

이 能力없는 作家는 아직 眞正한 意味의 思想을 가졌다고 말할수 없는것어다。

完璧한 思想이란 作家에게 限해서는 決코 훌륭한 때에있는 內容을 옮겨놓을수 있는 技能을 意味하진 않는다。

意圖가 作品의 各部를 支配하고 또한 形象의 온갖 細部가 思想의 純粹한 色彩로滲透되어 있어야 한다。

要컨대 作品 가운데서 檢證되고、作品을 通하야 現實 우에 제 立場을 發見해야한다。

이런때만 藝術가운데 들어온 現實은 生彩를 잃지 않고 깊은 思想과 調和되고 作品은 아름답고、또한 뜻 깊은 形象을 낳는것이다。

그러나 書野는 아직도 懷月、宋影、以後에 新傾向派가 固持하고 있는 主觀的 傾向主義의 傳統을 踏襲하고있는 한 사람에 지나지 않었다。

이것은 이미 曙海의 「紅焰」 一篇으로 破棄된 물건이었다。

왜 그러냐 하면 「紅焰」 等에서 曙海는 初期 新傾向派 作家들이 머리 가운데서 생각해내는 民族을 現實가운데서 發見한때문이다。

그러나 不幸히 雪野는「過渡期」를 쓸 때가지「사냥개」에 比해서도、「紅焰」이나「飢餓와殺戮」에 比해서도 一段 높아진 自己의 思想이 [illegible] 곳을 現實 가운데서 發見하지 못하였다。

그러므로 當時 雪野의 思想은 作品을 쓸만치 成熟하지 못한것이 아니라、실상은 아직도 現實을 把握할만큼 成長하지 못했던것이다。

小說「過渡期」는 이러하여 雪野에게 제 思想이 살수 있는 산 現實世界를 提供하였다。反對로 새 現實은 雪野가운데서 그것들을 通하야 제가 投影될수 있는 正確한 作家의 精神을 찾었다。

이렇게 만드러진 作品이 한개의 記念할 業績이 안될수는 없는법이다。

그作品에게 [illegible] 그나라 文學史우에 새 時代와 더부러 活氣를 주는것이다。

小說「過渡期」는 이런 意味에서 여러가지로 뜻 깊은 作品이다。

爲先 作家的 側面에서 생각해볼 때 北滿의 流浪에서 돌아와 일찌기 저이를 내어쫓는 故鄕에서 다시금 冷待를 받는 主人公「창선」의 切迫한 運命은 雪野의 精神的 運命 그것에 비길수 있다。

資本의 足下에 유린 당한 제 故鄕을 보고, 「창선」은 驚異를 늣겻을것이다。그다음엔 일찌기 몇年을 누리던 世界가 멋없이도 허무러지는데 對하야 禁할수 없는 哀愁와 더부러 짐다란 懷疑에 빠졌을것이다。洞口 밖에서 옛 마을을 내며다보며 感慨에 빠진「창선」夫妻의 追憶과 形像의 描寫는 相當히 拙劣한데 不拘하고 讀者를 共感시키는것은 우리가 微弱하나마 그 속에서 時代의 呼吸을 느끼기때문이다。

最後로 主人公은,그 事實에 한개 運命인것 다시 말하면 그곳에서 피할 길이 아모데도 없음을—— 그는 처음 逃避行에서 쫓겨오지 않았는가?——늣겻을것이다。

이러한 때 사람은 生과 死의 十字路에 스는 법이다。「창선」에게 남은 길은 제生을 抛棄함으로서 逃避를 決行하든가, 그렇지 않으면 그 世界에 適應하는 새 方途를 開拓한다든가의 두 길 밖에없다。

*

그러나 二九年代의 朝鮮은 新興運動의 躍進期었고 民衆이나 「인테리」 가운데 悲觀主義가 만연되지는 않었었다。

霽野가 「過渡期」의 主人公을 後者의 길로 引導한것은 當然한 結果이었다。 그러하여 새 世界에 適應하려면 새 世界를 아라야 하고、그 속에 몸을 던짐으로서 自己의새 運命을 開拓해야 한다。 이 十字路에서 霽野도 確固한 傾向作家로서의 제 運命을 받었다。

뿐만아니라 朝鮮文學史上에서 暗澹가 君臨했던 時代가 끝난것이다。 同時에 新傾向派가 藝術的으로——理論的으로 벌써 끝났것만——제 歷史의 幕을 닫었다。

新傾向派는 自然主義가 現實의 汚穢를 暴하고、 浪漫派 詩人들이 하품과 嘆息과 「힘」의 藝術에의 情熱을 부르짖을 때 그 生活 속에 貧富의 葛藤을 樹立하였다。

그러나 懷月도 八峰도 疾風과 같은 煽動者에 지나지 않았다。 그들은 새 文學의 나팔을 분데 그쳤고、種子를 허친데 不過하였다。

作家들은 그 音樂에 맞은 마추어 걸을 街路도 種子를 심을 大地도 發見하지 못하였다。

이리하여 曙海는、滿洲 荒蕪地에다 씨를 뿌려보고、宋影은 東京 街頭에서 새 곡조를 연습해보았다。

二六年代의 주린 文壇은 曙海가 滿洲에서 실어온 좁쌀일망정 맛있게 먹었고、宋影이 東京서 건너온 어색한 唱歌일망정 興겨웁게 들었다。 이 時代는 朝鮮文學의 精神的 放浪期라 할수도 있을것이다。

우리는 때로 曙海를 따라、때론 宋影을 따라、滿洲와 東京으로 遊離하야 疲勞했을때、비로소 雪野의 손으로 다시 朝鮮 땅에 몰아온것이다。 貧든 故鄕、그러나 不幸한 故鄕、그러나 그곳에 살아가지 않을수 없는 故鄕、이땅(이런 故鄕에서 한篇의 佳作이 「故鄕」이란 이름으로 創造됨이 어찌 必然이 아니랴?)에서 우리의 文學은 다시 再出發하지 않을수 없는것이었다。

이런 意味에서 나는 언제나 「過渡期」의 처음 場面을 二重으로 感銘 깊게 읽는 読

者다.

그러나 어느 때이고, 그렇게 좋은 場面을 아름답게 그리지 못한 雪野에 對하야 恨없는不滿을 품고 있는 한 사람이다.

이러하야 小說「過渡期」는 作家의 過渡期임과 同時에 新文學 그것의 過渡期였으나, 不幸히 雪野는 새로 展開된 世界의 藝術的 主人公이 될, 이렇다할 作品을 쓰지못하였다.

僅僅이「過渡期」의 續篇으로 씌워진「씨름」한篇이 記憶될다름이다.「씨름」은 아직도 雪野의 創作的 高調期의 熱情이 식기 前 氣魄을 엿볼수 있는것으로「過渡期」와 더부러 雪野의 力作이고 佳作에 屬할것이다.

이 作品은 三〇年代 以後「카프」作家의 손으로 生産된 工場文學中 드물게 보는 現實性을 가지고 있는 點이 特長이다.

「過渡期」終末에서 한 사람의 新入 職工에 不過하였던「창선」은 넓은 工場地帶에 출중한「코밋선」「영호」가 되었다. 그러나 우리가 雪野의 藝術을 通해서 알고싶은 點은 宿命的으로 決定한 뒤의 「창선」이가 아니라 어떻게 해서 「창선」은 「영호가 되었는가 하는 運命의길 性格的改造의 過程이었다。

工場가운데 선 새人間의 「타잎」일것 같으면 에씨 우리는 雪野의 손은 빌 必要까지는 없었다。

그곳은 벌서 雪野 한사람의 世界가 아니라、새로운 資格있는 作家들이 雪野보다도 더 익숙한 솜씨로 新鮮한 世界를 展開하고 있었다。

南天과 北鳴 두 사람 만으로도 우리는 雪野가 그릴수있는 以上의 指導者와 大衆의 性格과 生活을 알아 볼수가있었다。

뿐만 아니라 南天、北鳴、두 作家의 가장 큰 缺陷이고、乃至는 傾向文學全般의 藝術的 弱點이、이 性格의 改造、運命의 變遷의 微妙하고 깊은 內容을 理解하지 못한 데 있는바에야 雪野와 같이 朝鮮文學가운데서 이 過程을 表現할 드문 資格을 가진 作家가 沈默을 지켰다는 것은 不可思議한 일이다。

雪野는 全力을 다하야 제 손으로 닦어놓은 基地에다 몇해석 집을 세우지않고 내버

떠돈 作家다。

젊은 作家들이 지은 집들은 모두가 곤머에 맞지 않는 조그만「마라」들이다。 더구나 이「마라」들은 본시 曠野의 世界에 드러앉은 집들이 아닌지도 모른다。 亦是이 世界 가운데 人間의 性格과 生活의 커다란 歷史的 過渡의 壯大한 建物이 드러슬 곳이다

젊은作家들은 이것을 깨닫으면 제각기「마라」을 뜯어가지고 새 宮殿을 세울 터를 찾어 떠날것이며 새터가 發見되면 猶豫없이 그리로 옮길것이 아닌가?

「總工會」 其他 이와 類似한 몇作品은 曠野가 不絶히 새時代의 變遷에 발을 마춘 나는 靑年의 勇氣를 잃지않었다는 證據밖에 作家로서의 曠野를 이야기하는데 何等의 힘이 되지않는다。

오히려 그속엔 젊은 作家들의 조그만 努力을 模倣한 자취까지도 찾어 낼수가 있다。

나는 誠實한 作家들이 勇氣를 賞讚 하면서도 이런 時代性을 높게 사는者가 아니다。

作家란 훌륭한 匠人처럼、그時代를、참되게 살아가는 固有의 方法이 있는법이다。 取

爭엔 步兵만이 必要한것은 아니다。 砲兵도、騎兵도 輜重兵까지도 必要한것이다。

不可避한때 騎兵이 步兵에 加勢함은 必然한일이다。 그것을 拒絶치않는 雅量있는 分科의 精神을 이때문에 우리는 賞讚한다。 그러나 亦是 騎兵은 騎兵이다。

*

이런 高度로 洗練된 分科의 精神을 沒却하였을때 作家는 自己의 固有한 世界에 對한 自覺을 잊고 混亂 가운데 彷徨하는 것이다。

더구나 敵의 不意한 強襲을 받을 때 軍人 같으면 步兵으로서의 性能도、騎兵으로서의 能力도、다 같이 充分히 發揮하지 못하게 되고 만다。

雪野가 滿州에서 돌아온 以後에 發表된 거의 大部分의 作品이 이러한 特色을 가지고 있다。 長編「黃昏」이 雪野의 努力에도 不拘하고 失敗한 原因은 決코 作者가 過渡期的인 옛 傳統을 固執했기때문도 아니며、더 한거름 새 世界를 開拓하려는 努力이 不足한 때문도 아니다。

雪野는「黃昏」가운데서 두가지를 다 成熟시키려고 애썼을것이다。 그러나 結局은 어느것에도 充實치 못했고, 아무것도 充分히 나타나지 않았다。女主人公「麗順」이가 눈뜨는 過程도 明白히 드러나지 않았고, 男主人公이 社會人으로 自己를 完成해가는 힘찬 形態도 우리는 이 作品 속에서 發見할수가 없다。

단지 이 作品을 살리는 部分은 雪野가 生活을 보는 直觀力이 登場人物들의 周圍를 빛일때「黃昏」은 비로소 제 아름다운 노을의 光彩를 發할뿐이다。

이 直觀力이 찾아낸 산 生活世界가 登場人物들을 죽이지 않고 살며갈 때 우리는 비로소 作品가운데서 藝術을 느낀다。

바꾸어 말하면 人間과 環境과의 調和! 그러므로 이 동안의 雪野的 混亂은 人物과 環境과의 乖離에 있다。人間들이 죽어가야 할 環境 가운데서 雪野는 人間들을 살며갈려고 애를 쓰는것이다。

三部作「鐵道交叉點」等 一聯의 作品은 이 混亂의 重要한 標本이다。

現實的으로 일찌기 社會運動者이었던 主人公들이 小市民化해가는 家庭, 市民生活상을 通하여 作家는 그 人間들의 沒落相을 表現하는 대신, 그들의 再生(市民的 이아년?)은 그리고 있다。

勿論 그러한 俗物的 環境 가운데서도 사람에 따라선 强한 反撥力과 理智을 가지고 別人間이 되는수도 있으며 職業을 갖는다고 人間은 다 凡人이 되는 법은 아니다。

그러나 問題는 霧野도 잘 알듯 그것이 普遍性을 갖느냐? 이 時代에서 典型的일수 있느냐하는데 있는것이다。

「돔젠」을 그만둔다는것은 좋은 일이다。 그러나 資質、勤勉、努力이란것이 恒常 二重의 意味를 갖는다는것도 우리가 十年 前에 卒業한 思想이다。

그러므로 새로운 性格의 形成을 爲하여서는 언제나 새로운 環境이 必要한것이다。 霧野는 새 性格의 意識를 깨닫고、 그 價値를 評價하고 그 가운데 銷沈해가는 時代의 意志를 바로잡을라는 鋒鋭한 意圖를 품음에도 不拘하고、그 人間들이 棲息할 眞正한 世界를 찾지 못하고 말었다。

괴로운 摸索은 언제나、失敗란 高價의 犧牲을 支拂하는것이다。

그러나 長篇「靑春記」는 暗澹한 混沌 가운데 一條의 光明을 던지는 作品이다。多

幸히 우리는 「靑春記」속에 人物과 環境의 矛盾이 調和될 새로운 萌芽를 發見하였다。

이 矛盾이 救濟되지 않으면 雪野는 深淵한 藝術的 破綻에 直面하지 아니할수 없었을뿐만 아니라, 思想的 動搖란 무서운 危機를 體驗하지 아니할수가 없었을것이다。

이것은 作家에게 있어 二重의 悲劇임과 同時에 死의 宣告라 할수 있다。

왜 그것이 思想의 動搖와 나가선 信念의 懷疑가 되느냐 하면 제가 呼吸할 現實世界를 얻지 못하면, 思想은 제 價値를 疑心하게 되는 것이며, 그렇지 않으면 單純히 頑陋한 固執이 되어 作家의 머리 속에 化石化 되고 마는 때문이다。

그러나 「靑春記」가 찾아낸 世界는 不幸히도 일찌기 雪野가 사랑하는 人物이 살아갈 그런 幸福된 世界는 아니었다。 雪野는 내내 自己가 사랑하는 人物들이 살아갈 世界를 찾지 못한채 그 人物들과 訣別하고 말었다。

새로 發見된 世界에는 벌서 雪野가 사랑하는 人物은 하나도 없었던때문이다。그는 새 人物에 適應한 새 世界를 찾은것이 아니라, 뜻하지 않은 새 世界를 發見하면서 새 人物들과 邂逅한 것이다。

그것은 憂愁와 暗澹과 希望 적은 世界었고, 그 곳의 市民들은 無爲와 疲困과 辯說의 人間들이었다。

이리하야 「靑春記」는 「黃昏」보다도 成功하였고, 우리들이 사는 現代를 가장 넓은 幅에서 그린 아담한 作品이 되었다。

文章도 平淡해졌고, 描寫도 精密해졌으며, 小說의 構造도 一層合理化하였다。 그러나 反面에 雪野의 文章 固有의 쭉쭉한 맛과, 描寫의 質朴味, 構造의 壯大한 建築性은 減少되었다。

이 곳에 雪野가 成功한 「靑春記」보다 失敗한 「黃昏」을 사랑하는 理由가 있지 않은가 한다。

나는 日前 여러햇만에 그를 만나 「黃昏」을 아끼는 雪野의 綿綿한 情懷를 들은 하룻밤을 가졌다。

그의 半넘어 늙어가는 주름진 얼굴에는 일찌기 自己가 사랑하던 人物들과 離別한 無限한 寂寞이 흐르는듯하였다。

이 곳에 실상은 우리들의 오랜 作家 雪野의 面目이 躍如함을 또한 손거이 바라볼수있지않은가 하고, 나는 그를 보내며 혼자 생각한 일이 있다。

끝으로「靑森記」와 더불어 雪野는 한동안 이 愛愁한 世態를 그며나갈지, 또는 제사랑하는 人物들이 살아갈수 있는 한坪 땅을 찾아 다시 摸索의 길을 갈지, 或은 누을감고 自己의 半生을 回想하여 十年 前「창선」이가「명호」된 길고 複雜한 過程으로서 한篇의 壯大한 敍事詩를 構想할지 그것은 今히오는 날의 問題다。

昭和十三年三月

韓雪野

評論家로서作家에게……(第六回)

作家韓雪野에게

白鐵

韓雪野君

作家로서의 君에게 보내는 이書信을 내가 數個月前에 草하였든들 그書信의 內容은 作家로서의 君의 같은面을 摘發하는 것이면서도 훨신 들리는것이 되었을른지 모른다!

생각하니 人間의 友誼에는 階段이있고 델리케이트한 유안스가 있는줄안다! 君이 最近에와서 나에게 對하야 發散하고있는 그 惡意에 찬感情이란것이 어떤 狡猾한 文學少年의 惡願과 勸告에 依하야 起草된것이든 或은 그밖에 어떤 不純한 惡感情에 依한것이든 나는 그런 原因을 구태여 무르려고 하지않는다! 다만 나는 君이 最近에 그文學小兒들의 新偏黨이되여 나에게 그卑卒效比할 惡意의 感傷文을 發表하고 있는것은 公然히 나에게 對한 挑戰의 行動으로 생각하는 까닭에 여기서 나는 그挑戰에 對한 應戰을 조곰도 躊躇없이 開始할따름이다。

또한 그意味에서 이書信은 君의 挑戰에 對한 應戰! 아니 攻擊戰의 第一矢다!

勿論 그렇다고 하여서 君과 같이 相對를 攻擊하는데 批判의 正當性을 忘却하고 쓸데없는 興奮과 輕薄한 感傷性에 나는 文章을 맡기려고는 하지않는다。

그러므로 君에게 조곰이라도 取할長點이 있는 境遇

에는 언제나 그것을 取諾한 寬容性을 不捨하려고하며 그寬容性과 公正性下에서 君의 作家로서의 地位를 檢討하고 아울러 그 모든 短點은 嚴格히 指摘해가려고 한다!

韓雪野君!

君도 잘 記憶할줄 알거니와 지금부터 四五年前에 幸인지 不幸인지 君과나는 某誌의 編輯을 얼마동안 함께 擔當한일이있다。우리들사이의 그조고마한 友誼가 맺어진것도 그때이며 그友誼가 얼마동안 比較的 順調롭게 繼續되여온것도 事實이였다! 하나 지나간 友誼에 對하야 나는 오랫동안 躊躇하려는者가 아니다! 다만 내가 그當時를 追想하는것은 君을 人間으로서 또는 作家로서의 좀더 明白한 橫顔을 붙잡으려는 意圖에서 오는 原意다!

人間으로서의 君의 性格은 善良하고 單純하고 素朴하고 愚鈍한것이 한데 어우러저 하나의 山도야지의 性格을 일는것이었다! 別로 主見과 目標가 선것도 아니고 그저 밟내던진데로 盲進하다가 조고마한 웅더리(坑 라도 當着하면 그만 거기에 엎드러저 다시 일지도못하는 甚히 單純하고 愚鈍한 性格이었다! 그러므로 大體로보아서 君은 作家로서의 아무 銳敏하고 敏活한 性格을 갖인 人間이아니었다。다만 人間으로 君에게 感服할點은 그素朴하고 單純한 性格이 自己의 所任에 對하야 極히 忠實한것이었다。君은 記事를쓰나 創作을 쓰는데있어 마치 代書人이 代書를하는 機械的忠實性을 가지고 그所任에 臨하였다。그러므로 作家로서의 君에게 對하여도 내가 무슨 作家的才能을 許諾한다면 그것도 君의 그素朴味와 忠實性에서 느끼는 그것이였다。또한 作家로서의 君의 地位가 그래도 지금의것에 이르게 된것까지가 그素朴한 忠實性과 努力에 所據된것이라고 생각한다。

하나 그當時 君과 交誼를 시작할때부터 내가 君의 作家로서의 發展에 커다란 懷疑를 갖게된것은 그 忠實味라는것이 어느程度까지 君을 作家로서의 無才能에서 救해낼까하는 問題였다。더구나 요즘에 와서 君의 作品을 읽는가운데서 그懷疑는 一層 커지고 不安化되어 있다!

一時 프로文學이라는 名稱下에 素朴한 啓蒙文學이 流行되든 時代에 있어 作家의 天禀과 才能보다는 그 作家가 그相當히 높은 ××主義的 敎養을 가시고

있는가 또는 政治와 經濟問題에 對하야 一定한 따아스포ー츠를 가지고있는가 하는 問題로서 作家의 地位가 容認되든때가 있었다。그런時代에 있어는 君과 같이 作家로서의 아무 才能이 없으면서도 그××主義的敎養과 階級問題에 對하야 一定한 常識을 붙잡는데 忠實한 努力만 가졌으면 一定한 作家의 地位를 찾이할수있었다。또한 事實에있어 君은 그常識的智識과 素朴한 敎養을 가지고 지금까지 堂堂한 프로레타리아 作家로서 行勢하는 幸運兒일수 있었든것이 다。

하나 그××主義的敎養이라는것이 언제나 作家로서의 君의 無力한 地位를 保障하는 保證가 될수는없는 일이었다。

白 鐵

今日에 와서는 그素朴한 智識과 敎養의 境界線을 훨신넘어서 文學에 있어는 무엇보다도 文學者로서의 才能과 素質과 作家로서의 深刻한 想想力과 洞察力과 아울러 그것을 表現해가는 銳敏한 感覺力이 要求되는 時代다! 또한 文壇에있어 그러한要求 그만한 文學的분위기가 今日의 우리文壇의 水準을 어느程度까지 끄러올리고 있는 現象이라고 생각한다。

勿論 今日의 文學에 있어서도 그것이 作家의 內的要求로서의 必要한 限에있어 人間으로서의 階級的良心과 現實問題에 對한 世界觀的參加가 要求되는것은 말할것도 없거니와 그때에있어서도 그것은 決코 過去의 그機械主義的 文學에서 意味되든것과 같이 公式的으로 그智識과 敎養이 準備되며 그것이 機械的으로 創作過程을 支配하는것이 아니고 基本에있어 作家의 內的要求와 文學的情熱로서 釅照되어야 할것이다。여기서 韓君을 說明키위한 便宜上 고리키ー의말을 잠간 引用하면 다음과 같은것이있다。「階級的標識이란 痣(症)과 같은것이 아니고 그어떤 非常히 內部的인 腦神經的인 生理的인것이다。眞實한 作家의任務는 藝術的으로써 說得力을 가지고 있는 形象우에 劇을 쌓어올리고 觀客을 깊이 感動시키는 藝術의 眞理에 到達하는것이다」이라고。

한데 極히 不幸한일은 韓君에게 있어는 그階級的標識이라는것이 한혹의 存在와같이 機械的으로 準備되여있다는것 君에게는 그것을 內的인 人間的인것으로 살려갈만한 作家的才能과 巨大한 想像力과 洞察力을 갖지못하고 있으며 그것을 形式으로서 說得力있는 形象을 把握할만한 感覺을 갖지 못했다는것이다。말하면 君에게는 作家로서의 그必要한 感情의 活達味와 銳敏한 感覺力을 함께 갖고있지 못하다는데 作家로서의 君의 未來의 不幸이있다。

作에게 있어 그階級的 標識이라는것이 혹과같이 附加되여 있다는것은 君의 最近의 어느作品가운데서도 證明할수있는 事實이다! 君의 最近의 典型的 駄作인「鐵道交叉點」에는 다른곳에도 말했거니와 初期프로 作品에서 一步를 나서지못한 機械的觀念우에 서진 文學以前의 作品이었으며 「말」가운데서 소위 過去에 婦人運動者였다는 그안해에 對한 稱揚한 敍述의 場面이며 乳兒의 팔시름하는 場面을 通하야 幼兒의 階級的反抗을 보라고 誇張한 그不自然하고 無理한 場面이며 「洪水」에있어 쌀시세가 가을에는 떠러지고 봄에는 올러가는 現象을 區區히 說明한것과 그쌀시세의 關係와 農民의 沒落事情의 說明等은 過去의 그啓蒙的作品에서 얼마든지들은 事實이었다。이러한 事實은 「林檎」의 前半에서도 指摘할일이 있으며 같은意味에서 君의 「黃昏」에 對하야도 發表가 곳 나는것을 기다려 모든 機械的 缺陷을 嚴然히 指摘批判하려고 한다.

다음으로도 君의 作品의 表現技術이 얼마나 稚拙하다는것에 對하야 具體的으로 一一히 例示한 諸面을 갖지못하는것이 遺憾이나 여기서 君의 作品中의 比較的 優秀한 作品인 가운데서 任意로 一個를 例示하면 이런것이 있다。

「금년은 벼금이 어떨모양이래어?」

기술이가 C邑에 갔다가 돌아와서 등으로 나가니 수문구를가에 모혀섰든 사람들중에서 범용갑이라는 수염이 빳빳한 늙은이가 허리튬에서 곰방대를 뽑으며 이렇게 묻는다——

「기술」이라는 主人公이 처음으로 登場하는 場面을 이와같이 秩序가없고 템포가느리고 粗雜하며 意味가 흐린 文章과 描寫場面을 나는 小學校三學年生의 綴方以上으로 보지않는다。또한 이런例는 이「洪水」뿐이 아니라 君의 作品의 到處에서 이와 類似한 場面을 例擧指摘할수있다。事態가 要求한다면 後機에 얼마든지 그모든例를 具體的으로 說明할 準備를 갖고있다

여기서 萬一 君의作品에 對하여 無理로 魔力이라는것을 發見한다면 君의 그忠實味가 機械的으로 農村의 事情과 그의 沒落過程을 忠實히 調査하고 記錄하는 그緻密味에서 느껴지는 窮迫한 辛味다! 하나 그것은 作家보다도 代書人의 記錄이나 新聞調査部의 調査錄에서 갖게되는 趣味이외의 아무것도 아니다!

大體도 眞實한作家면 무엇보다도 그作家的 精神과 努力에있어 君과같이 無力하고 陳腐하고 無變化하지는않다。眞實한作家면 自己혼자만의 特殊한 主張을세우고 그主張을 自己의 生命으로서 누구나 지금까지 시작하지않는것 누구나 表現하지 못할것을 把握하야 表現하려든 信望과 矜持에사는 精神의 作家다。

하나 君에 있어는 作家로서의 아무 그러한 感情과 感覺의 發展性이 보이지않는다。君의 作品을 過去의 그「過渡期」와「씨름」에서부터 今日의 모든作品을 通觀할때에 全面으로 느껴지는것은 題材나 그것은 取扱하는 手法이나 表現에있어 一步의 進展이 없다는것이다。題材에있어 農村의 階級分化와 그沒落過程을 取해오는 場面에있어도 그때와 지금에 있어 아무 質的差異가 없으며 더구나 그表現、敍述의 陳腐한것과 無發展에는 作家로서의 君의 無神經을 歎心할뿐이다。

日前 어느席上에서 某友가 君의 作品傾向에 對하야 千遍一律……이라는 文句를가지고 形容했으나 甚히 漠然한말이면서도 君의 作家로서의 無才能과 無發展을 明確히 說明하였다고본다。

君이 그와같이 無才能한 作家라는것은 우리들이 前부터 熟知하고있는 事實이 또 서로 우리들사이에는 亦是 年長者에대한 禮儀!라는것이 있는때문에 年少한 批評家들은 往往히 君의 作品에대하야 될수있는대로 그無才能을 露骨的으로 指摘하지않고 조곰이라도 優秀한 點을 誇張하는때가 많었다。하나 韓君은 그런厚意는 아지못하고 最近에는 巨大한 自惚心밑에서 評家들에게 對하야「要啓家의 評家!」라는 傲慢한 소리를 放言한다。大體 어떻게 하는말이냐。그러면 白鐵外의 지금의 評家들이 새삼스럽대 韓雪野君은 作家의 文學講義를 拜聽하고 啓蒙을받어야 하느냐? 가도록 君의 愚昧한 自惚에 憫笑를 느낄따름이다。하나 作家로서의 君의 自惚보다는 다시 나가서 理論的으로 아는척하고 된소리 되지 못한소리를 無責任하게 羅列할때에 나는 다만 君의 그大膽性에 敬心으로 놀래였든것이다。

君은 敢히 「래디컬한 認識」이란것을 말한다。現實은 複雜하다！는 常識的文句를 屢次 引用하면서 現象을 現象으로 볼것이아니라 그生長과 發展을 보아야한다！고 따는 신이나서 說明을 하고있다！

허나 大膽君이 래디컬한 認識은 어데서 언제 해본일이 있는가？ 複雜한 現實을 具體的으로 把握하고 事物의發展은 生長과 發展과 飛躍으로 본일이 있느냐？ 君의作品의 致命的缺點은 作品의 取材等에있어 아무 래디컬한 認識을 하지못하고 固定的으로 把握하는것이라 複雜한 現實을 單純하게 一律化하고 事物를 生命있는것 即生成하고 飛躍하는것으로 보지못하는곳에 있다는것은 나는 몬저멧번이고 正正한 說明을 해온바와 만찬가지다。

君은 나의 苦悶論을 非難하는데있어 苦悶 그속에 그것을 否認하는 矛盾이 內包된것은 모른다！고 외람이 說敎하고있는데는 君의 더욱 큰 無智를 看過할수없다！ 나는 君과같이 今日의 苦悶이란것을 단순히 現實의 本質的인 矛盾의 思想的反映에 머리서며 그機械的反射의 苦痛으로서 그自身의 內包하는 矛盾의 自然發生克揚으로 그過程을 보지않는다。그러면 見解는 純全히 十七世紀의 機械的唯物論者의 見解가 그대로 踏襲되여 있는까닭이다！ 그代身 나는 今日의 그苦悶이란 現實의 壓力에서오는 反映임을 指認하는 同時에 그것을 超克하기위하여는 人間이 그苦悶의 自體的矛盾에 放任하지않고 積極的으로 그것과 苦鬪하는 過程에서만 可能하다는것을 나는 여러論中에서 屢次 說明해왔든것이다。

君이 나가서 나의「人間探求論」에 對하야도 一二의 句節을 引用하야 論難을 試驗하고 있으나 그것은 아무理論的批判이 아니고 단순히 한個人의 아나키스틱한 發惡이외의 아무것도 아니었다。近年의、나의人間論에 대하야는 君보다도 몇倍以上의 智識과 文學專攻을 하고있는 畏友들이 一定한 理解와 共鳴은 가지고 支持後援하고 있느니만치 君과같은 無才能無智한 作家의 無視的惡意에 依하야 拒絶될 無定見의 主張은 아니라는것을 君은 再心銘心하여야 할줄안다

(七月二十五日)

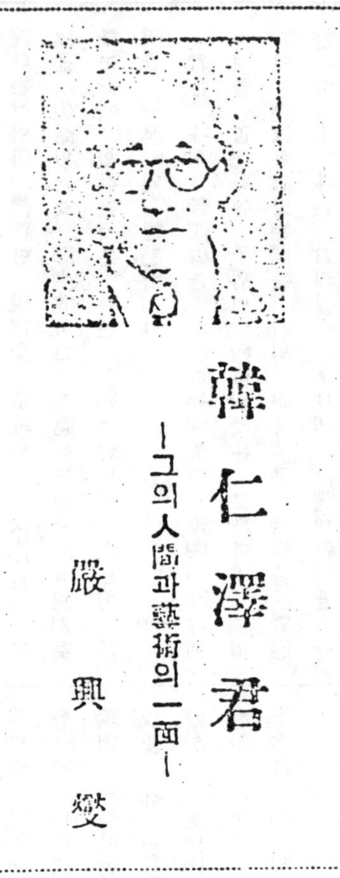

韓仁澤君

—그의 人間과 藝術의 一面—

嚴興燮

내가 仁澤을 처음 만난것은 昭和六年인가 七年 어느 겨울날인듯 記憶된다。

하루는 웬 말쑥하게 洋服을 입은 새파랗게 젊어 보이는 靑年 하나가 내下宿을 찾아와, 나에게 面會를 請한 일이 있다。

그가 내미는 名銜을 보고, 나는 그가 韓仁澤인줄 알었고, 또한 그가 「全線」이라는 綜合雜誌를 編輯하는 關係上, 나에게 小說 한篇을 써달라는 付託을 하러 온것이었다。

그는 그 當時 朝鮮日報社의 懸賞에 應募하여 長篇小說 「旋風時代」가 入選이 되자, 그의 故鄕인 利原에서 自己가 親히 經營하던 商業도 헌신짝처럼 내동댕이치고, 불타오르는 文學的 情熱과 覇氣를 가지고 곧 上京하여 中央文壇에 데뷔―하려 했었다。

이 當時 中央文壇은 所謂 一九三○年代의 社會的 情勢 밑에서 生硬한 政治偏向的 文藝理論과 公式主義的 作品이 盛行되던 때였기 때문인지는 몰라도, 朝鮮서 처음(?)인 長篇小說 懸賞에 入選된 사람이라면, 쩌낼리즘은 多少 그를 利用도 하지하였으나, 그 때의 쩌낼리즘은 幼稚했음인지 貧弱했음인지 너무도 그를 薄待했었다。

薄待라느니 보다도 一個 懸賞當選作家쯤은 存在조차 認識치 않았었던 때였다。

그가 「旋風時代」를 뒤이어 곧 發表한 作品은 短篇으로 「母子」인듯한데, 이 作이 「全線」에 發表되었을 때도 文壇은 別로 눈을 돌리지 않었었다。

中央에 올라오면 依例 한 作家로서 出世할수 있으려니 싶은 燦爛한 꿈을 안고 商業을 淸算하고 一路上京한 純情兒 仁澤은 비로소 朝鮮 文壇이란 意外로 冷情하며라고게 닫았던것이며、따라서 自己의 存在가 너무도 文壇的으로、貧弱하여 認識되지 못하는데에 새삼스럽게 幻滅을 느끼었던것이다。

그러나 그의 地熱과 같은 숨은 作家的 情熱은 그로하여금 그의 立志를 꺾어 버리지는 않았다。

그는 그 當時 自己 存在의 너무나 微弱함을 느끼고、文壇 進出의 積極的 途程으로써 「金線」의 編輯을 맡았었는지도 모른다。

그러나 「金線」이라는 雜誌는 二號인가 三號밖에 못 나오고 말았던 것이다。

나는 그 「金線」에 그의 請으로 「第一步」라는 小說을 한篇 주었고 稿料를 받으러 그를 몇번 찾아간일이 있게 되자、어디엔지 모르게 그의 心性이 좋고 率直한데、好感이 끌리지 않을수 없었다。

첫대 그는 純眞無垢하고 惡意 없는 表情의 所有者였다。

뿐만 아니라、作家的 謙遜과 藝術的 良心의 所有者이기도 했다。

그의 初期的 短篇들이 多少 概念的이기는 했으나、늘 傾向的이기에 努力하는 빛도 보이었다。

그는 作家生活을 하기 爲하여서는 조금이라도 安定된 生活을 갖지 않을수 없다는 생각에서 「和信」에 就職하였다。 이 때 그는 故鄕에서 妻子를 데려다가 家庭生活을 계속했다。

그는 激務에 매인 몸이었으나、꾸준히 創作活動을 했다。

「新東亞」「新家庭」「朝鮮文壇」等을 通하여 그의 短篇을 많이 接했고、따라서 그의 文壇的 存在도 뚜렷해졌으며、作品 傾向이 一家를 이루게 되었으니、果然 그의 文學的 情熱과 努力은 決코 凡人으로서는 追從못할바라 하겠다。

나는 때때로 文藝時評을 쓰면서 그의 作品을 評한 일이 더러있다。

그의 作風은 描寫보다도 敍述에 特長이 있고 短篇을 構成하는 才能보다도 長篇을 構成하는데 長技를 가졌다고 할만큼・그의 短篇作品의 大部分에 平面的 要素가 많다。

그에게 餘裕있는 時間과、健康의 支援만을 許하였던들、그는 「旋風時代」에서 한 걸음 더 뛰어난 長篇作品을 完成했을줄 안다。

長篇作家의 타입을 가진 그가 生活과 싸우다가 健康을 傷하고 기어이 夭折하고 말았나 생각되매、그의 個人으로 보아서나 文壇 全體로 보아서나 愛惜하기 짝이 없는 일이다。

오직 그가 「旋風時代」以後 長篇에 손을 댔다면、「新家庭」에 發表된 「破鏡」인것이다。

그러나 「破鏡」은 花城、仁澤、無影、敬愛、璟岩、興燮等 六人이 合

作한 所謂 連作長篇小說이었다。이 「破鏡」의 第三回分을 執筆한 것이 仁澤이었다。바로 그 前回의 執筆을 筆者가 했기때문에、仁澤은 事件展開에 對해서 參考로 내 意見을 듣겠다고 나와 面談을 한 일도 있었다。

그만큼 그는 謙遜하고 沈着한 作家였다。그러나 나亦 이래라 저래라 强制로 構想에 對해서 指示하기는 싫었다。또한 指示할 아무런 義務도 權利도 없는 일이며、그亦 作家인 以上、自己 體臭에 맞도록 自由로 쓴것이었다。

요즈음 「破鏡」을 中央印書館에서 出版하려고 印刷校正을 하다가、仁澤이 쓴 部分을 읽고 새삼스럽게 그의 筆致의 流麗함과 作家的 情熱의 橫溢함에 놀래던 中、뜻밖에 그의 計音을 接하매、그가 執筆한 部分이 더욱 더 寶玉처럼 燦爛하게 빛나며、그의 純眞無垢하고 好印象을 주던 얼굴의 幻影이 어느틈엔지 내 두 눈을 흐리게 한다。

稻香、曙海、沈熏、李箱、裕貞이 가고 이제 또 仁澤이 갔다。

주검에 들어 年齡과 階級과 職業을 가리랴마는、왜 이 땅의 젊은 文人과 가난한 文人들은 이처럼 薄福하고 薄命한가。

嗚呼! 仁澤!

이미 幽明을 달리했으매、이제는 永永 그대의 손길조차 잡아볼수 없구나。願컨댄 그대여! 가난과 病苦에 시달린 그대의 作家魂은 고요히 쉬이다가 또다시 이 땅에 태어나거든 그대가 다 못 이룬 作家道를 마저 開拓해다고。

(文章 제6호、1939·7)

新人紹介 (其二)

韓黑鷗君

韓黑鷗君의 本名은 韓世光。 나희는 二十六歲。
韓君의 나히는 아직三十前인데 「老總角」이란말을많이한다。本國서 崇德、崇仁等 小學中學을맞치고 京城普成專門修學後 渡米六年ㅡ英文學(노드와大學)져낼리즘(新聞學)을 뎀플大學에서맞치고 昨年六月에 歸國하야「大平壤」主幹을했다。

東光誌부터 詩及評論執筆은 많이하였고 在米苦學時代에는 호텔뽀이、수쿨뽀이、自働車運轉手、百貨店店員、「REVELATION」雜誌社長等을하여 別別苦生을다하였다고한다。

大學에서는 詩人俱樂部員이 되여 『詩人集』에 英詩도 發表했고、필라델피아市에서 發行하는 「PUBLICLEDGER」 新聞等에 東洋時事評論等도 써보았다고한다。

뎀플大學 國際學生會副會長이되여 約十八處로단기며 『東洋問題』에對한 講演도 해보고。又休에는 放浪을 좋아하야 北으로 카나다國境넘어 몬트리얼、토란토市等을 巡禮하고、나이아가라瀑布、보스톤等을 求景하고、東部都市 뉴욕、필라델피아、뀟츠벍、中部의 시카고、센트류이즈、캔사스、南으로 뽈티모어、와싱톤首都、리치몬드、西으로 할리우드、로스엔젤레스、샌프란시스코等大都市를 巡禮했다고한다。 지나간 겨울에 만났을때에 『世上은 다가보아야 眞善美의 그림도 보이지않고 내가 所有한망은 一寸도없으며 自然만은 나에게 豐富한糧食을주어 나는 孤獨과貧困을 가까히넉하면서도 느끼지못했읍니다』라고 詩句를읊는듯이 말한일이있다。

『朝鮮에 있을때는 「토스토에브키」 「떼잔트」의 懷疑哲學等을 愛讀했고。朝鮮作家로는 「巴人」「石松」「東園」氏等의詩와 「路將」「鍍氷」「淮園」氏等의 小說을 愛讀했읍니다。日本作家로는 「櫻牛」의評論「芥川龍之介」「有島武郎」等의作品을 좋아했읍니다。「石川啄木」의詩도 좋아했읍니다』라고 그는 中央旅館一室에서 記者에 말하며 원치않읍은 作品이 發表의 [illegible]

在米時代에는 世界作家들의 作品은 다본다는主張으로 읽어들 했는데ㅡㅡ처음에는 米國의 新民主主義派의 詩人휘트맨、샌벅、매스터스等의 詩를 耽讀하고。二後에는 英國의 抒情派詩人 싯트웰、辛스번、로렌스等의 詩를愛讀하고。小說로는 헉슬리、로렌스、H、G웰스等을 좋아했다고。

『自然히 내傾向도 以上作家들의 人間本能論、自然主義、科學的現代主義를 좋아하나 朝鮮의 環境에서 以上主義가 發展한 餘裕가 있을런지요』라고 君는 나에게 反問하며 웃었다。

『學究人間은 環境의文壇속에서 사는創作이니 朝鮮이라는 적은空間우에 내生涯의 짧은時間을 보람있게 쓰려면ㅡ「永遠히 삶文學」、「朝鮮이 永遠히 삶文學」을 建設해보고싶은 思念과 熱望뿐。 世上의 進化하는데는 恒常 進化하여 增殖하는것과 退化死滅하는 두가지宇宙의 自然法則이 있으니까ㅡ』라고 이詩人은 자뭇이 哲學觀을 부드지졌다。 記者는 君에게 歸國感想을 물었더니

『歸國日淺에 特別한 感想이없고。 올기에는 世上이 넘어나 無價值하고 또웃기에는 世上이 넘어나 悲慘하다고 생각할뿐이외다。 그러나 樂觀한뿐。 悲觀이 있다면 싸호기爲한 悲哀가있을뿐。 朝鮮將來의 感傷的 悲觀主義는 念慮합니다。 이곳서는 原文을사서 硏究한돈이없어 내貧困이 쓰게생각되나 앞으로 다하고 싶은것을 해볼때가 있으리라고 생각하야 悲觀한뿐…』 하며 그는 말마디가 全部詩句이서 處女들이 많이 반한다는것도 사실이다。

『왜 結婚은 않하느냐고여? 非理想的結婚은 나의 藝術을 離婚하는일이되고 理想的結婚은 나의藝術을 豐富하게 한다는것이나 어데 사람의인이 제맘대로됩니까! 아직 혼자있는것이 幸福이외다』라고 말은했으나 이詩人의 편지다다 「老總角」「외로움」「感傷的」何節이있으니 웬일인가고。

『앞으로 硏究、詩、小說等에 힘써보려고한뿐 나의 紹介한다는것이 우선소』다고 이모던詩人은 自己를 紙上에紹介하지만나고 頻으나 紹介된다。 君은哲學的頭腦가 豐富하야 將次 키데와같은 大詩人가 될것을 믿는다。 君은 創作도 나다 評論에 特長이 있다。 그러면 이번엔 이것으로써 The End.

(조선문단 제23호, 1935·5)

新刊評

隱花植物誌

成允洙 著

成允洙氏의 第二詩集「隱花植物誌」를읽고、氏는 오로지 詩集의詩人으로서 거러나간다는것이 興味이기도하나 나는 興味를 超克한 한층의悲劇을 생각한다。

이것은 무엇을意味하느냐하면 좀더 詩人的인 良心의缺乏을 助正식히기爲하야 良心으로근신해낫라는 조그마한 友情에지나지않는다。

第一詩集「생무새」를 評한 林和氏는 末梢化한裝飾主義라고 새로운 用語로서만하였다。

나는 이詩人에對한 詩의形式을말하기전에詩에서 우러날수있는 이데아와 에스프리를 만하고싶다。「歷史」라는詩 한篇을 보더라도 처째로가지는것은 歷史性에의 초라한追究인데 이것은 氏가 박차고나가야할 航路의 크다란不安이다。 肉體의냄새를 맡기전에 마터보려는 歷史에의 不健實한努力은 이분이아니고 所謂 新世代많는 몇々詩人가운데는 氏以上의惡臭를 내풍고있는것도 事實이다。 먼저우리는 現實을 마스타ー해야한다。 그러랴면 自己를알고 배워야한、 에스프리가 現實을다읽지못함에도 무릅쓰고歷史를씹으려는것은 歷史에의冒瀆이다。

그렇다고 氏는 歷史를 깎어먹으려는것은 아닐것이다。 한가지 걸어나가려는階段으로서 「歷史」를 試驗한것에 不過할것이다。 도디허氏가 現實이란 通俗的인 術語를 바꾸어 「배암이 알까는밤」(歷史第三行)이라고 表現하얐다고해도 아무런 冒瀆도아니다。 그러면 「歷史」란 詩가 읽는사람으로 하야금 주는 感興이란 內包된美學이 내던지는 現代的인感覺이다。 第二行에까지이른 空虛한歷史의哲學性이 第三行에와서 모든 歷史的인 過去들이 끝고 生活해온「現實的인歷史」와「歷史的現實」을 뱀이 새로운抗爭의길을 떠나려고 苦悶하는 밤으로 象徵해본것이다던지、 안은 낡으로서 새出發을約束해가며 現代를 表現해보려는것이라던지 애처러운氏의努力은 「隱花植物誌」以後의作品으로 結論될것이다。 그러나 몇페지씩 낡은詩人들보다는 퍽으나 다드다。 다시 새롭다。

詩人이 現實을現實로써 描寫할것인가 아니면 밤으로서 한개의現實을 表現하겠는가에따라 詩人의知的인努力이 얼마나씨워졌는가를 알아볼수도있는것이다。例가음시抽象的이지만 내가 만하고싶은 것은內包된世界에의 觀察이란것은 外部的인 世界의觀察에對한 活動을 內部에로向해보내는것이며 어느對象에對하야 內面的으로 波動되는 意識의메로듸아쓰한 反射的인記述과 區別해야만한다는것이다。

에듀안의描寫가 스타인의 새로움을 가졌다는것은 結局 內面的인視覺에있다고본다。다시말하면 詩의造型性에 있다고본다。「隱花植物誌」가 描寫되造型性에있어서 우리들에게 새로운 한개의스타일을 준다는것을 잊어서는않될것이다。 그러나 이詩人은 앞으로 모던르와 모멘트의非連續性을힘들의메로듸로써 解決식이기를 祈願야할것이다。

끝으로 氏는 分明히 新世代의 인터리챤에틀림없는것이다。 더욱이 이詩集은 우리들의 배워할점을爲하야 씨쓰고있는 不遇한詩人의悲壯한 絶叫이며 새로운出航의 瑕疵信號이기도하다。연두篇을 싣고 애끼워지그리 아름다운 裝幀과印刷、틀림없는 한개의個性을가진詩集이다。

(인문평론 제16호、1941・4)

趙宇植

許民君의「魚山琴」을 推薦함

李 泰 俊

「魚山琴」의 作者 許民君은 이미 詩로 한번 推薦을 받은 분이다。「魚山琴」에도 詩의 精神이 많이 있나。精神이 아니요 詩的한 香氣뿐이라면 詩라도 그냥 쫓을수 있나。散文도 詩와 香氣는 지니고지라되 詩의 精神은 忌하는것이다。

그러나 무척 싸운 文章이다。어떤데선 너머 文章과 싸왔다。또 그렇게 싸우지 않고 점잔만 떼커드머신 特彩가 없다。「魚山琴」은 재미있는 題材다。그러나 물질은 너머 概念에 흘러 主人公의 生活이 稀薄하다。또 樂器 그것 解說에 너머 치우쳐 從來이 不足했다。「魚山琴」의 暗闇는「解說」에 치우침을 며한 余裕가 있어 떼이기로 하였다。그러나「이것도 現代小說인가?」한 讀者도 있을듯한 색다른 小說을 듣고나서는 許民君을 나는 도리혀 즐겨 文壇에 紹介한다。

(文 章 제22호、1941·1)

아들로서본아버지

洪 [illegible] 文

연전 어느잡지에서 아들로써 본 아버지라는 제목아래 내이름을 박고 잘막한 글을 실은 일이 잇섯다. 그것은 실상내글이 아니언만은 그 잡지를 편집하시든 분의 호의로 생각하야 그냥 머며 두엇다. 그러나 그 이후 나는 언제든지 한번 아버지에게 대한것을 쓰고 시펏다. 권[illegible]형이 이글을 쓰라고 부탁하때 거절하지 안한것도 그 까닭이다. 자긔 부친을 누구나 칭찬하고 십은 것은 인정이라 나는 그 점을 생각하야 특히 조심하얏다. 될수잇으면 어려서부터 지금까지 내 머리에 비치어 온 아버지를 그대로 정확히 쓰려고 하엿진만은 이런글에 익지못한 나로써 꼭 뜻대로 되엿다고는 자신(自信)하지 는못한다.

(寫眞은洪蘭坡)

一、아버지에대한동경(憧憬)

내가 서너살 되었을 적에 우리 아버지는 동경으로 유학을 가시었다가 여덟살 되는해 봄에 집으로 돌아오시고 다시 열살되었을 때 중국으로 나가시었다가 열여섯살 되는해 여름에 귀국하시게 되였다 동경서 유학하시는 그동안에는 몇번 왔다 갔다 하시었겠지만은 도모지 생각나지 않고 중국으로 가시기까지 삼년간만은 꼭 모시고 있었을 것이지만은 자조 서울을 올라 다니시는 까닭에 그역시 틈이는덜어져서 지냈었다。그러서 어떤 머리에 박혔었든 아버지의 기억은 대단히 모호한분만 아니라 가끔밖에 보이지 못하는 그 아버지에게도 눈 겨정이나 듯고 때나맞고 해서 결코 좋은 아버지모는 기억되지 안는다。그도 그런것이 우리아버지가 연여섯에 나를나흐섯다고 허니 나허로써도 아들은 귀염워하기 어렵거니와 층층시하(層々侍下)의 구식가정에서 설사 아들은 귀여워하실줄 알기로니 쑥 터놓고 어루만지거나 쓰다듬기 거북하였을 것이다。더구나 연상약(年相若)한 고모가 두분、숙부가두분、종조가한분 대고모가 한분으로 나까지 일곱 아이가 들끓고 자라논중에 내가 누구와 싸움만 한다면 우리 아버지는 무조건 저편이 되야 나를 구박하시지안나? 또 우리 아버지 방에、길로싸힌 책속에는 알록달록한 그림들이 만권만도 그책을 몰래 뒤져어리다가 발각되는 날이면 고만 뒤ㅅ덜미를 잡히어 쪼껴 나오지를 안나?

「고조할머니도 나를 귀여하고 증조할아버지도 나를 귀여하고 할머니 어머니도 나를 귀여하고 왼집안 식구가 나를위해 주는데 아버지만이 왜 나를 미워할교」

이것이 어린 나의 적지안한 의문ㅅ거리었다。

「애비가 설마 너를 미워 그리겠니? 젠이 그러지ㄴ」

유난히 넙고두꺼운 귀를 가지신 우리 고조할머니、그 귀와가치 순후하신 우리 고조할머니는 내가 아버지에게 겨정을 듯거나 매를 마젔을데마다 나를무릅우에 안치 노시고 네 등을 문지르시면서 이렇게 말씀하시지만은 한갓 이런 말씀으로써는 내 의문을 풀어 주지 못하였다。

하여튼 조치 않게 생각되는 아버지가 중국으로 가시건 서양으로 가시건 오히려 시원할지언정 섭섭한 리치가 조금도없다。서울로 올라가신순 앉았든 아버지에게서 영영 고토를 작별하고 타국으로 나가노라고 편지가 오자 고조할머니도 우시고 증조할아버지도 우시고 왼집안이 난가(亂家)가되얐어도 나만은 아모러치 안하였든듯하다。그러니 나이를 [illegible] 어찐지 모르게 아버지가 그리웠다。모도들 아버지를 칭찬하는것도 기쁘고 남들이 나더러 아비지의 모습을 달멌다고 말하는것도 기쁘고 심지어 너의 아버지의 아들로써 공부를 잘 안해서야 쓰겠느냐고 책망하는 것까지 기뻤다。

우리 아비지를 제일 많이 칭찬하는 어른은 우리 고조할머니와 우리 어머니다。그 두분은 나만 다리고 안즈시면 두고 두고 해나려온 이야이를 되푸리해 가면서 아버지의 칭찬을 해 듣디었다。그러나

고조할머니는 반남댁이야 내의아범이 어려서 줄때 어떻게 샘이바르고 어떻게 영악하였는지 모른다는 이야이뿐이요 어머니는 그역시 열세살먹은 어린 신랑이 어떻게 점잖고 비범하였든지 외가ㅅ집 상하(上下)가 깜짝놀래었다는 이야기뿐이다. 그렇게 국한(局限)된 제목을 가지고는 아버지를 알고 시퍼하는 나의어린 정열(情熱)을 만족시키지 못한것이 사실이다. 그때 우리집에는 나에게 증대고모부(曾大姑母夫)ㅅ벌되시는 어른 한분이 자조 왕래하시었는데 그어른의 성이 김씨요 일쪽이 교관(敎官)ㅅ벼슬을 지내섰기때문에 김교관ㅅ댁 할아버지라고 불렀다. 본래는 대고모부를 할아버지라고 부르지 안치만은 그내외분이 우리 아버지를 기르다싶이하야 우리아버지가 어려서 「교까아버지」「교까어머니」라고까지 불렀든 까닭에 나역시 할아버지라고 부른 것이다. 그런데 김교관ㅅ댁 할아버지도 우리아버지를 칭찬 잘하시는 분중의 하나이다. 더구나 유식하고도 이야 를 잘하시어서 그 어른의 칭찬은 고조할머니나 어머니의 칭찬보다도 더한층 나의흥미를 끌었다.

「너의 어른이야 참 비상한 재화(才華)시지 그렴. 여나므살때 우공(禹貢)을 닐곱번 읽어서 곳 외었으니까」

「그런이나? 여섯살때인가 일곱살때인가 천자를갓때고나서 「蒼蠅年々生 吾母何不還」이란 시를 지었거든」

그 어른의 칭찬은 전부다 기록치는 못하나 내게 이런종류의 말씀이다. 그중 한토목의 한시(漢詩)는 우리아버지를 나흐신 할머니가 일쪽 돌아 가시고 지금할머니가 들어 오셨는데 우리아버지가 여닐곱살때 이른봄 따뜻한 해ㅅ볕에 다시 날아드는 파리를보고 돌아가신 어머니를 생각하야 자모듬으로 지은 것이라고 한다.

그러지 안하도 보입고싶은 아버지요 알고싶은 아버지요 닮고싶은 아버지인데다가 오신명 권구에! 만성이 않고 빠지는 재산에 집안이 흔들려서 아버지가 더욱잖이 그리웠다. 아비지처럼 제조는 없으나마 아버지처럼 크게 되야서 아버지를 모시러 가랴고 연서너살의 어린나이로도 밤을 새어서 한문공부를 하였다.

내가좋아하는花草와내집의花草

나는지금 집이없읍니다. 勿論 花草도 없읍니다. 그전 우리집 뒤ㅅ뜰이 퍽 넓어서 花草가 많았읍니다. 그러나 花草를 좋아하지않었나봅니다 玉簪花라는꽃이있읍니다. 未亡人같데서좋아합니다. 或 그꽃이 가다가눈에띄우면 나는 좀 접잔치못한눈으로보는버릇이있읍니다. (李 箱)

二、아버지에대한숭앙심(崇仰心)

내 개인으로써 느낌만은 그 사신은 이러니 저러니 말하고 십지 안했으나 아모래도 말하지 안할수없다. 더구나 이십전후 우리부자의 관계를 지으려고 하매 그사신을 더노려야 따놔지지 안는다.

본래 우리 아버지는 할아버지의 최후도 맏미아마서 가정에나 사회에나 마음을 부치시지 못하고 외국으로 나가 버리신 것이다. 구식으로 따지어 삼년상(三年喪)이나 마치자고 삼년동안은 참고 기다리셧는지도 모른다. 그런게 나가신 우리 아버지도 만주로 상해로 남양으로 칠팔년 왼갓 풍상(風霜)을 다 격그며 돌아 다니시는 동안 몸도 피곤하고 마음도 고달으섰다. 어머니같이 키워주신 늙은 증조모(나에게는 고조할머니)도 생전에 한번 보일ㅅ겸 아우들(나의숙부)이나 아들들(나와내아우)도 가터킨ㅅ겸 조선땅을 다시 밟으시게 되었다. 그러나 그때벌써 우리고조할머니는 돌아가서서 삼년이 차 가든때요. 오수 남은것이 우리들의 교육문제(敎育問題)다. 내가 한문으로 습작(習作)과 긔(記) 서(序) 긔행 紀行)등을 가저오라고 하서서 읽입이 읽어보면서 이것 저것 고처도 주시고 일러도 주시는 아버지의 낫빛은 지금 도떠서 생각해도 퍽 유대하시든 것갔다. 나는아버지의옆을 잠시도 떠나지 안허였다. 관인허오는 손님들이 미주스러워서 증조할아버지나 할머니께서 이주시다고 덩게해 가시고 그들을 꽃기까지 허었다.

겨오 세설신화(世說新話)나 시문유치(時文類聚)ㅅ권을 보아가지고 지점때는 그당시 나에게는 이버지의 입으로부터 나오는 말씀말씀이 모도다 긔이하고 긔상하고 놀라았다. 철학(哲學)이 고리하고 문학(文學)이 어떠하고 세계사정(世界事情)이 어떠하고 조선문화(朝鮮文化)가 어떠하고 가지가지의 그 사실도 놀랍거니와 외양하야 끗이없는 우리 아버지의 학문도 놀라왔다. 그뿐이아니라 때로는 우리할아버지를 뒤이어 우리들은 남달리 자존심(自尊心)이 있어야 하고 인내력(忍耐力)이 있어야한다고 컵지게 일러 주시었다. 또는 가끔가끔 눈물까지 머금어 가시면서 할아버지의 생전을 이약이허야 주시었다.

감축(感祝)이라들 십오륙세때 더구나 숭앙(崇仰)하는 아버지의 훈도(訓導)는 얼마 못되는 때ㅅ속은 기피 배어둔지 안할수 없다. 남몰래 저손으로 젊몸을 따리고 꼬집아 참을성이 있나 없나를 시험해 가며 스스로 만족하고 스스로 락담한 적도 한두번만이 아니다.

그전에 우리아버지가 가지고 게시든 책은 중국으로 떠나시면서 어떤친구에게 다 맡다가 맛기시었

本 때문으로 집에는 세전지물(世傳之物)인 한문책이 외며 다문책이 없었는데 아버지가 중국서 돌아오실때 다시 큰 버들스고리로 두개나 가득이 책을 사가지고 오셨다 그책을 지금 다 기억하지는 못하나 그중에는 오이켄 베륵송등의 저서(著書)도 있고 타골의 시집(詩集)도 있고 떼스딸모치의 책도 있고 니체의 「사라투스트라」도 있어서 나는 뜻을 모르면서도 공연히 끼고 돌아다니었다.

「일본말도 모르는 주제에 네가 그런책을 보나 아나?」

아버지의 가벼운 꾸중은 실상 꾸중이 아니다.

「자식이 문하지는 한게야. 그래도 제법 무엇을 보고 아는 팔이」

어머니더러 은근히 자랑하시는 아버지의말슴을 자는척 엿듯고 내 용기는 백배나 올라갔다.

그러나 그렇게 지낸 것도 일년이 채못된다. 그 이듬해 봄이되자 긔미년사건(己未年事件)이 일어나서 아버지는 고만 옥중의 몸이 되시었다. 나이 근이십에 처음으로 아버지의 정을 알만하자 또고만 떠나게되니 남보고는 아버지의일을 일컫하나마 마음속으로는 몹시괴로웠다. 유난스럽게도 치웁든 긔미년겨울 옥중에계신 아버지의 병보(病報)를 듣고 면회하러갔다가 졸도까지하고 돌아 와서 도리어 아버지의 심려를 끼친일이 지금까지 이쳐지안는다.

일년반이 지낸후 아버지는 옥에서 나오셨으나 살림이 아조 처패하야 집안형편이 말이 못 되였다. 그런중 없친데 덥친다고 끝으로 숙부 두분이 떼급격하야 돌아가고 새로났든 어린 아우조차 돌이 갓지나서 죽어 버리었다. 초년이후 고생으로 일관(一貫)한 우리 아버지언만은 참말로 절박한 고생의 터사는 이때로부터 시작되었다고 보아도좋다, 글로 저어서는 한갓 과장(誇張)으로 오해(誤解)될 것이라 차라리 나는 이 마되를 떼 버리려고한다. 그렇게 구렵속에서 고생하시는 아버지를 하직하고 나는 연아홉살때 다행히 어떤 어른의 보조를 어더 중국으로 류학을 갔다. 보내시는 아버지야 오히려 한 근심을 덜으신듯 시원하시었겠지만은 떠나가는 나는 그 얼마나 죄송하고도 억잡했든지 모른다.

三、아버지에대한 회의(懷疑)

나는 중국으로 갈때까지도 이 세상에서 우리 아버지보담 더 높은 인격(人格)과 더 깊은 학식이 없으리라고 굳게 미덧다. 그래서 우리 아버지의 행동과 말씀을 예수교도들의 성경(聖經)처럼 위하야 이저버릴까 겁하고 본바드며 고심(苦心)하였다. 그러나 중국서 지내는동안 나는 차차로 모든 선배(先

[illegible])난에 대하야 회의(懷疑)가 생기기 시작하는 동시 우리 아버지에 대한 신념(信念)도 긴만 아조못하게 되엿다。우리 아버지의 어려운곳은 각구 적어만 보이고 오직 우리 아버지의 단처(短處)와 결점(欠點)은 그 반비례(反比例)로 커지는것 가탓나。

그데 중국에는 손중산(孫中山)일파와 맑스주의자가 합류(合流)하야 국민당(國民黨)의 기세(氣勢)가 바야흐로 노피 갈때다。나는 처음에 손중산을 사모(思慕)하야 국민당사람과 사괴인것이 손중산조차 허치않케 보이어 부지중 맑스주의편으로 기울어 지고 말았다。본래 내가 조선 있을때 부터도 우리아버지는 벌써 맑스주의를 공부해야 된다고 그렇게 고생하시는 중에도 원서(原書)를 어데다가 읽으시고 하상조(河上肇) 산천균(山川均)등의 책을 사오시었다。

내가 스믈한살때 학비를 대어 주든 어든이 작고하자 증조할아버지의 병환조차 위중하야 부득이 집으로 돌아왔다。그때 와보니 우리 아버지는 동아일보사(東亞日報社)에 게시었다。그이듬해 증조할아버지가 돌아가신후 나는 다시 다른사람의 후원을 어더가지고 동경으로 떠났다。그때는 우리아버지가 벌서 동아일보사를 나오시어서 여러친구들과 한께 시대일보(時代日報)를 경영하고 게시었다。그러나 신문사에 다니실때며고 대서 살덤은 결코 윤택하야 지지 못하였을뿐이 아니라 시대일보도 오신뒤는 오히려 한층더 심한편이었다。심지어 세ㅅ집조차 쫓겨나서 두어달이나 삼십명 권솔이 고모댁 대고모댁으로 허여져 지내다가 내가 동경으로 건너가기바로 얼마전에야 다시 세ㅅ집을 정하고 안젔었다。그런때도 아버지의 고생을 생각하는 내마음은 전과 아조 달러졌다. 부산까지 바려주고 돌아서서는 아버지의 쓸쓸한 뒷모냥을 바라보입고도 배ㅅ속에 드러와서는 편안히 잠들어 버리고 말았다.

중국서부터도 공부답게 공부를 못 하였지만은 동경가서는 더 망칙하였다. 그래도 처음 몇달은 도서관(圖書館)에도다니고 책사도돌고 하였지만은 그다음에는 청년동맹(靑年同盟)에 입회들한다 일월회(一月會)에 입회들한다 고만 청년정객(靑年政客)?이 되는바람에 회하러 다니느라고 책을잡을 틈이 없었다 그러나 그렇게 틈없이 바뿐 중에도 한달에 칠팔번내지 십여번씩 아버지께 상서(上書)하기를 이찌 안하였다. 그 상서는 무슨 문안을 엿줍자는 것보담도 전혀 내 자당과 아버지의 공격을 하기 위한것이다

그당시 아버지는 시대일보 사장(社長)으로 게시었으나 실상 차함(借啣)일체로써 누가 신문사를 어떻게 쥐고 흔드는지 누가 아버지를 어떻게 말성삼는지 도모지 알은체하지안하섰고 또 그때 아버지는 화요회(火曜會)의 회원(會員)으로 게시었스나 그역시 그회와 내용을 별로 아지못하섰다. 그런데다가 없는살림에 아우나 아들들 고생하는 것만이 애처로워 혼히 당신의 의견을 세우시지않고 아래ㅅ사람들을 쫓아 가시었다. 이와같이 공(公)으로나 사(私)로나 그당시 아버지는 의지(意志)의 인물로 표현되지 못하였다. 남들도 오죽 그점은 들어서 아버지를 헐뜯었거니와 . 나도 그점을 들어서 아버지를 공격하였든것이다. 그러나 나는 공격할망정 남의 공격은 듯기가 싫다. 거귀서 나는 일종의 고민까지를 느끼고 지냈다.

그러다가 화요회도 없어지고 시대일보도 깨진뒤 아버지는 여러사람을 모아 가지고 새로이 신간회(新幹會)를 맨드시는동시 그회를 위하야 활동하시었다 나는 동경서돌아와서 아버지를 도와가지고 신간회로 쫓아는 다니게되나마 아버지께 대한 신념(信念)이 더 올라 가지는 못하였다.

四、아버지에대한재비판(再批判)

신념이 더 올라 가기는커냥 오히려 애정(愛情)의 거리(距離)쫓아 멀어진적이 잇지안하였든가? 아니, 어째서? 내가 네 안해와 연애를하게 되자 왼집안에서 환영하야 주지안는데 아버지가 다른어른들처럼 적극적(積極的)으로 방해하시지는 안 하나마 역시 탐택하게 여기시는편은 아니었다. 그러지 안하도 쓸리는정이 있서 편벽되기 쉬운데다가 역경(逆境)에 대한 반항(反抗)이 그 편벽된정을 더일층 굳세게 하야 집안에대한 애착(愛着)도 얇버지고 마침내 아버

지에게대한 정도 숨어들지 안할수 있었든것이다. 그때서 신간회사건으로 아버지가 두번째 감옥에 가시어 사변이나 게시는 동안 나는 아버지를위하야 아모것도 한것이없다. 작은 아버지께서 사식비(私食費)를 주선하느라고 애가 마르시고 동정있는 아우가 모동(勞働)해번 돈으로 책을사서 차입 하는데도 나는 면회나마 자조 가지 못하야 · 격저의 하서(下書)까지 바덧다.

물론 그때의 내가 병도 있었고 돈의 여유도 없었지만은 솔직하게 고백하야 정의 부족이요 성의의 부족이다. 하기휴가(夏期休暇)로 들아온 아우에게 저저히 책망을 당하고 얼굴이 붉어저본 일도있다.

그러나 아버지께 대한 나의 뜻이 이렇게 변하든지 내게대한 아버지의 사랑만은 조금도 다름이 없다. 옥중에게신 아버지는 늘 내병을 걱정하셔서 내가면회를 갈때는 물론, 작은아버지나 어머니께서 면회를 갈때도 맨먼저 내병부터 묻으시더라고 한다. 「文字何可得。不比相思名。臨非識貸貲。有子須有從」 이것은 우리아버지가 옥중에서 나를 주신 시(詩)다. 비록 스무자의 오언절구(五言絶句)요 더구나 극히 평범한 내용이지만은 거기서도 나에게대한 우리아버지의 사랑은 넘처흐르는것을 볼수있다. 설사 미대없는 사랑이라도 지극한 사랑아페는 고개가 숙으며든 하물며 사랑이 더해줄 한개 함이랴? 나를 사랑하는 아버지라는이보담도 나에게 지식을 너허주시고 나에게 사상은 북도다 주시고 또나에게 의지(意志)를 길러주신 그런 아버지가 아니냐? 나는 나의 불초(不肖)를 뉘우칠수밖에없다. 최근의 뉘우침이 넘어나 느접을 애닯버 한다.

그뿐이 아니다. 나는 연래로 변변치못한나마 삼십여년의 경험과공부를가저 모든 인문을 새로이 보게되고 우리 아버지 까지도 새르이 보입게 되었는데 그결과로 나는 우리 아버지가 과연 놀나운 이마는 것을 발견하였다. 그렇다고 아버지의 사랑에 감격하야 내가 갑작이 옛날의 숭앙심(崇仰心) 그대로 돌아

가는것은 아니니 아모 비란이없는 넷날의 그 숭앙
심은 오늘날 나에게있어 자랑가나 다름이 없은것이
다내 구구히 그자랑가를 가저서는 우리 아버지께
드리고저 안는다。
우리아버지의 인그신책이 얼마나된다든지 긔억력이
어떠시다든지 하는 등은 새삼스러이 말할것도없다。
친히 모시고 지내는 그아들로써는 좀더 높다은 집
을 줄수도 없지안켜만은 결코 하식으로써만 안다오
우리아버지가 아니다。아버지는 이삼십년동안 육체적
또는 정신적으로 가진 곤고(困苦)와 가진 고초(苦楚)를
다적거 오시면서도 한결같은 생활의 체게(體系)가 서
있어서 여긔저긔 유혹(誘惑)인들 만치 안하랴만은 그
체게에서 벗어 지는 곳에 한거름도 내드듸지를 안
하였으며 또 아버지는 년세로 이미 오십이 가깝고
사회적지위(社會的地位)나 학식이나 모도다 그만하니
번서 테가 잡히고 굳이써히어 다른것을 용납할수도
없고 구태어 하려고도 안하련만은 항상 새롭게가려
는 노력아래 도리어 후진청년들에게서배호려고애쓴다。
오늘날 조선사회를 돌아볼때 우리 아버지의 재내오
써 같은 길을 출발한이는 많으되 지금까지 그긴을
것는이는 메치 못되고 몇이 못되는 그중에서도 혹
은 무엇 혹은 무엇 다각자 호신부(護身符)로 몸을가려
어 뒤서와 등지려고 하는이가 태반이다。의선이 두가지
만을 생각해보라。만여 쉽지 행하기가 어찌 쉬우랴?
내가 우리아버지를 놀랍다고 하는것도 한갓 아들
로써의 편견(偏見)은 아니다。놀랍다는 형용사가 오
히려 아들로써의 겸사(謙辭)일는지도 모른다。
그러나 우리 아버지는 신체가본래 허약하야 그끈
고와 고초를 이기기에 힘드시고 또 나히조차 점점、
늙어가시어 재래의 영양과 습관이 이미구더지매 행

동이 갑작이 새롭기도 어려웁다. 그는 곳 우리아버지의 인생은 통하야 두가지의 큰 모순(矛盾)으로써 우리아버지 스스로 그자신을 반성(反省)하실때도 자못 섭섭함을 금치못할 모순이다. 솔직해 말한다면 우리아버지는 용감하게나 가지는 못하나 날카롭게 보고 굳게지키는 분이다. 거긔 우리 아버지의 결점과 단처도 있지만은 놀라운 점도 있다. 요전자 톨스토이의 사후이십오주년(死後二十五週年紀念)에 우리아버지는 조그만 론문을 쓰시다가 이십오년동안 세상의 만은변천을 지적(指摘)하셨지만 이십오년전이나 오늘이나 오즉 우리아버지의 고생만은 조금도 변함이없다. 아니 아프로 다시 이십오년이 지낸뒤 전ㅅ번의 이십오년보담 더많은 변천이 있다손 치더라도 우리아버지만은 지금의 우리아버지 그대로 변함이 없으리라고 믿는다. 날카롭게만 본다고 어찌 굳게 지킬수 있으리? 아마도 자긔 아버지에 대하야 또 자긔 과거에 대하야 나아가서는 진리(眞理)에 대하야 남만리 풍부한 량심(良心)을 소유함이리라.

현재는 말할것없고 력사로보아도 이와같이 크고도 빛나는 량심은 그렇게 만치 못하얏다. 어떠한 사회에 있어서든 이 량심만은 칭송되지 안할리 없다. (끝)

(朝光 제7호、1936·5)

「林巨正」에 關한 小考察

李 源 朝

碧初先生의 力作인 「林巨正」이 이미 新聞에 發表된 回數가 千餘回를 넘고 그동안 時日이 걸리기를 十餘年間이나 된다고하니 小說로서의 이만한 大作은 그類例를 世界的으로 찾지아니하면 아될것이다。

이러한 意味에있어서도 이作品은 번서 우리의硏究對象이 되기에 充分하지만은 不幸히 그동안 이作品은 여러번 發表가 中斷되었음으로 아마 어느讀者라도 이作品이、全部合卷으로 刊行되기전에는이作品의 內容을 系列的으로 記憶조차하는이가 드물것이다。

그럼으로 누구나 이作品에對한 이야기를 하려할때 當然히 發表된 全部를 問題삼어야 할것이나마 筆者亦是 이作品의 全部를 읽지못하였을 뿐아니라

斷片으로 읽은 것조차 九分이나 忘却되었음으로 다만 最近에 朝鮮日報紙上에 發表된 部分만을 가지고 몇가지 所感을 이야기하려는바 만약이것이 一斑으로 全豹를 알게스러된다면 큰 다행이라고 아니할수없다。

그러나 이 作品이 새로發表되기시작해서도 벌서 新聞回數로 百餘回가 넘었으니 普通長篇에 比하면 거의 大團圓에 각가워올때가 되였건마는 이 作品의 性格으로 보아서는 아직도 發端을 겨우 지난 셈밖에 되지안헛슴으로 이 作品을 지금에 무었이라고 이야기하는것은 더한층 어려운일이다。

그런데 世人들이 이作品을 말할대 歷史小說이라고 부르는것이 普通이다。그러고 또한 歷史小說임에도 틀림없다。다만 林和氏가 月前 東亞日報紙上에 世態小說論을 쓰면서 이作品 이야기를 頻數히 하였드라고 記憶되는데 그一文을 通讀하지못하였음으로 氏는 이作品을 世態小說로 取扱하였는지 歷史小說로 取扱하였는지는 모르겠으나 이作品을 가지고 한편에서는 歷史小說이라고 하는데 다른한편에서는 世態小說이라고한다면 그것은 결코 無理안말이아니라는데서 一種의 興味를 느끼지 아니할수없다。라고하는것은 歷史小說이란 題材를 歷史的事實에서 取해온것이라는것으로서 第一條件을 삼는것이다。그리고 그러한 意味에서 이作品은 歷史小說임에 틀림없는것이다。그러나 歷史란말은 어떠한意味를 가지는것이냐하면 첫재 時間的이라는것이 그特徵인것이다 말하자면 直線的이오 連續的인것이다

그러나 이作品은 그러한 時間的이오 直線的이오 連續的인것보담은 더앞이 空間的이오 平面的이오 延布的인것은 그極端의 例를들면 作中人物들의 活動하는 地理的距離에 對해서는 이作者가 至極히 細密하게 用心하면서도 그人物들의 年代에 關해서는 比較的等閑한것도 그一例가 안일까한다 그리고 또 한가지는 언제인가 이作者에게서 私談으로 드른것이라고 記憶하는데 勿論이 作品은 林巨正이라는한 人物을 中心으로해서 實錄에 나타난것을 根幹으로 하지마는 그와 同時代의 事件으로서 口碑나 傳說로 도라다니는것이라도 近理만하면 이作品에서 取扱하겠다는말슴을 드렀는데 이러한 點으로 推察해 보드래도 이作品이 時間的인것보담도 空間的인데며 偏重된것만은 事實이며 또한 이事實을 認定한다면 그말이 正確하나안하나는 別問題로하고라도 空間的이라는 意味에서 世態小說이라고 할수도없지는아니할것이다。

何如間 큰 森林과 같은 이大作을 뚫고 드러가는첫거름으로 話頭를 空間的인 作品이라고 定하는것이 가장 重要한것임은 앞으로 이作品의 特徵을 이야기하는데 는 聯關을 가지게되는 때문이다。우에서 나는 歷史란 時間的인데 比해서 이作品은 더많히 空間的이라고 하였지마는 또 한가지 歷史의 特徵은 언제든시제自身이「이데아」를가진다는것이다 그러므로 作家가 取材를 歷史에서 할때벌서 그發想은 어떠한「이데아」의衝動에서 이러난것이 事實인만큼 歷史小說의 十中八九는항상 理想主義에 떠러지는것은 결코 偶然한 일이아니다

가령 이러한 適例를 우리 文壇에서 찾는다면 春園같은 作家를들수있으며 春園의 다른 作品보담도 一般의 歷史小說이 항상 强烈한 作家의 理想이 前面에나라난것을 볼수잇는것이다。

그러나 이 作品을 볼때 取材를 歷史에서 한것은이作者의 막에依하면 다만 歷史的人物로서의 林巨正이란사람을 通해서 朝鮮情緖가 무르녹는 作品을 하나써보겠다는것이라고한다。그러므로 이作者는 春園과 같이歷史의「이데아」와 自己의 理想이 統一되는것을 作品의主眼으로 삼는것이 아니라 어떠한 事實에서든지 이作者의 理想은 朝鮮的情緖를 表現한다는것이 主眼이된것이다 그러라면 朝鮮的情緖를 表現한다는것도 作家의 理想이아니냐고 할수도있지마는 作家가 作品을 通해서自己의 理想을 表現한다는것은 끝 그作品은 主觀的인것으로 고옵고 나가는 同時에 取材부텀도 그主觀을 위해서 選擇되지 아니치못하는 것이다 그러므로 이러한境遇에 作者는 作品을 떠날수가없는것이다。그러나 朝鮮的情緖라는것은 作者이 主觀이 아니라 讀者의것임으로 이作者가 作品에서 朝鮮的情緖를, 表現하겠다는것은作者가 自己의 主觀을 우리에게 說明하는것이 아니라실상인즉 우리가 가지고 있으면서도 意識하지못한것 整理되지못한것을 우리에게 意識식히고 整理해주는것이니까 여기에는 作者가 自己主觀대로 選擇할必要가 없는것이다。따라서 作者는 作品과 떠러저있을 수있는것이다 그러므로 春園과 이作者를 比較해본다면 春園은 取材料도 自己의 主觀的인것을 골르지마는 이作者는 叙述에 있어서도 主觀的인것이 나오지않는다 春園의 端宗哀史는 그題材가 벌서 春園的인데서 取材되였으며同時에 그描寫가 六臣의虐刑이나 端宗의 最後에이를때그情狀을 그리는것보담 우선 作者自身의 同情과 感激과 悲憤이 紙面에 나타나 있지마는 이作者는 林巨正의 英雄的行動이라든지 朝臣들이나 方伯들의 秕政을그릴때도 秋毫도 興奮을 하지않을 뿐아니라 作者는 終始作品속에 나오지않는다 그러므로 우리는 春園作品을읽을때 그作品속에서 春園을 만나지않는 곳이없지마는 이作品을 읽으면서는 한번도 作者와 對面하는 機

숨가 없는것이다。

이것이 作家로서 素因과 態度는 서로 對蹠的인 兩極端에서있서 前者가 徹底한 理想主義者라면 後者는 徹底한 寫實主義者인때문이다。그러므로 素因에게 林巨正을 쓰히고 態度에게 擺宗實史를 쓰인다고 하드래도 作品의 性格은 오늘날이 두作品이서로 다른것과 맛찬가지로다를 것이다。

이러한 意味에서 歷史만 제自身이 時間的인 同時에 「이데아」를가지는것임으로 歷史小說이란 아모래도作者의 主觀이 作品의 骨格이 되는것인데 이作品은 作者의主觀이 나타나지않했다는 意味에서도 歷史小說이란것보담은 社會小說 라고할까 何如間寫實小說로서 體格은 더갓추었다고 볼수있다 事實에있서 만약이作者가 作品속에自己의 主觀을 强調한다거나 自己의 理想을 담기시작하였더면 아모리 史實을 잇는대로 나벳긴다고 하드래도 결코 小說으로 이만한 作品을 쓰지못할것이다!라고하는것은 作者가 作品에 自己主觀을 强調한다는것은 어느程度에이르면 該作 從因해서 作品을 쓰지못하는것이다。그러나 作者가 作品속에 나오지않고 뒤에 앉어서 이야기하드시、이는作品이란 材料만있으면 얼마라도쓸수있는것이니 이作品이 우리文學史에서 類例를 볼수없는 大作이라는것은 勿論 이作者의 作家的力量이나 手腕이나 歷史的知識이나 이러한것이 原因도되겠지마는 그것보담도 더重要한것은 作者가作品과 떠러저있는 寫實的인 創作態度를 놓지아니 할수없는것이다。

理想主義의小說이 時間的이오 主觀的인데 比해서 寫實主義小說이 空間的이오 客觀的이라는것은 우에서 만한바이고 또한 이作品은 後者에 該當하는것이라고 하였지마는 그러타면 이作品의 寫實主義란 어떠한것인가

여기서 우리가한가지 注意해야할것은 이즉까지 우리가 寫實主義라고하면 그것은單純히描寫問題의것 만局限하면서 西歐的인 創作手法으로알어온것이다。그러나 이作品에있어서 寫實主義란것은이러한 寫實主義로서만 본다면 規定範圍에 맞지안는것이잇는것은 무슨까닭일까?

事實 이作品의 構成을 이야기할때 우리가 이때까지 小說의本宗으로 생각해오든 西歐的인 小說形式으로 생각한다면 실상말할수없는 여러가지 難關에逢着하게되는데 이難關이란 무엇이냐하면 이作品의 構成에關한問題이다!라고하는것은 이作品의 描寫的手法은 自然主義的手法 그대로이다。그러나 이小說의 構成은 결코 歐羅巴의 自然主義小說과 같이 理性思想에것ㅡ아니고 훨신더 自由自在한 東洋小說 主로 元明淸의 이라는것이다; 이야기를 具體的으로하자면 터도 이元明淸三國의 東洋小說에 對한 評가있어야할것이나 不幸히 筆者亦是 으로 斷定的인 말은할수가 없으나 이

實이 水滸誌나 三國誌에 類似하면서 다만 描寫만 自然主義的手法이라는것만은 斷言할수있는것이다。그리고 이러한 小說假說란 아직 우리文學史에서 類例를 보지 못한것인만큼 이作品의 文學史的地位란 우선 이點에서 特記해야 할것인同時에 우리作家들의 熟考해야할 問題가아닌가한다。

그러면 무엇으로서 이作品의 構成이 東洋的이냐하면 저거도 十九世紀以後의 西歐小說이 그構成에있어서 가장 性格的인 根幹은 캐렉터ー(性格)에 있었다。劇에있어 運命悲劇에對한 性格悲劇이 近代에 이르도록 王座를 占領하드시 르네쌍스以後 小說의 主流가 性格에 있었다는것은 否定할수없는 事實이다、다시 말하면 西歐의 小說은 性格中心이였다。그러나 東洋小說의 主流는 性格이아니라 事件이中心이던 이두가지 小說形態는 서로 截然한 差異가있는것이다。가령 三國誌나 水滸誌를 보드래도 勿論 거기에도 作中人物의 性格이없는바는아니지마는 亦是、前面的으로 나타난것은 性格이아니라 事件이다、다시말하면 事件中心의 小說이다。

가령 이事實을 百步讓下해 생자하드래도 西歐의 小說은 性格을通해 事件이 進展되는데! 比해서 東洋小說은 事件을通해서 性格이 엿보힌다는것만은 숨길수없는 事實일것이다。

그런데 이作品을 보면 林巨正이나 또는 部下 重要한人物의 性格이 어느程度로 나타나있지아니한것은 아니지마는 그래도 이作品의 重點은 이러한 作中人物의 性格보담도 이作品의 事件에 노혀있는것이 事實이다。이러한 意味에 있어서도 이作品의 構成은 東洋的인同時에 또한 時間的이오 直線的인作品이아니라 空間的이오 環境的인 作品이라는것을 證明할수있는것이나 事件이라는것은 時間的으로 機起하는것보담도 空間的으로 延布하는데 더많은 興味가잇는것이며 또한 이作品의 事件은 실상 時間的으로 繼起하는것보담도 空間으로延布하는 點이 훨신더만라는것도 看過할수없는 事實이다。

그러나 혼히 事件에 重點을 두는 作品이란 生硬하여서 小說로서血肉的興味를 느끼지못하는것인데 이作品은事件에 重點을두면서도 小說로서의 興味를 느끼게하는것은 지극히 微細한데 이르기까지 克明한 描寫가있는 때문일것이다。그리고 이러한 點이 진실로 이作者의 大家다운 風格이라고 아니할수없울것이다。그런데 이小說이 性格中心이아니고 事件 中心이라는것과 性格을通해事件이 進展되는것이 아니고 事件을通해 性格이엿보힌다는것은 우에서도 말한바잇지마는 그러면 이作品에서 事件은 항상 어데서發生하느냐 結局은 事件이發生한다는것은 그事件에 加擔하는 사람의性格의 發露가아니냐하는 質問이 나올수도있다 勿論 이作品이 아모리 事件中心이라고 하드래도 幾多의 事件이 主人公林巨正

의 固執强毅한 性格때문에 發生한것이었다 가령, 鳳山郡守를 정치인 事件이나 近者에와서 破獄計劃 가른것은 林巨正의 性格의發露이다。그러나 그것보담 더많은 事件은 林巨正의 性格所致보담도 서림이라고하는 重要人物의 計策에서 發生하고 進展된다 이것이 이作品의 構成에있어 東洋的이라는것의 例하면 三國誌의 諸葛亮과같이 原因이되지마는 事件의 發生과 進展이 主人公의 性格에서보담도 더많이 副人物의 計策에서 逐行된다는것은 정히性格的이 아니고 事件的이라는것의 證左인것이다

그러므로 이作品의 大部分이 서림이라는 策士的人物의 計策으로 進展된다 는意味에서 서림이는 林巨正에못지지안는 重要한 人物이지마는 이 人物에對한노한가지興味는 우에서 나는 이作品속에서 作者와對面할 機會가전혀없이 作者는 항상 作品의뒤에 숨어있다고 하였지마는 그것은 作品에作者의 主觀이나오지안는다는 말이었지 실상 이作品에는 作者가往往나온다。그것은 다른사람이 아니고 서림이다。林巨正 한사람으로서 處理하지못하고 發展식히지못할 問題를 解決하는 策士的存在인서림이는 곳 作者이다。다시 말하면 이 作品을쓰는 作者인碧初와 이小說을 만드는 서림이는 同一한 사람이라는것이 이作品에서 特히 興味잇는 點이다 勿論西歐小說에도 었더한 大作이던지 그作品속에 어느 한사람은

全、그作者이라는것은 文學史家들은 指摘한것이다。그러나 西歐小說에 있어서 作家자·作中人物이라는것은 亦是性格上으로보아 認識하는것인데 이作品에 있어서 서림이가 作者이라는것은 서림의 性格보담도 서림의見識이나 策略으로 보아 作者의顯現이라고 斷定하는 相異點을 가진것이다。이러한 點에서도 이作品은 事件中心的인 東洋的小說이라고 보겠는데 이事件中心은 描寫에 있어서 엇더한 特色을 가지느냐하면 事件의波紋과 縦起가 반드시 一定한 因果關係를 가저서 間不容髮의結構로 꽤여나가자니 描寫는어데까지 細微하고 周密하여서 激動的인 抑揚은없다 다시 말하면 事件의發生과發展과消滅이 반드시 一定한 計劃밑에서 짜이게 됨으로 無理라는것이 秋毫도 보히지않는것은 作者의 勞心하는바 거의半分以上이 이點에 集中되는때문이 아닐까한다 그러므로 이作品의 印象的인 느낌은 어데까지 正確한寫實主義的 作品의 枯淡한맛은 있지마는 로맨틱하고潤澤한맛이 不足한것은 事實이다 그러나 作者의 붓이한번 남녀관계에 이울때 더구나 女子를 그릴때 이르러서는 이때까지의 枯淡한 筆致를 떠나 흐무르녹는 風韻이淋漓한 지경에 이들때가많으니 송악산 굿구경을 갈때백손 어머니를 그린것이나 굿구경터에서 창천동의 내편네가 왈짜때들에게 凌辱을 當할뻔하다가 겨우 살어나서 눈을 뜨면서 그남편에게 하소연하는 場面이나 광복산에서 백손어머니가 원씨김씨의 잡혀갔다는 말을듣고 송악산서 대왕당그네를 뛴보람이라고 은근이 기뻐하는 시앗보는 心理描寫같은것은 篇中에도 白眉이다。그러나 女子의 描寫에있어서 그처럼 風韻淋漓한 이作者가 作中에서 제일重要한 主人公林巨正이를 그리는데에서는 아직한번도 入神의境地에서 이르지못하였다ㅡ라고하는것은 林巨正이 제아모리 風采가魁偉하고 膂力이絶倫하고 部下졸개에게 絶對的威壓으로 君臨한다고 하드래도결국은一介의 綠林客이라 威嚴가운데도野生的이오 粗雜한要素가 있어야할것인데 이作者의 그리는 林巨正에게는이러한 要素가 나타나있지안타 뿐만아니라 느때는 그性癖나風儀가 맛치 公卿宰相의 그것과비슷한 印象을줄때가많은것은 一瑕이라고 아니할수없는데 이러한 點에서보드래도 作家란 아모리 多角的이라고 하드래도 결국은 그生長이나 體驗이나 性格같은데서 어느一定한 制限을받지 아니치못하는것은 事實인듯하다 이밖에興味잇는 人物로서 노밤이라든지 注目할事實로서 朝廷描寫에있어 이作者의 特殊한 見識이라든지 여러가지 말하고십흔것이많으나 뒤機會로 미루는것은 아직 이作品에對해서는 具體的으로 말할때가 아닌때문이다。그러므로、이것은 一種의研究노ㅡ트 비슷한 程度에서 그치기로하겠으나 妄言이 도리혀 先生에게 累德이된다면 本意가넌 作罪라 심히두려워 하는바이다。

(了)

(朝光 제34호、1938·8)

黃錫禹氏의詩를읽고

吉林 朴宇天

黃錫禹氏의「一吹의歎息」「女子의마음」「私生兒」「구름속에서나오는달」「女子」「우盜賊」「女子의마음」「八王」「죽어버린미미나」 淸新大膽운奇拔하고、雄渾하고、深刻하고、纖妍함이그天才的詩想和何를찾어보게합니다마는 그奇拔파雄渾은老莊思想을생각케하며또그寫實的이고諷刺的임에는 트시아의 그러보에즘 을生起케하며 그深刻함과그纖妍함과그美妙함은 詩聖섀ㅣ스퀴을聯想케한니다。아니차라리어던點으로는그들도氏의天才에누밋지못할가합니다。

朝鮮詩壇의創始者인氏는또詩壇復興者가되여줌은깁븐消息이외다。氏를갓는朝鮮詩壇은장차千紫萬紅의燦爛을 이룰것이외다。나는한갓氏가朝鮮詩歌를世界文壇의압흐로進出케할偉功者가되어주기람을바니다。終흐로 氏가過去에잇서서一部無理解한讀者群의게象徵詩人이란誤解를밧어온것은氏를爲하여如干愛惜한일이안이라함을一言해둡니다

(朝鮮詩壇 제5호、1929・4)

一四〇

朝鮮新詩壇의 詩父 黃錫禹氏의 印象

金 雲 著

나는아직黃錫禹氏와한번도對面해본일이업다 그러나그이의人物그이의才能에對하여는귀에곳이백히드록들어왓다 내가그이의말을들은여러가지가운데第一記憶에굿세게언제던지잇처지지안는멧가지가잇다 째는大正九年여름이엿슬것갓다 나는그때某中學에단길때다 그때언으先輩의게이런말을들은일이잇섯다 그는곳印度에는詩聖타ㅣ골이잇고朝鮮에는詩聖象牙塔이잇다고 이말을드른지얼마안되여 只今明月館本店이泰和女子館자리에잇슬쎄어느여름인지가을쩐인지에무슨宴會가잇섯다한다 그자리는京城中堅名士團이모혓다한다 그자리가운데서才士評이나왓다한다 그곳에는張德秀 徐椿 鄭又影氏等도參加되여잇섯다한다 그才士評이라는것은다른것이아니라 只今朝鮮青年가운데누가第一才操가잇느냐는것이엿다한다 그째李赫魯氏인가누가 黃錫禹이지요 그는歷史的天才이지요라고答하매一同이그럴걸이라고同意햇다한다 나는이런말을듯고 어린가슴속이건만 氏의얼굴을보려고如干애쓰지안엇섯다 나는맛치愛人을그리듯히그이의얼굴을보려고애썻섯다 그해겨울떠어느날저녁째나는볼일이잇서서茶屋町어느골목을지내느라니가 一見에外國留學生인듯한 유니폼을붓친紺세루學生服을입은長髮靑年이 술이억빅으로醉해서 뉘갑닭以

헤가그로쓰러지 아이구 내가新義州에와서이알코ㅣ단운되나어야만暫時라도백인단말이나
아섯어못견듸겟다 후후 하고패만ㅡ〵한다 나는不知不識간에그것으로맛장예저그얼골
을살피부쪽 나희는二十三四歲밧게는안되보히는새파란한수이엿섯다 그는生涯의유니옴
은早大의그것이엿다 나는直覺的으로 어느放生의게失戀가준것을當한浮浪留學生으로금
새을놋코 突然히미운생각이나서발길노한차례갓어차고십헛섯다 그래도醉하인당정 그
態니는염이普通사람갓지안어서 여보 이러나댁으로가시우당신댁이어듸요하고그몸을잡
어놓은즉 오용人力車한아불너주수 남집이天然洞이요한다 그리자갓참 이느便쯤쪽에서
빈人力車한채가나오기에 그룰불너잔뜩히抱하어이靑年을태워노앗다 나는곳宅이天然洞
맛반지며姓氏가누군지가한참 내天然洞가서 황석우란사람의집쪽우로면하지요 나는不
意에깜작놀나 그럼당신에게詩쓰시는황석우씨弟氏신가요! 했더니아니요내가황석우라우
이말을듯나고 또다문한이걸너가자한제人力車는武橋町길노向하는길쪽으로또다나갓다
나는첫문곳에約十分동안이나구부려서서 뭐ㅣ황석우야그랫단말 저사람이왜저럿케顚
落햇누 어쩌자사람이酩酊인가酒狂이지 世上靑年의일은못되운것이다 하고혼자嗟嘆하
면서집으로도라와憤慨스々한일이잇섯다 나는그뒤꼿 그의외로움이오지하여야그만地境
에이르럿겟느냐는것을다시生覺해보매 도리혀그재내가왜가를굿안고 묻어바도주지못햇
든가가後悔낫섯다氏는果然過去에잇서서이만큼한逆境에處해잇섯다 그氏는過去의朝鮮詩
壇의터잡이運動線上에낫하난외로움마설용이가장만흔虐待밧는先驅者의一人이엿섯다氏는

그만콤한남모르는외로움과설움을맛볼만한가장不遇한先驅者의天才엿섯다 그뒤와그의世
上의耳目을놀내든波動戀變[illegible]倖그의긴沈默그의放浪의모든것이凡人으로서는흉내도내보지
못할者엿섯다 氏의今後의生涯도 그가가진만콤한天分을써러또世俗的의凡人과다른航路
를밟어나갈줄안다 氏는過去에잇서서一國詩壇의建設者의歷史를넘겨는人物인外라 그
는依然히現在에잇서서도우리의詩壇을永遠한未來로잇글어나갈條裕綽々한力量과氣勢를보
히여잇다 그의最近의詩境은實로天分輝煌燦爛한佳絶妙絶의境地를낫하내잇다 그詩壇에
는누구나한사람도崇拜안할사람이업슬것이다 오々우리詩壇의偉人黃錫禹氏여 당신은確
實히우리朝鮮詩壇의눈물겨운慈父시며또한우리젊은詩人들의참으로信賴할天分을가즌牧
者시여이다 우리詩壇은 당신의再現에依하야 새로운歷史를創造할기지오이다 오々氏
여당신의압길에는 또한만혼외로움과逆境이게살지어다 自重々々하소서 당신의뒤에는
우리들젊은詩人의熱烈한支持가잇소이다당신이여당신의 외로운진행이에는우리들피끓는
젊은詩人이 곰을々々닭너잇소이다 당신이여 時代는임의깨엿소이다 당신은이제로부
터당신의거룩한天分을發揮할참된길을밟어나가실것이오이다

(朝鮮詩壇 제5호, 1929·4)

詩人 黃錫禹事件眞相

—李天君「調査團」第一回報告書—

李天

「朝鮮詩壇」을 가끔發行하든 黃錫禹의評判은 웬일인지 最近에와서 더욱 나뻐젓다。本來女性에게는 남다른關心을 가진黃錫禹인지라 이女性問題도아니 女子와이事件으로 말미암아 오늘날 黃錫禹로하여곰 文人社會에서 除去되엿으며 朝鮮社會에서 쪼끼여나다 싶이하엿다。그런테 最近엔新聞雜誌에「女子社員募集」이란 廣告를내여가지고 차자오는女子를 여러번 어떠케햇다는 所聞이높아저서 추업놈살님놈하는판에 이번의突發事件이 생긴것이다。이事件에對하야는 各新聞에 記載되엿기때문에 다시 말한 必要는없지만 黃錫禹의 最近안해인 尹德相氏의 이야기를 한번들너 보기도한다。이 尹德相氏는 間島에서 朝鮮貧民을 白頭山속으로 大北國으로 移民시킬려고 努力하고있는 尹和洙氏의 大女이니 바로한때의 新聞女記者로 活躍하든 尹粱相氏가 德相氏의兄이엿다。나는黃錫禹와 顔面도있고하야 음력正月초하로날에 東崇洞에있는 尹德相氏를 찾기로하엿다。조고마한 大門안을 들드러서니 행낭방에서 어린게집애가 내다보기에

「애 여기尹德相이라는 이가게시냐」

하니까 내옆에서 갑짝이

「네 여기있읍니다」

하기에 휘둘아보니 오바를입은 女人이변소앞에서 대답하는것이엿다。나는 명함을 한장꺼내주니까

「네 잘압니다」

하고 아마내일홈을 잘안다는말인지 이렇게말하며 自己방으로 나를 안내한다。벌서 오정은지낫지만 그외방에는 니불이접녀있었다。그는엷은 니불을 한편짝에 미러놓고 나에게안끼를 권한다。그리고나서 그는아래와같은 니야기를 하는것이엿다。昨年九月에 黃錫禹하고 두리서 安東縣에잇는 朝鮮詩壇社의 同人이 印刷所를하는 사람이있어 차자갔드니 姜齊煥이란사람이 群山에있는 金安琢이란 女子가音樂硏究次로 東京을가게되엿오니 京城에가게되면 모든便利를 좀보와달라고하야 黃錫禹은 그러마고

하겠다한다。 黃錫禹는 平壤으로와서 朝鮮詩壇 九月號一
號를내여놋코 그길노 社의일노 群山으로갔다가 尹德相
이와 친한金川顯이란 보모를 차자갔드니 거긔엔美人이
한아있었다고한다。 黃錫禹는 그美人은 누구냐고물었더니
뜻밧게 「金安濟」이라고 하는것이였다。 그리하야 安濟
煥의부탁받은 니야기를하고 서로人事를 하였다한다。 金
安濟은 本來東京가있다가 失戀의쓰린맛을본 女子로서 朝
鮮에왔으나 모든것이 뜻에맛지안아 다시東京으로 갈려
고하나 旅費도없고하야 悲觀으로 지낸다하며 눈물을흘
니며、 말하기에 尹德相씨가 同性인女性의 不幸을불상이
생각하여 위선 依支할곧없는 金安濟를대리고 서울노왔
든것이다。 서울에와서 한집에 살었는데 李某라는 史
家가黃氏와 親한관계로 자조놀녀오게되자 李氏와金安濟
과는 차차사랑의싹이 돗끼시작하였든 것이다。 바로지나
간 가을 어느날이였다。 李氏는 南漢山城에 史蹟을巡訪하
겠다고하야 黃、尹、金、四人이 同行하게되여갔으나 山
이너어險하야 中路에서 黃尹은 못가겠다고하였으나 金만
은안타가이 가겠다고하야 그냥보내고 黃、尹、은 몬저
도라왔다고한다。 이리하야 험한山속에서 李氏와金은비로
소숨기였든 사랑을서로 告白하고 사랑의行進曲을 불넛
다고한다。 어든날아츰에 兩人이도라왔다고하니 그內幕는
다ㅣ알것이다。 그런데 하로는 亦是四人이 어대놀녀갔다
가 尹은볼일이있어서 몬저오고 三人이 밤새도록 술을

먹다가 李氏는 自己집으로 도라가고 黃과金은같이 日
動旅라고 집에와서잣는데 아츰에 깨여보니 그것은 自
己집이아니라 市內어느旅館이였다한다。 黃옆에누은女子는
尹이아니고 金이였다한다。 이튼날아츰에 兩人이도라왔기
에 尹은三人이다ㅣ같이늦게도리온줄 알었는데 李氏의말
을들으니 昨夜의비밀이 全部綻露되여섰다。 그러나 黃은
自己가 술이너머취해서 무었이 무었인지 永永몰낫다고
애매한말을 하였다한다。 이렇게 서로사이가 자미없게되
매 金은李氏더러 東京갈旅費를 취해주는 형식으로 五
十圓인가달내서 東京으로갈녀고할때에 仁川에있는 安某
가와서 滿洲로가자고하야 金安濟은 또東京을 中止하고、
滿洲로가겠다고 하였다한다。 滿洲엔 단스홀을 經營하는
主人이 왔었는고로 黃氏가말하야 九十圓을미리어더쓰기
로되여 金安濟은 李氏의돈五十圓을 갚아주고 四十圓을
갖이고 滿洲로가기로되였는데 仁川安某가 金安濟을데리
고나가선 아모消息이없어서 단스홀主人은 눈이둥글해서
金安濟을차자단녓다。 二三日이되여도 아모消息이없음으로
할수없이 警察署에 말하게되였다。 仁川安某는 경찰측에
자미없이생각하는 人物인지라 大大的으로 수색하야 仁
川어느旅館에서 安과金을 붓들었다고한다。 이리하야 金
安濟의 三角戀愛談이 경찰의귀에들니게되여 黃도붓삽어
가고 尹德相의집에와서 화저가락과 인두를가저갔다고한
다。 그것은 웨가저가느냐고했드니 黃이 어느날 金에게

인두와 화가로 다리를지지며 위협하야 강간하였다고했다한다 尹氏의말은 여기에서 끗낫다。新聞에난 事實과는 다른나 大體는別노 다르지안타하나 여기에한아불상한것은 尹씨였다。아직어린나히에 그런問題의人物의안해가되였으니 여간不幸하지 안타。

『이제 黃氏가 나오면 어찌할작정입니까』

『저는 間島의 아버지한데로 갈작정입니다』

『같이가시겠읍니까 黃氏와』

『그이와는 性格이正反對이고 또는 저가間島에서 자라나서 이곳은 마음에맞이안아요』 한다。

그러면 그는故國을 버리고 남편을 버리고 자긔가자라난 間島로 永遠이가고야 말것인가! 오오! 不幸한尹이여 그대는 장차어대로 가라느냐? 黃의품속이냐 間島이냐。

(조선문단 제22호、1935・4)

黃順元論

郭鍾元

우리 나라의 作家들을 論할때 黃順元처럼 그의 文學 本質을 한마디로 表現하기 어려운 作家도 그리 쉽지 않다. 假令 春園은 말할 때는 『휴우메니즘』은 말할수있고 橫步나 東仁 같은 분은 『내쥬리즘』으로 一言之下에 斷案을 내릴수 있지마는 黃順元은 『휴우메니즘』도 『레얼리즘』도 『니히리즘』도 또 其他 어느 『이즘』도 그의 文學 위에 갖다 씌우기에는 그 어느 것이나 모두 不適當하다. 이것은 바꾸어서 말하면 그의 文學에는 이 모든 『이즘』들은 한목 갖다 씌울 수 있다는 말도 된다. 『휴우메니즘』이나 『레얼리즘』이나 그 밖에 여러 『이즘』들을 總和한 그 『이즘』은 그의 文學 위에 갖다 부칠 수 있다는 것이다.

따라서 이런 『이즘』에 依해 作家를 論하는 것이 分類上 便利한 點이 있다면, 黃順元에게는 여간 困難한 要素가 內包되어 있지 않다. 그 緖頭부터 찾기가 難事中에 하나이지마는, 反對로 그 作品中에 담겨 있는 內容을 分析해볼 때에는 이야기의 실마리가 그칠 줄은 모르고 잇다어 나온다.

이와 같은 『이즘』의 總和한 形成한다는 것은 그 根本 文學觀에 있어서 過去 있었던 『이즘』에의 抉別을 意味한다는 것, 即 換言하면 『휴우메니즘』이나 『내쥬라리즘』이나 『레얼리즘』이나 間에 낡은 것은 清算하고 새로운 世界를 開拓하겠다는 意慾에서 울어나온다는 것으로서 어떤 『이즘』이 막다른 골목에서 헤어나지를 못하고 발버둥치는 그 反撥이 새로운 『이즘』에의 志向을 內包시키고 있다는 것은 우리 나라 作家들이 아무나 손쉽게 할 수 있는 일은 아니다. 그러나 周知하는 事實과 같이 우리나라처럼 歐羅巴 文學의 潮流가 日本을 通해 들어올 때, 그 『이즘』의 輸入이 하나 하나 咀嚼되고 消化되어서 들어온 것이 아니라, 錯雜하게 한꺼번에 밀려온 關係로 併

統과 基盤이 脆弱하지 않은 수 없었고, 그에 따라 이 點은 五十年 末에 이루어진 脆弱하고 거치런 傳統과 基盤 위에 놓여진 文學이 올바르게 礦脈을 찾아들어 가기란 極難之事가 아닐 수 없었다. 그러므로 唯獨 黃順元에게만 限한 이야기가 아니런지는 몰라도 『이즘』이 總和로서 이루어지는 作品이 總體的으로 大團圓을 形成할 수 있는 反面에, 根本 土壤가 서있지 않기 때문에 主體는 構築하는 데 있어서, 岐路에 들리기 쉽고 誤入이 恒茶飯할 수 있는 危險性을 內包하게 되는 것이다.

이와 같은 것은 위에서도 만한 바와 같이 文學의 傳統이 脆弱한 터전에서는 避할 수 없는 過程이기도 하다.

나는 黃順元의 文學이 이와 같이 『이즘』의 總和를 土壤로 이루어지고 있다는 見地에서 그의 作品世界를 더듬어보려한다.

그의 第三創作集『기러기』는 上梓된 順序로 보아서는 第二 創作集『목넘이 마을의 개』보다 늦었지마는, 創作된 年代로 보아서는『기러기』에 收錄된 作品이 모두『黃順元短篇集』以後 八·一五 以前까지의 作品으로서 解放後의 作品集『목넘이 마을의 개』보다 훨씬 앞서 創作된 것들이다.

이『기러기』속의 作品들은 大體로 傳說과 迷信과 家庭悲劇과 나처한 兩班들의 生活狀 或은 人生의 黃昏이 가까워 온 老人들의 回顧談이나 農村의 破탄狀이 取扱되어 있다』왜 이 作家가 이런 題材를 探擇했겠는가? 거기에는 勿論 이 作家의 雰圍 環境에 이런 材料가 너저분하게 많이 널려 있었던 것도 事實이였겠지마는 그보다는 作家 黃順元으로 하여금 이런 題材를 取하게한 根本 動機는 日帝에의 抗拒를 이런 方式으로 取하게끔 하였던 것이다. 이 作家의 序文에 보면『별』과『그늘』만은 解放前에 發表되었지마는 그外의 作品들은 모두 상자 속에서 묵혀 있었다는 것이다.

그는 八·一五解放前인 當時에있어서 傳說을 取扱함으로써 鄕土的이요 民族的인 냄새를 조금이라도 풍기고 싶어했고, 迷信을 取扱함으로써 他民族에 뒤떨어진 後進性을 질러 조금이라도 覺醒시키고 싶었고, 家庭 悲劇이나 낙치한 兩班이나 農村의 沒落狀을 描寫함으로써 男負女戴하고 定處 없이 北滿洲 찬 하늘 밑으로 떠나가는 것이 누구 때문인가를 暴露하고 싶었으며, 老人들의 回顧談으로써 三十六年前의 그 옛날을 그리워하게하였던 것이다.

여기에는 두 말할 것도 없이『아이데아리즘』과『휴우메니즘』이 그 主軸이 될 수 밖에 없다.『별』에 나오는 主人公 오누이의 童心에서 울어나오는 辛剌한『휴우메니티』며,『기러기』속의 셋세아버지나『황노인』속의 황노인이나『독짓는 늙은이』의 송영감이나『병든 나비』의 정노인等은 저마다 獨特한『휴메리티』를 풍기는 人物들이고『애』나『노새』等의 主人公은 곧잘 속아 넘어가면서도 恒常 먼 하늘의 무지개를 바라보면서 살아가는 理想主義者들인 것이다。

그러나 第二 創作集『목넘이 마을의 개』에서나, 第四 創作集『曲藝師』속에서는 比較的 現實暴露에 가까운『레얼리즘』의 傾向이 엿보이는 것이다。

『황소들』같은 作品의 系列은 農民의 騷動을 描寫한 것으로서『쏘셔얼리티·레얼리즘』에 가까웁고,『두꺼비』나『曲藝師』나『모자』같은 系列의 作品은 確實히『레얼리즘』에 가깝다。『두꺼비』속에서 현보와 두갑이를 마주 세워 놓고 赤裸裸하게 그네들의 알몸뚱이를 벗겨내는 것이라든지,『曲藝師』의 黃順元 團長以下 金氏團員들의 受難狀이나『모자』의 主人公 張書記가 陰森하고 수집은 태도로 課長 앞에 서서 그 平生 所願이던 帽子를 주어서 겨우 하루 동안 쓰고, 그 帽子의 임자인 課長 동생에게 도루 빼앗기는 場面等 實로 作家 黃順元의 입가에 씨니칼한 冷笑가 흐르는 것을 눈 앞에서 보는 듯,『모파쌍』의『목걸이』를 連想시키는 아이로니칼한 冷徹의 作品이다。

그런가하면 또 한편으로는『술 이야기』나 長篇『별과 같이 산다』와 같은『레얼리즘』도『휴우메니즘』도 아닌 이 두『이즘』을 合친, 그 바란쓰가 조금도 한편으로 기울지 않는 作品도 있는 것이다。

『별과 같이 산다』라는 長篇構成으로 보아서 或은 事件의 展開面으로 보아서 여러 가지로 再考慮할 餘地가 있는 作品이기는하나, 여기서는 그런 技術面은 떠나서 다못 內容만을 본다면『곰녀』의 半生을 걸어오는 동안의 周圍 環境의 騷亂을『리얼』하게 描寫한 것이라든지, 또한 그의 純朴하면서도 惡意 없고, 盲目的인 程度로 從順하며 無知의 所致로 隨順되는 美德을 繼續하여 쌓아가는 그 짙고 무거운『휴우메니티』는 實로 이것이 이텔 어긋남이 없이 잔 하아모니 되어 있다는 것이다。

그러면 이 作家의 걸어온 文學世界로 보다서 八·一五 解放前의 土壤는 아직도 完全히 가시어지지 않았다한지라도 八·一五를 契機로 하여 漸次로『모자』의 世界『曲藝師』의 世界에로 옮아가고 있나는 것은 感知할 수 있게 된다。그것은 八·一五 以前 作品들이『아이레얼리즘』이나『휴우메니즘』을 쓰고 나왔다하더라도 그것은 어디까지나 歷史的인 現實에의 反抗이요, 民族的인 良心에의 表現이였지, 黃順元 生理의 情的인 面이 있어서 結果지어진 것은 아니었던 것이다。그의 生理는 차분한 데 있는 것이다. 그가 敵해서 눈물을 흘려도、혼자 앉아서 눈만 깜박깜박하고 혼낸지、決코 自己 姿勢를 [illegible]하게 흐려트린 이가 아니다. 그러기에 그의 作品世界 속에는 老人과 아이들이 主로 登揚하고 있을 뿐、젊은 男女가 登場되어 달콤한 사랑을 속삭이는 戀情物이란 통 찾아볼 수가 없는 것이다. 이런 生理가 그로 하여금 『모자』나 『曲藝師』같은 比較的 固執난 境地를 보이게 하였던 것이다.

『曲藝師』 속의 한 「場面만 보더라도. 辯護士집 셋방에서 쫓겨나게 된 主人公 團長은 그 울화를 씻기 위하여 南山洞 부둣가 목노집에서 자기 혼자 막걸리 사발을 앞에 놓고 들이켜면서도 곧장 自己 마음속으로는 누구를 만나면 당장에 큰 싸움을 일으킬 듯 少時의 싸움하던 自己 手腕을 回想해보며 이렇게 저렇게 싸울대비를 하지마는 막상 辯護士 집에 들어와서는 一言半句도 입 밖에 내지를 못하고 싸움나게 식어버리는 것이다. 主人이나 그 아들은(法科大學生)向해 한번 담판은 지어보는 行動도 가지보지 못한다 그렇다고 목노집에서 막걸리 사발을 여거퍼 대여섯사발 들어켰다고 해서 누구하고 옆엣사람에게나 그 心情의 울화를 풀어보는 것도 아니다. 그지 自己 혼자만 마음 속에 버럭버럭 괴어오르는 울화를 안고 혼자 색히는 것이다.

이런 매서운 冷情은 『모자』에서도 얼마든지 찾아볼 수가 있나 그러나 이 매서운 冷情이 어디까지나 黃順元에게는 겉皮膚에는나타나지 않는다는 것이다. 오히려 겉皮膚에는 센치에 가까울 程度로 눈물은 誘發한지언정 冷情은 엿보이지 않는다. 그러나 그 心中의 底源에는 싸늘하고 움직이지 않는 어름장 같은 돌등이가 恒常 자리를 차지하고 있는 것이다.

이런 싸늘하고 冷情한 作家의 生理는 必然的으로 人情[illegible]의 야박한 面과 社會態의 이모저모를 그리게 되고 그리하어 人間은 否定하는 面이 앞서게 되며、技術面에 있어서는 『레얼리즘』을 取하게 되는 것이다.

『曲藝師』의 團長인 主人公도 아무리 激情한 世態의 餘波를 만났다 할지라도 能動的이요 수번성 있고 참된 意味의 올바른 人間은 못되다, 순순하게 보사니고 앉아서 그저 觀念에만 사로잡힌 人間임에는 틀림이 없고、『모자』의 張書記 亦是 제 運命을 제가 지고다니는 部類이며、『별과 같이 산다』의 곰녀는 그렇게 天涯孤兒가 되어 가장 약바르게 世態와 人間面을 알아야 될 女人임에도 不拘하고 끝까지 말없이 人肉市場으로 끌리다니는 속없는 人間이고、준호도 현세도 두갑이도 모두 다 우리들 社會에서는 敗北者들 뿐이다. 이것은 이 作家의 눈에 第一 먼저 [illegible]

될수 있는 部類이며, 同時에 가장 口味를 당기게하는 部類인 것이다。

따라서 作家 黃 順元의 觀照하는 瞳孔속에 어느 時期에 가서 곰녀처럼 純直하고 愚鈍하고 둘러만 갈 줄 아는 人間들이 自己의 意識은 가지고 自己 世界를 다스릴 줄 아는 그런 人間이 映像될는지? 거기에는『휴메니티』만이 解決지을 수 있는 問題는 아니다。─곰녀의 境遇일 때 마기막 場面에 가서「하라반」에게 대하는 態度타든지, 人肉市場의 동료인 주심이나 산옥이에게 깃드려진 人間味라든지 이런 것만으로는 解決지워지지 않는다。또한『레얼리티』의 捕捉, 이 亦是 곰녀처럼 可憐하고 慘酷한 情狀은 우리에게 한층 深刻하게 映寫시킨 뿐 우리의 心像에 한 푼의 움직임, 한 가닥의 빛도 賦與할 수는 없는 것이다。

그러므로 作家 黃 順元의 觀照하는 瞳孔 속에 自己를 意識한 수 있고 自己·世界를 다스릴 수 있는 그런 人間이 映像되기를 바람다는 것은 即 다시 말하면 새로운 타입의 人間이 登場되기를 기다린다는 것이다。

勿論 지금까지의 그의 作品 속에서도 性格인 人物의 描寫, 或은 獨特한 性格의 所持者들은 우리는 많이 찾아 볼 수 있었다。假令『술이야기』의 준호라든지,『두개비』의 두갑이라든지,『담배 한대 피울 동안』의 송암선생이라든지『그늘』의 南道靑年이라든지『기러기』의 쇠네아버지「황노인」의 황노인 或은『독 짓는 늙은이』의 송영감 그리고 張書記나 곰녀等 모두 特殊한 性格을 가진 人物들이다。그러나 생각해 보면 조금도 새로운 面의 性格들은 아니다。흔히 우리들이 過去에 만나본 수 있었던 性格의 人物들이다. 위의 人物들은 그 大槪가 의리를 직히는데 忠實했고, 自己 固執을 세우기 위해서 頑固했고, 或은 옛나운 그리워하는데 咏嘆的이었고, 조금도 새로운 人間의 形像으로서 나타나지는 않았던 것이다。

이제 그의 싸늘하고 冷酷한 散文精神의 基盤 위에 現實은 直視하는 눈이 새로운 타입의 人間은 골라 낼 수는 없은 것인가?

이 課業은 이룩하기 위하여서는 亦是 지금까지의 主力은 기우려 오던 短篇에서보다는 長篇에서 비로소 解決될 수 있는 問題가 아닌가 생각한다。아무티하여도 短篇에서보다는 長篇에서 自己 하고 싶은 이야기를 다할 수 있고, 性格도 完全히 그릴 수 있지 않은까 생각 한다。勿論『찌널리스트』들의 要求를 無視할 수 없어 自然 短篇에 主力이 되었겠지마는 한 作家의 文學的인 力量을 完全히 發揮할 수 있는 길은 長篇에서 비로소 시작된다고 생각할 때, 短篇만에 넘우 오래동안 安住한 處地도 못 된다。흔히 사람들이 黃 順元을 短篇作家로서만 높이 評價한다는 것은, 그 觀點에 謬見이 內包되어 있는 것이다。作家란 短篇 長篇의 區分은 지어서 어떤 線을 그은 것이 못 되기 때문이다。

長篇에서 새로운 人間 타입의 型象化를 기다린다는 것은 作家 黃 順元의 底力이 거기에서 비로소 完全히 들어나겠기 때문인 것이다。

(文藝 제15호, 1953·2)

한국근대작가연구

인쇄일 초판 1쇄 1998년 10월 25일
2쇄 2015년 01월 15일
발행일 초판 1쇄 1998년 10월 30일
2쇄 2015년 01월 19일

지은이 김 성 달
발행인 정 찬 용
발행처 국학자료원
등록일 1987.12.21, 제17-270호

서울시 강동구 성내동 447-11 현영빌딩 2층
Tel : 442-4623~4 Fax : 442-4625
www. kookhak.co.kr
E- mail : kookhak2001@hanmail.net
ISBN 978-89-8206-541-5 (93810)
가 격 60,000원